D1926480

HEYNE BÜCHER

SCIENCE FICTION

Herausgegeben
von Wolfgang Jeschke

Von **Bob Shaw** erschien in der Reihe
HEYNE SCIENCE FICTION & FANTASY:

Der Himmel ist frei · 0604106

DIE ZWILLINGSWELTEN-TRILOGIE:

Die Heißluft-Astronauten · 0604773
Die hölzernen Raumschiffe · 0604774
Die flüchtigen Welten · 0604775
– als Sonderausgabe in einem Band:
Die wilden Astronauten · 0605543

In der BIBLIOTHEK DER SCIENCE FICTION LITERATUR:

Andere Tage, andere Augen · 06036

In der Reihe HIGH 8000:

Andere Tage, andere Augen · 0608001

BOB SHAW

Die wilden Astronauten

DIE ZWILLINGSWELTEN-TRILOGIE

3 Romane in einem Band

Aus dem Englischen übersetzt von
HENDRIK P. LINCKENS

Illustriert von
JOHN STEWART

WILHELM HEYNE VERLAG
MÜNCHEN

HEYNE SCIENCE FICTION & FANTASY
Band 0605543

Titel der englischen Originalausgabe
THE RAGGED ASTRONAUTS/
THE WOODEN SPACESHIP/
THE FUGITIVE WORLDS
Deutsche Übersetzung von Hendrik P. Linckens
Das Umschlagbild malte Jason Hurst
Die Illustrationen zeichnete John Stewart

Umwelthinweis:
Dieses Buch wurde auf chlor- und säurefreiem
Papier gedruckt.

Redaktion: Wolfgang Jeschke

Erstveröffentlichung by Victor Gollancz, London
Mit freundlicher Genehmigung des Autors
und Victor Gollancz, London

Printed in Germany 1996
Umschlaggestaltung: Atelier Ingrid Schütz, München
Technische Betreuung: M. Spinola
Satz: Schaber Satz- und Datentechnik, Wels
Druck und Bindung: Elsnerdruck, Berlin

ISBN 3-453-11889-8

Inhalt

Erster Roman

Die Heißluft-Astronauten

(THE RAGGED ASTRONAUTS)

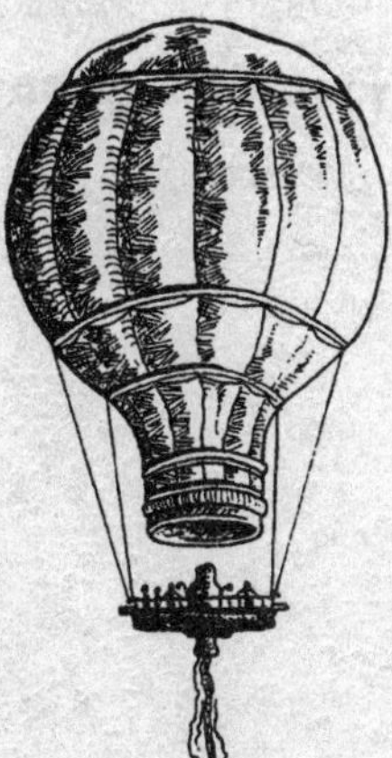

Inhalt

Erster Teil
Schatten am Mittag

1. Kapitel

Für Tauler Marakain und ein paar weitere Zuschauer am Boden gab es keinen Zweifel; das Luftschiff steuerte einen unheilvollen Kurs. Unbegreiflich war nur, daß der Kapitän anscheinend nichts ahnte …

»Was denkt sich dieser Narr eigentlich?« sagte Tauler laut, obgleich es niemanden gab, der ihn hören konnte. Er beschattete die Augen, um besser sehen zu können. Für die Bewohner dieser Längen bot die Natur nichts Außergewöhnliches – die ungetrübte indigoblaue See, den blaßblauen weißgefiederten Himmel und die dunstige Weite von Jenland, der Schwesterwelt, die bewegungslos nahe am Zenit hing, deren Scheibe über und über von Wolkenbändern durchkreuzt wurde. Trotz der blendenden Helligkeit des Frühtags waren noch etliche Sterne sichtbar, darunter die neun hellsten – das Sternbild des *Baumes*.

Vor dieser Kulisse trieb das Luftschiff in einer leichten Seebrise heran, was natürlich Energiekristalle sparte. Das Fahrzeug hielt direkt auf das Ufer zu, die blaugraue Hülle perspektivisch zu einer kreisrunden Scheibe verkürzt, ein winziges bildliches Echo von Jenland. Es kam gut voran, doch der Kapitän ließ offenbar außer acht, daß die anlandige Brise, die ihn trug, sehr flach war; sie reichte kaum höher als dreihundert Fuß. Darüber und gegen die Fahrtrichtung blies ein westlicher Wind, der vom Haffangar Plateau fiel.

Tauler konnte Strömung und Gegenströmung der Luft so präzise verfolgen, weil die Rauchsäulen der Paikntiegel entlang der Uferlinie nur eine kurze Strecke landeinwärts trieben, ehe sie aufstiegen und hinaus auf die See geweht wurden. Zusammen mit diesen Nebelstreifen aus Menschenhand wurden ganze Wolkenbänder vom Dach des Plateaus hinausgezogen – darin lag die eigentliche Gefahr für das Luftschiff.

Tauler nahm das gedrungene Teleskop aus der Tasche, das er seit seiner Kindheit bei sich trug, und musterte damit die Wolkenschichten. Wie er befürchtet hatte, konnte er innerhalb von Sekunden mehrere verschwommene Tupfer aus Blau und Magenta ausmachen, die in der weißen Wolkenmasse schwebten. Ein oberflächlicher Betrachter hätte sie wahrscheinlich gar nicht bemerkt oder die vagen Flecken als optische Effekte abgetan, aber für Tauler waren sie ein Alarmsignal. Daß er die wenigen Pterssas beinahe sofort entdeckt hatte, bedeutete, daß die ganze Wolke voll davon war; sie verbarg Hunderte dieser Kreaturen und trug sie auf das Luftschiff zu.

»Holt einen Sonnenschreiber!« brüllte er aus voller Lunge. »Sagt diesem Verrückten, er soll abdrehen, oder rauf- oder runtergehen, oder ...«

Seine Gedanken überschlugen sich. Er sah sich fieberhaft um. Außer den halbnackten Heizern und Rührern zwischen den rechteckigen Tiegeln und Brennstoffbehältern war niemand zu sehen. Alle Aufseher und Adepten schienen die steigende Hitze des Tages zu meiden und sich in den Stationsgebäuden aufzuhalten. Die niedrigen Bauten mit ihren weit überhängenden Dächern, den komplexen Karomustern aus orangefarbenen und gelben Backsteinen und der roten Sandsteinverkleidung an Ecken und Rändern entsprachen ganz der kolkorronischen Tradition. Sie erinnerten entfernt an Schlangen, die in der heißen Sonne dösten. Tauler konnte nicht einen Diensthabenden hinter den schmalen, vertikalen Fenstern entdecken. Eine Hand gegen das hinderliche Schwert gepreßt, rannte er auf das Gebäude des Vorstehers zu.

Tauler war für ein Mitglied des philosophischen Ordens ungewöhnlich groß und muskulös; die Arbeiter an den Schmelztiegeln wichen hastig zur Seite, um ihn nicht aufzuhalten. Gerade als er das einstöckige Gebäude erreichte, eilte Komdak Gurra, ein Jung-Archivar, heraus; er trug einen

Sonnenschreiber. Als er Tauler sah, der auf ihn lossteuerte, schreckte er zurück und machte Anstalten, ihm das Instrument auszuhändigen. Tauler wehrte ab.

»Du machst das«, sagte er ungeduldig, weil er genau wußte, daß er selbst viel zu langsam war, wenn es darum ging, Worte für eine Nachricht zusammenzufügen. »Du hältst das Gerät in den Händen – worauf wartest du?«

»Tut mir leid, Tauler.« Gurra zielte mit dem Sonnenschreiber auf das herannahende Luftschiff, und die Glasstreifen im Innern des Gerätes klackten jedesmal, wenn er den Auslöser betätigte.

Tauler wippte von einem Fuß auf den anderen, während er nach irgendeinem Beweis fahndete, daß der Pilot die geblinkte Warnung empfangen hatte. Das Schiff trieb weiter, blind und arglos. Tauler hob sein Teleskop und konzentrierte sich auf die blaugestrichene Gondel; er war einigermaßen überrascht, denn das Symbol aus Feder und Schwert wies das Fahrzeug als königlichen Boten aus. Was für einen Grund mochte der König haben, ausgerechnet mit der entlegensten Experimentierstation des Erzphilosophen in Verbindung zu treten?

Nach schier endlosen Augenblicken enthüllte ihm die Vergrößerung ein eiliges Hin und Her hinter der Brüstung des Vorderdecks. Sekunden später lösten sich graue Rauchwolken aus der linken Seite der Gondel und bewiesen, daß die seitlichen Antriebsrohre abgefeuert wurden. Die Ballonhülle des Luftschiffs kräuselte sich und die ganze Konstruktion neigte sich, als das Fahrzeug nach rechts schwenkte. Es verlor rapide an Höhe bei dem Manöver, berührte aber bereits die Wolke und verschwand jedesmal, wenn es von den Ranken aus Wasserdampf verschlungen wurde. Schreie des Entsetzens, dünn ausgezogen durch Entfernung und Luftströmung, erreichten die verstummten Zuschauer am Ufer; einige Männer wurden sichtlich unruhig.

Tauler vermutete, daß irgend jemand an Bord des Luftschiffes auf eine Pterssa gestoßen war, und das Grauen ließ ihn schaudern. Es hatte ihn viele Male in bösen Träumen heimgesucht. Das schlimmste an diesen Alpträumen war nicht die Todesangst, sondern das Gefühl, daß es völlig aussichtslos und sinnlos war, einer Pterssa innerhalb ihrer tödlichen Reichweite Widerstand zu leisten. Auge in Auge mit Meuchelmördern oder wilden Tieren ließ sich zumindest kämpfen; das mochte einen Mann, der unterlag, auf seltsame Weise mit dem Tod aussöhnen. Aber wenn die fahlen Blasen suchend und zitternd näher kamen, gab es *nichts,* was man tun konnte.

»Was geht hier vor?« fragte Vorndal Sisstt, der die Station leitete und soeben im Haupteingang seines Gebäudes erschienen war. Er war mittleren Alters, mit einem kugeligen, fast kahlen Kopf und jener streng aufrechten Haltung eines Mannes, der sich seiner unterdurchschnittlichen Größe bewußt ist. Das gepflegte, sonnengebräunte Gesicht verriet Verdruß und Besorgnis.

Tauler deutete auf das sinkende Luftschiff. »Irgendein Idiot hat die ganze Reise gemacht, nur um Selbstmord zu begehen.«

»Haben wir ihn gewarnt?«

»Ja, aber wahrscheinlich zu spät«, sagte Tauler. »Vor einer Minute war das Schiff noch von Pterssas umgeben.«

»Wie schrecklich«, tremolierte Sisstt und legte den Handrücken gegen die Stirn. »Ich lasse die Schutzschirme hissen.«

»Das ist nicht nötig – die Basis der Wolken sinkt nicht weiter ab, und am hellen Tag werden die Blasen kaum diesen Abgrund überqueren.«

»Ich will kein Risiko eingehen. Wer weiß, was ...?« Sisstt brach ab und starrte zu Tauler hinauf, dankbar, endlich seinen Gefühlen Luft machen zu können. »Wann hat man dich ermächtigt, hier die Entscheidungen zu treffen? Das ist immer noch meine Station. Hat Baron Glo dich etwa in den Adelsstand erhoben, ohne mich davon in Kenntnis zu setzen?«

»Neben dir bedarf es keiner Erhebung«, reagierte Tauler heftig auf den Sarkasmus des Stationsleiters, wobei er das Luftschiff nicht aus den Augen ließ, das jetzt in Richtung Ufer tauchte.

Sisstts Kinnlade sackte herunter, und seine Augen verengten sich, während er überlegte, ob der Kommentar sich auf seine Statur oder seine Fähigkeiten bezog. »Das war Anmaßung«, klagte er an. »Anmaßung und Ungehorsam, und ich werde dafür sorgen, daß bestimmte Leute davon erfahren.«

»Hör auf zu nörgeln«, sagte Tauler und wandte sich ab.

Er lief den flachen Abhang zur Bucht hinunter, wo sich eine Gruppe von Arbeitern eingefunden hatte, um bei der Landung zu helfen. Die Mehrfachanker des Schiffes schleiften durch die Brandung hinauf auf den Sand und pflügten dunkle Furchen in die weiße Uferfläche. Männer ergriffen die Seile und konterten mit ihrem Gewicht die unberechenbaren Reaktionen des Fahrzeugs auf die launischen Brisen. Tauler konnte den Kapitän erkennen, wie er über die vordere Brüstung der Gondel gelehnt seine Anweisungen schrie. Mittschiffs schien eine Art Tumult im Gange, ein Handgemenge zwischen Mitgliedern der Mannschaft. Es kam vor, daß jemand, der einer Pterssa zu nahe gekommen war, zum Amokläufer wurde; womöglich wurde der arme Teufel soeben von seinen Kameraden überwältigt.

Tauler griff nach einem durchnäßten Seil und hielt es straff, um mitzuhelfen, das Luftschiff nahe genug an die Haltepfähle zu bringen, die das Ufer säumten. Schließlich knirschte der Kiel der Gondel in den Sand, und Männer mit gelben Hemden schwangen sich über die seitliche Brüstung, um das Fahrzeug zu sichern. Die Berührung mit dem Tod hatte sie sichtlich aufgebracht. Sie fluchten fürchterlich, als sie die Paiknarbeiter mit sinnloser Gewalt beiseite stießen, und damit begannen, das Schiff zu vertäuen. Tauler ahnte, wie ihnen zumute sein mußte, und lächelte verständnisvoll, als er die Leine einem flaschenschultrigen Luftfahrer mit schlickfarbener Haut übergeben wollte, der sich näherte.

»Was grinst du so, du Dreckfresser?« knurrte der Mann und griff nach dem Seil.

Tauler zog das Seil zurück und zurrte in derselben Bewegung eine feste Schlinge um den Daumen des Luftmanns. »Nimm das zurück!«

»Was zum ...!« Der Luftmann wollte Tauler mit dem

freien Arm zur Seite schleudern und riß die Augen auf, als er feststellen mußte, daß er es nicht mit einem der üblichen wissenschaftlichen Handlanger zu tun hatte. Er sah sich hilfesuchend um, aber Tauler zurrte die Schlinge fester.

»Das bleibt unter uns«, sagte Tauler ruhig und benutzte die Kraft seiner Oberarme, um das Seil noch schärfer zu spannen. »Nimmst du nun den Dreckfresser zurück, oder willst du deinen Daumen lieber an einer Kette um den Hals tragen?«

»Das wird dir noch leid...« Die Stimme des Luftfahrers erstickte, als ein Gelenk in seinem Daumen vernehmlich knackte; er sackte in sich zusammen und rang totenblaß nach Luft. »Ich nehme es zurück. Laß mich! Ich nehme es zurück.«

»Das ist auch besser so«, sagte Tauler und lockerte das Seil. »Jetzt können wir nämlich Freundschaft schließen.«

Er lächelte gespielt freundlich und ließ sich nicht anmerken, wie bestürzt er in Wahrheit war. Das passierte ihm immer wieder! Es war ein Gebot der Vernunft, formale Beleidigungen entweder zu übergehen oder sachlich darauf einzugehen, aber in solchen Situationen gewann sofort sein Temperament die Oberhand und stellte ihn auf die gleiche Stufe mit primitiven reflexgesteuerten Kreaturen. Er hatte sich nicht bewußt dafür entschieden, Gewalt anzuwenden, und doch wäre er bereit gewesen, den Luftfahrer zum Krüppel zu machen, wenn er die Beleidigung nicht zurückgenommen hätte. Das Schlimme daran war, daß er gar nicht fähig war zurückzustecken, und daß dieser unbedeutende Zwischenfall noch zu einer Gefahr für alle Beteiligten eskalieren konnte.

»Freundschaft«, stieß der Luftfahrer heraus und preßte die mißhandelte Hand in die Magengrube; sein Gesicht war von Schmerz und Haß verzerrt. »Sobald ich wieder ein Schwert halten kann, werde ich...«

Er ließ die Drohung unvollendet, als sich im Sturmschritt ein bärtiger Mann näherte, der das reich bestickte Wams eines Luftkapitäns trug. Der Kapitän mochte um die Vierzig sein; er schnaufte heftig, und das safrangelbe Material der Weste zeigte feuchtbraune Flecken unter den Achseln.

»Was ist los mit dir, Kaprin?« sagte er und starrte den Luftmann ärgerlich an.

Kaprins Augen bedachten Tauler mit einem unheilvollen Flackern, dann senkte er den Kopf. »Die Hand hat sich in der Leine verfangen, Herr. Das hat mir den Daumen verrenkt.«

»Arbeite doppelt so hart mit der anderen«, sagte der Kapitän und entließ den Luftmann mit einem Wink. Er sah Tauler an. »Ich bin Luftkapitän Hlonvert. Du bist nicht Sisstt. Wo ist Sisstt?«

»Da.« Tauler zeigte auf den Stationsvorsteher, der sich mit unsicheren Schritten die Uferböschung heruntertastete, den Saum seiner grauen Robe zusammengerafft, um den Steinbecken auszuweichen.

»Dann ist das der Wahnsinnige, der verantwortlich ist.«

»Verantwortlich wofür?« sagte Tauler stirnrunzelnd.

»Für den Qualm aus diesen verfluchten Suppentöpfen, der mir die ganze Sicht geraubt hat.« Hlonverts Stimme war voller Zorn und Verachtung, als er den Blick schwang, um die Kette von Paikntiegeln zu erfassen mitsamt den Rauchsäulen, die sie in den Himmel entließen. »Es heißt, man will hier Energiekristalle herstellen. Das ist doch wohl ein Witz, oder?«

Tauler, der eben erst mit knapper Not sein Temperament gezügelt hatte, fühlte sich schon wieder provoziert. Die Tragik seines Lebens war, daß er ausgerechnet in eine Philosophensippe hineingeboren war und nicht in die Militärkaste; er verbrachte viel Zeit damit, sein Los zu schmähen, doch er konnte es nicht ausstehen, wenn er Schützenhilfe von außen bekam. Er musterte den Kapitän mit kühlem Blick, so lange, bis es an Respektlosigkeit grenzte, dann sprach er wie zu einem Kind.

»Niemand kann Kristalle herstellen«, sagte er. »Aber man kann sie züchten – wenn die Lösung rein genug ist.«

»Und wozu der ganze Aufwand?«

»In dieser Gegend lagert viel Paikn. Wir gewinnen es aus dem Boden und suchen einen Weg, es so weit zu läutern, bis es rein genug ist für die Kristallisation.«

»Zeitverschwendung«, sagte Hlonvert wegwerfend und wandte sich ab, um sich mit Vorndal Sisstt anzulegen.

»Guten Frühtag, Kapitän«, sagte Sisstt. »Ich bin ja so froh, daß Ihr sicher gelandet seid. Ich habe befohlen, sofort die Pterssaschirme auszufahren.«

Hlonvert schüttelte den Kopf. »Das ist überflüssig. Außerdem hast du schon für den Schaden gesorgt.«

»Ich...« Sisstts blaue Augen blickten ängstlich hin und her. »Ich verstehe nicht, Kapitän.«

»Die stinkenden Schwaden und Dämpfe, die du in den Himmel kotzt, entstellen die natürliche Bewölkung. Es hat Tote unter der Mannschaft gegeben – und ich mache dich persönlich dafür verantwortlich.«

»Aber...« Sisstt blickte empört auf die fliehende Linie der Klippen, von denen sich, über viele Meilen hinweg, eine Wolkenfahne nach der anderen auf die See hinausschlängelte. »Aber diese Art von Wolkenbildung ist seit langem typisch für diese Küste. Ich sehe nicht, wie man mich für...«

»Ruhe!« Hlonvert legte eine Hand an sein Schwert, machte einen Schritt vorwärts und stieß Sisstt mit der freien Handfläche vor die Brust; der Stoß streckte den Stationsvorsteher rücklings und mit gespreizten Beinen zu Boden. »Zweifelst du etwa an meinen Fähigkeiten? Willst du behaupten, ich hätte fahrlässig gehandelt?«

»Natürlich nicht.« Sisstt krabbelte auf die Füße und klopfte sich den Sand aus den Kleidern. »Vergebt mir, Kapitän. Jetzt, wo Ihr mich darauf aufmerksam macht, kann ich mir gut vorstellen, daß die Dämpfe aus unseren Tiegeln unter gewissen Umständen ein Risiko für Luftfahrer darstellen.«

»Du solltest Signalfeuer setzen.«

»Ich werde das sofort veranlassen«, sagte Sisstt. »Wir hätten schon längst darauf kommen sollen.«

Tauler, der alles mit ansah, fühlte eine prickelnde Wärme im Gesicht. Kapitän Hlonvert war groß von Statur, was für einen Mann von militärischer Herkunft normal war, doch er war auch weich und hatte Fett angesetzt, so daß selbst jemand von Sisstts Größe ihn mit Schnelligkeit und wutgehärteten Muskeln hätte bezwingen können. Hinzu kam, daß Hlonvert sein Schiff mit sträflichem Leichtsinn geführt hatte, was er mit seinem Gepolter zu verbergen versuchte und die Gegenwehr vor einem Tribunal hätte rechtfertigen können. Doch mit alledem hatte Sisstt nichts zu schaffen. Ganz im Einklang mit seiner Natur schwänzelte der Vorsteher um die Hand herum, die ihn mißhandelt hatte. Später würde er seine Feigheit mit Witzeleien entschuldigen und sich abreagieren, indem er die jüngsten seiner Untergebenen schikanierte.

Tauler hätte zu gerne den Grund für Hlonverts Besuch erfahren, aber er mußte einfach fort von hier, mußte sich von Sisstts Kriecherei abnabeln. Er wollte gerade gehen, als ein kurzgeschorener Luftfahrer, der die weißen Insignien eines Leutnants trug, an ihm vorbeieilte und vor Hlonvert salutierte.

»Kapitän, die Mannschaft ist zur Inspektion angetreten«, meldete er lakonisch.

Hlonvert nickte und warf einen Blick auf die Reihe der Gelbhemden, die am Schiff warteten. »Wie viele haben den Staub eingeatmet?«

»Nur zwei, Kapitän. Wir haben Glück gehabt.«

»Glück?«

»Ich will damit sagen, Kapitän, daß unsere Verluste ohne Eure Erfahrung und Geistesgegenwart viel höher gewesen wären.«

Hlonvert nickte wieder. »Wer sind die beiden?«

»Pouksl und Legju«, sagte der Leutnant. »Aber Legju will es nicht zugeben.«

»Ist der Kontakt bezeugt?«

»Ich habe es selbst mit angesehen, Kapitän. Die Pterssa war, als sie platzte, kaum einen Schritt weit von ihm entfernt. Er hat den Staub geatmet.«

»Warum kann er nicht dazu stehen wie ein Mann?« sagte Hlonvert irritiert. »Ein einziges Milchgesicht kann eine ganze Mannschaft durcheinanderbringen.« Er blickte finster in die Richtung der wartenden Männer, dann wandte er sich an Sisstt. »Ich habe für dich eine Nachricht von Baron Glo, doch da sind gewisse Formalitäten, die keinen Aufschub dulden. Warte hier!«

Sisstt wurde blaß. »Kapitän, ich würde Euch lieber in meinen Räumen empfangen. Außerdem warten dringende ...«

»Du wirst *hier* warten«, fiel ihm Hlonvert ins Wort, wobei er Sisstt mit einem Finger derart heftig gegen die Brust stieß, daß der kleinere Mann taumelte. »Du sollst ruhig zusehen, welche Folgen es hat, wenn man den Himmel so versaut, wie du es tust.«

Trotz der Verachtung, die er für Sisstts Verhalten empfand, drängte es Tauler nun doch, den Demütigungen des kleinen Mannes ein Ende zu setzen; aber solche Angelegenheiten waren in der kolkorronischen Gesellschaft nach einem strengen Protokoll geregelt. Ungebetener Beistand in einer Auseinandersetzung waren eine erneute Beleidigung, weil man damit Feigheit unterstellte. Als der Kapitän sich umdrehte, um zu seinem Schiff zu gehen, ging Tauler an die Grenze des Erlaubten und stellte sich Hlonvert direkt in den Weg; doch die Herausforderung blieb unbemerkt. Hlonvert wich einfach aus, den Blick in den Himmel gerichtet, wo die Sonne inzwischen dicht bei Jenland stand.

»Bringen wir es hinter uns, damit wir noch vor Kurznacht fertig sind«, sagte Hlonvert zu seinem Leutnant. »Wir haben uns schon zu lange aufgehalten.«

»Ja, Kapitän.« Der Leutnant marschierte voran zu den Männern, die in Reih und Glied im Windschutz des unruhig zerrenden Luftschiffs warteten, und erhob seine Stimme. »Alle Männer vortreten, die Grund zu der Annahme haben, daß sie demnächst ihren Pflichten nicht mehr nachkommen können.«

Nach einem Augenblick des Zögerns trat ein junger, dunkelhaariger Mann zwei Schritte vor. Sein dreieckiges Gesicht war so blaß, als ob es von innen her leuchtete, aber er hielt sich aufrecht und schien sich gut unter Kontrolle zu haben. Kapitän Hlonvert ging zu ihm und legte ihm die Hände auf die Schultern.

»Luftfahrer Pouksl«, sagte er ruhig, »du hast den Staub geatmet?«

»Ja, Kapitän.« Pouksls Stimme klang leblos und resigniert.

»Du hast deinem Land tapfer und gut gedient, und dein

Name wird vor den König kommen. Nun denn, wählst du den *Pfad des Ruhmes* oder den *Pfad des Vergessens?*«

»Den *Pfad des Ruhmes,* Kapitän.«

»Guter Mann. Dein Sold wird für die ganze Reise gezahlt und deinen nächsten Anverwandten geschickt. Du darfst dich zurückziehen.«

»Danke, Kapitän.«

Pouksl salutierte und ging um den Bug der Gondel herum zum Heck des Luftschiffs. Dort blieb er, wie es Vorschrift war, den Blicken seiner Kameraden entzogen; Tauler, Sisstt und viele Paiknarbeiter, die am Ufer standen, sahen zu, wie der Vollstrecker sich auf den Weg machte. Sein Schwert war breit und schwer, die Klinge aus Brakkaholz tiefschwarz und ohne die Emaille-Intarsien, mit denen sonst die kolkorronischen Waffen geschmückt waren.

Pouksl kniete sich ergeben hin. Seine Knie hatten kaum den Sand berührt, als der Vollstrecker ihn mit barmherziger Schnelligkeit auf den *Pfad des Ruhmes* schickte. Taulers Gesichtsfeld – ganz aus Gelb und Ocker und Blau in verschwommenen Schattierungen – hatte jetzt einen Mittelpunkt aus lebendigem Rot.

Bei dem Geräusch des Todesstreichs lief eine Unruhe durch die Reihe der Luftfahrer. Mehrere hoben ihr Gesicht und hefteten den Blick auf Jenland; die stumm bewegten Lippen verrieten, daß sie der Seele ihres toten Kameraden eine gute Reise zur Schwesterwelt wünschten. Die meisten Männer starrten jedoch bedrückt zu Boden. Sie waren aus den übervölkerten Städten des Reichs rekrutiert worden, wo es eine wachsende Skepsis gegenüber der kirchlichen Lehre gab, daß die menschliche Seele unsterblich sei und ohne Ende zwischen Diesland und Jenland hin und her wandere. Für sie hieß tot *tot* – und hatte nichts mit einem vergnügten Spaziergang auf dem *Heiligen Pfad* zu tun, der die beiden Welten verbinden sollte. Tauler vernahm von links ein unterdrücktes Würgen. Es war Sisstt, der sich mit beiden Händen den Mund zuhielt. Der Stationsvorsteher zitterte und machte den Eindruck, als könne er jeden Augenblick in Ohnmacht fallen.

»Wenn du zu Boden gehst, wird man uns wie alte Weiber behandeln«, flüsterte Tauler wütend. »Was ist los mit dir?«

»Barbarei.« Sisstts Worte kamen undeutlich. »Diese schreckliche Barbarei … Welche Hoffnung bleibt unsereinem denn?«

»Der Mann hatte die freie Wahl – und er hat gut gewählt.«

»Du bist nicht besser als …« Sisstt brach ab, weil neben dem Luftschiff ein Handgemenge entstand. Zwei Luftfahrer hatten einen dritten, der sich heftig wehrte, bei den Armen gepackt und hielten ihn vor Hlonvert fest. Der Gefangene war groß und spindeldürr und hatte einen unpassend kugeligen Bauch.

»… kann mich nicht gesehen haben, Kapitän«, schrie er. »Und ich war im Aufwind der Pterssa, also konnte der Staub mir nirgends zu nahe kommen. Ich schwöre Euch, Kapitän – ich habe den Staub nicht geatmet.«

Hlonvert stützte die Hände auf seine breiten Hüften und tat sein Mißtrauen kund, indem er einen Augenblick lang in den Himmel sah, bevor er sprach. »Luftfahrer Legju, die Vorschriften verlangen von mir, deine Erklärung zu akzeptieren. Aber damit du klarsiehst; den *Pfad des Ruhmes* bekommst du nicht noch einmal geboten. Beim geringsten Anzeichen von Fieber oder Lähmung wirst du über Bord geworfen. Lebendig. Dein Sold für die ganze Fahrt wird einbehalten und dein Name wird aus dem königlichen Register gestrichen. Hast du mich verstanden?«

»Jawohl, Kapitän. Danke, Kapitän.« Legju wollte sich Hlonvert zu Füßen werfen, aber die Männer an seiner Seite rissen ihn hoch. »Ihr braucht Euch keine Sorge zu machen, Kapitän – ich habe den Staub nicht geatmet.«

Auf Befehl des Leutnants hin gaben die beiden Männer Legju frei, und er kehrte langsam zu den anderen zurück, um sich wieder einzureihen. Die Männer rückten auseinander, um ihm Platz zu machen, und schufen unwillkürlich eine Barriere, als sie nicht wieder aufschlossen. Tauler nahm an, daß Legju in den nächsten zwei Tagen nur wenig Zuspruch finden würde. So lange dauerte es, bis das Pterssagift erste Wirkungen zeigte.

Kapitän Hlonvert salutierte und überantwortete die Mannschaft seinem Leutnant. Er stieg wieder die Böschung hinauf zu Sisstt und Tauler. In seinem Gesicht oberhalb der Bartlocken zeichneten sich rote Flecken ab, und die Schweißflecken auf seinem Wams hatten sich vergrößert. Er blickte in den Himmel, wo der östliche Rand von Jenland aufhellte, während die Sonne sich dahinterschob, und machte eine ungeduldige Geste, als wolle er der Sonne befehlen, endlich zu verschwinden.

»Es ist viel zu heiß für solche Scherereien«, knurrte er. »Ich habe einen langen Weg vor mir, und die Mannschaft ist nicht zu gebrauchen, solange dieser elende Feigling nicht über Bord ist. Die Dienstvorschriften müssen geändert werden, falls sich diese neuen Gerüchte nicht unterdrücken lassen.«

»Äh ...« Sisstt drückte den Rücken durch und kämpfte um seine Fassung. »Neue Gerüchte, Kapitän?«

»Da kursiert eine Geschichte, daß ein paar Frontsoldaten unten in Sorka gestorben sind, nachdem sie sich um Pterssa-Opfer gekümmert hatten.«

»Aber Pterssose ist nicht ansteckend.«

»Ich weiß«, sagte Hlonvert. »Nur haltlose Kretins denken darüber nach; aber so sind die Leute, die heutzutage rekrutiert werden. Pouksl war einer von den wenigen, auf die Verlaß ist – und ausgerechnet er mußte euren verdammten Rauchschwaden zum Opfer fallen.«

Tauler, der einem Bestattungskommando zugesehen hatte, das Pouksls sterbliche Überreste einsammelte, ärgerte sich über die erneute Anklage und über die Verbindlichkeit des Vorstehers. »Ihr braucht uns nicht ständig unsere Rauchschwaden vorzuwerfen, Kapitän«, sagte er und warf Sisstt einen vielsagenden Blick zu. »Niemand, der genug Sachverstand hat, bestreitet die Tatsachen.«

Hlonvert fuhr sofort herum. »Was willst du damit sagen?«

Tauler lächelte genüßlich und liebenswürdig. »Ich will damit sagen, daß wir alle deutlich gesehen haben, was passiert ist.«

»Wie heißt du, Soldat?«

»Tauler Marakain – und ich bin kein Soldat.«

»Du bist kein…« Hlonverts Zorn wich verschlagener Belustigung. »Na so was? Wen haben wir denn da?«

Tauler ließ es ungerührt geschehen, daß sich die Augen des Kapitäns mit seiner widersprüchlichen Erscheinung befaßten – dem langen Haar und den grauen Roben eines Philosophen einerseits und der Größe und ausgeprägten Muskulatur eines Kriegers andererseits. Auch das Tragen eines Schwertes stempelte ihn zum Sonderling in seiner Sippe. Nur die Tatsache, daß ihm Narben und Kriegstätowierungen fehlten, unterschied ihn körperlich von einem reinblütigen Mitglied der militärischen Kaste.

Er musterte Hlonvert nicht minder eingehend, und sein Widerstand wuchs, als er den Gedankengängen folgte, die sich so offensichtlich in dem geröteten Gesicht des Kapitäns spiegelten. Hlonvert hatte seine Angst vor einer Anklage wegen Fahrlässigkeit nicht verbergen können, und nun stellte er erleichtert fest, daß er nichts zu befürchten hatte. Alles was er zu seiner Verteidigung in dieser sippenbewußten Hierarchie von Kolkorron brauchte, waren ein paar plumpe Anspielungen auf den Stammbaum seines Widersachers. Die Lippen des Kapitäns zuckten unschlüssig bei der Fülle an Schmähungen, die ihm zur Verfügung standen.

Fang schon an! dachte Tauler und legte seine ganze Kraft in die stumme Botschaft. *Sprich aus, was dich dein Leben kostet.*

Hlonvert zauderte, als ob er die Gefahr spürte, und wieder war sein Gesicht wie ein offenes Buch. Er wollte den Emporkömmling zweifelhafter Geburt, der es gewagt hatte, ihn anzugreifen, zwar erniedrigen und lächerlich machen, wollte dabei aber kein ernsthaftes Risiko eingehen. Und Hilfe herbeizurufen, hieß, aus einem Funken ein Feuer machen, das womöglich genau die Tatsachen ins Licht rückte, die er verbergen wollte. Als er sich schließlich für eine Taktik entschieden hatte, zwang er sich zu einem leisen Lachen.

»Wenn du kein Soldat bist, solltest du mit dem Schwert aufpassen«, sagte er väterlich. »Du könntest dich beim Hinsetzen leicht verletzen.«

So leicht wollte Tauler ihn nicht davonkommen lassen.

»Für *mich* ist die Waffe ungefährlich«, sagte er provozierend.

»Ich werde mir deinen Namen merken, Marakain«, sagte Hlonvert mit leiser Stimme. In diesem Augenblick blies der Zeitwächter der Station das Horn zur Kurznacht – wobei seine Zunge den Zweiklang erzeugte, der hohe Pterssa-Aktivität signalisierte – und es entstand ein allgemeiner Aufbruch der Paiknarbeiter zu den schützenden Gebäuden. Hlonvert ließ Tauler stehen, legte Sisstt einen Arm um die Schulter und zog ihn in die Richtung, wo das vertäute Luftschiff lag.

»Du kommst mit an Bord, und wir trinken einen Schluck in meiner Kabine«, sagte er. »Du wirst sehen, wie hübsch und gemütlich es darin ist bei geschlossener Luke, und du kannst die Anweisungen von Baron Glo ganz ungestört entgegennehmen.«

Tauler zuckte die Achseln und sah den beiden Männern kopfschüttelnd nach. Die übertriebene Vertraulichkeit des Kapitäns war ein Bruch des Verhaltenscodexes an sich, und die unverhohlene Heuchelei, mit der er ausgerechnet den Mann um die Schulter faßte, den er eben noch zu Boden gestoßen hatte, war eine Ehrenkränkung sondergleichen. Er behandelte Sisstt wie einen Hund, der je nach Laune des Besitzers getreten oder gestreichelt wurde. Doch der Vorsteher blieb sich treu und ließ sich nichts anmerken. Ein plötzliches brüllendes Gelächter von Hlonvert kündete davon, daß Sisstt schon mit seinen Witzeleien begonnen hatte und den Grundstock legte für die Version der Begegnung, die er später an seine Mitarbeiter weitergeben würde, die ihm wohl oder übel glauben mußten. *Der Kapitän mag es, wenn die Leute ihn für einen Menschenfresser halten – doch wenn man ihn erst mal näher kennenlernt …*

Aufs neue ertappte Tauler sich dabei, wie er über den Hintergrund von Hlonverts Mission grübelte. Was mochten das für neue Anweisungen sein, die so dringend und wichtig waren, daß Baron Glo es für erforderlich hielt, sie mit einem Sonderkurier zu schicken, anstatt den nächsten planmäßigen Transport abzuwarten? War es denkbar, daß irgend etwas im Gange war, das Abwechslung in die tödliche Monotonie dieser entlegenen Station brachte? Oder war das zuviel verlangt?

Als die Dunkelheit aus dem Westen hereinbrach, blickte Tauler in den Himmel und sah den letzten glühenden Kamm der Sonne hinter dem dräuenden Koloß von Jenland verschwinden. So wie die Helligkeit sprunghaft nachließ, füllten sich die wolkenlosen Bereiche des Himmels mit Sternen, Kometen und Wirbeln aus trübem Glanz. Kurznacht brach an, und im Schutz der Dunkelheit würden bald die stummen Blasen der Pterssas aus den Wolken kommen, um hier am Boden Beute zu machen.

Tauler sah sich um und bemerkte, daß er der letzte hier draußen war. Alle, die für die Station arbeiteten, hatten sich in die Gebäude zurückgezogen, und die Besatzung des Luftschiffs war im Unterdeck sicher unter Verschluß. Man hätte ihn der Tollkühnheit bezichtigen können, weil er sich immer noch im Freien aufhielt, aber er war schon so oft draußen geblieben. Das Spiel mit dem Feuer gab seinem eintönigen Leben etwas Würze und war überdies eine Möglichkeit, den prinzipiellen Unterschied zwischen ihm und einem typischen Mitglied einer Philosophensippe zu demonstrieren. Diesmal war seine Gangart langsamer und gelassener denn je, als er die sanfte Steigung zum Gebäude des Vorstehers hinaufschritt. Vielleicht wurde er beobachtet, und sein persönlicher Codex forderte: Je größer das Risiko eines Pterssa-Angriffs war, desto weniger Angst durfte er zeigen. Als er die Tür erreicht hatte, hielt er inne und blieb einen Moment lang ganz still stehen, trotz des kribbelnden Gefühls im Rücken, bevor er den Riegel hob und eintrat.

Hinter ihm, den südlichen Himmel beherrschend, neigte sich der *Baum* mit seinen neun glitzernden Sternen dem Horizont entgegen.

2. Kapitel

Prinz Leddravohr Neldihver erging sich in der einzigen Beschäftigung, bei der er sich wieder jung fühlte.

Als ältester Sohn des Königs und Oberbefehlshaber der

kolkorronischen Streitkräfte war er auserkoren, sich hauptsächlich um die Belange der Politik und die strategische Kriegsführung zu kümmern. Wenn es um konkrete Kampfhandlungen ging, war sein Platz normalerweise weit hinter der eigenen Linie in einem schwer bewachten Kommandoposten, von wo er die militärischen Operationen aus sicherer Entfernung lenken konnte. Doch er war nicht der Typ, der selbst im Hintergrund blieb, um Stellvertretern, die er ohnehin nicht für besonders kompetent hielt, das Vergnügen vor Ort zu überlassen. Praktisch jeder Kadett und Truppensoldat prahlte beim Wein davon, wie der Prinz plötzlich im dichten Schlachtgetümmel aufgetaucht sei und ihm mit Schwert und Schlag zur Seite gestanden habe. Leddravohr nährte diesen Mythos, ganz im Interesse von Disziplin und Moral.

Er leitete den Vorstoß der Dritten Armee in die Halbinsel Luhngl am östlichen Rand der kolkorronischen Besitzungen, als aus einer hügeligen Region unerwartet heftiger Widerstand gemeldet wurde. Die zusätzliche Nachricht, daß diese Gegend reich an Brakkabäumen war, hatte genügt, Leddravohr in die vorderste Linie zu locken. Er hatte seinen königlich weißen Küraß gegen einen Brustpanzer aus gesottenem Leder getauscht und hatte selbst den Befehl über einen Trupp der Expeditionsstreitkräfte übernommen.

Es war kurz nach Tagesanbruch, als er sich in Begleitung eines erfahrenen Obersergeanten namens Rihf bäuchlings durch das Unterholz zum Rand einer weiten Lichtung vorarbeitete. So weit östlich war der Frühtag viel länger als der Spättag, und Leddravohr wußte, er hatte üppige Lichtreserven für einen wohlüberlegten Angriff und eine gründliche Säuberungsaktion. Es tat gut zu wissen, daß sich bald noch mehr Feinde von Kolkorron vor seinem Schwert in ihrem Blut wälzen würden. Vorsichtig teilte er den letzten Schirm aus Blättern und beobachtete, was sich dahinter abspielte.

Ein kreisrunder Bereich mit einem Durchmesser von etwa vierhundert Schritt war völlig von hoher Vegetation befreit, bis auf mehrere Brakkabäume in der Mitte. Um die hundert Männer und Frauen vom Stamme der Gessan standen in

Gruppen um die Bäume herum, ihre ganze Aufmerksamkeit auf ein Objekt an der Spitze eines schlanken geraden Brakkastammes gerichtet. Leddravohr zählte die Bäume und kam auf neun – eine Zahl mit magischen und religiösen Verbindungen zum Sternbild des *Baumes*.

Er hob sein Feldglas und fand seine Erwartungen bestätigt; das Objekt auf einem der Bäume war eine nackte Frau. Sie war über die Spitze des Stammes gebogen, den Magen auf die zentrale Mündung gepreßt; Stricke um Arme und Beine machten sie völlig bewegungsunfähig.

»Diese idiotischen Wilden bringen wieder ein Opfer«, flüsterte Leddravohr und reichte Rihf das Glas.

Der Sergeant betrachtete die Szenerie eingehend, ehe er das Glas zurückgab. »Meine Männer wüßten was besseres mit ihr anzufangen«, meinte er, »aber letztlich vereinfacht das die Sache nur.«

Er zeigte auf das dünne Glasröhrchen an seinem Handgelenk. In seinem Innern befand sich ein Rohrgrastrieb, der in regelmäßigen Intervallen mit schwarzem Pigment markiert war. Ein Marschierkäfer verschlang den Schößling von einem Ende her, wobei er sich mit der unveränderlichen Schrittrate bewegte, der er seinen Namen verdankte.

»Es ist kurz nach der fünften Teilung«, sagte Rihf. »Die anderen Kohorten werden inzwischen in Stellung sein. Wir sollten losschlagen, solange die Wilden abgelenkt sind.«

»Noch nicht.« Leddravohr beobachtete die Gessanmänner durch das Feldglas. »Ich kann zwei Wachtposten ausmachen, die dem Treiben nach wie vor den Rücken zuwenden. Diese Leute werden allmählich ein bißchen wachsamer, und vergiß nicht, sie sind irgendwie an die Idee zum Bau von Kanonen gekommen. Wenn wir sie nicht total überrumpeln, kommen sie dazu, auf uns zu feuern. Ich weiß nicht, wie du es hältst, aber ich will keine fliegenden Steine zum Frühstück – die liegen zu schwer im Magen.«

Rihf grinste anerkennend. »Wir warten, bis der Baum losgeht.«

»Das dauert nicht mehr lange – die Kronblätter falten sich bereits.« Leddravohr verfolgte mit Interesse, wie sich das

7.90.3

oberste von vier Paaren riesiger Baumblätter aus der normalen waagerechten Lage hob und um den Stamm legte. Das Phänomen ereignete sich meist zweimal im Jahr während der Reifezeit eines wild wachsenden Brakkabaumes, doch man bekam es in Kolkorron selten zu sehen. Zuzulassen, daß sich ein Brakkabaum selbst entlud, galt in seinem Land als Verschwendung von Energiekristallen.

Es trat eine kurze Verzögerung ein, nachdem sich die Kronblätter um den Stamm geschlossen hatten, dann erzitterte das zweite Paar und hob sich langsam. Leddravohr wußte, daß sich ziemlich tief im Boden die Trennwand der Reaktionskammer aufzulösen begann. Bald würden sich die grünen Paiknkristalle, die das obere Wurzelsystem dem Boden entzog, mit dem purpurroten Havl vermischen, das vom unteren Wurzelgeflecht aufgenommen wurde. Die heißen Gase, die dabei entstanden, würden für eine kurze Zeitspanne gestaut – dann würde der Baum seine Pollen mit einer Explosion in den Himmel schießen, die meilenweit zu hören war.

Wie er so bäuchlings auf dem Polster aus weicher Vegetation lag, fühlte Leddravohr eine pulsierende Wärme in der Leistengegend und bemerkte, daß er dabei war, eine Erektion zu bekommen. Er richtete das Feldglas auf die Frau, die über den Baum gezurrt war, und suchte nach ihren Brüsten und Hinterbacken. Bis jetzt war sie so regungslos gewesen, daß er sie für bewußtlos gehalten hatte, womöglich von einer Droge betäubt, aber die Bewegungen der gigantischen Blätter weiter unten am Stamm mußten ihr wohl unmißverständlich signalisiert haben, daß es mit ihr zu Ende ging, obwohl sie zu gut gefesselt war, um wirklich etwas ausrichten zu können. Sie drehte immerzu den Kopf von einer Seite auf die andere, so daß ihr langes schwarzes Haar hin und her pendelte und ihr Gesicht verbarg.

»Dumme Metze«, flüsterte Leddravohr. Er hatte sich für die Gessan immer nur unter militärischem Aspekt interessiert, doch vermutlich war ihre Religion ein ähnlicher Mischmasch aus Wahnvorstellungen wie bei den meisten rückständigen Volksstämmen auf Diesland. Wahrscheinlich hatte die Frau ihre Rolle in dem Fruchtbarkeitsritus sogar freiwillig übernommen, ganz im Glauben an eine Wiedergeburt als Prinzessin auf Jenland. Größere Mengen von Wein und getrocknetem Pilz mochten solche Ideen zeitweise überzeugend erscheinen lassen, aber nichts war ernüchternder als der unmittelbar bevorstehende Tod.

»Metze oder nicht, ich wünschte, sie läg jetzt unter mir«, knurrte Rihf. »Ich weiß nicht, wer zuerst losgeht – der Baum da oder meiner.«

»Du bekommst sie, wenn wir unsere Arbeit getan haben«, sagte Leddravohr grinsend. »Welche Hälfte willst du zuerst?«

Rihf schnitt eine Grimasse voller Ekel und Bewunderung für die Art und Weise, wie der Prinz es fertigbrachte, die besten seiner Männer in allen soldatischen Disziplinen zu übertreffen, einschließlich derjenigen, Zoten zu reißen. Leddravohr wandte seine Aufmerksamkeit den Wächtern zu. Durch das Feldglas sah er, daß sie erwartungsgemäß immer wieder Blicke auf den Opferbaum warfen, an dem sich das dritte Paar Blätter regte. Natürlich gab es für das Verhalten des Baumes eine rein botanische Erklärung – in horizontaler Lage würden die Blätter durch den Rückstoß beim Ausstoß der Pollen abgerissen – dennoch war die sexuelle Symbolik unübersehbar und zwingend. Leddravohr war überzeugt, daß alle Wachen den Baum anstarren würden, wenn der kritische Augenblick kam. Er legte das Glas beiseite und schloß die Hand fest um den Schwertgriff, als die Blätter den Brakkastamm umschlossen und sich beinah ohne Verzögerung das unterste Paar Blätter zu rühren begann. Das Haar der Frau flog jetzt in einem rasenden Tanz, und ihre Schreie drangen dünn an den Rand der Lichtung, vermischt mit dem Singsang einer männlichen Stimme aus der Mitte der Versammlung.

»Zehn Korrons extra für den Mann, der den Priester zum Schweigen bringt«, unterstrich Leddravohr seinen Widerwillen gegenüber allen Seelenhändlern, speziell solchen von der Sorte, die zu feige waren, ihre sinnlose Schlächterei selbst in die Hand zu nehmen.

Er hob eine Hand an den Helm und streifte die Kapuze zurück, die den scharlachroten Kamm verborgen hatte. Für die jungen Leutnants, die die anderen drei Kohorten befehligten, war diese Farbe das Signal zum Angriff, wenn er aus dem Wald kam. Leddravohr machte sich sprungbereit, als sich die letzten Blätter um den Stamm des Opferbaums schlossen, sanft wie die Hände einer Geliebten. Die Frau, die man über die Baumspitze geschnürt hatte, war plötzlich verstummt, vielleicht in Ohnmacht gefallen oder von Angst gelähmt. Eine angespannte, pulsierende Stille senkte sich auf die Lichtung. Leddravohr wußte, daß die Trennwand in der Reaktionskammer bereits nachgegeben hatte, sich bereits grüne und purpurfarbene Kristalle vermengten, die freiwerdende Energie nur wenige Sekunden lang eingepfercht werden konnte ...

Das Geräusch der Explosion, obgleich nach oben gerichtet, war schrecklich. Der Brakkastamm schlug und bebte, als die Pollenladung in den Himmel gerissen wurde, eine dampfig trübe Säule, vorübergehend mit Blut gefärbt, von konzentrischen Rauchringen umgeben.

Leddravohr spürte, wie sich der Boden unter ihm hob, als die Schockwelle in den Wald hinausraste, dann sprang er auf die Füße und rannte. Taub von dem furchteinflößenden Knall, mußte er sich ganz auf seine Augen verlassen, wenn er den Überraschungseffekt des Angriffs richtig einschätzen wollte. Rechts und links sah er die orangefarbenen Helmkämme von zwei Leutnants, hinter denen Dutzende von Soldaten zwischen den Bäumen auftauchten. Weiter vorne starrten die Gessan gebannt auf den Opferbaum, dessen Blätter sich schon wieder zu entfalten begannen, aber sie mußten jeden Moment die Gefahr entdecken. Er hatte bereits die halbe Entfernung zur nächsten Wache zurückgelegt, und wenn der Mann sich nicht bald umdrehte, würde er sterben, ohne zu wissen, durch wessen Hand.

Der Mann drehte sich um. Sein Gesicht verzerrte sich, die Mundwinkel fuhren abwärts, als er eine Warnung schrie. Er stampfte mit dem rechten Fuß auf irgend etwas, das im Gras versteckt war. Leddravohr wußte, es war die gethanische

Version einer Kanone – eine Brakkaröhre, die auf einer flachen Rampe saß und nur für den Einsatz gegen lebendige Nahziele bestimmt war. Der Stoß mit dem Fuß hatte eine Glas- oder Keramikkapsel im hinteren Teil der Kanone zerschmettert, so daß es zu einer Mischung aus Energiekristallen kam, nur – und das war der Grund, warum Kolkorron nicht viel von solchen Waffen hielt – gab es eine unvermeidliche Verzögerung, ehe es zur Entladung kam. Und diese kurze Zeitspanne genügte Leddravohr, um auf die Bedrohung zu reagieren. Er hatte dem Soldaten hinter sich eine Warnung zuschreien können, einen Bogen nach rechts geschlagen und erreichte den Gessan von der Seite, gerade als die Kanone losknallte und einen breitgefächerten Regen aus Kieselsteinen und Felssplittern verschleuderte, die ins Gras prasselten. Der Wächter hatte sein Schwert ziehen können, stand aber noch so sehr unter dem Bann der Opferung, daß er zu verwirrt war, um zu kämpfen. Leddravohr hielt nicht einmal inne und streckte ihn mit einem einzigen Schwertstreich in den Nacken nieder, bevor er sich in das Kampfgetümmel stürzte.

Leddravohr verlor jedes Zeitgefühl, während er sich zur Mitte der Lichtung durchschlug. Er nahm den Kampflärm nur undeutlich wahr, der von weiteren Kanonenschlägen durchsetzt war. Unter den Gessan, die er getötet hatte, waren mindestens zwei junge Frauen; darüber würden seine Männer zwar murren, doch er hatte mit ansehen müssen, wie gute Soldaten ihr Leben verloren, nur weil sie im Kampf zwischen Frauen und Männern unterscheiden wollten. Im letzten Moment das Schwert zu drehen, damit aus dem tödlichen ein bloß betäubender Schlag wurde, setzte eine Entscheidung voraus – und ein Augenblick des Zögerns genügte, damit ein feindliches Schwert sein Ziel fand.

Einige Gessan suchten ihr Heil in der Flucht, nur um von den umzingelnden Kolkorroniern niedergemacht oder zurückgetrieben zu werden. Andere kämpften mit dem Mut der Verzweiflung, aber sie standen immer noch unter dem fatalen Einfluß der Opferzeremonie und zahlten für ihre mangelnde Vorsicht mit dem Leben. Eine Gruppe von zopfhaarigen Eingeborenen mit fremdartigen Tätowierungen suchte Zuflucht zwischen den neun Brakkabäumen und benutzte die Baumstämme als natürliche Schutzschilde. Leddravohr sah, wie zwei seiner Männer schwer verwundet wurden, doch der Widerstand war schnell gebrochen. Die Gessan hatten zuwenig Bewegungsfreiheit und gaben leichte Ziele ab für die Lanzenträger der zweiten Kohorte.

Mit einem Mal war die Schlacht vorüber.

Der Blutrausch klang ab und machte einer Ernüchterung Platz. Die normalen Instinkte meldeten sich zurück. Leddravohr musterte seine Umgebung, um sicherzugehen, daß er außer Gefahr war, daß alle, die noch auf den Füßen waren, entweder kolkorronische Soldaten oder schlimmstenfalls gefangene Gessanfrauen waren, dann blickte er zum Himmel hinauf. Denn im Wald waren er und seine Männer vor den Pterssas sicher gewesen, hier draußen bestand aber ein gewisses Risiko.

Die Himmelskuppel, wie sie sich Leddravohrs forschenden Augen bot, wirkte befremdend auf jemanden, der in Kolkorron geboren war. Er war aufgewachsen unter der riesigen und dunstigen Kugel von Jenland, aber hier auf der Halbinsel Luhngl war die Schwesterwelt weitab in den Westen gerückt. Leddravohr sah direkt über sich den klaren Himmel, und das bereitete ihm Unbehagen, als habe er in einem Schlachtplan eine wichtige Flanke ungedeckt gelassen. Es waren jedoch keine fahlen Flecken zu sehen, die vor den Bildern der Tagesgestirne drifteten; er konnte es also verantworten, sich wieder den Dingen zuzuwenden, die vor ihm lagen.

Rundum bot sich ihm ein vertrautes Bild, angefüllt mit einem ebenso vertrauten Durcheinander an Stimmen und Geräuschen. Einige Kolkorronier schrien sich grobe Witze zu, während sie auf der Lichtung umhergingen, verwundete Gessan töteten und Trophäen sammelten. Was die Gessan besaßen, war kaum der Mühe wert, mit Ausnahme der Y-förmigen Pterssahölzer, die man als interessante Kuriosität in den Tavernen von Ro-Atabri herumzeigen konnte. Andere Soldaten lachten und lärmten, während sie das gute

Dutzend gefangener Frauen auszogen. Das war eine durchaus legitime Beschäftigung zu diesem Zeitpunkt – Männer, die gekämpft hatten, hatten auch einen Anspruch auf Kriegsbeute – und Leddravohr achtete nur darauf, daß es nicht wirklich zur Kopulation kam. In so einem Gelände konnte es ziemlich schnell zu einem Gegenangriff kommen, und ein Soldat in Brunst war so ungefähr die nutzloseste Kreatur im Universum.

Railo, Nossnalp und Chravell – die Leutnants, die die anderen drei Kohorten angeführt hatten – näherten sich Leddravohr. Das Leder von Railos rundem Schild hatte schlimme Scharten davongetragen, und der Verband an seinem linken Arm war blutgetränkt, aber er war in guter körperlicher Verfassung und gut aufgelegt. Nossnalp und Chravell waren damit beschäftigt, mit einem Lappen ihr Schwert zu säubern und entfernten auch die kleinste Verunreinigung von den Emaille-Intarsien des schwarzen Blattes.

»Eine erfolgreiche Operation, wenn ich recht sehe«, sagte Railo und entbot Leddravohr den zwanglosen Feldgruß.

Leddravohr nickte. »Verluste?«

»Drei Tote und elf Verwundete. Zwei der Verwundeten wurden von der Kanone getroffen. Sie werden Kurznacht nicht erleben.«

»Werden sie den *Pfad des Ruhmes* gehen?«

Railo blickte gekränkt. »Natürlich.«

»Ich werde zu ihnen sprechen, ehe sie gehen«, sagte Leddravohr. Er befürchtete nur, daß seine Worte den sterbenden Soldaten nicht viel bedeuten würden, denn er war ein pragmatischer Mensch ohne religiöse Überzeugungen, aber es war die Art von Geste, die von den Kameraden geschätzt wurde. So wie die Praxis, auch dem einfachsten Soldaten zu erlauben, ihn ohne formelle Anrede anzusprechen, gehörte auch diese Geste zu den Möglichkeiten, sich die Anhänglichkeit und Loyalität der Truppe zu erhalten. Natürlich behielt er seine Motive für sich.

»Schleifen wir das Dorf der Gessan?« Chravell, der größte der Leutnants, steckte das Schwert in die Scheide zurück.

»Es liegt ungefähr eine Meile nordöstlich, und man hat wahrscheinlich die Kanonen gehört.«

Leddravohr überdachte die Frage. »Wie viele Erwachsene sind in dem Dorf zurückgeblieben?«

»Praktisch niemand, sagen die Späher. Alle sind hergekommen, um das Spektakel zu sehen.« Chravell warf einen kurzen Blick auf die entmenschlichten Fetzen aus Fleisch und Knochen, die von der Spitze des Opferbaumes baumelten.

»In diesem Fall ist das Dorf keine militärische Bedrohung mehr und zählt zu unserem Besitz. Gib mir eine Karte.« Leddravohr nahm das Faltblatt und ging auf ein Knie hinunter, um es am Boden auszubreiten. Die Karte war vor kurzem von einem Luftaufklärer gezeichnet worden und betonte alles, was für die kolkorronischen Kommandanten von Interesse war – Größe und Lage der Gessansiedlungen, Topographie, Flüsse und – unter strategischem Gesichtspunkt das wichtigste – den Anteil der Brakkabäume am übrigen Waldbestand. Leddravohr studierte die Karte gründlich, dann umriß er seine Pläne.

Von hier aus gesehen, lag etwa zwanzig Meilen hinter dem Dorf, in Quadrant G/31, eine viel größere Ansiedlung, die über schätzungsweise dreihundert kampftaugliche Männer verfügte. Das dazwischenliegende Gelände war, milde ausgedrückt, schwierig. Es war dicht bewaldet und kreuz und quer von steilen Kämmen, Spalten und reißenden Strömen durchsetzt – alles in allem ein Alptraum für kolkorronische Soldaten, die eine Vorliebe für den Präriekampf hatten.

»Die Wilden müssen zu *uns* kommen«, verkündete Leddravohr. »Ein Gewaltmarsch durch dieses Gelände wird jeden Mann bis zur Erschöpfung treiben; je schneller sie also kommen, um so besser für uns. Das hier ist doch so eine Art geweihter Ort für sie?«

»Das Allerheiligste«, sagte Railo. »Wo findet man schon neun Brakkabäume so dicht beieinander.«

»Sehr gut! Als erstes müssen wir die Bäume fällen. Instruiert die Wachtposten, sie sollen ein paar Dörfler nahe genug heranlassen, damit sie sehen können, was hier passiert, und – schärft ihnen ein, daß man sie wieder davonläßt. Und bringt bei Anbruch von Kurznacht ein Sonderkommando auf den Weg, um das Dorf anzuzünden – damit die Nachricht Füße bekommt. Wenn wir Glück haben, sind diese Wilden so erschöpft, wenn sie hier ankommen, daß sie kaum noch Kraft finden, in unsere Schwerter zu stolpern.«

Leddravohr beendete das bewußt vereinfachende Wortspiel mit einem Lachen und warf Chravell die Karte zurück. Er war überzeugt, daß die Gessan von G/31, selbst wenn man sie zu einem überstürzten Angriff provozierte, gefährlichere Gegner waren als Flachland-Dörfler. Die bevorstehende Schlacht hatte den drei jungen Offizieren wertvolle Erfahrungen zu bieten und ihm die Gelegenheit, aufs neue zu beweisen, daß er mit vierzig ein besserer Soldat war als andere, die halb so alt waren. Er stand auf, sog tief und genußvoll die Luft ein und sah dem Rest eines Tages entgegen, der gut begonnen hatte.

Trotz seiner entspannten Stimmung trieb ihn eine eingefleischte Gewohnheit dazu, den offenen Himmel abzusuchen. Pterssas waren nicht zu sehen, aber eine vage Bewegung in einem der senkrechten Ausschnitte des Himmels zwischen den Bäumen im Westen hatte ihn alarmiert. Er nahm sein Feldglas heraus, richtete es auf die benachbarte Lücke zwischen den Bäumen und bekam einen Augenblick später flüchtig ein Luftschiff zu sehen.

Es flog niedrig und hielt offenbar Kurs auf das hiesige Kommandozentrum, das ungefähr fünf Meilen von hier am westlichen Rand der Halbinsel lag. Leddravohr war sich nicht sicher, weil das Fahrzeug zu weit weg gewesen war, aber er glaubte, seitlich an der Gondel das Feder-und-Schwert-Symbol erkannt zu haben. Er runzelte die Stirn bei dem Versuch sich vorzustellen, welcher Umstand einen Boten seines Vaters in diese ferne Region verschlagen konnte.

»Die Männer warten auf das Frühstück«, sagte Nossnalp und verschob den Helm mit dem orangeroten Kamm, damit er sich den Schweiß aus dem Nacken wischen konnte. »Ein paar extra Streifen gepökeltes Schweinefleisch könnten in der Hitze nichts schaden.«

Leddravohr nickte. »Das haben sich die Leute verdient.«

»Sie möchten auch gerne was mit den Weibern anfangen.«

»Nicht solange wir die Gegend sichern, überzeugt euch, daß lückenlos patrouilliert wird, und laßt sofort die Schleimer kommen – ich will diese Bäume schnell am Boden haben.« Leddravohr ließ die Leutnants stehen und begann einen Rundgang auf der Lichtung. Das Zetern der Gessanfrauen in ihrem barbarischen Dialekt war nicht zu überhören, die Kochfeuer begannen zu prasseln und er hörte, wie Railo den Zugführern, die auf Patrouille waren, Befehle zurief.

Am Fuß eines der neun Brakkabäume befand sich eine niedrige, hölzerne Plattform, die dick mit grüner und gelber Pigmentfarbe beschmiert war, wie sie von den Gessan benutzt wurde. Der nackte Körper eines weißbärtigen Mannes lag über der Plattform, der Rumpf wies mehrere Stichwunden auf. Leddravohr nahm an, daß es der Priester war, der die Opferzeremonie geleitet hatte. Seine Annahme wurde bestärkt, als er Obersergeant Rihf entdeckte, der sich in der Nähe der primitiven Konstruktion mit einem Truppensoldat unterhielt. Die Stimmen waren nicht zu hören, aber die beiden Männer sprachen mit jener unverwechselbaren Gestik, die Soldaten an den Tag legten, wenn es um Geld ging, und Leddravohr glaubte zu wissen, was da ausgehandelt wurde. Er band seinen Brustschild los, setzte sich auf einen Baumstumpf und wartete ab, ob Rihf tatsächlich so taktlos war. Wenig später legte Rihf dem anderen den Arm um die Schulter und brachte ihn mit.

»Das ist Ssuu Eggeso«, sagte Rihf. »Ein guter Soldat. Er ist es, der den Priester zum Schweigen gebracht hat.«

»Nützliche Arbeit, Eggeso.« Leddravohr blickte wohlwollend auf den jungen Soldaten, der stumm blieb und offensichtlich von seiner Gegenwart eingeschüchtert war. Ein peinliches Schweigen folgte.

»Prinz, Ihr habt großzügig eine Belohnung von zehn Korrons für die Tötung des Priesters ausgesetzt.« Rihfs Stimme bekam einen offenherzig heiseren Klang. »Eggeso unterstützt seinen Vater und seine Mutter in Ro-Atabri. Sie könnten das Geld gut gebrauchen.«

»Aber natürlich.« Leddravohr öffnete seine Geldmappe und zog einen Zehn-Korron-Schein heraus und hielt ihn Eggeso hin. Er wartete, bis die Finger des Soldaten das blaue Glasgewebe fast berührten, dann steckte er den Schein schnell wieder in seine Mappe zurück. Eggeso warf dem Sergeanten einen beklommenen Blick zu.

»Wenn ich es recht bedenke«, sagte Leddravohr, »ist es so... passender.« Er ersetzte den ersten Schein durch zwei grüne Fünf-Korron-Scheine und händigte sie Eggeso aus. Er gab vor, jedes Interesse zu verlieren, als sich die beiden Männer bedankten und eilig davongingen. Sie waren kaum zwanzig Schritte weit, als sie stehenblieben und miteinander flüsterten, und als sich ihre Schritte trennten, steckte sich Rihf etwas in die Tasche. Leddravohr lächelte, als er sich Rihfs Namen ins Langzeitgedächtnis einprägte. Der Sergeant gehörte zu der Sorte von Männern, für die er gelegentlich Verwendung hatte – habgierig, dumm und absolut berechenbar. Sekunden später verdrängte der johlende Protest aus vielen kolkorronischen Kehlen sein Interesse an Rihf. Die Schleimer waren eingetroffen, um sich um die Brakkabäume zu kümmern.

Leddravohr erhob sich, wie jedermann ängstlich darauf bedacht, nicht in den Windschatten eines Schleimers zu geraten, und beobachtete die vier halbnackten Männer, die aus dem Wald traten. Sie schleppten große Kürbisflaschen, die von einem gepolsterten Schulterjoch hingen, und trugen Spaten und anderes Grabwerkzeug mit sich. Arme und Beine waren gemasert von dem lebenden Schleim, der das Hauptwerkzeug ihrer Zunft war. Alle Gegenstände, die sie bei sich trugen, waren aus Glas, Stein oder Keramik, weil der Schleim alle anderen Materialien, insbesondere Brakkaholz, schnell verschlungen hätte. Selbst ihr Gesäßschurz war aus weichem Glas gewebt.

»Aus dem Weg, ihr Dreckfresser«, schrie ihr rundbäuchiger Anführer, während sie geradewegs zu den Brakkabäumen marschierten. Seine Worte provozierten einen Schwall von Beschimpfungen bei den Soldaten, worauf die anderen Schleimer mit obszönen Gesten reagierten. Leddravohr wich aus, damit die Schleimer in seinem Windschatten blieben, teils um dem Gestank zu entgehen, den sie verströmten, aber hauptsächlich um sicherzugehen, daß sich keine Flugspore des Schleims auf ihm niederließ. Die einzige Möglichkeit, sich auch vom leisesten Verdacht auf Sporenbefall zu befreien, bestand darin, die Haut gründlich und schmerzhaft abzuscheuern.

Als die Schleimer den ersten Brakkabaum erreichten, setzten sie ihre Ausrüstung ab und begannen sofort mit der Arbeit. Während sie gruben, um das obere Wurzelsystem freizulegen, das dem Boden Pikon entzog, fuhren sie fort, alle Soldaten zu beschimpfen, die ihnen unter die Augen kamen. Sie konnten sich das ungestraft herausnehmen, weil sie die Basis der kolkorronischen Wirtschaft waren, eine ausgestoßene Elite mit einzigartigen Privilegien. Sie wurden hoch bezahlt für ihre Dienste. Ein Schleimer konnte sich nach zehn Jahren zurückziehen und ein sorgenfreies Leben führen – vorausgesetzt er überlebte den langwierigen Prozeß, der nötig war, um sich von dem ansteckenden Schleim zu befreien.

Leddravohr sah mit Interesse zu, als die oberen radialen Wurzeln freigelegt wurden. Ein Schleimer öffnete eine der gläsernen Kürbisflaschen und benutzte eine Spachtel, um die Hauptwurzeln mit einer eiterähnlichen Schmiere zu bestreichen. Das Konzentrat, gezüchtet aus dem Saft, den der Brakkabaum selbst erzeugte, um die Scheidewand seiner Reaktionskammer aufzulösen, verströmte einen würgenden Geruch, wie von erbrochener Galle, gemischt mit der widerstreitenden Süße des Weißfarn. Die Wurzeln, die sonst der schärfsten Schneide widerstanden, quollen sichtlich auf bei dem Angriff auf ihre Zellstruktur. Zwei andere Schleimer durchtrennten sie mit Schieferäxten und gruben, ganz zur Freude ihres Publikums, mit verbissenem Eifer tiefer hinunter, um das untere Wurzelsystem und die knollenartige Ausbuchtung der Reaktionskammer am Grund des Stammes freizulegen. Darin wartete eine wertvolle Ernte an Energiekristallen, die sichergestellt werden mußte, ehe der Baum gefällt wurde, und zwar mit äußerster Vorsicht, damit die

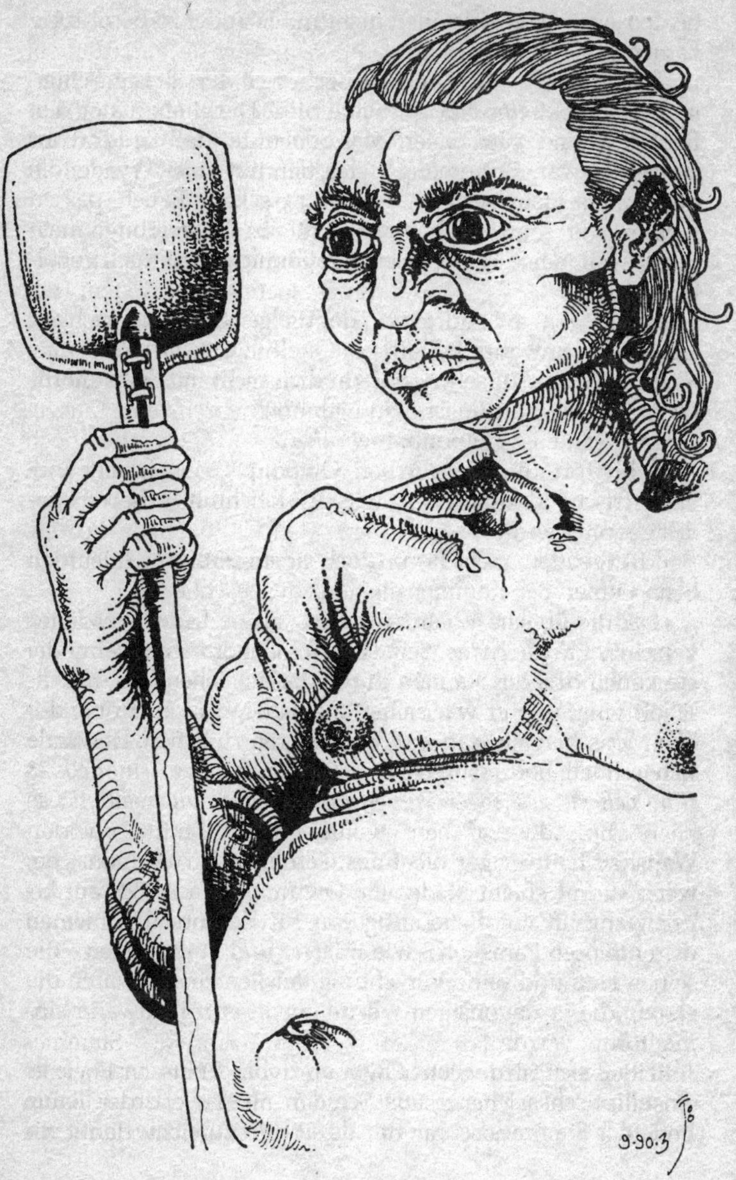
9.90.3

beiden Arten von Kristallen nicht miteinander in Berührung kamen.

»Zurücktreten, ihr Dreckfresser!« rief der älteste Schleimer. »Zurücktreten, da ...« Seine Stimme riß ab, als er den Blick hob und zum ersten Mal bemerkte, daß Leddravohr anwesend war. Er verbeugte sich tief, mit einer Würde, die nicht zu seinem nackten und verdreckten Bauch passen wollte, und sagte: »Ich bitte nicht um Verzeihung, mein Prinz, weil meine Worte selbstverständlich nicht Euch gegolten haben.«

»Gut so«, sagte Leddravohr, der die geistige Beweglichkeit aus dieser unwahrscheinlichen Quelle zu schätzen wußte. »Ich bin erfreut zu sehen, daß du dich nicht mit Selbstmordgedanken plagst. Wie ist dein Name?«

»Der Name ist Owpoup, mein Prinz.«

»Fahre fort mit deiner Arbeit, Owpoup – es ist immer wieder erfrischend zuzusehen, wie der Reichtum unseres Landes geerntet wird.«

»Mit Freuden, mein Prinz, doch ist ein seitlicher Ausbruch beim Öffnen der Kammer nie ganz auszuschließen.«

»Laß die übliche Vorsicht walten«, sagte Leddravohr und verschränkte die Arme. Sein scharfes Gehör nahm wahr, wie ein bewunderndes Raunen durch die umstehende Soldatenschaft ging, und er war sicher, zu seinem Ruf als Prinz, der den Menschen zugetan war, beigetragen zu haben. Es würde sich schnell herumsprechen – *Leddravohr mag sein Volk so sehr, daß er sich sogar mit einem Schleimer unterhält.* Diese kleine Episode war eine wohlüberlegte Taktik, doch in Wahrheit hatte er gar nicht das Gefühl, sich zu erniedrigen, wenn er mit einem Mann wie Owpoup sprach, dessen Arbeit wahrhaft von Bedeutung war für Kolkorron. Es waren die nutzlosen Parasiten – wie Priester und Philosophen – die seinen Haß und seine Verachtung verdienten. Sie waren die ersten, die er davonjagen würde, wenn er irgendwann einmal König wurde.

Er ließ sich nieder, um Owpoup dabei zuzusehen, wie er ein elliptisches Muster aus Schleim an das ausbauchende Ende des Stammes schmierte, als eine erneute Bewegung am westlichen Himmel seine Aufmerksamkeit erregte. Das Luftschiff war zurückgekehrt und trieb durch den schmalen Streifen Blau, der Jenland von der gezackten Mauer aus Bäumen trennte. Da es nach so kurzer Zeit wieder auftauchte, konnte es nicht in G/1, dem Kommandozentrum, gelandet sein. Der Kapitän mußte sich über Sonnenschreiber mit der Basis in Verbindung gesetzt haben und dann direkt in die Angriffszone gekommen sein – was kaum einen Zweifel daran ließ, daß er Leddravohr eine dringende Botschaft des Königs brachte.

Verwirrt beschattete Leddravohr die Augen gegen die grelle Sonne; das Luftschiff verlor an Fahrt und manövrierte in der Absicht, auf der Waldlichtung zu landen.

3. Kapitel

Leyn Marakains Domizil – bekannt als Hofklause – lag auf Grünberg, einem abgerundeten Hügel in einer nördlichen Vorstadt von Ro-Atabri, der kolkorronischen Metropole.

Vom Fenster seines Arbeitszimmers aus hatte er einen Panoramablick auf die Wohn-, Geschäfts-, Industrie- und Verwaltungsbereiche, die sich hinunterdrängten bis an den Borannfluß und am jenseitigen Ufer die Parklandschaften umgingen, in der die fünf Paläste lagen. Den Familien, denen der Erzphilosoph vorstand, war vor vielen Jahrhunderten, in der Regierungszeit von Bytran IV., als ihre Arbeit noch hochangesehen war, eine Gruppe von Wohnhäusern und anderen Gebäuden in dieser herrlichen Gegend übereignet worden.

Der Erzphilosoph selbst lebte in einem gespreizten Gebäude, bekannt als Grünbergfeste, und es war ein Zeichen früherer Bedeutung, daß alle Häuser in seinem Vormundschaftsbezirk in Blickrichtung zum Großpalast angelegt waren, und zwar um den Verkehr vermittels Sonnenschreiber zu erleichtern. Heute freilich vermochten solche Relikte alter Privilegien die Eifersucht und Abneigung bei den Führern der anderen Orden nur zu verstärken. Leyn Marakain wußte, daß der Industriebaron, Prinz Chakkell, sein Imperium insbesondere mit Grünberg schmücken wollte und alles daransetzte, um die Philosophen zu entthronen und von Grünberg zu verdrängen.

Der Spättag hatte begonnen – die Region war eben erst aus dem Schatten von Jenland getreten – und die Stadt sah wunderschön aus, als sie nach zweistündigem Schlaf wieder zum Leben erwachte. Die gelbe, orangefarbene und rote Färbung der Bäume, die ihre Blätter verloren, hob sich deutlich ab von den blassen und dunkleren Grüntönen der Bäume, die Knospen ansetzten oder in vollem Blattwerk standen, weil ihre Zyklen zeitlich verschoben waren. Hie und da warfen die hell glühenden Ballonhüllen von Luftschiffen pastellfarbene Kreise und Ellipsen auf die Stadt, und auf dem Fluß konnte man die weißen Segel von seetüchtigen Schiffen sehen, die tausenderlei Waren aus weit entfernten Teilen von Diesland brachten.

Wie er so an seinem Schreibtisch vor dem Fenster saß, hatte er keine Augen für den großartigen Ausblick. Den ganzen Tag über hatte er tief in seinem Innern eine merkwürdige Erregung und ein Gefühl von Erwartung verspürt. Es gab keinen konkreten Anhaltspunkt, doch seine Vorahnung sagte ihm, daß die geistige Bewegung auf irgend etwas von größter Wichtigkeit hinauslief.

Eine Zeitlang hatte ihn eine grundsätzliche Ähnlichkeit in den Problemen beschäftigt, die aus den verschiedensten Quellen in seine Abteilung gespeist wurden. Diese Probleme waren so alltäglich und profan wie das des Weinhändlers, der die ökonomischste Form für den Krug wissen will, in dem er eine bestimmte Menge Wein auf den Markt bringen kann, oder das Problem des Farmers, der nach der ertragreichsten Getreidemischung für ein bestimmtes Stück Land zu verschiedenen Zeiten im Jahr sucht.

Schon seine Vorfahren waren mit solchen Aufgaben betraut worden, wie die Größe des Kosmos abzuschätzen, und eben jetzt keimte in ihm die Vermutung, daß da irgendwo im Kern dieser alltäglichen, kommerziellen Rätsel eine Idee schlummerte, deren Auswirkungen universeller waren als die Geheimnisse der Astronomie. In jedem Problem gab es eine Größe, deren Wert von den Wertänderungen einer anderen Größe regiert wurde, und das Problem lag darin, die optimale Balance zu finden. Traditionelle Lösungen verlangten, zahlreiche Näherungen zu berechnen oder Kurven mit extremen Punkten zu zeichnen, doch hatte eine winzige Stimme in Leyn zu wispern begonnen, und ihre Botschaft war die eisig schaurige, daß es womöglich einen algebraischen Weg zu einer *präzisen* Lösung gab, mit ein paar Federstrichen. Es hing zusammen mit dem mathematischen Begriff von Grenzen, mit der Idee, daß …

»Du mußt mir bei der Gästeliste helfen«, sagte Gesalla, als sie in das vertäfelte Arbeitszimmer rauschte. »Wie soll ich vernünftige Vorbereitungen treffen, wenn ich nicht einmal weiß, wie viele Gäste kommen.«

Der glimmende Funke in den Tiefen von Leyns Verstand war erloschen und ließ ihn mit einem Gefühl von Verlust zurück, das sich jedoch verflüchtigte, als er zu seiner schwarzhaarigen Monofrau aufblickte. Die Beschwerden einer vorzeitigen Schwangerschaft hatten das Oval ihres Gesichts geschmälert und verliehen ihr eine dunkeläugige Blässe, die irgendwie ihre Intelligenz und Charakterstärke unterstrich. In Leyns Augen war sie nie schöner gewesen, aber er wünschte sich insgeheim, sie hätte nicht auf dem Kind bestanden. Dieser schlanke, schmalhüftige Körper sah ihm nicht danach aus, als sei er für eine Mutterschaft bestimmt, und er hegte ganz private Befürchtungen, was das Ergebnis betraf.

»Oh, tut mir leid, Leyn«, sagte sie; ihr Gesicht zeigte Besorgnis. »Habe ich dich bei etwas Wichtigem gestört?«

Er lächelte und schüttelte den Kopf, aufs neue beeindruckt von ihrem Talent, die Gedanken anderer zu erraten. »Ist es nicht früh, um Altjahr zu planen?«

»Ja.« Sie begegnete seinem Blick kühl – ihre Art zu sagen: Willst du mir vorwerfen, daß ich tüchtig bin? »Kommen wir also zu deinen Gästen …«

»Ich verspreche dir, noch vor Tagesende eine Liste zu schreiben. Ich glaube nicht, daß sich viel ändert, obwohl – ich weiß nicht, ob Tauler diesmal zu Hause sein kann.«

»Ich werde ihn sicher nicht vermissen«, sagte Gesalla und rümpfte die Nase. »Ich mag ihn einfach nicht. Ich wünsche mir *einmal* eine Party ohne Zank und Streit.«

»Er ist mein Bruder«, protestierte Leyn liebevoll.

»Halbbruder würde besser passen.«

Leyns gute Laune war gefährdet. »Ich bin froh, daß Mutter das nicht mehr hören kann.«

Gesalla kam sofort zu ihm, setzte sich auf seinen Schoß, küßte ihn auf den Mund, wobei sie mit beiden Händen seine Wangen knetete, um ihn zu einer feurigen Erwiderung zu bewegen. Das war ein ganz gewöhnlicher Trick von ihr, aber er funktionierte. Er fühlte sich auch noch nach zwei Ehejahren begehrt, schob seine Hand unter ihr blaues Jäckchen und liebkoste ihre kleinen Brüste. Plötzlich setzte sie sich aufrecht und sah ihn ernst an.

»Ich wollte nichts Schlechtes über deine Mutter sagen. Ich meinte, daß Tauler nicht so *aussieht* wie ein Mitglied dieser Familie – eher wie ein Soldat.«

»Das Erbmaterial spielt manchmal einen Streich.«

»Und die Art, wie er liest.«

»Wir haben das schon mal besprochen«, sagte Leyn geduldig. »Wenn du Tauler näher kennenlernst, wirst du sehen, daß er so intelligent ist wie jeder andere in der Familie. Er *kann* lesen, aber er liest stockend, weil er irgendein Problem damit hat, wie er gedruckte Wörter wahrnimmt. Und überhaupt, beim Militär können die meisten lesen und schreiben – deine Beobachtung hat also weiter nichts zu bedeuten.«

»Na ja …« Gesalla schien unzufrieden. »Und wieso muß er immer und überall Unruhe stiften?«

»Eine Menge Leute haben diese Unsitte – zum Beispiel jemand, dessen linke Brustwarze mich zur Zeit aufregt.«

»Versuche nicht, mich auf andere Dinge zu bringen – bestimmt nicht zu dieser Tageszeit.«

»Schon gut, aber wieso regst du dich so über Tauler auf? Auf Grünberg wimmelt es doch nur so von Individualisten und komischen Käuzen.«

»Fändest du es besser, wenn ich eine von diesen gesichtslosen Frauen wäre, die keine eigene Meinung haben?« Gesalla sprang wie elektrisiert auf die Füße, er spürte kaum, wie sich ihr Federgewicht von ihm abstieß, und ihr Gesicht nahm einen Ausdruck von Bestürzung an, als sie hinuntersah in den ummauerten Vorhof. »Erwartest du Baron Glo?«

»Nein.«

»Pech – er kommt gerade.« Gesalla eilte zur Tür. »Ich verschwinde, bevor er hier ist. Ich kann mir nicht leisten, den halben Tag lang das ganze endlose Gestotter über mich ergehen zu lassen – ganz zu schweigen von den schmutzigen Anspielungen.« Sie raffte ihre knöchellangen Röcke zusammen und lief schweigend zur hinteren Treppe.

Leyn nahm die Lesebrille ab und sah ihr nach, wobei er sich wünschte, sie würde nicht immer wieder auf die Herkunft seines Bruders zu sprechen kommen. Ayssa Marakain, seine Mutter, war bei Taulers Geburt gestorben; wenn es also eine außereheliche Beziehung gegeben hatte, dann hatte Ayssa mehr als genug dafür bezahlt. Warum konnte Gesalla es nicht dabei belassen? Leyn war von ihrer intellektuellen Unabhängigkeit ebenso angezogen gewesen wie von ihrer Schönheit und ihrer körperlichen Anmut, aber er hatte nicht mit ihrer Abneigung gegenüber seinem Bruder gerechnet. Hoffentlich kam es nicht zu Jahren häuslichen Unfriedens.

Das Schlagen einer Wagentür im Vorhof lenkte seine Aufmerksamkeit auf die Außenwelt. Baron Glo war eben aus dem veralteten, aber blitzenden Zweiachser gestiegen, den er stets für kurze Strecken innerhalb der Stadt benutzte. Sein Fahrer, der die beiden Blauhörner unter Kontrolle hielt, nickte immerzu und wurde sichtlich unruhig, während er von Baron Glo schier endlose Anweisungen erhielt. Leyn vermutete, daß der Erzphilosoph hundert Wörter benutzte, wo zehn genügt hätten, und er betete, der Besuch möge nicht zu einer Geduldsprobe werden. Er ging zum Buffet, goß zwei Gläser Schwarzwein ein und wartete an der Zimmertür, bis Glo erschien.

»Sehr freundlich«, sagte Glo kurzatmig, nahm beim Eintritt sein Glas entgegen und ging geradewegs zum nächsten Sessel. Obwohl er Ende Fünfzig war, sah er dank seiner Rundlichkeit und der Tatsache, daß er außer ein paar schrägen bräunlichen Ruinen hinter der Unterlippe so gut wie zahnlos war, viel älter aus. Er atmete geräuschvoll nach dem Treppensteigen, und sein Bauch wogte unter der nicht formellen grauweißen Robe.

»Es ist mir immer wieder ein Vergnügen, Euch zu sehen, verehrter Meister«, sagte Leyn und fragte sich, ob es einen besonderen Grund gab für den Besuch. Aber er wußte, es war wenig hilfreich, sein Gegenüber zu drängen.

Glo trank die Hälfte des Weins in einem Zug. »Ganz meinerseits, mein Lieber. Oh! Ich habe da etwas … hmm … wenigstens *glaube* ich, daß ich es dir zeigen kann. Du wirst dich darüber freuen.« Er setzte sein Glas ab, suchte tastend in den Falten seiner Kleidung und brachte schließlich ein Stück Papier zum Vorschein, das er Leyn aushändigte. Es war ein bißchen klebrig und mittelbraun bis auf eine hellere, gesprenkelte Kreisfläche in der Mitte.

»Fernland.« Leyn erkannte in der Mitte ein helles Abbild des dritten Hauptplaneten, der die Sonne in ungefähr dem zweifachen Abstand des Dies-und-Jenland-Paares umkreiste. »Die Bilder werden besser.«

»Ja, aber wir können sie nicht haltbar machen. Das da ist merklich … hmm … verblaßt seit letzter Nacht. Man kann kaum noch die Polkappen erkennen, aber letzte Nacht waren sie noch sehr klar. Schade. Schade.« Glo nahm das Bild wieder an sich und studierte es eingehend, derweil er immerzu den Kopf schüttelte und an den Zahnstummeln saugte.

»Die Polkappen waren so klar wie Tageslicht. Klar wie Tageslicht, sage ich dir. Der junge Entess fand eine sehr gute Bestätigung für diesen Winkel … ah … diese Inklination. Leyn, hast du jemals versucht, dir vorzustellen, wie das ist, auf einer Welt zu leben, deren Achse geneigt ist? Es gäbe eine heiße Periode des Jahres, mit langen Tagen und kurzen Nächten, und eine kalte … hmm … Periode, mit langen Tagen … ich meine *kurzen* Tagen … und langen Nächten … und alles davon abhängig, wo sich der Planet gerade befindet auf seinem Umlauf. Die Farbveränderungen auf Fernland zeigen, daß die *ganze* Vegetation einem einzigen … hmm … Zyklus unterworfen ist.«

Leyn verbarg seine Ungeduld und Langeweile, als Glo auf die ausgetretenen Pfade seines Lieblingsthemas geriet. Es war eine grausame Ironie, daß der Erzphilosoph vorzeitig senil wurde, und Leyn – in aufrichtiger Achtung vor dem alten Mann – sah es als seine Pflicht an, ihn nach Kräften zu unterstützen, persönlich und beruflich. Er füllte Schwarzwein nach und streute passende Kommentare ein, während Glo den verschlungenen Pfaden von der elementaren Astronomie zur Botanik und den Unterschieden zwischen der Ökologie einer geneigten Welt und derjenigen von Diesland folgte.

Auf Diesland, wo es keine Jahreszeiten gab, mußten die allerersten Farmer vor der Aufgabe gestanden haben, das natürliche Durcheinander von genießbaren Gräsern in zeitgleiche Gruppen aufzuteilen, die zu bestimmten Zeiten reiften. Sechs Ernten im Jahr waren die Norm in weiten Teilen Dieslands. Später brauchten nur sechs benachbarte Streifen bepflanzt und abgeerntet zu werden, um die Versorgung mit Getreide aufrechtzuerhalten und die Probleme bei der Langzeitlagerung zu vermeiden. In neuerer Zeit hatten die fortschrittlichen Gemeinwesen es für wirksamer gehalten, ganze Farmen nur einem Getreidezyklus zu unterwerfen und sechs Farmen zu einem Verband zusammenzuschließen oder auch Vielfache davon, doch das Prinzip blieb das gleiche.

Als Junge hatte Leyn Marakain gern über das Leben auf fernen Planeten spekuliert – vorausgesetzt sie existierten in anderen Teilen des Universums und waren von intelligenten Wesen bewohnt – aber er hatte schnell herausgefunden, daß ihm die Mathematik einen größeren Spielraum für das geistige Abenteuer bot. Sein größter Wunsch war im Moment, Baron Glo möge gehen und ihn weiterarbeiten lassen, oder endlich seinen Besuch erklären. Als er sich wieder auf die umherschweifenden Gedanken seines Gegenübers einließ, stellte er fest, daß Baron Glo inzwischen auf die Experimente mit der Photographie zurückgekommen war und von den Schwierigkeiten sprach, aus lichtempfindlichen Pflanzenzellen eine Emulsion herzustellen, die das Abbild länger festhielt als nur für ein paar Tage.

»Warum ist das so wichtig für Euch?« warf Leyn ein. »Jeder Mitarbeiter in Eurem Observatorium könnte von Hand ein weit besseres Bild zeichnen.«

»Astronomie ist nur eine winzige Nebensache, mein Lieber – was mir vorschwebt, sind vollkommen … hmm … wirklichkeitsgetreue Bilder von Häusern, Landschaften, Menschen.«

»Ja, aber wir haben schon Zeichner und Maler, die so etwas können.«

Glo schüttelte den Kopf; ein Lächeln entblößte die Zahnruinen, dann sprach er ungewöhnlich fließend. »Maler malen nur, was sie oder ihre Gönner für wichtig halten. Es geht so viel verloren. Die Zeiten schlüpfen uns durch die Finger. Ich will, daß jeder sein eigener Maler ist – dann werden wir unsere Geschichte entdecken.«

»Haltet Ihr das denn für möglich?«

»Zweifellos. Ich sehe den Tag voraus, da jedermann lichtempfindliches Material bei sich trägt und *alles* augenblicklich in einem Bild festhalten kann.«

»Ihr könnt noch jeden von uns überflügeln«, sagte Leyn beeindruckt. Einen Moment lang hatte er die Gegenwart des früheren Baron Glo gespürt. »Und je höher Ihr fliegt, um so weiter seht Ihr.«

Glo sah zufrieden aus. »Lassen wir das – gib mir … hmm … noch etwas Wein.« Er betrachtete das Glas eingehend, als es sich wieder füllte, dann lehnte er sich in den Sessel zurück. »Rate mal, was passiert ist.«

»Ihr habt eine arglose Jungfrau geschwängert.«

»Falsch. Weiter.«

»Irgendeine arglose Jungfrau hat Euch geschwängert.«

»Das ist eine ernste Angelegenheit, Leyn.« Glo machte eine dämpfende Handbewegung, die zeigen sollte, daß Leichtsinn fehl am Platze war. »Dem König und Prinz Chakkell ist plötzlich aufgefallen, daß uns die Brakkabäume ausgehen.«

Leyn, der eben das Glas an die Lippen setzen wollte, war mitten in der Bewegung erstarrt. »Darauf wäre ich nicht gekommen, Ihr habt recht. Wie viele Berichte und Studien haben wir nicht eingereicht in den letzten zehn Jahren.«

»Unzählige, aber es sieht so aus, als hätten sie am Ende doch etwas bewirkt. Der König hat eine Versammlung des hohen … hmm … Rates einberufen.«

»Hätte ich ihm gar nicht zugetraut«, sagte Leyn. »Kommt Ihr direkt vom Palast?«

»Ah … nein. Ich weiß schon seit Tagen von der Einberufung, aber ich konnte dich nicht aufsuchen, weil mich der König *ausgerechnet* nach Sorka geschickt hat, in einer … hmm … anderen Angelegenheit. Ich bin erst diesen Frühtag zurückgekommen.«

»Ich könnte auch einen Urlaub gebrauchen.«

»Das war kein Urlaub, mein Lieber.« Glo schüttelte seinen großen Kopf und setzte eine ernste Miene auf. »Ich war bei Tansfo – und mußte zusehen, wie einer von seinen Chirurgen eine Autopsie an einem Soldaten durchführte. Ich gebe offen zu, mein Magen ist so etwas nicht gewöhnt.«

»Bitte! Kein Wort darüber«, sagte Leyn. Bei dem Gedanken an Messer, die durch bleiche Haut schnitten, und Hände, die in kalten Innereien wühlten, spürte er einen sanften Druck unter dem Zwerchfell. »Warum wollte der König Euch dabeihaben?«

Glo klopfte sich auf die Brust. »Ich bin der Erzphilosoph. Mein Wort hat noch immer großes Gewicht beim König. Allem Anschein nach werden unsere Soldaten und Luftleute … hmm … von Gerüchten demoralisiert, daß es nicht ungefährlich ist, sich in der Nähe von Pterssa-Opfern aufzuhalten.«

»Nicht ungefährlich? Wie soll ich das verstehen?«

»Es heißt, daß sich mehrere Truppensoldaten beim Umgang mit Opfern Pterssose zugezogen haben.«

»Aber das ist doch Unfug«, sagte Leyn und nahm einen ersten Schluck Wein. »Was hat Tansfo gefunden?«

»Pterssose, kein Zweifel. Milz wie ein Fußball. Unsere offizielle Verlautbarung besagt, daß der Soldat mitten in der Nacht einer Pterssablase begegnet ist und unbemerkt den Staub eingeatmet hat – oder er hat es … hmm … verschwiegen. Das kommt vor, nicht wahr? Manche Männer können der Tatsache nicht ins Auge blicken. Oft machen sie sich sogar selbst etwas vor.«

»Ich kann das gut verstehen.« Leyn fröstelte, aber nicht, weil ihm kalt war. »Die Versuchung ist groß. Wenn man bedenkt, daß der leiseste Luftzug über Leben und Tod entscheidet.«

»Ich würde es vorziehen, über unsere eigenen Angelegenheiten zu sprechen.« Glo stand auf und begann, den Raum abzuschreiten. »Diese Versammlung ist sehr wichtig für uns, mein Lieber. Eine Chance für den philosophischen Orden, sich Anerkennung zu verdienen – das frühere Ansehen zurückzugewinnen. Also, ich möchte, daß du höchstpersönlich die Kurven ausarbeitest – große und farbenprächtige und … hmm … einfache Schautafeln. Es muß deutlich werden, wieviel Paikn und Havl Kolkorron in den nächsten fünfzig Jahren herstellen kann. Intervalle von fünf Jahren mögen ausreichen – das überlasse ich dir. Wir müssen auch zeigen, wie sich unsere einheimische Brakkareserve wieder erholt, während der Bedarf nach natürlichen Kristallen zurückgeht, bis wir …«

»Verehrter Meister, ein bißchen langsamer«, protestierte Leyn. Er war entsetzt, wie weit die visionäre Rhetorik den Baron von der Realität forttrug. »Ich will nicht pessimistisch erscheinen, doch es gibt keine Garantie dafür, daß wir in den nächsten fünfzig Jahren *überhaupt* brauchbare Kristalle herstellen werden. Gegenwärtig hat unser bestes Paikn einen Reinheitsgrad von dreißig Prozent, und mit unserem Havl sieht es nicht viel besser aus.«

Glo stieß ein erregtes Lachen aus. »Nur weil wir bisher nicht die volle Rückendeckung des Königs hatten. Mit der richtigen Ausrüstung können wir die ganzen Reinheitsprobleme in wenigen Jahren lösen. Da bin ich ganz sicher! Genau deshalb gab mir der König die Erlaubnis, seine Boten zu benutzen, um Sisstt und Dassuhn herbeizurufen. Sie können auf der Versammlung über den neuesten Stand ihrer Arbeiten berichten. Harte Tatsachen – das ist es, was den König beeindruckt. Praktische Anwendungen. Ich sage dir, mein Junge, die Zeiten ändern sich. Mir ist schlecht.« Glo plumpste in den Sessel, daß die dekorativen Töpfereien an der Wand hüpften.

Eigentlich, dachte Leyn, sollte er hingehen, um seine Hilfe anzubieten, aber er schreckte zurück. Glo sah aus, als könne er sich jeden Moment übergeben. Die Vorstellung, diesen Moment aus nächster Nähe zu erleben, war einfach zu widerlich. Schlimmer noch, die verschlängelten Adern an Glos Schläfen schienen platzen zu wollen. Was, wenn sich tatsächlich eine sprudelnde Quelle auftat? Leyn malte sich aus, wie er höchstpersönlich von dem Blut des anderen besudelt wurde, und diesmal wehrte sich sein Magen mit einem kräftigen Stüber.

»Soll ich Euch etwas holen?« sagte er ängstlich. »Etwas Wasser?«

»Mehr Wein«, sagte Glo heiser und hielt sein Glas hin.

»Im Ernst?«

»Nicht so prüde, mein Lieber – es gibt keine bessere Medizin. Würdest du ein bißchen mehr Wein trinken, hättest du etwas mehr Fleisch auf den ... hmm ... Rippen.« Glo studierte sein Glas, während Leyn nachfüllte, und war darauf bedacht, daß es voll wurde. Die Farbe kehrte in sein Gesicht zurück. »Also, wo war ich stehengeblieben?«

»Hatte es nicht mit der drohenden Wiedergeburt unserer Zivilisation zu tun?«

Glo blickte ihn tadelnd an. »Sarkasmus? Ist das Sarkasmus?«

»Tut mir leid, verehrter Meister«, sagte Leyn. »Ich habe mich schon immer leidenschaftlich für den Schutz des Brakkabaums eingesetzt – ein Thema, bei dem ich allzu leicht die Selbstbeherrschung verliere.«

»Ich erinnere mich.« Glo ließ den Blick durch den Raum wandern. Alles, was in anderen Häusern normalerweise aus dem schwarzen Holz gefertigt war, bestand hier aus Keramik und Glas. »Hältst du das nicht für ... hmm ... übertrieben?«

»Ich kann nicht anders.« Leyn hob die linke Hand und zeigte auf den schwarzen Ring, den er am sechsten Finger trug. »Das ist ein Hochzeitsgeschenk von Gesalla – der einzige Grund, warum ich so viel davon im Haus habe.«

»Ah ja – Gesalla.« Das Grinsen, mit dem er seine schiefen

Zahnstummel entblößte, war die Karikatur eines wollüstigen Lächelns. »In einer von diesen Nächten, das schwöre ich dir, hast du außer Gesalla noch jemanden im Bett.«

»Mein Bett ist das Eure«, sagte Leyn leichthin. Baron Glo würde niemals vom Recht des Adels Gebrauch machen und einer Frau der sozialen Gruppe beiliegen, deren dynastisches Oberhaupt er war. Es war ein uraltes Vorrecht in Kolkorron, das vom Hochadel immer noch in Anspruch genommen wurde. Glo pflegte gelegentlich mit solchen Witzen die kulturelle Überlegenheit des philosophischen Ordens hervorzuheben, der diese Praxis längst überwunden hatte.

»Eingedenk deiner extremen Ansichten«, fuhr Glo fort und kam wieder auf sein Thema zurück, »könntest du nicht eine positivere Haltung zu der Versammlung einnehmen? Freust du dich denn gar nicht darüber?«

»Doch. Ich bin froh darüber. Es ist ein Schritt in die richtige Richtung, aber er kommt *so spät*. Wie Ihr wißt, braucht ein Brakka fünfzig oder sechzig Jahre, bis er reif ist und in die Phase der Entsamung kommt. Selbst wenn wir jetzt schon in der Lage wären, reine Kristalle zu züchten, müßten wir immer noch diese Zeitspanne überbrücken, und die ist erschreckend groß.«

»Ein Grund mehr, um vorauszuplanen, mein Lieber.«

»Richtig – nur, je dringender ein Plan benötigt wird, um so geringer ist seine Chance, akzeptiert zu werden.«

»Klingt sehr tiefschürfend«, sagte Glo. »Du machst mich neugierig.«

»Vor vielleicht fünfzig Jahren hätten Versorgung und Nachfrage ausbalanciert werden können, indem Kolkorron nur ein paar vernünftige Sparmaßnahmen erlassen hätte, doch selbst damals haben sich die Prinzen taub gestellt. Jetzt erfordert die Situation wirklich drastische Maßnahmen. Könnt Ihr Euch vorstellen, wie Leddravohr auf den Vorschlag reagieren wird, die gesamte Waffenproduktion für zwanzig oder dreißig Jahre auszusetzen?«

»Nicht auszudenken«, sagte Glo. »Aber findest du nicht, daß du übertreibst?«

»Seht Euch diese Kurven an.« Leyn ging zu einem Kasten

aus flachen Schubladen, nahm ein großes Blatt heraus und breitete es auf dem Schreibtisch aus, so daß Glo es einsehen konnte. Er erläuterte die unterschiedlich gefärbten Diagramme, wobei er die Mathematik möglichst außen vor ließ, und analysierte, wie sich die steigende Nachfrage nach Energiekristallen und Brakkaholz und andere Faktoren – etwa die zunehmende Verknappung und die Transportverzögerungen – gegenseitig beeinflußten. Einmal oder zweimal kam ihm beim Reden der Gedanke, daß diese Probleme hier der gleichen allgemeinen Klasse angehörten wie jene, über die er vorhin noch nachgedacht hatte. Und seit vorhin bedrängte ihn die Inspiration, diesen Problemen auf eine völlig neue Art zu Leibe zu rücken – eine, die mit dem mathematischen Konzept von Grenzen zu tun hatte; aber jetzt wurden seine Gedanken von materiellen und menschlichen Erwägungen beherrscht.

Zu den letzteren zählte die Tatsache, daß Baron Glo, der bald als erster Sprecher der Philosophie auftreten würde, inzwischen zu senil war, um noch komplexen Argumenten folgen zu können. Hinzu kam Glos Angewohnheit, sich jeden Tag mit Wein zu betrinken. – Glo mimte großes Interesse, indem er viel nickte und an seinen Zahnruinen saugte, aber die fleischigen Falten seiner Augenlider fielen immer häufiger herunter.

»Das ist also das Ausmaß des Problems, verehrter Meister«, sagte Leyn und verlieh seiner Stimme einen übertriebenen Elan, um Glos Aufmerksamkeit zu wecken. »Möchtet Ihr gerne die Ansichten meiner Abteilung über Art und Umfang der Maßnahmen hören, die erforderlich sind, um die Krise in erträglichen Grenzen zu halten?«

»Stabilität, ja, Stabilität – das ist es.« Glo hob ruckartig den Kopf und schien einen Moment lang völlig verwirrt zu sein; seine blaßblauen Augen musterten Leyns Gesicht, als sähe er es zum ersten Mal. »Wo waren wir?«

Leyn fühlte sich niedergeschlagen und merkwürdig erschreckt. »Vielleicht ist es das beste, ich schicke Euch eine schriftliche Zusammenfassung zur Feste, die Ihr dann in Ruhe durchgehen könnt. Wann tritt der Hohe Rat zusammen?«

»Am Zweihundertsten, morgens. Richtig, am Zweihundertsten, hat der König gesagt. Welches Datum haben wir heute?«

»Eins-neun-vier.«

»Da bleibt nicht viel Zeit«, sagte Glo traurig. »Ich habe dem König versprochen, ich würde einen entscheidenden ... hmm ... Beitrag leisten.«

»Das werdet Ihr.«

»Es geht mir nicht um ...« Glo erhob sich, schwankte ein wenig und sah Leyn mit einem sonderbaren, bebenden Lächeln an. »Hast du wirklich gemeint, was du eben gesagt hast?«

Leyn blinzelte ihn an. Er konnte mit der Frage nichts anfangen. »Was habe ich denn gesagt?«

»Über mein Fliegen ... daß ich um so weiter sehe ... je höher ich fliege?«

»Natürlich, verehrter Meister«, sagte Leyn und wurde verlegen. »Da stehe ich zu.«

»Das ist gut. Es bedeutet mir ...« Glo streckte sich, dehnte seinen plumpen Brustkorb und war plötzlich wieder die Zuversicht in Person. »Wir werden es denen zeigen. *Allen* werden wir's zeigen.« Er ging zur Tür, dann hielt er inne, die Hand auf dem Porzellanknauf. »Und laß mir eine Zusammenfassung zukommen, so bald wie ... hmm ... möglich. Oh, übrigens, ich habe Sisstt aufgetragen, deinen Bruder mitzubringen.«

»Das war sehr freundlich von Euch«, sagte Leyn. Seine Freude auf das Wiedersehen mit Tauler war natürlich getrübt durch die Aussicht auf Gesallas Reaktion. »Nicht der Rede wert. Ich glaube, wir waren alle ein bißchen hart zu ihm. Ich meine, ein Jahr an einem so deprimierenden Ort wie Haffangar, nur weil er Ongmat einen leichten Schlag versetzt hatte.«

»Der leichte Schlag hat Ongmats Kiefer in zwei Teile gespalten.«

»Sagen wir, er war gut plaziert.« Glo gab ein keuchendes Lachen von sich. »Und wir haben es alle als Wohltat empfunden, als Ongmat für eine Weile zum Schweigen gebracht war.« Er kicherte noch, als er bereits außer Sicht war. Seine Sandalen schlappten auf dem Mosaikboden im Korridor.

Leyn nahm sein fast unberührtes Glas Wein mit zum Schreibtisch und setzte sich. Indem er die schwarze Flüssigkeit kreisen ließ, erzeugte er an ihrer Oberfläche helle Muster. Es war typisch für Glo, daß er Taulers Neigung zur Gewalt so humorvoll gebilligt hatte; er nutzte solche kleinen Gelegenheiten, um die Mitglieder des philosophischen Ordens daran zu erinnern, daß er königlicher Abstammung war und in seinen Adern das Blut von Eroberern floß. Offenbar fühlte Glo sich wieder besser und hatte seine Selbstachtung wiedergefunden; und dennoch – Körper und Geist des alten Mannes waren in einem alarmierenden Zustand.

In nur wenigen Jahren war aus Glo ein schwafelndes und geistesabwesendes Wrack geworden. Die meisten Abteilungsleiter tolerierten seine Inkompetenz; einige wußten den daraus resultierenden Bonus an persönlicher Freiheit zu schätzen, aber das schwindende Ansehen des Ordens hinterließ ein allgemeines Gefühl der Entmutigung. Der alternde König Pradt hatte sich noch eine nachsichtige Vorliebe für Glo bewahrt – und, so wurde getuschelt, wenn die Philosophie schon zu einem Witz verkommen war, so sollte sie doch wenigstens durch einen Hofnarren repräsentiert werden.

Aber, wo sich der Hohe Rat versammelt, da hört der Spaß auf, sagte sich Leyn. Die Person, die für eine rigorose Schonung des Brakkabestandes eintrat, mußte eloquent und energisch auftreten, mußte komplizierte Zusammenhänge arrangieren und mit unangreifbaren Kenntnissen in Statistik untermauern. Diese Person würde einen unpopulären Stand haben und sich die Feindschaft des ehrgeizigen Prinzen Chakkell und des blutrünstigen Prinzen Leddravohr zuziehen.

Wenn Baron Glo es nicht schaffte, sich noch rechtzeitig vor der Versammlung mit Leyns Aufzeichnungen vertraut zu machen, war es denkbar, daß er einen Stellvertreter berief. – Nur schon der Gedanke daran, Chakkell oder Leddravohr herauszufordern – auch wenn es sich nur um Wortgefechte handelte –, war ebenso schweiß- wie harntreibend. Der Wein in Leyns Glas reflektierte ein Muster aus zitternden, konzentrischen Kreisen.

Leyn setzte das Glas ab, atmete ein paarmal tief durch und wartete darauf, daß sich seine Hände beruhigten.

4. Kapitel

Tauler Marakain erwachte mit dem verwirrenden und tröstlichen Gedanken, daß er nicht alleine im Bett lag.

Er spürte die Körperwärme der Frau an seiner linken Seite; sie hatte einen Arm auf seinen Bauch gebettet und ein Knie über seine Hüfte gezogen. Seine Empfindungen waren besonders erfreulich, weil sie ungewohnt waren. Er lag ganz still und starrte an die Decke, während er sich die genauen Umstände ins Gedächtnis rief, wie er zu weiblicher Gesellschaft gekommen war, hier in seinem nüchternen Zimmer in der Hofklause ...

Er hatte seine Rückkehr in die Metropole mit einem Streifzug durch die Tavernen im Samlju-Bezirk gefeiert. Die Tour begann am frühen Morgen und sollte zusammen mit Kurznacht zu Ende sein, doch Bier und Wein überredeten ihn, und die Bekanntschaften, die er machte, bekamen mehr und mehr die Gesichter von lieben Freunden. Er war so glücklich, dem Gestank der Paiknschmelze entronnen zu sein, daß er den ganzen Spättag lang und noch bis in die Nacht hinein weiterzechte; zu später Stunde entdeckte er von Zeit zu Zeit dieselbe Frau neben sich in der Menge, viel zu oft, als daß man es mit dem Zufall erklären konnte.

Sie hatte lohfarbenes Haar, war groß, vollbusig, mit breiten Schultern und Hüften – ganz die Frau, von der Tauler während des Exils in Haffangar geträumt hatte. Sie kaute schamlos einen Schößling des Jungfernschatzes. Ihr Gesicht war rund und offen und unkompliziert, mit vom Wein geröteten Wangen. Ihr Lächeln enthüllte strahlend weiße Zähne, bis auf das winzige Eckchen, das einem Schneidezahn fehlte. Tauler fand schnell heraus, wie unbefangen er mit ihr reden, wie freimütig er mit ihr lachen konnte, und am Ende schien es die natürlichste Sache der Welt, die Nacht miteinander zu verbringen …

»Ich bin hungrig«, sagte sie unvermittelt und setzte sich auf. »Ich will frühstücken.«

Tauler ließ einen anerkennenden Blick über ihren herrlich nackten Körper gleiten und lächelte. »Und wenn ich vorher etwas anderes will?«

Sie sah enttäuscht aus, aber nur für einen Augenblick, dann lächelte sie zurück und neigte sich zu ihm, bis sie ihn mit den Brüsten berührte. »Du willst doch nicht, daß ich dich zu Tode reite.«

»Bitte, tu's!« sagte Tauler mit einem zufriedenen Glucksen. Er zog sie zu sich herunter. Eine beglückende Wärme durchflutete Seele und Körper, als sie sich küßten, doch innerhalb von Sekunden überfiel ihn eine nagende Unruhe. Irgend etwas stimmte nicht. Er schlug die Augen auf und identifizierte sofort eine Quelle des Übels – die Helligkeit in seiner Schlafkammer bedeutete, daß es schon ziemlich spät am Morgen war. Das war der Morgen des zweihundertsten Tages, und er hatte seinem Bruder versprochen, beim ersten Lichtschimmer auf den Beinen zu sein, um ihm zu helfen, ein paar Schautafeln und eine Art Staffelei zum Großen Palast zu schaffen. Es war eine niedrige Aufgabe, die jeder andere hätte übernehmen können, doch Leyn hatte ihn darum gebeten, vielleicht, weil er ihn nicht während der ganzen Ratssitzung mit Gesalla allein lassen wollte.

Gesalla! Tauler hätte beinahe laut gestöhnt, als ihm einfiel, daß er Gesalla am Tag zuvor gar nicht zu Gesicht bekommen hatte. Er war frühmorgens von Haffangar hier eingetroffen und nach einem kurzen Gespräch mit seinem Bruder – bei dem Leyn vollauf mit seinen Schaubildern beschäftigt gewesen war – schnurstracks auf Zechtour gegangen. Gesalla war Leyns Monofrau und hatte als Hausherrin von Tauler erwartet, daß er ihr beim formellen Abendessen seine Aufwartung machte. Eine andere Frau wäre über diesen Formfehler hinweggegangen, doch die anspruchsvolle und resolute Gesalla mußte außer sich vor Wut gewesen sein. Auf seinem Flug zurück nach Ro-Atabri hatte Tauler den Vorsatz gefaßt, allen

Reibereien im Hause seines Bruders aus dem Wege zu gehen und nicht von Gesallas Seite zu weichen – und er hatte sie schon am allerersten Tag gekränkt. Die züngelnden Bewegungen einer feuchten Zunge erinnerten Tauler, daß sein Verstoß gegen das häusliche Protokoll schwerwiegender war, als Gesalla ahnte.

»Es tut mir schrecklich leid«, sagte er, wobei er sich aus der Umarmung befreite, »aber du mußt jetzt nach Hause gehen.«

»Was?« Sie starrte ihn mit offenem Mund an.

»Komm schon – mach schnell!« Tauler stand auf, raffte ihre Kleidungsstücke zu einem wirren Bündel und drückte es ihr in die Arme. Er öffnete einen Kleiderschrank und suchte sich frische Sachen zusammen.

»Und was ist mit meinem Frühstück?«

»Keine Zeit – du mußt hier raus.«

»Ist ja großartig«, sagte sie verbittert und wühlte in den fast transparenten Bändern und Fetzen ihrer Kleidung.

»Ich sagte dir doch, daß es mir leid tut«, sagte Tauler, während er sich in Kniehosen zwängte, die im Gegensatz zu seiner Beischläferin entschlossen schienen, sich seinem Eindringen zu widersetzen.

»Da hab ich viel …« Sie hielt inne, noch ehe sie ihre Brüste ganz in einer losen Schlinge verstaut hatte, und musterte den Raum von der Decke bis zum Boden. »Bist du *sicher*, daß du hier wohnst?«

Obgleich Tauler ziemlich aufgeregt war, reagierte er amüsiert. »Denkst du, ich picke mir irgendein Haus heraus und stehle mich rein, nur um darin zu schlafen?«

»Ich fand das schon ein bißchen merkwürdig letzte Nacht – mit der Kutsche den ganzen Weg bis hierher – ganz leise sein. – Das ist hier Grünberg, stimmt's?« Mit offenem Argwohn betrachtete sie seine reichlich muskulösen Schultern und Arme. Er erriet ihre Gedanken, aber da lag nichts Vorwurfsvolles in ihrer Miene, und er nahm keinen Anstoß.

»Der Morgen ist schön für einen Spaziergang«, sagte er, richtete sie auf und schob sie – ihre Kleidung hing teilweise noch lose – zum einzigen Ausgang des Zimmers. Er öffnete die Tür in genau dem Moment, der ihn mit Gesalla Marakain konfrontierte, die gerade auf dem Korridor vorbeikam. Gesalla sah blaß und kränklich aus, dünner als er sie in Erinnerung hatte, doch der Blick aus ihren grauen Augen hatte nichts von seiner Kraft eingebüßt – und sie war sichtlich verärgert.

»Guten Frühtag«, sagte sie mit frostiger Korrektheit. »Man hat mir *erzählt*, daß du zurückgekommen bist.«

»Ich entschuldige mich für gestern abend«, sagte Tauler. »Ich ... ich wurde aufgehalten.«

»Offensichtlich.« Gesallas Blick ruhte mit offenem Mißfallen auf seiner Begleiterin. »Nun?«

»Nun was?«

»Willst du mir nicht deine ... Freundin vorstellen?«

Tauler fluchte innerlich, als ihm klar wurde, daß an der Situation nichts mehr zu retten war. Selbst angesichts der Tatsache, daß er und seine Bettgefährtin von einem Meer aus Wein ins Bett gespült worden waren, wie konnte er eine so einfache Regel des Anstands außer acht lassen und nicht nach ihrem Namen fragen? Gesalla war der letzte Mensch auf der Welt, dem er seinen Gemütszustand vom letzten Abend hätte erklären können; und weil das so war, konnte er sich den Versuch sparen, sie zu besänftigen. *Tut mir furchtbar leid, lieber Bruder,* dachte er. *Das war nicht meine Absicht ...*

»Dieser eiskalte Engel ist meine Schwägerin, Gesalla Marakain«, sagte er, legte seiner Gefährtin den Arm um die Schulter und küßte sie auf die Stirn. »Sie möchte deinen Namen erfahren, und – wenn ich an unseren Zeitvertreib denke letzte Nacht – ich auch.«

»Fera«, sagte die Frau und zupfte ihre Kleidung zurecht. »Fera Rivuh.«

»Ist das nicht hübsch?« Tauler schenkte Gesalla ein breites Lächeln. »Jetzt können wir alle miteinander Freunde sein.«

»Sieh bitte zu, daß sie einen Seitenausgang benutzt«, sagte Gesalla. Sie wandte sich ab und schritt von dannen, den Kopf zurückgeworfen, jeden Fuß direkt vor den anderen setzend.

Tauler schüttelte den Kopf. »Weißt *du*, was mit ihr los ist?«

»Einige Frauen sind nicht ganz richtig im Kopf.« Fera straffte sich und stieß Tauler zurück. »Zeig mir den Ausgang.«

»Ich dachte, du wolltest frühstücken.«

»Ich dachte, du wolltest, daß ich nach Hause gehe.«

»Du mußt mich mißverstanden haben«, sagte Tauler. »Ich möchte, daß du bleibst, und zwar so lange wie *du* willst. Hast du Arbeit, um die du dich kümmern mußt?«

»Oh, ich habe eine sehr wichtige Position auf dem Samlju-Markt – Fische ausnehmen.« Fera zeigte ihre Hände, die gerötet und von zahllosen kleinen Schnitten gezeichnet waren. »Wie komm' ich wohl daran?«

»Vergiß die Fische«, drängte Tauler und umschloß ihre Hände mit den seinen. »Geh wieder ins Bett und warte auf mich. Ich laß dir etwas zu essen bringen. Du kannst den ganzen Tag ausruhen und essen und trinken – und heute abend steigen wir wieder in die Liebesschaukel und treiben's, bis die Decke runterkommt.«

Fera lächelte, wobei sie die fehlende Ecke an ihrem Zahn mit der Zungenspitze füllte. »Deine Schwägerin ...«

»Ist nur meine Schwägerin. Ich bin in diesem Haus geboren und aufgewachsen und habe das Recht, Gäste einzuladen. Du bleibst doch?«

»Gibt es gewürztes Schweinefleisch?«

»Ich versichere dir, daß zur täglichen Grundversorgung in diesem Haus eine ganze Schweineherde zu gewürztem Schweinefleisch verarbeitet wird«, sagte Tauler, während er Fera ins Zimmer zurückgeleitete. »Also, du bleibst hier, bis ich wiederkomme, dann machen wir weiter, wo wir aufgehört haben.«

»Einverstanden.« Sie legte sich aufs Bett, rückte sich auf den Kissen zurecht und spreizte die Beine. »Nur eine Kleinigkeit noch, bevor du gehst.«

»Ja?«

Sie lächelte ihr strahlend weißes Lächeln, als er die Hose aufknöpfte. »Vielleicht könntest du mir auch *deinen* Namen verraten«, sagte sie und brachte ihn mit erfahrener Hand auf den richtigen Weg.

Tauler gluckste noch vor Lachen, als er schon auf der Treppe am Ende des Korridors war. Er ging hinunter zum zentralen Hausbereich, aus dem viele Stimmen drangen. Er fand Feras Gegenwart erfrischend, aber ihre Anwesenheit im Haus mochte eine zu große Zumutung für Gesalla sein. Zwei oder drei Tage mochten genügen, um Gesalla deutlich zu machen, daß sie kein Recht hatte, ihn oder seine Gäste zu beleidigen; daß jede Anstrengung, die sie unternahm, um ihn zu beherrschen – wie sie es mit seinem Bruder tat – zum Scheitern verurteilt war.

Als Tauler den Fuß der Haupttreppe erreichte, fand er ein gutes Dutzend Leute in der Eingangshalle versammelt. Einige waren Rechengehilfen; andere waren Dienstboten und Knechte, die sich wohl versammelt hatten, um zuzusehen, wie ihr Herr seiner Berufung in den Großen Palast folgte. Leyn Marakain trug das altmodisch formelle Gewand eines Senior-Philosophen – eine bodenlange Robe in Taubengrau, Saum und Aufschläge mit schwarzen Dreiecken besetzt. Das seidige Material unterstrich die Schmächtigkeit seiner Gestalt, doch seine Haltung war aufrecht und würdevoll. Sein Gesicht wirkte unter den vollen Schwüngen des schwarzen Haupthaars besonders bleich. Tauler spürte eine Welle von Erregung und Anteilnahme, als er die Halle durchquerte – die Ratsversammlung war offensichtlich ein wichtiges Ereignis für seinen Bruder, der schon erste Anzeichen von Anspannung zeigte.

»Du kommst spät«, sagte Leyn und beäugte ihn kritisch. »Und du solltest deine grauen Sachen tragen.«

»Ich hatte keine Zeit, sie herauszusuchen. Ich hatte eine schwere Nacht.«

»Gesalla hat mir eben erzählt, was für eine Nacht du hattest.« Leyns Miene verriet gleichzeitig Vergnügen und Gereiztheit. »Trifft es zu, daß du nicht einmal ihren Namen kanntest?«

Tauler zuckte die Achseln, um seine Verlegenheit zu verbergen. »Was bedeuten schon Namen?«

»Falls du das nicht weißt, hat es wohl kaum Sinn, dich zu belehren.«

»Ich brauche niemanden, der…« Tauler holte tief Luft, diesmal fest entschlossen, Leyn nicht noch ein weiteres Problem aufzuhalsen, indem er seine Beherrschung verlor. »Wo sind die Sachen, die ich schleppen soll?«

Die offizielle Residenz von König Pradt Neldihver beeindruckte eher durch ihre Größe als durch die Vorzüge ihrer Architektur. Jede Herrschergeneration hatte je nach Laune und Stilgefühl Seitenflügel, Türme und Kuppeln hinzugefügt, mit dem Ergebnis, daß die Residenz an einen Korallenstock oder einen jener wachsenden Bauten erinnerte, die von bestimmten Insekten angelegt werden. Ein früherer Landschaftsgärtner hatte versucht, eine gewisse Ordnung hineinzubringen, indem er Gruppen von synchronen Parbel- und Raftabäumen angepflanzt hatte, doch über die Jahrhunderte waren sie von anderen Baumarten unterwandert worden. Der Palast, selbst buntgescheckt durch die unterschiedlichen Mauerwerke, wurde mittlerweile durch eine ebenso bunte Vegetation beschirmt, so daß es aus der Entfernung schwerfiel, das eine vom anderen zu trennen.

Tauler Marakain hatte jedoch mit ästhetischen Spitzfindigkeiten nichts zu schaffen, als er hinter dem bescheidenen Domizil seines Bruders von Grünberg hinunterritt. Vor Tagesanbruch hatte es geregnet, und die Morgenluft war rein und belebend, getränkt mit dem Licht eines vielversprechenden Tages. Über ihm leuchtete mit gläsernem Glanz die riesige Scheibe von Jenland, und viele Sterne schmückten das Blau des Himmels rundum. Die Stadt selbst glich einem unglaublich komplizierten Mosaik aus schattenreichen Farbflecken, das sich bis hinunter an das schieferblaue Band des Borann erstreckte, auf dem die Segel wie Rhomben von Schnee schimmerten.

Taulers Freude, der Verzweiflung von Haffangar entronnen und wieder hier in Ro-Atabri zu sein, hatte die Unzufriedenheit mit seinem Schicksal verdrängt; so fade war das fade Leben eines Mitglieds des philosophischen Ordens gar nicht. Dafür, daß der Tag nicht eben glänzend begonnen hatte, war Tauler ausgesprochen gut gelaunt. Sein Kopf wimmelte von unausgegorenen Plänen, wie er seine Lesefertigkeit steigern, der Arbeit des Ordens eine interessante Seite abgewinnen und alles daransetzen wollte, daß Leyn stolz auf ihn sein konnte. Er sah ein, daß Gesalla allen Grund gehabt hatte, wütend zu sein. Es wäre nicht mehr als höflich, wenn er Fera so schnell wie möglich aus seinem Zimmer entfernen würde.

Das robuste Blauhorn, das der Stallmeister ihm ausgesucht hatte, war ein sanftmütiges Tier, das den Weg zum Palast auch alleine finden würde. Er überließ das Tier sich selbst, während es die immer belebteren Straßen entlangtrottete, und versuchte, eine klarere Vorstellung von seiner unmittelbaren Zukunft zu entwickeln, eine die Leyn beeindrucken würde. Er hatte von einer Forschergruppe gehört, die an einer Kombination aus Keramik und Glasfäden arbeitete, die widerstandsfähig genug war, um bei der Herstellung von Schwertern und Rüstungen das Brakkaholz zu ersetzen. Es war ziemlich sicher, daß sie keinen Erfolg haben würden, aber die Sache war eher nach seinem Geschmack als so ein Zeug wie Niederschläge messen oder ähnliches, und Leyn würde froh sein, wenn sein Bruder die Brakka-Schutzbewegung unterstützte. Zunächst einmal mußte er darüber nachdenken, wie er Gesalla für sich einnehmen konnte…

Nachdem die philosophische Delegation das Herz der Stadt hinter sich gelassen und den Fluß an der Baitran-Brücke überquert hatte, nahm der Palast mit seinen Parklandschaften den ganzen Gesichtskreis ein. Die Gesellschaft überwand die vier konzentrischen mit Blumen übersäten Schutzgräben, deren Blütenpracht die eigentliche Funktion verbarg, und kam vor dem Haupttor des Palastes zum Stehen. Etliche Wachen, die in ihren schweren Rüstungen wie große schwarze Käfer aussahen, kamen in gemächlichem Schritt zu den Wartenden. Während der Kommandant mühsam die Namen der Besucher anhand einer Liste kontrollierte, trat ein Wachsoldat zu Tauler und begann wortlos und rauh in den Tragkörben mit den aufgerollten Schaubildern zu graben. Als er fertig war, spuckte er auf den Boden, ehe er sich der zusammengelegten Staffelei zuwandte, die hinter dem Sattel quer über den Rücken des Blauhorns geschnallt war. Er zerrte so heftig an den polierten Holzstreben, daß das Blauhorn seitlich nachgab und ihn beinah umgeworfen hätte.

»Was ist los mit dir?« murrte der Soldat und schenkte Tauler einen giftigen Blick. »Hast du diesen Flohsack nicht unter Kontrolle?«

Ich bin ab jetzt ein anderer, ermutigte sich Tauler, *und es ist unmöglich, mich in einen Streit zu verwickeln.* Er lächelte und sagte: »Kannst du's ihr verübeln, daß sie in deiner Nähe sein will?«

Der Wachsoldat bewegte lautlos die Lippen, während er näher kam, doch in dem Moment gab der Kommandant den Weg frei. Tauler drängte sein Reittier voran und nahm wieder den Platz hinter Leyns Zweispänner ein. Der läppische Zusammenstoß mit der Wache hatte ihn ein wenig aufgebracht, aber andererseits unbeeindruckt gelassen. Ihm gefiel, wie er reagiert hatte. Überflüssigen Ärger zu vermeiden, war eine Kunst. Und der Zwischenfall war eine nützliche Übung in dieser Kunst gewesen, die er für den Rest seines Lebens praktizieren wollte. Während er entspannt im Sattel saß und sich dem würdevollen Schrittmaß des Blauhorns überließ, beschäftigten sich seine Gedanken mit dem, was vor ihm lag.

Schon einmal, als Kind, war Tauler im Großen Palast gewesen, doch er hatte nur eine ganz vage Erinnerung an die überkuppelte *Halle des Regenbogens,* in der die Ratsversammlung stattfinden sollte. Er bezweifelte, daß sie so weit und furchteinflößend war wie in seiner Erinnerung. Immerhin war die Halle der zentrale Zweckraum des Palastes, und daß man sie heute als Tagungsstätte benutzte, war bezeichnend. König Pradt maß der Versammlung offenbar große Bedeutung bei, was Tauler einigermaßen verwirrend fand. Sein ganzes Leben lang hatte er Brakka-Schützern von der Art seines Bruders zugehört, wie sie düstere Warnungen über

»Du hast ganz recht – wir sollten den Augenblick unseres … hmm … Ruhms nicht länger aufschieben.« Bei Glos herzlichem Händedruck stieg Tauler der intensive Geruch von Wein in die Nase. »Komm mit, Tauler – ich bin neugierig, womit du die Zeit verbracht hast in Haffangar.«

Leyn trat hinzu; er sah bekümmert aus. »Verehrter Meister, mein Bruder gehört nicht zur Delegation. Er wartet hier.«

»Unsinn! Wir gehören zusammen.«

»Aber er trägt nicht unser Grau.«

»Das spielt keine Rolle, solange er an meiner Seite ist«, sagte Glo mit jener Sanftmut, die keinen Widerspruch duldete. »Gehen wir!«

Als die Gruppe zum Haupteingang des Palastes aufbrach, suchte Tauler Leyns Blick und signalisierte Ergebenheit, indem er kurz die Augenbrauen hob. Er war fest entschlossen, seinen Bruder keinesfalls zu enttäuschen, begrüßte aber diese unerwartete Wende, die ihm eine lange und äußerst langweilige Wartezeit ersparte. Für ihn war es lebenswichtig, daß er sich während der Sitzung so unauffällig wie möglich verhielt und vor allem ein unbeteiligtes Gesicht machte, egal wie sich Baron Glo in Szene setzen würde. Er ignorierte die neugierigen Blicke von rechts und links, während er mit Glo, der sich an seinem Arm festhielt, in den Palast ging. Er bemühte sich, die Fragen des Barons so kurz wie möglich zu beantworten, denn das Innere des Palastes nahm seine ganze Aufmerksamkeit gefangen.

Der Palast war zugleich der Sitz der kolkorronischen Verwaltung und machte ganz den Eindruck einer Stadt in der Stadt. Seine Korridore und Prunkzimmer waren bevölkert von Männern mit düsteren Mienen und einem Gebaren, dem man anmerkte, daß ihre Geschäfte nicht diejenigen gewöhnlicher Bürger waren. Tauler hatte nicht die geringste Ahnung, was das für Geschäfte waren, oder worüber man sich in den leise geführten Gesprächen unterhielt. Seine Sinne wurden überschwemmt vom schieren Reichtum an Teppichen und Wandbehängen, Gemälden und Skulpturen und kunstvoll gewölbten Decken. Jede Tür, auch wenn es nur eine Nebentür war, schien aus einer einzigen Perette-, Elvart- oder Glasholzplatte geschnitzt; an einer solchen Tür arbeitete ein Kunsthandwerker vielleicht ein ganzes Jahr lang.

Baron Glo schien unbeeindruckt von der Atmosphäre des Palastes, doch der Rest seiner Gesellschaft wirkte merklich bedrückt. Sie blieben dicht beieinander auf ihrem Weg durch den Palast, wie Soldaten auf feindlichem Territorium. Endlich erreichten sie die übergroße Doppeltür, die von zwei schwarz gepanzerten Pförtnern bewacht wurde. Glo führte sie in den riesigen, elliptischen Raum dahinter. Tauler trat zurück, um seinem Bruder den Vortritt zu lassen. Der zweite Blick in die berühmte *Halle des Regenbogens* bestätigte Taulers Kindheitserinnerung und verschlug ihm fast den Atem. Das Kuppeldach bestand ganz aus rechteckigen Glasplatten, die von einem kunstvollen Gitterwerk aus Brakkaholz getragen wurden. Die meisten Platten waren blaßblau oder weiß, um klaren Himmel und Wolken zu simulieren, aber sieben schmale, zusammenhängende Bögen zeigten die Farben des Regenbogens. Das Licht aus diesem gläsernen Himmel mischte und vereinigte sich zu einem Glorienschein, der das Mobiliar der Halle erglühen ließ.

Am fernen Brennpunkt der Ellipse stand ein großer, aber unverzierter Thronsessel auf der obersten Ebene eines zweistufigen Podiums. Auf der zweiten Ebene standen drei kleinere Thronsessel für die angekündigten Prinzen. In alter Zeit wären alle Prinzen Königssöhne gewesen, doch mit der Expansion und Fortentwicklung des Reiches wurde es ratsam, einige Gouverneursposten mit seitlichen Abkömmlingen zu besetzen. Derer gab es zahlreiche, dank des sexuellen Vorrechts, das der Adel genoß, und unter ihnen fand sich fast immer der richtige Mann für den richtigen Posten. In der gegenwärtigen Monarchie waren nur Leddravohr und der farblose Pautsch, der die öffentlichen Finanzen kontrollierte, anerkannte Söhne des Königs.

Das gesamte übrige Gestühl blickte auf die Thronsessel und war in radiale Sektoren für die einzelnen Orden unterteilt, deren Funktionsbereiche von Kunst und Medizin bis zu Religion und proletarischer Erziehung reichten. Die Delegation der Philosophie besetzte den mittleren Sektor. Sie tat dies auf Grund einer Tradition, die auf Baitran IV. zurückging, der in den wissenschaftlichen Erkenntnissen das Fundament gesehen hatte, auf dem Kolkorron ein künftiges Weltreich errichten würde. Aber im Laufe der Jahrhunderte schien die Wissenschaft schließlich nichts Lohnenswertes mehr über das Funktionieren des Universums herauszufinden, und der Einfluß der Philosophie begann zu schwinden; doch sie hatte viele ihrer Privilegien aus Baitrans Zeiten hinüberretten können, und das trotz einer wachsenden, pragmatisch orientierten Opposition.

Tauler empfand eine neidlose Bewunderung für Baron Glo, als der fettleibige kleine Mann, den großen Kopf zurückgeworfen und den Bauch herausstreckend, durch die Halle marschierte und seinen Sitz vor den Thronsesseln einnahm. Der Rest der philosophischen Delegation besetzte schweigsam das Gestühl dahinter und tauschte zaghafte Blicke mit den Gegnern in benachbarten Sektoren. Die Versammlung war größer, als Tauler erwartet hatte – zusammen vielleicht einhundert Personen – wobei die anderen Delegationen durch Schriftführer und Berater zahlreicher vertreten waren. Tauler, der für seinen Status als zusätzlicher Begleiter höchst dankbar war, schob sich in die Reihe hinter Leyns Rechengehilfen und wartete darauf, daß die Ratsversammlung eröffnet wurde.

Es gab ein minutenlanges Gemurmel, hie und da ein Husten, ein nervöses Lachen, dann wurde das zeremonielle Horn geblasen, und König Pradt und die drei Prinzen betraten die Halle durch einen privaten Eingang hinter dem Podium.

Mit über sechzig Jahren machte der Herrscher, groß und hager, wie er war, und abgesehen von dem milchweißen Auge, das er partout nicht bedecken wollte, einen rüstigen Eindruck. Obwohl Pradt eine imposante und königliche Erscheinung war, als er in seiner blutroten Robe den Thron bestieg, war Tauler von der kraftvollen, betont langsam ausschreitenden Gestalt Prinz Leddravohrs fasziniert. Der Prinz trug einen weißen Küraß, der aus vielen, entsprechend zugeschnittenen Leinenschichten zu einem perfekten männlichen Rumpf modelliert war. Und was man von Armen und Beinen sehen konnte, ließ darauf schließen, daß der Brustpanzer nicht übertrieb. Leddravohrs Gesicht war glatt und seine Miene so finster, als brüte er förmlich Kraft aus, und sein Gebaren machte deutlich, wie lästig ihm diese Ratsversammlung war. Tauler sah mit bohrendem Neid, wie der Veteran aus hundert blutigen Konflikten die Versammelten sekundenlang mit unverhüllter Verachtung strafte, bevor er sich unterhalb des Königs in den mittleren Thronsessel setzte. Tauler träumte mit offenen Augen davon, wie der Kriegsprinz gegen seinen Willen von der gefahrvollen Front zurückgerufen wurde, nur um sich mit den Trivialitäten von Zivilisten zu befassen.

Ein Beamter stieß dreimal mit seinem Stab auf den Boden und signalisierte den Beginn der Ratssitzung. Pradt, berüchtigt für seine eigenwillige Hofführung, begann sofort zu sprechen.

»Ich danke den Anwesenden für ihr Erscheinen hier und zu dieser Stunde«, sagte er in geschraubtem Hochkolkorronisch. »Wie jedermann weiß, steht die zunehmende Verknappung von Brakka und Energie-Kristallen zur Diskussion – doch bevor ich der Versammlung das Wort erteile, ist es mein Wille, ein weiteres Problem mit auf die Tagesordnung zu setzen, wenn auch nur, damit sich seine relative Bedeutungslosigkeit für die Sicherheit des Reiches herausstellt.

Ich spreche nicht davon, daß im Laufe des Jahres die Anzahl der Pterssas sprunghaft zugenommen haben soll. Diese *scheinbare* Vermehrung ist wohl nur darauf zurückzuführen, daß unsere Armeen erstmalig in solche Regionen von Diesland vordringen, wo – auf Grund der natürlichen Bedingungen – die Pterssa schon immer zahlreicher vertreten war. Ich weise hiermit Baron Glo an, eine sorgfältige Untersuchung in die Wege zu leiten, die ein zuverlässigeres Zahlenmaterial liefert, doch es gibt nicht den geringsten Grund zur Besorgnis. Wie mir Prinz Leddravohr versichert, reichen die üblichen Schutzmaßnahmen und Anti-Pterssa-Waffen voll und ganz aus, um mit jeder denkbaren Notlage fertig zu werden.

Was uns weit mehr Sorge bereitet, sind die Gerüchte, daß Soldaten ihr Leben lassen mußten, weil sie mit Opfern der Pterssa in Berührung kamen. Die Gerüchte scheinen ihren Ursprung bei Einheiten der Zweiten Armee an der Sorka-Front zu haben, und haben sich – wie es Schreckensmeldungen an sich haben – in Windeseile bis zur Ostfront auf Luhngl und zur Westfront in Yalrofak ausgebreitet.«

Pradt legte eine Pause ein und lehnte sich vor; das blinde Auge schimmerte. »Die demoralisierende Wirkung solcher Bangemacherei stellt eine weit größere Bedrohung unserer nationalen Interessen dar als eine Verdopplung oder Verdreifachung der Pterssa-Population. Alle hier in dieser Halle wissen – Pterssose kann *nicht* übertragen werden, weder durch körperlichen Kontakt, noch auf andere Weise. Jeder einzelne hat die Pflicht, Lügengeschichten, die etwas anderes behaupten, unverzüglich und wirkungsvoll zu unterdrücken. Wir müssen alles tun, was in unserer Macht steht, um beim Proletariat eine gesunde Skepsis zu fördern – und ich blicke dabei insbesondere auf die Lehrer, Dichter und Priester.«

Tauler sah sich unauffällig um; mehrere Delegationsleiter nickten und machten sich Notizen. Er fand es sonderbar, daß sich der König höchstpersönlich mit einer solchen Lappalie befaßte; einen Moment lang spielte er mit dem schrecklichen Gedanken, diese merkwürdigen Gerüchte könnten tatsächlich einen wahren Kern haben. Einfache Soldaten, Seeleute und Luftleute waren in der Regel nicht zimperlich – aber sie waren auch einfältig und leichtgläubig. Es gab also keinen triftigen Grund, warum er die Pterssas mit einemmal mehr fürchten sollte als bisher.

»... eigentlichen Gegenstand der Sitzung«, sagte König Pradt. »Die Bücher der Hafenbehörden weisen aus, daß sich im Jahr 2625 unsere Brakkaholz-Importe aus den sechs Provinzen auf knapp 118426 Tonnen beliefen. Seit zwölf Jahren geht der Gesamtimport jährlich zurück – ebenso die Ausbeute an Paikn und Havl. Über die einheimische Ernte liegen zwar keine Zahlen vor, aber die vorläufigen Schätzungen sind nicht ermutigend.

Die Situation wird noch verschärft, weil bei Militär und Industrie der Verbrauch, insbesondere an Kristallen, kontinuierlich steigt. Wir nähern uns offenbar einer kritischen Phase in der Geschichte unseres Landes und müssen weitreichende Strategien entwickeln, um das Problem in den Griff zu bekommen. Ich bitte um Vorschläge.«

Prinz Leddravohr, der bei den Ausführungen seines Vaters unruhig geworden war, sprang sofort auf die Füße. »Majestät, bei allem Respekt, aber ich muß zugeben, daß dieses Gerede über Verknappung und schwindende Ressourcen meine Geduld auf eine harte Probe stellt. Die Wahrheit ist, daß es einen Überfluß an Brakka gibt – genug, um unseren Bedarf für die kommenden Jahrhunderte zu decken. Es gibt ausgedehnte Brakkawälder, die bis jetzt noch niemand angerührt hat. Der *wirkliche* Mangel liegt in uns selbst. Uns fehlt die Entschlossenheit, endlich den Blick auf das *Land der Langen Tage* zu lenken – hinzugehen und uns zu nehmen, was uns zusteht.«

Wie ein Windstoß fuhr die Erregung durch die Halle. Pradt hob die Hand und gebot Stille. Tauler saß kerzengerade, plötzlich ganz Ohr.

»Ich werde nicht zulassen, daß auch nur ein Wort über einen Feldzug gegen Chamtess verloren wird«, sagte Pradt mit einer Stimme, die schärfer und lauter klang als zuvor.

Leddravohr fuhr herum, um ihm ins Gesicht zu sehen. »Früher oder später wird es dazu kommen – also warum nicht früher?«

»Ich wiederhole: Kein Wort mehr von diesem Krieg!«

»In diesem Fall, Majestät, bitte ich um die Erlaubnis, mich zurückziehen zu dürfen«, sagte Leddravohr, nur mehr um Haaresbreite von einer Majestätsbeleidigung entfernt. »Ich kann nichts beisteuern zu einer Diskussion, in der die einfachsten Regeln der Logik mißachtet werden.«

Pradts Kopf ruckte wie der eines Vogels. »Nimm wieder Platz und zügle deine Ungeduld – deine neuentdeckte Vorliebe für Logik könnte sich noch als nützlich erweisen.« Er schenkte den Versammelten ein Lächeln, als wollte er sagen: *Selbst ein König hat Probleme mit seinen unartigen Kindern.*

Dann bat er Prinz Chakkell um Vorschläge, wie von seiten der Industrie der Verbrauch von Energiekristallen eingeschränkt werden könne.

Tauler entspannte sich wieder, während Chakkell redete, aber er konnte die Augen nicht von Leddravohr lassen, der sich demonstrativ in seinem Thronsessel fläzte. Tauler war fasziniert, verwirrt und seltsam gebannt von der Entdeckung, daß der Militärprinz einen Krieg mit Chamtess nicht nur für wünschenswert, sondern auch für unvermeidlich hielt. Man wußte wenig über das exotische Land auf der anderen Seite der Welt, das den Schatten von Jenland nicht kannte, dafür aber den ununterbrochenen Tag.

Die vorhandenen Karten waren sehr alt und wenig zuverlässig, doch sie zeigten, daß Chamtess so groß war wie das kolkorronische Reich und genauso dicht bevölkert. Einige Reisende waren aus dem Landesinneren zurückgekehrt, und ihre Beschreibungen der weiten Brakkawälder waren einmütig. Die Bestände waren nie ausgebeutet worden; die Chamtessanier betrachteten es als schlimmen Frevel, den Lebenszyklus eines Brakkabaumes zu unterbrechen. Sie entnahmen den Bäumen begrenzte Mengen an Kristallen, indem sie kleine Löcher in die Reaktionskammern bohrten, und begnügten sich mit dem Schwarzholz von Bäumen, die eines natürlichen Todes gestorben waren.

Die Existenz dieser sagenhaften Schatzkammer hatte schon immer das Interesse der kolkorronischen Herrscher erregt, doch es war nie ein Raubzug unternommen worden. Das Land war einfach zu entlegen, und überdies sollten die Chamtessanier wilde, zähe und talentierte Kämpfer sein. Man hielt ihre Armee sogar für den einzigen Kristallverbraucher dort, und tatsächlich waren die Chamtessanier berüchtigt für ihren effektiven Einsatz von Kanonen – der ungewöhnlichsten Anwendung von Energiekristallen, die jemals erdacht worden war. Zudem schotteten sie sich völlig ab und verschmähten jeglichen Handel und jeden kulturellen Kontakt mit anderen Nationen.

Der Aufwand, Chamtess auf die eine oder andere Weise auszubeuten, war einfach zu groß. Bislang war das für Tauler ein selbstverständlicher und unumstößlicher Bestandteil der natürlichen Weltordnung gewesen. Was er jedoch soeben vernommen hatte, hatte anders geklungen – und er war persönlich zutiefst an dieser Möglichkeit interessiert.

Die soziale Ordnung in Kolkorron ließ normalerweise nicht zu, daß Mitglieder eines Berufsordens ihre Grenzen überschritten. Und Tauler war zu seinem Leidwesen in den philosophischen Orden hineingeboren worden. Verbittert über sein Schicksal hatte er sich immer wieder vergeblich bemüht, in den Militärdienst übernommen zu werden. Dabei hätte er als Proletarier ohne weiteres der Armee beitreten können. Er wäre ohne weiteres bereit gewesen, als Truppensoldat im unwirtlichsten Außenposten zu dienen; aber sein sozialer Rang erforderte nun mal den Offiziersstatus – eine Ehre, die eifersüchtig von der militärischen Kaste gehütet wurde.

All das, begriff Tauler, war unlösbar verknüpft mit dem jahrhundertealten Kurs, den sein Land steuerte. Ein Krieg mit Chamtess würde tiefgreifende Veränderungen in Kolkorron erzwingen, und König Pradt würde nicht ewig auf dem Thron sein. Wahrscheinlich wurde er in nicht allzu ferner Zukunft von Leddravohr abgelöst – und dann würde die alte Ordnung hinweggefegt werden. Es kam Tauler so vor, als ob sein Schicksal direkt mit dem von Leddravohr verbunden sei, und der bloße Gedanke genügte, ihn in einen Sog dunkler Erregung zu ziehen. Die Ratsversammlung, die er für ein langweiliges Palaver gehalten hatte, entpuppte sich als äußerst bedeutsames Ereignis in seinem Leben.

Auf dem Podium gipfelten die Ausführungen des dunkelhäutigen, kahlen und dicken Prinz Chakkell soeben in der Behauptung, er müsse wichtige Bauprojekte einstellen, weil er für die erforderlichen Steinbrucharbeiten noch einmal so viel Paikn und Havl brauche, wie er tatsächlich habe.

»Ihr scheint nichts im Sinn zu haben mit der erklärten Absicht dieser Versammlung«, kommentierte Pradt sichtlich gereizt. »Darf ich Euch daran erinnern, daß ich Vorschläge für eine Reduzierung des Bedarfs erwartet habe?«

»Bitte um Vergebung, Majestät«, sagte Chakkell, wobei

der halsstarrige Ton den Worten widersprach. Als Sohn eines unbedeutenden Edelmannes hatte er sich seinen Rang durch Tatkraft, Betrügereien und triebhaften Ehrgeiz erworben. Es war ein offenes Geheimnis in den oberen Rängen Kolkorrons, daß er auf eine Änderung in den Regeln der Thronfolge hoffte, die seine Kinder nicht länger ausschloß. Dieser Wunsch, verbunden mit der Tatsache, daß er Leddravohrs größter Mitbewerber um die Zuteilung von Brakkastoffen war, ließ auf einen schwelenden Zwist zwischen den beiden schließen, doch jetzt und hier zogen sie an einem Strang. Chakkell setzte sich und verschränkte die Arme, um zu zeigen, daß alle seine Gedanken zum Thema Einsparungen dem König ohnehin mißfallen würden.

»Es scheint mir an der nötigen Einsicht zu fehlen, daß es sich hier um ein äußerst ernstes Problem handelt«, sagte Pradt streng. »Ich darf betonen, daß unserem Land Jahre akuter Knappheit an einem lebenswichtigen Rohstoff bevorstehen, und ich erwarte eine konstruktivere Haltung meiner Administratoren und Ratgeber für den weiteren Verlauf dieser Sitzung. Vielleicht wird man den Ernst der Lage begreifen, wenn ich Baron Glo aufrufe, damit er berichtet, wie weit die künstliche Gewinnung von Paikn und Havl gediehen ist. Obwohl wir in dieser Hinsicht hohe Erwartungen haben, gibt es – wie wir gleich hören werden – noch beträchtliche Schwierigkeiten, und wir tun gut daran, uns darauf einzustellen.

Baron Glo, laßt hören, was Ihr uns zu sagen habt.«

Es folgte eine ausgedehnte Stille, in der nichts geschah, dann sah man, wie sich in der zweiten Reihe des philosophischen Sektors Boreatt Hargess vorlehnte und Glo auf die Schulter tippte. Glo sprang augenblicklich auf die Füße, sichtlich erschrocken, und jemand jenseits des Gangs rechts von Tauler unterdrückte ein Lachen.

»Bitte um Nachsicht, Majestät, ich war ganz in Gedanken«, sagte Glo unnötig laut. »Wie war Eure … hmm … Frage noch?«

Auf dem Podest bedeckte Prinz Leddravohr sein Gesicht mit der gespreizten Hand. Derselbe Mann rechts von Tauler fühlte sich ermutigt, lauter zu glucksen. Tauler sah zu ihm hinüber, die Stirn ärgerlich in Falten gelegt; der Mann, ein Beamter in Baron Tansfos medizinischer Delegation, bemerkte den Blick und war augenblicklich ernüchtert.

Der König seufzte nachsichtig. »Meine Frage, wenn Ihr uns die Ehre Eurer geschätzten Aufmerksamkeit erweisen wollt, war eine eher allgemeine in bezug auf die Experimente mit Paikn und Halvell. Wie steht die Sache?«

»Ah! Ja, Majestät, die Sache steht in der Tat so wie ich Euch… hmm… bei unserer Zusammenkunft neulich erläutert habe. Wir haben große Fortschritte gemacht – beispiellose Fortschritte – in der Absonderung und Läuterung von beiden, den grünen und den purpurnen Kristallen. Wir sind sehr stolz darauf. Das einzige, was in diesem… hmm… Stadium noch zu tun bleibt, ist folgendes: Wir müssen die Methode vervollkommnen, mit der die Verunreinigungen beseitigt werden, die noch verhindern, daß die Kristalle miteinander reagieren. Das erweist sich als… hmm… sehr delikat.«

»Ihr widersprecht Euch selbst, Glo. Macht Ihr nun Fortschritte mit der Läuterung oder macht Ihr keine?«

»Unsere Fortschritte waren ausgezeichnet, Majestät. Soweit sie uns trugen, das ist der Punkt. Alles ist nur eine Frage der Lösungsmittel und Temperaturen und… ahm… komplizierter chemischer Reaktionen. Wir werden aufgehalten, weil wir nicht das richtige Lösungsmittel haben.«

»Weil der alte Narr es gesoffen hat«, sagte Leddravohr zu Chakkell, ohne seine Stimme zu senken.

Das Gelächter, das seinen Worten folgte, wurde von einem Gefühl des Unbehagens begleitet – die meisten der Anwesenden hatten noch nie erlebt, daß ein Baron so direkt beleidigt wurde.

»Genug!« Pradts milchweißes Auge verengte und weitete sich mehrmals, wie ein warnendes Leuchtfeuer. »Baron Glo, vor zehn Tagen spracht Ihr davon, in zwei oder drei Jahren mit der Produktion reiner Kristalle beginnen zu können. Sagt Ihr jetzt etwas anderes?«

»Er weiß nicht, was er sagt«, warf Leddravohr ein und

grinste, während sein Blick voller Verachtung über die philosophische Sektion wanderte. Tauler, unfähig, anders zu reagieren, drückte sein Kreuz durch, rückte sich so auffällig wie möglich zurecht und suchte Leddravohrs Blick auf sich zu ziehen, während eine innere Stimme ihn immerzu an seine jüngsten Vorsätze gemahnte, den Verstand zu benutzen und Unannehmlichkeiten zu vermeiden.

»Majestät, das Problem ist äußerst… hmm… kompliziert«, sagte Glo und ignorierte Leddravohr. »Wir dürfen die Sache mit den Energiekristallen nicht isoliert betrachten. Selbst wenn wir heute und jetzt einen unbegrenzten Vorrat an Kristallen hätten… Da ist noch der Brakkabaum selbst, wißt Ihr? Unsere Plantagen. Die Sämlinge brauchen sechshundert Jahre, bis sie reif sind, und…«

»Ihr meint sechzig Jahre, nicht wahr?«

»Ihr habt richtig gehört, Majestät, aber mit Eurer Erlaubnis möchte ich Eure Aufmerksamkeit auf ein anderes Konzept lenken.« Glos Stimme tremolierte, und er schwankte leicht. »Ich habe die Ehre, Eurem geschätzten Urteilsvermögen einen visionären Entwurf zu unterbreiten, ein Programm, das die gesamte Zukunft unserer großen Nation prägen wird. Noch in tausend Jahren werden unsere Nachfahren mit Bewunderung und Ehrfurcht auf Eure Regierungszeit blicken, wenn sie…«

»Baron Glo!« Pradt wirkte ungläubig und verärgert. »Seid Ihr krank oder seid Ihr betrunken?«

»Weder noch, Majestät.«

»Dann hört damit auf, über Eure Visionen zu schwätzen und beantwortet mir meine Frage, was die Kristalle betrifft.«

Glo schien die Luft wegzubleiben, seine fette Brust schwoll an und straffte die schlackernde Robe. »Ich fürchte, ich bin indisponiert, nach alledem.« Er preßte eine Hand in die Seite und fiel mit einem vernehmlichen Plumps in seinen Sessel. »Mein Senior-Mathematiker, Leyn Marakain, wird für mich die Fakten… hmm… vortragen.«

Tauler verfolgte mit wachsender Unruhe, wie sein Bruder aufstand, sich zum Podium verneigte und seinen Assistenten, Quait und Lokrennan, zu verstehen gab, die Staffelei mit

7·90·3

den Schaubildern nach vorne zu bringen. Sie taten es und stellten die Staffelei mit solchem Übereifer auf, daß die Arbeit eines Augenblicks zu einem zeitraubenden Gefummel wurde. Noch länger brauchten sie, um das entrollte Schaubild gegen seinen tückischen Drall flach zu befestigen. Auf dem Podium zeigte selbst der apathische Prinz Pautsch erste Anzeichen von Unruhe. Tauler nahm mit Besorgnis wahr, daß Leyn vor Nervosität zitterte.

»Was hast du vor, Marakain?« sagte der König nicht unfreundlich. »Muß ich wirklich noch einmal die Schulbank drücken?«

»Die Graphiken sind hilfreich, Majestät«, sagte Leyn. »Sie illustrieren die Faktoren, die bestimmend sind für ...« Der Rest seiner Antwort war kaum mehr zu hören, als er sich der Zeichenerklärung auf dem bunten Diagramm zuwandte.

»Verstehe nichts«, knurrte Chakkell gereizt. »Sprich lauter!«

»Wo sind deine Manieren?« sagte Leddravohr über die Schulter. »Ist das eine Art, so ein scheues, junges Ding anzureden?« Auf mehrere Zuhörer wirkte das wie ein Stichwort, und sie brachen in wieherndes Gelächter aus.

Das durfte er nicht geschehen lassen, dachte Tauler, als er sich von seinem Platz erhob; das Blut rauschte in seinen Ohren. Eine Beleidigung galt hierzulande als Herausforderung. Trat ein Dritter der Herausforderung entgegen, so bezichtigte er nach dem kolkorronischen Verhaltenscodex den ursprünglichen Adressaten indirekt der Schwäche und Feigheit. Leyn hatte oft behauptet, als Philosoph müsse er über solchen Unsinn erhaben sein; der alte Codex passe eher auf streitsüchtige Tiere als auf denkende Menschen. Da also sein Bruder Leddravohrs Herausforderung weder annehmen würde noch konnte und er selbst sich nicht aktiv einmischen durfte, blieb Tauler nur eins. Er stand aufrecht da, um sich von allen Unbeteiligten zu unterscheiden, und wartete darauf, daß Leddravohr Notiz von ihm nahm und seine äußere und innere Haltung deutete.

»Es reicht, Leddravohr.« Der König schlug mit den Handflächen auf die Armlehnen des Throns. »Ich will hören, was der Rechenkünstler zu sagen hat. Mach weiter, Marakain!«

»Majestät, ich...« Leyn bebte so heftig, daß seine Robe mitbebte.

»Beruhige dich, Marakain. Ich will keine ellenlangen Ausführungen – du brauchst mir nur zu sagen, wie viele Jahre es nach deiner Expertise dauern wird, bis wir reines Paikn und Havl herstellen können.«

Leyn holte tief Luft und kämpfte um die Selbstkontrolle. »So etwas läßt sich unmöglich voraussagen.«

»Was würdest du sagen? Fünf Jahre?«

»Nein, Majestät.« Nach einem kurzen Seitenblick auf Baron Glo gab er seiner Stimme einen festeren Klang. »Falls wir unseren Forschungsaufwand verzehnfachen würden – und Glück hätten –, könnten wir die ersten brauchbaren Kristalle vielleicht in zwanzig Jahren herstellen. Niemand kann mit Sicherheit sagen, ob es uns überhaupt jemals gelingt. Es gibt nur einen vernünftigen und logischen Kurs für das ganze Land, nämlich das Fällen von Brakkabäumen für die nächsten zwanzig oder dreißig Jahre völlig zu verbieten. Auf diese Weise...«

»Ich *muß* mir das nicht länger anhören!« Leddravohr war auf den Füßen und stieg vom Podium. »Sagte ich *junges Ding?* Falsch – das ist ein *altes Weib!* Schürze deine Röcke und pack dich, altes Weib, mitsamt deinem Zinnober!« Leddravohr schritt zur Staffelei und stieß sie mit der flachen Hand um, daß sie klappernd zu Boden fiel.

In dem ausbrechenden Tumult verließ Tauler seinen Platz und ging mit steifen Schritten nach vorne zu seinem Bruder. Auf dem Podium forderte der König Leddravohr auf, wieder Platz zu nehmen, aber seine Stimme ging fast verloren in den zornigen Ausrufen von Chakkell und dem allgemeinen Aufruhr in der Halle. Ein Hofbeamter vollführte mit dem Stab ein Stakkato auf dem Boden, wodurch es nur noch lauter wurde. Leddravohr blickte mit seinen weiß flackernden Augen geradewegs auf Tauler, schien ihn aber nicht wahrzunehmen und wirbelte zu seinem Vater herum.

»Ich handle in Eurem Namen, Majestät«, schrie er mit

einer Stimme, die eine klirrende Stille in der Halle verbreitete. »Eure Ohren sollen nicht länger entehrt werden durch ein Gefasel, wie wir es eben von den sogenannten Denkern unter uns vernommen haben.«

»Ich fühle mich durchaus in der Lage, meine Entscheidungen selbst zu treffen«, entgegnete Pradt unnachsichtig. »Ich möchte dir ins Gedächtnis rufen, daß wir hier in einer Versammlung des Hohen Rates sind – und nicht auf irgendeinem Exerzierplatz für deine Schlammsoldaten.«

Leddravohr starrte mit reuloser Verachtung auf Leyn. »Ich habe mehr Achtung vor dem niedrigsten Soldaten im Dienste Kolkorrons als vor diesem wehleidigen alten Weib.« Sein ungebrochener Widerstand gegen den König machte die Stille unter der Glaskuppel noch eisiger. Und in diese alles verstärkende Ruhe hinein hörte sich Tauler die herausfordernden Worte sagen. Hätte jemand seines Standes die Initiative ergriffen und ein Mitglied der Monarchie herausgefordert, so wäre dieses Vergehen gleichbedeutend gewesen mit Hochverrat und mit dem Tode bestraft worden; gleichwohl erlaubte der Codex, in gewissen Grenzen indirekt vorzugehen und eine Erwiderung zu provozieren.

»*Altes Weib* scheint ein beliebtes Schimpfwort von Prinz Leddravohr zu sein«, sagte er zu Vorndal Sisstt, der dicht bei ihm saß. »Heißt das, er ist immer sehr besonnen in der Wahl seiner Gegner?«

Sisstt stierte zu ihm auf und wich zurück, mit bleichem Gesicht, sich ängstlich absondernd, als Leddravohr sich umdrehte, um herauszufinden, wer gesprochen hatte. Tauler sah Leddravohr zum ersten Mal aus der Nähe; das Gesicht des Prinzen mit seinen ausgeprägten Kiefern war ohne Zeichnung und von einer seltsamen, statuenhaften Glätte, fast so, als wären die Muskeln ohne Nerven und unbeweglich. Es war ein unmenschliches, ausdrucksloses Gesicht; nur die Augen verrieten, was hinter der breiten Stirn vorging. Jetzt verrieten sie eher ungläubiges Staunen als Ärger, während sie den jüngeren Mann ausforschten und sich jedem Detail seiner Erscheinung widmeten.

»Wer bist du?« sagte Leddravohr schließlich. »Oder sollte ich besser fragen, was bist du?«

»Mein Name ist Tauler Marakain, Prinz – und ich bin stolz darauf, ein Philosoph zu sein.«

Leddravohr schenkte seinem Vater ein Lächeln, als wolle er demonstrieren, auch der äußersten Provokation widerstehen zu können, wenn er sich als Sohn in die Pflicht genommen fühlte. Tauler mochte dieses Lächeln nicht, das plötzlich einfach da war, von dem das übrige Gesicht nichts zu wissen schien, so als sei ein Vorhang aufgezogen worden.

»Nun gut, Tauler Marakain«, sagte Leddravohr, »es ist wirklich ein Glück, daß man am Hofe meines Vaters keine Waffen trägt.«

Laß es dabei, versuchte er sich einzureden. *Du hast Stellung bezogen und kommst – trotz deiner Ohnmacht – ungestraft davon.*

»Glück?« sagte er vergnügt. »Für wen?«

Leddravohrs Lächeln blieb unverändert, aber seine Augen wurden stumpf, wie polierte braune Kiesel. Er trat einen Schritt vor, und Tauler machte sich auf einen körperlichen Angriff gefaßt, als die Konfrontation von unerwarteter Seite entschärft wurde.

»Majestät«, rief Baron Glo und kam schwankend auf die Füße; er war leichenblaß, sprach aber überraschend flüssig und volltönend. »Ich flehe Euch an – um unseres geliebten Kolkorron willen – hört Euch den Plan an, von dem ich vorhin gesprochen habe. Bitte laßt Euch durch meine kurze Indisponiertheit nicht daran hindern, von einem Projekt zu erfahren, dessen Auswirkungen weit über die Gegenwart und die nächste Zukunft hinausreichen, und das langfristig von größter Bedeutung ist für die Existenz unserer Nation.«

»Seid still, Glo!« König Pradt erhob sich ebenfalls und zielte mit beiden Zeigefingern und der ganzen Kraft seiner Autorität auf Leddravohr. »Leddravohr, du wirst jetzt wieder Platz nehmen!«

Leddravohr sah den König sekundenlang an, mit ausdruckslosem Gesicht, dann wandte er sich von Tauler ab und schritt langsam zum Podium. Tauler fuhr zusammen, als sein Bruder ihn am Arm faßte.

»Was hast du vor?« flüsterte Leyn; sein furchtsamer Blick huschte über Taulers Gesicht. »Leddravohr hat schon aus geringerem Anlaß getötet.«

Tauler wand seinen Arm aus dem Griff. »Ich lebe noch.«

»Und du hattest kein Recht, dich derart einzumischen.«

»Ich entschuldige mich für die Beleidigung«, sagte Tauler. »Ich habe nicht angenommen, daß eine mehr oder weniger einen Unterschied macht.«

»Du weißt genau, was ich von deinem kindischen...« Leyn stockte, als Baron Glo an seine Seite kam.

»Der Junge kann nichts dafür, daß er so hitzig ist – ich war in seinem Alter genauso«, sagte Glo. Das Licht aus der Höhe enthüllte, wie jede einzelne Pore auf seiner Stirn mit einer winzigen Kuppel aus Schweiß überdacht war. Unter den weiten Falten der Robe pumpte die Brust mit besorgniserregender Schnelligkeit und förderte den Geruch nach Wein zutage.

»Ihr solltet Euch setzen, Meister, und Euch beruhigen«, sagte Leyn leise. »Ihr dürft Euch nicht noch mehr ...«

»Nein! Du bist derjenige, der sich setzen muß.« Glo zeigte auf zwei freie Plätze in der Nähe und wartete, bis Leyn und Tauler sich niedergelassen hatten. »Du bist ein guter Junge, Leyn, aber es war ein schlimmer Fehler, dich mit einer Aufgabe zu betrauen, für die du nicht ... hmm ... geschaffen bist. Heute ist Kühnheit gefragt, Kühnheit im Denken. Das hat uns den Respekt der alten Könige eingebracht.«

Tauler, jede kleinste Bewegung Leddravohrs mit krankhafter Wachsamkeit verfolgend, bemerkte, daß der Prinz gerade ein geflüstertes Gespräch mit seinem Vater beendete. Beide setzten sich in ihre Thronsessel, und Leddravohr lenkte seinen brütenden Blick augenblicklich in Taulers Richtung. Auf ein kaum wahrnehmbares Nicken des Königs hin pochte ein Beamter mit seinem Stab auf den Boden, um das gedämpfte Gemurmel in der weiten Halle zu unterdrücken.

»Baron Glo!« Pradts Stimme klang jetzt verdächtig sanft. »Ich entschuldige mich für die Unhöflichkeit, die Mitgliedern Eurer Delegation widerfahren ist, aber ich füge auch hinzu, daß die Zeit der Ratssitzung nicht mit frivolen Anspielungen vergeudet werden sollte. Wenn ich Euch jetzt die Erlaubnis erteile, uns die wesentlichen Einzelheiten Eures grandiosen Plans darzulegen, werdet Ihr Euch dafür verbürgen, dies ganz schnell und prägnant zu tun, um mir weitere Widrigkeiten an einem Tag zu ersparen, an dem es schon zu viele davon gab.«

»Mit Vergnügen!«

»Dann fangt an!«

»Ich bin schon dabei, Majestät.« Glo drehte sich halb zu Leyn, kniff erst ein Auge zu und raunte dann: »Weißt du noch, was du über mein Höherfliegen und Weitersehen gesagt hast? Du wirst noch an deine Worte denken, mein Lieber. Deine Graphiken erzählen eine Geschichte, die nicht einmal du verstehst; aber ich …«

»Baron Glo«, sagte Pradt, »ich warte.«

Glo machte eine vollendete Verbeugung, vollständig mit Handschnörkeln, die ganz zur benutzten Hochsprache paßten. »Majestät, der Philosoph hat viele Pflichten, vielerlei Verantwortung. Nicht nur Vergangenheit und Gegenwart muß er bedenken, er muß auch die verzweigten Pfade in die Zukunft erhellen. Je dunkler und … hmm … gewagter jene Pfade sein mögen, desto höher …«

»Kommt zur Sache, Glo!«

»Nun also, Majestät. Meine Analyse der Situation, in der sich Kolkorron heute befindet, hat ergeben, daß die Schwierigkeiten bei der Beschaffung von Brakka und Energiekristallen anwachsen werden, bis schließlich … hmm … nur noch die einschneidendsten und umsichtigsten Maßnahmen eine nationale Katastrophe abwenden können.« Glos Stimme bebte vor Leidenschaft.

»Ich bin nach reiflicher Überlegung zu dem Schluß gekommen, daß wir angesichts der uns bedrängenden Probleme, die an Umfang und Anzahl noch zunehmen werden, unser Leistungsvermögen gewaltig steigern müssen. Wenn wir unsere Vorrangstellung auf Diesland beibehalten wollen, müssen wir unseren Blick nicht auf die kleinen Nationen an unseren Grenzen – mit ihren mageren Ressourcen – sondern in den Himmel richten!

Der ganze Planet Jenland hängt über unseren Köpfen und wartet nur darauf, wie eine süße Frucht von uns gepflückt zu werden. Wir sind durchaus in der Lage, die Mittel zu entwickeln, um dorthin zu gelangen und ...« Der Rest von Glos Satz ertrank in einer schwellenden Flut von Gelächter.

Tauler, der Leddravohrs Blick standgehalten hatte, wandte den Kopf, weil er zornige Rufe von rechts vernahm. Hinter Tansfos medizinischer Delegation hatte sich Erzbischof Balauntar von seinem Platz erhoben und zeigte anklagend auf Glo; sein kleiner Mund war verzerrt und vor lauter Entrüstung seitlich verschoben.

Borreat Hargess lehnte sich aus der Reihe hinter Tauler vor und packte Leyn bei der Schulter. »Sieh zu, daß sich der alte Narr hinsetzt«, drängte er mit empörtem Flüstern. »Hast du gewußt, was er im Schilde führt?«

»Natürlich nicht!« Leyns schmales Gesicht wirkte verstört. »Und wie soll ich ihn aufhalten?«

»Laß dir was einfallen, bevor wir alle wie die Idioten dastehn.«

»... schon lange bekannt, daß Diesland und Jenland sich eine gemeinsame Atmosphäre teilen«, erläuterte Glo, scheinbar ungeachtet des Tumults, den er ausgelöst hatte. »In den Grünberg-Archiven lagern detaillierte Zeichnungen für Heißluftballons, die bis ...«

»Im Namen der Kirche befehle ich Euch, mit dieser Blasphemie aufzuhören«, schrie Erzbischof Balauntar, der seinen Platz verlassen hatte und sich zu Glo durcharbeitete; sein vorgereckter Kopf schwankte wie der eines watenden Vogels. Tauler, der nicht religiös veranlagt war, schloß aus der ungestümen Reaktion von Balauntar, daß der Kirchenmann ein strenger Alternationist war. Nicht so wie viele der oberen Kleriker, die nur Lippenbekenntnisse ablegten, um sich ein ansehnliches Gehalt zu sichern, glaubte Balauntar wirklich daran, daß die Seelen der Toten nach Jenland wanderten, dort wiedergeboren wurden und irgendwann wieder nach Diesland zurückkehrten, in einem endlosen Zyklus alternierender Existenz.

Glo machte eine abweisende Geste in Balauntars Richtung. »Die Hauptschwierigkeit liegt im Bereich neutraler … hmm … Schwerkraft auf halbem Wege des Fluges, wo selbstverständlich der Unterschied in der Dichte von heißer und kalter Luft wirkungslos wird. Dieses Problem kann dadurch gelöst werden, daß jedes Schiff mit Rückstoßrohren ausgerüstet wird, die …«

Glo wurde jäh zum Schweigen gebracht. Mit einem Satz, der die schwarzen Gewänder zum Flattern brachte, hatte Balauntar ihn erreicht und verklammerte ihm mit der Hand den Mund. Tauler, der von dem Kleriker keine Gewalt erwartet hatte, sprang auf die Füße, packte Balauntars knochige Handgelenke und zwang sie nach unten. Glo griff sich an den Hals, als wäre er dem Erstickungstod nahe. Balauntar versuchte sich zu befreien, aber Tauler hob ihn hoch, als habe er es mit einer Strohpuppe zu tun, und setzte ihn ein paar Schritte weiter auf einen freien Platz. Tauler hatte gesehen, wie der König erneut aufgestanden war. Das Gelächter in der Halle erstarb und machte einer angespannten Stille Platz.

»*Du!*« Balauntar bewegte krampfartig den Mund und funkelte Tauler von unten an. »Du hast mich angefaßt!«

»Ich habe nur meinen Meister verteidigt«, sagte Tauler, obwohl ihm klar war, daß seine Reflexhandlung ein grober Verstoß gegen das Protokoll war. Er vernahm ein unterdrücktes Würgen. Glo ging es schlecht. Er hielt beide Hände vor den Mund gestülpt. Schwarzer Wein quoll in Klümpchen zwischen den Fingern hervor, besudelte die Robe und spritzte auf den Boden.

Der König sprach laut und klar, jedes Wort wie ein Schwertstreich. »Baron Glo, ich weiß nicht, was ich widerwärtiger finde – den Inhalt Eures Magens oder den Eurer Gedanken. Ihr und Eure Delegation werdet meinen Hof unverzüglich verlassen, und ich warne Euch hier und jetzt – sowie es meine Amtsgeschäfte erlauben, werde ich lange und eingehend über Eure Zukunft nachdenken.«

Glo nahm die Hände vom Mund und versuchte zu sprechen, die braunen Zahnstummel tanzten auf und ab, aber er brachte nichts als ein paar Krächzlaute hervor.

»Schafft ihn mir aus den Augen«, sagte Pradt und richtete seinen strengen Blick auf den Erzbischof. »Nun zu Euch, Balauntar. Ungeachtet der Provokation, die Euch widerfahren ist, soll Euch ein scharfer Verweis erteilt werden, weil Ihr einen meiner Minister tätlich angegriffen habt. Deshalb habt Ihr auch keine Genugtuung von dem jungen Mann zu fordern, der Euch im Zaum hielt, obwohl er ein wenig unbesonnen erscheint. Ihr werdet an Euren Platz zurückkehren und dort schweigend verharren, bis sich der Erzphilosoph mit seinem Troß von Komikern zurückgezogen hat.«

Der König setzte sich und starrte ins Leere, derweil Glo von Leyn und Borreat Hargess zum Haupteingang der Halle gebracht wurde. Tauler ging um Vorndal Sisstt herum, der auf den Knien lag und mit dem Saum seiner Robe den Boden aufwischte, und half Leyns Assistenten, die umgestürzte Staffelei und die Schaubilder aufzulesen. Als er mit der Staffelei unter dem Arm aufstand, kam ihm der Gedanke, daß Prinz Leddravohr einen ungewöhnlich harten Verweis erhalten haben mußte, wenn er sich derart zurückhielt. Er sah flüchtig zum Podium hinüber und begegnete dem unverwandt starren Blick aus den Augen Leddravohrs, der in seinem Thronsessel mehr lag als saß. Aus kollektiver Scham blickte Tauler rasch in eine andere Richtung, doch er hatte noch sehen können, wie Leddravohr wieder dieses unmenschliche Lächeln aufsetzte.

»Worauf wartest du noch?« murmelte Sisstt. »Bringen wir das Zeug hier raus, bevor uns der König das Fell über die Ohren zieht.«

Der Weg durch die Korridore und hohen Zimmer schien jetzt doppelt so lang. Selbst als Glo sich hinlänglich erholt hatte und die helfenden Hände abschüttelte, hatte Tauler das Gefühl, die Kunde von der Schande des Erzphilosophen eile ihnen auf magische Weise voraus und werde in jeder leise geführten Unterhaltung besprochen, an der sie vorüberkamen. Von Anfang an hatte Tauler gespürt, daß Baron Glo in einer schlechten Verfassung war, aber er hatte nicht voraussehen können, daß er selbst in ein Debakel von solcher Tragweite hineingezogen würde. König Pradt war bekannt für die Toleranz, mit der er seine Amtsgeschäfte führte, doch Glo hatte es fertiggebracht, die Grenzen derart zu überschreiten, daß die Zukunft des ganzen Ordens auf dem Spiel stand. Darüber hinaus war Taulers vage Hoffnung, eines Tages durch Leddravohrs Gunst in die Armee aufgenommen zu werden, endgültig dahin – der Militär-Prinz stand in dem Ruf, niemals zu vergessen, niemals zu vergeben.

Als sie in den zentralen Vorhof gelangten, entleerte Glo schwungvoll seinen Magen und marschierte munter zu seiner Kutsche. Er hielt neben ihr inne, drehte sich zum Rest der Gruppe um und sagte: »Also, so schlimm war es nun auch wieder nicht, oder? Ich glaube, ohne Übertreibung sagen zu können, daß ich im Herzen des Königs ein … hmm … Samenkorn hinterlassen konnte. Was meint ihr dazu?«

Leyn, Hargess und Dassuhn tauschten gequälte Blicke, nur Sisstt sagte frei heraus: »Ihr habt vollkommen recht, verehrter Meister.«

Glo nickte ihm beifällig zu. »Glaubt mir, das ist der einzig richtige Weg, um eine radikal neue Idee auf den Weg zu bringen. Eine Saat aussäen. Warten wir … hmm … bis sie aufgeht.«

Tauler wandte sich ab; er fand sich mit einmal der unbekannten Gefahr ausgesetzt, trotz aller Unbill, die ihm widerfahren war, lauthals zu lachen. Er trug die Staffelei zu dem angebundenen Blauhorn und schnürte sie quer über den Rücken des Tiers, holte sich bei Quait und Lokrennan die eingerollten Schaubilder und bereitete sich auf den Heimritt vor. Die Sonne hatte kaum mehr als den halben Weg zum östlichen Rand von Jenland zurückgelegt – das demütigende Schauspiel war glücklicherweise nicht von langer Dauer gewesen. So blieb ihm Zeit für ein spätes Frühstück, gleichsam als Einstieg in den besseren Rest des Tages. Er hatte schon den Fuß im Steigbügel, als sein Bruder neben ihm auftauchte.

»Was treibt dich um?« sagte Leyn. »Dein Benehmen im Palast war erschreckend – selbst nach deinen eigenen Maßstäben.«

Tauler war fassungslos. »*Mein* Benehmen?«

»Ja! In Minutenschnelle hast du dir die Feindschaft der beiden gefährlichsten Männer im Reich zugezogen. Wie machst du das?«

»Sehr einfach«, sagte Tauler versteinert. »Ich trete als Mann auf.«

Leyn seufzte verbittert. »Wir werden auf Grünberg weiterreden.«

»Kein Zweifel.« Tauler schwang sich auf das Blauhorn und drängte es voran, ohne auf die Kutsche zu warten. Auf seinem Rückritt zur Hofklause legte sich der Verdruß über Leyn allmählich. Leyn war nicht zu beneiden. Der Erzphilosoph brachte den Orden in Verruf, doch weil er königlicher Abstammung war, konnte er nur vom König abgesetzt werden. Der Versuch, die Stellung des Barons zu untergraben, würde wie Verrat geahndet werden, und Leyn war sowieso viel zu loyal und konnte Glo nicht einmal privat kritisieren. Wenn es bekannt wurde, daß Glo vorgeschlagen hatte, Schiffe nach Jenland zu schicken, würde auch Leyn zum Ziel des Gespötts werden – und er würde alles geduldig ertragen, sich noch mehr hinter seinen Büchern und Funktionskurven verschanzen, während der Ordensbesitz auf Grünberg immer fragwürdiger wurde.

Inzwischen hatte Tauler das Haus mit den vielen Giebeln erreicht. Er hatte die Gedankenschieberei satt und überließ sich ganz seinem Hunger. Ihm fehlte nicht nur das Frühstück, er hatte auch am Vortag praktisch nichts gegessen, und jetzt meldete sich eine rasende Leere in seinem Magen. Er band das Blauhorn im Vorhof fest, ließ es beladen dastehn und ging schnell ins Haus und wollte schnurstracks zur Küche.

Zum zweiten Mal an diesem Morgen stieß er unerwartet auf Gesalla, die die Eingangshalle auf dem Weg in den Westsalon durchquerte. Sie drehte sich zu ihm um, geblendet vom Licht aus dem Türbogen, und lächelte. Das Lächeln währte nur einen Augenblick, so lange, wie sie brauchte, um ihn vor der gleißenden Helligkeit zu identifizieren; doch die Wirkung auf Tauler war seltsam. Er schien

Gesalla zum ersten Mal zu sehen, mit der Figur einer Göttin und sonnenhellen Augen, und in jenem Augenblick überfiel ihn ein unerklärliches und bitteres Gefühl von Vergeudung, nicht von materiellem Besitz, sondern von all den Möglichkeiten, die das Leben selbst in sich trug. Die Empfindung verlor sich so schnell, wie sie sich eingestellt hatte, aber sie hinterließ ein Gefühl von Trauer und eigenartiger Läuterung.

»Oh, du bist es«, sagte Gesalla kühl. »Ich dachte, du wärst Leyn.«

Tauler lächelte und fragte sich, ob er wohl eine neue und erbaulichere Beziehung zu Gesalla knüpfen könnte. »Ein Trick des Lichts.«

»Wieso bist du so früh zurück?«

»Äh … die Sitzung verlief nicht planmäßig. Es gab Unannehmlichkeiten. Leyn wird dir alles erzählen – er ist auf dem Heimweg.«

Gesalla neigte den Kopf und bewegte sich, bis das Licht sie nicht mehr blendete. »Wieso erzählst du es nicht? Hat es mit dir zu tun?«

»Mit *mir?*«

»Ja. Ich habe Leyn geraten, dich nicht in die Nähe des Palastes zu lassen.«

»Na, vielleicht hat er dich und deinen nie versiegenden Strom von Ratschlägen genauso satt wie ich.« Tauler wollte nicht weitersprechen, aber das Wortfieber hatte ihn gepackt. »Vielleicht bereut er es längst, mit einem verdorrten Zweig anstatt mit einer richtigen Frau verheiratet zu sein.«

»Danke – ich werde Leyn deinen Kommentar in voller Länge weitergeben.« Gesalla kräuselte die Lippen, was besagte, daß sie – weit davon entfernt, verletzt zu sein – froh war, endlich die Art von unbeherrschter Erwiderung heraufbeschworen zu haben, die Tauler ein für allemal aus der Hofklause verbannen würde. »Sehe ich das richtig, daß die Dirne, die in deinem Bett liegt, deiner Vorstellung von einer richtigen Frau entspricht?«

»Das kannst du …« Tauler runzelte die Stirn und versuchte zu verbergen, daß er seine Bettgefährtin völlig vergessen hatte. »Du solltest deine Zunge hüten! Felis ist keine Dirne.«

Gesallas Augen sprühten. »Ihr Name ist Fera.«

»Felis oder Fera – sie ist keine Dirne.«

»Ich werde mich mit dir nicht um Definitionen streiten«, sagte Gesalla wegwerfend. Kalte Wut kam in ihre Stimme. »Die Köchin sagte, du hättest Anweisung gegeben, deiner ... deiner Zimmergenossin jeden Essenswunsch zu erfüllen. Falls die Menge, die sie bereits an diesem Frühtag verzehrt hat, ihr normales Quantum ist, so darfst du dich glücklich schätzen, sie nicht als deine Frau ernähren zu müssen.«

»Aber genau das werde ich!« Tauler sah nur die Chance, den entscheidenden Schlag auszuteilen, ohne an die Konsequenzen zu denken. »Ich versuche dir schon die ganze Zeit zu erzählen, daß ich Fera heute früh zu meiner Rangfrau gemacht habe. Bestimmt wirst du dich bald gut verstehen mit deiner neuen Hausgefährtin, und dann können wir alle zusammen Freunde sein. Wenn du mich jetzt entschuldigst ...«

Er lächelte, genoß das Entsetzen und den Unglauben in Gesallas Gesicht, ehe er sich abwandte und beklommen zur Haupttreppe ging, bedacht, seine Verwirrung nicht zu zeigen. So also konnten ein paar Sekunden voller Zorn den Kurs eines Lebens ändern. Das letzte, was er sich wünschte, war die Verantwortung für eine Frau, selbst für eine vierten Grades, und er konnte nur hoffen, daß Fera das Angebot ausschlug, das er ihr nun wohl oder übel machen mußte.

5. Kapitel

General Risdel Dalakott erwachte beim ersten Lichtschimmer und folgte der Routine, die sich in seinen achtundsechzig Lebensjahren kaum geändert hatte. Er verließ unverzüglich das Bett.

Er ging ein paarmal im Raum herum; während die Steifheit und der Schmerz allmählich aus dem rechten Bein wichen, wurde sein Schritt fester. Es waren fast dreißig Jahre vergangen seit jenem Spättag des ersten Sorka-Feldzuges, da ihm der schwere merrillianische Wurfspeer den Oberschenkelknochen direkt über dem Knie zerschmettert hatte. Die Verletzung hatte ihm seither immer wieder zu schaffen gemacht, und die Perioden, in denen er ohne Beschwerden war, wurden immer kürzer und seltener.

Sowie er mit der Leistung seines Beins zufrieden war, suchte er das angrenzende Bad auf und betätigte den Hebel aus emailliertem Brakka, der in der Wand eingelassen war. Das Wasser, das aus den feinen Löchern in der Decke sprühte, war heiß – ein Zeichen, daß er nicht in seinem kargen Quartier in Trompha war. Er schob das irrationale Schuldgefühl beiseite und genoß die Wärme, wie sie in seine Muskeln drang und sie wieder geschmeidig machte.

Nachdem er sich abgetrocknet hatte, blieb er vor dem Wandspiegel stehen, der aus zwei Klarglasschichten mit extrem unterschiedlichem Brechungsindex bestand, und betrachtete sich kritisch. Obwohl das Alter seine unvermeidlichen Spuren an dem einst kräftigen Körper hinterlassen hatte, war er durch disziplinierte Lebensführung vor jeglichem Fettansatz bewahrt worden. Das lange, nachdenkliche Gesicht war tief gefurcht, aber das Grau, das sich in das kurzgeschorene Haar gestohlen hatte, beeinträchtigte die hellblonde Haarfarbe kaum. Insgesamt machte Dalakott den Eindruck kerniger Gesundheit und Tauglichkeit.

Immer noch diensttauglich, dachte er. *Ein Jahr noch und keinen Tag länger. Die Armee hat mich schon zu sehr vereinnahmt.*

Während er seine blaue Sporttracht anzog, dachte er über den heutigen Tag nach. Heute war der zwölfte Geburtstag seines Enkels, Hallie, und – als Bestandteil des Aufnahmerituals der Militärakademie – mußte der Junge heute alleine gegen die Pterssa antreten. Das war ein bedeutsames Ereignis, und Dalakott erinnerte sich lebhaft daran, wie stolz er seinem Sohn, Oderan, bei dem Test zugesehen hatte. Oderans militärische Karriere war frühzeitig zu Ende gewesen. Er war im Alter von dreiunddreißig Jahren bei einem Luftschiffabsturz in Yalrofak ums Leben gekommen, und es war Dalakotts schmerzliche Pflicht, ihn an diesem Festtag zu vertreten. Er zog sich fertig an, verließ das Schlafzimmer und ging die Treppe hinunter ins Eßzimmer, wo trotz der frühen Stunde Konna Dalakott am runden Tisch saß. Sie war eine großgewachsene Frau mit offenem Gesicht, deren Figur die Stattlichkeit der frühen Lebensmitte annahm.

»Guten Frühtag, Konna«, sagte er und bemerkte, daß sie allein war. »Schläft Hallie noch?«

»An seinem Geburtstag?« Sie deutete mit einem Kopfnicken zum umfriedeten Garten hinter der Fensterwand. »Er ist draußen irgendwo, übt fleißig. Das Frühstück existiert gar nicht für ihn.«

»Das ist ein großer Tag für ihn. Für uns alle.«

»Ja. Ein wundervoller Tag.« In ihrer Stimme schwang ein Bedauern mit.

»Ich weiß, daß es dich mitnimmt«, sagte er sanft, »aber Oderan hätte gewollt, daß wir das Beste daraus machen, Hallie zuliebe.«

Konna schenkte ihm ein stilles Lächeln. »Willst du nichts als deinen Dreikornbrei zum Frühstück? Kann ich dich nicht mit etwas Weißfisch locken? Wurst? Ein Fleischpastetchen?«

»Ich war zu lange auf die Rationen der Truppe angewiesen«, protestierte er, sich stillschweigend auf ein Geplauder beschränkend. Konna hatte in dem Jahrzehnt seit Oderans Tod das Landhaus unterhalten und ihr Leben geschickt eingerichtet, auch ohne die Hilfe ihres Schwiegervaters; es war unangemessen, ihr in diesem Augenblick irgendeinen Ratschlag zu geben.

»Na gut«, sagte sie und bediente ihn aus einer der abgedeckten Schüsseln auf dem Tisch, »aber zum Kurznachtfest gibt es keine Truppenrationen.«

»Einverstanden!« Während Dalakott den leicht gesalzenen Körnerbrei aß, tauschte er mit seiner Schwiegertochter Vergnügliches und Herzliches aus, doch seine Erinnerungen gärten unvermindert; die Gedanken an den verlorenen Sohn weckten in letzter Zeit immer häufiger jene an den anderen, zu dem er sich nie bekannt hatte. Wenn er auf sein Leben zurückblickte, mußte er einmal mehr darüber grübeln, wie oft das Belanglose Entscheidendes im Schilde geführt hatte.

Hätte er sich damals bei dem Vorpostengeplänkel in Yalrofak nicht ablenken lassen, würde er nicht diese ernste Beinverletzung davongetragen haben. Die Verwundung hatte zu einem langen Genesungsaufenthalt in der ruhigen Provinz Rendat geführt; und dort war er bei einem Spaziergang am Bes-Andar-Fluß zufällig auf das merkwürdigste natürliche Objekt gestoßen, das er je gesehen hatte und das er seither immer und überall bei sich trug. Das Objekt war bereits über ein Jahr in seinem Besitz gewesen, als er es bei einem seltenen Besuch in der Metropole impulsiv zur wissenschaftlichen Abteilung auf Grünberg gebracht hatte, um herauszubekommen, ob man sich seine merkwürdigen Eigenschaften erklären konnte.

Er hatte am Ende nichts über das Objekt, aber eine Menge über sich selbst erfahren.

Von Kindesbeinen an zum Karrieresoldat bestimmt, hatte er sich in erster Linie aus Standespflicht eine Monofrau genommen, die ihm einen Erben schenken und zwischen den Feldzügen für ihn dasein sollte. Seine Beziehung zu Toriane war aber erfreulich gewesen, gleichmäßig und warm; und er hatte sie als Erfüllung betrachtet – bis zu dem Tag, da er auf Grünberg in den Vorhof eines verwinkelten Hauses eingeritten und auf Ayssa Marakain getroffen war. Seine Begegnung mit der schlanken jungen Hausherrin war wie die von Grün und Purpur gewesen und hatte eine ungestüme Explosion von Leidenschaft und Ekstase ausgelöst – die in einem Seelenschmerz gipfelte, so quälend, wie er ihn bis dahin nicht gekannt hatte …

»Die Kutsche ist zurück, Großvater«, schrie Hallie, gegen das hohe Fenster klopfend. »Wir können zum Hügel fahren.«

»Ich komme.« Dalakott winkte dem blonden Jungen zu, der auf der Terrasse vor Aufregung tanzte. Hallie war groß und kräftig und würde die normal großen Pterssahölzer, die an seinem Gürtel klapperten, mühelos handhaben können.

»Du hast noch Kornbrei auf dem Teller«, sagte Konna, als er sich erhob. Die nüchterne Feststellung konnte ihren Gemütszustand nicht verhehlen.

»Du weißt, du brauchst dir überhaupt keine Sorgen zu

machen«, sagte er. »Eine Pterssa, die bei klarem Tageslicht über offenem Gelände schwebt, ist vollkommen ungefährlich. Damit fertig zu werden, ist ein Kinderspiel, und außerdem bleibe ich immer dicht bei Hallie.«

»Danke.« Konna blieb vor ihrem unberührten Frühstück sitzen, bis Dalakott den Raum verlassen hatte.

Er ging hinaus in den Garten, der – wie auf dem Land üblich – von hohen Mauern umgeben war, die mit Pterssa-Schirmen bewehrt waren, die bei Dunkelheit und Nebel über dem Garten geschlossen wurden. Hallie rannte herbei, wie sein Vater es als Kind getan hatte, und nahm die Hand des Großvaters. Sie gingen hinaus zur Kutsche, in der die drei Männer warteten, benachbarte Freunde der Familie, die als Zeugen gebraucht wurden, wenn Hallie seine Mündigkeit unter Beweis stellte. Dalakott, der ihre Bekanntschaft am Abend zuvor aufgefrischt hatte, tauschte Grüße mit ihnen, während er mit Hallie auf den gepolsterten Sitzbänken im Innern der großen Kutsche Platz nahm. Der Kutscher ließ die Peitsche über den vier Blauhörnern knallen, und das Fahrzeug setzte sich in Bewegung.

»Oho! Haben wir einen erfahrenen Kämpen unter uns?« sagte Giheyt, ein Kaufmann im Ruhestand, und beugte sich vor, um das Y-förmige Pterssaholz zu berühren, das er zwischen den kreuzförmigen in Hallies Waffenarsenal entdeckt hatte.

»Ein bellinnisches«, sagte Hallie stolz und strich über das glänzende und reich verzierte Holz der Waffe, die er vor einem Jahr von Dalakott bekommen hatte. »Es fliegt weiter als die anderen. Wirksam bis dreißig Meter. Die Gessan benutzen es auch. Die Gessan und die Zissorian.«

Dalakott erwiderte das nachsichtige Lächeln, das die zur Schau gestellte Sachkundigkeit bei den Männern hervorrief. Das Schleudern von Hölzern der einen oder anderen Form hatte sich bei fast allen Nationen auf Diesland von alters her als die wirksamste Verteidigung gegen die Pterssa herausgestellt. Die rätselhaften Wesen zerplatzten so leicht wie Seifenblasen, wenn man in ihre tödliche Reichweite geriet, zeigten aber ansonsten eine verblüffende Zähigkeit. Ein Stein,

ein Pfeil oder ein Speer konnte die Pterssa durchdringen, ohne ihr zu schaden – die Blase bebte nur einen Augenblick lang, dann hatte sie die Löcher in ihrer transparenten Hülle repariert. Nur ein rotierendes, dreschendes Geschoß konnte die Struktur einer Pterssa zerreißen und ihren giftigen Staub in der Luft zerstreuen.

Die Bola war auch ein guter Pterssatöter, aber sie war schwer zu meistern und zu schwer, um sie in größerer Stückzahl tragen zu können. Dagegen war ein mehrblättriges Schleuderholz flach, vergleichsweise leicht und einfach am Körper zu tragen. Dalakott hatte sich immer gewundert, daß sogar die primitivsten Eingeborenen auf die Idee gekommen waren, die eine Seite eines jeden Holzblattes abzurunden und die andere zu schärfen, damit sich die Waffe wie ein Vogel in der Luft hielt und viel weiter flog als ein gewöhnliches Wurfgeschoß. Es mußte diese scheinbar magische Kraft sein, die Leute wie die Bellinnier veranlaßte, solche Mühe auf das Schnitzen und Verzieren ihrer Pterssahölzer zu verwenden. Dagegen zogen die pragmatischen Kolkorronier eine flache, vierblättrige Einwegwaffe vor, die sich für die Massenproduktion eignete, weil sie nur aus zwei geraden Teilen bestand, die in der Mitte verleimt waren.

Die Kutsche ließ allmählich die Kornfelder und Obstgärten von Klinterdin hinter sich und begann, die Ausläufer des Pherot zu erklettern. Die Straße verlor sich schließlich auf einem grasbewachsenen Plateau, an dessen Ende der Boden steil anstieg und im Frühnebel verschwand, den die Sonne noch nicht vertrieben hatte.

»Wir sind da«, wandte sich Giheyt aufgeräumt an Hallie, als das Fahrzeug knirschend zum Stehen kam. »Ich bin ziemlich neugierig, was dein phantastisches Holz alles kann. Dreißig Meter hast du gesagt?«

Zessero, ein Bankier mit gerötetem Gesicht, legte die Stirn in Falten und schüttelte den Kopf. »Verleite den Jungen nicht zur Angeberei. Es ist nicht gut, wenn man zu früh wirft.«

»Er weiß genau, was er zu tun hat«, sagte Dalakott, als er mit Hallie aus der Kutsche stieg und sich umsah. Der Himmel war eine Kuppel aus glänzendem Perlmutt, das über ihren Köpfen allmählich in ein blasses Blau überging. Man konnte keine Sterne sehen, und selbst die große Scheibe von Jenland, von der nur ein Teil zu sehen war, erschien blaß und unwirklich. Dalakott war in den Süden der Provinz Kail gereist, um die Familie seines Sohnes zu besuchen, und in diesen Längen erschien Jenland deutlich nach Norden versetzt. Das Klima war gemäßigter als im äquatorialen Kolkorron, ein Faktor, der – in Verbindung mit einer viel kürzeren Kurznacht – die Region zu einem der besten Nahrungsproduzenten des Reichs machte.

»Eine Menge Pterssas«, sagte Giheyt und zeigte in den Himmel, wo purpurfarbene Flecken zu erkennen waren, die hoch in den Luftströmungen trieben, die vom Pherot herunterrollten.

»Es gibt in letzter Zeit immer eine Menge Pterssas«, kommentierte Onduboiter, der dritte Zeuge für Hallie. »Ich könnte schwören, es werden immer mehr – egal, was man dagegenhält. Vor Tagen sollen sie sogar in das Zentrum von Ro-Baksanta eingefallen sein.«

Giheyt schüttelte ungeduldig den Kopf. »Sie gehen nicht in Städte.«

»Ich sage nur, was ich gehört habe.«

»Du bist ziemlich leichtgläubig, mein Freund. Du hörst dir zu viele phantastische Geschichten an.«

»Jetzt wird nicht gestritten«, mischte sich Tessero ein. »Das hier ist ein wichtiges Ereignis.« Er öffnete den Leinensack, den er bei sich hatte, und teilte jedem, mit Ausnahme von Hallie, sechs Pterssahölzer aus.

»Die brauchst du nicht, Großvater«, sagte Hallie beleidigt. »Ich treffe ganz bestimmt.«

»Ich weiß, Hallie, aber es ist üblich so. Außerdem, ein bißchen Übung könnte dem einen oder anderen von uns nicht schaden.« Dalakott nahm den Jungen um die Schulter und ging mit ihm zur Mündung einer Gasse, die von zwei hohen Netzen gebildet wurde. Sie wurden von zwei parallelen Reihen von Stangen aufgespannt, die das Plateau überquerten und den steilen Hang erklommen, bis sie im Frühnebel verschwanden. Das überkommene System diente dazu, kleine

Gruppen von Pterssas den Berg hinunterzuführen. Die Blasen konnten ohne weiteres entkommen, indem sie aufstiegen, aber einige folgten einer solchen Gasse jedesmal bis ganz unten, als ob sie empfindungsfähige Wesen wären, die von Neugierde getrieben wurden. Solche Ungereimtheiten machten viele Menschen glauben, die Blasen besäßen einen gewissen Grad von Intelligenz. Dalakott stand dieser Auffassung ganz und gar skeptisch gegenüber, denn die Pterssas ließen jede innere Struktur vermissen.

»Du kannst mich jetzt allein lassen, Großvater«, sagte Hallie. »Ich bin bereit.«

»Also gut, junger Mann.« Dalakott zog sich ein Dutzend Schritte zurück, um Seite an Seite mit den anderen zu warten. Zum allerersten Mal sah er in seinem Enkel mehr als nur den kleinen Jungen, aber Hallie ging mit Mut und Würde in seine Bewährungsprobe und würde nie wieder ganz das Kind sein, das heute früh im Garten gespielt hatte. Und Dalakott begriff, daß er Konna beim Frühstück den falschen Trost gespendet hatte – sie hatte nur zu gut gewußt, daß sie ihr Kind niemals wiedersehen würde. Diese Einsicht würde Dalakott bei Einbruch der Nacht in seinem Tagebuch vermerken müssen. Soldatenfrauen mußten ihre eigenen Bewährungsproben bestehen, und ihr Gegner war die Zeit.

»Ich wußte, daß es nicht lange dauern würde«, wisperte Onduboiter.

Dalakott verlegte seine Aufmerksamkeit von Hallie auf die ferne Nebelwand, in der sich die Netze verstiegen. Trotz des Vertrauens, das er in den Jungen setzte, versetzte ihn der Anblick der beiden Pterssas, die gleichzeitig erschienen waren, in Alarmbereitschaft. Die fahlen Blasen, jede mit einem Durchmesser von gut fünf Ellen, kamen niedrig und im Zickzack schwebend die Gasse zwischen den Netzen herunter, waren immer undeutlicher zu erkennen, je näher sie dem Fuß des Hangs kamen, wo das Gras sich zu einer dichten Narbe schloß. Hallie, der ein vierblättriges Holz in der Hand hielt, verlagerte geringfügig sein Gewicht und machte sich fertig für den Wurf.

Noch nicht, kommandierte Dalakott in Gedanken. Die

Gegenwart einer zweiten Pterssa konnte dazu verleiten, eine von beiden schon aus möglichst großer Entfernung zerstören zu wollen. Der Staub, den eine berstende Pterssa freisetzte, verlor seine Giftigkeit fast in demselben Augenblick, da er der Luft ausgesetzt wurde; deshalb konnte man, je nach Windstärke und Windrichtung, eine Pterssa bis auf sechs Schritt heranlassen, ehe man sie tötete. Aus dieser Distanz war sie praktisch nicht zu verfehlen; sie hatte keine Chance, vorausgesetzt man behielt einen kühlen Kopf. Aber Dalakott hatte erlebt, wie Anfänger plötzlich Verstand und Geduld verloren. Auf manche übten die zitternden Blasen eine hypnotische und entnervende Wirkung aus, besonders wenn sie ihre zufälligen Bewegungen einstellten und mit lautloser, tödlicher Absicht aufrückten.

Die beiden, die auf Hallie zutrieben, waren jetzt weniger als dreißig Schritt von ihm entfernt, schwebten dicht über dem Gras, sich blindlings von einem Netz zum anderen tastend. Hallie holte mit dem rechten Arm aus, lockerte sein Handgelenk, und warf noch nicht. Während Dalakott die einsame, gestreckte Gestalt im Auge behielt, die nicht zurückwich, während die Pterssas immer näher rückten, empfand er eine Mischung aus Stolz, Liebe und nackter Angst. Er hielt eines seiner Hölzer wurfbereit und war darauf gefaßt loszustürzen. Hallie ging dichter an das linke Netz heran, hielt noch immer seinen Wurf zurück.

»Seht ihr, was der Teufelskerl vorhat?« hauchte Giheyt. »Ich glaube, er…«

In dem Moment trafen die ziellosen Schlenker der Pterssas so zusammen, daß eine hinter der anderen war, und Hallie warf. Die Blätter der kreuzförmigen Waffe verschmolzen zu einem flachen Wirbel, der gerade und genau flog, und im nächsten Augenblick existierten die purpurnen Blasen nicht mehr.

Hallie wurde wieder ein Junge, gerade lange genug, um einmal jauchzend in die Luft zu springen, dann nahm er wieder seine gespannte Haltung an, denn eine dritte Pterssa fiel aus dem Nebel. Er löste ein neues Holz vom Gürtel, und Dalakott erkannte die Y-förmige bellinnische Waffe.

Giheyt stieß Dalakott leise an. »Der erste Wurf war für Euch, aber der hier gilt mir – damit ich demnächst meinen Rand halte.«

Hallie ließ die Blase nicht näher als dreißig Schritt herankommen, dann warf er zum zweiten Mal. Die Waffe schwirrte die Gasse zwischen den Netzen entlang wie ein glitzernd gefärbter Vogel, beinah ohne zu sinken, und verlor erst an Stabilität, als sie sich in die Pterssa hineinschnitt und sie auslöschte. Hallie grinste, als er sich nach den Männern umdrehte, und machte eine vollkommene Verbeugung. Er hatte die erforderlichen drei Tötungen absolviert und galt damit offiziell als Heranwachsender.

»Der Junge hatte diesmal ein bißchen Glück, aber er hat es verdient«, sagte Giheyt neidlos. »Schade, daß Oderan nicht dabei war.«

»Ja.« Dalakott, gequält von bittersüßen Empfindungen, begnügte sich mit dieser einsilbigen Antwort und war erleichtert, als die anderen gingen – Giheyt und Zessaro, um Hallie in die Arme zu schließen, und Onduboiter, um die rituelle Flasche Branntwein aus der Kutsche zu holen. Als die sechs, einschließlich des gemieteten Kutschers, wieder beieinanderstanden, teilte Onduboiter winzige halbkugelförmige Gläschen mit uneben geformtem Rand aus, die an getötete Pterssas erinnern sollten. Dalakott behielt seinen Enkel im Auge, der sein erstes Schlückchen Alkohol trank, und hatte seinen Spaß, als der Junge, der eben noch einen Todfeind besiegt hatte, ein groteskes Gesicht zog.

»Ich darf doch annehmen«, sagte Onduboiter, während er die Gläschen der Erwachsenen nachfüllte, »daß den Anwesenden das Außergewöhnliche an diesem morgendlichen Ausflug nicht entgangen ist?«

Giheyt schnaubte verächtlich: »Ja – ich bin heilfroh, daß du den Branntwein verschont hast, bis wir mit von der Partie waren.«

»Das meine ich nicht«, sagte Onduboiter ernst und unbeirrt. »Alle erklären mich für verrückt, aber sind denn in all den Jahren, da wir diese Mutproben bezeugen, jemals drei Blasen aufgetaucht, noch ehe die dampfenden Blauhörner

das Furzen eingestellt hatten? Ich sage euch, meine kurzsichtigen Freunde, daß die Pterssas immer zahlreicher werden. Und in der Tat, wenn mich der Wein nicht täuscht, bekommen wir noch mehr Besuch…«

Die Gesellschaft sah sich sofort nach der Gasse zwischen den Netzen um und entdeckte zwei weitere Pterssas, die aus der Waschküche am Pherot heruntergedriftet waren und die geknüpften Barrieren entlangschnüffelten.

»Die sind für mich«, rief Giheyt und rannte los. Er blieb stehen, stellte sich zurecht, schleuderte schnell hintereinander zwei Hölzer und zerstörte mühelos beide Blasen. Ihr Staub trübte einen Atemzug lang die Luft.

»Siehst du!« schrie Giheyt. »Du brauchst nicht wie ein Soldat gebaut zu sein, um dich zu verteidigen. Von mir kannst du noch was lernen, Jung-Hallie.«

Hallie drückte Onduboiter das Gläschen in die Hand und rannte zu Giheyt, ganz versessen darauf, es ihm gleichzutun. Nach dem zweiten Branntwein schlossen sich Dalakott und Zessario an, und man machte sich einen Sport daraus, jede auftauchende Blase zu vernichten, bis der steigende Nebel sich vom oberen Ende der Netzgasse trennte und die Pterssas sich in größere Höhen zurückzogen. Dalakott war überrascht, daß im Laufe einer einzigen Stunde nahezu vierzig Pterssas die Gasse heruntergekommen waren, weit mehr, als er erwartet hatte. Während die anderen ihre Hölzer verstauten, sprach er mit Onduboiter darüber.

»Wovon rede ich denn die ganze Zeit«, sagte Onduboiter mürrisch. Er hatte ein Gläschen nach dem anderen gekippt und war blaß um die Nase. »Aber alle erklären mich für verrückt.«

Auf der Rückfahrt nach Klinterdin näherte sich die Sonne dem östlichen Rand von Jenland, und die kurznächtliche Feier zu Ehren von Hallie stand unmittelbar bevor.

Im Vorhof der Villa hatten sich die Fahrzeuge und Zugtiere der Gäste angesammelt, und mehrere Kinder spielten im umfriedeten Garten. Hallie, der als erster aus der Kutsche springen durfte, sprintete ins Haus, um seine Mutter zu suchen. Dalakott folgte ihm mit gesetzten Schritten, denn auf der langen Kutschfahrt hatte sich der Schmerz in seinem Bein wieder eingestellt. Ihm stand nicht der Sinn nach großen Gesellschaften, und er freute sich überhaupt nicht auf den Rest des Tages, aber es wäre unhöflich gewesen, nicht über Nacht zu bleiben. Er hatte es so einrichten können, daß er morgen von einem militärischen Luftschiff hier aufgenommen und zum Hauptquartier der Fünften Armee nach Trompha gebracht wurde.

Im Haus begrüßte Konna ihn mit einer herzlichen Umarmung. »Danke, daß du auf Hallie aufgepaßt hast«, sagte sie. »War er denn so toll, wie er behauptet?«

»Absolut! Es war eine glänzende Darbietung.« Dalakott war froh, Konna so gut gelaunt und selbstsicher vorzufinden. »Giheyt war beeindruckt, das will was heißen.«

»Ich bin glücklich. Denk daran, was du beim Frühstück versprochen hast. Du wirst *essen* – und nicht auf dem Teller herumpicken wie ein Vogel.«

»Frische Luft und Bewegung haben mich heißhungrig gemacht«, log Dalakott. Er verließ Konna, als sie die drei Zeugen empfing, und ging in den zentralen Raum des Hauses, in dem sich Männer und Frauen drängten, die sich in kleinen Gruppen angeregt unterhielten. Dankbar, daß offenbar niemand von seinem Erscheinen Notiz nahm, nahm er sich ruhig ein Glas Fruchtsaft von dem Tisch, der für die Kinder bestimmt war, und stellte sich an ein Fenster. Er konnte weit nach Westen sehen, wo sich die unzähligen Streifenmuster aus bestellten Feldern an einer niedrigen blaugrünen Bergkette verloren. Die Felder zeigten einen klaren, sechsfach gestuften Farbverlauf vom blassen Grün der Keimlinge bis zum satten Gelb vollreifen Getreides, das zur Ernte anstand.

Er sah zu, wie die Bergkuppen und fernsten Felder in allen Regenbogenfarben aufschimmerten und sich plötzlich verdunkelten. Der schmale Halbschatten von Jenland jagte mit Umlaufgeschwindigkeit über die Landschaft, dicht gefolgt von der Schwärze des Kernschattens. Es dauerte nur den Bruchteil einer Minute, bis die huschende Wand aus Finsternis das Haus erreichte und einhüllte – Kurznacht hatte begonnen. Dalakott war immer wieder beeindruckt von diesem Phänomen. So, wie sich seine Augen an die Dunkelheit gewöhnten, erblühten am Himmel die Sterne, Spiralnebel und Kometen, und er ertappte sich bei der Frage, ob es tatsächlich – wie manche behaupteten – noch andere bewohnte Welten gab, die ihre Bahn um eine ferne Sonne zogen. Früher hatte ihn die Armee zu sehr in Anspruch genommen, als daß er noch Zeit und Energie gehabt hätte, über solche Dinge zu grübeln, doch in letzter Zeit hatte er ein wenig Trost gesucht bei der Vorstellung, es könnte noch ein anderes, ein heiles Kolkorron geben. War es denkbar, daß es noch ein anderes Diesland gab, auf dem alle noch lebten, die er geliebt und verloren hatte?

Der stimulierende Geruch frisch entzündeter Öllaternen und Kerzen ließ seine Gedanken zurückschweifen zu den wenigen kostbaren Nächten, die er mit Ayssa Marakain verbracht hatte. In den ungestümen Stunden der Leidenschaft war Dalakott zutiefst davon überzeugt gewesen, daß Ayssa und er alle Probleme meistern, alle Hindernisse überwinden würden, die ihrer Hochzeit im Wege standen. Ayssa, die den Status einer Monofrau besaß, hätte eine doppelte Schande erdulden müssen – die Scheidung von ihrem kränklichen Mann und eine Heirat über die strenge soziale Barriere hinweg, die die militärische von allen anderen Klassen trennte. Er hätte ähnlichen Hindernissen gegenübergestanden, mit dem zusätzlichen Problem, durch die Scheidung von Toriane – der Tochter eines Militär-Gouverneurs – seine Karriere zu gefährden.

Nichts von alledem hatte Dalakott in seiner fieberhaften Besessenheit umstimmen können. Dann kam der padalische Feldzug, der ursprünglich nicht lange dauern sollte, ihn dann aber für fast ein Jahr – und schließlich für immer – von Ayssa trennte. Denn ihn erreichte die Nachricht, daß sie bei der Geburt eines Jungen gestorben war. Einem ersten schmerzlichen Impuls folgend hatte Dalakott den Jungen offiziell als Sohn annehmen und auf diese Weise Ayssa die Treue halten wollen, doch schon bald hatten sich die nüchternen Stimmen der Logik und des Eigennutzes zu Wort gemeldet. Welchen Sinn machte es, Ayssas guten Ruf nach ihrem Ableben in den Schmutz zu ziehen und andererseits seiner Karriere zu schaden und in seiner Familie Unfrieden zu stiften? Es würde nicht einmal zuträglich sein für den Jungen, für Tauler, den er um die wohlbetuchte Obhut der Verwandten und Freunde mütterlicherseits bringen würde.

Am Ende hatte Dalakott sich zu der vernünftigen Entscheidung durchgerungen, jeden Versuch zu unterlassen, seinen Sohn zu Gesicht zu bekommen, und die Jahre waren verflogen, und seine Fähigkeiten hatten ihm den verdienten Rang eines Generals eingebracht. Heute, im letzten Stadium seines Lebens, hatte die ganze Episode viel von einem Traum angenommen und mochte die Kraft eingebüßt haben, noch Schmerz hervorzurufen – aber dafür wurde er in einsamen Stunden von anderen Fragen und Zweifeln geplagt. Hatte er, trotz all seiner Beteuerungen, wirklich die Absicht gehabt, Ayssa zu heiraten? War er vielleicht unbewußt sogar erleichtert gewesen, als ihr Tod ihm die Entscheidung abgenommen hatte? Kurz, war er – General Risdel Dalakott – wirklich der Mann, für den er sich immer gehalten hatte? Oder war er ...?

»Da bist du ja!« sagte Konna, die sich mit einem Glas Weizenwein näherte, das sie ihm mit Bestimmtheit in die freie Hand schob, während sie ihm den Fruchtsaft aus der andern nahm. »Du mußt dich einfach unter die Gäste mischen. Sonst denken meine Freunde noch, du wärst dir zu schade, um dich mit ihnen abzugeben.«

»Tut mir leid.« Er setzte ein schiefes Lächeln auf. »Je älter ich werde, desto öfter halte ich mich in der Vergangenheit auf.«

»Du hast an Oderan gedacht?«

»Ich habe an so vieles gedacht.« Dalakott nippte an seinem Wein, dann folgte er seiner Schwiegertochter, um mit einer Reihe von Frauen und Männern belanglose Floskeln zu wechseln. Ihm fiel auf, daß unter ihnen nur wenige Armeeangehörige waren, was vielleicht Konnas wahre Gefühle für diese Organisation verriet, die ihr den Mann genommen hatte und nun die Finger nach ihrem einzigen Sohn ausstreckte. Die Konversation mit wildfremden Leuten war ziemlich anstrengend, und er war erleichtert, als zu Tisch gebeten wurde. Es war jetzt seine Aufgabe, die frisch erworbene Mündigkeit seines Enkels mit einer kurzen formellen Rede zu würdigen; danach wollte er nur noch einer unter vielen sein. Er ging um die Tafel herum zu dem einzigen Stuhl mit hoher Rückenlehne, der Hallie zu Ehren mit blauen Speerblumen verkleidet war, und stutzte; er hatte den Jungen eine Zeitlang nicht gesehen.

»Wo bleibt unser Held?« rief ein Mann aus. »Schafft den Helden herbei!«

»Er wird auf sein Zimmer gegangen sein«, sagte Konna. »Ich hole ihn.«

Sie lächelte entschuldigend und schlüpfte aus der Tischgesellschaft. Es dauerte keine Minute, da stand sie wieder im Türrahmen, ihr Gesicht seltsam teilnahmslos, gefroren. Sie wies auf Dalakott, wandte sich wieder ab, ohne ein Wort. Er ging ihr nach, sagte sich, daß die Eiseskälte in seinem Magen nichts zu bedeuten hatte, und ging den Flur zu Hallies Schlafzimmer hinunter. Der Junge lag rücklings auf seinem schmalen Bett. Sein Gesicht war gerötet und glänzte vor Schweiß, und seine Glieder machten kleine, unkoordinierte Bewegungen.

Das kann nicht sein, dachte Dalakott mit Entsetzen, als er ans Bett trat. Er sah auf Hallie hinunter, sah den Schrecken in Hallies Augen und wußte sofort, daß das Zucken der Arme und Beine von Hallies Anstrengungen rührte, sich normal zu bewegen. Lähmung und Fieber! *Ich werde das nicht zulassen,* schrie Dalakott innerlich, als er auf die Knie fiel. *Das darf nicht sein!*

Er legte seine Hand auf Hallies schmächtigen Körper, direkt unter den letzten Rippenbogen, fühlte sofort die verräterische Schwellung der Milz, und ein gramvolles Stöhnen entfloh seinen Lippen.

»Du hast versprochen, auf ihn aufzupassen«, sagte Konna mit lebloser Stimme. »Er ist noch so klein.«

Dalakott stand auf und packte sie bei den Schultern. »Ist ein Arzt unter den Gästen?«

»Wozu noch?«

»Ich weiß, wonach das aussieht, Konna, aber Hallie ist keiner Blase zu nahe gekommen. Keine ist näher als zwanzig Schritt an ihn herangekommen, und es war nahezu windstill.« Dalakott lauschte seiner Stimme, einer fremden Stimme, die ihn und Konna mit Tatsachen zu überzeugen versuchte. »Außerdem dauert es zwei Tage, bis sich eine Pterssose zeigt. Es muß etwas anderes sein. Ist nun ein Arzt hier oder nicht?«

»Vissigen«, flüsterte sie, und übervolle Augen forschten in seinem Gesicht nach einem Schimmer von Hoffnung. »Ich hole ihn.« Sie drehte sich um und lief aus dem Schlafzimmer.

»Du bist bald wieder auf den Beinen, Hallie«, sagte Dalakott und kniete sich wieder an das Bett. Mit dem Zipfel des Lakens tupfte er die Schweißperlen aus dem Gesicht des Jungen und war erschrocken – er spürte förmlich, wie die Hitze aus der schweißnassen Haut strahlte. Hallie sah stumm zu ihm auf, die kleinen Lippen zuckten, als sie zu lächeln versuchten. Dalakott bemerkte das bellinnische Pterssaholz auf dem Bett. Er nahm es, drückte es Hallie in die Hand und schloß die kraftlosen Finger des Jungen um das glänzende Holz, dann küßte er ihn auf die Stirn. Er verlängerte den Kuß, als wolle er das verzehrende Feuer in seinen Körper saugen, und dann sickerten zwei Merkwürdigkeiten in sein Bewußtsein – Konna brauchte zu lange, um mit dem Arzt zurückzukommen, und irgendwo im Haus kreischte eine Frau.

»Ich bin gleich wieder bei dir, Soldat«, sagte er. Er stand auf, ging benommen den Weg zurück ins Eßzimmer und sah, wie sich die Gäste um einen Mann drängten, der am Boden lag.

Der Mann war Giheyt – sein fiebriges Gesicht und die kraftlos fuchtelnden Hände waren deutliche Symptome einer fortgeschrittenen Pterssose.

Während er darauf wartete, daß die Vertäuung des Luftschiffs gelöst wurde, glitt Dalakotts Hand in eine Tasche und fahndete wie so oft nach dem eigenartigen und namenlosen Ding, das er vor Jahrzehnten am Ufer des Bes-Andar gefunden hatte. Der Daumen vollführte immerzu Kreise auf der reflektierenden Oberfläche des kleinen Klumpens, der glatt poliert war von all den Jahren dieser unwillkürlichen Behandlung. Dalakott versuchte, mit den Ungeheuerlichkeiten fertig zu werden, die sich in den letzten neun Tagen ereignet hatten. Bloße Zahlen sagten wenig über die Qualen, die ihn heimsuchten.

Hallie war noch in derselben Kurznacht gestorben, in der seine Mündigkeit gefeiert werden sollte. Gegen Ende des Tages erlagen Giheyt und Onduboiter der neuen schrecklichen Form der Pterssosis, und am nächsten Morgen fand er Hallies Mutter mit denselben Symptomen tot in ihrem Zimmer. Das war für ihn der erste Hinweis darauf, daß die Krankheit ansteckend war, und ehe er die Tragweite dieser Erkenntnis vollends überblickte, trafen auch schon die Nachrichten über das Schicksal all derer ein, die bei der Feier anwesend gewesen waren.

Von den nahezu vierzig Männern, Frauen und Kindern waren nicht weniger als zweiunddreißig – kein Kind wurde verschont – noch in derselben Nacht hinweggerafft worden. Und immer noch hatte die Welle des Todes ihre grausame Energie nicht erschöpft. Innerhalb von drei Tagen war die Bevölkerung des ganzen Fleckens Klinterdin samt Umgebung von schätzungsweise dreihundert auf knapp sechzig Seelen geschrumpft. Dann hatte der unsichtbare Mörder anscheinend seine Virulenz verloren, und man hatte begonnen, die Opfer zu begraben.

Die Gondel des Luftschiffes schlingerte und schwankte ein bißchen, als sie von allen Hemmnissen befreit war. Dalakott trat an ein Bullauge und blickte wahrscheinlich zum letzten Mal auf das vertraute Muster aus roten Dächern, Obstgärten und gestreiften Kornfeldern. Der hübsche Anblick bemäntelte die tiefgreifenden Veränderungen, die dort unten stattgefunden hatten, gerade so wie Dalakotts unveränderte Erscheinung die Tatsache verhehlte, daß aus ihm in den vergangenen neun Tagen ein alter Mann geworden war.

Dieses Gefühl trostloser Gleichgültigkeit und fehlender Zuversicht war neu für ihn, doch er konnte es leicht identifizieren, weil er zum allerersten Mal Anlaß hatte, die Toten zu beneiden.

ZWEITER TEIL
Der Testflug

6. Kapitel

Die Station für die Waffenentwicklung lag am Südwestrand von Ro-Atabri, im alten Industriegelände der Mardeyvinischen Kais. Ein träger, schmutziger Wasserlauf entwässerte das tiefgelegene Gebiet, der unterhalb der Stadt in den Borann mündete. Jahrhunderte industrieller Nutzung hatten den Boden der Mardeyvinischen Kais stellenweise gänzlich unfruchtbar gemacht, während es an anderen Stellen große Bestände fehlfarbener Vegetation gab, die sich von unbekannten Versickerungen und Absonderungen, Produkten vergangener Senkgruben und Müllhaufen, nährte. Fabriken und Lagerhallen lagen weit verstreut in der Landschaft, dazwischen überall tief ausgefahrene Spuren und hie und da halb verdeckte Gruppen schäbiger Wohnhäuser, aus deren Fenstern nur vereinzelt Licht fiel.

Die Entwicklungsstation fiel nicht auf in dieser Umgebung; sie bestand aus einer Ansammlung von schwer zu beschreibenden Werkstätten, Schuppen und schäbigen, ebenerdigen Büros. Sogar das Büro des Stationsvorstehers war äußerlich so verdreckt, daß die kolkorronischen Karomuster der Backsteinmauern kaum noch zu erkennen waren.

Tauler Marakain fand, daß die Station ein zutiefst deprimierender Arbeitsplatz war. Wenn er auf die Zeit seiner Berufung zurückblickte, mußte er sich eingestehen, daß er eine kindisch naive Vorstellung von einer Waffenentwicklungsanstalt gehegt hatte. Ihm hatten luftige Rasenplätze vorgeschwebt, mit Schwertkämpfern, die neue Typen von Schwertblättern testeten, oder Bogenschützen, die peinlich genau die Leistung lamellierter Bögen und neuartiger Pfeilspitzen prüften.

Schon wenige Stunden nach seiner Ankunft hatte er begriffen, daß unter Borreat Hargess keine nennenswerte Entwicklungsarbeit geleistet wurde. Der Name der Abteilung verdeckte die Tatsache, daß man die meisten Gelder für die Entwicklung eines Materials ausgab, aus dem man Zahnräder und andere Maschinenteile fertigen wollte, die man bislang aus Brakka herstellen mußte. Taulers Arbeit bestand hauptsächlich darin, verschiedene Fasern und Pulver mit verschiedenen Harzen zu mischen und aus dem Gemisch die verschiedensten Probestücke zu gießen. Er verabscheute die würgenden Harzgerüche und die immer wiederkehrenden Handgriffe, zumal ihm sein Instinkt sagte, daß das Projekt reine Zeitverschwendung war. Nicht ein einziges Material, das hier produziert wurde, hielt dem Vergleich mit Brakka stand. Brakka war der härteste und widerstandsfähigste Stoff auf dem ganzen Planeten – und wenn die Natur schon so entgegenkommend war, ein ideales Material zur Verfügung zu stellen, was machte es dann für einen Sinn, nach einem anderen zu suchen?

Doch trotz seines gelegentlichen Grolls gegen Hargess arbeitete Tauler beharrlich und gewissenhaft; er war entschlossen, seinem Bruder zu zeigen, daß er ein verantwortliches Mitglied der Familie war. Seine frischgebackene Beharrlichkeit erklärte sich aber auch aus jenem Abkommen, in das er sich kopfüber gestürzt hatte, nur um die Frau seines Bruders in die Enge zu treiben. Er hatte Fera eine Ehe vierten Grades angeboten – auf Zeit, nicht monogam, jederzeit von ihm kündbar – aber sie hatte tatsächlich die Nerven gehabt, ihm den dritten Grad abzutrotzen, der ihn für sechs Jahre verpflichtete.

Seither waren fünfzig Tage vergangen, in denen Tauler gehofft hatte, daß Gesalla einlenken würde, aber das Dreiecksverhältnis hatte sich nur noch verschlechtert. Reizfaktoren waren Feras monumentaler Appetit und ihr bemerkenswerter Gleichmut, die beide ein Affront gegen die penible und fleißige Gesalla waren. Konnte man es Fera verdenken, daß sie sich nicht ändern wollte? Es war ihr gutes Recht, so zu bleiben, wie sie war, egal wem das nicht paßte, so wie es sein gutes Recht war, im Heim der Marakain-Familie zu logieren. Gesalla hatte schon immer einen Vorwand gesucht, ihn von der Hofklause zu verbannen, doch er war stur geblieben. Wozu eine Bleibe suchen, wenn er eine hatte?

An einem Frühtag, beim Auswiegen gehäckselter Glasfasern, als Tauler wieder einmal grübelte, wie lange sich das labile Gleichgewicht im Hause Marakain noch aufrechterhalten ließ, betrat Hargess den Schuppen. Hargess war ein magerer und nervöser Mann in den frühen Fünfzigern, und alles an ihm – Nase, Kinn, Ohren, Ellbogen, Schultern – machte einen eckigen Eindruck. Er wirkte noch rastloser als sonst.

»Komm mit, Tauler!« sagte er. »Deine Muskeln werden gebraucht.«

Tauler legte sein Meßschäufelchen beiseite. »Was soll ich tun?«

»Du beklagst dich immer, daß du nicht an Kriegsgerät arbeiten kannst – jetzt hast du Gelegenheit dazu.« Hargess ging voraus zu einem kleinen tragbaren Kran, den man draußen zwischen zwei Werkstätten aufgestellt hatte. Der Kran war eine konventionelle Konstruktion aus Holzsparren mit Ausnahme der Zahnräder, die diesmal nicht wie üblich aus Brakka geschnitten, sondern aus einem gräulichen Mischmaterial gegossen waren.

»Baron Glo wird bald eintreffen«, sagte Hargess. »Er will dieses Getriebe einem Finanzinspektor von Prinz Pautsch vorführen, und bei dem ersten Test heute dabeisein. Du wirst die Seilzüge prüfen, sorgfältig die Räder einfetten und den Lastkorb mit Steinen füllen.«

»Ihr sagtet Kriegsgerät«, sagte Tauler. »Das ist nur ein Kran.«

»Armee-Ingenieure müssen Festungen bauen und schwere Ausrüstung heben – also ist das Kriegsgerät. Die Rechnungsprüfer des Prinzen müssen bei Laune gehalten werden, sonst streicht man uns die Mittel. Nun geh an die Arbeit – Glo wird diese Stunde noch kommen.«

Tauler nickte und fing an, den Kran vorzubereiten. Die Sonne hatte ihre Wegmitte bis zur täglichen Bedeckung durch Jenland bereits überschritten, aber es wehte kein Wind, der die Hitze aus dem tiefliegenden Flußbett vertreiben konnte, und die Temperatur kletterte ständig. Eine nahe Gerberei entließ ihren Gestank in die ohnehin schon übel geschwängerte Luft über der Station. Tauler sehnte sich nach einem Krug mit kaltem Bier, aber die Kais besaßen nur eine Taverne, und die machte einen derart verwanzten Eindruck, daß er die Idee, einen Lehrling zu schicken, gleich wieder verwarf.

Das ist eine miserable Belohnung für ein tugendhaftes Leben, dachte er verzweifelt. *In Haffangar gab es wenigstens noch Luft zum Atmen.*

Kaum hatte er den Lastkorb mit Steinen gefüllt, als sich Gespanngeräusche und Hufschlag näherten. Baron Glos flottes, rotorange geflammtes Gefährt rollte durch das Tor der Station und kam vor dem Büro des Vorstehers zum Stehen. Das Vehikel paßte ganz und gar nicht in diese heruntergekommene Gegend. Glo stieg aus und debattierte erst wieder lange mit dem Fahrer, ehe er sich umdrehte, um Hargess zu begrüßen, der sich hinausgewagt hatte, um ihn zu empfangen. Die beiden Männer unterhielten sich minutenlang, ehe sie zum Kran kamen.

Glo hielt sich ein Taschentuch vor die Nase. Die Rötung seines Gesichts und eine beflissene Würde im Gang verrieten sofort, daß er dem Wein kräftig zugesprochen hatte. Tauler schüttelte den Kopf. Die Zielstrebigkeit, mit der sich der Erzphilosoph lächerlich machte, verdiente fast schon wieder Respekt. Tauler versteckte sein Lächeln, als er bemerkte, wie mehrere vorbeikommende Arbeiter hinter der vorgehaltenen Hand tuschelten. Warum konnte Glo nicht mehr Wert auf sein Ansehen legen?

»Laß dich ansehn, mein Junge!« rief Glo, als er Tauler erblickte. »Weißt du, daß du mich mehr denn je daran erinnerst, wie ich als junger … hmm … Mann ausgesehen habe?« Er stieß Hargess an. »Wie findest du dieses herrliche Mannsbild, Borreat? So sah ich früher aus.«

»Fabelhaft, verehrter Meister«, erwiderte Hargess sichtlich unbeeindruckt. »Diese Räder sind aus der alten Mischung

›18‹, aber wir haben sie bei niedriger Temperatur aushärten lassen, und das Ergebnis ist ganz ermutigend. Dieser Kran ist zwar mehr oder weniger nur ein maßstabgetreues Modell, aber ich bin sicher, wir sind auf dem richtigen Weg.«

»Gewiß doch, aber ich möchte das Ding bei der … hmm … Arbeit sehen.«

»Selbstverständlich.« Hargess nickte Tauler zu. Der Kran war eigentlich für zwei Männer ausgelegt, aber Tauler brauchte sich nicht einmal übermäßig anzustrengen, um die Ladung hochzuwinden. Hargess dirigierte und Tauler verbrachte Minuten damit, den Ausleger zu drehen und zu demonstrieren, wie genau die Last plaziert werden konnte. Um stoßartige Belastungen der Zahnkränze zu vermeiden, war er darauf bedacht, die Manipulationen so gleichmäßig wie möglich durchzuführen. Nach der Vorstellung waren die beweglichen Teile der Maschine in exzellentem Zustand. Ein Teil der Rechengehilfen und Arbeiter, die sich neugierig eingefunden hatten, verlor das Interesse und zerstreute sich wieder.

Tauler ließ eben die Ladung über ihrem ursprünglichen Standort herunter, als der Sperrhaken, mit dem er die Abwärtsbewegung kontrollierte, urplötzlich und mit einem Stakkato gleich mehrere Zähne des Sperrads absplitterte. Der beladene Korb fiel ein Stück weit, ehe die Seiltrommel abgeblockt wurde; der Kran – mit Tauler an der Sperrvorrichtung – drohte zu kippen. Es kam nur deshalb nicht soweit, weil sich ein paar der umstehenden Arbeiter mit ihrem ganzen Gewicht auf das abhebende Fußgestell warfen und es wieder auf den Boden zwangen.

»Meinen Glückwunsch«, sagte Hargess ätzend, als Tauler von der knarrenden Konstruktion zurücktrat. »Wie hast du das nur fertiggebracht?«

»Erfindet erst mal ein Material, das stärker ist als verkrusteter Kornbrei, dann …« Tauler stockte, als er an Hargess vorbei sah. Baron Glo war zu Boden gefallen, eine Gesichtshälfte auf einen Wulst getrockneten Lehms gepreßt, scheinbar unfähig, sich zu bewegen. Tauler, der befürchtete, Glo könne ein umherfliegender Radzahn getroffen haben, lief hin und kniete sich neben ihn. Glos blaßblaues Auge drehte sich in seine Richtung, doch der dickliche Körper rührte sich nicht.

»Ich bin nicht betrunken«, murmelte Glo mit dem halben Mund. »Bring mich hier fort, mein Junge. Ich glaube, ich bin schon halb tot.«

Fera Rivuh hatte sich inzwischen gut eingelebt in der Hofklause, doch nichts und niemand konnte sie dazu bewegen, sich rittlings auf ein Blauhorn zu setzen; mit den kleineren, von den Frauen bevorzugten Weißhörnern hielt sie es nicht anders. Wenn Tauler also mit ihr hinauswollte, sei es der frischen Luft oder nur der Abwechslung wegen, so war er gezwungen, zu Fuß zu gehen. Gehen war eine Art der körperlichen Betätigung und Fortbewegung, an der ihm wenig lag, weil sie zu zahm war und einen zu trägen Lauf der Dinge diktierte, aber Fera hatte keine andere Möglichkeit, in die Stadt zu kommen, wenn nicht gerade eine Kutsche fuhr.

»Ich habe Hunger«, verkündete sie auf dem Platz der Seefahrer nahe dem Zentrum von Ro-Atabri.

»Das bleibt nicht aus«, sagte Tauler. »Es ist schon fast eine Stunde her, seit du zum zweiten Mal gefrühstückt hast.«

Sie stieß ihm den Ellbogen in die Rippen und lächelte vielsagend. »Du willst doch, daß ich bei Kräften bleibe, oder?«

»Ist dir schon mal in den Sinn gekommen, daß es im Leben mehr gibt als Vögeln und Essen?«

»Ja – Wein.« Sie beschattete ihre Augen gegen die frühe Frühtagssonne und inspizierte den nächsten der Konditorstände, die um den Platz verstreut waren. »Ich glaube, ich nehme etwas Honigkuchen und vielleicht weißen Kaili zum Nachspülen.«

Taulers Proteste waren Scheingefechte, und so kaufte er, was er kaufen sollte, und sie setzten sich damit auf eine der Bänke, die das Gesicht den ruhmreichen Seefahrern aus der kolkorronischen Vergangenheit zugewandt hatten. Ein Gemisch aus öffentlichen Gebäuden und Geschäftshäusern säumte den Platz, von denen die meisten vermittels Mauerwerk und Backsteinfarbe das traditionelle kolkorronische

Muster ineinandergreifender Karos zeigten. Bäume in den kontrastierenden Phasen ihrer Reifezyklen und die farbenfrohe Kleidung der Passanten trugen das ihre zu dem sonnenbeschienenen Helldunkel bei. Eine westliche Brise machte die Luft erquickend und belebend.

»Ich muß zugeben«, sagte Tauler nach einem Schluck kühlen und leichten Weins, »das hier ist viel angenehmer, als für Hargess zu arbeiten. Ich kann nicht begreifen, warum wissenschaftliche Forschungsarbeit immer mit üblen Gerüchen verbunden ist.«

»Du armes, verwöhntes Bürschchen!« Fera wischte sich einen Krümel vom Kinn. »Wenn du wissen willst, wie *richtiger* Gestank stinkt, mußt du mal auf dem Fischmarkt arbeiten.«

»Nein, danke – lieber gehe ich zu Hargess zurück«, erwiderte Tauler. Vor mehr als zwanzig Tagen hatte Baron Glo einen Schlaganfall erlitten. Seitdem war er linksseitig gelähmt und auf einen außerordentlich kräftigen Pfleger angewiesen. Tauler wußte die Veränderungen zu schätzen, die dieser Umstand in sein Leben gebracht hatte. Als ihm die Stellung angeboten wurde, hatte er sofort angenommen und war mit Fera in Glos geräumige Residenz am Westhang von Grünberg gezogen. Das hatte nicht nur den willkommenen Abschied von den Mardeyvinischen Kais zur Folge gehabt, es hatte auch die vertrackte Situation im Hause Marakain beendet, und seither gab Tauler sich redliche Mühe, zufrieden zu sein. Von Zeit zu Zeit trieb ihn zwar der Trübsinn um, wenn er seine sprichwörtliche Leibeigenschaft mit seinen Vorstellungen von einem lebenswerten Leben verglich; aber das war etwas, das er für sich behielt. Andererseits war der Erzphilosoph ein großzügiger Arbeitgeber; je mehr er sich wieder erholte, um so seltener nahm er Taulers Dienste in Anspruch.

»Der Baron war ja heute früh ziemlich beschäftigt«, sagte Fera. »Egal, wo ich war, ich konnte immer das Klickklack von diesem Sonnenschreiber hören.«

Tauler nickte. »Er hat sich in letzter Zeit viel mit Tansfo unterhalten. Ich glaube, er sorgt sich wegen der Berichte aus den Provinzen.«

»Wir kriegen hier doch keine Seuche, Tauler, oder?« Fera zog aus Ekel die Schultern nach vorn, wobei sich die Grube zwischen ihren Brüsten vertiefte. »Ich halte das nicht aus unter lauter Kranken.«

»Da kann ich dich beruhigen. Nach dem, was man so hört, brauchst du das auch nicht – jedenfalls nicht länger als zwei Stunden im Durchschnitt.«

»Tauler!« Fera war mit offenem Mund zurückgewichen und starrte ihn an, die Zunge mit einem feinen Schleim von Honigkuchen überzogen.

»Du brauchst keine Angst zu haben«, sagte Tauler beruhigend, obschon – wie er von Glo aufgeschnappt hatte – so etwas Ähnliches wie eine Seuche gleichzeitig an acht weit voneinander entfernten Orten aufgeflammt war. Ausbrüche waren zuerst aus den Hofprovinzen Kail und Middak berichtet worden; dann aus den weniger bedeutenden und entlegeneren Regionen von Sorka, Merrill, Peddeyl, Bellyn, Yalrofak und Luhngl. Das war vor wenigen Tagen gewesen. Seither waren die Schreckensmeldungen ausgeblieben, und die Behörden hegten die verzweifelte Hoffnung, daß das Unheil vorübergehender Natur gewesen war, die Krankheit sich verzehrt hatte und das Mutterland und die Metropole verschont würden. Tauler konnte die Hoffnung zwar verstehen, aber nicht teilen. Wenn die Pterssa, wie man aus den Berichten schließen mußte, ihre Reichweite und ihre Fähigkeit zu töten in einem so schrecklichen Ausmaß erweitert hatte, dann würde sie ihre neuen Kräfte auch voll nutzen. Die Atempause konnte bedeuten, daß sich die Pterssa wie ein intelligenter und grausamer Feind verhielt, der eine neue Waffe getestet hatte und sich zurückzog, nur um sich neu zu formieren und den eigentlichen Angriff vorzubereiten.

»Wir sollten bald zur Feste zurückkehren.« Tauler schlürfte den letzten Tropfen Wein aus dem Porzellanbecher und stellte ihn unter die Bank, wo der Verkäufer ihn auflesen konnte. »Glo will vor Kurznacht noch baden.«

»Ich bin heilfroh, daß ich ihm dabei nicht zu helfen brauche.«

»Er hat so seine eigene Art von Mut, weißt du. Ich könnte jedenfalls ein Leben als Krüppel nicht ertragen, aber er hat sich noch mit keinem Wort beklagt.«

»Warum redest du die ganze Zeit von Krankheiten? Du weißt, daß ich das nicht ausstehen kann!« Fera war aufgestanden und glättete das wuschelige Gefieder ihres Kleides. »Komm, wir haben noch ein bißchen Zeit für die Weißen Brunnen, was meinst du?«

»Nur ein paar Minuten.« Tauler hakte sich bei ihr ein, und sie überquerten den Platz der Seefahrer und spazierten die geschäftige Allee hinunter, die zum Stadtpark führte. Die Brunnen aus schneeweißem padalianischen Marmor verbreiteten eine erfrischende Kühle. Gruppen von Leuten, manche mit Kindern, bummelten zwischen den Inseln aus glänzendem Blattwerk, und ihr gelegentliches Lachen unterstrich die idyllische Stille des Ortes.

»Ich würde sagen, das hier ist der Inbegriff des zivilisierten Lebens«, sagte Tauler. »Das einzige, was mich daran stört – aber das ist meine ganz persönliche Meinung – das ist die ...« Er verstummte, als auf einem Dachfirst ganz in der Nähe ein kräftiges Horn zu heulen begann und sofort ein mehrstimmiges Echo in entfernteren Stadtteilen fand.

»Pterssas!« Tauler starrte in den Himmel.

Fera drängte sich an ihn. »Bestimmt ein Irrtum, Tauler. Sie kommen nicht in die Stadt.«

»Trotzdem sollten wir nicht im Freien bleiben«, sagte Tauler und drängte sie zu den Gebäuden an der Nordflanke des Parks. Überall standen die Leute und musterten den Himmel – ganz im Bann von Überzeugung und Gewohnheit – und nur wenige eilten davon, um Schutz zu suchen. Die Pterssa war ein unversöhnlicher natürlicher Feind, aber vor langer Zeit hatte man Bilanz gezogen, und die ganze Existenz der Zivilisation beruhte darauf, daß das Verhaltensmuster der Pterssa unverändert und vorhersagbar blieb. Es war unvorstellbar, daß die blindwütigen Blasen ihr Verhalten plötzlich radikal ändern könnten – für Tauler genauso wie für die Leute ringsum – aber die Nachrichten aus den Provinzen hatten die Saat des Zweifels tief in sein Bewußtsein gesät. Die Pterssa *hatte* ihr Verhalten geändert! Worauf *war* jetzt noch Verlaß?

Links, nicht weit von Tauler, kreischte eine Frau. Der unartikulierte Laut war die Antwort auf seine Grübelei. Er blickte in die Richtung des Schreis und sah, wie eine einzelne Pterssa aus dem Strahlenkegel der Sonne fiel. Die purpurblaue Blase sank in einen bevölkerten Bereich des Parkzentrums, und jetzt schrien auch Männer. Das fortgesetzte Heulen der Alarmhörner zerrte an den Nerven. Fera fuhr heftig zusammen, als sie mitbekam, wie die Pterssa zerplatzte.

»Komm!« Tauler packte ihre Hand und spurtete mit ihr zu den Arkaden der Stadthalle im Norden. Während sie über das offene Gelände rannten, blieb ihm keine Zeit, sich nach anderen Pterssas umzusehen, aber das war auch überflüssig. Denn die Blasen waren nicht mehr zu übersehen, wie sie überall im milden Licht der Sonne zwischen den Dachfirsten, Kuppeln und Kaminen trieben.

Fast alle Bürger Kolkorrons kannten den Alptraum, unter freiem Himmel von einem Schwarm Pterssas umzingelt zu sein. Doch was Tauler in der nächsten Stunde durchlebte, ging über diesen Alptraum hinaus. Die Pterssas demonstrierten ihre neue, furchterregende Dreistigkeit. Still und flimmernd kamen sie in der ganzen Stadt auf die Straßen herunter, drangen in Gärten und Vorhöfe ein, hüpften träge über öffentliche Plätze, lauerten in Torwegen und Kolonnaden ... und wurden vom Pöbel in panischer Angst vernichtet. Und spätestens zu diesem Zeitpunkt ließ die Wirklichkeit den alten Alptraum weit hinter sich, denn die Invasoren, begriff Tauler mit schauriger Gewißheit, repräsentierten die neue Rasse der Pterssa.

Sie waren die Überträger der Seuche.

In der seit alters geführten Debatte über die Natur der Pterssa hatten jene, die der Ansicht waren, die Blasen verfügten über einen gewissen Verstand, sich immer darauf berufen, daß die Pterssas klugerweise Städte und größere Ortschaften mieden. Sie wären selbst in großen Schwärmen rasch zerstört worden, wenn sie sich in eine städtische Umgebung gewagt hätten, zumal bei guten Sichtverhältnissen. Man hatte argumentiert, daß sie offenbar weniger an ihrer Selbsterhaltung interessiert waren als daran, größere Verluste bei fruchtlosen Angriffen zu vermeiden – was ein klarer Beweis von Geistestätigkeit war – und es hatte einiges für diese Theorie gesprochen, solange die tödliche Reichweite auf einige Schritte begrenzt war.

Doch die fahlen Kugeln, die Ro-Atabri überfielen, waren Seuchenüberträger.

Auf jede einzelne zerstörte Pterssa kamen viele Einwohner, die dem neuen Giftstaub ausgesetzt wurden, der auf größere Entfernung tötete. Doch es kam noch schlimmer – denn die neue grausame Strategie zielte darauf ab, daß jedes dieser unmittelbaren Opfer in der kurzen Zeit, die ihm blieb, womöglich noch Dutzende anderer Einwohner anstecken und ins Grab bringen würde.

Eine Stunde verstrich, ehe die Windverhältnisse sich änderten und der erste Angriff auf Ro-Atabri zum Erliegen kam. Doch in einer Stadt, wo jeder Mann, jede Frau und jedes Kind plötzlich ein potentieller Todfeind war und als solcher behandelt werden mußte, war ein Ende von Taulers Alpdruck noch lange nicht in Sicht …

Eine seltene Regenfront war letzte Nacht über die Region hinweggefegt, und jetzt, in den ersten stillen Minuten nach Sonnenaufgang, blickte Tauler Marakain vom Grünberg auf eine ungewohnte Welt hinunter. Inseln und Fahnen von Bodennebel hingen über Ro-Atabri und versteckten die Stadt an manchen Stellen wirkungsvoller als die Decke aus Pterssa-Schirmen, die man nach dem ersten Angriff vor nahezu zwei Jahren über die Metropole gezogen hatte. Im Osten ragte aus goldgelbem Dunst der Kegel des Optelmer, die oberen Hänge von der rötlichen Sonne gefärbt, die ihn soeben erklettert hatte.

Tauler war früh aufgewacht. Von jener Rastlosigkeit getrieben, die ihm immer mehr zu schaffen machte, hatte er beschlossen, aufzustehen und allein nach draußen zu gehen.

Er schritt den inneren Verteidigungsschirm der Feste ab

und überzeugte sich, daß die Netze sicher saßen. Vor dem Ansturm der Seuche hatten nur ländliche Wohnsitze Pterssa-Barrieren nötig gehabt, und man war mit einfachen Netzen und Gittern ausgekommen – doch mit einem Schlag war es in Stadt und Land erforderlich geworden, verbesserte Schirme zu errichten, die eine dreißig Meter tiefe Pufferzone um die geschützten Bereiche schufen. Als Überdachung reichte meist eine einzelne Netzlage, weil der Wind die Pterssa-Toxine horizontal verwehte, dagegen war es lebenswichtig, daß die Umfriedung aus einem doppelten Schirm bestand, mit weitem Zwischenraum und starken Traggerüsten.

Baron Glo war Tauler entgegengekommen, indem er ihm zusätzlich zu seinen normalen Pflichten die verantwortungsvolle und mitunter gefährliche Aufgabe übertragen hatte, den Bau der Schutzschirme für die Feste und anderen Gebäude der Philosophie zu beaufsichtigen. Das Gefühl, endlich etwas Wichtiges und Nützliches zu tun, hatte ihn ausgeglichener gemacht, und das Risiko, unter offenem Himmel zu arbeiten, hatte ihm nebenher noch eine gänzlich andere Art von Befriedigung verschafft. So war der einzige erwähnenswerte Beitrag von Borreat Hargess zur Anti-Pterssa-Bewaffnung die Entwicklung eines seltsam aussehenden L-förmigen Wurfholzes gewesen, das schneller und weiter flog als die standardmäßige kolkorronische Kreuzform und in den Händen eines guten Mannes Pterssas aus einer Entfernung von mehr als vierzig Metern zerstören konnte. Während Tauler den Bau der Schutzschirme überwacht hatte, hatte er es im Umgang mit der neuen Waffe bis zur Perfektion gebracht, und er konnte sich rühmen, keinen Arbeiter bei einem Pterssa-Angriff verloren zu haben.

Dieser Lebensabschnitt war nun, wie sollte es auch anders sein, zu Ende, und jetzt bedrückte ihn – trotz aller Erfolge – ein Gefühl, als habe er sich wie ein Fisch in den Netzen verfangen, an denen er selbst geknüpft hatte. Angesichts der Tatsache, daß mehr als zwei Drittel der Reichsbevölkerung durch die ansteckende neue Form der Pterssose dahingerafft worden war, hätte er sich eigentlich glücklich schätzen müssen, noch lebendig und gesund zu sein, Nahrung und Unterkunft zu haben, und eine fröhliche Frau, die sein Bett teilte – aber nichts von alledem konnte die hartnäckige Überzeugung besänftigen, daß sein Leben ungenutzt verstrich. Die Lehre der Kirche, Glied einer endlosen Kette von Wiedergeburten zu sein, ein endloses Hin und Her zwischen Jenland und Diesland vor sich zu haben, lehnte er instinktiv ab. Er hatte nur ein Leben, eine einzige kostbare Spanne der Existenz, und die Aussicht, den Rest davon zu vergeuden, war ihm unerträglich.

Trotz der erfrischenden Morgenluft mußte er plötzlich gegen eine Atembeklemmung kämpfen. Von einer irrationalen Panik bedroht, suchte er verzweifelt nach einem körperlichen Ventil für seine Empfindungen und reagierte, wie er es seit seinem Exil auf der Halbinsel Luhngl nicht mehr getan hatte. Er öffnete ein Gatter im inneren Schirm der Feste, durchquerte die Pufferzone und verließ den äußeren Schirm, um den ungeschützten Hang des Grünbergs zu betreten. Ein Streifen Weideland – dem philosophischen Orden vor langer Zeit übereignet – erstreckte sich hangabwärts und verlor sich nach mehr als einem Kilometer zwischen Bäumen und Nebel. Die Luft war nahezu reglos, mithin war es unwahrscheinlich, einer streunenden Pterssa zu begegnen. Doch der symbolische Akt der Herausforderung nahm etwas von dem psychischen Druck weg, der sich in ihm angestaut hatte.

Er hakte ein Pterssaholz vom Gürtel und schickte sich an, weiter hangabwärts zu gehen, als er eine Bewegung tief unten bei den Bäumen wahrnahm. Ein einsamer Reiter kam aus dem Waldstück, das den Grundbesitz der Philosophen vom angrenzenden Stadtteil Silarbri trennte. Tauler nahm sein sorgsam gehütetes Teleskop heraus und stellte mit seiner Hilfe fest, daß der Reiter auf seiner Brust das blauweiße Symbol aus Feder und Schwert trug, das ihn als königlichen Kurier auswies.

Taulers Interesse war geweckt, und er setzte sich auf eine gewachsene Felsbank, um den Besucher im Auge zu behalten. Damals hatte ihn die Ankunft eines königlichen Boten aus dem Elend der Forschungsstation auf Luhngl befreit, aber heute war nicht damals. Baron Glo wurde seit dem Debakel in der *Halle des Regenbogens* vom Großen Palast so gut wie totgeschwiegen. In alten Zeiten hätte das Überbringen einer Botschaft von Hand zu Hand bedeuten können, daß sie persönlicher Natur war und nicht dem Sonnenschreiber anvertraut werden konnte, doch jetzt war es nahezu unvorstellbar, König Pradt könne den Erzphilosophen überhaupt eines Wortes würdigen.

Der Reiter näherte sich gemächlich und unbekümmert. Hätte er einen kleinen Umweg in Kauf genommen, hätte er den ganzen Weg zu Glos Residenz unter den Netzen der städtischen Pterssa-Schirme zurücklegen können, doch es sah ganz so aus, als genieße er den kurzen Aufenthalt unter freiem Himmel, trotz des zugegeben kleinen Risikos eines Pterssa-Überfalls. Tauler fragte sich, ob er eine verwandte Seele vor sich hatte, die auch unter den strengen Anti-Pterssa-Vorkehrungen litt – Vorkehrungen, die dem Rest der Bevölkerung ein Überleben im Belagerungszustand ermöglichten.

Die große Zählung von 2622, vor nur vier Jahren, hatte ergeben, daß sich die Reichsbevölkerung auf etwa zwei Millionen kolkorronische Vollbürger und ungefähr vier Millionen tributpflichtige Bürger belief. Nach den ersten zwei Seuchenjahren wurde die gesamte Restbevölkerung auf weniger als zwei Millionen geschätzt. Eine Minorität der Überlebenden zeigte eine unerklärliche Immunität gegen die Sekundärinfektion, doch die meisten vegetierten in ständiger Angst um ihr Leben, das dem der niedrigsten Insekten in ihren Schlupflöchern gleichkam. Unbeschirmte Wohnhäuser waren mit luftdichten Verschlüssen ausgerüstet worden, die bei Pterssa-Alarm über Türen, Fenster und Kaminöffnungen geklemmt wurden; und außerhalb der Städte und Dörfer hatten die einfachen Leute ihre Höfe verlassen und lebten in Gehölzen und Wäldern, natürlichen Horten, die für die Blasen unzugänglich waren.

In der Folge waren die landwirtschaftlichen Erträge derart zurückgegangen, daß sie nicht einmal mehr die Grundbedürfnisse einer dezimierten Bevölkerung abdeckten. Tauler jedoch – mit der unbewußten Egozentrik der Jugend – scherte sich nicht um Zahlen, die ein Elend von nationalem Ausmaß beschrieben. Sie waren für ihn kaum mehr als Schattentheater, vage Bewegungen im Hintergrund des eigentlichen Dramas seiner persönlichen Belange. So war er nur auf seinen Vorteil bedacht, als er aufstand und den königlichen Kurier begrüßte.

»Guten Frühtag«, sagte er lächelnd. »Was führt dich zur Grünberg-Feste?«

Der Mann war hager und sein Blick weltverdrossen, aber er nickte durchaus freundlich, als er sein Blauhorn zügelte. »Die Nachricht, die ich bringe, ist nur für Baron Glo bestimmt.«

»Baron Glo schläft noch. Ich bin Tauler Marakain, Baron Glos rechte Hand und gebürtiges Mitglied des philosophischen Ordens. Ich will nicht neugierig sein, aber mein Meister fühlt sich nicht wohl und wäre ungehalten, würde ich ihn zu dieser Stunde aufwecken, es sei denn aus einem Grund, der keinen Aufschub duldet. Kenne ich den Anlaß der Botschaft, kann ich das weitere veranlassen.«

»Der Köcher ist versiegelt.« Der Kurier brachte ein gespielt trauriges Lächeln zustande. »Und der Inhalt geht mich nichts an.«

Tauler zuckte die Achseln und spielte das Spiel. »Schade – wir hätten uns das Leben leichter machen können.«

»Gute Weide«, sagte der Kurier, während er sich im Sattel drehte, um das Weideland zu taxieren, das er eben durchritten hatte. »Ich kann mir nicht vorstellen, daß der Haushalt des Barons sehr unter der Rationierung der Lebensmittel leidet …«

»Du mußt hungrig sein nach dem langen Ritt«, sagte Tauler. »Ich würde dich zu gerne zum Heldenfrühstück einladen, aber vielleicht bleibt uns keine Zeit. Vielleicht muß ich Baron Glo sofort aus dem Bett scheuchen.«

»Vielleicht wäre es ratsamer, den Baron ausschlafen zu lassen.« Der Kurier schwang sich vom Blauhorn und stand neben Tauler. »Der König bestellt ihn zu einer Sondersitzung in den Großen Palast, doch der Termin ist erst in vier Tagen. Es scheint keine sehr dringende Angelegenheit zu sein.«

»Vielleicht hast du recht«, sagte Tauler stirnrunzelnd und versuchte die überraschende Neuigkeit zu verarbeiten. »Vielleicht auch nicht.«

7. Kapitel

»Ich bin mir durchaus nicht sicher, ob ich das Richtige tue«, sagte Baron Glo, als Tauler Marakain ihn in das Gehgestell schnallte. »Ich halte es noch immer für viel klüger – und im Grunde auch fairer dir gegenüber – wenn ich einen Diener mit zum Großen Palast nähme und ... hmm ... dich hierließe. Es gibt genug zu tun hier, genug, um dir Ärger zu ersparen.«

»Das ist zwei Jahre her«, erwiderte Tauler, der auf keinen Fall zurückbleiben wollte. »Und Leddravohr ist inzwischen schon so viel durch den Kopf gegangen, daß er sich wahrscheinlich gar nicht mehr an mich erinnert.«

»Darauf würde ich mich nicht verlassen, mein Junge – der Prinz hat einen gewissen Ruf, was das angeht. Außerdem, so wie ich dich kenne, wirst du ihm bestimmt einen Wink geben.«

»Warum sollte ich wohl so töricht sein?«

»Ich habe dich neulich beobachtet. Du bist wie ein Brakkabaum, der sich nicht entladen kann.«

»Ich mache so etwas nie wieder.« Tauler machte den Einwand automatisch, wie so oft in der Vergangenheit. Aber seines Erachtens hatte er sich wirklich gründlich geändert seit seiner ersten Begegnung mit dem Militärprinzen. Seine gelegentlichen Perioden der Rastlosigkeit und Unzufriedenheit stellten die Veränderung unter Beweis; denn er wußte mit ihnen fertig zu werden. Anstatt sich in einen Zustand hineinzusteigern, in dem schon der leiseste Ärger eine Explosion auslösen konnte, hatte er es – wie andere Männer auch – gelernt, seine emotionalen Energien zu kanalisieren oder zu sublimieren. Er hatte sich darin geübt, die kleineren

Freuden und Befriedigungen zu mehren, statt auf die große Erfüllung zu hoffen, die von so vielen ersehnt und so wenigen bestimmt war.

»Also gut, junger Mann«, sagte Glo und zog eine Schnalle fest. »Ich will dir noch einmal glauben. Aber bedenke bitte, diese Gelegenheit ist einzigartig in ihrer Bedeutung, und führe dich dementsprechend auf. Ich werde dich in diesem Punkt beim Wort nehmen. Du begreifst natürlich, warum der König es für richtig hält … hmm … mich kommen zu lassen?«

»Ist es ein Rückfall in die Zeiten, als man uns noch wegen der Geheimnisse des Lebens konsultierte? Will der König wissen, warum Männer Brustwarzen haben, aber nicht stillen können?«

Glo schniefte. »Dein Bruder hat auch diesen bedauerlichen Hang zu plumpem Sarkasmus.«

»Tut mir leid.«

»Tut es nicht; aber ich will dich trotzdem aufklären. Die Idee, die ich dem König vor zwei Jahren in den Kopf gesetzt habe, hat endlich Früchte getragen. Erinnerst du dich, als du gesagt hast, je höher ich fliege, desto …? Nein, das war Leyn. Aber hier ist etwas, worüber du … hmm … nachdenken solltest, junger Tauler. Ich werde immer älter und mein Ende rückt näher – doch ich wette mit dir um tausend Korrons, daß ich den Fuß auf Jenland setzen werde, und zwar noch *vor* meinem Tod.«

»Ich würde niemals Euer Wort in Zweifel ziehen«, sagte Tauler diplomatisch und staunte über das Talent des alten Mannes, sich selbst zu täuschen. Jeder andere, vielleicht mit Ausnahme von Vorndal Sisstt, würde sich nur mit Scham an die Ratsversammlung erinnern. Die Philosophen waren derart in Ungnade gefallen, daß sie den Grünberg bestimmt hätten räumen müssen, wäre die Monarchie nicht vollauf mit der Seuche und ihren Folgen beschäftigt gewesen. Dennoch hegte Glo schon wieder die Überzeugung, daß er beim König hoch angesehen war und seine Phantastereien über die Kolonisierung von Jenland ernst genommen wurden. Seit seinem Schlaganfall hatte Glo den Alkohol gemieden und sich seither besser in der Gewalt, aber seine Senilität verzerrte nach wie vor seinen Blick für die Realität. Tauler vermutete im stillen, daß Glo zum Palast bestellt worden war, um sich dafür zu verantworten, daß er immer noch nicht mit einer wirkungsvollen Anti-Pterssa-Waffe großer Reichweite aufwarten konnte, ohne die eine normale Landwirtschaft ausgeschlossen erschien.

»Wir müssen uns beeilen«, sagte Glo. »Kann mir keine Verspätung erlauben am Tag meines Triumphes.« Mit Taulers Hilfe zog er seine formelle graue Robe über und zerrte sie über das Rohrstockgerippe, ohne das er nicht stehen konnte. Sein ehemals dicklicher Körper war zu einer schmächtigen Gestalt mit loser Haut geschrumpft, aber Glo hatte die Kleidung nicht ändern lassen, damit sie über das Gestell paßte; er hoffte, so das Ausmaß seiner Hinfälligkeit kaschieren zu können. Das war eine der menschlichen Schwächen, die ihm Taulers Sympathie einbrachten.

»Wir werden Euch rechtzeitig abliefern«, beruhigte ihn Tauler, und er fragte sich, ob er gut daran tat, Glo zu der herben Enttäuschung zu verhelfen, die ihm möglicherweise bevorstand.

Sie verbrachten die Fahrt zum Palast schweigend. Glo nickte hin und wieder mit dem Kopf, während er die vorbereitete Ansprache einstudierte.

Es war ein feuchter und trüber Morgen, der durch die Anti-Pterssa-Schirme über ihnen noch trüber wurde. In Straßen, in denen ein Dach aus Netzen und Holzgittern genügt hatte, das von horizontalen Rohrstöcken zwischen den Dachtraufen getragen wurde, war die Helligkeit nicht sehr beeinträchtigt. Aber wo die benachbarten Dächer und Fenstersimse unterschiedlich hoch waren, hatte man schwere und komplizierte Gerüstbauten errichten müssen. Viele dieser Gerüste waren mit lackierten Textilien bespannt, um zu verhindern, daß der Pterssa-Staub durch horizontale Luftströmungen und Fallwinde in die zahlreichen Lüftungslöcher gelangte, mit denen die hiesigen Gebäude dem äquatorialen Klima begegneten. Viele der einst strahlenden Promenaden im Herzen von Ro-Atabri waren jetzt von höhlenartiger Düsternis. Die allgegenwärtigen Schutzvorrichtungen verpferchten und verdeckten und erstickten die Architektur der Metropole.

Die Baitran-Brücke, die den Hauptfluß nach Süden zu überquerte, war vollkommen mit Brettern verkleidet und sah aus wie ein riesiges Lagerhaus. Sie mündete in einen tunnelartig umschlossenen Weg, der die Gräben durchquerte und zum Großen Palast führte, der jetzt völlig verhangen und überzeltet war. Daß diese Zusammenkunft nicht mit der zwei Jahre zurückliegenden zu vergleichen war, fiel Tauler zum ersten Mal auf, als er die Kutschen im zentralen Vorhof vermißte. In der Nähe des Eingangs parkte – abgesehen von einer Handvoll offizieller Staatskarossen – nur der leichte, geschlossene Zweiachser, den sich sein Bruder seit dem Verbot mehrspänniger Fahrzeuge zugelegt hatte. Leyn stand mit einer dünnen Papierrolle unterm Arm allein neben dem Wagen. Sein schmales Gesicht wirkte blaß und müde unter der welligen schwarzen Mähne. Tauler sprang ab und half Glo beim Verlassen der Kutsche, wobei er diskret das ganze Gewicht des Barons übernahm.

»Ihr habt mir nichts davon gesagt, daß es sich um eine Privataudienz handelt«, sagte Tauler, als Glo auf eigenen Füßen stand.

Glo sah ihn mit gespielter Verachtung an; er war in diesem Augenblick ganz der alte. »Ich muß dir nicht alles auf die Nase binden, junger Mann – als Erzphilosoph muß man eben hin und wieder reserviert und … hmm … rätselhaft sein.« Schwer auf Taulers Arm gestützt, hinkte er auf den geschnitzten Torbogen des Eingangs zu, wo Leyn sich ihnen anschloß.

Vor etwa vierzig Tagen hatte Tauler seinen Bruder zuletzt gesehen. Als man sich gegenseitig begrüßte, war er davon betroffen, wie erschöpft Leyn aussah. Er sagte: »Leyn, ich hoffe, du arbeitest nicht zuviel.«

Leyn zog ein schiefes Gesicht. »Zuviel Arbeit, zuwenig Schlaf. Gesalla ist wieder schwanger, und es nimmt sie mehr mit als beim letzten Mal.«

»Tut mir leid.« Tauler war überrascht zu hören, daß Gesalla nach der Fehlgeburt vor ungefähr zwei Jahren immer noch zur Mutterschaft entschlossen war. Das zeugte von einem Mutterinstinkt, den er nur schwer mit ihrem übrigen Charakter in Einklang bringen konnte. Abgesehen von dem kuriosen Augenblick damals bei seiner Rückkehr von der unheilvollen Ratsversammlung, hatte er in Gesalla immer nur die nüchterne, pedantische und selbstherrliche Frau gesehen, die kaum Freude daran haben konnte, Kinder aufzuziehen.

»Übrigens, sie läßt dich grüßen«, fügte Leyn hinzu.

Taulers Lächeln war so breit, wie sein Unglaube groß war, als sie zu dritt den Palast betraten. Glo dirigierte sie durch die gedämpfte Aktivität der Korridore zu einer Glasholztür, die ziemlich abseits vom Verwaltungstrakt lag. Die schwarz gepanzerten Pförtner zeugten davon, daß der König drinnen war. Tauler spürte, wie Glo sich versteifte und um eine würdevolle Haltung rang, und er verhielt sich entsprechend, indem er nur minimale Hilfestellung vortäuschte, als sie in das Audienzzimmer traten.

Der Raum war sechseckig und ziemlich klein, erhellt von einem einzigen Fenster, und das Mobiliar erschöpfte sich in einem einzigen sechseckigen Tisch mit sechs Stühlen. König Pradt saß bereits mit dem Gesicht zum Fenster, und an seiner Seite saßen die Prinzen Leddravohr und Chakkell, alle in einfachen lockeren Seidengewändern. Pradt unterschied sich von den beiden nur durch den großen blauen Edelstein, den er an einer gläsernen Halskette trug. Tauler, der sich sehnlichst wünschte, diesmal möge Leyn und Baron Glo zuliebe alles glatt verlaufen, vermied es tunlichst, in Leddravohrs Richtung zu schauen. Er hielt den Blick gesenkt, bis der König dem Baron und Leyn bedeutete, Platz zu nehmen, dann setzte er alles daran, das Knarren von Glos Gestell auf ein Minimum zu beschränken.

»Verzeiht die Umstände, Majestät«, sagte Glo, als er endlich saß. Er bediente sich des Hochkolkorronisch. »Wünscht Ihr, daß sich mein Begleiter zurückzieht?«

Pradt schüttelte den Kopf. »Er darf Euch zur Seite stehen,

Baron Glo – ich war nicht über das Ausmaß Eurer … ah … Behinderung unterrichtet.«

»Eine gewisse Unbotmäßigkeit … hmm … der Glieder, mehr nicht«, erwiderte Glo mit Gleichmut.

»Nichtsdestoweniger bin ich Euch dankbar, daß Ihr die Mühe nicht gescheut habt, hierherzukommen. Wie Ihr seht, verzichte ich auf alle Formalitäten, so daß wir unsere Ideen ungehindert austauschen können. Die Umstände unseres letzten Beisammenseins trugen wenig zu einer freimütigen Diskussion bei, nicht wahr?«

Tauler, der sich hinter Glos Stuhl gestellt hatte, wurde von der Liebenswürdigkeit und Aufgeräumtheit des Königs überrascht. Sein Pessimismus schien unbegründet zu sein, und Baron Glo schien eine neuerliche Erniedrigung erspart zu bleiben. Er sah zum ersten Mal direkt über den Tisch. Pradts Ausdruck war tatsächlich so ermutigend wie irgend möglich bei einem Gesicht, das von einem unmenschlichen marmorweißen Auge beherrscht wurde. Tauler ließ seinen Blick unwillkürlich zu Leddravohr gleiten und erlebte einen tiefen psychischen Schock, als er gewahr wurde, daß ihn die Augen des Prinzen schon die ganze Zeit über mit ihrem Blick durchbohrten und unmißverständlich Haß und Verachtung schleuderten.

Ich bin jetzt ein anderer Mensch, sagte sich Tauler und unterband den trotzigen Reflex, der seine Schultern spreizen wollte. *Glo und Leyn werden durch mich keinerlei Schwierigkeiten bekommen.*

Er senkte den Kopf, doch vorher hatte er noch sehen können, wie dieses Lächeln mit einem leichten, blitzschnellen Aufzucken der Oberlippe in Leddravohrs Gesicht sprang. Tauler war unschlüssig, ob er reagieren sollte oder nicht. Alles, was man über Leddravohr tuschelte, schien wahr zu sein – daß er ein ausgezeichnetes Gedächtnis hatte für Gesichter und ein noch besseres für Beleidigungen. Tauler stand vor dem Problem: So entschlossen er auch war, sich nicht mit Leddravohr anzulegen, so wenig wollte er den halben oder ganzen Frühtag lang mit gesenktem Kopf dastehn. Und wenn er den Raum unter einem Vorwand verließ? Vielleicht um …?

»Ich will über den Flug nach Jenland reden«, sagte der König. Die Worte wirkten wie ein plötzlicher Brakka-Ausbruch und fegten alles andere aus Taulers Bewußtsein. »Könnt Ihr, in Eurer offiziellen Eigenschaft als Erzphilosoph, bestätigen, daß so etwas machbar ist?«

»Das kann ich, Majestät.« Glo blickte Leddravohr an, dann Chakkell mit den dunklen Hängebacken, als wolle er sie zum Protest herausfordern. »Wir können nach Jenland fliegen.«

»Wie?«

»Mit sehr großen Heißluftballons, Majestät.«

»Fahrt fort!«

»Der Auftrieb der Ballons müßte durch Gasdüsen unterstützt werden – aber es ist vorhersehbar, daß letztere in der Region, wo die Ballons praktisch aufhören zu funktionieren, zum Hauptantrieb werden.« Glo sprach bestimmt und ohne zu zaudern, was er nur fertigbrachte, wenn er begeistert war. »Die Düsen würden auch dazu dienen, die Ballons auf halbem Weg umzudrehen, damit sie in der Lage sind, auf normale Weise abzusteigen.

Ich wiederhole, Majestät – wir können nach Jenland fliegen.«

Glos Worten folgte eine Stille, in der Tauler das Blut in seinen Ohren rauschen hörte. Benommen von dem Unfaßbaren blickte er auf seinen Bruder hinunter, um festzustellen, ob Leyn auch von dem Gerede über den Flug nach Jenland geschockt war. Aber Leyn schien überhaupt nicht überrascht, nur nervös und unruhig. Er und Glo mußten unter einer Decke stecken, und wenn Leyn glaubte, daß der Flug machbar war – dann war er machbar! Ein Gefühl von kecker Zuversicht stahl sich Taulers Rückgrat hinunter, geboren aus einer völlig neuen Erfahrung, die sein Verstand und sein Empfinden soeben gemacht hatten. *Ich habe eine Zukunft,* dachte er, *ich habe entdeckt, warum ich hier bin …*

»Erzählt uns mehr, Baron Glo«, sagte der König. »Dieser Heißluftballon, von dem Ihr sprecht – gibt es schon einen Plan?«

»Nicht nur den Plan, Majestät – die Archive zeigen, daß

man tatsächlich bereits 2187 ein Exemplar gebaut hat. Es wurde in dem betreffenden Jahr mehrere Male erfolgreich von dem Philosophen Juseyder gefahren, und man nimmt an – wiewohl die Aufzeichnungen… hmm… in diesem Punkt etwas unklar sind – daß Juseyder 2188 wirklich den Versuch unternommen hat, damit nach Jenland zu fahren.«

»Was ist aus ihm geworden?«

»Man hat nichts mehr von ihm gehört.«

»Das klingt nicht sehr ermutigend«, warf Chakkell ein, der bislang geschwiegen hatte. »Eine Erfolgsmeldung ist das nicht.«

»Das kommt auf den Standpunkt an.« Glo ließ sich nicht entmutigen. »Wäre Juseyder wenig später wieder zurückgekehrt, wäre man berechtigt, den Flug als Fehlschlag abzutun. Die Tatsache, daß er *nicht* zurückkehrte, könnte bedeuten, daß er Erfolg hatte.«

Chakkell schnaubte. »Wohl eher, daß er ums Leben kam!«

»Ich behaupte nicht, daß solch ein Aufstieg ein Kinderspiel ist, oder daß er ohne jedes… hmm… Risiko wäre. Ich sage vielmehr, daß unsere gesammelten wissenschaftlichen Erkenntnisse die Risiken auf ein erträgliches Maß reduzieren könnten. Mit der nötigen Entschiedenheit – und der entsprechenden finanziellen und materiellen Förderung – können wir Schiffe bauen, die Jenland erreichen.«

Prinz Leddravohr seufzte vernehmlich und rutschte in eine neue Sitzposition, sagte aber kein Wort. Tauler vermutete, daß der König ihn vor dem Treffen kräftig unter Druck gesetzt hatte.

»Man könnte meinen, Ihr redet über einen Ausflug am Spättag«, sagte König Pradt. »Sind denn Diesland und Jenland nicht nahezu fünftausend Meilen voneinander entfernt?«

»Die besten Triangulationen ergeben 4650 Meilen, Majestät. Von Oberfläche zu Oberfläche, wohlgemerkt.«

»Wie lange würde die Fahrt von Oberfläche zu Oberfläche dauern?«

»Ich bedaure, aber das kann ich zum gegenwärtigen Zeitpunkt nicht mit Bestimmtheit sagen.«

»Das ist aber eine wichtige Frage, nicht wahr?«

»Ganz ohne Zweifel! Die Geschwindigkeit, mit der der Ballon aufsteigt, ist dabei von fundamentaler Bedeutung, Majestät, aber es müssen viele Variablen ... hmm ... berücksichtigt werden.« Glo bedeutete Leyn, die Papierrolle zu öffnen. »Mein Senior-Wissenschaftler, der mehr von der Mathematik versteht als ich, hat erste Berechnungen angestellt. Wenn Ihr erlaubt, wird er das Problem erläutern.«

Leyn breitete das Schaubild mit zittrigen Händen aus, und Tauler nahm erleichtert zur Kenntnis, daß sein Bruder daran gedacht hatte, diesmal schlaffes Leinenpapier ohne Appretur zu benutzen, das sofort flach liegenblieb. Ein Teil wurde von einer maßstabgerechten Darstellung eingenommen, die die Schwesterwelten und ihre räumlichen Beziehungen veranschaulichte; der Rest gehörte detaillierten Skizzen von birnenförmigen Ballons und komplizierten Gondeln. Leyn bekam Schluckbeschwerden, und Tauler verkrampfte sich, weil er befürchtete, seinem Bruder könne die Stimme wegbleiben.

»Dieser Kreis repräsentiert unsere eigene Welt ... mit einem Durchmesser von 4100 Meilen«, brachte Leyn endlich heraus. »Der andere, kleinere Kreis, repräsentiert unsere Schwesterwelt. Der Durchmesser von Jenland wird allgemein mit 3220 Meilen angenommen, ausgehend vom Schnittpunkt unseres Äquators mit dem Nullmeridian, der durch Ro-Atabri geht.«

»Aber das haben wir doch schon in der Schule gelernt«, sagte Pradt. »Warum kannst du nicht sagen, wie lange die Reise von hier bis dort dauert?«

Leyn schluckte schon wieder. »Majestät, die Größe des Ballons und das Gewicht, das er tragen muß, beeinflussen beide die freie Aufstiegsgeschwindigkeit. Ein weiterer Faktor ist die Temperaturdifferenz zwischen den Gasen im Ballon und der Atmosphäre außenherum, doch der wichtigste Bestimmungsfaktor ist die Menge der Kristalle, die für den Düsenantrieb verfügbar ist.

Es ließe sich Treibstoff sparen, indem man den Ballon aus eigener Kraft bis zur maximalen Höhe steigen läßt – während er die ganze Zeit über langsamer wird – und die Düsen erst einsetzt, wenn die Schwerkraft von Diesland nur noch schwach ist. Das würde freilich eine längere Fahrzeit bedeuten und demzufolge wieder ein größeres Gewicht an Lebensmitteln und Wasser, was andererseits ...«

»Genug, genug! Mir schwirrt der Kopf!« Der König hob beide Hände vom Tisch, die Finger leicht gekrümmt, als hielten sie einen unsichtbaren Ballon. »Nimm ein Schiff, das, sagen wir, zwanzig Leute trägt. Angenommen es gibt reichlich Kristalle. Also, wie lange wird es dauern, bis dieses Schiff Jenland erreicht? Du brauchst nicht präzise zu antworten – nenn mir einfach eine Zahl, die ich in meinem Schädel unterbringen kann.«

Leyn, blasser denn je, aber mit wachsendem Selbstvertrauen, ging mit dem Finger durch einige Zahlenkolonnen am Rand des Papiers. »Zwölf Tage, Majestät.«

»Endlich!« Pradt blickte vielsagend zu Leddravohr und Chakkell. »Nun – für das gleiche Schiff – wieviel Grün und Purpur wird man brauchen?«

Leyn hob den Kopf und blickte den König grübelnd an. Der König blickte zurück, ruhig und gespannt, während er auf die Antwort wartete. Tauler spürte die wortlose Verbindung und daß etwas im Gange war, das er nicht verstand. Sein Bruder schien all seine Nervosität und Unentschiedenheit überwunden und eine seltsame Autorität gewonnen zu haben, die ihn – zumindest für den Augenblick – mit dem Monarchen auf die gleiche Stufe stellte. Tauler begriff mit stolzgeschwellter Brust, daß der König Leyns neuen Status akzeptierte und ihm soviel Zeit einräumte, wie er brauchte, um die Antwort zu formulieren.

»Darf ich unterstellen, Majestät«, sagte Leyn schließlich, »daß wir nur über die Hinfahrt reden?«

Das weiße Auge des Königs verengte sich. »Du darfst.«

»In diesem Fall, Majestät, würde das Schiff annähernd dreißig Pfund Paikn und genausoviel Havl benötigen.«

»Danke. Du willst nicht noch daran herumtüfteln, daß ein höherer Anteil Havl günstiger ist für die Dauerverbrennung?«

Leyn schüttelte den Kopf. »Das würde jetzt zu weit führen – nein.«

»Du bist ein wertvoller Mann, Leyn Marakain.«

»Majestät, das will mir nicht in den Kopf«, protestierte Glo und sprach damit dem verwirrten Tauler aus der Seele. »Es gibt keinen vernünftigen Grund, ein Schiff nur mit Treibstoff für die Hinfahrt zu versorgen.«

»Für ein einzelnes Schiff nicht«, sagte der König. »Für eine kleine Flotte auch nicht. Aber wenn wir von ...« Er wandte sich wieder an Leyn. »Von wie vielen Schiffen sollten wir denn reden?«

Leyn brachte ein freudloses Lächeln zustande. »Eintausend scheint eine gute runde Zahl zu sein, Majestät.«

»Eintausend!« Von Glos Rohrstockgestell kam ein knarrendes Geräusch, als er einen fruchtlosen Versuch machte, aufzustehen, und als er wieder sprach, hatte sich ein gekränkter Unterton in seine Stimme geschlichen. »Bin ich der einzige hier, den man darüber im unklaren läßt, um was es geht?«

Der König machte eine beschwichtigende Geste. »Es gibt keine Verschwörung, Baron Glo – Euer Senior-Wissenschaftler scheint allerdings Gedanken lesen zu können. Ich würde zu gerne wissen, wie er meine Gedanken erraten hat.«

Leyn starrte auf seine Hände und sprach fast geistesabwesend, wie jemand, der nur laut dachte: »Seit mehr als zweihundert Tagen ist es mir unmöglich, irgendwelche Zahlen über die landwirtschaftliche Produktion oder über Pterssa-Opfer zu bekommen. Die offizielle Verlautbarung ist, die Provinzverwalter seien viel zu überlastet, um derlei Anfragen zu beantworten – und ich habe versucht, mir einzureden, das sei der wirkliche Grund – doch die Ereignisse lassen sich hochrechnen, Majestät. Einesteils bin ich erleichtert, daß sich meine schlimmsten Befürchtungen bestätigt haben. Es gibt nur einen Weg, mit einer Krise fertig zu werden – man muß ihr ins Auge sehen.«

»Du hast recht«, sagte Pradt, »aber mir ging es darum, eine allgemeine Panik zu vermeiden, daher die Geheimhaltung. Ich mußte erst Gewißheit haben.«

»Gewißheit?« Glo wog den großen Kopf hin und her. »Gewißheit? Gewißheit?«

»Ja, Baron Glo«, sagte der König ernst. »Ich brauchte die Gewißheit, daß es mit unserer Welt zu Ende geht.«

Dieses schlichte Eingeständnis versetzte Tauler einen einzigen schmerzhaften Stich. Jegliche Angst wurde sogleich von Neugier und einem überschwenglichen, egozentrischen und blinden Selbstwertgefühl im Keim erstickt. Die folgenschwersten historischen Ereignisse waren seinetwegen inszeniert. Zum ersten Mal in seinem Leben war Tauler in die Zukunft verliebt.

»... als ob die Pterssa durch die Ereignisse der letzten zwei Jahre ermutigt worden wäre, ganz so wie ein Krieger, der seinen Widersacher geschwächt sieht«, sagte der König. »Es werden immer mehr – und niemand kann sagen, ob ihr verpesteter Staub nicht immer bedrohlicher wird. Das ist einmal passiert und kann wieder passieren.

Ro-Atabri ist bislang noch glimpflich davongekommen, aber draußen im Reich werden die Leute von der heimtückischen neuen Pterssose dahingerafft, trotz all unserer Anstrengungen, die Blasen abzuwehren. Und die Neugeborenen, die unsere Zukunft sind, sind am verwundbarsten. Wahrscheinlich würden wir allmählich dahinschwinden zu einer Handvoll mitleiderregender, zum Untergang verurteilter, steriler alter Männer und Frauen – gäbe es nicht die drohende Aussicht auf eine Hungersnot. Die landwirtschaftlichen Regionen können nicht einmal mehr genug Nahrung produzieren, um unsere gewaltig dezimierte städtische Bevölkerung zu versorgen.«

Der König legte eine Pause ein und schenkte seinen Zuhörern ein dünnes, trauriges Lächeln. »Zwar behaupten manche, es gebe noch Hoffnung, das Schicksal werde sich erbarmen und gegen die Pterssa wenden – doch Kolkorron hat nicht seine Größe erlangt, indem es untätig auf eine günstige Fügung vertraut hat. Diese Eigenschaft ist unserem nationalen Charakter fremd. Zwingt man uns in einem Krieg dazu, eine Stellung aufzugeben, ziehen wir uns in eine sichere Zuflucht zurück, wo wir unsere Stärke und Entschlossenheit sammeln können, um aufs neue vorzudringen und unsere Feinde zu überwältigen.

In der gegenwärtigen Situation gibt es, wie im äußersten Konflikt nicht anders zu erwarten, auch nur die äußerste Zuflucht – und ihr Name ist Jenland.

Es ist mein königlicher Beschluß, daß wir uns auf einen Rückzug nach Jenland vorbereiten – nicht etwa um uns vor dem Feind zu verkriechen, sondern um wieder an Zahl und Kraft zu wachsen, um Zeit zu gewinnen und die Mittel zu ersinnen für die Ausrottung der verhaßten Pterssa, und um dann – wann auch immer – als ruhmreiche und unbesiegbare Armee auf unsere Heimatwelt zurückzukehren, um triumphierend all das in Besitz zu nehmen, was von Natur aus und von Rechts wegen unser ist.«

Die Rhetorik des Königs, noch gesteigert durch die Floskeln des Hochkolkorronisch, hatte Tauler mitgerissen und ihm gänzlich neue Perspektiven erschlossen. Um so erstaunter war er, daß weder von seinem Bruder noch von Glo eine entsprechende Reaktion kam. Letzterer saß so still da, als sei er schon tot. Und Leyn starrte nach wie vor auf seine Hände, derweil er unaufhörlich den Brakka-Ring am sechsten Finger drehte. Tauler fragte sich mit einem Anflug von Schuldgefühl, ob Leyn wohl an das Baby dachte, das Gesalla in eine turbulente Zeit hineingebären würde.

Pradt brach das Schweigen, indem er – was Tauler merkwürdig fand – Leyn zum Sprechen aufforderte. »Was ist, Mitstreiter? Bist du wieder dabei, Gedanken zu lesen?«

Leyn hob den Kopf und sah dem König unverwandt ins Auge. »Majestät, selbst wenn unsere Armeen die stärksten wären, wir würden nicht gegen Chamtess vorgehen.«

»Mich stören die Hintergedanken dieser Bemerkung«, warf Prinz Leddravohr ein. »Ich verlange …«

»Dein *Versprechen*, Leddravohr!« Der König drehte sich ärgerlich um zu seinem Sohn. »Dürfte ich dich an dein Versprechen erinnern. Hab Geduld! Du kommst bald zum Zuge.«

Leddravohr hob beide Hände in einer Geste der Resignation, als er sich in den Stuhl zurücklehnte. Sein brütender Blick ruhte jetzt auf Leyn. Tauler war innerlich aufgewühlt – weniger durch das alarmierende Gefühl, daß sein Bruder von nun an in Gefahr war, als durch die Erwähnung von Chamtess. Warum begriff er erst jetzt, was schon die ganze Zeit auf der Hand lag? Eine interplanetare Auswandererflotte, falls sie jemals gebaut wurde, würde solche Unmengen an Energiekristallen verschlingen, daß der Bedarf nur aus einer einzigen Quelle gedeckt werden konnte. Wenn die grandiosen Pläne des Königs einen Krieg gegen die entlegenen und abgekapselten Chamtessanier vorsahen, dann war die nahe Zukunft noch turbulenter, als Tauler imstande war, sich vorzustellen.

Chamtess war ein so riesiges Land, daß es gleichgültig war, ob man nach Osten oder Westen aufbrach, um in das *Land der Langen Tage* zu reisen, jene Hemisphäre von Diesland, die nicht von Jenlands Schatten verdunkelt wurde und wo es keine Kurznacht gab, die den Lauf der Sonne über den Himmel unterbrach. In ferner Vergangenheit hatten mehrere ehrgeizige Herrscher versucht, in Chamtess einzudringen, und das Ergebnis war so niederschmetternd gewesen, daß man Chamtess völlig aus dem nationalen Bewußtsein gestrichen hatte. Chamtess existierte, aber seine Existenz hatte – wie die von Jenland – keinerlei Bedeutung für die Tagesgeschäfte des kolkorronischen Reichs.

Bis jetzt, dachte Tauler, der alle Mühe hatte, sein Bild vom Universum zurechtzurücken. *Chamtess und Jenland gehören zusammen – ohne Chamtess kein Jenland – und ohne Jenland ...*

»Der Krieg gegen Chamtess ist unvermeidbar geworden«, sagte der König. »Einige meinen, er war es schon immer. Was meint Ihr dazu, Baron Glo?«

»Majestät, ich ...« Glo räusperte sich und richtete sich auf. »Majestät, ich habe mich immer für einen schöpferischen Denker gehalten, doch ich gebe freimütig zu, mir hat Eure grandiose und umfassende Vision den ... hmm ... Atem verschlagen. Als ich ursprünglich den Vorschlag machte, nach Jenland zu fahren, hatte ich im Auge, eine Gruppe von Pfadfindern auszuschicken, und in der Folge schrittweise eine Kolonie zu etablieren. Ich hatte nicht im Traum an eine Auswanderung von solchem Umfang gedacht, wie sie Euch vorschwebt, doch ich kann Euch versichern, daß ich den damit verbundenen Aufgaben gewachsen bin. Der Entwurf eines brauchbaren Schiffes und die Organisation aller erforderlichen ...« Glo hielt inne, als er sah, wie Pradt den Kopf schüttelte.

»Mein lieber Baron Glo, Ihr seid ein kranker Mann«, sagte der König, »und ich wäre mehr als unfair zu Euch, wenn ich zuließe, daß eine Aufgabe von solcher Größe Eure verbleibenden Kräfte verzehren würde.«

»Aber, Majestät ...«

Die Miene des Königs verhärtete sich. »Unterbrecht mich nicht! Die extreme Situation verlangt extreme Maßstäbe. Die gesamten Ressourcen von Kolkorron müssen reorganisiert und mobilisiert werden, und daher löse ich alle alten dynastischen Familienstrukturen auf. An ihre Stelle tritt – ab sofort – eine einzige Pyramide der Autorität. An ihrer exekutiven Spitze steht mein Sohn, Prinz Leddravohr, der jeden Aspekt unserer nationalen Angelegenheiten – ob militärisch oder zivil – kontrollieren und koordinieren wird. Ihm zur Seite steht Prinz Chakkell, der ihm verantwortlich ist für den Bau der Auswandererflotte.«

Der König legte eine Pause ein, und als er fortfuhr, hatte seine Stimme jede Menschlichkeit verloren. »Es versteht sich, daß Prinz Leddravohrs Autorität absolut ist, daß seine Macht unbeschränkt ist. Wer seinen Wünschen zuwiderhandelt, begeht Hochverrat.«

Tauler schloß die Augen. Er wußte, wenn er sie wieder öffnete, würde die Welt seiner Kindheit und Jugend der Geschichte angehören, und er würde sich in einem gefährlichen neuen Kosmos wiederfinden, in dem sein Aufenthalt allzu früh beendet sein mochte.

8. Kapitel

Leddravohr war geistig erschöpft nach der Audienz. Er hatte gehofft, sich bei der Mahlzeit entspannen zu können, doch sein Vater redete – mit jenem Überschuß an zerebraler Energie, den man häufig bei älteren Männern antraf – unaufhörlich auf ihn ein. Er wechselte rasch und mühelos von militärischer Strategie zu Plänen für die Lebensmittelrationierung und von dort zu technischen Besonderheiten des interplanetaren Flugs, wobei er begeistert ins Detail ging und einander ausschließende Wahrscheinlichkeiten sondierte. Leddravohr, der keinen Geschmack daran fand, mit Gedanken zu jonglieren, war erleichtert, als das Mahl vorüber war. Sein Vater ging hinaus auf den Balkon, um einen letzten Becher Wein zu trinken, bevor er sich in die privaten Gemächer zurückzog.

»Zum Henker mit dem Glas!« Pradt pochte gegen die durchsichtige Kuppel, die den Balkon umschloß. »Abends habe ich hier immer Luft geschöpft. Jetzt kann ich kaum noch atmen.«

»Ohne das Glas würdest du überhaupt nicht mehr atmen.« Leddravohrs Daumen deutete nach oben, wo drei Pterssas das glühende Antlitz von Jenland kreuzten. Die Sonne war untergegangen, und die Schwesterwelt trat in die bikonvexe Phase und warf ihr mildes Licht über die südlichen Stadtgebiete, die Arlbucht und die tiefen indigoblauen Wasser des Golfs von Tronom. Es war hell genug zum Lesen und würde ständig heller werden, während Jenland, mit der Rotation von Diesland Schritt haltend, sich der Opposition zur Sonne näherte. Obwohl der Himmel sich nur bis zu einem satten Mittelblau verdunkelt hatte, bildeten die Sterne, einige so hell, daß sie bei Tageslicht zu sehen waren, prächtig funkelnde Muster über dem Horizont.

»Dann zum Henker mit den Pterssas«, sagte Pradt. »Du mußt wissen, Sohn, die größte Tragödie der Vergangenheit ist, daß wir nie herausfanden, woher sie kommen. Selbst wenn sie sich irgendwo in der oberen Atmosphäre vermehren, hätten wir sie eines Tages aufspüren und mit Stumpf und Stiel ausrotten können. Jetzt ist es zu spät dazu.«

»Und deine triumphale Rückkehr von Jenland? Willst du die Pterssa von oben angreifen?«

»Zu spät für mich, fürchte ich. Ich werde nur als der große Auswanderer in die Geschichte eingehen.«

»Ah, ja – die Geschichte«, sagte Leddravohr, der sich einmal mehr darüber wunderte, wie versessen sein Vater auf die fade Pseudounsterblichkeit in Gestalt von Büchern und Inschriften war. Leben war etwas Vergängliches, das man nicht über den Tod hinaus verlängern konnte, und alle Mühe, die man darauf verwendete, war im Grunde eine Vergeudung dessen, was man erhalten wollte. Für Leddravohr gab es nur einen Weg, den Tod zu überlisten oder sich wenigstens mit ihm abzufinden: jedem Wunsch nachzugeben und jeden Appetit zu stillen, so daß die Preisgabe des Lebens am Ende nicht viel mehr bedeutete, als einen leeren Kürbis wegzuwerfen.

Es war sein größter Wunsch gewesen, das künftige Königreich nicht nur auf Chamtess, sondern auf ganz Diesland auszuweiten, aber das wurde nun durch eine Intrige des Schicksals vereitelt. Statt dessen stand ihm ein gewagter und gänzlich unnatürlicher Flug in den Himmel bevor, der ihn bestenfalls zu einem Stammesfürsten auf einer unbekannten Welt machte. Das regte ihn auf, erfüllte ihn mit einer schwelenden, alles verzehrenden Wut ohnegleichen, und irgend jemand würde ihm dafür büßen müssen...

Pradt nippte sinnend an seinem Wein. »Hast du alle deine Depeschen fertig?«

»Ja – sobald es hell wird, machen sich die Kuriere auf den Weg.« Leddravohr hatte bis kurz vor der Mahlzeit daran gesessen, eigenhändig Anordnungen für die fünf Generäle zu verfassen, die er sich für den Kommandostab ausgesucht hatte. »Ich habe ihnen permanenten Düsenantrieb verordnet, so daß wir bald in erlauchter Gesellschaft sind.«

»Ich nehme doch an, Dalakott ist dabei.«

»Er ist immer noch der beste Taktiker, den wir haben.«

»Hast du keine Angst, daß seine Klinge stumpf ist?« sagte Pradt. »Er muß jetzt siebzig sein, und daß er unten in Kail war, als die Seuche ausbrach, wird ihm zugesetzt haben. Hat er nicht gleich am ersten Tag eine Tochter und ein Enkelkind verloren?«

»Kann sein«, erwiderte Leddravohr sorglos. »Aber *er* ist nach wie vor gesund. Nach wie vor wertvoll.«

»Er muß immun sein.« Pradt lebte sichtlich auf, als sich ein neues Gesprächsthema bot. »Du weißt, Glo schickte mir Anfang des Jahres ein paar äußerst interessante Daten. Marakain hat sie geprüft. Beim Militär soll es prozentual etwas weniger Seuchenopfer geben als bei der Gesamtbevölkerung. Da man dort der Seuche mehr ausgesetzt ist als woanders, sollte man eigentlich das Gegenteil erwarten. Und bezeichnenderweise widerstehen lang dienende Soldaten und Luftleute eher als alle anderen. Marakain vermutet, daß der jahrelange Aufenthalt in der Nähe platzender Pterssas und die ständige Aufnahme geringer Staubmengen den Körper trainieren, der Pterssose zu widerstehen. Ein höchst interessanter Gedanke.«

»Vater, das ist ein total nutzloser Gedanke.«

»Das würde ich nicht sagen. Falls nämlich die Nachkommen immuner Männer und Frauen ebenfalls immun wären, von Geburt an, dann könntest du eine neue Rasse züchten, gegen die die Pterssa nichts ausrichten könnte.«

»Und was hätten wir beide davon?« sagte Leddravohr, das Argument aus egoistischer Sicht verwerfend. »Nein, für mich sind Glo und Marakain und die ganze Sippschaft nichts als Verzierungen, auf die wir verzichten können. Ich freue mich schon auf den Tag, da …«

»*Genug!*« Sein Vater war mit einemmal König Pradt Neldihver, Herrscher über Kolkorron, groß und unnachgiebig, mit einem schrecklichen, blinden Auge und einem gleichermaßen gräßlichen, allwissenden Auge, das Leddravohr bis ins Mark durchschaute. »Unser Haus wird nicht in die Geschichte eingehen als ein Haus, das es verschmäht hat zu lernen. Du wirst mir dein Wort geben, Glo und Marakain kein Haar zu krümmen.«

Leddravohr zuckte die Achseln. »Du hast mein Wort.«

»Das geht dir zu leicht von den Lippen.« Sein Vater starrte ihn einen Moment lang skeptisch an, dann sagte er: »Du läßt auch die Finger von Marakains Bruder, dem Burschen, der jetzt Glo zur Seite steht.«

»Wie kommst du auf diesen Einfaltspinsel? Ich habe Wichtigeres zu tun.«

»Ich weiß. Ich habe dir unbeschränkte Macht verliehen, weil du der Richtige bist, dieses große Unterfangen zu einem erfolgreichen Abschluß zu bringen, und diese Macht darf nicht mißbraucht werden.«

»Verschone mich damit, Vater!« protestierte Leddravohr und lachte auf, um zu verbergen, wie sehr er es haßte, wie ein eigensinniges Kind ermahnt zu werden. »Ich werde unsere Philosophen mit dem verdienten Respekt behandeln. Morgen begebe ich mich für ein oder zwei Tage auf den Grünberg – um alles Wissenswerte über ihre Himmelsschiffe in Erfahrung zu bringen – und falls du Lust hast, Nachforschungen anzustellen, wirst du hören, daß ich nur Höflichkeit und Liebe ausgestrahlt habe.«

»Übernimm dich nicht.« Pradt schwenkte den Becher und trank ihn leer, setzte ihn dann auf die breite Steinbalustrade und schickte sich an zu gehen. »Gute Nacht, Sohn. Und denke daran – die Zukunft setzt auf uns.«

Sowie der König gegangen war, tauschte Leddravohr seinen Wein gegen ein Glas feurigen paladianischen Branntweins, kehrte zum Balkon zurück und setzte sich auf das Ledersofa. Er sah verstimmt in den südlichen Himmel, wo die Schweife von drei großen Kometen die Sternfelder schmückten. *Die Zukunft setzt auf uns!* Sein Vater klammerte sich nach wie vor an die Idee, als zweiter König Baitran in die Geschichte einzugehen, und täuschte sich darüber hinweg, daß es wahrscheinlich gar keinen Geschichtsschreiber mehr geben würde, der sich mit seinen Großtaten befassen konnte. Die Geschichte Kolkorrons näherte sich einem bizarren und schmählichen Finale – gerade als die ruhmreichste Ära hätte anbrechen können.

Und ich bin derjenige, der das Nachsehen hat, dachte Leddravohr. *Ich werde niemals ein richtiger König.*

Während er weiterhin dem Branntwein zusprach und die Nacht immer heller wurde, fiel Leddravohr auf, wie ungereimt der Vergleich zwischen seinem Verhalten und dem seines Vaters ausfiel. Optimismus war das Vorrecht der Jüngeren, und doch war es der König, der mit Zuversicht in die Zukunft sah. Pessimismus war typisch für die Alten, und

doch war er, Leddravohr, derjenige, der entmutigt war und sich düsteren Prophezeiungen hingab. Wieso?

Frönte sein Vater vielleicht zu sehr dem Enthusiasmus für alles Wissenschaftliche, um noch zugeben zu können, daß die Auswanderung unmöglich war? Leddravohr unterzog seine Gedanken einer kritischen Prüfung und war gezwungen, seine Theorie zu verwerfen. In einem fortgeschrittenen Stadium der Anhörung hatten ihn die Skizzen, Kurven und Zahlen überredet, und jetzt glaubte sogar er, daß ein Himmelsschiff die Schwesterwelt erreichen konnte. Wo lag die tiefere Ursache für seinen Seelenkummer? Wo? Die Zukunft war gar nicht so trostlos – immerhin bestand Aussicht auf die endgültige Abrechnung mit Chamtess.

Als Leddravohr den Kopf in den Nacken legte, um sein Glas Branntwein auszutrinken, stieg sein Blick zum Zenit – und plötzlich wußte er die Antwort. Die große Scheibe von Jenland war inzwischen fast vollständig beleuchtet, und erste Farbveränderungen kündeten das allnächtliche Eintauchen in den Schatten Dieslands an. Tiefnacht begann – die Periode, in der wirkliche Finsternis über die Welt hereinbrach – und sie drang diesmal bis in die Seele des Prinzen.

Er war Soldat, von Berufs wegen gegen Furcht gefeit, und das erklärte, warum er so lange gebraucht hatte, dieses Gefühl, das fast den ganzen Tag über in ihm gelauert hatte, zu identifizieren, geschweige denn, es sich einzugestehen.

Er hatte *Angst* vor der Fahrt nach Jenland!

Was ihn bedrückte, war nicht in erster Linie die Besorgnis wegen der unleugbaren Risiken dieser Luftfahrt – es war das pure, primitive und entwürdigende Entsetzen, das ihn nur schon bei dem Gedanken befiel, Tausende von Meilen in das unversöhnliche Blau des Himmels aufsteigen zu müssen. Die Furcht war so gewaltig, daß er womöglich in dem schrecklichen Augenblick, da er an Bord gehen mußte, die Nerven verlieren würde. Er, Prinz Leddravohr Neldihver, würde womöglich zusammenbrechen und sich wie ein furchtsames Kind verkriechen, mußte womöglich unter den Augen Tausender an Armen und Beinen in das Himmelsschiff geschleppt werden …

Leddravohr sprang auf die Füße und holte mit der Hand aus; sein Glas zersplitterte auf dem Steinboden des Balkons. Es lag eine häßliche Ironie in der Tatsache, daß seine erste Berührung mit der Furcht nicht auf dem Schlachtfeld stattgefunden hatte, sondern in der Stille eines kleinen Raums, angesichts stammelnder Nullen mit ihrem Geschreibsel und Gekritzel und ihren vagen Visionen des Unvorstellbaren.

Leddravohr sah zu, wie die Schwärze von Tiefnacht die Welt verschluckte, atmete tief und regelmäßig und gewann allmählich seine Fassung zurück. Und als er sich schließlich zurückzog, um schlafen zu gehen, hatte sein Gesicht wieder die gewohnte, gemeißelte Fassade angenommen.

9. Kapitel

»Es ist schon spät«, sagte Tauler. »Vielleicht kommt Leddravohr nicht.«

»Wir müssen eben warten.« Leyn lächelte kurz und widmete sich wieder den Papieren und mathematischen Utensilien auf seinem Schreibtisch.

»Tja.« Tauler betrachtete einen Moment lang eingehend die Zimmerdecke. »Das ist nicht gerade eine sprühende Unterhaltung, hm?«

»Das ist überhaupt keine Unterhaltung«, sagte Leyn. »Ich versuche zu arbeiten, und du unterbrichst mich dauernd.«

»Tut mir leid.« Tauler wußte, er würde jetzt besser gehen, aber er blieb noch. Er war lange nicht mehr im Haus seiner Familie gewesen, und einige seiner deutlichsten Kindheitserinnerungen waren mit diesem Zimmer verbunden – seiner Vertäfelung aus Peretteholz und den glänzenden Keramiken – mit Leyn an demselben Schreibtisch, mit den unbegreiflichen Verrichtungen eines Mathematikers befaßt. Tauler spürte instinktiv, daß sich ihre Lebenswege trennen würden, und er wollte mit Leyn zusammensein, solange das noch möglich war. Er genierte sich wegen seiner Gefühle und hatte sie unausgesprochen gelassen, mit dem Erfolg, daß Leyn sich in seiner Haut nicht wohl fühlte und irritiert war durch die ständige Gegenwart des jüngeren Bruders.

Entschlossen zu schweigen, ging Tauler zu einem Stapel sehr alter Manuskripte, die man aus dem Grünberg-Archiv gebracht hatte. Er nahm einen in Leder gebundenen Folianten in die Hände und studierte den Titel. Wie gewöhnlich erschienen die Wörter als geradlinige Buchstabenzäune mit schwer erfaßbarem Inhalt, bis er den Trick anwandte, den Leyn sich früher einmal ausgedacht hatte. Er deckte den Titel mit der Handfläche ab und ließ die Hand langsam nach rechts gleiten, so daß sie ihm einen Buchstaben nach dem anderen enthüllte. Diesmal rückten die gedruckten Symbole mit ihrer Bedeutung heraus: *Aerostatische Flüge nach dem Fernen Norden,* von Mjuel Webbri, 2136.

Für gewöhnlich endete hier Taulers Interesse an einem Buch, doch von Ballonfahrten verstand er mehr denn je seit der folgenschweren Zusammenkunft vom Vortag, und seine Neugierde wurde noch mehr angestachelt, als er feststellte, daß das Buch fünfhundert Jahre alt war. Wie mochte das gewesen sein, sich über eine Welt zu erheben, noch bevor Kolkorron sich erhoben hatte, um ein gutes Dutzend kriegerischer Nationen zu einen? Er setzte sich und schlug das Buch nahe der Mitte auf, in der Hoffnung, Leyn zu beeindrucken, und begann zu lesen. Ein paar ungewöhnliche Schreibweisen und grammatikalische Konstruktionen machten den Text unwegsamer, als ihm lieb war, aber er gab nicht auf, ließ seine Hand Absatz um Absatz wandern, und erfuhr zu seiner Enttäuschung mehr über die vergangene Politik als über Luftschiffahrt. Er begann die Lust zu verlieren, als er auf eine Bemerkung über die Pterssa stieß: »… und fern zu unserer Linken stiegen die rosa-roten Blasen der Pterssa empor.«

Tauler runzelte die Stirn und fuhr das Adjektiv mehrmals mit dem Finger ab, bevor er den Kopf hob. »Leyn, hier heißt es, die Pterssas sind *rosa*-rot.«

Leyn blickte nicht auf. »Lies das Wort noch einmal. Es heißt *purpur*-rot.«

Tauler studierte das Adjektiv noch einmal. »Nein, es heißt *rosa*-rot.«

»Bei subjektiven Beschreibungen muß man eine gewisse Ungenauigkeit in Kauf nehmen. Nebenbei, die Bedeutung eines Wortes ändert sich manchmal im Laufe einer langen Zeit.«

»Ja, aber...« Tauler gab sich nicht zufrieden. »Du meinst also nicht, daß die Pterssas früher viell...«

»Tauler!« Leyn warf seinen Federhalter hin. »Tauler, ich bin froh, daß du bei uns bist – aber warum hältst du dich ausgerechnet in meinem Arbeitszimmer auf?«

»Wir unterhalten uns nie«, sagte Tauler betreten.

»Also gut, worüber reden wir?«

»Egal worüber. Es bleibt vielleicht nicht mehr viel – Zeit.« Tauler überlegte. »Du könntest mir erklären, woran du arbeitest.«

»Das hätte nicht viel Sinn. Du würdest es nicht verstehen.«

»Immerhin hätten wir miteinander geredet«, sagte Tauler und erhob sich. Er legte das alte Buch auf den Stapel zurück. Er war auf dem Weg zur Tür, als sein Bruder sagte: »Es tut mit leid, Tauler – du hast ganz recht.« Leyn lächelte entschuldigend. »Weißt du, vor mehr als einem Jahr habe ich mit dieser Abhandlung begonnen, und ich will sie zu Ende bringen, bevor man mich mit anderen Aufgaben betraut. Doch wahrscheinlich ist das alles gar nicht so wichtig.«

»Es muß schon wichtig sein, wenn du all die Zeit daran gearbeitet hast. Ich werde dich in Frieden lassen.«

»Geh jetzt bitte nicht«, sagte Leyn schnell. »Willst du etwas wahrhaft Wundervolles sehen? Sieh her!« Er nahm eine kleine hölzerne Kreisscheibe, legte sie flach auf ein Blatt Papier und zeichnete mit einem Stift den Umfang nach. Er verrutschte die Scheibe seitwärts und zeichnete noch einen Kreis, der den ersten berührte, und daneben noch einen, der den zweiten berührte. Er griff die drei Kreise mit zwei Fingern ab und sagte: »Von hier bis da sind es exakt drei Durchmesser, richtig?«

»Richtig«, sagte Tauler unsicher und fragte sich, ob er etwas übersehen hatte.

»Nun zu dem erstaunlichen Teil.« Leyn markierte mit Tinte eine Stelle auf dem Rand der Scheibe und stellte sie senkrecht aufs Papier, sorgsam bedacht, daß die Markierung genau auf dem äußersten Punkt des ersten Kreises stand. Nachdem er sich vergewissert hatte, daß Tauler ihm die gebührende Aufmerksamkeit schenkte, rollte er die Scheibe langsam und geradlinig über die drei Kreise. Die Markierung auf dem Rand beschrieb einen trägen Bogen und landete präzise auf dem äußersten Punkt des letzten Kreises.

»Demonstration beendet«, verkündete Leyn. »Und darüber schreibe ich unter anderem.«

Tauler sah ihn vorsichtig an. »Darüber, daß der Umfang eines Rades genauso lang ist wie drei Durchmesser?«

»Über die Tatsache, daß er *exakt* so lang ist wie drei Durchmesser. Diese Demonstration war ziemlich grob; aber selbst wenn man bis an die Grenze des Meßbaren geht, ist das Verhältnis von Umfang zu Durchmesser exakt gleich drei. Kommt dir das nicht reichlich komisch vor?«

»Warum sollte es?« sagte Tauler mit wachsender Verwirrung. »Wenn das so ist, dann ist das so.«

»Ja, aber wieso ist das Verhältnis *exakt* drei? Das und andere Dinge, wie die Tatsache, daß wir zwölf Finger haben, machen die Berechnungen in weiten Bereichen absurd einfach. Es ist, als ob das alles ein unverdientes Geschenk der Natur sei.«

»Aber … aber das *ist* eben nun mal so. Wie könnte es anders sein?«

»Jetzt kommst du dem Thema meiner Abhandlung näher. Es könnte irgendeinen anderen … *Ort* … geben, wo das Verhältnis dreieinviertel oder auch bloß zweieinhalb beträgt. Tatsächlich gibt es keinen vernünftigen Grund, warum das Verhältnis nicht ebensogut eine völlig unvernünftige Zahl sein sollte, die den Mathematikern Kopfzerbrechen bereiten würde.«

»Irgendein anderer Ort«, sagte Tauler. »Du meinst eine andere Welt? Wie Fernland?«

»Nein.« Leyn sah ihn offenherzig und doch rätselhaft an. »Ich meine eine *ganz* andere Welt – wo sich selbst die physikalischen Gesetze und Konstanten von den unseren unterscheiden.«

Tauler erwiderte Leyns Blick, während er sich anstrengte, die Barriere, die sich zwischen sie gedrängt hatte, zu durchdringen. »Das ist alles sehr interessant«, sagte er. »Ich kann verstehen, warum du so lange an dieser Abhandlung gearbeitet hast.«

Leyn lachte laut auf und kam um den Schreibtisch herum, um Tauler in die Arme zu schließen. »Ich liebe dich, kleiner Bruder.«

»Ich liebe dich auch.«

»Gut! Und vergiß das nicht, wenn Leddravohr kommt. Ich bin überzeugter Pazifist, Tauler, und ich meide jede Gewalt. Die Tatsache, daß ich Leddravohr unterlegen bin, spielt dabei keine Rolle – ich würde mich ihm gegenüber nicht anders verhalten, wenn sein sozialer Status und seine körperliche Konstitution die meinen wären und umgekehrt. Leddravohr und seinesgleichen gehören der Vergangenheit an, wir hingegen repräsentieren die Zukunft. Gleichgültig wie beleidigend Leddravohr mir gegenüber auftritt, ich will dein Versprechen, daß du dich heraushältst und es strikt mir überläßt, wie ich damit fertig werde.«

»Ich bin nicht mehr so wie früher«, sagte Tauler und trat einen Schritt zurück. »Außerdem hat Leddravohr ja vielleicht gute Laune.«

»Ich will dein Wort, Tauler.«

»Das hast du. Außerdem liegt es ganz in meinem Interesse, wenn ich mit Leddravohr zurechtkomme; schließlich will ich Pilot eines Himmelsschiffs werden.« Tauler war im nachhinein erschrocken über seine Worte. »Leyn, warum nehmen wir all das so ruhig hin? Wir haben eben erfahren, daß die Welt, wie wir sie kennen, aus den Fugen geht … daß einige von uns versuchen müssen, einen anderen Planeten zu erreichen … und doch gehen wir unseren alltäglichen Beschäftigungen nach, als sei nichts geschehen. Das macht keinen Sinn.«

»Diese Reaktion ist vielleicht normaler als du denkst. Und vergiß nicht, die Auswandererflotte existiert bislang nur in unseren Köpfen – wer weiß, ob sie je startet.«

»Der Krieg gegen Chamtess wird stattfinden.«

»Das hat der König zu verantworten«, sagte Leyn. Seine Stimme klang plötzlich brüsk. »Das kann man mir nicht anlasten. Ich muß jetzt wieder an die Arbeit.«

»Und ich sollte nachsehen, wie es meinem Baron geht.« Während Tauler durch den Korridor zur Haupttreppe ging, fragte er sich erneut, warum Leddravohr es vorgezogen hatte, in die Hofklause zu kommen, anstatt Glo in der weit größeren Grünberg-Feste aufzusuchen. Der Sonnenschreiber des Palastes hatte lapidar mitgeteilt, die Prinzen Leddravohr und Chakkell würden zu ersten technischen Vorbesprechungen vor Kurznacht hier eintreffen. Somit war der gebrechliche Glo nicht gezwungen gewesen, sich auf den Weg zu machen, um sich rechtzeitig hier einzufinden. Es war längst Spättag, und Glo würde allmählich müde werden und sich nur noch mehr verausgaben bei dem Versuch, seine Schwäche zu verbergen.

Tauler stieg zur Eingangshalle hinunter und wandte sich nach rechts. Im Aufenthaltsraum hatte er Glo vorübergehend Feras Obhut überlassen. Die beiden hatten einen sehr unkomplizierten Umgang miteinander, wohl eher wegen – vermutete Tauler – und nicht trotz ihrer niedrigen Herkunft und ihrer ungeschliffenen Art. Das war eine weitere von Glos kleinen Vorlieben – auf diese Weise erinnerte er seine Umgebung daran, daß er nicht nur der zurückgezogene Philosoph war. Er saß an einem Tisch und las in einem kleinen Buch, und Fera stand am Fenster und blickte in das Maschenmosaik des Himmels. Sie trug ein einfaches, einteiliges Gewand aus blaßgrünem Batist, das ihre stattliche Figur zur Geltung brachte.

Sie drehte sich um, als sie Tauler eintreten hörte, und sagte: »Ich habe die Warterei satt. Ich will jetzt nach Hause.«

»Ich dachte, du wolltest einen Prinzen zum Anfassen.«

»Jetzt nicht mehr.«

»Es kann nicht mehr lange dauern«, sagte Tauler. »Warum bist du nicht wie mein Baron und verbringst die Zeit mit Lesen?«

Feras Mund formte lautlos und überdeutlich die derben Worte, damit außer Zweifel stand, was sie von dem Vorschlag hielt. »Es wäre halb so schlimm, wenn es was zu essen gäb«, sagte sie laut.

»Aber du hast doch gegessen vor knapp einer Stunde!« Tauler ließ aus Spaß einen kritischen Blick über die Figur seiner Rangfrau huschen. »Kein Wunder, daß du Fett ansetzt.«

»Du lügst!« Sie schlug mit der flachen Hand auf ihren Bauch und zog den Magen zusammen, was ihre Brüste üppig in die Höhe trieb. Tauler genoß die Darbietung. Er konnte sich nur immer wieder wundern, daß Fera trotz ihres Appetits und der Unart, sich ganze Tage im Bett zu räkeln, noch so aussah wie vor zwei Jahren – mit einer Ausnahme. Ihr angebrochener Zahn wurde zusehends grau, und sie opferte viel Zeit, um ihn mit einem weißen Pulver zu polieren, das vom Samlju-Markt stammte und angeblich aus zermahlenen Perlen bestand.

Baron Glo sah von seinem Buch auf, und sein eingefallenes Gesicht munterte vorübergehend auf. »Nimm die Frau mit nach oben«, sagte er zu Tauler. »Sei froh, daß ich nicht fünf Jahre jünger bin.«

Fera griff die derbe Anspielung sofort auf und spann sie weiter. »Ich wünschte, Ihr wärt fünf Jahre jünger, mein Baron – nur schon das Treppensteigen würde meinen Gatten fix und fertig machen.«

Glo wieherte ergötzt.

»Also muß es hier geschehn«, rief Tauler. Er stürzte vor, schlang die Arme um Fera und preßte sie in theatralischer Leidenschaft an sich. Zweifellos bezog Glo einen sexuellen Kitzel aus der Szene, aber das Leitmotiv der Dreierbeziehung, die sie aufgebaut hatten, hieß Geselligkeit und Clownerie. Nach wenigen Sekunden intimen Kontakts spürte Tauler jedoch, wie Fera sich in einem Anflug ernsthafter Absicht gegen ihn drängte.

Sie legte die Lippen an sein Ohr. »Hast du das alte Schlafzimmer noch in Gebrauch?« raunte sie. »Ich habe ein Gefühl, als ob …« Sie verstummte, und obwohl sie in seinen Armen blieb, wußte er, daß jemand den Raum betreten hatte.

Er drehte sich um und sah Gesalla Marakain, die ihn mit

kühler Verachtung betrachtete, ein Ausdruck, den er nur zu gut kannte und den sie sich eigens für ihn aufzuheben schien. Ihr dunkles hauchdünnes Kleid betonte ihre schlanke Figur. Sie begegneten sich heute zum ersten Mal seit nahezu zwei Jahren, und ihm fiel auf, daß sie sich, genau wie Fera, nicht erkennbar verändert hatte. Die Unpäßlichkeit, die mit ihrer zweiten Schwangerschaft einherging – der Grund, warum sie das Kurznachtmahl versäumt hatte – stattete ihre blasse Miene mit einer beinah göttlichen Würde aus, die ihm das unbestimmte Gefühl gab, allem, was von wirklicher Bedeutung war im Leben, wie ein Fremder gegenüberzustehen.

»Guten Spättag, Gesalla«, sagte er. »Wie ich feststelle, verstehst du dich nach wie vor darauf, genau im falschen Augenblick zu erscheinen.« Fera entzog sich seinen Armen. Er lächelte und sah auf Glo hinunter, von dem er moralische Unterstützung erwartete; doch der mimte den Ahnungslosen, indem er stur in sein Buch blickte und so tat, als sei er derart darin vertieft, daß er von Tauler und Fera nichts mitbekommen habe.

Gesallas Augen musterten Tauler sekundenlang; dann entschied sie, daß er keine Antwort verdiente, und wandte sich an Glo. »Mein Baron, Prinz Chakkells Oberstallmeister ist im Vorhof. Er läßt melden, die Prinzen Chakkell und Leddravohr kämen den Hügel herauf.«

»Ich danke dir, meine Liebe.« Glo schloß sein Buch und wartete, bis Gesalla den Raum verlassen hatte, ehe er sich an Tauler wandte und die unteren Zahnruinen entblößte. »Ich dachte, du hättest … hmm … keine Angst vor ihr.«

Tauler war empört. »Angst? Weshalb sollte ich Angst haben?«

»Pah!« Fera hatte wieder ihre Position am Fenster eingenommen. »Was war denn falsch daran?«

»Wovon sprichst du?«

»Du hast gesagt, sie sei im falschen Augenblick gekommen. Was war falsch daran?«

Tauler starrte sie an, gereizt und sprachlos, als Glo ihn am Ärmel zupfte, zum Zeichen, daß er aufstehen wollte. In der

Eingangshalle wurden Schritte laut, und eine Männerstimme war zu vernehmen. Tauler half Glo beim Aufstehen und Verriegeln der vertikalen Teile des Rohrstockgerüstes. Sie gingen zusammen in die Halle hinaus, wobei Tauler unauffällig einen Großteil von Glos Gewicht übernahm. Der Oberstallmeister, der um die Vierzig war und eine talgige Haut und wulstige leberfarbene Lippen hatte, sprach zu Leyn und Gesalla. Seine Tunika und seine Reithose waren dunkelgrün und geckenhaft mit Linien aus winzigen Glasperlen bestickt, und er trug das schmale Stoßschwert eines Duellanten.

»Ich bin Kanrell Zotiern und spreche für Prinz Chackell«, verkündete er mit herrischem Gehabe, das eher zu seinem Herrn gepaßt hätte. »Baron Glo und die Mitglieder der Familie Marakain – niemand sonst – stellen sich hier in einer Reihe auf, mit dem Gesicht zur Tür, und warten auf die Ankunft des Prinzen.«

Tauler, schockiert von Zotierns Arroganz, half Glo zu dem angewiesenen Platz neben Leyn und Gesalla. Er sah Glo an, weil er von ihm erwartete, daß er dem Hofbeamten einen angemessenen Verweis erteilte, doch der alte Mann war zu sehr mit der mühsamen Mechanik des Gehens befaßt, als daß er irgendeine Unstimmigkeit in seiner Umgebung bemerkt hätte. Mehrere Hausangestellte spähten stumm aus der Tür, die zu den Küchen führte. Das Licht, das von draußen durch den Bogengang des Haupteingangs flutete, wurde von Chakkells berittenen Leibgardisten gestört. Tauler bemerkte, daß der Oberstallmeister ihn anblickte.

»Du! Der Leibdiener!« rief Zotiern. »Bist du taub? Scher dich in dein Quartier!«

»Mein Pfleger ist ein Marakain, und er bleibt bei mir«, sagte Glo fest.

Tauler hörte den Wortwechsel wie über einen Tumult hinweg. Das blutrote Pochen war etwas, das ihm lange Zeit nicht mehr widerfahren war, und er war entsetzt, daß seine kultivierte Immunität sich als Illusion erwies. *Ich bin nicht mehr wie früher,* redete er sich ein, während ein prickelndes Kältegefühl über seine Stirn lief. *Ich BIN jetzt ein anderer.*

»Und ich warne dich«, fuhr Glo fort. Er sprach Hochkolkorronisch und förderte etwas von seiner alten Autorität zutage, als er Zotiern die Stirn bot. »Die beispiellose Macht, die der König den Prinzen Leddravohr und Chakkell verliehen hat, erstreckt sich nicht, wie du zu glauben scheinst, auf ihre Lakaien. Ich werde deinerseits keinen weiteren Verstoß gegen das Protokoll hinnehmen.«

»Bitte tausendmal um Entschuldigung, Baron«, heuchelte Zotiern unbeeindruckt und befragte eine Liste, die er aus der Tasche gezogen hatte. »Ah, ja – Tauler Marakain – und eine Gattin namens Fera.« Er stolzierte zu Tauler. »Weil wir gerade beim Protokoll sind, Tauler Marakain, wo ist diese deine Gattin? Weißt du nicht, daß man alle weiblichen Mitglieder des Haushalts vorstellen muß?«

»Meine Frau hält sich bereit«, sagte Tauler kalt. »Ich werde …« Er verstummte, als Fera, die alles mit angehört haben mußte, in der Tür des Aufenthaltsraums erschien. Sie tat geziert und schüchtern, als sie zu ihm kam.

»Ja, ich kann verstehen, warum Ihr diese Gattin unterschlagen wolltet«, sagte Zotiern. »Ich muß mich im Namen des Prinzen näher mit ihr befassen.«

Als Fera an ihm vorüberkam, zwang er sie stehenzubleiben, indem er ihr ins volle Haar packte. Das Pochen in Taulers Kopf machte einer jähen Stille Platz. Tauler stieß mit der linken Hand zu und traf Zotiern an der Schulter. Zotiern verlor das Gleichgewicht, ging seitlich zu Boden, landete auf Händen und Knien und sprang augenblicklich wieder auf. Seine Rechte fuhr zum Schwert, und Tauler wußte, sobald sein Gegner wieder auf festen Füßen stand, würde er das Schwert gezogen haben. Instinkt, Wut und Furcht waren die Triebfedern, als Tauler auf seinen Gegner eindrang und ihm mit einer gewaltigen Rückhand den rechten Unterarm seitlich gegen den Hals schlug. Zotiern kreiselte davon, Blut sprühte aus seiner Nase, seine Glieder droschen die Luft wie die Blätter eines Pterssaholzes. Er krachte auf den Boden und schlitterte mehrere Meter auf der polierten Fläche. Als er zur Ruhe kam, lag er auf dem Rücken, regungslos, den Kopf fast bis zur Schulter abgewinkelt. Gesalla stieß einen klaren, hohen Schrei aus.

»Was geht hier vor?« Der zornige Ausruf stammte von Prinz Chakkell, der gerade durch den Bogengang kam, dicht gefolgt von vier Gardisten. Er ging mit großen Schritten zu Zotiern, beugte sich kurz über ihn – seine spärlich behaarte Glatze glitzerte vor Schweiß – und hob die Augen. Tauler war in der Kampfhaltung erstarrt.

»Du! Schon *wieder!*« Chakkells dunkelhäutige Miene wurde noch dunkler. »Was hat das zu bedeuten?«

»Er hat Baron Glo beleidigt«, sagte Tauler und sah dabei dem Prinzen direkt in die Augen. »Er hat außerdem mich beleidigt, und er hat meine Frau belästigt.«

»Genauso war es«, warf Glo ein. »Das Benehmen des Mannes war unent …«

»*Ruhe!* Ich habe endgültig genug von diesem tölpelhaften Emporkömmling!« Mit einer energischen Armbewegung bedeutete Chakkell den Gardisten, gegen Tauler vorzugehen. »Tötet ihn!«

Die Gardisten zogen ihre schwarzen Schwerter und kamen. Tauler wich zurück, dachte an sein eigenes Schwert, das er zu Hause gelassen hatte, dann stieß er bereits mit dem Absatz gegen die Wand. Die Gardisten bildeten einen Halbkreis und rückten auf, die Augen verengt und wachsam unter den Rändern der Brakkahelme. Tauler sah Gesalla, die ihr Gesicht in Leyns Umarmung verbarg; er sah Glo, der wie angewurzelt dastand in seiner grauen Robe, eine Hand in nutzlosem Protest erhoben; er sah Fera, wie sie durch das Gitter ihrer Finger zu ihm herübersah. Bis zu diesem Augenblick hatten die Gardisten gleichen Abstand zu ihm gehalten, doch jetzt ergriff der rechte die Initiative, und die Spitze seines Schwertes begann eifrig kleine Kreise zu beschreiben, während er sich auf den ersten Stoß konzentrierte.

Tauler wollte sich nicht einfach abstechen lassen. Er suchte Kontakt mit der Wand und war bereit, sich nach vorne und unter den Schwertstoß zu werfen, fest entschlossen, seine Scharfrichter nicht ungeschoren davonkommen zu lassen. Die schwankende Schwertspitze kam zur Ruhe, zielte, und gab Tauler unmißverständlich zu verstehen, daß seine Zeit abgelaufen war. Sein gesteigertes Wahrnehmungsvermögen für alles und jedes in seiner Umgebung ließ ihn wissen, daß soeben ein anderer Mann die Halle betrat, und selbst auf der Schwelle des Todes vermochte er noch ein schmerzhaftes Bedauern zu empfinden. Seine Hinrichtung würde für Prinz Leddravohr eine Augenweide sein ...

»Laßt von diesem Mann ab!« befahl Leddravohr. Seine Stimme war nicht übermäßig laut, dennoch gehorchten die Gardisten ohne Zögern und wichen von Tauler zurück.

»Was zum ...!« Chakkell wirbelte herum und sah Leddravohr empört an. »Diese Männer gehören zu meiner Leibgarde und nehmen nur Befehle von mir entgegen.«

»Ist das so?« sagte Leddravohr sanft. Er zielte mit einem Finger auf die Soldaten und bewegte ihn langsam. Sowie der Finger haltmachte, setzten sich die Soldaten in Bewegung, als würden sie von einem unsichtbaren Kutscher kontrolliert, und bezogen ihre neue Position auf der anderen Seite der Halle.

»So begreif doch«, protestierte Chakkell. »Dieser Tolpatsch von Marakain hat Zotiern getötet.«

»Das hätte nicht passieren dürfen – Zotiern war bewaffnet und der Tolpatsch von Marakain nicht. Das kommt davon, mein lieber Chakkell, wenn man sich mit affektierten Schwachköpfen umgibt.« Leddravohr ging zu Zotiern, sah auf ihn hinab und gluckste leise. »Außerdem ist er gar nicht tot. Er wird sich zwar nicht mehr erholen, aber vergiß nicht, daß er noch ein bißchen lebt. Hab ich recht, Zotiern?« Leddravohr verlieh seiner Frage Nachdruck, indem er den Daliegenden mit der Fußspitze schubste.

Aus Zotierns Mund drang ein schwaches Gurgeln, und Tauler bemerkte, daß die Augen des Mannes immer noch offenstanden, obwohl der Körper wie tot dalag. Sie hatten einen irren und stieren Blick.

Leddravohr setzte eigens für Chakkell sein Lächeln auf. »Weil du soviel von Zotiern hältst, werden wir ihm die Ehre antun und ihm den *Pfad des Ruhms* gönnen. Vielleicht würde er uns darum bitten, wenn er noch sprechen könnte.« Leddravohr gab den vier aufmerksamen Soldaten einen Wink. »Bringt ihn nach draußen und kümmert euch darum!«

Die Soldaten, offensichtlich erleichtert, sich aus Leddravohrs Gegenwart entfernen zu können, salutierten hastig und beeilten sich, Zotiern hinaus in den Vorhof zu tragen. Chakkell machte Anstalten, ihnen zu folgen, ließ es dann aber sein. Leddravohr klopfte ihm aufmunternd auf die Schulter, legte eine Hand an den Schwertgriff und ging durch die Halle zu Tauler.

»Du bist wohl ganz versessen darauf, dein Leben aufs Spiel zu setzen«, sagte er. »Warum hast du das getan?«

»Prinz, er beleidigte Baron Glo. Er beleidigte mich. Und er belästigte meine Frau.«

»Deine Frau?« Leddravohr wandte den Kopf und erblickte Fera. »Ah, ja. Und *wie* hast du Zotiern überwältigt?«

Tauler verwirrte der Tonfall des Prinzen. »Ich schlug zu.«

»Einmal?«

»Das genügte.«

»Ich verstehe.« Leddravohrs unmenschlich glattes Gesicht gab Rätsel auf. »Stimmt es, daß du mehrmals versucht hast, in den Militärdienst übernommen zu werden?«

»Das stimmt, Prinz.«

»Dann habe ich gute Nachricht für dich, Marakain«, sagte Leddravohr. »Du *bist* ab jetzt in der Armee. Ich verspreche dir, du wirst in Chamtess reichlich Gelegenheit haben, deine mühsam unterdrückte Kampfeslust zu stillen. Melde dich bei Tagesanbruch in der Mithold-Kaserne.«

Ohne eine Antwort abzuwarten, ließ Leddravohr ihn stehen und ging zu Chakkell zurück. Die Prinzen unterhielten sich leise. Tauler rührte sich nicht, den Rücken immer noch gegen die Wand gepreßt, und bemühte sich, das Chaos in seinem Innern unter Kontrolle zu bringen. Trotz seines unbeherrschten Temperaments hatte er bis jetzt nur ein einziges Mal menschliches Leben ausgelöscht. Er war in einer finsteren Straße in Flailyn, einem Stadtteil von Ro-Atabri, von Dieben überfallen worden und hatte zwei von ihnen getötet. Er hatte nicht einmal ihre Gesichter gesehen, und der Zwischenfall hatte ihn nicht weiter berührt; doch was Zotiern betraf, so ging ihm jetzt noch das entsetzliche Malmen der Wirbel nach, und er meinte die schreckgeweiteten Augen noch vor sich zu sehen. Die Tatsache, daß er den Mann nicht vollends getötet hatte, machte den Vorfall nur noch schlimmer – hilflos wie ein verstümmeltes Insekt, hatte Zotiern eine subjektive Ewigkeit lang auf den Todesstoß warten müssen. Eben noch war Tauler hin- und hergerissen gewesen bei dem Versuch, mit sich ins reine zu kommen, da hatte Leddravohr seine verbale Bombe zum Platzen gebracht, und nun war Taulers Universum ein Chaos aus wirbelnden Bruchstücken.

»Prinz Chakkell und meine Wenigkeit werden uns mit Leyn Marakain zurückziehen«, verkündete Leddravohr. »Man soll uns nicht stören.«

Glo winkte Tauler zu sich und wandte sich an Leddravohr. »Wir haben alles für Euch vorbereitet, Prinz. Darf ich vorschlagen, daß ...?«

»Schlagt nichts vor, Baron Krüppel – Eure Anwesenheit ist zur Zeit überflüssig.« Leddravohrs Gesicht war ausdruckslos, als er Glo ansah, als ob er ihn nicht einmal für verachtenswert hielte. »Ihr werdet hierbleiben für den Fall, daß ich Euch später beteiligen muß – obwohl es mir zugegebenermaßen schwerfällt, mir vorzustellen, Ihr könntet jemals für irgendwen von irgendwelchem Nutzen sein.« Leddravohr lenkte seinen kalten Blick auf Leyn. »Wo?«

»Hier entlang, Prinz.« Leyn sprach leise, und er zitterte sichtlich, als er auf die Treppe zuging. Die Prinzen folgten ihm. Sobald die drei im oberen Korridor verschwunden waren, floh Gesalla aus der Halle und ließ Tauler mit Glo und Fera allein zurück. Nur wenige Minuten waren vergangen, seit sie im Aufenthaltsraum beisammen gewesen waren, und doch atmeten sie jetzt verschiedene Luft, bewohnten verschiedene Welten. Tauler ahnte, daß ihm die volle Tragweite der Veränderung erst später aufgehen würde.

»Bring mich zurück zu meinem ... hmm ... Sitzplatz, mein Junge«, sagte Glo. Er blieb stumm, bis er sich wieder in demselben Stuhl im Aufenthaltsraum eingerichtet hatte, dann sah er mit einem verschämten Lächeln zu Tauler auf. »Das Leben hört nie auf, interessant zu sein, hab ich recht?«

»Es tut mir leid, Meister.« Tauler suchte nach passenden Worten. »Was hätte ich tun sollen?«

»Quäle dich nicht. Du bist gut weggekommen dabei – obwohl ich fürchte, daß Leddravohr dir keinen Gefallen tun wollte, als er dich in seine Dienste nahm.«

»Ich begreife das nicht. Als er auf mich zukam, dachte ich, er wollte selbst den Scharfrichter spielen.«

»Du wirst mir fehlen, mein Junge.«

»Und was ist mit mir?« sagte Fera. »Hat irgend jemand darüber nachgedacht, was aus mir wird?«

Tauler erinnerte sich an den Ärger mit ihr, bevor er mit Glo den Aufenthaltsraum verlassen hatte. »Mag sein, daß du es nicht mitbekommen hast, aber da sind noch ein paar andere Dinge, über die wir nachdenken müssen.«

»Du brauchst dir keine Sorgen zu machen«, sagte Glo zu ihr. »Du kannst so lange in der Feste bleiben, wie du ... hmm ... möchtest.«

»Danke, mein Baron. Ich möchte jetzt eigentlich dahin zurück.«

»Ich auch, meine Liebe, doch ich fürchte, das ist ausgeschlossen. Keiner von uns darf gehen, ehe ihn der Prinz nicht ausdrücklich entläßt. So ist es Sitte.«

»Sitte!« Feras verdrießlicher Blick schweifte unstet durch den Raum, bevor er auf Tauler landete. »Falscher Augenblick!«

Er drehte ihr den Rücken zu, nicht gewillt, dem Rätsel des weiblichen Verstandes die Stirn zu bieten, und ging an eins der Fenster. *Ich mußte den Mann töten, sonst hätte er mich getötet,* beruhigte er sich, *also brauche ich mir keine Vorwürfe zu machen.* Er wandte seine Gedanken dem mysteriösen Verhalten Leddravohrs zu. Glo hatte ganz recht – es war kein Akt der Güte gewesen, als ihn der Prinz kurz entschlossen zum Soldaten gemacht hatte. Im Krieg bezahlte der Draufgänger meist mit dem Leben. Aber warum hatte Leddravohr dann nicht die Gelegenheit beim Schopf gepackt und sich eigenhändig an ihm gerächt? Er hätte auch einfach zu Chakkell halten können, was den Tod des Hofbeamten anging, und das Problem wäre aus der Welt gewesen. Leddravohr war zwar sadistisch genug, einen Widersacher tausend Tode sterben zu lassen – aber gewiß nicht, wenn es sich dabei nur um das obskure Mitglied einer Philosophenfamilie handelte.

Der Gedanke an seine Herkunft brachte ihm die Tatsache, daß er jetzt in der Armee diente, noch einmal mit neuer, verblüffender Schärfe zu Bewußtsein. Es war schon eine Ironie des Schicksals, daß sich dieser Ehrgeiz, der ihn fast ein Leben lang beseelt hatte, auf solch bizarre Weise erfüllte, und das ausgerechnet, als dieser Ehrgeiz zu verblassen begann. Wie würde es weitergehen, wenn er sich morgen früh in der Mithold-Kaserne gemeldet hatte? Es war bestürzend, wenn man sich kein Bild von seiner Zukunft machen konnte; über Nacht würde der Spiegel in Scherben gehen ... Splitterbilder ... Leddravohr ... die Armee ... Chamtess ... die Himmelsflotte ... Jenland ... ein ungewisser Sog ins Ungewisse ...

Ein sanftes Schnarchen in seinem Rücken sagte Tauler, daß Glo eingenickt war. Er überließ es Fera, sich darum zu kümmern, daß der Baron bequem saß, und blickte weiter aus dem Fenster. Trotz der allgegenwärtigen Pterssa-Schirme konnte er verfolgen, wie die Schattengrenze über die große Scheibe Jenlands wanderte. Wenn der Terminator die Hälfte seines Weges zurückgelegt hatte, so daß er die Schwesterwelt in zwei Hemisphären gleicher Größer, aber ungleicher Helligkeit teilte, dann würde die Sonne den Horizont berühren.

Dieser Zeitpunkt stand kurz bevor, als Prinz Chakkell die ermüdende Konferenz verließ und zu seiner Residenz im Tannoffern-Palast aufbrach, der östlich des Großen Palastes lag. Heutzutage, wo die Hauptstraßen von Ro-Atabri regelrechte Tunnel waren, hätte er durchaus länger in der Hofklause bleiben können, doch Chakkell war bekannt für sein inniges Verhältnis zu Frau und Kindern. Als er und sein Gefolge fort waren, herrschte vollkommene Stille im Vorhof, ein Zeichen, daß Leddravohr ohne Begleitung gekommen war. Der Militärprinz war dafür bekannt, immer allein unterwegs zu sein – teils, hieß es, weil es ihm niemand recht machen könne, vor allem aber, weil er den Schutz von Gardisten verschmähte. Er sei fest in dem Glauben, nichts könne

schlecht enden würde. Leddravohrs Lächeln verschwand so, wie es gekommen war. Der Prinz ging zur Treppe zurück und begann die Stufen hinaufzusteigen. Tauler fragte sich bereits, ob ihn das ungute Gefühl getrogen hatte, als Leddravohr auf der dritten Stufe innehielt.

»Was ist denn das?« grübelte er laut, während er der harrenden Gruppe den Rücken zukehrte. »Mein Hirn ist erschöpft, und doch verlangt mein Körper nach Betätigung. Da werde ich mich entscheiden müssen – nehme ich nun eine Frau oder nehme ich keine?«

Tauler, der die Antwort auf Leddravohrs rhetorische Frage schon kannte, brachte seinen Mund dicht an Feras Ohr. »Das gilt mir«, wisperte er. »Leddravohr kann besser hassen, als ich dachte. Er will dich als Waffe gegen mich benutzen, und wir können nichts daran ändern. Du wirst mit ihm gehen müssen, ob du willst oder nicht.«

»Wir werden sehen«, sagte Fera ungerührt.

Leddravohr trommelte mit den Fingern auf dem Geländer, die Entscheidung hinauszögernd, dann drehte er sich um. »Du«, sagte er, auf Gesalla zeigend. »Komm mit mir!«

»Aber ...!« Tauler trat einen Schritt vor, die Reihe aufbrechend, sein Körper eine einzige dröhnende Blutsäule. Er starrte in hilfloser Schmach auf Gesalla, als sie Leyns Hand berührte und zur Treppe ging, mit unwirklich fließenden Bewegungen, als ob sie in Trance wäre und nicht wüßte, wie ihr geschah. Ihr schönes Antlitz leuchtete beinah in seiner Blässe. Leddravohr ging ihr voraus, und die beiden verschwanden im flackernden Halbdunkel der oberen Etage.

Tauler fuhr zu seinem Bruder herum. »Das ist deine Frau – und sie ist schwanger!«

»Danke für die Information«, sagte Leyn mit der Stimme und den Worten eines Blinden.

»Aber das ist alles *verkehrt!*«

»Das ist Kolkorron.« Unglaublich, aber Leyn brachte es fertig, mit seinen Lippen ein Lächeln zu formen. »Das ist einer der Gründe, aus dem uns die anderen Nationen verachten.«

»Was gehen uns die anderen ...?« Tauler stutzte. Fera

starrte ihn, die Hände auf den Hüften, mit unverhüllter Wut an. »Was ist denn mit dir los?«

»Vielleicht wärst du zufriedener, wenn du mich nackt ausgezogen und dem Prinzen vor die Füße geworfen hättest«, sagte Fera mit leiser und fester Stimme.

»Was willst du damit sagen?«

»Daß du nichts Eiligeres zu tun hattest, als mich mit ihm zu verkuppeln.«

»Versteh doch«, protestierte Tauler. »Ich dachte, Leddravohr wollte *mich* damit treffen.«

»Und genau das ist...« Fera stockte und blickte flüchtig auf Leyn, dann fuhr sie zu Tauler gewandt fort. »Du bist ein Idiot, Tauler Marakain. Ich wünschte, ich wäre dir nie begegnet.« Sie machte plötzlich auf dem Absatz kehrt, mit einer Überheblichkeit, die er an ihr nicht kannte, ging mit schnellen Schritten in den Aufenthaltsraum zurück und schlug die Tür hinter sich zu.

Einen Moment lang starrte Tauler ihr mit offenem Mund und ratlos hinterher, dann ging er eilig im Kreis durch die Halle und kehrte wieder zu Leyn und Glo zurück. Letzterer wirkte noch erschöpfter und zerbrechlicher als sonst und ergriff Leyns Hand.

»Ich richte mich ganz nach dir, mein Lieber«, sagte er sanft. »Ich könnte zur Feste zurückkehren, wenn du ungestört sein willst.«

Leyn schüttelte den Kopf. »Nein, verehrter Meister. Es ist schon spät. Wenn Ihr mir die Ehre erweisen wollt, in meinem Haus zu bleiben, lasse ich Euch die Zimmer herrichten.«

»Sehr schön.« Als Leyn ging, um die Hausangestellten zu unterrichten, drehte Glo seinen großen Kopf und sah Tauler an. »Du bist allerdings keine Hilfe für deinen Bruder, wenn du wie ein gefangenes Tier herumrennst.«

»Ich begreife ihn nicht«, murrte Tauler. »Warum *tut* denn niemand etwas?«

»Was... hmm... schlägst du vor?«

»Ich weiß nicht. *Irgend* etwas.«

»Würde es Gesalla helfen, wenn Leyn getötet würde?«

»Vielleicht«, sagte Tauler, sich Glos Logik verschließend. »Sie könnte zumindest stolz auf ihn sein.«

Glo seufzte. »Da drüben, bring mich zu dem Stuhl. Ich brauche etwas zum Aufwärmen. Hol mir ein Glas schwarzen Kaili.«

»Wein?« sagte Tauler ungläubig, obgleich er innerlich aufgewühlt war. »Ihr wollt Wein?«

»Du wolltest doch, daß jemand etwas tut, und ich werde jetzt Wein trinken«, sagte Glo gleichmütig. »Du wirst schon nach seiner Pfeife tanzen müssen.«

Tauler half Glo in den hohen Lehnstuhl, der an der Seitenwand der Halle stand, und ging, um einen Becher Wein aufzutreiben. Er konnte sich nicht abfinden mit dem Unsäglichen – das Verhalten des Prinzen ging ihm einfach wider die Natur. Und er brauchte lange, bis ihm endlich der rettende Gedanke kam. *Leddravohr spielt nur mit uns,* entschied er und klammerte sich an diese Hoffnung. *Gesalla kann nicht nach dem Geschmack eines Mannes sein, der sich von Kurtisanen verwöhnen läßt. Leddravohr hält sie nur in seinem Zimmer fest und lacht uns aus. Er kann seine Verachtung viel deutlicher zum Ausdruck bringen, indem er gar keine von unseren Frauen anrührt …*

In der darauffolgenden Stunde trank Glo vier große Becher Wein, bis sein Gesicht glühte und er beinah völlig hilflos in seinem Stuhl hing. Leyn hatte sich, ohne eine Spur von Erregung zu verraten, in die Einsamkeit seines Arbeitszimmers zurückgezogen, und Tauler war enttäuscht, als Glo den Wunsch äußerte, zu Bett zu gehen. Er selbst würde nicht schlafen können und hatte auch nicht das Verlangen, mit seinen Gedanken allein zu sein. Auf dem Weg zu den vorbereiteten Zimmern mußte er Glo mehr tragen als stützen. Dann half er ihm durch all die umständlichen Prozeduren vor und beim Zubettgehen. Als er auf dem Rückweg durch den langen Querflur kam, der die Hauptschlafzimmer verband, vernahm er zu seiner Linken ein leises Geräusch.

Er drehte sich um und sah Gesalla auf ihn zukommen. Sie war auf dem Weg zu ihren eigenen Räumen. Das schwarze Gewand, lang und wehend, und das fahle Gesicht verliehen ihr etwas Gespenstisches, doch ihre Haltung war aufrecht und würdevoll. Sie war immer noch die alte Gesalla Marakain – kühl, unnahbar und unbezwingbar – und bei ihrem Anblick durchfuhr ihn Besorgnis gepaart mit Erleichterung.

»Gesalla«, sagte er und ging auf sie zu, »bist du ...?«

»Komm mir nicht zu nahe«, fuhr sie ihn mit einem Ausdruck schlitzäugiger Boshaftigkeit an und ging an ihm vorüber, ohne den Schritt zu verlangsamen. Entsetzt vom schieren Abscheu in ihrer Stimme, sah er ihr nach, bis sie außer Sicht war, dann wurde sein Blick von dem hellen Mosaikboden angezogen. Die Spur blutiger Fußabdrücke erzählte eine Geschichte, die schrecklicher war als alles, was er versucht hatte, aus seiner Vorstellung zu verbannen.

Leddravohr, o Leddravohr, o Leddravohr, gelobte er im stillen. *Von nun an sind wir miteinander verbunden, du und ich. Du hast dich mir anvertraut ... und nur der Tod kann uns scheiden.*

10. Kapitel

Man hatte sich aus geographischen Gründen dafür entschieden, Chamtess von Westen her anzugreifen.

An der Westgrenze des kolkorronischen Reichs, etwas nördlich des Äquators, gab es eine Kette kleiner Vulkaninseln, die an einer flachen, dreieckigen Insel von ungefähr acht Meilen Seitenlänge endete. Oltock, so nannte man diese unbewohnte Insel in Kolkorron, war aus mehreren Gründen von strategischer Bedeutung. Ein Grund war der, daß sie wegen ihrer Nähe zu Chamtess eine hervorragende Basis abgab für eine Invasion von See her; ein anderer war, daß sie dicht bewaldet war mit Rafta- und Tallonbäumen, zwei hochwachsenden Spezies, die einen guten Schutz gegen die Pterssa boten.

Die Tatsache, daß die ganze Ferondis-Kette samt Oltock in einer überwiegend westlichen Luftströmung lag, war nur von Vorteil für die fünf kolkorronischen Armeen. Die Truppenfrachter kamen zwar nur langsam voran, und die Luftschiffe waren gezwungen, extensiv von ihren Gasdüsen Gebrauch zu machen, aber der ständige Wind, der über die offene See blies, machte es den Pterssas nahezu unmöglich, in die Nähe ihrer Beute zu gelangen. Die Teleskope enthüllten ganze Schwärme der fahlen Blasen, die in großer Höhe in Gegenströmungen drifteten; doch sowie die Blasen sich anschickten, in die tieferen Schichten der Atmosphäre vorzudringen, wurden sie mit wenigen Ausnahmen nach Osten abgetrieben. Im Planungsstadium der Invasion hatte das kolkorronische Oberkommando damit gerechnet, bis zu einem Sechstel der Streitkräfte durch Pterssose zu verlieren; die tatsächlichen Verluste fielen hingegen kaum ins Gewicht.

Während die Armeen westwärts vordrangen, veränderte sich allmählich, aber wahrnehmbar die Einteilung von Tag und Nacht. Der Frühtag wurde kürzer und der Spättag länger, während Jenland vom Zenit abrückte und sich dem östlichen Horizont näherte. Schließlich blieb vom Frühtag nur noch ein kurzes blendendes Aufleuchten in allen Farben des Regenbogens, wenn die Sonne die schmale Kluft zwischen Horizont und Jenlands Scheibe überquerte; und bald darauf sah es so aus, als ob die Schwesterwelt auf Dieslands östlichem Rand nistete. Aus Kurznacht war eine kurze Verlängerung der Nacht geworden, und es herrschte eine hochgespannte Erwartung unter den Invasoren, als der Himmel ihnen offenbarte, daß sie das *Land der Langen Tage* betraten.

Die Einrichtung eines Landekopfes auf Chamtess war eine weitere Phase der Operation, in der man beträchtliche Verluste erwartet hatte, und die kolkorronischen Kommandeure konnten ihr Glück kaum fassen, als sie die bewaldeten Strände unbewacht und unverteidigt fanden.

Drei weit voneinander entfernte Invasionsspitzen trafen auf keinerlei Widerstand, bewegten sich aufeinander zu und vereinigten sich ohne jeden Verlust, abgesehen von den zufälligen Todesfällen und Verletzungen, die unvermeidbar sind, wenn sich große Massen von Männern und Material auf fremdem Territorium bewegen. Man stieß fast sofort auf Brakkahaine inmitten der anderen Baumarten, und innerhalb eines Tages waren Scharen nackter Schleimer hinter der vorrückenden Truppe am Werk. Sie weideten die Brakkabäume aus, und die Säcke mit grünen und purpurnen Kristallen wurden auf getrennte Frachter verladen – große Mengen von Paikn und Havl wurden nie zusammen transportiert –, und in unglaublich kurzer Zeit waren die ersten Schritte getan, um eine Versorgungskette in Gang zu setzen, die bis Ro-Atabri zurückreichte.

Luftaufklärung unterblieb vorläufig, weil Luftschiffe zu auffällig waren; doch mit Hilfe alter Karten waren die Invasoren in der Lage, ununterbrochen nach Westen vorzudringen. Das Terrain war mitunter sumpfig und wimmelte von giftigen Schlangen, stellte aber für gut ausgebildete Soldaten, deren moralische und physische Kondition nicht besser hätte sein können, kein ernsthaftes Hindernis dar.

Es war am zwölften Tag, als ein Spähtrupp ein Luftschiff von ungewöhnlicher Bauart bemerkte, das vor ihm ruhig über den Himmel zog.

Zu dieser Zeit verließ die Vorhut der Dritten Armee den schlickigen Küstenboden und betrat höher gelegenes Terrain, das durch eine Kette langgestreckter Schotter- und Geröllhügel gekennzeichnet war, die von Norden nach Süden verlief. Bäume und andere Vegetation waren hier nur spärlich. Es war die Art von Gelände, auf dem eine unbehelligte Armee schnell vorangekommen wäre – doch die ersten chamtessanischen Verteidiger lagen auf der Lauer.

Es waren drahtige Männer, dunkelhäutig und schwarzbärtig, die einen flexiblen Schuppenpanzer aus Brakkaplättchen trugen, und sie fielen mit einer Wildheit über die Invasoren her, die selbst die kampferfahrensten Kolkorronier erschreckte. Einige schienen Selbstmordkommandos zu bilden, die sich in den Kampf warfen, um ein Höchstmaß an Schaden und Verwirrung zu stiften, während andere Kommandos ihre Angriffe mit weitreichenden Waffen vortrugen – Kanonen, Mörsern und mechanischen Katapulten, die Paikn-Havl-Bomben schleuderten.

Die kolkorronischen Elitetruppen, fronterfahrene Veteranen, warfen die Chamtessanier im Laufe eines unübersichtlichen, verstreuten Kampfgeschehens nieder, das fast den ganzen Tag in Anspruch nahm. Man zählte weniger als hundert Tote in den eigenen Reihen, dagegen mehr als doppelt so viele beim Feind, und nachdem der folgende Tag ohne weitere Zwischenfälle verstrichen war, waren die Invasoren wieder in Höchststimmung.

Ab jetzt war ein Versteckspiel überflüssig, und man schickte den Frontsoldaten eine Luftsicherung durch Bomber und Aufklärer voraus, und die Männer am Boden fühlten sich sicher hinter der elliptischen Formation am Himmel.

Ihre Kommandeure waren nicht ganz so zuversichtlich; man war bislang nur auf eine örtliche Verteidigung gestoßen, und die Nachricht der Sonnenschreiber würde wie ein Blitz in das Herz von Chamtess gefahren sein. Die Streitmacht eines riesigen Kontinents wurde gegen den Eindringling mobilisiert.

11. Kapitel

General Risdel Dalakott entkorkte das winzige Giftfläschchen und roch daran.

Die klare Flüssigkeit hatte ein merkwürdiges Aroma, honigsüß und zugleich beißend wie Pfeffer. Es war ein Destillat aus Extrakten des Jungfernschatzes, dem Kraut, das Frauen regelmäßig kauen, wenn sie eine Schwangerschaft vermeiden wollen. In konzentrierter Form war es noch lebensfeindlicher und befreite auf sanfte, schmerzlose und absolut sichere Weise von aller Unbill des Fleisches. Es erfreute sich großer Beliebtheit bei all jenen in der kolkorronischen Aristokratie, die keinen Gefallen fanden an der zwar achtbaren, aber ekelhaft blutigen Tradition, Selbstmord zu begehen.

Dalakott leerte das Fläschchen in seinen Becher mit Wein und nahm nach einem Anflug des Zögerns einen ersten zaghaften Schluck. Das Gift war kaum zu schmecken, und man hätte es ebensogut als Verfeinerung des herben Weins bezeichnen können, die ihm eine Andeutung von würziger Süße verlieh. Er nippte noch einmal und setzte den Becher beiseite, weil er nicht zu rasch enteilen wollte. Es gab eine letzte selbstauferlegte Pflicht, die er noch zu erfüllen hatte.

Er sah sich um. Das Zelt war mit Strohmatten ausgelegt und nur mit einem schmalen Bett, einem Schrankkoffer, seinem Feldschreibtisch und ein paar Klappstühlen möbliert. Andere Stabsoffiziere umgaben sich gerne mit Luxus, um sich die Unbilden der Schlacht zu erleichtern. Nicht so Dalakott. Er war immer ein Soldat gewesen und hatte gelebt, wie ein Soldat leben sollte, und der Grund, warum er es vorzog, durch Gift zu sterben anstatt durch das Schwert, war darin zu suchen, daß er nicht länger glaubte, den Tod eines Soldaten zu verdienen.

Es war düster im Zelt, das einzige Licht rührte von einer Feldlaterne, die sich selbst mit Brennstoff versorgte, indem sie Ölwanzen anlockte. Er zündete eine zweite Laterne an und stellte sie auf seinen Schreibtisch und fand es immer noch ein wenig befremdlich, soviel Umstände machen zu müssen, nur um bei Nacht lesen zu können. So weit westlich in Chamtess, jenseits des Gelbroten Flusses, hielt sich Jenland unter dem Horizont versteckt, und der Tageszyklus bestand aus zwölf Stunden ununterbrochenen Sonnenlichts, gefolgt von zwölf Stunden ungelinderter Finsternis. Wäre Kolkorron in dieser Hemisphäre zu Hause gewesen, wäre wahrscheinlich längst ein wirkungsvolles Beleuchtungssystem erfunden worden.

Dalakott hob die Schreibtischklappe und nahm einen schmiegsamen grünen Lederband heraus, den letzten seines vielbändigen Tagebuches, den für das Jahr 2629. Er schlug das Buch vorne auf und wendete langsam die Seiten, jede ein Tag aus dem Feldzug gegen Chamtess, und las sich an den Schlüsselereignissen fest, die – zunächst unmerklich – zu seiner persönlichen Zersetzung als Soldat und als Mann geführt hatten…

84. TAG *Prinz Leddravohr war in merkwürdiger Stimmung bei der Stabskonferenz heute. Ich spürte, er war aufgeregt und in gehobener Stimmung, trotz der Meldungen über schwere Verluste an der Südfront. Ein ums andere Mal erwähnte er die Tatsache, daß es offenbar nur wenige Pterssas in diesem Teil des Landes gibt. Er ist nicht der Mann, der sein Innerstes nach außen kehrt, aber wenn ich alle bruchstückhaften und indirekten Anspielungen zusammennehme, habe ich den Eindruck, daß er sich mit dem Ge-*

danken trägt, den König zu überreden, die ganze Idee einer Auswanderung nach Jenland fallenzulassen.

Seine Grundidee scheint zu sein, daß ein so tollkühnes Unterfangen überflüssig ist, wenn sich herausstellt, daß die Umweltbedingungen im Land der Langen Tage – aus irgendeinem rätselhaften Grund – für die Pterssas ungünstig sind. In diesem Fall brauchte Kolkorron lediglich Chamtess zu unterwerfen, den Regierungssitz auf diesen Kontinent zu verlegen und die restliche Bevölkerung nach hier zu verfrachten – ein Unterfangen, das viel logischer und natürlicher ist als der Versuch, einen anderen Planeten zu erreichen …

93. TAG *Der Krieg nimmt einen schlimmen Verlauf. Diese Leute hier sind entschlossene, tapfere und erfahrene Kämpfer. Ich bringe es nicht fertig, auch nur die Möglichkeit einer Niederlage in Erwägung zu ziehen, aber – um der Wahrheit die Ehre zu geben – der Feldzug gegen Chamtess wäre selbst damals zu einer schweren Prüfung für uns geworden, als wir noch knapp eine Million gut ausgebildeter Männer ins Feld hätten schicken können. Heute haben wir nur ein Drittel dieser Stärke, mit einem unerfreulich hohen Anteil frisch ausgehobener Rekruten, und wir brauchen Glück bei all unserem Können und all unserem Mut, wenn der Krieg erfolgreich weitergeführt werden soll.*

Und doch haben wir schon soviel Glück, denn dieses Land ist so reich, insbesondere an Brakkabäumen und genießbaren Früchten. Die ohrenbetäubenden Pollenausbrüche der Brakkabäume werden von meinen Männern fortwährend mit Geschützfeuer oder Bombenexplosionen verwechselt, und wir haben einen Überfluß an Energiekristallen für unsere schweren Waffen. Die Armeen stehen gut im Futter, trotz der Anstrengungen des Feindes, die Feldfrüchte eher zu verbrennen, als sie uns zu überlassen.

Die chamtessanischen Frauen und selbst ganz kleine Kinder greifen zu dieser Form der Zerstörung, wenn man sie gewähren läßt. Wir können es uns nicht leisten, Kampftruppen als Wachbataillone abzustellen, und deshalb hat Leddravohr ausdrücklich angeordnet, keine Gefangenen zu machen, ohne Rücksicht auf Alter und Geschlecht.

Das ist gesundes militärisches Denken; doch die Schlächterei, die ich neulich mit angesehen habe, hat mich ganz krank gemacht. Selbst die hartgesottensten Soldaten verrichten ihr Handwerk mit versteinerten grauen Gesichtern, und das Lachen in den Nachtlagern, das man sonst geflissentlich überhört, klingt gezwungen und unnatürlich.

Das ist ein zersetzender Gedanke, den ich nur und ausschließlich diesen Seiten anvertraue ... aber es ist eine Sache, abergläubischen und zerstrittenen Eingeborenen die Segnungen des Reiches zu bringen – und eine ganz andere, die Vernichtung einer großen Nation zu betreiben, deren einziges Vergehen darin bestand, sparsam mit ihren Brakka-Ressourcen umzugehen.

Ich habe nie Zeit für die Religion gehabt, aber nun – zum ersten Mal – fange ich an zu begreifen, was das Wort ›Sünde‹ bedeutet ...

Dalakott legte eine Pause ein und griff nach dem emaillierten Becher mit Wein. Er starrte auf die winzigen Perlen am Grund, dem Drang widerstehend, einfach auszutrinken, und nahm einen kontrollierten Schluck. Auf der anderen Seite der Kluft zwischen Lebenden und Toten schienen so viele nach ihm zu rufen – seine Frau Toriane, Ayssa Marakain, sein Sohn Oderan, Konna Dalakott und der kleine Hallie ...

Warum war er ausersehen, immer weiterzuleben, nun schon seit mehr als siebzig Jahren, gefeit durch den unverdienten Segen der Immunität, wenn andere das Geschenk des Lebens viel besser hätten nutzen können?

Unwillkürlich war seine rechte Hand in eine Tasche der Uniform geschlüpft und fingerte nach dem eigenartigen Objekt, das er vor all den Jahren am Ufer des Bes-Andar gefunden hatte. Sein Daumen beschrieb kleine Kreise auf der spiegelglatten Oberfläche, als er fortfuhr, die Seiten in seinem Tagebuch zu wenden.

102. TAG *Welche Laune des Schicksals.*

Nachdem ich mich tagelang davor gedrückt hatte, fing ich heute morgen an, den Stoß von Belobigungen auf meinem Schreibtisch zu unterzeichnen, und mußte entdecken, daß mein eigener Sohn – Tauler Marakain – als einfacher Soldat in einem Regiment dient, das mir direkt untersteht!

Man hat ihn gleich dreimal für die Tapferkeitsmedaille vorgeschlagen, obgleich er noch nicht lange dient und keine reguläre Ausbildung gehabt hat. Theoretisch dürfte ein Rekrut, und er muß einer sein, nicht so lange an der Front bleiben; aber vielleicht hat die Marakainfamilie ihre guten Beziehungen zum Hof genutzt, um es Tauler zu ermöglichen, seine verspätete militärische Karriere zu beschleunigen. Dieser Sache muß ich nachgehen, falls mir die Zwänge meines Kommandos jemals Zeit dazu lassen.

Die Zeiten haben sich wahrhaftig gewandelt, wenn die Militärkaste ihre Reihen bereits mit Außenseitern auffüllt, und sie dann noch in die äußerste Gefahrenzone katapultiert, wo sie finden, was man für Ehre hält.

Ich werde mein Bestes tun, um mit meinem Sohn zusammenzukommen, sofern sich das arrangieren läßt, ohne seinen Verdacht und das Gerede der anderen zu erregen. Die Begegnung mit Tauler wäre der einzige Lichtschimmer in der Tiefnacht dieses verbrecherischen Krieges.

103. TAG *Heute wurde eine Kompanie des 8. Bataillons bei einem Überraschungsangriff in Sektor C/11 vollständig überrannt. Nur eine Handvoll Männer entkam dem Gemetzel, und viele von ihnen waren so schwer verwundet, daß sie keine andere Wahl hatten, als den ›Pfad des Ruhms‹ zu gehen. Katastrophen wie diese sind nun fast an der Tagesordnung, so daß ich mich dabei ertappe, mich mehr mit den Berichten zu befassen, die heute morgen hier einliefen und die Vermutung nahelegen, daß unsere Schonfrist, was die Pterssa betrifft, bald zu Ende sein wird.*

Die Teleskope von Luftaufklärern weit östlich von hier, in der Nähe der Halbinsel Luhngl, enthüllten einige Tage zuvor, wie ganze Schwärme der Pterssa nach Süden über den Äquator trieben. Die Sichtungen sind lückenhaft, weil wir gegenwärtig nur wenige Schiffe im Fajellon Ozean haben, doch die Wissenschaftler scheinen der Meinung zu sein, daß die Pterssas nach Süden ziehen, um den Vorteil einer ›Windzelle‹ zu nutzen, die sie weit nach Westen tragen würde und dann wieder nach Norden – zu uns nach Chamtess.

Ich war nie ein Anhänger der Theorie, die Blasen besäßen eine rudimentäre Intelligenz, doch wenn sie wirklich zu solchem Ver-

halten fähig sind – also globale Wetterverhältnisse ausnutzen können –, ist die Hypothese, sie könnten eine bedrohliche Absicht verfolgen, nicht mehr von der Hand zu weisen. Vielleicht hat ihre Art als Ganzes, wie bei den Ameisen und ähnlichen Kreaturen, so etwas wie einen Kollektivverstand, während die Individuen als solche zu keinerlei Geistestätigkeit imstande sind.

106. TAG *Leddravohrs Traum von einem Kolkorron, ohne die Geißel der Pterssa, ist ausgeträumt. Die Blasen wurden von der Luftunterstützung der Ersten Armee gesichtet. Sie nähern sich der Südküste der Edryen-Region.*

Es gab auch einen merkwürdigen Bericht, allerdings noch unbestätigt, von meinem eigenen Schauplatz.

Zwei Frontsoldaten aus einem vorgeschobenen Posten behaupten, sie hätten eine Pterssa gesehen, die blaßrosa war. Wie sie erzählen, kam die Blase bis auf ungefähr vierzig Schritt an ihre Stellung heran, zeigte jedoch keine Neigung, näher heranzukommen, und sei schließlich aufgestiegen und nach Westen davongetrieben. Was soll man von solchen abwegigen Geschichten halten? Könnte es sein, daß sich zwei kampfesmüde Soldaten so etwas ausdenken, nur um sich ein paar Tage in der Geborgenheit des Basislagers ausfragen zu lassen?

107. TAG *Heute – obwohl ich kaum Anlaß zu Stolz oder Freude habe – konnte ich Prinz Leddravohrs Vertrauen in meine Fähigkeiten als Taktiker rechtfertigen.*

Die glänzende Operation, vielleicht der Höhepunkt meiner militärischen Karriere, fing damit an, daß ich einen Fehler beging, den jeder frischgebackene Leutnant vermieden hätte. Das alles nahm seinen Anfang in der achten Stunde, als ich mit Hauptmann Keddal ungeduldig wurde, weil er ein offenes Terrain in Sektor D/14 noch immer nicht erkundet hatte. Er gab an, in der Deckung des Waldes geblieben zu sein, weil nach der übereilt angefertigten Luftkarte das Gelände von mehreren Wasserläufen durchkreuzt wurde, und er sie für tief eingeschnittene Furchen halte, in denen sich zahllose Feinde versteckt halten konnten. Keddal ist ein fähiger Offizier, und ich hätte ihn die Gegend auf seine Weise erkunden lassen sollen, doch ich befürchtete, daß zahlreiche Rückschläge ihn übervorsichtig gemacht hatten, und mich überkam der tollkühne Wunsch, für ihn und die Männer ein Exempel zu statuieren.

Also ritt ich höchstpersönlich mit einem Sergeanten und einem Dutzend Soldaten los. Das Gelände war wie geschaffen für die Blauhörner und wir kamen schnell voran. Zu schnell!

Wir hatten uns knapp eine Meile von unseren Linien entfernt, als der Sergeant sichtlich unruhig wurde, doch ich war zu erfolgstrunken, um auf ihn achtzugeben. Wir hatten zwei Wasserläufe durchquert, die der Karte entsprechend zu flach waren, um irgendwem als Deckung zu dienen, und ich war Feuer und Flamme bei der Vorstellung, Keddal das ganze Gebiet als Trophäe meiner Kühnheit zu präsentieren.

Ehe ich mich's versah, waren wir nahezu zwei Meilen voraus, und selbst in meinem Rausch von Größenwahn war die nagende Stimme des gesunden Menschenverstandes nicht mehr zu überhören, die mich warnte, genug sei genug, zumal wir eine schroffe Bodenwelle überquert hatten und für unsere Linien außer Sicht waren.

Dann traten die Chamtessanier in Erscheinung.

Sie sprangen zu beiden Seiten wie durch ein Wunder aus dem Boden, wiewohl natürlich keine Zauberei im Spiel war – denn sie hatten sich in genau den tiefen Furchen verborgen, deren Existenz ich mich just aufgemacht hatte zu widerlegen. Es waren mindestens zweihundert, anzusehen wie schwarze Reptilien in ihren Brakka-Harnischen. Wäre es nur Infanterie gewesen, hätten wir ihnen entkommen können, aber ein gutes Viertel war beritten und schon losgeprescht, um uns den Rückzug abzuschneiden.

Ich bemerkte, wie mich meine Männer erwartungsvoll anstarrten, und die Tatsache, daß kein Anzeichen von Vorwurf in ihren Augen lag, machte meine persönliche Lage nur noch schlimmer. Mit meiner Arroganz und Dummheit hatte ich ihr Leben verspielt, und alles, was sie in diesem schrecklichen Augenblick von mir wollten, war eine Entscheidung, wo und wie sie sterben sollten!

Ich sah mich um und erblickte einen mit Bäumen bewachsenen Erdhügel etliche hundert Schritt vor uns. Er würde etwas Schutz bieten und die Möglichkeit, von hoch oben in einem Baum per Sonnenschreiber einen Hilferuf für Keddal abzusetzen.

Ich gab den entsprechenden Befehl, und wir galoppierten, was die Blauhörner hergaben, zu dem Hügel, und die Chamtessanier waren, wie der Zufall es wollte, verdutzt, denn sie hatten erwartet, wir würden in die entgegengesetzte Richtung fliehen. Wir erreichten die Bäume unbehelligt von unseren Verfolgern, die jedenfalls keine besondere Eile zeigten. Die Zeit war auf ihrer Seite, und ich wußte nur zu gut, daß uns auch eine Nachricht an Keddal nicht mehr helfen konnte.

Während einer der Männer mit dem Sonnenschreiber am Gürtel einen Baum erklomm, versuchte ich durch mein Feldglas den chamtessanischen Kommandanten ausfindig zu machen; vielleicht konnte ich erkennen, was er vorhatte. Falls er meinen Rang kannte, würde er womöglich versuchen, mich lebend in die Hände zu bekommen, und das durfte ich nicht zulassen. Und während ich mit dem starken Glas die Reihen der chamtessanischen Soldaten abfuhr, sah ich etwas, das mir selbst in diesem Moment höchster Gefahr das Herz zusammenkrampfte.

Pterssas!

Vier der purpur getönten Blasen näherten sich von Süden, getragen von der leichten Brise, die über das Gras strich. Sie waren deutlich sichtbar für den Feind – ich sah, wie mehrere Männer auf die Pterssas zeigten – doch zu meiner Überraschung machte man keinerlei Anstalten, sich zu verteidigen. Ich sah, wie sie den Chamtessaniern immer näher kamen, und ich mußte den tief verwurzelten Reflex unterdrücken, einen Warnschrei auszustoßen. Die erste Blase erreichte die Linie der Soldaten und hörte abrupt auf zu existieren, als sie mitten unter ihnen platzte.

Nach wie vor machte man keinerlei Anstalten, sich zu verteidigen oder zu entkommen. – Nur einmal sah ich, wie ein Soldat eher launig mit dem Schwert nach einer Pterssa schlug. – Alle vier Blasen hatten sich innerhalb weniger Sekunden aufgelöst und ihren tödlichen Staub mitten unter den Feinden entladen, die das offensichtlich wenig kümmerte.

Wenn mich das, was bis zu diesem Augenblick geschehen war, überrascht hatte, dann überraschten mich die Nachwirkungen noch mehr.

Die Chamtessanier waren im Begriff auszuschwärmen, um unsere unzulängliche Trutzburg zu umzingeln, als ich erste Anzei-

chen von Verwirrung in ihren Reihen bemerkte. Mein Glas verriet mir, daß sich einige der schwarz gepanzerten Soldaten am Boden wanden. So bald schon! Kameraden knieten neben ihnen, um zu helfen, und nach mehreren Atemzügen – wälzten und krümmten auch sie sich am Boden!

Der Sergeant kam zu mir und sagte: »General, der Korporal sagt, er kann unsere Linien sehen. Welche Nachricht soll er absetzen?«

»Moment mal!« Ich hob mein Glas leicht an, so daß ich hinter die feindlichen Reihen blicken konnte, und hatte im nächsten Moment weitere Pterssas entdeckt, die unstet und flimmernd über dem Grasland schwebten. »Er soll Hauptmann Keddal informieren, daß wir auf eine große Abteilung des Feindes gestoßen sind. Aber Keddal soll bleiben, wo er ist. Er soll erst vorrücken, wenn ich den Befehl dazu gebe.«

Der Sergeant war viel zu diszipliniert, um sich einen Protest zu erlauben, doch er war sichtlich perplex, als er davonlief, um meinen Befehl weiterzugeben. Ich fuhr fort, die Chamtessanier zu beobachten. Inzwischen war ihnen wohl klargeworden, daß irgend etwas unbegreiflich Schreckliches im Gange war, denn die Soldaten rannten in Panik und Verwirrung hin und her. Männer, die gegen uns vorgerückt waren, drehten um und schlossen sich wieder – nichts ahnend, daß ihre einzige Überlebenschance in der Flucht lag – dem Hauptkontingent der Truppe an. Mit einer klammen Kälte im Gedärm sah ich zu, wie auch sie zu torkeln begannen und zusammenbrachen.

Ich vernahm hinter mir das schwere Atmen meiner Männer und ihre Laute der Verwunderung, während sie ohne Feldgläser mit ansahen, wie die Chamtessanier durch irgendeine furchteinflößende und unsichtbare Macht dahingerafft wurden. In beängstigend kurzer Zeit war auch der letzte Feind zu Boden gestreckt, und nichts rührte sich mehr auf der Ebene außer den Blauhörnern, die in Gruppen unbekümmert zwischen den leblosen Körpern ihrer Herren grasten. (Wie kommt es, daß alle Tiere, außer ein paar höheren Affen, gegen das Pterssagift immun sind?)

Als ich genug von der fürchterlichen Szene hatte, wandte ich mich ab. Es fehlte nicht viel, und ich hätte lauthals gelacht, denn meine Männer starrten mich in einer Mischung aus Erleichte-

rung, Respekt und Verehrung an. Sie hatten sich schon aufgegeben und jetzt – so funktioniert der gemeine Soldat nun mal – galt ihre ganze Dankbarkeit mir, als ob irgendeine meisterliche Strategie meinerseits sie vor dem sicheren Tod bewahrt hätte. Dabei schien ihnen die ganze Tragweite des Geschehens zu entgehen.

Vor drei Jahren war Kolkorron durch einen feindseligen Wandel in der Natur unseres uralten Widersachers in die Knie gezwungen worden, und nun schien es, als habe eine weitere und schlimmere Eskalation seiner todbringenden Kräfte stattgefunden. Die neue Form der Pterssose – denn nichts sonst konnte die Chamtessanier niedergestreckt haben – tötete nicht erst nach Stunden, sondern bereits in Sekunden und wies mit grimmigem Finger in eine düstere Zukunft.

Ich setzte eine Nachricht für Keddal ab, in der ich ihm riet, im Wald zu bleiben und sich vor Pterssas in acht zu nehmen, dann kehrte ich auf meinen Posten zurück. Mit dem Feldglas entdeckte ich einige Pterssas, die zu zweit oder dritt auf der aus südlicher Richtung wehenden Brise trieben. Dank der Bäume waren wir einigermaßen sicher vor ihnen, und so wartete ich, bis die Luft völlig rein war, ehe ich den Befehl gab, unsere Blauhörner zu holen und so schnell wie möglich hinter unsere Linien zurückzukehren.

109. TAG *Es spricht sich herum, daß ich völlig falsch lag, was die neue und schlimmere Bedrohung durch die Pterssa angeht.*

Leddravohr hat die Wahrheit auf seine Weise ans Licht gebracht. Auf einer Lichtung ließ er eine Reihe chamtessanischer Männer und Frauen an Pfähle binden, und daneben ließ er eine Gruppe unserer eigenen Verwundeten legen, Männer mit ohnehin geringer Überlebenschance. Sie wurden schließlich von umherirrenden Pterssas gefunden, und das Resultat ist vermittels Teleskopen verbürgt. Bei den Kolkorroniern dauerte es, trotz ihrer geschwächten Kondition, zwei Stunden, ehe sie der Pterssose erlagen – aber die unseligen Chamtessanier starben fast augenblicklich.

Wie ist diese eigenartige Anomalie zu erklären?

Eine Theorie, die mir zu Ohren kam, führt die Empfindlichkeit, mit der unsere Feinde auf die Pterssose reagieren, auf eine vererbte Schwäche der chamtessanischen Rasse zurück. Ich halte aber mehr von der weit komplizierteren Erklärung, die unsere ärztlichen Be-

rater vertreten. Sie gehen von zwei verschiedenen Sorten von Pterssas aus – dem schwärzlich pigmentierten, purpurnen Typ, wie man ihn von alters her in Kolkorron kennt und der hochgiftig ist; und einem rosaroten Typ, der in Chamtess zu Hause ist und – relativ – harmlos zu sein scheint. (Es stellt sich heraus, daß die rosarote Art nicht erst hier und heute gesichtet wurde.)

Dieser Theorie zufolge war die gesamte Bevölkerung von Kolkorron während des jahrhundertelangen Krieges gegen die Pterssa, in dem Millionen Blasen vernichtet wurden, ständig mikroskopisch kleinen Mengen des giftigen Staubs ausgesetzt. Das hat uns Kolkorroniern eine geringfügige Widerstandskraft gegen das Gift verliehen, unsere Abwehrkraft gegen das Gift wachsen lassen – durch einen Mechanismus, ähnlich dem, der bewirkt, daß man einige Krankheiten nur einmal bekommen kann. Die Chamtessanier dagegen haben überhaupt keine Abwehrkraft, und die Begegnung mit einer giftigen Pterssa ist für sie viel katastrophaler als für uns.

Die zweite Theorie ließe sich auf dem Umweg unter Beweis stellen, Gruppen von Kolkorroniern und Chamtessaniern rosafarbenen Pterssas auszusetzen. Zweifellos wird Leddravohr rechtzeitig dafür sorgen, daß dieses Experiment durchgeführt wird, wenn wir erst in eine Region kommen, wo die rosarote Pterssa zahlreich vertreten ist.

Dalakott hörte auf zu lesen und warf einen Blick auf den Zeitmesser, den er am Handgelenk trug. Das Militär bevorzugte diese Art von Chronometern, wo keine kompakten und verläßlichen Geräte zur Verfügung standen. Der Marschierkäfer in dem gehärteten Glasröhrchen näherte sich der achten Teilung des markierten Rohrschößlings. Der Zeitpunkt für die letzte Unterredung rückte unaufhaltsam näher.

Dalakott nahm einen weiteren maßvollen Schluck aus dem Becher, ehe er sich dem letzten Eintrag in seinem Tagebuch zuwandte. Er hatte ihn vor vielen Tagen geschrieben und danach die lebenslange Gewohnheit aufgegeben, seine täglichen Aktivitäten und Gedanken niederzuschreiben.

Mit dieser symbolischen Selbstaufgabe hatte er sich innerlich auf diese Nacht vorbereitet...

114. TAG *Der Krieg ist vorbei.*

Die Pterssa-Seuche hat uns die Arbeit abgenommen.

Seit vor sechs Tagen die purpurne Pterssa über Chamtess aufgetaucht ist, hat die Seuche landauf und landab gewütet und die Millionen von Einwohnern dahingerafft. Ein rascher und müheloser Völkermord!

Wir müssen nicht mehr zu Fuß vordringen, nicht mehr jeden Schritt einem achtbaren Feind abringen. Statt dessen kommen wir mit Luftschiffen voran, die Düsen im Dauerschub. So zu reisen, verschlingt Unmengen an Energiekristallen – sowohl in den Antriebsrohren als auch in den Anti-Pterssa-Kanonen – aber solche Überlegungen sind müßig.

Wir sind stolze Besitzer eines ganzen Kontinents aus reifem Brakka mit Bergen aus Grün und Purpur. Wir teilen unseren Reichtum mit niemandem. Leddravohr hat den Befehl, keine Gefangenen zu machen, nicht widerrufen, und die versprengten Gruppen verwirrter und demoralisierter Chamtessanier, auf die wir stoßen, werden niedergemacht.

Ich bin über Metropolen, Städte, Dörfer und Farmen geflogen, in denen nichts mehr lebt außer ein paar streunenden Tieren. Die Architektur ist beeindruckend – klar, wohlproportioniert, würdevoll – aber man kann alles nur aus der Ferne bewundern. Der Verwesungsgestank steigt auf zum Himmel.

Wir sind keine Soldaten mehr.

Wir sind die Überträger der Seuche.

Wir SIND die Seuche.

Ich habe nichts weiter zu sagen.

12. Kapitel

Am Nachthimmel, der insgesamt viel dunkler war als über Kolkorron, prangte ein riesiger Spiralnebel, dessen Arme nur so funkelten vor lauter weiß, blau und gelb strahlenden Sternen. Er wurde von zwei großen elliptischen Spiralen flankiert, und der Rest des Firmaments war großzügig mit kleinen Strudeln, Strähnen und Flecken aus lichtem Nebel und einer Handvoll glühender Kometenschweife gesprenkelt. Obwohl der *Baum* unsichtbar blieb, war der Himmel mit einem Netz hellerer Gestirne überzogen, die näher erschienen als all die anderen Himmelsobjekte und ein Gefühl von Tiefe vermittelten.

Tauler kannte solche Konfigurationen nur, wenn Diesland sich auf der anderen Seite der Bahn um die Sonne befand, und Jenland die anderen Objekte am Himmel verdeckte oder verblassen ließ. Er stand still in der Dunkelheit und beobachtete die zitternden Reflexe der Gestirne auf dem breiten, ruhigen Wasser des Gelbroten Flusses. Wohin er auch sah, glühten die Myriaden gedämpfter Lichter des Hauptquartiers der Dritten Armee durch die Lücken des Waldes; seit die Pterssa-Seuche Einzug gehalten hatte, gab es keine Lager mehr unter offenem Himmel.

Eine Frage hatte ihn den ganzen Tag über beschäftigt: *Wieso wollte General Dalakott ihn unter vier Augen sprechen?*

Er hatte mehrere Tage untätig in einem Durchgangslager zwanzig Meilen westlich zugebracht – als Angehöriger einer Armee, die plötzlich arbeitslos war – und hatte gerade damit begonnen, sich dem neuen Lebensrhythmus anzupassen, als der Bataillonskommandant ihm befohlen hatte, sich im Hauptquartier zu melden. Bei seiner Ankunft war er kurz von mehreren Offizieren vernommen worden; einer von ihnen war vermutlich Vorikt, der Generaladjutant, gewesen. Man hatte ihm gesagt, General Dalakott wünsche, ihm die Tapferkeitsmedaillen persönlich zu überreichen. Die Offiziere waren offenkundig verwirrt gewesen über das ungewöhnliche Verfahren und hatten versucht, Tauler diskret auszuhorchen, bis sie einsehen mußten, daß er sich das Ganze genausowenig erklären konnte wie sie.

Ein junger Hauptmann kam aus dem nahegelegenen Verwaltungsbezirk, näherte sich Tauler durch die glitzernde Dunkelheit und sagte: »Leutnant Marakain, der General will Euch jetzt sprechen.«

Tauler salutierte und ging mit dem Offizier zu einem Zelt, das wider Erwarten ziemlich klein und schmucklos war. Der Hauptmann geleitete ihn hinein und zog sich schnell wieder zurück. Tauler stand stramm vor einem hageren, ernst wirkenden Mann, der an einem Feldschreibtisch saß. Im schwachen Schein zweier Feldlaternen hätte das kurzgeschorene Haar des Generals ebensogut weiß oder blond sein können, und er sah überraschend jung aus für einen Mann mit fünfzig verdienstvollen Jahren beim Militär. Nur seine Augen schienen alt, Augen, die mehr gesehen hatten, als sich träumen ließ.

»Setz dich, mein Sohn«, sagte er. »Die Unterredung ist ganz unformell.«

»Danke, General.« Tauler setzte sich auf den angewiesenen Stuhl, seine Verwirrung wuchs.

»Ich entnehme deiner Akte, daß du der Armee vor noch nicht einmal einem Jahr als einfacher Soldat beigetreten bist. Die Zeiten haben sich zwar geändert, aber war das nicht ungewöhnlich für einen Mann mit deinem sozialen Status?«

»Ich wurde von Prinz Leddravohr ausdrücklich so übernommen.«

»Ist Leddravohr ein Freund von dir?«

Ermutigt durch die offene, aber freundliche Art des Generals wagte Tauler ein schiefes Lächeln. »Das wäre zuviel der Ehre, General.«

»Gut!« Dalakott erwiderte das Lächeln. »Mithin hast du dir den Rang eines Leutnants in nicht einmal einem Jahr aus eigener Kraft erworben.«

»Es war eine Feldvollmacht, General. Vielleicht wird sie nicht voll bestätigt.«

»Sie wird.« Dalakott nahm sich Zeit, um einen kleinen Schluck aus einem emaillierten Becher zu trinken. »Verzeih mir, daß ich dir keine Erfrischung anbiete – das ist ein exotisches Gebräu, und ich glaube kaum, daß es nach deinem Geschmack wäre.«

»Ich bin nicht durstig, General.«

»Vielleicht ist das eher etwas für dich.« Dalakott öffnete ein Fach im Schreibtisch und brachte drei Tapferkeitsmedaillen zum Vorschein. Es waren kreisrunde Brakkascheiben, eingelegt mit weißem und rotem Glas. Er überreichte ihm die Auszeichnungen und lehnte sich zurück, um Taulers Reaktion zu studieren.

»Danke.« Tauler wog die Medaillen in der Hand und steckte sie weg. »Ich fühle mich geehrt.«

»Du verbirgst dein Gefühl recht gut.«

Tauler war verlegen und bestürzt. »General, es war nicht meine Absicht…«

»Schon gut, mein Sohn«, sagte Dalakott. »Sag mal, ist das Leben in der Armee so, wie du es dir vorgestellt hast?«

»Von Kindesbeinen an hatte ich den Traum, ein Krieger zu werden, aber…«

»Du warst zwar darauf vorbereitet, das Blut des Gegners vom Schwert zu wischen, aber nicht auch noch die Schmiere seiner letzten Mahlzeit.«

Offen erwiderte Tauler den Blick des Generals. »General, ich verstehe nicht, warum Ihr mich habt kommen lassen.«

»Um dir das hier zu geben, glaube ich.« Dalakott öffnete die rechte Hand und enthüllte ein kleines Objekt, das er auf Taulers Handfläche kippte.

Tauler war erstaunt über das Gewicht. Wie schwer es auf seiner Hand lag? Er hielt das Ding näher ans Licht und war gefesselt von Farbe und Glanz der polierten Oberfläche. Eine solche Farbe hatte er noch nie gesehen, weiß und doch nicht weiß, ähnlich der See, wenn sie die ersten Sonnenstrahlen schräg reflektierte. Das Ding war gerundet wie ein Kiesel und erinnerte vage an die Miniatur eines Schädels, dessen Einzelheiten vom steten Strom der Zeit abgetragen waren.

»Was ist das?« sagte Tauler.

Dalakott schüttelte den Kopf. »Ich weiß es nicht. Keiner weiß es. Ich fand es vor vielen Jahren in der Provinz Rendat, am Ufer des Bes-Andar, und keiner konnte mir bisher sagen, was es ist.«

Tauler schloß die Finger um das warme Objekt, und sofort fing sein Daumen an, auf der glatten Oberfläche zu kreisen. »Aber ich verstehe immer noch nicht, General. Warum wollt Ihr – das ausgerechnet mir geben?«

»Weil…« Dalakott zögerte und lächelte ihn seltsam an. »Weil man sagen könnte, es hat deine Mutter und mich zusammengeführt.«

»Ich verstehe«, sagte Tauler mechanisch, aber nicht unwahrheitsgemäß, als die Worte des Generals durch seinen Kopf spülten und – so wie eine starke, klare Welle den Strand verändert – bruchstückhafte Erinnerungen auf neue Weise miteinander verknüpften. Die Muster waren unvertraut und doch nicht völlig fremd, weil sie der bisherigen Ordnung innegewohnt und nur einer einzigen plätschernden Erregung bedurft hatten, um sichtbar zu werden. Die Stille wurde nur unterbrochen von dem schwachen Knall, als eine Ölwanze blindlings gegen die Flammröhre einer Lampe flog und in den Behälter rutschte. Tauler starrte feierlich auf seinen Vater und bemühte sich, ein angemessenes Gefühl heraufzubeschwören, aber er war wie betäubt.

»Ich weiß nicht, was ich Euch sagen soll«, gab er schließlich zu. »Das kommt so … spät.«

»Später als du denkst.« Dalakotts Gesicht nahm einen undeutbaren Ausdruck an, als er den Becher erneut an die Lippen hob. »Ich hatte mehrere Gründe, meine Vaterschaft ruhen zu lassen – einige waren egoistischer Natur, nicht alle. Bist du mir sehr böse, Tauler?«

»Nicht im geringsten, General.«

»Ich bin froh.« Dalakott erhob sich. »Wir werden uns nicht wiedersehen, Tauler. Wirst du mich umarmen … einmal … wie ein Mann seinen Vater umarmt?«

»Vater.« Tauler stand auf und legte die Arme um den schwertgeraden, älteren Mann. Während des kurzen Kontakts stieß ihm ein merkwürdiger Hauch von Würze auf. Er blickte flüchtig auf den Becher hinunter, der auf dem Schreibtisch wartete, und fühlte sich, ohne es zu wollen, an vergangene Zeiten erinnert; als sie sich voneinander lösten, um wieder ihre Plätze einzunehmen, brannten seine Augen.

Dalakott wirkte ruhig, vollkommen gefaßt. »Nun, mein Sohn, wie sind deine Pläne? Kolkorron und sein neuer Verbündeter – die Pterssa – haben ihren ruhmreichen Sieg errungen. Die Arbeit der Soldaten ist so gut wie getan; wie also stellst du dir deine Zukunft vor?«

»Ich glaube nicht, daß für mich eine Zukunft vorgesehen war«, sagte Tauler. »Es gab eine Zeit, da hätte Leddravohr mich am liebsten eigenhändig ausgelöscht, aber irgend etwas geschah, etwas, das ich nicht begriff. Er nahm mich in die Armee auf, und ich glaube, er wollte nur, daß die Chamtessanier ihm die Arbeit aus der Ferne abnahmen.«

»Du weißt, er steckt bis über beide Ohren in der Arbeit, und das zehrt an seinen Kräften«, sagte der General. »Ein ganzer Kontinent muß ausgebeutet werden, was bloß ein Vorspiel zum Bau von Pradts Auswandererflotte ist. Vielleicht hat Leddravohr dich längst vergessen.«

»Ich habe ihn nicht vergessen.«

»Du sinnst auf seinen Tod?«

»Früher ja.« Tauler entsann sich blutiger Fußabdrücke auf hellem Mosaik, doch die Erinnerung wurde undeutlich, wurde überlagert von Hunderten von blutigen Gemetzeln. »Jetzt bezweifle ich, ob das Schwert überhaupt eine Antwort auf irgend etwas ist.«

»Ich bin erleichtert, daß du es so siehst. Wenn Leddravohr auch nicht mit ganzem Herzen bei der geplanten Auswanderung ist, so ist er doch wahrscheinlich der beste Mann, das Ganze zu einem erfolgreichen Abschluß zu bringen. Es kann sein, daß die Zukunft unserer Rasse auf seinen Schultern ruht.«

»Ich bin mir dessen bewußt, Vater.«

»Und du glaubst, du kannst dein Problem ganz ohne meinen Rat meistern?« Der General zog den Mund schief. »Ich glaube, ich hätte meine Freude daran gehabt, dich bei mir zu haben. Doch zurück zu meiner Frage. Hast du überhaupt keinen Wunsch für die Zukunft?«

»Ich würde gerne ein Schiff nach Jenland steuern«, sagte Tauler. »Aber ich glaube, das ist ein vergeblicher Wunsch.«

»Wieso? Deine Familie hat doch Einfluß.«

»Mein Bruder ist zwar leitender Berater beim Entwurf der Himmelsschiffe, aber bei Prinz Leddravohr fast so unbeliebt wie ich.«

»Ist das etwas, das du dir von Herzen wünschst, dieses Steuern eines Himmelsschiffes? Heißt das, du willst *wirklich* Tausende von Meilen in den Himmel aufsteigen? Mit nichts als einem Ballon und ein paar Seilen und Holzplanken, die dich halten?«

Die Fragen überraschten Tauler. »Warum nicht?«

»Wahrhaftig, ein neues Zeitalter bringt neue Männer hervor«, sagte Dalakott leise und mehr zu sich selbst, dann schien er es mit einmal eilig zu haben. »Du mußt jetzt gehen – ich muß noch Briefe schreiben. Ich habe ein wenig Einfluß bei Leddravohr, und großen Einfluß bei Karranald, dem Oberbefehlshaber der Luftstreitkräfte. Falls du die erforderliche Eignung hast, wirst du ein Himmelsschiff steuern.«

»Ich weiß schon wieder nicht, was ich sagen soll, Vater.« Tauler stand auf, aber es widerstrebte ihm zu gehen. So viel war geschehen in nur wenigen Minuten, und seine Unfähigkeit zu antworten erfüllte ihn mit einem Gefühl von Schuld. Wie konnte man seinem Vater beinah im gleichen Atemzug zum ersten Mal begegnen und Lebewohl sagen?

»Niemand verlangt, daß du etwas sagst, mein Sohn. Beherzige, daß ich deine Mutter geliebt habe und ...« Dalakott brach jäh ab, sah bestürzt aus und musterte den Innenraum des Zelts, als befürchte er die Anwesenheit eines ungebetenen Gastes.

Tauler war erschrocken. »Ist Euch schlecht?«

»Es ist nichts. Die Nacht ist zu lang und zu finster in diesem Teil der Welt.«

»Vielleicht wenn Ihr Euch hinlegt«, sagte Tauler und wollte ihm helfen.

General Risdel Dalakott gebot ihm mit einem Blick Einhalt. »Abtreten, Leutnant Marakain!«

Tauler salutierte korrekt und verließ das Zelt. Als er sich anschickte, die Eingangsplane loszulassen, sah er, daß sein Vater die Feder aufgenommen hatte und bereits schrieb. Tauler ließ die Plane fallen, und der dreieckige Ausschnitt trüben Lichts – ein Symbol ungelebter Leben und nie erzählter Geschichten, die durch die hauchdünnen Falten der Wahrscheinlichkeit sickerten – verschwand rasch. Er weinte, als er durch die bestirnte Dunkelheit davonging. Tiefe Wellen des Gefühls bahnten sich endlich ihren Weg, und seine Tränen flossen um so reichlicher, da sie zu spät kamen.

13. Kapitel

Die Nacht war wie immer die Zeit der Pterssa. Marnn Ibbler war schon mit Fünfzehn der Armee beigetreten und hatte – wie viele langdienende Soldaten – ein empfindliches inneres Warnsystem entwickelt, das sofort anschlug, wenn eine Pterssa in der Nähe war.

Er war sich der ständigen Wachsamkeit nur selten bewußt, doch er nahm permanent den vollen Umkreis seiner Umgebung wahr, und selbst wenn er erschöpft oder betrunken war, spürte er gleichsam instinktiv, wenn sich in seiner Nachbarschaft eine Pterssa herumtrieb.

So sollte er der erste Mann sein, der überhaupt etwas von dem neuerlichen Wandel in der Natur und im Verhalten des uralten Feindes der Kolkorronier bemerkte.

Er war auf Nachtwache im großen Basislager der Dritten Armee bei Trompha im südlichen Middak. Der Dienst war anspruchslos. Als Kolkorron in Chamtess einfiel, hatte man hier nur wenige Versorgungseinheiten zurückgelassen; die Basis lag nahe dem sicheren Kernland des Reichs, und nur ein Narr wagte sich bei Nacht auf offenes Gelände hinaus.

Zwei junge Wachposten standen bei Ibbler, die sich bitterlich beklagten, nicht zuletzt über das Essen und die Bezahlung. Was das Essen anging, mußte er ihnen insgeheim recht geben – soweit er zurückdenken konnte, hatte es noch nie so kärgliche und schwer verdauliche Rationen gegeben – doch in der Manier altgedienter Soldaten nahm er jeder Klage mit der passenden Geschichte über Entbehrungen in früheren Schlachten die Spitze. Sie hielten sich dicht am inneren Schutzschirm auf, den eine dreißig Schritt breite Pufferzone vom äußeren Schirm trennte. Durch die Maschen waren die fruchtbaren Ebenen von Middak zu sehen, die sich bis zum westlichen Horizont erstreckten, erhellt von einem Jenland zwischen halber und voller Phase.

Draußen im Zwielicht gab es nichts, was sich hätte rühren dürfen – abgesehen von den nahezu pausenlos aufblitzenden Sternschnuppen – und als Ibblers fein abgestimmte Sinne eine fast unmerkliche Verschiebung von Schatten auf

Schatten registrierten, wußte er sofort, daß es sich um eine Pterssa handelte. Er behielt seine Entdeckung für sich – sie waren sicher hinter der doppelten Barriere – und fuhr in der Unterhaltung fort, als sei nichts gewesen; doch von nun an war ein Teil seines Bewußtseins anderweitig engagiert.

Im nächsten Moment bemerkte er eine zweite Pterssa, dann eine dritte, und innerhalb einer Minute hatte er eine Traube von acht Blasen gezählt. Sie ließen sich auf einer sanften Nordwestbrise hinaustragen, und er verlor sie weiter rechts aus seiner Sicht, wo die vertikalen Stränge der Netze zu einer scheinbar dicht gewebten Struktur verschmolzen.

Ibbler, wachsam, aber immer noch unbekümmert, wartete darauf, daß die Pterssas wieder in seinem Blickfeld auftauchten. Wenn die Blasen auf den äußeren Schirm stießen, würden sie, der Luftströmung gehorchend, südwärts an der Peripherie des Lagers entlangschnüffeln und schließlich, da sie keine Beute fanden, ausscheren und sich zur Südwestküste und zum Otollischen Meer verziehen.

Diesmal schienen sie sich anders zu verhalten.

Nachdem Minuten verstrichen waren, in denen sich die Blasen nicht wieder gezeigt hatten, fiel Ibblers jungen Kameraden auf, daß er sich nicht mehr an der Unterhaltung beteiligt hatte. Was Ibbler ihnen dann zu erklären versuchte, fanden sie amüsant, und sie kamen zu dem Schluß, die Pterssas müßten – vorausgesetzt sie existierten nicht nur in Ibblers Einbildung – einen aufsteigenden Luftstrom erwischt haben und über das Netzdach des Lagers gestiegen sein. Ängstlich bedacht, nicht als nervöses altes Weib eingestuft zu werden, ließ Ibbler die Sache auf sich beruhen, obwohl es selten vorkam, daß Pterssas in der Nähe von Menschen so hoch flogen.

Am nächsten Morgen fand man fünf Erdarbeiter tot in ihrer Baracke. Pterssose! Der Soldat, der blindlings hineingestolpert war, starb ebenfalls, sowie zwei weitere, zu denen er in seiner Panik hingerannt war, ehe die Quarantänebestimmungen griffen, und alle, die im Verdacht standen, verseucht zu sein, durch Bogenschützen auf den *Pfad des Ruhms* geschickt wurden.

Es war Ibbler, der fand, daß die Baracke der Erdarbeiter ganz in der Nähe und in der Windrichtung der Stelle lag, wo die Gruppe der Pterssas letzte Nacht die Peripherie erreicht haben mußte. Er beschaffte sich eine Unterredung mit dem kommandierenden Offizier und unterbreitete ihm die Hypothese, daß die Pterssas den äußeren Schirm dazu benutzt hätten, sich als geschlossene Gruppe selbst zu zerstören, um so eine Giftwolke zu erzeugen, die konzentriert genug war, um noch jenseits der dreißig Schritt breiten Sicherheitszone wirksam zu sein. Ibblers Worte wurden reichlich skeptisch aufgenommen, doch sie sollten sich in den nächsten Tagen gleich mehrfach bewahrheiten.

Keiner der nachfolgenden Seuchenausbrüche wurde so schnell unter Kontrolle gebracht wie seinerzeit in Trompha, und viele hundert Menschen mußten sterben, ehe die Behörden begriffen, daß der Krieg zwischen dem kolkorronischen Volk und der Pterssa in eine neue Phase getreten war.

Die Bevölkerung bekam das zweifach zu spüren.

Obwohl die Pufferzonen doppelt so breit gemacht wurden, gab es keine Garantie für ihre Wirksamkeit. Eine leichte, beständige Brise war die am meisten gefürchtete Wetterbedingung, weil sie eine Handvoll des Pterssagiftes unbemerkt und weit in eine Wohngemeinde hineintragen konnte, ehe der Staub seine tödliche Konzentration verlor. Und selbst bei stürmischem oder wechselndem Wind konnte eine ausreichend große Pterssatraube die tückische Hand des Todes nach einem schlafenden Kind ausstrecken, und am nächsten Morgen würde sich eine ganze Familie oder Wohngemeinschaft infizieren.

Der zweite Faktor, der die Dezimierung der Bevölkerung beschleunigte, war ein weiterer Rückgang in der landwirtschaftlichen Produktion. Regionen, die bislang nur die Rationierung von Lebensmitteln kannten, gerieten jetzt in eine regelrechte Hungersnot. Das überlieferte System kontinuierlicher Ernte zeigte sich von der Schattenseite; den Kolkorroniern fehlte jegliche Erfahrung in der Langzeitlagerung von Korn und anderen Früchten. In überstürzt hergerichteten

Vorratskammern verfaulten die mageren Reserven oder wurden von Erregern befallen, und neue Krankheiten forderten ihren Tribut.

Der Transport riesiger Mengen von Energiekristallen aus Chamtess nach Ro-Atabri hielt unvermindert an, während die Krise im Reich immer schlimmere Ausmaße annahm. Auch das Militär bekam die Auswirkungen zu spüren; und nicht nur da, wo die fünf Armeen im fernen Chamtess standen. Für sie war die Rückkehr nach Kolkorron und in die Heimatprovinzen gesperrt, und sie mußten als Besatzung im *Land der Langen Tage* zurückbleiben, wo die Pterssa – als ob sie spüre, wie verletzlich die Armeen waren – in immer größeren Schwärmen auftrat. Nur die Einheiten, die mit dem Ausweiden der Brakkawälder und der Verschiffung der grünen und purpurnen Kristalle befaßt wurden, blieben unter der Schirmherrschaft von Leddravohrs Oberkommando.

Und Prinz Leddravohr hatte seine Meinung geändert.

Anfangs hatte er die Verantwortung für die Auswanderung nach Jenland fast ausschließlich aus Loyalität zu seinem Vater übernommen und seinen Widerwillen mit der Aussicht auf einen uneingeschränkten Krieg gegen Chamtess kompensiert. Während der ganzen Vorbereitungen zum Bau einer Himmelsflotte hatte er nie recht an den Erfolg dieses höchst unerquicklichen Abenteuers geglaubt und immer gehofft, es könne sich noch irgendeine weniger radikale Lösung für die Probleme Kolkorrons ergeben, die mehr in Einklang stand mit bewährten historischen Vorbildern.

Doch er war vor allem ein Realist, ein Mann, der wußte, daß es von noch vitalerer Bedeutung war, Wollen und Können in Einklang zu bringen; und als Kolkorrons Niederlage im Krieg gegen die Pterssa unvermeidlich erschien, änderte er seinen Standpunkt.

Die Auswanderung nach Jenland war jetzt Bestandteil seiner persönlichen Zukunft, und diejenigen in seiner Umgebung, die seine neue Einstellung zu spüren bekamen, begriffen schnell, daß ihr nichts in den Weg kommen durfte.

14. Kapitel

»Nicht ausgerechnet heute!« sagte Oberst Kartkang ärgerlich. »Ich nehme doch an, du weißt, daß für die zehnte Stunde dein Start geplant ist?«

Er war schmächtig für ein Mitglied der Militärkaste, hatte ein rundes Gesicht mit einem so großen Mund, daß zwischen all den Mausezähnchen eine deutliche Lücke geblieben war. Sein Talent zur Verwaltung und sein unfehlbarer Blick fürs Detail hatten ihm die Ernennung zum Befehlshaber des Testgeschwaders für Himmelsschiffe eingebracht, und es mißfiel ihm ganz deutlich zuzulassen, daß ein Testpilot kurz vor dem wichtigsten Testflug die Basis verließ.

»Oberst, ich werde zeitig genug zurück sein«, sagte Tauler. »Ihr wißt, daß ich in dieser Hinsicht nicht das kleinste Risiko eingehe.«

»Ja, aber … Weißt du, daß Prinz Leddravohr vorhat, sich den Aufstieg höchstpersönlich anzusehen?«

»Ein Grund mehr für mich, wieder früh zur Stelle zu sein, Oberst. Ich will mich nicht des Hochverrats schuldig machen.«

Kartkang, immer noch unschlüssig, stieß ein Bündel Papiere auf seinem Schreibtisch zurecht. »War Baron Glo wichtig für dich?«

»Er hat mich gelehrt, mein Leben zu riskieren.«

»In diesem Fall solltest du ihm wohl besser deine letzte Ehre erweisen«, sagte Kartkang. »Aber vergiß den Prinzen nicht.«

»Danke, Oberst.« Tauler salutierte und verließ – aufgewühlt von widerstreitenden Gefühlen – das Büro. War es nicht eine grausame Ironie, ein Indiz für die Existenz einer hämischen Gottheit, daß Glo ausgerechnet an dem Tag begraben werden sollte, da ein Himmelsschiff sich anschickte, den Beweis zu erbringen, daß ein Flug nach Jenland durchführbar war? Glo hatte die Idee in die Welt gesetzt und sich damals nur Hohn und Spott damit eingehandelt; schließlich hatte er sich gedemütigt zurückgezogen, und als ihm jetzt die persönliche Rechtfertigung winkte, da hatte ihn sein geplagter Leib im Stich gelassen. Und es würde keine dickbäuchige Statue in den Gärten des Großen Palastes geben, und es war zu bezweifeln, ob sich die Nation jemals an Glos Namen erinnern würde, obgleich er es war, der ihr dazu verholfen hatte, sich auf eine andere Welt zu retten. *Alles hätte ganz anders kommen müssen,* dachte Tauler.

Vor seinem geistigen Auge sah er, wie die Auswandererflotte auf Jenland herabsank, und ihn packte wieder – wie seit Tagen – diese eisige Erregung. Er war schon so lange von der Idee besessen, an der ersten interplanetarischen Mission teilzunehmen, und hatte mit solcher Hingabe geschuftet, damit die Wahl auf ihn fiel, daß er die wirklich erstaunlichen Aspekte des Unterfangens aus dem Blick verloren hatte. Seine Unrast hatte die Zeit nur noch träger verfließen lassen, so daß er unterschwellig zu glauben begonnen hatte, sein Ziel würde für immer unerreicht dort oben bleiben, wie ein schimmerndes Märchenland, und jetzt – jählings – war die Gegenwart mit der Zukunft kollidiert.

Der Zeitpunkt für die große Reise stand unmittelbar bevor, und es gab viel zu lernen auf dieser Reise, doch nicht alles würde mit der technischen Seite des interplanetaren Fluges zu tun haben.

Tauler verließ den Verwaltungstrakt der Testschwadron und stieg über eine Holztreppe an die Oberfläche der Ebene, die sich nördlich von Ro-Atabri bis zu den Ausläufern des Slaskitan-Gebirges erstreckte. Er verlangte ein Blauhorn vom Stallmeister und machte sich auf den Zweimeilenritt nach Grünberg. Das gelackte Leinen des tunnelartig überzelteten Weges glühte im Sonnenlicht des Frühtages, umgab ihn mit einem gelblichen diffusen Licht, und die eingeschlossene Luft war schwül und angefüllt mit dem schweren Geruch der Tierexkremente. Der Hauptverkehr führte aus der Stadt heraus, flache Frachtkarren mit Teilstücken von Gondeln und Düsenzylindern aus Brakka.

Tauler gelangte ziemlich schnell an den östlichen Knotenpunkt, bog in den Tunnel, der nach Grünberg führte, und erreichte bald eine Gegend, die noch von den älteren offenmaschigen Schirmen der Vororte von Ro-Atabri geschützt wurde. Er ritt durch eine Moräne verlassener Wohnhäuser auf der ungeschützten Flanke des Hügels und erreichte schließlich den kleinen privaten Friedhof, der an die Kolonnaden des Westflügels der Grünbergfeste grenzte.

Mehrere Gruppen Trauernder waren bereits anwesend, unter ihnen sein Bruder und die schlanke, graugekleidete Gestalt von Gesalla Marakain. Er sah sie zum ersten Mal wieder seit der Nacht, in der sie von Leddravohr mißbraucht worden war, vor mehr als einem Jahr, und sein Herz überschlug sich beängstigend, weil er nicht wußte, wie er sich ihr gegenüber verhalten sollte.

Er stieg ab, rückte das bestickte blaue Wams zurecht – er trug die neue Uniform eines Kapitäns zum Himmel – und ging auf seinen Bruder und dessen Frau zu, immer noch seltsam nervös und befangen. Leyn schenkte ihm jenes stille, halbe Lächeln, aus dem Familienstolz mit einem Anflug von Ungläubigkeit sprach – wie so häufig in jüngster Zeit, wenn sie sich bei technischen Besprechungen trafen. Tauler freute sich, seinen älteren Bruder durch die Zielstrebigkeit überrascht und beeindruckt zu haben, mit der er jedes Hindernis, einschließlich seiner Leseschwäche, ausgeräumt hatte, um Pilot zu werden.

»Das ist ein trauriger Tag«, sagte er zu Leyn.

Gesalla, die ihn nicht hatte kommen sehen, fuhr herum, eine Hand am Hals. Er nickte ihr höflich zu und schwieg, um es ihr zu überlassen, ob sie mit ihm ins Gespräch kommen wollte oder nicht. Sie erwiderte sein Nicken wortlos, aber ohne Antipathie, und er fühlte sich ein wenig ermutigt. Er hatte sie in Erinnerung, als die Beschwerden der Schwangerschaft an ihrem Gesicht gezehrt hatten, aber jetzt waren ihre Wangen wieder voller und rosa angehaucht. Sie sah tatsächlich jünger aus als früher, und ihr Anblick nahm ihn gefangen.

Er bemerkte Leyns abwartenden Blick und sagte: »Warum war Glo nicht etwas mehr Zeit vergönnt?«

Leyn zuckte die Achseln, eine unerwartet gleichgültige Geste von jemandem, der dem Erzphilosophen so nahegestanden hatte. »Hast du schon die Bestätigung für den Aufstieg?«

»Ja. Er findet zur zehnten Stunde statt.«

»Das weiß ich. Ich meine, ob klar ist, daß *du* ihn bekommst?«

»Selbstverständlich!« Tauler blickte in den vernetzten Himmel und auf die perlmutterfarbene Morgensichel von Jenland. »Ich bin bereit, Glos unsichtbare Berge zu besteigen.«

Gesalla wirkte belustigt und interessiert. »Was heißt das?«

»Wir wissen, daß die Atmosphäre zwischen unseren beiden Welten dünner wird«, sagte Tauler. »Man hat die Verdünnungsrate grob gemessen, indem man Gasballons aufsteigen ließ und ihre Ausdehnung durch geeichte Teleskope beobachtete. Dieser Sachverhalt muß natürlich durch den Testflug bestätigt werden, aber wir glauben, daß die Luft ergiebig genug ist, um darin leben zu können, selbst in der Mitte zwischen Diesland und Jenland.«

»Hört euch den frischgebackenen Experten an«, sagte Leyn.

»Ich habe die besten Lehrer gehabt«, erwiderte Tauler unbekümmert und wandte sich wieder Gesalla zu. »Baron Glo meinte, der Flug sei vergleichbar mit einer Klettertour zum Gipfel eines unsichtbaren Berges und dem anschließenden Abstieg – von einem anderen Berg.«

»Ich hätte ihm nie eine poetische Ader zugetraut«, sagte Gesalla.

»Da ist eine Menge, was man ihm nicht zugetraut hätte.«

»Ja – wie zum Beispiel deine Rangfrau aufzunehmen, als du fortgegangen bist, um Soldat zu spielen«, warf Leyn ein. »Was ist übrigens aus ihr geworden?«

Tauler starrte seinen Bruder einen Moment lang an, verwirrt und betrübt von dem gehässigen Unterton. Leyn hatte ihm diese Frage vor einiger Zeit schon einmal gestellt, und jetzt schien er die Rede nur deswegen auf Fera zu bringen, weil sie immer ein Stein des Anstoßes für Gesalla gewesen war. War Leyn womöglich eifersüchtig auf seinen ›kleinen Bruder‹, weil der sich für die Teilnahme am Testflug qualifiziert hatte, dem größten wissenschaftlichen Experiment aller Zeiten?

»Fera hat es nicht lange hier ausgehalten, und sie zog wieder in die Stadt«, sagte Tauler. »Vermutlich geht es ihr gut – ich *hoffe* es wenigstens – denn unsere Wege haben sich seither nicht wieder gekreuzt. Warum fragst du?«

»Ahmmm … nur aus Neugier.«

»Und falls deine Neugier noch weiter geht – ich kann dir versichern, meine Zeit bei der Armee war alles andere als ein ›Spiel‹. Ich …«

»Hört auf damit«, sagte Gesalla und legte beiden eine Hand auf den Arm. »Die Feierlichkeiten beginnen.«

Tauler erlitt soeben eine neue Verwirrung seiner Gefühle, als die Begräbnisgesellschaft aus den Kolonnaden kam. Glo hatte in seinem Testament die kürzeste und einfachste Begräbnisfeier verfügt, die man einem kolkorronischen Aristokraten gewähren durfte. Der Leichenzug bestand nur aus Erzbischof Balauntar, gefolgt von vier Suffraganbischöfen in dunklen Roben, die den zylindrischen Block aus weißem Gips trugen, in den man Glos Körper eingebettet hatte. Balauntar, mit vorgestrecktem Kopf und schwarzen Gewändern, die eine knochige Gestalt drapierten, ähnelte einem Raben, während er langsam mit langen Schritten auf das kreisrunde Loch zuging, das man in das weiche Muttergestein des Friedhofs gebohrt hatte.

Psalmodierend überantwortete er Baron Glos sterbliche Hülle dem Mutterleib des Planeten, auf daß sie wieder darin eingehe, und erflehte für Glos Seele eine sichere Reise nach Jenland, auf daß ihr nach einer zufälligen Wiedergeburt ein langes und gedeihliches Leben auf der Schwesterwelt bevorstehe …

Tauler wurde von Schuldgefühlen geplagt, während er zusah, wie der weiße Zylinder hinabgelassen und die Öffnung mit Zement aus einer verzierten Urne zugegossen wurde. Es war ein Abschied für immer, und er hätte von Trauer und Leid gequält sein sollen, doch seine widerspenstigen Gedanken kehrten immer wieder zu der Tatsache zurück, daß Gesalla – die ihn noch nie zuvor berührt hatte – ihrer Hand gestattet hatte, auf seinem Arm zu verweilen. Hieß das, sie hatte ihre Einstellung zu ihm geändert, oder hatte es damit zu tun, daß irgend etwas zwischen ihr und Leyn nicht mehr stimmte, der sich ein ums andere Mal sonderbar benommen hatte? Und hinter allem, was in ihm vorging, pochte die Erwartung, bald so weit in die blaue Kuppel des Himmels aufzusteigen, daß ihn selbst die stärksten Teleskope nicht mehr erreichen würden.

Deshalb war er auch erleichtert, als die kurze Zeremonie zu Ende ging und sich die Gruppen von Trauernden – die meisten waren Blutsverwandte – zerstreuten.

»Ich muß jetzt zur Basis zurück«, sagte er. »Es gibt noch viel zu...« Er ließ den Satz unvollendet, als er bemerkte, daß sich der Erzbischof von seiner Begleitung gelöst hatte und auf sie zukam. Da Tauler annahm, Balauntar wolle mit Leyn sprechen, trat er diskret einen Schritt zurück. Er war bestürzt, als Balauntar direkt auf ihn zusteuerte, die engstehenden Augen bohrend und zornig, und ihm aus dem Handgelenk die baumelnden Finger vor die Brust schlug.

»Dich kenne ich doch«, sagte er. »Marakain! Du bist derjenige, der Hand an mich gelegt hat in der *Halle des Regenbogens,* vor den Augen des Königs.« Er schlug die Finger noch einmal gegen Tauler, in der Art einer symbolischen Vergeltung.

»Nun, da Ihr Euch revanchiert habt«, sagte Tauler leichthin, »kann ich irgend etwas für Euch tun, Hochwürden?«

»Ja, du kannst diese Uniform ausziehen – sie ist eine Verunglimpfung der ganzen Kirche und speziell meiner Person.«

»Auf welche Weise verunglimpft sie Euch?«

»Auf *jede* erdenkliche! Nur schon die Farbe, sie symbolisiert den Himmel, oder etwa nicht? Sie prahlt mit deiner Absicht, den *Heiligen Pfad* zu besudeln, oder etwa nicht? Auch wenn dein böser Plan zum Scheitern verurteilt ist, Marakain, diese blauen Fetzen sind eine Provokation für jeden rechtschaffenen Bürger dieses Landes.«

»Ich trage diese Uniform im Dienste für Kolkorron, Hochwürden. Alle Einwände dagegen solltet Ihr direkt dem König unterbreiten. Oder Prinz Leddravohr.«

»Hah!« In Balauntars Augen flackerte Haß auf, sein Gesicht zeugte von verhaltener Wut. »Du kommst nicht ungestraft davon, das sage ich dir. Auch wenn Leute wie du und dein Bruder der Kirche den Rücken kehren, in all eurer Sophisterei und Arroganz, werdet ihr am eigenen Leib zu spüren bekommen, daß das Volk so etwas nicht hinnimmt. Du wirst sehen! Die große Blasphemie, das *Böseste vom Bösen* bleibt nicht ungesühnt.« Er wirbelte herum und ging mit großen Schritten zum Friedhofstor, wo die vier Suffraganbischöfe warteten.

Tauler sah ihm nach und wandte sich mit hochgezogenen Brauen an die anderen. »Der Erzbischof scheint schlechte Laune zu haben.«

»Früher hättest du ihm die Hand zerquetscht, wenn er dich so behandelt hätte.« Leyn imitierte Balauntars Geste, indem er die baumelnden Finger gegen Taulers Brust schlug. »Siehst du heute nicht mehr so schnell rot?«

»Vielleicht habe ich zuviel Rot gesehen.«

»O ja. Wie konnte ich das vergessen?« Der Spott in Leyns Stimme war jetzt unüberhörbar. »Das ist deine neue Rolle, hab ich recht? Der Mann, der zu tief ins Glas der Erfahrung geschaut hat.«

»Leyn, ich habe keine Ahnung, womit ich dein Mißfallen erregt habe, und obwohl mich das traurig stimmt, habe ich jetzt keine Zeit mehr, der Sache auf den Grund zu gehen.« Tauler nickte seinem Bruder zu und verbeugte sich vor Gesalla, deren besorgter Blick zwischen den Brüdern hin und her ging. Als er sich anschickte zu gehen, brachte Leyn mit tränendunklen Augen seinen Bruder und seine Frau in einer spontanen Umarmung zusammen.

»Gib auf dich acht und werde nicht leichtsinnig da oben im Himmel, kleiner Bruder«, flüsterte Leyn. »Du bist es deiner Familie schuldig, gesund zurückzukehren, damit wir bei der Auswanderung alle zusammen nach Jenland fliegen können. Ich möchte Gesalla nur dem besten Piloten anvertrauen. Hast du verstanden?«

Tauler nickte und versuchte erst gar nicht zu sprechen. Die Berührung mit Gesallas grazilem Körper hatte nichts Sexuelles, wie es sich gehörte, aber *Rechtschaffenheit* lag darin, und sein Bruder schloß den Kreis der Seelen, der Trost und Heilung spendete und die Lebensenergien steigerte, anstatt sie zu vergeuden.

Als Tauler sich aus der Umarmung löste, fühlte er sich leicht und stark, aufs beste gerüstet, sich in eine andere Welt emporzuschwingen.

15. Kapitel

»Wir haben Sonnenschreibermeldungen aus fünfzig Meilen Gegenwind«, sagte Vaito Amdjuran, der Chefingenieur der T.G.H. »Die Posten sprechen von sehr geringer Pterssa-Aktivität – was das angeht, brauchst du dir keine Sorgen zu machen – nur die Windgeschwindigkeit ist etwas höher, als mir lieb ist.«

»Wenn wir auf perfekte Bedingungen warten, werden wir *nie* starten.« Tauler beschattete die Augen gegen die Sonne und musterte die weißblaue Himmelskuppel. Die helleren Sterne durchdrangen die hohen Wolkenstreifen, und die breite Sichel aus Helligkeit auf Jenlands Scheibe setzte die Zeit auf Mittfrühtag fest.

»Sicher, nur wirst du es mit falschem Auftrieb zu tun haben, wenn du ins Freie kommst. Du mußt aufpassen.«

Tauler grinste. »Ist es nicht ein bißchen spät für Lektionen in Aerodynamik?«

»Du hast gut reden – ich bin derjenige, der nachher alles erklären muß, wenn du dich umbringst«, sagte Amdjuran trocken. Er hatte stoppeliges Haar, und die plattgedrückte Nase und eine Schwertnarbe am Kinn ließen an einen pensionierten Soldaten denken, doch er war auf Grund seines technischen Talents von Prinz Chakkell persönlich in diese Stellung berufen worden. Tauler mochte ihn wegen seines beißenden Humors, und weil er nicht herablassend war zu Untergebenen, die weniger begabt waren als er.

»Dir zuliebe will ich versuchen, nicht umzukommen.« Tauler mußte den Lärm im Innenhof des gemauerten Kamins übertönen. Mitglieder der Bodenmannschaft kurbelten an einem großen Ventilator, dessen Getriebe und hölzerne Flügel mit einem Stakkato klackender Geräusche Normalluft in die Hülle des Himmelsschiffs zwangen, die man in Windrichtung unweit der Gondel ausgelegt hatte. Man erzeugte so einen Hohlraum innerhalb der Ballonhülle, damit später das Heißgas aus dem Energiekristallbrenner so eingeleitet werden konnte, daß es nicht direkt mit dem leichten Material in Berührung kam. Diese Methode hatte man entwickelt, um Hitzeschäden zu vermeiden, besonders an den Sockelbahnen rund um die Füllöffnung. Aufseher schnauzten Befehle für die Männer, die die allmählich schwellende Hülle an den Seiten hochhielten, und für andere, die die Trageleinen fierten.

Die viereckige, zimmergroße Gondel lag auf der Seite, bereits voll für den Flug ausgerüstet. Neben Nahrungsmitteln, Getränken und Treibstoff enthielt sie Sandsäcke mit dem Gewicht von sechzehn Männern, die zusammen mit der Testbemannung die Traglast auf das künftige Einsatzmaximum brachten. Die drei Männer, die mit Tauler fahren sollten, standen bei der Gondel, bereit, auf Kommando an Bord zu klettern. Tauler wußte, es waren nur noch Minuten bis zum Aufstieg, und der Gefühlsaufruhr in Verbindung mit Leyn und Gesalla und Glos Beerdigung verebbte zu einem Murmeln in seinem Unterbewußtsein. Im Geist war er schon unterwegs in der eisblauen Fremde, wie eine auswandernde Seele, und seine Träume waren nicht länger die eines gewöhnlichen an Diesland gefesselten Sterblichen.

Er vernahm Hufschlag in der Nähe und drehte sich um. Prinz Leddravohr ritt in den Innenhof ein, gefolgt von einer offenen Karosse, in der Prinz Chakkell mit seiner Gemahlin Desihn und den drei Kindern saß. Leddravohr war gekleidet wie für eine militärische Feier und trug einen weißen Küraß. An seiner Seite steckte das unvermeidliche Kampfschwert und auf seinem linken Unterarm ein langes Wurfmesser. Er stieg von seinem hochbeinigen Blauhorn, ließ seinen Blick schweifen, um jede Einzelheit des Treibens im Kaminhof aufzunehmen, und kam mit ruhigen Schritten auf Tauler und Amdjuran zu.

Während seiner Militärzeit hatte Tauler den Prinzen nicht ein einziges Mal zu Gesicht bekommen, und nur einmal aus der Entfernung, seit er wieder in Ro-Atabri war; ihm fiel auf, daß das glänzend schwarze Haar des Prinzen an den Schläfen grau wurde. Auch schien Leddravohr ein bißchen schwerer geworden, jedoch gleichmäßig über den ganzen Körper verteilt, was lediglich seine Muskeln ein wenig eingeebnet und sein statuenhaftes Gesicht noch glatter gemacht hatte.

Leddravohr nickte anerkennend. »Tja, Marakain, aus dir ist ein bedeutender Mann geworden, seit wir uns das letzte Mal gesehen haben. Ich denke, damit läßt sich's leichter leben.«

»Ich zähle mich nicht zu denen, die von Bedeutung sind, Prinz«, sagte Tauler in vorsichtig neutralem Ton, um Leddravohr zu testen.

»Aber du *bist* bedeutend! Du bist der erste, der ein Schiff nach Jenland bringt! Das ist eine große Ehre, Marakain, und du hast hart dafür gearbeitet. Einige waren der Meinung, du wärst zu jung und unerfahren für diese Mission – man solle sie lieber einem Offizier mit langer Ballonerfahrung anvertrauen, doch ich habe das Argument zurückgewiesen. Du hattest die besten Resultate in den Trainingskursen, und du stehst dir nicht selbst im Weg mit den überholten Kenntnissen und Praktiken eines Flugkapitäns, und du hast Mut, wie jeder weiß, der dich kennt – also habe ich entschieden, daß du die Führung des Testflugs übernimmst. Was hältst du davon?«

»Ich bin Euch zu tiefstem Dank verpflichtet, Prinz«, sagte Tauler.

»Dankbarkeit ist nicht gefragt.« Leddravohrs altbekanntes Lächeln, das nichts mit Freundlichkeit zu tun hatte, war so schnell wieder verschwunden, wie es aufgetaucht war. »Es ging nur darum, daß du auch die Früchte deiner Arbeit ernten solltest.«

Tauler begriff sofort, daß sich nichts geändert hatte, daß Leddravohr noch immer der Todfeind war, der niemals vergaß oder verzieh. Es war ihm ein Rätsel, warum der Prinz ihn im letzten Jahr verschont hatte, aber soviel stand fest: Derselbe Prinz trachtete ihm immer noch nach dem Leben. *Er rechnet damit, daß der Flug mißlingt!* sagte er sich. *Er glaubt, daß er mich in den Tod schickt!*

Die Intuition hatte ihm gänzlich unerwartet Leddravohrs Gedanken offenbart. Wenn er jetzt seine eigenen Gefühle gegenüber dem Prinzen analysierte, entdeckte er nichts als Gleichgültigkeit, mit vielleicht einer Spur von Mitleid mit einer Kreatur, die so eingekerkert wurde von negativen Emotionen, daß sie in ihrem eigenen Gift trieb und darin zu ertrinken drohte.

»Ich bin Euch trotzdem dankbar«, sagte Tauler, und ihm gefiel die Doppeldeutigkeit der Worte, die sich nur ihm erschloß. Er hatte sich davor gefürchtet, Leddravohr erneut gegenüberzutreten, doch die Begegnung bewies, daß er, Tauler, sein altes Selbst überwunden hatte, wahrhaftig und ein für allemal. Von nun an würde seine Seele sich so weit über Leddravohr und seinesgleichen aufschwingen, wie die Kontinente und Ozeane von Diesland unter seinem Himmelsschiff zurückbleiben würden. Wenn das kein Grund zur Freude war!

Leddravohr musterte einen Moment lang Taulers Gesicht, als wolle er darin lesen, dann richtete er sein Augenmerk auf das Schiff. Die Bodenmannschaft hob eben den Ballon auf die vier Beschleunigungsstützen, die den grundsätzlichen Unterschied zwischen einem Himmelsschiff und einem gängigen Luftschiff augenfällig machten. Jetzt zu drei Vierteln gefüllt, sackte der Ballon zwischen die Stützen wie irgendein grotesker Leviathan, den man seines Lebenssaftes beraubt hatte. Die gelackte Leinenhaut waberte schwach in den milden Luftströmungen, die durch die Maueröffnungen kamen.

»Wenn ich mich nicht irre«, sagte Leddravohr, »dann ist es jetzt Zeit, an Bord zu gehen, Marakain.«

Tauler salutierte, drückte Amdjurans Schulter und eilte zur Gondel. Auf sein Zeichen hin schwang sich Savotl an Bord, der Copilot und Protokollführer für den Flug, dicht gefolgt von Rillomainer, dem Mechaniker, und der winzigen Gestalt Flenns, des Taklers. Tauler ging als letzter an Bord und nahm seine Position am Brenner ein. Die Gondel lag immer noch auf der Seite, so daß er mit dem Rücken auf einer Trennwand aus Korbgeflecht liegen mußte, um den Brenner zu bedienen.

Die Hauptkomponente des Brenners hatte man aus einem kompletten, ganz jungen Brakkabaum gefertigt. Auf der linken Seite der zwiebelförmigen Basis saß ein kleiner Behälter voll Paikn, mit einem Ventil, das die Kristalle unter Luftdruck in die Reaktionskammer beförderte. Auf der gegenüberliegenden Seite regelte eine ähnliche Vorrichtung den Zustrom von Havl, und beide Ventile wurden durch einen einzigen Hebel bedient. Die Durchlaßöffnungen des rechten Ventils waren geringfügig größer, und damit auch der Anteil von Havl an der Reaktion, was erfahrungsgemäß für eine anhaltende Heißgasentwicklung günstiger war.

Tauler pumpte den Luftdruckbehälter von Hand auf, dann gab er dem Vormann der Bodenmannschaft zu verstehen, daß er bereit war, den Brenner zu starten. Der Geräuschpegel im Kaminhof sank ab, als die Männer am Gebläse das Kurbeln einstellten und die schwerfällige Maschine mitsamt dem Rüssel auf die Seite zogen.

Tauler schob den Kontrollhebel für etwa eine Sekunde vor. Es gab ein tosendes Fauchen, als die Energiekristalle miteinander reagierten und einen Stoß des heißen Miglyngases in das gähnende Maul des Ballons feuerten. Zufrieden mit der Arbeit des Brenners, erzeugte Tauler eine Reihe von Entladungen, die er kurz hielt, um Hitzeschäden am Gewebe zu vermeiden – und die weite Ballonhülle fing an, sich zu blähen und vom Boden zu lösen. Während sie sich allmählich aufrichtete, näherten sich die Männer, die die Kronseile hielten, und befestigten sie am Tragrahmen der Gondel, derweil andere die Gondel in die richtige Lage drehten. Auf einmal war das Himmelsschiff startbereit, nur noch gehalten von seinem zentralen Anker.

Eingedenk Amdjurans Warnung vor falschem Auftrieb, feuerte Tauler eine weitere Minute lang, und während das heiße Gas mehr und mehr die kältere Luft aus dem Ballonmund drängte, begann sich die Takelung zu straffen.

Schließlich, viel zu beschäftigt, um sich der Bedeutung des Augenblicks zu widmen, drehte er den Ankerring, und das Himmelsschiff hob ab.

Es stieg bereits schnell, doch als das Krongewölbe des Ballons in den Wind hinausfuhr, der über den Kaminmauern wehte, erfuhr das Schiff einen derart ungestümen zusätzlichen Auftrieb, daß Rillomainer laut nach Luft rang, während es himmelwärts beschleunigte. Tauler, vorbereitet auf das Phänomen, feuerte einen langanhaltenden Heißgasstrom aus dem Brenner. In wenigen Sekunden lag der Ballon voll in der Luftströmung und ließ sich von ihr mitnehmen, und als die relative Luftbewegung über der Kuppe des Ballons auf Null fiel, verschwand auch der zusätzliche Auftrieb.

Zur selben Zeit trieb eine kräuselnde Verwerfung des Ballons, die noch vom ersten Aufprall des Windes rührte, etwas Gas aus dem Ballonmund, und nun verlor das Schiff sogar an Höhe, derweil es mit etwa zehn Stundenmeilen nach Osten davongetragen wurde. Die Geschwindigkeit war zwar vergleichsweise gering, aber das Himmelsschiff war nur für die vertikale Reise konstruiert, und jeder Bodenkontakt in diesem Stadium konnte verhängnisvoll sein.

Tauler begegnete dem unerwünschten Abstieg mit ausgedehnten Salven aus dem Brenner. Für eine bange Minute hielt die Gondel geradewegs auf die Reihe der Elvartbäume am östlichen Rand des Startgeländes zu, als ob sie an eine unsichtbare Schiene gebunden sei, dann begann sich der Auftrieb des Ballons zu erholen. Der Boden fiel langsam zurück, und Tauler konnte dem Brenner eine Ruhepause gönnen. Er blickte zurück auf die Flut der Ballonkamine, von denen einige noch im Bau begriffen waren, und konnte unter den Hunderten von Schaulustigen den weiß schimmernden Fleck von Leddravohrs Küraß ausmachen; doch der Prinz verlor mit zunehmender Entfernung an Bedeutung und schien bereits jetzt der Vergangenheit anzugehören.

»Machst du mal bitte eine Notiz?« sagte Tauler zu Ilven Savotl. »Die maximale Windgeschwindigkeit für einen Start bei voller Ladung liegt offensichtlich bei zehn Meilen pro Stunde. Auch diese Bäume sollten verschwinden.«

Savotl sah kurz vom Korbtisch in seiner Nische auf. »Ich bin schon dabei, Kapitän.« Er war ein schmalköpfiger Bursche mit winzigen Knollenohren und permanentem Stirnrunzeln, auf seine Art pedantisch und empfindlich wie ein alter Mann, aber immerhin Veteran mehrerer Testflüge.

Tauler sah sich in der viereckigen Gondel um, prüfte, ob alles seine Ordnung hatte. Mechaniker Rillomainer hatte sich auf die Sandsäcke in einem der Passagierabteile plumpsen lassen, war blaß um die Nase und tat sich entschieden selbst leid. Rih Flenn, der Takler, saß wie ein langschwänziger Baumaffe auf der Reling der Gondel, emsig dabei, den Haltestrick an einer der freihängenden Beschleunigungsstreben zu kürzen. Taulers Magen zog sich vor Kälte zusammen; Flenn hatte seine Leine nicht an der Reling gesichert.

»Was soll das, Flenn?« sagte er. »Mach deine Leine fest!«

»Ich kann besser ohne arbeiten, Kapitän.« Ein Grinsen spaltete das perläugige, knopfnasige Gesicht des Taklers. »Ich habe keine Höhenangst.«

»Würdest du jetzt *bitte* Angst haben?« Tauler sprach sanft, fast liebenswürdig, aber Flenns Grinsen erlosch sofort, und er klinkte seinen Karabinerhaken an die Brakkareling. Tauler wandte sich ab, um sein Lächeln zu verbergen. Flenn schlug aus seiner zwergenhaften und komischen Erscheinung Kapital und verstieß fortwährend gegen die Disziplin, auf eine Weise, mit der andere sich die Prügelstrafe eingehandelt hätten; aber er leistete hervorragende Arbeit. Tauler hatte mit ihm einen guten Griff getan, und es lag auf der Hand, daß er eine ausgesprochene Schwäche für Rebellen und Außenseiter hatte.

Jetzt gewann das Schiff laufend an Höhe. Unter ihnen lagen die westlichen Vororte von Ro-Atabri. Die vertrauten Konturen der Stadt wurden entstellt und verhüllt durch die Decke aus Anti-Pterssa-Schirmen, die sich darüber ausgebreitet hatte wie ein Pilzgeflecht; doch die Arlbucht und der Golf waren so, wie Tauler sie aus seiner Kindheit von Exkursionen mit dem Luftschiff kannte. Ihr verklärtes Blau ging über in einen purpurnen Dunstschleier vor dem Horizont – darüber schimmerten, vom Licht der Sonne geschwächt, die neun Sterne des Baums.

Tauler konnte den Großen Palast erkennen, am Südufer des Borann, und er fragte sich, ob König Pradt in eben diesem Augenblick vielleicht an einem Fenster stand und hinaufstarrte zu dem zerbrechlichen Gebilde aus Tuch und Holz, mit dem er die Zukunft gewinnen wollte. Seit er seinem Sohn absolute Macht verliehen hatte, war der König regelrecht zum Einsiedler geworden. Einige meinten, seine Gesundheit habe sich verschlechtert, andere, er habe keine Lust, sich wie ein verängstigtes Tier in den vermummten Straßen seiner Residenzstadt herumzudrücken.

Tauler stellte betroffen fest, daß ihn die komplexe und abwechslungsreiche Szenerie in der Tiefe kaum mehr berührte – als habe er schon beim ersten Schritt auf dem fünftausend Meilen langen Pfad hinauf nach Jenland die Fesseln seiner Vergangenheit abgestreift. Ob er die Schwesterwelt bei einer späteren Fahrt wirklich erreichen und dort ein neues Leben beginnen würde, entschied die Zukunft – seine Gegenwart war auf die winzige Welt des Himmelsschiffes beschränkt. Die Miniaturwelt der Gondel, nur gut vier Schritt im Quadrat, würde für mehr als zwanzig Tage sein ganzes Universum sein, und er brauchte sich um nichts …

Taulers Meditation wurde abrupt beendet, als er in einiger Entfernung gegen Nordwesten ein purpurnes Pigmentfleckchen am weiß gefiederten Himmel bemerkte.

»Auf die Beine, Rillomainer!« rief er. »Es wird Zeit, daß du anfängst, dir deinen Sold zu verdienen.«

Der Mechaniker erhob sich aus dem Passagierabteil. »Tut mir leid, Kapitän – der Start ist mir irgendwie auf den Magen geschlagen.«

»Bevor du richtig krank wirst, mach dich an die Kanone«, sagte Tauler. »Kann sein, daß wir bald Besuch bekommen.«

Rillomainer fluchte und schwankte zur erstbesten Kanone. Savotl und Flenn folgten unaufgefordert seinem Beispiel. Auf jeder Seite der Gondel waren zwei Anti-Pterssa-Kanonen montiert, deren Rohre – nach der Art von Fässern – aus feinen Brakkastreifen bestanden, die durch eine Glasfadenwicklung in Harz aufs innigste miteinander verbunden waren. Unterhalb jeder Waffe befand sich ein Magazin, das mit gläsernen Energiekapseln und Projektilen bestückt war. Letztere waren eine erprobte Neuentwicklung – gebündelte Klauen aus Holzstäbchen, die sich im Flug radial öffneten. Die neuen Kanonen erforderten zwar mehr Sorgfalt als die älteren Streuwaffen, hatten dafür aber eine größere Reichweite.

Tauler blieb am Brenner und feuerte in kurzer Folge Hitzestöße in den Ballon, um die Steiggeschwindigkeit zu halten. Er war nicht besonders beunruhigt wegen der einen Pterssa, aber seine Warnung hatte wenigstens Rillomainer aufgescheucht. Man nahm allgemein an, daß die Blasen größere Entfernungen nur mit Hilfe von Luftströmungen überwinden konnten. Sie schienen die horizontale Komponente ihrer Bewegung nicht kontrollieren zu können – mit einer fatalen Ausnahme. Hatten sie ihre Beute erst einmal nahe genug vor sich, schienen sie in der Lage zu sein, die restliche Distanz willentlich zu überbrücken. *Wie* sie das anstellten, war nach wie vor ein Rätsel. Eine Theorie besagte, daß die Pterssa auf der dem Opfer abgewandten Seite eine kleine Öffnung in ihrer Haut erzeuge. Es sei der Ausstoß von inneren Gasen, der die Blase auf das Opfer zutreibe, bis sich schließlich ihre gesamte Struktur auflöse, um den giftigen Staub freizusetzen. Man blieb dabei auf Vermutungen angewiesen, da man eine Pterssa schlecht aus der Nähe studieren konnte.

Jetzt und hier war die Blase ungefähr vierhundert Schritt vom Schiff entfernt und würde wahrscheinlich diese Distanz beibehalten, weil beide – Schiff und Pterssa – von derselben Luftströmung getragen wurden. Tauler wußte aber auch, daß eine Pterssa die vertikale Komponente ihrer Bewegung recht gut beherrschte. Beobachtungen mit geeichten Teleskopen hatten ergeben, daß eine Pterssa ihre Lage regulieren konnte, indem sie ihre Größe anschwellen oder schrumpfen ließ, also ihre Dichte änderte, und Tauler hätte zu gerne ein doppeltes Experiment angestellt, das für die spätere Auswanderung von Nutzen sein konnte.

»Behalte die Blase im Auge!« sagte er zu Savotl. »Sie scheint sich auf unserer Höhe zu halten, und falls sie das wirklich tut, haben wir den Beweis, daß sie uns wahrgenommen hat – aus dieser Entfernung. Ich will auch wissen, wie hoch sie steigt, bevor sie aufgibt.«

»Sehr gut, Kapitän.« Savotl nahm sein Fernglas und ließ sich nieder, um die Pterssa zu beobachten.

Tauler sah sich in seinem engen Reich um und versuchte sich vorzustellen, wie eng es hier erst sein würde bei einer vollen Belegung, mit zwanzig Leuten an Bord. Die Passagierunterkünfte bestanden aus zwei schmalen, brusthohen Abteilen, die der Balance wegen an gegenüberliegenden Seiten der Gondel plaziert waren. Etwa neun Leute mußten sich in jedem Abteil zusammenpferchen, würden sich weder richtig hinlegen noch die Beine vertreten können, und ihre physische Kondition würde am Ende der langen Reise erbärmlich sein.

Eine Ecke der Gondel wurde von der Kombüse eingenommen, und die diagonal gegenüberliegende von einer primitiven Toilette, die kaum mehr als ein Loch im Boden war, mit einigen sanitären Hilfen. Das Zentrum wurde von den vier Mannschaftsabteilen beansprucht, die die Brennereinheit und den abwärts gerichteten Düsenantrieb umgaben. Der restliche Innenraum war größtenteils mit Paikn- und Havl-Magazinen angefüllt. Weitere Kristallmagazine, sowie die Nahrungs- und Trinkvorräte und verschiedene Spinde mit Ausrüstungsgegenständen befanden sich an den beiden gegenüberliegenden Seiten zwischen den Passagierabteilen.

Es war abzusehen, dachte Tauler, daß die Auswanderung, wie manche andere historische und ruhmreiche Unterfangen vor ihr, von Elend und Entwürdigung begleitet sein würde; sie würde eine körperliche und seelische Strapaze werden, die nicht alle überleben konnten.

Im Gegensatz zu der armseligen und überfüllten Gondel war das obere Element des Himmelsschiffs von majestätischer, dünnhäutiger Leere, eine gigantische, beinah substanzlose Form. Man hatte die Leinenbahnen der Ballonhülle dunkelbraun gefärbt, um die Wärme der Sonnenstrahlen zu absorbieren und so zusätzlichen Auftrieb zu gewinnen; doch als Tauler hinaufsah in das offene Maul des Ballons, sah er

Licht durch das Gewebe glühen. Die Nähte und die horizontalen und vertikalen Verstärkungsbänder wirkten wie ein geometrisches Netz aus schwarzen Linien, das die Weite der Wölbung betonte. Diese feingliedrige Kuppel einer wolkengeborenen Kathedrale konnte unmöglich das Werk von einfachen Webern und Nähern sein.

Zufrieden, daß sein Schiff stabil war und beständig stieg, befahl Tauler, die vier Beschleunigungsstützen einzuholen und die unteren Enden an den vier Ecken der Gondel zu verankern. Flenn erledigte die Aufgabe in wenigen Minuten und verlieh der Verbindung von Ballon und Gondel gerade soviel strukturelle Steife, wie nötig war, damit später die bescheidenen Kräfte des zentralen Antriebs oder der Lagekorrekturdüsen auf das Schiff als Ganzes wirken würden.

Die rote Reißleine, die hinauf in den Ballon führte bis zu einer Kronbahn, die für eine schnelle Entleerung heruntergerissen werden konnte, war fest mit einem Haken im Pilotenabteil verbunden. Sie war nicht nur für den Notfall gedacht, sondern diente auch einer groben Kontrolle der Steiggeschwindigkeit, weil sie erschlaffte, wenn die Krone des Ballons durch eine starke vertikale Luftbewegung eingedellt wurde. Tauler befingerte die Leine und schätzte, daß sie mit ungefähr zwölf Meilen pro Stunde stiegen, unterstützt durch die Tatsache, daß selbst erkaltetes Miglyngas noch geringfügig leichter war als Luft. Später, wenn das Schiff in die Regionen geringer Schwerkraft und dünner Luft kam, würde er diese Geschwindigkeit mit Hilfe des Düsenantriebs nahezu verdoppeln.

Nach dreißig Minuten Fahrtzeit war das Schiff hoch über dem Gipfel des Optelmer und hatte seine Ostdrift beendet. Die Gartenprovinz Kail erstreckte sich bis zum südlichen Horizont, ihre Streifenfarmen ein einziges schimmerndes Mosaik, jedes Mosaiksteinchen in sechs Tönen von Gelb bis Grün gestreift. Im Westen lag das Otollische Meer und im Osten der Merlgiffer Ozean, auf ihren kurvenreichen Wasserzungen hier und da die Tupfer von Segelschiffen. Das ockerfarbene Gebirge von Hochkolkorron beherrschte den Ausblick nach Süden, die Gipfelketten und Senken durch die

Perspektive zusammengedrängt. Einige Luftschiffe, die wie winzige, ovale Juwelen glühten, befuhren die Handelslinien tief unten.

Aus einer Höhe von etwa sechs Meilen sah Diesland friedlich und schmerzlich schön aus. Nur die relative Seltenheit der Luft- und Segelschiffe deutete darauf hin, daß die gesamte Landschaft, die scheinbar im milden Licht der Sonne döste, in Wahrheit ein Kriegsschauplatz war, eine Arena, in der die Menschheit einen vernichtenden Kampf geführt und verloren hatte.

Tauler tastete wie gewöhnlich, wenn er in Gedanken versunken war, nach dem merkwürdig schweren Objekt, das er von seinem Vater bekommen hatte, und rieb den Daumen an der glänzenden Oberfläche. Er fragte sich, wie viele Jahrhunderte wohl bei einem normalen Verlauf der Geschichte verstrichen wären, ehe die Menschen eine Reise nach Jenland gewagt hätten? Hätten sie es überhaupt jemals versucht, wenn sie nicht vor der Pterssa hätten fliehen müssen?

Der Gedanke an den uralten und unversöhnlichen Feind veranlaßte Tauler, sich umzusehen und die Position der einzelnen Pterssa von vorhin zu prüfen. Ihr seitlicher Abstand vom Schiff war unverändert, und – was interessanter war – sie paßte sich nach wie vor der Steiggeschwindigkeit an. War das ein Beweis für Wahrnehmung und Absicht? Und wenn, warum hatte sich die Spezies der Pterssa ausgerechnet den Menschen als Erzfeind ausgesucht? Wie kam es, daß alle anderen Lebewesen auf Diesland, mit Ausnahme des Sorka-Gibbon, gegen Pterssose immun waren?

Als ob Savotl Taulers neu erwachtes Interesse an der Blase gespürt hätte, senkte er sein Fernglas und sagte: »Meint Ihr, daß sie größer aussieht, Kapitän?«

Tauler nahm sein eigenes Glas an die Augen und beobachtete den schmutzigen Purpurfleck; die Transparenz der Blase machte es schwer, ihre Größe genau zu bestimmen. »Schwer zu sagen.«

»Wir haben bald Kurznacht«, meinte Savotl. »Der Gedanke, das Ding im Dunkeln um uns herum zu haben, paßt mir gar nicht.«

»Ich glaube, sie kann uns nicht erreichen – das Schiff hat eine ähnliche Form und reagiert ziemlich ähnlich auf einen Seitenwind.«

»Hoffentlich habt Ihr recht«, sagte Savotl düster.

Rillomainer sah sich von seinem Ausguck an der Kanone um und sagte: »Wir haben seit Tagesanbruch nichts gegessen, Kapitän.« Er war ein bleicher und aufgeschwemmter Bursche, dessen enormer Appetit selbst nicht vor der scheußlichsten Nahrung haltmachte, und es hieß, er habe erst richtig zugenommen seit der allgemeinen Rationierung, weil er all die verdorbenen Lebensmittel, die seine Arbeitskameraden verweigerten, in sich hineingeschaufelt hatte. Obwohl er den Schüchternen spielte, war er ein guter Mechaniker und ungeheuer stolz auf seine Kenntnisse.

»Ich bin froh, daß es deinen Eingeweiden wieder besser geht«, sagte Tauler. »Der Gedanke wär mir unerträglich, ich könnte dir einen bleibenden Schaden zugefügt haben.«

»Ich wollte nicht Euren Start kritisieren, Kapitän – ich leide schon immer unter einem nervösen Magen.«

Mit ein paar Zungenlauten heuchelte Tauler Mitleid. Er wandte sich an Flenn: »Du solltest den Mann lieber füttern, bevor er uns umkippt.«

»Bin schon unterwegs, Kapitän.« Als Flenn auf die Füße sprang, öffnete sich sein Hemd auf der Brust, und der grüngestreifte Kopf eines Karbeis spähte heraus. Flenn bedeckte die pelzige Kreatur hastig mit der Hand und schob sie in ihr Versteck zurück.

»Was hast du da?« fuhr Tauler ihn an.

»Sie heißt Tinny, Kapitän.« Flenn holte den Karbel hervor und wiegte ihn in den Armen. »Ich wußte nicht, wohin mit ihr.«

Tauler machte seinem Ärger Luft. »Das ist eine wissenschaftliche Mission und keine … Ist dir klar, daß jeder andere Kommandant das Tier über Bord werfen würde?«

»Ich schwöre, sie macht keinen Ärger, Kapitän.«

»Das möchte ich ihr auch nicht raten. Jetzt mach was zu essen.«

Flenn grinste und verschwand flink wie ein Affe in der

Kombüse, um die erste Mahlzeit zuzubereiten. Er war so klein, daß ihn der brusthohe, geflochtene Verschlag völlig den Blicken der anderen entzog. Tauler ließ sich am Brenner nieder, um seine Kontrolle über den Aufstieg des Schiffes zu verfeinern.

Er entschied sich dafür, die Geschwindigkeit zu steigern, und verlängerte die Brennersalven von drei auf vier Sekunden und wartete auf die zeitverzögerte Reaktion des Ballons hoch oben. Mehrere Minuten verstrichen, ehe der neue Auftrieb, den er erzeugte, das Beharrungsvermögen der vielen Tonnen Gas in der Hülle überwunden hatte und die Reißleine merklich lockerer wurde. Zufrieden mit der neuen Steiggeschwindigkeit von rund achtzehn Meilen pro Stunde, konzentrierte er sich darauf, den Rhythmus des Brenners – vier Sekunden feuern und zwanzig Sekunden Pause – zu einem Teil seiner selbst zu machen, indem er ihn mit seinen inneren Uhren von Herzschlag und Atmung verglich. Er mußte die leiseste Abweichung darin entdecken können, auch wenn er schlief und Savotl ihn an den Kontrollen vertrat.

Das Essen, das Flenn brachte, stammte von den begrenzten Frischvorräten und war besser, als Tauler erwartet hatte – im eigenen Saft gebratene Streifen mageren Rindfleisches, Hülsenfrüchte, Körnerpfannkuchen und Becher mit heißem Grünen Tee. Tauler ließ den Brenner ausgeschaltet, während er aß, und das Schiff still von seinem Auftrieb zehren. Die Wärme, die von der schwarzen Reaktionskammer ausging, zusammen mit den aromatischen Gerüchen aus der Kombüse verwandelten die Gondel in eine heimelige Oase inmitten azurblauer Leere.

Beim Essen flog von Westen her Kurznacht heran, ein kurzes Aufblitzen der Farben des Regenbogens ging einer schlagartigen Finsternis vorauf, und während sich die Augen der Mannschaft an die Dunkelheit gewöhnten, erwachte das Firmament rundum zu glitzerndem Leben. Sie reagierten auf das Überirdische ihrer Situation mit einem Gefühl inniger Kameradschaft. Es herrschte die unausgesprochene Überzeugung, daß lebenslange Freundschaften geboren wurden, und in dieser Atmosphäre war jede Anekdote interessant, jede Prahlerei glaubhaft und jeder Scherz ungemein lustig. Und selbst als die Unterhaltung schließlich erstarb und einer allgemeinen Befremdung wich, blieben sie auf einer anderen Ebene in Verbindung.

Tauler hatte sich nicht restlos auf die anderen einlassen können, weil er die ganze Verantwortung trug, aber er fühlte wie sie. Aus seiner sitzenden Position heraus lag der Rand der Gondel in Augenhöhe, und es war dahinter nichts zu sehen außer rätselhaften Lichtwirbeln, Kometenschweifen, Sternen und Sternen und nochmals Sternen. Das einzige Geräusch war das gelegentliche Knarren eines Taus. Die einzige wahrnehmbare Bewegung rührte von Meteoren, die ihre Botschaften mit flüchtiger Kreide auf die Brakkatafeln der Nacht schrieben.

Es fiel ihm nicht schwer, sich in die mit Leuchtbaken befeuerten Tiefen des Universums hineinzuträumen, als sich mit einemmal und aus unerfindlichen Gründen das Verlangen einstellte, eine Frau an seiner Seite zu haben, eine weibliche Nähe zu spüren, die der Reise irgendwie Bedeutung verleihen würde. Er hätte jetzt zwar ganz gerne Fera bei sich gehabt, doch ihr sinnliches Wesen hätte kaum zu seiner Stimmung gepaßt. Unter einer richtigen Frau verstand er eine, die die mystischen Seiten der Erfahrung zu steigern vermochte. Eine Frau wie ...

Tauler ließ seiner Phantasie die Zügel schießen, blindlings, sehnsüchtig. Und einen Augenblick lang glaubte er, Gesalla Marakains schlanken Körper zu spüren. Entsetzt sprang er auf, fühlte sich schuldig, war verwirrt und hatte das Gleichgewicht der Gondel gestört.

»Was ist, Kapitän?« sagte Savotl, der kaum auszumachen war in der Dunkelheit.

»Nichts. Ein Wadenkrampf, das ist alles. Übernimm du eine Weile den Brenner. Vier zu zwanzig brauchen wir.«

Tauler ging an die Seite der Gondel und lehnte sich an die Reling. Was ist los mit mir? dachte er. Leyn sagte, ich würde nur eine Rolle spielen – aber wie konnte er das wissen? Der neue, überlegene und unerschütterliche Tauler Marakain ...

der Mann, der zu tief ins Glas der Erfahrung geschaut hat... der auf Prinzen herabsieht... der den Abgrund zwischen den Welten nicht scheut... und der sich, nur weil die Monofrau seines Bruders die Hand auf seinen Arm legt, sofort von jugendlichen Phantasien hinreißen läßt! War Leyn mit seiner unheimlichen Wahrnehmung in der Lage, in mir den Betrüger zu *sehen,* der ich bin? War es das, was ihn gegen mich aufbrachte?

Die Finsternis unter dem Himmelsschiff war undurchdringlich, als ob Diesland bereits von allen Menschen verlassen sei; doch während Tauler noch in die Schwärze starrte, erschien am westlichen Horizont ein dünner Streifen aus rotem, grünem und violettem Feuer. Er weitete sich, wurde immer heller, und plötzlich fegte mit atemberaubender Geschwindigkeit eine Flutwelle aus purem Licht über die Welt und erschuf Ozeane und Landmassen in all ihrer Farbigkeit und bis ins letzte Detail noch einmal. Tauler zog unmerklich den Kopf ein, als erwarte er eine heftige Windbö, als der rasende Terminator das Schiff erreichte, es mit gleißendem Sonnenlicht überschüttete, und weiterjagte zum östlichen Horizont. Der säulenförmige Schatten Jenlands hatte seinen täglichen Lauf über Kolkorron vollendet, und Tauler hatte ganz den Eindruck, daß er soeben noch einer anderen Verfinsterung entkommen war, einer Kurznacht in seinem Verstand.

Mach dir keine Sorgen, geliebter Bruder, dachte er. *Selbst in Gedanken werde ich dich niemals betrügen. Niemals!*

Ilven Savotl richtete sich am Brenner auf und hielt Ausschau nach Nordwesten. »Was haltet Ihr jetzt von der Blase, Kapitän? Ist sie größer oder näher? Oder beides?«

»Ein klein wenig näher vielleicht«, sagte Tauler, nachdem er sein Fernglas auf die Pterssa eingestellt hatte. Er war froh, seine Gedanken wieder auf ein äußeres Ziel konzentrieren zu können. »Merkst du, wie das Schiff ein bißchen tanzt? Es könnte zu einer Verwirblung von Warm- und Kaltluft gekommen sein, als Kurznacht vorüberging, und das könnte sich zum Vorteil der Blase ausgewirkt haben.«

»Sie ist immer noch auf gleicher Höhe mit uns – obwohl wir unsere Geschwindigkeit geändert haben.«

»Ja. Ich glaube, sie hat es auf uns abgesehen.«

»Ich weiß, auf wen *ich* es abgesehen habe«, verkündete Flenn, als er an Tauler vorbei zur Toilette schlüpfte. »Ich habe die Ehre, als erster den langen Weg auszuprobieren – und hoffe bloß, daß Pjuhilter alles auf den Kopf kriegt.« Er meinte damit einen Aufseher, der sich mit seinen kleinen Sticheleien bei den Technikern der T.G.H. unbeliebt gemacht hatte.

Rillomainer schnaubte beifällig. »Dann hat er wenigstens *einmal* Grund, sich zu beklagen.«

»Bei dir ist das schon schlimmer – wahrscheinlich evakuieren sie ganz Ro-Atabri, wenn du anfängst, sie zu bombardieren.«

»Paß du auf, daß du nicht durchs Loch fällst«, brummte Rillomainer, dem die Anspielung auf seine Diätprobleme nicht gefiel. »Es ist nicht für Zwerge gemacht.«

Tauler ließ die beiden gewähren. Sie wollten sowieso nur testen, welchen Führungsstil er auf der Reise bevorzugte. Eine enge Auslegung der Vorschriften schloß grundsätzlich jedes Wortgeplänkel unter der Mannschaft aus, zumal Grobheiten, aber ihn interessierte nur, ob die Männer tüchtig, redlich und mutig waren. In ein paar Stunden würde das Schiff höher sein als irgendein Schiff je zuvor – abgesehen von dem halb mythischen Juseyder vor einem halben Jahrtausend – und er würde mit ihnen in wildfremde Regionen vorstoßen, wo jede menschliche Erleichterung willkommen war.

Nebenbei waren in den Offiziersunterkünften über diesen Punkt schon tausend Witze gerissen worden, seit die platzsparende Ausstattung der neuen Gondel bekannt geworden war. Er hatte sich im stillen darüber amüsiert, wie oft ihn das Bodenpersonal daran erinnert hatte, die Toilette erst zu benutzen, wenn die vorherrschenden Westwinde das Schiff von der Basis fortgetragen hatten ...

Das Zerplatzen der Pterssa kam überraschend für Tauler.

Er studierte eben noch das vergrößerte Bild der Blase, als sie einfach zu existieren aufhörte; da der Hintergrund keinen Kontrast bot, markierte nicht einmal ein flüchtiger Staubfleck ihre ursprüngliche Position. Obwohl man aufs beste gegen den Feind gewappnet war, nickte er zufrieden. Sie würden ohnehin kaum Schlaf finden in der ersten Nacht hier oben, auch ohne die Angst vor launischen Luftströmungen, die eine lautlose Pterssa in tödliche Nähe tragen mochten.

»Notiere, daß sich die Pterssa einfach selbst aufgelöst hat«, sagte er zu Savotl und – um seine Erleichterung auszudrücken – fügte eine persönliche Bemerkung hinzu: »Halte fest, daß es nach rund vier Stunden Fahrtzeit passiert ist... gerade als Flenn die Toilette benutzte... aber daß es wahrscheinlich keine Verbindung zwischen den beiden Vorkommnissen gibt.«

Tauler wurde kurz nach Tagesanbruch von einer lebhaften Diskussion inmitten der Gondel geweckt. Er kniete auf den Sandsäcken und rieb sich die Arme, unsicher, ob die Kühle von außen kam oder eine Nachwirkung des Schlafs war. Das regelmäßige Tosen des Brenners war so aufdringlich gewesen, daß er mehr gedöst als geschlafen hatte, und jetzt war er kaum frischer, als wenn er die ganze Nacht auf dem Posten geblieben wäre. Er bewegte sich auf Knien zum Einlaß des Passagierabteils und hielt Ausschau nach den Männern.

Savotl hob den schmalen Kopf. »Ihr solltet Euch das ansehn, Kapitän«, sagte er. »Der Höhenmesser funktioniert tatsächlich!«

Tauler lavierte seine Beine in den engen zentralen Bereich und ging zur Pilotenstation, wo Flenn und Rillomainer neben Savotl standen. Der Höhenmesser war auf einem leichten Tisch befestigt. Das Gerät bestand aus nichts weiter als einem kleinen Gewicht, das an einer empfindlichen Spirale hing, die aus einem haarfeinen Brakkaspan gewunden war; dahinter befand sich eine vertikale Skala. Am letzten Morgen, als der Flug seinen Anfang genommen hatte, hatte das Gewicht vor der niedrigsten Marke der Skala gehangen, und jetzt hing es mehrere Teilstriche höher.

Tauler starrte angestrengt auf das Meßgerät. »Hat sich jemand daran zu schaffen gemacht?«

»Niemand hat es angerührt«, versicherte Savotl. »Das bedeutet, daß alles, was man uns gesagt hat, stimmen muß.

Alles wird leichter, während wir höher steigen! Wir werden leichter!«

»Das war zu erwarten«, sagte Tauler, der nicht zugeben wollte, sich im stillen immer gegen diesen Gedanken gesträubt zu haben, auch wenn Leyn sich Zeit genommen hatte, ihm die Theorie in privaten Nachhilfestunden einzutrichtern.

»Ja, aber das bedeutet, daß wir in drei oder vier Tagen überhaupt nichts mehr wiegen. Wir können dann in der Luft herumschweben wie ... wie Pterssas! Das ist alles *wahr*, Kapitän!«

»Welche Höhe zeigt das Gerät an?«

»Rund dreihundertfünfzig Meilen, und das stimmt gut mit unseren Berechnungen überein.«

»Ich fühle keinen Unterschied«, warf Rillomainer ein. »Ich behaupte, die Feder hat sich zusammengezogen.«

Flenn nickte. »Ich auch.«

Tauler brauchte Zeit, um seine Gedanken zu ordnen. Er ging an die Seite der Gondel und erlebte ein kurzes Schwindelgefühl, als er Diesland sah, wie er es noch nie gesehen hatte – eine ungeheure kreisförmige Wölbung, eine Hälfte in nahezu vollkommener Dunkelheit, die andere ein funkelnder blauer Ozean mit fein schattierten Kontinenten und Inseln.

Alles wäre ganz anders, wenn du aus dem Zentrum von Chamtess starten und in den offenen Raum emporsteigen würdest, hallte Leyns Stimme in ihm nach. Doch auf der Reise zwischen den beiden Welten wirst du bald eine mittlere Zone erreichen – in Wahrheit etwas näher an Jenland als an Diesland – wo die Anziehungskraft des einen Planeten die des anderen ausgleicht. Unter normalen Bedingungen, wenn die Gondel schwerer ist als der Ballon, hat das Schiff die Stabilität eines Pendels – doch wo alles sein Gewicht verliert, wird das Schiff instabil, und du mußt die seitlichen Düsen benutzen, um seine Lage zu kontrollieren.

Leyn hatte die ganze Reise in Gedanken vorweggenommen, begriff Tauler, und alles, was Leyn vorausgesagt hatte, würde eintreten. Sie drangen ohne Zweifel in unbekannte

Regionen vor, doch Männer wie Leyn Marakain hatten das Gelände bereits mit Hilfe ihres Verstandes sondiert, und man durfte ihnen ruhig vertrauen…

»Nun sei nicht so aufgeregt, daß du gleich den Brenner aus dem Rhythmus bringst«, sagte Tauler ruhig, während er sich nach Savotl umdrehte. »Und vergiß nicht die Anzeige des Höhenmessers zu prüfen, indem du viermal am Tag den scheinbaren Durchmesser von Diesland bestimmst.«

Er heftete seinen Blick auf Rillomainer und Flenn. »Und was euch betrifft – warum hat sich die T.G.H. wohl die Mühe gemacht, euch Spezialunterricht zu erteilen? Die Spiralfeder hat *nicht* ihre Kraft geändert. Wir werden leichter, während wir höher steigen, und ich werde jeden Disput über diese Tatsache als Insubordination betrachten. Ist das klar?«

»Ja, Kapitän.«

Beide hatten einstimmig geantwortet, aber Tauler bemerkte einen bekümmerten Ausdruck in Rillomainers Augen und fragte sich, ob der Mechaniker Schwierigkeiten hatte, sich mit dem Gedanken an seine zunehmende Gewichtslosigkeit anzufreunden. *Das ist Sinn und Zweck einer Testfahrt,* rief er sich ins Gedächtnis. *Wir testen nicht nur das Schiff, sondern auch uns.*

Bis zum Einbruch der Nacht war das Meßgewicht des Höhenmessers fast bis zur Skalenmitte geklettert, und die Auswirkungen reduzierter Schwerkraft waren offenkundig und standen nicht mehr zur Diskussion.

Ließ man einen kleinen Gegenstand fallen, so fiel er wesentlich langsamer auf den Boden der Gondel, und alle Männer berichteten von einem merkwürdig flauen Gefühl im Magen. Zweimal fuhr Rillomainer mit einem Schreckenslaut aus dem Schlaf und erklärte später, er habe das Gefühl gehabt zu fallen.

Tauler bemerkte die traumhafte Leichtigkeit, mit der er sich umherbewegen konnte, und ihn durchfuhr der Gedanke, daß sie gut daran täten, sich bald grundsätzlich anzuleinen. Die Vorstellung, eine zu schwungvolle Bewegung könnte einen Mann vom Schiff entfernen, wollte er lieber nicht vertiefen.

Er beobachtete auch, daß das Schiff trotz Gewichtsverlust dazu neigte, langsamer zu steigen. Der Effekt war richtig vorausgesagt worden als Resultat der schwindenden Gewichtsdifferenz zwischen dem heißen Gas in der Ballonhülle und der umgebenden Atmosphäre. Um die Steiggeschwindigkeit zu halten, änderte er den Brennerrhythmus auf vier zu achtzehn, dann auf vier zu sechzehn. Die Paikn- und Havlspender am Brenner wurden immer häufiger nachgefüllt, und trotz reicher Reserven wünschte Tauler sich, bald die Höhe von dreizehnhundert Meilen zu erreichen. Dort würde das Schiffsgewicht, das im Quadrat abnahm, nur noch ein Viertel des Normalwertes betragen, und dann war es ökonomischer, auf Düsenantrieb umzustellen, bis man die Zone der Schwerelosigkeit hinter sich hatte.

Die Notwendigkeit, so vieles in der trockenen Sprache von Mathematik, Technik und Wissenschaft zu bedenken, widerstrebte Taulers natürlicher Reaktion auf seine neue Umwelt. Er lehnte manchmal lange an der Reling, völlig regungslos, fasziniert, wie gelähmt von purer Ehrfurcht. Jenland hing direkt über ihm, wurde aber von der beharrlichen und unermüdlichen Weite des Ballons verdeckt; und tief unten lag die Heimatwelt, die fast schon geheimnisvoll aussah, weil ihre vertrauten Züge von gut tausend Meilen Atmosphäre verwischt wurden.

Bis zum dritten Tag des Aufstiegs nahm der Himmel, obwohl oben und unten unverändert, rundum allmählich ein tieferes Blau an, in dem immer mehr Sterne glitzerten.

War Tauler in seinen Tagträumen versunken, hörte er die Stimmen der Männer und selbst das Tosen des Brenners nicht mehr, und er war allein im Universum, und all die funkelnden Schätze darin gehörten nur ihm. Einmal während der Stunden der Dunkelheit, als er in der Pilotenstation stand, sah er *unter* dem Schiff einen Meteor durch den Himmel schießen. Er zog eine Feuerspur scheinbar vom einen Ende der Unendlichkeit bis zum anderen, und Minuten später folgte ihm eine einzelne niederfrequente Schwingung –

verzerrt, dumpf und trauervoll – die das Schiff zaghaft erfaßte und einem der schlafenden Männer ein Murmeln des Protestes entlockte. Instinktiv, aus einer Art geistigen Habsucht heraus behielt Tauler das Ereignis für sich.

Während des weiteren Aufstiegs war Savotl mit seinen wortreichen Flugprotokollen beschäftigt, und viele seiner Eintragungen befaßten sich mit physiologischen Effekten. Selbst auf dem höchsten Berggipfel von Diesland gab es keinen spürbaren Rückgang des Luftdrucks; nur ein paar Besatzungsmitglieder früherer Höhenrekordfahrten hatten von einem Gefühl leichter Luftverdünnung berichtet und davon, tiefer durchatmen zu müssen. Der Effekt war unbedeutend gewesen, und die Wissenschaftler waren der Ansicht, daß die Atmosphäre bis zur Mitte zwischen den beiden Planeten atembar blieb; aber es war lebenswichtig, diese Vorhersage zu bestätigen.

Tauler fand es beinah ermutigend, als am dritten Tag ihrer Fahrt seine Lunge spürbar heftiger arbeiten mußte – ein Beweis mehr, daß man die Probleme des interplanetaren Ballonfahrens korrekt vorausgesehen hatte – und er fand es daher weniger erfreulich, als er sich gänzlich unerwartet mit einem anderen Phänomen konfrontiert sah. Zeitweise war ihm deutlich kalt gewesen, aber er war der Sache nicht weiter auf den Grund gegangen. Mittlerweile jedoch klagten die anderen in der Gondel fast laufend über die Kälte, und die Schlußfolgerung war unausweichlich – so wie das Schiff an Höhe gewann, wurde die Luft in der Umgebung kälter.

Die Wissenschaftler der T.G.H., auch Leyn Marakain, waren der Meinung gewesen, die Temperatur werde ansteigen, wenn das Schiff in dünnere Luft käme, weil diese es weniger wirksam gegen die Sonnenstrahlen abschirme. Als Äquatorial-Kolkorronier wußte Tauler gar nicht, was richtige Kälte war, und so hatte er sich nichts dabei gedacht, nur mit Hemd, Hose und einem ärmellosen Wams bekleidet auf eine interplanetare Reise zu gehen. Und obwohl er noch nicht einmal zitterte, mußte er jetzt ständig an das wachsende Übel denken, und ein entsetzlicher Gedanke beschlich ihn: Der ganze Flug könnte scheitern, nur weil ihnen Wollzeug fehlte.

Er erlaubte der Mannschaft, alle verfügbaren Kleidungsstücke unter der Uniform zu tragen, und wies Flenn an, auf Verlangen Tee aufzubrühen. Die letzte Entscheidung, weit davon entfernt, die Lage an Bord zu verbessern, löste eine Reihe von Diskussionen aus. Ein ums andere Mal beharrte Rillomainer darauf, Flenn würde aus Bosheit oder Unfähigkeit entweder den Tee aufgießen, bevor das Wasser richtig kochte, oder ihn kalt werden lassen, bevor er ihn ausgebe. Und erst als Savotl, der genauso unzufrieden war, den Brühvorgang kritisch verfolgte, kam die Wahrheit ans Licht – das Wasser begann zu sieden, ehe es die gewünschte Brühtemperatur hatte. Es war heiß, aber nicht *kochendheiß*.

»Das macht mir Kopfzerbrechen, Kapitän«, sagte Savotl, als er den entsprechenden Eintrag im Logbuch beendete. »Ich kann es mir nur so erklären, daß leichteres Wasser bei niedrigerer Temperatur siedet. Und *falls* das so ist – was passiert mit uns, wenn erst alles so leicht ist, daß nichts mehr Gewicht hat? Wird dann die Spucke im Mund sieden? Werden wir Dampf pinkeln?«

»Wir wären gezwungen zurückzukehren, bevor du diese Demütigung zu erleiden hättest«, sagte Tauler, die negative Einstellung des anderen offen mißbilligend, »aber ich glaube nicht, daß es soweit kommt. Es muß irgendeinen anderen Grund geben – vielleicht hat es etwas mit der Luft zu tun.«

Savotl sah skeptisch aus. »Ich kann mir nicht vorstellen, wie die Luft das Wasser beeinflussen sollte.«

»Ich auch nicht – also vertrödele ich keine Zeit mit unnützen Spekulationen«, sagte Tauler schroff. »Und solltest du gerade nichts Besseres vorhaben, dann sieh dir mal den Höhenmesser an. Er sagt, wir sind elfhundert Meilen gestiegen – und wenn das korrekt ist, dann haben wir den lieben langen Tag unsere Geschwindigkeit kräftig unterschätzt.«

Savotl studierte das Gerät, befühlte die Reißleine und sah hinaus in den Ballon, dessen Inneres in der einbrechenden Dämmerung trübe und geheimnisvoll wirkte. »Also das könnte mit der Luft zu tun haben«, sagte er. »Ich glaube, ich weiß jetzt, was Ihr herausgefunden habt; die dünnere Luft drückt bei einer bestimmten Geschwindigkeit die Krone der

Hülle weniger stark ein – und macht uns weis, daß wir langsamer steigen, als wir es in Wirklichkeit tun.«

Tauler überdachte die Hypothese und lächelte. »Du hast das herausgefunden – und nicht ich –, also erwähne dich lobend in deinem Bericht. Ich würde sagen, du bist der Erste Pilot auf deiner nächsten Fahrt.«

»Danke, Kapitän«, sagte Savotl sichtlich erfreut.

»Das ist nicht mehr, als du verdient hast.« Tauler berührte Savotl an der Schulter, um die Gereiztheit von vorhin wiedergutzumachen. »Bei dieser Gelegenheit haben wir die Dreizehnhundert-Meilen-Marke bis zum Tagesanbruch geschafft – dann können wir uns erst mal vom Brenner erholen und probieren, wie das Schiff auf den Düsenantrieb reagiert.«

Später, als er sich auf den Sandsäcken schlafen legte, dachte er noch einmal über den Wortwechsel mit Savotl nach und erkannte die wahre Ursache für die schlechte Laune, die er an seinem Copiloten ausgelassen hatte. Es war das Zusammentreffen unvorhergesehener Phänomene gewesen – die zunehmende Kälte, das merkwürdige Verhalten des Wassers, die irreführende Anzeige der Ballongeschwindigkeit. Es war die wachsende Einsicht gewesen, daß er sich zu sehr auf die Voraussagen der Wissenschaftler verlassen hatte. Leyn insbesondere hatte sich in dreierlei Hinsicht geirrt, und wenn sein überragender Intellekt so früh in seine Schranken gewiesen wurde – bereits auf der Schwelle zum Unbekannten – wer wußte dann, was ihnen noch alles bevorstand auf ihrem Weg über die gefährliche, gesprungene Glasbrücke zu einer anderen Welt?

Bis zu diesem Moment, erkannte Tauler, hatte er mit naivem Optimismus in die Zukunft geblickt, überzeugt, daß die Testfahrt zu einer erfolgreichen Auswanderung führen würde, und zur Gründung einer Kolonie, wo auf seine persönlichen Schützlinge ein langes und erfülltes Leben warten würde. Es war eine läuternde Erkenntnis, daß diese Vision weitgehend auf seiner Selbstgefälligkeit beruhte – daß das Schicksal nicht verpflichtet war, das sichere Geleit zu garantieren, das er Leuten wie Leyn und Gesalla zugedacht hatte – daß der Lauf der Dinge sich nicht darum scherte, ob er ihn für undenkbar hielt.

Mit einemmal wurde die Zukunft von Ungewißheit und Gefahr überschattet.

Und wenn das so war, überlegte Tauler eindämmernd, mußte man andere Orientierungshilfen suchen. Alltägliche Bagatellen... wie locker eine Leine saß... Blasen in einem Wasserkessel... Das waren dürftige Anhaltspunkte... geflüsterte Warnungen, fast zu leise, um...

Am Morgen zeigte der Höhenmesser vierzehnhundert Meilen an, und die zusätzliche Skala verriet, daß die Schwerkraft weniger als ein Viertel des Normalwertes betrug.

Tauler, irritiert durch die Leichtigkeit seines Körpers, testete die Verhältnisse, indem er hochsprang; aber es war ein Experiment, das er nicht wiederholen würde. Er stieg nämlich viel höher als beabsichtigt, und in dem Moment, da er in der Luft zu hängen schien, überfiel ihn das schreckliche Gefühl, sich für immer vom Schiff getrennt zu haben. Die offene Gondel mit ihren brusthohen Wänden enthüllte sich als ein brüchiges Gefüge, dessen gestutzte Verstrebungen und Korbfüllungen gänzlich ungeeignet waren für ihren Zweck. Er hatte Zeit, sich auszumalen, was passieren würde, wenn bei seiner Landung eine Bodenfüllung nachgab und ihn in die dünne blaue Luft vierzehnhundert Meilen über Diesland entließ.

Er würde lange brauchen für diese Distanz, bei klarem Verstand, nur damit beschäftigt, den Planeten zu betrachten, der sich hungrig unter ihm auftat. Auch der tapferste Mann würde irgendwann zu schreien beginnen...

»Scheint, daß wir heut nacht ein gutes Stück an Fahrt verloren haben, Kapitän«, berichtete Savotl von der Pilotenstation. »Die Reißleine ist ziemlich straff – auch wenn darauf kein Verlaß mehr ist.«

»Es ist sowieso Zeit für den Düsenantrieb«, sagte Tauler. »Bis zum Wendemanöver benutzen wir den Brenner nur noch zum Nachblasen. Wo ist Rillomainer?«

»Hier, Kapitän.« Der Mechaniker kam aus dem anderen

Passagierabteil. Seine schwammige Gestalt schwankte, er klammerte sich an die Trennwände und hielt den Blick auf den Boden geheftet.

»Was ist mit dir, Rillomainer? Ist dir schlecht?«

»Mir ist nicht schlecht, Kapitän. Ich… ich will nur nicht nach draußen sehen.«

»Warum nicht?«

»Ich kann nicht, Kapitän. Ich fühle, wie es mich über Bord zieht. Es ist, als würde ich hinaustreiben.«

»Du weißt, daß das Unsinn ist, oder?« Tauler dachte an vorhin, da er selbst von Furcht übermannt gewesen war, und zeigte Verständnis. »Kannst du trotzdem arbeiten?«

»Natürlich, Kapitän. Arbeit wird mir helfen.«

»Gut! Du führst eine vollständige Inspektion des Hauptdüsenantriebs und der Seitendüsen durch, und – was besonders wichtig ist – wir brauchen eine völlig reibungslose Kristallzufuhr. In diesem Stadium können wir uns keinen Schluckauf leisten.«

Rillomainer salutierte gleichsam vor dem Boden und ging vornübergebeugt, um sein Werkzeug zu holen. Es folgte eine Stunde, in der sie voll und ganz vom Brenner verschont blieben, weil Rillomainer die Kontrollmechanismen überprüfte, die zum Teil sowohl zum Brenner als auch zum abwärtsgerichteten Düsenantrieb gehörten. Flenn bereitete und verteilte ein Frühstück aus Mehlsuppe mit Würfelchen aus gepökeltem Schweinefleisch, immerzu über die Kälte mäkelnd und darüber, wie schwer es war, das Herdfeuer in Gang zu halten. Seine Laune besserte sich ein wenig, als er feststellte, daß Rillomainer nichts aß, und er belegte den Mechaniker mit einem Sperrfeuer aus Witzeleien, die diesmal nichts mit dem Klosett zu tun hatten, sondern mit der bedrohlichen Perspektive, zu einem Skelett abzumagern.

Getreu seiner früheren Prahlerei, schien Flenn gänzlich unberührt zu sein von der seelendörrenden Leere, die durch die Ritzen im Deck schimmerte. Nach dem Essen zog er es auch prompt vor, auf der Gondelwand zu sitzen, einen Arm lässig um eine Beschleunigungsstrebe geschlungen, und hörte nicht auf, den unglücklichen Rillomainer zu sticheln.

Flenn hatte sich zwar angeleint, aber wie er da oben auf dem Rand saß, den Himmel im Hintergrund, verursachte er einen solch eiskalten Aufruhr in Taulers Eingeweiden, daß der den Anblick nur wenige Minuten ertrug, bevor er dem Takler befahl, da herunterzukommen.

Als Rillomainer mit der Arbeit fertig war und sich auf die Sandsäcke zurückzog, bezog Tauler seine Position in der Pilotenstation. Er leitete die neue Antriebsart ein, indem er die zentrale Düse in weiten Abständen zwei Sekunden lang feuern ließ und die Auswirkungen auf den Ballon studierte. Jeder Stoß ließ die Streben und die Takelage knarren, aber die Ballonhülle reagierte längst nicht so wie bei Probeläufen in niedriger Höhe. Ermutigt variierte Tauler die Zeiten und entschied sich schließlich für einen Zwei-zu-vier-Rhythmus, der so ähnlich wie Dauerantrieb wirkte, aber keine übermäßig hohe Geschwindigkeit aufbaute. Eine kurze Salve aus dem Brenner alle zwei oder drei Minuten hielt den Ballon in Form und verhinderte, daß die Krone zu sehr einsackte, während sie durch die Atmosphäre geschubst wurde.

»Das Schiff funktioniert gut«, sagte er zu Savotl, der fleißig ins Logbuch schrieb. »Sieht aus, als hätten wir beide ein leichtes Spiel für ein, zwei Tage – bis die Instabilität einsetzt.«

Savotl neigte den schmalen Kopf. »Ist auch für die Ohren leichter zu ertragen.«

Tauler nickte zustimmend. Obwohl die Düse pro Minute öfter feuerte, als der Brenner es getan hatte, zielte der Ausstoß nicht in den großen Schalltrichter des Ballons. Das Geräusch war flacher und nicht so aufdringlich, wurde rascher von der ozeanischen Stille rundum absorbiert.

Da sich das Schiff so gehorsam und berechenbar verhielt, kam Tauler zu dem Schluß, daß seine Vorahnungen vom Vorabend nichts weiter als ein Symptom wachsender Müdigkeit gewesen waren. Und er verweilte bei der unvorstellbaren Vorstellung, in nur sieben oder acht Tagen, wenn alles gutging, einen fremden Planeten aus der Nähe betrachten zu können. Das Schiff durfte nicht landen auf Jenland, weil man dazu die Reißbahn lösen mußte, und ohne Gebläse und Bodenmannschaft war ein Rückstart nicht möglich. Aber das Schiff würde nur ein paar Schritt weit von der Oberfläche wegbleiben und den letzten Schleier des Geheimnisses lüften, der noch über den Lebensbedingungen auf Jenland lag.

Die Tausenden von Meilen Luft zwischen den beiden Welten hatten es den Astronomen nicht leichtgemacht; so konnten sie nicht viel mehr sagen, als daß es einen äquatorialen Kontinent gab, der die sichtbare Hemisphäre überspannte. Man hatte immer angenommen, zum Teil aus religiösen Gründen, daß Jenland und Diesland ganz ähnlich beschaffen waren, aber es war nicht auszuschließen, daß die Schwesterwelt unwirtlich war, weil es Oberflächenmerkmale geben mochte, die jenseits des Auflösungsvermögens der Teleskope lagen. Und es gab außerdem die Möglichkeit – ein Glaubensartikel für die Kirche, ein Streitpunkt bei den Philosophen –, daß Jenland bereits bewohnt war.

Wie würden die Jenländer aussehen? Waren sie Städtebauer? Und wie würden sie auf eine Flotte fremder Schiffe reagieren, die aus dem Himmel fiel?

Tauler wurde aus seiner Grübelei gescheucht, als er spürte, daß die Kälte in der Gondel in den letzten Minuten sprunghaft zugenommen hatte. Zur gleichen Zeit kam Flenn auf ihn zu, seinen Lieblingskarbel an die Brust gepreßt und sichtbar zitternd. Das Gesicht des kleinen Mannes war bläulich verfärbt.

»Das bringt mich um, Kapitän«, sagte er mit einem mißglückten Lächeln. »Die Kälte ist ganz plötzlich schlimmer geworden.«

»Du hast recht.« Der Gedanke, sie könnten eine unsichtbare, gefährliche Grenze in der Atmosphäre passiert haben, versetzte Tauler in Alarmbereitschaft; dann kam ihm die Erleuchtung. »Es ist, seit wir den Brenner seltener benutzen. Wir haben vom Rückstau des Miglyn profitiert.«

»Und vergeßt nicht«, fügte Savotl hinzu. »Die Luft, die über den heißen Ballon herunterkam, hat uns auch mit Wärme versorgt.«

»Verdammt!« Tauler blickte stirnrunzelnd in das geometrische Tuchwerk des Ballons hinauf. »Das bedeutet, wir brauchten nur mehr Hitze da hineinzustecken. Grün und Purpur haben wir genug – das geht also –, aber dafür haben wir später ein Problem.«

Savotl nickte düster. »Der Abstieg.«

Tauler nagte an der Unterlippe, weil er sich schon wieder mit Schwierigkeiten konfrontiert sah, die die landgebundenen Wissenschaftler der T.G.H. nicht vorhergesehen hatten. Ein Heißluftballon konnte nur an Höhe verlieren, wenn er Hitze *los* wurde – etwas, das die Mannschaft dringend brauchte – und, was die Sache noch schlimmer machte, die Luftbewegung würde beim Abstieg umgekehrt verlaufen und die Abwärme nach oben mitnehmen, fort von der Gondel. Es sah so aus, als würden sie tagelang Bedingungen ausgesetzt sein, die sehr viel schlimmer waren als die jetzigen – und es war nicht ausgeschlossen, daß ihnen der Tod einen Strich durch die Rechnung machte.

Ein Dilemma mußte gelöst werden.

War die Tatsache, daß so viel vom Gelingen der Testfahrt abhing, Grund genug, um immer weiter und weiterzumachen, auch auf die Gefahr hin, unbemerkt an einen Punkt zu kommen, von wo es kein Zurück mehr gab? Oder gab es eine höhere Verpflichtung, Klugheit walten zu lassen und mit dem hart errungenen Schatz an Erfahrungen umzukehren?

»Heute ist dein Glückstag«, sagte Tauler zu Rillomainer, der ihn aus der üblichen Schräglage in einem der Passagierabteile im Auge behielt. »Du wolltest Arbeit, um auf andere Gedanken zu kommen; hier ist noch mehr davon. Finde heraus, wie man etwas von der Hitze, die aus dem Brenner kommt, abzweigen und in die Gondel umlenken kann.«

Der Mechaniker setzte sich verdutzt auf. »Wie soll man das machen, Kapitän?«

»Keine Ahnung. Für so was haben wir dich dabei. Bastle dir eine Kelle, irgendwas Schaufelartiges, aber fang jetzt gleich damit an – ich bin es leid, dich wie eine trächtige Muttersau herumliegen zu haben.«

Flenns Augen glänzten. »Ist das eine Art, mit einem Passagier zu reden, Kapitän?«

»Du hast auch zuviel auf deinem Hintern gesessen«, ließ Tauler ihn wissen. »Hast du Nadel und Faden dabei?«

»Ja, Kapitän. Dicke Nadeln, dünne Nadeln, genug Faden und Garn, um ein ganzes Segelschiff zu flicken.«

»Dann sieh zu, daß die Sandsäcke leer werden, und mach daraus Überwürfe. Handschuhe brauchen wir auch.«

»Laßt mich nur machen, Kapitän«, sagte Flenn. »Ich werde uns prächtig einkleiden.« Offenkundig glücklich, etwas Konstruktives zu tun zu haben, stopfte Flenn den Karbel unter die Kleidung, ging zu seinem Spind und begann in den verschiedenen Fächern zu stöbern. Dabei pfiff er in einem zittrigen Vibrato vor sich hin.

Tauler sah ihm einen Moment lang zu, dann wandte er sich an Savotl, der in die Hände hauchte. »Machst du dir immer noch Sorgen um deine Notdurft bei Gewichtslosigkeit?«

Savotl stutzte. »Warum fragt Ihr, Kapitän?«

»Das solltest du nämlich – bleibt nur die Frage, ob du Dampf oder Schnee produzierst.«

Knapp vor Kurznacht des fünften Flugtages registrierte der Höhenmesser 2600 Meilen und eine Anziehungskraft gleich Null.

Die vier Mitglieder der Mannschaft saßen an ihre Korbstühle gefesselt rund um die Energie-Einheit, die Füße gegen die warme Basis des Düsenrohres gestreckt. Sie waren in grobe Überwürfe aus braunem ausgefransten Sackleinen gehüllt, die ihre menschliche Gestalt vermummten und das Pumpen ihres Brustkorbes verbargen. Die einzigen Anzeichen von Bewegung innerhalb der Gondel waren die Atemnebel der Männer, die sich mühten, mit der dünnen und eisigen Luft auszukommen; und draußen flackerten Meteore in der tiefblauen Unermeßlichkeit, flüchtig und zufällig Stern mit Stern verbindend.

»Da wären wir nun«, brach Tauler ein längeres Schweigen. »Der härteste Teil der Fahrt liegt hinter uns, wir sind mit jeder unangenehmen Überraschung, die der Himmel für uns bereithielt, fertig geworden, und wir sind immer noch bei guter Gesundheit. Ich würde sagen, wir haben einen Anspruch darauf, beim nächsten Essen vom Branntwein zu trinken.«

Wieder folgte ein ausgedehntes Schweigen, als wären selbst die Gedanken starr vor Kälte, dann sagte Savotl: »Der Abstieg bereitet mir immer noch Sorge, Kapitän – trotz Heizung.«

»Wenn wir bis jetzt überlebt haben, werden wir weiterleben.« Tauler warf einen Blick auf die Heizung, die Rillomainer sich ausgedacht und mit Savotls Unterstützung installiert hatte. Der Mechaniker hatte kurze Abschnitte einer Brakkaröhre mit Glasfaden und feuerfestem Ton zu einer verlängerten S-Form zusammengefügt. Die Röhre kam in einem Bogen aus der Mündung des Brenners und führte neben der Pilotenstation zum Deck hinunter, wo sie befestigt war. Sie lenkte einen kleinen Anteil von jedem Brennerausstoß in die Gondel zurück, wo das sengendheiße Miglyngas umherwaberte und das Temperaturniveau beträchtlich anhob. Obwohl der Einsatz des Brenners beim kommenden Abstieg eingeschränkt werden mußte, glaubte Tauler, daß die abgezweigte Wärme immer noch ausreichen würde, um die beiden härtesten Tage zu überstehen.

»Es ist Zeit für den Gesundheitsbericht«, sagte er und wies Savotl mit einem Wink an, Notizen zu machen. »Wie fühlt sich jeder?«

»Ich habe immer noch das Gefühl zu fallen, Kapitän.« Rillomainer klammerte sich seitlich am Stuhl fest. »Mir ist ganz schwindelig davon.«

»Wie können wir fallen, wenn wir kein Gewicht haben?« sagte Tauler plausibel und ignorierte die flatternde Leichtigkeit in seinem eigenen Magen. »Du wirst dich daran gewöhnen müssen. Und was ist mit dir, Flenn?«

»Mir geht es gut – je höher desto besser.« Flenn streichelte den grün gestreiften Karbel, der sich auf seiner Brust kuschelte und nur den Kopf aus dem Sackleinen steckte. »Tinny geht es auch gut. Wir wärmen uns gegenseitig.«

»Ich finde meinen Zustand ganz passabel.« Savotl machte einen Eintrag ins Logbuch; er schrieb unbeholfen, weil er den Handschuh dabei anbehielt. Er hob den Kopf und sah Tauler vorwurfsvoll an. »Soll ich Eure fabelhafte Verfassung vermerken, Kapitän? Bei bester Gesundheit?«

»Ja, und du kannst noch so sarkastisch sein, meine Entscheidung steht fest – unmittelbar nach Kurznacht werde ich das Schiff wenden.« Tauler wußte, daß der Copilot nach wie vor der Meinung war, sie sollten nach dem Durchgang durch die Gewichtslosigkeit mit dem Wendemanöver noch warten, einen vollen Tag oder auch länger; auf diese Weise würde man die Region größter Kälte schneller überwinden können und von der Abwärme des Ballons profitieren. Tauler sah wohl, daß der Vorschlag einiges für sich hatte, aber er durfte seine Befugnisse nicht überschreiten.

Sobald du die Mitte zwischen den Planeten überschritten hast, beginnt Jenland dich anzuziehen, hatte Leyn ihm eingeschärft. *Die Anziehung wird zunächst sehr schwach sein, nimmt dann aber schnell zu. Wenn du dieser Anziehung noch den Düsenantrieb hinzufügst, wirst du bald die Grenzgeschwindigkeit des Schiffes überschreiten – und das darfst du auf keinen Fall zulassen.*

Savotl hatte argumentiert, die Wissenschaftler der T.G.H. hätten weder die lebensbedrohliche Kälte vorausgesehen, noch hätten sie die Tatsache berücksichtigt, daß die dünne Luft der mittleren Passage eine geringere Kraft auf die Ballonhülle ausübe, was die zulässige Höchstgeschwindigkeit erhöhe. Tauler hatte sich nicht erweichen lassen. Als Kapitän des Schiffes hatte er zwar unumschränkte Vollmacht, aber er dürfte nicht gegen grundsätzliche Anweisungen der T.G.H. verstoßen.

Er hatte verschwiegen, daß ihn eine instinktive Abneigung, das Schiff kopfüber zu fliegen, in seinem Entschluß bestärkt hatte. Obwohl er sich nie mit dem Begriff der Gewichtslosigkeit hatte anfreunden können, verstand er durchaus, daß das Schiff in dem Augenblick, da es die Mitte zwischen den beiden Planeten überschritten hatte, in den Anziehungsbereich von Jenland geriet. Die erste Etappe der Reise war dann zu Ende; denn – abgesehen davon, daß das ganze Unterfangen ein Produkt kolkorronischen Willens war – sie unterlagen von da an nicht mehr dem Einfluß der Heimatwelt. Diesland würde sie ausgestoßen haben, und im Sinne der Himmelsphysik würden sie auf der zweiten Etappe Wesen von Jenland sein.

Tauler war zu dem Schluß gekommen, daß ein Hinauszögern des Wendemanövers bis unmittelbar nach Kurznacht der einzige Spielraum war, der ihm zur Verfügung stand. Während des ganzen Aufstiegs hatte Jenland, verdeckt durch den Ballon, beständig an scheinbarer Größe zugenommen, und demzufolge war Kurznacht immer länger geworden. Die kommende würde länger als drei Stunden dauern, und bis sie zu Ende war, würde das Schiff bereits damit begonnen haben, der Schwesterwelt in die Arme zu fallen. Die fortschreitende Veränderung im Wechselspiel von Tag und Nacht erinnerte Tauler unablässig an die Weite der Reise, auf die er sich begeben hatte. Der geschulte Verstand fand nichts Überraschendes daran, doch das Kind in Tauler stand benommen und ehrfürchtig vor dem Geschehen. Die Nacht wurde kürzer, während Kurznacht länger wurde, und bald würde die natürliche Ordnung der Dinge umgekehrt sein. Dann würde aus Dieslands Nacht Jenlands Kurznacht werden…

Während sie auf den Einbruch der Dunkelheit warteten, spürten Tauler und seine Männer dem Wunder der Gewichtslosigkeit nach. Es ging eine seltene Faszination davon aus, kleine Gegenstände in die Luft zu hängen und zu erleben, wie sie dort verharrten. Allen Erfahrungen des Alltags zum Trotz, bis der nächste Düsenschub sie mit Verspätung absinken ließ.

Es ist beinah so, als gebe ihnen der Düsenantrieb einen Bruchteil ihres natürlichen Gewichts zurück, hatte Savotl ins Logbuch geschrieben, *aber das ist freilich nur eine phantasievolle Betrachtung des Phänomens. Die richtige Erklärung ist, daß sie auf unsichtbare Weise an ihren Ort gebunden sind, und der Düsenschub das Schiff dazu bewegt, sie einzuholen.*

Kurznacht kam rascher denn je, hüllte die Gondel in eine juwelenbesetzte und mit Feuerfäden durchwobene Schwärze, und die vier Männer unterhielten sich in gedämpftem Ton, und es entstand noch einmal die Stimmung ihrer ersten Mahlzeit unter den Sternen. Das Geplauder reichte vom Klatsch über die Zeiten bei der T.G.H. bis hin zu Spekulationen darüber, was für merkwürdige Dinge man auf Jenland finden würde, und einmal gab es sogar den Versuch, die Probleme eines Fluges nach Fernland zu erörtern; der Planet stand im Westen und war wie ein grüner Lampion anzusehen. Niemand, spürte Tauler, hatte Lust, darüber nachzudenken, daß man zwischen zwei Welten hing, in einem verletzlichen, offenen Korb, an dessen Rand ein unermeßliches Meer von Leere nagte.

Es machte Tauler nichts aus, daß die Männer ihn jetzt duzten. Das betraf nicht seine Autorität – vielmehr kam darin ungewollt zum Ausdruck, daß sich hier vier gewöhnliche Männer ins Ungewöhnliche hinauswagten, in fremde Regionen, wo sie aufeinander angewiesen waren, ohne Ansehen der Person...

Ein Aufblitzen in allen Farben des Regenbogens brachte das Universum des Tages zurück.

»Hattet Ihr nicht Branntwein erwähnt, Kapitän?« sagte Rillomainer. »Ein bißchen Wärme könnte meinem verflucht zartbesaiteten Magen nichts schaden. Branntwein soll da Wunder wirken.«

»Den Branntwein gibt es bei der nächsten Mahlzeit.« Tauler blinzelte und sah sich um, dann war er wieder ganz derjenige, der mit einer historischen Mission betraut war. »Vorher wird das Schiff gewendet.«

Er hatte bereits gute Erfahrungen gemacht mit den seitlichen Düsen. Die vorhergesagte Instabilität des Schiffes nahte, und in der Zone der Gewichtslosigkeit hatte sich mühelos damit kontrollieren lassen. Es waren schließlich nur noch gelegentliche Seitenschübe von einer halben Sekunde Länge nötig gewesen, um den Rand der Gondel in der gewünschten Lage zu den Hauptsternen zu halten. Jetzt aber mußte das Schiff – oder das Universum – auf den Kopf gestellt werden. Er pumpte das Druckluftreservoir voll auf, bevor er volle drei Sekunden lang Kristalle an die nach Osten zeigende Düse verfütterte. Das Geräusch aus der kleinen Mündung wurde von der Unermeßlichkeit verschluckt.

Einen Moment lang sah es so aus, als ob der schwache Schub keinerlei Wirkung auf die Schiffsmasse habe, dann – zum ersten Mal seit Beginn des Aufstiegs – glitt die große Scheibe Jenlands hinter dem Bauch des Ballons hervor, bis sie voll und ganz zu sehen war, der eine Rand eine feurige Sichel, die fast die Sonne berührte.

Zur selben Zeit stieg auf der gegenüberliegenden Seite, wo die kleine Düse noch warm sein mochte, Diesland über den Rand der Gondel empor, und als der Luftwiderstand den Impuls ausglich, verharrte das Schiff in einer Lage, die der Mannschaft den Anblick von zwei Welten bescherte.

Sah Tauler nach dort, konnte er Jenland sehen, größtenteils verfinstert durch die scheinbare Sonnennähe; und in der anderen Richtung sah er die sinnenbetörende Konvexität der Heimatwelt, heiter und zeitlos, in Sonnenlicht gebadet, außer am östlichen Rand, wo in einem zurückweichenden, gewölbten Bereich noch Kurznacht herrschte. Er verfolgte gebannt, wie Jenlands Schatten sich von Diesland trennte, und kam sich vor wie am Drehpunkt eines Lichtbalkens, einer immateriellen Maschine, die die Kraft hatte, Planeten zu bewegen.

»Um Himmels willen, Kapitän«, schrie Rillomainer heiser, »bringt das Schiff wieder ins Lot.«

»Dir kann gar nichts passieren.« Tauler feuerte wieder aus derselben Seitendüse, und Diesland trieb majestätisch empor, um sich hinter dem Ballon zu verstecken, während Jenland unter den Rand der Gondel sank. Die Takelage knarrte ein paarmal, als Tauler die gegenüberliegende Seitendüse benutzte, um das Schiff in der neuen Lage auszubalancieren. Er erlaubte sich ein zufriedenes Lächeln, denn er war der erste Mann in der Geschichte, der ein Himmelsschiff auf den Kopf gestellt hatte. Das Manöver war vollbracht, schnell und reibungslos – und ab jetzt würden ihm die Naturkräfte die meiste Arbeit abnehmen.

»Notiere«, sagte er zu Savotl. »Mittlere Zone erfolgreich überwunden. Ich rechne nicht mehr mit größeren Hindernissen beim Abstieg nach Jenland.«

Savotl zog die Schutzkappe von seinem Stift. »Wir frieren immer noch, Kapitän.«

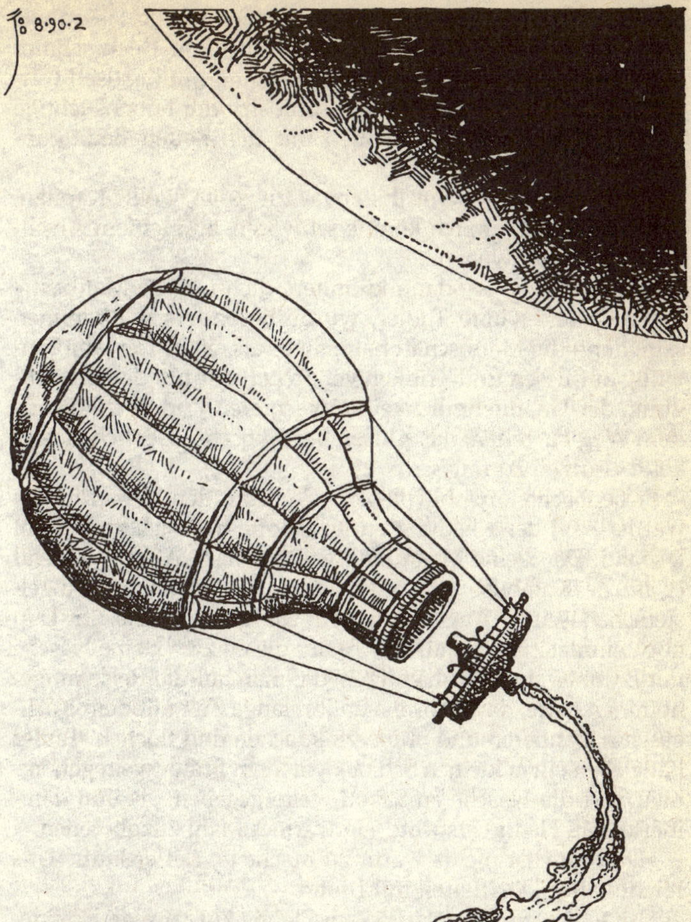
8·90·2

»Das ist kein größeres Hindernis – wenn nötig lassen wir etwas Grün und Purpur direkt hier auf dem Deck schmoren.« Tauler, der mit einemmal heiter und optimistisch war, wandte sich an Flenn. »Na, wie fühlt sich der höhensüchtige Takler? Kann er es aufnehmen mit den neuen Bedingungen?«

Flenn grinste. »Wenn Ihr etwas zu essen wollt, Kapitän, bin ich Euer Mann. Ich könnte schwören, an meinem Arschloch sind Spinnweben.«

»Wenn das so ist, dann kümmere dich um die Mahlzeit.« Diese Order, wußte Tauler, würde besonders willkommen sein, denn die Mannschaft hatte mehr als einen Tag lang freiwillig auf Essen und Trinken verzichtet, nur um der Demütigung, der Unannehmlichkeit und schieren Widerlichkeit aus dem Weg zu gehen, das Klosett bei faktischer Gewichtslosigkeit benutzen zu müssen.

Er beobachtete wohlwollend, wie Flenn den Karbel in das warme Asyl der Kleidung zurückstopfte und sich vom Stuhl losband. Der kleine Mann rang sichtlich nach Atem, während er in die Kombüse schwankte, doch die schwarzen Mugelsteinchen seiner Augen glänzten vor guter Laune. Er kam noch einmal zurück, nur um Tauler die einzige kleine Flasche mit Branntwein auszuhändigen, die man auf die Reise mitgenommen hatte; dann hörte man ihn lange Zeit mit dem Kochgeschirr hantieren und immerzu keuchen und fluchen. Tauler hatte eben einen kleinen Schluck von dem Branntwein genommen und die Flasche an Savotl weitergegeben, als ihm dämmerte, daß Flenn versuchte, ein warmes Mahl zuzubereiten.

»Du brauchst nichts warm zu machen«, rief er laut. »Uns reicht kaltes Dörrfleisch mit Brot.«

»Ist schon gut, Kapitän«, kam Flenns kurzatmige Erwiderung. »Die Holzkohle glüht noch... und man muß nur... tüchtig wedeln. Ich werde Euch... ein wahres Festmahl servieren. Ein Mann muß etwas... *Scheiße!*«

Bei dem letzten Wort hatte es ein klapperndes Geräusch gegeben. Tauler wandte sich der Kombüse zu, gerade rechtzeitig, um ein brennendes Stück Holz jenseits der Trennwand senkrecht in die Luft steigen zu sehen. Sich träge drehend, eingehüllt in eine blaßgelbe Flamme, segelte es aufwärts und prallte an einer unteren, einwärts laufenden Bahn des Ballons ab. Ohne Schaden anzurichten, schien es ins Blaue abgelenkt zu sein, als es von einer Luftströmung erfaßt und dorthin getrieben wurde, wo eine der vier Beschleunigungsstreben fest mit der Ballonhülle verbunden war. Es trudelte in den keilförmigen Zwischenraum und blieb unter der Verbindungsstelle hängen, immer noch brennend.

»Es gehört mir!« schrie Flenn. »Ich hole es!«

Er tauchte auf der Gondelbrüstung hinter der Kombüse auf, hakte seine Leine aus und kletterte geschwind an der Strebe hoch, nur seine Hände gebrauchend, in einer merkwürdigen, gewichtslosen Hampelei. Taulers Herz und Verstand streikten, als sich bräunliche Rauchwölkchen von dem gelackten Ballongewebe lösten. Flenn erreichte das brennende Holzstück. Er packte es mit der behandschuhten Hand und schleuderte es mit einer schwungvollen Armbewegung fort, und plötzlich war auch Flenn vom Schiff getrennt; in der dünnen Luft taumelnd, die Arme vergebens nach der Strebe streckend, trieb er langsam ab.

Taulers Entsetzen war ein doppeltes; aus Angst um sein eigenes Leben ließ er den rauchenden Fleck im Ballongewebe nicht aus den Augen, bis er sah, daß sich die Flamme selbst gelöscht hatte, und war sich zugleich stillschreiend der lichten Leere bewußt, die sich zwischen Flenn und dem Ballon auftat.

Der anfängliche Schwung war nicht heftig gewesen; dennoch war Flenn gut dreißig Schritt abgetrieben, ehe ihn der Luftwiderstand zum Halten gebracht hatte. Er hing im leeren Blau, kaum noch als menschliches Wesen zu erkennen in dem ausgefransten Überwurf aus Sackleinen, glühend im Sonnenlicht, während die Gondel im Schatten des Ballons lag.

Tauler ging an die Brüstung und legte die Hände trichterförmig an den Mund. »Flenn! Bist du in Ordnung?«

»Macht Euch keine Sorge um mich, Kapitän.« Flenn winkte mit dem Arm und, man hielt es nicht für möglich, er klang beinahe fröhlich dabei. »Ich kann die Hülle von hier aus gut sehen. Rund um die Befestigung der Stütze ist das Material versengt, aber da ist kein Loch.«

»Wir holen dich zurück.« Tauler drehte sich nach Savotl und Rillomainer um. »Er ist nicht verloren. Wir müssen ihm eine Leine rüberwerfen.«

Rillomainer saß übereinandergesunken im Stuhl. »Ich kann nicht, Kapitän«, sagte er matt. »Ich kann da nicht hinausgucken.«

»Du wirst hinausgucken, und du wirst mit anpacken!« versicherte ihm Tauler grimmig.

»Ich bin ja auch noch da«, sagte Savotl und verließ seinen Stuhl. Er öffnete den Spind des Taklers und nahm mehrere Rollen Seil heraus. Tauler, dem alles nicht schnell genug ging, schnappte sich ein Seil. Er sicherte das eine Ende und schleuderte die Rolle hinaus in Flenns Richtung, doch dabei hob er mit beiden Füßen vom Deck ab, und was ein kraftvoller Wurf werden sollte, fiel schwach aus und ging in die falsche Richtung. Das Seil entrollte sich nur zum Teil und blieb nutzlos und gewellt in der Leere stehen.

Tauler holte das Seil ein, und während er es wieder aufrollte, warf Savotl seine Leine mit ähnlichem Mißerfolg. Rillomainer, der mit jedem Atemzug vor Schwäche stöhnte, schleuderte eine dünnere Leine, die aus Glasfaden geflochten war. Sie entrollte sich vollständig und ungefähr in der richtigen Richtung, war aber zu kurz.

»Zu nichts zu gebrauchen!« machte Flenn sich über ihn lustig, scheinbar unbeeindruckt von den Tausenden von Meilen Nichts, die unter ihm gähnten. »Deine alte Großmutter könnte es besser, Rillo.«

Tauler zog die Handschuhe aus und unternahm einen erneuten Versuch, die Leere zu überbrücken; doch obwohl er sich gegen eine Trennwand verkeilt hatte, spulte sich das vor Kälte steife Seil wieder nicht richtig ab. Und während er es einholte, machte er eine entnervende Feststellung. Zu Beginn der Rettungsversuche war Flenn auf gleicher Höhe mit dem oberen Ende der Beschleunigungsstrebe gewesen – jetzt dagegen fehlte nicht mehr viel, und er war nur noch auf gleicher Höhe mit dem Rand der Gondel.

Tauler begriff sofort, daß Flenn fiel. Das Schiff fiel auch, aber solange Wärme im Ballon war, würde es einen gewissen Auftrieb behalten und langsamer fallen als ein massiver Körper. In der mittleren Zone zwischen den Planeten war die Relativgeschwindigkeit zwar vernachlässigbar klein, aber das änderte nichts daran, daß Flenn fest im Griff von Jenlands Anziehungskraft war und den langen Sturz zur Oberfläche begonnen hatte.

»Hast du bemerkt, was passiert?« sagte Tauler leise zu Savotl. »Wir haben keine Zeit mehr.«

Savotl versuchte, die Lage einzuschätzen. »Und wenn wir die Seitendüsen benutzen?«

»Wir würden uns nur überschlagen.«

»Dann wird es brenzlig«, sagte Savotl. »Erst demoliert Flenn den Ballon – dann nimmt er Reißaus, anstatt ihn zu reparieren.«

»Ich glaube nicht, daß er das vorhatte.« Tauler fuhr zu Rilomainer herum. »Die Kanone! Such etwas Schweres, das hineinpaßt. Vielleicht können wir ihm die Leine rüber*schießen.*«

Flenn hatte sich bis jetzt ruhig verhalten. Eben mußte er seine allmähliche Lageveränderung relativ zum Schiff bemerkt und daraus die entsprechenden Schlüsse gezogen haben, denn er fing an zu zappeln und machte Verrenkungen und übertriebene Schwimmbewegungen, die unter anderen Begleitumständen komisch gewirkt hätten. Als er einsehen mußte, daß ihn all das nicht von der Stelle brachte, wurde er wieder still, abgesehen von einer unwillkürlichen Bewegung seiner Hände, als Savotls zweiter Versuch fehlschlug, ihm ein Seil zuzuwerfen.

»Ich bekomme Angst, Kapitän.« Obgleich Flenn schrie, wirkte seine Stimme schwach, ihre Kraft schien sich in der unermeßlichen Weite zu verlieren. »Ihr wolltet mich doch wieder nach Hause bringen.«

»Wir werden dich zurückholen. Uns bleibt...« Tauler ließ den Satz verwehen. Er hatte Flenn versichern wollen, daß ihnen eine Menge Zeit blieb, doch seine Stimme hätte nicht überzeugt geklungen. Es wurde immer deutlicher, daß Flenn nicht nur an der Gondel vorbeifiel, sondern – in Übereinstimmung mit den unveränderlichen Gesetzen der Physik – immer schneller fiel. Die Beschleunigung war kaum wahrnehmbar, aber ihre Wirkung war kumulativ. Kumulativ und tödlich …

Rillomainer berührte Taulers Arm. »Es gibt nichts, was in die Kanone passen will, Kapitän, aber ich habe zwei Glasleinen aneinandergeknotet und hieran festgemacht.« Er brachte einen Hammer mit einem großen Brakkakopf zum Vorschein. »Ich schätze, damit erreiche ich ihn.«

»Guter Mann!« sagte Tauler anerkennend, weil der Mechaniker seine Höhenangst überwand, als Not am Mann war. Er machte Rillomainer Platz. Der Mechaniker knotete das freie Ende der Glasleine an die Reling, schätzte die Richtung ab und schleuderte den Hammer hinaus in den Raum.

Tauler sah sofort, daß Rillomainer den Fehler gemacht hatte, den Wurf so hoch zu halten, als müsse er den Fall des Hammers unter voller Anziehungskraft kompensieren. Das Wurfgeschoß schleppte die Leine hinter sich her und kam wenige quälende Schritte über Flenn zum Halten, der wie wild mit den Armen ruderte in dem vergeblichen Versuch, den Hammer zu erreichen. Rillomainer schaukelte an der Leine, um den Hammer nach unten zu bewegen, mit dem Erfolg, daß er ihn ein Stück weit zum Schiff zurückzog.

»Das bringt nichts«, sagte Tauler scharf. »Schnell, hol ihn wieder ein und ziel das nächste Mal direkt auf Flenn.« Er versuchte das wachsende Gefühl von Panik und Verzweiflung zu unterdrücken. Flenn war bereits deutlich tiefer als die Gondel, und es wurde immer unwahrscheinlicher, daß der Hammer ihn je erreichte, weil die Entfernung ständig zunahm und der Winkel immer ungünstiger wurde für einen gezielten Wurf. Was Flenn dringend brauchte, war irgendein Hilfsmittel, das ihn wieder näher an die Gondel heranbrachte … und so etwas gab es nicht, es sei denn … es sei denn …

Eine vertraute Stimme sprach in Taulers Kopf. *Wirkung und Gegenwirkung,* sagte Leyn, *das ist das universelle Prinzip …*

»Flenn, du kannst dich selbst näher heranbringen«, schrie

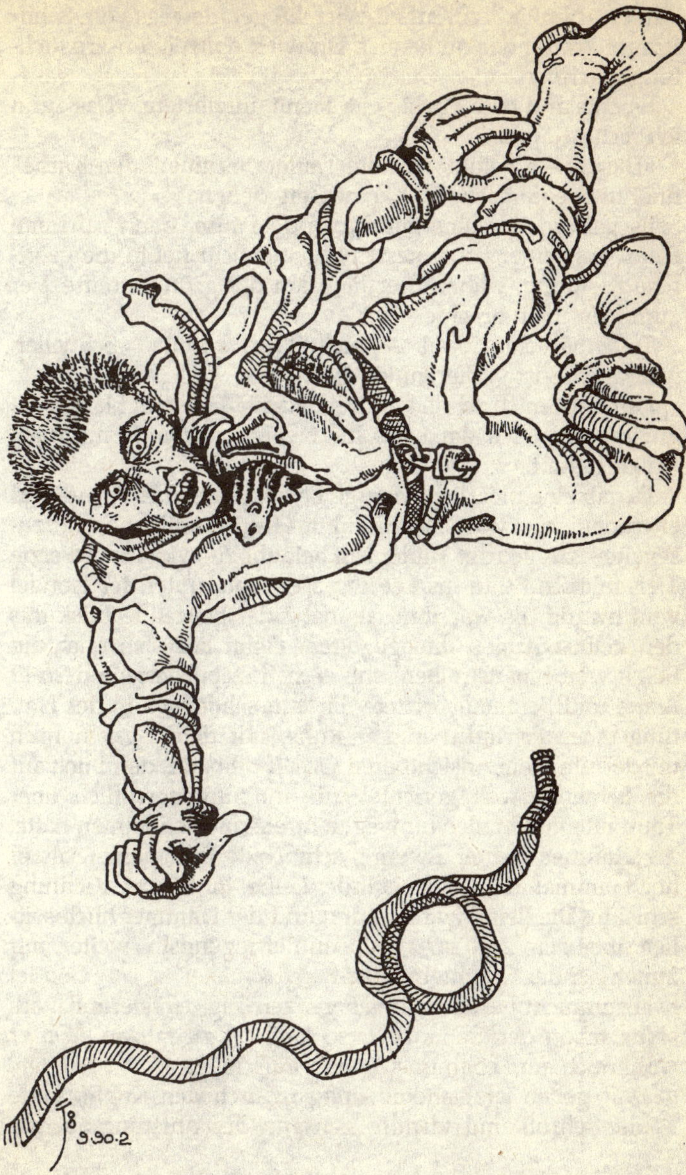
9.90.2

Tauler. »Nimm den Karbel! Wirf ihn geradewegs vom Schiff fort, so kräftig wie du kannst. Du wirst dabei in unsere Richtung getrieben.«

Es entstand eine Pause, ehe Flenn antwortete. »Das kann ich nicht, Kapitän.«

»Das ist ein Befehl«, brüllte Tauler. »Schmeiß den Karbel, und zwar sofort! Du hast keine Zeit mehr.«

Es gab wieder eine zermürbende Pause, dann sah man Flenn auf seiner Brust nesteln. Sonnenlicht fiel in die geöffnete Kleidung, während er langsam das grüngestreifte Tier zum Vorschein brachte.

Tauler fluchte, weil er nichts tun konnte. »Schneller, *schneller!* Sonst verlieren wir dich.«

»Ihr habt mich schon verloren, Kapitän.« Flenn klang resigniert. »Aber ich will, daß Ihr wenigstens Tinny mit nach Hause nehmt.«

Es gab eine plötzliche heftige Bewegung seines Arms, und er trudelte rückwärts, während der Karbel auf das Schiff zusegelte – zu niedrig. Tauler sah betäubt zu, wie das entsetzte Tier, miauend und ins Leere grapschend, unter der Gondel verschwand. Es war ihm, als habe der bohrende Blick aus den gelben Augen ihm gegolten. Flenn ließ sich noch ein Stück weit hinaustreiben, ehe er sich stabilisierte, indem er Arme und Beine ausbreitete. Er kam schließlich in der Haltung eines Ertrunkenen zur Ruhe, mit dem Gesicht nach unten auf einem unsichtbaren Ozean treibend, den Blick auf die Schwesterwelt gerichtet, die ihn unwiderruflich über Tausende von Meilen hinweg in ihre Arme genommen hatte.

»Dummer kleiner Zwerg«, schluchzte Rillomainer, als er noch einmal die schlängelnde Leine in Flenns Richtung schickte. Die Leine war zu kurz, und der Hammer blieb seitlich über dem Ziel zurück. Flenn fiel regungslos weiter, mit zunehmender Geschwindigkeit.

»Er braucht bestimmt einen ganzen Tag«, flüsterte Savotl. »Nur schon der Gedanke… so lange… zu fallen… Ob er wohl noch am Leben ist, wenn er aufschlägt?«

»Mir gehen jetzt andere Fragen durch den Kopf«, sagte Tauler schroff und wandte sich von der Brüstung ab, unfähig mit anzusehen, wie Flenn bis zur Unsichtbarkeit schrumpfte.

Seine Instruktionen verlangten, den Flug abzubrechen, falls ein Mitglied der Mannschaft verloren ging oder das Schiff einen ernsthaften Schaden davontrug. Niemand wäre auf die Idee gekommen, daß sich beides aus einem einzigen trivialen Unfall mit dem Kombüsenherd ergeben könnte; doch er fühlte sich dadurch nicht weniger schuldig – und es blieb abzuwarten, inwieweit ihn die T.G.H. zur Verantwortung zog.

»Mach den Düsenantrieb wieder klar«, sagte er zu Rillomainer. »Wir kehren um.«

DRITTER TEIL
Fremde Region

---

16. Kapitel

Die Höhle lag in der Flanke eines zerklüfteten Berges, wo zahlreiche tief ausgewaschene Rinnen, Felsvorsprünge und eine Unmenge an Dornengestrüpp Mensch und Tier das Vorwärtskommen erschwerten.

Leyn Marakain überließ es dem Blauhorn, den besten Weg durch das unwegsame Gelände zu finden, und benutzte nur hin und wieder die Zügel, um es auf die orangerote Fahne auszurichten, die die Lage der Höhle markierte. Die vier Soldaten seiner Leibgarde, obligatorisch für jeden höheren Beamten des T.G.H., ritten kurz hinter ihm; das Gemurmel ihrer Unterhaltung vermischte sich mit dem schweren Summen der Insekten. Kurznacht war noch nicht lange vorüber, und die hochstehende Sonne dörrte den Boden und legte eine zitternde, purpurn getönte Decke aus heißer Luft über den Horizont.

Leyn fühlte sich ungewöhnlich entspannt; er war froh, dem Getriebe der Basis entkommen zu sein und sich auf andere Dinge besinnen zu können, die nichts zu tun hatten mit Weltkrisen und Problemen des interplanetaren Fluges. Taulers vorzeitige Rückkehr vom Testflug lag zehn Tage zurück. Leyn hatte eine zermürbende Runde von Zusammenkünften, Beratungen und langwierigen Erörterungen der neuen Fakten hinter sich. Eine Clique der T.G.H.-Verwaltung hatte einen zweiten Testflug verlangt, mit einem erfolgreichen Abstieg und einer detaillierten kartographischen Erfassung des Zentralkontinents. Unter normalen Umständen wäre Leyn einer von ihnen gewesen, doch angesichts der sich rapide verschlimmernden Lage in Kolkorron hatte er sich über alle Vorbehalte hinweggesetzt...

Dank Leddravohr und Chakkell und dem unerbittlichen Druck der Verhältnisse hatte man das Produktionsziel in Gestalt von eintausend Himmelsschiffen – und ein paar Ersatzfahrzeugen – erreicht.

Fünfzig Schiffe waren für die Königsfamilie und die Aristokraten reserviert worden, die in kleinen Familiengruppen vergleichsweise luxuriös reisen würden, obwohl sich keineswegs der gesamte Adel zur Auswanderung entschlossen hatte. Weitere zweihundert waren als Frachtschiffe für Lebensmittel, Vieh, Saatgut, Waffen und notwendige Maschinen und Grundstoffe vorgesehen; und weitere hundert waren für das Militär bestimmt. Somit blieben sechshundertundfünfzig Schiffe, die – bei einer auf zwei Mitglieder reduzierten Mannschaft – fast zwölftausend Kolkorronier nach Jenland transportieren konnten.

Bereits in einem frühen Stadium des großangelegten Unterfangens hatte König Pradt verkündet, daß die Auswanderung auf rein freiwilliger Basis durchgeführt werde, mit gleichem Anteil an Frauen und Männern, und daß ein bestimmter Teil der verfügbaren Plätze Männern mit Schlüsselberufen vorbehalten sei.

Lange Zeit hatte die eher pragmatische Bürgerschaft das ganze Vorhaben überhaupt nicht ernst genommen, hatte es als Ablenkungsmanöver des Königs betrachtet, als närrischen Einfall, über den man sich in den Tavernen lustig machen sollte. Die wenigen, die sich vormerken ließen, wurden zum Ziel des Gespötts, und es hatte ganz so ausgesehen, als würde man die Menschen mit der Schwertspitze in die Himmelsschiffe treiben müssen.

Pradt hatte die Zeit für sich arbeiten lassen, weil er genau wußte, daß stärkere Kräfte am Werk waren, als er jemals aufbieten konnte. Die Pterssaplage, die Hungersnot und das unaufhaltsame Zerbröckeln der sozialen Ordnung leisteten wirkungsvolle Überzeugungsarbeit, und trotz des Bannspruchs der Kirche schwollen die Register mit den Namen der Auswanderungswilligen an. Doch die Kolkorronier waren derart konservativ, und die Lösung ihrer Probleme war so radikal, daß es immer noch eine gewisse

Zurückhaltung zu überwinden galt, ein unterschwelliges Gefühl, als seien alle Entbehrungen und Gefahren auf Diesland nichts im Vergleich zu dem schier unausweichlichen und höchst unnatürlichen Tod in den blauen Abgründen des Himmels.

Dann war bekannt geworden, daß ein T.G.H.-Schiff mehr als die Hälfte des Weges nach Jenland zurückgelegt hatte und wieder heil zurückgekehrt war.

Innerhalb von Stunden waren auch die letzten Plätze der Flotte ausgebucht gewesen, und mit einemmal waren die eingeschriebenen Auswanderer das Ziel von Neid und Haß. Es gab einen Umschwung in der öffentlichen Meinung, rasch und irrational, und viele, die mit Verachtung auf die bloße Erwähnung einer Fahrt zur Schwesterwelt reagiert hatten, fühlten sich nun diskriminiert.

Selbst die apathische Mehrheit, die sich sonst nie um weitreichende historische Angelegenheiten scherte, reagierte verstimmt auf Geschichten über Wagenladungen mit rationierten Lebensmitteln, die durch die Tore des Areals für Himmelsschiffe verschwanden...

Vor diesem Hintergrund hatte Leyn die Ansicht vertreten, daß der Testflug durch das erfolgreiche Wendemanöver und das Überschreiten der Mitte zwischen den Planeten seinen Hauptzweck erfüllt habe. Der Abstieg nach Jenland sei im Vergleich dazu nur noch ein passiver und überschaubarer Vorgang; und den Skizzen, die Savotl mit Hilfe des Fernglases angefertigt hatte, sei hinlänglich zu entnehmen, daß es weder Berge noch andere Oberflächenmerkmale gebe, die eine sichere Landung auf dem Zentralkontinent gefährden könnten.

Und aus dem Verlust eines Mannschaftsmitgliedes sei lediglich die Lehre zu ziehen, keinesfalls zu kochen bei Gewichtslosigkeit. Dem Kommandanten des Schiffes gebühre Dank für die Leitung einer unvergleichlich strapaziösen Mission, hatte Leyn seine Stellungnahme beschlossen, und der Auswanderung stehe nun so gut wie nichts mehr im Wege.

Man war seiner Argumentation gefolgt.

Der Aufstieg der ersten Schwadron von vierzig Himmelsschiffen, die hauptsächlich Soldaten und Bauarbeiter befördern sollte, war für den 80. Tag des Jahres 2630 geplant.

Bis dahin blieben noch sechs Tage, und während sich sein Reittier einen Weg bergan zur Höhle suchte, dachte Leyn, daß er dem Flug nach Jenland eigentlich viel zu gelassen entgegensah. Wenn alles nach Plan verlief, würden er und Gesalla bei der zehnten Schwadron sein, die – Verzögerungen durch widriges Wetter oder hohe Pterssa-Aktivität in Rechnung gestellt – Diesland spätestens in zwanzig Tagen verlassen sollte. Warum ließ ihn das bevorstehende Ereignis so gleichgültig – das größte Abenteuer seines Lebens, eine einzigartige wissenschaftliche Chance, das kühnste Unternehmen in der gesamten Menschheitsgeschichte?

Fürchtete er sich so sehr, daß er jeden Gedanken daran verdrängte? Hatte die wachsende Kluft zwischen Gesalla und ihm – die er zwar nicht wahrhaben wollte, die ihm aber stets gegenwärtig war – einen Lebensborn ausgetrocknet und ihn emotional welken und stumpf werden lassen? Oder war es ein simples Versagen der Vorstellungskraft bei einem Mann, der sich zu den intelligentesten zählte?

Der Strom von Fragen und Zweifeln versiegte, als das Blauhorn ein Plateau voller Felsbrocken erreichte und Leyn weiter vorn den Höhleneingang sah. Dankbar für die seelische Verschnaufpause stieg er ab und wartete auf die Soldaten. Die Gesichter unter den stirntiefen Lederhelmen waren schweißüberströmt. Die vier Männer waren sichtlich verwirrt, daß er sie an diesen trostlosen Ort geführt hatte.

»Du wartest hier auf mich«, sagte Leyn zu dem stämmigen Sergeanten. »Wo willst du die Wachen postieren?«

Der Sergeant beschattete die Augen vor den fast senkrecht einfallenden Sonnenstrahlen, die an der feurig bekränzten Scheibe von Jenland vorbeistachen. »Oben auf dem Berg, Herr. Von dort müßten sie fünf oder sechs Beobachtungsposten weit sehen können.«

»Gut! Ich gehe jetzt in diese Höhle da und will nicht gestört werden. Rufe mich nur, wenn es eine Pterssawarnung gibt.«

»Ja, Herr.«

Während der Sergeant abstieg und seine Männer einwies, öffnete Leyn die Tragkörbe, die an sein Blauhorn geschnallt waren, und nahm vier Öllaternen heraus. Er zündete die Dochte mit Hilfe einer Linse an und nahm die Laternen an ihren Glasseilschlingen mit zur Höhle. Der Zugang war ziemlich niedrig und auf der ganzen Länge so eng wie eine einfache Tür. Einen Moment lang war die Luft sogar wärmer als draußen, dann trat er in ein kühles Halbdunkel, wo die Wände zurückwichen und eine geräumige Kammer bildeten. Er stellte die Laternen auf den Erdboden und wartete darauf, daß sich seine Augen an das kümmerliche Licht gewöhnten.

Die Höhle war im Frühjahr von einem Geometer entdeckt worden, der in dieser Gegend nach einem günstigen Standort für einen Beobachtungsposten gesucht hatte. Vielleicht aus echter Begeisterung, vielleicht auch nur, weil Baron Glo für seine Gastfreundlichkeit bekannt war, hatte sich der Geometer auf den Weg nach Grünberg gemacht und dort eine Beschreibung des unglaublichen Inhalts der Höhle hinterlassen. Der Bericht hatte kurze Zeit später Leyn erreicht, der sofort beschlossen hatte, sich selbst von dem Fund zu überzeugen, sobald ihm die Arbeit Zeit dazu ließ. Jetzt, umgeben von abflauenden Nachbildern, fand Leyn es bezeichnend, daß er diesen dunklen Ort aufgesucht hatte. Er wandte sich Dieslands Vergangenheit zu und von Jenlands Zukunft ab und gestand sich ein, daß er mit der ganzen Auswanderung und dem, was danach kam, im Grunde nichts zu tun haben wollte.

Die Bilder an den Höhlenwänden nahmen Gestalt an.

Es herrschte keine Ordnung in den dargestellten Szenen. Es sah so aus, als wären die größten und glattesten Stellen zuerst bemalt worden, und als hätten nachfolgende Künstlergenerationen die dazwischenliegenden Stellen mit szenischen Fragmenten gefüllt, wobei ihre Phantasie die Buckel, Mulden und Schrunden mit zur Darstellung herangezogen hatte.

Das Ergebnis war eine labyrinthische Montage, die das Auge zwang, unaufhörlich umherzuwandern zwischen halbnackten Jägern, Familiengruppen, stilisierten Brakkabäumen, fremdartigen und vertrauten Tieren, erotischen Szenen, Dämonen, Kochtöpfen, Blumen, menschlichen Skeletten, Waffen, stillenden Müttern und geometrischen Formen, Fischen, Schlangen, unbekannten Gegenständen und unergründlichen Symbolen. In einigen Fällen waren die Umrisse in den Felsen gemeißelt und mit Pech ausgefüllt worden, so daß die Bilder förmlich ins Auge sprangen; es gab doppeldeutige Farbflecken, die durch ihre wechselnde Intensität entweder eine menschliche oder eine tierische Gestalt erkennen ließen. Die Pigmente waren zum größten Teil immer noch kraftvoll, wo der Künstler es beabsichtigt hatte, und zurückhaltend, wo er subtil hatte sein wollen, doch an einigen Stellen hatte die Zeit mit Feuchtigkeit und Pilzwuchs selbst zur verwirrenden Vielfalt der Bilder beigetragen.

Leyn war, wie nie zuvor, durch ein Empfinden von Alter überwältigt.

Die kolkorronische Religion ging davon aus, daß Diesland und Jenland schon immer existiert hatten und schon immer das gewesen waren, was sie auch heute noch waren, nämlich die Wechselpole für die kontinuierliche Wiedergeburt der menschlichen Seele. Vor vier Jahrhunderten war ein Krieg geführt worden, um die Bissianische Irrlehre auszurotten, die behauptete, ein Mensch werde für ein tugendhaftes Leben auf der einen Welt nach seiner Wiedergeburt auf der anderen mit einem höheren Status belohnt. Der Widerstand der Kirche galt hauptsächlich der Idee einer fortschreitenden Veränderung, die der fundamentalen Lehre widersprochen hätte, daß die gegenwärtige Ordnung unveränderlich und ewig war. Leyn fiel es nicht schwer zu glauben, daß der Makrokosmos schon immer so gewesen war, wie er war; aber auf der kleinen Bühne der menschlichen Geschichte war die Veränderung nicht zu übersehen, und wenn man sie zurückdachte, weit genug, mochte man auf … *das* … hier stoßen!

Er konnte nicht sagen, wie alt diese Höhlenmalereien waren, aber er dachte instinktiv in Jahrtausenden und nicht in Jahrhunderten. Hier war der Beweis, daß die Menschen früher einmal unter völlig anderen Umständen existiert hatten und ganz anders gedacht hatten und den Planeten mit Lebewesen geteilt hatten, die es längst nicht mehr gab. Er verspürte geistige Erregung und schmerzliches Bedauern in einem, als er sich klarmachte, daß es hier in der schlichten Begrenztheit eines felsigen Hohlraums genug Stoff für eine Lebensarbeit gab. Er hätte seine abstrakte mathematische Arbeit mit dem Studium der eigenen Spezies ergänzen können, eine Aussicht, die unendlich viel natürlicher und lohnender erschien, als auf eine andere Welt zu fliehen.

Was hindert mich daran, einfach hierzubleiben?

Der Gedanke, obwohl halbherzig, ließ das Innere der Höhle noch kühler erscheinen, und Leyn hob die Schultern, weil ihn fröstelte. Er ertappte sich in jüngster Zeit öfter bei dem Versuch, seine Entscheidung für den Flug nach Jenland zu analysieren.

War es die nüchterne, rationale Entscheidung des Philosophen in ihm – oder fühlte er sich verpflichtet, Gesalla und seinen künftigen Kindern eine bessere Zukunft zu ermöglichen? Bis zu dem Augenblick, da er begonnen hatte, nach seinen Motiven zu fahnden, schienen die Alternativen klar umrissen – fliege nach Jenland und umarme die Zukunft oder bleibe auf Diesland und sterbe mit der Vergangenheit.

Doch die Mehrheit der Bevölkerung hatte gar keine Alternative gehabt. Sie würde einem sehr menschlichen Verhaltensmuster gehorchen und sich schlicht weigern, im Bett zu bleiben, bis sie tot war – sie würde schlicht die defätistische Meinung ignorieren, die blindwütige und strohdumme Pterssa könnte am Ende über Diesland triumphieren. Tatsächlich wäre der Exodus gar nicht durchführbar ohne die Kooperation mit Menschen, die zurückblieben – den Bodenmannschaften, den Männern in den Pterssa-Beobachtungsposten, dem Militär, das das Areal für Himmelsschiffe verteidigen und die Ordnung im Reich auch dann noch durchsetzen mußte, wenn der König und sein Staat im Himmel verschwunden waren.

Das menschliche Leben, begriff Leyn, würde nicht über Nacht von Diesland verschwinden. Viele Jahre oder gar Jahrzehnte der Dezimierung und Entbehrung würden folgen, und vielleicht würde sich am Ende ein bescheidener, harter Kern von Resistenten herauskristallisiert haben, die in unvorstellbarer Not unter der Oberfläche hausten. Nicht daß Leyn unbedingt an diesem bitteren Schicksal teilhaben wollte – aber er mochte vielleicht eine Nische unter den Überlebenden finden. Er mochte durchaus die ihm zugeteilte Lebensspanne auf dem Planeten seiner Geburt ausleben können, wo sein Dasein Sinn und Zweck hatte. Aber er mußte den Willen dazu aufbringen.

Und wie würde Gesalla dazu stehen?

Sie war ihm so treu ergeben, daß sie gar nicht auf die Idee kommen würde, ohne ihn aufzubrechen. Da sie sich geistig voneinander entfernt hatten, würde sie um so entschlossener an seiner leibhaftigen Gegenwart festhalten, ganz wie es das eheliche Gelübde verlangte. So war ihr Charakter. Sie wollte nicht wahrhaben...

Leyns Blick, der über das Panorama irrte, das ihn umgab und das so alt schien wie die Zeit selbst, blieb an dem Bild eines kleinen spielenden Kindes hängen. Es war eine Vignette, die die Ecken von drei größeren Szenen verband; sie stellte einen kleinen Jungen dar, beschäftigt mit etwas, das er in der Hand hielt und das aussah wie eine Puppe. Mit der anderen Hand langte er zur Seite, als ob er sie sorglos nach einem wohlvertrauten Haustier ausstreckte, und dicht unter der Hand war ein einfacher Kreis zu sehen. Der Kreis war farblos und hätte mehrere Dinge darstellen können – einen großen Ball, einen Ballon, ein launig plaziertes Jenland – doch Leyn konnte nicht umhin, darin eine Pterssa zu sehen.

Fr nahm eine Laterne und trat näher an die Wand heran. Die hellere Beleuchtung bestätigte, daß der Kreis nie ein Farbpigment enthalten hatte, was immerhin merkwürdig war, wenn man sah, mit welcher Gewissenhaftigkeit und Feinheit die längst verschollenen Künstler andere und weniger wichtige Details ausgearbeitet hatten. Das hieß, seine Interpretation mußte falsch sein, zumal das Kind in dieser kleinen Szene keinerlei Anzeichen von Panik oder Angst verriet; es machte vielmehr einen ausgesprochen sorglosen und zufriedenen Eindruck.

Leyns Gedankengänge wurden von einem Geräusch am Eingang gestört. Er runzelte verärgert die Stirn, hob die Laterne, und trat unwillkürlich einen Schritt zurück, als er sah, wer der Neuankömmling war. Das Kampfschwert schabte an der Wand, als Prinz Leddravohr mit seinem kurzlebigen Lächeln aus dem engen Durchlaß trat. Er sah sich in der Höhle um.

»Guten Spättag, Prinz«, sagte Leyn, der mit Entsetzen bemerkte, wie er zu zittern anfing. Im Laufe seiner Arbeit für die T.G.H. war er Leddravohr oft begegnet. Doch in der schnöden Büroatmosphäre und in Gesellschaft anderer Mitarbeiter hatte er es mit der Zeit fertiggebracht, angesichts des Prinzen seine Fassung einigermaßen zu bewahren; hier aber, in der Enge der Höhle, kam ihm Leddravohr riesig, unmenschlich, machtvoll und furchteinflößend vor. Der Prinz war innerlich und äußerlich weit genug von Leyn entfernt, daß er ebensogut einem der primitiven Wandbilder entstiegen sein konnte, die rundum im Dämmerlicht glühten.

Leddravohr verschaffte sich einen flüchtigen Überblick. »Man sagte mir, hier gebe es etwas Bemerkenswertes zu sehen, Marakain. Hat man mich falsch informiert?«

»Ich glaube nicht, Prinz.« Leyn hoffte, seiner Stimme einen festen Klang gegeben zu haben.

»Du glaubst nicht? Wo ist denn das, was deinem erlesenen Hirn auffällt und meinem nicht?«

Leyn suchte nach einer Antwort, die nicht der Beleidigung entsprach, die Leddravohr ihm in den Mund gelegt hatte. »Ich hatte noch keine Zeit, die Bilder eingehend zu studieren, Prinz – aber interessant ist, daß sie offenbar sehr alt sind.«

»Wie alt?«

»Vielleicht drei- oder viertausend Jahre.«

Leddravohr schnaubte amüsiert. »Das ist doch Unsinn. Du sagst also, diese Kritzeleien seien viel älter als Ro-Atabri selbst?«

»Das ist nur meine bescheidene Meinung, Prinz.«

»Du irrst dich. Die Farben sind viel zu frisch. In einem der Bürgerkriege war diese Höhle ein Schlupfwinkel. Einige Aufrührer hielten sich hier draußen versteckt und ...« Leddravohr hielt inne, um sich eine Zeichnung aus nächster Nähe anzusehen, die zwei Menschen in einer sexuellen Verrenkung zeigte. »Und hier siehst du, womit sie sich die Zeit vertrieben haben. Ist es das, was dich so fasziniert, Marakain?«

»Nein, Prinz.«

»Verlierst du jemals die Beherrschung, Marakain?«

»Ich hoffe nicht, Prinz.«

Leddravohr schnaubte wieder, schritt die Wände ab und kam zu Leyn zurück. »Ist schon gut, du kannst aufhören zu zittern – ich werde dich nicht anrühren. Vielleicht interessiert es dich zu erfahren, daß ich hier bin, weil mein Vater von diesem Spinnenloch gehört hat. Er will die Zeichnungen akkurat kopiert haben. Wie lange dauert das?«

Leyns Blick überflog die Wände. »Vier tüchtige Zeichner könnten in einem Tag fertig sein, Prinz.«

»Veranlasse das!« Leddravohr sah ihn mit einem undeutbaren Ausdruck seines glatten Gesichts an. »Warum schert sich überhaupt jemand um diesen Ort? Mein Vater ist alt und gebrechlich; ihm steht der Flug nach Jenland ins Haus; der größte Teil der Bevölkerung ist von der Seuche dahingerafft worden, und der Rest rottet sich zusammen; selbst ein paar Einheiten der Armee werden aufsässig, jetzt wo sie Hunger leiden und ihnen dämmert, daß ich bald nicht mehr da bin, um mich um sie zu kümmern – und die größte Sorge meines alten Herrn ist es, dieses elende Gekritzel mit eigenen Augen zu sehen. Warum, Marakain, *warum?*«

Leyn war auf die Frage nicht vorbereitet. »König Pradt scheint die Natur eines Philosophen zu haben, Prinz.«

»Du meinst, er ist wie du?«

»Ich hatte nicht die Absicht, mich auf die gleiche ...«

»Laß das! Du willst also sagen: Mein Vater will etwas wissen, weil er etwas wissen will?«

»Das ist die Haltung des Philosophen, Prinz.«

»Aber ...« Leddravohr brach ab, als er im Eingang zur Höhle ein Klappern von Ausrüstung hörte und der Sergeant von Leyns Leibgarde erschien. Er salutierte vor Leddravohr und wartete aufgeregt auf Sprecherlaubnis.

»Na, los, Mann!« sagte Leddravohr.

»Prinz, im Westen frischt der Wind auf. Wir wurden vor Pterssas gewarnt.«

Leddravohr entließ den Sergeanten mit einem Wink. »In Ordnung – wir brechen bald auf.«

»Der Wind frischt kräftig auf, Prinz«, sagte der Sergeant, ganz und gar unglücklich darüber, daß er seiner Entlassung trotzte.

»Und ein schlauer, alter Soldat wie du will natürlich kein überflüssiges Risiko eingehen.« Leddravohr legte dem Sergeanten die Hand auf die Schulter und schüttelte ihn spielerisch, eine Vertraulichkeit, die er nicht einmal für den edelsten Adligen übrig hatte. »Nehmt Eure Männer und zieht ab, Sergeant!«

In den Augen des Sergeanten blitzten Dankbarkeit und Verehrung auf, dann eilte er hinaus. Leddravohr sah ihm nach, bis er fort war, dann wandte er sich an Leyn.

»Du warst eben dabei, diese Leidenschaft für unnützes Wissen zu erklären«, sagte er. »Fahr fort!«

»Ich ...« Leyn versuchte, seine Gedanken zu ordnen. »In meinem Beruf gibt es kein unnützes Wissen.«

»Wieso nicht?«

»Alles Wissen ist Teil eines Ganzen ... einer strukturellen Einheit ... und wenn diese Struktur vollständig ist, ist auch der Mensch vollständig und wird sein Schicksal selbst in die Hand nehmen können.«

»Schöne Worte!« Leddravohrs unzufriedener Blick heftete sich auf den Wandabschnitt, der Leyns Standort am nächsten war. »Glaubst du im Ernst, die Zukunft unserer Rasse hängt von dem Balg ab, der da mit seinem Ball spielt?«

»Das habe ich nicht gesagt, Prinz.«

»Das habe ich nicht gesagt, Prinz«, äffte Leddravohr ihn nach. »Rein gar nichts hast du mir gesagt, Philosoph.«

»Es tut mir aufrichtig leid, daß Ihr nichts gehört habt«, sagte Leyn ruhig.

Augenblicklich erschien Leddravohrs Lächeln. »War das nun eine Beleidigung oder nicht? Wissensliebe muß eine feurige Leidenschaft sein, wenn sie dir das Rückgrat stärkt,

Marakain. Wir werden auf dem Rückritt weiterreden. Komm!«

Leddravohr schleuste sich seitlings durch den engen Durchlaß. Leyn blies die vier Laternen aus, ließ sie, wo sie waren, und folgte Leddravohr nach draußen. Von Westen wehte eine spürbare Brise über die rauhen Konturen des Berges. Leddravohr war schon im Sattel und sah amüsiert zu, wie Leyn den Saum der Robe zusammenraffte und sich unbeholfen in den Sattel des anderen Blauhorns zog. Nach einem forschenden Blick in den Himmel ritt Leddravohr den Berg hinunter, sein Reittier mit der aufrechten Nonchalance des geborenen Reiters führend.

Leyn drängte, einem Impuls folgend, sein Blauhorn auf einem mehr oder minder parallelen Pfad voran, darauf bedacht, mit dem Prinzen auf gleicher Höhe zu bleiben. Sie waren fast halbwegs den Berg hinunter, als er bemerkte, daß er sein Tier ziemlich schnell in einen Bereich mit losem Schiefer hineintrieb. Er versuchte, das Blauhorn nach rechts zu ziehen, mit dem einzigen Erfolg, daß er es aus dem Gleichgewicht riß. Es belferte angstvoll, als es auf dem trügerischen Grund den Halt verlor und auf die Seite stürzte. Leyn hörte noch das Bein des Tieres knacken, als er sich abstieß. Er hatte ein gelbes Büschel Gras angepeilt, das glücklicherweise da war, wo er es brauchen konnte. Er rollte einmal um seine Längsachse und sprang augenblicklich wieder auf die Füße, unverletzt, aber entsetzt über das qualvolle Geheul des Blauhorns, das hilflos auf die Steinplatten eindrosch.

Leddravohr schwang sich von seinem Reittier, zog das Schwert und kam mit ausholenden Schritten zu dem gestürzten Blauhorn und trieb ihm das schwarze Blatt in den Bauch, den Stoß voranwinkelnd, bis die Spitze von innen in die Brusthöhle drang. Das Blauhorn bäumte sich auf und gab einen geifernden, krächzenden Laut von sich, als es starb. Leyn hielt sich die Hand vor den Mund, während er die quälenden Aufwallungen seines Magens niederkämpfte.

»Hier ist ein neuer Leckerbissen an nützlichem Wissen für dich«, sagte Leddravohr ruhig. »Wenn du ein Blauhorn töten mußt, ziele niemals direkt auf das Herz, oder du wirst von oben bis unten mit Blut besudelt. So aber entlädt sich das Herz in die Körperhöhlen, und es gibt nur sehr wenig Schmutz. Siehst du?« Leddravohr zog sein Schwert heraus, wischte es an der Mähne des Kadavers ab und breitete die Arme aus, um Leyn seine makellose Kleidung zu demonstrieren. »Findest du nicht auch, daß das alles sehr… philosophisch ist?«

»Ich habe es zu Fall gebracht«, schluckte Leyn.

»Es war nur ein Blauhorn.« Leddravohr steckte das Schwert in die Scheide, kehrte zu seinem Reittier zurück und schwang sich in den Sattel. »Komm schon, Marakain – worauf wartest du?«

Leyn sah den Prinzen an, der eine Hand ausgestreckt hielt, um ihm zu helfen. Er empfand eine unüberwindliche Abneigung vor dem körperlichen Kontakt. »Danke, Prinz aber es wäre nicht Rechtens, wenn jemand von meinem Status mit Euch reiten würde.«

Leddravohr brach in Gelächter aus. »Wovon redest du da, du Narr? Wir sind hier draußen in der wirklichen Welt – der Welt des Soldaten – und die Pterssas sind unterwegs.«

Der Hinweis auf die Pterssas durchfuhr Leyn wie ein Eisdolch. Er machte einen zögernden Schritt voran.

»Sei nicht so schüchtern«, sagte Leddravohr. Vergnügen und Verachtung sprachen aus seinen Augen. »Außerdem ist es nicht das erste Mal, daß wir beide uns dieselbe Stute teilen.«

Leyn blieb stehen. Schweiß kühlte seine Stirn. Er hörte sich sagen: »Ich habe es mir überlegt – ich möchte doch lieber zu Fuß zum Areal zurückgehen.«

»Ich verliere die Geduld mit dir, Marakain.« Leddravohr beschattete die Augen und musterte den westlichen Himmel. »Ich werde nicht darum betteln, dein Leben beschützen zu dürfen.«

»Für mein Leben bin ich selbst verantwortlich, Prinz.«

»Es muß euch Marakains im Blut liegen«, sagte Leddravohr achselzuckend und bezog sich auf einen nicht anwesenden Dritten. Er wendete sein Blauhorn nach Osten und spornte das Tier zu einem leichten Galopp an. Nach wenigen Sekunden war er hinter einem Felsvorsprung verschwunden.

Leyn war allein in einer schroffen Landschaft, die plötzlich so fremdartig und unversöhnlich erschien wie ein ferner Planet. Er stieß ein wankelmütiges, ungläubiges Lachen aus, als er seine mißliche Lage überdachte, in die er sich durch einen einzigen Verstoß gegen die Vernunft gebracht hatte.

Warum erst jetzt? fragte er sich. *Warum habe ich bis jetzt gewartet?*

Es gab ein kullerndes Geräusch in der Nähe. Leyn wirbelte erschrocken herum und sah, wie sich die farblosen Vielfüßer bereits allseits aus ihren Erdlöchern wanden, kleines Geröll mitnehmend in ihrer gierigen Hast, das tote Blauhorn zu erreichen. Mit mehreren Sätzen brachte Leyn sich aus der Nähe des widerlichen Spektakels. Einen Moment lang überlegte er, ob er zur Höhle zurückkehren sollte. Sie bot bei Tageslicht nur wenig Schutz, und nach Einbruch der Nacht würde der ganze Berg nur so wimmeln von geduldig witternden und sondierenden Pterssas. Das beste war, sich sofort auf den Weg nach Osten zu machen, um so schnell wie möglich das Areal für Himmelsschiffe zu erreichen – bevor der Wind die Pterssa brachte.

Entschlossen begann Leyn durch die surrende Hitze zu laufen. Nahe am Fuß des Berges kam er auf einen offenen Hang hinaus und hatte freien Blick nach Osten. Eine weit entfernte Staubfahne markierte Leddravohrs Weg und weit vor dem Prinzen, beinah an der sandsteinfarbenen Grenze des Areals, zeigte eine größere Staubwolke, wie weit die vier Soldaten schon gekommen waren. Erst jetzt wurde Leyn bewußt, wie langsam er im Vergleich zu einem galoppierenden Reiter war. Er würde schneller vorankommen, wenn er das flache Grasland erreicht hätte; aber auch dann würde er bestimmt eine Stunde brauchen, ehe er in Sicherheit war.

Eine Stunde!

Habe ich überhaupt eine Chance, so lange zu überleben?

Um sich von der zunehmenden körperlichen Pein abzulenken, suchte er Zuflucht bei seiner Mathematik. Die Statistik, wenn man sie nüchtern betrachtete, war ermutigender, als er zunächst erwartet hatte.

Tageslicht und flaches Terrain waren ungünstige Bedingungen für die Pterssas. Sie waren praktisch unfähig, sich aus eigener Kraft horizontal fortzubewegen, und waren von Luftströmungen abhängig, die sie über Land trugen. Mithin hatte ein Läufer auf offenem Gelände wenig von ihnen zu befürchten. Unter der Voraussetzung, daß sie die Gegend nicht förmlich bedeckten – was am hellichten Tag kaum zu erwarten war – brauchte er die Blasen lediglich wachsam im Auge zu behalten und auf die Windrichtung zu achten. Wenn ihn eine Pterssa bedrohte, brauchte er einfach nur abzuwarten, bis er *fast* in ihrer tödlichen Reichweite war, dann ein Stück weit rechtwinklig zur Windrichtung zu laufen und die Blase hilflos vorbeitreiben zu lassen.

Strauchelnd kam er in einer tiefen Rinne zum Stehen; die Erschöpfung pumpte ihm salzigen Schaum in den Mund. Er stützte sich auf einen Felsbrocken, um wieder zu Atem zu kommen. Wenn er die Ebene erreichte, war es lebenswichtig, daß er noch Kraftreserven hatte und flink auf den Füßen war. Während der Aufruhr in seiner Brust allmählich verebbte, gab er sich ganz der Vorstellung hin, wie sich seine nächste Begegnung mit Leddravohr abspielen würde, und er spürte – zu seiner eigenen Verwunderung – wie sein klaffender Mund zu grinsen versuchte. Das war der Gipfel der Ironie! Derweil der berühmte Militärprinz sein Heil in der Flucht gesucht hatte, war der weichliche Philosoph in die Stadt zurückspaziert, mit nichts als seiner Intelligenz bewaffnet. Das war nun in der Tat der Beweis, daß er kein Feigling war, ein Beweis vor aller Augen, ein Beweis, den sogar seine Frau ...

Ich bin übergeschnappt! Leyn stöhnte laut auf vor Zerknirschung. Ich habe wahrhaftig den Verstand verloren!

Ich habe zugelassen, daß ein Wilder mit all seiner Roheit und Bosheit, seiner selbstgefälligen Borniertheit und seiner unverhohlenen Ignoranz meine Abwehr durchbrach. Ich ließ mich von ihm so lange demütigen, bis ich bereit war, in einem Anfall von Haß und Stolz mein Leben wegzuwerfen –

welch löbliche Regungen! – und jetzt träume ich mit offenen Augen von kindischer Vergeltung, so betrunken von meiner Überheblichkeit, daß ich nicht einmal die einfachste Vorsicht walten lasse und mich davon überzeuge, daß keine Pterssa in der Nähe ist!

Leyn richtete sich auf und blickte – von schmerzlicher Vorahnung erfüllt – zurück in die Rinne.

Die Pterssa war kaum zehn Schritt entfernt, bereits in tödlicher Nähe, und die Brise wehte die Rinne herauf und trieb die Blase genau auf ihn zu, mit lähmender Schnelligkeit.

Sie schwoll heran und füllte sein Gesichtsfeld, gleißend, transparent, mit purpurnen und schwarzen Pigmenten. In einem Winkel seines Herzens flackerte eine perverse Dankbarkeit auf, daß nun sein Schicksal besiegelt war, rasch und endgültig. Es hatte keinen Zweck davonzulaufen, keinen Zweck sich zu wehren. Er sah die Pterssa, wie er nie zuvor eine gesehen hatte, sah die fahlgrauen Wirbel des giftigen Staubs im Innern. Zeichnete sich da nicht eine Struktur ab? Eine Blase in der Blase? Opferte sich hier eine feindselige Proto-Intelligenz wissentlich, nur um ihn zu vernichten?

Die Pterssa füllte Leyns Universum.

Sie war überall ... und dann nirgends mehr.

Er nahm einen tiefen Atemzug und sah sich mit dem traurig friedlichen Blick eines Mannes um, der nur noch eine letzte Entscheidung zu treffen hat.

Nicht hier, dachte er. *Nicht an diesem blinden und engen Ort – er taugt überhaupt nicht dazu.*

Er erinnerte sich an den Hang weiter oben, der ihm den freien Blick nach Osten gewährt hatte, und ging den Weg im Bett des längst versiegten Stroms zurück, wählte seine Schritte mit Bedacht und seufzte gelegentlich. Als er wieder auf dem Hang war, setzte er sich auf den Boden, den Rücken an einen nicht unbequem geformten Felsblock gelehnt, und drapierte seine Robe in hübschen Falten rund um die ausgestreckten Beine.

Die Welt seines letzten Tages breitete sich vor ihm aus. Der Kegel des Opelmer Berges schwebte tief am Himmel, als habe er sich von den horizontalen Streifen und gesprenkelten Bändern der Metropole und der verlassenen Vororte an der Arl-Bucht losgesagt. Näher und tiefer lag die künstliche Ortschaft des Areals für Himmelsschiffe, mit ihren Dutzenden von Ballonkaminen eine fiktive Stadt aus rechtwinkligen Türmen. Am südlichen Himmel glitzerte der *Baum*, dessen neun Sterne dem Licht der Sonne trotzten, und im Zenit dehnte sich unmerklich eine breite Sichel milden Lichts über Jenlands Scheibe aus.

Dieser Ausblick umspannt mein ganzes Leben und meine ganze Arbeit, sinnierte Leyn. Ich habe mein Schreibzeug dabei und sollte versuchen, ein Resümee zu ziehen ... nicht daß die letzten Gedanken eines Mannes, der sein Ableben auf solch alberne Weise inszeniert hat, für irgend jemand von Interesse oder Bedeutung wären ... ich könnte höchstens aufschreiben, was schon bekannt ist – daß die Pterssose keinen schlimmen Tod bringt ... so wie Tode sonst sind – will sagen ... die Natur kann barmherzig sein ... so wie bei den fürchterlichsten Haifischbissen oft der Schmerz ausbleibt, so kann das Einatmen des Staubs manchmal eine seltsame Resignation erzeugen, einen chemischen Fatalismus ... zumindest in dieser Hinsicht kann ich mich glücklich schätzen ... außer daß nur Gefühle vorenthalten werden, auf die ich einen ureigenen Anspruch habe ...

Ein Brennen meldete sich unterhalb der Brust und strahlte nach allen Seiten aus. Gleichzeitig schien die Luft rundum abzukühlen, als ob die Sonne ihre Wärme verloren habe. Er griff in eine Tasche der Robe, brachte etwas, das aussah wie ein Säckchen aus gelbem Leinen, zum Vorschein und breitete es auf seinen Schoß. Es gab eine letzte Pflicht, die er zu erfüllen hatte – aber das konnte noch warten ...

Ich wünschte, Gesalla wäre hier ... Gesalla und Tauler ... damit ich sie zusammenführen könnte, oder sie bitten könnte, einander anzunehmen ... eine Ironie türmt sich auf die andere ... Tauler hatte immer anders sein wollen, mehr so wie ich ... und als er der neue Tauler wurde, machte man aus mir den alten Tauler ... so daß ich schließlich der Ehre zu Ehren mein Leben wegwarf – eine Geste, die angebracht gewesen wäre, als Leddravohr sich anschickte, meine schöne und schwangere Monofrau zu schänden... Tauler hatte ganz recht, und ich – mit meiner sogenannten Weisheit – gab ihm unrecht... Gesallas Verstand war auf meiner Seite – aber ihr Herz war bei Tauler...

Der Schmerz fuhr wie ein Dolchstoß ins Herz. Ein Schüttelfrost ließ Leyn erschauern. Die Aussicht vor ihm war merkwürdig flächig. Er konnte jetzt mehr Pterssas sehen. Sie trieben zu zweit oder dritt auf die Ebene hinunter; doch für das, was von ihm übrig war, hatten sie ihre Bedeutung verloren. Seine Realität war der Traumflug unvollendeter Gedanken...

Armer Tauler... aus ihm wurde, wonach er sich gesehnt hatte, und wie habe ich es ihm vergolten?... mit Unmut und Neid... am Tag von Glos Beisetzung habe ich ihn verletzt, und ich hätte ihn nicht verletzen können, wenn er mich nicht lieben würde; doch er begegnete meiner kindischen Gehässigkeit mit Würde und Nachsicht... Brakka und Pterssa vertragen sich... ich liebe meinen ›kleinen‹ Bruder, und ich frage mich, ob Gesalla auch schon bemerkt hat, daß sie ihn liebt... so etwas kann lange brauchen... natürlich vertragen sich Brakka und Pterssa – sie leben in Symbiose... jetzt begreife ich auch, warum ich im Grunde meines Herzens gar nicht nach Jenland wollte... dort ist die Zukunft, und die Zukunft gehört Gesalla und Tauler... war das der tiefere Grund, warum ich es abgelehnt habe, mit Leddravohr zu reiten, warum ich ›meinen‹ Pfad des Ruhms gewählt habe?... habe ich Tauler Platz gemacht?... habe ich lediglich einen störenden Faktor aus der Gleichung eliminiert?... Gleichungen haben mir früher soviel bedeutet...

Der Brand in seiner Brust wurde heißer, griff um sich. Leyn rang nach Atem. Er war naß geschwitzt, und doch fühlte die Haut sich leichenkalt an, und die Welt war wie auf ein kräuselndes Tuch gemalt. Es war Zeit für die gelbe Kapuze.

Leyn nahm sie mit tauben Fingern und zog sie über den Kopf – zur Warnung für jedermann, der vorbeikam, daß hier jemand an Pterssose gestorben war. Vor Ablauf von fünf Tagen durfte sich niemand seinem Leichnam nähern. Die

Augenschlitze saßen nicht da, wo sie hingehörten, doch er ließ die Hände neben sich auf den Boden fallen, ohne den Sitz der Kapuze zu korrigieren, und verharrte in seinem privaten Universum aus gestaltlosem und nichtssagendem Gelb.

Zeit und Raum verliefen ineinander in diesem anspruchslosen Mikrokosmos.

Jawohl, ich hatte recht mit den Höhlenmalereien... der Kreis stellt eine Pterssa dar... eine farblose Pterssa... eine, die noch nicht diese besonderen Toxine entwickelt hat... wer war es gleich, der mich danach gefragt hat, ob die Pterssas früher rosa waren?... und was habe ich erwidert?... habe ich gesagt, der nackte kleine Junge hätte deswegen keine Angst vor der Pterssa, weil er wüßte, wie harmlos sie ist?... in einer Hinsicht habe ich Tauler immer enttäuscht – ich habe nie körperlichen Mut bewiesen – Ehre war mir immer gleichgültig... doch jetzt kann er stolz auf mich sein... ich wünschte, ich könnte sein Gesicht sehen, wenn er hört, daß ich lieber gestorben bin, als mitzureiten... ist es nicht seltsam, daß die Antwort auf das Rätsel der Pterssa schon immer am Himmel zu sehen war?... der ›Baum‹ und Jenlands Scheibe – als Symbol für die Pterssa – existieren in Harmonie miteinander... die Pollenentladung des Brakka ernährt die Pterssa mit... womit?... Pollen, Grün und Purpur, Miglyn?... und als Gegenleistung spürt die Pterssa den Feind des Brakka auf und zerstört ihn... Tauler sollte vor Prinz Leddravohr geschützt werden... er hält sich für ebenbürtig mit dem Prinzen, aber ich fürchte... ICH FÜRCHTE, ICH HABE MIT NIEMANDEM ÜBER DIE SYMBIOSE VON BRAKKA UND PTERSSA GESPROCHEN!... seit wann weiß ich davon?... träume ich?... wo bist du, geliebte Gesalla?... meine Hände, kann ich sie noch bewegen?... und meine...

17. Kapitel

Prinz Leddravohr blickte stirnrunzelnd in den Handspiegel. Selbst im Großen Palast verzichtete er auf Leibdiener, und so nahm seine Morgentoilette ziemlich viel Zeit in Anspruch.

Er hatte das Brakka-Rasierblatt geschärft und die Bartstoppeln gründlich mit heißem Wasser eingeweicht, mit dem ärgerlichen Ergebnis, daß er an der Kehle zuviel Haut abgeschabt hatte. Er hatte sich nicht richtig geschnitten, aber Bluttröpfchen drangen durch die Haut, und je öfter er sie wegtupfte, desto mehr kamen nach.

Das kommt davon, wenn man wie ein verwöhntes Gör lebt, sagte er sich, ein feuchtes Handtuch an den Hals pressend. Er würde mit dem Anziehen warten, bis die Blutung gestillt war. Der Spiegel, der aus zwei verschiedenen Glasschichten bestand, reflektierte fast vollkommen, aber wenn man sich damit zum Fenster drehte, konnte man die hellen Rechtecke durch die Doppelschicht erkennen, als beanspruchten sie denselben Platz wie der Körper.

Das paßt, dachte er. *Ich verliere an Substanz, werde zum Geist, und alles für den Flug nach Jenland. Mein richtiges Leben, das einzige Leben, das überhaupt von Bedeutung ist, wird aus und vorbei sein, wenn …* Seine Gedanken wurden unterbrochen vom Geräusch eiliger Schritte im angrenzenden Zimmer. Er drehte sich um und sah in der Türöffnung des Badezimmers die breitschultrige Gestalt von Major Jachimalt. Der Mann war der verantwortliche Adjutant für den Nachrichtenverkehr zwischen dem Palast und dem Areal für Himmelsschiffe. Jachimalt reagierte mit einem bangen Blick auf die Tatsache, daß Leddravohr nackt war, und machte Anstalten, rücklings den Raum zu verlassen.

»Vergebt mir, Prinz«, sagte er. »Ich wußte nicht …«

»Was ist los mit dir, Mann?« fuhr ihn Leddravohr an. »Wenn du eine Nachricht hast, spuck sie aus!«

»Eine Meldung von Oberst Hippern, Prinz. Er sagt, der Mob sammelt sich vor dem Haupteingang des Areals.«

»Er hat ein ganzes Regiment zur Verfügung, oder nicht? Warum sollte ich mich persönlich um den Pöbel kümmern?«

»Die Meldung sagt, der Erzbischof wiegelt sie auf«, erwiderte Jachimalt. »Oberst Hippern ersucht um Eure Autorität, Prinz, um ihn unter Arrest zu stellen.«

»Balauntar! Dieser elende Knochensack!« Leddravohr warf den Spiegel beiseite und ging zum Kleiderständer. »Sag

Oberst Hippern, er soll die Stellung halten, aber nichts gegen Balauntar unternehmen, bis ich da bin. Ich werde mich persönlich um die Erzkrähe kümmern.«

Jachimalt salutierte und verschwand aus dem Türrahmen. Leddravohr ertappte sich dabei, wie er lächelte, während er sich rasch anzog und seinen weißen Küraß umschnallte. Fünf Tage vor Abflug der ersten Schwadron waren praktisch alle Vorbereitungen für die Auswanderung getroffen, und unfreiwilliger Müßiggang war das, was er am wenigsten brauchen konnte. Wenn es nichts zu erledigen gab, wandten sich seine Gedanken allzu leicht der unnatürlichen Nagelprobe zu, die vor ihm lag, und immer dann setzten die bleichen Maden der Furcht und des Selbstzweifels heimtückisch zum Angriff an. Er konnte dem randalierenden Erzbischof geradezu dankbar sein für die Ablenkung und die Gelegenheit, noch einmal richtig in Schwung zu kommen.

Leddravohr schnallte sein Schwert um die Hüfte und das Wurfmesser an den rechten Arm, dann verließ er eilig seine Zimmerflucht und steuerte auf dem kürzesten Weg die Treppen hinunter zum zentralen Vorhof. Er wollte einer Begegnung mit seinem Vater aus dem Weg gehen. Der König unterhielt einen ausgezeichneten Nachrichtendienst und würde todsicher über Leyn Marakains selbstmörderisches Verhalten am vergangenen Spättag unterrichtet sein. Leddravohr hatte jetzt keine Lust, sich über den absurden Vorfall ausfragen zu lassen. Er hatte einem Trupp Zeichner befohlen, die Höhle aufzusuchen und die Wandbilder zu kopieren. Er wollte seinem Vater die Kopien überreichen können, wenn er das nächste Mal mit ihm zusammentraf. Sein Instinkt sagte ihm nämlich, daß der König verärgert und mißtrauisch sein würde, falls Marakain tot war. Und daß Marakain überlebt hatte, war so gut wie ausgeschlossen. Dann waren die Höhlenbilder ein Faustpfand, mit dem er seinen Vater besänftigen konnte.

Sowie er in den Vorhof kam, gab er einer Torwache mit einem Wink zu verstehen, ihm das gescheckte Blauhorn zu bringen, das er normalerweise ritt, und nach Sekunden galoppierte er bereits in Richtung des Areals. Aus dem doppelten Kokon aus Netzen, der den Palast umhüllte, gelangte er in einen der rohrartig überzelteten Wege, die die vier Ziergräben durchquerten. Die Hülle aus gelacktem Leinen war undurchlässig für Pterssastaub und gewährte einen sicheren Zugang zu Ro-Atabri. Aber hier eingepfercht zu sein und sich dem Zug der Herde anpassen zu müssen, zerrte an den Nerven. Er war froh, als er die Stadt erreichte und der Uferstraße des Borann nach Westen folgen konnte, wo er wenigstens den Himmel durch die Maschen der Netze sah.

Es waren nicht viele Bürger unterwegs, die meisten in Richtung des Areals, anscheinend mit einem sechsten Sinn ausgestattet, der sie bedeutsame Ereignisse aus großer Entfernung wittern ließ. Es war ein heißer und windstiller Morgen, und es gab keine Bedrohung durch Pterssas. Als er die westliche Stadtgrenze erreichte, ignorierte er den geschützten Weg, der zum Areal führte, und ritt südlich davon unter freiem Himmel in Richtung der Menge, die sich um den Haupteingang drängte. Die Seitenbahnen des Leinentunnels waren aufgerollt worden, so daß die Menge das ganze Schutztor abriegeln konnte. Hinter dem Tor hob sich eine Phalanx von Piken gegen den Himmel ab, und Leddravohr nickte beifällig – die Pike war eine gute Waffe, um aufsässige Zivilisten auf ihren Irrtum hinzuweisen.

Während er näher ritt, zügelte er sein Blauhorn auf Schritttempo. Als man sein Kommen bemerkte, teilte sich die Menge respektvoll, um ihn durchzulassen, und er war überrascht, wie viele von den Leuten in Lumpen gehüllt waren. Das Elend der einfachen Bürger von Ro-Atabri war offensichtlich schlimmer, als er gedacht hatte. Unter Flüstern und Drängeln wich die Menge seitlich aus und schloß sich hinter ihm zu einem Halbkreis, in dessen Brennpunkt die schwarz gewandete Gestalt Balauntars stand.

Der Erzbischof, der einem Offizier auf der anderen Seite des geschlossenen Tores eine Predigt gehalten hatte, wandte sich Leddravohr zu. Er fuhr sichtlich zusammen beim Anblick des Prinzen, aber der Ausdruck von Zorn in dem zerfurchten Gesicht blieb unverändert. Leddravohr ritt gemächlich zu ihm, stieg mit jenem betonten Selbstvertrauen ab, das jede Hast und jede Zielstrebigkeit aus der Bewegung verbannte, und gab ein Zeichen, damit man ihm das Tor öffne. Zwei Soldaten zogen das schwere Tor einwärts, und nun standen Leddravohr und Balauntar im Mittelpunkt einer öffentlichen Arena.

»Nun, Priester«, sagte Leddravohr ruhig, »was führt Euch hierher?«

»Ich denke, Ihr wißt, warum ich hier bin …« Balauntar ließ volle drei Sekunden verstreichen, ehe er die königliche Anrede »… Prinz« hinzufügte, wodurch er sie von seiner Bemerkung trennte und eine wohlerwogene Beleidigung inszenierte.

Leddravohr lächelte. »Falls Ihr um eine Berechtigung zur Auswanderung ersucht, kommt Ihr zu spät – alle Plätze sind vergeben.«

»Ich ersuche um gar nichts«, sagte Balauntar und erhob seine Stimme, wobei er sich mehr an die Menge wandte als an Leddravohr. »Ich bin hier, um Forderungen zu stellen. Unabdingbare Forderungen.«

»Forderungen!« Noch nie hatte es jemand gewagt, dieses Wort an ihn zu richten, und als Leddravohr es wiederholte, passierte ihm etwas Merkwürdiges. Aus seinem Körper wurden zwei Körper – der eine physisch und fest, mit beiden Füßen am Boden – der andere gewichtslos und ätherisch, scheinbar anfällig für die sanfteste Brise. Das letztere Selbst löste sich aus der Verbindung beider, indem es einen Schritt zurücktrat. Ihm war, als sei er nicht länger in Kontakt mit dem Boden und schwebe über den Spitzen der Grashalme, wie eine Pterssa, mit einem umfassenden, aber gesonderten Blick für alles, was stattfand. Von diesem bevorzugten Standpunkt aus sah er zu, gleichwohl verwirrt, wie sein physisches Selbst ein rohes Spiel trieb …

»Wage es nicht, mir mit Forderungen zu kommen!« schrie der Leddravohr aus Fleisch und Blut. »Hast du vergessen, welche Autorität mir der König verliehen hat?«

»Ich spreche mit höherer Autorität«, beharrte Balauntar, keinen Schritt zurückweichend. »Ich spreche im Namen der Kirche, im Namen der Großen Permanenz, und ich befehle

Euch, die Vehikel zu zerstören, mit denen Ihr den Heiligen Pfad entweihen wollt. Außerdem müssen alle Lebensmittel und Kristalle und alle anderen lebenswichtigen Güter, die Ihr dem Volk gestohlen habt, demselben unverzüglich zurückgegeben werden. Das ist mein letztes Wort.«

»Du bist näher an der Wahrheit, als du ahnst«, sagte Leddravohr tonlos. Er zog sein Kampfschwert, doch ein Rest von Achtung vor den Regeln des Gesetzes riet ihm davon ab, das Schwert in den Erzbischof zu stoßen. Statt dessen ließ er Balauntar stehen, ging zu den wachsamen Armeeoffizieren in der Nähe und wandte sich an Oberst Hippern, der mit versteinertem Gesicht dastand.

»Nehmt den Verräter fest«, sagte er mit schneidender Stimme.

Hippern gab ein leises Kommando, und zwei Soldaten liefen mit gezogenen Schwertern zu Balauntar. Ein erregtes Murmeln und Murren stieg aus der Menge, als die Soldaten den Erzbischof bei den Armen packten und ihn trotz Gegenwehr hinter die Grenze des Areals brachten. Hippern sah Leddravohr fragend an.

»Worauf wartet Ihr?« Leddravohr stieß den Zeigefinger nach unten, was dem Befehl gleichkam, den Erzbischof auf die Knie zu zwingen. »Ihr kennt die Strafe für Hochverrat. Handelt danach!«

Hipperns Gesicht unter dem reich verzierten Helm zeigte keine Regung, als er wieder zu den Offizieren in seiner Nähe sprach, und wenige Sekunden später lief ein stämmiger Obersergeant zu den beiden Soldaten, die Balauntar festhielten. Der Erzbischof verdoppelte seine Anstrengungen, um freizukommen, und seine schwarz verhüllte Gestalt unternahm unmenschliche Verrenkungen, als die beiden Soldaten ihn zu Boden zwangen. Er hob das Gesicht gegen den Vollstrecker. Sein Mund öffnete sich weit, als er ein Gebet oder einen Fluch ausstoßen wollte, und der Sergeant nutzte im todbringenden Moment skrupellos das Ziel. Das Schwert stieß in Balauntars Mund und trat unter der Schädelbasis aus, das Rückenmark durchtrennend, das Leben des Erzbischofs zwischen zwei Herzschlägen beendend. Die beiden

Soldaten ließen seinen Körper fahren und traten zurück, als die Menge bestürzt aufstöhnte. Ein Stein kam in hohem Bogen durch die Luft geflogen und sprang nahe bei Leddravohrs Füßen durch den Staub.

Einen Augenblick lang sah es so aus, als wolle der Prinz sich selbst auf den Mob stürzen, ihn eigenhändig angreifen, dann wirbelte er zu dem Obersergeanten herum. »Nimm den Kopf des Priesters! Steck ihn auf eine Pike, damit sein Gefolge weiterhin zu ihm aufsehen kann.«

Der Sergeant nickte und ging mit der selbstverständlichen Geschicklichkeit eines Schweineschlächters an sein grausiges Werk, und innerhalb einer Minute saß Balauntars Kopf auf einem Pikenschaft. Man band die Pike an einen Torpfosten. Bäche von Blut rannen den Schaft hinunter.

Es herrschte äußerste Stille – eine Stille, die in den Ohren schmerzte – und es schien, als wisse man nicht aus noch ein. Dann wurde man auf seiten des Areals allmählich gewahr, daß die Situation nicht wirklich statisch war – der Halbkreis des Bodens vor dem Tor schrumpfte langsam zusammen. Die Vordersten der Menschenmenge schienen gar nicht ihre Füße zu bewegen, obgleich sie näher kamen, wie Reihen von Statuen, die durch unerbittlichen Druck von hinten vorgerückt wurden. Wie gewaltig die Kraft war, zeigte sich, als ein Zaunpfahl rechts vom Tor knarrte und sich ins Areal neigte.

»Schließt das Tor!« rief Oberst Hippern.

»Offenlassen!« Leddravohr sah dem Oberst ins Gesicht. »Die Armee verkriecht sich nicht vor dem Pöbel. Befehlt Euren Männern, den Platz zu säubern.«

Hippern schluckte, zeigte sein Unbehagen, hielt aber Leddravohrs Blick stand. »Die Situation ist schwierig, Prinz. Das ist ein lokales Regiment, das sich hauptsächlich aus Ro-Atabri rekrutiert, und es wird die Männer Überwindung kosten, gegen ihresgleichen vorzugehen.«

»Hab ich Euch recht verstanden, Oberst?« Leddravohr wog sein Schwert in der Hand, und ein Wurm aus weißem Licht ringelte sich in seinen Augen. »Seit wann entscheiden einfache Soldaten die Geschicke Kolkorrons?«

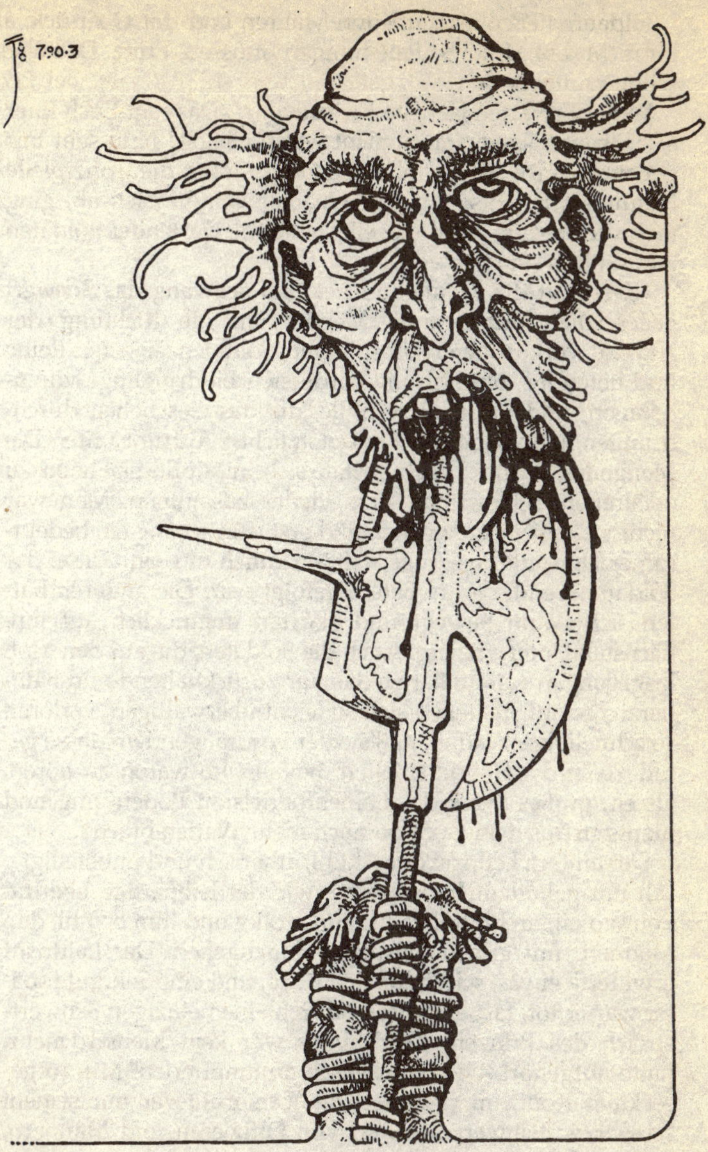

Hipperns Kehlkopf arbeitete wieder, aber der Oberst verlor nicht den Mut. »Seit sie hungern müssen, Prinz. Das war schon immer so.«

Wider Erwarten lächelte Leddravohr. »Das sagt Euch Euer erfahrener Sachverstand, nicht wahr, Oberst? Nun seht mir genau zu – ich werde Euch jetzt etwas über die prinzipielle Natur der Befehlsgewalt lehren.« Er wandte sich ab, ging mehrere Schritte auf die dreifache Reihe wartender Soldaten zu und hob sein Schwert.

»Zerstreut die Meute!« rief er und schwang das Schwert gegen die vordringende Menge, um die Richtung der Attacke vorzugeben. Sofort traten Soldaten aus der Reihe und liefen los, um sich die vordersten Eindringlinge vorzunehmen, und die relative Stille, die das Geschehen durchdrungen hatte, ging in einem plötzlichen Aufruhr unter. Die Menge fiel zurück, doch anstatt sich in kopfloser Flucht zu zerstreuen, schloß man sich wieder zusammen. Man war nicht weit zurückgewichen, und erst jetzt sprang ein bedeutsamer Umstand ins Auge – daß nämlich nur ein Drittel der Soldaten Leddravohrs Befehl gefolgt war. Die anderen hatten sich kaum bewegt und starrten unglücklich auf ihre nächsten Unteroffiziere. Auch die Soldaten, die auf den Mob losgegangen waren, hatten das nur zurückhaltend und halbherzig getan. Sie ließen sich so leicht überwältigen, verloren so schnell ihre Waffen, daß sie der vordrängenden Masse geradezu in die Hände spielten. Beifallsrufe waren zu hören, als ein großes Stück des Leinentunnels zu Boden ging und man sich aus dem Gerippe noch mehr Waffen brach…

Der andere Leddravohr – kühl, ätherisch und unbeteiligt – sah mit gelindem Interesse zu, wie der leibhaftige Leddravohr zu einem blutjungen Leutnant lief und ihm befahl, den Männern mit gutem Beispiel voranzugehen. Der Leutnant erwiderte etwas, schüttelte den Kopf, und eine Sekunde später war er tot, fast enthauptet durch einen einzigen Schwertstreich des Prinzen. Leddravohr war kein Mensch mehr, hatte aufgehört, wie ein Mensch zu empfinden. Mit vorgerecktem Kopf, im Ganterschritt, versprühte er mit seinem schwarzen Schwert das Blut von Offizieren und Männern, ging um wie ein schrecklicher Dämon, der nichts als Vernichtung im Sinn hat.

Wie lange geht das noch so? sann der andere Leddravohr. *Gibt es denn nichts, wovor der Mann haltmacht?*

Ein anderes Phänomen zog plötzlich seine Aufmerksamkeit auf sich. Der Himmel im Osten verdunkelte sich, weil aus mehreren Stadtteilen Rauchsäulen aufquollen. Das konnte nur bedeuten, daß die Pterssaschirme brannten und ein paar Stadtbewohner aus Zorn und Verzweiflung zum Äußersten griffen, um gegen die geltende Ordnung zu protestieren.

Ihre Botschaft war unmißverständlich – sie würden alle mit in den Untergang nehmen – reich und arm – König und Bettler.

Bei dem Gedanken an König Pradt, der allein und hilflos im Großen Palast saß, verlor der ätherische Leddravohr seine Gelassenheit. Er mußte sich kümmern, er mußte handeln; er hatte Verpflichtungen, die weit wichtiger waren als der Konflikt zwischen ein paar hundert Bürgern und Soldaten.

Mit einem Schritt war er bei seinem komplementären Selbst, und er hatte das Gefühl zu fallen, Raum und Zeit verschwammen …

Prinz Leddravohr Neldihver öffnete die Augen gegen die Flut aus grellem Sonnenlicht. Der Schwertgriff lag feucht in seiner Hand, und rundum herrschten die Geräusche eines Tumults und die Bilder eines Blutbads. Er musterte das Geschehen einen Moment lang, blinzelnd, während er sich an der veränderten Realität orientierte, dann steckte er das Schwert in die Scheide und lief zu seinem wartenden Blauhorn.

18. Kapitel

Tauler starrte seit etwa zehn Minuten regungslos auf den Leichnam mit der gelben Kapuze und wußte nicht, wie er den Schmerz bewältigen sollte.

Das hat Leddravohr getan, dachte er. *Das habe ich nun davon, daß ich das Monster am Leben ließ. Er hat meinen Bruder den Pterssas ausgeliefert!*

Die Frühtagssonne stand noch niedrig im Osten, aber es war windstill, und der felsige Hang begann bereits Wärme abzustrahlen. Tauler wurde hin- und hergerissen zwischen heftiger Gemütsbewegung und Besonnenheit – dem Verlangen, zu seinem Bruder zu laufen, und dem Gebot der Vernunft, in sicherer Distanz zu bleiben. Durch den Schleier von Tränen sah er einen weißen Schimmer auf der eingesunkenen Brust; es sah aus, als habe die schmächtige Hand es unter die Leibkordel der grauen Robe gesteckt.

Papier? Ist das vielleicht, Taulers Herz schlug schneller bei dem Gedanken, *eine Anklage gegen Leddravohr?*

Er nahm das gedrungene Teleskop, das er seit seiner Kindheit bei sich trug, und richtete es auf das weiße Rechteck. Seine Tränen verbündeten sich mit der grimmigen Helligkeit des Papiers und machten es ihm nicht leicht, die gekritzelten Wörter von Leyns Mitteilung zu entziffern:

> PTERSSA UND BRAK FREUNDE. TÖTEN UNS WEIL WIR BRAK TÖT. BRAK ERNÄHREN PTERS. DAFÜR BESCHÜT P B. GLASKLAR → ROSA → PURPUR: P ENTWICK GIFT. WIR MÜSS MIT B IN HARMONIE LEBEN. SEHT ZUM HIMMEL

Tauler ließ das Teleskop sinken. Die Erkenntnis, daß Leyns Vermächtnis von einer unübersehbaren Tragweite war, ging in dem fürchterlichen Aufruhr seines Kummers unter. Er war jetzt nicht in der Lage, sich damit zu befassen. Er war vielmehr unsäglich enttäuscht. Warum hatte Leyn den Rest seiner Lebensenergie nicht genutzt, um den Mörder anzuklagen, damit man kurzen Prozeß mit ihm machen konnte? Tauler überlegte. Dann ging ihm ein Licht auf, und ein anerkennendes und respektvolles Lächeln stahl sich in sein Gesicht. Leyn war selbst noch im Tod der unbeirrte Pazifist gewesen, der jeden Gedanken an Vergeltung weit von sich wies. Er hatte sein Licht so erlöschen lassen, wie es zu seinem Leben paßte – und Leddravohr kam wieder ungeschoren davon...

Er wandte sich ab und ging quer über den Hang zu dem Sergeanten, der bei den Blauhörnern wartete. Tauler hatte sich voll unter Kontrolle, und es gab keine Tränen mehr, die die Sicht verschleierten. Aber sein Denken wurde von einer neuen Frage beherrscht, die sein Hirn zermarterte mit der Kraft und Ausdauer von Wellen, die ans Ufer schlugen.

Wie kann ich ohne meinen Bruder leben? Die Hitze, die von den Steinplatten zurückstrahlte, drückte auf die Augen, drang in den Mund. *Es wird ein langer, heißer Tag heute, und wie werde ich ihn ohne meinen Bruder überstehen?*

»Ich trauere mit Euch, Kapitän«, sagte Engluh. »Euer Bruder war ein guter Mensch.«

»Ja.« Tauler starrte den Sergeanten an, versuchte seine Antipathie zu unterdrücken. Dieser Mann war formell für Leyns Sicherheit verantwortlich gewesen und lebte noch, während Leyn tot war. In diesem Gelände hätte der Sergeant wenig gegen die Pterssas ausrichten können, und war, wie er selbst angab, von Leddravohr fortgeschickt worden; und doch war es für den primitiven Teil von Taulers Charakter eine Zumutung, daß der Mann noch unter den Lebenden weilte.

»Wollt Ihr jetzt wieder zurück, Kapitän?« Engluh zeigte sich unbeeindruckt von Taulers prüfendem Blick. Er sah aus wie ein hartgesottener Veteran, zweifellos begabt in der Kunst, die eigene Haut zu retten, aber Tauler hatte nicht den Eindruck, daß der Mann unzuverlässig war.

»Noch nicht«, sagte Tauler. »Ich will erst das Blauhorn finden.«

»Sehr gut, Kapitän.« Es flackerte tief in den braunen Augen des Sergeanten, weil er genau wußte, daß Tauler Leddravohrs knappe Darstellung der Ereignisse vom Vortag nicht völlig akzeptiert hatte. »Ich zeige Euch den Weg, den wir geritten sind.«

Tauler bestieg sein Blauhorn und ritt hinter Engluh den Berg hinauf. Auf halber Höhe kamen sie in einen Bereich mit dünn geschichtetem Fels, an dessen Fuß sich Plattenscherben häuften. Das Blauhorn lag auf dem losen Material, abgenagt bis auf das Skelett durch Vielfüßer und andere Aasfresser. Selbst Sattel und Zaumzeug waren stellenweise zerfetzt und angeknabbert. Tauler fühlte, wie Kälte in sein Rückgrat kroch, als er sich vorstellte, daß Leyn dasselbe Schicksal ereilt hätte, wenn nicht das Pterssagift in seinem Körper gewesen wäre. Sein Blauhorn warf den Kopf hoch und wurde nervös, aber er führte es näher an das Skelett heran und runzelte die Stirn, als er das gebrochene Schienbein sah. *Mein Bruder lebte noch, als das passierte – und jetzt ist er tot.* Als der Schmerz ihn mit neuer Kraft durchtobte, schloß Tauler die Augen und versuchte, über das Unvorstellbare nachzudenken.

Nach dem, was man ihm erzählt hatte, waren Sergeant Engluh und die anderen drei Soldaten zum westlichen Eingang des Areals geritten, nachdem Leddravohr sie weggeschickt hatte. Dort hatten sie auf Leyn gewartet und waren erstaunt gewesen, als Leddravohr allein zurückgekehrt war.

Der Prinz war in einer sonderbaren Verfassung gewesen, verärgert und vergnügt zugleich, und zu Engluh sollte er gesagt haben: »Macht Euch auf eine lange Wartezeit gefaßt, Sergeant – Euer Schützling hat sein Reittier zuschanden geritten, und jetzt spielt er Verstecken mit den Pterssas.« Weil Engluh angenommen hatte, das werde von ihm erwartet, hatte er sich freiwillig angeboten, mit einem Ersatztier zum Berg zurückzugaloppieren, aber Leddravohr hatte gesagt: »Bleibt wo Ihr seid! Er hat es vorgezogen, mit seinem Leben zu spielen – und das ist kein Zeitvertreib für gute Soldaten.«

Tauler hatte sich den Bericht mehrmals von dem Sergeanten wiederholen lassen, und es sah tatsächlich so aus, als habe man Leyn sicheres Geleit angeboten, und Leyn habe es willentlich vorgezogen, mit dem Tod zu liebäugeln. Leddravohr hatte es nicht nötig zu lügen, egal was er tat – und trotzdem konnte Tauler nicht akzeptieren, was man ihm erzählt hatte. Leyn Marakain, von dem es hieß, daß er ohnmächtig wurde, wenn er Blut sah, wäre der letzte Mensch auf der Welt gewesen, sich mit den Blasen anzulegen. Hätte er sich das Leben nehmen wollen, hätte er einen besseren Weg gefunden – aber er hatte überhaupt keinen Grund gehabt, Selbstmord zu begehen. Er hatte so viel, für das es sich zu leben gelohnt hätte. Nein, irgend etwas Mysteriöses mußte sich gestern hier abgespielt haben, und Tauler kannte nur einen Menschen, der das aufklären konnte. Leddravohr mochte nicht gelogen haben, doch er wußte mehr als…

»Kapitän!« flüsterte Engluh verdutzt. »Seht dahinten!«

Tauler sah in die Richtung, in die Engluhs Zeigefinger wies, und blinzelte, als er die unverwechselbare dunkelbraune Gestalt eines Ballons sah, der über Ro-Atabri aufstieg. Wenige Sekunden später folgten drei weitere in geschlossener Formation, gerade so als ob der Massenaufstieg nach Jenland Tage vor der festgelegten Zeit beginnen sollte.

Irgend etwas stimmt nicht, dachte Tauler, bevor ihn ein Gefühl ohnmächtiger Wut befiel. Leyns Tod zu verkraften, wäre mehr als genug gewesen, aber hinzu kamen die Zweifel, die alles noch schlimmer machten – und nun stiegen vorzeitig Himmelsschiffe vom Areal auf, obwohl man die ganze Auswanderung bis ins Detail durchgeplant hatte. Soviel konnte kein Mensch auf einmal verkraften, und das Universum war unverschämt genug, sich keinen Deut darum zu kümmern.

»Ich muß zurück«, sagte er und trieb sein Blauhorn voran. Sie ritten den Berg hinunter, umrundeten einen mit Dorngestrüpp bewachsenen Felsvorsprung und erreichten den offenen Hang, wo Leyns Körper saß. Der unbehinderte Ausblick nach Osten zeigte, daß dort noch mehr Ballons aus den gemauerten Kaminen des Areals stiegen, doch Leyns Blick wurde auf die getüpfelten Wellen der Stadt dahinter gelenkt. Dunkle Rauchsäulen quollen aus den zentralen Stadtteilen.

»Das sieht wie ein Krieg aus, Kapitän«, sagte Engluh verwundert und stellte sich in die Steigbügel.

»Vielleicht ist es einer.« Tauler warf einen letzten Blick auf die zusammengesunkene und anonyme Gestalt, die einmal sein Bruder gewesen war – *Du wirst in mir weiterleben, Leyn* – dann spornte er sein Reittier in Richtung Stadt an.

Ihm war die zunehmende Rastlosigkeit unter der schwer geprüften Bevölkerung von Ro-Atabri nicht entgangen; aber wie konnten Unruhen unter der Zivilbevölkerung den geordneten Lauf der Dinge im Areal beeinträchtigen? Leddravohr hatte eine Sichel von Militäreinheiten zwischen die Basis für Himmelsschiffe und den Stadtrand gelegt und sie Offizieren unterstellt, auf die selbst unter den besonderen Umständen der Auswanderung Verlaß war. Die Kommandanten waren Männer, die selbst nicht den Wunsch hatten, nach Jenland zu fliegen, und fest entschlossen waren, Ro-Atabri wie einen einzigen, großen Organismus zu beschützen, komme was da wolle. Tauler hatte die Basis für sicher gehalten, selbst für den Fall, daß es zu einem totalen Aufstand kam, aber die Himmelsschiffe starteten lange vor dem festgelegten Zeitpunkt...

Auf dem flachen Grasland spornte er das Blauhorn zu gestrecktem Galopp an und hielt gespannt Ausschau. Die Grenzbefestigung des Areals nahm mehr und mehr sein Gesichtsfeld ein. Der westliche Zugang wurde selten benutzt, weil er nur unter freiem Himmel zu erreichen war; doch als Tauler näher kam, sah er Scharen von berittenen Soldaten und Infanterie hinter dem Tor, und Wagen mit Versorgungsgütern, die den Schutz der Doppelschirme verließen, um nach Norden und Süden abzubiegen. Weitere Schiffe stiegen in den Morgenhimmel, und das hohle Fauchen ihrer Brenner mischte sich in das Stakkato der Gebläse und das Gebrüll der Aufseher.

Man riß die Außentore für Tauler und den Sergeanten auf und schlug sie wieder zu, sobald sie in der Pufferzone waren. Tauler zügelte sein Blauhorn, als ein Armeekommandant auf ihn zukam, der den Helm mit dem orangeroten Kamm unter dem Arm trug.

»Seid ihr Himmelskapitän Tauler Marakain?« sagte er, sich den Schweiß von der Stirn wischend.

»Ja. Was ist passiert?«

»Prinz Leddravohr befiehlt, Ihr sollt Euch sofort in Kamin 12 melden.«

Tauler nickte. »Was ist passiert?«

»Wie kommt Ihr darauf, daß etwas passiert ist?« sagte der Kommandant verbittert. Er wandte sich ab und schritt davon, unwirsche Befehle an die nächststehenden Soldaten austeilend, die offenkundig mürrisch reagierten.

Tauler überlegte noch, ob er ihm nachgehen sollte, um ihm eine aufschlußreichere Antwort zu entlocken, als er am Innentor eine blau uniformierte Gestalt bemerkte, die ihm zuwinkte. Es war Ilven Savotl, der kürzlich zum Kapitänleutnant befördert worden war. Tauler ritt zu ihm und stieg ab, wobei ihm auffiel, wie blaß und besorgt der junge Mann aussah.

»Bin ich froh, daß du zurück bist, Tauler«, sagte Savotl bekümmert. »Ich hörte, du wärst draußen, um nach deinem Bruder zu sehen. Ich bin hier, um dich vor Prinz Leddravohr zu warnen.«

»Leddravohr?« Tauler sah nach oben, als ein Himmelsschiff kurz die Sonne verdunkelte. »Was ist mit Leddravohr?«

»Er ist wahnsinnig«, sagte Savotl, wobei er sich umsah, um sicherzugehen, daß niemand die an Hochverrat grenzenden Worte mit anhören konnte. »Er ist in den Ballonkaminen... treibt die Lastträger und Gebläsemannschaften an... mit dem Schwert in der Hand... Ich habe gesehen, wie er einen Mann niederstach, der zwischendurch einen Schluck trinken wollte.«

»Er...?« Taulers Bestürzung und Verwirrung nahmen zu. »Wie ist es zu all dem gekommen?«

Savotl sah überrascht zu ihm auf. »Du weißt nichts davon? Dann mußt du das Areal verlassen haben, bevor... Alles war eine Sache von Stunden, Tauler.«

»*Was ist passiert?* Raus mit der Sprache, Ilven, sonst gibt es gleich einen zweiten Wahnsinnigen hier!«

»Erzbischof Balauntar führte einen Trupp Bürger zur Basis. Er forderte, alle Schiffe müßten vernichtet und die Vorräte an das Volk verteilt werden. Leddravohr ließ ihn festnehmen und auf der Stelle köpfen.«

Tauler verengte die Augen, als er sich ein Bild von der Szene machte. »Das war ein Fehler.«

»Ein schlimmer«, stimmte Savotl zu, »aber das war nur der Anfang. Balauntar hatte die Gemüter erhitzt, mit Religion und Versprechungen von Lebensmitteln und Kristallen. Als sie sein Haupt auf einer Hellebarde sahen, fingen sie an, unsere Schutzschirme niederzureißen. Leddravohr setzte die Armee gegen sie ein, aber... ob du es glaubst oder nicht, Tauler... die meisten Soldaten verweigerten den Gehorsam.«

»Sie widersetzten sich Leddravohr?«

»Es waren Männer von hier – die meisten rekrutierten sich aus Ro-Atabri, und ihnen wurde befohlen, die eigenen Leute zu massakrieren.« Savotl hielt inne, als ein Himmelsschiff über ihren Köpfen ein fürchterliches Fauchen von sich gab. »Außerdem sind die Soldaten hungrig und haben das Gefühl, daß Leddravohr sie im Stich läßt.«

»Selbst wenn...« Tauler konnte sich kaum vorstellen, daß einfache Soldaten gegen den Militärprinzen rebellierten.

»An dem Punkt muß Leddravohr regelrecht den Verstand verloren haben. Er soll eigenhändig mehr als ein Dutzend Offiziere und Soldaten getötet haben. Sie wollten ihm nicht gehorchen... wollten sich aber auch nicht gegen ihn zur Wehr setzen... und er schlachtete sie ab« – Savotls Stimme versagte – »wie Schweine, Tauler, einfach wie Schweine.«

Trotz dieser Ungeheuerlichkeiten wuchs in Tauler das undefinierbare Gefühl, einen anderen und dringenderen Grund zur Besorgnis zu haben. »Wie ging es aus?«

»Die Brände in der Stadt. Als Leddravohr den Rauch sah... begriff, daß die Pterssaschirme brannten... kam er wieder zu sich. Er zog all die Männer, die ihm treu ergeben waren, in das Areal zurück, und jetzt will er die ganze Himmelsflotte vom Boden bekommen, bevor sich die Rebellen organisieren und in die Basis eindringen.« Unter gesenkten Brauen betrachtete Savotl die Soldaten in der Nähe. »Dieser Haufen soll das Westtor verteidigen, aber wenn du mich fragst, dann sind sich die Jungs nicht besonders sicher, auf welcher Seite sie stehen. Blaue Uniformen sind hier nicht mehr gern gesehen. Wir sollten so schnell wie möglich zu den Ballon...«

Tauler hörte nicht mehr zu, als sich seine Gedanken überschlugen, bis sie an der Quelle des unterbewußten Alarms landeten. *Die Brände in der Stadt... lodernde Pterssaschirme... es hat seit vielen Tagen nicht geregnet... ohne die Schirme ist die*

Stadt schutzlos preisgegeben ... die Flotte muß *sofort auf den Weg gebracht werden ... und das bedeutet ...*

»Gesalla!« platzte Tauler in einem Anfall von Panik und Selbstvorwürfen heraus. Wie hatte er sie nur so lange vergessen können? Sie würde zu Hause in der Hofklause warten ... immer noch im ungewissen über Leyns Schicksal ... und die Flucht nach Jenland war schon im Gange ...

»Hast du gehört?« sagte Savotl. »Wir sollten hier ...«

»Warte«, fiel Tauler ihm ins Wort. »Wie steht es mit der Benachrichtigung der Auswanderer und ihrem Transport hierher?«

»Der König und Prinz Chakkell sind schon in den Kaminen. Alle anderen aus der königlichen Familie und vom Adel müssen sich unter dem Schutz ihrer eigenen Garden nach hier begeben. Alles geht drunter und drüber, Tauler. Die gewöhnlichen Auswanderer müssen sehen, wie sie durchkommen, und so wie die Dinge da draußen liegen, bezweifle ich, ob ...«

»Ilven, ich bin dir wirklich dankbar, daß du mich hier aufgesucht hast«, sagte Tauler, schon mit einem Fuß im Steigbügel. »Ich habe im Kopf, als hättest du mir da oben – wo wir zähneklappernd die Meteore gezählt haben – gesagt, daß du keine Familie hast. Stimmt das?«

»Ja.«

»Dann solltest du zu den Kaminen gehen und das erstbeste Schiff nehmen. Ich kann noch nicht weg hier.«

Savotl trat näher, als Tauler sich in den Sattel schwang. »Leddravohr will uns beide als königliche Piloten, Tauler. Besonders dich, weil sonst noch keiner ein Schiff gewendet hat.«

»Vergiß, daß du mich gesehen hast«, sagte Tauler. »Ich bin so schnell wie möglich wieder zurück.«

Er ritt in die Basis, wobei er sich tunlichst von den Ballonkaminen fernhielt. Die Pterssanetze über ihm warfen ihr Schattenmuster auf eine Szenerie konfuser und irrsinniger Aktivität. Eigentlich sollte die Auswandererflotte in geordneter Weise aufsteigen, verteilt über einen Zeitraum von zehn bis zwanzig Tagen, je nach Wetterlage. Was jetzt stattfand, war ein Wettrennen, bei dem es darum ging, wie viele Schiffe noch abgefertigt werden konnten, ehe das Areal von Dissidenten überrannt wurde; und was die Situation noch verschlimmerte, war die Tatsache, daß die empfindlichen Pterssaschirme attackiert worden waren. Zum Glück gab es keine spürbare Luftbewegung – ein Umstand, der den Schiffsmannschaften zugute kam und die Pterssa-Aktivität auf ein Minimum beschränkte – doch mit Einbruch der Nacht würden die fahlen Blasen zuhauf kommen.

In ihrer Hast, die Lastkarren mit Vorräten zu beladen, rissen die Arbeiter die hölzernen Lagerschuppen mit bloßen Händen nieder. Soldaten des neugebildeten Jenland-Regiments – deren Loyalität garantiert war, weil sie mit Leddravohr fliegen mußten – durchstreiften das Gebiet und feuerten das Personal der Basis lautstark an und packten, wo es nötig war, mit an. Hie und da inmitten des Chaos irrten kleine Gruppen von Männern, Frauen und Kindern umher, die ihre Auswanderung in einer Provinz beantragt und sich vorzeitig auf dem Areal eingefunden hatten. Alles wurde überlagert und durchdrungen vom Krach der Gebläseventilatoren, dem entnervenden, stoßweisen Fauchen der Schiffsbrenner und dem morastigen Geruch freien Miglyngases.

Tauler erregte kaum Aufmerksamkeit, während er durch die Lager- und Werkstattbereiche ritt; doch als er an den Tunnelweg kam, der nach Osten in die Stadt führte, fand er den Eingang von einem großen Aufgebot an Soldaten bewacht. Die Offiziere unter ihnen befragten jeden Passanten. Tauler wich seitlich aus und benutzte sein Teleskop, um sich den entfernten Ausgang zur Stadt anzusehen. Was er sah, war wegen der mangelnden Bildtiefe nur schwer zu deuten, aber er konnte eine Menge Infanterie und ein paar Gruppen Kavallerie ausmachen, und hinter ihnen, da wo die Stadt richtig begann, drängten sich Menschenmengen in den ansteigenden Straßen. Es gab kaum Anzeichen von Unruhe, aber es war deutlich, daß eine Konfrontation stattfand und die normale Route in die Stadt unpassierbar war.

Er überlegte, was er tun sollte, als ihm Farbtupfer auffielen, die sich in dem mit dichtem Gestrüpp bewachsenen

Gelände bewegten, das sich nach Südosten erstreckte, in Richtung des Vororts Grünberg. Das Teleskop ließ Zivilisten erkennen, die auf das Zentrum der Basis zuliefen. Der hohe Anteil an Frauen und Kindern ließ auf Emigranten schließen, die den Grenzzaun weitab vom Haupteingang durchbrochen hatten. Tauler ließ von dem Tunnelweg ab, machte einen Nebenausgang im doppelten Pterssanetz ausfindig und ritt hinaus und den Bürgern entgegen. Als er nicht mehr weit von den Anführern entfernt war, schwenkten sie ihre blauweißen Berechtigungsscheine.

»Geht weiter zu den Ballonkaminen!« rief er ihnen zu. »Man wird euch fortbringen.«

Die Männer und Frauen hatten angstvolle Gesichter, riefen ihren Dank und eilten weiter, einige trugen oder zerrten kleine Kinder mit sich. Als Tauler sich noch einmal nach ihnen umsah, hatte man ihre Ankunft bereits entdeckt, und berittene Männer ausgeschickt. Der Himmel hinter den Reitern bot ein einzigartiges Schauspiel. Vielleicht fünfzig Schiffe waren über den Ballonkaminen in der Luft; mit bedrohlich überfüllten Gondeln trieben sie auseinander, während sie in den Zenit stiegen.

Er überzeugte sich nicht mehr davon, welchen Empfang man den Auswanderern bereitete, und spornte sein Blauhorn zum Galopp in Richtung Grünberg an. Weit entfernt zu seiner Rechten, in Ro-Atabri, schienen sich die Brände auszudehnen. Die Stadt war aus Stein erbaut, aber der Kokon aus Holzgerüsten und Textilien, der die Pterssas abwehren sollte, war leicht entflammbar, und die Feuer waren inzwischen groß genug, um durch Konvektion an Boden zu gewinnen. Und Tauler wußte, es brauchte nur eine leichte Brise aufzuspringen, und die ganze Stadt war in Minutenschnelle ein Flammenmeer.

Er gab seinem Blauhorn die Sporen, der Richtung folgend, aus der die Flüchtlinge kamen, und erspähte schließlich die Stelle, wo die Grenzbarrikade niedergerissen war. Er ritt durch die Lücke, ignorierte die bangen Blicke der Leute, die über die Holzstreben kletterten, und wählte den direkten Weg bergauf zur Hofklause. Die Straßen, in denen er als

Junge herumgestreunt war, lagen verlassen da, voller Plunder und Abfall, Teil einer verschollenen Vergangenheit.

Er war eine Minute im Grünbergviertel unterwegs, als er um eine Ecke bog und auf eine Bande von fünf Zivilisten stieß, die sich mit Stöcken bewaffnet hatten. Und obwohl sie offensichtlich keine Auswanderer waren, schienen sie es eilig zu haben, zum Areal zu kommen. Tauler argwöhnte sofort, daß sie nichts anderes im Sinn hatten, als Auswandererfamilien, denen er begegnet war, zu terrorisieren und womöglich zu berauben.

Sie verteilten sich, um die enge Straße zu blockieren, und ein großmäuliger, ungeschlachter Kerl in einem Umhang, der mit getrockneten Perlschlangen benäht war, sagte: »Was hast du hier zu suchen, Blauwams?«

Tauler, der den Mann leicht hätte niederreiten können, zügelte sein Blauhorn. »Weil du so freundlich nachfragst, will ich es dir verraten: *Dich.* Und jetzt überlege ich, ob ich dich töten oder laufen lassen soll.«

»*Töte* mich!« Der Kerl pochte überheblich mit dem Stock auf den Boden, anscheinend überzeugt, alle Himmelsflieger seien unbewaffnet unterwegs. »Und weißt du auch schon, wom ...?«

Tauler zog sein Schwert mit einem horizontalen Streich, der den Stock dicht über der Faust abschnitt. »Das hätte ebenso leicht dein Handgelenk oder dein Nacken sein können«, sagte er sanft. »Sucht noch jemand Streit?«

Die vier anderen sahen sich an und wichen zur Seite.

»Wir haben keinen Grund zum Streit mit Euch, Herr«, sagte der Kerl mit dem Umhang und rieb sich die Hand, die von der heftigen Erschütterung schmerzen mußte. »Wir werden friedlich unserer Wege gehn.«

»Nein.« Tauler wies mit dem Schwert auf eine Allee, die vom Areal für Himmelsschiffe wegführte. »Ihr werdet diesen Weg da nehmen und euch in euren Löchern verkriechen. Ich komme in wenigen Minuten wieder zum Areal zurück – und ich schwöre euch, sollte mir einer von euch unter die Augen kommen, lasse ich mein Schwert reden. *Haut ab!*«

Sowie die Männer außer Sicht waren, steckte er sein

Schwert weg und ritt weiter bergauf. Er bezweifelte, ob die Warnung eine nachhaltige Wirkung auf die Schurken haben würde, aber er hatte wenigstens einen Vorsprung herausgeschunden für die Auswanderer, denen ohnedies einiges bevorstand. Ein flüchtiger Blick auf die abnehmende Sichel von Jenland sagte ihm, daß in gut einer Stunde Kurznacht hereinbrach, und er mußte Gesalla vorher noch zur Basis bringen.

Nachdem er Grünberg erklommen hatte, galoppierte er durch die stillen Alleen zur Hofklause und schwang sich in dem ummauerten Vorhof vom Blauhorn. Er betrat die Eingangshalle und wurde von Sanni, der dicken Köchin, und einem fast glatzköpfigen Diener empfangen, den er nicht kannte.

»Meister Tauler!« rief Sanni aufgeregt. »Habt Ihr Nachricht von Eurem Bruder?«

Tauler wurde von einem Schmerz aufgewühlt, der sich unter dem Druck der Ereignisse gestaut hatte. »Mein Bruder ist tot«, sagte er. »Wo ist denn deine Herrin?«

»In ihrem Schlafzimmer.« Sanni hielt beide Hände an den Hals gepreßt. »Das ist ein furchtbarer Tag für uns alle.«

Tauler lief zur Haupttreppe, hielt aber auf der ersten Stufe inne. »Sanni, ich kehre in wenigen Minuten zu den Himmelsschiffen zurück. Ich rate dir und ...« Er blickte fragend auf den Diener.

»Harribent, Herr.«

»... dir und Harribent und allen anderen Hausangestellten, die noch hier sind, mitzukommen. Die Auswanderung hat Hals über Kopf begonnen; auch wenn ihr keine Berechtigungsscheine habt, kann ich euch bestimmt noch Plätze auf einem Schiff besorgen.«

Sowohl Sanni als auch Harribent wichen einen Schritt zurück. »Ich will nicht in den Himmel, bevor meine Zeit gekommen ist«, sagte Sanni. »Das ist wider die Natur. Das ist nicht recht.«

»In der Stadt herrscht Aufruhr, und die Pterssaschirme brennen.«

»Es kann kommen, was will, Meister Tauler. Wir bleiben hier, wo wir hingehören.«

»Überlegt euch das gut!« sagte Tauler. Er stieg die Treppe hinauf und ging den vertrauten Korridor zur Südseite hinunter; es fiel ihm schwer, sich damit abzufinden, die in den Nischen glühenden Keramikminiaturen nie wieder zu Gesicht zu bekommen, oder das schemenhafte Spiegelbild, das ihn wie ein Geist in der Glasholzvertäfelung begleitete. Die Tür zum Schlafzimmer stand offen.

Gesalla stand am Fenster und sah hinaus auf die scheinbar starren Säulen aus grauem und weißem Rauch, die das Stadtbild beherrschten und die blauen und grünen Horizontalen der Bucht Arle und des Golfs von Tronom zerstückelten. Tauler hatte Gesalla noch nie so gesehen. Sie trug Weste und Reithose aus grauem Gabardine und eine hellgraue Hemdbluse – die Kleidung erschien ihm wie ein gedämpftes Echo seiner eigenen Uniform. Eine plötzliche Scheu hinderte ihn, irgend etwas zu sagen oder an die Tür zu klopfen. Wie teilte man jemandem mit, was er mitzuteilen hatte?

Gesalla drehte sich um und sah ihn mit wissenden und dunklen Augen an. »Danke, daß du gekommen bist, Tauler.«

»Es ist wegen Leyn«, sagte er und trat ins Zimmer. »Ich fürchte, ich bringe eine schlechte Nachricht.«

»Ich habe gewußt, daß er tot war, als ich bis zum Einbruch der Nacht keine Nachricht erhielt.« Ihre Stimme klang kühl, beinah lebhaft. »Ich brauchte nur noch die Bestätigung.«

Tauler war nicht auf ihre nüchterne Reaktion vorbereitet. »Gesalla, ich weiß nicht, wie ich es dir beibringen soll... zumal jetzt... aber du hast das Feuer in der Stadt gesehen. Uns bleibt keine andere Wahl. Wir...«

»Wir können gehen«, sagte Gesalla und griff nach einem eng gerollten Bündel, das auf einem Stuhl lag. »Darin ist alles, was ich brauche. Nicht zuviel, oder?«

Er starrte einen Moment lang in ihr schönes, gefaßtes Gesicht, während er gegen den vernunftlosen Groll ankämpfte. »Hast du überhaupt eine Ahnung, wohin es geht?«

»Nach Jenland, wohin sonst? Die Himmelsschiffe starten bereits. Nach allem, was ich von den Meldungen entziffern konnte, die aus dem Großen Palast geblinkt werden, bricht in Ro-Atabri der Bürgerkrieg aus, und der König ist bereits geflohen. Für wie dumm hältst du mich, Tauler?«

»Dumm? Nein, du bist sehr intelligent – sehr logisch.«

»Hast du gedacht, ich bin zynisch – du müßtest mich aus dem Haus tragen –, ich würde zetern aus Angst vor deinem Himmel – der Domäne des heroischen Tauler Marakain? Sollte ich heulen und um Zeit betteln, damit ich erst noch Blumen über den Leichnam meines Gatten streuen kann?«

»Nein, ich habe nicht erwartet, daß du heulst.« Tauler war erschrocken über seine Worte, konnte aber nicht an sich halten. »Ich erwarte nicht, daß du Trauer vortäuschst.«

Gesalla schlug ihm ins Gesicht, wobei ihre Hand so schnell war, daß er dem Schlag nicht ausweichen konnte. »Sag so etwas nie wieder zu mir. Diese Unterstellung will ich *nie* wieder aus deinem Mund hören! Also, brechen wir nun auf, oder reden wir hier den ganzen Tag?«

»Je eher wir aufbrechen, desto besser«, sagte er versteinert und widerstand dem Drang, nach der brennenden Wange zu tasten. »Ich nehme dein Bündel.«

Gesalla riß ihm das Bündel aus der Hand und warf es sich über die Schulter. »Das ist *mein* Gepäck – du hast genug zu tun.« Sie schlüpfte an ihm vorbei in den Korridor, leichtfüßig und erstaunlich flink, und hatte die Haupttreppe erreicht, ehe er sie einholte.

»Was wird aus Sanni und den anderen Bediensteten?« sagte er. »Sie hierlassen, paßt mir nicht.«

Sie schüttelte den Kopf. »Leyn und ich haben ihnen gut zugeredet, sich um die Auswanderung zu bemühen, aber es war zwecklos. Du kannst die Leute nicht zwingen, Tauler.«

»Wahrscheinlich hast du recht.« Er ging mit ihr zum Eingang, sah sich noch ein letztes schmerzliches Mal in der Halle um, ehe er sich abwandte und hinaus in den Vorhof ging, wo sein Blauhorn wartete. »Wo ist dein Wagen?«

»Ich weiß nicht – Leyn hat ihn gestern benutzt.«

»Heißt das, wir müssen beide auf meinem Blauhorn reiten?«

Gesalla seufzte. »Ich habe jedenfalls nicht vor, neben dir herzutrotten.«

»Also dann.« Tauler fühlte sich seltsam befangen. Er stieg in den Sattel, streckte eine Hand nach Gesalla aus und war überrascht, wie behende sie aufsaß, und er war noch überraschter, als sie die Arme um seine Taille schlang und sich an seinen Rücken lehnte. Ein gewisser Körperkontakt war erforderlich, aber es kam ihm so vor, als... Er verscheuchte den Gedanken, ehe er zu Ende gedacht war, entsetzt über seine obszöne Bereitschaft, sich sexuell mit Gesalla zu befassen, und spornte das Blauhorn an zu einem schnellen Trab.

Er verließ den Vorhof und wandte sich nach Nordwesten. Zahlreiche Schiffe waren inzwischen über dem Areal zu sehen, viele bereits zu Punkten geschrumpft, die sich in den blauen Tiefen der oberen Atmosphäre verloren. Die Schiffe zeigten eine leichte Drift nach Osten, und das hieß, das Chaos des Abflugs würde bald noch chaotischer werden durch das Eintreffen der Pterssas. Weit zu seiner Linken wurden die Türme aus Rauch, die aus der Stadt quollen, von den oberen Luftströmungen abgedrängt und verschmiert. Brennende Bäume erzeugten gelegentlich Staubexplosionen.

Tauler ritt so schnell den Berg hinunter, wie er es verantworten konnte. Die Straßen waren genauso leer wie vorhin, doch voraus schwollen unverkennbar tumultartige Geräusche heran. Als er aus dem letzten Ring des verlassenen Viertels hinausritt, sah er, daß sich die Lage an der Arealgrenze geändert hatte.

Der Durchbruch in der Barrikade war erweitert worden, und Gruppen von insgesamt etwa hundert Zivilisten hatten sich angestaut, denen der Zugang zur Basis von gestaffelter Infanterie verwehrt wurde. Steine und Holzstücke wurden gegen die Soldaten geschleudert, die, obwohl mit Schwert und Wurfspieß bewaffnet, keine Vergeltung übten. Mehrere berittene Offiziere hatten hinter ihnen Stellung bezogen, und ihre Schwertmanschetten und grünen Blitze auf den Schulterstücken verrieten Tauler, daß sie zu einem Sorka-Regiment gehörten; es waren Männer, die Leddravohr treu ergeben waren und die nichts Persönliches mit Ro-Atabri verband. Die Situation konnte jeden Augenblick in ein Blutbad umschlagen, und dann würden bestimmt rebellierende Soldaten auf der Bildfläche erscheinen und hier einen Miniaturkrieg vom Zaun brechen.

»Halt dich fest und zieh den Kopf ein«, sagte er zu Gesalla, als er sein Schwert zog. »Wir müssen uns durchschlagen.«

Er feuerte das Blauhorn zum Galopp an. Das kraftvolle Tier reagierte unverzüglich und nahm den trennenden Zwischenraum im Sturm. Tauler hatte gehofft, die Aufrührer überrumpeln und einfach durch ihre Reihen hindurchbrechen zu können, aber der Hufschlag auf dem harten Lehmboden erregte die Aufmerksamkeit der Männer, die sich umgedreht hatten, um Steine aufzusammeln.

»Da ist ein Blauwams«, ertönte der Schrei. »Schnappt euch das miese Blauwams!«

Man sprang dem schweren, vorwärtspreschenden Tier und Taulers Kampfschwert zwar entsetzt aus dem Weg, aber es gab keinen Schutz vor dem regellosen Hagel von Wurfgeschossen. Tauler wurde hart an Oberarm und Schenkel getroffen, und ein wirbelndes Stück Schiefer entblößte die Knöchel der Zügelhand. Er trieb das Blauhorn in das Gehölz der Barrikade und hatte fast die Soldaten erreicht, als er einen dumpfen Schlag hörte und spürte, wie Gesallas Körper den Aufprall an ihn weitergab. Sie rang nach Atem, und für einen bangen Moment erschlafften ihre Arme, ehe sie wieder Kraft fand, sich festzuhalten. Die Reihen der Soldaten teilten sich, um ihm Platz zu machen, und er brachte das Blauhorn zum Stehen.

»Ist es schlimm?« sagte er über die Schulter, unfähig, sich im Sattel zu drehen oder abzusteigen, weil Gesalla ihn umklammert hielt.

»Es ist nichts Ernstes«, erwiderte sie so leise, daß er sie kaum verstand. »Du mußt weiter.«

Ein bärtiger Leutnant kam zu ihnen, salutierte und hielt das Blauhorn am Zaumzeug fest. »Seid Ihr Himmelskapitän Tauler Marakain?«

»Der bin ich.«

»Ihr sollt Euch unverzüglich bei Prinz Leddravohr in Kamin 12 melden.«

»Genau das hatte ich vor, Leutnant«, sagte Tauler. »Nur steht Ihr mir dabei im Weg.«

»Kapitän, Prinz Leddravohr hat nichts von einer Frau gesagt.«

Tauler zog die Brauen hoch und sah dem Leutnant in die Augen. »Na, und?«

»Ich ... Nichts, Kapitän.« Der Leutnant ließ das Zaumzeug los und trat zurück.

Tauler spornte das Blauhorn an und ritt mit Gesalla auf die ferne Reihe der Ballonkamine zu. Es hatte sich gezeigt, wiewohl niemand eine Erklärung dafür hatte, daß durchbrochene Wände die Ballons besser vor Luftturbulenzen schützten als geschlossene. Der offene westliche Himmel schien durch die rechteckigen Öffnungen und ließ die Kamine mehr denn je wie eine Phalanx von luftigen Türmen erscheinen, zu deren Füßen eine brodelnde Aktivität von Tausenden von Arbeitern, Mannschaftsmitgliedern und Emigranten mit all ihrem Gepäck und Material herrschte.

Es sprach für das Organisationstalent von Leddravohr und Chakkell mitsamt ihren Gefolgsleuten, daß unter solch extremen Bedingungen nicht alles in einem heillosen Chaos unterging. Nach wie vor hoben Schiffe zu zweit oder dritt ab, und es war ein Wunder, daß es noch nicht zu ernsthaften Unfällen gekommen war.

In diesem Augenblick, als hätte der Gedanke das Ereignis heraufbeschworen, streifte die Gondel eines zu schnell steigenden Schiffes den Rand des Kamins. Das Schiff pendelte heftig, während es in die Freiheit schoß und in einer Höhe von zweihundert Fuß ein anderes Schiff überholte, das Sekunden zuvor gestartet war. Am Umkehrpunkt eines Pendelschlags schwang die Gondel seitlich in den Ballon des langsameren Fahrzeugs. Dessen Hülle riß auf und verlor ihre Symmetrie, flatterte und schlabberte wie eine verwundete Kreatur aus den Meerestiefen, und das Schiff stürzte mit lose nachschlenkernden Beschleunigungsstreben ab. Es schlug geradewegs auf einen Troß von Versorgungskarren. Der Aufprall mußte die Zuleitungen des Brenners zerrissen haben, denn es sprühten augenblicklich Flammen und schwarzer Rauch auf, und das Gebelfer verletzter oder in Panik geratener Blauhörner mischte sich in den allgemeinen Tumult.

Tauler vermied es, an die Menschen an Bord zu denken. Der fürchterlich schlechte Start des anderen Schiffs sah nach dem Werk eines Anfängers aus, was die Vermutung nahelegte, daß manche der eintausend qualifizierten Piloten, die man eigens ausgebildet hatte, nicht erreichbar waren, möglicherweise gestrandet in dem Drunter und Drüber in der Stadt. Neue Gefahren kamen zu dem stattlichen Aufgebot an Risiken hinzu, das ohnehin auf die Reisenden zwischen den Welten lauerte.

Er spürte Gesallas Kopf an seinem Rücken liegen, während sie zu dem befohlenen Kamin ritten, und seine Besorgnis wuchs. Ihr leichter Knochenbau war schlecht gewappnet gegen einen so wuchtigen Schlag, wie er ihn nur indirekt zu spüren bekommen hatte. Als er sich dem zwölften Kamin näherte, stellte er fest, daß dieser und die drei nördlich angrenzenden von starker Infanterie und Kavallerie umringt waren. In dieser gesicherten Zone ging es vergleichsweise ruhig zu. Vier Ballons warteten in den Kaminen, die Gebläsemannschaften hielten sich bereit, und Trauben von kostbar gekleideten Männern und Frauen warteten neben Stapeln von verzierten Truhen und Kästen und anderen Habseligkeiten. Einige Männer nippten an Getränken, während sie den Hals nach dem abgestürzten Schiff reckten, wobei ihnen kleine Kinder um die Beine rannten, als handle es sich um einen Familienausflug.

Tauler hatte rasch die Gruppe entdeckt, in deren Mitte Leddravohr, Chakkell und Pautsch um den sitzenden König Pradt standen. Der Herrscher saß zusammengesunken auf einem gewöhnlichen Stuhl und starrte offenbar völlig teilnahmslos zu Boden. Er sah alt und entmutigt aus und erinnerte kaum noch an den energischen König, den Tauler kannte.

Tauler zügelte das Blauhorn, als ihm ein blutjunger Kommandant entgegenkam. Der Mann tat überrascht beim Anblick von Gesalla, half ihr jedoch bereitwillig und wortlos herunter. Tauler stieg ab und bemerkte, daß alle Farbe aus ihrem Gesicht gewichen war. Sie schwankte leicht, und ihre Augen hatten einen kühlen, abwesenden Blick, der ihm sagte, daß sie schwere Schmerzen litt.

»Vielleicht sollte ich dich tragen«, sagte er, als sich die Reihen der Soldaten auf ein Zeichen des Kommandanten teilten.

»Ich kann gehen, ich *kann* gehen«, keuchte sie. »Nimm die Hände weg, Tauler, diese Bestie soll nicht sehen, daß mir jemand hilft.«

Tauler nickte, beeindruckt von ihrer Tapferkeit, und ging ihr voraus auf die königliche Gruppe zu. Leddravohr drehte sich um, und diesmal blieb der Schlangenschlag seines Lächelns aus. Seine Augen glühten in dem marmorglatten Gesicht. Der weiße Küraß war blutbespritzt und die Schwertscheide blutverkrustet. Dennoch verriet Leddravohrs Gebaren eher verhaltenen Zorn als wahnsinnige Raserei, wie Savotl das ausgedrückt hatte.

»Ich habe vor Stunden nach dir geschickt, Marakain«, sagte er frostig. »Wo warst du?«

»Die Überreste meines Bruders in Augenschein nehmen«, sagte Tauler, die vorgeschriebene Form der Anrede bewußt unterlassend. »Irgend etwas ist höchst verdächtig an seinem Tod.«

»Du weißt, was du da sagst?«

»Ja.«

»Wie ich sehe, bist du wieder ganz der alte.« Leddravohr trat nahe an ihn heran und senkte die Stimme. »Mein Vater hat mir einmal das Versprechen entlockt, dir nichts anzutun, Marakain, aber auf Jenland betrachte ich mich von diesem Versprechen entbunden. Dann bekommst du, was du dir schon immer verdient hast – doch bis dahin gibt es Wichtigeres zu tun.«

Leddravohr ließ ihn stehen, ging davon und gab den Startmeistern ein Zeichen. Sofort gingen die Gebläsemannschaften an die Kurbeln und weckten die großen Ventilatoren zu geräuschvollem Leben. König Pradt schreckte auf, hob den Kopf und sah sich mit seinem einen bekümmerten

Auge um. Verschiedenen Adligen kam die zur Schau getragene Geselligkeit abhanden, als ihnen das Geknatter der Gebläse unmißverständlich mitteilte, daß der beispiellose Flug ins Unbekannte kurz bevorstand. Familien rückten enger zusammen, die Kinder hörten auf zu spielen, und Diener bereiteten sich darauf vor, das Gepäck ihrer Herrschaften zu den Schiffen zu bringen, die gleich nach der königlichen Flottille starten würden.

Jenseits des abgeriegelten Bereichs brodelte die See scheinbar führungsloser Aktivität, mit der die Auswandererflotte weiterhin abgefertigt wurde. Überall liefen Männer, fegten Proviantwagen zwischen den rumpelnden Flachbettkarren hindurch, auf denen die Himmelsschiffe zu den Kaminen transportiert wurden. Weiter entfernt auf dem offenen Gelände des Areals waren Frachtschiffpiloten dank der nahezu perfekten Wetterbedingungen dabei, ihre Ballons aufzublasen und ohne den Schutz von Windbrechern zu starten. Der Himmel war jetzt voller Schiffe, die sich wie eine Wolke sonderbarer Flugsporen gegen die feurige Sichel von Jenland erhoben.

Das schiere Drama dieses Schauspiels erfüllte Tauler mit ehrfürchtigem Staunen; wenn es um ihre Existenz ging, besaß seine Spezies die Kühnheit und die Fähigkeit, Göttern gleich mit einem einzigen großen Schritt von der einen zur anderen Welt zu gehen; doch er war auch verwirrt durch Leddravohrs Worte von vorhin.

Das Versprechen, das Leddravohr erwähnt hatte, erklärte gewisse Ungereimtheiten – war aber selbst nicht minder ungereimt. Wie kam der König dazu, einen seiner Untertanen allen anderen vorzuziehen und ihn unter seinen persönlichen Schutz zu stellen? Gebannt von dem neuen Geheimnis blickte Tauler nachdenklich in die Richtung des dasitzenden Königs und erlebte eine eigentümliche Erregung, als er sah, daß Pradt ihn direkt anstarrte. Einen Augenblick später zeigte der König mit dem Finger auf ihn, ungeachtet der Umstehenden eine psychische Verbindung zu ihm schaffend – und winkte ihn heran. Die neugierigen Blicke des Gefolges ignorierend, ging Tauler zum König und verbeugte sich.

»Du hast mir gute Dienste geleistet, Tauler Marakain«, sagte Pradt mit müder, aber fester Stimme. »Und jetzt habe ich vor, dir eine weitere Verantwortung zu übertragen.«

»Sagt mir nur, worum es sich handelt, Majestät«, erwiderte Tauler, und sein Gefühl von Unwirklichkeit wuchs, als Pradt ihn mit einer stummen Geste aufforderte, ganz nahe heranzukommen und sich zu bücken, um eine vertrauliche Mitteilung entgegenzunehmen.

»Achte darauf«, flüsterte der König, »daß man sich auf Jenland an meinen Namen erinnert.«

»Majestät...« Tauler richtete sich auf, völlig verwirrt. »Majestät, wie soll ich das verstehen?«

»Du wirst es noch verstehen – jetzt geh auf deinen Posten!«

Tauler verbeugte sich und zog sich rücklings zurück. Er kam nicht mehr dazu, über den kurzen Wortwechsel nachzudenken, denn Oberst Kartkang, vormals Leiter der T.G.H.-Verwaltung, rief ihn zu sich. Nach Auflösung der Testschwadron war der Oberst mit der Koordinierung des Abflugs der königlichen Flottille beauftragt worden, ohne zu ahnen, diese Aufgabe unter solch widrigen Umständen ausführen zu müssen. Seine Lippen bewegten sich wortlos, während er Tauler zu der Stelle dirigierte, wo Leddravohr auf drei Piloten einredete. Einer von ihnen war Ilven Savotl und ein anderer Gollav Amber – ein erfahrener Mann aus der engeren Wahl für den Testflug. Der dritte war ein untersetzter rotbärtiger Vierziger, der die Uniform eines Himmelskommandanten trug. Nach kurzem Zögern identifizierte Tauler ihn als Holsn Kaddlo, einen früheren Flugkapitän und königlichen Boten.

»...beschlossen, in getrennten Schiffen zu reisen«, sagte Leddravohr gerade, als sein Blick zu Tauler zuckte. »Marakain – der einzige Offizier, der Erfahrung damit hat, wie man ein Schiff über den Wendepunkt bringt – wird die Verantwortung für das Schiff meines Vaters übernehmen. Ich werde mit Savotl fliegen, Prinz Chackell mit Kaddlo und Prinz Pautsch mit Amber. Ihr geht jetzt zu euren Schiffen und trefft alle Vorbereitungen, damit wir noch vor Kurznacht aufsteigen können.«

Die vier Piloten salutierten und wollten eben auf dem Absatz kehrtmachen, um zu ihren Kaminen zu gehen, als Leddravohr sie mit erhobener Hand stoppte. Er musterte sie auffallend lang und unschlüssig, was nicht seine Art war, ehe er schließlich sagte: »Mir ist eingefallen, Kaddlo hat meinen Vater viele Male geflogen in seiner langen Dienstzeit. *Er* wird das Schiff des Königs übernehmen, und Prinz Chakkell wird mit Marakain fliegen. Das ist alles.«

Tauler salutierte noch einmal, drehte sich um und ging. Was hatte dieser Tausch zu bedeuten? Als er vorhin Leyns Tod als verdächtig bezeichnet hatte, hatte Leddravohr die Anspielung sofort durchschaut. *Mein Bruder ist tot!* War das ein Hinweis auf Leddravohrs Schuld? Schreckte Leddravohr in einer grotesken Anwandlung davor zurück, das Leben seines Vaters in die Hände eines Mannes zu legen, dessen Bruder er ermordet oder zumindest in den Tod getrieben hatte?

Das unmißverständliche Geräusch einer schweren Kanone, die irgendwo in der Ferne abgefeuert wurde, erinnerte Tauler daran, daß er keine Zeit für Spekulationen hatte. Er sah sich nach Gesalla um. Sie stand allein da, isoliert von dem Treiben rundum, und schien immer noch Schmerzen zu leiden. Er lief zur Gondel, wo Prinz Chakkell mit Gemahlin, Tochter und zwei kleinen Söhnen wartete. Die Kinder und Prinzessin Desihn, deren Haar unter einer enganliegenden Perlenhaube verborgen war, sahen mit vorsichtigem Argwohn zu ihm auf, und auch Chakkell schien unsicher in seinem Verhalten. Sie hatten alle schreckliche Angst, begriff Tauler; sie waren sich darüber im klaren, daß die Art des Umgangs letztlich von demselben Mann diktiert wurde, von dem auch ihr Leben abhing – und sein Verhalten war so ungewiß wie alles, was auf sie zukam.

»Nun, Marakain«, sagte Chakkell, »können wir aufbrechen?«

Tauler nickte. »Wir könnten alle gut und gerne in wenigen Minuten unterwegs sein, Prinz – aber es gibt da ein persönliches Problem.«

»Ein persönliches Problem? Was für ein Problem?«

»Gestern ist mein Bruder gestorben.« Tauler hielt inne, um die frische Angst auszunutzen, die er plötzlich in Chakkells Augen bemerkte. »Ich kann meiner Verpflichtung gegenüber seiner Witwe nur nachkommen, indem ich sie mit auf die Reise nehme.«

»Tut mir leid, Marakain, aber das ist ausgeschlossen«, sagte Chakkell. »Dieses Schiff ist nur für mich und meine Familie bestimmt.«

»Das weiß ich, Prinz, doch Ihr seid ein Mann, der Verständnis hat für Familienbande, und Ihr könnt mir sicher nachfühlen, daß ich unmöglich die Witwe meines Bruders im Stich lassen kann. Wenn sie nicht mit uns reisen darf, müßte ich die Ehre ablehnen, Euer Pilot zu sein.«

»Du sprichst von Verrat«, sagte Chakkell scharf und wischte sich den Schweiß von der braunen Glatze. »Ich... Leddravohr würde dich auf der Stelle hinrichten lassen, wenn er wüßte, daß du dich seinen Befehlen widersetzt.«

»Das ist mir schon klar, Prinz, und es wäre sehr schade für alle Beteiligten.« Tauler schenkte den wachsam blickenden Kindern ein dünnes Lächeln. »Dann müßt Ihr Euch und Eure Familie von einem unerfahrenen Piloten durch die fremde Region zwischen den Welten lotsen lassen. Ich dagegen kenne all die Schrecken und Tücken der mittleren Passage – seht Ihr –, und ich könnte Euch darauf vorbereiten.«

Die zwei Buben starrten unverwandt zu ihm auf, doch das Mädchen verbarg sein Gesicht in den Rockschößen der Mutter. Chakkell sah mit schmerzerfüllten Augen auf seine Tochter und scharrte in qualvoller Frustration mit den Füßen, weil er zum ersten Mal in seinem Leben darüber nachzudenken hatte, ob er sich dem Willen eines einfachen Mannes unterordnen sollte oder nicht. Tauler lächelte ihn an, heuchelte Mitgefühl und dachte: *Wenn das Macht ist, werde ich sie hoffentlich nie mehr gebrauchen müssen.*

»Die Witwe deines Bruders darf in meinem Schiff mitreisen«, sagte Chakkell schließlich. »Aber ich werde dir das nicht vergessen, Marakain.«

»Auch ich werde mich stets in Dankbarkeit an Euch erinnern«, sagte Tauler. Und während er in die Pilotenstation der Gondel kletterte, fand er sich damit ab, Chakkells alte Feindschaft nur noch vertieft zu haben, aber diesmal hatte er keine Gewissensbisse. Er hatte – im Gegensatz zu dem alten Tauler Marakain – besonnen und konsequent nur das getan, was getan werden mußte, und er hatte dazu noch den Trost, mit der Realität in Einklang zu stehen. Leyn – *Mein Bruder ist tot!* – hatte einmal gesagt, Leddravohr und seinesgleichen gehörten der Vergangenheit an, und Chakkell hatte soeben, ohne es zu wissen, diese Worte bestätigt. Trotz des katastrophalen Zusammenbruchs handelten Männer wie Leddravohr und Chakkell so, als gelte es, auf Jenland wieder das alte Kolkorron zu errichten. Nur der König schien zu ahnen, daß alles anders kommen würde.

Rücklings auf einer Trennwand liegend gab Tauler der Gebläsemannschaft durch ein Zeichen zu verstehen, daß er bereit war, den Brenner zu starten. Sie hörten auf zu kurbeln und zerrten den Ventilator auf die Seite, daß Tauler einen unverstellten Blick ins Balloninnere hatte. Die Hülle, zum Teil mit kühler Luft gefüllt, sackte und wälzte sich zwischen den aufgerichteten Beschleunigungsstützen. Er feuerte eine Reihe von Heißgassalven in den Ballonmund. Alle anderen Geräusche ertranken in dem Tosen. Die Hülle blähte sich und löste sich vom Boden. Als der Ballon die vertikale Position erreichte, schlossen die Männer mit den Kronseilen auf und befestigten sie am Tragrahmen der Gondel, die von anderen Männern aufgerichtet wurde. Die riesige Kombination aus Ballon und Gondel, bereits leichter als Luft, zerrte sanft an ihrem zentralen Anker, so als ob sie den fernen Ruf Jenlands verspüre.

Tauler sprang aus der Gondel und nickte Chakkell und dem wartenden Gefolge zu, zum Zeichen, daß Passagiere und Gepäck an Bord konnten. Er ging zu Gesalla, und diesmal hatte sie nichts dagegen, als er ihr das Bündel von der Schulter nahm.

»Es ist gleich soweit«, sagte er. »An Bord kannst du dich hinlegen und ausruhen.«

»Aber das ist ein königliches Schiff«, erwiderte sie, unversehens zurückbleibend. »Es war geplant, daß ich auf einem der anderen Schiffe Platz finde.«

»Gesalla, bitte vergiß alles, was geplant war. Viele Schiffe werden erst gar nicht starten, und die anderen werden bestimmt nicht ohne Blutvergießen besetzt. Du mußt jetzt kommen.«

»Ist der Prinz einverstanden?«

»Es ist besprochene Sache, und es wäre ihm gar nicht recht, wenn er ohne dich starten müßte.« Tauler hakte Gesalla unter und ging mit ihr zur Gondel. Er stieg an Bord und fand, daß sich Chakkell, Desihn und die Kinder stillschweigend mit einem der beiden Passagierabteile begnügt hatten. Gesalla fuhr vor Schmerzen zusammen, als er ihr über die Brüstung half, und sobald er ihr das freie Abteil gezeigt hatte, rollte sie sich auf dem Stapel mit Wolle gefütterter Steppdecken zusammen.

Er schnallte sein Schwert ab, legte es neben Gesalla und kehrte in die Pilotenstation zurück. Der ferne Donner einer schweren Kanone wurde abgelöst vom Fauchen des Brenners. Das Schiff war nur leicht beladen im Vergleich zum Testschiff, und schon nach knapp einer Minute drehte Tauler den Ankerring. Es gab ein sanftes Wanken, und die Kaminwände begannen nach unten zu gleiten. Der Ballon stieg gleichmäßig und übergangslos aus dem Kamin ins Freie, und Sekunden später hatte Tauler den vollen Überblick über das Areal. Die drei anderen Schiffe der königlichen Flottille – die Gondeln waren an dem weißen Querstreifen zu erkennen – hatten bereits die Kamine verlassen und hingen knapp über ihm. Alle anderen Starts waren vorübergehend unterbunden worden, und trotzdem kam ihm der Luftraum überfüllt vor. Er behielt die drei anderen Schiffe besorgt im Auge, bis die Vorläufer einer westlichen Brise etwas Auflockerung brachten.

In einer Massenfahrt bestand immer das Risiko einer Kollision von Schiffen mit unterschiedlicher Geschwindigkeit. Da der Ballon die Sicht nach oben versperrte, hatte in der Regel das obere von zwei Schiffen dafür zu sorgen, daß der Abstand nach unten gewahrt blieb. Das war gut und schön, solange es sich nur um zwei Schiffe handelte; aber jetzt hielt Tauler diese Faustregel geradezu für verfänglich. Denn in der Steigphase gab es fast nur eine Möglichkeit auszuweichen, nämlich schneller zu steigen und damit die Gefahr heraufzubeschwören, mit einem dritten Schiff zu kollidieren. Dieses Risiko wäre minimal gewesen, wäre die Flotte nach Plan abgefertigt worden, doch so hatte er die ungute Gewißheit, Teil eines unberechenbaren, vertikalen Schwarms zu sein.

Während das Schiff an Höhe gewann, enthüllte die Szenerie am Boden ihre ganze atemberaubende Komplexität.

Ballons, aufgeblasen oder flach auf dem Gras ausgelegt, waren das beherrschende Element in einer Matrix aus Pfaden und Wagenspuren, Vorratsdepots, Karren, Tieren und Tausenden von Menschen, die es umtrieb in anscheinend zielloser Aktivität. Sie erinnerten Tauler an ein Insektenvolk, das hektische Vorbereitungen traf, um seine aufgedunsenen Königinnen vor irgendeiner drohenden Katastrophe zu bewahren. Weiter im Süden bildeten Menschentrauben eine buntgescheckte Masse am Haupteingang der Basis, aber die perspektivische Verkürzung machte es unmöglich zu sagen, ob der Kampf zwischen den frisch gespaltenen Militäreinheiten bereits im Gange war.

Von mehreren Stellen an der Peripherie des Areals sickerten Rinnsale aus Menschen, vermutlich entschlossene Auswanderer, ins zentrale Startgelände. Jenseits, in Ro-Atabri griffen die Brände, durch die auffrischende Brise begünstigt, immer schneller um sich und beraubten die Stadt ihrer wehrhaften Bekleidung. Im Kontrast zu dem brodelnden Aufruhr, den die Menschen und ihr Zubehör erzeugten, bildeten die Arl-Bucht und der Golf von Tronom einen friedlichen Hintergrund aus Türkis und Blau. Ein zweidimensionaler Opelmer schwebte in diesiger Ferne, erhaben und unberührt.

Tauler, der den Brenner mit Hilfe des Verlängerungshebels bediente, stand an der Reling der Gondel und versuchte von diesem Anblick Abschied zu nehmen. Doch in seinem Innern war nur eine vibrierende Leere, eine unterschwellige

Unruhe, die von anderen, unterdrückten Regungen sprach. Zuviel war auf ihn eingestürmt an einem einzigen Frühtag. – *Mein Bruder ist tot!* – Schmerz und Trauer hatten sich angestaut und warteten nur darauf, daß er zur Ruhe kam.

Auch Chakkell sah von seinem Abteil aus nach draußen. Er hatte die Arme um Desihn und seine Tochter gelegt, die zwölf Jahre alt sein mochte. Tauler, der ihn immer für einen Mann gehalten hatte, der sich nur von seinem Ehrgeiz leiten ließ, fragte sich, ob er seine Meinung nicht ändern mußte. Die Leichtigkeit, mit der Chakkell sich hatte zwingen lassen, Gesalla mitzunehmen, deutete darauf hin, daß ihm seine Familie über alles ging.

Auch an der Reling von zwei anderen königlichen Schiffen gab es Zuschauer – König Pradt und sein persönliches Gefolge hier und der introvertierte Prinz Pautsch mit Gefolgsleuten dort. Nur Leddravohr, der offenbar beschlossen hatte, ohne Begleitung zu reisen, blieb unsichtbar. Savotl, eine einsame Gestalt an den Kontrollen von Leddravohrs Schiff, winkte Tauler zu und fing an, die Beschleunigungsstreben einzuholen und an der Gondel zu befestigen. Weil sein Schiff die geringste Last zu tragen hatte, konnte er ziemlich lange Brennerpausen einlegen, ohne zurückzufallen.

Tauler, der einen Rhythmus von zwei zu zwanzig brauchte, hatte nicht soviel Bewegungsfreiheit. Zuletzt hatte man das Plansoll für Passagiere und Fracht noch einmal auf Kosten der Mannschaftsstärke erhöht; man hatte sich nach den Erfahrungen des Testflugs zu der Überzeugung durchgerungen, daß die Auswandererschiffe durchaus von einem Piloten allein geflogen werden konnten. In den Ruheperioden sollte der Pilot nur noch den Antriebsrhythmus überwachen, während er die Bedienung von Brenner oder Düsen einem Passagier überließ.

»Prinz, gleich kommt Kurznacht«, sagte Tauler höflich, um die frühere Insubordination wiedergutzumachen. »Ich will vorher die Stützen sichern und muß Euch ersuchen, mich am Brenner abzulösen.«

»Na schön.« Chakkell schien beinahe erleichtert, sich

nützlich machen zu können, als er den Verlängerungshebel übernahm. Die dunkelhaarigen Buben, immer noch furchtsam nach Tauler schielend, kamen an die Seite ihres Vaters. Sie hörten aufmerksam zu, während Chakkell ihnen die Arbeitsweise des Brenners erklärte. In der Zeit, in der Tauler die vier Streben einholte und in den Ecken der Gondel festzurrte, brachte Chakkell den Jungen sogar bei, den Brennerrhythmus mit einem Liedchen auszuzählen.

Da alle drei intensiv beschäftigt waren, ging Tauler in das Abteil, wo Gesalla lag. Ihre Augen waren hellwach, und die Anspannung war aus ihrem Gesicht gewichen. Sie streckte eine Hand aus und hielt ihm eine aufgerollte Bandage hin, die aus ihrem Bündel stammen mußte.

Er kniete sich auf das Lager aus weichen Steppdecken nieder, mit sich hadernd wegen der sexuellen Erregung, die in ihm aufflammte, und nahm die Bandage. »Wie fühlst du dich?« sagte er ruhig.

»Ich glaube nicht, daß eine Rippe gebrochen ist, aber sie müssen bandagiert werden, wenn ich mich nützlich machen soll. Hilf mir auf.« Mit Taulers Hilfe erhob sie sich vorsichtig in eine kniende Haltung, halb abgewandt, und zog die graue Hemdbluse hoch, eine schwere Prellung an den unteren Rippen freilegend. »Was glaubst du?«

»Du solltest bandagiert werden«, sagte er unsicher.

»Na, was ist?«

»Nichts.« Er führte die Bandage um ihren Leib, legte sie fest an und begann zu wickeln. Doch seine Bemühungen gerieten linkisch, weil ihm die Weste und die geraffte Hemdbluse in die Quere kamen. Ein ums andere Mal, trotz all seiner Vorsicht, streiften seine Knöchel Gesallas Brüste. Die Berührungen durchzuckten ihn jedesmal wie Bernsteinfunken, was ihn nur noch unbeholfener machte.

Gesalla tat einen vernehmlichen Seufzer. »Du bist nicht zu gebrauchen, Tauler. Warte!« Sie öffnete ihre Bluse und zog sie zusammen mit der Weste aus, und nun war ihr schlanker Körper von der Taille an nackt. »Versuch es so.«

Die Erinnerung an Leyns Leiche mit der gelben Kapuze machte aus ihm eine empfindungslose Maschine. Er vervollständigte die Bandage so perfekt und zügig wie ein Militärarzt. Dann ließ er die Hände fallen. Gesalla schenkte ihm einen warmen und ernsten Blick, während sie ohne Eile die Bluse nahm und sich wieder anzog.

»Danke, Tauler«, sagte sie und berührte seine Lippen mit der Hand.

Alle Farben des Regenbogens flackerten auf, und plötzlich war das Schiff in Finsternis gehüllt. Aus dem anderen Passagierabteil drang ein furchtsames Wimmern. Tauler stand auf und sah über die Brüstung der Gondel. Der fransige, gebogene Schatten von Jenland raste auf den östlichen Horizont zu, und beinah direkt unter dem Schiff lag Ro-Atabri, ein Gewirr aus feurigen Fäden, gefangen in einer ausufernden Lache aus Pech.

Als das Tageslicht zurückkehrte, hatten die vier Schiffe der königlichen Flottille eine Höhe von etwa zwanzig Meilen erreicht – und wurden von einem lockeren Schwarm Pterssas begleitet.

Tauler musterte den Himmel rundum und entdeckte eine Blase, die nur dreißig Schritt weit von der Nordseite der Gondel entfernt war. Er ging sofort an eine der beiden Kanonen dort – die Kanonen saßen paarweise an jeder Seite auf der Reling – zielte und löste den Bolzen aus, der den zweikammrigen Glasbehälter im Heck des Rohrs zertrümmerte. Es dauerte nur Sekunden, bis sich Paikn und Havl vermengt hatten, reagierten und explodierten. Das Projektil fegte hinaus, gefolgt von glitzernden Glasfragmenten, die Arme radial spreizend im Flug, und fiel in einem Bogen durch die Pterssa hindurch. Es hinterließ nichts als einen rasch verblassenden Fleck aus purpurnem Staub.

»Das war ein guter Schuß«, sagte Chakkell von hinten. »Sind wir auch weit genug von dem Gift entfernt?«

Tauler nickte. »Das Schiff folgt jedem Windzug, also kann uns der Staub nicht erreichen. Wir haben nicht viel zu befürchten von den Pterssas. Die eine habe ich zerstört, weil es am Rand von Kurznacht zu Luftturbulenzen kommen kann. Ich wollte nicht riskieren, daß ein Streuwirbel die Blase hierher verschlägt.«

Chakkells dunkles Gesicht verriet Besorgnis, während er die übrigen Blasen beobachtete. »Und wie ist sie so dicht herangekommen?«

»Purer Zufall, wie es scheint. Wenn sie über einen Bereich des Himmels verteilt sind und zufällig ein Schiff zwischen ihnen aufsteigt, passen sie sich seiner Steiggeschwindigkeit an. Das gleiche ist uns...« Tauler verstummte, als er zwei entfernte Kanonenschüsse vernahm, gefolgt von schwachen Schreien, die von unten zu kommen schienen.

Er lehnte sich über die Brüstung und sah steil nach unten. Die weite Wölbung von Diesland bildete einen verschlungenen blaugrünen Hintergrund für eine scheinbar endlose Welle von Ballons; die nächsten waren nur wenige hundert Schritt weit unter ihm und sahen beängstigend groß aus. Viele andere staffelten sich darunter in unregelmäßigen Abständen und zufälligen Gruppierungen, mit zunehmender Tiefe an scheinbarer Größe schrumpfend, bis sie nahezu unsichtbar waren.

Zwischen den obersten Schiffen waren Pterssas zu sehen, und wieder feuerte eine Kanone und löschte eine Pterssa aus. Das Projektil verlor rasch an Schwung und verlor sich in einem schwindelerregenden Sturz in den Wolkenmustern tief unten. Die Schreie hielten noch eine Weile an, so regelmäßig wie Atemzüge, ehe sie allmählich verebbten.

Tauler trat von der Reling zurück und fragte sich, ob jemand aus grundloser Panik geschrien hatte. Vielleicht war der Betreffende tatsächlich von einer Blase zum Schweigen gebracht worden, die blind, heimtückisch und absolut unbesiegbar über die Brüstung gekommen war. Er spürte Erleichterung mit einem Beigeschmack von Schuld, weil ihm dieses Schicksal erspart geblieben war, als ihm ein neuer Gedanke kam. Die Pterssas hätten nicht auf das Tageslicht zu warten brauchen, um heranzukommen. Es gab keine Garantie dafür, daß sich nicht eine oder mehrere bei Dunkelheit von oben oder unten an sein Schiff heranmachten – und falls es dazu kam, würde niemand an Bord je einen Fuß auf Jenland setzen.

Während er über diese Möglichkeit nachdachte, schlüpfte

seine Hand in die Tasche, umschloß den seltsamen Talisman seines Vaters und ließ den Daumen auf der eisglatten Oberfläche kreisen.

19. Kapitel

Am zehnten Tag der Fahrt war das Schiff noch knapp tausend Meilen von Jenland entfernt, und die überkommenen Muster von Tag und Nacht waren auf den Kopf gestellt.

Die Periode, die Tauler immer noch für Kurznacht hielt – wenn Jenland die Sonne verdeckte – dauerte inzwischen sieben Stunden; während die Nacht – wenn man im Schatten der Heimatwelt war – jetzt weniger als die Hälfte dieser Zeitspanne währte. Er saß allein in der Pilotenstation, wartete auf den Tagesanbruch und grübelte. Wie würde es sein, auf Jenland zu leben? Selbst eingeborene Kolkorronier, die immer unter der unverrückbaren Sphäre von Jenland gelebt hatten, mochten sich nicht wohl fühlen unter dem größeren Diesland, das direkt über ihnen dräute und ihnen eine spürbar längere Kurznacht verordnete. Immer vorausgesetzt, Jenland war unbewohnt, konnte man die neue Nation ebensogut auf der anderen Hemisphäre des Planeten ansiedeln, in Längen, die denen von Chamtess entsprachen. Vielleicht würde eines fernen Tages jede Erinnerung an die Wanderschaft verblaßt sein und …

Tauler wurde aus seinen Gedanken gescheucht, als Chakkells siebenjähriger Sohn Setwan aus dem Passagierabteil kam. Der Junge lehnte den Kopf an Taulers Schulter.

»Ich kann nicht schlafen, Onkel Tauler«, flüsterte er. »Darf ich bei dir bleiben?«

Tauler nahm Setwan lächelnd auf den Schoß. Wie würde Desihn es aufnehmen, wenn sie hörte, daß eines ihrer Kinder ihn mit Onkel anredete?

Von den sieben Menschen, die in den Mikrokosmos der Gondel gesperrt waren, hatte Desihn als einzige keine Zugeständnisse an die Situation gemacht. Sie hatte noch kein Wort an Tauler oder Gesalla gerichtet, trug immer noch ihre

Perlenhaube und traute sich nur aus dem Abteil, wenn es unumgänglich war. Sie hatte drei volle Tage nichts getrunken und gegessen, um der Schande zu entgehen, in der mittleren Zone die primitive Toilette benutzen zu müssen. Sie sah blaß und abgehärmt aus und blieb – obwohl man bereits in die wärmeren Gefilde von Jenlands Atmosphäre kam – in ihre wattierten Gewänder gehüllt, die man eilends für den Flug gefertigt hatte. Sie war einsilbig gegenüber Chakkell und den Kindern.

Tauler empfand eine gewisse Sympathie für Desihn, denn niemand an Bord hatte in den zurückliegenden Tagen mehr gelitten als sie. Die Kinder – Corba, Oldo und Setwan – hatten nicht so lange im Schlaraffenland der Fünf Paläste gelebt, daß sie endgültig davon geprägt waren; sie hatten sich eine natürliche Neugierde und Abenteuerlust bewahrt. Und Chakkell war durch seine Aufgaben und Ambitionen unablässig mit den Realitäten des alltäglichen Lebens in Berührung geblieben; er war dynamisch und findig genug, um sich für eine künftige Schlüsselposition prädestiniert zu fühlen. Tauler fand es imponierend, wie entschlossen und rückhaltlos sich der Prinz an der Bedienung des Schiffes beteiligt hatte.

Besonders gewissenhaft hatte Chakkell sich gezeigt, wenn er die langen Einsätze der horizontal ausgerichteten Mikrodüsen zu warten hatte. Die Luftströmungen einer Fünftausendmeilenfahrt mochten die übrige Flotte über ein größeres Gebiet von Jenland verstreuen; doch Leddravohr hatte ausdrücklich verlangt, die technischen Voraussetzungen zu schaffen, daß die königliche Flottille beisammen bleiben konnte.

Verschiedene Vorschläge, die Schiffe miteinander zu verbinden, waren als undurchführbar verworfen worden, und am Ende waren sie mit horizontalen Mikrodüsen ausgerüstet worden, die nur einen kleinen Bruchteil des Schubs der Lagekontrolldüsen lieferten. Wenn man sie sehr lange und kontinuierlich feuern ließ, fügten sie der vertikalen Bewegung des Schiffes eine sehr leichte seitliche Komponente hinzu, ohne eine Rotation um den Schwerpunkt zu verursachen; ihr beharrlicher Einsatz hatte die vier königlichen

Schiffe den ganzen Flug über in dichter Formation gehalten.

Als die Flottille die Mitte zwischen den Welten passiert hatte und das Wendemanöver bevorstand, sollte Tauler Zeuge eines unvergeßlichen Schauspiels werden. Aufs neue empfand er es ehrfurchtgebietend und unsäglich schön, wie sich die Schwesterplaneten majestätisch in entgegengesetzte Richtungen bewegten, Jenland aus der Verdeckung durch den Ballon himmelab gleitend, derweil Diesland, wie am anderen Ende eines unsichtbaren Strahls, hinter der Brüstung der Gondel himmelan kletterte.

Doch als das Wendemanöver zur Hälfte vollzogen war, trat eine neue wunderbare Dimension hinzu. Eine fliehende Welle von Schiffen schien bis zu jedem der beiden Planeten zu reichen, lauter Scheiben, die mit zunehmender Entfernung immer kleiner und kleiner wurden, bis sie zu glühenden Punkten geschrumpft waren. Manche Schiffe in Richtung Jenland hatten ihre Wendemanöver noch nicht vollzogen und waren von unten zu sehen, Gondeln, Takelage und Düsen immer feiner in die immer kleineren Kreise gezeichnet.

Und als ob Auge und Seele nicht schon randvoll wären, gab es da noch – vor der tiefblauen Unendlichkeit mit all ihren Wirbeln und Girlanden und Punkten aus gefrorenem Glanz – die drei anderen königlichen Schiffe, die mit ihren Wendemanövern vorführten, daß diese Zone wahrhaft fremdartig war. Die Gebilde, so verletzlich, daß ein stürmischer Wind sie zerknittern mochte, blieben auf magische Weise immun gegen jede Verformung, während sie das Universum auf den Kopf stellten. Die Piloten, in ihrem rätselhaften Mummenschanz, konnten nur fremde Superwesen sein, mit einem Wissen und Können, das gewöhnlichen Menschen unzugänglich war.

Andere Szenen, die längst nicht so großartig waren, hatten sich aus anderen Gründen in Taulers Gedächtnis geprägt. Da war Gesallas Gesicht mit vielerlei Stimmungen und Regungen – skeptisch triumphierend, als sie das launige Herdfeuer in der Kombüse entfacht hatte – düster gedankenverloren, nachdem man stundenlang durch die Region ›gefallen‹ war, deren Schwerkraft gleich Null oder vernachlässigbar klein war ... das Zerplatzen aller Pterssas innerhalb von Minuten, nachdem sie einen Tag lang mit den Schiffen aufgestiegen waren ... die erstaunten und entzückten Mienen der Kinder, als ihr Atem in der Kälte sichtbar wurde ... ihre Begeisterung während der kurzen Periode, da sie Perlen und anderen Kram in die Luft hängen konnten, um simple Gesichter und dreidimensionale Gebilde daraus zu zaubern ...

Und da waren die anderen Szenen gewesen, außerhalb des Schiffes, die von fernen Tragödien erzählten und einem Tod, wie man ihn zuvor nur in den allerseltensten Alpträumen starb.

Die königliche Flottille war in einem ziemlich frühen Stadium der Evakuierung gestartet, und als sie die Mitte zwischen den Welten einen Tag oder mehr hinter sich gelassen hatten, wußte Tauler, daß sich über ihnen eine vielleicht hundert Meilen hohe Wolke von Schiffen türmte, die sich nach Diesland hin verjüngte. Hätte ihm nicht die unverrückbare Weite des Ballons den Blick auf die Schiffe verwehrt, wären die meisten ohnehin zu weit weg gewesen, um noch sichtbar zu sein; und dennoch machten sie auf bestürzende Weise auf sich aufmerksam. Und zwar in Gestalt eines spärlichen, unregelmäßigen und schrecklichen Regens. Die Tropfen des Regens waren fest, und die größten waren so groß wie ganze Himmelsschiffe und andere so klein wie menschliche Körper.

Dreimal waren ganz unabhängig voneinander zerknautschte Schiffe an ihm vorbeigestürzt, die Gondeln eingewickelt in das träge flappende Ballongewebe, dazu verurteilt, einen Tag lang auf Jenland hinabzufallen. Vermutlich war in den letzten Stunden der Flucht aus Ro-Atabri jegliche Ordnung zusammengebrochen, so daß einige Schiffe von unerfahrenen Piloten übernommen oder sogar von Rebellen gekapert worden waren, die überhaupt nichts vom Ballonfahren verstanden. Es sah ganz so aus, als ob einige, ohne zu wenden, weit über die Mitte zwischen den Planeten hinaustrieben und durch die zunehmende Anziehungskraft von Jenland so schnell wurden, daß die feine Ballonhülle unter dem Ansturm der Luft zerriß.

Einmal war eine Gondel ohne Ballonhülle vorbeigekommen, die ihre richtige Lage nur beibehielt, weil sie Takelage und Beschleunigungsstützen nachschleppte; die Soldaten an ihrer Reling hatten stumm der Prozession von intakten Schiffen zugeschaut, als defiliere ihr eigener Leichenzug an ihnen vorbei.

Doch meistens waren die vorbeifallenden Objekte kleiner – Kochgeräte, verzierte Kassetten, Proviantsäcke, menschliche und tierische Gestalten – Zeugnisse katastrophaler Unfälle einige zehn Meilen höher in der schwankenden Pyramide von Schiffen.

Nicht lange nach der Mitte zwischen den Welten, wo Jenlands Anziehung noch schwach war und die Fallgeschwindigkeit nur langsam zunahm, war ein junger Mann vorbeigekommen, so nah, daß Tauler seinen Gesichtsausdruck deutlich erkannt hatte. Vielleicht aus gespielter Tapferkeit oder aus dem verzweifelten Verlangen heraus, ein letztes Mal mit einem Menschen Kontakt aufzunehmen, hatte der junge Mann ihm zugerufen, ganz heiter, und gewinkt. Jede Reaktion wäre Tauler wie die Mitwirkung bei einem makabren Scherz vorgekommen, und er hatte wie gelähmt an der Reling gestanden, entsetzt und unfähig, den Blick von dem Verlorenen abzuwenden, der erst nach vielen Minuten außer Sicht gewesen war.

Stunden später, als Tauler in der Dunkelheit zu schlafen versucht hatte, war ihm der fallende Mann nicht aus dem Sinn gegangen – der bis dahin der Flotte schon tausend Meilen voraus gewesen sein mochte – und Tauler hatte sich daher gefragt, was wohl in einem Menschen vorging, der auf den endgültigen Aufschlag wartete ...

Getröstet durch den schlummernden Setwan auf seinem Schoß, bediente Tauler den Brenner wie ein Automat, die Salven unterbewußt mit dem Herzschlag koordinierend, als urplötzlich das Tageslicht zurückkehrte. Er blinzelte mehrmals und sah sofort, daß irgend etwas nicht stimmte, daß nur zwei Schiffe der königlichen Flottille mit ihm auf gleicher Höhe waren, und nicht drei.

Das Schiff des Königs fehlte.

Nun war Kaddlo ein überaus vorsichtiger Pilot, der den Abstieg über Nacht gerne verlangsamte, damit er die anderen Schiffe ein wenig unter sich hatte, um ihre Positionen leichter überwachen zu können – doch diesmal war er auch in den oberen Gefilden des Himmels nirgends zu sehen.

Tauler nahm Setwan rasch auf den Arm und brachte ihn ins Prinzenabteil, als er draußen die nervösen Rufe von Savotl und Amber vernahm. Er erfaßte beide Piloten mit einem Blick. Sie zeigten auf etwas über seinem Schiff, und im selben Augenblick keuchte der Ballonmund einen Schwall von heißem Miglyngas in die Gondel, so daß eines der Kinder ängstlich wimmerte. Tauler sah in die glühende Kuppel des Ballons hinauf, und sein Herz krampfte sich zusammen, als er die quadratische Silhouette einer Gondel sah, die sich von oben in die Hülle drückte und das symmetrische Spinnengewebe der Tragbänder verzerrte.

Das Schiff des Königs war direkt über ihm und hatte sich satt in seinen Ballon gesetzt.

Tauler konnte den kreisrunden Eindruck der Hauptdüse sehen, die sich in die Kronhülle grub und die Nähte der Reißbahn gefährdete. Takelage und Beschleunigungsstützen knarrten im Chor, und eine Welle, die durch das Ballongewebe lief, warf noch mehr von dem würgenden Gas in die Gondel hinab.

»Kaddlo«, schrie er, ohne Gewähr, daß seine Stimme in der oberen Gondel gehört wurde. »Gib Gas! Gib Gas!«

Die schwachen Stimmen von Savotl und Amber schlossen sich ihm an, und ein Sonnenschreiber begann aus einer der beiden Gondeln zu blitzen, aber oben blieb man die Antwort schuldig. Das Schiff des Königs sank weiter in den überbeanspruchten Ballon hinein, der entweder zerreißen oder kollabieren würde.

Gesalla und Chakkell waren beide auf den Füßen und begegneten Taulers hilflosem Blick mit offenem Entsetzen. Er konnte sich diese Katastrophe nur so erklären, daß der Pilot des Königs ohnmächtig oder tot war. Dann mußte eben ein anderer an Bord den Brenner betätigen, um die beiden Fahrzeuge zu trennen, und zwar jetzt gleich. Oder – Taulers Mund wurde trocken bei dem Gedanken – hatte der Brenner womöglich versagt und konnte gar nicht abgefeuert werden?

Er versuchte fieberhaft, einen klaren Gedanken zu fassen, als das Deck unter seinen Füßen schwankte und das Gewebe des Ballons Geräusche wie Peitschenschläge von sich gab. Beide Schiffe fielen bereits zu schnell, wie die relative Aufwärtsbewegung der beiden anderen bewies.

Leddravohr war an der Reling seiner Gondel aufgetaucht, zum ersten Mal seit dem Start, und hinter ihm jagte Savotl immer noch seine vergeblichen Lichtreflexe aus dem Sonnenschreiber.

Es war Tauler unmöglich, dem Schiff des Königs zu entkommen, indem er sich schneller fallen ließ. Sein Fahrzeug hatte bereits Gas verloren und kam bedrohlich nahe an den instabilen Zustand heran, in dem der Luftwiderstand einer überhöhten Fallgeschwindigkeit den Ballon zum Kollabieren bringen konnte. Mit dem Kollaps würde der Tausendmeilensturz nach Jenland beginnen …

Eigentlich hätte er schleunigst große Mengen Heißgas in den Ballon stecken müssen – hätte damit aber bei dem zusätzlichen Widerstand von oben riskiert, den Innendruck derart zu steigern, daß die Hülle dabei in Stücke ging.

Tauler blickte Gesalla in die Augen, und die Entscheidung war gefallen: *Ich will leben!*

Er zwängte sich in den Sitz der Pilotenstation und ließ den Brenner aufröhren, das hungrige Maul des Ballons unablässig mit Heißgas stopfend, und wenige Sekunden später drückte er den Hebel einer Lagekontrolldüse. Das Geräusch des Düsenausstoßes ging in dem alles verschlingenden Tosen des Brenners unter, nicht aber die Wirkung.

Die beiden anderen Mitglieder der königlichen Flottille trieben abwärts und außer Sicht, während Taulers Schiff sich um seinen Schwerpunkt drehte. Es kam zu Erschütterungen und einem unmenschlichen Ächzen, während das Schiff des Königs von Taulers Ballon abrutschte und ins Blickfeld geriet. Eine der Beschleunigungsstreben riß sich von der hava-

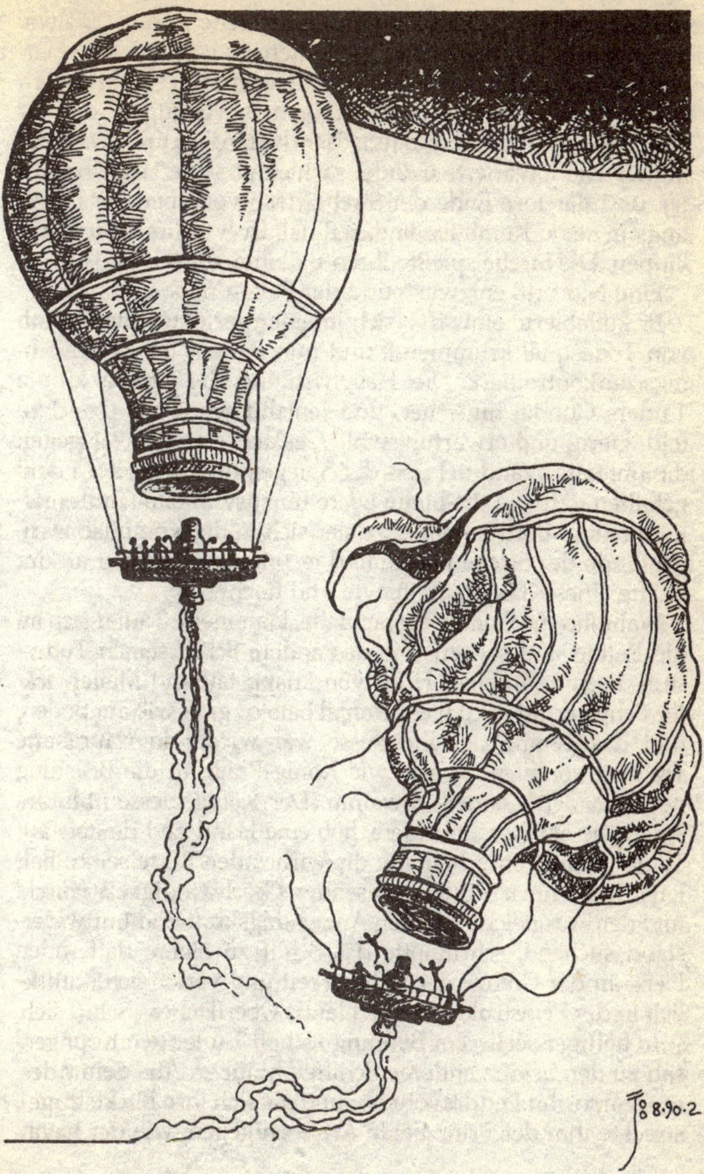
8·90·2

rierten Gondel los und tanzte und kreiselte in der Luft wie das schmale Schwert eines Duellanten.

Tauler, eingefroren in das Kontinuum seines Schiffs, sah zu, wie sich außenbords die trägen Bewegungen, die für Himmelsschiffe so charakteristisch waren, abrupt beschleunigten. Die havarierte Gondel sackte auf seine Höhe herunter, und das lose Ende der Strebe stach von oben her blindlings in seine Kombüse und ließ das Universum bedrohlich kippen. Die Strebe spießte ihren Ballon regelrecht auf.

Eine Naht riß entzwei – und der Ballon *starb.*

Er kollabierte einwärts, sich in einer perfekten Simulation von Todesqual krümmend, und nun fiel das Schiff des Königs unkontrolliert. Die Hebelwirkung der Strebe kippte Taulers Gondel hinterher, und Jenland schoß ins Gesichtsfeld, gierig und erwartungsvoll. Gesalla schrie, als sie gegen die unterste Wand fiel und der Spiegel, den sie in der Hand gehalten hatte, in die blaue Leere hinauswirbelte. Tauler riskierte, über Bord zu gehen, als er sich in die Kombüse warf, das Ende der Strebe packte und es unter Aufbietung all der Kräfte eines Kriegers freihievte und hochwarf.

Während die Gondel auspendelte, klammerte Tauler sich an die Reling und sah zu, wie das andere Schiff seinen Todessturz begann. In einer Höhe von knapp tausend Meilen war die Schwerkraft noch nicht einmal halb so groß wie am Boden, und das Tempo der Ereignisse war wieder in traumhafte Trägheit verfallen. Er sah, wie König Pradt an die Brüstung der fallenden Gondel schwamm. Der König, dessen blindes Auge wie ein Stern leuchtete, hob eine Hand und deutete auf Tauler, dann verdeckten ihn die wirbelnden Reste seines Ballons. Mit immer noch wachsender Geschwindigkeit fallend und den Ausgleich zwischen Anziehungskraft und Luftwiderstand suchend, schrumpfte das Schiff zu einem flatternden Fleck an der Grenze der Sichtbarkeit und verlor sich schließlich in der Feinstruktur von Jenlands Oberfläche.

In heftiger seelischer Bedrängnis hob Tauler den Kopf und sah zu den beiden anderen Schiffen hinüber. Aus dem näheren starrte ihn Leddravohr an; und als sich ihre Blicke trafen, streckte ihm der Prinz beide Arme entgegen, wie ein Mann, der seinen Freund umarmen will. Er verharrte so, wortlos beschwörend. Tauler kehrte zum Brenner zurück. Er glaubte immer noch, des anderen Haß zu spüren, der wie ein unsichtbares Messer seine Seele durchbohrt hatte. Ein aschfahler Chakkell starrte ihn vom Eingang des Abteils an, in dem Desihn und Corba leise schluchzten.

»Das ist ein schlimmer Tag«, sagte Chakkell mit stockender Stimme. »Der König ist tot.«

Noch nicht, dachte Tauler, *es bleiben ihm noch etliche Stunden.* Und laut sagte er: »Ihr habt gesehen, was passiert ist. Wir können froh sein. Ich hatte keine Wahl.«

»Leddravohr wird das anders sehen.«

»Ja«, sagte Tauler sinnend. »Leddravohr wird das anders sehen.«

Als Tauler in dieser Nacht keinen Schlaf fand, kam Gesalla an seine Seite, und in der Einsamkeit der Stunde erschien es ihm vollkommen natürlich, den Arm um sie zu legen. Sie bettete ihren Kopf auf seine Schulter und brachte ihre Lippen nahe an sein Ohr.

»Tauler«, wisperte sie, »woran denkst du?«

Er überlegte, ob er ihr die Wahrheit sagen sollte, dann entschied er, daß er es satt hatte, immerzu hinter dem Berg zu halten. »Ich denke über Leddravohr nach. Was passiert ist, steht zwischen uns.«

»Bestimmt läßt er sich alles noch einmal durch den Kopf gehen. Auf Jenland denkt er vielleicht schon ganz anders darüber. Ich meine, es ist auch nicht so, als ob unser Opfer den König unbedingt gerettet hätte. Er muß einfach zugeben, daß dir keine Wahl blieb.«

»Für mich sah es so aus, als hätte ich keine Wahl. Aber Leddravohr wird sagen, ich hätte uns voreilig unter dem Schiff weggerollt. Ich glaube, ich würde an seiner Stelle genauso denken. Wer weiß? Hätte ich ein bißchen länger gewartet, hätte Kaddlo oder sonst jemand den Brenner vielleicht in Gang gesetzt.«

»So darfst du nicht denken«, sagte Gesalla sanft. »Du hast getan, was getan werden mußte.«

»Und Leddravohr wird tun, was getan werden muß.«
»Du bist ihm gewachsen, stimmt's?«
»Schon möglich – ich fürchte nur, daß er meine Exekution schon befohlen hat«, sagte Tauler. »Ich kann kein Regiment schlagen.«
»Verstehe.« Gesalla stützte sich mit dem Ellbogen hoch und sah auf Tauler hinunter. In der Dunkelheit war ihr Gesicht unwahrscheinlich schön. »Liebst du mich, Tauler?«
Er fühlte, daß er am Ende einer langen Reise war. »Ja.«
»Da bin ich froh.« Sie setzte sich auf und begann sich auszuziehen. »Ich will nämlich ein Kind von dir.«
Er hielt ihr Handgelenk fest, seine Lippen zu einem ungläubigen Lächeln gefroren. »Was machst du denn? Chakkell ist am Brenner, direkt hinter dieser Trennwand.«
»Er kann uns nicht sehen.«
»Aber unter diesen Umständen ...«
»Das ist mir alles fürchterlich egal«, sagte Gesalla und drückte seine Hand, die ihr Gelenk umspannt hielt, an die Brust. »Ich habe beschlossen, daß du der Vater meines Kindes wirst, und wir haben vielleicht nicht mehr viel Zeit.«
»Es geht nicht, hörst du?« Tauler entspannte sich rücklings auf den Steppdecken. »Ich bin körperlich einfach nicht in der Lage, unter solchen Bedingungen.«
»Wir werden ja sehen«, sagte Gesalla und kletterte rittlings über ihn, legte ihre Lippen auf seine und begann mit beiden Händen seine Wangen zu kneten, um ihn zu einer feurigen Erwiderung zu bewegen.

20. Kapitel

Jenlands äquatorialer Kontinent sah aus zwei Meilen Höhe unverkennbar prähistorisch aus.
Tauler starrte schon eine ganze Weile auf die ausufernde Landschaft hinunter, ehe ihm klar wurde, woran das lag. Es waren nicht die fehlenden Städte und Straßen – ein erster Grund zu der Annahme, daß der Kontinent unbewohnt war –, es war vielmehr die einheitliche Färbung des Graslandes.

Sein Leben lang hatte das Sechs-Ernten-System dafür gesorgt, daß kein Blick aus einem Luftschiff dem anderen glich. Auf Diesland wurden die Getreidesorten und alle anderen Kulturpflanzen in parallelen Streifen angebaut, deren Färbung von Braun über mehrere Grüntöne bis zum Erntegelb verlief, aber hier waren die Ebenen einfach nur ... *grün.* Die sonnenbeschienenen Weiten dieser Farbe schimmerten in seinen Augen.

Unsere Farmer werden die neue Saatordnung herausfinden müssen, dachte er. Und all die Berge und Seen und Flüsse müssen Namen bekommen. Es ist wirklich ein Neubeginn auf einer neuen Welt. Und ich glaube eigentlich nicht, daß es mir vergönnt ist, daran teilzunehmen ...

An seine persönlichen Probleme erinnert, widmete er sich wieder den Dingen aus Menschenhand. Sein Schiff lag ein wenig über den beiden anderen der königlichen Flottille. In dem entfernteren, mit dem Pautsch fuhr, standen die meisten Passagiere an der Reling und eilten in Gedanken ihrem Schiff voraus zu der unbekannten Welt.

In Leddravohrs Schiff war nur Ilven Savotl zu sehen, der müde an den Kontrollen saß. Leddravohr mußte in einem der beiden Abteile liegen, wo er – außer bei der schrecklichen Episode vor zwei Tagen – die ganze Reise verbracht hatte. Tauler war die Abgeschiedenheit des Prinzen früher schon aufgefallen. Litt Leddravohr vielleicht unter einer krankhaften Angst vor der grenzenlosen Leere, die sich überall zwischen den Schiffen auftat? Dann hätte Tauler sich freilich besser gestanden, wenn ihr unausweichlicher Zweikampf an Bord einer Gondel hätte stattfinden können.

In dem zwei Meilen tiefen Luftraum, der ihn noch von Jenland trennte, konnte er eine unregelmäßige Kette von zwölf weiteren Ballons sehen, die mit zunehmender Tiefe nach Westen drifteten, was auf eine leichte Brise in den untersten Atmosphäreschichten schließen ließ. Überall in der Gegend, auf die man zutrieb, waren die länglichen Formen kollabierter Ballons zu erkennen, aus denen man später eine provisorische Zeltstadt errichten würde. Ein Blick durchs Fernglas bestätigte Taulers Erwartungen. Die meisten der auf Grund gesetzten Schiffe trugen militärische Kennungen. Selbst unter den chaotischen Umständen ihrer Flucht aus Ro-Atabri hatte Leddravohr soviel Weitsicht besessen, für eine Machtbasis zu sorgen, die ihm zur Verfügung stand, sowie er den Fuß auf Jenland setzte.

Wenn Tauler seine Lage überdachte, dann kam er zu dem Schluß, daß er eine Landung in Leddravohrs Nähe nur um Minuten überleben würde. Selbst wenn er Leddravohr im Zweikampf besiegen konnte, würde die Armee kein Pardon mit dem Mann haben, der den König auf dem Gewissen hatte. Die einzige und verzweifelt magere Chance, sein Leben wenigstens um ein paar Tage zu verlängern, lag darin, die Landung hinauszuzögern und wieder aufzusteigen, sobald Leddravohrs Schiff unwiderruflich aufsetzen mußte. Etwa zwanzig Meilen westlich des Landegebietes lagen bewaldete Hügel, und wenn er sie mit seinem Ballon erreichen konnte, mochte es ihm gelingen, so lange auf freiem Fuß zu bleiben, bis ihm die Truppen der jungen Nation den Garaus machten.

Die größte Schwäche seines Plans lag in der Unberechenbarkeit von Leddravohrs Pilot.

Savotl würde natürlich sofort Bescheid wissen, wenn Tauler langsamer zur Landung ansetzte. Aber würde er Taulers Absicht auch gutheißen? Und selbst wenn Savotl sich innerlich auf die Seite seines Kameraden schlug, würde er es tatsächlich fertigbringen, ohne Zaudern die Reißbahn zu ziehen und den Ballon kollabieren zu lassen – genau in dem Augenblick, da Leddravohr klar wurde, daß ihm der Feind durch die Finger schlüpfte? Niemand konnte sagen, wie der Prinz in seinem Zorn reagieren würde. Er hatte schon aus nichtigerem Anlaß getötet.

Tauler starrte über die See aus Helligkeit auf die einsame Gestalt Savotls und spürte, daß sein Blick erwidert wurde, dann drehte er der Gondelwand den Rücken und betrachtete Chakkell, der den Brenner im Eins-zu-zwanzig-Rhythmus bediente.

»Prinz, am Boden bläst ein leichter Wind, und ich befürchte, er könnte das Schiff schleifen lassen«, machte er seinen Eröffnungszug. »Ihr solltet Euch mit der Prinzessin und den Kindern bereithalten, über die Brüstung zu klettern, noch bevor wir den Boden berühren. Es mag gefährlich klingen, aber die Gondel hat außenherum einen Sims, auf dem sich gut stehen läßt, und die Geschwindigkeit am Boden wird kaum größer sein als die eines Fußgängers. Vor dem Aufsetzen abzuspringen, ist jedenfalls besser, als noch in der Gondel zu sein, wenn sie kippt.«

»Deine Besorgnis rührt mich«, sagte Chakkell mit einem schrägen, argwöhnischen Blick.

Tauler steuerte kurz entschlossen auf die Pilotenstation zu und fragte sich, ob er bereits einen Fehler gemacht hatte. »Wir landen sehr bald, Prinz. Ihr müßt Eure Vorbereitungen treffen.«

Chakkell nickte, räumte den Sitz und sagte ganz unerwartet: »Ich muß daran denken, wie ich dir das erste Mal begegnet bin, dir und Glo. Ich hätte nie gedacht, daß es soweit kommen würde.«

»Baron Glo hatte das Zweite Gesicht«, erwiderte Tauler. »Er müßte jetzt dabei sein.«

»Wahrscheinlich hast du recht.« Chakkell widmete ihm einen weiteren forschenden Blick, ehe er in das Abteil ging, wo sich Desihn und die Kinder für die Landung zurechtmachten.

Tauler setzte sich und übernahm die Kontrolle des Brenners. Der Zeiger des Höhenmessers ruhte bereits auf dem Anschlag. Jenland war kleiner als Diesland, und dennoch war die Schwerkraft hier nicht geringer als über der Heimatwelt. *Jenland hat eine höhere Dichte, und daher wird dort alles ungefähr das gleiche Gewicht haben wie auf Diesland.* Tauler schüttelte den Kopf, halb lächelnd in verspäteter Anerkennung für seinen Bruder. Wie hatte Leyn *wissen* können, was sie erwartete? Die Mathematik seines Bruders würde ihm für immer ein Buch mit sieben Siegeln bleiben, ähnlich wie ...

Er sah zu Gesalla hinüber, die seit einer Stunde regungslos an der hinteren Brüstung ihres Abteils stand, gebannt von der neuen Welt, die sich unter ihr dehnte. Das Bündel mit Habseligkeiten bereits über die Schulter geworfen, schien sie nur darauf zu warten, endlich den Fuß auf Jenland setzen zu können, um anzupacken, was immer sie sich unter einer Zukunft für sich und das Kind vorstellte, das er ihr gezeugt haben mochte. Seine Empfindungen beim Anblick ihrer schlanken, straffen und kompromißlosen Gestalt gehörten zu den kompliziertesten, die er jemals gehabt hatte.

In der Nacht, in der sie zu ihm gekommen war, hatte er geglaubt, ihre Erwartungen nicht erfüllen zu können – daß ihn Müdigkeit, Gewissensnot und nicht zuletzt seine Nervosität wegen Chakkell, der ganz in der Nähe den Brenner bedient hatte, schachmatt setzen würde. Aber Gesalla hatte es besser gewußt. Sie hatte mit einer Inbrunst, Geschicklichkeit und Phantasie auf ihm gearbeitet, ihm so lange mit ihrem Mund und ihrem grazilen Körper zugesetzt, bis für ihn nichts anderes mehr existiert hatte als das Verlangen, seinen Samen zu verströmen. Sie war auf ihm geblieben, bis die Ejakulation unmittelbar bevorstand, dann hatte sie ihn unversehens über sich gerollt, das Becken hochgeworfen und die Beine fest um ihn geschlossen, und diese Position noch Minuten danach beibehalten. Erst später, als sie sich unterhalten hatten, hatte er begriffen, daß sie auf diese Weise die Wahrscheinlichkeit einer Empfängnis vergrößert hatte.

Und so sehr er sie liebte, so sehr haßte er sie für einiges, das sie im weiteren Verlauf jener von Meteoren durchflackerten Nacht gesagt hatte. Es hatte keine direkten Bekenntnisse gegeben, aber ihm hatte sich eine Gesalla offenbart, die einerseits eisige Wut zur Schau stellen konnte, wo es um Lappalien der Etikette ging, und die andererseits bereit war, jede Konvention zu mißachten, um zu einem Kind zu kommen. Im Milieu des alten Kolkorron hatte sie sich von den Qualitäten eines Leyn Marakain die meisten Vorteile für ihren Sprößling versprochen, also hatte sie Leyn geheiratet. Sie hatte Leyn geliebt. Tauler störte nur, daß sie es nicht ohne Berechnung getan hatte.

Und jetzt, da es galt, eine unberührte Welt zu erschließen, bevorzugte sie Eigenschaften, die im Samen eines Tauler Marakain schlummerten. Folglich hatte sie mit ihm kopuliert.

Tauler war in seiner Verwirrung und seinem Kummer unfähig, die wahre Quelle seines Grolls zu identifizieren. War es Selbstverachtung, weil er sich so leicht von der Witwe seines Bruders hatte verführen lassen? War es verletzter Stolz, weil er seine Lust für einen eugenischen Akt zur Verfügung gestellt hatte? Oder war er nur deshalb wütend auf Gesalla, weil sie nicht seinen Vorstellungen entsprach, weil sie nicht so war, wie er sie haben wollte? Wie konnte eine Frau zugleich prüde und wollüstig sein, großzügig und egoistisch, streng und sanft, zutraulich und abweisend, wie konnte eine Frau zu ihm gehören und doch nicht zu ihm gehören?

Die Fragen nahmen kein Ende, bemerkte Tauler, und ihnen nachzugehen, war in seiner Situation fruchtlos und gefährlich. Die einzige Frage, die er sich zur Zeit leisten konnte, hieß: *Wie bleibe ich am Leben?*

Er steckte das Verlängerungsrohr auf den Hebel des Brenners und ging an die Brüstung der Gondel, um sich einen möglichst guten Überblick für den Abstieg zu verschaffen. Während der Horizont über die Reling stieg, erhöhte er allmählich die Brennerrate, damit Savotls Vorsprung größer wurde. Er mußte, ohne daß Leddravohr und Chakkell Verdacht schöpfen durften, soviel vertikalen Abstand herausschinden wie irgend möglich. Er verfolgte, wie die Schiffe, die noch unter der königlichen Flottille in der Luft waren, eines nach dem anderen landeten; der präzise Moment des Bodenkontakts war jedesmal an der ruckartigen Verwerfung des Ballons zu erkennen, worauf sich ein dreieckiger Spalt in der Kronhülle zeigte, ehe der gesamte Ballon erschlaffte und kollabierte.

Die ganze Gegend war mit gelandeten Schiffen übersät, und schon begann sich eine Art Ordnung abzuzeichnen. Vorräte wurden zusammengetragen und gestapelt, und Trupps von Männern eilten jedem aufsetzenden Schiff zu Hilfe.

Das Hochgefühl, das Tauler bei diesem Anblick erwartet hatte, wollte sich in der brenzligen Situation nicht einstellen. Er richtete das Fernglas auf Savotls Schiff, das sich der Oberfläche näherte, und riskierte es, noch eine lange Salve Miglyn in den eigenen Ballon zu feuern. Wie herbeigezaubert durch das verräterische Geräusch, stand Leddravohr an der Reling. Unter der abschattenden Hand fixierte er Taulers Schiff, und selbst auf diese Entfernung war zu sehen, wie die Iris seiner Augen eine weiße Korona bekamen, als er begriff, was sich abspielte.

Der Prinz drehte sich um und sagte etwas zu Savotl, doch der zog – ohne den Bodenkontakt abzuwarten – die Reißleine. Der Ballon wallte und krümmte sich im Todeskampf. Die Gondel kippte ins Gras, und das dunkelbraune Leichentuch der Hülle deckte sie flatternd zu. Gruppen von Soldaten – unter ihnen ein Offizier auf einem Blauhorn – eilten auf Leddravohrs Schiff und dasjenige von Pautsch zu, das zweihundert Schritt weiter gemächlich aufsetzte.

Tauler ließ das Fernglas sinken und wandte sich an Chakkell. »Prinz, aus Gründen, die Euch nicht entgangen sein können, werde ich jetzt nicht landen. Ich möchte weder Euch noch andere Unbeteiligte« – er warf Gesalla einen Blick zu – »in eine fremde Wildnis mitnehmen, daher werde ich gleich die Grasspitzen von Jenland berühren. Ihr könnt mit Eurer Familie ganz leicht abspringen aus dieser Höhe, aber Ihr müßt rasch und entschlossen handeln. Habt Ihr verstanden?«

»Nein!« Chakkell kam aus dem Passagierabteil. »Du wirst jetzt und hier vollkommen normal landen. Das ist ein Befehl, Marakain. Ich habe nicht die Absicht, mich oder meine Familie überflüssigen Gefahren auszusetzen.«

»Gefahren!« Tauler zog ein Lächeln. »Prinz, es handelt sich um den Sprung von der Spitze eines Grashalms. Wie wollt Ihr das mit dem Tausendmeilensturz vergleichen, dem Eure Familie vorgestern mit knapper Not entronnen ist.«

»Ich habe das nicht vergessen.« Chakkell zögerte und warf einen Blick auf seine Gemahlin. »Trotzdem, ich bestehe auf einer ordnungsgemäßen Landung.«

»Es bleibt dabei«, sagte Tauler und gab seiner Stimme einen festeren Klang. »Ich werde *nicht* aufsetzen.« Das Schiff war noch knapp dreißig Fuß über Grund, und mit jedem Augenblick, der verstrich, trug die Brise es weiter fort von der Stelle, wo Leddravohr gestrandet war. Das respektvolle Warten mußte ein Ende haben. Gerade als Tauler überschlug, wieviel Zeit ihm noch blieb, sah er zweierlei: Leddravohr kam unter dem kollabierten Ballon hervor, und Gesalla kletterte über die Brüstung. Sie stellte sich auf dem äußeren Sims zurecht, bereit sich abzustoßen. Ihr Blick streifte Tauler nur flüchtig, und eine Verständigung fand nicht statt. Er ließ das Schiff weiter sinken, bis er einzelne Grashalme erkennen konnte.

»Prinz, entscheidet Euch schnell«, sagte er. »Wenn Ihr das Schiff nicht bald verlaßt, steigen wir alle zusammen wieder auf.«

»Nicht unbedingt.« Chakkell war mit einem Schritt bei der Pilotenstation und packte die rote Leine, die mit der Reißbahn des Ballons verbunden war. »Ich denke, damit ist meine Autorität wiederhergestellt«, sagte er und stieß den Zeigefinger gegen Tauler, der instinktiv den Griff fester um den Verlängerungshebel schloß. »Falls du versuchst aufzusteigen, werde ich den Ballon öffnen.«

»Das wäre gefährlich in dieser Höhe.«

»Nicht, wenn ich ihn nur teilweise öffne«, entgegnete Chakkell, womit er Kenntnisse bewies, die er sich in seiner Kontrollfunktion beim Bau der Flotte angeeignet hatte. »Ich kann das Schiff ganz sanft hinunterbringen.«

Tauler blickte an ihm vorbei und sah in der Ferne, wie Leddravohr dem Offizier das Blauhorn wegnahm und sich auf das Tier schwang. »Jede Landung wäre sanft«, sagte er, »verglichen mit der Eurer Kinder nach einem Sturz aus tausend Meilen Höhe.«

Chakkell schüttelte den Kopf. »Das Wiederholen nützt dir nichts, Marakain – das bringt mich nur darauf, daß du dabei auch deine eigene Haut gerettet hast. Jetzt ist Leddravohr König, und ich bin vor allem ihm verpflichtet.«

Es raschelte unter Deck, als der Düsentrichter die Spitzen von hohem Gras streifte. Eine halbe Meile östlich setzte Leddravohr dem langsam treibenden Schiff im Galopp hinterher, und Trupps von Soldaten liefen ihm nach.

»Und ich fühle mich vor allem meinen Kindern verpflichtet«, verkündete Prinzessin Desihn ganz unerwartet, den Kopf über die Trennwand des Passagierabteils streckend. »Ich habe das Gerede jetzt satt – und dich auch, Chakkell.«

Erstaunlich behende und ohne Rücksicht auf ihre Würde klomm sie über die Brüstung der Gondel und half Corba hinaus. Spontan kam Gesalla außenherum und half ihr, die beiden Knaben hinaus auf den Sims zu heben.

Desihn, deren Perlhaube jetzt wie der Kopfputz einer Generalin wirkte, fixierte ihren Gemahl mit einem gebieterischen Blick. »Du bist dem Mann zu Dank verpflichtet, weil er *mein* Leben gerettet hat«, sagte sie zornig. »Wenn du ihm den Dank schuldig bleiben willst, dann kann das nur eins bedeuten ...«

»Aber ...« Chakkell klatschte sich fassungslos an die Stirn, dann deutete er auf Leddravohr, der rasch aufholte. »Und was soll ich *ihm* sagen?«

Tauler langte in das Abteil hinunter, das er mit Gesalla geteilt hatte und zog sein Schwert heraus. »Ihr könntet sagen, ich hätte Euch damit bedroht.«

»Bedrohst du mich wirklich damit?«

Das Geräusch von peitschendem Gras wurde lauter, und die Gondel bockte leicht, als der Düsentrichter flüchtig den Boden berührte. Tauler warf einen Blick auf Leddravohr, der jetzt nur noch zweihundert Schritt entfernt war und sein Blauhorn zu immer wilderem Galopp anfeuerte, dann fuhr er Chakkell scharf an:

»Zu Eurem Besten – verlaßt das Schiff, und zwar *sofort!*«

»Ein Grund mehr, dich nicht zu vergessen«, knirschte Chakkell, als er die Reißleine losließ. Er ging an die Brüstung, rollte sich über die Reling und stieß sich augenblicklich vom Sims ab. Desihn und die Kinder folgten ihm sofort, einer der Jungen juchzte vor Vergnügen; zurück blieb nur Gesalla, beide Hände an der Reling.

»Lebe wohl«, sagte Tauler.

»Lebe wohl, Tauler.« Sie blieb an der Reling stehen und sah ihn an. Ihr Gesicht drückte Überraschung aus. Leddravohr war auf gut hundert Schritt herangekommen, und der Hufschlag seines Blauhorns wurde mit jeder Sekunde lauter.

»Worauf wartest du noch?« Tauler hörte, wie seine Stimme vor Erregung aussetzte. »Laß das Schiff los!«

»Nein – ich gehe mit dir.« Mit diesen Worten auf den Lippen war sie über die Reling zurückgeklettert und ließ sich auf den Boden der Gondel rutschen.

»Was soll das werden?« Jeder einzelne Nerv in Tauler schrie danach, den Brenner anzufeuern und das Schiff aus Leddravohrs Reichweite zu ziehen, doch seine Muskeln waren wie blockiert. »Hast du den Verstand verloren?«

»Sieht ganz so aus«, sagte Gesalla bestürzt. »Es ist idiotisch – aber ich gehe mit dir.«

»Du gehörst mir, Marakain«, schmetterte Leddravohr in eigenartig inbrünstigem Tonfall, während er sein Schwert zog. »Komm zu mir, Marakain!«

Wie hypnotisiert schloß Tauler die Faust fester um den Griff seines Schwertes, als Gesalla sich an ihm vorbei und mit ihrem vollen Gewicht auf den Verlängerungshebel warf. Der Brenner röhrte sofort auf und schoß Heißgas in den hungrigen Ballon. Tauler brachte den Brenner wieder zum Schweigen, indem er den Hebel hochzog, dann stieß er Gesalla zurück. Sie taumelte gegen eine Trennwand.

»Lieb von dir«, sagte er, »aber es ist zwecklos. Irgendwann muß ich Leddravohr die Stirn bieten, und jetzt scheint der Augenblick gekommen.«

Er küßte Gesalla flüchtig auf die Stirn, drehte sich zur Reling und sah Leddravohr fest in die Augen, der auf gleicher Höhe mit ihm und nur noch ein Dutzend Schritt weit entfernt war. Leddravohr, der den Sinneswandel zu spüren schien, ließ sein kaltes Lächeln aufzucken. Tauler fühlte die ersten Impulse einer verwerflichen Lust, ein unbändiges Verlangen, den Kampf mit ihm auszutragen, ein für allemal, egal, wie er ausging. Er wollte endlich …

Seine Gedanken rissen ab, weil Leddravohrs Gesichtsausdruck jäh in Bestürzung umschlug. Der Blick des Prinzen ging an ihm vorbei. Tauler fuhr herum. Gesalla hielt den Griff einer Pterssakanone, hatte den Bolzen bereits ausgelöst und zielte mit der Waffe auf Leddravohr. Ehe Tauler reagieren konnte, ging die Kanone los. Das Projektil war nur mehr ein Schemen, der mitten in einem Sprühregen von Glassplittern die Arme spreizte...

Leddravohr entging dem Geschoß, indem er mit dem Blauhorn ausbrach, aber die Glasstückchen hinterließen blutige Spuren in seinem Gesicht. Schwer atmend nach dieser gänzlich unerwarteten Attacke zerrte er das galoppierende Blauhorn wieder auf Kurs und holte rasch auf.

Tauler ließ ihn nicht aus den Augen. Die Regeln ihres privaten Krieges hatten sich geändert. Er ließ den Brenner aufröhren. Das Himmelsschiff war um das Gewicht von Chakkell und seiner Familie leichter geworden und seitdem in ständiger Bereitschaft für den Aufstieg, aber die Tonnen von Gas im Innern des Ballons ließen es alptraumhaft träge reagieren. Der Brenner toste ununterbrochen, und die Gondel begann sich über das Gras zu heben. Leddravohr war fast in Reichweite und stellte sich in die Steigbügel. Sein Gesicht war blutverschmiert. Die Augen stierten unverwandt auf Tauler.

Er wird doch nicht so verrückt sein und versucht aufzuspringen, dachte Tauler. *Will er mir ins Schwert springen?*

In der nächsten nervenzerreißenden Sekunde wurde er gewahr, daß Gesalla sich hinter seinem Rücken an die zweite Kanone auf der Luvseite gestürzt hatte. Leddravohr holte mit dem Arm aus und schleuderte sein Schwert.

Tauler schrie eine Warnung, doch das Schwert galt keinem menschlichen Ziel. Es beschrieb hoch über ihm einen Bogen und sank bis zum Heft in eine der unteren Bahnen des Ballons. Das Gewebe riß auf, und das schwarze Schwert fiel, sich überschlagend, ins Gras zurück. Leddravohr zügelte sein Blauhorn, sprang ab und war gleich wieder mit der Waffe im Sattel und setzte die Verfolgung fort. Aber er versuchte nicht mehr aufzuholen. Er hielt Abstand. Gesalla feuerte die zweite Kanone ab, doch das Projektil stürzte, ohne Leddravohr zu erreichen, ins Gras. Der Prinz honorierte den vergeblichen Schuß mit einem freundlichen Schwenken seines Arms.

Tauler feuerte unablässig Heißgas in den Ballon und sah nach oben. Der Riß in dem gelackten Leinen zog sich über die ganze Länge der Bahn, und zwischen den gekräuselten Rändern entwich unsichtbar das Gas; doch das Schiff verfügte inzwischen über einen gewissen Auftrieb und setzte seine träge Kletterpartie fort.

Heisere Schreie ließen Tauler zusammenfahren. Er wirbelte herum. Während er sich ganz auf Leddravohr konzentriert hatte, war das Schiff direkt auf einen versprengten Trupp Soldaten zugetrieben. Die Gondel zog nur ein paar Fuß über ihnen hinweg, und sie begannen, hinter und unter ihr her zu laufen, und versuchten, in wilden Sprüngen den Sims zu packen.

Ihre Gesichter waren eher hitzig als feindselig, und Tauler kam der Gedanke, daß sie so gut wie keine Ahnung davon hatten, was eigentlich vor sich ging. Er hoffte inständig, sich nicht zur Wehr setzen zu müssen, und während er unausgesetzt heißes Miglyn in den Ballon jagte, gewann das Schiff zermürbend langsam, aber beständig an Höhe.

Gesalla tauchte neben ihm auf. »Haben wir es geschafft?« versuchte sie das Tosen des Brenners zu übertönen.

Tauler ignorierte die Frage. »Wieso hast du das getan, Gesalla?«

»Das kannst du dir doch denken?«

»Nein.«

»Die Liebe kam zurück.« Sie schenkte ihm ein ruhiges Lächeln. »Ich hatte keine Wahl.«

Die Erfüllung, die er hätte empfinden sollen, verlor sich in den dunklen Gefilden der Furcht. »Aber du hast Leddravohr angegriffen! Und er ist erbarmungslos, auch zu Frauen.«

»*Das* habe ich nicht vergessen.« Gesalla blickte zurück auf Leddravohr, der ihnen langsam folgte. Für einen Augenblick vertrieben Haß und Verachtung die Schönheit aus ihren Zügen. »Du hattest recht, Tauler – man darf sich nicht einfach den Schlächtern ausliefern. Damals zerstörte Leddravohr mein Kind, und Leyn und ich zahlten mit unserer Liebe dafür – wir haben uns selbst nicht mehr geliebt. Zuviel ist zuviel!«

»Ja, aber …« Tauler atmete tief ein. Es fiel ihm nicht leicht, Gesalla dieselben Rechte einzuräumen, die er für sich in Anspruch nahm.

»Was aber?«

»Wir müssen Ballast abwerfen«, sagte er und übergab ihr den Kontrollhebel des Brenners. Er ging in das ehemalige Prinzenabteil und fing an, Kisten und Kästen über Bord zu werfen.

Die Soldaten, die immer noch hinterherrannten, jauchzten und jubelten, bis Leddravohr zu ihnen stieß. Seine Gesten verrieten, daß er ihnen befahl, die Behälter ins Hauptlandegebiet zu schaffen. Innerhalb einer Minute waren sie mit dem Gepäck unterwegs, und er folgte dem Schiff allein. Die Windgeschwindigkeit betrug etwa sechs Meilen pro Stunde, so daß sein Blauhorn in gemächlichem Trott Schritt halten konnte. Er hielt sich knapp außerhalb der Reichweite der Kanonen, saß lässig im Sattel, sparte Kräfte und ließ die Zeit für sich arbeiten.

Tauler hatte die Paikn- und Havlmagazine überprüft. Da man die Schiffe der königlichen Flottille großzügiger versorgt hatte, reichten die Vorräte, um den Brenner noch mindestens einen Tag lang ununterbrochen in Betrieb zu halten. Doch der Zustand des Schiffes war besorgniserregend. Der Riß hatte zwar an den Nähten der oben und unten angrenzenden Bahnen haltgemacht, doch durch die Menge des austretenden Gases drohte das Schiff an Auftrieb zu verlieren.

Obwohl der Ballon andauernd aufgeheizt wurde, hatte die Gondel erst zwanzig Fuß Bodenfreiheit. Tauler war sich darüber im klaren, daß die geringste Widrigkeit das Schiff unweigerlich auf Grund setzen würde. Ein plötzlicher Windstoß mochte den Ballon eindellen, kostbares Gas hinauswerfen und sie dem Feind ausliefern, der ihnen geduldig folgte. Allein hätte er den Kampf mit Leddravohr nicht gescheut, aber jetzt stand auch Gesallas Leben auf dem Spiel...

Er ging an die Brüstung, packte die Reling mit beiden Händen und starrte auf Leddravohr. Hätte er doch eine Waffe, mit der er den Verfolger aus dieser Entfernung ausschalten könnte. Er hatte sich die Ankunft auf Jenland ganz anders vorgestellt. Hier war er nun auf dem Schwesterplaneten – *auf Jenland!* –, aber die bedrohliche Nähe von Leddravohr, der alles Rohe und Böse aus Kolkorron verkörperte, zerrte dieses kosmische Erlebnis in den Schmutz und machte die neue Welt zu einem Auswuchs der alten. Wie eine Pterssa in Menschengestalt hatte der Prinz seine tödliche Reichweite auf Jenland ausgedehnt. Eigentlich hätte Tauler hingerissen sein sollen von dem Schauspiel, das der bislang unberührte Himmel über Jenland bot, den eine Zickzacklinie zerbrechlich anmutender Schiffe teilte, die aus der Unsichtbarkeit im Zenit zu wahrer Größe herabsanken, wie Flugsporen auf der Suche nach fruchtbarem Boden. Aber da war Leddravohr…

Leddravohr war allgegenwärtig.

»Machst du dir Sorgen wegen der Hügel?« sagte Gesalla. Sie hatte sich hingekniet, damit Leddravohr sie nicht sehen konnte, und hielt einen Arm hochgereckt, um den Brennerhebel zu halten.

»Wir können den Hebel festbinden«, sagte Tauler. »Du brauchst ihn nicht die ganze Zeit festzuhalten.«

»Tauler, machst du dir Sorgen wegen der Hügel?«

»Ja.« Er nahm ein Stück Schnur aus dem Spind und band den Hebel damit nach unten. »Wenn wir die Hügel schaffen, könnten wir auch sein Blauhorn schaffen – ich frage mich nur, ob wir auf die erforderliche Höhe kommen.«

»Ich habe keine Angst, Tauler.« Gesalla berührte seine Hand. »Wenn du jetzt lieber runtergehst und ihn stellst, bin ich einverstanden.«

»Nein, wir bleiben so lange wie möglich oben. Wir haben zu essen und zu trinken und können unsere Kräfte schonen, was man von ihm nicht behaupten kann.« Er versuchte, beruhigend zu lächeln. »Außerdem ist bald Kurznacht, und das ist gut so, denn der Ballon funktioniert besser, wenn die Luft abkühlt. Noch sehe ich eine Chance für die kleinste Kolonie auf Jenland.«

Kurznacht währte länger als auf Diesland, und als es wieder hell war, hatte die Gondel eine Höhe von gut zweihundert Fuß erreicht – mehr, als Tauler erwartet hatte. Sie glitten über die niedrigeren Hänge der namenlosen Hügel, und kein Hügelkamm schien hoch genug, um das Schiff aus dem

Himmel klauben zu können. Er befragte die Karte, die er noch hoch über Jenland gezeichnet hatte.

»Hier ist ein großer See, zehn Meilen hinter den Hügeln«, sagte er. »Wenn wir drüber wegkommen, müßten wir…«

»Tauler! Ich glaube, ich sehe eine Pterssa!« Gesalla faßte ihn beim Arm, als sie nach Süden zeigte. »Da!«

Tauler ließ die Karte fallen, hob sein Fernglas und musterte den Himmel in der angezeigten Richtung. Er wollte Gesallas Bemerkung eben als Sinnestäuschung abtun, als er die Andeutung sphärischer Reflexe ausmachte, eine nahezu unsichtbare Sichel von Sonnenlicht auf etwas Transparentem.

»Ich glaube, du hast recht«, sagte er. »Und sie ist farblos. Das ist es, was Leyn gemeint hat. Sie hat keine Farbe, weil…« Er gab Gesalla das Fernglas. »Kannst du irgendwo Brakkabäume entdecken?«

»Ich wußte gar nicht, daß man mit dem Glas so viel sehen kann.« Gesalla sprach mit einer kindlichen Begeisterung, während sie den Abhang studierte, als befände sie sich auf einer Vergnügungsfahrt. »Solche Bäume habe ich noch nie in meinem Leben gesehen, aber ich glaube, dazwischen sind Brakkabäume. Ja, tatsächlich. Brakka! Wie ist das möglich, Tauler?«

Sie schien dankbar zu sein für die Ablenkung, und er sagte: »Leyn hat geschrieben, Brakka und Pterssa wären Freunde. Vielleicht sind die Entladungen der Bäume so gewaltig, daß sie ihre Samen hoch in… Nein, das gilt nur für die Pollen, oder? Vielleicht wachsen die Brakka überall – auch auf Fernland und auf allen anderen Planeten.«

Er überließ sie ihren Beobachtungen mit dem Fernglas, lehnte sich an die Reling und fixierte den hartnäckigen Verfolger.

Stundenlang hatte Leddravohr zusammengesunken im Sattel gesessen, als habe er geschlafen, jetzt aber – als sei er besorgt, seine Beute könne ihm jeden Moment entkommen – saß er kerzengerade. Er trug keinen Helm und beschattete die Augen mit den Händen, während er das Blauhorn zwischen Bäumen und Gestrüppinseln die Abhänge hinaufdirigierte. Das Landegebiet im Osten mitsamt der Treppenlinie aus absteigenden Ballons hatte sich im blauen Dunst der Ferne verloren. Es war, als ob Gesalla, Tauler und Leddravohr den ganzen Planeten für sich alleine hätten. Jenland war eine weite, sonnenbeschienene Arena geworden, die seit Anbeginn der Zeit auf sie gewartet hatte …

Das geräuschvolle Flattern des Ballons riß ihn aus seinen Gedanken, und der heiße Atem aus dem Ballonmund verriet ihm, daß das Schiff in eine Turbulenz geraten war, die von einem Sekundärkamm hochgeschleudert wurde. Die Gondel begann sofort zu scheren und zu schaukeln. Tauler heftete den Blick auf den Hauptgrat, der höchstens noch zweihundert Schritt entfernt war. Wenn sie mit knapper Not drüber wegkämen, mochte dem Ballon genügend Zeit bleiben, sich wieder zu erholen – doch beim Anblick der felsigen Barriere wußte er sofort, daß die Lage hoffnungslos war. Das Schiff, das so widerstrebend den Flug aufgenommen hatte, gab bereits sein Element auf und trieb unwiderruflich auf den Abhang zu.

»Halt dich fest«, rief Tauler. »Wir gehen runter!«

Er riß die Schnur vom Verlängerungshebel und brachte den Brenner zum Schweigen. Ein paar Sekunden später begann die Gondel durch die Baumspitzen zu rauschen. Die Geräusche wurden immer lauter, und die Gondel bockte heftig, während sie auf immer mehr Äste und Stämme traf. Über und hinter Tauler ging der kollabierende Ballon mit Ächzen und Reißen in Fetzen, als er sich in den Bäumen verfing und die horizontale Bewegung abbremste.

Die Gondel stürzte in die erschlafften Tragseile, riß sich an zwei Ecken los, und die Zweimannbesatzung wäre fast mit einem Sturzbach von Steppdecken und Gegenständen über Bord gegangen. Nach dem rüttelnden und gefährlichen Sturz aus Wipfelhöhe fand Tauler sich wie durch ein Wunder in der Lage, ohne weiteres auf den moosbewachsenen Boden hinunterzusteigen. Er drehte sich um und hob Gesalla, die sich an eine Strebe klammerte, aus der Gondel und setzte sie behutsam ab.

»Du mußt fort von hier«, drängte er. »Geh auf die andere Seite des Hügels und such dir ein Versteck!«

Gesalla warf die Arme um ihn. »Ich bleibe lieber hier. Vielleicht kann ich dir helfen.«

»Du kannst mir nicht helfen, glaub mir. Wenn du ein Kind trägst, mußt du ihm eine Chance geben. Wenn Leddravohr mich tötet, läßt er dich vielleicht laufen – besonders wenn er verwundet ist.«

»Aber …« Gesallas Augen weiteten sich, als sie das Blauhorn schnauben hörte. »Aber wie soll ich wissen, was passiert?«

»Ich feure eine Kanone ab, wenn ich Sieger bleibe.« Er drehte Gesalla um und stieß sie so heftig fort, daß sie rennen mußte, um nicht zu fallen. »Komm nur zurück, wenn du eine Kanone hörst.«

Er wartete ruhig ab, bis Gesalla, die mehrmals einen Blick über die Schulter warf, zwischen den Bäumen verschwunden war. Er hatte sein Schwert gezogen und sah sich nach einem geeigneten Kampfplatz um, als ihm bewußt wurde, daß er eingefleischten Verhaltensmustern aufsaß, wenn er den Zusammenstoß mit Leddravohr wie ein formelles Duell anging.

Wie kann man so verbohrt sein, wenn das Leben anderer auf dem Spiel steht? fragte er sich, erschrocken über das Ausmaß seiner Naivität. Was hat die Ehre mit der schlichten Aufgabe zu tun, ein wucherndes Geschwür auszumerzen?

Er blickte flüchtig auf die langsam schwingende Gondel, taxierte die Richtung, aus der Leddravohr sich nähern würde, und ging hinter drei Bäumen in Deckung, die so dicht wuchsen, als entstammten sie derselben Wurzel. Dieselbe Lust, die er schon kannte – verwerflich und undefinierbar sexuell –, beschlich ihn.

Er atmete tief durch, befreite sich von seiner Menschlichkeit und stutzte: *Wenn Leddravohr seit einer Minute in der Nähe ist – warum ist er dann noch nicht aufgetaucht?*

Er wußte die Antwort, bevor er sich umdrehte. Leddravohr stand etwa zehn Schritt hinter ihm und hatte das Messer schon geworfen. Geschwindigkeit und Distanz ließen Tauler keine Zeit, sich zu ducken oder zur Seite zu werfen. Er riß die Linke hoch und nahm das Messer mit der

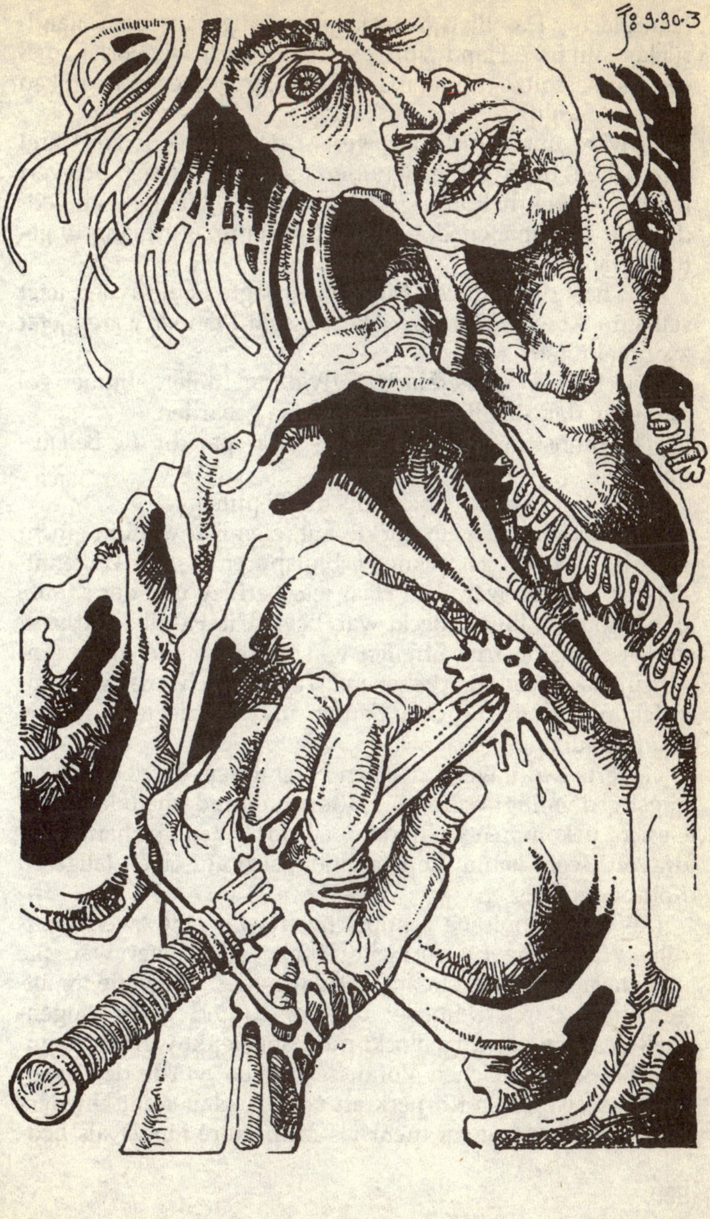

Handfläche. Das Blatt trat in voller Länge aus dem Handrücken, und die Hand wurde so heftig zurückgeworfen, daß die Messerspitze Taulers Gesicht knapp unter dem linken Auge aufschlitzte.

Es wäre nur natürlich gewesen, sich die verletzte Hand anzusehen, doch Tauler ignorierte sie und riß sein Schwert in die Abwehrhaltung, gerade noch rechtzeitig, um Leddravohr aufzuhalten, der seinem Messer im Sturmangriff gefolgt war.

»Du hast dazugelernt, Marakain«, sagte Leddravohr, jetzt selbst in Abwehrstellung. »Die meisten Männer wären jetzt zweimal tot.«

»Die Lektion war einfach«, erwiderte Tauler. »Immer gefaßt sein, daß sich Reptilien als solche gebärden.«

»Du kannst mich nicht reizen – also spar dir die Beleidigungen.«

»Beleidigt habe ich höchstens die Reptilien.«

Leddravohrs Lächeln zuckte auf, ziemlich weiß in einem Gesicht, das von getrockneten Blutspuren bis zur Unkenntlichkeit entstellt war. Sein Haar war verfilzt, und der Küraß, der schon mit Blut befleckt war, bevor die Flottille Diesland verlassen hatte, trug Streifen von Schmutz und allem Anschein nach von Erbrochenem. Tauler wich aus der Umstrickung durch die drei Bäume und überlegte sich eine Kampftaktik.

Gehörte Leddravohr zu jenen Furchtlosen, die von Höhenangst gedemütigt wurden? Hatte man ihn deshalb kaum zu Gesicht bekommen während der Fahrt? Wenn ja, hatte Leddravohr wohl kaum die Kondition, sich auf einen längeren Kampf einzulassen.

Das kolkorronische Kampfschwert war eine zweischneidige Waffe, die für formelle Duelle zu schwer war. Sie eignete sich nur für einfache Schläge oder Stöße, die im allgemeinen durch schnelle Reaktionen und gutes Augenmaß des Gegners abgeblockt oder abgelenkt werden konnten. Bei sonst gleichen Voraussetzungen wurde der Zweikampf meist durch Körperkraft und Ausdauer entschieden. Nun war Tauler zwar mehr als zehn Jahre jünger als Leddravohr; aber dieser Vorteil wurde durch die Kampfunfähigkeit seiner linken Hand zunichte gemacht. Dennoch hatte er Grund zum Optimismus – und dennoch hatte Leddravohr, der erfahrene Kämpe, nichts von seiner Arroganz verloren ...

»Warum so nachdenklich, Marakain?« Leddravohr machte jeden Standortwechsel Taulers mit, so daß sich die Schwerter unverändert in Schach hielten. »Sucht dich der Geist meines Vaters heim?«

Tauler schüttelte den Kopf. »Nein, der Geist meines Bruders. Sein Tod ist nie geklärt worden.« Zu seiner Verwunderung bemerkte er, wie Leddravohr verwirrt die Stirn runzelte.

»Warum reitest du darauf herum?«

»Weil du schuld bist an seinem Tod.«

»Ich habe dir schon mal gesagt, daß der Narr selbst schuld war.« Leddravohr stieß verärgert mit dem Schwert, und die beiden Waffen berührten sich zum ersten Mal. »Warum sollte ich wohl lügen, was glaubst du? Erst ritt er sein Blauhorn zuschanden, dann weigerte er sich, bei mir aufzusitzen.«

»Du sprichst nicht von Leyn.«

»Von wem sonst? Ich sage dir, er hätte jetzt an deiner Seite sein können, und es ist schade, daß er es nicht ist – sonst hätte ich nämlich jetzt das Vergnügen, euch beiden den Schädel zu spalten.«

Während des Wortwechsels hatte Tauler Gelegenheit gehabt, einen Blick auf die verwundete Hand zu werfen. Bis jetzt tat sie nicht besonders weh, aber Blut rann beständig am Heft des Messers hinunter und tropfte zu Boden. Schüttelte er die Hand, rührte sich das Blatt nicht; es saß fest eingekeilt zwischen den Handknochen. Die Wunde machte ihn zwar nicht kampfunfähig, würde ihn aber immer mehr beeinträchtigen. Es war ratsam, die Auseinandersetzung nicht aufzuschieben. Er durfte sich jetzt nicht mit der Lügengeschichte aufhalten, die Leddravohr ihm auftischte – es galt vielmehr, einem anderen bemerkenswerten Umstand auf den Grund zu gehen. Wie konnte ein Mann, dem zwölf Tage

Desorientierung und Übelkeit zugesetzt hatten, derart siegesgewiß sein?

Hatte er etwas Wichtiges übersehen?

Und wieder musterte er seinen Gegner – Zehntelsekunden verstrichen wie Minuten in seinem hochgespannten Zustand – und fand lediglich, daß Leddravohrs Schwert eine Manschette trug. Soldaten aus einigen Teilen des kolkorronischen Reichs, vornehmlich aus Sorka und Middak, trugen Ledermanschetten am Schwertansatz, so daß sie das Schwert mit der zweiten Hand über dem Griff packen konnten. Tauler hatte nie viel von der Möglichkeit gehalten, das Schwert beidhändig zu führen, aber er nahm sich vor, besonders wachsam zu sein für den Fall, daß Leddravohr davon Gebrauch machte.

Mit einmal hatte das Taktieren und Taxieren ein Ende.

Man hatte sich lange genug umkreist. Beide hatten jetzt die Position, die objektiv so gut wie jede andere war, aber jedem auf eine undefinierbare Weise als die vorteilhafteste erschien, als die strategisch beste. Tauler griff als erster an, überrascht, weil ihm dieser psychologische Vorteil gelassen wurde, und trieb aus der Rückhand heraus kreuzweise eine Serie von abwärtsgerichteten Schlägen voran, und machte sofort eine erregende Feststellung. Wie vorauszusehen, blockte Leddravohr jeden Schlag problemlos ab, doch die Schwertkollisionen fielen anders aus, als Tauler erwartet hatte. Es war ihm, als gebe Leddravohrs Schwertarm jedesmal ein wenig nach. War das ein Zeichen von Schwäche?

Ein paar Minuten konnten alles entscheiden, triumphierte Tauler, während er die Schlagfolge zu ihrem natürlichen Ende kommen ließ; dann appellierte sein Selbsterhaltungstrieb an die Vernunft. *Verfänglicher Gedanke! Wäre Leddravohr mir bis hierher gefolgt – allein –, wenn er sich dem Kampf nicht gewachsen gefühlt hätte?*

Tauler wich etwas zurück und wechselte die Stellung, die bluttriefende Hand vom Körper abgespreizt, und Leddravohr schloß mit alarmierender Schnelligkeit auf, ein niedriges rasendes Dreieck schlagend, das Tauler fast zwang, eher den nutzlosen Arm zu verteidigen als Kopf und

Körper. Der Wirbel endete mit einem mächtigen Kreuzschlag aus der Rückhand, der Tauler kühle Luft unters Kinn fächelte. Tauler sprang zurück, eines Besseren belehrt – der Prinz war in lädiertem Zustand jedem Soldaten im besten Mannesalter gewachsen.

War dieses spontane Wiedererstarken der Hinterhalt, den er geargwöhnt hatte? Wenn ja, durfte er Leddravohr keine Atempause und keine Erholung gönnen. Er ging unverzüglich wieder zur Attacke über, eine Schlagfolge nach der anderen vorantreibend, fast übergangslos, seine ganze Kraft und sein ganzes Können aufbietend, so daß dem Widersacher keine Zeit blieb, sich zu besinnen oder Kräfte zu sammeln.

Leddravohr mußte heftig atmend zurückweichen. Tauler sah das niedrige Dorngebüsch hinter ihm und drang um so verbissener auf ihn ein, um die Chance zu nutzen, wenn der Gegner abgelenkt wurde, sich verfing oder das Gleichgewicht verlor. Doch, ohne sich umsehen zu müssen, schien Leddravohr das Gebüsch mit dem Spürsinn des geborenen Kämpfers wahrzunehmen.

Er rettete sich, indem er Taulers Schwert mit einer kreisförmigen Konterparade auslenkte, die einem Fechtmeister Ehre gemacht hätte, wobei er in den Kreis hineintrat und sie beide in eine neue Kampflinie zwang. Für eine Sekunde waren beide Männer widereinander gepreßt, Brust an Brust, über ihren Köpfen die Schwerter an den Heften verhakt, wo sich die gestreckten Kampfarme trafen.

Tauler bekam deutlich den heißen Atem Leddravohrs zu spüren und roch den fauligen Gestank von Erbrochenem, dann brach er den Kontakt auf, indem er seinen Schwertarm herunterzwang und zu einem unwiderstehlichen Hebel machte, der sie auseinandertrieb.

Leddravohr beschleunigte die Trennung, indem er zurücksprang und das Dorngestrüpp mit ein paar raschen Seitenschritten zwischen sie brachte. Der Brustkorb pumpte heftig unter dem Küraß. Der Prinz mußte am Rande der Erschöpfung sein, aber seltsam – das Erlebnis, nur knapp der Gefahr entronnen zu sein, schien ihm eher Auftrieb zu geben, als ihn zu beunruhigen. Er stand leicht vorgebeugt, in begierlich abwartender Haltung, und seine Augen funkelten höhnisch zwischen den Rinnsalen aus getrocknetem Blut.

Irgend etwas ist passiert, dachte Tauler, und eine diffuse Erwartung ließ die Haarbälge seiner Haut hervortreten. *Leddravohr weiß mehr als ich!*

»Du, Marakain«, sagte Leddravohr fast herzlich, »ich habe übrigens gehört, was du zu deiner Frau gesagt hast.«

»Ach, wirklich?« Obwohl Tauler in Alarmbereitschaft war, beschäftigte ihn die seltsame Tatsache, daß der ekelhafte Gestank, den er beim Körperkontakt mit Leddravohr wahrgenommen hatte, unvermindert stark in seiner Nase hing. War das wirklich nur die Säure von Erbrochenem, oder kam da ein anderer Geruch hinzu? Ein eigenartig vertrauter, bedrohlicher Geruch?

Leddravohr lächelte. »War eine gute Idee – das mit dem Abfeuern der Kanone. Da muß ich nicht lange suchen, wenn ich hier fertig bin.«

Laß ihn! Spar dir den Atem! mahnte sich Tauler. *Leddravohr trägt zu dick auf. So lockt man niemanden in eine Falle – die Falle ist längst zugeschnappt!*

»Na also, darauf kann ich jetzt wohl verzichten«, sagte Leddravohr. Er griff nach dem Schwertansatz, schob die Ledermanschette vom Blatt und ließ sie auf den Boden fallen. Seine Augen fixierten Tauler, amüsiert und geheimnisvoll.

Tauler musterte die Manschette. Sie schien aus zwei Lagen zu bestehen; die äußere, dünne Haut war aufgerissen. An den Rißrändern glitzerten Spuren von gelbem Schleim.

Er sah auf sein eigenes Schwert hinunter, zu spät den Gestank identifizierend, der davon ausging – den Gestank von Weißfarn. Der Schleim saß auf dem breitesten Teil des Schwertblattes, dicht am Heft. Das schwarze Material brodelte und dampfte, während es sich unter dem aggressiven Brakkaschleim auflöste, den Leddravohrs Schwert dort verschmiert hatte, als sie die Waffen an den Griffen gekreuzt hatten.

Ich akzeptiere meinen Tod, dachte er, dann geriet sein Denken in den Sog des Kampfgeschehens, als Leddravohr sich auf ihn stürzte, *aber ich gehe nicht allein auf die Reise!*

Er hob den Kopf und machte mit dem Schwert einen Ausfall gegen Leddravohrs Brust. Leddravohr parierte mit einer Rückhand, die das kranke Schwertblatt von der Wurzel brach, daß es wie ein überdimensionales Pterssaholz zu Boden drosch, und schwang sein Schwert in einen Stoß hinein, der auf Taulers Körper zielte.

Tauler nahm den Stoß, warf sich geradezu hinein, weil er keinen anderen Weg sah, seinen letzten Willen durchzusetzen. Er rang nach Luft, als er durch das Schwert hindurchging, bis zu Leddravohr. Er packte das Wurfmesser, drehte es mit der immer noch daraufgespießten linken Hand und stieß es Leddravohr von unten her in den Bauch, rührte und hebelte. Wärme ergoß sich über den Rücken der Hand.

Leddravohr knurrte und stieß Tauler mit letzter Kraft von sich, gleichzeitig das Schwert herausziehend. Er stierte mehrere Sekunden lang auf Tauler, den Mund geöffnet, dann ließ er sein Schwert fallen und sackte auf die Knie. Er kippte vornüber auf die Hände und blieb so, mit hängendem Kopf, und starrte auf die Blutpfütze, die sich unter ihm bildete.

Tauler zerrte an dem Messer und befreite es von den Handknochen, die es einklemmten, geistig dem Schmerz entrückt, den er sich beibrachte, dann preßte er beide Hände auf die Körperseite in dem vergeblichen Bemühen, die nassen Pulsschläge der Schwertwunde zu stillen. Die Grenzen seines Gesichtsfelds gärten; der sonnenbeschienene Hang pendelte auf ihn zu und wieder zurück. Er warf das Messer fort, näherte sich Leddravohr auf einknickenden Beinen und nahm das Schwert auf. Er legte alle Kraft, die ihm noch blieb, in den rechten Arm und hob das Schwert über den Kopf.

Leddravohr sah nicht auf, bewegte nur leicht den Kopf, um zu zeigen, daß er Tauler bemerkt hatte. »Ich habe dich doch getötet, Marakain, oder nicht?« sagte er mit erstickender, blutgetränkter Stimme. »Gib mir wenigstens diesen Trost.«

»Dein Pech. Du hast mir eine Schramme beigebracht,

mehr nicht«, sagte Tauler. »Und das bin ich«, er riß das schwarze Schwertblatt herunter, »meinem Bruder schuldig ... *Prinz!*«

Er wandte sich von Leddravohrs Rumpf ab und brachte es nur mit Mühe fertig, die Gondel im Auge zu behalten. Pendelte sie im Wind oder war sie der einzige Fixpunkt in einem schaukelnden, sich auflösenden Universum?

Er machte sich auf den Weg und mußte verwundert feststellen, daß sie mit einmal sehr weit weg war ... viel weiter, als Jenland von Diesland entfernt war.

21. Kapitel

Die Rückwand der Höhle war teilweise von einem Haufen aus großen Kieselsteinen und Felsstücken verschüttet, die in Jahrhunderten durch einen natürlichen Kamin heruntergespült worden waren. Tauler fand Vergnügen daran, den Steinhaufen zu betrachten, denn er wußte, in seinem Innern hausten die Jenländer.

Er hatte sie zwar noch nicht zu Gesicht bekommen und wußte folglich auch nicht, ob sie winzigen Menschen ähnelten oder Tieren, doch er wußte sehr wohl, daß sie da waren – weil sie Laternen benutzten.

Das Licht der Laternen schien durch die Ritzen zwischen den Steinen, und zwar in Intervallen, die nichts mit dem Rhythmus von Tag und Nacht gemein hatten. Tauler gefiel die Vorstellung, wie die Jenländer darinnen ihren ureigenen Geschäften nachgingen, unbekümmert in ihrer baufälligen Festung, ohne sich um das große Universum da draußen zu scheren.

Es lag in der Natur seines Deliriums, daß er selbst in lichten Perioden mitunter noch eine winzige Laterne aus dem Herzen des Steinhaufens schimmern sah. In solchen Zeiten machte diese Beobachtung überhaupt keinen Spaß. Aus Angst um seine geistige Gesundheit starrte er jedesmal auf den Lichtpunkt und versuchte, ihn willentlich verschwinden zu lassen, weil so ein Punkt nichts verloren hatte in der rationalen Welt. Manchmal gehorchte das winzige Licht rasch, doch es konnte auch Stunden dauern, ehe es erlosch, und dann klammerte er sich an Gesalla wie an eine Rettungsleine, die ihn mit allem verband, was vertraut und normal war ... »Und ich sage, du bist noch zu schwach, um aufzubrechen«, sagte Gesalla entschieden. »Es ist also sinnlos, weiter darüber zu diskutieren.«

»Aber ich bin doch so gut wie gesund«, protestierte Tauler und ruderte mit den Armen, um seine Worte zu unterstreichen.

»Deine Zunge ist das einzige, was wieder gesund ist, und selbst die solltest du besser noch schonen. Nun sei mal eine Weile still, und laß mich meine Arbeit machen.« Sie kehrte ihm den Rücken zu und benutzte einen Ast, um in dem Topf zu rühren, in dem sein Verbandszeug ausgekocht wurde.

Nach sieben Tagen brauchte die Verletzung im Gesicht und die Stichwunde in der linken Hand im Grunde keine Pflege mehr, doch die beiden Schwertwunden in seiner Seite eiterten noch immer. Weil Gesalla sie alle paar Stunden frisch versorgte, war es nötig, den mageren Vorrat an Tüchern und Wickeln, den sie hatte herstellen können, ständig wiederzuverwenden.

Tauler wußte nur zu gut, daß er ohne ihren Beistand nicht überlebt hätte, aber in seine Dankbarkeit mischte sich die Besorgnis um ihre Sicherheit. Vermutlich war die Landung der Flotte nicht minder chaotisch verlaufen wie ihr Abflug, und trotzdem grenzte es an ein Wunder, daß man ihn und Gesalla bis jetzt in Ruhe gelassen hatte. Und seit das Fieber nachließ, wuchs tagtäglich seine Unruhe.

Wir brechen am Morgen auf, mein Liebling, dachte er. *Ob du einverstanden bist oder nicht.*

Er lehnte sich in sein Lager aus Steppdecken zurück, gab sich Mühe, seine Ungeduld zu zügeln, und ließ den Blick zur Höhle hinaus in die Landschaft schweifen. Die grünen Faltenwürfe der grasbewachsenen Hänge, die da und dort mit unbekannten Bäumen gesprenkelt waren, fielen gut eine Meile gen Westen bis an den Rand eines großen Sees aus purem Indigo, in dem abertausend Sonnenjuwelen schwammen. Die nördlichen und südlichen Ufer waren dicht bewaldet, fliehende, sich scheinbar verjüngende Streifen einer Farbe, die – wie auf Diesland – eine Mischung war aus Millionen Tupfern von Lindgrün bis Tiefrot, jeder Tupfer ein Baum im jeweiligen Stadium seines Blattzyklus. Der See erstreckte sich bis an den westlichen Horizont, wo ihn die ätherisch blauen Kegel ferner Berge von einem wolkenlosen Himmel schieden, der sich emporschwang, um die Alte Welt zu umfangen.

Tauler fand den Ausblick unbeschreiblich schön und hatte sich anfangs schwergetan, ihn von den anderen Hirngespinsten seines Deliriums zu unterscheiden. Er erinnerte sich nur lückenhaft an diese Tage. Er hatte einige Zeit gebraucht, bis er begriffen hatte, daß er nicht mehr dazu gekommen war, die Kanone abzufeuern, und daß Gesalla eigenmächtig zurückgekehrt war. Sie hatte das heruntergespielt und behauptet, ein siegreicher Leddravohr hätte sich schon dadurch verraten, daß er sich sofort auf die Suche nach ihr gemacht hätte. Tauler hatte sie eines Besseren belehrt.

Wie er so dalag in der friedlichen Stille des frühen Morgens und Gesalla zusah, wie sie ihren selbstauferlegten Pflichten nachging, stieg eine Welle der Bewunderung in ihm auf. Gesalla hatte so viel Mut und Findigkeit bewiesen. Nie würde er begreifen, wie sie es fertiggebracht hatte, ihn in den Sattel von Leddravohrs Blauhorn zu bugsieren, das Tier mit Vorräten aus der Gondel zu beladen und es meilenweit am Zügel zu führen, bis sie schließlich diese Höhle gefunden hatte. Diese Leistung hätte einem Mann Respekt verschafft – einer schwachen Frau, die auf einem unbekannten Planeten mit all seinen möglichen Gefahren auf sich allein gestellt war, hätte man dafür ein Denkmal setzen müssen.

Gesalla ist wirklich eine außergewöhnliche Frau, dachte Tauler. *Wann wird sie endlich einsehen, daß ich nicht die Absicht habe, sie in diese Wildnis zu verschleppen?*

Seit er wieder bei Vernunft war, lag ihm die schiere Undurchführbarkeit seines ursprünglichen Plans schwer auf der Seele. Ohne Baby mochten zwei erwachsene Menschen eine Art Nomadenleben in den Wäldern Jenlands durchstehen – doch selbst wenn Gesalla noch gar nicht schwanger war, würde sie keine Ruhe geben, bis sie ein Kind hatte.

Er hatte einige Zeit gebraucht, um zu erkennen, daß der Kern des Problems auch die Lösung enthielt. Mit Ledravohrs Tod würde Prinz Pautsch König werden, und Tauler kannte ihn als nüchternen, leidenschaftslosen Mann, der an der traditionellen Nachsicht mit schwangeren Frauen festhalten würde – zumal der einzige, der ihre Attacke mit der Kanone hätte bezeugen können, mehr als mundtot war.

Schließlich hatte Tauler sich entschieden – während er sein Bestes tat, den Laternenschimmer dieses einzelnen, hartnäckigen Jenländers im Schotterhaufen zu ignorieren –, Gesalla so lange zu beschützen, bis ihr Zustand augenfällig wurde. Hundert Tage schienen ein vernünftiges Ziel. Doch nur schon der Akt, sich auf einen Zeitraum festzulegen, hatte seine Unrast noch gesteigert. Einerseits durfte er nicht zu früh aufbrechen, damit sie nicht zu langsam vorankamen – aber auch nicht erst dann, wenn selbst die Flinkheit eines wilden Tieres nicht mehr flink genug war …

»Worüber brütest du denn?« sagte Gesalla, den brodelnden Kessel vom Feuer nehmend.

»Über dich – und was noch zu tun ist, bevor wir morgen früh aufbrechen.«

»Ich habe gesagt, du bist noch nicht soweit.« Sie kniete sich neben ihn, um seine Verbände zu inspizieren, und die Berührung ihrer Hände elektrisierte seine Leistengegend.

»Ich glaube, da ist noch jemand auf dem Weg der Besserung«, sagte er.

»Auch dazu ist es noch zu früh«, sagte sie lächelnd und betupfte seine Stirn mit einem feuchten Tuch. »Du kannst statt dessen etwas Eintopf haben.«

»Schöner Trost«, brummte er und wollte ihre Brüste berühren, als sie sich erhob. Aber die plötzliche Armbewegung, obwohl nur leicht, verursachte einen scharfen Schmerz in der Seite und gab ihm einen Vorgeschmack auf den kommenden Morgen, wenn er in den Sattel des Blauhorns klettern mußte.

Er verdrängte seinen Kummer und sah zu, wie Gesalla ein

einfaches Frühstück zubereitete. Sie hatte einen abgeflachten, etwas konkaven Stein aufgetrieben, den sie als eine Art Herd benutzte. Indem sie winzige Prisen Paikn und Havl darauf vermischte, die aus dem Schiff stammten, konnte sie eine Hitze erzeugen, die keinen verräterischen Rauch abgab. Nachdem sie den Eintopf gewärmt hatte – einen dicken Brei aus Körnern, Hülsenfrüchten und Bröckchen von gepökeltem Rindfleisch –, reichte sie ihm einen Teller voll und ließ ihn selbst essen.

Tauler hatte sich ein Lächeln verkneifen müssen, als unter den ›lebensnotwendigen‹ Dingen, die sie aus der Gondel geborgen hatte, Geschirr und Besteck aufgetaucht waren – ein Echo der alten, oder besser, anderen Gesalla. Durch die alltäglichen Haushaltsgegenstände, die sich wie Fremdkörper in dieser jungfräulichen Welt ausnahmen – und durch die aufkommende Romantik, die von Ungewißheit und Gefahr erstickt wurde, bekam das Essen einen bitteren Beigeschmack.

Tauler war nicht wirklich hungrig und aß wie ein Automat, nur um so schnell wie möglich wieder zu Kräften zu kommen. Außer dem gelegentlichen Schnauben des angebundenen Blauhorns drangen von draußen nur die rollenden Schläge der Brakkapollutionen in die Höhle. Die Häufigkeit der Explosionen deutete darauf hin, daß die Gegend reich an Brakka war. Dabei fiel ihm wieder Gesallas Frage ein: Wenn die übrige Vegetation von Jenland auf Diesland unbekannt war, wieso hatten beide Welten ausgerechnet den Brakkabaum gemeinsam?

Gesalla hatte Gras, Blätter, Blumen und Beeren gesammelt, um sie zu untersuchen und zu vergleichen. Einmal abgesehen vom Gras, das nur ein Botaniker beurteilen konnte, war alles fremdartig. Tauler hatte seine Idee wiederholt, daß der Brakkabaum eine universelle Pflanze sei, die man auf jedem Planeten finden könne, doch er spürte selbst – obwohl ungeübt darin, solche Dinge zu durchdenken –, daß diese Erklärung etwas philosophisch Unbefriedigendes an sich hatte. Er wünschte, er hätte Leyn um Rat fragen können.

»Da ist wieder eine Pterssa«, rief Gesalla. »Guck mal!

Sogar sieben oder acht Stück – sie sind unterwegs zum Wasser.«

Tauler sah in die Richtung, in die Gesalla zeigte, und mußte die Brennweite seiner Augen erst mehrmals ändern, ehe er die schimmernden Reflexe auf den farblosen und nahezu unsichtbaren Blasen entdeckte. Sie trieben langsam hangabwärts auf einem Luftstrom, der durch die nächtliche Abkühlung des Bodens erzeugt wurde.

»Du siehst besser als ich«, sagte er kleinlaut. »Die von gestern hab ich erst gesehen, als sie schon fast auf meinem Schoß war.«

Die Pterssa, die ihnen gestern bald nach Kurznacht einen Besuch abgestattet hatte, war bis auf zehn Schritt an Taulers Bett herangekommen; obwohl ihn Leyns stumme Botschaft eines Besseren belehrt hatte, hatte ihn die Nähe der Blase so mit Entsetzen erfüllt, als hätte die Begegnung auf Diesland stattgefunden. Wäre er beweglicher gewesen, hätte er wahrscheinlich nicht umhin gekonnt, das Schwert nach ihr zu werfen. Die Blase hatte ein paar Sekunden in seiner Nähe getänzelt, ehe sie hinaus und in langsamen, nachdenklichen Sprüngen hangabwärts gesegelt war.

»Du hättest gerade dein Gesicht sehen sollen!« Gesalla unterbrach ihr Essen und parodierte einen Ausdruck von Furcht.

»Ich mußte eben an etwas denken«, sagte Tauler. »Haben wir irgendwas zum Schreiben dabei?«

»Nein. Warum?«

»Du und ich, wir sind die einzigen Menschen auf ganz Jenland, die wissen, was Leyn über die Pterssa herausgefunden hat. Ich wünschte, ich hätte Chakkell davon erzählt. All die Stunden auf dem Schiff – und ich habe nicht ein Wort darüber verloren!«

»Woher solltest du wissen, daß es hier Brakkabäume und Pterssas gibt? Das alles lag hinter dir.«

Eine neue und drängendere Unruhe ergriff von Tauler Besitz, eine, die nichts zu tun hatte mit seinen persönlichen Belangen. »Hör zu, Gesalla, wenn es etwas gibt, das wichtiger ist als alles andere, dann ist es diese Botschaft. Du mußt unbedingt dafür sorgen, daß Pautsch und Chakkell von Leyns Ideen hören und sie auch begreifen.

Wenn wir die Brakkabäume in Ruhe lassen, sie ausleben lassen und ihrem natürlichen Tod überlassen, dann werden die Pterssas hier niemals unsere Feinde werden. Selbst eine vernünftige Auslese – wie im alten Chamtess – ist wahrscheinlich schon zuviel, denn die Pterssa dort ist rosa geworden, und das ist ein Zeichen dafür ...« Er hörte auf zu reden, weil er sah, wie Gesalla ihn anstarrte, besorgt und vorwurfsvoll.

»Ist was?«

»Du hast gesagt, *ich* müßte dafür sorgen, daß Pautsch und ...« Gesalla setzte ihren Teller ab, kam zu ihm und kniete sich an sein Lager. »Was wird aus uns, Tauler?«

Er zwang sich zu einem Lachen und übertrieb die damit verbundenen Schmerzen, weil er Zeit gewinnen wollte, um seinen Fehler vertuschen zu können. »Wir sind dabei, unsere eigene Dynastie zu gründen – das wird aus uns. Glaubst du, ich würde zulassen, daß dir irgend etwas zustößt?«

»Nein – deshalb bin ich ja so erschrocken.«

»Gesalla, alles, was ich sagen wollte, war, daß wir hier eine Botschaft hinterlassen müssen ... oder woanders, wo sie gefunden wird und den König erreicht. Ich kann mich schlecht bewegen, also hab ich dir die Verantwortung dafür gegeben. Ich zeige dir, wie man Holzkohle macht, und dann werden wir noch etwas finden ...«

Gesalla schüttelte langsam den Kopf, und ihre Augen erschienen vergrößert durch die ersten Tränen, die er je dort gesehen hatte. »Es ist alles so unwirklich, Tauler. Alles ist nur ein Traum.«

»Der Flug nach Jenland war auch nur ein Traum – damals – aber jetzt sind wir hier, und wir sind immer noch am Leben, trotz allem.« Er zog sie herunter, bis sie neben ihm lag, den Kopf auf seine Schulter gebettet. »Ich weiß nicht, was aus uns wird, Gesalla. Ich kann dir nur eins versprechen ... wie hattest du noch gesagt? ... daß wir uns nicht den Schlächtern ausliefern. Das muß uns vorerst genügen. Warum ruhst du dich nicht aus, und *ich* passe mal auf *dich* auf, nur zur Abwechslung?«

»Einverstanden, Tauler.« Gesalla machte es sich bequem, schmiegte sich an ihn, nicht ohne auf seine Verletzungen zu achten, und war in erstaunlich kurzer Zeit eingeschlafen. Der Übergang von ängstlicher Wachsamkeit zu ruhigem Schlaf wurde durch ganz leise Schnarchlaute verkündet, und Tauler prägte sich die Situation lächelnd ein, um Gesalla später damit aufziehen zu können. Es sah so aus, als ob das einzige Zuhause, das ihnen Jenland zu bieten hatte, aus solchen immateriellen Balken gezimmert sein würde.

Er versuchte wach zu bleiben, auf sie aufzupassen, doch die Nebel einer tückischen Müdigkeit krochen in seinen Kopf – und die Laterne des letzten Jenländers schimmerte wieder in der Geröllhalde.

Er konnte dem Irrlicht nur entkommen, indem er die Augen schloß...

Der Soldat über ihm hielt ein Schwert.

Tauler wollte sich bewegen, sich trotz seiner Schwäche und Gesallas Körper, der halb auf ihm lag, zur Wehr setzen, als er sah, daß es Leddravohrs Schwert war, das der Soldat in der Hand hielt, und selbst in seiner Schlaftrunkenheit wußte Tauler die Situation sofort richtig einzuschätzen.

Es war zu spät, jede Verteidigung war zwecklos – denn ihre kleine Zuflucht war schon umzingelt, erobert und überrannt.

Das bestätigte auch die wechselnde Helligkeit, die von anderen Soldaten herrührte, die draußen unmittelbar vor dem Höhleneingang herumgingen. Die Männer begannen miteinander zu reden, als sie feststellten, daß sie nicht mehr zu schweigen brauchten. Irgendwo in der Nähe war das Schnauben und Hufschlittern eines Blauhorns zu hören, das den Hügel herunterkam. Tauler drückte Gesallas Schulter, um sie zu wecken, und obwohl sie sich nicht bewegte, spürte er, wie ihr der Schreck in die Glieder fuhr.

Der Soldat mit dem Schwert machte einem schlitzäugigen Major Platz, dessen Kopf sich fast nur als Silhouette gegen den Himmel abhob, während er auf Tauler hinabsah. »Kannst du aufstehen?«

»Nein – er ist zu schwach«, sagte Gesalla und erhob sich auf die Knie.

»Ich kann stehen.« Tauler griff nach ihrem Arm. »Hilf mir, Gesalla – ich will jetzt lieber auf den Füßen sein.« Es gelang ihm, mit ihrer Hilfe aufzustehen, und er wandte sich dem Major zu. Eigentlich hätte er niedergeschlagen sein müssen wegen seines Versagens und der daraus resultierenden Gefahr für Leib und Leben; statt dessen brachte ihn die triviale Tatsache aus der Fassung, daß er splitternackt war.

»Nun, Major«, sagte er, »was kann ich für Euch tun?«

Die Miene des Majors war von Berufs wegen teilnahmslos. »Der König will mir dir reden.«

Er trat beiseite, und die füllige Gestalt von Chakkell näherte sich. Seine Kleidung war schlicht und einfach, passend für den Geländeritt, aber an seinem Hals hing der riesige blaue Juwel, den Tauler zuletzt bei Pradt gesehen hatte. Chakkell hatte sich Leddravohrs Schwert geben lassen und trug es mit dem Blatt an die rechte Schulter gelehnt, eine neutrale Haltung, die rasch in eine Attacke umschlagen konnte. Sein dunkelhäutiges, dickliches Gesicht und die braune Glatze glänzten in der äquatorialen Hitze.

Er machte zwei Schritte vor Tauler halt und musterte ihn eingehend von Kopf bis Fuß. »Nun, Marakain, ich hatte dir versprochen, dich nicht zu vergessen.«

»Majestät, ich darf wohl behaupten, daß ich Euch und Euren Lieben guten Grund gegeben habe, sich meiner zu erinnern.« Tauler wurde gewahr, wie Gesalla an seiner Seite Schutz suchte, und wählte ihr zuliebe seine Worte so, daß es daran nichts zu deuteln gab. »Ein Sturz aus tausend Meilen Höhe hätte ...«

»Marakain, nicht schon wieder die alte Leier«, fiel ihm Chakkell ins Wort. »Und leg dich hin, bevor du umfällst!«

Chakkell nickte Gesalla zu, die sofort verstand und Tauler behilflich war, sich wieder auf das Lager aus Decken zu legen. Auf einen Wink hin zogen sich der Major und der Rest der Eskorte zurück. Als sie außer Hörweite waren, hockte Chakkell sich auf den Boden und warf plötzlich das schwarze Schwert über Tauler hinweg in das Dunkel der Höhle.

»Unsere Unterhaltung wird kurz sein«, sagte er, »und jedes Wort bleibt unter uns. Ist das klar?«

Tauler nickte benommen und fragte sich, ob er seinem Durcheinander an Gedanken und Empfindungen auch noch Hoffnung hinzufügen durfte.

»Was dich betrifft, so hat sich bei Adel und Militär, soweit sie auf Jenland vertreten sind, ein gewisses Unbehagen breitgemacht«, sagte Chakkell tröstlich. »Kurz und gut, nicht viele Männer haben innerhalb von drei Tagen zwei Königsmorde begangen. Damit ist jedoch fertig zu werden. In unserem neuen Kleinstaat herrscht ein Sinn für das Praktische – und die Siedler wissen zu würdigen, daß die Loyalität gegenüber einem lebendigen König der Gesundheit zuträglicher ist als eine solche gegenüber zwei toten Königen. Du willst wissen, was aus Pautsch geworden ist?«

»Lebt er?«

»Er lebt, aber er hat schnell eingesehen, daß seine subtile Art, Politik zu machen, nicht den Erfordernissen der Zeit entspricht. Er ist mehr als froh, seine Ansprüche auf den Thron abtreten zu können – falls denn ein Stuhl aus alten Gondelteilen diesen Namen verdient.«

Tauler fiel auf, daß Chakkell wie ausgewechselt war – fröhlich, gesprächig, mit sich und der Welt zufrieden. Vielleicht war er ganz einfach nur froh, daß ihm und seinen Nachkommen jetzt die erste Rolle in einer aufkeimenden Gesellschaft zufiel, nachdem er im alten und statischen Kolkorron so lange die zweite Rolle gespielt hatte? Oder hatten die einzigartigen Umstände der großen Auswanderung am Ende einen kühnen Geist geweckt? Während er Chakkell mit unverhohlener Neugier betrachtete, fiel Tauler plötzlich ein Stein vom Herzen, und ganze Chöre stimmten in seinen Jubel ein.

Gesalla und ich, wir werden Kinder haben. Und es spielt überhaupt keine Rolle, daß wir eines Tages sterben müssen, denn unsere Kinder werden wieder Kinder haben, und vor uns liegen Jahrzehnte … Jahrhunderte … erstreckt sich die ganze Zukunft – es sei denn …

Tauler wechselte die Wirklichkeit. Er stand auf felsigem

Grund westlich von Ro-Atabri und hatte sein Teleskop auf den zusammengesunkenen Körper seines Bruders gerichtet. Er las Leyns letzte Mitteilung, die nichts mit Rache oder persönlichem Bedauern zu tun hatte, die sich statt dessen – wie es Leyns mitfühlendem Instinkt entsprach – dem Wohlergehen Millionen Ungeborener widmete.

»Prinz … Majestät …« Tauler stützte sich mit einem Ellbogen hoch, um Chakkell von Angesicht zu Angesicht mit der Wahrheit konfrontieren zu können, die er so lange für sich behalten hatte, aber die unbedachte Drehung des Oberkörpers fuhr wie eine Lanze durch den Wundkanal; der Schmerz verschlug ihm die Stimme und warf ihn auf das Lager zurück.

»Leddravohr hätte dich fast getötet, hab ich recht?« sagte Chakkell mit belegter Stimme.

»Das ist vorbei«, sagte Tauler und strich Gesalla übers Haar, die sich über das neuentflammte Feuer an seiner Seite beugte. »Ihr kennt meinen Bruder und wißt, womit er sich befaßte?«

»Ja.«

»Sehr gut. Vergeßt alles über mich – in mir lebt mein Bruder, und er spricht jetzt durch meinen Mund zu Euch …« Tauler fuhr fort, kämpfte sich durch Wellen aus Übelkeit und Schwäche, um mit Worten ein Bild zu malen von der entarteten Dreiecksbeziehung zwischen Mensch, Brakkabaum und Pterssa. Er beschrieb die Symbiose zwischen Brakka und Pterssa, und wo ihm das Wissen fehlte, setzte er auf Inspiration und Phantasie.

In einer Symbiose zogen immer beide Parteien Nutzen aus der Verbindung. Die Pterssas vermehrten sich hoch oben in der Atmosphäre, und ihre Nahrungsquelle war – höchstwahrscheinlich – der Brakkabaum, der bei seinen Eruptionen Pollen, Miglyngas und winzige Spuren von Paikn und Havl emporschleuderte. Dafür setzten die Pterssas allen Organismen nach, die das Gedeihen des Brakka bedrohten. Die blinde Triebkraft der zufälligen Mutation änderte immer wieder die innere Zusammensetzung der Pterssas, bis sich eines Tages rein zufällig ein wirksames Gegenmittel ergab –

gegen den schlimmsten Feind des Brakka. Der Weg war vorgezeichnet. Nun begannen die Pterssas, das Gift *gezielt* zu konzentrieren und zu verfeinern, damit daraus die Waffe wurde, mit der sie die Geißel geißeln und den schädlichsten aller Schädlinge restlos ausmerzen konnten.

Die Menschen auf Jenland mußten den Brakka mit dem Respekt behandeln, den er verdiente. Hartholz und Energiekristalle durfte man nur noch von abgestorbenen Bäumen nehmen. Und wenn das nicht genug war, so oblag es den Einwanderern, ihre Lebensweise entsprechend zu ändern oder nach Ersatz zu suchen.

Wenn man das alles in den Wind schlug, würde sich auf Jenland wiederholen, was die Menschen von Diesland vertrieben hatte ...

»Ich bin beeindruckt«, sagte Chakkell, als Tauler seine Ausführungen beendet hatte. »Was du sagst, muß zwar nicht unbedingt stimmen, aber es gibt zu denken. Unsere Generation ist leidgeprüft, so daß wir zum Glück nichts überstürzen müssen. Wir haben vorerst ganz andere Sorgen.«

»So dürft Ihr nicht denken«, drängte Tauler. »Ihr seid der Herrscher ... es liegt allein bei Euch ... Ihr tragt die Verantwortung ...« Er seufzte und sprach nicht weiter, sich einer Müdigkeit überlassend, die den Himmel über Jenland zu verfinstern schien.

»Heb dir deine Kraft für später auf«, sagte Chakkell milde. »Ich lasse dich jetzt besser in Ruhe, doch vorher möchte ich noch gerne wissen – zwischen Leddravohr und dir –, war es ein fairer Kampf?«

»Fast ... bis er mein Schwert mit Brakkaschleim zerstörte.«

»Und du ihn gerade so zugerichtet hast.«

»Ich konnte nicht anders.« Tauler widerfuhr jene mystische Anwandlung, die zuweilen mit Krankheit und völliger Schwäche einherging. »Ich war geboren, um Leddravohr zu besiegen.«

»Vielleicht wußte er das.«

Tauler zwang seinen Blick in Chakkells Gesicht. »Ich weiß nicht, was Ihr ...«

»Ich frage mich, ob Leddravohr wirklich mit Leib und Seele bei unserer jungen Monarchie war«, sagte Chakkell. »Ich frage mich, warum er dich *allein* verfolgt hat. Vielleicht, weil er ahnte, daß *du* sein Pfad des Ruhms warst?«

»Damit«, flüsterte Tauler, »kann ich wenig anfangen.«

»Du mußt ausruhn.« Chakkell stand auf und wandte sich an Gesalla. »Kümmere dich um den Mann – ich brauche ihn mindestens so sehr wie du. Ich denke, er muß noch ein paar Tage liegen. Aber ihr scheint euch ja recht wohl zu fühlen hier. Brauchst du irgendwas?«

»Wir können frisches Wasser gebrauchen, Majestät«, sagte Gesalla. »Sonst haben wir alles, was wir brauchen.«

»Ja.« Chakkell studierte einen Moment lang ihr Gesicht. »Ich werde das Blauhorn mitnehmen, weil wir insgesamt nur sieben davon haben und so schnell wie möglich mit der Zucht beginnen müssen. Ich postiere Wachen in der Nähe. Du rufst sie, wenn du meinst, daß er transportfähig ist. Einverstanden?«

»Ja, Majestät – wir sind in Eurer Schuld.«

»Ich hoffe, dein Patient erinnert sich daran, wenn er wiederhergestellt ist.« Chakkell drehte sich um und ging mit großen Schritten hinaus zu den wartenden Soldaten; seine Bewegungen verrieten die energische Selbstsicherheit eines Menschen, der wußte, daß er eine Antwort auf die Frage der Zeit hatte.

Später, als es draußen wieder still war, wachte Tauler auf und sah, wie Gesalla die Zeit damit verbrachte, ihre Sammlung von Blättern und Blumen zu sortieren und zu kramen. Sie hatte sie vor sich auf dem Boden ausgebreitet und bewegte lautlos die Lippen, während sie die Exemplare mit Bedacht und nach Gutdünken ordnete. Hinter ihr blendete ihn die belebende und gleißende Klarheit Jenlands.

Tauler setzte sich vorsichtig auf. Er warf einen Blick auf den Steinhaufen im Hintergrund der Höhle, nur um sich gleich wieder abzuwenden, weil er sich scheute, die winzige Laterne schimmern zu sehen. Erst wenn sie ein für allemal erloschen war, konnte er sicher sein, daß ihn das Fieber verlassen hatte, und bis dahin wollte er nicht immerzu daran erinnert werden, wie nahe er dem Tod gewesen war, und dem Verlust all dessen, was Gesalla für ihn bedeutete.

Sie sah von den Mustern auf, die sich abzuzeichnen begannen. »Ist da hinten irgendwas?«

»Da ist nichts«, sagte er und brachte ein Lächeln auf. »Gar nichts.«

»Aber du starrst nicht zum ersten Mal auf die Steine. Was verheimlichst du mir?« Halb neugierig und halb scherzend kam sie herüber und kniete sich neben ihn, um seinen Blickwinkel zu teilen. Sie brachte ihr Gesicht ganz nahe an seins, und er sah, wie sich ihre Augen vor Überraschung weiteten.

»Tauler!« Ihre Stimme war die eines Kindes, zaghaft vor Staunen. »Da drinnen schimmert ein Licht!«

Sie sprang auf die Füße, so flink, wie es nur ihr federleichter Körper zuließ, setzte über ihn hinweg und lief in die Höhle.

Von einer sonderbaren Furcht befallen, wollte er ihr eine Warnung hinterherrufen, aber seine Kehle war wie ausgedörrt, und die Worte blieben ihm im Hals stecken. Gesalla war schon dabei, die ersten Steine beiseite zu räumen. Er sah benommen zu, wie sie mit beiden Händen in den Steinhaufen langte und etwas Schweres heraushob und es ins helle Licht am Eingang trug.

Sie kniete sich an sein Lager und legte den Fund auf ihre Oberschenkel. Es war ein großer dunkelgrauer Steinsplitter, wie er Tauler noch nie unter die Augen gekommen war. Quer über den Stein und durch ihn hindurch, eins mit ihm und doch deutlich von ihm unterschieden, zog sich das breite Band eines Materials, das weiß war und doch mehr als weiß, das die Sonne reflektierte wie ein ferner See bei Tagesanbruch.

»Herrlich«, hauchte Gesalla. »Aber was ist das?«

»Ich weiß nicht.« Er verzerrte das Gesicht vor Schmerz, als er nach seiner Kleidung tastete, die Tasche fand und das sonderbare Andenken ans Licht brachte, das ihm sein Vater gegeben hatte. Er hielt es gegen die schimmernde Schicht, die durch den Stein lief, und fand bestätigt, was er schon wußte – es war das gleiche Material.

Gesalla nahm ihm den kleinen Klumpen aus der Hand und strich mit der Fingerspitze über die polierte Oberfläche. »Woher hast du das?«

»Mein Vater... mein richtiger Vater... gab mir das in Chamtess, kurz bevor er starb. Er sagte, er hätte es in der Provinz Rendat gefunden. Als ich noch nicht geboren war.«

»Ich habe ein merkwürdiges Gefühl.« Gesalla fröstelte, während sie hinaufsah zu dem dunstigen, rätselhaften Auge der Alten Welt. »War unsere Auswanderung nicht die erste, Tauler? Ist das alles schon einmal passiert?«

»Das ist gut möglich – vielleicht schon oft –, aber wichtig ist nur, daß es nie...« Müdigkeit zwang Tauler, den Satz unvollendet zu lassen.

Er legte den Handrücken auf den Stein, dort wo der Streifen glänzte, beseelt von der Kühle und Fremdartigkeit des Materials – und der leisen Zuversicht, daß er die Zukunft – irgendwie – davor bewahren konnte, die Fehler der Vergangenheit zu wiederholen.

Zweiter Roman

Die hölzernen Raumschiffe

(THE WOODEN SPACESHIP)

INHALT

Erster Teil

Die Schatten mehren sich

1. Kapitel

Baron Tauler Marakain nahm das glänzende Schwert aus dem Geschenkkoffer und hielt es so, daß die Klinge in der Frühtagssonne loderte. Wieder nahm ihn die strahlende Schönheit der Waffe gefangen. Gegenüber den traditionellen schwarzen Schwertern hatte dieses neue etwas Ätherisches, so wie Sonnenlicht, das den Frühdunst durchdrang. Dennoch besaß es keine überirdischen Kräfte. Das Schwert war immer das beste Instrument zum Töten gewesen – und er hatte seine Entwicklung nur einen Schritt vorangebracht.

Er drückte eine Sperre, die von der Verzierung des Griffes verborgen wurde. Ein gekrümmtes Teilstück schnappte hoch und legte eine zylindrische Rinne frei, in der eine dünnwandige Glaskapsel mit einer gelblichen Flüssigkeit ruhte. Er vergewisserte sich, daß die Kapsel intakt war, ehe er die Abdeckung wieder einrasten ließ. Etwas in ihm sträubte sich dagegen, das Schwert wieder zurückzulegen. Er befühlte es, wog es in den Händen, dann schwang er es impulsiv in die Bereitschaftsposition. Im selben Augenblick öffnete sich die Tür, und seine schwarzhaarige Monofrau bewies einmal mehr ihre unheimliche Fähigkeit, genau im falschen Augenblick auf der Bildfläche zu erscheinen.

»Entschuldige bitte – ich dachte, du wärst allein«, heuchelte Gesalla mit einem süßlichen Lächeln und sah sich suchend um. »Wo ist denn dein Gegner? Hast du ihn in so kleine Stücke gehackt, daß man sie mit bloßem Auge nicht mehr sehen kann, oder war er von vorneherein unsichtbar?«

Tauler seufzte und ließ das Schwert sinken. »Sarkasmus steht dir nicht.«

»Und dir steht die Rolle des Kriegers nicht.« Gesalla kam

leichtfüßig und wortlos zu ihm und legte ihm die Arme um den Hals. »Wie alt bist du jetzt, Tauler? Dreiundfünfzig! Wie lange wird das Kämpfen und Töten noch in deinem Kopf herumspuken?«

»Bis alle Menschen Heilige sind – und das kann noch ein, zwei Jahre dauern.«

»Wer ist denn jetzt sarkastisch?«

»Das muß ansteckend sein«, sagte Tauler und sah lächelnd auf sie herab. Das Vergnügen, sie nur zu betrachten, hatte in den langen Jahren ihrer Ehe kaum nachgelassen. Die dreiundzwanzig Jahre auf Jenland, darunter viele harte Jahre, waren Gesalla kaum anzusehen; sie erschien unverändert grazil. Eine silberne Strähne im Haar hätte ebensogut eine kosmetische Raffinesse sein können. Sie zog immer noch lange, fließende Kleider in gedämpften Farben vor. Leider war Jenlands aufblühende Textilindustrie noch nicht in der Lage, die dünnen Qualitäten herzustellen, die Gesalla auf der alten Welt bevorzugt hatte.

»Wann bist du mit dem König verabredet?« sagte Gesalla und trat zurück. Sie betrachtete kritisch seine Kleidung. Es kam mitunter zu Streitereien zwischen ihnen, weil er – obwohl in den Adelsstand erhoben – darauf beharrte, sich wie ein gemeiner Bürger zu kleiden, und meist ein Hemd ohne Kragen und einfache Reithosen trug.

»Zur neunten Stunde«, erwiderte er. »Ich sollte mich aufmachen.«

»In diesem Aufzug?«

»Warum nicht?«

»Das schickt sich nicht für eine Audienz beim König«, sagte Gesalla. »Chakkell könnte es als Unhöflichkeit auffassen.«

»Soll er doch.« Tauler runzelte verärgert die Stirn, als er das Schwert in den Lederkoffer legte und den Deckel schloß und verriegelte. »Manchmal denke ich, ich habe die Nase voll vom Hof und all dem Gehabe.«

Er bemerkte den Ausdruck von Besorgnis, der über Gesallas Gesicht huschte, und bedauerte seine Worte sofort. Er klemmte sich den Geschenkkoffer unter den Arm und lächelte, um zu dokumentieren, wie gutgelaunt und aufgeräumt er in Wahrheit war, und nahm ihre schmale Hand in die seine. Sie gingen zusammen zum Vordereingang des Hauses. Es gab nur das Erdgeschoß, wie bei den meisten Wohnhäusern auf Jenland, und kaum architektonische Besonderheiten. Allein die Tatsache, daß das Haus aus Stein gebaut war und mit zehn geräumigen Zimmern aufwartete, zeichnete es als Wohnsitz eines Adligen aus. Maurer und Schreiner waren dreiundzwanzig Jahre nach der Großen Auswanderung immer noch hoch im Kurs, und die Mehrheit der Bevölkerung mußte sich mit vergleichsweise dürftigen Unterkünften begnügen.

Taulers Schwert hing mit Gürtel und Scheide griffbereit in der Diele. Er langte danach, ließ dann aus Rücksicht auf Gesalla mit einer wegwerfenden Geste davon ab und öffnete die Haustür. Der Vorhof gleißte derart in der Sonne, als ob Mauern und Pflaster selbst die Lichtquellen wären.

»Ich habe Kassill heute noch nicht gesehen«, sagte Tauler, als ihm die Hitze entgegenschlug. »Wo ist er?«

»Er ist früh aufgestanden und direkt zur Mine gegangen.«

Tauler nickte beifällig. »Er arbeitet hart.«

»Das hat er von mir geerbt«, sagte Gesalla. »Bist du vor Kurznacht zurück?«

»Ja – ich habe nicht vor, länger als nötig bei Chakkell zu bleiben.« Tauler ging zu seinem Blauhorn, das geduldig bei einem speerförmig gewachsenen Zierbusch wartete. Er schnallte den Lederkoffer quer über das breite Hinterteil des Tieres, stieg in den Sattel und winkte Gesalla zum Abschied. Sie nickte nur einmal langsam; ihr Gesicht war unvermittelt ernst.

»Hör mal, ich bringe nur etwas in den Palast«, sagte Tauler. »Warum machst du denn so ein besorgtes Gesicht?«

»Ich weiß nicht – vielleicht eine dunkle Vorahnung.« Gesalla lächelte beinah. »Vielleicht bist du zu lange zu ruhig gewesen.«

»Du tust ja gerade, als wär ich ein großes Kind«, protestierte Tauler.

Gesalla öffnete den Mund, um etwas zu erwidern, ließ es

dann aber und verschwand im Haus. Leicht verwirrt trieb er das Blauhorn voran. Am Holztor des Vorhofs stieß das Tier mit den Nüstern gegen den flachen Schnappverschluß, eine Erfindung von Kassill, und Sekunden später ritt er auf das Grasland hinaus.

Der Weg – ein Streifen aus Schotter und Kieselsteinen, der von Reihen größerer Steine gesäumt wurde – führte unbeirrt nach Osten, wo er auf die breite Hauptstraße stieß, die nach Pradt führte, der Hauptstadt von Jenland. Die gesamte Anbaufläche von Taulers Grundbesitz wurde von Pächtern kultiviert und war in verschiedenen Grüntönen gestreift; doch jenseits davon zeigten die Hügel ihre natürliche gleichbleibende Färbung, ein sattes, frisches Grün, das sich bis zum Horizont erstreckte. Weder Wolken noch Dunst milderten die Strahlen der Sonne. Der Himmel war eine Kuppel aus zeitloser Klarheit, in der nur da und dort ein sehr heller Stern und gelegentlich ein Meteor die allgegenwärtige Helligkeit durchdrang. Und über allem, durch die Anziehungskräfte an seinen Platz gebannt, stand das Auge der Alten Welt, riesig, aber nicht bedrohlich – ein Wahrzeichen der folgenschwersten Episode in der ganzen kolkorronischen Geschichte.

Es war so ein Frühtag, an dem Tauler normalerweise mit sich und dem Rest der Welt zufrieden war; aber heute ging ihm Gesallas düstere Stimmung nach. Hatte sie eine Art Zweites Gesicht und sah Umwälzungen voraus, die ihr gemeinsames Leben betrafen? Oder kannte sie ihn ganz einfach besser, als er sich selbst, und war imstande, Signale zu deuten, die er ohne sein Wissen von sich gab?

Er war in letzter Zeit tatsächlich von einer merkwürdigen Rastlosigkeit ergriffen worden. Es hatte ihm Ehre und Wohlstand eingebracht, im Namen des Königs den einzigen Kontinent Jenlands zu erkunden und in Besitz zu nehmen; er war mit der einzigen Frau verheiratet, die er je geliebt hatte, und hatte einen Sohn, auf den er stolz war – und doch, obwohl er es nicht hatte wahrhaben wollen, war ihm das Leben im Grunde zu fade geworden. Die Aussicht, in diesem erfreulichen und anspruchslosen Trott weiterzuleben, bis er ein Tattergreis war und den Tod vor Augen hatte, erfüllte ihn mit Beklemmung. Weil er sich wie ein Betrüger vorkam, hatte er alles darangesetzt, seinen Gemütszustand vor Gesalla zu verbergen, aber er hatte sie noch nie lange täuschen können...

Weit voraus sah Tauler einen kleinen Trupp Soldaten, der auf der Hauptstraße nach Norden zog. Er schenkte ihnen minutenlang wenig Beachtung, bis ihm auffiel, daß sie ungewöhnlich langsam vorankamen für eine berittene Abteilung. Da ihm jede Ablenkung willkommen war, nahm er sein kleines Teleskop aus dem Köcher und stellte es auf die ferne Gruppe scharf. Er sah sofort, warum sie nur schleppend vorankamen – vier Männer zu Blauhorn eskortierten einen Mann, der zu Fuß ging und augenscheinlich ihr Gefangener war.

Stirnrunzelnd schob Tauler das Teleskop zusammen und steckte es weg. Es gab so gut wie keine Verbrechen auf Jenland. Es gab einfach zuviel zu tun, nur wenige besaßen etwas, das sich zu stehlen lohnte, und die dünne Besiedlung machte es Übeltätern nahezu unmöglich, unterzutauchen.

Seine Neugierde war nun geweckt. Er spornte sein Blauhorn an und erreichte die Einmündung in die Hauptstraße noch vor den Soldaten. Er brachte sein Reittier zum Stehen und blickte dem heranrückenden Trupp entgegen. Das Emblem mit dem grünen Fechthandschuh, das die Reiter auf der Brust trugen, wies sie als Söldner von Baron Panvarl aus. Der schmalbrüstige Mann, der in dem Geviert aus den vier Blauhörnern voranstolperte, war um die Dreißig und gekleidet wie ein einfacher Farmer. Seine Handgelenke waren zusammengebunden, und Rinnsale getrockneten Bluts unter dem schwarzen Haarschopf verrieten, daß man ihn grob behandelt hatte.

Tauler war im Grunde bereits gegen die Soldaten eingestellt, als er dem Blick des Gefangenen begegnete. Die Augen des Mannes weiteten sich. Tauler hatte ihn nur wegen seines zerzausten Äußeren nicht sofort erkannt. Osslit Psennel war ein Obstfarmer, dessen Parzellen gut vier Meilen südlich lagen. Er versorgte die Marakains gelegentlich mit Beeren, und man kannte ihn als ruhigen, fleißigen Mann von gutem Charakter. Aus Taulers anfänglicher Abneigung gegen die Soldaten wurde offene Feindschaft.

»Guten Frühtag, Osslit«, rief er laut und versperrte ihnen mit seinem Blauhorn den Weg. »Es überrascht mich, dich in so zweifelhafter Gesellschaft anzutreffen.«

Psennel streckte seine gebundenen Handgelenke vor. »Man hat mich zu Unrecht unter Arrest ...«

»Schweig, Dreckfresser!« Der Sergeant, der die Gruppe anführte, machte eine Drohgebärde zu Psennel, dann heftete er seinen unheilverkündenden Blick auf Tauler. Er war ein klobiger Geselle, etwas zu alt für seinen Rang, mit groben Gesichtszügen und dem finsteren Ausdruck eines Mannes, der viel vom Leben gesehen, aber wenig dazugelernt hat. Sein Blick huschte unstet über Tauler, der ungerührt zusah, wie der andere die einfache Kleidung seines Gegenübers und das erstklassige Zaumzeug des Blauhorns in Einklang zu bringen suchte.

»Mach den Weg frei!« sagte der Sergeant schließlich.

Tauler schüttelte den Kopf. »Ich will hören, was sich dieser Mann zuschulden kommen ließ.«

»Du willst eine Menge« – der Sergeant sah seine Soldaten an, und sie grinsten zurück – »für jemanden, der sich unbewaffnet herumtreibt.«

»Ich brauche in dieser Gegend keine Waffen«, sagte Tauler. »Ich bin Baron Tauler Marakain – vielleicht hast du schon von mir gehört.«

»Wer hätte nicht vom Königsmörder gehört«, höhnte der Sergeant respektlos.

Tauler prägte sich lächelnd das Gesicht des Sergeanten ein. »Was wirft man dem Gefangenen vor?«

»Das Schwein ist des Verrats schuldig – und wird heute noch hingerichtet in Pradt.«

Tauler stieg ab, bewegte sich langsam, um das Gehörte zu verarbeiten, und ging zu Psennel. »Was höre ich da, Osslit?«

»Nichts als Lügen.« Psennel sprach schnell, leise und monoton vor lauter Angst. »Ich schwöre Euch, ich habe nicht die geringste Schuld. Ich habe den Baron nicht beleidigt.«

»Sprichst du von Panvarl? Was hat er damit zu tun?«

Psennel sah nervös auf die Soldaten, ehe er antwortete. »Mein Land grenzt an den Grundbesitz des Barons. Das Quellwasser für meine Bäume versickert und zieht in sein Land ab, und ...« Psennels Stimme versagte, und er schüttelte den Kopf.

»Raus mit der Sprache!« sagte Tauler. »Wie soll ich dir helfen, wenn ich nicht alles weiß?«

Psennel schluckte hörbar. »Das Wasser staut sich und macht ausgerechnet den Boden sumpfig, wo der Baron seine Blauhörner zureitet. Vor zwei Tagen kam er in mein Haus und befahl mir, die Quelle mit Steinen und Zement zu verschließen. Ich sagte ihm, daß ich das Wasser für meinen Lebensunterhalt brauchen würde, und bot ihm an, es in einem Kanal von seinem Land abzuleiten. Er wurde zornig und verlangte von mir, die Quelle unverzüglich zu verschließen. Ich erklärte ihm, daß das wenig Zweck hätte, weil das Wasser sich einen anderen Weg an die Oberfläche suchen würde ... und deshalb ... deshalb hat er mich der Beleidigung bezichtigt. Er ritt davon und schwor, sich eine Vollmacht des Königs zu besorgen, um mich ... um mich festnehmen zu können und wegen Verrats in Pradt hinrichten zu lassen.«

»Und all das für ein bißchen Morast!« Tauler nagte verdutzt an seiner Unterlippe. »Panvarl muß den Verstand verloren haben.«

Psennel brachte das schiefe Zerrbild eines Lächelns zustande. »Wohl kaum, Baron. Es haben schon andere Farmer ihr Land an ihn verloren.«

»So läuft das also«, sagte Tauler mit leiser, scharfer Stimme und spürte wieder jene Enttäuschung, die ihn zeitweise zu einem Einsiedler hatte werden lassen. Unmittelbar nach der Ankunft auf Jenland hatte es eine Periode gegeben, da er zutiefst davon überzeugt gewesen war, daß seine Rasse hier einen neuen Anfang finden würde. Das waren die ungestümen Jahre der Erschließung und Besiedlung des grünen Kontinents gewesen, der den Planeten umgürtete, als es so ausgesehen hatte, als ob alle Menschen gleich sein könnten, und ihre alten verderblichen Gewohnheiten ein für allemal abgeschafft waren. Er hatte sich an diese Hoffnung geklammert, selbst noch, als die junge Nation ihr wahres Gesicht zu zeigen begann. Schließlich war es soweit gekommen, daß er sich hatte fragen müssen, ob die Reise von einer Welt zur anderen nichts als ein sinnloses Unterfangen gewesen war…

»Hab keine Angst«, sagte er zu Psennel. »Du wirst nicht sterben wegen Panvarl. Ehrenwort.«

»Ich danke Euch, danke, danke…« Psennel warf wieder einen Blick auf die Soldaten und senkte seine Stimme zu einem Flüstern. »Baron, könnt Ihr veranlassen, daß man mich sofort freiläßt?« Tauler mußte den Kopf schütteln. »Mich gegen den Willen des Königs zu stellen, würde deinen Fall noch komplizierter machen. Außerdem liegt es ganz in unserem Interesse, wenn du deinen Weg nach Pradt zu Fuß fortsetzt – dadurch gewinne ich viel Zeit, um mit dem König zu reden.«

»Ich danke Euch nochmals, Baron, von ganzem…«

Psennel hielt inne – mit einem seltsam beschämten Gesichtsausdruck, wie ein Händler, der einen Preis verlangte, den er selbst für vermessen hielt. »Falls mir doch irgend etwas zustößt, Baron, wärt Ihr so… würdet Ihr meine Frau und meine Tochter in Kenntnis setzen und Euch um sie…?«

»Nichts wird dir zustoßen«, sagte Tauler fast unwirsch. »Hab Vertrauen, und den Rest überlaß mir!«

Er wandte sich ab, ging gelassen zu seinem Blauhorn und zog sich in den Sattel. Psennel schien immer noch Todesangst zu haben. Hatte es sich bereits herumgesprochen, daß Baron Marakain nicht mehr in der Gunst des Königs stand; diese Tatsache mußte außerdem bereits weithin bekannt sein. Ihn selbst kümmerte das wenig; ernst wurde es nur, wenn sich herausstellen sollte, daß er einem Mann in Psennels mißlicher Lage nicht mehr helfen konnte.

Er bewegte das Blauhorn so dicht an den Sergeanten heran, daß er ihn fast berührte. »Wie heißt du?«

»Was geht Euch mein Name an?« konterte der Sergeant.

Zu seiner Überraschung registrierte Tauler am Rand seines Gesichtsfeldes jenes rötliche Flackern, das jedesmal die verwegendsten Wutanfälle seiner Jugend begleitet hatte. Er beugte sich vor, die Augen stachen wie Dolche zu. Die Herausforderung wich aus dem Gesicht des anderen.

»Zum letzten Mal, Sergeant«, sagte er. »Wie heißt du?«

Der Sergeant zögerte nicht lange. »Gnapper.«

Tauler schenkte ihm ein breites Lächeln. »Sehr schön, Gnapper – nun kennen wir uns und können die besten Freunde sein. Ich bin nach Pradt unterwegs, weil der König mich zu einer Privataudienz gerufen hat. Zu allererst werde ich dafür sorgen, daß Osslit Psennel voll rehabilitiert wird. Bis dahin steht er unter meinem persönlichen Schutz, und – ich sage so etwas nicht gerne zu einem guten Freund – falls ihm irgendein Unglück zustoßen sollte, wird *dir* ein noch schlimmeres widerfahren. Ich habe mich wohl deutlich genug ausgedrückt…«

Der Sergeant reagierte mit einem feindseligen Blick, seine Lippen zuckten, während er eine Erwiderung erwog. Tauler nickte ihm gespielt höflich zu, wendete sein Reittier und spornte es zu einem leichten Galopp an. Es waren noch gut vier Meilen bis zur Hauptstadt, und er mochte sie immerhin eine Stunde vor Gnapper und seinen Leuten erreichen. Tauler warf einen Blick auf die Weite des Schwesterplaneten, der direkt über ihm schwebte und einen großen Bogen des Himmels füllte, und las an der Breite der sonnenbeschienenen Sichel ab, daß er immer noch rechtzeitig zur Audienz kommen würde. Trotz der Verhandlung über Psennels Freilassung konnte er seine Mission beendet haben und wieder zu Hause sein, noch ehe die Sonne hinter der Alten Welt verschwinden würde – vorausgesetzt der König war in einer vernünftigen Verfassung.

Tauler entschied sich, auf Chakkells Abneigung gegen Adlige zu setzen, die versuchten, ihr Territorium auszudehnen. Als das neue Kolkorron gegründet worden war, hatte Chakkell – der erste Herrscher, der nicht aus der Erbfolge hervorgegangen war – seine Position dadurch zu schützen gesucht, daß er die Domänen seiner Aristokraten unerbittlichen Schranken unterwarf. Es hatte Widerstand gegeben, insbesondere bei Abkömmlingen der alten Königsfamilie, aber Chakkell hatte ihn gebrochen – und nicht immer ohne Blutvergießen. Tauler hatte diese Entwicklung nicht im einzelnen verfolgen können, weil er damals viel zu beschäftigt gewesen war.

Jene frühen Jahre kamen ihm heute wie ein Traum vor. Er hatte bereits Mühe, sich die hundert Meilen hohe, schwankende Treppenlinie aus Himmelsschiffen vorzustellen, die nach der interplanetaren Reise aus Jenlands Zenit gesunken war. Die meisten Schiffe waren kurz nach der Landung demontiert worden; aus den Ballonhüllen hatte man Zelte für die Siedler gemacht, einige waren zu Luftschiffhüllen vernäht worden. Chakkell hatte aus einer Laune heraus ein paar Himmelsschiffe so belassen, wie sie waren, als Grundstock für künftige Museen, doch Tauler hatte sich lange Zeit keins von ihnen angesehen. Die träge, schimmlige Realität der Schiffe hatte nicht zu dem dynamischen Hochgefühl gepaßt, das ihn damals beseelt hatte.

Als er aus einer Senke herausritt, sah er Pradt in der Ferne, das Zentrum eingebettet in die Biegung eines breiten Flusses. Die Stadt bot seinen Augen ein fremdartiges Bild, weil sie, anders wie Ro-Atabri, wo er aufgewachsen war, von Anbeginn nach einem bestimmten Plan erbaut wurde. Eine Ansammlung hoher Gebäude markierte den Kern, eigenartig umschrieben und weithin sichtbar mitten in den grünen Horizontalen der Landschaft, während der Rest ein noch nicht eingelöstes Versprechen war. Muster von künftigen Prachtstraßen und Plätzen waren auf das Gelände skizziert, manchmal mit Reihen von Holzhäusern, zumeist aber mit nichts weiter als Pfosten und gekalkten Steinen. Da und dort in den Außenbezirken brachte ein aus Stein erbautes Bürogebäude die Bebauung einen Schritt weiter, jeder Bau wie ein einsamer Außenposten, den Heerscharen von Gras und Büschen belagerten. In vielen Bereichen regte sich nichts weiter als die blasenartige Pterssa, sanft über offenes Gelände hüpfend oder an Zäunen entlangschnüffelnd. Tauler besuchte die Stadt nur selten. Er folgte der schnurgeraden Hauptstraße und kam an immer mehr Männern, Frauen und Kindern vorbei, die zu Fuß unterwegs waren. Im Zentrum herrschte eine geschäftige Atmosphäre wie in einem Marktflecken der Alten Welt. Die öffentlichen Gebäude waren im traditionellen kolkorronischen Stil erbaut – mit verzahnten Karomustern aus unterschiedlichem Mauerwerk und verschieden getöntem Backstein – aber mit Zugeständnissen an die hiesigen Verhältnisse. So hätten eigentlich alle Ecken und Kanten mit tiefrotem Sandstein verkleidet sein müssen, doch man hatte bislang keine brauchbaren Vorkommen auf Jenland entdecken können und statt dessen braunen Granit verwendet. Die meisten Geschäfte und Wirtshäuser waren absichtlich ihren Vorbildern aus der Alten Welt nachempfunden, und in manchen Bereichen fühlte Tauler sich beinah nach Ro-Atabri zurückversetzt.

Trotz allem bestärkten ihn die vielen Rohbauten und unverputzten Häuser in der Auffassung, daß König Chakkell sich übernommen hatte. Nur zwölftausend Menschen hatten die Reise nach Jenland überstanden, und obschon sie sich schnell vermehrten, belief sich die Gesamtbevölkerung des Planeten auf nicht einmal fünfzigtausend Seelen. Viele waren sehr jung und – weil Chakkell einen weltumspannenden Staat gründen wollte – in kleinen Gemeinden rund um den ganzen Globus verstreut. Selbst Pradt, die sogenannte Hauptstadt, mit nicht einmal achttausend Einwohnern, war im Grunde nicht mehr als ein Dorf, das zum Regierungssitz hochstilisiert war.

Während Tauler sich der Nordseite näherte, konnte er immer öfter einen Blick auf den königlichen Palast am anderen Ufer des Flusses erhaschen. Es war ein rechtwinkliger Bau, architektonisch unvollendet, noch auf die Flügel und Türme harrend, die selbst ein ungeduldiger Chakkell künftigen Generationen überantworten mußte. Der weiße und rosafarbene Marmor der Außenverkleidung schimmerte durch die Spaliere aus jungen, unreifen Bäumen. Innerhalb weniger Minuten hatte Tauler die einzige, reich verzierte Brücke erreicht und ritt über den Fluß. Vor dem Brakkator des Palastes erkannte ihn der Wachkommandant wieder und gab ihm durch ein Zeichen zu verstehen, daß er ungehindert passieren konnte.

Im Vorhof des Palastes standen etwa zwanzig vierrädrige Zweispänner und ebenso viele gesattelte Blauhörner, ein Hinweis darauf, daß der König heute früh ein vielbeschäftigter Mann war. Was, wenn Chakkell zur verabredeten Stunde verhindert war? Der Gedanke ließ ihn plötzlich um Psennels Schicksal bangen. Die Drohung gegen den Sergeanten würde nichts mehr nützen angesichts des Henkers und hoher Beamter mit Todesurteilen. Tauler stieg ab, schnallte den Geschenkkoffer los und eilte auf den überwölbten Haupteingang zu. Während die äußeren Wachen ihn zügig durchgelassen hatten, wurde er – wie er befürchtet hatte – vor der geschnitzten Tür des Audienzzimmers von zwei schwarz gepanzerten Wachen aufgehalten.

»Es tut mir leid, Baron«, sagte der eine Wachsoldat. »Ihr sollt hier warten, bis Euch der König zu sich bittet.«

Tauler besah sich die anderen Leute, die zu zweit oder dritt auf dem Korridor warteten; einige trugen das Schwert-und-Feder-Emblem königlicher Boten. »Aber ich bin zur neunten Stunde bestellt.«

»Andere warten schon seit der siebten Stunde, Baron.«

Tauler bekam es mit der Angst. Er schritt einen Kreis auf dem Mosaikboden ab, während er fieberhaft überlegte, dann kehrte er anscheinend gelassen und ruhig zu den Wachen zurück. Als er sie in eine belanglose Unterhaltung verwickelte, waren sie dankbar für die Abwechslung, aber nicht übermäßig, denn – speziell diesen Eingang kontrollieren zu dürfen, hatte ihr Ansehen bei vielen Bittstellern erhöht. Tauler trieb mehrere Minuten lang Konversation mit den beiden, und die Trivialitäten gingen ihm bereits aus, als er Schritte hinter der Doppeltür vernahm.

Jede der beiden Wachen zog einen Türflügel auf, und einige Männer in der Robe von Regierungskommissaren kamen heraus, nickend, weil man offenbar zufrieden war mit dem Ergebnis der Unterredung. Ein weißhaariger Mann, der wie ein Bezirksverwalter aussah, kam zur Tür, offensichtlich damit rechnend, zu Chakkell vorgelassen zu werden.

»Verzeihung«, murmelte Tauler und kam ihm zuvor. Die

verblüfften Wachsoldaten versuchten, ihm den Weg zu versperren, aber selbst in den frühen Fünfzigern besaß Tauler noch viel von der Schnelligkeit und beiläufigen Kraft, die den einst jungen Krieger ausgemacht hatten, und er schob die beiden Männer mühelos beiseite. Eine Sekunde später steuerte er mit großen Schritten durch den hochgestochenen Raum auf das Podest zu, auf dem Chakkell saß. Chakkell hob den Kopf, alarmiert durch die klackernden Panzer der Türwachen, die Tauler nachsetzten.

»Marakain!« bellte Chakkell zornig und stützte sich auf. »Was hat Euer Eindringen zu bedeuten?«

»Es geht um Leben und Tod, Majestät!« Tauler ließ zu, daß ihn die Wachen bei den Armen packten, widersetzte sich aber ihren Versuchen, ihn zur Tür zurückzuzerren. »Das Leben eines Unschuldigen steht auf dem Spiel, und ich flehe Euch an, Euch der Sache unverzüglich anzunehmen. Außerdem schlage ich vor, daß Ihr Euren Türwächtern den Rückzug befehlt – sie wären kaum noch von Nutzen, wenn ich ihnen die Hände von den Gelenken trennen müßte.«

Auf seine Worte hin verdoppelten die Wächter ihre Anstrengungen, ihn wegzuzerren, doch Chakkell zeigte mit dem Finger erst auf sie und dann langsam zur Tür. Sie ließen augenblicklich von Tauler ab, verbeugten sich und zogen sich rücklings zurück. Chakkell blieb stehen, fixierte Tauler schweigend, bis sie allein waren in dem großen Zimmer, dann nahm er schwerfällig wieder Platz und schlug sich mit der flachen Hand vor die Stirn.

»Es ist kaum zu glauben, Marakain«, sagte er. »Dir ist wohl nicht mehr zu helfen, wie? Ich hatte gehofft, der Entzug der Barner Besitzungen hätte deiner verdammten Überheblichkeit einen Dämpfer aufgesetzt, aber nein.«

»Ich hatte keine Verwendung für …« Tauler brach ab, weil er merkte, daß er sich verrannte. Er sah den König nüchtern an, während er abzuschätzen versuchte, wie sehr er Psennel bereits geschadet hatte. Chakkell war jetzt fünfundsechzig; sein gebräunter Kopf war so gut wie kahl, und er hatte Fett angesetzt, aber seine geistige Beweglichkeit hatte nicht nachgelassen. Er war immer noch hart und intolerant – und hatte, wenn überhaupt, dann wenig von seiner Rücksichtslosigkeit eingebüßt, die ihm damals auf den Thron geholfen hatte.

»Rede weiter!« Chakkell zog die Augenbrauen zusammen, bis sie eine einzige Barriere bildeten. »Du hattest keine Verwendung ... für was?«

»Nichts von Bedeutung, Majestät«, sagte Tauler. »Ich bitte aufrichtig um Vergebung für mein gewaltsames Eindringen, aber ich wiederhole, es geht um das Leben eines Unschuldigen, und die Zeit drängt.«

»Wer ist unschuldig? Meine Zeit drängt auch.« Und während Tauler seine Begegnung vom Frühtag beschrieb, spielte Chakkell mit dem blauen Juwel auf seiner Brust. Am Ende des Berichts setzte Chakkell ein eher ungläubiges Lächeln auf. »Woher weißt du so genau, daß dein bürgerlicher Freund Panvarl nicht beleidigt hat?«

»Er gab mir sein Wort.«

Chakkell lächelte immer noch. »Dann steht also das Wort eines elenden Farmers gegen das eines Ehrenmannes aus dem Adel?«

»Ich kenne den Farmer persönlich«, sagte Tauler beschwörend. »Ich bürge für seine Aufrichtigkeit.«

»Warum sollte Panvarl wegen einer solchen Lappalie lügen?«

»Land.« Tauler ließ dem Wort Zeit, seine Bedeutung zu entfalten. »Panvarl vertreibt die Farmer an seinen Grenzen, um ihr Land an sich zu reißen. Seine Absicht liegt auf der Hand und wohl kaum in Eurem Interesse.«

Chakkell lehnte sich in seinem vergoldeten Stuhl zurück, und sein Lächeln verbreitete sich. »Ich weiß, worauf du hinauswillst, mein lieber Tauler. Aber wenn Panvarl nichts weiter macht, als einen Kleinbesitz an den anderen zu flicken, wird es tausend Jahre dauern, bevor seine Nachfahren für mich eine Bedrohung darstellen. Verzeih mir, wenn ich mich in der Zwischenzeit dringenderen Problemen zuwende.«

»Aber ...« Tauler fühlte sich durchschaut. Daß Chakkell ihn beim Vornamen genannt hatte und plötzlich so guter Laune war, konnte nur eins bedeuten: Der König wollte ihn für vergangene und gegenwärtige Missetaten bestrafen –

und zwar mit dem Tod eines anderen Mannes. Taulers Nervosität schlug in kalte Panik um.

»Majestät«, sagte er, »ich appelliere an Euren Sinn für Gerechtigkeit. Einer Eurer treu ergebenen Untertanen, ein Mann, der völlig wehrlos ist, soll um Besitz und Leben gebracht werden.«

»Aber das *ist* Gerechtigkeit«, erwiderte Chakkell genüßlich. »Der Mann hätte an die Konsequenzen denken sollen, ehe er Panvarl – und indirekt mich – kränkte. Der Baron hat sich meines Erachtens sehr korrekt verhalten. Er hätte sogar das Recht gehabt, den Dummkopf auf der Stelle zu töten und auf ein ordentliches Verfahren zu verzichten.«

»Damit wollte er seinen Machenschaften nur den Anstrich von Legalität geben.«

»Hüte deine Zunge, Marakain!« Jede Jovialität war aus dem dunklen Gesicht des Königs gewichen. »Du bist dabei, den Bogen zu überspannen.«

»Ich bitte um Vergebung, Majestät«, sagte Tauler und beschloß, sich selbst in die Waagschale zu werfen. »Ich will lediglich das Leben eines Unschuldigen retten – und um seinetwillen möchte ich Euch um einen Gefallen bitten, den Ihr mir noch schuldig seid.«

»Hast du Gefallen gesagt? *Gefallen!*«

Tauler nickte. »Ja, Majestät. Ich möchte Euch an die Begebenheit erinnern, bei der ich nicht nur Euch, sondern auch Königin Desihn und Eure drei Kinder vor dem sicheren Tod erretten durfte. Ich wäre nie darauf zurückgekommen, wenn ...«

»Genug!« Chakkells ungläubiger Ausruf hallte von den Sparren der hohen Decke wider. »Ich gebe zu, daß du damals aus lauter Angst um dein eigenes Leben zufällig auch das meiner Familie gerettet hast, aber das liegt mehr als zwanzig Jahre zurück! Und du wärst natürlich nie darauf zurückgekommen – in Wahrheit hast du damit ein Zugeständnis nach dem anderen aus mir herausgepreßt. Wenn ich auf all die Jahre zurückblicke, scheint es in unseren Unterhaltungen um nichts anderes gegangen zu sein! Nein, Marakain, die Sache ist endgültig ausgereizt.«

»Trotzdem, Majestät, vier königliche Leben um den Preis eines bür …«

»Schweig! Belästige mich nicht länger damit. Was war überhaupt der Grund für dein Hiersein?« Chakkell schnappte eine Handvoll Papiere von einem Tischchen neben sich und blätterte sie durch. »Aha. Du behauptest also, mir ein besonderes Geschenk zu überbringen. Und was ist das?«

Weil Tauler es im Augenblick für ratsamer hielt, den König nicht weiter zu bedrängen, öffnete er den Lederkoffer und präsentierte den Inhalt. »Etwas *ganz* Besonderes, Majestät.«

»Ein Metallschwert.« Chakkell gab einen übertriebenen Seufzer von sich. »Marakain, ich bin deine fixen Ideen allmählich leid. Ich dachte, wir wären uns ein für allemal einig gewesen, daß Eisen nichts taugt für Waffen.«

»Aber diese Klinge ist aus Stahl.« Tauler nahm das Schwert heraus und wollte es eben dem König überreichen, als er einen Einfall hatte. »Wenn das Erz im oberen Teil des Ofens schmilzt, entsteht ein viel härteres Metall, das dann wieder aufgeglüht wird, um eine perfekte Klinge zu formen.« Er setzte den Koffer ab und mimte die Kampfposition, das Schwert in Bereitschaftshaltung.

Chakkell bewegte sich auf seinem Stuhl und wirkte verunsichert. »Du kennst die Vorschriften über das Tragen von Waffen im Palast, Marakain. Ich hätte nicht übel Lust, die Wachen auf dich zu hetzen.«

»Dann könnte ich Euch wenigstens gleich den Wert dieses Geschenks demonstrieren«, sagte Tauler lächelnd. »Mit diesem Schwert in der Hand besiege ich den besten Schwertkämpfer Eurer Armee.«

»Mach dich nicht lächerlich. Nun geh nach Hause mit deinem glänzenden Spielzeug. Ich habe jetzt wirklich Wichtigeres zu tun.«

»Ich meine es ernst.« Tauler legte eine gewisse Schärfe in seine Stimme. »Den besten Schwertkämpfer Eurer Armee, Majestät.«

Chakkell verstand Taulers Herausforderung und verengte

die Augen. »Die Jahre scheinen nicht nur deinen Körper geschwächt zu haben, Marakain. Du hast von Karkarand gehört, wie ich annehme. Kannst du dir vorstellen, was er mit einem Mann deines Alters anstellen wird?«

»Er ist machtlos mir gegenüber – solange ich dieses Schwert habe.« Tauler ließ die Waffe sinken. »Ich bin mir so sicher, daß ich meinen gesamten Grundbesitz darauf verwette, Karkarand zu schlagen. Ich weiß, Ihr seid immer zu haben für eine Wette, Majestät. Was setzt Ihr also dagegen? Mein Land gegen das Leben eines Farmers.«

»Jetzt reicht es mir!« Chakkell schüttelte den Kopf. »Ich habe keine Lust ...«

»Und wenn ich auf Leben und Tod mit ihm kämpfte?«

Chakkell sprang auf die Füße. »Du arroganter Narr, Marakain! Du hast lange genug darum gebuhlt – jetzt sollst du deinen Willen haben. Ich kann es kaum erwarten, bis endlich Tageslicht in deinen Dickschädel sickert.«

»Danke, Majestät«, sagte Tauler trocken. »Und inzwischen ... laßt Ihr die Hinrichtung aussetzen?«

»Das wird nicht nötig sein – dein Intermezzo wird nicht so lange dauern.« Chakkell hob eine Hand, und ein buckliger Sekretär, der durch ein Guckloch zugeschaut haben mußte, hastete aus einer kleinen Nebentür ins Audienzzimmer.

»Majestät?« sagte er und verbeugte sich so beflissen, daß Tauler der Gedanke kam, der Mann könne seinen Krummrücken jahrelanger Unterwürfigkeit verdanken.

»Zweierlei«, sagte Chakkell. »Richte denen, die draußen warten, aus, daß ich woanders dringender gebraucht werde, aber man möge sich trösten, denn meine Abwesenheit sei nur von kurzer Dauer. *Extrem* kurzer Dauer! Zweitens, richte dem Kommandeur der Palastmiliz aus, Karkarand möge sich in drei Minuten auf dem Paradehof einfinden. Er soll bewaffnet und bereit sein, eine Vivisektion durchzuführen.«

»Jawohl, Majestät.« Der Sekretär verbeugte sich wieder und eilte nach einem sekundenlangen, forschenden Blick auf Tauler zur Doppeltür. Er schritt mit dem Eifer eines Mannes aus, der nach der Langeweile des Tages mit einmal eine respektable Abwechslung witterte. Während der Sekretär den Raum verließ, hatte Tauler Zeit, sich zu fragen, ob er nicht bereits den Boden der Vernunft verlassen hatte in seinem Ringen um Psennels Leben.

»Was ist, Marakain?« sagte Chakkell, der seine Jovialität wiederfand. »Immer noch entschlossen?« Ohne auf eine Antwort zu warten, krümmte er den Finger und lotste Tauler zu einem Privatausgang, der von einem Vorhang verdeckt wurde.

Während er dem König durch einen getäfelten Korridor folgte, tauchte vor seinem geistigen Auge Gesalla auf, wie sie sich von ihm verabschiedet hatte, ihre grauen Augen voller Besorgnis, und seine Zweifel wuchsen. Hatte sie intuitiv *gewußt,* daß er sich aufgemacht hatte, um mit dem Feuer zu spielen? Das Zusammentreffen mit Psennel und seinen Häschern war purer Zufall gewesen, was sonst? Aber in dieser Gesellschaft war gewaltsamer Tod nichts Ungewöhnliches, und Tauler war in den zurückliegenden Jahren keineswegs von Berichten über schnelle und ungerechte Hinrichtungen aufgescheucht worden. War es denkbar, daß er in seiner destruktiven Unzufriedenheit jede andere Möglichkeit genutzt hätte, sich in Gefahr zu bringen, wenn er nicht zufällig auf Panvarls Söldner gestoßen wäre?

Wenn das wirklich sein unterschwelliges Verlangen gewesen war, so war es jetzt mehr als saturiert. Karkarand war ihm nie ein Dorn im Auge gewesen, doch der Mann war eine Rarität – ein begnadeter Schwertkämpfer, unangefochten von moralischen Bedenken, ohne Achtung vor dem Leben, ausgestattet mit Körperkräften, so gewaltig, daß es hieß, er könne ein Blauhorn mit einem einzigen Faustschlag töten. Gegen eine solche Mordmaschine anzutreten, war für einen Mann mittleren Alters, gleichgültig wie gut er bewaffnet war, ein Akt der Verwegenheit, der an Selbstmord grenzte. Und er hatte, was der Gipfel der Borniertheit war, mit seinem Landbesitz, der Existenzgrundlage seiner Familie, gegen Karkarand gewettet!

Verzeih mir, Gesalla, dachte Tauler und zuckte innerlich zurück vor dem ausdruckslos starren Blick seiner Monofrau.

Wenn ich diese Episode überlebe, werde ich bis an das Ende meiner Tage ein Vorbild an Vernunft sein. Ich will nur noch so sein, wie es dir gefällt.

König Chakkell erreichte eine Tür, die nach draußen führte, und stellte das Protokoll auf den Kopf, indem er sie öffnete und ihm mit einer Geste den Vortritt ließ – hinaus in den Paradehof. Ein Rest von Konvention ließ Tauler zaudern, dann bemerkte er Chakkells Lächeln und begriff die Symbolik der Geste – Chakkell hatte seine helle Freude daran, die normalen Umgangsformen dem Privileg zu opfern, einem alten Widersacher den Weg ins Jenseits zu weisen.

»Was quält dich, Tauler?« sagte er ganz jovial. »Jeder andere würde sich das zweimal überlegen – überlegst du vielleicht eben zum ersten Mal? Bedauerst du deine Entscheidung?«

»Im Gegenteil«, erwiderte Tauler und lächelte zurück, »ich betrachte das Ganze als ein nützliches Training.«

Er setzte den Geschenkkoffer auf den Kiesboden und nahm das Schwert heraus. Die Ausgewogenheit der Waffe und die präzise Macht, die sie seiner Hand verlieh, spendeten Zuversicht, und seine Angst flaute ab. Er warf einen Blick auf das große Auge der Alten Welt – die neunte Stunde brach eben an; er konnte es immer noch schaffen, vor Kurznacht wieder daheim zu sein.

»Ist das eine Blutdrainage?« sagte Chakkell, der aus nächster Nähe die Furche auf dem Stahlschwert bemerkt hatte, die vom Griff ausging. »Du gehst nicht bis ans Heft hinein mit so einem langen Blatt, oder?«

»Neue Materialien, neue Formen.« Tauler, der keine Lust verspürte, das Geheimnis der Waffe voreilig preiszugeben, wandte sich ab und sondierte die Fronten der niedrigen Militärunterkünfte und Lagerhallen, die den Paradehof säumten. »Wo bleibt Euer Schwertkämpfer, Majestät? Ich hoffe, er beweist im Kampf etwas mehr Temperament.«

»Das wirst du bald herausfinden«, sagte Chakkell genüßlich.

Im selben Moment wurde eine Tür an der entferntesten

Seite des Hofes geöffnet, und ein Mann in der Uniform eines einfachen Soldaten kam heraus. Andere Soldaten tauchten hinter ihm auf und mischten sich seitwärts unter die spärlichen Zuschauer, die rundum geräuschlos in den Hof sickerten. Die Sache hatte sich schnell herumgesprochen, wie Tauler feststellte, und sie schien all diejenigen anzulocken, die ihren farblosen Alltag am Hofe mit einem Schuß Blutrot aufzufrischen hofften. Er richtete sein Augenmerk wieder auf den Soldaten, der zuerst herausgekommen war und auf ihn und den König zukam.

Karkarand war nicht ganz so groß, wie Tauler erwartet hatte, dafür aber ungeheuer breit, und seine säulenartigen Beine waren so kraftvoll, daß er trotz seiner massiven Statur einen federnden Gang hatte. Die Arme waren derart mit Muskeln bepackt, daß sie nicht vertikal herunterhingen, sondern in einem Winkel abstanden, der seiner ohnehin abschreckenden Erscheinung etwas Monströses verlieh. Karkarands Gesicht war sehr breit, aber schmaler als der Baumstumpf von Hals, auf dem es saß. Die Gesichtszüge wurden von einem rötlichen Stoppelbart verwischt. Die Augen, die Tauler fixierten, waren so farblos und hell, als fluoreszierten sie im Schatten des Brakkahelms.

Tauler begriff augenblicklich, daß seine Herausforderung ein schwerer Fehler gewesen war. Er hatte eine Kreatur vor sich, mehr Kriegsmaschine als Mensch, die gar keine künstlichen Waffen benötigte, um das zerstörerische Potential zu ergänzen, das von Natur aus in ihrem grotesken Gehäuse steckte. Selbst wenn es einem Gegner gelingen sollte, sie zu entwaffnen, wäre sie immer noch in der Lage, die Auseinandersetzung mit dessen Tod zu besiegeln. Instinktiv nahm Tauler sein Schwert fester in den Griff, beschloß, nicht länger zu warten, und preßte mit dem Daumen eine bestimmte Stelle der Verzierung nieder. Er spürte, wie die Glaskapsel im Innern splitterte.

»Majestät«, sagte Karkarand mit erstaunlich wohlklingender Stimme, als er vor den König trat und salutierte.

»Guten Frühtag, Karkarand.« Chakkells Tonfall war genauso freimütig, fast beiläufig. »Baron Tauler Marakain –

von dem du bestimmt schon gehört hast – hat sich allem Anschein nach in seinen eigenen Tod verliebt. Sei so gut und befriedige sein Verlangen auf der Stelle.«

»Jawohl, Majestät.« Karkarand salutierte wieder und zog, ohne innezuhalten, sein Kampfschwert. Anstelle der üblichen Regimentsymbole wurde die Schwärze des Brakkaholzblattes von karminroten Emaille-Intarsien in der Form von Blutstropfen aufgelockert – zum Zeichen, daß sein Besitzer ein persönlicher Favorit des Königs war. Karkarand drehte sich ohne Eile nach Tauler um, mit einem Ausdruck von Gelassenheit und gelinder Neugier, und hob sein Schwert. Chakkell wich mehrere Schritte zurück.

Tauler schlug das Herz zum Hals heraus, als er Stellung bezog und fieberhaft überlegte, in welcher Form Karkarand ihn wohl attackieren würde. Er hatte eher erwartet, sein Widersacher würde darauf aus sein, den Zweikampf mit einem plötzlichen Angriff in Sekundenschnelle zu beenden – statt dessen kam Karkarand langsam auf ihn zu, hob sein Schwert über den Kopf und riß es in einem einfachen, direkten Schlag herunter, wie ihn kleine Kinder im Spiel mimen. Überrascht von diesem plumpen Stil, parierte Tauler den Hieb – und schnappte vernehmlich nach Luft, als die fürchterliche Erschütterung über die Klinge kam und ihm das Heft des Schwerts aus der schmerzgepeinigten Hand zu hebeln drohte.

Karkarands erster Schlag hatte ihn fast von seinem Schwert getrennt!

Er schloß die tauben Finger fester um den noch vibrierenden Griff, gerade rechtzeitig, um eine exakte Wiederholung des ersten Hiebes abzuwehren. Diesmal war er auf die verheerende Schlagkraft vorbereitet und behielt das Schwert sicher im Griff, doch der Schmerz strangulierte sein Handgelenk um so intensiver. Karkarand schritt unbeirrt und ohne Hast voran und wiederholte ein ums andere Mal den abwärtsgerichteten Schlag ohne jede Variation, und mit einmal durchschaute Tauler die Strategie seines Gegners. Karkarand trug Verachtung oder besser noch Ignoranz zur Schau. Er hatte natürlich von Baron Tauler Marakain gehört und war entschlossen, seinen eigenen Ruhm zu mehren, indem er schlichtweg wie ein Automat durch den Königsmörder hindurchging und ihn durch bloße Kraft vernichtete. Es ist überhaupt keine Kunst, wollte er den Zuschauern und aller Welt demonstrieren. Der berühmte Tauler Marakain ist ein Kinderspiel für den einzigen wirklichen Krieger, den er je zu Gesicht bekommen hat.

Tauler sprang weit von Karkarand zurück, um die brutale Schlagserie zu unterbrechen und einen klaren Gedanken fassen zu können. Er sah jetzt, daß Karkarands Waffe dicker und schwerer war als ein gewöhnliches Kampfschwert – eher geschaffen für formelle Exekutionen als zum Kämpfen. Nur jemand mit übermenschlichen Kräften konnte eine solche Waffe längere Zeit führen. Der Kern des Problems war jedoch der ungewöhnliche Kampfstil, den sein Widersacher praktizierte. Eine unerbittliche Serie vertikal geführter Schläge schien die wirksamste Methode zu sein, der Geheimwaffe in seinem Stahlschwert zu entgehen, wiewohl Karkarand nichts davon wissen konnte. Wenn er überleben wollte, mußte er einen radikalen Wechsel im Kampfstil erzwingen.

Tauler sammelte seine ganze Kraft und wartete, bis Karkarands Schwert wieder über ihm war, dann ging er kurz entschlossen vor und blockte den Hieb ab, indem er die beiden Schwerter an den Heften miteinander verhakte. Karkarand wurde von dieser aggressiven Parade überrascht, denn sie versprach nur Erfolg, wenn der Angreifer an Kraft überlegen war – und das war zweifellos nicht der Fall. Karkarand blinzelte, dann gab er ein zufriedenes Grunzen von sich und drückte mit der ganzen Kraft seines massiven rechten Arms zu. Tauler konnte nur sekundenlang gegenhalten, bevor er nachgeben mußte, und als das Brakkaschwert in Fahrt kam, blieb ihm nur noch ein unrühmlicher, strauchelnder Rückzug, der ihn beinahe zu Fall brachte.

Die Zuschauer, die inzwischen näher gerückt waren und einen Kreis bildeten, klatschten einen ironischen Beifall – und Tauler spürte eine gewisse Erwartungshaltung dahinter. Er spielte mit, indem er sich zum König verneigte, der mit einer ungeduldigen Handbewegung zum Weiterkämpfen aufforderte. Tauler wandte sich rasch wieder seinem Gegner zu. Er war zufrieden und erleichtert. Die Schwerter hatten lange genug Kontakt gehabt, und Karkarands Schwertblatt mußte reichlich von der gelben Flüssigkeit abbekommen haben.

»Genug von dem Theater, Königsmörder«, knurrte Karkarand und holte zu einem neuen mörderischen Abwärtsschlag aus.

Anstatt den Schlag sofort nach rechts abzuwehren, schwang Tauler – wie beim Fechten – seine Klinge über und um das schwarze Schwertblatt herum und schlug quer darüber. Das Blatt brach an der Wurzel und taumelte scheppernd in den Kies. Karkarand war mit einem Satz bei der ruinierten Waffe und stieß einen verstörten Schrei aus, der noch verstärkt wurde durch die atemlose Stille, die sich über die Umstehenden gesenkt hatte.

»Was hast du angestellt, Marakain?« bellte König Chakkell, der sich mit wogendem Bauch auf den Weg machte. »Was ist das für ein Betrug?«

»Kein Betrug! Seht selbst, Majestät«, rief Tauler laut, ohne den Gegner aus den Augen zu lassen. Nach kolkorronischen Regeln wäre der Zweikampf jetzt zu Ende gewesen oder ausgesetzt worden, doch für einen Mann von Karkarands Kaliber schienen Verhaltensregeln keine Bedeutung zu haben; dieser Mann wollte ihn töten – egal wie. Tauler wandte sich nur einen Moment lang dem König zu, so lange, wie er durfte, dann wirbelte er herum, und das Stahlschwert vollführte einen blitzenden, horizontalen Halbkreis. Karkarand, der auf ihn losgestürzt war, die Faust wie eine Keule erhoben, bremste und rutschte auf dem Kies – mit dem Zwerchfell in Taulers Schwertspitze hinein. Ein karminroter Fleck wuchs rasch in dem groben grauen Stoff des Waffenrocks. Karkarand wich nicht von der Stelle, heftig atmend; und schien selbst jetzt noch voranzudrängen, ungeachtet des Metalls, das in sein Fleisch schnitt.

»Du hast die Wahl, Riesentöter«, sagte Tauler sanftmütig. »Tod oder Leben?«

Karkarand starrte ihn wortlos an, wich nicht um Haaresbreite zurück, die Augen verengt zu hellen, giftsprühenden Schlitzen in dem kurzen, breiten Gesicht, und Tauler machte sich auf etwas gefaßt, das ihm fremd geworden war.

»Benutze dein Hirn, Karkarand«, sagte Chakkell, der atemlos den Ort der Konfrontation erreichte. »Was soll ich mit einem Mann, dessen Rückgrat aus zwei Teilen besteht. Kehre sofort an deine Arbeit zurück – die Angelegenheit hier kann ein andermal bereinigt werden.«

»Majestät.« Karkarand trat zurück und salutierte, ohne den Blick von Taulers Gesicht zu wenden. Dann drehte er sich um und marschierte zu seinem Quartier. Der Kreis der Zuschauer teilte sich hastig, um ihn durchzulassen. Chakkell, der seine Untertanen gern dabeigehabt hatte, solange er in dem Glauben gewesen war, Tauler würde umkommen, verscheuchte jetzt die Schaulustigen mit einer unwilligen Geste. In wenigen Sekunden standen Tauler und Chakkell allein inmitten der sonnenbeschienenen Arena.

»Also, Marakain!« Chakkell hielt die Hand auf. »Die Waffe!«

»Gerne, Majestät.« Tauler öffnete das Fach im Schwertgriff und legte die gelb verschmierten Splitter der Glaskapsel frei. Ein ätzender Geruch breitete sich in der Wärme aus, der Erinnerungen an den Gestank des Weißfarns wachrief. Das Schwert am unteren Drittel fassend, reichte er es Chakkell.

Chakkell rümpfte angewidert die Nase. »Das ist Brakschleim!«

»Eine Weiterentwicklung. In dieser Form kann er leichter von der Haut gewaschen werden.«

»Die Form ist nicht wichtig.« Chakkell sah nach unten und stieß mit dem Fuß gegen den weggeworfenen Griff von Karkarands Schwert. Das schwarze Holz des Blattstumpfs gärte und schäumte unter der Einwirkung der zerstörerischen Flüssigkeit. »Für mich ist das nach wie vor Betrug.«

»Und ich bleibe dabei, es ist *kein* Betrug«, konterte Tauler. »Wer eine überlegene neue Waffe zur Verfügung hat, ist ein Narr, wenn er stur an der alten Waffe klebt – das ist ein alter militärischer Grundsatz. Und von heute an sind Waffen aus

Brakkaholz überholt.« Er hielt inne und warf einen Blick auf das dräuende Auge der Alten Welt. »Sie gehören da oben hin – zur Vergangenheit.«

Chakkell gab das Stahlschwert zurück und ging brütend einmal im Kreis herum, ehe er den Blick wieder auf Tauler heftete. »Ich begreife dich nicht, Marakain. Warum hast du es soweit kommen lassen? Warum hast du dich so gequält?«

»Das Fällen der Brakkabäume muß aufhören – je eher desto besser.«

»Dieselbe alte Leier! Und was ist, wenn ich dein neues Spielzeug totschweige?«

»Dazu ist es zu spät«, sagte Tauler und deutete mit dem Daumen auf die Militärunterkünfte. »Viele Soldaten haben verfolgt, wie das Stahlschwert die Hiebe eines Karkarand überstanden hat, und sie haben auch beobachtet, was mit dem Brakkaschwert passiert ist. Der mächtigste Herrscher kann dieses Wissen nicht mehr aus der Welt schaffen. Die Soldaten werden nicht den Mund halten, Majestät. Sie werden sich nicht wohl fühlen in ihrer Haut, wenn sie mit Waffen kämpfen sollen, von denen sie genau wissen, daß sie überholt sind. Falls es in Zukunft einmal zu einer Revolte kommen sollte – Tod dem Gedanken! –, würde der Verräter, der sie anführt, seine Söldner bestimmt mit Stahlschwertern wie dem hier ausrüsten. Und dann könnten hundert seiner Männer tausend der ...«

»Hör auf!« Chakkell preßte die Finger an die Schläfen und blieb einen Moment lang so stehen, heftig atmend. »Liefere ein Dutzend von deinen verdammten Schwertern an Gagron vom Militärrat. Ich werde inzwischen mit ihm reden.«

»Danke, Majestät«, sagte Tauler, wobei er bemüht war, dankbar und nicht triumphierend zu klingen. »Und Ihr begnadigt den Farmer?«

Tief in Chakkells braunen Augen war ein Flackern. »Du kannst nicht alles haben, Marakain. Du hast Karkarand durch List und Tücke besiegt – also ist die Wette verloren. Du kannst froh sein, daß ich nicht auch deinen Einsatz kassiere.«

»Aber ich habe mich doch klar ausgedrückt«, sagte Tauler,

aufgeschreckt durch die neue Entwicklung. »Ich habe gesagt, ich könnte den besten Schwertkämpfer in Eurer Armee besiegen, solange ich *dieses Schwert* in der Hand hätte.«

»Jetzt redest du wie ein Rechtsverdreher aus Kail«, sagte Chakkell, während sich sein Lächeln nach und nach zurückstahl. »Vergiß nicht, du bist ein Ehrenmann.«

»Ich kenne hier nur einen, dessen Ehre auf dem Spiel steht.«

Die Worte, mit denen er sein Todesurteil verkündet hatte, versickerten rasch in der Stille, und dennoch war es Tauler, als könne er ihre Echos in den Windungen seines Hirns verebben hören. Ich muß mir wohl vorgenommen haben zu sterben, sagte er sich. Aber wieso folgt mein Körper diesem Vorsatz ohne mein Zutun? Wieso handelt mein Körper so überstürzt? Hält mein Körper meinen Geist für einen wankelmütigen und unzuverlässigen Komplizen? Stößt jeder Selbstmordkandidat Gegenbeschuldigungen aus, angesichts des leeren Giftfläschchens?

Verwirrt und benommen – mit versteinertem Gesicht als Zeichen des Bedauerns – wartete Tauler auf die unausweichliche Reaktion des Königs. Der Versuch, sich zu entschuldigen oder Genugtuung anzubieten, war zwecklos – in der kolkorronischen Gesellschaft wurde Majestätsbeleidigung mit dem Tode bestraft – und es blieb ihm weiter nichts zu tun, als das Gesicht auszublenden, das Gesalla machen würde, wenn sie erfuhr, wie er sein eigenes Ableben inszeniert hatte ...

»Irgendwie war es immer wie eine Art Spiel zwischen uns«, sagte Chakkell eher tadelnd als zornig. »Ein ums andere Mal habe ich dich davonkommen lassen, wo ich jedem anderen das Fell über die Ohren gezogen hätte; und auch am heutigen Frühtag – wenn deine Runde mit Karkarand ihren natürlichen Gang genommen hätte – hätte ich bestimmt sein Schwert im letzten Augenblick aufgehalten, nur um nicht zusehen zu müssen, wie du stirbst. Und all das wegen unseres neckischen Zeitvertreibs, Tauler. Unser geheimes Spiel. Verstehst du, was ich meine?«

Tauler schüttelte den Kopf. »Das ist zu hoch für mich.«

»Du weißt genau, wovon ich rede. Und du weißt auch,

daß das Spiel seit eben jenem Augenblick zu Ende ist, da du gegen alle Regeln verstoßen hast. Mir bleibt keine andere Wahl, als ...«

Tauler hörte nicht mehr zu, als er über Chakkells Schulter hinweg einen Offizier aus einer Tür auf der Nordseite des Palastes in den Hof rennen sah. Der König mußte ein verstecktes Zeichen gegeben haben. Taulers Herz flackerte, und er packte das stählerne Schwert fester. Einen Herzschlag lang erwog er, sich mit dem König als Geisel den Weg ins offene Land und in die Freiheit zu erkaufen, doch die unbeugsame Seite seines Wesens gewann die Oberhand. Er hatte keine Lust, sich wie ein Tier hetzen und einfangen zu lassen – und außerdem würde die Geiselnahme auf seine Familie zurückfallen. Es war weitaus besser, den Tod zu akzeptieren, und mit dem Rest an Würde und Ehre aus dem Leben zu scheiden, der ihm noch blieb.

Tauler trat von Chakkell zurück und hob sein Schwert, als ihm auffiel, daß der Hauptmann mit dem orangefarbenen Helmbusch sich kaum wie ein Offizier ausnahm, der ihn unter Arrest nehmen sollte. Niemand von der Palastwache war bei dem Mann, und sein Gesicht verriet Aufregung, und er hielt kein Schwert, sondern ein Fernglas in der Hand. Weit hinter ihm tauchten an der Peripherie des Paradehofs erneut Soldaten und Hofbeamte auf, die diesmal in den südlichen Himmel starrten.

»... wenn du nicht versuchst, Widerstand zu leisten«, sagte Chakkell gerade. »Andernfalls sind mir die Hände gebunden, und ...« Er unterbrach sich, alarmiert durch den sich nähernden Laufschritt, und fuhr herum.

»Majestät!« rief der Hauptmann. »Ich habe eine Sonnenschreiber-Meldung von Generalleutnant Jeppard. Dringlichkeitsstufe Eins.« Der Hauptmann kam auf dem rutschigen Kies zum Stehen, salutierte und wartete auf Sprecherlaubnis.

»Fahre fort!« sagte Chakkell irritiert.

»Ein Himmelsschiff wurde südlich der Stadt gesichtet, Majestät.«

»Himmelsschiff? *Himmelsschiff?*« Chakkell sah den Hauptmann mißbilligend an. »Wovon redet Jeppard da?«

»Mehr weiß ich auch nicht, Majestät«, antwortete der Hauptmann und fuchtelte nervös mit dem ledergefaßten Fernglas herum. »Der Generalleutnant meinte, Ihr würdet das hier vielleicht benutzen wollen.«

Chakkell riß ihm das Fernglas aus der Hand und richtete es in den Himmel. Tauler legte das Schwert ab und nestelte sein eigenes Teleskop hervor, das er in einem Köcher am Gürtel trug; er kniff die Augen zusammen, als er ein schimmerndes Objekt im Süden ausmachte, gut auf halber Höhe zwischen Horizont und Diesland. Mit geübter Schnelligkeit richtete er das Teleskop aus und stellte auf das Objekt im Zentrum des kreisrunden himmelblauen Blickfelds scharf. Die Vergrößerung löste einen Sturzbach von Empfindungen aus, so mitreißend, daß alle Gedanken an den drohenden Tod hinweggespült wurden.

Er sah den birnenförmigen Ballon – beeindruckend riesig, wiewohl meilenweit entfernt – und die rechtwinklige Gondel, die darunterhing. Er sah den Düsentrichter unter der Gondel und konnte sogar die nahezu unsichtbaren Beschleunigungsstreben erkennen, die das Luftfahrzeug stabilisierten. Und es war dieses Konstruktionsmerkmal, das ihm bestätigte, was er von Anfang an intuitiv gewußt hatte. So und nicht anders hatten die Schiffe ausgesehen, mit denen man vor mehr als zwanzig Jahren nach Jenland gekommen war.

»Ich kann nichts finden«, brummte Chakkell, der konfus an den Gläsern drehte. »Wie kann ein Himmelsschiff am Himmel sein? Habe ich je eins restaurieren lassen?«

»Ich glaube, genau deshalb hat der Generalleutnant für Luftfahrt Alarm geschlagen«, sagte Tauler gedämpft. »Wir haben Besuch von der Alten Welt.«

2. Kapitel

Die mehr als dreißig Wagen der Ersten-Erbpacht-Expedition waren schon viel zu lange unterwegs.

Ihr Holz war verzogen und gesplittert, der Anstrich blätterte ab, und die Wagen blieben so oft liegen, daß man kaum mehr als zehn Meilen am Tag vorankam. Die Blauhörner, die treibende Kraft der Expedition, waren trotz ausreichender Weidemöglichkeiten ausgemergelt und ließen die Köpfe hängen, geschwächt durch Krankheiten, die sie mit dem Wasser aufgenommen hatten, und durch den Befall mit Parasiten.

Bartan Drammy, Pfadfinder der Expedition, hielt die Zügel des vordersten Gespanns, während der Treck sich zum Kamm eines niedrigen Hügels hinaufkämpfte. Vor ihm entfaltete sich eine fremdartig gefärbte Moorlandschaft – unreines Weiß und kränkliches Grüngelb herrschten vor – durchsetzt mit gedrechselten schwarzen Felsspitzen und asymmetrischen Bäumen, die Wipfel und Äste hängen ließen. Der Anblick war für niemanden besonders einladend, aber für jemanden, der einen Trupp hoffnungsvoller Siedler in ein paradiesisches Ackerland führen sollte, war er zutiefst deprimierend.

Bartan stöhnte laut. Sie würden mindestens fünf Tage brauchen, um die blaugrünen Hügel am Horizont jenseits des Morastbeckens zu erreichen. Jop Trinchil, der die Expedition ins Leben gerufen und organisiert hatte, war in letzter Zeit immer unzufriedener mit ihm geworden, und das neuerliche Mißgeschick war nicht dazu angetan, diese Entwicklung umzukehren. Er konnte von Glück sagen, wenn sich überhaupt noch jemand mit ihm abgab. Man ließ ihn ohnehin schon links liegen, und er hatte das unangenehme Gefühl, daß die Pechsträhne selbst Sandiwihri zu schaffen machte, mit der er immerhin verlobt war.

Entschlossen, dem allgemeinen Verdruß nicht aus dem Weg zu gehen, brachte er seinen Wagen zum Stehen, zog die Bremse an und sprang ins Gras. Er war groß, schwarzhaarig und Mitte Zwanzig, schlank und geschmeidig, mit einem runden Jungengesicht. Es war dieses Gesicht – glatt, heiter und gescheit –, das ihn in Schwierigkeiten brachte; die meisten Farmer mißtrauten einem Mann, der nicht aus ihrem Holz geschnitzt war. Trotz der Probleme, die in wenigen Minuten auf ihn zukommen würden, tat Bartan sein Bestes, um sachkundig und unbeeindruckt auszusehen, als er den Treck mit erhobener Hand zum Stehen brachte.

Wie vorauszusehen, brauchte er keine Versammlung einzuberufen – nach einem ersten flüchtigen Blick auf das trostlose Gelände vor ihnen hatten die Farmer mit ihren Familien die Wagen verlassen und steuerten auf ihn zu. Jeder einzelne von ihnen schien etwas anderes zu rufen und trug zum allgemeinen Stimmengewirr bei. Vermutlich spottete man aber nur zu etwa gleichen Teilen über zweierlei: seine Befähigung zum Pfadfinder und diesem jüngsten Beispiel einer Serie unfruchtbarer und nicht kultivierbarer Landstriche. Selbst kleine Kinder starrten ihn mit unverhohlener Verachtung an.

»Nun, Drammy – was hast du denn diesmal für eine Geschichte auf Lager?« wollte Jop Trinchil wissen, die Arme über die schwammigen Hügel der Brust verschränkt. Er war grauhaarig und fett, schien aber keine Last mit seinem Übergewicht zu haben, und er hatte Hände wie Schaufeln. In einem ehrlichen Kampf würde er wahrscheinlich mit Bartan kurzen Prozeß machen und nicht einmal außer Atem kommen dabei.

»Geschichte? Welche Geschichte?« Bartan spielte auf Zeit und tat entrüstet. »Ich bin doch kein Märchenerzähler.«

»Ach, ja? Und was war das, als du mir weisgemacht hast, du wärst mit dem Land hier vertraut?«

»Ich habe gesagt, ich wäre mit meinem Vater mehrmals über diese Region mit dem Ballon gefahren, aber das ist lange her – und man kann nicht alles sehn und sich nicht an alles erinnern.« Das letzte Wort hätte Bartan besser nicht gesagt, und er hätte sich ohrfeigen können, weil er dem älteren Mann eine weitere Gelegenheit bot, seinen Standardwitz anzubringen.

»Es wundert mich, daß du dich noch daran erinnerst«, dröhnte Trinchil mit einem Blick in die Runde, um die Leute einzustimmen, »wie man beim Pissen den Lümmel halten muß.«

Und mich wundert, daß du dich noch daran erinnerst, wo der deine überhaupt ist, dachte Bartan und tat sich schwer, die Retourkutsche für sich zu behalten, als die Umstehenden, insbesondere die Kinder, in wildes Gelächter ausbrachen. Jop Trinchil war Sandiwihris gesetzlicher Vormund und hatte das Recht, ihr die Heirat zu verwehren; und er wurde jedesmal fuchsteufelswild, wenn er in einem Wortgefecht in Bedrängnis kam, so daß sie Bartan das Versprechen abgenommen hatte, Trinchil nie wieder in Verlegenheit zu bringen.

»Warum sollen wir weiter nach Westen ziehen?« warf ein junger Farmer namens Raderan ein. »Ich bin dafür, wir wenden uns nach Norden.«

Ein anderer sagte: »Recht hat er – selbst wenn die Blauhörner durchhalten, sind wir am Krepieren, bis wir aus der anderen Richtung da wieder ankommen, wo wir losgezogen sind.«

Bartan schüttelte den Kopf. »Wenn wir nach Norden gehen, kommen wir nach Neu-Kail, wo schon alles besiedelt ist, und ihr werdet euch trennen und mit den weniger guten Flecken vorliebnehmen müssen. Ich dachte, der ganze Sinn der Expedition war, erstklassiges Land für euch und eure Familien abzustecken und dort eine Gemeinde zu gründen.«

»Das *war* der Sinn, aber wir haben den Fehler gemacht, einen Grünschnabel als Anführer anzuheuern«, sagte Trinchil. »Wir hätten einen erfahrenen Mann nehmen sollen.«

Der wahre Kern der Anklage traf Bartan härter als die Vehemenz, mit der sie vorgebracht wurde. Nachdem er Sandiwihri kennengelernt und sich in sie verliebt hatte, war er am Boden zerstört gewesen, als er erfuhr, daß sie mit der Expedition aus der Umgebung von Ro-Amass wegziehen sollte. Um von Trinchil und den anderen akzeptiert zu werden, hatte er seine Kenntnisse über diesen Teil des Kontinents maßlos übertrieben. In seinem Feuereifer war er selbst schon halbwegs davon überzeugt gewesen, sich die Geographie eines weiten Landes in groben Zügen wieder ins Gedächtnis zurückrufen zu können; doch als die Wagen sich nach Westen vorantasteten, trat die Unzulänglichkeit seiner Erinnerung und einer Handvoll Kartenskizzen immer deutlicher zutage.

Nun kassierte er den Lohn dafür, daß er sich und andere an der Nase herumgeführt hatte, und irgend etwas in Trinchils Benehmen ließ ihn argwöhnen, der Lohn könne zum Teil aus physischem Schmerz bestehen. Verzweifelt beschattete Bartan die Augen gegen die Sonne und musterte aufs neue die schimmernde Moorlandschaft, in der Hoffnung, irgendein Detail könne doch noch sein Erinnerungsvermögen stimulieren. Fast augenblicklich bemerkte er einen Knick in der Horizontlinie jenseits des Moors, einen Knick, der auf einen schmalen Ausläufer des Moors in ein Flußbett hinweisen mochte. Wie sah das aus der Luft aus? Wie ein dünner weißer Finger, der nach Westen zeigte? Erlag er wieder einer Selbsttäuschung, oder lag tatsächlich so ein Bild verschüttet in einem Winkel seines Gedächtnisses? Und stand es in Verbindung mit einem noch schwacheren Bild von saftigem Grasland, das unter ihm dahinglitt und das von klaren Strömen durchzogen war?

Entschlossen, alles auf eine Karte zu setzen, produzierte Bartan ein schallendes Gelächter, wobei er alle Stimmkünste mobilisierte, da es vollkommen natürlich und ungezwungen klingen sollte. Trinchils Unterkiefer mit tausend silbrigen Stoppeln klappte vor lauter Verblüffung nach unten, und das grantige Geplapper der anderen verstummte jählings.

»Ich wüßte nicht, was es in unserer Lage zu lachen gibt«, sagte Trinchil. »Und schon gar nicht in der deinen«, setzte er drohend hinzu.

»Ich kann nichts dafür, entschuldige.« Bartan kicherte und rieb sich die Augen, ganz der Mann, der aufrichtig um seine Selbstbeherrschung kämpfte. »Es war grausam von mir, aber du kennst mich doch – ich kann meine kleinen Späße nicht lassen – ich *mußte* einfach sehen, was du für ein Gesicht machst, wenn du in dem Glauben bist, daß die ganzen Strapazen umsonst waren. Es tut mir furchtbar leid, ganz ehrlich.«

»Hast du den Verstand verloren?« sagte Trinchil, die Hände zu riesigen, ledrigen Klumpen ballend. »Raus mit der Sprache, oder ...«

»Gerne.« Bartan machte eine theatralische Geste, die das ganze Moorbecken umfaßte. »Ihr werdet alle entzückt sein zu vernehmen, daß jenseits dieser Schüssel mit verschimmeltem Brei eben jener Landstrich liegt, den ich von Anfang an im Auge hatte. Auf der anderen Seite des Moors, direkt hinter den Hügeln wartet eine verschwenderische Fülle des fruchtbarsten Bodens auf euch, der sich meilenweit in jede Richtung erstreckt, so weit das Auge reicht. Meine Freunde, wir stehen kurz vor dem Ziel unserer Reise. Bald schon werden Mühsal und Trübsal ein Ende haben, und wir können endlich ...«

»Hör auf mit dem Geschwafel!« schimpfte Trinchil und hob die Hände, um die aufkeimende Unruhe unter den Umstehenden zu dämpfen. »Wir haben solche Reden schon zu oft über uns ergehen lassen – warum sollten wir dir ausgerechnet jetzt glauben?«

»Ich sage noch einmal, wir sollten nach Norden abdrehen«, sagte Raderan und trat vor. »Und wir sollten das am besten gleich tun, statt auf diesen Narren zu hören und Zeit zu verplempern, indem wir erst noch diesen Morast umgehen.«.

»*Narr* ist viel zu freundlich für den Kerl«, steuerte Raderans hünenhafte Rangfrau, Feurenda, bei. Und nach einer Denkpause gab sie zum besten, was sie für die passende Bezeichnung hielt; mehreren Frauen blieb die Luft weg, und die Kinder johlten förmlich.

»Es ist nur gut, daß Euch der Weiberrock schützt«, begehrte Bartan auf, wiewohl er im Zweifel war, ob er länger als ein paar Sekunden vor der Riesin bestehen konnte, und zu seinem Leidwesen begann sie sofort am Knoten ihrer Hüftschnur zu nesteln.

»Mein Hemd genügt, um dich abzuschrecken«, höhnte sie. »Wir können gleich ...«

»Überlaß mir das, Frau!« Trinchil hatte sich zur vollen Größe aufgerichtet und kehrte für jedermann sichtbar seine Autorität hervor. »Wir sind allesamt vernünftige Leute, und vernünftige Leute tragen ihre Meinungsverschiedenheiten vernünftig aus. Würdet Ihr mir soweit zustimmen, Pfadfinder Drammy?«

»Von ganzem Herzen«, sagte Bartan erleichtert, aber nicht ohne Argwohn. Trinchil würde ihn nicht plötzlich ins Herz geschlossen haben. Über die Köpfe der Leute hinweg sah er, wie die Plane eines Wagens zurückgeschlagen wurde und Sandiwihri ihren Blondschopf herausstreckte. Sie hatte sich bestimmt nur zurückgehalten, um ihn nicht noch mehr in Verlegenheit zu bringen. Wie die meisten jungen Farmerinnen, trug sie eine ärmellose grüne Bluse und eine hautenge, in dunkleren Grüntönen karierte Hose – mit dem Unterschied, daß Sandiwihri es mit einem ganz besonderen Charme tat, der nicht zuletzt auch auf ihre inneren Vorzüge schließen ließ. Selbst in dieser angespannten Lage hatte er seine helle Freude an den anmutigen, gelassenen Bewegungen ihrer Hüften, als sie an dem Wagen herunterkletterte …

»So wie die Dinge liegen, *Pfadfinder* Drammy«, sagte Trinchil und näherte sich Bartans Wagen, »halte ich den Zeitpunkt für gekommen, endlich Euren schlafenden Passagier aufzuwecken, damit er sich bezahlt macht.«

Das war der Augenblick, vor dem er sich immer gefürchtet hatte. »Ähm … das würde eine Menge Arbeit kosten.«

»Es würde noch mehr Arbeit kosten, die Hügel zu überqueren und dahinter womöglich nichts als Sumpf oder Wüste zu finden.«

»Ja, aber …«

»Aber was?« Trinchil zerrte an der fleckigen Zeltplane des Wagens. »Du *hast* doch ein Luftschiff dabei, und du *kannst* es doch fahren, oder etwa nicht? Sollte sich herausstellen, daß du meiner Nichte den Kopf mit einem Haufen Lügen verdreht hast, würde ich sehr ärgerlich werden. So ärgerlich, wie du mich noch nie erlebt hast. So ärgerlich, daß du dir keinen Begriff davon machen kannst.«

Bartan sah zu Sandiwihri hinüber, die eben zu den Umstehenden stieß, und war entsetzt, als er ihrem Blick begegnete. Sie starrte ihn fragend, um nicht zu sagen zweifelnd an. »Selbstverständlich habe ich mein Luftschiff dabei«, sagte er rasch. »Also, eigentlich ist es mehr ein Luft*boot* als ein Luft*schiff*, aber ich kann dir versichern, daß ich ein ausgezeichneter Pilot bin.«

»Schiff, Boot oder Nußschale – niemand interessiert sich

mehr für deine Ausreden.« Trinchil fing an, die Plane loszubinden, und andere Männer gingen ihm freiwillig zur Hand.

Bartan ließ die Männer widerwillig gewähren und sah ihnen mit wachsendem Unbehagen zu. Die Leidenschaft für die Ballonfahrerei hatte seinen Vater erst an den Bettelstab und dann ums Leben gebracht. Der einzige Wertgegenstand, den Vater hinterlassen hatte, war dieses Luftboot, und Bartan wußte nicht einmal, ob es überhaupt noch fahrtauglich war. Er hatte diese Tatsache wohlweislich verschwiegen, als er die Kiste gleichsam als Unterpfand präsentiert hatte, damit man ihn an der Expedition teilnehmen ließ. Luftaufklärung, hatte er argumentiert, war von unschätzbarem Wert für den Treck, und Trinchil hatte widerstrebend Transportraum für die Kiste bewilligt. Es hatte mehrere Situationen während der Reise gegeben, die der Mühe wert gewesen wären, das Boot in die Luft zu schicken; und jedesmal hatte Bartan seine ganze Phantasie gebraucht, um sich plausible Gründe auszudenken, warum es besser war, am Boden zu bleiben. Jetzt sah es allerdings so aus, als sei die Stunde der Wahrheit gekommen.

»Sieh nur, wie sie sich abrackern«, sagte er und baute sich neben Sandiwihri auf. »Sieht ganz so aus, als brauchten sie Bewegung! Man könnte meinen, sie trauten ihrem Piloten nicht über den Weg.«

»Du kannst bald zeigen, was in dir steckt.« Sandiwihris Worte klangen nicht so warmherzig, wie Bartan sich das gewünscht hätte. »Ich hoffe nur, der Pilot ist besser als der Pfadfinder.«

»Sandi!«

»Na ja«, sagte sie ohne Reue, »du mußt doch zugeben, bis jetzt hast du nur Scheiße gebaut.«

Verletzt und bestürzt zugleich starrte Bartan auf sie hinunter. Er konnte sich nicht erinnern, je ein schöneres Gesicht als das von Sandiwihri gesehen zu haben – mit großen, weit auseinanderstehenden blauen Augen, vollkommener Nase und klar gezeichneten, sinnlichen Lippen – und sein ganzer Instinkt sagte ihm, daß ihr Wesen so liebenswert war wie ihr Äußeres. Aber hin und wieder machte sie Bemerkungen, die, wenn man sie wörtlich nahm, daran erinnerten, daß sie im Grunde so grob geschnitzt war wie einige der Schlampen, bei denen sie aufgewachsen war. Verfolgte sie eine Absicht damit? Wollte sie ihm auf ihre Weise klarmachen, daß das Farmerleben, dem er sich verschreiben wollte, kein Zuckerschlecken war? Er wurde jählings aus seinen Gedanken gerissen, als ein Farmer Anstalten machte, einen kleinen grüngestrichenen Kasten vom Wagen zu werfen.

»Vorsicht!« schrie Bartan und stürzte vorwärts. »Da sind Kristalle drin!«

Der Farmer zuckte unbeeindruckt die Achseln und reichte Bartan den Kasten hinunter.

»Gib mir auch den roten«, sagte Bartan. Nachdem er auch den zweiten Kasten bekommen hatte, klemmte er sich beide unter die Arme und trug sie zu einem sicheren Standort auf einem flachen Findling. Die grünen Paikn- und purpurnen Havlkristalle – beide dem Boden entzogen durch die Wurzelsysteme des Brakkabaums – waren genaugenommen ungefährlich, solange sie sich nicht in einem fest verschlossenen Behälter vermischen konnten. Aber sie waren teuer und außerhalb der ganz großen Siedlungen nur schwer zu bekommen, und Bartan hütete die kleinen Mengen, die er geerbt hatte. Da er sich mit dem Unausweichlichen abgefunden hatte, begann er das Auspacken und den Zusammenbau des Luftbootes zu beaufsichtigen.

Obwohl die kleine Gondel extrem leicht war, machte er sich keine Sorgen über ihre Festigkeit, und das Düsenaggregat – ganz aus Brakkaholz – war praktisch unzerstörbar. Bartans Hauptsorge galt dem Gassack. Das gelackte Leinen der Hülle war bereits in zweifelhaftem Zustand gewesen, als er es zusammengepackt hatte, und dann war es die ganze Reise über im Stauraum des Wagens geschunden worden. Er inspizierte das Material und die Nähte der Bahnen und Verstärkungsbänder, während der Gassack zur vollen Länge auf dem Boden ausgerollt wurde. Was er fand, bestätigte seine Befürchtungen. Das Leinen fühlte sich wie Papier an, und auf den Bändern zitterten unzählige lose Fadenenden.

Das ist Wahnsinn, dachte Bartan. Ich werde mich für niemanden umbringen.

Er überlegte, ob er Trinchil die Stirn bieten und sich schlichtweg weigern sollte, mit dem Boot aufzusteigen – oder ob er heimlich ein Loch in die Hülle reißen sollte, als ihm ein Umschwung im Verhalten der anderen auffiel. Die Männer stellten ihm Fragen über die Konstruktion und Bedienung des Fahrzeugs und hörten ihm interessiert zu. Auch die ausgelassensten Kinder brachten ihm inzwischen einen gewissen Respekt entgegen. Ihm dämmerte allmählich, daß diese Siedlerfamilien noch nie einen Ballon aus nächster Nähe gesehen hatten, und in ihnen ein neugieriges Staunen über dieses Wunder aus Menschenhand entfacht war. Das Boot und seine fremdartigen Mechanismen, die man zum ersten Mal sah, waren der Beweis, daß er tatsächlich ein Ballonfahrer war. Innerhalb von Minuten war er nicht mehr der Möchte-gern-Farmer, auf den kein Verlaß war und der eher eine Belastung für die Gemeinschaft war – sondern der Mann mit geheimnisvollen Kenntnissen, seltener Erfahrung und dem Vermögen, wie ein Gott in den Wolken zu spazieren. Dieses neue Ansehen in der Gemeinschaft empfand er als sehr wohltuend – und es war schade, daß er es so schnell wieder verlieren sollte.

»Wie lange würdest du bis zu den Hügeln brauchen mit diesem Fahrzeug?« sagte Trinchil, ganz ohne die übliche Herablassung.

»Vielleicht eine halbe Stunde.«

Trinchil pfiff anerkennend. »Das ist schon erstaunlich. Hast du keine Angst?«

»Nicht die Spur«, sagte Bartan und bedauerte, nun Farbe bekennen zu müssen. »Ich denke nämlich nicht im Traum daran, mit diesem …«

»Bartan!« Sandiwihri war in einem Wirbel von blonden Haaren neben ihm und schlang den Arm um seine Taille. »Ich bin so *stolz* auf dich.«

Er gab sich Mühe zu lächeln. »Sandi, du weißt vielleicht nicht …«

»Ich will dir etwas ins Ohr flüstern.« Sie zog seinen Kopf

herunter und drängte sich gleichzeitig so an ihn, daß er den warmen Druck ihrer Brüste auf den Rippen spürte und ihr Schambein, das sie auf seinen Oberschenkel schob. »Mir tut so leid, was ich gesagt habe«, wisperte sie. »Ich hab mir nur Sorgen um uns gemacht, weißt du, und Onkel Jop war so böse mit dir. Ich wüßte nicht, was ich täte, wenn wir nicht heiraten könnten – aber jetzt ist ja wieder alles gut. Zeig denen, wie wundervoll du bist, Bartan – tu's für mich!«

»Ich ...« Bartans Stimme versagte, als er sah, wie Trinchil ihn prüfend anstarrte.

»Du wolltest eben etwas sagen.« In Trinchils Augen schien die alte Ablehnung wieder aufzuflackern. »Du denkst nicht im Traum daran ... zu fliegen?«

»Fliegen?« Bartan spürte, wie Sandiwihris Hand seinen Rücken hinunterglitt und auf seinem Po liegen blieb. »Ein Ballon wird gefahren! Ah ... Ich wollte sagen, es ist absolut ungefährlich, weil ich nicht im Traum daran denke, mich zu weit zu entfernen oder irgendwelche Kunststückchen vorzuführen. Ich betreibe Luftfahrt professionell. Rein beruflich, sozusagen.«

»Freut mich zu hören«, sagte Trinchil. »Ich wäre der letzte, der einem anderen in den Beruf hineinreden würde, aber darf ich dir dennoch einen dringenden Rat geben?«

»Nur zu!« erwiderte Bartan und fragte sich, wieso er das Grinsen des Älteren so wenig ermutigend fand.

Trinchil packte ihn mit beiden Schaufelhänden an den Schultern und schüttelte ihn gespielt spielerisch. »Falls du, durch irgendeinen dummen Zufall, *kein* gutes Land hinter diesen Hügeln finden solltest – dann ... ah ... fahre weiter, immer geradeaus, und gib acht, daß du so viele Meilen zwischen uns beide legst, wie du nur kannst, kapiert?«

Das Boot ließ sich gut handhaben, und das Gefühl, wieder in der Luft zu sein, hätte bei Bartan bestimmt auch einen geistigen Auftrieb erzeugt – hätte er nicht jeden Moment ein katastrophales Versagen des Gassacks befürchten müssen.

So rätselhaft es den Farmern auch erschienen war, das Düsenaggregat, das sein Vater entworfen und gebaut hatte,

besaß im Grunde nur drei Kontrollen. Ein Drosselventil fütterte die Reaktionskammer mit Paikn und Havl, und das so erzeugte heiße Miglyngas schoß nach achtern aus einem Düsenrohr und lieferte den Vortrieb für das Boot. Das Rohr konnte mit einer Pinne seitlich geschwenkt werden, wodurch sich die Fahrtrichtung beeinflussen ließ; und mit einem weiteren Hebel ließ sich von unten her Gas in die offene Hülle umlenken, um den Auftrieb aufrechtzuerhalten oder zu vergrößern. Weil selbst erkaltetes Miglyn leichter als Luft war, blieb das Gefährt kompakt und doch funktionstüchtig.

Bartan ließ das Boot fünfzig Fuß steigen und fuhr einen Kreis um die Wagen, teils, um Sandiwihri zu gefallen, hauptsächlich aber, um zu testen, ob die auftretenden Torsionen nicht zuviel waren für die Verbindungszwickel. Erleichtert, daß sein Fahrzeug immer noch fahrtüchtig war, winkte er den Farmern gravitätisch zu und nahm Kurs nach Westen. Es war kurz nach Mittag, die Sonne stand sehr nahe am Zenit, so daß er im Schlagschatten des Gassacks saß und seine Umgebung mit ungewöhnlicher Klarheit begutachten konnte. Die Moorlandschaft erstreckte sich vor ihm wie pastellfarbener Schnee; die fernen Hügel nahmen sich dagegen fast schwarz aus. Abgesehen vom gelegentlichen Aufblitzen eines besonders hellen Meteors gab es am Himmel wenig zu sehen. Auch die hellsten Sterne kamen kaum gegen die gleißende Helligkeit an, und selbst der *Baum* zu seiner Linken – die bekannteste Konstellation am südlichen Himmel – war kaum zu erkennen.

Nach den ersten ereignislosen Flugminuten verflüchtigten sich Bartans Ängste. Das unregelmäßige Düsengeräusch verlor sich rasch in der allgegenwärtigen Stille, und er mußte im Grunde nur den Kurs halten und hin und wieder den Druckluftbehälter aufpumpen, der die Kristalle ins Aggregat beförderte. Er hätte seinen Flugeinsatz genießen können, wären da nicht die Abschiedsworte von Jop Trinchil gewesen, und er bedauerte wieder einmal, daß er Sandiwihri nie hatte überreden können, die Erbpacht-Gruppe zu verlassen.

Er war erst zwei Jahre alt gewesen zur Zeit der Auswanderung und hatte keine echten Erinnerungen daran, doch sein Vater hatte ihm viel davon erzählt und hatte ihm einen guten Überblick über die historischen Hintergründe mit auf den Weg gegeben. Als die Pterssa-Seuche König Pradt gezwungen hatte, die Evakuierungsflotte zu bauen, die in der Lage war, von der Schwesterwelt Diesland nach Jenland überzusetzen, hatte es einen heftigen Widerstand seitens der Kirche gegeben. Das grundlegende Dogma des Alternismus besagte, daß nach dem Tode die Seele nach Jenland flog, dort in einem Baby wiedergeboren wurde, ein neues Leben durchlebte und danach wieder nach Diesland zurückkehrte, Teil eines ewigen und unveränderlichen Wechsels zwischen den beiden Welten. Das Vorhaben, eintausend Schiffe leibhaftig auf die Reise nach Jenland zu schicken, war ein Affront gegen den damaligen Erzbischof gewesen, und die Aufständischen, die er angeführt hatte, hätten fast das ganze Unternehmen zum Erliegen gebracht; aber die Auswanderung war trotz widriger Umstände durchgeführt worden.

Als man auf Jenland keine Menschen vorfand, keinen Gegenpol der diesländischen Zivilisation, warfen die meisten Kolonisten ihre Religion über Bord. Daß der Alternismus nicht restlos verschwand, war – mit den Worten von Bartans Vater – ein Triumph bornierter Unvernunft. Na gut, wir haben uns geirrt, war das Argument des frommen Rests. Unser Verstand ist eben zu schwach, um die ganze Größe des Plans zu erfassen, den die Große Permanenz verfolgt. Wir wissen, daß die Seelen zu einer anderen Welt überwechseln. Und diese Welt heißt nicht Jenland. Wir erkennen in aller Bescheidenheit, daß der wahre Bestimmungsort für die scheidenden Seelen Fernland heißt. Der Heilige Pfad ist weit länger, als wir gedacht hatten, Brüder und Schwestern.

Fernland war ungefähr doppelt so weit von der Sonne entfernt wie die Zwillingswelten Diesland und Jenland. Es würde viele Jahrhunderte dauern, bis Schiffe von Jenland diese Reise antreten würden. Also hatten die Hohen Priester eine gute Wahl getroffen, hatte Vlodan Drammy zynisch bemerkt. So hatten sie ihre Schäfchen für eine sehr lange Zeit wieder im Trockenen ...

Vater hatte in diesem Punkt nicht recht behalten. König Chakkell – ein alter Feind der Kirche – hatte in der Verfassung des jungen Staates ausdrücklich jede Form von Staatsreligion, sowie Relikte derselben, untersagt. Zufrieden, den Klerus als Berufsstand ausgemerzt zu haben, hatte der König sich anderen Dingen zugewandt, ohne zu bedenken, daß sein Edikt ein Vakuum geschaffen hatte, in dem sich eine neue Sorte von Predigern breitmachen sollte, solche wie Jop Trinchil.

Trinchil hatte spät in seinem Leben zur Religion gefunden. Mit Vierzig hatte er noch *skrupellos* den Heiligen Pfad entweiht, indem er freiwillig an der Auswanderung teilgenommen hatte. Fortan hatte er die meiste Zeit seines Lebens unermüdlich und hart auf einem kleinen Landbesitz in der Nähe von Ro-Amass gearbeitet. In den späten Fünfzigern hatte Trinchil dann mit diesem Leben zu hadern begonnen und beschlossen, Laienprediger zu werden. Als ein Mann, der weder lesen noch schreiben konnte, der linkisch in Rede und Umgang war und zur Gewalt neigte, konnte er nichtsdestotrotz andere kraft seiner rauhen Persönlichkeit in den Bann schlagen. So hatte er bald eine Anzahl Unverbesserlicher um sich geschart und mit ihrer Gebefreudigkeit die Erträge seiner körperlichen Plackerei stattlich ergänzen können.

Schließlich hatte er den Plan gefaßt, eine Herde der Treuesten in ein Jenland zu führen, wo sie ihre Religion unbehelligt praktizieren konnten – unbehelligt vor allem von Wichtigtuern, die eines Tages Trinchils illegale Aktivitäten dem Präfekten von Ro-Amass zutragen würden.

Es war während der Vorbereitungen der Erbpacht-Expedition gewesen, als sich Trinchils und Bartan Drammys Wege gekreuzt hatten. Bartan hatte ganz gut davon gelebt, billigen Schmuck zu verkaufen, den er selbst entwarf und herstellte. Normalerweise hatte er ein sicheres Gespür fürs Geschäft, aber eine Zeitlang hatte er sich von den jüngst entdeckten Weichmetallen Gold und Silber betören lassen – mit dem Ergebnis, daß er auf einer ganzen Kollektion Schmucksachen sitzengeblieben war, die auf dem normalen Markt nicht gefragt waren, dort wo man den traditionellen Materialien wie Glas, Keramik, Speckstein und Brakka den Vorzug gab. Er hatte sich nicht entmutigen lassen und war rund um Ro-Amass über Land gezogen, auf der Suche nach anspruchsloseren Kunden, und war Sandiwihri Trinchil begegnet.

Ihr hellblondes Haar hatte ihn mehr geblendet als all sein Gold, und innerhalb von Minuten war er hoffnungslos verliebt gewesen und hatte den Tagtraum zu träumen begonnen, Sandiwihri als seine Monofrau mit in die Stadt zu nehmen. Sie hatte seinen Heiratsantrag bejaht, nicht zuletzt, weil sie Gefallen daran fand, einen Mann zu heiraten, der äußerlich und innerlich so vollkommen anders war als die Farmerburschen, die sie kannte. Allerdings hatten Bartan zwei wesentliche Hindernisse im Weg gestanden. Sandiwihris Hang zum Exotischen hörte dort auf, wo sie ihre Art zu leben hätte ändern müssen – sie wollte nie und nimmer irgendwo anders leben als auf einer Farm. Und Bartan hatte mit einemmal seine bis dahin schlummernde Leidenschaft für die Landwirtschaft entdeckt, seinen unbändigen Wunsch, ein eigenes Stück Land zu bestellen; das zweite Problem ließ sich dagegen nicht so leicht aus der Welt schaffen.

Jop Trinchil und er hatten sich von Anfang an nicht gemocht. Dazu hatte es keines Interessenkonflikts bedurft – oder auch nur eines einzigen gesprochenen Wortes – die gegenseitige Ablehnung, tief verwurzelt und unauflöslich, existierte vom allerersten Augenblick ihrer ersten Begegnung an. Trinchil hatte sofort entschieden, daß Bartan als Ehemann und Vater ein absoluter Versager sein würde; und Bartan hatte sogleich gewußt, ohne jeden Fingerzeig, daß Trinchil in Wahrheit nur eine Religion hatte – nämlich sich auf Kosten seiner Schafe die Taschen zu füllen.

Andererseits war Trinchil ganz vernarrt in seine Nichte. Obwohl er keine Gelegenheit ausließ, sich über Bartans Unzulänglichkeit zu beklagen, hatte er die Heirat nicht verboten. So lagen die Dinge bis zur Stunde, doch Bartan hatte das Gefühl, als sei seine Zukunft in der Schwebe, und sein Gemütszustand war auch durch Sandiwihris Intervention nicht besser geworden. War ihre Liebe noch so unerschütterlich wie zu Anfang? Würde sie sich von ihm abwenden, wenn er jetzt versagte?

Der Gedanke ließ Bartan konzentriert nach der Unregelmäßigkeit am anderen Ufer des Sumpfbeckens Ausschau halten. Nun, da er näher und höher war, sah es so aus, als würde das Moor dort tatsächlich von einem Fluß entwässert. Dann konnte es nicht mehr lange dauern, und er würde zu sehen bekommen, woran er sich zu erinnern glaubte. Er wünschte sich, sein Gedächtnis wäre zuverlässiger, und feuerte mehrere Schübe Miglyn in den Gassack, der über ihm schwankte. Langsam stieg das Boot auf die Höhe, die er brauchte, um über die Hügel zu kommen. Die Felsspitzen, die aus dem bleichen Moorland ragten, schrumpften zu schwarzen abgebrannten Kerzen.

Es dauerte nicht lange, und er trieb über der fließenden Grenze des Moors – und fand seine Vermutung bestätigt. Es streckte tatsächlich einen schmalen, geraden Finger gut zwei Meilen weit nach Westen. Erregt und mit wachsender Zuversicht folgte er dem einstigen Wasserlauf. Und als das vermoorte Flußbett Konturen aus Gras bekam, sah er Rudel hirschähnlicher Tiere, die – aufgescheucht durch das Düsengeräusch – im Zickzack liefen, um mit ihren weißen Hinterteilen Alarm zu geben. Entsetzte Vögel brachen gelegentlich aus den Bäumen, wie vom Wind aufgewirbelte Blütenblätter.

Bartan ließ die Hänge vor ihm nicht aus den Augen. Sie schienen eine immer höher gestaffelte Barriere zu bilden, nur um ihm die Sicht zu versperren – dann überquerte er einen Hügelkamm, und der Horizont floh mit einem dramatischen Satz in die Ferne. Vor Bartan erstreckte sich eine vielgestaltige Landschaft aus Savannen, sanften Hügeln, Seen und vereinzelten Waldstreifen.

Bartan jauchzte vor Freude. Das Land zu seinen Füßen glich dem Jagdrevier eines Reichen, war der Traum eines jeden Siedlers. Sein erster Impuls war, das Luftboot zu wenden und die gute Nachricht auf dem kürzesten Weg an den Mann zu bringen – aber wie der Hügel so sanft unter ihm abfiel, war das wie eine stille Einladung, weiterzufahren. Warum sollte er nicht ein paar Minuten darauf verwenden, die nähere Umgebung ein bißchen genauer in Augenschein zu nehmen? Womöglich fand sich ein Fluß, an dem der Treck vorübergehend kampieren konnte. Die Farmer sollten sehen, was für ein fähiger und praktischer Mann er war.

Während er weiter nach Westen fuhr, ließ er den Gassack abkühlen, so daß das Boot allmählich an Höhe verlor. Zuweilen lachte er lauthals vor Freude, weil ihm die lang ersehnte Anerkennung winkte, dann seufzte er wieder vor Erleichterung, wenn er daran dachte, wie sehr man ihn verachtet und gedemütigt hatte. Die Luft war so klar, daß sich das Land wie eine peinlich genaue Zeichnung ausnahm. Es war kaum zu glauben, aus welcher Entfernung er noch Einzelheiten der Vegetation und der Felsformationen erkennen konnte. So kam es, daß Bartan – obwohl er noch gut fünf Meilen von dem weißen Fleck am Hang eines Hügels entfernt war – sofort Bescheid wußte.

Es war ein Gehöft!

Die Enttäuschung stürzte Bartan in Finsternis und Kälte, und seinen Lippen entfloh ein stöhnender Protest. König Chakkell hatte gleich nach der Thronbesteigung entschieden, Kolkorron als Weltstaat zu etablieren. Zu diesem Zweck hatte man die Auswanderer mit einer Flotte großräumiger Luftschiffe rund um den Globus verteilt. Diese Kerngemeinden sollten Anlaufstellen für eine lebhafte und spontane Expansion sein. Doch, soweit Bartan unterrichtet war, hätte dieser südliche Teil des Kontinents noch unberührt sein müssen. Um eine fortschreitende Besiedlung des Kontinents zu gewährleisten, räumte man solchen Farmern, die Neuland erschlossen, das Privileg ein, weitaus mehr Land in Besitz zu nehmen, als es anderen erlaubt war, die sich in relativ besiedelten Gebieten niederließen. Und es war nicht zuletzt dieses Privileg, hinter dem Jop Trinchil her war – und nun sah es so aus, als seien ihm andere zuvorgekommen. Auch für Bartan sah es nicht gut aus. Sollte sich freilich herausstellen, daß die Besiedlung dieser Region eben erst begonnen hatte, dann mochten hier noch viele Familien Platz finden. Er mußte das herausfinden, ehe er zum Treck zurückkehrte.

Beflügelt durch den Hoffnungsschimmer nahm Bartan Kurs Westwestnordwest und hielt direkt auf das winzige weiße Rechteck des Gehöfts zu. Es dauerte nicht lange, bis er nur mehr eine Meile entfernt war und gelbbraune Schuppen in dem Geviert entdeckte. Während er Vorbereitungen traf, Miglyn aus dem Gassack zu entlassen, fiel ihm auf, daß irgend etwas falsch war an dem Bild, das sich ihm bot. Es war keine Menschenseele zu sehen, kein Tier und kein Fahrzeug, und das Land, das unter dem Boot dahinglitt, war ungepflegt. Schwache Farbnuancen verrieten, daß es einst im vertrauten Sechs-Streifen-Muster bestellt worden war. Die Ränder der Streifen verliefen ineinander, und es schien eine Invasion ursprünglicher Gräser gegeben zu haben, die alles mit einem grünen Schleier überzogen hatte.

Bartan war einigermaßen überrascht. Warum war diese Farm aufgegeben worden? Vielleicht hatte es eine Epidemie gegeben, oder die Besitzer waren Neulinge gewesen, denen alles über den Kopf gewachsen war und die längst wieder in der Stadt lebten. Aber wieso hatte niemand die Farm übernommen, froh, sich die ganze Pionierarbeit gespart zu haben?

Seine Neugier wuchs. Er stellte den Düsenantrieb ab und ließ das Boot gegen den ebenen Boden sinken, der das Gehöft umgab. Da nur eine sehr leichte Brise wehte, konnte er ziemlich genau landen und ging nur ein paar Schritt weit von einem Zwirbelbeerenspalier auf Grund. Sowie er ausgestiegen war, wurde das Fahrzeug leichter als Luft, und er mußte es an einer Kufe festhalten, bis er die Halteleine um den nächsten Rebstock geschlungen hatte. Dann stieg es sanft in die Vertäuung, und blieb, ein wenig in den schwachen Luftströmungen schaukelnd, über den Rebstöcken stehen.

Bartan ging durch die Toreinfahrt und rätselte über das Geheimnis, das über dieser Stätte lag, als er den umgekippten, dick verstaubten Pflug sah. Kleinere Gerätschaften lagen auf dem Hof herum. Sie waren aus Brakka gemacht, einige schon mit Nietstiften aus Eisen, einem Metall, das allmählich in Gebrauch kam. Der Rost ließ vermuten, daß die Geräte mindestens ein Jahr lang nicht mehr benutzt worden waren. Er zog die Stirn kraus, als er sich klarmachte, welchen praktischen Wert diese herrenlose Ausrüstung hatte. Es war, als ob die Besitzer einfach alles stehen und liegen gelassen hätten und auf und davon waren – oder sich einfach in Luft aufgelöst hätten, wie verhext...

Bartan stand im vollen Licht der Spättagssonne. Geschichten von übernatürlichen Begebenheiten hatte er immer nur mit Verachtung abgetan. Plötzlich aber trat ihm mit aller Schärfe ins Bewußtsein, daß seine Spezies erst seit vierundzwanzig Jahren auf Jenland war und eben erst begonnen hatte, diese Welt zu enträtseln. Die Vorstellung, ein Fremdling auf einem nahezu unerforschten Planeten zu sein, hatte immer eine belebende Wirkung auf Bartan gehabt, doch mit einemmal war ihm nicht wohl bei dem Gedanken.

Benimm dich doch nicht wie ein kleines Kind, schalt er sich. Wovor willst du dich denn fürchten hier?

Er ging auf das Wohnhaus zu. Es war solide gebaut, aus akkurat geschnittenem Holz, sorgfältig kalfatert, und in den weißen Anstrich hatte jemand seinen ganzen Stolz gelegt. Und Bartan legte erneut die Stirn in Falten. Die gelben Vorhänge an den Fenstern waren zugezogen und glühten im Schatten der breiten Dachtraufen. Es war eine Sache von Sekunden, sie abzunehmen, damit sie nicht verschossen. Jeder, der sein Heim zu schätzen wußte, hätte das getan, egal wie überstürzt der Aufbruch war.

Sind sie vielleicht gar nicht fort? War die ganze Familie noch drinnen im Haus? Von einer Krankheit dahingerafft? Oder... oder ermordet?

»Nachbarn hätten doch bestimmt nach dem Rechten gesehen hier«, sagte er laut, um den Schwall von Fragen zu unterbrechen. »Selbst an so einem entlegenen Ort hätten längst Nachbarn nach dem Rechten gesehen. Und sie hätten das ganze Werkzeug mitgenommen – Farmer lassen nichts verkommen.« Getröstet durch diese simple Logik, ging er rasch auf das ebenerdige Farmhaus zu, entriegelte die grüne Haustür und stieß sie auf.

Er kam aus dem grellen Sonnenlicht, daher brauchten seine Augen mehrere Sekunden, bis sie sich auf den Schatten der Dachtraufe und die Düsternis im Haus eingestellt hatten – mehrere Sekunden, bis er die namenlose Bestie wahrnahm, die darauf lauerte, daß er über die Schwelle trat.

Er schluchzte, sprang rückwärts und fiel, das geistige Auge randvoll mit dem fürchterlichen Anblick... die dunkle, langsam atmende Pyramide des Körpers, aufrecht und groß wie ein Mann... das absackende, sich verlierende Gesicht, mit Wunden anstelle von Augen... die einzelne schlanke Tentakel, sanft nach dem Opfer tastend...

Bartan rumste auf Steißbein und Hände, warf sich einmal um seine Längsachse durch den Dreck und wollte eben auf und davon in einem von Furcht gepeitschten Sprint, als sich das Bild hinter seinen Augen verschob und wechselte. Anstelle eines alptraumhaften Monsters sah er verschiedene Kleidungsstücke, die an einem Haken an der Wand hingen. Da hing ein dunkler Umhang, eine zerrissene Jacke, ein Hut und eine Schürze mit Obstflecken; ein Schürzenband war durch das jähe Aufstoßen der Tür zum Leben erwacht.

Er kam langsam auf die Füße und klopfte sich den Dreck von der Kleidung, wobei er unverwandt in das dunkle Rechteck der Türöffnung starrte. Er wußte jetzt, wie die Gaukelei zustande gekommen war, und eine brennende Scham erfüllte ihn. Dennoch mochte er das Haus jetzt nicht mehr betreten.

Was zwingt mich überhaupt, da hineinzugehen? dachte er. Das Anwesen gehört einem anderen. Ich habe damit nichts zu tun...

Er drehte dem Haus den Rücken. Doch bereits nach dem ersten Schritt stellte sich ihm ein neuer Gedanke in den Weg. Wenn er hier tatsächlich aus einer unerklärlichen Angst heraus fortlief, war er ein noch größerer Feigling, als Trinchil ihm unterstellt hatte. Mißmutig vor sich hin murmelnd machte Bartan auf dem Absatz kehrt und marschierte ins Haus.

Eine rasche Inspektion der muffigen Räume räumte seine schlimmsten Befürchtungen aus – es gab keine menschlichen

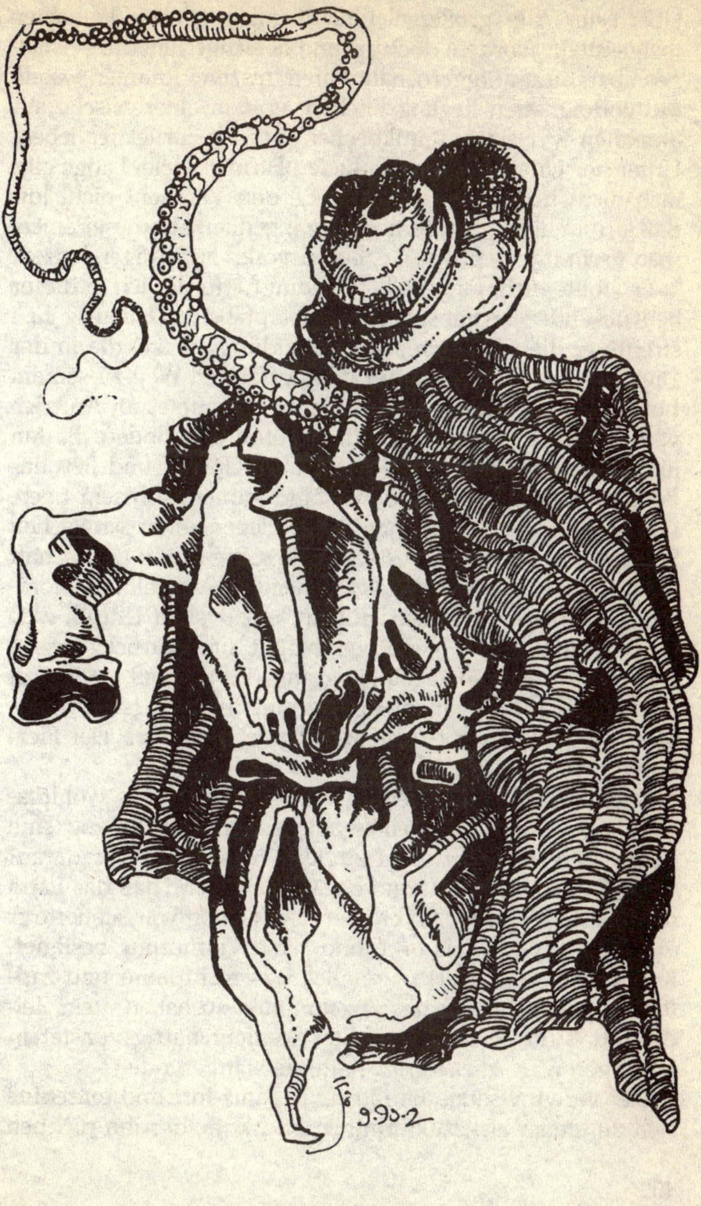

Überreste. Alle größeren Einrichtungsgegenstände waren fortgeschafft worden, doch er fand bestätigt, daß die Bewohner überstürzt aufgebrochen waren. In zwei Räumen waren die Bodenmatten liegengeblieben, und in einer Nische am Steinofen war ein Keramikbecher mit Salz zurückgeblieben. Unter normalen Umständen ließen Farmer derlei Dinge einfach nicht im Stich. Bartan wurde den Verdacht nicht los, daß sich in nicht allzu ferner Vergangenheit auf dieser einsamen Farm irgend etwas Geheimnisvolles zugetragen hatte.

Er wollte nicht länger als unbedingt erforderlich in dieser bedrückenden Atmosphäre bleiben. Beim Hinausgehen streifte er die leicht erregbaren Kleidungsstücke, die in der Diele hingen – und ging auf dem kürzesten Weg zu seinem Luftboot. Beim Abkühlen des Gassacks hatte es an Auftrieb verloren und berührte mit den Kufen den Boden. Bartan löste die Halteleine, setzte sich in die Gondel und ließ das Boot emporsteigen. Die Sonne stand immer noch sehr hoch, und so folgte er, ohne lange zu überlegen, einer schwachen Spur, die weiter nach Westen in die saftig grüne Landschaft führte. Die Gegend bestand zu einem großen Teil aus Moränen – kleinen gestreckten Hügeln, mit ovalem Umriß, weil sie von Gletschern hierhergeschleppt und zurückgelassen worden waren – so regelmäßig angeordnet, daß sie ihn an gigantische Eier in einem Korb erinnerten. Das ist der richtige Name für diese fruchtbare Region, dachte er. Der Eierkorb!

Nach kurzer Zeit entdeckte er eine weitere Farm, wohlplaziert auf den Hängen eines solchen Hügels. Er zog eine Kurve und steuerte darauf zu. Und diesmal – da er darauf achtgab – konnte er schon von weitem sehen, daß das Land nicht bestellt wurde. Als er über dem Gehöft war, steuerte er einen niedrigen Kreis und fand seine Vermutung bestätigt. Kein Gerät, kein Werkzeug, alles was nicht leim- und zapfenfest war, schien man mitgenommen zu haben – ein Zeichen, daß die Evakuierung hier weniger hastig vonstatten gegangen war. Aber *warum* hatte sie stattgefunden?

Tief verwirrt setzte Bartan seine Fahrt fort und entschloß sich zu einem zickzackförmigen Suchkurs, der ihn nicht so weit nach Westen verschlagen würde. Nach einer Stunde hatte er acht weitere Farmen entdeckt, alle auf fruchtbarstem Boden – und alle verlassen. Die abgesteckten Besitzungen waren viel zu groß, um von einer Familie allein bestellt zu werden. Das überschüssige Land war als Vermögensanlage für die Nachkommen gedacht. Die Pioniere würden es früher oder später verkaufen oder verpachten, denn die Bevölkerungszahl auf Jenland nahm ständig zu. Solche Besitzungen ließ man nicht einfach im Stich – und dennoch hatte *irgend etwas* diese bodenständigen Farmer veranlaßt, mit Sack und Pack wegzuziehen.

Blitzende Reflexe von Sonnenlicht führten Bartan schließlich auf die Spur eines ansehnlichen Flusses, und er beschloß, seinen Erkundungsflug mit diesem Abstecher zu beenden. Am nördlichen Ende einer Flußwindung stieg nahe beim Ufer eine Rauchsäule auf. Es war das erste menschliche Lebenszeichen, dem man seit mehr als zehn Tagen begegnet war. Es war um so aufregender, als es Aufschluß über die verlassene Region versprach, die er überflogen hatte. Er nahm Kurs auf die Rauchsäule, flog so schnell, wie er es in Anbetracht des brüchigen Gassacks verantworten konnte, und stellte schnell fest, daß er sich nicht einer Farm, sondern einer kleinen Ansiedlung näherte.

Das Dorf lag in dem großen Ypsilon, das durch die Einmündung eines Nebenflusses entstand. Während das Luftboot ihn näher herantrug, konnte Bartan ungefähr vierzig Gebäude zählen, von denen ein paar so groß waren wie Lagerhäuser. Die weißen Rechtecke und Dreiecke von Segelschiffen verrieten, daß der Fluß als Transportverbindung zum südlichen Ozean genutzt wurde. Der Ort war offensichtlich ein Handelszentrum mit einer vielversprechenden Zukunft. Aber das Rätsel der im Stich gelassenen Farmen wurde dadurch noch rätselhafter.

Lange bevor Bartan den Rand der Siedlung erreichte, hatte das Fauchen des Düsenantriebs die Aufmerksamkeit derjenigen am Boden erregt. Zwei Männer galoppierten ihm auf Blauhörnern entgegen, lebhaft winkend, und hielten Schritt mit dem Luftboot, während Bartan es auf eine freie Stelle herunterbrachte, nahe einer Brücke, die den kleineren Fluß überspannte. Männer und Frauen liefen aus den umstehenden Häusern und umringten neugierig den Besucher. Mehrere Burschen packten unaufgefordert die Kufen und hielten das Boot, bis Bartan es an einem kleinen Baum in der Nähe vertäut hatte.

Ein rotgesichtiger Mittfünfziger mit schlohweißem Haar kam auf Bartan zu, offensichtlich in der Rolle des Wortführers. Obwohl man ihn durchaus als klein bezeichnen konnte, trat er sehr selbstsicher auf und trug einen Degen, was nicht gerade üblich war in solchen Siedlungen.

»Mein Name ist Medschin Kerrodell, Gemeindevorsteher von Neu-Minett«, sagte er in freundlichem Tonfall. »Luftfahrzeuge sieht man hier selten.«

»Ich kundschafte für einen Treck von Pionieren«, beantwortete Bartan die unausgesprochene Frage. »Mein Name ist Bartan Drammy, und ein Schluck Wasser täte jetzt gut. Ich bin heute länger unterwegs als vorgesehen, und das Geschäft macht durstig.«

»Du kannst so viel Wasser haben, wie du willst. Aber unser Braunbier ist auch nicht zu verachten, was meinst du?«

»Dann schon lieber Braunbier«, erwiderte Bartan strahlend, der während der ganzen Expedition nichts Alkoholisches zu sich genommen hatte. Die Umstehenden murmelten beifällig, und die Männer marschierten schnurstracks auf einen offenen Schuppen zu, der offenbar Versammlungsraum und Taverne in einem war. Bald saß Bartan an einem langen Tisch, in Gesellschaft von Kerrodell und vielleicht zehn weiteren Männern, von denen sich die meisten als Lagerverwalter oder Flußschiffer entpuppten. Die ausgesprochen gute Laune rundum verriet Bartan, daß solche improvisierten Versammlungen keine Seltenheit waren, und seine Ankunft als willkommene Gelegenheit dazu diente. Er bekam einen stattlichen Zweihandkrug mit Braunbier hingestellt. Das Bier war kühl, stark und nicht zu süß für seinen Geschmack. Die herzliche Aufnahme und die unerwartete Gastfreundschaft taten gut, und Bartan fuhr fort, seinen

Durst zu löschen und die Fragen zu beantworten, die ihm, dem Luftboot und dem Zweck von Trinchils Expedition galten.

»Ich fürchte, das ist nicht gerade das, was du hören willst«, sagte Kerrodell, »aber ihr werdet euch nach Norden wenden müssen. Im Westen trefft ihr auf Gebirge und im Süden auf den Ozean – und hier sind die besten Gebiete längst abgesteckt und registriert. Ich muß zugeben, im Norden in Neu-Kail trefft ihr es auch nicht viel besser an. Aber es soll noch ein oder zwei ganz kleine Täler geben, ganz unberührt, auf der anderen Seite der *Barriere.*«

»Ich habe die Täler gesehn«, warf ein beleibter Mann namens Odler ein. »Wenn du da gerade stehen willst, mußt du dir eins von deinen zwei Beinen kürzen lassen.«

Die Bemerkung löste Gelächter aus, und Bartan wartete, bis es sich gelegt hatte. »Ich bin eben östlich vom Fluß über ideales Farmland geflogen. Ich weiß zwar, daß wir zu spät kommen – aber warum liegen die Farmen brach?«

»Es ist nie zu spät, sich in dieser verwünschten Gegend niederzulassen«, murrte Odler und starrte in sein Bier.

Bartan war sofort hellwach. »Was willst du da ...?«

»Hör einfach weg«, sagte Kerrodell schnell. »Aus ihm spricht das Bier.«

Odler setzte sich gerade. Sein rundes Gesicht sagte, daß er beleidigt war. »Ich bin nicht betrunken! Seh ich so aus, als ob ich betrunken wär? Ich bin nicht betrunken!«

»Er *ist* betrunken«, beteuerte Kerrodell.

»Nichtsdestoweniger möchte ich gerne hören, was er zu sagen hat«, beharrte Bartan, auf die Gefahr hin, den Gemeindevorsteher zu verärgern. Odlers merkwürdiger Kommentar ging ihm nicht aus dem Kopf. »Es könnte von größter Wichtigkeit für mich sein.«

»Erzähl ihm doch einfach, was er hören will, Medschin«, sagte ein anderer Mann. »Er kann sich ja selbst davon überzeugen.«

Kerrodell seufzte und warf Odler einen giftigen Blick zu. Seine Stimme drückte Unbehagen aus. »Die Gegend, die du erwähnt hast, heißt bei uns *Spukland.* Es stimmt zwar, daß alle Besitzansprüche auf das Farmland verfallen sind, aber diese Information hat keinen Wert für dich. Deine Leute werden sich dort niemals niederlassen.«

»Warum nicht?«

»Was glaubst du, warum wir die Gegend *Spukland* nennen? Die Gegend ist *böse*, mein Freund. Alle, die dort hingehen, werden ... werden heimgesucht.«

»Von Gespenstern? Von Geistern?« Bartan machte keinen Hehl aus seiner ungläubigen Freude. »Willst du damit sagen, daß es dort nur noch Kobolde gibt, mit denen wir über die Besitzansprüche diskutieren müssen?«

Kerrodells Miene war finster, sein Blick eindringlich. »Ich will damit sagen, daß ihr schlecht beraten wärt, wenn ihr versuchen würdet, dort zu siedeln.«

»Danke für den Rat.« Bartan leerte seinen Krug, setzte ihn schwungvoll ab und erhob sich. »Und danke für eure Gastfreundlichkeit, meine Freunde – ich werde mich bald revanchieren.«

Er verließ den Tisch und ging hinaus in die Spättagssonne, ganz versessen darauf, sich emporzuschwingen und mit der frohen Botschaft zur Expedition zurückzukehren.

3. Kapitel

Das Himmelsschiff trieb auf einer extrem sanften Brise nach Osten, doch das Gelände unter ihm war uneben und mit dornigem Gestrüpp bedeckt, so daß die berittenen Soldaten Mühe hatten, mit dem Eindringling Schritt zu halten.

Oberst Mendl Gartessan, der die Kolonne anführte, ließ das Schiff nicht aus den Augen und überließ es im großen und ganzen dem Blauhorn, die Hindernisse am Boden zu umgehen. Der Anblick des weiten Ballons und der geräumigen Gondel weckte traurige Erinnerungen und einen Schmerz, wie er ihn seit den ersten Jahren auf Jenland nicht mehr empfunden hatte – und doch konnte er den Blick nicht abwenden.

Gartessan war hochgewachsen und von jener kraftvollen

Statur, die für die kolkorronische Militärkaste typisch war. Das halbe Jahrhundert hatte nur wenig Spuren an dem Mann hinterlassen. Abgesehen davon, daß sein schwarzes Stoppelhaar einen silbrigen Schimmer bekam und sich die markanten Züge noch tiefer in das kantige Gesicht gegraben hatten, sah er noch fast genauso aus, wie zur Zeit der überstürzten Evakuierung von Ro-Atabri. Damals war er ein idealistischer, junger Leutnant gewesen und hatte ohne Zögern seinen Platz auf einem der ersten Militärschiffe eingenommen, die die lodernde Stadt verließen. Unzählige Male hatte er seither das naive Vertrauen in seine vorgesetzten Offiziere verflucht, das ihn dazu verleitet hatte, noch vor seiner Frau und seinem kleinen Jungen zu starten.

Ronoda und der Junge hatten Plätze auf einem Zivilistenschiff zugewiesen bekommen, und er hatte sie zurückgelassen, in dem Glauben, daß die Armee die Lage voll unter Kontrolle hatte und die planmäßige Einschiffung garantieren würde – und daß man nur für die Dauer des Fluges getrennt sein würde. Erst als ihm sein Fernglas das wachsende Chaos tief unten enthüllte, hatte die Angst ihm das Herz zusammengekrampft, doch da war es bereits zu spät gewesen ...

»Seht nur, Oberst!« Die Worte kamen von Leutnant Kihro, der neben Gartessan ritt. »Ich glaube, sie wollen landen!«

Gartessan nickte. »Ich glaube, du hast recht. Vergiß nicht, die Männer vom Schiff zurückzuhalten, wenn es den Boden berührt. Keiner soll näher als zweihundert Schritt herangehen, auch dann nicht, wenn das Schiff Probleme mit der Landung hat. Wir wissen nicht, was sie im Schilde führen – und sie könnten gefährliche Waffen haben.«

»Ich verstehe, Oberst. Es will mir nicht in den Kopf. Können die wirklich den ganzen Weg von Diesland hierher gekommen sein?« Kihro verstieß mit seinen Nebenbemerkungen gegen die Felddisziplin, aber die rosa gefleckten Wangen verrieten seine Aufregung. Gartessan, sonst unnachsichtig in solchen Dingen, hielt die Unbeherrschtheit unter diesen einzigartigen Umständen für entschuldbar.

»Daran ist kein Zweifel. Sie kommen von der Alten Welt«,

sagte er. »Viel wichtiger ist die Frage... *warum?* Warum nach all den Jahren? Und *wer?* Haben wir es mit einer kleinen Gruppe zu tun, die es fertiggebracht hat, die Pterssa-Angriffe zu überstehen und ihre Flucht zu organisieren? Oder...?« Gartessan ließ die Frage unausgesprochen. Die Vorstellung, die Pterssa-Seuche könnte abgeklungen sein und die Restbevölkerung könnte eine neue Gesellschaft gegründet haben, war zu weit hergeholt. Über eine so phantastische Spekulation wollte er sich außerdem nicht vor einem Untergebenen verbreiten, zumal darin der Keim für eine noch wildere Vorstellung lauerte. Bestand auch nur die leiseste Hoffnung, daß Ronoda und Hallie noch am Leben waren? Und hatte er all die Jahre nach dem schmerzlichen Verlust im Grunde nur mit Selbstmitleid vergeudet? Hätte er nicht mit genügend Vorstellungskraft, Initiative und Wagemut einen Rückflug nach Diesland erzwingen können?

Dieser Ansturm von Fragen, ein Destillat aus phantastischen Wunschträumen, war das letzte, was Gartessan als Kommandeur einer militärischen Operation brauchen konnte. Er schüttelte die quälenden Gedanken ab und konzentrierte sich auf das Naheliegende. Es war länger als eine Minute her, seit er das hohle, widerhallende Fauchen gehört hatte, mit dem der Schiffsbrenner Heißgas in den Ballon geschleudert hatte – ein Zeichen, daß die Mannschaft einen geeigneten Landeplatz gefunden hatte. Die Gondel hatte jetzt nur noch knapp zwanzig Fuß Bodenfreiheit, und er konnte an der Brüstung die Silhouetten mehrerer Männer sehen, die sich an einer Kanone zu schaffen machten, die auf die Reling montiert war. Er fragte sich eben, ob eine Distanz von zweihundert Fuß für seine Soldaten sicher genug war, als die Kanone nach unten abgefeuert wurde. Vier harpunenähnliche Anker bohrten sich in den Boden – jeder zog eine Leine hinter sich her – und sogleich begann die Mannschaft, die Leinen einzuholen und die Gondel kontrolliert an den Boden zu bringen. Der Ballon blieb gasgefüllt und schwankte schwerfällig.

»Soviel wissen wir jetzt«, sagte Gartessan zu seinem Leutnant. »Unsere Besucher haben nicht die Absicht, länger zu bleiben – sonst hätten sie den Ballon entleert.«

Kihros einzige Antwort bestand darin, eilig zu salutieren und mit einem Sergeanten an der Seite loszupreschen, um die Soldaten zu einem Kreis um das Himmelsschiff ausschwärmen zu lassen. Gartessan nahm ein Fernglas aus der Satteltasche und stellte es auf die Gondel ein.

Vier Männer – er sah nicht viel mehr als ihre Köpfe – waren offenbar damit beschäftigt, das Schiff zu vertäuen. Doch die Vergrößerung brachte noch etwas anderes an den Tag. Die Gondel unterschied sich prinzipiell nicht von denen, die er von der Auswanderung her kannte – aber die Anti-Pterssa-Kanonen rundum fehlten. Obwohl diese Waffen Nutzlast kosteten, hatte man sie damals für nötig gehalten, um sich in der unteren Atmosphäre von Diesland gegen die Pterssas zur Wehr setzen zu können. Gartessan kam wieder ins Grübeln. Sollten die Pterssas – jene blasenähnlichen Bewohner der Luft, deren Gift fast ganz Kolkorron ausgelöscht hatte – sollten sie etwa ihren Vernichtungsfeldzug gegen die Menschheit eingestellt haben? Er spürte das Herz im Halse schlagen, als er die Folgen bedachte. Eine Zivilisation, die zwei Welten umspannte … Massen Unzufriedener, die nach Diesland zurückkehrten … an Wunder grenzende Wiederbegegnungen mit geliebten Menschen, die man für tot gehalten hatte …

»Du Idiot!« flüsterte Gartessan bei sich, als er das Fernglas wegsteckte. »Was ist das nun wieder für ein Unsinn? Bist du so ein hervorragender Kommandeur, daß du dir Tagträume leisten kannst?«

Während er sich bereithielt, zum Schiff zu reiten, rief er sich zwei ungemein wichtige Tatsachen ins Bewußtsein – erstens waren seine Schuldgefühle einer Karriere in der Armee nicht eben förderlich gewesen; und zweitens bot ihm das Schicksal nun die einmalige Gelegenheit, diesen Nachteil auszugleichen. Der Sonnenschreiber aus Pradt hatte gemeldet, daß König Chakkell auf dem schnellsten Wege hierher unterwegs war, und daß Oberst Gartessan in der Zwischenzeit freie Hand habe. Jetzt eine gute Figur abzugeben, konnte von unschätzbarem Wert für seine Zukunft sein.

»Du bleibst hier«, sagte er zu Leutnant Kihro, der eben

zurückkam. Er veranlaßte sein Blauhorn mit Bedacht zu einer gemächlichen Gangart, um den Besuchern seine friedlichen Absichten zu demonstrieren. Während er sich dem Schiff näherte, dachte er mit einigem Unbehagen daran, daß ihm sein Küraß, der aus gesottenem Leder geformt war, wenig nützen würde, falls man auf ihn schießen sollte. Doch er blieb hoch aufgerichtet im Sattel sitzen, wie jemand, der sich der Situation vollkommen gewachsen fühlte.

Die Fremden an Bord hatten ihn bemerkt, unterbrachen ihre Arbeit und kamen an die Reling. Gartessan versuchte, einen Befehlshaber auszumachen, doch sie schienen alle gleich alt zu sein – kaum mehr als zwanzig – und trugen die gleichen braunen Hemden und Wämser. Auch die verschiedenfarbigen, kreisrunden Abzeichen am Kragen sagten Gartessan nichts. Die Männer hätten durchaus Vierlinge sein können – niedrige Stirn, eng beieinanderstehende Augen und schmale, vorspringende Kiefer. Als er in den Schatten des Ballons ritt, bemerkte er etwas, das sofort seine Besorgnis erregte. Die vier sahen regelrecht gelbsüchtig aus, und ihre Haut hatte einen eigentümlichen, metallischen Schimmer, als hätten sie erst kürzlich Bekanntschaft mit einer fürchterlichen Krankheit gemacht – aber sie strahlten auch jene unwillkürliche Arroganz aus, die zuweilen mit hochkarätiger Gesundheit einherging. Gartessan hatte das untrügliche Gefühl, daß sie ihn mit Belustigung und Verachtung bedachten.

»Ich bin Oberst Gartessan«, sagte er und zügelte sein Blauhorn wenige Schritte vor der Gondel. »Im Namen von König Chakkell, dem Herrscher des Planeten, heiße ich euch auf Jenland willkommen. Das Erscheinen eures Schiffes hat uns in großes Erstaunen versetzt und viele Fragen bei uns aufgeworfen.«

»Behalte deine Fragen und dein Willkommen für dich.« Der Mann rechts außen, der größte von ihnen, sprach ein eigentümlich akzentuiertes Kolkorronisch. »Ich bin Orrakold, Kapitän des Schiffes und königlicher Kurier. Ich habe den ehrenvollen Auftrag, eine Botschaft von König Rassamardan zu überbringen.«

Gartessan war schockiert durch die unvermittelte und offene Feindschaft des Sprechers, aber er übte Zurückhaltung. »Ich habe noch nie von einem König Rassamardan gehört.«

»Wie solltest du auch?« sagte Orrakold und lächelte spöttisch. »Aber wie ist Chakkell auf den Thron gekommen? Daß Pradt nicht mehr lebt, war zu erwarten. Aber was ist mit seinem Sohn, Leddravohr? Und mit Pautsch?«

»Sie sind beide tot«, sagte Gartessan steif. Er durfte sich Orrakolds provozierendes Benehmen nicht länger bieten lassen. »Und zu deiner Orientierung, der Stil unserer Unterredung paßt mir nicht. Von jetzt an stelle ich hier die Fragen, und du antwortest.«

»Und was, wenn ich da nicht mitmache, *alter* Krieger?«

»Meine Männer haben das Schiff umstellt.«

»Das ist nicht zu übersehen«, sagte Orrakold. »Doch solange eure Schindmähren sich nicht wie Adler in die Lüfte schwingen, haben wir nichts zu befürchten. Eine Sekunde, und wir sind in der Luft.« Er verließ die Reling, und im nächsten Moment feuerte der Brenner eine Salve Heißgas in den gewaltigen Ballon, um den Auftrieb zu ergänzen.

Gartessans Blauhorn scheute bei dem widerhallenden Tosen und stieg immer wieder auf die Hinterhand – der Reiter hatte alle Hände voll zu tun, es wieder unter Kontrolle zu bringen, sehr zum Vergnügen der vier Zuschauer. Gartessan sah ein, daß die Besucher ihm vorerst überlegen waren. Wenn er seine Taktik nicht änderte, lief er Gefahr, sich zu blamieren. Er warf einen flüchtigen Blick auf den ausgedünnten Ring berittener Soldaten, der mit einmal so weit weg schien, und lenkte ein.

»Was sollen wir uns streiten«, sagte er betont ruhig. »Ich will deine Botschaft an den König weitergeben. Es sei denn, du willst warten, bis seine Majestät persönlich hier eintrifft.«

Orrakold legte den Kopf schief. »Wie lange kann es dauern?«

»Der König ist bereits unterwegs und müßte in einer guten Stunde hier sein.«

»Damit du genug Zeit hast, eine weitreichende Kanone in

Stellung zu bringen!« Orrakold musterte das gestrüppreiche Terrain, als gelte es, Truppenbewegungen zu entdecken.

»Aber warum sollten wir euch übel mitspielen?« protestierte Gartessan, bestürzt über die Unvernunft des anderen. Was war das nur für ein Abgesandter? Und welcher Herrscher betraute einen solchen Mann mit einer diplomatischen Mission?

»Du kannst mich nicht zum Narren halten, *alter* Krieger – ich werde dir jetzt und sofort die Botschaft von König Rassamardan verkünden.« Orrakold bückte sich unter die Brüstung. Als er einen Augenblick später wieder auftauchte, zog er eine gelbliche Schriftrolle aus einem Lederköcher.

Gartessan fand Zeit, über eine Trivialität zu grübeln. Orrakold erniedrigte ihn mit jedem Wort, aber dem Wort *alt* verlieh er einen besonders gehässigen Klang, als ob es zu den schlimmsten Beschimpfungen in seinem Vokabular zählte. Das war nur eine kleine Ungereimtheit im Vergleich zu der insgesamt unbegreiflichen Situation, wiewohl Gartessan sich noch gar nicht so alt fühlte. Er schob seine Gedanken rasch beiseite, als Orrakold ein rechteckiges Pergament entrollte.

»Ich bin ein Werkzeug von König Rassamardan, und die folgende Botschaft ist so zu vernehmen, als käme sie direkt von seinen Lippen«, sagte Orrakold.

»Ich, König Rassamardan, bin der rechtmäßige Souverän aller Männer und Frauen, die auf dem Planeten Diesland geboren sind, und all ihrer Nachkommen, wo immer sie sein mögen. Demnach gelten alle neuen Territorien auf dem Planeten Jenland als in meinem Namen besetzt. Deshalb erkläre ich mich zum alleinigen Herrscher über Diesland und Jenland. Man nehme zur Kenntnis, daß ich jeden Tribut eintreiben lasse, der mir rechtmäßig zusteht.«

Orrakold ließ das Pergament sinken, starrte finster auf Gartessan und wartete auf eine Antwort.

Gartessan stierte ihn sekundenlang an, dann lachte er lauthals. Die schiere Albernheit des eben Gehörten, zusammen mit dem pompösen Stil der Darbietung, hatte die ganze Szene zu einer Farce werden lassen. Die Spannung, die in ihm gewachsen war, löste sich in einer befreienden Heiterkeit, und er hatte wahre Mühe, sein Zwerchfell wieder unter Kontrolle zu bekommen.

»Hast du den Verstand verloren, *Alter?*« Orrakold lehnte sich über die Reling, das bronzene Gesicht vorgereckt, wie eine giftspeiende Natter. »Ich sehe nicht, was es da zu lachen gibt?«

»Da müßtest du dich mal sehen«, sagte Gartessan. »Ich weiß nicht, wer der größere Narr ist – Rassamardan, weil er einen so lächerlichen Unsinn verzapft; oder derjenige, der eine so lange und gefahrvolle Reise auf sich nimmt, um so einen Blödsinn zu überbringen.«

»Auf Majestätsbeleidigung steht die Todesstrafe.«

»Ich zittere.«

Orrakolds Mund zuckte. »Ich werde mich zu gegebener Zeit an dich erinnern, Gartessan. Du hast Glück, daß ich jetzt keine Zeit habe. Kurznacht bricht bald herein. Und damit du keine heimtückischen Pläne zu schmieden brauchst, will ich vorher lieber abheben – und in tausend Fuß Höhe den Spättag abwarten. Bis dahin ist Chakkell sicher eingetroffen – du kannst mir dann seine Antwort mit dem Sonnenschreiber übermitteln.«

»Antwort?«

»Ja. Entweder unterwirft Chakkell sich freiwillig – oder König Rassamardan wird ihn dazu zwingen.«

»Du bist wahrhaftig übergeschnappt – ein Verrückter, der im Namen eines Verrückten spricht.« Gartessan hielt sein Blauhorn im Zaum, während der Brenner eine weitere Salve in den Ballon feuerte. »Sprichst du von einem Krieg zwischen unseren Welten?«

»Du begreifst schnell.«

Schön wär's, dachte Gartessan und sagte: »Und wie, meinst du, sollte so ein Krieg geführt werden?«

»Eine Flotte von Himmelsschiffen ist bereits im Bau.«

»Wie viele?«

Orrakold lächelte dünn. »Genug.«

»Es wären nie genug«, sagte Gartessan nachsichtig. »Unsere Soldaten würden jedes Schiff in Empfang nehmen, das landet.«

»Was willst du mir da weismachen, *alter* Krieger?« sagte Orrakold, während sich sein Lächeln verbreiterte. »Ich kann mir denken, wie dünn eure Bevölkerung gesät ist. Durch geschicktes Ausnutzen von Windzellen können wir so gut wie überall auf diesem Planeten herunterkommen. Wir könnten im Schutz der Dunkelheit landen – aber wir brauchen uns nicht anzuschleichen. Denn wir haben Waffen, von denen ihr euch keine Vorstellung macht.«

»Und vor allen Dingen« – Orrakold blickte auf seine Kameraden, die beifällig nickten, als ob sie wüßten, worauf er hinauswollte – »sind euch die Neuen Menschen von Natur aus ganz unbestreitbar überlegen.«

»Menschen sind Menschen«, sagte Gartessan unbeeindruckt. »Wie kann es *neue* Menschen geben?«

»Die Natur hat dafür gesorgt. Die Natur und die Pterssa. Wir sind von Geburt an vollkommen immun gegen die Pterssa-Seuche.«

»Das ist es also!« Gartessan ließ den Blick über die vier schmalen Gesichter wandern; mit ihrem unmenschlichen metallischen Schimmer hätten sie fast die Gesichter von vier Statuen sein können, die aus demselben Block gemeißelt waren. Dann begann er zu begreifen. »Und ich dachte … die Pterssa hätte ihre Angriffe eingestellt.«

»Die Angriffe halten unvermindert an, aber sie sind fruchtlos.«

»Und was ist aus meinesgleichen geworden? Gibt es Überlebende?«

»Nicht einen«, schmunzelte Orrakold blasiert. »Die Alten hat es restlos dahingerafft.«

Gartessan nahm still und endgültig Abschied von seiner Frau und dem Jungen; dann zogen ihn die anstehenden Probleme wieder in ihren Bann. Er mußte soviel wie möglich über die Besucher in Erfahrung bringen. Das wenige, das Orrakold gesagt hatte, beschwor das schauerliche Szenarium einer Zivilisation herauf, die sich in Todesqualen wand. Die schwebenden Blasen der Pterssa verdunkelten den Himmel von Diesland, hetzten ihre menschlichen Opfer gnadenlos zu Tode, löschten sie nach und nach aus, bis nur noch wenige …

Mein Magen brennt!

Der Brand war so schmerzhaft, daß Gartessan sich beinah zusammengekrümmt hätte. In Sekundenschnelle strahlte das Hitzezentrum zwischen den vorderen Rippenbögen radial in den Rumpf aus, und gleichzeitig schien die Luft kühler zu werden. Er fröstelte. Weil er sich keine Blöße geben wollte, saß er vollkommen still im Sattel und wartete darauf, daß der Anfall vorüberging. Aber er hielt unvermindert an. Gartessan konnte nur versuchen, das Feuer zu ignorieren, wenn er an weitere Informationen kommen wollte.

»Restlos dahingerafft?« sagte er. »*Restlos?* Dann ist die gesamte Bevölkerung von Diesland *nach* der Auswanderung geboren?«

»Nach der Flucht. Wir nennen diesen Akt der Feigheit und des Verrats *Flucht.*«

»Aber wie konnten denn die Babys überleben? Ohne Eltern wären sie doch ...«

»Wir wurden von jenen geboren, die teilweise immun waren«, fiel ihm Orrakold ins Wort. »Viele von ihnen blieben lange genug am Leben.«

Gartessan schüttelte den Kopf und ließ trotz der Feuersbrunst in seinem Körper nicht locker. »Zu viele müssen zugrunde gegangen sein! Wie zahlreich ist denn eure Bevölkerung?«

»Für wie dumm hältst du mich?« sagte Orrakold. Seine finstre Miene verzog sich zu einem Hohnlächeln. »Ich bin hier, um *mich* – und nicht dich – zu informieren, *alter* Krieger. Ich weiß jetzt, was ich wissen wollte, und bevor Kurznacht ...«

»Deine Ausflüchte sind Antwort genug! Ihr könnt nicht sehr zahlreich sein – vielleicht seid ihr sogar weniger als wir.« Gartessan schauderte zusammen – im Gegensatz zur Hitze in seinem Körper schien von außen eine klamme Kälte auf ihn einzudringen. Er tastete nach der Stirn und fand sie schweißnaß, und ein entsetzlicher Gedanke wurde tief in seinem Hirn geboren, ringelte sich wie ein Wurm. Gartessan hatte seit seiner Jugend auf Diesland keinen Fall von Pterssose mehr erlebt, aber niemand aus seiner Generation würde jemals die Symptome vergessen – das Feuer im Magen, der Schweißausbruch, die Schmerzen in der Brust und das Anschwellen der...

»Du wirst blaß, *alter* Krieger«, sagte Orrakold. »Was quält dich?«

Gartessan riß sich zusammen. »Nichts quält mich.«

»Aber du schwitzt und zitterst und...« Orrakold lehnte sich über die Reling, sein Blick glitt unstet über Gartessans Gesicht, und seine Augen weiteten sich. Es gab einen Augenblick nahezu telepathischer Verbindung, dann zog sich Orrakold zurück und gab den anderen einen leisen Befehl. Einer von ihnen bückte sich außer Sicht, und der Schiffsbrenner begann zu tosen; die beiden übrigen beeilten sich, die Ankerleinen von der abwärtsgerichteten Kanone zu lösen.

Gartessan hatte in den Augen des anderen wie in einem offenen Buch gelesen, doch in dem Moment, da er sein Todesurteil akzeptiert hatte, war der Bann gebrochen. Orrakold, der vorhin mit unvorstellbaren Waffen geprahlt hatte, war selbst verblüfft gewesen, hatte nicht damit gerechnet, auf welch fürchterliche Weise sich seine Worte bewahrheiten sollten. Er und seine Leute waren selbst solche Waffen – Träger einer Pterssa-Seuche, so virulent, daß sie bereits *auf Hörweite* infizierte!

Zwar war der König dieser Leute nach Gartessans Maßstäben ganz offensichtlich verrückt, aber er war doch klug genug gewesen, ein Schiff auszuschicken, um zu erkunden, mit welchem Widerstand eine Invasionsflotte zu rechnen hatte. Falls dem Potentaten zu Ohren kam, daß dieser Widerstand nicht der Rede wert war – daß Jenlands Verteidiger hilflos der Pterssose ausgeliefert waren, dann mochte sein territorialer Größenwahn erst recht aufflammen.

Ich darf das Himmelsschiff nicht entkommen lassen!

Der Gedanke spornte Gartessan zum Handeln an. Seine Soldaten waren zu weit weg, um jetzt hilfreich zu sein, und die Takelage zerrte bereits an der Gondel. Wenn überhaupt jemand den Start verhindern konnte, dann er. Und das einzige, was er tun konnte, war, sein Schwert zu schleudern, um das Gewebe des Ballons zu zerreißen. Er zog die Waffe, legte sich im Sattel zurück und holte aus und ächzte laut, als der Schmerz in seinem Brustkorb explodierte und den erhobenen Schwertarm lähmte. Er nahm den Arm herunter, um das Schwert aus dem Unterarm zu schleudern, als er gewahr wurde, wie Orrakold eine seltsam geformte Muskete auf ihn anlegte.

Gartessan zählte auf die Verzögerung, die immer entstand, wenn sich Paikn und Havl in der Reaktionskammer einer Schußwaffe auf das innigste verbanden, und begann den Aufwärtsschwung. Die Muskete krachte mit einem merkwürdig flachen Geräusch. Etwas schlug in Gartessans linke Schulter und riß ihn herum – das kraftlos geschleuderte Schwert nahm, sich träge überschlagend, einen nutzlosen Kurs. Das Blauhorn scheute. Er sprang ab, doch der lähmende Schmerz in Schulter und Brust ließ den Spurt zu einem Taumeln und Stolpern gerinnen. Bis er sein Schwert wieder in der Hand hielt, hatte die Gondel gut dreißig Fuß Bodenfreiheit, und der Ballon, an dem sie hing, war längst außer Reichweite.

Er stand da und sah hilflos und selbstvergessen zu, wie das Himmelsschiff schnell an Höhe gewann. Obwohl es mitten in die dunstig blaue Scheibe Dieslands stieg, war es nur schwer im Gegenlicht der Sonne zu erkennen, die bereits den östlichen Rand der Schwesterwelt versilberte. Gartessan gab es auf, die gleißenden Strahlen und Speichen und spektralen Nadeln des Lichts zu durchdringen. Er ließ den Kopf sinken und starrte ins Gras und grübelte über die Tatsache, daß seine Karriere und sein Leben so kläglich gescheitert waren, als ihn die Geräusche eines sich nähernden Blauhorns aus seiner düsteren Versunkenheit rissen. Er mußte an seine Verantwortung denken.

»Bleib, wo du bist!« rief er Leutnant Kihro zu. »Komm mir nicht zu nahe!«

»Oberst?« Kihro zügelte das Blauhorn zu einer langsamen Gangart.

Gartessan streckte ihm die Schwertspitze entgegen. »Das ist ein Befehl, Leutnant. Komm keinen Schritt näher! Ich habe die Seuche.«

Kihro hielt an. »Seuche?«

»Pterssose. Du hast davon gehört, hoffe ich.«

Die obere Hälfte von Kihros Gesicht lag im Schatten des Visiers, aber Gartessan sah, wie sich Kihros Mund vor Schreck verzerrte. Im nächsten Augenblick erschauerten die sonnenbeschienenen Hügel am westlichen Horizont in prismatischen Farben, um sich dann urplötzlich zu verfinstern, als der Schatten von Diesland mit Umlaufgeschwindigkeit über die Landschaft raste. Als sein Rand über die Soldaten hinwegflog und sie im Halbdunkel von Kurznacht zurückließ, prangte am dunklen Himmel ein riesiger Spiralnebel, dessen Arme nur so funkelten vor lauter weiß, blau und gelb strahlenden Sternen. Gartessan wußte, daß er das nächtliche Schauspiel zum letzten Mal erlebte, und wurde von dem Verlangen beseelt, es lange und eingehend zu betrachten, sich auch die Muster der kleineren Wirbel und Kometen einzuprägen, damit er Licht hatte, das er mitnehmen konnte an den Ort der ewigen Finsternis. Er schob die Vorstellung beiseite und wandte sich an den Leutnant, der etwa zwanzig Schritt entfernt wartete.

»Hör mir gut zu, Kihro!« rief er. »Ich werde tot sein, noch ehe Kurznacht vorüber ist, und du mußt...« Das Feuer in seiner Lunge loderte unter der Anstrengung des lauten Sprechens und zwang ihn, den Plan aufzugeben, sein kostbares Wissen mündlich zu übermitteln.

»Ich werde eine Botschaft für den König schreiben, und ich übertrage dir, Kihro, die Verantwortung dafür, daß er sie erhält. Nimm jetzt dein Meldebuch, vergewissere dich, daß der Stift schreibt, und laß beides dort auf dem Boden zurück. Dann geh zu deinen Männern und warte auf den König. Berichte ihm alles, was sich zugetragen hat – und erinnere ihn daran, daß niemand vor Ablauf von fünf Tagen in die Nähe meines Körpers kommen darf.«

Das schmerzhaft lange Reden hatte ihn alle Kraft gekostet, und Gartessan zwang sich zu einer militärisch aufrechten Haltung, während Kihro abstieg und das Schreibzeug auf den Boden legte.

Der Leutnant schwang sich wieder in den Sattel und zögerte einen Moment lang. »Oberst, es tut mir leid...«

»Ist schon in Ordnung«, sagte Gartessan, dankbar für diese letzte mitmenschliche Regung. »Mach dir keine Gedanken um mich. Geh jetzt und nimm mein Blauhorn mit – ich brauche es nicht mehr.«

Kihro salutierte betreten, nahm das herrenlose Tier beim Zügel und ritt in die Dämmerung davon. Gartessan wankte mit einknickenden Beinen zu dem Meldebuch und ließ sich daneben auf den Boden sacken. Kaum hatte er den Stift aus der Lederhülle gezogen, als auch der letzte Zipfel der Sonne hinter Diesland verschwand. Dennoch war es unter dem Lichthof der Schwesterwelt und einem Himmel, der mit feurigen Sternen übersät war, von denen manche sich zu kugeligen Haufen ballten, hell genug zum Schreiben.

Er wollte sich auf den linken Arm stützen, zuckte aber sofort wieder zurück, als der Schmerz in der verletzten Schulter aufflammte. Er untersuchte die Wunde mit tastenden Fingern. Die Brakkakugel hatte viel von ihrer Energie verloren, als sie den eingerollten Rand des Lederküraß durchbohrt hatte. Sie war ins Fleisch gedrungen, hatte aber nicht den Knochen zersplittert. – Er sollte auch erwähnen, daß die Waffe ohne die übliche Verzögerung gefeuert hatte. Er saß da mit dem Buch im Schoß, und begann, einen ausführlichen Bericht zu schreiben, der helfen sollte, die tödlichen Invasoren zurückzuschlagen.

Die geistige Disziplin, die mit dem Schreiben verbunden war, hielt ihn davon ab, mit seinem Schicksal zu hadern. Doch der Körper, der einen aussichtslosen Kampf gegen das Ptertsagift focht, rief sich unablässig in Erinnerung. Magen und Lunge schienen sich mit glühender Kohle zu füllen, lähmende Krämpfe schnürten ihm die Luft ab, und gelegentliche Schüttelfröste machten die Schrift stellenweise fast unleserlich. Die Krankheit schritt so rapide voran, daß er sich am Ende seines Berichts dunkel wunderte, überhaupt noch bei Bewußtsein zu sein, überhaupt noch eine Spur von Kraft zu haben.

Wenn ich von hier fortgehe, dachte er, kann das Buch sofort geholt werden, und niemand geht ein Risiko ein.

Er legte das Buch auf den Boden und beschwerte es mit seinem Helm. Der rote Busch würde die Stelle weithin sichtbar machen. Er hatte nicht gedacht, daß es so anstrengend war, wieder auf die Füße zu kommen. Er schwankte unstet, während er seine Umgebung musterte, die wie eine Kulisse auf träge wogendes Tuch gemalt schien. Kihro hatte seine Männer gesammelt und ein Feuer entzünden lassen, um König Chakkell den Weg zu weisen. Soldaten und Reittiere bildeten eine unveränderliche und amorphe Masse in der Dunkelheit, und auch sonst rührte sich wenig, bis auf die Meteore, die fortwährend über den prächtig bestirnten Himmel flackerten.

Gartessan glaubte, die Blicke der Männer zu spüren. Er wandte sich ab und ging fort von ihnen, torkelnd wie ein Betrunkener; von den Fingern der linken Hand tropfte Blut ins Gras. Nach etwa zwanzig Schritten verfingen sich seine Füße im Farnkraut, und er kippte vornüber. Er lag mit dem Gesicht nach unten in den rauh gefiederten Wedeln.

Wozu sollte er noch einmal aufstehen?

Wozu sich an das Bewußtsein klammern?

Ich kehre zu euch zurück, Ronoda und Klein-Hallie, dachte er und ließ zu, daß die Augen sich schlossen. *Bald sind wir …*

4. Kapitel

Als die Zellentür entriegelt wurde, war Tauler Marakain im Grunde seines Herzens erleichtert. Man hatte ihm Schreibmaterial zugestanden, und er hatte die ganze Kurznacht über dagesessen, mit dem Schreibblock auf den Knien, und versucht, einen Brief an Gesalla und Kassill zustande zu bringen. Er hatte sich rechtfertigen wollen, aber eine Rechtfertigung erwies sich als unmöglich – wo gab es einen Funken Vernunft in dem, was er getan hatte? – und alles, was er zu Papier gebracht hatte, war ein einziger Satz.

Es tut mir leid.

Die vier Wörter starrten ihn an wie die Grabinschrift für ein vergeudetes Leben, und jetzt hatte er nur noch den einen Wunsch, die letzten Minuten dieses verpfuschten Lebens hinter sich zu bringen.

Er stand mit dem Gesicht zur Tür und war ganz und gar darauf gerichtet, vom Henker und einem Trupp Aufseher geholt zu werden, als die nach innen schwingende Tür den dickleibigen König Chakkell enthüllte, der von Leibwächtern mit stoischen Gesichtern flankiert wurde.

»Ist das nicht zuviel der Ehre?« sagte Tauler. »Will mich der König höchstpersönlich hinausbegleiten?«

Chakkell winkte mit einem in Leder gebundenen Meldebuch, wie es in der kolkorronischen Armee benutzt wurde. »Deine Glückssträhne hält an, Marakain. Unser Spiel geht weiter. Komm mit – du wirst gebraucht!« Er packte Tauler mit regelrechtem Henkergriff beim Arm und schob ihn in den Flur hinaus, wo die Luft geschwängert war von den Rauchfäden, die noch von den Kerzen der Wandleuchter kräuselten.

»*Ich* werde gebraucht? Heißt das ...?« Paradoxerweise wurde Tauler in dem Augenblick, da er Hoffnung schöpfte, von Todesfurcht übermannt, die ihm völlig die Stimme raubte und den kalten Schweiß auf die Stirn trieb.

»Das heißt, daß ich bereit bin, deine Torheit vom Frühtag zu vergessen.«

»Majestät, ich bin Euch dankbar ... aufrichtig dankbar«, brachte Tauler hervor, und sich gelobte er: *Ich will dich nie wieder enttäuschen, Gesalla.*

»Das will ich auch meinen!« Chakkell führte ihn aus dem Zellenblock, durch ein Tor, dessen Wachen Haltung annahmen, hinaus in den Paradehof, wo Tauler vor einer scheinbaren Ewigkeit Karkarand gegenübergestanden hatte.

»Es muß mit dem Himmelsschiff zu tun haben«, sagte Tauler. »War es wirklich von Diesland?«

»Warte, bis wir unter uns sind.«

Tauler und Chakkell, immer noch in Begleitung der Leibwächter, betraten den Palast durch einen Hintereingang und kamen durch die Korridore zu einer unscheinbaren Tür. Der seifige Geruch von Blauhornschweiß, der Chakkells Kleidung anhaftete und auf einen langen und anstrengenden Ritt schließen ließ, hatte Taulers Neugierde noch angestachelt. Mit einem Wink entließ Chakkell die Männer und brachte Tauler in einen bescheidenen Raum, der lediglich mit einem runden Tisch und sechs ungepolsterten Stühlen möbliert war.

»Lies das!« Chakkell gab Tauler das Meldebuch, setzte sich an den Tisch und starrte auf seine geballten Fäuste hinunter. Schweißperlen glitzerten auf der tiefbraunen Kopfhaut, und es war nicht zu übersehen, daß er in höchster Erregung war. Tauler hielt es für unklug, irgendwelche Fragen vorauszuschicken, setzte sich an die gegenüberliegende Seite des Tisches und schlug das Buch auf. Die Leseschwäche, mit der er in jungen Jahren zu kämpfen gehabt hatte, war inzwischen so gut wie überwunden, und er brauchte nur Minuten, bis er die mit Bleistift beschriebenen Seiten gelesen hatte, obwohl die Schrift streckenweise fürchterlich verzerrt war. Als er das Buch zuklappte und aus der Hand legte, bemerkte er plötzlich die Blutflecken auf dem Einband.

Ohne den Kopf zu heben, sah Chakkell ihn unter gesenkten Brauen an, mit Augen, von denen kaum mehr als die weiße Sichel des Augapfels zu sehen war. »Nun?«

»Oberst Gartessan ist tot?«

»Was sonst – und nach dem, was er aufgeschrieben hat, könnte er der erste Tote sein von vielen«, sagte Chakkell. »Die Frage ist, was können wir tun? Was fangen wir mit diesen krankhaften Emporkömmlingen an?«

»Glaubt Ihr wirklich, daß dieser Rassamardan eine Invasion plant? Mir kommt das reichlich unvernünftig vor von einem Herrscher, dem eine leere Welt zu Füßen liegt.«

Chakkell wies auf das Buch. »Du hast gelesen, was Gartessan schreibt. Wir haben es nicht mit vernünftigen Leuten zu tun, Marakain. Gartessan hielt sie gewissermaßen für verrückt, und ihr Herrscher könnte der Schlimmste der ganzen Bande sein.«

Tauler nickte. »Das hat man oft.«

»Nimm dir nicht zuviel heraus!« warnte Chakkell. »In ganz Kolkorron gibt es niemanden, der soviel von Himmelsschiffen versteht wie du, und ich will jetzt wissen, wie wir uns deiner Ansicht nach verteidigen sollen.«

»Also...« Sekundenlang wurde Tauler vom inneren Widerstreit zwischen Freude, Gewissensbissen und Reue hin- und hergerissen. Was war er nur für ein Mensch? Kaum hatte er gelobt, sein häusliches Glück von nichts und niemandem mehr stören zu lassen, und mit einmal schlug sein Herz wieder schneller bei dem Gedanken, sich mit einer gänzlich neuartigen Kriegsführung befassen zu können. War alles nur eine Reaktion auf die Erleichterung, nicht hingerichtet zu werden und wieder ein Leben vor sich zu haben – oder hatte er am Ende einen so verhängnisvoll entstellten Charakter wie der längst tote Prinz Leddravohr? Letzteres wäre gar nicht auszudenken.

»Ich warte«, sagte Chakkell ungeduldig. »Du willst doch nicht behaupten, daß du sprachlos bist angesichts der Krise.«

Tauler holte tief Luft und ließ sie mit einem Seufzer entweichen. »Majestät, sollte es zum Kampf kommen, ist das Schicksal nicht auf unserer Seite. Wir können dem Feind keine Schlacht liefern, und aus naheliegenden Gründen dürfen diese sogenannten Neuen Menschen keinen Fuß auf unsere Welt setzen. Uns bleibt nur eins.«

»Was?«

»Prävention! Eine Barriere! In der Zone der Schwerelosigkeit – mitten zwischen den beiden Welten – müssen wir auf sie warten und ihre Schiffe zerstören, noch ehe sie Dieslands Anziehungskraft überwunden haben. Das ist die einzige Rettung.«

Chakkell studierte Taulers Gesicht, als bezweifle er die Ernsthaftigkeit des Vorschlags. »Soweit ich mich erinnere, war die Luft in der mittleren Zone zu kalt und zu dünn, um irgend länger darin überleben zu können.«

»Wir brauchen andere Schiffe. Die Gondeln müssen größer und vollkommen geschlossen sein. Und abgedichtet, damit sie Luft und Wärme zurückhalten. Vielleicht werden wir auch Glühsalz benutzen, um die Luft anzureichern. All das und mehr wird nötig sein, wenn wir uns über lange Perioden in der Schwerelosigkeit aufhalten wollen.«

»Ist das zu schaffen?« fragte Chakkell. »Du scheinst von

regelrechten Festungen zu reden, die im Himmel hängen. Aber das Gewicht…«

»Mit den alten Himmelsschiffen konnten wir zwanzig Passagiere samt Vorrat befördern. Das ist ein ansehnliches Gewicht. Vielleicht können wir die Nutzlast verdoppeln, indem wir die Gondel verlängern und an zwei Ballons hängen.«

»Darüber lohnt sich nachzudenken.« Chakkell stand auf und wanderte um den Tisch herum, die Augen unter der gerunzelten Stirn unverwandt auf Tauler gerichtet. »Ich glaube, ich werde einen neuen Posten schaffen, extra für dich«, sagte er schließlich. »Sagen wir… Generalhimmelsmarschall… mit der Generalvollmacht für die gesamte Luftverteidigung von Jenland. Du bist nur mir verantwortlich und kannst alles anfordern, was du brauchst – Mensch oder Material –, um deiner Aufgabe gerecht zu werden.«

Tauler hatte das erhebende Gefühl, daß sein Leben wieder Ziel und Richtung bekam, doch zu seiner Verwunderung widerstand er der Versuchung, sich von Chakkells Überschwang mitreißen zu lassen. Wenn er in der einen Minute zur Hinrichtung abgestempelt und in der nächsten eine Generalvollmacht bekam, dann war er weiter nichts als eine Kreatur des Königs, eine Marionette ohne Würde und Identität.

»Falls ich mich entschließe, Euer Angebot anzunehmen«, sagte er, »gibt es da gewisse…«

»Falls du dich entschließt? *Falls…?*« Chakkell stieß heftig seinen Stuhl beiseite, knallte die flachen Hände auf den Tisch und stützte sich vor. »Was ist los mit dir, Marakain. Willst du deinem König den Dienst verweigern?«

»Erst diesen Frühtag hat mich mein König zum Tode verurteilt.«

»Ich hätte es nicht soweit kommen lassen, das weißt du.«

»Wirklich?« Tauler verbarg seine Skepsis nicht. »Und Ihr habt mir die einzige Gunst versagt, um die ich Euch bat.«

Chakkell sah jetzt wirklich verblüfft drein. »Wovon redest du?«

»Von Psennel, dem Farmer.«

»Ach, *der!*« Chakkell drehte kurz die Augen zur Decke, womit er seine Gereiztheit bekundete. »Also gut, Marakain. Bei all der Aufregung in der Stadt kann sich die Hinrichtung durchaus verzögert haben. Ich schicke einen Eilboten, und wenn dein werter Freund noch lebt, tut er das auch weiterhin. Bist du nun zufrieden? Ich hoffe, du bist es, denn mehr steht nicht in meiner Macht.«

Tauler nickte verunsichert. War sein Gewissen so leicht zu beruhigen? »Der Bote muß *jetzt gleich* in die Stadt.«

»Meinetwegen.« Chakkell nickte bloß zu einer vertäfelten Wand hinüber, in der Tauler keinerlei Öffnung entdecken konnte, dann ließ er sich in einen Stuhl neben dem umgestoßenen fallen. »Jetzt müssen wir an die Planung gehen. Kannst du eine Skizze von der Himmelsfestung anfertigen?«

»Ich denke schon, aber ich möchte Savotl dabeihaben«, sagte Tauler. Der Mann war noch zu Lebzeiten des Testgeschwaders mit ihm gefahren und später einer der vier königlichen Piloten bei der Auswanderung gewesen. »Ich glaube, er fährt eins Eurer Kurierschiffe, Majestät. Es wird Euch nicht schwerfallen, ihn aufzustöbern.«

»Savotl? Ist das nicht der mit den komischen Ohren? Warum er?«

»Er ist ein kluger Kopf, und wir arbeiten gut zusammen«, sagte Tauler. »Ich brauche ihn.«

Als Mittvierziger sah Ilven Savotl einfach zu jung aus, um zur Zeit der Massenflucht von Diesland schon ein königliches Himmelsschiff kommandiert zu haben. Er war im Laufe der Jahre kaum dicker geworden, sein Haar war dunkel geblieben und immer noch kurz geschoren, was die winzigen Morchelohren erst recht betonte. Er war vom benachbarten Flughafen hierher zitiert worden und binnen zehn Minuten bei Tauler und Chakkell gewesen. Die gelbe Uniform eines Ballonführers sah aus, als habe er sie eben erst hastig aus dem Schrank genommen.

Er hörte sehr genau hin, als man ihm die Bedrohung erläuterte, die von den Neuen Menschen ausging, und machte sich hin und wieder – wie es seine Art war – in einer ordentlichen und gedrängten Schrift Notizen. Sein Habitus war so, wie Tauler ihn in Erinnerung hatte – präzise und penibel, eine Art Rückversicherung, daß es kein Problem gab, dem nicht mit Methode und Vernunft beizukommen war.

»Soweit, so gut«, sagte Chakkell zu Savotl. »Was hältst du nun von dieser Idee, permanent bemannte Festungen in der gewichtslosen Zone zu unterhalten?« Es gefiel ihm gar nicht, einen gemeinen Ballonführer um Rat zu fragen, aber er hatte sich Taulers Bitte gefügt und – ein Zeichen, wie ernst er die Lage einschätzte – Savotl sogar aufgefordert, sich mit ihm an einen Tisch zu setzen. Jetzt betrachtete er den Neuankömmling kritisch, beinah wie ein Schulmeister, der darauf bedacht war, den Schüler eines Fehlers zu überführen.

Savotl saß kerzengerade, wohl wissend, daß er sich zu bewähren hatte, und sprach mit fester Stimme: »Das läßt sich machen, Majestät. Es *muß* sich machen lassen – wir haben keine Wahl.«

»Ich verstehe. Und was ist mit der langen Gondel an zwei Ballons?«

»Bei aller Wertschätzung für Baron Tauler, davon halte ich nicht viel, Majestät«, sagte Savotl und warf Tauler einen flüchtigen Blick zu. »Die Gondel müßte schon *sehr* lang sein, damit zwei Ballons Platz hätten. Außerdem bekämen wir sicher ernsthafte Probleme mit der Steuerung.«

»Du befürwortest also einen einzigen monströsen Ballon?«

»Nein, Majestät – das würde nur wieder Probleme ganz anderer Art heraufbeschwören. Wir würden sie zwar mit der Zeit meistern, aber soviel Zeit haben wir nicht.«

Chakkell wurde sichtlich ungeduldig. »Was also? Hast du eine bessere Idee, Kapitän, oder bist du schon zufrieden, wenn du weißt, wie es *nicht* geht?«

»Ich meine, wir sollten es bei den Ballons belassen, mit denen wir Erfahrung haben«, sagte Savotl gefaßt. »Die Himmelsfestung sollte in Abteilungen gebaut, in Abteilungen hinaufgebracht – und in der gewichtslosen Zone zusammengesetzt werden.«

Chakkell sah Savotl durchdringend an, und allmählich

zeichnete sich Erstaunen und Respekt auf seinem Gesicht ab. »Natürlich! *Natürlich!* Das ist der einzig gangbare Weg.«

Tauler wurde von einem fast väterlichen Stolz erfüllt, als sich das neue Konzept in einer Reihe schwindelerregender Bilder vor seinem geistigen Auge entfaltete. »Fabelhaft, Ilven«, hauchte er. »Ich wußte, wir würden dich brauchen – obwohl ich kalte Füße bekomme, wenn ich daran denke, was für eine Art Arbeit damit verbunden ist. Trotz Sicherheitsleine wird man sich mächtig zusammennehmen müssen, wenn einen Tausende von Meilen dünner Luft umgeben.«

»Nur wenige werden sich dabei noch konzentrieren können«, sagte Savotl und nickte bestätigend. »Diese Außenarbeiten müßten auf ein Minimum beschränkt werden. Mir schweben zylindrische Abteilungen vor, die von einfachen Krampen zusammengehalten und mit Harz abgedichtet werden. Eine Festung könnte aus drei Abteilungen bestehen.«

»Bevor wir ins Detail gehen, muß ich wissen, wie viele Himmelsfestungen wir brauchen«, sagte Chakkell. »Je mehr ich darüber nachdenke, um so mehr Zweifel kommen mir, ob der ganze Plan überhaupt durchführbar ist. Wenn man sich die gewichtslose Zone nur einmal als flache Scheibe mitten zwischen den Welten vorstellt, wären Millionen von Quadratmeilen zu verteidigen – wie sollen wir das schaffen? Selbst wenn ich über die Reserven eines alten Kolkorron verfügte, wäre ich außerstande, so viele Festungen zu bauen, wie dieser Plan erfordert. Eintausend? Was meinst du? Oder fünftausend?«

Savotl sah Tauler an, um ihm die Antwort zu überlassen, doch der schüttelte kaum merklich den Kopf. Tauler hielt den Einwand des Königs durchaus für berechtigt, konnte ihn aber aus dem Stegreif nicht entkräften, obwohl Savotl eine Miene zur Schau trug, als wüßte er die Antwort.

»Majestät, wir müssen nicht die ganze Zone verteidigen«, sagte Savotl. »Beide Welten haben eine gemeinsame Atmosphäre, aber sie ist wie ein Stundenglas geformt, mit einer schlanken Taille. Die Himmelsschiffe müssen am Zentrum dieser Taille bleiben – in diesem engen Luftkanal sozusagen – und genau da müssen wir die Diesländer abfangen. Ich weiß nicht, wie entschlossen der Feind die Invasion vorantreiben wird, aber wenn wir seine Vorhut zerstören, versuchen die übrigen Schiffe vielleicht in sicherem Abstand vorbeizukommen. Dazu müßten sie sich so weit aus dem Luftkanal hinauswagen, daß die Besatzungen ohnmächtig würden und ersticken müßten.«

»Du wirst mir allmählich sympathisch, Savotl«, sagte der König mit süßsaurem Lächeln. »Also, an wie viele Festungen denkst du?«

»Nicht viele, Majestät. Zehn oder zwölf, solange wir den Überraschungseffekt auf unserer Seite haben; später vielleicht hundert, wenn die Diesländer wirkungsvolle Gegenmaßnahmen ergreifen.« Savotl sah wieder zu Tauler hin, offensichtlich bestrebt, ihn wieder in die Diskussion mit einzubeziehen. »Ich kann in diesem Stadium noch nichts Genaueres sagen. Viel hängt davon ab, wie frühzeitig wir ein aufsteigendes Schiff sichten können, aber – wie Baron Tauler bestätigen wird – in dieser Höhe sieht das Auge ungewöhnlich scharf. Viel hängt auch von der Reichweite unserer Waffen ab, doch in diesen Dingen bin ich ein Waisenknabe gegenüber Baron Tauler. Vielleicht sollte der Ba ...«

»Laß mich vorerst mal aus dem Spiel«, würdigte Tauler Savotls Unbehagen. »Ich finde deine Ausführungen nicht nur interessant, sondern auch lehrreich.«

»Dein Baron Tauler«, raunte Chakkell an Savotls Adresse, »ist sich seiner Sache so sicher, daß er keine Angst vor begabten und vielversprechenden Untergebenen hat. Aber ich fürchte, da ist noch ein ganz banales Problem, das du nicht so leicht aus der Welt zaubern kannst.«

»Das wäre, Majestät?«

»Es ist lange her, daß ich den Bau der Auswandererflotte geleitet habe, doch ich entsinne mich noch sehr genau, daß es nur ein Material gab, das leicht und fest genug war, um daraus Ballonhüllen herzustellen – und das ist Leinen.« Chakkell hielt mit gerunzelter Stirn inne, als wolle er dem Gleichmut, der sich eingeschlichen hatte, den Garaus machen. »Vielleicht weißt du es nicht, aber der hiesige Boden scheint dem Flachssamen, den wir von Diesland mitbrachten, nicht besonders zu bekommen. Hie und da werfen ein paar Äcker eine brauchbare Ernte ab, und das meiste davon wurde bereits in die Luftschiffe gesteckt, die wir in Betrieb haben. Sollen wir vielleicht diese Ballonhüllen auftrennen, um an das Material für die Himmelsschiffe zu kommen?«

»Nein!« sagten Tauler und Savotl wie aus einem Mund, doch wieder blieb Tauler, der nur aus einem Reflex heraus reagiert hatte, eine konstruktive Antwort schuldig. Ihm wurde bewußt, daß Chakkell nicht kraft seiner Geburt, sondern vielmehr kraft eines phänomenalen Detailwissens in so fundamentalen Gebieten wie Landwirtschaft, Fabrikation und Handel regierte. Und wieder zog er es vor, zu schweigen und die ganze Verantwortung Savotl zu überlassen. Er war überrascht und beeindruckt zugleich, als Savotl mit einem ruhigen Lächeln zur Sache kam.

»Die Ballons müssen aus neuem, perfektem Material hergestellt werden, Majestät«, sagte er. »Aber wir brauchen gar nicht so viele davon. Bei Baron Taulers ausgezeichneter Strategie erweisen sich Ballons – zum Glück – als äußerst hinderlich.«

Chakkells Stirn wurde noch krauser. »Wir scheinen aneinander vorbeizureden, Savotl. Was redest du da?«

»Majestät, wir reden zwar von einer gänzlich neuen Kriegsführung, dennoch behalten ein paar alte Prinzipien ihre Gültigkeit. Es ist außerordentlich wichtig, daß der Feind uns erst entdeckt, wenn es für ihn praktisch schon zu spät ist. Weil das so ist, wären Ballons – die so riesig sind, daß sie in der Klarheit der schwerelosen Zone meilenweit zu sehen wären – geradezu sträflicher Leichtsinn. Die Festungen erfüllen ihren eigentlichen Zweck nur dann, wenn wir auf Ballons verzichten.«

Tauler ahnte, was Savotl vorhatte, und ihm war, als sickere die Kälte der Höhenluft in seinen Körper. »Du willst die Ballons abhängen und ... und ...«

»Und sie zurückschicken, um weitere Festungsteile heraufzuholen«, sagte Savotl nickend. »Ich sehe keinen Grund, warum ein einzelner Ballon nicht viele Male hin und her pendeln sollte.«

»Das ist nicht der Punkt«, sagte Tauler. »Du sprichst davon, da oben Menschen zurückzulassen. Hilflos! Ohne die Möglichkeit, den Sturz eines Schiffes aufzuhalten!«

Savotls Miene wurde gelassener und irgendwie weniger freundlich. »Wir reden über die Zone der Gewichtslosigkeit, Baron. Wie Ihr selbst einmal gesagt habt – wie kann ein Objekt fallen, wenn es kein Gewicht hat?«

»Ich weiß, aber ...« Tauler wollte nicht argumentieren. »Es gefällt mir nicht.«

»Aber mir!« sagte Chakkell beinah trotzig und strahlte Savotl derart an, daß man meinen konnte, seine aufkeimende Sympathie sei rasch zu voller Blüte erwacht. »Und wie mir das gefällt!«

»Gewiß, Majestät«, sagte Tauler trocken, »Ihr werdet ja auch nicht da oben sein.«

»Und Ihr auch nicht, Marakain«, konterte Chakkell. »Ich mache Euch nicht wegen Eurer fragwürdigen Tapferkeit zum Generalhimmelsmarschall – sondern weil Ihr besonders gut mit Himmelsschiffen Bescheid wißt. Ihr werdet mit beiden Füßen hier schön am Boden bleiben und die Operation von hier aus leiten.«

Tauler schüttelte den Kopf. »Das ist nicht mein Stil. Ich leite von der Front aus. Wo man den Männern abverlangt, ihr Leben ... flügellosen Vögeln anzuvertrauen, ziehe ich es vor, mitten unter den ersten zu sein.«

Chakkell sah ihn genervt an, dann warf er einen Blick auf Savotl, und seine Miene wurde rätselhaft. »Macht was Ihr wollt«, sagte er zu Tauler. »Ich verleihe Euch die Autorität, jeden Mann in meinem Königreich in Euren Dienst zu stellen – gehe ich richtig in der Annahme, daß Ihr Euren Freund Savotl zu Eurem bevorzugten Ratgeber macht?«

»Das war von Anfang an meine Absicht.«

»Sehr gut! Der Generalhimmelsmarschall und sein erster Ratgeber halten sich selbstverständlich hier im Palast zu meiner Verfügung, bis wir jeden wichtigen Aspekt des Verteidigungsplans durchgesprochen haben. Und weil das nicht von heute auf morgen zu erledigen ist, wird es...« Chakkell brach ab, als sein buckliger Sekretär ins Zimmer trat und, sich eifrig vorbeugend, an den Tisch kam. »Warum unterbrichst du mich, Pelso?«

»Vergebung, Majestät«, erwiderte Pelso mit zitternder Stimme. »Soviel ich noch weiß, wolltet Ihr unverzüglich informiert werden. Über die Hinrichtung, meine ich.«

»Hinrichtung? Hin... Ach, ja! Und?«

»Majestät, ich habe den Mann mit dem Haftbefehl holen lassen.«

»Das war überflüssig. Ich wollte nur eine Rückmeldung, daß der Auftrag ausgeführt ist. Na, gut – wo ist der Mann?«

»Er wartet im Ost-Korridor, Majestät.«

»Was nützt er mir im Korridor? Hol ihn her, alter Narr!« Chakkell trommelte mit den Fingern auf der Tischplatte, während Pelso, sich immer noch verbeugend, rückwärts zur Tür ging.

Tauler, dem die Unterbrechung gar nicht recht war, starrte auf die Türöffnung, in der die klobige Gestalt von Gnapper erschien. Der Sergeant zeigte keinerlei Nervosität, obwohl er zweifellos zum ersten Mal vor den König zitiert wurde. Den Helm unter den Arm geklemmt, marschierte er auf Chakkell zu, salutierte korrekt und wartete auf Sprecherlaubnis. Tauler schlug die Augen nieder. Er war dem Blick des Mannes begegnet, und die Schadenfreude darin war unmißverständlich. Selbstzweifel plagten Tauler, und Mitleid mit dem unglücklichen Farmer, dem er am Frühtag auf der Straße nach Pradt begegnet war. War das wirklich erst heute früh gewesen? Er hatte Psennel Hilfe versprochen und ihm dann nicht helfen können, und was den Kummer noch verschlimmerte, war die Tatsache, daß Psennel genau das befürchtet hatte. Wie sollte er eine ganze Welt verteidigen, wenn er nicht einmal einen einzigen Menschen retten konnte...?

»Majestät, die Hinrichtung des Verräters Psennel wurde ordnungsgemäß ausgeführt«, sagte Gnapper auf Chakkells Geste hin.

Chakkell zuckte die Achseln und wandte sich an Tauler. »Ich habe getan, was ich konnte. Seid Ihr nun zufrieden?«

»Ich habe ein oder zwei Fragen an diesen Mann.« Tauler hob den Kopf und sah Gnapper in die Augen. »Ich hatte gehofft, daß sich die Hinrichtung verzögert hätte. Hat das Erscheinen des Himmelsschiffs denn kein Aufsehen erregt in der Stadt?«

»Mehr als das, Baron – doch ich durfte mich dadurch keinesfalls von meiner Pflicht ablenken lassen.« Gnapper sprach mit unverhohlenem Stolz, nur um Tauler zu quälen. »Wie die meisten in Pradt war auch der Henker hinter dem Himmelsschiff her, und ich mußte meilenweit reiten, um ihn zu finden und in die Stadt zurückzuholen.«

Das war der erste Henker, dem du heute begegnet bist, dachte Tauler. Ich bin der zweite. »Das ist höchst lobenswert, Sergeant«, sagte er laut. »Du scheinst einer von den Soldaten zu sein, denen nichts über ihre Pflichterfüllung geht.«

»Das will ich meinen, Baron.«

»Was geht hier vor, Marakain?« fuhr Chakkell dazwischen. »Ihr wollt mir doch nicht sagen, daß Ihr Euch jetzt schon herablaßt, gemeine Soldaten herauszufordern.«

Tauler lächelte ihn an. »Im Gegenteil, meine Wertschätzung für den Sergeanten ist so groß, daß ich ihn am liebsten in meine Dienste nehmen würde. Das ist doch zulässig, oder?«

»Ich sagte bereits, Ihr könnt haben, wen immer Ihr wollt«, sagte Chakkell ungeduldig.

»Ich wollte nur, daß der Sergeant es aus Eurem Mund erfährt.« Tauler wandte sich direkt an Gnapper, der zu spät begriff, daß er die Situation falsch eingeschätzt hatte, und ein betretenes Gesicht machte. »Es wird eine Reihe gefährlicher Aufgaben geben, wenn wir die neuen Himmelsschiffe testen, die ohne Ballons in die hohe Atmosphäre gehängt werden. Ich bin dabei auf Männer angewiesen, denen nichts über ihre Pflichterfüllung geht. Schick deine Leute zu Panvarl zurück, mit meiner Empfehlung an ihn, und melde dich danach beim Palastkommandanten. Geh schon!«

Gnapper, der jetzt blaß und nachdenklich aussah, salutierte und verließ den Raum, gefolgt von dem buckligen Sekretär.

»Ihr habt alles hinausposaunt«, murrte Chakkell.

»Je schneller es sich herumspricht, um so besser«, sagte Tauler. »Außerdem wollte ich dem Mann vor Augen führen, was ihm bevorsteht.«

Chakkell schüttelte seufzend den Kopf. »Falls Ihr den Mann lieber tot als lebendig habt, dann erledigt das rasch. Ich will nicht, daß Ihr wertvolle Zeit mit Lappalien vergeudet.«

»Majestät«, sagte Savotl, der sich geistesabwesend den Magen massierte, »in diesem Bericht gibt es etwas, das mir nicht in den Kopf will.« Während des Wortwechsels mit dem Sergeanten hatte er den schmalen Kopf, an dem die Ohren wie winzige geballte Fäustchen saßen, über Oberst Gartessans Meldebuch gebeugt, und sah jetzt irritiert auf.

»Wo es um die Muskete geht?«

»Nein, Majestät – wo es um die Diesländer selbst geht. Wenn diese seltsam beschriebenen Neuen Menschen einfach nur Nachkommen von Männern und Frauen sind, die teilweise immun gegen die Pterssose waren, hätten nicht ein paar davon auch bei uns in Erscheinung treten müssen?«

»Vielleicht sind ein paar geboren worden«, sagte Chakkell wegwerfend. »Womöglich haben die Eltern sie stillschweigend beseitigt. Oder die Erbanlage ist latent und tritt nur zutage, wo die Bälger dem Gift ausgesetzt sind – und hier ist die Pterssa nun einmal nicht giftig.«

»Noch nicht«, erinnerte ihn Tauler, »aber wenn wir weiter solchen Raubbau mit den Brakkabäumen treiben, werden sich die Blasen darauf einstellen.«

»Darum sollen sich künftige Generationen kümmern«, sagte Chakkell und hieb die schmächtige Faust auf den Tisch. »Vor uns liegt ein Problem, das in Tagen und nicht erst in Jahrzehnten gelöst werden muß. Hört ihr? *Tagen!*«

Ich höre, dachte Tauler, und in Gedanken war er bereits unterwegs in die Zone der Gewichtslosigkeit, in das Reich dünner, kalter Luft, das Reich der Meteore, das er erst zweimal in seinem Leben betreten hatte. Vor wenigen Stunden noch hätte er nicht im Traum daran gedacht, es jemals wiederzusehen.

5. Kapitel

Der Traum war im Laufe der Nacht viele Male zurückgekehrt und hatte Bartan Drammy jedesmal an den Tag seines Erkundungsflugs zurückversetzt.

Er hatte eben das Luftboot vertäut und ging auf das weißgestrichene Farmhaus zu. Eine innere Stimme warnte ihn unablässig, das Haus nicht zu betreten, doch trotz aller Angst war er außerstande umzukehren. Er entriegelte die grüne Tür und stieß sie auf – und innen wartete diese Kreatur, die mit ihrem einsamen Tentakel zögernd nach ihm tastete. Ganz so, wie es sich wirklich zugetragen hatte, sprang er zurück, fiel hin, und das Monster entpuppte sich als ein Konglomerat von Kleidungsstücken, das an einem Wandhaken hing. Doch anders als in Wirklichkeit hörte das Schürzenband nicht auf, nach ihm zu winken, schmachtend, auf eine Weise, die unmöglich auf kurzzeitige Luftbewegungen zurückzuführen war – und das sträubte ihm die Haare mehr als die Konfrontation mit dem vermeintlichen Monster …

An dieser Stelle war Bartan jedesmal mit einem angstvollen Stöhnen aus dem Schlaf gefahren, nur um erleichtert festzustellen, daß es normale nachtschlafende Zeit war; und jedesmal, wenn er wieder eingeschlafen war, hatte der Traum von neuem begonnen. So war das Tageslicht schließlich eine Erlösung gewesen, obwohl er hatte aufstehen müssen, ohne wirklich ausgeschlafen zu sein. Er hatte ein ganzes Landgut für sich beansprucht, wie Jop Trinchil es gewollt hatte, und arbeitete jeden Tag bis zur Erschöpfung, um alles für Sandiwihris Ankunft herzurichten.

Jetzt, da er mit seinem völlig überholten Wagen zur Phoratihr-Farm unterwegs war, empfand er den Kontrast zwischen der sonnigen Frühe hier draußen und den nächtlichen Schreckgespenstern sogar belebend. Alle Müdigkeit war verflogen.

Es hatte die Nacht über geregnet, und die Luft war mild, schwer und süß. Allein sie einzuatmen, brachte eine zarte Erregung und Erinnerung mit sich, als ob sie aus jenen Jahren seiner verträumten Kindheit herüberwehte, als die Zukunft nicht mehr als ein goldschillerndes Leuchten gewesen war. Und was die Umgebung so beseelte, war die Erkenntnis, daß der naive Optimismus seiner Kindertage hier eine späte Rechtfertigung erlebte.

Es lohnte sich, zu leben!

Bartan ließ das Blauhorn gemächlich dahintrotten. Seine Gedanken umkreisten die Umstände, die den jungen Tag zu einem besonderen in einer besonderen Zeit machten. Medschin Kerrodell, der Gemeindevorsteher, hatte offiziell bestätigt, daß die von der Expedition begehrten Landgüter von der Provinzbehörde registriert und genehmigt waren. Die Farmer, glücklich darüber, fertige Gebäude und urbares Land übernehmen zu können, sahen nun in Bartan ihren Wohltäter. Jop Trinchil hatte den Tag für Sandiwihris Hochzeit auf ein Datum in zwanzig Tagen festgelegt. Und nun stand die festliche Versammlung bevor, mit der man die Rechtskräftigkeit der Inbesitznahme begehen wollte; es würde vielerlei zu essen und zu trinken geben, und man würde bis tief in die Nacht hinein tanzen.

Das Fest sollte nicht etwa zu einer bestimmten Stunde beginnen, sondern würde sich im Laufe des Tages allmählich entwickeln, so wie sich die Familien von den entfernteren Farmen einfanden. Bartan war außergewöhnlich früh aufgebrochen, in der Hoffnung, Sandiwihri könnte sich genauso verhalten, damit sie ein paar Stunden mehr zusammen sein konnten. Er hatte sie mindestens seit zwölf Tagen nicht zu Gesicht bekommen und sehnte sich danach, sie zu sehen, zu hören und zu fühlen.

Die Vorstellung, sie könnte bereits auf der Phoratihr-Farm sein, trieb ihn an, seinerseits das Blauhorn anzutreiben. Bald erreichte er eine flache Kuppe, von wo aus er meilenweit sehen konnte, und die idyllische Heiterkeit, die über dem Land lag, stand ganz im Einklang mit seiner Stimmung. Der nächtliche Regen hatte das Blau des Himmels vertieft, so daß sich zu den großzügig verteilten Taggestirnen mehrere Lichtwirbel gesellten. Unter dem Horizont lag die erstarrte See des Graslands, auf der sich nichts regte als die gelegentlichen Reflexe nahezu unsichtbarer Pterssas, die in der Brise trieben. Mitten zwischen Bartan und der grünen See lagen, umgeben von gefurchten Feldern, die Gebäude der Phoratihrs, anzusehen wie winzige weiße und graue Rechtecke. Harro und Ennda Phoratihr hatten ihre Farm als Treffpunkt angeboten, weil sie am zentralsten gelegen war.

Der Wagen rollte leichter auf dem sanften Gefälle. Bartan pfiff vor sich hin, während er der Fahrspur folgte. Als er sich dem Hauptgebäude näherte, sah er mehrere Wagen am Blauhornstall stehen, doch Trinchils Wagen – mit dem Sandiwihri hatte kommen wollen – war nicht dabei. Wahrscheinlich gehörten die Frühaufsteher zu solchen Familien, deren Frauen dabei halfen, die Feier vorzubereiten. Man hatte draußen einen langen Tisch aufgestellt, und in der Nähe standen die Männer und Frauen beisammen und waren offensichtlich in eine angeregte Diskussion vertieft. Kinder unterschiedlichsten Alters spielten, schrien und lachten rundherum. Als Bartan seinen Wagen beim Stall zum Halten brachte, konnte er sich des Eindrucks nicht erwehren, als ob die Erwachsenen ganz und gar nicht gut gelaunt seien.

»Hallo, Bartan – du bist früh dran.« Nur einer der Farmer – ein rotbackiger junger Mann mit struwweligem Strohhaar – hatte sich aus der Gruppe gelöst, um Bartan zu begrüßen.

»Hallo … Kreyn.« Bartan hatte gezögert, denn die Phoratihrs waren eine große Familie, mit mehreren fast gleichaltrigen und einander ähnlichen Vettern. »Bin ich zu früh? Soll ich später noch einmal wiederkommen?«

»Nein, im Gegenteil. Es ist nur so … daß etwas passiert ist. Das hat uns ein bißchen den Wind aus den Segeln genommen.«

»Etwas Ernstes?«

Kreyn wurde verlegen. »Bitte, geh ins Haus. Harro braucht dich. Wir wollten schon jemanden losschicken, um dich zu holen, als wir deinen Wagen auf der Anhöhe sahen.« Er drehte sich um und ging, ehe Bartan noch etwas fragen konnte.

Bartan ging mit wachsender Neugier zum Vordereingang des Wohnhauses. Harro Phoratihr war das Oberhaupt der

Familie – ein reservierter und wortkarger Vierziger, der sich nicht so wie die anderen Farmer für Bartan erwärmt hatte. Wenn er Bartan in sein Haus lud, mußte etwas Außergewöhnliches passiert sein. Bartan klopfte an die verschalte Tür und trat ein. Er befand sich in einer großen Küche. Harro stand an einer Innentür, die wahrscheinlich zu einem Schlafzimmer führte. Er hielt ein Tuch an die rechte Wange gepreßt, und sein Gesicht hatte die für die ganze Familie charakteristische Röte verloren.

»Da bist du ja, Bartan«, sagte er mit gedämpfter Stimme. »Ich bin froh, daß du so früh kommst – ich brauche dringend deine Hilfe. Ich war zwar nie besonders freundlich zu dir, aber …«

»Vergiß es«, sagte Bartan nähertretend. »Sag mir nur, was ich für dich tun kann.«

»Sprich leise!« sagte Harro und legte den Finger an die Lippen. »Diese wunderbar feinen Werkzeuge, die du uns einmal gezeigt hast … mit denen du Schmuck reparierst … hast du die dabei?«

Bartans Verwirrung wuchs. »Ja, ich habe immer ein paar dabei. Sie sind im Wagen.«

»Kannst du damit die Tür aufschließen? Auch wenn auf der anderen Seite der Schlüssel steckt?«

Bartan untersuchte die Tür. Sie war ungewöhnlich gut gearbeitet, und daß sie ein Schloß hatte, wo man sich sonst mit Riegeln begnügte, ließ auf einen Erbauer schließen, der Vornehmes im Sinn gehabt hatte. Ein solches Schlüsselloch konnte allerdings nur zu einem sehr einfachen und billigen Schloß gehören.

»Nichts leichter als das«, flüsterte Bartan. »Ist deine Frau in dem Zimmer? Sie ist doch nicht etwa krank?«

»Ennda ist da drin, naja, und ich fürchte, sie ist verrückt geworden. Darum hab ich die Tür nicht aufgebrochen. Sie schreit, wenn ich nur schon die Klinke berühre.«

Bartan hatte Ennda Phoratihr als hübsche, gutgebaute Frau in den späten Dreißigern in Erinnerung, von besserer Kinderstube und wortgewandter als die anderen Farmersfrauen, außerordentlich praktisch veranlagt und mit Sinn für

Humor; von ihr hätte er am allerwenigsten angenommen, daß sie das Opfer geistiger Umnachtung werden könnte.

»Wie kommst du darauf, daß sie verrückt ist?« sagte er.

»Es fing schon in der Nacht an. Ich wachte auf, als Ennda sich an mich preßte, mich bedrängte. Intim, du weißt schon. Sie stöhnte und ließ nicht ab – also hab ich ihr – den Gefallen getan. Um der Wahrheit die Ehre zu geben, mir blieb gar nichts anderes übrig.« Harro hielt inne und sah Bartan scharf an. »Das bleibt unter uns, hast du verstanden?«

»Selbstverständlich«, sagte Bartan. Es war ihm früher schon aufgefallen – während die Farmersleute geradezu eine Vorliebe für zotige Bemerkungen an den Tag legten, waren sie sehr zurückhaltend, was ihre eigenen intimen Beziehungen anging.

Harro nickte. »Na ja, und als sie dann kam, hat sie ... mich gebissen.«

»Aber ...« Bartan zauderte. Gab es einen Unterschied zwischen städtischer und ländlicher Leidenschaft? »Es soll durchaus vorkommen, daß sich ...«

»So wie hier?« sagte Harro und nahm das Tuch vom Gesicht.

Bartan zuckte beim Anblick der Wunde zusammen. Es gab zwei Einschnitte in der Form eines offenen Mundes, die Enden so dicht beisammen, daß nicht viel gefehlt hatte, und ein ansehnliches Stück Fleisch wäre aus Harros Wange gerissen worden. Die Schnittränder waren mit schwarzem Garn vernäht; stellenweise sickerte noch Blut aus der Wunde, obgleich sie reichlich mit gemahlener Pfefferblüte, einem traditionellen kolkorronischen Blutgerinnungsmittel, eingepudert war. Die Haut rundum war dunkel angelaufen, und es war offensichtlich, daß Harro fürs Leben gezeichnet war.

»Tut mir leid«, murmelte Bartan. »Das wußte ich nicht.«

Harro hielt wieder das Tuch dagegen. »Als nächstes hat Ennda mich angegriffen, meinen Kopf mit Fäusten traktiert und mich angeschrien, das Zimmer zu verlassen. Bevor ich wußte, wie mir geschah, war ich hier in der Küche. Ennda schloß ab. Eine Zeitlang hat sie noch etwas geschrien ... es hörte sich an wie: *Gar kein Traum, kein Traum*... dann ist sie verstummt. Sie schweigt seit Stunden. Nur wenn man sich an der Tür zu schaffen macht, dann fängt sie wieder zu schreien an. Ich mache mir Sorgen, Bartan. Ich muß zu ihr können, für den Fall, daß sie sich etwas antut. Sie hörte sich so... so...«

»Warte hier!« Bartan ging durch den Vordereingang hinaus, ignorierte die fragenden Blicke aus der Gruppe neben dem langen Tisch und eilte zu seinem Wagen. Er öffnete den Werkzeugkasten und nahm gerade die Rolle mit den Juwelier-Instrumenten heraus, als Kreyn Phoratihr neben ihn trat.

»Kannst du das?« sagte Kreyn. »Wirst du mit der Tür fertig?«

»Ich denke schon.«

»Bist ein prima Kerl, Bartan! Als das Kreischen anfing, sind wir aus den Nebengebäuden hierhergerannt und fanden ihn nackt und blutverschmiert. Wir haben ihm was übergeworfen und die Wunde genäht, dann hat er alle aus dem Haus geschickt. Er spricht mit niemandem – schämt sich wahrscheinlich – und wir sind uns nicht einig, ob wir die Vorbereitungen für das Fest abbrechen sollen oder nicht. Vielleicht ist es ja harmloser als wir denken.«

»Wir wissen mehr, wenn wir erst bei ihr sind«, sagte Bartan und eilte zum Haus zurück. »Bleib in der Nähe, falls wir Hilfe brauchen.«

»Danke, Bartan!« sagte Kreyn aus vollem Herzen.

Im Haus wartete Harro immer noch an der Schlafzimmertür. Bartan kniete sich neben ihn und beäugte das Schlüsselloch aus nächster Nähe, um sich zu vergewissern, wie das Schloß mit der erforderlichen Schnelligkeit aufzubekommen war. Er wählte das geeignete Instrument und sah zu Harro hoch.

»Ich will es ganz schnell machen, damit ihr nicht viel Zeit bleibt«, sagte er. »Sieh zu, daß du rasch drinnen bist.«

Harro nickte. Bartan drehte den Schlüssel mit einer einzigen Bewegung und wich zur Seite, als Harro an ihm vorbei in das Schlafzimmer stürzte. Im Halblicht aus der Türöffnung und den Ritzen der Fensterläden sah er Ennda Phoratihr in der äußersten Zimmerecke stehen, den Rücken an die Wand gepreßt. Das schwarze Haar hing wirr in ein Gesicht, das entmenschlicht war durch das entblößte Weiß der Augäpfel und das verkrustete Blut am Kinn. Das Nachthemd war obenherum mit bräunlichen Flecken gesprenkelt.

»Wer bist du?« schrie sie Harro schrill an. »Bleib weg von mir! Komm mir nicht zu nahe!«

»Ennda!« Harro war mit einem Satz bei ihr und umfing sie trotz der wilden Armbewegungen, mit denen sie sich zur Wehr setzte. »Kennst du mich denn nicht? Ich will dir doch nur helfen. *Bitte*, Ennda.«

»Du kannst nicht Harro sein! Du...« Sie verstummte, starrte ihn an und preßte die Hand vor den Mund. »Harro? Harro?«

»Du hattest einen Alptraum, aber jetzt ist er vorbei. Alles ist vorbei, Liebes.« Harro zog seine Frau zum Bett und zwang sie sanft, sich hinzusetzen, wobei er Bartans Aufmerksamkeit mit einer Kopfbewegung auf das Fenster lenkte. Bartan kam ins Zimmer, und so, wie er die Läden öffnete, dehnte sich der mittlere Lichtspan zu einer wahren Lichtflut. Ennda sah sich mißtrauisch im ganzen Zimmer um, ehe sie sich ihrem Mann widmete.

»Aber dein *Gesicht!* Sieh nur, was ich deinem armen Gesicht angetan habe!« Sie gab den peinvollsten Seufzer von sich, den er je gehört hatte, senkte den Kopf und begann – als sie die Blutflecken auf ihrem Nachthemd sah – an dem dünnen Baumwollmaterial zu zerren.

»Ich hole etwas Wasser«, sagte Bartan hastig und verließ den Raum. Er sah Kreyn Phoratihr im Hauseingang und komplimentierte ihn mit einer Kopfbewegung hinaus. Er sah sich in der Küche um und entdeckte auf einem Regal Krug und Schüssel aus grünem Glas. Er goß Wasser in die Schüssel, suchte Waschlappen, Seife und Handtuch zusammen, ging dabei so langsam wie irgend möglich vor und kehrte schließlich zur Schlafzimmertür zurück. Enndas Nachthemd lag auf dem Boden, und sie war in ein Bettuch gehüllt.

»Ist schon in Ordnung, Junge«, sagte Harro. »Komm rein!«

Bartan trat ins Zimmer und hielt die Schüssel, derweil

Harro das getrocknete Blut aus Enndas Gesicht wusch. Mit dem Verschwinden der krustigen Entstellung zeigte Harro wieder Zuversicht. Zuweilen tat eben eine fürsorgliche Behandlung dem Sorgenden so gut wie dem Umsorgten. Auch Bartan fühlte sich erleichtert, aber nicht ohne Gewissensbisse, weil er nur ein einziges Motiv hatte – sein besonderer Tag war gefährdet gewesen, und nun verzogen sich die Wolken. Ennda Phoratihr hatte einen sehr schlimmen Traum gehabt, mit unliebsamen Folgen, doch das Leben kehrte in seine erfreuliche Bahn zurück, und bald würde er mit Sandiwihri tanzen, Bauch an Bauch, Schenkel an Schenkel…

»So ist es gut«, sagte Harro, das Gesicht seiner Frau mit dem Handtuch abtupfend. »Es war nur ein Alpdruck, und nun können wir das alles vergessen und…«

»Es war kein Alpdruck!« wimmerte sie mit dünner Stimme und dämpfte Bartans Optimismus. »Es war *wirklich* so!«

»Es kann nicht wirklich passiert sein«, sagte Harro sachlich.

»Und was ist mit deinem Gesicht?« Ennda begann, sich sanft vor und zurück zu wiegen. »Es war *gar* nicht wie ein Traum. Es war, als ob es wirklich passierte, und es schien immer so weiterzugehen… für immer und ewig…«

Harro versuchte zu scherzen. »Es kann nicht schlimmer zugegangen sein als in den Träumen, die mir manchmal nach deinem Talggebäck gekommen sind.«

»Ich habe dein Gesicht aufgegessen.« Ennda schenkte ihrem Mann ein mildes, schreckliches Lächeln. »Ich habe dich nicht bloß in die Wange gebissen, Harro – ich habe dein ganzes Gesicht aufgegessen und es dauerte Stunden. Ich biß deine Lippen ab und kaute sie klein. Mit den Zähnen zog ich deine Nasenflügel ab und kaute sie klein. Ich nagte deine Augäpfel an und saugte sie leer. Als ich mit dir fertig war, hattest du kein Gesicht mehr… überhaupt nichts mehr… nicht einmal mehr Ohren… Nichts als ein roter Schädel mit Haaren war übrig. Das hab ich dir diese Nacht angetan, Harro, mein Geliebter – erzähl mir also nichts von deinen Alpträumen.«

»Alles ist nun vorbei«, sagte Harro beklommen.

»Das glaubst du doch selbst nicht?« Ennda begann energischer zu schaukeln, als würde sie von einem unsichtbaren Apparat bewegt. »Das war nicht alles, mußt du wissen. Ich habe dir nichts von dem finsteren Tunnel erzählt ... dem finsteren Tunnel unter der Erde, durch den ich gekrochen bin ... und von all den flachen, schuppigen Körpern, die hinter mir her waren ...«

»Ich glaube, es ist besser, wenn ich jetzt gehe«, sagte Bartan und wollte mit der Schüssel kehrtmachen.

»Nein, geh nicht, mein Junge.« Harro streckte die Hand aus, um Bartan zurückzuhalten. »Es ist besser, wenn noch jemand bei ihr ist.«

»... sie hatten viele Beine – und ich war wie sie ... *ich* hatte viele Beine ... und einen Rüssel ... einen Tentakel ... der mir aus dem Hals wuchs ...« Ennda hörte unvermittelt auf mit Schaukeln, klemmte die rechte Schulter unters Kinn und streckte den Arm vor. Der Arm machte eine sanfte, schlängelnde Bewegung, die tief in Bartans Unterbewußtsein ihr Echo fand. Bartan empfand eine unerklärliche Angst.

»Dann bring ich nur eben die Schüssel weg«, sagte er. Er kam sich dabei wie ein Verräter vor, denn er hatte nichts weiter im Sinn, als aus dem Haus zu entkommen und die beiden Unglücklichen allein zu lassen. Sollten sie sehen, wie sie mit ihren Problemen fertig wurden. Er hatte mit all dem nichts zu tun. Er wich Harros Hand aus, ging raschen Schritts in die Küche und setzte die überschwappende Schüssel ab. Er drehte sich um und strebte schon der gesunden Helligkeit des Hauseingangs zu, als er sich in Enndas psychischem Spinnennetz verfing. Sie war aufgestanden, ohne sich darum zu scheren, daß dabei das Bettuch auf ihre Hüfte herunterfiel, und es hätte ein fremdartiger neuer Tanz sein können, wie sie Bartan mit dem schlängelnden Arm lockte.

»Es fing seltsam an«, murmelte sie. »Wirklich sehr seltsam und eigentlich fing es gar nicht an, weil ich schon unterwegs war, zurück zu dem Haus. Es war ein schlichtes Farmhaus ... weiß gestrichen, grün die Tür ... aber ich hatte

Angst, hineinzugehen… doch ich *mußte* hineingehen… Als ich die grüne Tür öffnete, hingen dahinter nur ein paar Kleidungsstücke an der Wand… ein alter Hut, ein alter Umhang, eine alte Schürze… Ich wußte, ich hätte weglaufen sollen, solange ich noch konnte, aber irgend etwas zog mich unwiderstehlich über die Schwelle…«

Bartan blieb an der Tür zum Schlafzimmer stehen, wie erstarrt.

Ennda sah ihn unverwandt an, sah durch ihn hindurch. »Du weißt, daß ich mich geirrt habe. Es waren keine alten Kleidungsstücke. Es war einer von *ihnen*… dieser Tentakel, der sich nach mir reckte… so lieb…«

Harro stellte sich vor sie und faßte sie bei den Schultern. »Hör auf damit, Ennda! Sei still!«

»Aber du begreifst nicht.« Sie lächelte wieder, den Arm um seinen Nacken ringelnd, als das Bettuch zu Boden fiel. »Ich wurde nicht etwa angegriffen, Liebster… nein, es war eine Einladung… eine Liebeserklärung… und ich sehnte mich geradezu danach. Ich ging ins Haus und umarmte das Grauen… und ich war glücklich, als sich sein bleicher grauer Penis Zutritt verschaffte…«

Ennda warf sich gegen Harro, und ihre nackten Gesäßbacken pumpten im rhythmischen Wechsel von Konkav und Konvex. Harro warf Bartan einen flehenden Blick zu und benutzte sein Gewicht und seine Schulter, um Ennda auf das Bett hinunterzuzwingen. Bartan trat ins Zimmer, schlug die Tür hinter sich zu, warf sich auf das Paar und half, Enndas dreschende Glieder unter Kontrolle zu bringen. Ihre Zähne klickten, während sie in die Luft biß, und ihr Schambein kickte immerzu ins Leere, nun schon weniger vehementvoll. Ihre Augenlider wurden schwer, der Körper beruhigte sich. Bartan ergriff die Initiative, hob das Bettuch vom Boden auf und deckte sie damit zu, doch mit seinen Gedanken war er ganz woanders, irrte er in einem fremden Kontinuum voller Zweifel und Verwirrung umher.

Ließ sich das noch mit dem Zufall erklären, wenn zwei Menschen zur selben Zeit dasselbe träumten? Höchstens, wenn es sich um ganz Alltägliches… *Mein Traum war mehr als nur ein Traum!* Ein kaltes Prickeln trat in Bartans Stirn, als ihm einfiel, daß er ja tatsächlich zu dem Haus und durch die grüne Tür gegangen war. Aber sein Monster war in der Realität eine Einbildung gewesen, und in Enndas Einbildung war ihr Monster Realität gewesen. Das Universum funktioniert nicht richtig, sagte sich Bartan. Irgend etwas stimmt nicht mit dem Universum ...

»Es geht ihr jetzt besser«, flüsterte Harro, während er Ennda die Haare aus der Stirn strich. »Sie muß nur ein paar Stunden richtig schlafen. Dann sieht die Welt wieder anders aus.«

Bartan stand auf und versuchte, seine Gedanken an der handfesten Gegenwart festzumachen. »Was ist mit der Feier? Willst du sie alle nach Hause schicken?«

»Nein, ich will, daß alle bleiben. Es ist besser, wenn Ennda Freunde um sich hat, wenn sie aufwacht.« Harro erhob sich und sah Bartan über das Bett hinweg an. »Ich hoffe, du erzählst nicht zuviel, mein Junge. Ich will nicht, daß man Ennda für verrückt hält – vor allem Jop nicht.«

»Gar nichts werde ich sagen.«

»Danke, mein Junge«, sagte Harro und lehnte sich vor, um Bartan die Hand zu schütteln. »Jop hat keine Zeit für all das Gerede über Träume und Alpdrücken, das in letzter Zeit aufgekommen ist. Er sagt nur, wenn die Leute so hart arbeiten würden, wie sie sollten, wären sie zu müde, um nachts noch zu träumen.«

Bartan zwang sich zu einem Lächeln. Mithin hatten also weitere Mitglieder der Gemeinde auch unter schlechten Träumen zu leiden. War es das, was Kerrodell vorhergesagt hatte? Oder war das nur der Anfang, die Ankündigung von etwas viel Schrecklicherem? Würde es ihnen genauso ergehen, wie ihren Vorgängern? »Wenn ich mich am Ende eines Tages aufs Ohr lege«, klagte er, seine Erinnerungen an die unliebsame Nacht verdrängend, »sterbe ich den kleinen Tod. Da tut sich überhaupt nichts bis zum Tagesanbruch.«

»Jeder, der allein eine ganze Farm auf die Beine bringen will, muß abends tot umfallen, zumal, wenn er nicht mit dieser Arbeit groß geworden ist.«

»Die Nachbarn gehen mir zur Hand«, sagte Bartan, bestrebt, von alltäglichen Dingen zu reden, derweil er bemüht war, sich und die Welt wieder in Einklang zu bringen. »Und wenn ich erst verheiratet bin, wird es…«

»Ich muß meine Kriegsverletzung verbinden«, unterbrach Harro, lebhaft seine Wange befingernd. »Geh du nach draußen und sag, ich ließe fragen, warum sie alle herumständen, einen Arm so lang wie den anderen, anstatt das Fest vorzubereiten. Sag ihnen, daß heute ein denkwürdiger Tag ist.«

Jop Trinchil hatte Bescheid sagen lassen, daß er und seine Familie erst gegen Mitte des Tages eintreffen würden, und so verbrachte Bartan die Zeit damit, sich an den verschiedenen Vorbereitungen zu beteiligen, die um die Farm herum im Gange waren. Man nahm seine Anstrengungen wohlwollend zur Kenntnis, bis ihm die Frauen zu verstehen gaben, daß er eher ein Hindernis als eine Hilfe sei. Er war heute einfach zu zerstreut und zu fahrig. Er zog sich auf eine Bank zurück, die mit dem Gesicht zum Obstgarten stand und auf der sich bereits mehrere Männer sonnten und sich einen Krug mit grünem Wein teilten.

»So ist's recht, mein Junge«, sagte Korat Fetcher kameradschaftlich und reichte Bartan einen vollen Becher. »Sollen die Frauen das alleine machen.« Der Mann war mittleren Alters, und das strohblonde Haar ließ eine Blutsverwandtschaft mit den Phoratihrs vermuten.

»Danke.« Bartan nahm einen Schluck von dem süßen Getränk. »Dahinten geht es drunter und drüber, und unsereins steht tatsächlich nur im Weg.«

»Da hast du die Quelle der Hetzerei, da oben.« Fetcher machte eine Geste, die die ganze klare blaue Himmelskuppel umfaßte. »Der Anbruch von Kurznacht war der augenfällige Zeitpunkt, an dem auf der Alten Welt ein Fest begann, aber hier scheint und scheint und scheint die Sonne, und man verliert jede Orientierung. Es geht einem gegen den Strich, dieses Leben auf der Außenseite. Ich bin so königstreu wie jeder andere, aber ich bleibe dabei – König Chakkell hätte uns nicht um den ganzen Globus verstreuen dürfen. Sieh dir bloß diesen Himmel an! Leer! Ich habe das Gefühl, ich werde die ganze Zeit beobachtet.«

Die Männer auf der Bank nickten zustimmend und fingen an, über die Nachteile zu diskutieren, die das Leben auf der ständig von Diesland abgewandten Hemisphäre mit sich brachte. Ein paar der Theorien, die sie über die Auswirkungen des ununterbrochenen Tages auf die Ernte und das Verhalten der Tiere favorisierten, kamen Bartan höchst fragwürdig vor. Er sehnte sich mehr denn je nach Sandiwihris Nähe, doch seine Gedanken kehrten immer wieder zu dem Rätsel zurück, das ihm Ennda Phoratihrs Alptraum aufgab. Zufall war auszuschließen, aber womöglich lag der Schlüssel zu dem Geheimnis in der Natur des Träumens selbst. Was, wenn der Geist, wie einige behaupteten, beim Schlafen den Körper verließ und herumstreunte? Dann konnten sich vielleicht zwei körperlose Menschen zufällig begegnen und kurzzeitig miteinander in Kontakt treten – und so den Traum des jeweils anderen beeinflussen.

Bartan sträubte sich, die Vision einer vollkommen glücklichen Zukunft über Bord zu werfen, und die neue Idee schien ihm recht zu geben. Der starke Wein tat seine Wirkung, und Bartan begann, die Episode, wiewohl sie selten und unerfreulich war, gleichwohl als erklärbar zu betrachten, als eine Manifestation komplizierter Raffinessen der Natur. Sein wiedererstarkender Optimismus wurde noch mehr bestärkt, als Ennda aus dem Wohnhaus kam und sich an den schier endlosen Vorbereitungen beteiligte. Anfänglich ein wenig verzagt, lachte sie bald mit den anderen Frauen, und für Bartan waren die Nachtmahre verscheucht und vergessen. Um so mehr Vergnügen versprach der Tag.

Er war es nicht gewöhnt, Wein zu trinken, und als in der Ferne Trinchils Wagen auftauchte, hatte er einen Zustand von Überschwang erreicht, der seine Euphorie vom frühen Morgen bei weitem übertraf. Sein erster Impuls war, Sandiwihri entgegenzugehen, doch dann fand er mehr Spaß daran, sie plötzlich zu überraschen. Er ging zu den parkenden Wagen, stellte sich zwischen zwei der übermannshohen Fahrzeuge und wartete, bis die Trinchils ganz in der Nähe zum Halten kamen. Der Geräuschpegel wuchs schlagartig an, als ein Dutzend und mehr Kinder und Erwachsene mit großem Hallo über die Seitenteile kletterten. Trotz seiner schweren Statur war Jop Trinchil als erster am Boden und marschierte unverzüglich und lärmend auf die beladenen Tische zu und überließ es den Frauen, das Ausladen der Kleinkinder und einiger Handkörbe zu überwachen.

Bartan war berückt, als er Sandiwihri sah. Sie trug ihr bestes Kleid; blaßgrün und maßgeschneidert, wie es war, mit einem olivgrünen Filigranmuster, brachte es ihr blondes Haar hervorragend zur Geltung und bestärkte Bartan in dem Eindruck, daß sie eine Klasse besser war als die anderen Frauen der Gemeinde. Sie war die letzte auf dem Wagen, erhob sich träge, in einer Art sinnlich überdehnter Tanzbewegung, die Bartans Herz höher schlagen ließ.

Er wollte eben aus seinem Hinterhalt kommen, als er bemerkte, daß der siebzehnjährige Glev, einer von Jops Söhnen, neben dem Wagen wartete. Der Junge war ziemlich muskulös für sein Alter und reckte die Arme hoch, um Sandiwihri herunterzuhelfen. Sie lächelte auf ihn herab, setzte sich auf den Rand, schwang die Beine herüber und ließ zu, daß er sie mit seinen großen Händen um die Taille faßte. Glev trug sie mühelos und ließ sie langsam und absichtlich so zu Boden, daß sie mit ihm auf Tuchfühlung kam. Sandiwihri sträubte sich nicht und duldete sekundenlang den intimen Kontakt, wobei sie Glev unverwandt in die Augen sah, dann schüttelte sie nur leicht den Kopf. Der Junge gab sie sofort frei, sagte etwas, das Bartan nicht hören konnte, und folgte mit ausholenden Schritten dem Rest seiner Familie.

Pikiert kam Bartan aus seinem Versteck und ging Sandiwihri entgegen. »Willkommen zum Fest«, sagte er. Sie würde bestürzt sein, wenn sie erfuhr, daß er sie beobachtet hatte.

»Bartan!« Freudestrahlend lief sie ihm entgegen, schlang die Arme um seine Taille und kuschelte sich an seine Brust. »Mir ist, als ob wir uns Jahre nicht mehr gesehen hätten.«

»Wirklich?« sagte er, ohne die Umarmung zu erwidern.

»Hast du denn gar keinen Zeitvertreib gefunden? Einen, der obendrein erfreulich war?«

»Natürlich nicht!« Als sie bemerkte, wie unnachgiebig seine Körperhaltung war, trat sie einen Schritt zurück und sah ihm ins Gesicht. »Bartan! Was redest du da?«

»Ich sah dich eben mit Glev.«

Sandiwihri ließ einen Moment lang den Mund offenstehen, ehe sie laut lachte. »Bartan, Glev ist noch ein Junge! Und er ist mein Vetter.«

»Ein richtiger Vetter? Blutsverwandt?«

»Das spielt überhaupt keine Rolle – du hast keinen Grund, eifersüchtig zu sein.« Sandiwihri hob die linke Hand und tippte auf den Brakkaring am sechsten Finger. »Ich trage ihn die ganze Zeit, mein Lieber.«

»Das beweist noch lange nicht...« Es schnürte Bartan den Hals zusammen und bewahrte ihn davor, den Satz zu vollenden.

»Was ist los mit uns?« Sandiwihri fixierte Bartan mit einem warmen, aber vorwurfsvollen Blick, und diesmal legte sie ihm die Arme um den Nacken und zog sein Gesicht herunter. Er hatte noch nie mit ihr geschlafen, doch dieser Kuß ließ ihn wissen, wie es sein würde, und er dachte weder an Rivalität noch sonst etwas – er reagierte hungrig, bis sie sich schließlich von ihm löste.

»Die Feldarbeit macht dich stark«, raunte sie. »Du bist mit Vorsicht zu genießen. Besser, wir bauen sechs Streifen Jungfernschatz an.«

Stolz und gutgelaunt sagte er: »Willst du denn keine Kinder?«

»Scharenweise, aber nicht so bald – eine Menge Arbeit muß erst noch getan werden.«

»Kein Wort mehr von Arbeit.« Bartan hakte Sandiwihri unter und zog sie fort von der lärmenden Gesellschaft und den Farmgebäuden, hinaus in die sonnige Ruhe des offenen Landes, wo die glühenden Streifen mit Feldfrüchten unterschiedlicher Reife einem fernen Fluchtpunkt zustrebten. Die beiden gingen eine gute Stunde spazieren, erfreuten sich aneinander, plauderten, wie Verliebte plaudern, und zählten die Meteore, die hin und wieder silbrige Fäden über den Himmel zogen. Bartan wäre am liebsten mit Sandiwihri allein geblieben, doch er gab bereitwillig nach, als sie zum Tanzen zurück sein wollte.

Als sie das Wohnhaus erreichten, war Bartan durstig. Weil er es nicht für klug hielt, noch mehr von dem starken Wein zu trinken, schloß er sich den Männern an, die die Bierfässer umlagerten. Er verwahrte sich gegen die derben Späße, die man über seine Abwesenheit mit Sandiwihri machte, und entkam dem Gedränge mit einem vollen Bierkrug in der Hand. Drei Männer spielten im Schatten der Scheune mit ihren Fiedeln auf, und mehrere junge Frauen – unter ihnen Sandiwihri – hatten sich bei den Händen gefaßt und eröffneten den Reigen.

Bartan sah zu. Er war mit sich und der Welt in Einklang, trank in kleinen, aber regelmäßigen Schlucken, während ein paar Männer ihre Befangenheit überwanden und nach und nach die Reihen der Tanzenden auffüllten. Er trank den Krug leer, setzte ihn auf dem nächsten Tisch ab und machte Anstalten, zu Sandiwihri zu gehen, als ihm eine Clique kleiner Kinder auffiel, die auf einer Wiese neben dem Obstgarten spielte. Alle waren um die drei oder vier Jahre alt und bewegten sich im Kreis, still versunken, einen eigenen Tanz tanzend, mit einem Rhythmus, der hinter dem der Fiedler zurückblieb. Jedes hielt das Kinn auf die vorgekrümmte rechte Schulter gedrückt, und das rechte Ärmchen vorgestreckt und vollführte damit winkende und wellenartige Bewegungen – so viele Ärmchen, so viele Schlangen.

Die Bewegungen waren seltsam unmenschlich, seltsam verlockend – und jenen nachempfunden, mit denen Ennda Phoratihr das obszöne Grauen ihres Alptraums dargestellt hatte.

Bartan wandte sich mit finsterer Miene von den Kindern ab. Er fühlte sich mit einemmal wie abgeschottet vom arglosen Trubel der Nachbarn.

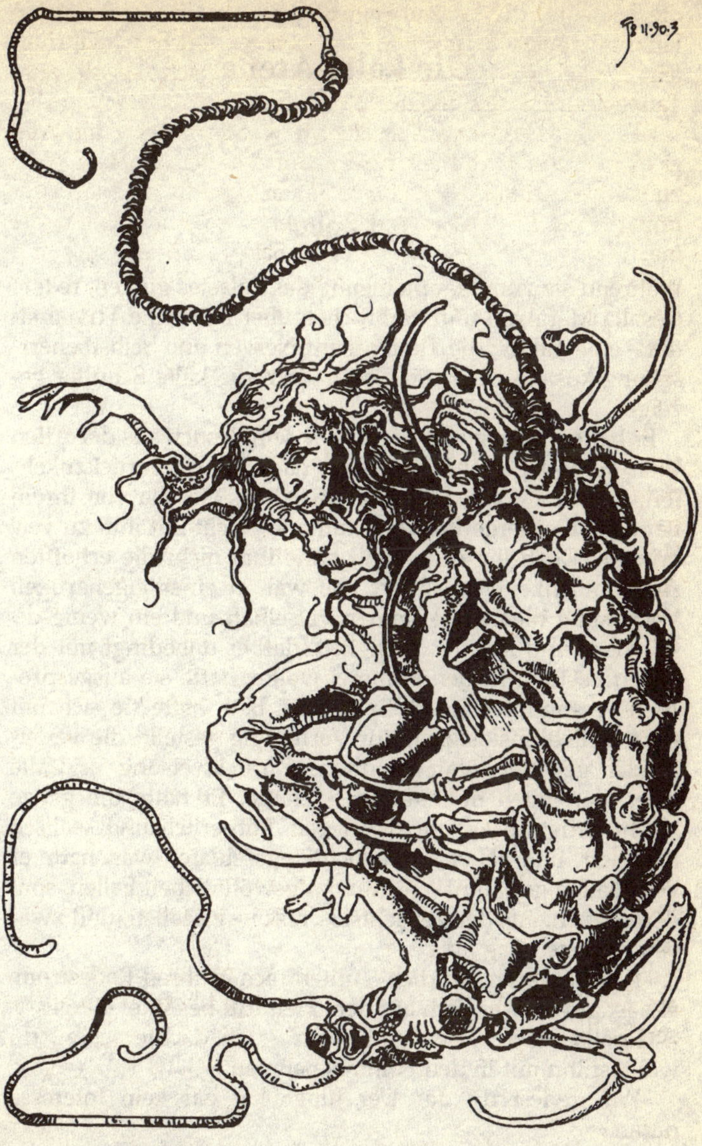

Zweiter Teil
Die kalte Arena

6. Kapitel

Während sie zum Haupteingang des Palastes gingen, redete Gesalla Marakain ununterbrochen über häusliche Trivialitäten – eine Taktik, die Tauler mehr Nerven und Selbstbeherrschung kostete, als hätte Gesalla ihm die kalte Schulter gezeigt.

Er hatte in den zwölf Tagen seit dem Besuch aus der Alten Welt keine Gelegenheit gehabt, nach Hause zurückzukehren, und war folglich froh gewesen, als Gesalla von ihrem Landsitz hierhergeritten war, um die Nacht mit ihm zu verbringen. Doch ihr Aufenthalt hatte ihm nicht die erhofften Annehmlichkeiten beschert. Sie war in einer eigenartigen Verfassung hier angekommen, rätselhaft und ein wenig distanziert, und auf die Neuigkeit, daß er unbedingt mit der ersten Festung in den Himmel wollte, hatte sie ausgesprochen verstimmt reagiert. Später, im Bett, hatte sie sich mit einer Teilnahmslosigkeit zur Verfügung gestellt, die verletzender gewesen war als offene Zurückweisung und die jedes Verlangen in ihm erstickt hatte. Er hatte die ganze Nacht getrennt von ihr dagelegen, körperlich und seelisch frustriert, und als er schließlich eingeschlafen war, hatte er vom Fallen geträumt – nicht vom gewöhnlichen Fallen, sondern davon, aus der gewichtslosen Zone zu fallen, und zwar einen ganzen Tag lang …

»Kassill wartet auf dich«, unterbrach er ihren Redestrom. »Es ist gut, daß er dich auf dem Heimritt begleitet.«

Gesalla nickte. »*Sehr* gut sogar – ich dachte schon, du wolltest ihn mit in den Himmel nehmen.«

»Was redest du da? Der Junge hat gar kein Interesse daran.«

»Er hatte auch kein Interesse am Schießen – bis du ihm diese verfluchten Musketen in die Hand gedrückt hast. Seither läßt er sich fast so selten blicken wie du.«

»Ist das der Grund für dein Benehmen?« Tauler hielt seine Frau in dem geschäftigen Korridor auf, wartete, bis eine Gruppe von Beamten außer Hörweite war, und sagte: »Warum bist du diese Nacht nicht damit herausgerückt?«

»Hättest du deine Pläne geändert?«

»Nein.«

»Warum also darüber reden?« sagte sie verbittert.

»Und warum«, sagte Tauler, »bist du in den Palast gekommen? Wolltest du mich bestrafen?«

»Sagtest du *bestrafen?*« Gesalla stieß ein ungläubiges Lachen aus. »Mir kam dein selbstmörderisches Intermezzo zu Ohren, mit diesem Tier von Schwertkämpfer, diesem Karkarand, oder wie er heißt.«

Tauler blinzelte, überrumpelt durch den Themenwechsel. »Mir blieb gar nichts anderes ...«

»Und jetzt willst du *da hinauf,* obwohl das vollkommen überflüssig ist. Tauler, was glaubst du, was in mir vorgeht, wenn ich sehe, daß mein Mann lieber mit dem Tod liebäugelt, als weiter mit mir zusammenzuleben?«

Tauler suchte nach einer vernünftigen Antwort und bekam etwas Aufschub durch zwei Schreiber, die mit ihren Hauptbüchern vorbeikamen und ihn neugierig betrachteten. Das war eine von diesen Situationen, da Gesalla eine nahezu abergläubische Furcht in ihm weckte. Ihr ovales Gesicht war hart, blaß und schön, und hinter den grauen Augen arbeitete ein Verstand, der dem seinen weit überlegen war und es ihm unmöglich machte, sie in einer Auseinandersetzung zu schlagen, schon gar nicht in einer, die ihr wichtig war.

»Auch wenn der Himmel noch klar erscheint, es braut sich etwas zusammen, wenn du verstehst, was ich meine«, sagte er bedächtig. »Ich tue nur, was getan werden muß, und ich hasse es genauso wie ...« Er ließ den Satz unvollendet, weil Gesalla kategorisch den Kopf schüttelte.

»Belüg mich nicht, Tauler! Und belüg dich nicht selber! In Wahrheit hast du an all dem deine Freude.«

»Unsinn!«

»Beantworte mir nur eine Frage – denkst du manchmal noch an Leddravohr?«

Tauler war aufs neue aus dem Konzept gebracht. Gesalla beschwor die Erinnerungen an den Militärprinzen herauf, der ihn mit seinem Haß verfolgt und mit dem er einen Zweikampf auf Leben und Tod ausgefochten hatte, an jenem Tag vor all den Jahren, da ihre Schiffe auf Jenland niedergegangen waren.

»Leddravohr?« sagte er. »Warum sollte ich an ihn denken?«

Gesalla brachte das süße, süße Lächeln hervor, das meist einen vernichtenden Schlag ankündigte. »Weil ihr wie ein Sechserpasch beim Würfeln seid, du und er.« Sie drehte sich um und ging rasch davon, mit aufrechter Haltung zwischen den Menschentrauben hindurchschlüpfend, so geschickt, daß er nicht mithalten konnte.

Das kann man mir nicht nachsagen, dachte er schreckerfüllt, als er ihr folgte. Obwohl er sich alle Mühe gab, sie einzuholen, war sie bereits aus dem Bogengang des Haupteingangs in den sonnenhellen Vorhof hinaus, ehe er wieder neben ihr war. Kassill kam ihnen schon mit zwei Blauhörnern entgegen.

Kassill Marakain war so groß wie sein Vater, doch er konnte die Mitgift der Mutter nicht verleugnen. Schlank und sehnig, wie er war, konnte er zwei bis drei Stunden ununterbrochen laufen, ohne merklich langsamer zu werden. Mehr als einmal hatte Tauler ihn vergeblich herausgefordert. Kassill war seiner Mutter sehr ähnlich mit dem feingeschnittenen ovalen Gesicht, den nachdenklichen grauen Augen und dem schwarzen Haar mit dem spitzen Ansatz mitten über der Stirn.

»Guten Frühtag, Mutter, Vater«, sagte er, und seine ganze Aufmerksamkeit galt sogleich Tauler. »Ich habe ein paar von den neuen Druckgeschossen dabei. Nicht eines hat versagt oder wurde auch nur deformiert beim Test; das heißt, wir können ab sofort zuverlässige Musketen bauen. Ich habe sie in der Satteltasche – willst du sie sehen?«

Tauler bemerkte Gesallas Gesichtsausdruck. »Jetzt nicht, mein Sohn. Nicht heute. Die Fabrikation überlasse ich dir und Wrobl – ich habe jetzt andere Sorgen.«

»Oh!« Kassill hob die Augenbrauen und starrte seinen Vater mit unverhohlener Bewunderung an. »Dann stimmt es also! Du bringst die erste Festung in den Himmel!«

»Es muß sein«, sagte Tauler und wünschte sich, Kassill hätte anders reagiert. Er war die meiste Zeit für König Chakkell unterwegs gewesen, während der Junge aufgewachsen war. Er hatte sich glücklich geschätzt, daß Kassill ihn ohne jeden Hader als bestrickenden Abenteurer und als Vater betrachtet hatte, auf den man stolz sein konnte. Tauler und Gesalla hatten nie um die Gunst des Sohnes rivalisiert, auch dann nicht, als Kassill immer mehr Interesse an der neuen Wissenschaft der Metallurgie gezeigt hatte; doch nun änderte sich die Dreierbeziehung, und es traten Spannungen auf – und das zu einer Zeit, da Tauler sich am allerwenigsten darum kümmern konnte. Die ersten beiden Himmelsfestungen waren in nur wenigen Tagen zusammengebaut worden, viel zu überstürzt, um die anstehenden Probleme sorgfältig analysieren zu können, und der bevorstehende Aufstieg beherrschte sein Denken so sehr, daß alles andere dagegen verblaßte. Mit dem Herzen schwebte er bereits in den gefährlichen Regionen des blauen Himmels, und irdische Angelegenheiten waren ihm im Grunde nur noch lästig.

»Ich spreche noch vor Einbruch der Nacht mit Wrobl«, sagte Kassill. »Wie lange wirst du unterwegs sein?«

»Vielleicht sieben Tage beim ersten Aufstieg, wenn alles so läuft, wie es soll.«

»Viel Glück, Vater.« Kassill schüttelte Tauler die Hand, dann hielt er eins der Blauhörner fest, damit Gesalla aufsitzen konnte. Sie schwang sich mit geübter Grandezza in den Sattel, wobei ihr der Reithosenrock volle Bewegungsfreiheit ließ, und sah mit einem Ausdruck von Zorn und Traurigkeit auf Tauler hinab. Der Silberstreif in ihrem Haar schimmerte wie ein militärisches Abzeichen.

»Willst du mir kein Glück wünschen?« sagte er.

»Warum sollte ich? Du hast mir versichert, der Aufstieg sei absolut ungefährlich.«

»Ja, aber …«

»Leb wohl, Tauler.« Gesalla zog das Blauhorn herum und ritt davon, in Richtung auf die Palasttore.

Kassill starrte ihr fassungslos nach. »Stimmt irgendwas nicht, Vater?«

»Nichts, was wir nicht wieder in den Griff bekommen, mein Sohn.« Tauler sah zu, wie Kassill aufsaß und Gesalla hinterherritt, dann wandte er sich ab und ging in den Palast, wie ein Blinder, gegen den sich die ganze Menschheit verschworen hatte. Er war erst ein paar Schritte weit gegangen, als er hinter sich die eiligen Schritte einer Frau vernahm. Die Vorstellung, es könnte Gesalla sein, die zurückgekommen war, um sich mit ihm zu versöhnen, war irrational, aber trotzdem klopfte sein Herz, als er stehenblieb und sich umdrehte, um zu sehen, wer ihn da einholen wollte. Die Erregung schlug in Enttäuschung um, als er eine kleine, schwarzhaarige Frau, Mitte Zwanzig, in der safrangelben Uniform eines Ballonführers sah. Die blauen Epauletten auf dem reich bestickten Wams verrieten, daß sie zur Hals über Kopf gebildeten Himmelswaffe abkommandiert war. Sie hatte eine ausgeprägte Kinnlade, einen vollen Mund und unweiblich buschige Augenbrauen, die dazu prädestiniert schienen, den Blick zu verfinstern.

»Baron Tauler«, sagte sie, »kann ich Euch kurz sprechen? Ich bin Himmelskapitän Biraisa Narrinda und versuche Euch seit Tagen zu erreichen.«

»Tut mir leid, Kapitän«, sagte Tauler. »Ihr hättet keinen ungünstigeren Zeitpunkt wählen können.«

»Baron, nur einen Augenblick – es ist ziemlich wichtig.«

Weil sie sich nicht abschrecken ließ, betrachtete er sie eingehender, und tief in einem Winkel seines Hirns flackerte der Gedanke auf, daß sie höchst attraktiv gewesen wäre, hätte sie nicht ausgerechnet eine Uniform getragen. Im nächsten Moment ärgerte er sich über sich selbst und wünschte sich, der König stünde nicht so unter dem Einfluß seiner Gemahlin. Königin Desihn hatte schon früh darauf bestanden,

Frauen zur Luftwaffe zuzulassen, und neuerdings hatte sie Chakkell überredet, auch weibliche Freiwillige in die Mannschaften der Himmelsschiffe und Festungen zu übernehmen.

»Also gut, Kapitän«, sagte Tauler, »was ist denn so wichtig?«

»Man sagte mir, es sei Eure persönliche Entscheidung, an den ersten zwölf Aufstiegen in die gewichtslose Zone keine Frauen teilnehmen zu lassen. Stimmt das?«

»Ja, das stimmt. Und?«

Die Augenbrauen von Biraisa zogen sich zu einer einzigen Braue über zwei unerschrockenen grünen Augen zusammen. »Mit dem allergrößten Respekt, Baron, ich möchte das verbriefte Recht zum Protest für mich in Anspruch nehmen.«

»In Kriegszeiten sind diese Rechte außer Kraft.« Tauler blinzelte sie von oben herab an. »Und selbst, wenn dem nicht so wäre, wogegen wollt Ihr eigentlich protestieren?«

»Ich habe mich freiwillig zum Dienst in der Luftwaffe gemeldet und wurde abgewiesen – nur weil ich eine Frau bin.«

»Ihr irrt, Kapitän. Wärt Ihr eine Frau, die schon einmal ein Schiff in die gewichtslose Zone gebracht und dort das Wendemanöver durchgeführt hätte, wärt ihr akzeptiert worden, oder zumindest in die engere Wahl gekommen. Wärt Ihr eine Frau, die mit Kanonen umgehen könnte oder die kräftig genug wäre, Festungsteile von der Stelle zu bewegen, wärt Ihr akzeptiert worden, oder zumindest in die engere Wahl gekommen. Man hat Euch abgewiesen, weil Ihr für diese Arbeit unqualifiziert seid. Und nun schlage ich vor, daß wir beide nicht länger unsere Pflichten vernachlässigen.«

Tauler wandte sich abrupt ab und war im Begriff zu gehen, als die Ohnmacht in Biraisas Blick eine verwandte Saite in ihm zum Schwingen brachte. Wie oft war er in jungen Jahren selbst so frustriert und verzweifelt gewesen, wenn ihn die Spielregeln zum Verlierer gestempelt hatten? Er sträubte sich instinktiv dagegen, eine Frau an die Kriegsfront zu schicken, aber wenn er eins von Gesalla gelernt hatte, dann dies – Mut war nicht ausschließlich ein männliches Attribut.

»Bevor wir auseinandergehen, Kapitän«, sagte er, den Schritt verhaltend, »warum seid Ihr so versessen darauf, zur Weltenmitte aufzusteigen?«

»Es wird nie mehr eine andere Gelegenheit geben – und ich habe genauso ein Anrecht darauf wie ein Mann.«

»Wie lange fahrt Ihr schon Luftschiffe?«

»Drei Jahre, Baron.« Biraisa vergaß nicht ein einziges Mal die formelle Anrede, doch ihr hartnäckiger Ausdruck und die Röte ihrer Wangen verrieten, daß sie wütend über ihn war, und das mochte er an ihr. Er empfand eine Seelenverwandtschaft mit Leuten, die ihre Gefühle nicht verbergen konnten.

»Meine Anordnungen zu den Montageflügen sind unumstößlich«, sagte er, entschlossen, ihr zu zeigen, daß die Jahre ihn nicht zum Unmenschen gemacht hatten, und daß er durchaus noch Verständnis aufbrachte für den Sturm und Drang der Jugend. »Aber wenn die Festungen installiert sind, wird es viele Versorgungsflüge geben, und die Festungsmannschaften werden in regelmäßigem Turnus ausgewechselt. Falls Ihr also Eure Ungeduld bezähmen könnt, nur ein Weilchen, werdet Ihr ausgiebig Gelegenheit haben, Euch in der Weltenmitte zu bewähren.«

»Ihr seid *sehr* freundlich, Baron.« Biraisas Verbeugung schien tiefer zu sein als nötig, und es war nicht zu entscheiden, ob sie aus Ironie oder aus Dankbarkeit lächelte.

Habe ich so pompös geklungen? dachte er, während er ihr noch hinterhersah. Lacht mich dieses junge Ding etwa aus?

Er überlegte noch einen Augenblick, ehe die Zungenspitze ein paarmal jenen Laut vom Gaumen pflückte, der mangelndes Verständnis zum Ausdruck brachte – darüber, daß er sich durch derlei Banalitäten von der eigentlichen Arbeit ablenken ließ.

Als Startgelände hatte man den Paradehof hinter dem Palast gewählt, teils weil er rundum völlig abgeschlossen war, teils weil König Chakkell das ganze Projekt hier jederzeit in Augenschein nehmen konnte.

Die Festungen waren hölzerne Zylinder – zwölf Schritt in

der Länge und dem Umfang nach und vier Schritt im Durchmesser – die man in drei Abschnitten gebaut hatte. Zwei Prototypen waren in der ersten Bauphase aus dem Boden gestampft worden, und die sechs Zylinderstücke, die auf der Mantelfläche lagen, reihten sich wie gigantische Trommeln am Westrand des Hofs. Die riesigen Tragballons waren schon daran befestigt und lagen ausgebreitet auf dem gebrannten Lehmboden; Männer kurbelten an den Gebläsen und beförderten Normalluft in die Ballonmäuler, die von anderen offengehalten wurden. Diese Technik war damals für die Auswanderung entwickelt worden, damit die Leinenhülle nicht beschädigt wurde, wenn Heißluft aus dem Brenner hineingefeuert wurde.

»Du bist verrückt, wenn du in diesem Stadium mitaufsteigst«, sagte Ilven Savotl, als er mit Tauler den Paradehof überquerte. »Es ist immer noch Zeit, einen Stellvertreter zu benennen.«

Tauler schüttelte den Kopf und legte Savotl die Hand auf die Schulter. »Ich weiß deine Fürsorge zu schätzen, Ilven, aber du weißt, es geht nicht anders. Den Männern sträuben sich sowieso schon die Haare, und wenn sie das Gefühl haben müßten, ich hätte zuviel Angst, um mit ihnen da hinauf zu gehen, wären sie völlig unbrauchbar.«

»Hast du Angst?«

»Du und ich, wir waren früher schon in der gewichtslosen Zone; wir wissen Bescheid.«

»Die Umstände waren anders«, sagte Savotl düster. »Besonders beim zweiten Mal.«

Tauler klopfte ihm auf die Schulter. »Dein System wird funktionieren – ich verwette mein Leben darauf.«

»Laß die Witze.« Savotl ließ ihn stehen, um sich mit einer Gruppe von Technikern zu besprechen, die den Start beobachten wollten. Er hatte sich als so unentbehrlich für das Projekt erwiesen, daß Chakkell ihn bald nach ihrer ersten Zusammenkunft zum Chefingenieur ernannt hatte; dadurch war Tauler praktisch überflüssig geworden und hatte sich nur noch für den Aufstieg vorbereiten brauchen. Seither fühlte Savotl sich allein verantwortlich für die unberechenbaren Gefahren, in die er seinen Freund stürzte, und war zuletzt auffallend mürrisch geworden.

Tauler blickte in den Himmel, dorthin, wo die große Scheibe von Diesland im Zenit schwebte, und wieder tauchte der Gedanke auf, er könnte dort oben sterben, mitten zwischen den beiden Welten. Doch merkwürdigerweise empfand er keine wirkliche Furcht bei dem Gedanken. Er hatte seinen Tod zu vermeiden und die Mission zu einem erfolgreichen Abschluß zu bringen, und wenn er dabei ums Leben kam, dann war das schade – aber viel mehr nicht. War es ihm etwa zu weit hergeholt, Tauler Marakain, der Nabel des Universums, könne genauso sterblich sein wie ein gewöhnlicher Sterblicher – oder behielt Gesalla recht? Liebte er, so wie der einstige Prinz Leddravohr, den Krieg? Hatte er sich deshalb in den letzten Jahren nicht mehr wohl gefühlt in seiner Haut?

Diese Selbstzweifel waren beunruhigend und deprimierend, und er schob sie beiseite, um sich auf das Naheliegende zu konzentrieren. Rund um die sechs Festungsabschnitte war den ganzen Tag über eine unablässige Aktivität im Gange gewesen – man hatte Vorräte eingeladen und verstaut, und an Maschinen und Ausrüstung letzte Einstellungen vorgenommen. Jetzt lag der Hof vergleichsweise leer da, nur noch die Bodenmannschaften und Besatzungen standen bei den seltsam anmutenden Schiffen. Unter den letzteren wurden Worte und Blicke gewechselt, als Tauler sich näherte. Man wußte, der 2500-Meilen-Aufstieg stand unmittelbar bevor. Die Piloten waren allesamt reiferen Alters, mit Erfahrung aus der Zeit der Auswanderung; die anderen waren zumeist junge Burschen, die man nicht zuletzt nach körperlicher Tüchtigkeit ausgewählt hatte, und die dazu neigten, weiche Knie zu bekommen angesichts dessen, was ihnen bevorstand. Tauler, der volles Verständnis dafür hatte, gab sich locker und gutgelaunt, als er die Reihe der träge zurrenden Ballons erreichte.

»Die Windbedingungen sind perfekt, also werde ich euch nicht länger aufhalten«, übertönte er das Klackern und Schwirren der Gebläse. »Nur eins noch. Ihr habt es schon oft gehört, aber es ist so wichtig, daß ihr es nicht oft genug hören könnt. Ihr müßt jederzeit und überall angeleint bleiben, und ihr müßt jederzeit und überall eure Fallschirme tragen. Wenn ihr diese Grundregeln beachtet, werdet ihr im Himmel so sicher sein wie am Boden. – Und nun laßt uns die Arbeit angehen, mit der uns der König betraut hat.«

Seine abschließenden Worte waren längst nicht so begeisternd ausgefallen, wie er sich das gewünscht hätte, aber eine Rede in Hochkolkorronisch erschien ihm unpassend angesichts des ungewöhnlichsten Krieges in der Menschheitsgeschichte. In vergangenen Konflikten war der einfache Mann immer emotional beteiligt gewesen – vor allem, weil er um das Schicksal seiner Lieben bangte – doch gegenwärtig war sich die Bevölkerung überhaupt keiner Bedrohung bewußt. Es war eigentlich ein unwirklicher Krieg, eine Auseinandersetzung zwischen zwei Königen, bei der einige Gladiatoren wie Spielwürfel in die Arena geworfen wurden, um eine willkürliche Entscheidung herbeizuführen, die vor allem davon abhing, wieviel Qual und Erniedrigung sie aushielten, und das alles um einer politischen Idee willen. Wie sollte er das erklären, rechtfertigen und beschönigen vor einer Handvoll unglücklicher Individuen, die im Grunde nur in den Dienst des Königs getreten waren, weil sie sich davon regelmäßigen Sold und ein bequemes Leben versprochen hatten?

Tauler ging zu seinem Schiff und gab den anderen fünf Piloten ein Zeichen, dasselbe zu tun. Er hatte sich entschlossen, das Mittelstück einer Festung zu fliegen, weil es weniger flugtauglich erschien als die geschlossenen Endstücke und die Mannschaft einer moralischen Unterstützung bedurfte. Einer der beiden kreisförmigen Ränder war mit einem Handlauf ausgestattet, und kurz darunter war ein provisorischer Boden installiert worden, auf dem sich ringsum die Mannschaftsabteile und Kästen mit den verschiedenen Vorräten befanden.

Der zentral montierte Brenner stammte noch aus einem Auswandererschiff und hatte seit über zwanzig Jahren in Chakkells Lagern gelegen. Er bestand hauptsächlich aus dem kompletten Stamm eines sehr jungen Brakkabaumes. Auf der einen Seite der zwiebelförmigen Basis saß ein kleiner Behälter von Paikn, mit einem Ventil, das die Kristalle unter Luftdruck in die Reaktionskammer beförderte. Auf der gegenüberliegenden Seite regelte ein ähnlicher Mechanismus den Zustrom von Havl, und beide Ventile wurden durch einen gemeinsamen Hebel bedient. Die Durchlaßöffnungen des zweiten Ventils waren geringfügig größer, und damit auch der Anteil von Havl an der Reaktion, was erfahrungsgemäß für eine ununterbrochene Heißgasentwicklung günstiger war.

Weil die Abschnitte auf der Mantelfläche lagen, stand der Boden senkrecht, und Tauler mußte rücklings in seinem Sitz liegen, um den Brenner zu bedienen. Sein Schwert, das er nicht ablegen wollte, machte die Lage nur noch ungemütlicher. Er pumpte den Luftdruckbehälter auf, dann gab er dem Vormann der Bodenmannschaft zu verstehen, daß er bereit war, den Brenner zu starten. Die Männer am Gebläse hörten auf zu kurbeln und zogen die schwerfällige Maschine mitsamt dem Rüssel auf die Seite.

Tauler schob den Kontrollhebel für etwa eine Sekunde vor. Es gab ein tosendes Fauchen, als die Energiekristalle miteinander reagierten und einen Stoß des heißen Miglyngases in den gähnenden Mund des Ballons feuerten. Zufrieden mit der Arbeit des Brenners, erzeugte Tauler eine Reihe von Entladungen, die er kurz hielt, um Hitzeschäden am Gewebe zu vermeiden – und die weite Ballonhülle fing an, sich aufzublähen und vom Boden zu lösen. Die Bodenmannschaft half mit den vier Beschleunigungsstützen nach, die den prinzipiellen Unterschied zwischen einem Himmelsschiff und einem Luftschiff augenfällig machten. Jetzt zu drei Vierteln gefüllt, sackte der Ballon zwischen die Stützen. Die gelackte Leinenhaut wogte und kräuselte sich wie eine gigantische Lunge.

Während die Hülle sich allmählich aufrichtete, näherten sich die Männer, die die Kronseile hielten, und befestigten sie an den Tragpunkten des Zylinderabschnitts, derweil andere den Abschnitt vorsichtig kippten, bis seine gedachte

Achse lotrecht stand. Auf einmal war der Festungsabschnitt startbereit, nur noch gehalten von den Männern an den Schleppseilen. Die restliche Besatzung kletterte an vorspringenden Stegen über die Seiten und nahm ihre Plätze ein.

Tauler nickte zufrieden, als er an den Fahrzeugen entlangblickte. Die anderen Besatzungen waren ebenfalls an Bord. Zu mehreren Schiffen gleichzeitig zu starten, war ein Bruch mit der kolkorronischen Praxis, aber der erfolgreiche Zusammenbau der Festungen in der gewichtslosen Zone hing von einem präzisen Formationsflug ab. Der gemeinsame Start, so Savotl, würde nicht nur den Piloten helfen, sich mit der Technik vertraut zu machen, sondern auch frühzeitig auf etwaige Probleme aufmerksam machen. Für Testfahrten war keine Zeit gewesen, und so mußten die Männer sich unter der Aufsicht des schärfsten und unerbittlichsten Schiedsrichters bewähren, den man sich denken konnte.

Nachdem Tauler sich vergewissert hatte, daß die anderen fünf Piloten startbereit waren, gab er ihnen ein Zeichen und feuerte einen langen Heißgasstrom in den Ballon, um den Auftrieb zu steigern. Das tosende Fauchen des Brenners wurde im weiten Hallraum des Ballons vervielfacht, der jetzt fast den ganzen Himmel verdeckte, und als der Brenner verstummte, fierten die Männer nach den Kommandos des Startleiters die Seile und ließen los. Als das Schiff senkrecht zu steigen begann, ohne von einer Brise abgedrängt zu werden, stand Tauler auf und blickte über den Rand des Zylinderabschnitts auf den langsam zurückbleibenden Paradehof hinunter. Er fand die gedrungene Gestalt Ilven Savotls, der leicht an dem weißen Haar zu erkennen war, das er dem Projekt zu verdanken hatte, und winkte. Savotl winkte nicht zurück. Tauler wußte, daß der andere ihn gesehen hatte und lieber mit ihm getauscht hätte, als seine Ideen von einem guten Freund testen zu lassen.

»Ich hole die Stützen ein, Kapitän«, sagte Tipp Gotlon, der Takler. Er war ein schlaksiger Bursche mit Lücken zwischen den Zähnen und einer von den wenigen, die sich freiwillig gemeldet hatten.

Tauler nickte, und Gotlon begann, sich rund um das kreisförmige Deck voranzuarbeiten, zog die freibaumelnden Beschleunigungsstreben an ihren Seilen heran und befestigte sie sorgfältig am Rand. Milliat Essedell, der Mechaniker, ein fähig aussehender, krummbeiniger Mann mit mehreren Jahren Erfahrung bei der Luftwaffe, hatte in diesem Stadium des Fluges keine festumrissene Aufgabe und kauerte vor seinem Werkzeugkasten, emsig dabei, den Inhalt zu sichten und zu sortieren. Die beiden Schiffe, die aus Mittelabschnitten bestanden, hatten nur eine dreiköpfige Besatzung – zwei Mann weniger als die Endabschnitte – weil sie zusätzlich die Bewaffnung an Bord hatten, die man gegen die Invasoren einsetzen wollte.

Zufrieden, daß auf seine Kameraden Verlaß war, konzentrierte Tauler sich darauf, einen Brennerrhythmus einzupendeln, der ungefähr eine Steiggeschwindigkeit von vierundzwanzig Meilen pro Stunde lieferte. Er kam auf vier Sekunden feuern und zwanzig Sekunden Pause – den Rhythmus, den er noch von seiner ersten interplanetaren Mission in Erinnerung hatte – und in den nächsten zehn Minuten übten sich die Piloten der anderen Schiffe darin, exakt auf gleicher Höhe mit ihm zu bleiben. Die Schiffe boten ein atemberaubendes Schauspiel, so riesig und so nahe, jedes Detail scharf gezeichnet im klaren Licht, während die Welt allmählich im blauen Dunst der Tiefe versank.

Die Schiffe wurden Taulers einzige Realität.

Wenn er auf das flüchtige geometrische Muster der Stadt Pradt hinuntersah, schien ihn nur noch wenig mit diesem Ort und seinen Bewohnern zu verbinden. Er war wieder zu einem Geschöpf des Himmels geworden. Was ihn beschäftigte, war nicht mehr das, was erdgebundene Wesen beschäftigte. Staatsangelegenheiten und die Charakterzüge von Prinzen verloren an Bedeutung, wo es um die Haltbarkeit einer Niete oder die korrekte Spannung eines Seils oder auch nur um die eigenartigen, gleichsam grüblerischen Geräusche ging, die ein Ballon von Zeit zu Zeit und aus unersichtlichem Grund von sich gab.

Beim Abschluß der Übungsperiode hatte das Geschwader eine Höhe von zwei Meilen erreicht, und Tauler gab das Signal zur vertikalen Verteilung. Das Manöver wurde schnell und ohne Zwischenfall ausgeführt, wobei die dichte horizontale Gruppe in eine locker gestufte Formation überführt wurde, um dem Risiko einer nächtlichen Kollision aus dem Wege zu gehen.

Vor dem Start hatte Tauler bis zum Rand der Erschöpfung gearbeitet und sich zeitweise nur zwei Stunden Nachtruhe gegönnt; kein Wunder also, daß der Körper bei zwangsläufiger Untätigkeit seinen Nachholbedarf deckte. Selbst am Brenner verfiel Tauler manchmal in Lethargie, derweil sein Instinkt den Rhythmus auszählte; die Ruheperioden verbrachte er größtenteils dösend und träumend. Nicht selten wußte er beim Erwachen gar nicht, wo er war, und starrte erschrocken und verwirrt gegen das beharrliche, alles beherrschende Gewölbe des Ballons, bis er schließlich begriff, was er sah und wohin er unterwegs war. Und zuweilen, besonders nachts, wenn unablässig und überall die Meteore flackerten, lag er halbwach, und der Trancezustand gaukelte ihm einen lange zurückliegenden Aufstieg vor, zusammen mit Männern und Frauen, die längst nicht mehr lebten oder die er längst vergessen hatte, alle mit mehr oder weniger Bangen und Hoffen auf der Reise in eine ungewisse Zukunft.

Die Verschiebung im Wechsel von Tag und Nacht trug noch zur zeitweiligen Desorientierung bei. Im Verlauf des Aufstiegs wurde die Nacht kürzer und die Kurznacht länger, bis beide gleich lang sein würden, wenn man die Weltenmitte erreicht hatte. Tauler entdeckte sich dabei, wie er sich immer öfter verschätzte. Der Höhenmesser des Schiffs wurde zum einzig zuverlässigen Chronometer. Das Gerät bestand lediglich aus einem kleinen Gewicht, das an einer empfindlichen Spiralfeder aufgehängt war; dahinter befand sich eine vertikale Skala. Als der Aufstieg begann, hatte das Gewicht vor der niedrigsten Marke gehangen, doch je höher man gestiegen war und je mehr die Anziehungskraft von Jenland nachgelassen hatte, war es vor der Skala hochgeklettert, in einer perfekten Analogie zum Flug, ein Miniaturschiff in einem Miniaturkosmos.

Ein anderer Indikator für das Fortschreiten in Zeit und Raum war die zunehmende Kälte. Damals, bei Taulers erstem Aufstieg von Diesland, war seine Mannschaft von diesem Phänomen überrascht worden und hatte empfindlich darunter zu leiden gehabt; jetzt dagegen standen dick wattierte Anzüge zur Verfügung, die die niedrigen Temperaturen erträglich machten. Saß man nahe am Brenner, konnte man sogar eine behagliche, heimelige Wärme genießen – eine Bedingung, die Taulers andauernder Schläfrigkeit noch Vorschub leistete, so daß er stundenlang in das dunkelnde Blau des Himmels starren konnte, auf feurige Sterne in einander überlappenden Lichtwirbeln, auf Kometenschweife und auf Fernland, das wie ein grüner Lampion in der Ferne hing.

Das exakte Zentrum der gewichtslosen Zone zu bestimmen, war von entscheidender Bedeutung. Tauler war sich darüber im klaren, daß es theoretisch gar keine solche Zone gab, daß es sich dabei um eine gedachte Scheibe ohne jede Dicke handelte – und daß eine Festung, die nur zehn Schritt von der einen oder anderen Seite dieser Scheibe positioniert wurde, unvermeidlich auf die lange Reise nach unten ging, hierhin oder dorthin. Man ging jedoch davon aus, daß die Realität ein bißchen nachsichtiger war als eine mathematische Gleichung und einen gewissen Spielraum ließ, egal wie klein der war.

Taulers erste Aufgabe bestand nun darin, zu zeigen, daß diese Annahme gerechtfertigt war.

Schon Tage zuvor, als der Auftrieb durch Heißgas vernachlässigbar klein geworden war, hatten die sechs Schiffe auf Düsenantrieb umgeschaltet; doch nun schwiegen die Düsen. Man hing im Niemandsland zweier widerstreitender Anziehungskräfte. Tauler fand es unheimlich, wie sich die Mannschaften durch bloßes Rufen verständigen konnten – obwohl die ungeheure Weite ringsum die Stimmen rasch zu absorbieren schien, reichten sie tatsächlich viele hundert Schritt weit. Seit vielen Minuten war er mit dem Gerät zugange, das Savotl erfunden hatte, um jedwede vertikale Bewegung des Schiffes zu registrieren. Das Gerät bestand aus einer kleinen Pfanne, die eine Mischung aus Chemikalien und Talg enthielt, die dicken Qualm entwickelte, wenn man sie entzündete, und aus einer Vorrichtung, die wie ein Blasebalg mit einem langen Rüssel aussah. Mit dem Apparat konnte man aus der Seite des Schiffes kleine Qualmbällchen ausstoßen, die in der unbewegten Luft erstaunlich lange Form und Dichte beibehielten. Savotls Idee war nun folgende: Da der Qualm nicht schwerer war als die ihn umgebende Atmosphäre, würde er stillstehende Markierungen abgeben, an denen sich eine vertikale Bewegung des Schiffes ablesen ließ. Wenn die Konstruktion auch simpel war, so schien sie doch effektiv zu sein. Tauler hatte Essedell und Gotlon verboten, sich zu bewegen, damit das kreisrunde Deck keine Neigung erfuhr, und er hatte die Qualmwölkchen lange genug am künstlichen Horizont des Handlaufs beobachtet, um nunmehr sicher zu sein, daß sie keinerlei Neigung zeigten, auf- oder unterzugehen. Es gab keine relative Ortsveränderung.

»Ich würde sagen, wir stehen«, rief er Daas zu, dem Piloten des zweiten Mittelabschnitts, der ähnliche Beobachtungen durchführte. »Was meinst du?«

»Das gleiche wie Ihr, Kapitän.« Daas, gerade noch zu erkennen als vermummte Gestalt am Geländer seines Schiffs, winkte mit dem Arm, um seine Worte zu unterstreichen.

Der Frühtag hatte eben erst begonnen, und die Sonne stand ›unter‹ den sechs Schiffen, nahe am östlichen Rand von Jenland. Die heraufschießende Helligkeit beleuchtete die Unterseite der Festungsabschnitte und warf ihre Schatten auf die unteren Ballonhälften, was der Szene einen unnatürlichen und theatralischen Anstrich verlieh. Angesichts dieses unirdischen Schauspiels registrierte Tauler plötzlich eine Hochstimmung bei sich. Er fühlte sich gut ausgeruht und kräftig nach dem kurzen Winterschlaf des Aufstiegs, bereit, den Kampf in einer neuartigen Arena aufzunehmen, und seine sonderbare Stimmung war von einer Intensität, die ihn stutzig machte.

Es schien eine Quelle von Leichtigkeit zu geben, die nichts

zu tun hatte mit der hier herrschenden Gewichtslosigkeit, und aus dieser Quelle kamen verschiedenfarbige Strahlen – eine bessere Metapher fiel ihm nicht ein – Strahlen, die Gefühle von Freude, Optimismus, Glück und Kraft brachten und *jede Faser* seines Seins durchdrangen. Mehrere Sekunden brauchte er, um diese befremdende, aber zugleich seltsam vertraute Erfahrung wiederzuerkennen. Er fühlte sich schlicht und einfach wieder *jung!*

Fast augenblicklich folgte auch eine emotionale Reaktion.

Ich glaube, eine Menge Leute hätten kein Verständnis dafür, daß ein Mann unter den gegebenen Umständen von Euphorie befallen wird. Er lockerte ein wenig den Griff ums Geländer, so daß sich die Füße vom Deck abhoben und unter dem Schiff die Scheibe von Jenland zum Vorschein kam, die verträumt in einer schmalen Sichel von Helligkeit ruhte. Deshalb hat Gesalla mich mit Leddravohr verglichen. Sie weiß, was es mir bedeutet, unser Volk verteidigen zu dürfen, aber sie kann es nicht nachvollziehen, und das macht sie eifersüchtig. Außerdem bangt sie zweifellos um mein Leben. Und aus Eifersucht und Angst sagt sie Dinge, die ihr später, in der Abgeschiedenheit des Schlafzimmers, leid tun ...

»Ich bin soweit, Kapitän.« Die Stimme riß Tauler aus seiner Grübelei. Er zwang die Füße wieder aufs Deck hinunter und drehte sich um. Gotlon stand direkt vor ihm. Der junge Takler hatte bereits unaufgefordert die komplette Montur angelegt. Die schlaksige Gestalt war nicht wiederzuerkennen in dem dick wattierten Himmelsanzug mit den pelzgefütterten Stulpenhandschuhen und Stiefeln. Die untere Gesichtshälfte wurde von einem wollenen Schal vermummt, aus dem in kleinen Nebelwolken der Atem drang. Noch klobiger wurde die Gestalt durch das Fallschirmgepäck auf dem Rücken und den Luftdüsenantrieb, der auf die Zwerchfellgegend geschnallt war.

»Soll ich jetzt aussteigen, Kapitän?« Gotlon befingerte den Karabinerhaken der kurzen Sicherheitsleine, die ihn mit dem Geländer verband. »Ich bin bereit.«

»Das sehe ich«, sagte Tauler. »Aber immer mit der Ruhe. Ich muß sichergehen, daß dir auch alle dabei zusehen.«

Gotlon war nicht nur äußerst einsatzfreudig, er war auch einer von den wenigen, die keinerlei Anzeichen von Höhenangst zeigten. Tauler konnte von Glück sagen, in so kurzer Zeit einen solchen Mann aufgetrieben zu haben. Die Mannschaften der sechs Festungsabschnitte hielten sich inzwischen so lange in der gewichtslosen Zone auf, daß die Zeit reif war, sich daran zu gewöhnen, wie Pterssas in der Luft zu schweben; zuvor mußte aber eine gewaltige psychologische Barriere überwunden werden.

Die endgültige Montage der Festungen konnte erst beginnen, wenn man den Männern vorexerziert hatte, daß man selbst ohne Sicherheitsleine von Bord springen und mit Hilfe der Luftdüsen wieder heil ins Schiff zurückkehren konnte. Obwohl Tauler vom Verstand her durchaus Vertrauen in das eilig konstruierte Antriebssystem setzte, war er heilfroh, es nicht selbst testen zu müssen. Ein einziges Mal in der Wirklichkeit und seither viele Male in Alpträumen hatte er zusehen müssen, wie ein Mann aus der Wespentaille des Himmels auf die 2500-Meilen-Reise ging – wie er zunächst nur unmerklich zurückblieb, und dann, während das beharrliche Verlangen des Planeten immer ungestümer wurde, immer tiefer sank und immer kleiner wurde bei dem Todessturz, der länger als einen Tag währen würde.

Taulers Lungen pumpten in der dünnen Luft, und er fühlte eine schneidende Kälte in der Brust, als er den anderen fünf Piloten die erforderlichen Anweisungen zurief. Alle Männer kamen an die Geländer ihrer Schiffe und blickten gebannt auf Gotlon. Er winkte ihnen zu wie ein Kind, das sich die Aufmerksamkeit seiner Spielkameraden sichert, ehe es ein gewagtes Kunststück zum besten gibt. Tauler ließ im Interesse der allgemeinen Moral diesen Vorstoß gegen die Disziplin zu.

Er musterte die fünf Männer im nächsten Festungsendabschnitt. In den Himmelsanzügen sah einer wie der andere aus, und Tauler tat sich schwer, Gnapper ausfindig zu machen, den Sergeanten, der so ungemein gewissenhaft für Osslit Psennels Hinrichtung gesorgt hatte. Im Rang eines einfachen Himmelsmanns hatte Gnapper nicht einmal versuchsweise protestiert, als Tauler ihn für die erste Mission ausgewählt hatte. Gnapper hatte die wenigen Trainingstage mit einem düsteren Fatalismus über sich ergehen lassen. Und weil er nicht wissen konnte, daß es gegen Taulers Natur war, jemanden kaltblütig in den Tod zu schicken, war aus ihm ein unglücklicher und täglich um sein Leben bangender Mann geworden. Und daran wollte Tauler vorerst nichts ändern.

»In Ordnung«, sagte er zu Gotlon, als er den Augenblick für gekommen hielt. »Du trennst dich jetzt von uns – und vergiß nicht, zurückzukommen.«

»Danke, Kapitän«, erwiderte Gotlon, und Tauler hätte schwören können, aufrichtige Freude und Dankbarkeit herauszuhören. Gotlon löste die Leine, brachte sich kraft seiner Handgelenke in eine horizontale Schwebelage, wälzte sich über den Handlauf und stieß sich von der Außenwand ab. Tauler hätte an seiner Stelle nicht so viel Schwung genommen. Eine lichte blaue Leere tat sich zwischen Gotlon und dem Schiff auf. Aus einem der anderen Fahrzeuge war ein leises Würgen zu vernehmen.

Gotlon glitt auf die Sterne zu, wie in einer Wiege aus Sonnenlicht, wurde allmählich vom Luftwiderstand abgebremst und kam, wie es der Zufall wollte, relativ zu seinen Zuschauern in aufrechter Position zum Stillstand. Sofort begann er, sich wie ein Aal zu winden, bis er ihnen den Rücken zukehrte. Die schnellen Bewegungen des rechten Arms verrieten, daß er Luft in die Antriebseinheit pumpte. Sekunden später konnte man schwach das Zischen der Düsen hören. Zuerst schien es nichts zu bewirken, dann war zu erkennen, daß er tatsächlich zu seinem Ausgangspunkt zurückdriftete. Der Kurs stimmte nicht genau, und er mußte mehrmals über die Schulter blicken und die Richtung der Luftdüsen regulieren. Doch es dauerte nicht lange und er bekam den Stock zu packen, den Essedell ihm hinhielt. Füße und Knie an der Innenwand, zog der Mechaniker an dem Stock, und Gotlon kam wie ein Ballon in Menschengestalt über das Geländer geschwebt.

»Gut gemacht, Gotlon!« Tauler streckte beiläufig die

rechte Hand aus, um den gewichtslosen Takler festzuhalten, als sein Arm schmerzhaft gegen die Schultersperre geworfen wurde. Da er Gotlon nicht losließ, riß ihn die Wucht herum. Es dauerte etliche Sekunden, bis die beiden Männer sich an den Trennwänden gefangen hatten. Tauler war völlig perplex, doch der rätselhafte Vorfall wurde von den Beifallsrufen aus den anderen Schiffen in den Hintergrund gedrängt.

Tauler mußte zugeben, daß er jetzt selbst erleichtert und beruhigt war. In einem gemütlichen Palastzimmer zu sitzen und die Auslassungen kluger Köpfe über die Himmelsmechanik zu akzeptieren, war eine Sache; eine ganz andere Art von Erfahrung war es, sich völlig von seinem Schiff zu trennen und die dünne Luft der gewichtslosen Zone zu durchmessen, auf des Messers Schneide zwischen zwei Welten balancierend, und sich auf nicht viel mehr als die Blasebälge eines Schmieds zu verlassen. Aber nun hatte er es mit eigenen Augen gesehen! Einmal vollbracht, war das Wunder durchaus kein Wunder mehr. Von Stund an gehörte es zum Handwerk des Himmelsmanns – und stärkte Tauler den Rücken, was die Nagelprobe am Ende der Mission betraf.

Er gab den Befehl aus, daß sich ab sofort jedermann im Freiflug zu üben hatte. Die Zeit, die er den Mannschaften einräumen durfte, um sich mit dieser extrem unnatürlichen Aktivität vertraut zu machen, war lächerlich kurz – aber König Chakkell war, bestärkt durch Savotl, zu dem Schluß gekommen, daß Zeit der entscheidende Faktor war bei den Vorbereitungen auf eine Verteidigung Jenlands. Der kleine Krisenstab hatte beschlossen, die Rüstungsanstrengungen auf den ungünstigsten Fall abzustimmen: zehn Tage für die Rückkehr des Aufklärers nach Diesland; zwei Tage für Rassamardan, um auf die Nachrichten zu reagieren; und, falls ein Teil der Invasionsflotte startbereit war, weitere fünf Tage, bis die feindliche Vorhut die gewichtslose Zone erreichte.

Siebzehn Tage.

Nach Ablauf dieser Zeitspanne, so hatte Chakkell bestimmt, mußten mindestens sechs Festungen in der Weltenmitte in Stellung und einsatzbereit sein.

Die Ankündigung hatte Tauler wie ein Blitz getroffen. Das gesamte Konzept der Festungen war schon verwegen genug, doch die Vorstellung, in nur siebzehn Tagen sechs Stück davon zu entwerfen, zu bauen und zu stationieren, war ihm vollkommen absurd vorgekommen. Er hatte jedoch die einzigartige Kombination von Eigenschaften außer acht gelassen, die Chakkell verkörperte – den Ehrgeiz, der ihn auf den Thron gebracht hatte; das Organisationstalent, mit dem er damals eine Flotte von tausend Himmelsschiffen aus dem Boden gestampft hatte; die rücksichtslose Entschlossenheit, mit der er jedes Hindernis beiseite geschleudert oder zermalmt hatte. Chakkell war in Friedenszeiten ein fähiger Herrscher, doch er fand erst zu sich selbst in den finstren Stunden, und so waren seine Festungen rechtzeitig fertig gewesen. Nun würde sich zeigen, ob die Elemente aus Fleisch und Blut der Planschinderei genauso gewachsen waren wie jene aus fühlloser Materie.

Tauler spürte förmlich die Blicke der anderen, als die Reihe an ihm war, sich vom Schiff abzustoßen. Er tat sein Bestes, um relativ zum Ballon und der zylindrischen Last eine aufrechte Position zu behalten, und dachte schon, es sei ihm gelungen, als er bemerkte, daß die große, blau und weiß bandagierte Scheibe Dieslands – die während des ganzen Aufstiegs vom Ballon verdeckt worden war – sich über ihm selbständig machte. Sie driftete herunter und verschwand unter seinen Füßen, während sich ein bemerkenswert ähnliches Jenland dieser gemessenen Bewegung anschloß. Er hatte überhaupt nicht das Gefühl, sich zu überschlagen – er schien vielmehr das einzig stabile Zentrum eines träge rotierenden Universums zu sein, in dem die Sonne, die Schwesterwelten und die Phalanx der Himmelsschiffe in einer schwankenden Prozession um ihn herumdefilierten – und er war froh, als die Prozession immer langsamer wurde und schließlich zum Stillstand kam. Und er war außerdem froh, daß die Erfahrung, in der blauen Leere zu hängen, nicht so schlimm war, wie er befürchtet hatte. Abgesehen von dem unerfindlichen Gefühl zu fallen, das jeden befiel, der die gewichtslose Zone betrat, fühlte er sich leidlich sicher und funktionstüchtig.

»Jeder, der das Gefühl hat, er müßte über meine akrobatische Einlage grinsen, sollte zusehen, daß er das jetzt hinter sich bringt«, rief er den schweigenden Zuschauern zu. »Denn in wenigen Minuten beginnt die ernste Arbeit, und da werden wir nichts zu lachen haben, fürchte ich.«

Ein anerkennendes Gelächter kam von den Mannschaften, und wieder gingen klobige Gestalten mit mehr oder weniger Geschick von Bord. Tauler begriff rasch, daß er sich längst nicht so geschickt anstellte wie der junge Gotlon, doch er probierte so lange mit dem Druckluftantrieb herum, bis er den Dreh heraus hatte, wie er akkurat jeden gewünschten Punkt erreichen konnte. Mit den Düsen auf dem Rücken wäre die Steuerung leichter gefallen, weil man sich vorwärts bewegt hätte; doch aus Zeitmangel war die Werkstatt der Luftwaffe gezwungen gewesen, sich mit dem Bau des ersten Prototyps zufriedenzugeben.

Sobald Tauler mit sich und dem Antrieb zufrieden war, rief er die fünf anderen Piloten zu sich, um die bevorstehenden Montagearbeiten noch einmal Schritt für Schritt durchzusprechen.

Diese Konferenz war die seltsamste, an der er jemals teilgenommen hatte, mit sechs Männern mittleren Alters – alle Veteranen der Auswanderung – die im Kreis vor einer prachtvollen astronomischen Kulisse hingen, aus der unablässig die brennenden Pfeile der Meteore stürzten. Drei der Piloten – Daas, Hischkell und Umol – kannte Tauler noch aus den Tagen des Testgeschwaders, und er hatte sich weitgehend auf ihren Rat verlassen, als er Famark und Brinch rekrutiert hatte.

»Bevor wir beginnen, meine Herren«, sagte er, »gibt es irgendeinen neuen Aspekt? Irgend etwas, das eurer Meinung nach einen Einfluß auf die Montage der Festungen hat?«

»Ja, wir sollten uns damit beeilen, Tauler«, sagte Umol im erlaubten Umgangston. »Ich könnte schwören, daß diese verfluchte Gegend kälter ist als beim letzten Mal. Sieh dir das an!« Er zog den Schal vom Gesicht und enthüllte eine Nase, die ganz entschieden blau war.

»Die Gegend war nie anders, alter Junge«, hielt Daas ihm

entgegen. »Dein Problem ist, daß du ihn nicht mehr hochkriegst.«

»Hatte ich *Herren* gesagt?« schaltete sich Tauler ein und überspielte die obszöne Bemerkung. »*Kinder,* wir haben zu arbeiten, und niemand will die Aufgabe schneller im Rücken haben als ich; also laßt uns noch einmal alles rekapitulieren…«

Er redete ruhig. Das wenige, das von den Gesichtern seiner Kameraden zu sehen war, verriet ihm, daß sie mit dem Luftdüsenantrieb zufrieden waren und ihr Vertrauen in das Projekt gestiegen war. In wenigen Minuten ging er mit ihnen die Stufen des Montageplans chronologisch und im Detail durch. Der erste Schritt war, die sechs Schiffe um neunzig Grad zu drehen, um die Festungsabschnitte in ihre künftige Lage zu bringen, so daß die seitlichen Bullaugen auf beide Planeten blickten. Dann mußten die provisorischen Decks demontiert und mit kurzen Düsenschüben samt den Ballons, an denen sie hingen, ein Stück weit von den Zylinderabschnitten entfernt werden. Die frei schwebenden Abschnitte konnten sodann mit Seilen verbunden, zusammengezurrt und versiegelt werden. Das Ergebnis würden zwei lange Zylinder mit geschlossenen Enden sein.

Das war der Zeitpunkt, an dem eine grundsätzliche Aufgabenteilung vorgenommen würde.

Jene, die die Festungen bemannen sollten, würden sich hineinbegeben und auf einen längeren Aufenthalt in der gewichtslosen Zone vorbereiten. Inzwischen würden die sechs Piloten mit jeweils einem Takler die wertvollen Ballons und Antriebsaggregate nach Jenland zurückbringen, wo sie für die nächste Mission gebraucht wurden. Die frühen Stadien des Abstiegs waren nicht sonderlich kompliziert und bereiteten den erfahrenen Piloten keine Sorge. Die demontierten Decks mit den Aggregaten mußten um weitere neunzig Grad gedreht und mit Düsenantrieb ein Stück weit in den Anziehungsbereich von Jenland geschoben werden. Die gehäuteten Schiffe würden kopfüber fahren, was jedem Kommandanten ein Dorn im Auge war, aber diese Phase würde nur ein paar Stunden dauern, bis man wieder genug

Gewicht für die von Ballonfahrern so heißgeliebte Pendelstabilität gewonnen hatte. Eine letzte Drehung um einhundertachtzig Grad würde die Schiffe wieder in die normale Lage und Jenland wieder unter die Füße der Männer bringen, wo es für den Rest der Heimreise bleiben würde.

Insoweit waren Flugplan und Technik durchaus konventionell – etwas, das man jedem Piloten, der die Auswanderung überlebt hatte, in Sekunden hätte begreiflich machen können – doch die erschwerenden und einschränkenden Bedingungen der Krisenlage mußten berücksichtigt werden. Tauler erinnerte sich mit diamantener Klarheit an den Wortwechsel bei jenem ersten Treffen mit Chakkell und Savotl – den Wortwechsel, der ihm verheißen hatte, daß sein Flirt mit dem Himmel alsbald in einer leidenschaftlichen Umarmung gipfeln würde …

»Der Abstieg wird der schlimmste Teil sein«, hatte er gesagt. »Ganz abgesehen von der lausigen Kälte, werden die Männer auf einer offenen Plattform sitzen, über Tausenden von Meilen luftiger Leere. Stell dir vor! Du stolperst über ein Seil, und schon bist du über Bord! In den alten Gondeln war es schon schlimm, aber die hatten wenigstens eine Brüstung, die einem ein gewisses Gefühl von Sicherheit gab. Das will mir nicht gefallen, Ilven – und das fünf Tage lang, das hält keiner durch. Ich denke, wir …« Er hatte überrascht geschwiegen, weil Savotl auffällig genickt hatte.

»Ihr habt vollkommen recht«, hatte Savotl gesagt, »abgesehen davon, daß wir uns einfach keine fünf Tage für die Rückkehr leisten können. Wir werden euch und die anderen Piloten viel eher hier unten benötigen, ganz zu schweigen von den Ballons und Aggregaten.«

»Ach, ja …«

Savotl hatte ihm ein mildes Lächeln geschenkt. »Ich nehme an, Ihr habt schon von Fallschirmen gehört?«

»Natürlich habe ich schon von Fallschirmen gehört«, hatte Tauler ungeduldig geantwortet. »Die Luftwaffe benutzt sie mindestens schon zehn Jahre. Worauf willst du hinaus?«

»Die Männer müssen am Fallschirm zurückkehren.«

»Na wunderbar!« Tauler hatte sich mit der flachen Hand

an die Stirn geschlagen, damit man den Sarkasmus nur ja bemerkte. »Aber – korrigiere mich, wenn ich unrecht habe – kommt denn ein Mann am Fallschirm nicht mit ungefähr der gleichen Geschwindigkeit herunter wie ein Himmelsschiff?«

Savotls Lächeln war geradezu liebevoll geworden. »Nur wenn der Fallschirm geöffnet ist.«

»Nur wenn ...« Tauler war mit gesenktem Kopf einmal ganz herumgegangen in dem kleinen Zimmer und hatte sich wieder auf seinen Stuhl gesetzt. »Ja, ich verstehe, was du meinst. Offenbar können wir etwas Zeit sparen, wenn der Fallschirm eine Zeitlang geschlossen bleibt. Und in welcher Höhe müßte er geöffnet werden?«

»Sagen wir, bei eintausend Fuß?«

»Nein!« Tauler hatte spontan reagiert. »Das ist unmöglich.«

»Warum?«

Tauler hatte Savotl lange ins Gesicht gestarrt, die vertrauten Züge mißtrauisch prüfend. »Erinnere dich an das erste Mal, als wir da oben waren, Ilven. An den Unfall. Wir standen beide an der Brüstung und mußten zusehen, wie uns Flenn abhanden kam. Er ist mehr als *einen Tag lang gefallen!*«

»Er hatte keinen Fallschirm.«

»Aber er ist *mehr als einen Tag lang gefallen!*« hatte Tauler wiederholt, entsetzt darüber, was die Jahre aus Savotl gemacht hatten. »Das ist unzumutbar.«

»Was ist nur los mit Euch, Marakain?« hatte König Chakkell sich eingemischt. Das große braune Gesicht hatte Verdruß gezeigt. »Im Endeffekt ist es doch dasselbe, ob man nun einen Tag lang fällt oder nur eine einzige Minute – hat man keinen Fallschirm, stirbt man, und hat man einen, bleibt man am Leben.«

»Majestät, würdet *Ihr* diese Reise antreten?«

Chakkell hatte Tauler erst nur verdutzt angestarrt. »Was soll diese Frage?«

Überraschend hatte Savotl für ihn geantwortet. »Majestät, die Bedenken von Baron Tauler sind gleichwohl nicht aus der Luft gegriffen. Wir kennen die Auswirkungen nicht, die ein solcher Sturz auf den Menschen haben kann. Er könnte erfrieren... oder ersticken... oder ganz andere Schäden davontragen – was nützt Euch ein Pilot, der körperlich gesund bleibt, aber verrückt wird bei dem langen Sturz.« Savotl hatte geschwiegen und mit dem Bleistift ein undefinierbares Muster auf das Papier gemalt, das vor ihm lag. »Da ich für diesen Vorschlag verantwortlich bin, sollte ich wohl unter denen sein, die ihn auch testen.«

Du hast mich an der Nase herumgeführt, du kleiner Gauner, hatte Tauler gedacht, derweil er seinem ehemaligen Schiffsmaat mit wiedererwachter Sympathie und altem Respekt zugehört hatte. Und genau deshalb werde ich dafür sorgen, daß du bleibst, wo du hingehörst – nämlich hier unten am Boden.

Im allgemeinen gab es keine unterschiedlichen Einstellungen zwischen Freiwilligen und Dienstverpflichteten. Beide Gruppen wußten nur zu gut, daß jeder Widerstand gegen den Willen des Königs in Kriegszeiten mit standrechtlicher Exekution bestraft wurde. Und so hatten einige Freiwillige einfach aus der Not eine Tugend gemacht; aber auch die Tatsache, daß man unabhängig von den Schiffen fliegen konnte, ohne Schaden zu nehmen, hatte die allgemeine Moral gehoben. Wenn wir bis jetzt nicht umgekommen sind, hatte man argumentiert, dann brauchen wir vielleicht überhaupt nicht um unser Leben zu bangen. Das äußere Anzeichen dieses Optimismus war das Hallo gewesen, mit dem die Männer den Himmel gefüllt hatten, als sie ihre neue Fertigkeit trainierten und sich auf die nächste Phase des Unternehmens vorbereiteten.

Jetzt herrschte auffällige Stille.

Der letzte Ballon war von seinem Festungsabschnitt getrennt worden und hatte sich mit dem kreisrunden, provisorischen Deck samt Aggregaten ein Stück weit vom Zentrum der Aktivität zurückgezogen. So dünn und verletzlich sie auch waren, so beherrschend nahmen sich die gasgefüllten Ballonriesen in der luftigen Umgebung aus. In der Erinnerung waren sie weitherzige, freundliche Wesen, die die Kraft besaßen, Menschen von einer Welt zur anderen zu tragen –

und nun auf einmal zogen sie sich teilnahmslos zurück und ließen ihre winzigen Schützlinge in der feindlichen blauen Leere im Stich.

Selbst Tauler, der mit Leib und Seele bei der Sache war, fuhr es eiskalt ins Gedärm, als ihm bewußt wurde, wie *klein* sich die frei schwebenden Festungsabschnitte in der dunstigen Unermeßlichkeit ausnahmen. Bis eben hatte er noch geglaubt, man könne von einem Menschen nichts Schlimmeres verlangen, als sich bei geschlossenem Fallschirm auf die lange Reise zu begeben, doch jetzt kam er sich gegenüber den anderen, die in der gewichtslosen Zone zurückbleiben würden, beinah privilegiert vor. Privilegiert zwar, aber – und diese Feststellung rüttelte ihn auf – auch merkwürdig betrogen.

Was ist nur los mit mir? dachte er erschrocken. Er hielt selten Nabelschau, weil ihm derlei als Zeitverschwendung erschien, aber in letzter Zeit waren seine emotionalen Reaktionen auf Ereignisse derart ambivalent und widerspruchsvoll gewesen, daß er darüber ins Grübeln gekommen war. So wie jetzt eben. Erst hatte er die Festungsmannschaften bedauert – und im nächsten Augenblick war er nahe daran gewesen, sie zu beneiden! Kaum jemand wußte besser als er, wie trügerisch die Begriffe von Ehre und Ruhm waren, und deshalb war er schwerlich zu verführen gewesen durch die flüchtige Vision einer neuen Art von Patrioten und unvergleichlicher Helden, die zerbrechliche hölzerne Außenposten in den einsamen Gefilden des Himmels bemannten.

Was ist nur los mit mir? drang er wieder in sich. Warum macht mich plötzlich unzufrieden, was mich eben noch zufrieden gemacht hat? Warum – wenn ich nicht geisteskrank bin – dränge ich mich vor, wo jeder vernünftige Mensch sich zurückziehen würde?

Die Feststellung, daß er seine Arbeit vernachlässigte, veranlaßte Tauler, das Selbstverhör einzustellen und sich näher an die erste im Bau befindliche Festung heranzumanövrieren. Der Mittelabschnitt und ein Endstück waren bereits ausgerichtet und zusammengefügt worden, und man war eben dabei, das zweite Endstück an seinen Platz zu ziehen. Es war ziemlich weit von den anderen Teilen deponiert worden, so daß die Männer an den Verbindungsseilen Zeit hatten, einen schnellen und effektiven Rhythmus zu entwickeln. Sich an den Seiten des Mittelteils festhaltend, arbeiteten vier Männer mit ihren freien Armen. Immer wieder erscholl ihr *Hauruck*. Das Endstück, das zunächst träge reagiert hatte, bewegte sich inzwischen mit ansehnlicher Geschwindigkeit und machte keinerlei Anstalten, langsamer zu werden, während es sich seinem Bestimmungsort näherte. Tauler wußte, es hatte kein Gewicht und würde daher keinen Schaden bei der Kollision mit dem Rest der Festung anrichten, aber er lehnte prinzipiell jeden übermäßigen Kraftaufwand bei technischen Operationen ab. Es war vorauszusehen, wie der Abschnitt zurückprallte und erneut eingeholt werden mußte.

»Aufhören – das Ding kommt zu schnell herein«, rief er den Männern an den Seilen zu. »Fertigmachen zum Zupacken und Festhalten!«

Die Männer bestätigten sein Kommando durch Winken und brachten sich in Position, um den Zylinder zu empfangen. Famark, der die Arbeit beaufsichtigt hatte, signalisierte zwei anderen Männern, die sich an den kurzen Zurrtauen am Rand des Mittelteils festhielten, die Kameraden zu unterstützen. Einer von ihnen zog sich rittlings auf den mit Leder überzogenen Rand.

Tauler sah zu, wie der Abstand zwischen dem Endstück und dem wartenden Mann zusammenschrumpfte. Die Holzkonstruktion verlor kaum an Geschwindigkeit und schob mühelos die kräftigen Taue, die ihr im Weg waren, zusammen – was, wie Tauler fand, ziemlich merkwürdig war für ein federleichtes Objekt. Der Schreck fuhr ihm in alle Glieder, als er sich einer ähnlichen Anomalie bei Gotlons erstem Ausstieg entsann – der gewichtslose Mann hatte bei seiner Rückkehr einen überraschend wuchtigen Anprall gehabt, gerade so als ob …

»Runter vom Rand!« schrie Tauler. »Weg da!«

Die vermummte Gestalt sah sich nach ihm um und erstarrte. Tauler erkannte die grob geschnittenen Züge von Gnapper, und im nächsten Augenblick traf das Endstück auf die übrige Festung. Gnapper stieß einen füchterlichen Schrei aus, als sein Oberschenkel brach. Die ganze Festung bockte und warf die Männer ab, und das Endstück – immer noch Bewegungsenergie vergeudend – scherte ein wenig aus und geriet teilweise in den Mittelteil. Zwei einander gegenüberliegende Randlängen scherten für einen Moment über Gnappers Körper. Seine Schreie verstummten, ehe die Festungsteile auseinandertrieben und zum Stillstand kamen.

In einem noch unkonditionierten Reflex löste Tauler seinen Druckluftantrieb aus und stieß sich nur noch weiter vom Ort des Geschehens fort. Er warf sich herum, pumpte Luft nach und manövrierte sich rücklings mitten unter die umhertreibenden Gestalten. Er kollidierte sanft mit dem Mittelteil, langte nach dem Holzöhr eines Zurrtaus, das ihm Halt gab, und sah sich nach dem Verletzten um. Gnapper driftete langsam ab, Arme und Beine gespreizt; im Himmelsanzug klaffte vorne ein langer Spalt. Das hervorquellende Isoliermaterial war blutgetränkt und ließ den Riß wie eine entsetzliche Wunde erscheinen. Gnapper wurde von einem Schwarm leuchtend roter Kügelchen begleitet, die im Licht der Sonne glitzerten. Für Tauler gab es keinen Zweifel – der Mann war tot.

»Warum hat der Narr nicht auf Euch gehört und ist aus dem Weg gegangen?« sagte Umol und hangelte sich an einem Seil näher an Tauler heran.

»Wer weiß?« Tauler dachte an den seltsamen Augenblick vor dem Zusammenstoß, da der Mann wie gelähmt gewesen war. Hätte Gnapper anders reagiert, wenn ihn ein anderer gewarnt hätte? Hatte Gnapper ihm mißtraut? War er, Tauler, mit schuld an Gnappers Tod?

»Er war verschlagen und brutal«, sagte Umol. »Wenn es einen von uns erwischen mußte, dann hat es den richtigen erwischt – und außerdem haben wir dazugelernt.«

»Was?«

»Was einen Menschen auf dem Planeten zerquetscht, zerquetscht ihn sicher auch hier oben. Das Gewicht scheint dabei keine Rolle zu spielen. Versteht Ihr das, Tauler?«

Tauler desertierte von der Moral zur Physik. »Vielleicht

schwächt die totale Gewichtslosigkeit den Körper. Wir sollten das unbedingt im Auge behalten.«

»Ja, und was wird aus dem Kadaver? Ich finde, wir sollten ihn lassen, wo er ist.«

»Nein«, sagte Tauler schnell. »Wir nehmen ihn mit nach Jenland zurück.«

Die ganze Nacht lang waren die sechs Vehikel kopfüber unterwegs gewesen. Ihre Geschwindigkeit verdankten sie dem Düsenschub und nur zu einem verschwindend geringen Teil den unsichtbaren Fäden der planetaren Anziehung, die naturgemäß immer dichter zusammenliefen, je näher man der Oberfläche kam; doch in diesem frühen Stadium des Abstiegs nach Jenland war die Beschleunigung noch so gut wie wirkungslos. Und mit Tagesanbruch – seit Jenland im Tanz mit Diesland von der Sonne fortgeschwenkt wurde – hatte man den Antrieb abgestellt, und der Luftwiderstand hatte die Fahrzeuge zum Stillstand gebracht. Die Piloten hatten sodann die Schiffe mit Hilfe der winzigen Seitendüsen gewendet – ein Manöver, das sich in majestätischer Gemessenheit vollzogen hatte, bei dem sich das Universum mit all seinen Gestirnen auf Geheiß von sechs gewöhnlichen Menschen so lange gedreht hatte, bis die Sonne gehorsamst unter ihren Füßen zur Ruhe gekommen war.

Es hatte keinerlei unliebsamen Zwischenfall gegeben; doch nun mußten die zwölf Menschen tun, was noch niemand zuvor getan hatte.

Tauler und Tipp Gotlon waren in ihre Sitze geschnallt, der eine vor, der andere hinter dem Antriebsaggregat. Das Provisorium, auf dem sie saßen, war eine kreisrunde hölzerne Plattform, nur vier Schritt im Durchmesser, und jenseits des unbewehrten Randes tat sich eine gähnende Leere auf, ein Abgrund von mehr als zweitausend Meilen Tiefe. Vor der blausilbrigen Vielfalt des Firmaments standen in unterschiedlichen Abständen die anderen fünf Schiffe. Ihre Zweimannbesatzungen saßen im zylindrischen Schatten der Decks und wurden nur sichtbar, wo sie sich als Silhouetten vor leuchtenden Spiralnebeln und Kometenschweifen abhoben. Die riesigen Ballons mit ihren hell beleuchteten Unterseiten nahmen sich aus wie feste Planeten, birnenförmige Welten mit Meridianen, die von den Verstärkungsbändern und Nähten gezogen wurden.

Tauler war weit mehr mit seinem eigenen Mikrokosmos beschäftigt als mit der unirdischen Umgebung. Das Deck war ein einziges Gewirr von Ausrüstung und Vorräten, angefangen bei den Rohrleitungen der Seitendüsen bis zu den Kästen, in denen Energiekristalle, Nahrung, Wasser, Himmelsanzüge und Fallsäcke lagerten. Toilette und Kombüse waren mit hüfthohen Trennwänden aus Korbgeflecht umgeben. Aus letzterer ragte der untere Teil von Gnappers Leiche heraus, die man festgebunden hatte, weil sie unter den Bedingungen der Gewichtslosigkeit die entnervende Tendenz gezeigt hatte, aufzusteigen und umherzugeistern.

»Nun, Gotlon, jetzt werden wir uns trennen müssen«, sagte Tauler. »Wie findest du das?«

»Kapitän, ich bin bereit, wenn Ihr bereit seid.« Wie immer, wenn Gotlon lächelte, schienen beide Gesichtshälften getrennt, aber einvernehmlich zu lächeln. »Wie Ihr wißt, Kapitän, möchte ich unbedingt Pilot werden. Ich würde mich geehrt fühlen, wenn Ihr nichts dagegen hättet, daß ich diesmal die Reißleine ziehe.«

»Geehrt? Sag mal, Gotlon – freust du dich etwa darauf?«

»Selbstverständlich, Kapitän.« Gotlon hielt inne, als ein ungewöhnlich großer Meteor seine feurige Spur tief unten über den Himmel zog, gefolgt von einem dumpfen Donnerschlag. »Naja, vielleicht wäre es falsch, zu sagen, ich freue mich darauf, aber ich möchte keinesfalls etwas anderes tun als das hier.«

Eine ehrliche Antwort, dachte Tauler und beschloß, die weitere Entwicklung des Burschen im Auge zu behalten. »Einverstanden, zieh die Leine, wenn du soweit bist.«

Ohne zu zögern, lehnte Gotlon sich vor und riß mit einem kräftigen Ruck an der roten Leine, die aus dem Innern des Ballons zu den Mannschaftsstationen herunterkam. Sie erschlaffte über der Hand. Es gab keine wahrnehmbare Störung des Gleichgewichts oder der Ruhelage, aber hoch oben in der verletzlichen Kathedrale war etwas Unwiderrufliches geschehen. Eine große Kronbahn war heruntergerissen worden und hatte das Schiff der Anziehungskraft von Jenland überantwortet. Von diesem Augenblick an konnten Schiff und Mannschaft nur noch fallen – und dennoch scheute Tauler mit einemmal vor dem unausweichlich nächsten Schritt zurück.

»Es ist sinnlos, hier noch rumzusitzen«, sagte er, um seine Gefühle zu verbergen. Seine Füße steckten schon im Fallsack, der mit Fell ausgefüttert und so groß war, daß er einen ganzen Menschen aufnehmen konnte. Er schnallte sich los und richtete sich auf, als sein Blick auf das Schwert fiel, das immer noch um einen nahen Pfosten gegürtet war. Einen Moment lang erwog er, es zurückzulassen; es war eigentlich zu unbequem und sperrig für den Sack. Aber er brachte es nicht übers Herz, einen alten Freund im Stich zu lassen. Er schnallte das Schwert um und hob eben noch rechtzeitig den Blick und sah, wie Gotlon sich – immer noch lächelnd! – rücklings vom Rand des Decks abstieß.

Gotlon purzelte in das lebensfeindliche Blau hinaus, die Unterseite seines Kokons vom Sonnenlicht umspielt, bis er gut dreißig Schritt weit vom Schiff zur Ruhe kam. Er machte keinerlei Anstalten, seine Lage zu verändern, und man hätte ihn für tot halten können, wenn da nicht der immer wiederkehrende Hauch seines Atems gewesen wäre.

Andere Männer auf den anderen Schiffen folgten Gotlons Beispiel und wagten sich in die dünne Luft hinaus. Man war übereingekommen, den Ausstieg nicht zu synchronisieren – Individuen sprangen, wenn sie bereit waren dazu – und plötzlich hatte er Angst, der letzte zu sein und sich vor den anderen eine Blöße zu geben. Die eine Angst schuf das Gegengewicht zu der anderen, die ihn vor diesem widernatürlichen Schritt bewahren wollte. Tauler zog den Fallsack bis zur Brust hoch, stieß sich heftig mit den Füßen ab und segelte mit dem Gesicht nach unten über den Rand des Decks hinaus.

Jenland glitt in sein Blickfeld, und er sah auf die Welt hinunter wie auf eine Geliebte, die aus zweitausend Meilen nach ihm verlangte. Es gab wenig zu sehen, wo Jenland noch die nächtliche Kappe trug, doch auf der sonnenbeschienenen Sichel umspannte der äquatoriale Kontinent den Planeten, blaßgrün, gepudert mit Ocker, unter Wolkengespinsten, und die großen Ozeane krümmten sich zu den mysteriösen Wasserpolen.

Eine Zeitlang sondierte Tauler die gesamte Hemisphäre, dann zog er schicksalsergeben die Knie an, um sich kleiner zu machen, und schloß den Fallsack über seinem Kopf.

Ich habe geschlafen.

Wer hätte gedacht, daß man bei diesem schwindelerregenden Sturz aus der Wespentaille der Atmosphäre auf die Oberfläche von Jenland schlafen könnte?

Aber es ist warm und dunkel hier drinnen, und die Stunden schleichen dahin. Und während meine Geschwindigkeit allmählich zunimmt und die Atmosphäre dichter wird, beginnt der Sack zu schaukeln und zu schwanken, und das Sausen der vorbeiströmenden Luft hat etwas Hypnotisierendes. Man fällt leicht in Schlaf. Allzu leicht. Mir ist durch den Kopf gegangen, daß der eine oder andere von uns vielleicht nicht rechtzeitig aufwacht, um aus dem Sack zu kommen und den Fallschirm zu öffnen, aber diese Sorge ist bestimmt lächerlich. Nur ein Mann, der eine tief verwurzelte Todessehnsucht mit sich herumträgt, könnte diesen Zeitpunkt verschlafen.

Manchmal öffne ich den Sack und halte Ausschau nach meinen Kameraden, aber ich kann sie einfach nicht finden, weder über mir noch unter mir. Wir fallen nicht alle mit exakt der gleichen Geschwindigkeit, und im Laufe der Zeit haben wir uns vertikal voneinander entfernt. Bemerkenswert ist, daß wir alle schneller als die Schiffe fallen – etwas, das niemand vorausgesehen hat. Die provisorischen Decks, symmetrisch an den Ballons befestigt, versuchen eine horizontale Lage beizubehalten, obwohl sie die kollabierten Ballons nur noch hinter sich herziehen; das vergrößert natürlich den Luftwiderstand.

Als wir die Schiffe zurückließen, ist mir aufgefallen, daß die Decks im Luftstrom oszillierten, und zuletzt sahen sie aus wie sechs langsam blinkende Sterne. All das muß ich Savotl berichten.

Vielleicht wird er die Takelage so abändern, daß die Decks mit dem Rand voran fallen können. Dann würden die Schiffe schneller vorankommen. Der Aufprall wäre zwar um so schlimmer, doch die Kernstücke der Aggregate waren unzerstörbar.

Manchmal denke ich an die Männer, die wir oben in der gewichtslosen Zone zurückgelassen haben. Ich habe inzwischen einen rechtschaffenen Grund gefunden, sie zu beneiden. Sie haben wenigstens etwas zu tun! Haben eine Fülle von Aufgaben zu bewältigen ... das Versiegeln der Festungen mit Harz ... die stündliche Abdriftkontrolle anhand der Qualmmarkierungen ... die Montage der Druckluftgebläse ... das Zubereiten der ersten Mahlzeiten ... die Kontrolle der Maschinen und Waffen ... die Einteilung der Wachablösung ...

Der Fallsack schaukelt sanft, und rundum rauscht verführerisch die Luft.

Man fällt allzu leicht in Schlaf dabei ...

7. Kapitel

»Gold! Du hast die Stirn, mir Gold anzubieten!« Regg Artuhnl war wütend und fegte mit der schwieligen Hand den Lederkoffer zur Seite. Der fiel zu Boden und sprang an einer Ecke auf. Einige rechteckige gelbe Metallscheiben mit Prägung schlitterten ins feuchte Gras.

»Du bist genauso verrückt, wie die Leute sagen!« Lju Kla kniete sich hin und sammelte sorgsam sein Geld auf. »Willst du nun dein Land verkaufen oder nicht?«

»Ich will es verkaufen, klar – aber ich will *richtiges* Geld sehen. Gutes altes Glas, verstehst du.« Artuhnl wetzte den Daumen der einen Hand am Teller der anderen, das Abzählen der traditionellen Glasfaserscheine mimend. »Glas!«

»Das Bild des Königs ist drauf«, protestierte Kla.

»Ich will das Zeug *ausgeben* – nicht an die Wand hängen.« Artuhnl sah sich gereizt in der kleinen Gruppe von Farmern um. »Wer hat richtiges Geld?«

»Ich.« Narbeyn Ellder schlängelte sich vor, in seiner Tasche stochernd. »Hier habe ich zweitausend Korron.«

»Abgemacht! Das Land gehört dir, und hoffentlich hast du mehr Glück damit als ich.« Artuhnl streckte die Hand nach dem Geld aus, als Bartan Drammy zwischen die beiden Männer trat und sie mit einer Kraft auseinanderstieß, über die er vor seiner Zeit als Farmer nicht verfügt hatte.

»Was ist los mit dir, Regg Artuhnl?« sagte er. »Du kannst dein Land doch nicht für einen Bruchteil dessen verschleudern, was es wert ist.«

»Er kann machen, was er will«, warf der frustrierte Ellder ein und wedelte mit dem Päckchen farbiger Scheine.

»Und ich muß mich auch über *dich* wundern«, wandte Bartan sich an Ellder und stieß ihm anklagend den Finger vor die Brust. »Du nutzt die Gelegenheit aus, wenn dein Nachbar den Verstand verliert. Was würde Jop wohl dazu sagen? Was würde er über diese Versammlung sagen?« Bartan blitzte die anderen Männer herausfordernd an, die in einer Mulde zusammengekommen waren, die von Bäumen umstanden war und einigen Schutz vor dem Wetter bot. Ein schwerer Regengürtel zog über das Land, und die Farmer sahen in ihren sackähnlichen Kapuzen mürrisch und seltsam verstohlen aus, wie sie mit vorgezogenen Schultern und tropfenden Gesichtern dastanden.

»Ich habe meinen Vertrag beisammen.« Artuhnl starrte Bartan grollend an, dann verfinsterte sich seine Miene noch mehr. »*Du* bist überhaupt an allem schuld. Wer hat uns denn in diese elende Gegend geführt?«

»Das mit deiner Schwester tut mir leid«, sagte Bartan. »Das war schrecklich, aber du solltest einen klaren Kopf behalten und wissen, daß das kein Grund ist, alles aufzugeben, wofür du gearbeitet hast.«

»Und ausgerechnet du willst mir sagen, was ich zu tun und zu lassen habe?« Das gerötete Gesicht des Farmers brachte ein feindseliges Mißtrauen zum Ausdruck, wie es Bartan zuletzt begegnet war, als er sich der Gemeinde angeschlossen hatte: »Was weiß denn ein Perlenpicker und Broschenflicker über dieses Land?«

»Ich kenne Lju. Er würde dir kein Angebot machen, wenn

die Farm nichts wert wäre. Narbeyn nutzt die Situation nur aus.«

»Hüte deine Zunge!« sagte Ellder und trat mit vorgerecktem Stoppelkinn näher an Bartan heran. »Du gehst mir langsam aber sicher auf die Nerven, du…« – er fahndete nach einer unverbrauchten Beleidigung, die Augen verengt unter der geistigen Anspannung, und kam dann doch nicht umhin, Artuhnl zu kopieren – »du *Perlenpicker.*«

Bartan musterte die Gestalten in ihren Überwürfen und taxierte die Stimmung. Er war erschrocken und enttäuscht zugleich, als er ihre Bereitschaft zur Gewalt gegen ihn erkennen mußte. Das war, ganz im Widerspruch zu seinen Äußerungen, ein weiteres Anzeichen dafür, daß die Farmer in der Tat degeneriert waren, seit sie das *Spukland* besetzt hatten. In dem Jahr seit seiner Eheschließung mit Sandiwihri war der alte Kameradschaftsgeist unter den Farmern allmählich einem schäbigen Konkurrenzdenken zum Opfer gefallen. Selbst die größten und erfolgreichsten Familien halfen nur noch ungern ihren Nachbarn. Jop Trinchil hatte man die Gefolgschaft alsbald aufgekündigt, und mit seinem Autoritätsverlust war sein geistiger und körperlicher Zerfall einhergegangen. Er war abgemagert, sah krank aus und hatte keinerlei gemeinschaftsstiftende Wirkung mehr auf seine Herde. Man sah ihn nur noch selten außerhalb des Familienbesitzes. Bartan hätte nie gedacht, daß er jemals den alten Trinchil mit seiner Derbheit und despotischen Art vermissen könnte, doch das Schiff der Gemeinde trieb ohne ihn steuerlos in eine ungewisse Zukunft.

»Ich bin längst kein Perlenpicker mehr«, sagte Bartan hartnäckig zu der regentriefenden Versammlung. »Um so bedauerlicher, weil – mit Nadel und Faden vom Feinsten hätte ich ein hübsches Halskettchen aus euren Gehirnen machen können. Ein *sehr* dezentes, wenn ich euch so betrachte.«

Seine Worte riefen eine grimmige Reaktion aus vielleicht zwanzig Kehlen hervor, formlos und undeutlich wie die Interferenzen von Wellen in einer engen Hafenzufahrt, und dennoch konnte Bartan mit Hilfe selektiver Wahrnehmung einen einzelnen Satz heraushören: *Der Narr täte besser daran, einen Keuschheitsgürtel zu fabrizieren.*

»Wer hat das gesagt?« rief er und hätte beinah nach dem Schwert gegriffen, das er nie getragen hatte.

Die schattigen Öffnungen mehrerer Kapuzen sahen einander und dann wieder Bartan an. »Wer hat *was* gesagt?« fragte ein Mann in gespielter Unschuld.

»Hilft der junge Glev Trinchil immer noch bei euch aus?« sagte ein anderer. »Falls seine Kräfte nachlassen, würde ich ihn gerne ablösen – jeder weiß, wie mir das Pflügen noch von der Hand geht.«

Bartan war nahe daran, sich auf den letzten Sprecher zu stürzen, aber gesunder Menschenverstand und Klugheit hielten ihn zurück. Die Bauern hatten, wie immer, gewonnen, denn ein Dutzend Knüttel wurden allemal mit einem verbalen Degen fertig. Sie präsentierten immer die gleichen derben Klischees, als handle es sich um etwas völlig Neues und Originelles; die Dummheit wurde ihnen zum Harnisch.

»Leute, ich hoffe, ihr treibt es nicht zu bunt, wenn ich mich jetzt zurückziehe.« Die sexuelle Anspielung sollte zur allgemeinen Entspannung beitragen, aber sie blieb unverstanden. »Ich habe auf dem Markt zu tun.« Er wandte sich zum Gehen.

»Ich komme mit, wenn du nichts dagegen hast«, sagte Orais Schom und holte ihn ein. Schom war einer von den wenigen Wanderarbeitern, die man kürzlich hier eingestellt hatte, ein wild dreinschauender Bursche, dem mehr als ein halbes Ohr abhanden gekommen war. Bartan hatte aber nichts Nachteiliges über ihn gehört.

»Meinetwegen«, sagte Bartan. »Brauchst du denn nicht zu Elrahen zurück?«

Schom hielt den kleinen Rucksack hoch. »Bin wieder unterwegs. Mag die Gegend nicht mehr.«

»Verstehe.« Bartan zog die Kapuze des Ölzeugs enger um die Schultern und kletterte auf die Kutschbank seines Wagens. Der warme Regen rauschte unvermindert, doch vom westlichen Horizont zog zusehends ein fahlgelber Himmel herauf und kündigte besseres Wetter an. Schom setzte sich neben ihn, Bartan ließ die Zügel schnellen, und das Blauhorn setzte sich in Bewegung. Die regenglänzenden Hinterbacken des Tieres hoben und senkten sich im stetigen Rhythmus. Unerklärlicherweise kehrten Bartans Gedanken immer wieder zu den Lästerungen über seine Frau zurück. Um sich abzulenken, beschloß er, mit seinem Passagier eine Unterhaltung in Gang zu bringen.

»Du hast noch nicht lange bei Elrahen gearbeitet«, sagte er. »War er kein guter Herr?«

»Ich hatte schlimmere. Nein, es ist der Ort. Da geht es nicht mit rechten Dingen zu; deshalb will ich fort.«

»Nicht wieder so ein Ammenmärchen!« Bartan sah Schom mißbilligend an. »Du siehst nicht aus wie einer, der sich von Wahnvorstellungen anstecken läßt.«

»Wahnvorstellungen können viel schlimmer sein als alles, was von außen kommt. Wahrscheinlich hat sich Artuhnls Schwester deshalb umgebracht. Und ich habe gehört, daß ihr Junge nicht bloß verschwunden ist – sie soll ihn erschlagen und verscharrt haben.«

Bartan wurde ärgerlich. »Du scheinst ja viel gehört zu haben mit deinen anderthalb Ohren.«

»Was regst du dich auf?« sagte Schom, unwillkürlich nach dem verstümmelten Ohr tastend.

»Tut mir leid«, sagte Bartan. »Aber dieses ganze Gerede ... Hast du eigentlich Pläne für die nächste Zeit?«

»Keine Ahnung. Hab die Nase voll, mir den Arsch aufzureißen, damit andere reich werden, das kannst du mir glauben«, erwiderte Schom, den Blick in die Ferne gerichtet. »Könnte versuchen, mich nach Pradt durchzuschlagen. Arbeit gibt es da – saubere, angenehme, meine ich – in Hülle und Fülle wegen des Krieges. Problem ist nur, daß Pradt so weit fort ist. Man müßte ein ...« Schom blickte Bartan mit neu erwachtem Interesse an. »Bist du nicht derjenige, der ein eigenes Luftschiff hat?«

»Ja, aber verpackt in einer Kiste«, sagte Bartan und griff das Stichwort ›Krieg‹ auf. »Was gibt es Neues? Geben die Invasoren noch nicht auf?«

»Sie geben nicht auf, das nicht – aber sie werden immer wieder zurückgeschlagen.«

Nach Bartans Erfahrung identifizierten sich Wanderarbeiter nicht mit nationalen Anliegen, aber in Schoms Stimme hatte unverkennbar Stolz mitgeschwungen.

»Trotzdem, dieser Krieg ist merkwürdig«, sagte Bartan. »Keine Armeen, keine Schlachtfelder ...«

»Ich wüßte nicht, daß es kein Schlachtfeld gibt. Man erzählt sich, die Himmelsleute säßen rittlings auf ihren Düsenrohren wie auf Blauhörnern, und sie flögen damit meilenweit von ihren Festungen fort. Und es gäbe keine Ballons da oben – nirgends einen Ballon – nichts, was einem garantiert, daß man nicht abstürzt.« Schom schauderte vernehmlich. »Bin ich froh, daß ich nicht da oben bin – da kann man sich ja gleich umbringen.«

Bartan nickte. »Seitdem sind Könige auch nicht mehr an vorderster Front.«

»Da ist Baron Tauler aus anderem Holz. Du hast bestimmt schon von Baron Tauler Marakain gehört, oder?«

Bartan verband den Namen mit den weit zurückliegenden Ereignissen der Auswanderung und war gelinde überrascht, daß so eine historische Figur noch eine aktive Rolle spielen sollte. »Wir sind hier nicht von der Welt ab, mein Junge.«

»Man sagt, Baron Tauler habe da oben so viel Zeit im Kampf mit den verpesteten Diesländern zugebracht, wie kein anderer.« Und Schom redete sich in patriotischen Eifer, während er eine Anekdote nach der anderen – einige konnten nur erfunden sein – über die Heldentaten des Baron Tauler Marakain vom Zaun brach. Seine Stimme klang manchmal belegt oder bebte vor Erregung, was die Vermutung nahelegte, daß er die Geschichten durchlebte, als sei er selbst der Protagonist, und Bartans Gedanken scherten aus und kehrten wieder zu den Sticheleien seiner früheren Freunde zurück.

Man tat gut daran, nichts auf die alltäglichen und aus der Luft gegriffenen Beleidigungen zu geben, und dennoch hätte er sich gewünscht, daß nicht ausgerechnet der Name von Glev Trinchil gefallen wäre. Glev gehörte zu den wenigen, die immer noch zur Farm hinauskamen und halfen, wenn Not am Mann war, aber – der Gedanke fuhr wie eine Dolchspitze in Bartans Bewußtsein – Glev kam gewöhnlich, wenn Sandiwihri allein war. Bartan drängte den Verdacht zurück, doch ein Bild tauchte aus seinem Gedächtnis auf – das Bild eines Vorfalls, den er fast schon vergessen hatte – Sandiwihri und Glev an Trinchils Wagen, als sie sich unbeobachtet geglaubt hatten; jene kurze Intimität, die beide so leichtherzig hatten geschehen lassen.

Warum zweifle ich plötzlich an meiner Frau? dachte Bartan. Wie komme ich dazu? Ich kann mich unmöglich in Sandiwihri getäuscht haben. Zugegeben, andere Männer hat die Liebe mit Blindheit geschlagen, aber mich doch nicht. Ein Farmermädel führt einen klugen und welterfahrenen Mann wie mich nicht hinters Licht – nicht in Sachen Liebe. Sollen die Bauerntölpel doch glücklich werden mit ihrem Spott – mir können sie jedenfalls den Buckel runterrutschen.

Der Regen ließ nach, und der übergangslose Rand der Wolkendecke war jetzt direkt über ihnen. Es war gerade so, als führe der Wagen aus dem Schatten eines weitläufigen Gebäudes in das Sonnenlicht hinaus. Ein Stück voraus traf die ausgefahrene Spur auf eine breitere, der Bartan nach Westen folgen mußte, wenn er nach Neu-Minett wollte. Mit Wasser gefüllte Radspuren spiegelten den klaren Himmel wie glänzende Metallschienen.

Ein sonderbares Schuldgefühl plagte Bartan, als er sich an Schom wandte und sagte: »Nimm es mir bitte nicht übel, aber ich möchte heute doch nicht mehr zum Markt. Ich weiß, es ist ein langer Fußmarsch, aber ...«

»Mach dir keine Gedanken«, sagte Schom mit einem fatalistischen Achselzucken. »Ich bin erst halb um den Planeten gewandert, den Rest schaff ich auch noch.«

Er schulterte den Rucksack, sprang an der Kreuzung vom Wagen und setzte sich wohlgemut in Richtung Neu-Minett in Marsch; er drehte sich noch einmal um und winkte Lebewohl. Bartan winkte zurück, dann lenkte er das Blauhorn nach Osten, wo seine Farm lag.

Das Gewissen schlug ihm einmal mehr, als er sich eingestand, daß er Sandiwihri überrumpeln wollte. Sie erwartete ihn erst kurz vor Einbruch der Nacht zurück, und die Fahrt in die Stadt war seit Tagen besprochene Sache gewesen. Sandiwihri hatte also Zeit genug gehabt, sich mit Glev zu verabreden. Eine widerliche Erregung bemächtigte sich seiner, und er machte sich heftige Vorwürfe. Gesetzt den Fall, er erspähte von weitem Glevs Blauhorn vor dem Wohnhaus, würde er dann hinterhältig genug sein, den verräterisch lauten Wagen stehenzulassen und leise zu Fuß weiterzugehen? Und wenn er nun das Paar im Bett antraf – was dann? Das Jahr unerbittlicher Schufterei hatte ihm zwar Muskeln wachsen lassen, aber verglichen mit Glev blieb er ein Federgewicht; hinzu kam, daß er sich noch nie geprügelt hatte.

Das ist ja entsetzlich, dachte er im Widerstreit der Gefühle. Ich wünsche mir nichts sehnlicher, als meine Frau allein vorzufinden, wie sie zufrieden im Haus arbeitet. Warum also soll ich mein Glück aufs Spiel setzen? Warum drehe ich nicht einfach um, lasse Schom wieder aufsteigen und fahre wie geplant zum Markt? Ich könnte dort mit alten Bekannten beim Braunbier sitzen und guter Dinge sein und das alles einfach vergessen ...

Die Landschaft vor Bartan ertrank in einem pfirsichfarbenweißlichen Dunstmeer, als die Sonne das ausgefällte Wasser wieder in das luftige Element zurücklockte, und im Zentrum von Bartans Blickfeld war ein waberndes dunkles Fleckchen erschienen, das alle paar Sekunden seine Gestalt änderte. Bartan kniff die Augen zusammen. Der Fleck nahm allmählich feste Umrisse an und entpuppte sich als ein Reiter, der sich auffallend schnell näherte.

Lange bevor man Glev Trinchil richtig erkennen konnte, wußte Bartan, wer der Reiter war, und wieder reagierte er zwiespältig – er war erleichtert und enttäuscht zugleich, daß es nun nicht mehr zur Konfrontation kommen würde. So weit weg von der Farm konnte Glev mit Fug und Recht behaupten, von ganz woanders zu kommen, und würde wahrscheinlich mit kurzem Gruß vorbeireiten. Um so bestürzter war Bartan, als der Bursche schon von weitem zu winken begann, offenbar in der Absicht, anzuhalten und mit ihm zu reden. Das Herz klopfte ihm zum Hals heraus, als er sah, wie aufgeregt Glev war. War etwas passiert auf der Farm?

»Bartan! Bartan!« Glev zügelte sein Blauhorn neben dem Wagen. »Bin ich froh, daß du es bist – Sandi hat gesagt, du wärst in der Stadt.«

»Hat sie das?« entgegnete Bartan kühl und unfähig zu einer verbindlicheren Antwort. »Hast du ihr also wieder einen eurer geschickt eingefädelten Besuche abgestattet.«

Die Bezichtigung schien spurlos an Glev vorbeizugehen. Das breite, offene Gesicht verriet Besorgnis, doch Bartan konnte darin keinerlei Anzeichen von Verstellung oder Trotz entdecken, die Glev schuldig gesprochen hätten.

»Fahr sofort zu ihr!« sagte Glev. »Sie braucht dich.«

Als Bartan dämmerte, daß Sandiwihri etwas zugestoßen war, verfluchte er sich für den spießigen Argwohn, den er bis zu diesem Augenblick genährt hatte. »Was ist passiert?«

»Ich weiß es einfach nicht, Bartan. Ich hatte vorsorglich bei euch reingeschaut, nur um zu sehen, ob es irgendeine schwere Arbeit gab...« Die Erschöpfung hinderte Glev nicht, einen zufriedenen Blick auf seine muskulösen Arme zu werfen. »Sandi zeigte mir den Baum, der entwurzelt werden soll. Du weißt schon – den, wo du Drahtbohnen setzen willst, und...«

»Ja, ja! Was ist mit Sandiwihri?«

»Also, ich hab den Spaten und die Axt geholt und mich über die Wurzeln hergemacht. Trotz Regen bin ich ins Schwitzen gekommen und war froh, als ich Sandi mit einem Krug Dünnbier aus dem Haus kommen sah. Ich glaube wenigstens, daß es Dünnbier war – ich hab nämlich keinen Schluck davon getrunken. Sie war höchstens noch ein Dutzend Schritt weit weg, als sie eine Art Seufzer tat und den Krug fallen ließ und sich ins Gras setzte. Sie hielt sich den Knöchel. Ich hatte Angst, sie hätte sich was getan, und ging zu ihr. Sie sah zu mir auf, Bartan, und sie stieß einen schrecklichen Schrei aus – aber das schlimmste war... das war...« Glevs Stimme versagte, und er starrte Bartan fassungslos an, als wüßte er plötzlich nicht mehr, wen er vor sich hatte.

»Glev!«

»Es war ein schrecklicher Schrei, Bartan, aber das schlimmste war, daß ihr Mund geschlossen blieb. Ich habe Sandi direkt ins Gesicht gesehen, und ich konnte sie schreien hören, aber ihr Mund war fest verschlossen. Mir ist förmlich das Blut in den Adern erstarrt.«

Bartan faßte die Zügel fester, bereit loszufahren. »Was du da erzählst, macht keinen Sinn. Gut, also Sandiwihri hat gejammert! Was war sonst noch? *Hat* sie sich nun den Knöchel verrenkt oder nicht? Was hat sie gesagt?«

Glev schüttelte den Kopf, langsam und bedächtig. »Sie hat gar nichts gesagt.«

»Sie hat *nichts* gesagt? Wie soll ich das ...?« Eine neue Angst beschlich Bartan. »Sie kann doch noch sprechen, sag schon?«

»Ich weiß es nicht, Bartan«, sagte Glev nur. »Du solltest keine Zeit verlieren. Ich bin so lange bei ihr geblieben, wie ich konnte, aber ich konnte nichts tun. Nichts, was ...«

Die letzten Worte gingen in Hufschlag und Wagenrasseln unter. Bartan trieb das Blauhorn zum schnellsten Galopp an, der auf der unebenen Fahrspur zu verantworten war, und nahm in Kauf, auf der ungepolsterten Bank durchgebeutelt zu werden. Der Nebel hatte den Horizont verschluckt, und Bartans Sichtweite war so stark geschrumpft, als bewege er sich im Zentrum eines glockenförmigen Raumes, an dessen Peripherie schwache Pastellfarben zur Sonne emporwirbelten. Kurze Zeit später lichtete sich der Nebel, der Himmel wurde milchigblau, und in der Ferne schimmerte die Farm wie neugeboren aus Regen und Dunst. Als Bartan sie erreichte, hatte der Himmel zum normalen intensiven Blau zurückgefunden, und die Tagesgestirne kamen wieder zum Vorschein.

Bartan brachte den Wagen zum Stehen, sprang ab und rannte ins Haus. Er bekam keine Antwort, als er Sandiwihris Namen rief. Nachdem er sich in fliegender Hast durch alle Zimmer geschleust hatte, stand fest, daß sie draußen sein mußte. Er würde zuerst bei dem Baum nachsehen, den Glev erwähnt hatte, obwohl es unwahrscheinlich war, daß sie

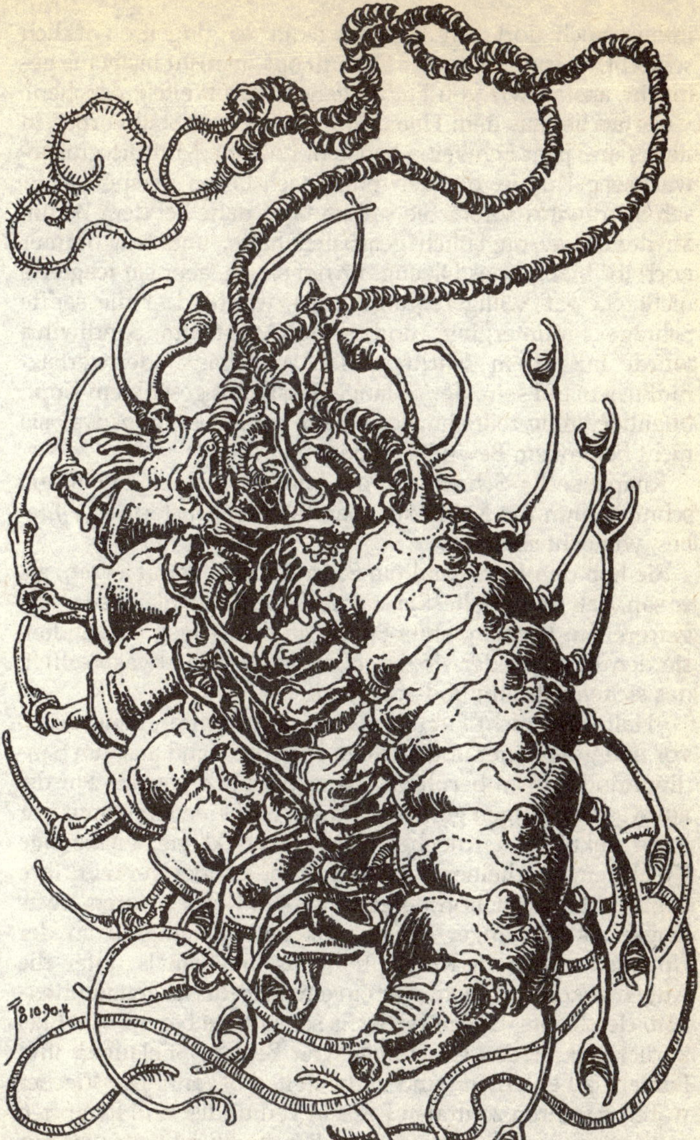

immer noch dort war – es sei denn, es ging ihr wirklich schlecht. Warum hatte der Dummkopf sie nicht ins Haus gebracht, anstatt wie von Furien gehetzt das Weite zu suchen?

Bartan lief aus dem Haus, spurtete an dem Stall vorbei, in dem seine paar Schweine hausten, und stieg auf die grasbewachsene Kuppe, die den Blick nach Osten versperrte. Er sah Sandiwihri sofort. Sie saß im Gras nahe bei dem Baum, an dem Glev angeblich gearbeitet hatte, und trug immer noch ihr blaßgrünes Ölzeug. Er rief sie an, aber sie reagierte nicht. Sie saß völlig regungslos da, während er die sanfte Schräge hinunterging, und seine Angst um Sandiwihri wurde mit jedem Schritt größer. Wie krank oder verletzt mußte jemand sein, der so lange dasaß, mit gesenktem Kopf, offenbar völlig teilnahmslos? Hatte sie Fieber, oder war sie nicht bei vollem Bewußtsein oder gar … tot?

Knapp sechs Schritt vor ihr blieb er stehen, die Angst schnürte ihm die Kehle zu. »Sandiwihri«, flüsterte er, »Liebes, wie geht es dir?«

Sie hob den Kopf, und ein Stein fiel ihm vom Herzen, als er sah, daß sie lächelte. Sie starrte ihn sekundenlang an – mit gefrorenem Lächeln, ohne Freude in den Augen – dann ließ sie den Kopf wieder sinken, offensichtlich in etwas vertieft, das sich vor ihr am Boden befand.

»Halt mich nicht zum Narren, Sandi.« Bartan beugte sich vor und ging näher und streckte eben die Hand aus, um Sandiwihris Haar zu berühren, als er plötzlich gewahr wurde, auf was ihre Augen gerichtet waren. Nur eine Handbreit vor ihren gekreuzten Knöcheln lagen zwei kleine, vielbeinige Kreaturen, anscheinend im Kampf ineinander verkeilt. Ihre gegliederten, sichelförmig gekrümmten Körper waren etwas länger als ein Finger, oben dunkelbraun, fahlgrau an der Unterseite. Keinem Krabbeltier, das ihm jemals unter die Augen gekommen war, war ein einziger Rüssel genau unterhalb des Kopfes ausgetreten. Er schauderte bereits vor Ekel zurück, als er das Geschlinge von Beinen, Stielaugen und Fühlern zu entwirren und zu begreifen begann. Die Viecher waren mit ihren zentralen Rüsseln verbunden und kämpften nicht miteinander, sondern kopulierten … und … es war nur ein einziger Kopf zu sehen. Das Weibchen hatte den Kopf seines Partners aufgefressen und saugte sich satt an dem fahlen Blutwasser, das aus dem Bruststück sickerte, und währenddessen fuhr das Männchen – kopflos und unverzagt – fort, ihren gierigen Hinterleib mit kräftigen rhythmischen Stößen zu begatten.

Bartan reagierte spontan und rein instinktiv. Er richtete sich auf und zermalmte mit dem Stiefel die sich windende Obszönität, deren Augenzeuge er gewesen war. Im selben Augenblick war Sandiwihri auf den Füßen und kreischte, daß es ihm durch Mark und Bein ging. Bartan starrte sie an, entgeistert... Wie kann sie so schreien, ohne den Mund aufzumachen?... dann fiel sie ihm besinnungslos in die Arme.

»Sandiwihri! Sandi!« Unbeholfen massierte er ihre Kehle und tätschelte ihre Wangen, um sie aus der Ohnmacht zu wecken, doch ihr Kopf blieb lose in seiner Armbeuge liegen, und ihre Augen schimmerten weiß zwischen den Lidern. Er raffte den schlanken Körper auf und machte sich voller Angst und Zweifel auf den Weg zurück ins Haus.

Ein paar Schritt voraus auf dem undeutlich ausgetretenen Pfad bemerkte er eine Bewegung am Boden, ein braunes Glitzern, und er wußte sofort, daß es sich um ein weiteres Exemplar dieser häßlichen Krabbeltiere handelte. Das nährte seine Vorahnung – noch nie war ihm eine von diesen Kreaturen unter die Augen gekommen, noch hatte er jemals etwas über sie gehört, doch bald würde es nur so wimmeln von ihnen. Er richtete seine Schritte so aus, daß der Stiefel direkt auf dem Krabbeltier landete und es in den Boden malmte.

Sandiwihri regte sich auf seinen Armen, und er bekam – gleichsam wie vom anderen Ende eines meilenlangen Korridors – eine winzigleise Version ihres abartigen Schreis von vorhin zu hören.

Auf dem Weg zum Haus sollte er noch zwei solcher Begegnungen haben. Jedesmal krabbelte ihm die namenlose Kreatur in einem Geflimmer aus mehrgliedrigen Beinen entgegen, und jedesmal zertrat er sie, und jedesmal war Sandiwihris Reaktion die gleiche. Es konnte zwischen seiner Frau und diesen Krabbeltieren unmöglich irgendeine Beziehung oder Verbindung geben, und dennoch war sie – trotz Bewußtlosigkeit – jedesmal ganz deutlich zusammengefahren, wenn eins der Viecher gestorben war. Und dann waren da noch die Schreie. Wie konnte sie solche Laute von sich geben, ohne den Mund zu öffnen, und warum waren diese Laute so irritierend?

Düsternis und Kälte beschlichen Bartan. Die sonnenbeschienene Normalität rundum war ein Trugbild – in Wahrheit tappte er hilflos im dunkeln. Er trug Sandiwihri ins Haus und legte sie vorsichtig auf ihr Bett. Ihre Stirn war kühl, und die Gesichtsfarbe normal, wie bei einer Schlafenden, doch sie zeigte keinerlei Reaktion, wenn er sie rüttelte oder beschwörend beim Namen rief. Er befreite sie aus dem Ölzeug. Als er ihr die Sandalen von den Füßen zog, bemerkte er an ihrem rechten Knöchel getrocknetes Blut. Der Fleck war rasch mit einem feuchten Tuch weggewischt, und die Haut darunter war makellos. Also war sie weder gebissen noch gestochen worden von einem dieser krabbelnden Scheusale. Aber irgend etwas *war* Sandiwihri zugestoßen, und wie er es auch drehte und wendete, er kam immer wieder zu dem Ergebnis, daß diese Kreaturen damit zu tun hatten. Sonderten sie vielleicht ein Gift ab, das so aggressiv war, daß man schon beim bloßen Kontakt damit die Besinnung verlor?

Wie er so am Rand des Bettes stand und auf den apathischen Körper seiner Frau hinabsah, begann seine Zuversicht zu schwinden. Artuhnl hat recht, dachte er. Ich habe die Warnungen in den Wind geschlagen, und ich habe die Farmer hierhergebracht – und was ist dabei herausgekommen? Zwei Selbstmorde; ein Vermißter, der wahrscheinlich ermordet wurde; Totgeburten; Wahnsinn und Hysterie; unbegreifliche Erscheinungen und Alpträume; Freunde, die zu Rivalen wurden; Böswilligkeit, wo man sich einst wohlgesonnen war – und jetzt das! Sandiwihri liegt danieder, und die Erde spuckt grausiges Getier aus!

Es kostete ihn erhebliche Anstrengung, seine Gedanken aus der abschüssigen Bahn zu reißen und wieder Anschluß an seinen normalen Optimismus zu finden. Er, Bartan Drammy, *wußte*, es gab weder Gespenster noch Dämonen; und wenn es so etwas wie böse Geister nicht gab, wie sollte es dann einen bösen Ort geben? Es war zweifellos eine wahre Flut von Unglück und Leid über die Farmer hereingebrochen, seit sie sich im *Eierkorb* niedergelassen hatten, aber Pechsträhnen wurden früher oder später immer durch Glückssträhnen ausgeglichen. Artuhnl machte einen Fehler, wenn er alles hinschmiß, nachdem er so viel Zeit und Mühe investiert hatte. Die Farmer mußten einfach durchhalten und auf bessere Zeiten warten. Und seine, Bartans, Aufgabe war klar – er hatte bei seiner Frau zu bleiben und alles zu tun, was in seiner Macht stand, damit sie wieder zu sich selbst fand.

Während er sich auf die Bettwache einrichtete, kehrten seine Gedanken wieder zu den krabbelnden Geschöpfen zurück, die offensichtlich an Sandiwihris mysteriösem Zustand schuld waren. Man hatte auf Jenland viele merkwürdige Lebensformen gefunden, darunter ein paar ganz und gar unsympathische, und es war wahrscheinlich, daß eine so abstoßende Spezies unentdeckt geblieben war. Er hatte unbedacht und vorschnell gehandelt, als er die Scheusale vernichtet hatte. Das nächste Mal würde er seinen Widerwillen überwinden, den Krabbler einfangen, aufbewahren und jemandem zeigen, der mehr Sachverstand in solchen Dingen hatte als er.

Bartan hob Sandiwihris schlaffe Hand an die Lippen und hielt sie dort fest, als wolle er ihr auf diesem Weg etwas von seiner Lebenskraft spenden, als ihn ein schwaches Kratzen aus einem anderen Teil des Hauses aufschreckte. Er hielt den Kopf schräg und lauschte angespannt. Das Geräusch war kaum hörbar, aber er lokalisierte es beim Hauseingang. Er stand auf, verwirrt, verließ das Schlafzimmer und ging durch die Küche zur Haustür. Der feine Lichtstreifen, der unter der Tür hindurchfiel, zeigte keine Unterbrechung, und dennoch hielt das leise Kratzen an. Er öffnete die Tür, und etwas, das sich am Türsturz festgehalten hatte, das sich wand und krümmte, streifte Bartans Gesicht, als es zu Boden fiel.

Bartan sprang mit einem unfreiwilligen Ächzen zurück, den Mund vor Schreck und Abscheu verzerrt.

Der Krabbler landete mit einem knappen stumpfen Geräusch auf dem Rücken, die fahlgrau glänzende Unterseite nach oben gekehrt, dann warf er sich herum und marschierte allem Anschein nach zielbewußt ins Haus. Sein Rüssel war vorgereckt, schlängelnd, suchend. Bartans Vorsatz war dahin. Er zerstampfte das Geschöpf mit dem Fuß, hörte und spürte, wie der Körper barst und nachgab – und zwischen seinen Schläfen war Sandiwihris peinvoller Laut.

Er schlug die Tür zu und preßte sich mit dem Rücken dagegen, sich mit Entsetzen an Menschen erinnernd – eine Farmersfrau, kleine Kinder beim Spiel – die mit einem vorgereckten Arm fremdartige, knochenlose Schlangenbewegungen ausführten, gerade so wie es der Krabbler mit seinem Rüssel tat.

8. Kapitel

Nachdem Tauler länger als ein Jahr nahezu ununterbrochen Dienst in den Festungen gemacht hatte, mußte er akzeptieren, daß er niemals in der Lage sein würde, unter den Bedingungen der Gewichtslosigkeit richtig zu schlafen. Das unerklärliche Empfinden zu fallen, das die Besatzungen plagte, konnte im Wachzustand ignoriert werden, aber das träumende Hirn war machtlos dagegen. Die Männer waren es gewöhnt, sich die gesamte Ruheperiode murmelnd in ihren Schlafnetzen zu wälzen, während man die Planetenoberfläche mit zunehmender Geschwindigkeit herankommen sah, um im Moment des Aufschlags mit einem erstickten Schreckensschrei aus dem Schlaf zu fahren, was wiederum Eingang in die Träume der Kameraden fand.

Tauler hatte das Problem auf seine Weise gelöst. In den Ruhepausen während der sechzehntägigen Dienstperioden versuchte er erst gar nicht mehr zu schlafen und gab sich damit zufrieden, zu rasten und zu dösen. Wenn es dann Zeit war für die Rückkehr nach Jenland, rollte er sich in dem wollig weichen Uterus des Fallsacks zusammen und schlief tief und fest während des größten Teils der langen Reise, geschaukelt von den sanften Stößen und getröstet vom leisen Gurgeln des Nachstroms am Hals des Sacks. Zuerst hatte er nicht verstanden, wieso er ausgerechnet unter diesen Umständen gut schlafen konnte, dann hatte er begriffen, daß es genau diese Umstände waren, die Einsicht und Körpergefühl endlich wieder in Übereinstimmung brachten.

Er hatte den letzten Tag der laufenden Dienstperiode vor sich, und die Müdigkeit hatte sich derart angesammelt, daß er Sekunden, nachdem er sich ins Netz zurückgezogen hatte, in jenen Schwebezustand zwischen Schlaf und Wachsein gefallen war, in dem Erinnerung und Wahrnehmung kaum voneinander zu trennen waren. Es war ruhig im *Kommandostand Eins*, den er als Quartier gewählt hatte, um jederzeit dicht am Einsatzzentrum zu sein. Außer der gelangweilten und unzusammenhängenden Unterhaltung der beiden Wachhabenden war nur noch das gelegentliche Zischen und Rauschen der Blasebälge zu hören, die den inneren Luftdruck aufrechterhielten. Tauler lag friedlich mit dem Gesicht zur Wand, etwas, das zu Beginn des Krieges unmöglich gewesen wäre. Die Wände waren inzwischen mit Wollflocken isoliert und mit Häuten bespannt worden, um den Wärmeverlust zu reduzieren und nicht zuletzt zufällige Beschädigungen der Schale zu verhindern.

Eines Nachts, in einer der ersten Dienstperioden, hatte Tauler einen schwachen, aber anhaltenden Pfeifton wahrgenommen und war ihm bis zu einer großen Aststelle in einer Mittschiffsplanke nachgegangen. Der Kern des Astlochs war geschrumpft und ließ Luft entweichen. Als Tauler mit dem Fingerknöchel dagegengeklopft hatte, war der Kern prompt nach außen verschwunden. Da Tauler das Loch nun schon einmal heraufbeschworen hatte, übernahm er auch die Reparatur und verschloß es mit Kork und Harz. Er hatte die Arbeit bereitwillig ausgeführt, denn solche Nachrichten breiteten sich in Windeseile aus und gaben der Botschaft neue Nahrung, daß Baron Tauler Marakain sich nicht zu schade war für die Arbeit eines einfachen Rekruten der Himmelswaffe.

Für sein zweifellos kalkuliertes Verhalten fand Tauler gleichwohl eine Rechtfertigung. Unter den entnervenden Umständen eines interplanetaren Krieges gab es nur einen praktikablen und richtigen Führungsstil. König Chakkell konnte die Soldaten zwar unter Androhung der Todesstrafe in die gewichtslose Zone zwingen; aber wenn sie erst einmal dort waren, konnte ein Kommandeur sie nur noch motivieren, indem er jede Entbehrung mit ihnen teilte und sich vor keiner Gefahr drückte.

Und Gefahren hatte es jede Menge gegeben.

Die Verteidiger konnten von Glück sagen, daß König Rassamardan, derweil er seinen ungeahnten Geschäften in einer ebensolchen Umgebung auf der Alten Welt nachging, seine Invasionsflotte später als erwartet auf den Weg gebracht hatte. Dutzende von Tagen nach Stationierung der ersten beiden Festungen fehlte immer noch jedes Anzeichen feindlicher Aktivität, und man hatte die Schonfrist genutzt, um unter Ilven Savotls Anleitung den Radius der noch atembaren Wespentaille zwischen den Zwillingsatmosphären auszuloten. Ein Himmelsschiff, das man mit der Längsachse in die Ebene der gewichtslosen Zone gekippt hatte, war mit Hilfe des Düsenantriebs gut sechzig Meilen weit seitlich unterwegs gewesen, bis der Pilot durch Atemnot und Bewußtseinstrübung zur Umkehr gezwungen worden war. Doch bei dem Wendemanöver war der Ballon wegen übermäßiger Distorsion an den vier Streben in Stücke gegangen. Der Pilot hatte seine Sinne noch so weit beisammen gehabt, sich mit dem pneumatischen Antrieb in den Anziehungsbereich von Jenland zu dirigieren; tags darauf war er mit dem Fallschirm einen Fußmarsch weit von Pradt entfernt gelandet. Wenn sein Überleben auf das Fußvolk der Himmelswaffe ungemein beruhigend gewirkt hatte, so hatten die gewonnenen Daten auf die Führungsspitze genau die gegenteilige Wirkung.

Der *Tunnel,* wie man seither die Brücke aus atembarer Luft nannte, hatte einen Querschnitt von mehr als zehntausend Quadratmeilen – und es lag auf der Hand, daß keine vernünftige Anzahl von Festungen ihn durch bloßes Sperrfeuer abriegeln konnte.

Und wieder einmal war es Savotl, der unentwegte Tüftler, gewesen, der auf die Lösung gekommen war.

Inspiriert durch die Funktionstüchtigkeit des pneumatischen Antriebs hatte er die simpelste Form eines Kampffahrzeugs vorgeschlagen, die man sich denken konnte – ein Düsenrohr, auf dem man rittlings wie auf einem Blauhorn saß. Die Brenneraggregate gewöhnlicher Luftschiffe hatten die richtige Größe, und angetrieben mit Paikn- und Havlkristallen verliehen sie einem Krieger einen Aktionsradius von vier Meilen. Savotls vorläufige Berechnungen, die nur einen Gefechtsradius von zwölf Meilen unterstellten, liefen darauf hinaus, daß der gesamte Tunnelquerschnitt mit nur fünfundzwanzig Festungen abzudecken war.

Wie er so in dem nachgiebigen Kokon seines Schlafnetzes schwebte, rief Tauler sich das freudige Staunen in Erinnerung, das die unerwartet gute Nachricht bei König Chakkell ausgelöst hatte. Zweifelsohne hätte der König auch den Bau der ursprünglich anvisierten hundert Festungen durchgesetzt, doch der Aufwand an Material und Arbeitskraft wäre schonungslos gewesen. Und Chakkell hatte noch vor einem anderen Problem gestanden; da seine Untertanen größtenteils zu jung waren, um die Schrecken der Pterssose-Seuche aus erster Hand zu kennen, waren sie kaum motiviert, Schwerstarbeit zu leisten, zumal für einen derart irrealen Krieg. Das Konzept des Düsenkampffahrzeugs hatte daher bei Chakkell offene Türen eingerannt, und binnen fünf Tagen waren die ersten Exemplare fertig, dank der Tatsache, daß die Natur bereits beträchtliche Vorarbeit geleistet hatte.

Das Düsenaggregat bestand im wesentlichen aus dem unteren Stamm eines jungen Brakkabaumes mitsamt der Reaktionskammer, die für die Pollenentladungen gesorgt hatte. Mit Druckluft wurden Paikn- und Havlkristalle in die Kammer gespeist, wo sie explosionsartig miteinander reagierten und große Mengen Miglyngas produzierten, die aus dem offenen Ende des Rohrs entwichen und das Aggregat vorantrieben.

Damit aus dem Aggregat ein Einsatzfahrzeug wurde,

hatte man ihm auf der ganzen Länge eine hölzerne Kappe aufgesetzt, die als Montagebasis für die übrige Ausstattung diente. Hinter dem sattelartigen Pilotensitz befanden sich die schwenkbaren Steuerruder. Sie sahen wie Stummelflügel aus, die aber in der Gewichtslosigkeit keine andere Funktion hatten, als die Flugrichtung zu kontrollieren. Die Bewaffnung des Jägers bestand aus zwei kleinen Hinterladerkanonen, die an den Seiten der Holzkappe befestigt waren und nur ausgerichtet werden konnten, indem das ganze Fahrzeug ausgerichtet wurde.

Tauler erinnerte sich im Halbschlaf lebhaft an den ersten Ausritt auf einer dieser fremdartig anmutenden Maschinen. Die Unförmigkeit seines Himmelsanzugs war noch unförmiger gewesen durch den pneumatischen Antrieb und den Fallschirm, und es hatte eine Zeitlang gedauert, bis er mit dem Sitz zurechtgekommen war und sich mit den Kontrollen vertraut gemacht hatte. Unter den kritischen Blicken der Himmelsleute in und um Festung Eins hatte er das Druckluftreservoir des Jägers bis zum Äußersten aufgepumpt, dann hatte er den Gashebel vorgeschoben. Er hatte nicht schlecht gestaunt, als es trotz gedrosselter Kristallzufuhr beim röhrenden Austritt des Miglyn zu einer ungestümen Beschleunigung gekommen war. Er hatte bei dem eiskalten Fahrtwind, der sein Gesicht malträtierte, gut drei Minuten gebraucht, bis er den Dreh heraushatte, wie man den Jäger daran hinderte, träge um seine Längsachse zu rotieren, während er durch den Himmel stob. Dann hatte er den Antrieb abgestellt und es dem Luftwiderstand überlassen, das Fahrzeug abzubremsen; er hatte sich im Sattel gedreht und noch im Geschwindigkeitsrausch gelacht, um die anderen Flieger, die bei der Festung warteten, zum Beifall anzustiften.

Aber die Festung war verschwunden gewesen!

Dieser Schock, diese mit Panik vergiftete Pfeilspitze, die ihn mitten ins Herz getroffen hatte, war sein Einstieg in die neuartigen Gesetzmäßigkeiten des Raketenjägers gewesen. Es hatte viele Sekunden gedauert, bis er die Festung als winzige grelle Partikel entdeckt hatte, die sich kaum noch vom

silbrig gesprenkelten Blau des Universums abhob. Er hatte begriffen, daß er sich mit einer Geschwindigkeit fortbewegt hatte, von der bislang niemand zu träumen gewagt hatte.

Die neun Jäger des Roten Geschwaders hingen auf gleicher Höhe nebeneinander; die Oberseiten glänzten im Sonnenlicht. In Rufweite über ihnen stand die älteste Festung, die vor kurzem um drei neue Abschnitte zu einer Kommandostation erweitert worden war. In der Nähe waren weitere Festungen stationiert, die zusammen die Innere Verteidigungsgruppe bildeten; aber das waren Objekte, die nicht von Belang waren, kaum zu erkennen in dem tiefen Blau, obwohl man sie der besseren Sichtbarkeit wegen mit Reflektoren ausgestattet hatte. Jenland, flankiert von der Sonne, war das feuerbereifte Dach des Universums, während die Weite Dieslands den kreisrunden Boden bildete, blau und grün, bestäubt mit Ocker und weiß eingesponnen.

Das andere Objekt, das für die Jagdflieger von Belang war, war das Zielschiff. Wiewohl mehr als eine Meile von ihnen entfernt, war es dank des riesigen Ballons ein augenfälliges Requisit der himmlischen Kulisse, das scheinbar die Konsistenz eines dritten Planeten besaß. Es hing wohlplaziert zwischen Diesland und der gedachten Ebene der Gewichtslosigkeit, so daß Kanonenkugeln, die ihm galten, von der Alten Welt absorbiert wurden. Es hatte bis jetzt zwei verhängnisvolle Zwischenfälle bei den Manövern gegeben; der eine betraf einen jungen Flieger, den es bei einem Hochgeschwindigkeitsflug von der Maschine gerissen hatte; mitten in seiner Brust hatte eine Kanonenkugel gesteckt. Zuerst war vermutet worden, daß sich bei einem anderen Flieger ein Schuß gelöst hatte, dann war man zu der Erkenntnis gelangt, daß die zwei Zoll dicke Eisenkugel fast bewegungslos in der Luft gehangen hatte, ein tödliches Überbleibsel aus einem früheren Übungsschießen. Um ähnliche Unfälle zu vermeiden, hatte Tauler Order gegeben, Kanonen nur noch dann abzufeuern, wenn Diesland im engeren Blickfeld lag.

Er saß rittlings auf der Roten Eins, das Zielschiff im Feldstecher, und wartete darauf, daß sich der Pilot, der es dort plaziert hatte, absetzte und in Sicherheit brachte. Mehr als vierzig Tage war es her, seit die ersten beiden Festungen stationiert worden waren, und immer noch gab es kein Anzeichen für eine Invasion der Diesländer. In einigen Quartieren kam die Hoffnung auf, König Chakkells Prognose könnte falsch gewesen sein, doch Tauler und Savotl teilten diese Zuversicht nicht. Sie hatten beschlossen, den Spielraum zu ihrem Vorteil zu nutzen, und selbst für ein Ziel zu sorgen, dessen Ballon nun kurz davorstand, sein nützliches Leben zu opfern.

Die Vergrößerung im Feldstecher zeigte, wie der Pilot die Gondel verließ und den Jäger im Schlepptau bestieg; er gehörte zum Blauen Geschwader, das noch im Aufbau begriffen war. Er legte ab, sein Fahrzeug schoß mit einem weißen Kondensstreifen davon, und Sekunden später konnte Tauler das flache Dröhnen des Antriebsaggregats hören. Der Pilot zog den Jäger in einer steilen Kurve nach oben und verschwand im gleißenden Strahlenkranz der Sonne.

»Sofort angreifen«, rief Tauler und gab Gol Perobeyn, dem Flieger links außen, ein Zeichen. Perobeyn salutierte und preschte mit seiner Maschine los, wobei das Röhren des ausströmenden Miglyn anschwoll und das ganze Fahrzeug verschlang. Die scheinbare Größe des Jägers schrumpfte rasch zusammen, als er sich auf das todgeweihte Schiff stürzte; und als er aus der Flugsohle hochzog, hinterließen beide Kanonen eine Dampfspur. Tauler, der das Manöver mit dem Feldstecher verfolgte, fand, daß Perobeyn genau im richtigen Moment gefeuert hatte. Er lenkte seine Aufmerksamkeit auf den Ballon, der jeden Moment erbeben und sich deformieren mußte, und erlebte eine herbe Enttäuschung, als die erhabene Kuppel sich gänzlich unbeeindruckt zeigte.

Wie kann er vorbeigeschossen haben? dachte er und gab das Zeichen für den Anflug des nächsten Jägers.

Erst als auch der Angriff der vierten Maschine, die von Biraisa Narrinda geflogen wurde, wirkungslos verpuffte, brach Tauler die Übung ab. Er blies Kristalle ein und flog selbst zum Zielschiff hinunter, unterbrach rechtzeitig die Energiezufuhr, so daß ihn der Luftwiderstand kurz vor dem riesigen Ballon zum Stillstand brachte. Er konnte mehrere Löcher in der gelackten Leinenhülle ausmachen, aber sie waren erstaunlich klein – gerade so als verfüge das Material über Selbstheilungskräfte – und sie waren weit von der katastrophalen Zerstörung entfernt, die die Kanonen eigentlich hätten anrichten sollen. Der Ballon begann sich ein wenig zu kräuseln, wurde etwas schlaffer, aber dazu hätte es nicht der Löcher bedurft; natürlicher Wärmeverlust äußerte sich genauso. Eins stand fest: Das Himmelsschiff garantierte nach wie vor einen sicheren Abstieg.

»Soll das heißen, ab jetzt müssen wir auf die Gondeln schießen?« sagte Umol, der mit der Roten Zwei neben Tauler zum Stehen kam. Seine Lungen pumpten absichtlich, um mit der dünnen Luft zurechtzukommen.

Tauler schüttelte den Kopf. »Wenn wir die Gondeln angreifen, setzen wir uns dem gegnerischen Beschuß aus. Wir müssen von oben angreifen, aus dem blinden Fleck heraus, und den Ballon mit… mit…« Er hielt inne und versuchte sich ein Bild zu machen von der Waffe, die seine Flieger brauchten. Im selben Augenblick fuhr ganz tief unter ihnen ein großer Meteor über den Himmel, der die Szenerie flüchtig von unten illuminierte.

»So was müßten wir haben«, sagte Umol und zog den Schal von der unteren Gesichtshälfte, damit man sein Lächeln sah.

»Das geht über unsere Kräfte, aber…« Tauler wartete, bis der verspätete Donnerschlag an ihnen vorbeigerollt war. »Aber die Richtung stimmt, alter Junge! Jemand soll an Bord gehen und den Ballon aufheizen. Sonst bleibt alles, wie es ist, bis ich zurück bin.«

Er setzte den Fuß gegen Umols Jäger, der durch vagabundierende Luftströmungen an seine Maschine gedrängt worden war, und drückte kräftig das Knie durch. Die beiden Maschinen trennten sich träge schlingernd. Tauler schob den Gashebel vor, mit einem Fingerspitzengefühl, wie er es nach seinem Erstflug nach und nach entwickelt hatte; der Jäger grollte los und passierte mit wenigen Schritten Abstand den Zielballon. Sowie Tauler die Geschwindigkeit erreicht hatte,

bei der die Steuerruder ihre Wirkung taten, zog er die Nase der Maschine hoch und herum und kehrte antriebslos zur Kommandostation zurück.

Die Waffe, die er kurze Zeit später brachte, war ein einfacher Eisenspieß, dessen stumpfes Ende dick mit ölgetränktem Kalfaterwerg umwickelt war. Er entzündete das Werg mit Hilfe eines Phosphordochts. Während er den Spieß immerzu drehte, um die Flamme zu nähren, kippte er den Jäger in einen flachen Sturzflug, der ihn dicht auf den Ballon herunterbrachte, und schleuderte den Spieß. Das Wurfgeschoß flog stabil wie ein Speer nach unten und sank bis zum Kopf in das nachgiebige Material der Hülle; das gelackte Leinen fing sofort Feuer, und es entwickelte sich dichter schmutzigbrauner Rauch. Bis Tauler wieder zum Stillstand gekommen war, hatte der Schwelbrand bereits einen ansehnlichen Teil der Krone erfaßt. In weniger als einer Minute begann der Ballon sich einwärtszufalten, pulsierend, jede Symmetrie verlierend, derweil die anderen Flieger, die aus der Ferne zusahen, in Beifallsrufe ausbrachen. Die Rauchschwaden wurden ohne Konvektionsströme nicht fortgetragen und hüllten das weidwunde Himmelsschiff in eine merkwürdig resistente Wolke.

Tauler kehrte zu seinem Geschwader zurück. Die Formation hatte sich gelockert, nicht zwei Maschinen lagen parallel zueinander oder hatten dieselbe Oben-unten-Orientierung; doch das akzeptierte er inzwischen. Wenn die Jäger nicht flogen, gab es herzlich wenig, womit man ihre Lage kontrollieren konnte, und manche von den begabten Burschen, die bereits auf dem Rücken ihrer Maschinen zu Hause waren, schienen ein schelmisches Vergnügen dabei zu finden, sich mit ihm aus der inversen Position zu unterhalten. Tauler versuchte erst gar nicht, ihrem Übermut einen Dämpfer aufzusetzen – für ihn stand jetzt schon fest, daß im Ernstfall diejenigen Flieger die besten waren, die am wenigsten durch traditionelle militärische Sitten und Ansichten gehemmt wurden.

»Wie wir eben gesehen haben«, rief er, »ist Feuer eine wirklich gute Waffe, um einen Ballon zu zerstören. Aber so einfach, wie es aussieht, ist die Sache nicht. Ich konnte sehr dicht herangehen und dazu noch mit niedriger Geschwindigkeit, weil es auf dem Schiff keine Verteidiger gab und auch keine feindlichen Schiffe in der Nähe, die versucht hätten, mich abzuschießen. Durch die niedrige Geschwindigkeit konnte ich die ganze Attacke aus dem blinden Fleck heraus vortragen, aber im Krieg liegen die Dinge wahrscheinlich ganz anders. Dann müssen wir die meisten Sturzflüge mit hoher Geschwindigkeit durchführen – und das heißt, ihr werdet nicht so rasch hochziehen können und folglich in das Schußfeld der Verteidiger geraten. Ihr seid also in diesem Stadium äußerst verletzlich, zumal dann, wenn die Diesländer nicht nur Musketen, sondern auch Kanonen haben, die sofort feuerbereit sind.«

Perobeyn zog den Schal vom Gesicht. »Aber das sind nur Sekunden, wenn wir schnell sind.« Er zwinkerte dem nächstbesten Flieger zu. »Und du kannst Gift darauf nehmen, daß ich noch schneller bin.«

»Ja, und dann rast du geradewegs einem anderen Schiff in die Arme«, sagte Tauler, das Gelächter im Keim erstickend.

Biraisa Narrinda meldete sich zu Wort. »Baron, was haltet Ihr von Pfeil und Bogen? Könnte ein Bogenschütze, der einen Brandpfeil abschießt, den Sturzflug nicht viel früher beenden und so die Gefahrenzone meiden?«

»Ja, aber ...« Tauler redete nicht weiter, weil er einsah, daß er lediglich deshalb nach einem Einwand suchte, weil er selbst noch nie zu dieser Waffe gegriffen hatte. Der Vorschlag war respektabel; wenn man zudem die Pfeilspitzen mit Widerhaken versah, damit der Brandsatz unweigerlich am Ballon hängenblieb ... Und selbst ein mittelmäßiger Bogenschütze der Himmelswaffe – der er ohne Untertreibung war – würde unschwer ein Ziel von der Größe eines Ballons treffen.

»Aber was, Baron?« sagte Biraisa und stellte sich auf ihre Fußstützen, ermutigt durch die offenkundige Anerkennung, die ihre Idee bei den anderen Fliegern fand.

Tauler lächelte sie an. »Aber wäre das fair gegenüber dem Feind? Bewaffnet mit Brandpfeil und Bogen könnten wir sie so leicht vom Himmel schießen, wie ein Kind nach Seifenblasen piekst. Es widerstrebt meinem Sinn für Gerechtigkeit…« Seine Worte gingen im allgemeinen Gelächter des Geschwaders unter.

Tauler deutete eine Verbeugung gegen Biraisa an, dann wandte er sich ab, ohne den Fliegern ihren Triumph zu mißgönnen. Er war der einzige hier, der Kriegserfahrung hatte, und er wußte – egal wie gut die Jenländer abschneiden würden – daß es hier einige gab, denen Nonchalance, Spaß und Optimismus vergehen würden, ob sie nun am Leben blieben oder nicht.

In der Weltenmitte hatten die Begriffe *Frühtag, Kurznacht, Spättag* und *Nacht* ihre Bedeutung verloren. Beide Dunkelperioden waren gleich lang; für knapp vier Stunden wurde die Sonne mal von Diesland, mal von Jenland bedeckt. Auch die beiden Perioden der Helligkeit waren gleich lang, jede währte gut acht Stunden. Für Tauler existierte bloß noch ein unterschiedsloser Wechsel von Hell nach Dunkel und umgekehrt; die einzigen Meilensteine im Fluß der Zeit waren die Reisen im Fallsack. Besonders wenn er dienstfrei hatte und im Schlafnetz döste, schien die Zeit, abgesehen von den langsam wandernden Sonnenstrahlen, die durch die Bullaugen fielen, stillzustehen. Dann verwischten sich die Grenzen zwischen Traum und Wirklichkeit…

Debattierende Stimmen zerrten Tauler langsam wieder in die Wirklichkeit zurück.

Es war nichts Außergewöhnliches, Besatzungsmitglieder einer Festung streiten zu hören, doch jetzt war eine Frau darin verwickelt, und Tauler hätte wetten können, es war Biraisa. Aus irgendeinem unerfindlichen Grund interessierte er sich für Biraisa Narrinda. Dieser Grund war nicht sexueller Natur, da war er sich ganz sicher, denn als Gesalla hatte durchblicken lassen, daß die intime Seite ihrer Ehe passé sei, war der Urquell körperlicher Leidenschaft schlagartig in ihm versiegt. Dieser Wandel hatte sich erstaunlich rasch und schmerzlos vollzogen. Er war ein Mann ohne sexuelles Verlangen, der ganz selten an Sex dachte und ihm nicht nachtrauerte, und dennoch entging ihm nichts, was Biraisa tat. Meist wußte er ohne sein Zutun, wann ihre Dienstzeit mit der seinen zusammenfiel, wo sie sich aufhielt und was sie gerade vorhatte.

Er schlug die Augen auf und sah, daß sie auf Wache war – ein Dienst, der reihum ging. Sie hatte sich vor eines der großen, fest montierten Ferngläser geschnallt, die dauernd auf Diesland gerichtet waren. Neben ihr stand die lange, knochige Gestalt von Imps Karsvodihr, dem Verwalter der Inneren Verteidigungsgruppe, der sich normalerweise hinter einem Schirm aus Korbgeflecht am anderen Ende der Kommandostation aufhielt, in einem engen Raum, den er als sein Büro betrachtete.

»Man kann entweder Zeichnungen anfertigen oder auf Wache sein«, sagte Karsvodihr starrköpfig. »Aber man kann nicht zwei Dinge auf einmal tun.«

»*Du* kannst vielleicht nicht zwei Dinge auf einmal tun, *ich* schon«, sagte Biraisa, die stark akzentuierten Augenbrauen zusammengezogen.

»Das meine ich nicht.« Karsvodihrs langes Gesicht drückte aus, wie frustriert er über die Tatsache war, daß Jagdflieger, obwohl sie nur den Titularrang eines Kapitäns hatten, dennoch ranghöher waren als alle Nichtkombattanten. »Auf Wache sollte man sich ganz darauf konzentrieren, nach feindlichen Schiffen Ausschau zu halten.«

»Wenn die feindlichen Schiffe kommen – *falls* sie kommen –, werden wir sie stundenlang kommen sehen, bevor sie in Reichweite sind.«

»Der Punkt ist: Das hier ist eine militärische Einrichtung, die nach militärischen Gesichtspunkten geführt wird. Ihr werdet nicht dafür bezahlt, Bilder zu malen.« Karsvodihr sah mißbilligend auf das steife Blatt Papier in Biraisas Hand. »Außerdem zeugt das nicht gerade von künstlerischer Begabung.«

»Wenn du es sagst, muß es ja stimmen«, sagte Biraisa verärgert. Im vollgestopften Schlauch der Station prustete der Mann, der Schichtdienst an den Tretbälgen hatte.

»Wann hört ihr endlich mit der Zankerei auf und gönnt

einem Mann seine wohlverdiente Ruhe?« schaltete Tauler sich ohne Groll ein.

Karsvodihr wand sich in der Luft herum. »Es tut mir leid, wenn ich Euch gestört habe, Baron. Bis ich den nächsten Fellsack nehme, muß ich mindestens noch ein Dutzend Berichte und Bedarfsmeldungen schreiben, und ich kann unmöglich arbeiten, wenn der Kohlestift von Kapitän Narrinda die ganze Zeit quietscht und quietscht und quietscht.«

Tauler nahm verwundert zur Kenntnis, daß Karsvodihr, ein Offizier von fünfzig Jahren, ganz blaß war vor Aufregung über die Lappalie. »Du gehst jetzt in dein Büro zurück und arbeitest weiter«, sagte er, sein Netz losbindend. »Du wirst nicht mehr abgelenkt.«

Karsvodihrs Lippen zitterten, er nickte und hangelte mit linkischen Bewegungen davon. Tauler stieß sich in einen trägen Flug, der an einem Haltegriff bei Biraisa endete. Ihre grünen Augen fixierten ihn mit ruhigem Trotz.

»Wir beide sind in einer privilegierten Position, verglichen mit einem Mann wie Karsvodihr«, sagte er leise.

»Wie soll ich das verstehen, Baron?« Von allen Fliegern unter seinem Kommando war sie die einzige, die ihn immer noch formell anredete.

»Wir sind hier oben, weil wir es so wollten. Wir verlassen Tag für Tag die düstere Enge dieser Holzfässer und schwingen uns wie Adler in die Lüfte. Dieses endlose Warten geht uns allen auf die Nerven, aber wie muß das erst sein, wenn man erst gar nicht gefragt wurde und tagaus tagein hier eingesperrt ist.«

»Ich hab nicht gemerkt, daß die Zeichenkohle so laut ist«, sagte Biraisa. »Ich suche mir einen Bleistift und arbeite damit weiter – wenn Ihr nichts dagegen habt.«

»Wie käme ich dazu? Wie Ihr schon gesagt habt, die Diesländer können sich schließlich nicht anpirschen.« Tauler reckte den Kopf nach der Zeichnung in Biraisas Hand. Sie zeigte das Innere der Station in einem stimmungsvollen Stil, mit starker Betonung der parallelen Lichtbalken, die schräg durch die Bullaugen fielen. Mensch und Gerät waren eher angedeutet als detailliert und, wie Tauler fand, doch irgendwie liebevoll, wiewohl er sich nicht für kompetent hielt, den Wert eines Bildes zu beurteilen.

»Warum macht Ihr so was?« sagte er.

Sie zog ein schiefes Lächeln. »Der alte Imps meinte, ich würde meine Pflicht vernachlässigen; ich glaube aber, daß ich als Jenländer eine übergeordnete Pflicht habe. Jeder einzelne von uns muß die künstlerische Seite seines Wesens ergründen und sein Talent entwickeln. Ich weiß nicht, ob ich jemals ein Künstler sein werde, aber ich gebe mir Mühe. Wenn ich mich geirrt habe, versuche ich es eben mit Schreiben, Musik oder Tanz... Ich probiere so lange, bis ich etwas finde, was ich kann, dann mache ich das Beste daraus.«

»Und wieso ist das eine Pflicht?«

»Weil wir ausgewandert sind! Man tut so etwas nicht ungestraft. Die Seele unserer Rasse ist auf der Alten Welt geblieben. Wißt Ihr eigentlich, daß in all den Schiffen nicht ein einziges Bild war? Keine Bücher, keine Skulpturen, keine Musik. Wir haben alles zurückgelassen.«

»Es war schließlich keine Vergnügungsreise«, sagte Tauler. »Wir waren Flüchtlinge und konnten nur das Allernötigste mitnehmen.«

»Wir haben Schmuck und nutzloses Geld mitgenommen! Tonnenweise Waffen! Eine Rasse braucht einen kulturellen Sockel, auf dem alle anderen Elemente ihres Daseins fußen, und den haben wir aufgegeben. Der König hat ihn in seinem großartigen Bauplan für das neue Kolkorron einfach nicht vorgesehen. Wir haben unser kulturelles Erbe zurückgelassen, und genau deshalb kommt uns Jenland so *leer* vor. Nicht, weil wir nur wenige sind, die in alle Winde verstreut wurden – wir leiden unter einer geistigen Leere.«

Biraisas Gedankengänge waren Tauler fremd, und dennoch schienen ihre Worte tief in seinem Innern eine Resonanz zu finden, besonders was die geistige Leere anging. In Ro-Atabri hatte er als junger Bursche immer den Sonnenuntergang und das allmähliche Hereinbrechen der Dunkelheit genossen – aber in letzter Zeit, selbst mit Gesalla an seiner Seite, war das einst beglückende Erlebnis seltsam flach und enttäuschend geworden. Gleichgültig wie schön der Sonnenuntergang gewesen war, es hatte einfach keine Freude mehr gemacht, den Tag Revue passieren zu lassen oder an das Morgen zu denken. Ihm war jetzt, als sei Jenlands westlicher Himmel, der in jenen Augenblicken uneingestandener, bitterer Freudlosigkeit über Gold und Rot zu Pfauengrün und Pfauenblau eingedunkelt war, voller ... *Leere* ... gewesen.

Dieses Wort aus verhältnismäßig unberufenem Munde war merkwürdig zutreffend gewesen. Er hatte seine Gefühle bislang einem unerfindlichen inneren Unbehagen zugeschrieben; bot sich ihm jetzt eine bessere Erklärung? War er etwa im Herzen ein Ästhet, der um so mehr betroffen gewesen war, je deutlicher er gespürt hatte, daß seinem Volk jede kulturelle Identität abhanden gekommen war? Die pragmatisch praktische Seite seines Wesens war mit der Antwort rasch bei der Hand.

Nein, dachte er. Der Wurm, der im Kerngehäuse meines Lebens haust, hat nichts mit Dichtung und Kunst im Sinn – genauso wenig wie ich.

Ein Lächeln schob ihm den Mundwinkel hoch, war er doch in einem Augenblick der Unachtsamkeit allzuweit in das Reich der Phantasie abgeschweift; dann sah er, daß Biraisa ihn ansah.

»Ich lächle nicht über Eure Ideen«, sagte er.

»Nein«, erwiderte sie nachdenklich, während ihr Blick noch immer über sein Gesicht huschte. »Das habe ich auch nicht angenommen.«

Und von allen Szenen, die sich wieder und wieder in Taulers Erinnerung abspielten, waren diejenigen des Tages, an dem der Krieg wirklich begonnen hatte, die ausgeprägtesten ...

Dreiundsiebzig Tage waren seit Stationierung der ersten beiden Festungen vergangen. Nach den Maßstäben der Männer und Frauen, die ihren Routinearbeiten auf Jenland nachgingen, war das keine lange Zeit, doch in der unnatürlichen Umgebung der Weltenmitte verlief alles noch rascher.

Nach der täglichen Praxis im Umgang mit Fluggerät und Bogen hatte Tauler wenig Lust verspürt, schon in die bedrückende Enge der Station zurückzukehren. Er hing mit seinem Jäger etwa fünfzehnhundert Fuß außerhalb der Bezugsebene, von wo aus er die Gezeiten der Aktivität in der Inneren Verteidigungsgruppe samt Umgebung gut überblicken konnte. Linkerhand kletterte ein Versorgungsschiff von Pradt empor, der Ballon eine kleine braune Scheibe, die sich scharf gegen die konvexen Muster Jenlands abzeichnete; rechterhand gleißte Kommandostation Eins vor dem indigoblauen Himmel, umgeben von kleineren dreiteiligen Habitats, die als Werkstätten und Lagerräume dienten; dazwischen der lockere Schwarm des Roten Geschwaders und Dutzende Miniaturen aus Meisterhand, menschliche Gestalten, die sich zielstrebig bewegten und trotz ihrer Winzigkeit bis ins Detail zu erkennen waren.

Tauler war immer wieder beeindruckt vom Tempo des Fortschritts. Die Erfindung der Jäger war der entscheidende Impuls gewesen, den ursprünglichen und naiven Plan zu verwerfen, die ganze gewichtslose Zone mit Festungen abzudecken und die Invasion mit Kanonen zurückzuschlagen. Durch die erstaunliche Geschwindigkeit der Jäger war schließlich auch das Konzept aufgegeben worden, aus jeder Festung eine isolierte und autarke Einheit zu machen. Da die eigentliche Verteidigung in der Hand der Jäger lag, hatte man den Festungen zu ihrer Unterstützung spezielle Funktionen zugewiesen; sie dienten unter anderem als Wohnschlafräume, Werkstätten, Vorratskammern und Waffenarsenale.

Egal wie intelligent die theoretischen Planer auf Jenland zu Werke gingen, begriff Tauler, sie blieben doch auf die praktische Erfahrung angewiesen. Selbst Savotls Denken war derart von den Bedingungen des Normalgewichts bestimmt, daß ihm das Problem gewichtsloser Relikte und Abfälle völlig entgangen war. Der Tod des jungen Argiteyn – des Jagdfliegers, der in eine schwebende Kanonenkugel hineingerast war – war ein dramatisches Beispiel gewesen, doch die Verschmutzung der Umgebung durch Fäkalien hatte besorgniserregende Dimensionen angenommen.

Die psychische Belastung des Aufenthalts im *Tunnel* wurde noch belastender durch die Demütigung und schiere

Widerlichkeit, mit der man seine körperlichen Bedürfnisse in der Gewichtslosigkeit erledigen mußte. Kein Kommandant konnte es dulden, daß sich seine Station in eine immer dichter werdende Kotwolke hüllte. Karsvodihr war beauftragt worden, eine Sammelmannschaft aufzustellen, die man rasch und gnadenlos mit *›Scheißpatrouille‹* tituliert hatte und deren nicht beneidenswerte Aufgabe darin bestand, die widerwärtige Materie mit großen Säcken zusammenzufischen. Die Säcke wurden schließlich mit einem Jäger einige Meilen weit in Richtung Diesland geschleppt und auf die lange Reise geschickt – eine Praxis, die Tor und Tür öffnete für derbe Späße unter den Besatzungen.

Ein weiteres, noch ungelöstes Problem hatte sich gezeigt, als man versucht hatte, einen äußeren Verteidigungsgürtel einzurichten. Ursprünglich hatte man vorgehabt, das Sperrgebiet großzügig zu erweitern und die Stationen auf einem Ring mit einem Durchmesser von dreißig Meilen zu verteilen. Aber bei Zwischenräumen von mehr als vier Meilen drohte die Versorgung der Stationen zu scheitern, weil sie kaum noch lokalisierbar waren. Der zweite verhängnisvolle Zwischenfall unter den Jagdfliegern hatte sich ereignet, als eine Fliegerin, die vielleicht nicht so gute Augen gehabt hatte, bei der Rückkehr von einer Außenstation einfach verlorengegangen war; bei den vergeblichen Versuchen, ihre Basis zu finden, hatte sie alle Energiekristalle verbraucht und war ohne die Wärme ihrer Maschine an Unterkühlung gestorben. Daß man sie überhaupt gefunden hatte, war reiner Zufall gewesen. Seitdem hatte man alle Stationen in einer zentralen Gruppe konzentriert und überließ es den Jägern, den Einflußbereich, wenn nötig, auszudehnen.

Tauler hatte, wie alle anderen Flieger, feststellen können, daß die Kapazität der Lungen in der dünnen Luft zugenommen hatte, während es unmöglich war, sich der erbarmungslosen Kälte der gewichtslosen Zone anzupassen. In den zwanzig Minuten, die er hier antriebslos meditiert hatte, war alle Restwärme aus der hölzernen Kappe der Maschine entwichen, und er fing an, in dem dick gefütterten Himmelsanzug zu frösteln. Er war dabei, das Druckluftreservoir des

Jägers aufzupumpen, um zur Kommandostation zurückzukehren, als seine Aufmerksamkeit auf einen Stern gelenkt wurde, der plötzlich für eine Sekunde hell aufgeleuchtet war und jetzt regelmäßig Lichtpulse aussandte. Erst als Tauler die wiederholten Trompetenstöße hörte, die sich schnell in der dünnen Luft verloren, begriff er, daß der Stern in Wahrheit eine ferne Station war, die eine Sonnenschreibermeldung absetzte. Sein Herz setzte eine subjektive Ewigkeit lang aus, dann begann es wild zu pochen.

Sie kommen! dachte er und sog die Luft ein. Das Spiel fängt endlich an!

Er fütterte die Kristalle in seiner Maschine und stürzte sich hinunter in Richtung Kommandostation. Als die Augen unter dem Fahrtwind zu beißen begannen, zog er die Schutzbrille herunter und durchforschte instinktiv den Himmel zwischen sich und der gewölbten Weite Dieslands, konnte aber nichts Ungewöhnliches entdecken. Die langsam steigenden Schiffe der feindlichen Armada konnten ebensogut noch hundert Meilen entfernt sein, so daß sie nur in den Teleskopen zu sehen waren.

Während Tauler sich der Station näherte, stellte der Bläser in der neu installierten Luftdruckschleuse seinen Alarm ein und zog sich wieder zurück. Pneumatische Antriebe zischten, als Jagdflieger, deren Geschwader an den farbigen Schulterstücken zu erkennen waren, aus der nahegelegenen Wohnschlafröhre kamen, und vermummtes Wartungspersonal auf die speerähnlichen Maschinen zusegelte.

Ein Mechaniker schwamm Tauler mit einer Sicherungsleine entgegen, so daß dieser unverzüglich in den langen Zylinder der Station tauchen konnte. Man hatte beide Schotts der Luftdruckschleuse offengelassen, und Tauler fand sich übergangslos aus einem grenzenlosen, sonnenhellen Universum in einen trüben Mikrokosmos versetzt, der dunstverschleiert und überfüllt war mit Menschen und ihrem Rüstzeug gegen die lebensbedrohlichen Bedingungen hier oben.

Karsvodihr und Kommodore Biltid, der Einsatzleiter, schwebten angestrengt diskutierend bei dem Beobachtungsposten. Biltid, direkt von Chakkell ernannt, war ein halsstarriger und umständlicher Mensch, den zweierlei plagte – seine unüberwindliche Tiefenangst und sein zwiespältiges Verhältnis zu Tauler. Die Tatsache, daß Tauler sein Vorgesetzter war und dennoch darauf bestand, einen Jäger zu fliegen, ganz wie ein gewöhnlicher Pilot, brachte ihn immer wieder in ein schier auswegloses Dilemma. Er hatte Tauler erspäht.

»Seht nur, Baron«, sagte er. »Der Feind rückt in großer Stärke an.«

Tauler hangelte sich an das fest montierte Fernglas. Ein gleißend heller, blaugrüner, mit Weiß verquirlter Hintergrund brandete in seine Augen – im Zentrum ein paar schwarze Punkte, jeder einzelne mit einer regenbogenfarbenen Korona, verursacht durch Unzulänglichkeiten im optischen System. Wenn er die Augen verengte und sich sehr anstrengte, konnte er dazwischen noch kleinere Punkte erkennen, und plötzlich gewann die Szene an Tiefe, wurde schwindelerregend. Er sah von oben in eine vertikale Wolke aus Himmelsschiffen hinein, eine Wolke, die viele Meilen tief war. Man konnte unmöglich sagen, aus wie vielen Schiffen sie bestand, aber hundert waren es bestimmt.

»Ihr habt recht«, sagte er und hob den Kopf, um Biltid anzusehen. »Der Feind rückt in großer Stärke an – wie nicht anders zu erwarten war.«

Biltid nickte, hielt sich ein Taschentuch vor den Mund, und mit einmal wurde der saure Geruch, der ihn gewöhnlich umgab, intensiver. »Ver… zeihung«, sagte er, geräuschvoll schluckend. »Wir müssen uns vorbereiten.«

Wie scharfsinnig, dachte Tauler, doch gleich darauf tat ihm der Mann leid, der – ob er wollte oder nicht – als Instrument des Königs in diese nicht beneidenswerte Lage gebracht worden war.

»Wir haben zwei Trümpfe in der Hand«, sagte er. »Wir haben den Feind im Visier, aber er weiß nichts von uns; und wir haben die Jäger – etwas, woran er nicht einmal im Traum denkt. Es ist nun an uns, diese Trümpfe richtig auszuspielen.«

Biltid nickte noch lebhafter. »Alle Jäger sind technisch einsatzbereit und werden betankt und bewaffnet. Ich schlage vor, den Feind mit dem Roten und Blauen Geschwader zu binden und das Grüne in Reserve zu halten. Oder habt Ihr ...?«

»Auf festem Boden wäre das vielleicht die richtige Taktik«, sagte Tauler, »aber bedenkt, daß wir das Überraschungsmoment nur einmal auf unserer Seite haben. Wir könnten den Krieg vielleicht an dem Tag beenden, an dem er beginnt, wenn wir den Feind nur mit einem genügend verheerenden Erstschlag treffen. Nach meiner Ansicht sollten wir die drei Geschwader ausschwärmen und alle Jagdflieger angreifen lassen.«

»Ihr habt wie immer recht, Baron.« Biltid hörte damit auf, den Mund zu betupfen. »Obgleich mir wohler wäre, wenn wir irgendeine Möglichkeit hätten, die Steiggeschwindigkeit des Feindes abzuschätzen. Falls sie die Bezugsebene zur Zeit der Dunkelheit erreichen, könnten uns einige durch die Finger schlüpfen.«

»Nichts schlüpft uns durch die Finger«, sagte Tauler ungeduldig. »Nichts und niemand!«

Er bewegte sich von Biltid und Karsvodihr fort zu einem anderen Bullauge hin, das einen ungehinderten Blick auf Diesland gewährte. Die Sonne näherte sich der Alten Welt und würde in annähernd zwei Stunden hinter ihrem Rand verschwinden. Tauler stellte im Kopf ein paar Überschlagsrechnungen an und fluchte im stillen, als er zu dem Ergebnis kam, daß der Zeitraum für die Feindberührung höchst ungünstig ausfallen konnte. Die beiden täglichen Dunkelperioden wurden, je nachdem welcher Planet die Sonne verdeckte, Dieslandnacht und Jenlandnacht genannt; obwohl sie etwa gleich lang waren, gab es zwischen beiden bedeutsame Unterschiede.

Dieslandnacht, die als nächste bevorstand, begann, sobald die Sonne hinter Diesland verschwand, aber Jenland war dann immer noch hell erleuchtet, und der Widerschein war hell genug zum Lesen. Während in den Stunden darauf Jenland immer mehr in den zylindrischen Schatten Dieslands geriet, wurde das Licht immer schwächer; dann brach Tiefnacht herein und dauerte ungefähr zwei Stunden, bis Jenland schließlich wieder von der Sonne geküßt wurde. Bei Tiefnacht glänzte das Firmament vor Sternen, Spiralnebeln und Kometenschweifen, doch die allgemeine Helligkeit war so gering, daß selbst ein Schiffsballon nur schwer zu entdecken war in der dunklen Weite der gewichtslosen Zone. Jenlandnacht war nicht ganz so problematisch, denn Jenlands Schatten vermochte das größere Diesland nicht vollständig zu verschlucken.

Falls die feindlichen Schiffe hundert Meilen entfernt waren, überschlug Tauler, und bereits mit Höchstgeschwindigkeit stiegen, mochten sie die Bezugsebene bei Tiefnacht erreichen. Er erwog einen Moment lang diese Möglichkeit, entschied dann aber, daß er übertrieben pessimistisch war. Die diesländischen Piloten erlebten immerhin zum ersten Mal die Auswirkungen der Gewichtslosigkeit, und ihre ganze Sorge würde dem bevorstehenden Wendemanöver gelten. Es sprach alles dafür, daß sie sich der gewichtslosen Zone langsam und vorsichtig näherten, nur schon, um das höchst widernatürliche Manöver, bei dem sie ihre Schiffe kopfüber drehen mußten, wenigstens bei guten Lichtverhältnissen durchführen zu können.

Nachdem Tauler sich soweit beruhigt hatte, verließ er den naßkalten Nebel der Station und nutzte die nächste Stunde, um die Innere Verteidigungsgruppe abzufliegen und bei den anderen beiden Kommandostationen anzulegen, den Basen des Blauen und des erst seit kurzem kompletten Grünen Geschwaders. Die Berichte der Beobachtungsposten bestätigten, daß die Invasoren sich nur langsam näherten, doch die Jagdflieger, die vorzeitig aufgescheucht worden waren, konnten keine Ruhe mehr finden, als die Dunkelheit hereinbrach. Einige führten lautstarke Diskussionen, andere spielten bei Kerzenlicht Karten, wieder andere schwebten dicht bei ihren Maschinen und verfolgten mißtrauisch jeden Handgriff der Mechaniker, die sich um Treibstoff und Bewaffnung kümmerten.

Endlich bekam Jenland einen Lichtsaum, aus dem schnell eine dünne Sichel wurde. Und während der sonnenbeschienene Teil des Planeten stetig der bikonvexen Phase zustrebte und die Wiederkunft der Sonne verhieß, suchte Tauler wiederholt den Beobachtungsstand in Kommandostation Eins auf und spähte durch die Okulare. Die weite Scheibe von Diesland lag im trüben und mysteriösen Widerschein der Schwesterwelt und ließ an einen Globus aus durchscheinendem Wachs denken, der von innen her zu leuchten begann. Obwohl dieser Hintergrund von Minute zu Minute heller wurde, blieben die feindlichen Himmelsschiffe unsichtbar, und Tauler verstieg sich unwillkürlich zu der Vorstellung, die Invasoren könnten so schnell vorangekommen sein, daß sie die Bezugsebene im Schutz der Dunkelheit passiert hatten. Als die Sonne an Diesland vorbeilugte, überflutete sie das Innere der Station mit ihrem Licht, und selbst jetzt verstrich noch ein Augenblick, in dem die Armada der Diesländer im träge zurückweichenden Schatten ihres Planeten verborgen blieb.

Dann, urplötzlich, waren sie da!

Unerwartet schön traten sie in Erscheinung, ein Schwarm aus winzigkleinen, akkuraten Lichtsicheln, Staffel um Staffel in vollendeter Formationsfahrt. Einen Moment lang war er von Ehrfurcht ergriffen angesichts der Perfektion, die das Schauspiel bot. Wenn seine Spezies schon die Kühnheit und den Mut besaß, den interplanetaren Abgrund in zerbrechlichen Konstruktionen aus Tuch und Holz zu durchqueren, sollte sie auch imstande sein, sich wieder zu vereinen und ihren Blick auf das äußere Universum zu richten, anstatt ihre Energien in …

»Sie können nicht mehr weit sein«, sagte Biltid und sah von den anderen Okularen auf. »Zwanzig oder dreißig Meilen. Wir haben nicht mehr viel Zeit.«

»Zeit genug«, sagte Tauler, zurückversetzt in die handfeste Welt des Soldaten. Einer inneren Eingebung folgend trieb er sich per Druckluft zu seinem Schlafnetz, nahm das Schwert von der Wand und schnallte es um. Er war sich der Diskrepanz zwischen Waffe und Kriegsschauplatz durchaus bewußt, aber das Schwert gehörte einfach dazu, wenn er in den Kampf zog. Als er aus der Luftschleuse kam, sah er die anderen acht Flieger seines Geschwaders bereits bei ihren Maschinen, zwischen ihnen das Wartungspersonal, das die windgeschützten Feuerschalen vorne vor den Sattelsitzen entzündete. Das gleiche spielte sich, scheinbar im Kleinformat, noch an zwei weiteren Stellen im grenzenlosen Blau ab, dort wo letzte Hand an die beiden anderen Geschwader gelegt wurde.

Bei Kommandostation Eins sollte eine kombinierte Streitmacht gebildet werden. Einige Maschinen der Blauen und Grünen Geschwader waren bereits unterwegs, ihren Weg mit weißen Kondensfahnen markierend. Als sich immer mehr einfanden, kam es zu leichten Kollisionen zwischen den Jägern, was zu einer Menge Hänseleien unter den Fliegern und zu wütenden Kommentaren bei den Mechanikern führte, die nicht zerdrückt werden wollten. Als Tauler sich von der Station löste, blickte er im Schatten der behandschuhten Linken nach Diesland.

Jetzt waren die Invasoren mit bloßem Auge zu erkennen, silbrig schimmernde Flecken an der äußersten Sichtgrenze, und Tauler hätte nur zu gerne gewußt, wie weit sie noch entfernt waren. Er mußte den Feind deutlich unterhalb der Bezugsebene binden, damit jedes zerstörte Schiff auf Diesland zurückfiel, aber er durfte nicht zu weit hinuntergehen, sonst ging ihm der Treibstoff aus. Es sah so aus, als sei die Möglichkeit zur genauen Entfernungsbestimmung im Luftkrieg von ganz besonderer Bedeutung.

Als sich die drei Geschwader vereinigt hatten, setzte Tauler sich rittlings auf Rote Eins und keilte die Füße in die fest montierten Bügel. Er nahm den Bogen aus den Halteklammern, legte ihn mit der Sicherheitsschlaufe ans linke Handgelenk und vergewisserte sich, daß die rechts und links montierten Köcher mit Pfeilen gefüllt waren. Das Herz pochte ihm bis zum Hals, und er spürte wieder die altvertraute Erregung mit jenem unerfindlich sexuellen Element, das bei ihm stets dem Eintritt ins Kampfgeschehen vorangegangen war. Derweil er das Druckluftreservoir für die Kristallspender aufpumpte, blickte er die tanzende, mühsam gebändigte Phalanx der Jäger entlang. Die Flieger waren nurmehr androgyne Gestalten in ihren Himmelsanzügen, die Gesichter hinter Schals und Schutzbrillen versteckt; dennoch machte er augenblicklich Biraisa Narrinda ausfindig und hielt es für angebracht, eine letzte Ermahnung auszusprechen.

»Mehr als einmal haben wir unseren Einsatz durchgesprochen«, rief er, »und ich weiß, ihr könnt es nicht erwarten, euch mit dem Feind zu messen. Ich weiß auch, daß ihr Mut beweisen wollt – aber werdet nicht übermütig. Im Fieber der Schlacht läuft man Gefahr, leichtsinnig zu werden, sich zu unnötigen Risiken verleiten zu lassen. Denkt immer daran: Jeder einzelne von euch kann *viele* feindliche Schiffe zerstören; deshalb ist jeder einzelne von euch für unsere Sache von viel größerem Wert, als er sich womöglich selbst beimißt.

Heute werden wir dem Feind hart zusetzen – härter, als er es sich jemals hätte träumen lassen – aber ich will auf unserer Seite keine Verluste zu beklagen haben. Nicht einen einzigen Flieger, nicht eine einzige Maschine! Wenn ihr eure Pfeile verbraucht habt, versucht nicht, mit euren Kanonen anzugreifen. Zieht euch aus dem Kampfgeschehen zurück und tröstet euch mit dem Gedanken, bei nächster Gelegenheit ein um so besserer und gefährlicherer Gegner zu sein.«

Nedahail, der Flieger der Blauen Drei, nickte. »Wie Ihr meint, General«, sagte er mit dampfendem Gesichtsschal.

Tauler schüttelte den Kopf. »Das ist nicht meine Meinung – das ist ein Befehl! Jeder, der sich wie ein Idiot benimmt, wird mir später Rede und Antwort stehen müssen! Ihr könnt sicher sein, das wird eine schmerzhaftere Erfahrung, als ein paar dürren Diesländern in die Arme zu laufen. Habt ihr mich verstanden?«

Einige nickten nachdrücklich, vielleicht zu nachdrücklich, andere glucksten in sich hinein. Die Flieger waren mit wenigen Ausnahmen junge Freiwillige der Luftwaffe, die darauf fieberten, loszuschlagen, und die sich durch das lange Warten auf den Tag X in hochgespannte menschliche Kampfbögen verwandelt hatten. Zwar wünschte Tauler sich aufrichtig, daß man seine Warnungen beherzigte, aber die Kampferfahrung lehrte, daß beides erforderlich war – Vernunft *und* Leidenschaft, und zwar in einem ausgewogenen Verhältnis. Ein Krieger, der sich zu sehr in acht nahm, konnte eine ebenso große Belastung sein wie ein ruhmsüchtiger Narr, und die nächsten Minuten würden es an den Tag bringen, wie viele von jeder Sorte er unter seinem Kommando hatte.

»Seid ihr der Ansicht«, fragte er, seine Schutzbrille vor die Augen ziehend, »daß ich genug Worte gemacht habe?«

»Ja!« Die lautstarke, einhellige Zustimmung erfüllte eine Sekunde lang den Himmel.

»Dann laßt uns in den Krieg ziehen.« Tauler rollte den Schal über Mund und Nase und zog seinen Jäger in einen Sturzflug, der auf Diesland zielte. Die Sonne berührte den Planeten noch und schleuderte ihm Millionen von Lichtnadeln entgegen, ohne die geringste Wärme zu spenden. Unter dem anschwellenden Röhren der miglynspeienden Triebwerke bezogen die anderen Jäger ihre angewiesenen Positionen, jede Schwadron eine V-förmige Formation bildend.

Links hinter Tauler führte Mainter Daas das Blaue Geschwader an, und rechter Hand an der Spitze des Grünen Geschwaders flog Pargo Umol. Beide Männer waren in den mittleren Jahren. Was mochte in diesen Veteranen des alten Testgeschwaders für Himmelsschiffe und der großen Auswanderung vorgehen, während sie auf den Planeten ihrer Geburt herabstießen, unter Umständen, die sie sich nie hätten träumen lassen? Wenn er sich selbst analysierte, war er wieder einmal verwirrt darüber, wie jung, erfüllt und lebendig er sich fühlte. Ein Teil von ihm sehnte sich danach, zu Hause bei Gesalla zu sein und alles wiedergutzumachen, was er ihr angetan hatte, und dennoch würde er – wenn das Unmögliche möglich wäre – die Gegenwart auf unbestimmte Zeit ausdehnen. In einem magischen, irrationalen Universum würde er bis zu seinem Tod so und nicht anders leben wollen – immerzu durch die Schauer kalten, puren Lichts fliegend, exotischen Feinden und unbekannten Gefahren entgegen. Doch im realen Universum war diese Phase voraussichtlich nur von kurzer Dauer, vielleicht gerade so lang wie eine einzige Schlacht, und wenn alles vorüber war, würde das Leben tausendmal eintöniger sein als zuvor und ihn dazu verdammen, mehr oder weniger tatenlos auf einen faden Tod zu warten.

Vielleicht, so raunte ihm eine innere Stimme zu, *wäre es besser, diesen Krieg gar nicht zu überleben.*

Geschockt über das Ergebnis seiner Nabelschau, konzentrierte Tauler sich wieder auf die vor ihm liegende Aufgabe. Es war geplant, den Feind bis fünfzehn Meilen unterhalb der Bezugsebene zu binden; das war leichter gesagt als getan, wenn man weder Entfernungen noch Geschwindigkeiten einschätzen konnte in dieser ozeanischen Gleichförmigkeit. Er warf einen Blick über die Schulter. Die siebenundzwanzig Jäger legten eine breite Spur mit ihren Kondensstreifen. Sie verlor sich in der Ferne, wo die weißen Fäden in der unsichtbaren Faust der Perspektive zusammenliefen; schon waren die eng zusammengerückten Stationen und Habitate nur noch mit Mühe auszumachen, obwohl die Blickrichtung angezeigt war. Die Kondensstreifen würden sich später verflüchtigen, und dann liefen die drei Geschwader Gefahr, nicht mehr zurückzufinden.

Wie weit waren sie gen Diesland gegangen? Zehn, fünfzehn oder zwanzig Meilen?

Tauler fluchte auf die launige Sonne, die dem Feind in die Hände spielte. Er schirmte den blendenden Glutball mit der Hand aus dem Gesicht und hielt Ausschau nach der aufsteigenden Flotte. Die kombinierten Geschwindigkeiten beider Streitkräfte hatten sie schnell einander näher gebracht, und das Feld schimmernder Sicheln war jetzt unschwer mit dem bloßen Auge aufzulösen, jede einzelne eine perfekte Miniaturausgabe des von der Sonne entzündeten Planeten darunter. Sie konzentrierten sich in einem kleinen Bereich des Himmels, wie glitzernder Fischlaich.

Das ist weit genug, sagte sich Tauler. Hier warten wir.

Er breitete, wie vereinbart, beide Arme aus, ehe er den Antrieb abstellte. Als die anderen Flieger auf sein Zeichen hin die Kristallzufuhr sperrten, ertrank die Szenerie in der betäubenden Stille der Unendlichkeit. Die Jäger flogen noch eine Weile weiter, während der Luftwiderstand sie allmählich abbremste und die V-Formationen infolge unkontrollierbarer Abweichungen aufgelockert und verzerrt wurden. Dann schien man zur Ruhe gekommen. Tauler wußte, daß der Stillstand illusorisch war – die Maschinen befanden sich im Anziehungsbereich von Diesland und fielen, allerdings mit einer Geschwindigkeit, die so nahe bei der Bezugsebene vernachlässigbar klein blieb.

»Hier werden wir kämpfen«, rief er ihnen zu. »Es liegt nur in unserem eigenen Interesse, wenn wir hier auf den Feind warten, denn je später es wird, um so weiter steigt die Sonne aus unserem Gesichtsfeld. Haltet eure Zündschalen in Gang und seht zu, daß Hände und Glieder nicht steif vor Kälte werden. Wird es euch zu kalt, dürft ihr ein paar enge Kreise ziehen, um euch an der Maschine zu wärmen; aber geht sparsam mit den Kristallen um – ihr braucht sie für den Kampf.«

Tauler richtete sich aufs Warten ein und hätte zu gerne irgendein verläßliches Hilfsmittel gehabt, um das Verstreichen der Zeit zu messen. Mechanische Uhren waren viel zu sperrig für taktische Zwecke, und auch der althergebrachte militärische Chronometer war wertlos in der gewichtslosen Zone. Er bestand aus einer dünnen Glasröhre, die einen Rohrschößling enthielt, der in regelmäßigen Abständen mit schwarzem Pigment markiert war. Setzte man einen Marschierkäfer in die Röhre, begann er den Schößling von einem Ende her aufzufressen, wobei er sich mit der für ihn typischen Gleichförmigkeit bewegte und so das Verstreichen der Zeit mit einer Genauigkeit anzeigte, die für militärische Zwecke vollauf genügte. Es hatte sich allerdings herausgestellt, daß der Käfer sich bei Gewichtslosigkeit launenhaft bewegte und nicht selten jeden Appetit verlor. Zunächst hatte man geglaubt, die extreme Kälte sei schuld; aber man erhielt dieselben unbefriedigenden Ergebnisse, als man die Röhre warm hielt, was zu dem bemerkenswerten Schluß geführt hatte, daß der geistlose, perlengroße Käfer verstört auf den Verlust seines Gewichts reagierte. Tauler war durch diese Schlußfolgerung irritiert gewesen, die in seinen Augen bewies, daß der Mensch gewissermaßen mit den niedrigsten und unbedeutendsten Lebewesen verwandt war. Sie waren alle Teil ein und derselben biologischen Phänomene, und nur der Mensch allein besaß den Verstand, um dem Diktat der Natur zu entgehen und der Maschinerie seines Körpers seinen Willen aufzuzwingen.

Tauler hörte, wie sich die Flieger seines Geschwaders unterhielten, während sie warteten, und er war froh, als es nicht zu jenen abrupten Gelächtern kam, die häufig von einer hochgespannten Nervosität zeugten. Besonders Tipp Gotlon gefiel ihm, der junge Takler, dem er gegen Biltids Rat zum Rang eines Piloten verholfen hatte. Gotlon, der einen natürlichen Zugang zur Flugtechnik bewiesen hatte, wechselte ab und zu ein paar Worte mit Biraisa Narrinda und beschattete zwischendurch die Augen, um den Himmel über Diesland zu mustern. Mit achtzehn war er der jüngste unter den Fliegern, wirkte aber ausgesprochen ausgeglichen und selbstbeherrscht.

Die Minuten schleppten sich dahin, und allmählich wurde er ein anderes Geräusch gewahr – das leise Dröhnen aus den Düsen der herannahenden Flotte. Je weiter die Lichtquelle auswanderte, um so deutlicher waren die Ballons zu sehen, und ihre scheinbare Größe hatte beträchtlich zugenommen. Umol und Daas blickten immer wieder in seine Richtung, weil sie jeden Moment das Signal zum Angriff erwarteten; aber Tauler wollte zuwarten, bis bei der Vorhut erste Details der Kronbahnen und Tragbänder zu erkennen waren, was einer Entfernung von weniger als einer Meile entsprach.

Das Fehlen räumlicher Bezugspunkte trug zur Irritation des Auges bei, doch die Himmelsschiffe schienen in Dreier- und Vierergruppen aufzusteigen, mit ziemlich großen, vertikalen Abständen zwischen den Staffeln. Sie bildeten eine viele Meilen tiefe, sich nach Diesland hin verjüngende Wolke, wobei die entferntesten Schiffe winzig erschienen im Vergleich zur Vorhut. Diese Formation war ideal, was die Flugsicherheit anging, aber denkbar ungünstig, um in ein wehrhaftes Territorium einzudringen. Tauler lächelte. Die Diesländer verschafften ihm unwissentlich einen Vorteil, der ihn mehr als entschädigte für die unglückliche Position der Sonne.

Aus einer impulsiven Kampflust heraus zog er plötzlich das Schwert und vollführte mit der gänzlich unpassenden Waffe jenen Hieb, der die Luft zerteilte und zugleich das Signal zum Angriff war.

Was nun folgte, war kein gemeinsam geführter Schlag, sondern vielmehr ein planvoller und systematischer Vernichtungsprozeß. In Absprache mit Biltid und den beiden Geschwaderführern hatte Tauler entschieden, daß es nicht ratsam war, wenn sich in einer Schlacht, wie sie noch nie zuvor in der menschlichen Geschichte stattgefunden hatte, siebenundzwanzig Jagdmaschinen in einem relativ kleinen Luftraum austobten. Auch aus psychologischen Gründen hatte er die persönlichen Erfolge der Jagdflieger nicht dem Zufall überlassen wollen, damit einige sich nicht mit zahlreichen Abschüssen brüsten konnten, während andere leer ausgingen und in ihrer Kampfmoral geschwächt wurden.

Demzufolge löste sich auf Taulers Signal hin nur der neunte Flieger aus jeder Formation und stieß auf den ahnungslosen Feind hinab. Die drei Jäger zogen Kondensstreifen, die über der obersten Staffel der Diesländer konvergierten, dann drehten sie scharf nach rechts ab und spien einen Splitter bernsteinfarbenen Lichts aus. Sekunden später entwickelten drei Ballons der obersten Staffel halbdunkle Rauchwolken und trieben finstre Blüten mit rot und orange züngelnden Zentren. Tauler war überrascht, mit welch dramatischer Schnelligkeit die Zerstörung um sich griff, verglichen mit dem Feuertod des Ballons, den man als Übungsziel benutzt hatte. Aber die Schiffe der Diesländer stiegen auf und erzeugten einen Fahrtwind, der die Flammen nicht nur nährte, sondern auch seitlich über das gelackte Leinen hinunterdrängte.

Noch ein Vorteil, noch ein gutes Omen, dachte er, als das zweite Jägertrio mit weißer Kondensspur davonröhrte. Einer von ihnen erledigte das vierte Schiff der Vorhut und zog nach rechts davon, derweil die beiden anderen weiter hindurchstießen, um ihr Ziel in der nächsten Staffel zu finden.

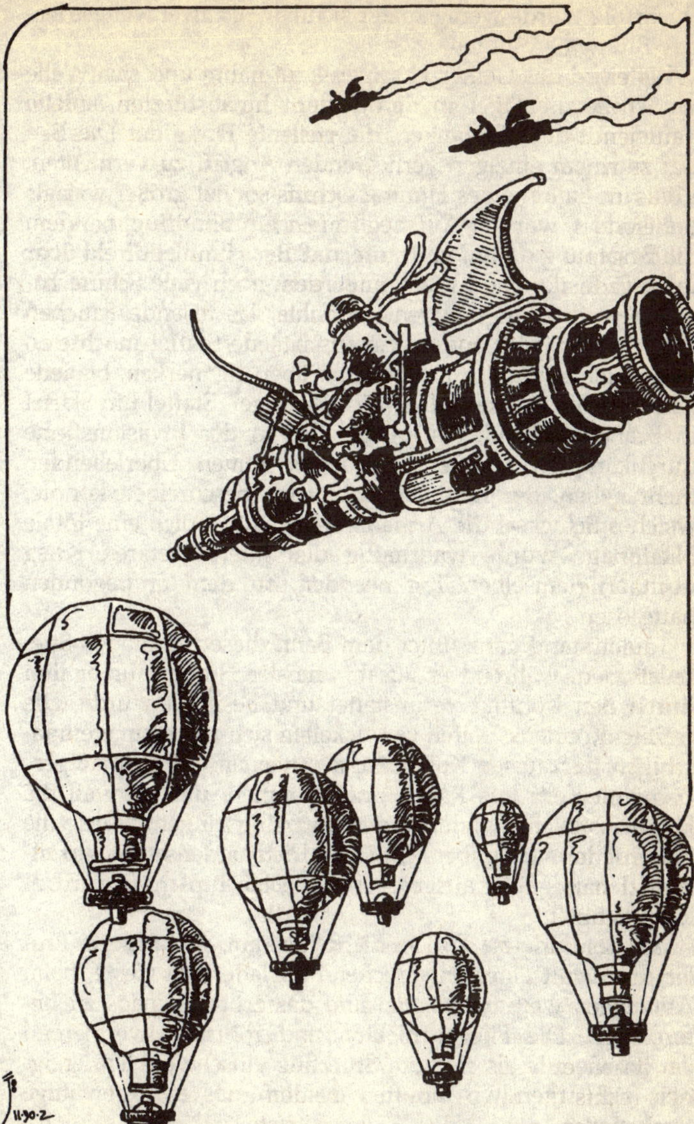

Ihr Erfolg wurde wenig später sichtbar, als zwei weitere finstre Blumen erblühten.

Während das Gemetzel seinen Lauf nahm und sich Welle um Welle die Jäger in den Tumult hinabstürzten, spielte Tauler mit dem Gedanken, die gesamte Flotte der Diesländer in einem einzigen verheerenden Angriff zu vernichten. Weil der Ballon eines Himmelsschiffs so viel größer war als die Gondel, war der Aufstieg immer ein Blindflug, bei dem die Besatzung darauf vertraute, daß der Himmel direkt über ihr kein Risiko barg. Wenn außerdem noch viele Schiffe zusammen unterwegs waren, ertränkte das tosende Fauchen der Brenner jedes andere Geräusch. Jede Staffel mochte so lange nichts von der Katastrophe über ihr merken, bis jede Reaktion zu spät kam. Falls sich die Jäger, Staffel um Staffel in Brand steckend, bis an den Grund der Invasionsflotte durchkämpfen konnten, würde es keinen Überlebenden mehr geben, der König Rassamardan beschreiben konnte, welches Schicksal die Armada ereilt hatte. Solch eine totale Niederlage würde wahrhaftig den interplanetaren Krieg noch an demselben Tag beenden, an dem er begonnen hatte.

Tauler stand ganz unter dem Bann dieser voreiligen Spekulationen, während er zusah, wie der Himmel unter ihm durch den Konflikt verunstaltet und besudelt wurde. Die weißen Kondensstreifen verwickelten sich zu einem weitmaschigen, zerzausten Kokon rund um einen unregelmäßigen, körnigen Kern aus Rauch und Flammen, und derweil die Jägertrios nacheinander in den Sturzflug gingen, wurde die Szenerie immer unübersichtlicher. Die Kondensation zerkritzelte den sorgfältig ausgearbeiteten Schlachtplan bis zur Unkenntlichkeit.

Als das vorletzte Trio an die Reihe kam, signalisierte Tauler ihnen mit einer entsprechend ausladenden Geste, beim Abtauchen weit auszuholen und das gröbste Chaos zu unterfliegen. Die Flieger nickten und röhrten divergierend davon. Gerade als sie zum Sturzflug einschwenkten, ereignete sich irgendwo inmitten des Infernos eine gewaltige Explosion.

Tauler vermutete, daß den Diesländern eine Paikn-Havl-Bombe detoniert war – eine Katastrophe für das betreffende Schiff, aber eine, die der Flotte insgesamt zugute kommen mochte. Das Detonationsgeräusch war bestimmt bis tief in die Flotte hinuntergedrungen und hatte die Staffeln dort wissen lassen, daß oben irgend etwas nicht stimmte. Bei dem Geräusch würde jeder vernünftige Pilot sein Schiff mit Hilfe der seitlichen Düsentriebwerke so weit kippen, bis er den Himmel über sich einsehen konnte.

Diesmal starrte Tauler besonders eindringlich zu den beiden anderen Geschwaderführern hinüber. Daas und Umol waren jetzt seine einzigen Gefährten in dieser erhabenen Höhe. »Sind wir soweit?« rief er.

Daas legte sich eine Hand ins Kreuz. »Je länger wir hier rumsitzen, um so schlimmer wird mein Rheumatismus.«

Tauler blies Kristalle in die Reaktionskammer, die Beschleunigung warf ihm den Kopf in den Nacken und das Kampfgebiet wuchs heran, bis es sein Gesichtsfeld füllte. Nie zuvor war er sich der Geschwindigkeit des Düsenjägers derart bewußt gewesen. Die heranrasenden Kondensstreifen schienen die Konsistenz von gemeißeltem Marmor zu haben, und es fiel ihm schwer, nicht jedesmal zurückzuzucken, wenn die weißen Barrieren von links und rechts auf ihn einschlugen oder ihm den Weg versperrten, daß er meinte, an ihnen zu zerschellen. Er mußte arktische Königreiche durchqueren, bis er einen Blick auf die Wracks der Diesländer erhaschte. Ihr Aufschwung hatte sie in die flammenden Überreste der eigenen Ballons getragen. Er sah, wie Soldaten in panischer Verzweiflung ihre Gondeln von brennenden Leinenfetzen befreiten, und fragte sich, ob sie die Nutzlosigkeit ihres Tuns begriffen. Die ruinierten Schiffe, allem Anschein nach ortsfest, folgten längst dem Lockruf ihrer Heimatwelt, hatten längst den Tausenden von Meilen langen Sturz zur felsigen Oberfläche angetreten.

Tauler hatte mit einem beträchtlichen Abstand zwischen den brennenden Staffeln gerechnet und war überrascht, ein einziges loses Konglomerat vorzufinden, in dem sich manche Schiffe fast berührten. Die ersten Schiffe, die attackiert worden waren, mußten ihren Düsenantrieb abgestellt haben, und die darunter – nach wie vor unterwegs – mußten aufgefahren sein, wodurch das Vernichtungswerk vertikal komprimiert worden war. Da und dort zwischen den rauchverhangenen Leviathanen schwebten menschliche Gestalten, einige mit allen vieren rudernd, andere regungslos, klägliche Relikte der explodierten Gondel.

Tauler konnte gerade noch registrieren, daß sie keine Fallschirme trugen, dann hatte er auch schon den überfüllten Bereich des Himmels hinter sich und hielt auf eine Gruppe von vier Schiffen zu. Aus den Augenwinkeln sah er, daß Daas und Umol parallel zu ihm flogen. Die diesländischen Piloten mußten sofort auf das Geräusch der Explosion reagiert haben, denn drei der Schiffe waren bereits gekippt worden, und an den Brüstungen reihten sich die Gesichter. Tief darunter wurden weitere Schiffe gekippt, Staffel um Staffel abwärts.

Tauler sperrte die Kristallzufuhr, ließ die Maschine weiterfliegen und riß einen Pfeil aus dem Köcher. Das ölgetränkte Werg an der Spitze fing sofort Feuer, als er es in die abgeschirmte Zündschale stieß. Er setzte den Pfeil auf die Sehne, spannte den Bogen und zielte; während ihm von der Hitze des Brandkopfes Rauch ins Gesicht blies, zog er mit der instinktiven Technik eines berittenen Schützen nach – und schoß. Selbst bei dieser Winkelgeschwindigkeit war die weite Wölbung des Ballons ein lächerlich leichtes Ziel. Der Pfeil bohrte sich in die Hülle, blieb hängen wie ein tückisches Insekt, das sein feuriges Gift austeilte, und schon stürzte Tauler an der Gondel und ihren todgeweihten Insassen vorbei. Es gab ein flaches Knattern, und nur ein paar Zoll weit von seinem linken Knie stoben Splitter aus der hölzernen Haube der Maschine.

Das war schnell, dachte er, erschrocken über die Geschwindigkeit, mit der die Diesländer ihre Musketen in Gang gebracht hatten. Diese Leute verstehen zu kämpfen!

Er lenkte die Maschine in eine Rechtskurve und sah über die Schulter. Zwei der anderen Ballons alterten und welkten in schwarzen Rauchgirlanden dahin. Daas und Umol, auf ihren leuchtend hellen Kondensstreifen reitend, zogen in weiten Kurven davon, in Richtung des neu formierten Geschwaderverbands.

Soweit Tauler das beurteilen konnte, hatten alle Flieger den ersten Angriff überlebt, und jeder hatte seinen Sieg davongetragen, doch es bahnte sich eine Wende an. Wenn sie bisher berechnend und kaltblütig exekutiert hatten, so kam jetzt das individuelle Temperament eines jeden ins Spiel, und der Ausgang war ungewiß. Vor allem konnten sie nicht mehr im verläßlichen Sichtschutz der Ballons angreifen. Die Schiffe weit unten legten sich nicht nur auf die Seite; jede Staffel formierte sich zu einem Rad, wobei die verwundbaren Ballons die Nabe bildeten. Und Tauler zweifelte nicht daran, daß man die an den Brüstungen montierten Kanonen lud; auch wenn die Diesländer kein Metall kannten – die traditionellen Kieselsteine und Steinsplitter waren eine höchst wirksame Waffe gegen ungeschützte Jagdflieger.

»Greift an, wo ihr könnt«, rief er, »aber seid ...«

Seine Worte ertranken im Röhren der Maschinen. Die Luft um ihn her wurde weiß vernebelt, als die hitzigsten unter den jungen Fliegern davonstoben, um sich auf die scheinbar bewegungslosen Himmelsschiffe zu stürzen. Fast augenblicklich begannen Kanonen zu belfern.

Zu früh, dachte Tauler. Die Schnelligkeit der Jäger konnte sich in diesem Luftkrieg durchaus als Eigentor herausstellen. Lange nachdem sich die feindlichen Kanonen ihrer Ladung entledigt hatten, würden die betreffenden Himmelsschiffe von relativ statischen Steinschwärmen umgeben sein, harmlos für die langsam steigenden Schiffe, aber lebensgefährlich für angreifende Jagdflieger.

Er schob den Gedanken beiseite und kippte seine Maschine in einen schwindelerregenden Sturzflug parallel zum vertikalen Konfliktraum. In den folgenden Minuten war sein Himmel ein phantastischer weißer Dschungel aus Dickicht, Farnen und verschlungenen Kletterpflanzen, behangen mit knolligen, schwarz bekränzten Früchten. Das Massaker hielt mit einer tobsüchtigen Raserei an, die nur begreift, wer selbst die gallige Leidenschaft des Schlachtgetümmels kennt;

und der Feind begann – wie Tauler vorausgesehen hatte – seinen Blutzoll zu fordern.

Er sah, wie die Rote Neun in einem verwegenen Sturzflug auf zwei Schiffe herabstieß und Perobeyn die Maschine so gewaltsam hochriß, daß ihr die Steuerruder wegflogen. Sie tat einen jähen Salto und schleuderte Perobeyn bis auf sechzig Fuß an eine Gondel heran. Die Soldaten an Bord feuerten mit ihren Musketen, und die Zuckungen seines Körpers verrieten, wie viele Schüsse trafen; doch die Soldaten – vielleicht, weil sie wußten, daß ihr Ballon brannte und ihr Schicksal besiegelt war – schossen und schossen in sinnloser Vergeltung immer weiter auf Perobeyn, bis sein Himmelsanzug nur mehr aus blutigen Fetzen bestand.

Kurz darauf machte die Grüne Vier den verhängnisvollen Fehler, langsam an einem Soldaten vorbeizuziehen, der regungslos in der Nähe einer Gondel trieb, die in das lodernde Material des eigenen Ballons gehüllt war. Der scheinbar Bewußtlose erwachte zum Leben, hob ruhig seine Muskete und schoß Dinnitler in den Rücken. Dinnitler fiel vornüber auf die Kontrollen, und das Düsenrohr seines Jägers röhrte dampfspeiend auf. Die Maschine machte sich selbständig und schraubte sich mit dem grotesk eingeklemmten Flieger durch die tieferen Ausläufer des Konfliktraums, schrumpfte vor der weiten Wölbung Dieslands und verlor sich in einer Handvoll weißer Wolken, die wie flauschige Wollknäuel aussahen.

Der Soldat, der Dinnitler auf dem Gewissen hatte, bestückte seine Muskete mit einem neuen Druckgeschoß; trotz des Todessturzes, der ihm bevorstand, lachte er bei seinen Manipulationen. Tauler schob den Gashebel vor und hielt direkt auf den Mann zu, um ihn zu rammen. Doch das Risiko, sich mit Pterssose zu infizieren, ließ ihn seine Absicht ändern. Er schlug auf den Druckkolben der rechten Kanone, so daß die Energiekristallkapseln im rückwärtigen Teil des Rohrs zerplatzten, und hielt Kurs, bis sich die Detonation ereignete. Die Kanone war nicht für kleine Ziele geschaffen, aber das Glück war auf Taulers Seite, und die Zwei-Zoll-Kugel traf den Soldaten genau am Kopf. Der Tote trieb, sich

Kopf über Fuß träge überschlagend, davon und hinterließ eine blutige Spirale.

Tauler zog den Jäger in eine scharfe Kehre und wollte sich schon wieder in den Kampf stürzen, als ihn die Erinnerung an die seltsamen Kugelwolken einholte. Er wich dem säulenförmigen Konfliktraum aus und studierte den Himmel unter der feindlichen Armada. Die Wolken waren noch immer da, und es waren jetzt mehr als vorhin. Tauler brauchte etliche Sekunden, ehe er begriff, daß er die Kondenswolken von Schiffsdüsen sah – daß er sozusagen von ›unten‹ gegen die Gondeln von Himmelsschiffen blickte. Piloten aus den unteren Staffeln hatten kehrtgemacht und Hals über Kopf die Flucht ergriffen. Kein Kommandant tat so etwas freiwillig. Wenn die Richtungen von Düsenschub und Anziehungskraft zusammenfielen, war die strukturelle Grenzgeschwindigkeit allzu rasch überschritten und das Schiff konnte in die Brüche gehen; aber die Diesländer nahmen das Risiko in Kauf.

Tauler spielte mit dem Gedanken, die Strategie zu ändern und die Armada von unten her aufzurollen, aber eine innere Stimme warnte ihn. In der Hitze des Kampfes hatte er jedes Zeitgefühl verloren, und seine Jäger mußten Unmengen Kristalle verbrannt haben. Er pumpte das pneumatische Reservoir des Kristallspenders auf und merkte an der Anzahl der erforderlichen Pumpstöße, wie wenig an festem Material noch im System war. Er sah nach oben, dorthin, wo die Schlacht begonnen hatte. Die ältesten Kondensspuren hatten sich verflüchtigt. Von der Geschwaderbasis war nichts zu sehen; die Stationen verbargen sich irgendwo in der unergründlichen Weite zwischen den Welten, und es mochte eine Menge Zeit und Kristalle kosten, sie zu finden.

Er setzte einen Pfeil in Brand und schwenkte ihn langsam über seinem Kopf hin und her. Innerhalb weniger Minuten reagierten die Jagdflieger auf das Signal, setzten sich vom Inferno aus Rauch und Kondensation ab und stießen zu ihm. Die meisten tauschten im Taumel der Begeisterung lautstark Geschichten von Wagemut und Triumph aus. Legenden waren geboren und erfuhren bereits die Ausschmückung, die man in den Tavernen von Pradt vervollkommnen würde. Biraisa Narrinda kam als eine der letzten, und es gab Beifallsrufe, als man sah, daß sie es fertiggebracht hatte, Perobeyns lädierte Maschine ins Schlepptau zu nehmen.

Als feststand, daß keine Kampfhandlungen mehr stattfanden, zählte Tauler die Jäger und stellte bestürzt fest, daß es nur fünfundzwanzig waren, einschließlich der Maschine, die Biraisa geborgen hatte. Jedes Geschwader wurde einzeln abgerufen, und es entstand ein betretenes Schweigen, als sich herausstellte, daß die Grüne Drei mit Wens Mokerat fehlte. Mokerat war spurlos verschwunden, unbemerkt von seinen Kameraden im Strudel der Schlacht verlorengegangen, hatte vielleicht sein Grab in einem brennenden Himmelsschiff gefunden.

Die Ernüchterung dauerte nicht länger, als Tauler erwartet hatte; der Geräuschpegel bei den Fliegern hatte schnell wieder den Stand von vorhin erreicht. Die jungen Leute waren nicht herzlos – es war vielmehr so, daß sie – wiewohl physisch unversehrt – selbst dem Krieg zum Opfer gefallen waren. Dasselbe muß mir vor langer Zeit passiert sein, dachte er, ich habe es damals nur nicht begriffen. Und erst vor kurzem ist mir klargeworden, was ich eigentlich bin – ein Automat aus Fleisch und Blut, der im Kern seines Wesens so leer ist, daß er weder Wärme noch Freude aushalten kann.

Genau über ihm, aber ziemlich weit weg, hing die Gondel eines zerstörten Himmelsschiffs. Den Insassen war es gelungen, sich von allen Überresten des brennenden Ballons zu befreien, die jetzt in großen grauen Ascheflocken rundherum schwebten. Gondel und Jagdgeschwader standen relativ zueinander still, denn sie fielen alle gleich schnell.

Wieder fragte sich Tauler, ob die diesländischen Soldaten nicht wußten, daß ihre gegenwärtig kaum wahrnehmbare Fallgeschwindigkeit gleichwohl unerbittlich anwachsen und ihnen ein jähes Ende bereiten würde. Ein paar Soldaten feuerten noch immer mit ihren Musketen, obgleich die Jäger außer Reichweite waren, und – in einem jener scheinbar unwahrscheinlichen Glückstreffer, die sich zuweilen ereignen –

trudelte eine Kugel langsam auf Tauler zu und kam in Armeslänge vor ihm zur Ruhe.

Er pflückte sie aus der Luft. Die Kugel war in Wahrheit ein gedrungener Zylinder aus Brakkaholz. Er steckte ihn ein, fühlte eine eigenartige Verwandtschaft mit dem fremden Schützen. Von einem Toten zum anderen, dachte er.

»Für heute haben wir genug getan«, rief er und hob die behandschuhte Linke. »Laßt uns den Heimweg suchen!«

9. Kapitel

Als Bartan Drammy den Wagen kommen hörte, stand er auf und ging zum Spiegel an der Küchenwand. Es kam ihm seltsam vor, keine Arbeitskleidung zu tragen, und selbst das Gesicht, das ihn musterte, erschien ihm fremd. Der jungenhafte, heitere Ausdruck – der ihm einst das Mißtrauen der Farmer eingebracht hatte – war den harten, sonnenverbrannten Zügen eines Mannes gewichen, dem Einsamkeit, Kummer und schonungslose Arbeit nicht fremd waren. Er strich das schwarze Haar glatt, rückte den Hemdkragen zurecht und ging zur Haustür.

Der Wagen der Phoratihrs kam hinter dem heftig schnaubenden Blauhorn zum Stehen; es war ein älteres Tier, das nach der Fahrt durch die Mittagshitze schweißnaß war. Harro und Ennda winkten und grüßten Bartan. Sie hatten ihn tatkräftig unterstützt seit dem düsteren Zwischenfall auf ihrer Farm, und es war Ennda, die ihn gedrängt hatte, für ein paar Stunden auszuspannen und nach Neu-Minett zu fahren. Er half ihr von dem hohen Fahrzeug herunter, und während Harro das Blauhorn zur Tränke führte, schlenderte er mit ihr ins Haus.

»Wie schick du dich heute gemacht hast«, sagte sie, und ein Lächeln scheuchte die Erschöpfung aus ihren Zügen.

»Ich hatte noch ein gutes Hemd und diese karierte Hose im Schrank, aber es ist, als ob die Sachen eingelaufen wären.«

»Du hast zugenommen.« Sie blieb stehen und betrachtete

ihn von Kopf bis Fuß. »Es ist kaum zu glauben, daß du derselbe Stadtjunge bist, der uns früher mit seinen klugen Reden imponieren wollte.«

»Es gibt nicht mehr viel zu reden«, sagte Bartan achselzuckend. »Mit wem sollte ich reden?«

Ennda drückte mitfühlend seinen Arm. »Macht Sandi denn gar keine Fortschritte? Wie lange geht das schon so? Bald zweihundert Tage?«

»Zweihundert! Ich verliere jedes Zeitgefühl. Sandis Zustand ist unverändert, aber ich gebe die Hoffnung nicht auf.«

»Wie gut für dich. Ist sie immer noch im Schlafzimmer?«

Bartan nickte, führte Ennda ins Haus und ging voran zum Schlafzimmer. Er ließ die Tür weit aufschwingen. Sandiwihri saß in einem langen weißen Nachthemd auf dem Bettrand und starrte auf die gegenüberliegende Wand; sie blieb apathisch sitzen und nahm keinerlei Notiz von ihnen. Ihr blondes Haar war ordentlich gebürstet, aber so einfallslos zurechtgemacht, daß man unschwer Bartans Handschrift erkannte.

Ennda ging ins Zimmer, kniete sich vor Sandiwihri hin und nahm die willenlosen Hände in die ihren. »Hallo, Sandi«, sagte sie sanft, aber aufmunternd. »Wie geht es uns heute?«

Sandiwihri gab keine Antwort. Ihr schönes Gesicht blieb teilnahmslos, die Augen blicklos.

Ennda erhob sich, gab ihr einen Kuß auf die Stirn und kam zu Bartan zurück. »Also dann, junger Mann! Du kannst in die Stadt und dir ein paar schöne Stunden machen. Überlaß alles mir. Sag mir nur, wie du es mit Sandis Essen hältst, und ... hm ... den Konsequenzen.«

»Konsequenzen?« Bartan starrte Ennda irritiert an, bis ihm ein Ausdruck von Veränderung verriet, was sie meinte. »Oh, das! Darum brauchst du dich nicht zu kümmern. Sie hält sich selber sauber, erledigt all die Dinge selbst und ißt, was man ihr vorsetzt. Es ist nur, daß sie einen nicht wahrnimmt. Sie spricht nicht. Sie sitzt den ganzen Tag auf dem Bett und starrt an die Wand, und ich existiere nicht. Vielleicht verdiene ich es nicht besser. Vielleicht ist das die Strafe dafür, daß ich sie hierher gebracht habe.«

»Sag nicht so was.« Ennda legte die Arme um ihn, und er klammerte sich an sie, unsäglich getröstet von der Aura aus Wärme, Weiblichkeit und Spannkraft.

»Was haben wir denn da?« polterte Harro Phoratihr vergnügt, als er aus der hellen Sonne in die schattige Küche trat. »Du kommst wohl nicht mit einer Frau aus, mein Junge, wie?«

»Harro!« Ennda fuhr zu ihrem Mann herum. »Wie kannst du so etwas sagen?«

»Tut mir leid, Junge – ich wußte nicht, daß deine Sandi …« Harro zauderte, die kreisrunde Bißnarbe schimmerte hell auf seiner rosa Wange. »Tut mir leid.«

»Keine Ursache«, sagte Bartan. »Ich weiß zu schätzen, daß ihr gekommen seid – ihr seid mehr als großzügig.«

»Unsinn!« sagte Harro. »Das ist auch für mich eine willkommene Abwechslung. Ich werde mir einen faulen Spättag machen und – damit du es weißt – eine Menge von deinem Wein trinken.« Er warf einen bekümmerten Blick auf die leeren Korbflaschen in der Ecke. »Du hast doch hoffentlich welchen übriggelassen?«

»Im Keller ist reichlich, Harro. Wein ist der einzige Trost, den ich habe, und ich passe schon auf, daß er mir nicht ausgeht.«

»Ich hoffe, du trinkst nicht zuviel«, sagte Ennda besorgt.

Bartan lächelte sie an. »Nur so viel, daß ich nachts schlafen kann. Es ist zu still hier – viel zu still.«

Ennda nickte. »Es tut uns leid, daß du alles alleine tragen mußt, Bartan, aber mehr können wir nicht tun. Wir kommen selbst kaum rund, seit so viele von unserer Familie aufgegeben haben und nach Norden gezogen sind. Weißt du schon, daß auch die Wilvers und die Obrigels fort sind?«

»Nach all der Schufterei! Wie viele Familien sind denn noch hier?«

»Fünf, außer uns.«

Bartan schüttelte niedergeschlagen den Kopf. »Wenn die Leute doch nur warten würden und …«

»Und wenn *du* noch länger wartest, ist es dunkel, bevor du in der Taverne bist«, fiel ihm Ennda ins Wort und schob ihn zur Haustür. »Nun geh schon und mach dir ein paar schöne Stunden. Geh schon – hopp!«

Mit einem letzten Blick auf seine Frau, die sich in ihre unzugängliche Welt zurückgezogen hatte, ging Bartan aus dem Haus und pfiff sein Blauhorn herbei. In wenigen Minuten hatte er es gesattelt und war unterwegs nach Westen, in Richtung Neu-Minett. Er hatte ein schlechtes Gewissen bei dem Vorhaben, sich einen halben Tag lang vor der Fülle der Arbeit und der Last der Verantwortung zu drücken, aber sein Heißhunger nach der anspruchslosen Gesellschaft liebenswerter Zechkumpane sagte ihm, daß der Ausflug nur heilsam sein würde.

Allein schon der Ritt durch die idyllische Landschaft war erfrischend. Und als er Neu-Minett erreichte, war er gelinde überrascht über seine Reaktion auf die unbekannten Gesichter, die vielgestaltigen Gebäudegruppen und die hohe Takelage seetüchtiger Schiffe, die im Fluß vor Anker lagen. Als er Neu-Minett zum ersten Mal gesehen hatte, war ihm der Ort wie ein winziger und entlegener Außenposten der Zivilisation vorgekommen – jetzt, nach der längeren Klausur auf der Farm, erschien er ihm wie eine stattliche Metropole.

Er ritt zielstrebig auf das offene Gebäude zu, das man als Taverne benutzte, und war erfreut, viele der Ortsansässigen anzutreffen, die ihn damals hierher gelotst hatten, nachdem er mit seinem Luftboot in Neu-Minett gelandet war. Verglichen mit der deprimierenden Entwicklung im ›Korb‹, schien die Zeit für das Stadtvolk stehengeblieben zu sein und nur darauf gewartet zu haben, daß er, Bartan, sie mit seinem Erscheinen wieder in Gang setzte. Medschin Kerrodell, der Gemeindevorsteher, der immer noch seinen Degen trug – der plumpe Odler, nach wie vor seine Glaubwürdigkeit beteuernd – und ein Dutzend anderer, die er wiedererkannte und die offensichtlich ganz zufrieden waren mit ihrem Los, bestärkten ihn wieder in der Annahme, daß das Leben im allgemeinen lebenswert war.

Bartan sprach dem starken Braunbier zu und wurde nicht

müde, mit den Leuten zu zechen. Er wußte es zu schätzen, daß niemand – nicht einmal Odler, der sonst kein Blatt vor den Mund nahm – auf die Flucht der Farmer aus *Spukland* zu sprechen kam. Obwohl man vor diesem Hintergrund volles Verständnis für seinen Abstecher hatte, drehten sich die Gespräche um andere Dinge von allgemeinem Interesse, vor allem um jenen höchst eigenartigen Krieg, den man über der anderen Seite des Planeten ausfocht. Die Geschichten über eine neue Generation von Kriegern, die auf Ballons verzichteten und auf dem Rücken von Düsenmaschinen durch den Himmel preschten, beflügelten die Phantasie der Anwesenden. Bartan fiel besonders auf, wie oft der Name von Baron Tauler Marakain fiel.

»Stimmt es, daß dieser Marakain zur Zeit der Auswanderung zwei Könige getötet hat?« sagte er.

»Natürlich stimmt das!« Odler knallte seinen Bierkrug auf den langen Tisch. »Was glaubst du, warum man ihn den Königsmörder nennt? Ich war selbst dabei, mein Freund! Habe es mit eigenen Augen gesehen!«

»Nichts als Geschwätz!« schimpfe Kerrodell unter allgemeinem Hohngelächter.

»Naja, vielleicht habe ich nicht wirklich *gesehen*, was passiert ist«, räumte Odler ein, »aber ich sah, wie Pradts Schiff wie ein Stein fiel.« Er drehte den anderen den Rücken zu und richtete sich an Bartan. »Ich war damals ein junger Soldat – Viertes Sorka-Regiment – und ich war in einem der ersten Schiffe, die von Ro-Atabri gestartet sind. Ich hätte nie gedacht, daß ich die Reise überstehen würde, aber das ist eine andere Geschichte.«

»Eine, die wir schon tausendmal gehört haben«, sagte ein anderer Mann, wobei er seinen Nachbarn anstieß.

Odler machte ihm eine obszöne Geste, ehe er sich wieder Bartan zuwandte. »Paß mal auf, Bartan. Pradts Schiff hatte sich mit dem von Tauler Marakain verheddert. Chakkell, der damals noch ein Prinz war, die drei Kinder und Desihn waren in Taulers Schiff, und er hat ihnen das Leben gerettet, indem er die beiden Schiffe auseinanderdrückte. Es hätte die Kraft von zehn Männern gebraucht, aber er schaffte es allein;

und Pradts Schiff stürzte ab. Es kam an mir vorbei, und ich werde den Anblick nie vergessen – Pradt stand an der Reling, groß und aufrecht, furchtlos, und sein blindes Auge schimmerte wie ein Stern.

Sein Tod hätte Prinz Leddravohr zum König gemacht, und drei Tage später – nach der Landung – trugen Leddravohr und Tauler einen Zweikampf aus, der sechs Stunden gedauert hat. Der Kampf war zu Ende, als Tauler dem Prinzen mit einem einzigen Hieb den Kopf abschlug.«

»Das muß ein ganzer Mann gewesen sein«, sagte Bartan trocken und versuchte Wahrheit von Dichtung zu trennen.

»Die Kraft von *zehn!* Und was heißt *gewesen?* Keiner von den Grünschnäbeln da oben kann ihm bis heute das Wasser reichen. Weißt du auch, daß er in der ersten Schlacht gegen die Diesländer, nachdem er alle Feuerpfeile verschossen hatte, damit anfing, ihre Ballons mit seinem weißen Schwert zu zerstückeln? Eben demselben Schwert, mit dem er schon Karkarand besiegt hatte – *Karkarand,* wohlgemerkt – und zwar mit einem einzigen Streich. Ich sage dir, Bartan, wir haben dem Mann viel zu verdanken. Wenn ich zwanzig Jahre jünger wäre und nicht dieses schlimme Knie hätte, wäre ich jetzt bei ihm und mit von der Partie da oben.«

Kerrodell, der Gemeindevorsteher, wieherte in seinen Krug. »Ich dachte, du hättest eben gesagt, sie verzichten auf Gassäcke in der Weltenmitte.«

»Sehr witzig«, murrte Odler. »Wirklich *sehr* witzig.«

So erfreulich die Stunden waren für Bartan, so rasch verflogen sie auch. Er stutzte, als er bemerkte, daß die rötlichen Sonnenstrahlen in einem flachen Winkel schräg in die Taverne fielen. »Meine Herren«, sagte er und stellte sich auf die Füße, »ich bin länger geblieben, als ich ursprünglich wollte. Nun muß ich heim.«

»Einen Krug noch«, sagte Kerrodell.

»Tut mir leid, aber ich muß wirklich aufbrechen. Gute Freunde vertreten mich auf der Farm, und ich habe sie schon viel zu lange warten lassen.«

Kerrodell erhob sich und gab Bartan die Hand. »Ich habe vom Unglück deiner Frau gehört, und es tut mir leid«, flüsterte er. »Hast du noch nicht daran gedacht, sie fortzubringen aus dieser verwünschten Gegend?«

»Diese Gegend ist wie jede andere«, sagte Bartan leichthin. Er hatte keine Lust, sich zum Abschied die Stimmung verderben zu lassen. »Ich gebe nicht so leicht auf. Bis bald, Medschin.«

»Bis bald, mein Sohn!«

Bartan grüßte die Gesellschaft und verließ die Taverne. Er band sein Blauhorn los. Die Wärme des Alkohols im Magen und ein erfreulich optimistisches Säuseln im Kopf, verläßliche Verbündete im täglichen Lebenskampf, waren in Hochform. Er empfand das Leben wieder als Geschenk, ein herrliches Gefühl, das sein Dasein in der Vergangenheit vergoldet hatte und das ihm in letzter Zeit nur noch vom Boden einer Korbflasche voll Schwarzwein winkte. Er hievte sich in den Sattel, dirigierte das Blauhorn in die richtige Richtung und überließ es dem intelligenten Tier, den Heimweg alleine zu finden.

Derweil der Himmel allmählich ein tieferes Blau annahm, traten die Taggestirne deutlicher hervor, und die Spiral- und Zopfnebel kamen zum Vorschein. Die größeren Kometen waren heute zahlreicher vertreten als sonst. Bartan zählte acht strahlend helle Schweife, die das Firmament überbrückten; wie Glühwürmchen schossen die Meteore durch die dunkelblauen Zwischenräume. In seiner angeheiterten, besinnlichen Stimmung fragte er sich, ob der Mensch jemals das Geheimnis der größten Himmelserscheinungen lösen würde. Man hielt die Sterne für weit entfernte Sonnen; die einzelne grün leuchtende Perle war der dritte Planet dieses Systems und hieß Fernland; und die Natur der Meteore war wohlbekannt, weil ab und zu welche aus dem Himmel fielen und unterschiedlich große Krater schlugen. Aber was war der riesige Spiralnebel, der ein gut Teil des Jahres den ganzen Nachthimmel füllte? Warum gab es unter den Objekten, die den Himmel bevölkerten, so viele kleine Spiralnebel, die sich manchmal überlappten, kreisrunde, elliptische und spindelförmige, die ihre Struktur erst verrieten, wenn man sie mit dem Teleskop betrachtete?

In seiner Nachdenklichkeit schenkte Bartan dem strahlenden Himmelsgewölbe mehr Aufmerksamkeit als gewöhnlich, und so kam es, daß er ein gänzlich neues Phänomen bemerkte, das ihm sonst entgangen wäre. Gen Osten, ungefähr in Richtung seiner Farm, sah er nicht weit über dem Horizont einen winzigen und seltsam geformten Lichtfleck. Er sah aus wie ein vierzackiger Stern mit einwärts gekrümmten Seiten, wie jene Form, die zwischen vier auf das Innigste beieinanderliegenden Ringen entsteht, und jede Spitze schien einen feinen Nebel aus den Farben des Regenbogens zu versprühen. Das Objekt war zu klein, um dem bloßen Auge viele Details zu verraten, doch sein Zentrum schien ein strahlend helles Gewimmel aus vielfarbigen Lichtfleckchen zu sein. Gebannt beobachtete Bartan, wie die unheimlich schöne Erscheinung rasch an Höhe verlor, bis sie vom Kamm des nächsten Moränenhügels verschluckt wurde.

Bartan schüttelte verwundert den Kopf und trieb sein Blauhorn die Anhöhe hinauf, um eine größere Sichtweite zu gewinnen; doch das Objekt blieb verschwunden. Was hatte er da gesehen? Meteore, die aus dem Himmel fielen, erblühten manchmal in lebhaften Farben, wurden aber immer von einem heftigen Donnerschlag begleitet, wogegen das Phänomen, dessen Zeuge er soeben geworden war, sich geradezu durch Lautlosigkeit und Erhabenheit ausgezeichnet hatte. Vermutlich war das Objekt viel weiter entfernt und folglich viel größer gewesen, als er zunächst angenommen hatte, und war weit jenseits von Jenlands Atmosphäre seiner rätselhaften Bestimmung gefolgt.

Bartan, nun erst recht über die Wunder des Universums grübelnd, setzte seinen Weg fort. Es dauerte fast eine Stunde, ehe er in der Ferne den ersten gelben Schimmer der Farmlichter sah, und er bekam heftige Gewissensbisse, weil er die Phoratihrs bis nach Einbruch der Dunkelheit hatte warten lassen. Da er mit Sandiwihri ein einziges großes Bett teilte, konnte er ihnen schwerlich anbieten, bis zum Morgen zu bleiben, es sei denn, Harro und er selbst würden die Nacht auf dem Boden verbringen. Das Angebot schien ihm eine schmähliche Belohnung für ihr freundliches Entgegenkommen, zumal es kaum noch gutnachbarliche Verhältnisse im ›Korb‹ gab. Ohne recht zu wissen, wie er sein spätes Kommen entschuldigen sollte, spornte er das Blauhorn zum Trab an und überließ es dem Tier, die Hindernisse und Unebenheiten des Bodens zu meistern, die im silbrigen Widerschein der Sterne lauerten.

Er war noch etwa eine Meile vom Haus entfernt, als seine Umgebung urplötzlich in ein vielfarbiges Licht getaucht wurde, das so intensiv war, daß es ihm die Augen schloß.

Das Blauhorn bäumte sich auf, belferte vor Entsetzen, und Bartan klammerte sich an das Tier, bebend in Erwartung der verheerenden Explosion, die unweigerlich mit einem solchen Lichtblitz einherging. Es gab keine Explosion – lediglich die ohrenbetäubende Resonanz einer Stille, in der seine Kleidung sich bauschte und flatterte, wiewohl sich kein Luftzug regte. Als die Vorderfüße des Blauhorns wieder auf den Boden trafen, öffnete er die Augen. Er war blind angesichts der Nachbilder von Bäumen und Büschen, orangefarbenen und grünen Silhouetten, die scheinbar für immer in die Retina eingebrannt waren.

»Ruhig, altes Mädchen, ruhig«, raunte er und klopfte mit der flachen Hand den Hals des Tieres. Er blinzelte kräftig, rieb sich die Augen und sah sich nach irgendwelchen Anhaltspunkten für den Ursprung dieses verwirrenden, furchterregenden und vollkommen unnatürlichen Ereignisses um. Die dunkle Landschaft hatte ihren ehernen Gleichmut wiedergefunden. Die schlafende Welt versuchte ihm weiszumachen, daß alles so war, wie es schon immer gewesen war, doch Bartan – das Opfer krabbelnden Unheils – wußte es besser.

Er spornte sein Blauhorn zu waghalsigem Tempo an und ritt in wenigen Minuten durch das Hoftor. Die Tatsache, daß Ennda und Harro nicht draußen waren und den Himmel musterten, deutete drohend an, daß irgend etwas ganz und gar verkehrt war. Oder war *das* verkehrt? Vielleicht war er in eine örtlich begrenzte Störung der Natur geraten – immerhin gab es manche, die behaupteten, die Blitze schlügen aus dem Boden, ganz im Widerspruch zu der verbreiteten Annahme, daß sie vom Himmel herabfuhren. Er stieg ab und ging zur Haustür. Als er sie öffnete, empfing ihn ein Gemälde biederer Häuslichkeit – Ennda stickte an seinem Sonnenhut, und Harro kippte gerade die Korbflasche, um sich Wein einzuschenken.

Bartan seufzte erleichtert, dann kehrte sein Unbehagen zurück, und er zögerte; das Paar sah tatsächlich aus, als sei es Teil eines Gemäldes. Sie rührten sich beide nicht, waren starr wie Statuen. Der Hauch von Leben auf ihren Gesichtern rührte vom unruhigen Flackern der Laternen in der Zugluft, die durch die offene Tür entstand.

»Harro? Ennda?« Bartan trat zaudernd in die Küche. »Es ... es tut mir leid, daß es so spät geworden ist.«

Enndas Nadel setzte sich augenblicklich in Bewegung, und Wein gurgelte in Harros Becher. »Mach dir nichts draus, Bartan«, sagte Ennda. »Die Sonne ist eben erst untergegangen, und ...« Sie blickte durch den Hauseingang in die Schwärze dahinter und runzelte die Stirn. »Das ist ja merkwürdig! Wie kann es ...« Ihre Worte verloren sich in einem gedämpften Splittern von Glas, als die Korbflasche aus Harros Händen auf den Steinboden fiel. Tentakeln aus dunklem Wein schossen aus dem zerschmetterten Gefäß.

»Verflucht noch mal!« Harro packte sich an die rechte Schulter und massierte sie. »Der Arm tut weh! Der Arm ist so müde, daß er regelrecht ... schmerzt!« Er sah die Bescherung am Boden und bekam große Augen. »Tut mir leid, mein Junge – ich weiß nicht, was ...«

»Das macht überhaupt nichts«, unterbrach Bartan ihn. »Was ist mit dem Licht? Wißt ihr, was das war?«

»Was für ein Licht?«

»Das grelle Licht. Das *Licht*, um Himmels willen. Habt ihr eine Erklärung dafür?«

Harro warf seiner Frau einen Blick zu. »Wir haben nichts von einem Licht gesehen. Du bist nicht zufällig gestürzt und hast dir den Kopf gestoßen?«

»Ich bin nicht betrunken.« Bartan blickte das Paar fassungslos an, dann wanderte sein Blick zur Schlafzimmertür. Sie stand spaltweit offen und ließ einen Streifen Licht schräg über das Bett fallen, und das Bett schien, soweit er das von hier aus beurteilen konnte, leer zu sein. Mit wenigen großen Schritten war er bei der Tür und stieß sie auf. In dem kleinen, quadratischen Raum dahinter war keine Sandiwihri.

»Wo ist Sandi?« sagte er ruhig.

»*Was?*« Harro und Ennda sprangen auf die Füße und waren im Nu neben ihm, in ihren Gesichtern stand Überraschung.

»Wo ist Sandi?« wiederholte Bartan. »Habt ihr sie allein nach draußen gehen lassen?«

»Natürlich nicht! Sie muß da drin sein!« Ennda drängte sich an ihm vorbei und blieb stehen, bestürzt angesichts der offenkundigen Leere des Zimmers, in dem es auch keine Möglichkeit gab, sich zu verstecken.

»Ihr seid bestimmt eingeschlafen«, sagte Bartan. »Und als ihr geschlafen habt, ist sie an euch vorbei nach draußen gegangen.«

»Aber ich habe nicht geschlafen. Das ist ausge ...« Ennda brach ab und griff sich an die Stirn. »Es hat keinen Sinn, hier herumzustehen und zu reden. Wir müssen sie finden.«

»Nehmt Lichter mit.« Bartan ergriff eine röhrenförmige Laterne und eilte nach draußen. Selbst als sie das Toilettenhäuschen leer fanden, war er noch nicht besonders beunruhigt. Obwohl Sandiwihri sich noch nie bei Dunkelheit hier draußen herumgetrieben hatte, gab es in dieser Gegend weder wilde Raubtiere noch steile Felsen oder tiefe Spalten, die ihr gefährlich werden konnten. Ihre Abwesenheit mochte sogar ein gutes Omen sein, ein Anzeichen dafür, daß sie allmählich aus ihrer seelischen Umnachtung erwachte.

Erst als sie über eine Stunde lang nach ihr gesucht und gerufen hatten, nahm eine andere Art von Vorahnung Bartan unter ihre dunklen Fittiche. Erstens war da diese furchteinflößende Manifestation gewesen, diese unerträgliche Kaskade von Licht; zweitens war seine Frau auf mysteriöse Weise verschwunden – und es mußte drittens einen Zusammenhang geben zwischen beiden Vorkommnissen. *Spukland* – es war naiv und fruchtlos gewesen, dieses Land in *Eierkorb* umzutaufen – hatte aufs neue seine bösartigen Aktivitäten entfaltet, und Sandiwihri war das jüngste Opfer. Er hatte oft und lange genug Gelegenheit gehabt, seine Frau hier wegzuschaffen, doch in seiner Borniertheit und intellektuellen Arroganz hatte er sie im Bannkreis des Bösen gelassen und Gefahren ausgesetzt, die kein Mensch verstand. Und *das* war die unausweichliche Folge...

»Dieses Herumstolpern in der Dunkelheit bringt uns nicht weiter«, verschaffte Harro Phoratihr seiner Erschöpfung und der Vernunft Gehör. »Wir sollten zum Haus zurückkehren und unsere Kräfte für morgen früh aufsparen. Was meinst du?«

»Ich glaube, du hast recht«, sagte Bartan niedergeschlagen.

Es war inzwischen kalt geworden im Farmhaus, und derweil Bartan Feuer im Herd machte, holte Harro eine volle Korbflasche aus dem Keller und schenkte drei Becher Schwarzwein ein. Doch die Behaglichkeit im Schein des Feuers vermochte Bartan ganz und gar nicht zu trösten – sie erinnerte ihn nur daran, daß er kein Recht hatte, sich an diesem Luxus zu erfreuen, während seine Frau irgendwo in der Nacht herumirrte. Bestenfalls litt sie Kälte und hatte sich verirrt; schlimmstenfalls...

»Wie konnte das nur passieren?« sagte er. »Wenn ich geahnt hätte, daß so etwas passieren könnte, wäre ich nicht von ihrer Seite gewichen.«

»Es könnte sein, daß ich eingenickt bin«, gab Harro zu. »Der Wein...«

»Aber Ennda war doch auch noch da.«

Ennda, die offensichtlich kurz vor dem Einnicken war, fuhr mit wutverzerrtem Gesicht auf. »Was willst du damit sagen, du Stadtratte? Willst du andeuten, daß ich dein junges Hürchen umgebracht habe? Glaubst du, ich habe ihr Gesicht aufgefressen? Ist es *das*, was du sagen willst? Aber wo, bitte, ist das Blut? Entdeckst du irgendwo Blut an mir? Oder an ihm?« Sie packte mit beiden Händen den Hals ihrer blauen Bluse, riß sie herunter und entblößte ihre Brüste.

Bartan war entgeistert. »Ennda! *Bitte!* Ich habe mit keinem Gedanken...«

Sie brachte ihn zum Schweigen, indem sie vom Stuhl hochsprang und ihren Becher ins Feuer schleuderte. »Ich halte den Traum in Schach! Er hat keine Gewalt mehr über mich, so wahr ich hier stehe!«

Harro stand auf und nahm seine Frau in die Arme, drückte ihr zerquältes Gesicht an seine Schulter. Sie lehnte sich gegen ihn, schluchzend und heftig zitternd. Der Wein aus ihrem Becher zischte und sprühte im Feuer.

»Ich...« Bartan stand ebenfalls auf und setzte seinen Becher ab. »Ich wußte nicht, daß der Traum sich wiederholt.«

»Manchmal noch«, sagte Harro. Aus seinen Augen sprach Zerknirschung, Elend und Heimsuchung. »Es ist das beste, ich bringe sie nach Hause.«

»Nach Hause?« Ennda – die magische Energie war erloschen – sprach wie ein Kind. »Ja, Harro, bring mich nach Hause... weg von diesem schrecklichen Land... wieder nach Osten, nach Ro-Amass. Ich kann so nicht länger leben. Laß uns dahin zurückgehen, wo wir *wirklich* zu Hause sind, wo wir glücklich waren.«

»Vielleicht hast du recht«, murmelte Harro und tätschelte ihr den Rücken. »Wir bereden das gleich morgen früh.«

Ennda drehte den Kopf und schenkte Bartan ein fahriges Lächeln. »Und was habe ich dir angetan, Bartan? Du bist ein guter Junge, und Sandi ist ein gutes Mädchen. Ich habe nicht mehr gewußt, was ich sagte.«

»Ich weiß«, sagte Bartan verlegen. »Du brauchst jetzt nicht zu gehen.«

Harro schüttelte den Kopf. »Nein, mein Junge, wir brechen jetzt auf. Aber ich komme morgen früh mit ein paar Leuten zurück. Wenn Sandi bis dahin nicht aufgetaucht ist, werden wir sie bald finden. Du wirst sehen.«

»Danke, Harro.« Bartan ging mit den beiden hinaus. Während er ihnen half, das Blauhorn an den Wagen zu schirren, konnte er nicht umhin, die schwach schimmernde Umgebung nach einem hellen, huschenden Fleck abzusuchen, der ihm Sandiwihris Rückkehr verkündet hätte.

Seine Aufmerksamkeit wurde nicht belohnt.

Bartan ahnte nicht, daß die schwärzeste Phase seines Lebens ihren Anfang nahm; er würde sich im Laufe der nächsten Tage damit abfinden müssen, daß seine stumme, teilnahmslose Frau für immer aus seiner Welt geschieden war.

10. Kapitel

Es war nichts Ungewöhnliches daran, daß der Feind aus der Sonne kam, aber was Tauler in Erstaunen versetzte, war die Größe der Angriffswelle. Sie bestand aus mindestens sechzig Schiffen, die in sicherer Gitterformation flogen.

Seine Hoffnung, die verheerende Niederlage der ersten Invasionsflotte würde dem Krieg ein Ende setzen, war enttäuscht worden, doch die nachfolgenden Angriffe waren weniger massiv gewesen. Viele hatten sich wie Selbstmordunternehmen ausgenommen, die nichts weiter im Sinn hatten, als Jenlands Verteidigung auf die Probe zu stellen. Die zweite Streitmacht hatte die gewichtslose Zone bei Nacht durchqueren wollen, aber ihr Düsengeräusch hatte sie verraten, und sie hatten sich unter schweren Verlusten zurückziehen müssen. Andere waren mit den verschiedenen ultrastarken Geschützen ausgerüstet gewesen, deren Rückstoß die eigenen Schiffe destabilisiert und zerstört hatte. Und bei zwei Gelegenheiten hatten die Diesländer sogar eigene Düsenjäger in den Kampf geworfen, die von den Flanken der Schiffe aus starteten. Zuerst hatten die feindlichen Flieger die Maschinen der drei Geschwader im direkten Luftkampf binden wollen, aber sie waren hoffnungslose Neulinge gewesen, verglichen mit Taulers erfahrenen Fliegern, und man hatte sie fast ausnahmslos hingeschlachtet. In einem zweiten Experiment hatten sie versucht, mit rasenden Einzeleinsätzen in die Innere Verteidigungsgruppe vorzustoßen, offenbar in der Absicht, die Stationen zu rammen – und man hatte sie erneut vertrieben und vernichtet.

Im Laufe der Zeit hatte sich immer deutlicher herausgestellt, daß die Einrichtung einer permanenten Basis in der gewichtslosen Zone für die Verteidiger von unschätzbarem Vorteil war. Es gab zu denken, daß König Rassamardan nicht zu demselben Schluß kam und den ungleichen Kampf aufgab. Die einzige Erklärung schien Tauler in Oberst Gartessans Rapport über die Begegnung mit den diesländischen Kundschaftern zu liegen. Gartessan hatte sie als übertrieben arrogant, stolz und Vernunftgründen nicht zugänglich beschrieben. Vielleicht verkörperten die Neuen Menschen von Diesland, einschließlich ihres Herrschers, ohne es zu ahnen, die Spätfolgen der Pterssose und waren dazu bestimmt, in ihrem eigenen irrationalen Gift zu ertrinken.

Die einzige Manifestation ihres Selbsterhaltungstriebs waren die Fallschirme, die sie neuerdings trugen, um bei Zerstörung ihrer Schiffe dem Tod zu entgehen. Es war schwer zu sagen, ob sie den Fallschirm nun unabhängig erfunden oder nur kopiert hatten; vielleicht hatte man auch die feindlichen Jäger nur den Trümmern der Maschine zu verdanken, die mit dem tödlich getroffenen Dinnitler in Richtung Diesland durchgegangen war.

Doch Tauler stellte aktuellere Mutmaßungen an… War das Erscheinen einer großen Flotte in diesem Stadium des Krieges nichts weiter als ein massiver Ausbruch selbstzerstörerischer Leidenschaft – oder war es ein Ausdruck von Selbstvertrauen, das sich auf eine neue Waffengattung stützte?

Diese Frage beschäftigte Tauler, während er an der Pfeilspitze des Roten Geschwaders gegen die Sonne flog. Der schräg abfallende Glasschirm, eine neue Errungenschaft der Jäger, lenkte den größten Teil des eisigen Fahrtwindes ab. Eine Achtelmeile weit rechts und links von ihm zogen die Blauen und Grünen ihre weißen Kondensstreifen durch den gestirnten Himmel, und die alte Erregung, die nicht frei war von Schuldgefühlen, begann sich seiner zu bemächtigen.

Weit unten, scharf abgehoben gegen die verschwommenen Farbwischer auf Dieslands Wölbung, legten sich bereits einige Schiffe der feindlichen Flotte auf die Seite. Die Diesländer tappten längst nicht mehr blindlings in den Hinterhalt. Wahrscheinlich ließen sie den Himmel über ihren Ballons von angeleinten Wachposten beobachten, um ihre Schiffe beim ersten Anzeichen von Kondensstreifen in die

Lage zu kippen, die für die gemeinsame Verteidigung vorgesehen war. Das war der Grund, weshalb die drei Geschwader inzwischen getrennt vorgingen. Der Kampfstil war individualistisch und opportunistisch geworden. Spektakuläre Einzelsiege und ebensolche Niederlagen waren die Folge gewesen; die Legenden schossen ins Kraut.

Was wird diesmal passieren? dachte Tauler, während sich sein Pulsschlag beschleunigte. Gibt es da unten einen Soldaten, der auserkoren ist, meinem Leben ein Ende zu setzen?

Als der Flottenverband das ganze Gesichtsfeld füllte, scherten die Jäger aus ihren Formationen aus und begannen, einen Korb aus Kondensstreifen um ihre Beute zu flechten. Tauler sah, wie links von ihm Biraisa Narrinda ausscherte. Das Knattern von Musketen mit großer Reichweite war zu hören, aber es kam sporadisch, verglichen mit den sonst heftigen Salven, und Tauler argwöhnte eine radikal neue Waffe. Er unterbrach den Antrieb und wartete ab, bis seine Maschine zum Stillstand kam, dann studierte er die Himmelsschiffe eingehender. Andere Jäger stürzten sich bereits in rasenden Attacken durch die Gitterformation des Feindes, und er konnte die orangefarbenen Funken der Pfeile sehen, obwohl bis jetzt noch kein Ballon Feuer gefangen hatte.

Tauler griff nach dem Fernglas, aber die Stulpenhandschuhe und der Bogen, der mit einer Schlaufe am linken Handgelenk hing, machten ihn unbeholfen, und er sah noch mit bloßem Auge, wie rund um einige feindliche Gondeln bräunliche Punkte auftauchten, als ob die Besatzungen Dutzende von Geschossen gegen ihre Angreifer schleuderten. Aber die Punkte flatterten und fingen an, sich nach eigenem Gutdünken zu bewegen.

Vögel!

Immer noch mit dem Riemen des Fernglases kämpfend, hatte Tauler einen Moment lang Zeit, sich zu fragen, welche Vogelart die Diesländer wohl gegen menschliche Gegner einsetzen mochten. Die Antwort lag auf der Hand – den Retzer. Dieser Adler, der im Retzergebirge in Nordkolkorron zu Hause war, hatte eine Spannweite von mehr als sechs Fuß und eine Fluggeschwindigkeit, die genauen Messungen

Hohn sprach; das Tier war in der Lage, im Handumdrehen ein Reh zu schlagen – oder einen Menschen. Früher hatte man den Adler angesichts seiner Unberechenbarkeit weder für die Jagd noch für den Krieg abgerichtet, auch nicht zum Einsatz gegen die Pterssas – doch die Neuen Menschen hatten bewiesen, daß sie kein Risiko scheuten, wenn es um die Vernichtung eines Feindes ging.

Der erste Blick durch das Fernglas bestätigte Taulers Befürchtungen, und ein Kälteschauer rann ihm den Rücken hinunter, während er abwartete, welche Verwüstung die großen Vögel, die von Natur aus Beherrscher der Lüfte waren, unter seinen Fliegern anrichten würden. Das Muster aus Kondensstreifen änderte sich schlagartig, als die Flieger in der Nähe der Himmelsschiffe die neue Bedrohung wahrnahmen und Ausweichmanöver flogen. Die Sekunden schleppten sich dahin, dann dämmerte es Tauler, daß die Situation merkwürdig statisch blieb. Er hatte erwartet, die Adler würden bei ihren unglaublich schnellen Reflexen angesichts der menschlichen Flieger sofort mit ihren unaufhaltsamen Attacken beginnen – doch sie blieben in der Nähe der Schiffe, auf denen man sie ausgesetzt hatte.

Die Vergrößerung im Fernglas enthüllte ein sonderbares Spektakel.

Die Adler schwangen kräftig ihre Fittiche und machten dabei pausenlos den Salto rückwärts, wobei sie so gut wie gar nicht von der Stelle kamen. Es war gerade so, als versuchten sie vergeblich, sich aus den Fängen einer unsichtbaren Kraft zu befreien. Je verzweifelter sie mit ihren Schwingen schlugen, um so schneller überschlugen sie sich.

Tauler war derart gebannt von dem Phänomen, daß noch etliche Sekunden dahinkrochen, ehe er begriff, was er sah … Die Adler waren unter den Bedingungen der Gewichtslosigkeit gar nicht in der Lage zu fliegen. Ohne die Anziehungskraft eines Planeten verloren die Gleichungen des Vogelflugs ihre Gültigkeit. Die Hauptkraft, die auf die Vögel wirkte, war der ›aufwärts‹ gerichtete Stoß des Flügelschlags; folglich machten sie ohne Gegengewicht unausgesetzt die Rolle rückwärts. Ein intelligentes Geschöpf hätte mit seinen

Flügeln andere Bewegungen ausprobiert – etwa eine Art Schwimmbewegung; aber die Adler – Gefangene ihrer Reflexe – konnten nicht umhin, unausgesetzt ihren fruchtlosen Kraftakt zu wiederholen.

»Pech für euch«, murmelte Tauler und fütterte Kristalle in den Antrieb. »Das kommt euch teuer zu stehen!«

In den nächsten Minuten wurde er Zeuge, wie ein Ballon nach dem anderen in Brand gesteckt wurde, offenbar ohne Verluste unter seinen Fliegern. Da die Diesländer jetzt aus dem Stillstand heraus kämpften, brannten die Ballons nicht so bereitwillig wie sonst. Der relative Luftstrom, der sonst die Flammen genährt hatte, fehlte, und manchmal erstickte das Feuer am eigenen Rauch, lange bevor die ganze Ballonhülle verbrannt war, obwohl das nichts am Schicksal des Schiffes änderte.

Die kreiselnden Adler verliehen der Schlacht etwas Bizarres. Ihr heiseres, schreckerfülltes Geschrei war der allgegenwärtige Hintergrund für das Röhren der Düsenjäger, das Knattern der Musketen und das gelegentliche Geschützfeuer. Die meisten Adler hörten nicht damit auf, stur ihre Kraft zu vergeuden; doch ein paar hingen inzwischen reglos in der Luft und hatten den Kopf unter eine Schwinge gesteckt, als ob sie schliefen. Einige hingen bewegungslos und hatten die Schwingen nicht ganz angelegt; sie waren allem Anschein nach tot, wahrscheinlich von schierer Panik übermannt.

Zutiefst befriedigt über den Verlauf der Dinge wich Tauler dem weißen Geflecht des Tumults aus und fahndete nach einem geeigneten Ziel, als sich ein Flieger des eigenen Geschwaders näherte. Es war Biraisa Narrinda, und sie imitierte mit der rechten Hand in rascher Folge Mundbewegungen. Verdutzt unterbrach er die Kristallzufuhr und drehte bei. Biraisa schloß auf, und die beiden Maschinen trieben Seite an Seite, leicht gierend, weil die Steuerruder an Wirkung verloren.

»Was ist los?« fragte Tauler. »Wollt Ihr einen der Vögel für das Festmahl einfangen?«

Biraisa schüttelte unwillig den Kopf und zog die Schutzbrille unters Kinn. »Tief unter dem Konfliktraum hält sich ein Schiff auf. Es wäre gut, wenn Ihr Euch den Einzelgänger einmal ansehen würdet.«

Er blickte in die Richtung, in die sie deutete, konnte aber kein Schiff entdecken. »Das wird ein Beobachter sein«, sagte er. »Der Pilot hat Order, sich vom Schauplatz fernzuhalten und Bericht zu erstatten.«

»Mein Fernglas sagt mir, daß es kein gewöhnliches Schiff ist«, sagte Biraisa. »Seht es Euch genau an, Baron. Nehmt das Glas. Da... wo der Wolkenstreifen den Golf von Tronom kreuzt.«

Tauler folgte der Aufforderung, und diesmal konnte er die winzigen Umrisse eines Himmelsschiffs ausmachen. Es lag relativ zu ihm auf der Seite, was ihn darin bestärkte, daß es die Aufgabe hatte, den Verlauf der Schlacht zu beobachten. Ob man da unten schon mitbekommen hatte, wie es um die Kameraden stand?

»Mir fällt nichts auf an dem Schiff«, sagte er. »Was findet Ihr denn so ungewöhnlich?«

»Und was ist mit der Markierung der Gondel? Seht Ihr nicht die blauen und grauen Streifen?«

Tauler studierte die winzige Schiffsgestalt noch einmal, dann nahm er das Glas herunter. »Eure jungen Augen sind offenbar besser als meine.« Er hielt inne, eine plötzliche Frische im Nacken, als ihm die volle Bedeutung von Biraisas Worten zu Bewußtsein kam. »Blau und Grau waren schon immer die Farben der königlichen Schiffe – dann müßte Rassamardan sie übernommen haben.«

»Warum nicht? Sie werden ihm einiges bedeuten.«

Tauler nickte nachdenklich. »Obwohl er die Alten verachtet, scheint er versessen auf alles, was die früheren Könige hatten. Aber welcher Herrscher wäre so tolldreist, sich in die Nähe einer Schlacht zu wagen?«

»Es heißt, Leddravohr hätte seine Truppen einst sogar *angeführt* – und er war kein Neuer Mensch«, sagte Biraisa durch Schleier aus Dampf. »Und was ist mit den Adlern? Wenn sie gehalten hätten, was man sich von ihnen versprochen hatte, wäre uns das gar nicht gut bekommen. Es sollte ein triumphaler Sieg werden, und da wollte Rassamardan bestimmt dabei sein.«

»Euer Verstand ist gerade so scharf wie Eure Augen, Kapitän.« Tauler schenkte ihr ein anerkennendes Lächeln.

»Komplimente sind ganz hübsch, Baron – aber mir schwebt eine angemessenere Belohnung zu.«

»Angenommen, es *ist* ein königliches Schiff, dann möchtet Ihr es zerstören dürfen.«

Biraisa zog die Augenbrauen zusammen und erwiderte offen seinen Blick. »Ich denke, ich habe ein Recht darauf – ich habe es entdeckt.«

»Ich habe volles Verständnis für Eure Gefühle – aber Ihr müßt auch meinen Standpunkt verstehen. Wenn Rassamardan wirklich an Bord dieses Schiffes ist, dürfen wir keinerlei Risiko eingehen und müssen *alles* daransetzen, ihn zu töten, damit dieser Krieg ein Ende hat. Ich kann nicht umhin, das Schiff mit allen verfügbaren Jägern anzugreifen.«

»Aber Ihr *wißt* doch gar nicht, ob Rassamardan an Bord ist«, sagte Biraisa, die Argumente so rasch wechselnd, wie Tauler es von seiner Frau kannte. »Es wäre gewiß unverantwortlich, wenn Ihr unsere gesamten Streitkräfte aus der Schlacht nehmt, nur um ein einzelnes Schiff zur Strecke zu bringen, zumal es uns keinesfalls entkommen kann.«

Tauler stieß einen übertriebenen Seufzer aus. »Darf ich Euch wenigstens begleiten und bei Eurer Heldentat dabeisein?«

»Danke, Baron«, sagte Biraisa warmherzig und diesmal ohne die Herausforderung, die sonst immer mitschwang, wenn sie seinen Titel aussprach. Sie langte sogleich nach dem Gashebel ihrer rotgestreiften Maschine.

»Nicht so schnell!« protestierte Tauler und wartete, bis das Dröhnen eines weitausholenden Jägers verklungen war. »Zuerst einmal macht Ihr Umol und Daas ausfindig und bringt sie her. Jemand muß Bescheid wissen. Die beiden sollen ein Auge auf uns haben. Falls uns etwas zustößt, müssen sie das Schiff mit allen zur Verfügung stehenden Mitteln angreifen – an Bord des Schiffes darf es auch nicht *einen* Überlebenden geben.«

Biraisa neigte den Kopf zur Seite und runzelte die Stirn. Das Unterlicht der Sonne machte aus ihrem Gesicht eine wunderschöne Maske. »Zwei Jäger gegen ein Himmelsschiff – wie könnt Ihr an unserem Erfolg zweifeln?«

»Wegen der Fallschirme«, sagte Tauler. »Solange ein Himmelsschiff nur Soldaten befördert, brauchen wir nur seinen Ballon zu zerstören. Es kümmert uns wenig, wenn die Insassen den langen Fall überstehen und sich bei nächster Gelegenheit die Prügel noch einmal holen. Aber in unserem Fall ist das Schiff unwichtig – es wäre mehr als sinnlos, den Ballon in Brand zu stecken und gleichzeitig zuzulassen, daß Rassamardan bei lebendigem Leib in sein verpestetes Königreich entkommt. In diesem besonders kritischen Fall ist nicht der Ballon unser Ziel, und auch nicht die Gondel.

Wir müssen vor allem Rassamardan töten, und ich brauche Euch nicht zu sagen, daß das ein weit riskanteres Unterfangen ist, als aus der Distanz einen Ballon zu treffen. Wollt Ihr immer noch den Vortritt?«

Biraisas Gesichtsausdruck war gänzlich unverändert. »Ich bin nach wie vor diejenige, die das Schiff entdeckt hat.«

Einige Minuten später, als sie beide auf parallelem Kurs dem fernen Schiff zustrebten, kamen Tauler die ersten Zweifel. Konnte er es verantworten, daß sie ihn begleitete? Die Jagdflieger waren eine verschworene Gemeinschaft, mit einem Kameradschaftsgeist, der alles in den Schatten stellte, was er zuvor beim Militär kennengelernt hatte; und Biraisa hatte das geschickt ausgenutzt, um seine Entscheidung zu beeinflussen. Ihm selbst, der mit dem Tod liebäugelte, mochte so eine gefährliche Mission geradezu willkommen sein – aber was war mit seiner Verantwortung für all die anderen, die ihm unterstanden?

Das Dilemma würde nur noch verzwickter werden, falls er Biraisa in das relativ sichere Kampfgeschehen zurückschickte. Sie würde ihm fraglos egoistische Motive unterstellen und glauben, es gehe ihm lediglich um den Ruhm, derjenige zu sein, der Rassamardan getötet hatte. Die meisten Flieger würden, so impulsiv wie sie waren, spontan auf ihrer Seite sein; und er fürchtete sich davor, ihre Achtung zu verlieren. War er wirklich imstande, das Leben einer jungen Frau zu vergeuden, nur weil er nicht auf die schmeichelnde Hochachtung einer Handvoll Draufgänger verzichten konnte?

Auf diese Frage gab es nur eine vernünftige und honorige Antwort: *Nein!*

Tauler sah zu Biraisa hinüber, sich innerlich auf eine Zerreißprobe einrichtend… da wurde er plötzlich von einem gänzlich unerwarteten Gefühl übermannt – einer Mischung aus Zuneigung und Respekt, ausgelöst durch den Anblick ihrer kleinen Figur, die rittlings auf dem stromlinienförmigen Rumpf des Düsenjägers saß und sich deutlich abhob gegen die silbrigen Wirbel einer dunkelblauen Unermeßlichkeit. Biraisa war nicht nur couragiert, sondern auch intelligent, und wäre ihm gewiß bei all seinen umständlichen Überlegungen eine Nasenlänge voraus gewesen – und außerdem war sie durchaus fähig, ihr Schicksal selbst in die Hand zu nehmen. Als ob sie spürte, daß er sich innerlich mit ihr beschäftigte, warf sie ihm einen forschenden Blick zu. Schal und Brille ließen kaum etwas von ihrem Gesicht erkennen. Tauler winkte einen Gruß und sie winkte zurück, dann konzentrierte er sich auf das bevorstehende Scharmützel.

Die beiden Jäger bewegten sich auf einem Kurs, der das Zentrum der Kampfhandlungen geradlinig mit dem einsamen Himmelsschiff verband. Tauler hatte gehofft, ihre Kondensstreifen würden vor dem verschlungenen Gewirr aus dunklem Rauch und sonnengerötetem Dampf unbemerkt bleiben, doch Tatsache war, daß scharfäugige Wachposten sie bereits erspäht hatten. Musketiere hechteten allseits von Bord, überschlugen sich, bis ihre Leinen straff waren, und bildeten einen spärlich besetzten Kreis, aus dem sie direkt auf einen Jäger feuern konnten, der sich der verletzlichen Oberseite des Ballons näherte. Ihre Chancen, einen Flieger außer Gefecht zu setzen, waren nicht groß, doch in diesem speziellen Fall gab es ein Problem. Wenn Biraisa die Gondel angreifen wollte, mußte sie auf gleicher Höhe mit den Musketieren anfliegen, und bei früheren Begegnungen hatte sich gezeigt, daß die Diesländer ausgezeichnete Schützen waren.

11.90.3

Knapp eine halbe Meile vor dem Schiff gab Tauler das Sprechsignal und stellte den Antrieb ab. Als Biraisa beigedreht hatte, sagte er: »Bevor wir ein unnötiges Risiko eingehen, seht Ihr Euch die Gondel noch einmal genau an. Sucht nach irgendeinem Beweis, daß Rassamardan wirklich an Bord ist.«

Biraisa hob ihr Fernglas an die Augen, verharrte so einen Moment lang, dann begann sie plötzlich hellauf zu lachen. »Ich habe eine Krone erwischt! Eine Glaskrone! Und so was hat König Pradt getragen? Sind die Könige wirklich mit so einem lächerlichen Kopfputz herumgelaufen?«

»Bei gewissen Anlässen«, sagte Tauler pikiert und fragte sich, warum er pikiert war. »Wenn das Baitrans Krone ist, die Ihr gesehen habt, dann besteht sie fast ganz aus Diamanten und hat einen Wert...« Eine grimmige Freude stieg in ihm auf. »Dieser Narr! Dieser aufgeblasene Popanz! Die törichte Liebe zu dieser lumpigen Glaskappe wird ihn das Leben kosten! Wieviel Schuß habt Ihr noch?«

»Ganze sechs.«

»Gut! Ich übernehme den Ballon, aber mehr von der Seite her als von oben, damit ich gut zu sehen bin in der Gondel. Wenn ich den Brandpfeil abschieße, werden alle Blicke mir gelten – und genau in diesem Augenblick müßt Ihr angreifen. Vielleicht habt Ihr Glück und erwischt gleich auf Anhieb die Kristallvorräte. Seid Ihr soweit?«

Biraisa nickte. Tauler vergewisserte sich, daß nichts mehr in sein Druckluftreservoir paßte, und blies Kristalle ein – die Maschine reagierte spontan und preschte auf das Himmelsschiff zu. Er flog nicht ganz so schnell wie sonst bei einem Angriff und holte in einer weiten Kurve aus, so daß er den Ballon in einer abfallenden Diagonale passieren würde. Biraisa flog einen abschüssigeren Kurs, den Antrieb nur stoßweise benutzend und entsprechend kurze Kondensstreifen hinterlassend.

Während die blau und grau gestreifte Gondel heranwuchs, sah Tauler ein Gequirle von Gestalten zwischen den Trennwänden aus Korbgeflecht. Er zählte acht Soldaten an ebensoviel Leinen, die wie Speichen von der Gondel ausgingen. An der abgebuckelten, perspektivischen Verkürzung der Oberkörper erkannte er, daß sie mit ihren Musketen auf ihn zielten.

Das ist es, dachte er, den rechten Handschuh ausziehend. Das ist genau das, was ich will.

Er nahm einen Pfeil aus dem Köcher, zündete ihn an und setzte ihn auf die Sehne. Dann ließ er die Maschine losrasen, stemmte sich gegen die Beschleunigung und stieß auf den Ballon hinunter. Das Dröhnen des Düsenrohrs löschte das Knattern der Musketen aus, aber die weißen pilzförmigen Wölkchen waren unverkennbar. Derweil die monströse Gestalt des Ballons zu einer braunen Wand heranschwoll, die das Universum aus dem Gesichtsfeld drängte, drehte er den Jäger um die Längsachse, so daß ihm der solide Rumpf als Schutzschild gegen die meisten Schützen diente. Diesland und Jenland glitten gehorsam in ihre neuen Positionen am Firmament.

Tauler spannte den Bogen und schoß aus einer einzigen geübten Bewegung heraus und hörte gleichzeitig den Doppelknall von Biraisas Kanonen. Der Pfeil schnellte auf einer Flugbahn, die durch die Geschwindigkeit des Jägers gekrümmt wurde, in den Ballon. Irgend etwas traf sein linkes Bein, und Büschel der Baumwollisolierung wirbelten im Fahrtwind davon. Er duckte sich tief über den runden Rücken der Maschine und jagte hinaus in den bestirnten dunkelblauen Himmel. In sicherer Entfernung stellte er den Antrieb ab und zog eine Kehre, so daß er den Schauplatz des Kampfes überblicken konnte.

Rechts über ihm vollendete Biraisa ein ähnliches Manöver. Das Feuer an der Seite des Ballons griff um sich. Obwohl Tauler sicher war, daß Biraisa getroffen hatte, war die Gondel anscheinend unbeschädigt. Es war unmöglich zu sagen, was die Eisenkugeln unter den Insassen angerichtet hatten.

Biraisa war dabei, die Verschlußstücke ihrer Kanonen zu entfernen und neue Kugeln einzuladen. Als sie fertig war, hob sie die Hand, und Tauler griff den Ballon erneut an, wobei er soviel Musketenfeuer wie möglich auf sich zog, um ihr auch den zweiten Anflug zu erleichtern. Er konnte seinen feurigen Stachel in dem verunstalteten Riesen zurücklassen und hielt erneut Ausschau nach Biraisa. Sie lud tief unter ihm in einer steilen Kehre nach und flog, ohne abzuwarten, einen dritten, rasenden Angriff gegen den Boden der Gondel.

Die angeleinten Soldaten richteten ihre Musketen gegen Biraisa, als sie auch schon aus beiden Kanonen feuerte. Die Gondel bebte, als die Kugeln sich in die Deckplanken gruben, aber sie richteten keinen erkennbaren Schaden an, und die Soldaten an Bord feuerten unbeirrt weiter durch den schwarzen Rauch, der sich um das todwunde Himmelsschiff sammelte. Tauler, der vergeblich auf die Kristallexplosion gehofft hatte, drehte bei. Es war zwar nicht auszuschließen, daß Rassamardan getroffen worden war, aber ein Mensch war nur ein kleines Ziel in einer so geräumigen Gondel, und in diesem Fall *mußte* er einfach sichergehen. Unter den gegebenen Umständen durfte er keine Zugeständnisse machen. Er suchte den gestirnten Himmel ab und sah, wie Biraisa in einer strahlend hellen Aura aus Dampf auf ihn herabstieß. Als sie näher kam, klopfte er sich mit der flachen Hand auf die Brust und zeigte auf das Himmelsschiff, was heißen sollte, daß er jetzt ihren Part übernehmen würde. Sie zog den Schal vom Gesicht und rief etwas, das im Grollen ihres Antriebs unterging. Ihr Gesicht war wutverzerrt, kaum wiederzuerkennen. Er konnte gerade noch das weiße Spinnennetz auf ihrer Windschutzscheibe sehen, dann gab sie vollen Kristallstrom und schrumpfte unter entsetzlichem Gedröhn von dannen – genau auf das Himmelsschiff zu.

Tauler stieß unwillkürlich einen Protestschrei aus, als der Jäger auf die Gondel zuraste, und deutlich wurde, daß Biraisa nicht im Traum daran dachte, den Kurs zu ändern. Knapp zwei Sekunden vor dem Zusammenstoß sprang sie ab. Die Maschine durchbrach die Wand der Gondel, schlug in das zentrale Antriebsaggregat und schickte das gesamte lädierte Behältnis in eine träge Rolle vorwärts, wobei es sich in große Teile des immer noch brennenden Ballonmaterials wickelte. Eine Beschleunigungsstrebe brach ab und drosch seitlich davon, derweil die angeleinten Soldaten sich rettungslos in dem Tohuwabohu verhedderten. Im nächsten Augenblick gab es eine Reihe von fauchenden und zischenden Explosionen – typisch für Paikn-Havl-Reaktionen – gefolgt von einer gewaltigen grünlichen Stichflamme. Für Tauler stand sofort fest, daß niemand an Bord überlebt hatte.

Biraisa, die in eine Flugbahn gehechtet war, die nur geringfügig von der des Jägers abwich, war in dem undurchdringlichen Gebrodel von Rauch verschwunden und nicht wieder aufgetaucht. Voll beklemmender Angst, die Gefühle aufgeladen, blies er Kristalle ein und flog um das taumelnde Chaos herum in das klare und stille Blau dahinter. Keine Spur von Biraisa. Dann entdeckte er ein flimmerndes weißes Stäubchen, das seine Position vor dem Hintergrund aus Sternen und silbrigen Spiralen änderte. Durch das Fernglas sah er Biraisa, die vielleicht eine Meile entfernt war und sich immer weiter entfernte, immer noch von der Geschwindigkeit ihres Jägers zehrend.

Er jagte hinter ihr her, gepeinigt von der schrecklichen Vision ihres verstümmelten Körpers, Geschwindigkeit und Richtung regulierend, während er aufholte ... Der Jäger schloß rollend und schlingernd auf. Tauler mußte sich in die Fußbügel stellen, damit er Biraisas Arm zu fassen bekam, und zog sie heran. Er spürte sofort, daß sie lebte und wohlauf war, denn sie übernahm geschickt das Kommando über ihre Relativbewegung und landete aufrecht und rittlings auf seinem Schoß, Auge in Auge mit ihm, die Arme um seinen Hals.

Er sah die mechanische Ekstase in ihrem Gesicht, spürte trotz des dick gepolsterten Himmelsanzugs die vibrierende Spannung ihres Körpers, und in diesem Augenblick blieb ihnen nichts als sich zu küssen. Biraisas Lippen waren kalt, auch ihre Zunge war kalt, aber Tauler – der Mann, der dem Sex für immer und ewig abgeschworen hatte – konnte nicht verhindern, daß sich sein Schoß gegen sie bäumte und bäumte. Sie umklammerte ihn mit den Beinen und ritt ihn ungeduldig für die Dauer des Kusses, dann schob sie sein Gesicht mit beiden Händen zurück.

»War ich gut, Tauler?« fragte sie atemlos. »War das nicht das Beste, was du jemals erlebt hast?«

»Ja, ja, aber du kannst froh sein, daß du noch am Leben bist.«

»Ich weiß, ich *weiß!*« Sie lachte und setzte den Kuß fort, und sie trieben so eine Zeitlang, verloren zwischen den funkelnden Sternen und glänzenden Wirbeln ihres ganz privaten Universums.

Meistenteils war es still an Bord des Himmelsschiffs. Etwa zweihundert Meilen unterhalb der gewichtslosen Zone hatte Tauler das Wendemanöver durchgeführt, und jetzt fiel das Schiff sanft auf Jenland hinunter. In den nächsten Tagen gab es kaum mehr zu tun, als periodisch Heißgas einzublasen, um den Innendruck des riesigen Ballons anzugleichen, damit die Hülle nicht zusammenfiel. Die bittere Kälte wurde durch ein kristallbetriebenes Heizaggregat gelindert und durch die Tatsache, daß die Gondeln jetzt standardmäßig mit Pergament ausgeschlagen waren, um die Ritzen in Boden und Wänden gegen die frostige Luft abzudichten.

Trotzdem war es immer noch reichlich kalt in der Gondel, und als Biraisa die Bluse auszog, schrumpften ihre Brustwarzen zu braunen Spitzen. Tauler, der bereits nackt war und sich unter einer ganzen Lage von Baumwolldecken verkrochen hatte, streckte einladend eine Hand aus, doch Biraisa zögerte noch. Sie kniete sich neben ihn und packte eine der Querleinen, die bei annähernder Gewichtslosigkeit eine wichtige Sicherheitsvorkehrung waren.

»Weißt du auch, was du tust?« sagte sie. »Du bist nicht gerade diskret vorgegangen.« Tauler hatte nämlich keinen Hehl daraus gemacht und niemanden darüber im Zweifel gelassen, daß er sie dem König zu präsentieren gedachte und vorhatte, eigens für sie beide ein Himmelsschiff zu requirieren, anstatt mit Fallsack und Fallschirm nach Jenland zurückzukehren.

»Und jetzt hältst du mich nur hin, damit ich es mir noch einmal überlegen kann?« Er lächelte. Sein Blick huschte über ihre Brüste, die so elastisch schön in Form standen, wie das unter normalen Gewichtsverhältnissen nicht möglich war.

»Oder willst du nur verhindern, daß ich meine Meinung ändere?«

Biraisa deckte einen Unterarm über ihre Brüste. »Ich denke an die Baronin. Sie wird bestimmt davon erfahren, von irgendwem, und ich möchte nicht, daß du mir nachher die kalte Schulter zeigst.«

»Gesalla und ich leben in getrennten Welten«, sagte Tauler. »Jeder geht seiner Wege.«

»Wenn das so ist...« Biraisa wand ihren kleinen, kalten Körper in die Decken neben ihm, und er japste nach Luft, als sie ihn mit kalten Fingern berührte.

In den folgenden Tagen und Nächten, inmitten flackernder Meteore, erwachten längst erblindete Facetten seines Daseins zu neuem Glanz, und Tauler erlebte, wie schal und leer sein Leben im Laufe der Jahre geworden war. Diese Erfahrung war unsäglich süß und zugleich unsäglich bitter, denn eine innere Stimme sagte ihm, daß er eine Art Selbstmord inszenierte – einen geistigen Suizid – inmitten flackernder Meteore.

DRITTER TEIL

Stille Invasion

11. Kapitel

Seit Sandiwihri vor achtzig Tagen verschwunden war, hatte sich Bartan Drammys Leben drastisch geändert.

Jeden Morgen ging er hinaus und gab sich Mühe, wenigstens die nähergelegenen Felder zu bestellen – eine Aufgabe, der er sich nicht entziehen konnte – aber was ihn wirklich umtrieb, war sein Hort von Korbflaschen, aus dem er Nahrung und Trost bezog. Das Herstellen und Konsumieren von Wein war seine Hauptbeschäftigung. Frische Hefe zu benutzen oder darauf zu warten, daß sich die Sinkstoffe absetzten, waren Feinheiten, auf die er längst verzichtete; klar oder trübe war eine Frage der Ästhetik, aber nicht des Alkoholgehalts.

Sowie der Wein im Krug nicht mehr gärte, schüttete er ihn vom Bodensatz ab und kippte eine neue Ladung Frucht- oder Beerensaft nach, die mit dem alten Hefeschlamm zur Gärung gebracht wurde. Die Hefe wurde rasch verunreinigt durch wilde Mikrobenstämme, was Weine hervorbrachte, die sauer waren und ein abartiges Aroma hatten. Doch diese Methode hatte den unschätzbaren Vorteil, daß sie Zeit sparte.

Viel und schnell, war Bartans Devise. Der Genuß des trüben Gebräus führte dazu, daß er häufig krank und von Diarrhöe gepeinigt wurde; doch diesen Preis zahlte er gerne, wenn er dafür seinen Schuldgefühlen entrinnen und nachts durchschlafen konnte. Der Handel war um so günstiger, als Bartan kaum noch feste Nahrung brauchte, weil ihn der schaumige Inhalt des Glases mit fast allem versorgte, was nötig war, um sich im trägen Fluß der Tage über Wasser zu halten.

Jetzt, da auch die Phoratihrs den ›Korb‹ verlassen hatten, gab es niemanden mehr, der ihm Gesellschaft leistete. Und die Abstecher zur Taverne hatte er aufgegeben. Der Aufwand lohnte sich nicht, da es auf der Farm mehr als genug zu trinken gab und man ihn in Neu-Minett ohnehin nicht mehr mit allzu offenen Armen empfing. Kerrodell, der Gemeindevorsteher, hatte ihm wegen seines Trinkens und seiner äußeren Erscheinung ins Gewissen geredet und war seither auch nicht mehr der ideale Umgang für ihn.

Bartan kehrte wieder einmal von der Feldarbeit heim – es war kurz vor Sonnenuntergang – als er am staubigen Boden eine rasche Bewegung bemerkte. Bei näherem Hinsehen stellte sich heraus, daß es eins von den ekligen Viechern war, die er schon lange nicht mehr zu Gesicht bekommen hatte. Der glitzernde braune Krabbler kämpfte sich auf dem Weg zum Haus voran, wobei gelegentlich die fahlgraue Unterseite aufblitzte, wenn er über Kieselsteine kraxelte.

Einen Moment lang starrte Bartan die Kreatur an, wobei sein Mund vor lauter Widerwillen zuckte, dann sah er sich suchend um. Er wählte einen Stein, den er mit beiden Händen aufheben mußte, und schmetterte ihn auf den Krabbler. Die Augen abgewandt, für den Fall, daß auch nur eine Spur von dem ekelhaften Resultat zu sehen war, tat er einen Schritt über den Stein hinweg und setzte seinen Weg fort. Jenlands Boden war reich an kleinen Lebensformen, und die meisten fand er widerwärtig, aber er ließ sie für gewöhnlich in Frieden ziehen – mit einer einzigen Ausnahme. Wann immer er einen Krabbler sah, verspürte er den unwiderstehlichen Drang, ihn zu zermalmen.

Haus und Nebengebäude waren in warmes rotgoldenes Licht getaucht, und er spürte die vertraute Depression angesichts der einsamen Nacht, die ihn dort erwartete. Das war die schlimmste Zeit des Tages, wenn ihn anstelle von Sandiwihris Lachen die Stille des Hauses empfing. Der Himmel, der sich zusehends verdunkelte, schien von der Leere darunter widerzuhallen. Die ganze Welt schien öde und verlassen, als die Sonne unterging. Er ging am Schweinestall vorbei, aus dem kein Laut drang, weil er die Tiere längst freigelassen hatte, und ging über den Hof zum Haus. Beim Öffnen der Haustür hielt er inne – das Herz schlug ihm bis zum Hals, denn er meinte zu *fühlen*, daß hier etwas anders war als sonst.

»Sandi!« rief er aus einem irrationalen Impuls heraus. Er stürzte durch die Küche und stieß die Schlafzimmertür auf. Das Zimmer dahinter war leer und noch so dick verstaubt, wie er es hatte verstauben lassen. Niedergeschmettert und mit dem Gefühl, sich wie ein Narr zu betragen, kehrte er gleichwohl zum Hauseingang zurück und musterte die Umgebung. Alles war wie immer in dem kupferfarbenen Licht; das einzige Lebenszeichen rührte von dem Blauhorn, das in der Nähe des Obstgartens graste.

Bartan seufzte und schüttelte den Kopf über diesen Anfall von Schwachsinn. Er spürte einen pochenden Schmerz in den Schläfen, eine Nachwirkung des Weins, den er im Laufe des Nachmittags getrunken hatte. Er fühlte sich wie ausgedörrt. Er wählte eine volle Korbflasche aus dem Vorrat in der Ecke, nahm sich einen Becher, ging wieder nach draußen und setzte sich auf die Bank neben dem Eingang. Der Wein schmeckte nicht wie sonst, aber er trank die ersten beiden Becher gierig, schüttete sie wie Wasser in sich hinein, um jenen benebelten Zustand zu erreichen, der Geist und Gefühl betäubte. Es war ihm, als brauche er die Betäubung mehr denn je in den kommenden Stunden.

Während die Dunkelheit immer dunkler wurde und der Himmel sich für die Nacht schmückte, hatte Bartan nur Augen für Fernland – das einzige grüngetönte Objekt am Firmament. Er stand der Religion nach wie vor skeptisch gegenüber, doch in letzter Zeit hatte er mehr und mehr verstanden, welcher Trost von ihr ausgehen konnte. Gesetzt den Fall, Sandiwihri war tot, war es dann nicht wohltuend, daran zu glauben – oder auch nur anzunehmen – daß sie lediglich auf dem *Heiligen Pfad* in diese ferne Welt gegangen war, um dort ein neues Leben zu beginnen? Eine einfache Wiedergeburt, bei der weder die Erinnerung noch die Persönlichkeit fortgeschrieben wurde, wie es die Alternistische Religion lehrte, war praktisch nicht vom ungeschminkten Tod zu unterscheiden – aber sie war mehr als nichts. Gab es keine Wiedergeburt, hatte er in seiner Borniertheit und Arroganz ein für allemal ein wundervolles Menschenleben zerstört – gab es sie, bestand die Hoffnung, daß er und Sandiwihri sich in der Ewigkeit, die vor ihnen lag, noch einmal – vielleicht sogar viele Male – begegnen würden, und er ebenso oft die Chance bekam, alles wiedergutzumachen, was er ihr angetan hatte. Der Umstand, daß sie einander nicht wiedererkennen würden und dennoch zwei vermählte Seelen waren, die sich aus unerfindlichen Gründen zueinander hingezogen fühlten, machte die ganze Idee betörend schön und ergreifend ...

Tränen verschleierten Bartans Augen, und sein Bild von Fernland bekam konzentrische, spektralfarbene Wimpernkränze. Er stürzte noch mehr Wein hinunter, um das würgende Elend in seiner Kehle zu lindern.

Laß es mich wissen, wenn du da oben bist, Sandi, bettelte er, sich ganz seiner Phantasievorstellung überlassend. *Wenn du mir nur mit einem einzigen Zeichen verraten könntest, daß es dich noch gibt, ich würde wieder zu leben anfangen.*

Er hörte nicht auf zu trinken, während Fernland himmelab trieb. Hin und wieder verlor er entkräftet und berauscht die Besinnung, doch wenn er die Augen öffnete, war der grüne Planet immer im Zentrum seines Blickfelds, manchmal als wirbelnde, glänzende Blase, dann wieder als runder Chrysopras, langsam rotierend, schmachtend grünes Feuer aus tausend Facetten sprühend. Der Edelstein wurde größer und größer, um schließlich einen unsteten Kern zu entwickeln, der einen wächsernen Glanz verströmte – einen Kern, der allmählich die Gesichtszüge einer Frau annahm.

Bartan, sagte Sandiwihri mit einer Stimme, die nicht Laute, sondern Stille modulierte. *Armer Bartan, ich weiß um dein Elend, und ich bin froh, daß es mir endlich gelungen ist, dich zu erreichen. Du mußt aufhören, dir die Schuld zu geben und dich selbst zu bestrafen und so dein einzigartiges Leben zu vergeuden. Du brauchst dir meinetwegen keine Vorwürfe zu machen.*

»Aber ich habe dich doch hierhergebracht«, murmelte Bartan traumwandlerisch. »Ich bin für deinen Tod verantwortlich.«

Wenn ich tot wäre, könnte ich nicht mit dir reden.

»Verbrechen bleibt Verbrechen«, erwiderte Bartan mit trunkener Halsstarrigkeit. »Ich habe dir ein Leben vorenthalten – ein Leben an meiner Seite – und du warst so lieb, so süß, so gut…«

Du mußt mich so sehen, wie ich wirklich war, Bartan. Ertrinke nicht in Selbstmitleid, nur weil du dir etwas vormachst. Ich war eine ganz gewöhnliche Frau, mehr nicht.

»So gut, so rein…«

Bartan! Vielleicht hilft es dir, wenn ich dir sage, daß ich dir nie treu gewesen bin. Glev Trinchil war nicht der einzige Mann, mit dem ich's getrieben hab. Es hat außer dir und Glev noch viele andere gegeben – einschließlich Onkel Jop…

»Das ist nicht wahr! Ich habe dir gemeine Lügen in den Mund geträumt.« Auf einer anderen Bewußtseinsebene begann er soeben zu begreifen und zu staunen: *Das ist gar kein Traum! Das geschieht wirklich!*

So ist es, Bartan. Die Stimme, die sich der Stille bediente, strahlte Weisheit und Güte aus. *Was geschieht, geschieht wirklich, aber es wird nicht wieder geschehen – also merke dir gut, was ich dir jetzt sage. Ich bin nicht tot! Du mußt aufhören, dich zu quälen und dein einzigartiges Leben mutwillig zu zerstören. Laß die Vergangenheit Vergangenheit sein und widme dich anderen Dingen. Und vor allem – vergiß nicht, mich zu vergessen. Lebe wohl, Bartan…*

Das Geräusch, mit dem der Becher am Boden zerschellte, brachte Bartan auf die Füße. Er stand da in der Dunkelheit unter dem Sternenzelt, schwankend und fröstelnd, starrte auf den Punkt aus reinem grünen Licht, der ohne Lichtsaum und optische Verzierung knapp über dem westlichen Horizont stand – und sah in Fernland zum ersten Mal einen anderen Planeten, eine Welt, einen wirklichen Lebensraum, der so groß war wie Diesland oder Jenland.

»Sandi!« rief er und lief ein paar ebenso vergebliche wie klägliche Schritte auf Fernland zu. »*Sandi!*«

Fernland setzte den langsamen Abstieg zum Rand der Welt fort.

Bartan ging ins Haus, holte sich einen neuen Becher und

kehrte damit zur Bank zurück. Er schenkte sich ein und trank in kleinen, regelmäßigen, schonungslosen Schlucken, derweil der rätselhafte grüne Funken noch auf dem Horizont blinzelte, ehe er endgültig erlosch. In Bartans Kopf herrschte momentan eine merkwürdige und labile Klarheit – ein Zustand, der nur von kurzer Dauer sein konnte, ihn aber in die Lage versetzte, hier und jetzt mit unirdischen Ideen ins reine zu kommen. Gleichwohl war jedoch Eile geboten, denn der Wein überspülte bereits wieder die Gestade seines Bewußtseins.

»Ich lehne die Religion nach wie vor ab«, verkündete er der Finsternis. Er sprach laut, damit sich die kommenden Tage und Jahre hinter die Ohren schrieben, welchen Standpunkt er vertrat.

»Und ich tue das, weil es vollkommen logisch ist. Und woher weiß ich, daß es vollkommen logisch ist? Weil die Alternisten predigen, daß nur die Seele, die geistige Essenz, sich über den Heiligen Pfad traut. Es ist ein Dogma, daß sie dabei jede Erinnerung zurückläßt – denn sonst würden die Menschen mit der Zeit unter der Altlast ihrer früheren Leben zusammenbrechen. Aber Sandiwihri erinnert sich an mich und unsere Lebensumstände – also kann sie keine alternistische Wiedergeburt sein.

Außerdem ist kein Fall bekannt, wo ein Verblichener sich mit einem Hinterbliebenen unterhalten hätte. Und Sandiwihri hat mehrmals gesagt, mein Leben sei einzigartig, was ... was natürlich nichts beweist ... aber falls wir alle nur ein einziges Leben haben, und sie *redete* mit mir, was beweist, daß sie nicht tot ist ...

... dann ist Sandiwihri noch leibhaftig am Leben!«

Bartan – voll nebelhafter Zuversicht und deprimiert zugleich – fröstelte und nahm einen langen Schluck. Seine Entdeckung war von großer Tragweite und warf viele Fragen auf – Fragen, wie sie sich ihm noch nie gestellt hatten. Was machte ihn so sicher, daß Sandiwihri sich ausgerechnet auf Fernland befand und nicht, was viel wahrscheinlicher war, irgendwo auf seiner eigenen Welt? Lag es daran, daß sein Gespräch mit Sandi so innig mit dem Bild des grünen Planeten verbunden gewesen war, oder war ihre sonderbare stimmlose Botschaft von Bedeutungen überlagert gewesen, die nicht in den blanken Worten zum Ausdruck gekommen waren? Und falls sie auf Fernland war – wie hatte man sie dahingebracht? Und warum? Er mußte an die unerklärlichen Lichtphänomene denken, die er in der Nacht ihres Verschwindens gesehen hatte. Und, unbeschadet der anderen Mutmaßungen, was hatte ihr die übernatürliche Fähigkeit verliehen, über Tausende von Meilen zu ihm zu sprechen?

Und – was ihn am meisten bedrückte – was sollte er jetzt, da er Bescheid wußte, mit seinem Wissen anfangen? Was sollte er unternehmen?

Bartan grinste, glasig in die Finsternis stierend. Die letzte Frage war am leichtesten zu beantworten.

Es lag auf der Hand, daß er nach Fernland mußte, um Sandiwihri zurückzuholen!

»Deine Frau ist was?« brüllte Medschin Kerrodell baß vor Staunen, und in der Taverne breitete sich aufmerksame Stille aus.

»Sie wurde entführt«, wiederholte Bartan.

Kerrodell rückte näher an ihn heran, die Hand auf dem Griff seines Degens. »Weißt du auch schon, wer das getan hat? Weißt du, wo sie ist?«

»Ich weiß nicht, wer dafür verantwortlich ist, aber ich weiß, wo sie ist«, sagte Bartan. »Meine Frau lebt auf Fernland.«

In der Nähe kicherten einige, und die Anzahl derer, die ihn umringten, nahm zu. Kerrodell warf einen unwilligen Blick in die Runde, und sein gerötetes Gesicht wurde tiefrot, bevor er Bartan mit verengten Augen fixierte.

»Sagtest du Fernland? Meinst du etwa Fernland – den Planeten?«

»Genau den meine ich«, sagte Bartan ernst. Er langte nach dem Bierkrug, den man ihm hingestellt hatte, verlor das Gleichgewicht und mußte sich einen Moment lang am Tisch abstützen.

»Du setzt dich besser, bevor du umfällst.« Kerrodell wartete, bis Bartan sich auf eine Bank niederließ. »Bartan, ist das im Sinne von Trinchil zu verstehen? Willst du damit sagen, deine Frau ist tot und hat den *Heiligen Pfad* beschritten?«

»Ich sagte, sie lebt. Auf Fernland.« Bartan nahm einen langen Zug aus dem Bierkrug. »Ist das so schwer zu verstehen?«

Kerrodell setzte sich rittlings auf die Bank. »Schwer zu verstehen ist, wie du dich so gehenlassen kannst. Du siehst schrecklich aus, du stinkst – und nicht nur nach schlechtem Wein – und nun bist du so besoffen, daß du nur noch wirres Zeug redest. Ich habe dir schon mal gesagt, Bartan, du mußt *Spukland* verlassen, bevor es zu spät ist.«

»Habe ich bereits«, sagte Bartan und wischte sich mit dem Handrücken den Bierschaum von den Lippen. »Ich setze keinen Fuß mehr in die Gegend.«

»Wenigstens *eine* vernünftige Entscheidung von dir. Wo willst du hin?«

»Habe ich das nicht gesagt?« Bartan musterte die belustigten und ungläubigen Gesichter, die ihn umringten. »Nun, ich will nach Fernland, um meine Frau zu befreien.«

Er erntete brüllendes Gelächter, gegen das auch der Gemeindevorsteher machtlos war. Mehr Leute drängten sich um Bartan, derweil andere hinauseilten, um zu verbreiten, welch unerwartete Abwechslung die Taverne bot. Ein frisch gefüllter Bierkrug kam schlitternd vor Bartan zum Halt.

Der dicke Odler humpelte heran, bahnte sich seinen Weg durch die Umstehenden und sagte: »Aber woher, mein Freund, willst du denn *wissen*, daß deine Frau sich auf Fernland aufhält?«

»Sie hat es mir vor drei Nächten selber gesagt. Sie hat mit mir gesprochen.«

Odler stieß seinen Nebenmann an. »Hatte die Frau nicht ein Paar kräftige Blasebälge? Was meinst du, Alzron? Die müssen wohl besser funktioniert haben, als wir denken.«

Die Bemerkung brachte Bartan aus der alkoholisierten Fassung. Er packte Odlers Hand und wollte ihn auf die Bank herunterzerren, aber der Gemeindevorsteher ging dazwischen und drohte ihnen mit dem Finger.

»Alles, was ich damit sagen wollte«, beschwerte sich Odler, wobei er das Hemd wieder in die Hose stopfte, »war, daß Fernland ziemlich weit weg ist.« Seine Miene hellte auf, als er witzelte: »Ich meine, genau darum heißt Fernland Fernland, oder etwa nicht? Das *ferne* Land!«

»Von dir kann man immer noch lernen«, sagte Bartan. »Sandiwihri erschien mir in einer Vision. Sie hat auch mit mir gesprochen in einer Vision.«

Wieder erntete er einen Heiterkeitsausbruch und – wiewohl vom Alkohol betäubt – begriff er gleichwohl, daß er sich hier nur lächerlich machte.

»Meine Herren«, sagte er und erhob sich schwankend. »Ich habe schon viel zu lange hier verweilt, denn ich muß in die Metropole nach Pradt. In den letzten zwei Tagen habe ich meinen Wagen gründlich überholt und gewartet – also dürfte die Reise nicht allzu lange dauern – aber gleichwohl brauche ich unterwegs etwas Geld für Lebensmittel und für ein bißchen Wein oder Branntwein.« Er nickte in Anerkennung des ironischen Beifalls.

»Draußen auf dem Wagen ist mein Luftboot – es braucht nur einen neuen Gassack – und ich habe außerdem noch ein paar guterhaltene Möbel und Werkzeuge dabei. Wer gibt mir hundert Korron für das Ganze?«

Einige gingen nach draußen, um sich anzusehen, was fraglos ein gutes Geschäft war, doch andere waren mehr darauf aus, mit Bartan ihr Spiel zu treiben. »Du hast uns noch nicht erzählt, wie du Fernland erreichen willst«, sagte ein hohlwangiger Kaufmann. »Willst du dich aus einer Kanone abschießen lassen?«

»Ich habe bis jetzt noch keine Idee, wie der Flug aussehen soll, und darum muß ich zuerst nach Pradt. Da gibt es einen Mann, der mehr über Himmelsreisen weiß als jeder andere. Ihn muß ich aufspüren.«

»Wie heißt er denn?«

»Marakain«, sagte Bartan. »Generalhimmelsmarschall Baron Tauler Marakain.«

Einige pusteten verhalten.

»Er wird sich glücklich schätzen, dich kennenzulernen«,

sagte Odler, wobei er in gespielter Anerkennung nickte. »Der Baron und du, ihr werdet ein hübsches Paar abgeben.«

»Genug davon!« Kerrodell packte Bartan beim Arm und zog ihn gewaltsam aus der Gruppe heraus. »Bartan, es betrübt mich, dich so zu erleben, mit all deinem besoffenen Gefasel über Fernland und Visionen … und jetzt das Gerede von einem Besuch beim Königsmörder. Das kann doch nicht dein Ernst sein.«

»Wieso nicht?« Um einen würdevollen Abgang bemüht, bürstete Bartan die Finger des Gemeindevorstehers von seinem Arm. »Jetzt, wo der Krieg zu Ende geht, wird der Generalhimmelsmarschall keine weitere Verwendung mehr haben für die Festungen. Wenn er hört, daß ich eine davon nach Fernland fliegen will – unter kolkorronischer Flagge, wohlgemerkt –, wird er mit Freuden die Schirmherrschaft übernehmen, da bin ich sicher.«

»Du tust mir leid«, bemerkte Kerrodell traurig. »Du tust mir aufrichtig leid.«

Auf seiner Reise nach Osten behielt Bartan den dortigen Horizont im Auge, und so wurde er schließlich belohnt. Es war lange her, seit er Diesland zum letzten Mal gesehen hatte.

Die Schwesterwelt schlug zunächst einen blassen Lichtbogen über die ferne Bergkette; dann, im weiteren Verlauf der Reise, schwoll sie zu einer glühenden Kuppel heran. Und während sie mehr und mehr vom Tagbogen der Sonne verschluckte, wurden die Nächte merklich länger. Sie schob sich weiter in den Himmel, und als ihr Rand einen Halbkreis beschrieb, zeichneten sich ihre Kontinente und Meere deutlich ab und beschworen die Vergangenheit herauf …

Schließlich hob Diesland mit dem unteren Rand vom Horizont ab, und das vielfarbige Feuer der aufgehenden Sonne brandete durch den schmalen Zwischenraum. Der tägliche Rhythmus von Hell und Dunkel, wie er eingeborenen Kolkorroniern vertraut war, kehrte zurück, wiewohl in diesem Stadium der Reise der Frühtag noch extrem kurz war. Für Bartan, der alleine durch das staubtrockene Land fuhr, war dieses denkwürdige Ereignis ein willkommener Anlaß, sich eine Sonderration Branntwein zu genehmigen.

Wenn Frühtag und Spättag gleichzogen, würde Pradt nicht mehr weit sein, und ebensowenig der Augenblick, in dem er seine Zukunft in die Hände eines Fremden legte.

12. Kapitel

Man hatte viel Geist und Mühe darauf verwendet, den Garten so herzurichten, als sei er schon Jahrhunderte alt. Einige Statuen waren absichtlich beschädigt worden, damit sie alt wirkten, und die Mauern und Steinbänke hatte man mittels aggressiver Lösungen einer künstlichen Verwitterung ausgesetzt. Blumen und Sträucher waren entweder aus Samen gezogen, die noch von Diesland stammten, oder waren hiesige Spielarten, die denen der Alten Welt zum Verwechseln ähnlich sahen.

Einerseits fand Tauler Marakain die Idee sympathisch – womöglich konnte diese Umgebung sogar über die schmerzlich empfundene Leere beim Sonnenuntergang hinweghelfen – andererseits wunderte er sich über die Motive, die dem Projekt zugrunde lagen. König Chakkell würde mit dem, was er auf Jenland vollbracht hatte, zweifellos in die Geschichte eingehen, aber das alleine stellte ihn offenbar nicht zufrieden. Ihn gelüstete nach allem, wonach es schon seine Vorgänger gelüstet hatte, nämlich nicht bloß nach Macht, sondern ebensosehr nach dem Pomp und den Symbolen derselben. Rassamardan, der König der Neuen Menschen, hatte dieselben Gelüste unlängst mit dem Leben bezahlt. Tauler würde nie die Mentalität derjenigen begreifen, die unbedingt Untertanen brauchten.

»Ich bin sehr zufrieden mit dem Ergebnis«, sagte König Chakkell, wobei er sich im Gehen auf den dicken Bauch schlug, als komme er soeben von einem Bankett. »Die ganze Sache ist uns teuer zu stehen gekommen, aber jetzt, wo Rassamardan tot ist, brauche ich all diese schwebenden Festungen nicht mehr. Wir schieben sie nach Diesland ab, und mit etwas Glück begraben sie noch ein paar von diesen verseuchten Parvenüs unter sich.«

»Das wäre keine gute Idee«, sagte Tauler impulsiv.

»Wieso? Irgendwohin fallen sie über kurz oder lang – und da ist es doch besser, sie fallen denen auf den Kopf als uns.«

»Ich finde, wir sollten das Bollwerk aufrechterhalten.« Tauler wußte, daß er nun als Generalhimmelsmarschall mit logischen Argumenten aufwarten mußte, konnte sich aber nur schwer auf so unpersönliche Dinge wie taktische Verteidigung konzentrieren. Er und Biraisa waren erst vor ein paar Stunden aus ihrem Himmelsschiff geklettert – und nun mußte er unbedingt mit seiner Frau sprechen.

Chakkell breitete die Arme aus und unterbrach ihren Spaziergang durch den Garten. »Was sagst du, Savotl?«

Ilven Savotl, eine Hand in die Magengrube gepreßt, sah verblüfft drein. »Verzeihung, Majestät – wie war die Frage?«

Chakkell runzelte unwillig die Stirn. »Was ist los mit dir? Du scheinst in letzter Zeit mehr auf deinen Bauch zu hören als auf meine Worte. Bist du krank?«

»Es ist nur eine Gallenkolik, Majestät«, sagte Savotl. »Vielleicht ist das Essen aus der Palastküche zu kräftig für mich.«

»Dann sollte mir wenigstens dein Magen dankbar sein. – Ich habe vor, unser himmlisches Bollwerk aufzulösen und die Festungen nach Diesland abzuschieben. Was sagst du dazu?«

»Wir würden dem Feind damit nur signalisieren, daß wir nicht mehr verteidigungsbereit sind.«

»Was macht das schon, wenn er seinerseits nicht mehr bereit zum Angriff ist?«

»Rassamardans Nachfolger könnte so ehrgeizig sein wie sein Vorgänger«, sagte Tauler. »Die Diesländer könnten eine neue Flotte schicken.«

»Nachdem die letzte total zerstört wurde?«

Tauler bemerkte, wie der König allmählich die Geduld verlor, aber er wollte nicht aufgeben. »Meiner Ansicht nach sollten wir alle Jäger in Bereitschaft halten, sowie die Stationen, die für die Versorgung von Mensch und Maschine vonnöten sind.« Zu Taulers Überraschung reagierte Chakkell mit einem herzhaften Lachen.

»Ich kenne dich doch!« sagte Chakkell jovial und klopfte ihm auf die Schulter. »Du bist noch immer nicht erwachsen, Marakain. Du brauchst immer ein neues Spielzeug. Die Jäger sind deine Spielsachen, und die gewichtslose Zone ist dein Tummelplatz, und *ich* soll die Rechnung bezahlen. Ist es nicht so?«

»Ganz und gar nicht, Majestät.« Tauler machte keinen Hehl daraus, daß er gekränkt war. Oft genug hatte Gesalla aus einer ähnlichen Laune ... *Gesalla! Ich habe unsere Liebe verraten, und nun muß ich dir alles beichten. Wenn du mir doch nur vergeben könntest! Ich schwöre dir ...*

»Hör zu«, fuhr Chakkell in vertraulichem Ton fort. »Ich habe ja durchaus Verständnis für deinen Standpunkt, seit ich deinen kleinen Spielgefährten gesehen habe.«

»Majestät, wenn ihr auf Himmelskapitän Narrinda anspielt ...«

»Nun komm, Marakain!« amüsierte sich Chakkell und nahm die Privatfehde sofort wieder auf, als der Gegner ihm eine Blöße bot. »Du willst mir doch nicht weismachen, daß du mit der Kleinen nicht geschlafen hast. Leugnen ist zwecklos, Mann! Es steht dir im Gesicht geschrieben! Was sagst *du*, Savotl?«

Nachdenklich seinen Magen massierend, sagte Savotl: »Wie wäre es, wenn wir die Kommandostationen und Festungen verbrennen würden? Egal wohin die Asche fällt – sie ist ebenso harmlos wie verschwiegen.«

»Eine fabelhafte Idee, Savotl – danke – aber du hast dich nicht zur Sache geäußert.«

»Ich werde mich hüten, Majestät«, sagte Savotl nicht ohne Humor. »Ich müßte entweder einem König widersprechen oder einem Adligen zu nahe treten, der dafür bekannt ist, in solchen Fällen sehr hitzig zu reagieren.«

Tauler nickte ihm leutselig zu. »Womit du sagen willst, daß man die Privatsphäre eines Mannes respektieren sollte.«

»Privatsphäre?« Chakkell schüttelte amüsiert den braun glänzenden Schädel. »Tauler Marakain, mein lieber alter

Gegenspieler, Freund und Hofnarr – du kannst nicht zur gleichen Zeit stromauf- und stromabwärts rudern. Tage vor deiner Ankunft in Pradt kamen Kuriere in Fallsäcken hier an, und die Nachricht von deinem Hochzeitsflug mit dem appetitlichen Himmelskapitän Narrinda hat sich wie ein Lauffeuer verbreitet.

Sie ist zur Nationalheldin avanciert, und du bist – *wieder* einmal – Nationalheld geworden. In den Tavernen ist eure Verbindung schon durch eine Million Trinksprüche besiegelt. In den Augen meiner Untertanen, die größtenteils romantische Dummköpfe sind, scheint ihr ein Paar zu sein, das die Vorsehung zusammengeführt hat, aber keiner von ihnen steht vor der heiklen Aufgabe, das der Baronin Gesalla Marakain erklären zu müssen. Ich auch nicht, dem Himmel sei Dank – ich glaube, ich würde lieber gegen Karkarand antreten.«

Tauler machte eine formelle Verbeugung, die kundtat, daß er zu gehen beabsichtigte. »Wie ich schon sagte, Majestät – man sollte die Privatsphäre eines Mannes respektieren.«

Tauler folgte der Hauptstraße, die Pradt mit der südlichen Stadt Hiffern verband. Auf dem Kamm eines bestimmten Hügels zügelte er sein Blauhorn und blickte nach Südwesten – zum ersten Mal seit über einem Jahr sah er sein Zuhause wieder.

Obgleich das graue Steingebäude noch mehrere Meilen entfernt war, stach es unter der Spättagssonne grellweiß aus den grünen Horizontalen der Landschaft heraus. Tauler bemühte sich, in seinem Innern eine Welle der Freude oder Rührung zu bewerkstelligen – als sich nichts dergleichen einstellte, wurde er einmal mehr von Schuldgefühlen heimgesucht.

Ich bin ein glücklicher Mann, sagte er sich, entschlossen, die Gefühle seinem Willen zu unterwerfen. Meine wunderschöne Monofrau ist in diesem Schrein eingesperrt, und – falls sie mir die Sünde vergibt, die ich gegen sie begangen habe – ich werde das Privileg haben, ihr für den Rest unserer Tage ein liebender Gefährte zu sein. Auch wenn sie mir nicht sofort verzeiht, werde ich sie schließlich für mich einnehmen können, indem ich so bin, wie sie es sich wünscht, indem ich der Tauler Marakain bin, der ich eigentlich hätte sein sollen und der ich nun aufrichtig und von ganzer Seele sein möchte – und wir werden unseren Lebensabend zusammen genießen. Das ist das, was ich will. Das ist das, was ICH WILL!

Von seinem erhöhten Standpunkt aus konnte Tauler stückweise die Straße einsehen, die sein Anwesen mit der Nord-Süd-Route verband. Seine Aufmerksamkeit galt einem undeutlichen weißen Fleck, der einen einzelnen Reiter ankündigte, der zur Hauptstraße unterwegs war. Ein Blick durch das gedrungene Teleskop, das er seit seiner Kindheit bei sich trug, ließ ein Blauhorn mit milchigen Vorderläufen erkennen. Der Reiter konnte nur sein Sohn sein. Diesmal war Taulers Freude spontan. Er hatte Kassill sehr vermißt, in erster Linie den Sohn, aber auch den Menschen, mit dem er erfolgreich zusammengearbeitet hatte.

Unter den unnatürlichen Umständen des himmlischen Krieges hatte er beinah vergessen, an welchen Projekten er mit Kassill gearbeitet hatte; doch es blieb genug für sie beide zu tun – mehr als genug, um alle Tage beschäftigt zu sein. Es war von existentieller Bedeutung, endlich mit dem Fällen von Brakkabäumen Schluß zu machen, wollte man vermeiden, daß sich die Pterssas – wie auf Diesland geschehen – auch hier wieder zu unbesiegbaren Feinden des Menschen entwickelten. Der Schlüssel für die Zukunft lag in der Entwicklung und Bearbeitung von Metallen. Und König Chakkells Abneigung, dem Problem ins Auge zu sehen, war allein schon Grund genug, die gemeinsame Arbeit wieder aufzunehmen.

Tauler galoppierte weiter und sah erwartungsvoll dem Moment entgegen, da Kassill ihn bemerken und erkennen würde. Die Einmündung war diejenige, wo er auf den glücklosen Osslit Psennel gestoßen war, doch er verdrängte die Erinnerung daran, während er und Kassill sich auf konvergierenden Wegen unaufhaltsam näher kamen. Als sie höchstens noch zweihundert Schritt voneinander entfernt waren, und nichts geschah, hegte Tauler den Verdacht, daß sein Sohn mit geschlossenen Augen ritt und sich ganz dem Blauhorn anvertraute. Wahrscheinlich war er unterwegs zum Eisenwerk.

»He, wach auf, du Schlafmütze!« rief er laut. »Was ist das für eine Begrüßung?«

Kassill blickte zu ihm herüber, zeigte keinerlei Überraschung, wandte den Kopf wieder ab und ritt mit unverändertem Tempo weiter. Er erreichte die Einmündung als erster und folgte zu Taulers Bestürzung der Hauptstraße nach Süden. Tauler rief Kassills Namen und galoppierte hinter ihm her, holte ihn ein und fiel ihm in die Zügel.

»Was ist los mit dir, mein Sohn?« sagte er. »Schläfst du mit offenen Augen?«

Kassills graue Augen blickten kühl. »Ich bin hellwach, Vater.«

»Wieso hast du dann...?« Tauler studierte das feingeschnittene, ovale Gesicht, das eine einzige Vorwegnahme der Begegnung mit Gesalla war, und jegliche Freude erstarb in ihm. »So ist das also.«

»So ist *was* also?«

»Rede nicht drumherum, Kassill – egal, was du von mir denkst, sag es wenigstens frei heraus. Also, was hast du für Kopfschmerzen? Ist es vielleicht wegen der Frau?«

»Ich...« Kassill preßte die Knöchel der geballten Faust auf die Lippen. »Wo ist sie übrigens? Schenkt sie jetzt etwa ihre Gunst dem König?«

Tauler erstickte den aufflammenden Ärger. »Ich weiß nicht, was dir zu Ohren gekommen ist – aber Biraisa Narrinda ist eine rechtschaffene Frau.«

»Wie Dirnen nun einmal sind«, höhnte Kassill.

Tauler hatte schon mit dem Handrücken ausgeholt, als er sich besann und innehielt. Erschrocken senkte er den Blick und starrte auf die Hand wie auf einen Fremdling, der ungebeten Partei ergriffen hatte. Sein Blauhorn rieb den Kopf an Kassills Tier und schnaubte leise.

»Entschuldige«, sagte Tauler. »Mein Temperament ist... Bist du auf dem Weg zum Eisenwerk?«

»Ja. Kaum ein Tag, an dem ich nicht da bin.«

»Ich komme später nach. Vorher muß ich mit deiner Mutter reden.«

»Wie du meinst, Vater.« Kassill vermied jeden besonderen Gesichtsausdruck. »Darf ich jetzt weiterreiten?«

»Ich will dich nicht länger aufhalten«, sagte Tauler, mit einem Gefühl der Hoffnungslosigkeit ringend. Er blickte seinem Sohn hinterher, der nach Süden davonritt, dann setzte er seinen Weg fort. Irgendwie war es ihm nicht in den Sinn gekommen, Kassills Gefühle in Betracht zu ziehen, und nun sah es so aus, als ob die Beziehung zwischen Vater und Sohn tiefgreifend gestört war. Vielleicht taute der Junge ja im Laufe der Zeit wieder auf – jetzt jedenfalls war Gesalla seine einzige Hoffnung. Wenn sie ihm rasch verzieh, mochte das auch seinen Jungen umstimmen.

Über ihm hing die große Scheibe Dieslands; die zunehmende Lichtsichel erinnerte daran, daß der Spättag schon ziemlich fortgeschritten war. Tauler trieb das Blauhorn zu schnellerem Galopp an. Farmer auf den umliegenden Feldern sahen von ihrer Arbeit auf und grüßten, als er vorbeiritt. Er war beliebt bei den Pachtbauern, hauptsächlich weil er nur den nominellen Pachtzins nahm. Bedauerlicherweise waren nicht alle menschlichen Beziehungen so leicht zu regeln. Der König hatte gut lästern. Tauler konnte sich nicht erinnern, am Vorabend einer Schlacht ängstlicher gewesen zu sein als zum jetzigen Zeitpunkt, da ihn Vorwürfe, Verachtung und Zorn seiner Frau erwarteten. Verliebte hatten immaterielle Waffen – Worte, Schweigen, Mimik und Gestik – Waffen, die schmerzhafter sein konnten als Schwert und Speer.

Als er die Hofmauer vor dem Haus erreichte, war sein Mund wie ausgedörrt, und er mußte seine ganze Selbstbeherrschung aufbieten, um nicht zu zittern.

Da das Blauhorn aus den königlichen Stallungen stammte, mußte Tauler absteigen und das Tor von Hand öffnen. Er führte das Tier in den Vorhof, und während es in gemächlichem Paßgang zu dem steinernen Wassertrog ging, musterte er die vertraute Umgebung mit ihren Ziersträuchern und wohlgepflegten Blumenbeeten. Gesalla kümmerte sich persönlich um die Pflanzen. Wo er auch hinsah, war das Werk ihrer grünen Finger zu spüren – was ihn daran erinnerte, daß er binnen Sekunden vor ihr stehen würde.

Er hörte, wie die Haustür geöffnet wurde, und drehte sich um. Gesalla stand im Bogengang. Sie trug ein knöchellanges dunkelblaues Gewand und hatte ihr Haar so hochgesteckt, daß der Silberstreif eine natürliche Krone formte. Ihre Schönheit war so vollkommen und so einschüchternd wie eh und je, und als er Gesalla lächeln sah, wurde ihm die Last seiner Schuld unerträglich. Sein Lächeln mißriet zu einem schlaffen Grinsen. Er stand wie angewurzelt. Sie kam zu ihm und küßte ihn auf die Lippen, kurz, aber warm, dann trat sie einen Schritt zurück und betrachtete ihn von Kopf bis Fuß.

»Du bist nicht verwundet«, sagte sie. »Ich habe solche Angst um dich gehabt, Tauler … alles hörte sich so unwahrscheinlich gefährlich an … aber jetzt, wo du unversehrt bist, kann ich wieder aufatmen.«

»Gesalla …« Er nahm ihre Hände. »Ich muß mit dir reden.«

»Natürlich mußt du das – und bestimmt hast du Hunger und Durst. Komm ins Haus! Ich mach dir was zu essen.« Sie zog ihn bei den Händen, aber er blieb stehen.

»Ich bleibe wohl besser hier draußen«, sagte er.

»Warum das denn?«

»Wenn du erst hörst, was ich dir zu sagen habe, bin ich sicher nicht mehr willkommen im Haus.«

Gesalla musterte ihn neugierig, dann führte sie ihn zu einer Steinbank. Als er sich hingesetzt hatte, setzte sie sich rittlings auf die Bank und rutschte näher an ihn heran, bis er sich teilweise zwischen ihren Knien befand. Diese Intimität elektrisierte und irritierte ihn zugleich.

»Und nun, mein lieber Baron«, sagte sie leichthin, »was habt Ihr mir für schreckliche Geständnisse zu machen?«

»Ich …« Tauler senkte den Kopf. »Ich war mit einer anderen Frau zusammen.«

»Na und?« sagte Gesalla unbeeindruckt.

Tauler war entsetzt. »Ich glaube, du hast mich ... wenn ich sage, ich war mit einer anderen Frau zusammen, meine ich, daß ich mit ihr geschlafen habe.«

Gesalla lachte. »Ich bin nicht dumm, Tauler – ich weiß schon, was du meinst.«

»Aber ...« Da es ihm nie wirklich gelungen war, die Reaktionen seiner Frau vorherzusehen, wurde er wachsam. »Bist du nicht zornig?«

»Hast du vor, die Frau hierherzubringen und an meine Stelle zu setzen?«

»Du weißt, daß ich das nie fertigbrächte.«

»Ja, das weiß ich wirklich, Tauler. Du bist ein gutherziger Mensch, und keiner weiß das besser als ich, nach all den Jahren, die wir zusammen sind.« Gesalla lächelte und legte sanft eine Hand auf die seine. »Warum sollte ich also zornig auf dich sein oder dir Vorwürfe machen?«

»Aber ich verstehe das nicht!« platzte Tauler heraus. Ihm schwirrte der Kopf. »So warst du noch nie. Wie kannst du so gelassen bleiben, wo du weißt, wie sehr ich dich verletzt habe?«

»Ich wiederhole – du hast mich nicht verletzt.«

»Steht denn plötzlich die ganze Welt auf dem Kopf?« fuhr Tauler auf. »Willst du damit sagen, daß nichts dagegen einzuwenden ist, wenn ein Mann seine Monofrau betrügt – die Frau, die er liebt?«

Gesalla lächelte aufs neue, und ihre Augen wurden dunkel vor Mitgefühl. »Armer Tauler! Du begreifst noch immer nicht? Du weißt auch jetzt noch nicht, warum du dich jahrelang wie ein Adler in einem Käfig gebärdet hast – warum du jede Gelegenheit beim Schopf packst, um dein Leben aufs Spiel zu setzen. Das alles ist für dich wie ein Buch mit sieben Siegeln, hab ich recht?«

»Du machst mich ärgerlich, Gesalla. Bitte sprich nicht zu mir wie zu einem kleinen Kind.«

»Aber das ist es ja gerade – du bist ein Kind. Du hast nie aufgehört, ein Kind zu sein.«

»Ich habe die Leute satt, die mir das erzählen. Vielleicht sollte ich mein Glück ein andermal probieren, wenn dir nicht danach ist, in Rätseln zu reden.« Tauler war schon halbwegs auf den Füßen, als Gesalla ihn wieder auf die Bank zog.

»Eben war ich noch die Frau, die du betrogen hast und die du liebst«, sagte sie mit einer Stimme, die nicht sanfter und freundlicher hätte klingen können. »Siehst du, und das ist die Quelle für all deinen Kummer – du ...« Gesalla hielt inne, und zum ersten Mal bei dieser Begegnung schien sie ein wenig von ihrer Gelassenheit zu verlieren.

»Sprich weiter.«

»Siehst du, Tauler – du liebst mich einfach nicht mehr.«

»Das ist eine Lüge!«

»Es ist die Wahrheit, Tauler. Mir war die lang anhaltende Glut der Liebe immer wichtiger als die kurze helle Flamme am Anfang. Hättest du genauso empfunden, könntest du auch weiterhin glücklich mit mir zusammenleben – aber das war nie der Fall. Wie bei allen anderen Dingen auch. Nimm dir all die anderen Liebesaffären, die du hattest – mit der Armee, den Himmelsschiffen, den Metallen. Du hätschelst immer irgendeinen Tagtraum in deinem Hirn, und wenn er sich als solcher herausstellt, suchst du dir einen neuen.«

Tauler bekam Dinge zu hören, die er nicht hören wollte, und tief in seinem Innern begann sich der verhaßte Wurm der Desillusionierung zu regen. »Gesalla«, sagte er und versuchte besonders vernünftig zu klingen, »gehen jetzt nicht die Worte mit dir durch? Wie kann ich eine Liebesaffäre mit Metallen haben?«

»Für dich war das kein Problem! Du konntest doch nicht einfach nur ein neues Material entdecken und Experimente damit anstellen – du mußtest einen Feldzug daraus machen. Du würdest dem Abholzen des Brakka auf immer ein Ende setzen; du würdest eine neue ruhmreiche Ära in der menschlichen Geschichte einleiten; du würdest der Retter der Menschheit sein. Und gerade als dir zu dämmern begann, daß Chakkell und seinesgleichen niemals ihre Einstellung ändern würden, da landete das Schiff der Diesländer.

Es kam gerade richtig, Tauler – es lieferte dir einen neuen vielversprechenden Traum – aber er hielt nicht lange vor. Der Krieg war dir viel zu kurz. Und nun bist du wieder in der normalen, eintönigen Welt ... und du wirst alt ... und, was das schlimmste ist, du hast keine große Herausforderung mehr vor dir. Was dir bleibt, ist ein ruhiges Leben hier auf deinem Gut oder sonstwo, bis du einen ganz gewöhnlichen Tod stirbst – gerade so wie jeder gewöhnliche Sterbliche das seit Anbeginn der Zeit getan hat.

Kannst du dir das vorstellen, Tauler?« Gesalla sah ihm ernst in die Augen. »Wenn nicht, fände ich es besser, wir würden getrennt leben. Ich möchte jedenfalls die Jahre, die mir noch bleiben, in Frieden leben – und davon gab es reichlich wenig, während ich zusehen mußte, wie du unablässig dein Leben aufs Spiel gesetzt hast.«

Der Wurm war gefräßig und höhlte Tauler allmählich aus. »Es muß tröstlich sein, soviel Wissen und Weisheit zu besitzen und seine Gefühle derart unter Kontrolle zu haben.«

»Der alte Sarkasmus, Tauler?« Gesalla verstärkte den warmen Griff, mit dem ihre Hand auf der seinen ruhte. »Du tust mir unrecht, wenn du glaubst, ich hätte nicht bitterlich um dich geweint. In der Nacht, die ich bei dir im Palast geblieben bin, habe ich endlich klargesehen. Ich wurde zornig auf dich, weil du so warst, wie du nun einmal bist, und eine Zeitlang habe ich dich dafür gehaßt – und Tränen vergossen. Aber das gehört der Vergangenheit an. Jetzt geht es um unsere Zukunft.«

»Haben wir denn eine Zukunft?«

»*Ich* habe eine Zukunft – soviel steht fest – und die Zeit ist reif, daß du deine Wahl triffst. Ich weiß, ich habe dir heute viel Kummer bereitet, aber das war nicht zu vermeiden. Ich gehe jetzt ins Haus zurück. Ich möchte, daß du dich hier draußen entscheidest – und wenn du soweit bist, folgst du mir oder du reitest fort. Ich stelle nur eine Bedingung – die Entscheidung muß endgültig und unwiderruflich sein. Komm nur ins Haus, wenn du in deinem Herzen die Gewißheit findest, daß wir uns gegenseitig zufriedenstellen können, und zwar bis an das Ende unserer Tage. Es gibt keinen Kompromiß, Tauler – weniger ist zu wenig.«

Gesalla wirbelte federleicht auf die Füße und sah auf ihn hinab. »Einverstanden?«

»Einverstanden«, sagte Tauler benommen. Gegeißelt von der Angst, er könnte seine Monofrau nie wieder zu Gesicht bekommen, sah er ihr hinterher. Sie ging ins Haus und schloß, ohne sich noch einmal umzusehen, die Tür hinter sich. Er sprang auf und ging ziellos im Hof auf und ab. Der Schatten der Westmauer kroch über sein Anwesen, dämpfte die Farben der Blumen, brachte einen Hauch von Kühle in die Luft.

Tauler hob den Blick. Dieslands Beleuchtungsphase nahm beständig zu, und er folgte in einem Atemzug der Spur seines Lebens, von seinem Geburtsort auf dieser fernen Welt bis zu der stillen Umfriedung, in der er stand. Alles, was ihm je widerfahren war, schien direkt zu diesem Augenblick geführt zu haben. Im Rückblick erschien ihm sein Leben wie eine einzige, narrensichere Straße, die ihm keine Alternative gelassen hatte – aber jetzt, urplötzlich, gabelte sich der Weg. Eine folgenschwere Entscheidung war fällig, und er hatte soeben erfahren müssen, daß er denkbar schlecht gerüstet war, um wirklich *echte* Entscheidungen zu fällen.

Tauler lächelte mit einem Mundwinkel. Dem kurzen Abenteuer mit Biraisa Narrinda hatte er noch Minuten zuvor Bedeutung beigemessen. Gesalla – ihm, wie üblich, um Nasenlängen voraus – hatte es besser gewußt. Er hatte die Wegscheide erreicht und mußte sich für die eine oder die andere Richtung entscheiden. *Die eine oder die andere Richtung!*

Derweil er im Vorhof umherwanderte, näherte sich die Sonne unaufhaltsam dem Horizont, und die Taggestirne wurden zahlreicher. Einmal segelte die transparente Blase einer Pterssa über ihn hinweg, auf einer Brise, von der im Geviert aus weinbelaubten Mauern nichts zu spüren war. Erst als sich im östlichen Blau die ersten silbrigen Wirbel zeigten, brach Tauler abrupt seine Wanderschaft ab. Ein Stück Selbsterkenntnis war ihm zugewachsen – nun wußte er, warum er so lange gebraucht hatte, um seine Wahl zu treffen.

Er hatte gar keine Wahl mehr! Weil es gar kein Dilemma mehr gab!

Die Entscheidung war längst gefallen, noch während Gesalla auf ihn eingeredet hatte. Er würde sie nie zufriedenstellen können, weil er inwendig hohl war und sich nicht einmal mehr selbst zufriedenstellen konnte. Gezaudert hatte er nur, weil er zu feige gewesen war, der Wahrheit ins Auge zu sehen.

Die Wahrheit ist, daß ich schon halbwegs tot bin, sagte er sich, und mir bleibt nichts anderes übrig, als auch die zweite Hälfte dieses Weges zu gehen.

Er stieß einen zittrigen Seufzer aus, ging zu seinem Blauhorn und führte es zum Hoftor. Er brachte das Tier hinaus, und beim Verschließen des Tors warf er einen letzten Blick auf das dösende Haus. An keinem der düsteren Fenster stand Gesalla. Tauler stieg in den Sattel und ritt in trägem Wiegeschritt auf die Schotterstraße hinaus, die nach Osten führte. Die Felder lagen verlassen, die Welt schien wie ausgestorben.

»Was kommt als nächstes?« fragte er das große Universum, und die Worte verloren sich rasch im Zwielicht der Umgebung. »Was bitte soll ich als nächstes tun?«

Weit voraus auf der Straße tauchte ein winziger, kaum wahrnehmbarer Unruheherd auf. Bei normaler Gemütsverfassung hätte Tauler sein Teleskop benutzt, um sich näher darüber zu informieren, wer ihm da entgegenkam, doch diesmal schien ihm der Aufwand zu groß. Warum sollte er dem natürlichen Lauf der Ereignisse vorgreifen?

Nach kurzer Zeit konnte er einen Wagen ausmachen, der von einem einzelnen Menschen gelenkt wurde, und Minuten später konnte er erkennen, daß Wagen und Fahrer in desolatem Zustand waren. Das Vehikel hatte einen Großteil der Seitenverkleidung eingebüßt, und die Räder schlackerten auf abgeleierten Achsen. Der Fahrer war ein bärtiger, junger Bursche, derart staubverkrustet, daß er einer Lehmfigur ähnelte.

Tauler ritt an den Rand der Straße, damit das Gespann passieren konnte, und war überrascht, als der Wagen langsamer wurde und neben ihm zum Stehen kam. Der Fremde starrte ihn aus rotgeränderten Augen an und war allem Anschein nach ziemlich betrunken.

»Entschuldigung, mein Herr«, nuschelte er, »habe ich die Ehre, mit Baron Tauler Marakain zu sprechen?«

»Ja«, entgegnete Tauler. »Warum fragst du?«

Der bärtige Bursche schwankte einen Moment lang, dann brachte er trotz seines dreckigen und zerzausten Zustands ein jungenhaft sympathisches Lächeln zustande. »Mein Name ist Bartan Drammy, und ich bin eigens gekommen, um Euch einen exorbitanten Vorschlag zu unterbreiten – einen Plan, der gewiß Eure ungeteilte Aufmerksamkeit findet.«

»Das bezweifle ich sehr«, sagte Tauler abweisend und macht Anstalten, weiterzureiten.

»Aber, Baron! Soviel ich weiß, seid Ihr als Generalhimmelsmarschall für alles zuständig, was mit den oberen Regionen des Himmels zu tun hat.«

Tauler schüttelte den Kopf. »All das ist erledigt und vorbei.«

»Tut mir leid, das zu hören, Baron.« Drammy brachte eine Flasche zum Vorschein und entkorkte sie, dann hielt er inne und warf Tauler einen finster entschlossenen Blick zu. »Das bedeutet, ich muß um eine Audienz beim König ansuchen.«

Wiewohl ihn allerhand bedrückte, mußte Tauler sich ein Lachen verkneifen. »Er wird ganz ohne Zweifel fasziniert sein von deinem Plan.«

»Davon bin ich überzeugt«, pflichtete ihm Drammy bei, den der Alkohol sichtlich beflügelte. »Welcher Herrscher wäre nicht hingerissen von der Idee, seine Flagge auf Fernland zu hissen.«

13. Kapitel

Das Wirtshaus ›Zum Blauen Vogel‹ in Pradt war nach einem prominenten Gasthaus in Ro-Atabri benannt, und sein Besitzer war dementsprechend auf einen guten Ruf bedacht. Demzufolge war er sichtlich verstört gewesen, als Tauler mit dem heruntergekommenen Bartan Drammy im Schlepptau das Lokal betreten hatte. Von dem heldenhaften Aristokraten beehrt zu werden, hatte ihn offensichtlich nicht für dessen übelriechenden und verdreckten Begleiter entschädigen können. Dennoch hatte er sich bewegen lassen, zwei Schlafkammern zur Verfügung zu stellen und eine große Wanne mit heißem Wasser füllen zu lassen. Eine Weile schon ließ Bartan sich in der Wanne einweichen, und aus dem grauen Seifenschaum ragte außer dem Kopf nur noch die Hand, die den Becher mit Branntwein umklammert hielt.

Tauler nahm einen Schluck von dem Getränk, das Bartan ihm eingeschenkt hatte, und zog eine Grimasse, als das unausgegorene Destillat wie Feuer durch die Kehle rann. »Hältst du es für richtig, dauernd dieses Gebräu zu trinken?«

»Natürlich nicht«, sagte Bartan. »Es wäre richtiger, dauernd *richtigen* Branntwein zu trinken, aber ich kann mir nichts Besseres leisten. Es hat mich den letzten Pfennig gekostet, Euch hier aufzusuchen, Baron.«

»Ich hab dir schon mal gesagt, du sollst den Baron weglassen.« Tauler hob den Keramikbecher an die Lippen, roch daran und leerte ihn in das Badewasser.

»Das ist Verschwendung«, beklagte sich Bartan. »Außerdem, was würdet Ihr sagen, wenn Eure edelsten Teile mit dem Zeug vorliebnehmen müßten?«

»Vielleicht täte es ihnen gut – es scheint mir nämlich mehr zur äußerlichen Anwendung bestimmt«, sagte Tauler. »Nachher bestelle ich uns etwas Verträglicheres – aber vorher noch einmal zu dem Teil deiner Geschichte, der mir auf dem Magen liegt.«

»Und das wäre?«

»Du behauptest, deine Frau hält sich lebendig auf Fernland auf, nicht als Geist oder Wiedergeburt – sondern so leibhaftig, wie du sie gekannt hast. Wie kommst du auf so was?«

»Ich weiß auch nicht. Ihre Worte sagten mehr als Worte – und das haben sie mich wissen lassen.«

Tauler nagte nachdenklich an der Unterlippe. »Ich maße mir nicht an, ich wüßte schon alles über unsere mehr als denkwürdige Existenz. Ich räume ein, daß es viele Geheimnisse gibt, von denen wir die meisten nie lüften werden, aber das verdaue ich nicht. Das liegt mir quer.«

Bartan rückte sich in der Wanne zurecht, und das Wasser schwappte über. »Ich bin mein Leben lang ein überzeugter Materialist gewesen. Und obwohl ich einiges im ›Korb‹ durchgemacht habe, verachte ich nach wie vor jene Einfaltspinsel, die sich ans Übernatürliche klammern – und trotzdem, ich kann mir nicht helfen, ich *weiß* es einfach. In dieser Nacht gab es merkwürdige Lichterscheinungen. Mit Sandiwihri ist irgend etwas passiert, das meinen Verstand übersteigt, und jetzt lebt sie auf Fernland.«

»Du sagst, sie ist dir in einer Vision erschienen und sie hat mit dir geredet – von Fernland aus. Ich kann mir kaum etwas Übernatürlicheres vorstellen.«

»Vielleicht reden wir aneinander vorbei. Meine Frau *hat* mit mir gesprochen – insofern war das ein natürlicher Vorgang. Er hat nur den Beigeschmack des Übernatürlichen, weil es Begleitumstände gibt, die unseren Horizont übersteigen.«

Tauler registrierte, daß der betrunkene Bartan bemerkenswert fließend reden konnte. Er stand auf und ging im Licht der Öllampen auf und ab, dann kehrte er zu seinem Stuhl zurück. Bartan schlürfte zufrieden seinen Branntwein und machte ganz und gar nicht den Eindruck eines Verrückten.

»Bald wird Ilven Savotl eintreffen, vorausgesetzt, der Kurier hat ihn auftreiben können«, sagte Tauler. »Ich weiß jetzt schon, daß er über die Geschichte lachen wird.«

»Er muß sie ja nicht glauben«, erwiderte Bartan. »Der Teil über meine Frau geht nur mich etwas an, und ich habe Euch nur davon erzählt, damit Ihr seht, daß ich persönliche Gründe habe, um nach Fernland zu reisen. Ich kann von keinem erwarten, daß er meinetwegen eine solche Reise unternimmt, egal was ich für Gründe habe. Aber ich gehe davon aus, daß der König davon träumt, was Rassamardan versagt blieb – nämlich sein Königreich auf eine andere Welt auszudehnen – und daß man mich als den Vordenker mit auf die Expedition nimmt, falls es dazu kommt. Ilven Savotl soll nichts weiter, als Mittel und Wege finden, um die Reise zu ermöglichen.«

»Mehr nicht?«

»Das ist mehr, als Ihr ahnt«, sagte Bartan, und sein jung gealtertes Gesicht bekam einen brütenden Ausdruck. »Ihr müßt wissen, daß ich dafür verantwortlich bin, was meiner Frau zugestoßen ist. Daß ich sie verloren habe, war schon schlimm genug, aber die drückende Last der Schuld ...«

»Tut mir leid«, sagte Tauler. »Ist das der Grund, weshalb du trinkst?«

Bartan kippte nachdenklich den Kopf zur Seite. »Wahrscheinlich habe ich deswegen damit angefangen, aber später fand ich heraus, daß es einfach angenehmer war, betrunken zu sein. Alkohol macht die Welt erträglicher.«

»Und du hattest die Vision nachts? Warst du ...?«

»Betrunken? Selbstverständlich war ich betrunken!« Bartan schluckte noch mehr von dem Branntwein, wie um das Gesagte zu unterstreichen. »Aber das hatte keinen Einfluß auf die Ereignisse in dieser Nacht. Bitte, Baron, Ihr ...«

»Tauler und ohne Ehrenbezeugung.«

Bartan nickte. »Bitte, Tauler, es ist mir egal, ob Ihr – ob *du* mich in diesem Punkt für verrückt oder spleenig hältst, aber tu mir einen Gefallen und nimm mich ernst, was die Reise nach Fernland betrifft. Ich *muß* dahin. Ich bin ein erfahrener Luftschiffpilot, und wenn nötig, mach ich auch Schluß mit der Sauferei.«

»Das wäre allerdings unumgänglich, aber – so verführerisch die Idee auch ist, nach Fernland zu fliegen, bevor ich Savotls Meinung gehört habe, kann ich einfach nicht ernsthaft darüber reden, weder mit dem König noch mit sonst jemandem. Ich werde Savotl unten im Lokal erwarten und uns einen Nebenraum sichern, wo wir uns etwas stärken und die Sache ungestört diskutieren können.« Tauler erhob sich und setzte den leeren Becher ab. »Komm runter, sobald du wieder manierlich aussiehst.«

Bartan signalisierte seine Zustimmung, indem er Tauler zuprostete und einen kräftigen Schluck nahm. Tauler verließ das Zimmer und ging einen schattigen Flur hinunter zur Treppe. Bartan Drammy war ein total verstörter junger Mann, um nicht zu sagen ein Wahnsinniger; doch als er zum ersten Mal eine Mission nach Fernland erwähnt hatte, hatte irgend etwas tief in Tauler geantwortet, spontan und mit einer Leidenschaft, die der eines Reisenden verwandt war, der soeben nach jahrelangen Strapazen einen flüchtigen Blick auf das Ziel erhascht hatte. Eine Sehnsucht war in ihm geboren worden, gepaart mit einer mächtigen Woge der Begeisterung, die er aus Furcht vor Enttäuschung zurückgedämmt hatte.

So verrückt, phantastisch und abwegig die Idee auch war, nach Fernland zu fliegen, sie war faszinierend, und Chakkell mochte sich aus den Gründen, die Bartan genannt hatte, durchaus dafür erwärmen – immer vorausgesetzt, Ilven Savotl betrachtete die Mission als durchführbar. Was die technische Seite des interplanetaren Fluges anging, genoß Savotl das Vertrauen des Königs; wenn der kleine Kerl mit den winzigen Morchelohren Fernland also für unerreichbar hielte, würde Tauler Marakain sich unwiderruflich damit abfinden müssen, das Leben eines gewöhnlichen Sterblichen zu fristen, den ein ebensolcher Tod erwartete. Und das durfte nicht sein.

Ich verhalte mich genauso, wie Gesalla sagt, daß ich mich verhalte, dachte er und blieb für einen Moment auf der Treppe stehen, aber welchen Sinn sollte es haben, wenn ich mich anders verhielte, nachdem wir uns getrennt haben?

Er stieg in die überfüllte Gaststätte hinunter und entdeckte Savotl, der Zivilkleidung trug und sich eben beim Wirt erkundigte. Er rief ihn beim Namen, und wenige Minuten nach der Begrüßung saßen sie bereits in einem kleinen Raum, eine bauchige Flasche mit gutem Wein auf dem Tisch. Die Lampen, die in den Wandnischen brannten, verbreiteten bläuliche Dunstkreise, und in ihrem Licht sah Savotl erschöpft und in sich gekehrt aus. Das weiße Haar stand nicht mehr in auffälligem Kontrast zu seinem Alter, es trug jetzt vielmehr dazu bei, daß er alt aussah, obwohl er nur ein paar Jahre jünger war als Tauler.

»Was hast du für Kummer, alter Freund?« sagte Tauler. »Macht dir der Magen immer noch zu schaffen?«

»Ich habe Verdauungsstörungen, selbst wenn ich nichts gegessen habe.« Savotl lächelte betrübt. »Findest du das fair?«

»Das wird dich aufmuntern«, sagte Tauler und schenkte zwei Gläser grünen Wein ein. »Du erinnerst dich an die Unterhaltung mit dem König heute früh? Unseren Disput bezüglich der Festungen?«

»Ja.«

»Na schön, also diesen Spättag traf ich einen jungen Mann namens Bartan Drammy, der sich mit einem faszinierenden Gedanken trägt. Er ist dauernd betrunken und ziemlich verrückt – du wirst ihn nachher selbst erleben – aber seine Idee hat etwas für sich. Er schlägt vor, eine oder mehrere Stationen nach Fernland zu bringen.«

Tauler hatte das ohne Aufhebens und wie beiläufig dahingesagt, aber er beobachtete gespannt Savotls Reaktion und fand es alarmierend, als die Lippen seines Gegenübers amüsiert zuckten.

»Sagtest du nicht, er sei *ziemlich* verrückt? Ich würde sagen, er ist total übergeschnappt!« Savotl schmunzelte in seinen Wein.

»Aber meinst du nicht, es könnte ...?« Tauler zögerte. Er mußte sich seinem Freund anvertrauen, komme, was da wolle. »Ilven, ich *brauche* Fernland. Fernland ist das einzige, was mir noch bleibt.«

Savotl forschte einen Moment lang in Taulers Gesicht.

»Gesalla und ich haben uns für immer getrennt«, beantwortete Tauler die unausgesprochene Frage. »Zwischen uns ist alles zu Ende.«

»Ich verstehe.« Savotl schloß die Augen und massierte beide Lider fast zärtlich mit dem Daumen und einem mittleren Finger derselben Hand. »Viel hängt von Fernlands Position ab«, sagte er langsam.

»Danke, danke, mein Freund«, sagte Tauler überwältigt. »Wenn es irgend etwas gibt, womit ich dir einen Gefallen tun kann, du brauchst es nur zu sagen.«

»Eine kleine Gefälligkeit nur – aber du kommst von alleine drauf. Du müßtest es wissen.«

Es war nun an Tauler, im Gesicht des Freundes zu lesen. »Der Flug ist zweifellos gefährlich, Ilven – warum willst du dein Leben riskieren?«

»Eine Zeitlang hielt ich meine Verdauung für *zu schlecht*, dann fand ich heraus, daß sie *zu gut* ist.« Savotl tätschelte seinen Magen. »*Ich* bin es, der verdaut wird, und das blutschänderische Bankett läßt sich nicht beliebig hinauszögern. Wie du also siehst, Tauler, brauche ich Fernland genauso sehr wie du, vielleicht sogar noch mehr. Mir würde eine Einwegmission reichen, aber vermutlich wäre die übrige Mannschaft nicht eben erbaut von dieser Idee, und deshalb muß ich mein Hirn anstrengen und Vorkehrungen für eine sichere Rückkehr treffen. Das Problem wird mich für ein, zwei Stunden köstlich ablenken, und dafür bin ich dir dankbar.«

»Ich...« Tauler blickte wie suchend umher, blinzelte, als seine Tränen die Wandlichter mit einem nadligen Lichthof versahen. »Es tut mir so leid, Ilven. Ich war so sehr mit mir selbst beschäftigt, daß ich erst gar nicht auf den Gedanken gekommen bin, du könntest...«

Savotl lächelte und packte impulsiv die Hand seines Gegenübers. »Tauler, erinnerst du dich noch an den Testflug vor all den Jahren? Als wir zusammen ins Unbekannte geflogen sind, und wie glücklich wir dabei im Grunde waren? Laß uns den ganzen Kummer beiseite schieben. Laß uns froh sein, daß wir zur rechten Zeit einen noch schwierigeren Testflug vor uns haben. Daß wir in ein Unbekanntes vordringen dürfen, das noch unbekannter ist.«

Tauler nickte und starrte Savotl bewegt an. »Also hältst du den Flug für möglich?«

»Ich denke, es müßte gehen. Der Planet ist viele Millionen Meilen entfernt und bewegt sich – wir dürfen nicht vergessen, daß er sich bewegt – doch mit einem ausreichend großen Vorrat an Grün und Purpur könnten wir Fernland einholen.«

»Von wieviel Millionen Meilen reden wir?«

Savotl seufzte. »Ich wünschte, Tauler, *irgend jemand* hätte damals wissenschaftliche Literatur herübergerettet – wir haben das meiste davon auf Diesland zurückgelassen, und niemand hat sich bisher die Zeit genommen, einen neuen Grundstock zu legen. Ich habe nur mein Gedächtnis, aber ich glaube, der Planet ist bei größter Annäherung zwölf Millionen Meilen von uns entfernt und zweiundvierzig Millionen, wenn er sich auf der gegenüberliegenden Seite der Sonne befindet. Wir müßten natürlich abwarten, bis uns Fernland entgegenkommt.«

»Zwölf Millionen«, entfloh es Tauler. »Da brauchen wir ja erst gar nicht loszufliegen.«

»Richtig! Fernland bewegt sich nämlich. Das Schiff müßte einen abgewinkelten Kurs fliegen, um Fernland zu treffen – also müssen wir mit etwa achtzehn Millionen Meilen rechnen, vielleicht auch mit zwanzig Millionen oder mehr.«

»Aber die Geschwindigkeit! Ist das denn machbar?«

»Jetzt ist nicht die Zeit, um kleinmütig zu sein.« Savotl fischte einen Bleistift und einen Zettel aus der Tasche und begann, Zahlen zu kritzeln. »Sagen wir, mit Rücksicht auf unsere menschliche Gebrechlichkeit, die Hinreise darf höchstens… hm… einhundert Tage dauern. Wir müßten demnach jeden Tag etwa 180000 Meilen zurücklegen, was einer Geschwindigkeit von… nur 7500 Meilen pro Stunde entspricht.«

»Du hast mich ganz schön an der Nase rumgeführt«, sagte Tauler. »Wenn du die Reise für unmöglich hältst, hättest du dich ruhig kürzer fassen können.«

Savotl hob beschwichtigend beide Handflächen gegen Tauler. »Beruhige dich, alter Freund – ich weiß, wovon ich rede. Du darfst nicht vergessen, daß der Luftwiderstand mit dem Quadrat der Geschwindigkeit zunimmt – er ist es, der am Schneckentempo unserer Himmelsschiffe schuld ist, und der auch deine heißgeliebten Düsenjäger im Zaum hält. Aber auf der Reise nach Fernland würden wir uns nahezu durch ein Vakuum bewegen; außerdem wäre Jenlands Anziehung kaum noch der Rede wert. Alles in allem könnten wir also da draußen eine ziemlich beachtliche Geschwindigkeit aufbauen.

Interessant ist, daß die Bremswirkung der Luft auch eine *Hilfe* für die Reisenden zwischen den Planeten sein kann. Müßten wir nicht an die Rückkehr denken, könnten wir das Schiff in Fernlands Atmosphäre stürzen lassen; sowie die

Luft es auf eine akzeptable Geschwindigkeit abgebremst hätte, könnten wir mit Fallschirmen zur Oberfläche abspringen.

Ja. Daß wir wieder zurückmüssen, ist wohl der größte Stolperstein. Das Kernproblem ist die Rückkehr.«

»Was kann man da machen?«

Savotl nahm einen Schluck Wein. »Ich habe da so eine Idee, als brauchten wir... als brauchten wir ein Schiff, das sich in zwei separate Teile zerlegen ließe.«

»Ist das dein Ernst?«

»Absolut! Mir schwebt eine Kommandostation als Basisfahrzeug vor. Nennen wir es ein Vakuumschiff... nein, ein *Raumschiff*... um es von einem gewöhnlichen Himmelsschiff zu unterscheiden. Etwas von der Größe einer Kommandostation ist schon erforderlich, um die umfangreichen Kristallbestände zu transportieren, und all die anderen Vorräte, die für die Reise gebraucht werden. Dieses Schiff, das Raumschiff, würde von der gewichtslosen Zone aus nach Fernland fliegen – aber es könnte niemals landen. Es müßte noch außerhalb von Fernlands Anziehungsbereich angehalten werden und dort hängen bleiben, stationär, bis es wieder für die Rückreise nach Jenland gebraucht würde.«

»Das ist ja, als ob einem Keile in den Kopf getrieben werden«, beklagte sich Tauler, dem die schockierend neuen Ideen einiges abverlangten. »Soll das Raumschiff so etwas wie ein Rettungsboot zur Planetenoberfläche schicken?«

»Rettungsboot? Prinzipiell ja, aber es müßte sich um ein ausgewachsenes Himmelsschiff handeln, komplett mit Ballon und eigener Energieversorgung.«

»Aber wie soll es transportiert werden?«

»Genau das hatte ich im Auge, als ich sagte, das Raumschiff müßte sich in zwei Teile zerlegen lassen. Sagen wir, das Raumschiff setzt sich aus vier oder fünf Zylinderabschnitten zusammen, so wie die jetzigen Kommandostationen – dann müßte sich der gesamte Frontabschnitt abtrennen und in ein Himmelsschiff zurückverwandeln lassen. Es müßte ein geschlossenes Abteil enthalten, mit einer luftdichten Tür und...« Savotl schauderte vor Begeisterung und stützte sich auf dem Tisch hoch. »Ich brauche Zeichenmaterial, Tauler – mein Kopf hat Feuer gefangen.«

»Das Material ist schon unterwegs«, sagte Tauler und bedeutete ihm, sich wieder hinzusetzen, »aber erzähl mir erst noch mehr darüber, wie du dir die Zerlegung in zwei Teile vorstellst. Kann man das draußen in der Luftleere überhaupt? Läuft man nicht Gefahr, die ganze Schiffsluft zu verlieren?«

»Es wäre natürlich sicherer, die Trennung in Fernlands Atmosphäre zu vollziehen, und auch einfacher – darüber muß ich noch nachdenken. Es könnte sein, daß wir Glück haben, und die Atmosphäre reicht höher als die Anziehungskraft; dann wäre die Operation relativ unkompliziert. Das Raumschiff würde einfach in der oberen Luftschicht geparkt. Wir könnten das Himmelsschiff abtrennen, den Ballon füllen und die Beschleunigungsstützen befestigen – all das müßte vorher in unserer eigenen gewichtslosen Zone gründlich geübt werden, damit es später nur noch Routinesache ist.

Andererseits, wenn das Raumschiff außerhalb der Atmosphäre warten müßte, könnte es kurz bis auf eine Höhe hinabgehen, wo die Luft noch atembar ist, und sich dort von dem betreffenden Abschnitt trennen. Natürlich würde das Himmelsschiff fallen, solange der Ballon gefüllt würde, aber – wie wir aus Erfahrung wissen – nimmt die Geschwindigkeit zunächst nur unmerklich zu, so daß genügend Zeit bliebe, alle notwendigen Vorkehrungen zu treffen. Da sind noch viele Fragen offen ...«

»Zum Beispiel die Atemluft«, sagte Tauler. »Ich nehme an, wir werden Glühsalz benutzen.«

»Ja. Wir wissen, daß es wieder Leben in die erschöpfte Luft bringt, aber wir wissen nicht, wieviel wir brauchen, um einen Menschen auf dieser langen Reise am Leben zu erhalten. Wir müssen das in Experimenten herausfinden – denn die Salzmenge, die wir zu transportieren haben, könnte der entscheidende Faktor sein, wenn es um die Mannschaftsstärke geht.«

Savotl hielt inne und blickte Tauler wehmütig an. »Schade, daß Leyn nicht bei uns ist – er fehlt uns jetzt.«

»Ich hole das Zeichenmaterial.« Als Tauler den Raum verließ, beschwor sein Gedächtnis das lebendige Bild seines Bruders herauf, des begabten Mathematikers, der am Vorabend der Auswanderung durch eine Pterssa getötet worden war. Leyn hatte die beeindruckende Fähigkeit besessen, die verborgenen Machenschaften der Natur aufzudecken und ihre Auswirkungen vorherzusagen, und dennoch hatte er sich in einigen Fällen gründlich geirrt, wie sich beim ersten Aufstieg von Diesland in die gewichtslose Zone herausgestellt hatte. Die Erinnerung an Leyn gemahnte daran, wie vermessen und verwegen das Vorhaben war, durch Millionen Meilen Raum zu einer völlig unbekannten Welt zu fliegen.

Ein Mensch konnte bei einer so gewagten Reise nur allzu leicht sein Leben verlieren, sagte sich Tauler und lächelte unmerklich: Aber niemand würde jemals behaupten können, dieser Mensch sei eines alltäglichen Todes gestorben...

»Ich versuche zu ergründen, was mich an dieser Fernlandgeschichte am meisten stört«, sagte König Chakkell und starrte mißmutig auf Tauler und Savotl. »Ich weiß nicht, ob es die Tatsache ist, daß ich manipuliert werden soll... oder ob es der unverschämte Mangel an Raffinesse ist, mit dem man es versucht.«

Tauler setzte eine bekümmerte Miene auf. »Majestät, es mißfällt mir zu hören, daß ich der Unlauterkeit verdächtigt werde. Ich habe nichts anderes im Sinn, als die Flagge von...«

»Genug, Marakain! Ich bin kein Einfaltspinsel.« Chakkells Handfläche folgte einem Streifen Haar, der quer über die glänzend braune Glatze gekämmt war. »Das Flaggenpflanzen geht Euch von den Lippen, als würden Flaggen von alleine Wurzeln schlagen und irgendwelche wünschenswerten Früchte hervorbringen. Welche Ernte sollte ich wohl von Fernland einfahren? Eine magere, wenn Ihr mich fragt.«

»Historische Anerkennung«, sagte Tauler, der das Fernlandprojekt bereits im Detail zu planen begann. Die Verdrießlichkeit, die Chakkell zur Schau trug, war ein sicheres Omen dafür, daß er kurz davorstand, dem Bau und der Ausrüstung des Raumschiffs zuzustimmen. Wiewohl der König Zweifel und Gleichgültigkeit demonstrierte, war er gleichwohl längst der Idee erlegen, den äußeren Planeten für sich zu reklamieren.

Chakkell schnaubte. »Die historische Anerkennung hängt von einer erfolgreichen Rückkehr ab. Ich bin nicht einmal überzeugt, daß die Hinreise glückt.«

»Majestät, das Schiff wird so konstruiert sein, daß es jeder erdenklichen Notlage gewachsen ist«, sagte Tauler. »Ich habe schließlich keine Lust, Selbstmord zu begehen.«

»Wirklich nicht? Von Zeit zu Zeit gebt Ihr einem zu denken, Marakain.« Chakkell erhob sich und schritt den kleinen Raum ab. Es war dasselbe Zimmer, in dem er mit Tauler sofort nach der Strafaussetzung über die Luftverteidigung von Jenland beratschlagt hatte. Der runde Tisch und die sechs Stühle ließen dem dickleibigen König kaum Platz auf seinem Rundgang. Als er dann wieder zu seinem Stuhl kam, lehnte er sich auf die Rückenlehne und blickte dabei Tauler stirnrunzelnd an.

»Und was ist mit dem Geld?« sagte er. »Solch irdische Belange kümmern Euch wohl nicht, wie?«

»Ein Schiff, Majestät – und eine Mannschaft von höchstens sechs Leuten.«

»Die eigentliche Mannschaft ist eine Bagatelle, und das wißt Ihr sehr wohl. Euer Plan wird mich, was Entwicklung und Unterhalt der himmlischen Versorgungsstationen angeht, ein Vermögen kosten.«

»Aber wenn Euch das den Weg in eine neue Welt …«

»Nicht schon wieder diese Leier, Marakain!« fiel ihm Chakkell ins Wort. »Ich lasse Euch mit Eurem verwegenen Projekt gewähren – in Anbetracht Eurer Verdienste während des Krieges habt Ihr ein gewisses Entgegenkommen verdient – mit einer Einschränkung: Savotl wird Euch nicht begleiten. Ich kann unmöglich auf seine Dienste verzichten.«

»Ich bedaure, Euch das jetzt sagen zu müssen, Majestät«, kam Savotl seinem Freund zuvor, »aber Ihr werdet in Kürze ohnehin auf meine Dienste verzichten müssen, ob ich nun an der Expedition teilnehme oder nicht.«

Chakkell verengte die Augen und forschte in Savotls Gesicht, als argwöhne er eine List. »Savotl«, sagte er schließlich, »du wirst bald sterben?«

»Ja, Majestät.«

Chakkell sah eher verlegen als bekümmert aus. »Ich hätte es lieber anders gehört.«

»Danke, Majestät.«

»Ich habe noch zu tun«, sagte Chakkell brüsk und war schon auf dem Weg zur Tür, »aber unter diesen Umständen habe ich nichts dagegen, wenn du mit nach Fernland willst.«

»Ich bin Euch sehr dankbar, Majestät.«

Chakkell verhielt in der offenen Tür den Schritt und warf Tauler einen eigentümlich intensiven Blick zu. »Das Spiel steht nicht einmal schlecht, Marakain, wie?« Bevor Tauler eine Antwort finden konnte, war der König im Korridor verschwunden, und eine Stille breitete sich im Zimmer aus.

»Ich will dir was sagen, Ilven«, sagte Tauler mit gedämpfter Stimme. »Wir machen dem König angst. Hast du gemerkt, wie er alles so gedreht hat, bis es aussah, als würde er uns mit der Expedition einen Gefallen tun? In Wahrheit will er, daß *seine Fahne* auf Fernland weht. Historische Anerkennung ist eine armselige Unsterblichkeit, aber alle Könige scheinen versessen darauf – und wir erinnern ihn daran, wie nichtig solche Ambitionen sind.«

»Was redest du, Tauler?« sagte Savotl, und sein Blick glitt unstet über Taulers Gesicht. »Ich werde nicht mehr heimkehren von Fernland – aber du kommst bestimmt zurück.«

»Mach dir keine Gedanken, alter Freund«, erwiderte Tauler lächelnd. »Ich kehre entweder zurück von Fernland oder ich sterbe bei der verzweifelten Anstrengung.«

Tauler war sich nicht sicher gewesen, ob sein Sohn kommen würde, und so war er überglücklich, als er die Silhouette eines einsamen Reiters sah, der sich auf der Hauptstraße näherte, die Pradt mit der südlichen Stadt Hiffern verband. Er hatte diesen Treffpunkt gewählt, weil er wegen der goldgeäderten Felsspitze und des Teichs in der Nähe leicht aufzufinden war, aber auch weil er auf der Nordseite des letzten Hügelkamms auf dem Weg zu seinem Haus lag. Wäre Tauler eine weitere Meile bergan geritten, hätte er in der Ferne sein früheres Zuhause sehen können. Zu wissen, daß sich hinter den vertrauten Mauern Gesalla aufhielt, hätte die noch frischen Wunden neu entbrennen lassen; aber nicht deswegen hielt er sich zurück. Der wahre Grund war einfach der, daß er fest versprochen hatte, seinen Lebensweg für immer von dem Gesallas getrennt zu halten. Und sich in Sichtweite des Hauses aufzuhalten, erschien ihm nun einmal als Wortbruch, wiewohl er sich das rational nicht erklären konnte.

Er saß ab und ließ das Blauhorn grasen, derweil er zusah, wie der andere näher kam. Auch diesmal verrieten die milchigen Vorderläufe des Blauhorns schon von weitem, wer der Reiter war. Kassill ritt in mäßigem Tempo heran und zügelte sein Blauhorn etwa zehn Schritt vor Tauler. Er blieb im Sattel und betrachtete seinen Vater mit nachdenklichen grauen Augen.

»Es wäre besser, du würdest absteigen«, sagte Tauler mild. »Wir könnten dann leichter miteinander reden.«

»Gibt es denn etwas, worüber wir reden könnten?«

»Wenn nicht, hättest du den ganzen Weg umsonst gemacht.« Tauler zog ein schiefes Lächeln. »Komm – es verstößt weder gegen deine Ehre noch gegen deine Prinzipien, wenn wir Auge in Auge miteinander reden.«

Kassill zuckte die Achseln und schwang sich aus dem Sattel, eine Bewegung, die er mit athletischer Würde vollführte. Das ovale Gesicht und das glänzend schwarze Haar mit dem ausgeprägten, spitz zulaufenden Ansatz mitten auf der Stirn waren nur die auffallendsten Merkmale, die er seiner Mutter verdankte, doch Tauler entging nicht die sehnige Kraft in dem hageren Körper.

»Du siehst gut aus«, sagte Tauler.

Kassill blickte an sich hinunter – das grob gewebte Hemd und die enge karierte Hose hätten auch zu einem einfachen Arbeiter gepaßt. »Ich habe regelmäßig in der Gießerei und in der Fabrik zu tun, einige Arbeiten sind schwer.«

»Ich weiß.« Kassills unbefangene Antwort ermutigte Tauler,

das Gespräch ohne Umschweife auf den Punkt zu bringen, weswegen er hier war. »Kassill, die Fernland-Expedition startet in wenigen Tagen. Ich habe volles Vertrauen zu Ilven Savotls Konstruktionen und Berechnungen, aber nur ein Narr würde die Augen davor verschließen, daß viele unbekannte Gefahren vor uns liegen. Es besteht immerhin die Möglichkeit, daß ich nicht zurückkehre von der Reise, und deshalb wäre ich sehr erleichtert, wenn wir einige Dinge klären könnten, die deine und die Zukunft deiner Mutter betreffen.«

Kassill zeigte sich ungerührt. »Du kehrst auch diesmal zurück.«

»Das habe ich auch vor, aber trotzdem hätte ich gerne in bestimmten Dingen dein Wort, bevor wir wieder auseinandergehen. Also – der König hat bekräftigt, daß mein Titel vererbbar ist, und ich wünsche, daß du ihn akzeptierst, falls ich für tot erklärt werde.«

»Ich will den Titel nicht«, sagte Kassill. »Ich habe kein Interesse an solchen Verzierungen.«

Tauler nickte. »Das weiß ich, und ich respektiere das, aber der Titel verleiht Macht und nicht nur Privilegien – Macht, die du nutzen kannst, um die Stellung deiner Mutter in dieser Welt zu sichern – Macht, die du sehr gut einsetzen kannst, um wichtige Ziele zu erreichen. Ich brauche dich nicht daran zu erinnern, wie wichtig es für die Menschen auf Jenland ist, statt Brakkaholz Metalle zu verwenden – also versprich mir, daß du den Titel nicht zurückweist.«

Kassill sah unwillig drein. »Das ist doch alles verfrüht. Du wirst hundert Jahre alt, wenn nicht mehr.«

»Dein Wort, Kassill!«

»Ich schwöre, ich nehme den Titel an, falls er mir irgendeines fernen Tages einmal zufallen sollte.«

»Danke«, sagte Tauler ernst. »Nun zur Verwaltung der Besitzungen. Ich wünsche, daß du, wenn eben möglich, auch weiterhin nur den nominellen Pachtzins von unseren Bauern nimmst. Ich gehe davon aus, daß die Einnahmen aus der Erzgrube, der Gießerei und der Metallwarenfabrik auch weiterhin ansteigen und vollauf genügen, um den Bedarf der Familie zu decken.«

»Familie?« Kassill deutete ein Lächeln an, um zu zeigen, für wie unpassend er das Wort hielt. »Mutter und ich sind finanziell gesichert.«

Tauler ignorierte die unausgesprochene Herausforderung und befaßte sich eingehender mit den praktischen Dingen, die sich aus der Verflechtung des Familienbesitzes mit der Metallindustrie ergaben, wobei er sich unausgesetzt bewußt war, daß er nur den Zeitpunkt hinauszögerte, da er sich Kassill offenbaren wollte. Zu guter Letzt, nachdem sich ein betretenes und nicht enden wollendes Schweigen eingestellt hatte, entschied er, nicht mehr länger zu warten.

»Kassill«, sagte er, »ich sah meinen Vater zum ersten und letzten Mal wenige Minuten, bevor er seinem Leben ein Ende setzte. Es gab soviel ... *Sinnlosigkeit* in unserem Leben, aber wir wurden noch rechtzeitig vereint. Ich ... ich möchte auf keinen Fall von dir gehen, ehe ich nicht mit dir ins reine gekommen bin. Kannst du mir das Unrecht vergeben, das ich dir und deiner Mutter angetan habe?«

»Unrecht?« sagte Kassill leichthin und spielte den Verdutzten. Er bückte sich und hob einen goldgeäderten Kieselstein auf, begutachtete ihn flüchtig und schleuderte ihn dann in den nahen Teich. Das Spiegelbild von Diesland zerplatzte in ein waberndes Gedränge verzerrter Fragmente.

»Von welchem Unrecht sprichst du, Vater?«

Tauler ließ sich nicht beirren. »Ich habe euch beide vernachlässigt, weil ich nie mit dem zufrieden sein kann, was ich gerade habe. So einfach ist das. Meine Schuld ist mit wenigen Worten umschrieben – klipp und klar.«

»Ich kam mir nie vernachlässigt vor, denn ich war in dem Glauben, du würdest nie aufhören, uns zu lieben«, sagte Kassill langsam. »Jetzt ist Mutter allein.«

»Sie hat dich.«

»Sie ist *allein.*«

»Nicht mehr als ich«, sagte Tauler, »aber daran ist nichts mehr zu ändern. Deine Mutter versteht das besser als ich. Wer versteht, kann auch vergeben.«

Kassill sah plötzlich jünger aus, als er es mit seinen zweiundzwanzig Jahren war. »Du willst, daß ich verstehe, daß Liebe stirbt?«

»Sie *kann* sterben, aber sie muß nicht sterben; der Mann oder die Frau können sich ändern, aber sie müssen sich nicht ändern; und wenn sich der eine im Laufe der Zeit nicht ändert, sieht das vom Standpunkt des anderen, *der* sich ändert, so aus, als ob derjenige, der sich nicht ändert, sich am meisten ändert ...« Tauler schwieg und blickte hilflos auf seinen Sohn. »Woher soll ich wissen, was du verstehen sollst, wenn ich es selbst nicht verstehe?«

»Vater ...« Kassill machte einen Schritt auf Tauler zu. »Ich sehe, wie du leidest. Ich habe nicht gewußt ...«

Tauler versuchte die Tränen zurückzuhalten, die seinen Blick verschleierten. »Ich umarme das Leid. Ich kann nicht genug davon bekommen.«

»Vater, laß ...«

Taulers Arme luden Kassill ein, und Vater und Sohn umarmten sich. Die Umarmung währte lange genug, um Tauler flüchtig daran zu erinnern, wie es gewesen war, ein ganzer Mann zu sein.

»Leg das Schiff auf die Seite!« befahl Tauler, wobei sich die Wortnebel in der frostigen Kälte überschlugen.

Bartan Drammy, der keine Gelegenheit ausließ, sich mit der Steuerung des Himmelsschiffs vertraut zu machen, nickte und feuerte kurze Stöße aus einer Seitendüse. Während der Schub allmählich die Trägheit der Gondel überwand, glitt Jenland himmelan, und die große Scheibe Dieslands trat aus der Verdeckung durch die braune Kuppel des Ballons. Bartan fing die Rotation mittels Schub aus der gegenüberliegenden Düse ab und stabilisierte das Schiff in der neuen Lage, die es mit zwei Welten flankierte. Die Sonne stand dicht an Dieslands östlichem Rand und beleuchtete nur eine schmale Sichel des Planeten.

Vor der düsteren Kulisse Dieslands nahm sich das wartende Raumschiff, jetzt weniger als eine Meile entfernt, als dünnes Lichtriegelchen aus. Die kleineren Lichtfleckchen in seiner Nähe waren die wenigen Habitats und Vorratslager, die König Chakkell als Basis für die Montage und Ausrüstung des neuen Fahrzeugs in der gewichtslosen Zone belassen hatte. Die winzigen Lichter verloren sich in der Überfülle dessen, was der Himmel hier oben zu bieten hatte, aber Taulers Puls schlug schneller bei ihrem Anblick.

Sechzig Tage war es her, seit Chakkell der Expedition nach Fernland zugestimmt hatte, und nun konnte Tauler es kaum fassen, daß die Stunde des Abflugs gekommen war. Ein vages Gefühl von Unwirklichkeit verscheuchend, hob er das Fernglas an die Augen und studierte das Raumschiff.

Der erste Entwurf, den Savotl noch im Wirtshaus ›Zum Blauen Vogel‹ angefertigt hatte, war in einem wichtigen Punkt verbessert worden. Der vorderste der fünf Zylinderabschnitte, aus denen sich das Raumschiff zusammensetzte, war ursprünglich als ablösbares Modul geplant gewesen, aber diese Konstellation hatte zu viele Probleme aufgeworfen, was die freie Sicht in Fahrtrichtung betraf. Nach einigen unbefriedigenden Experimenten mit Spiegeln hatte man sich entschieden, statt dessen den Heckabschnitt als Landemodul zu benutzen. Sein zentraler Düsenantrieb sollte zugleich als Hauptantrieb für die Reise nach Fernland dienen – und wenn dort das Modul vom Mutterschiff getrennt wurde, kam ein zweites Düsentriebwerk zum Vorschein, mit dem man zu gegebener Zeit nach Jenland zurückkehren konnte.

Tauler nahm das Fernglas herunter und sah sich unter den anderen Mitgliedern der Mannschaft um; alle waren in dick gefütterte Anzüge gehüllt; alle saßen in Gedanken versunken da. Außer Savotl und Bartan waren da noch Biraisa Narrinda, Tipp Gotlon und ein weiterer Ex-Jagdflieger, ein leise sprechender junger Mann namens Dakan Rekkar. Tauler war erstaunt gewesen, wie viele sich freiwillig für die Expedition gemeldet hatten, und er hatte Rekkar ausgewählt, weil der Mann eine unerschütterliche Ruhe an den Tag legte und ein guter Mechaniker mit vielseitigen Erfahrungen war.

Man hatte sich in der vorangegangenen Stunde lebhaft unterhalten, aber mit einemmal schien das Ausmaß dessen, was ihnen bevorstand, jedermann die Sprache zu verschlagen.

»Erspart mir eure langen Gesichter«, sagte Tauler mit Galgenhumor. »Immerhin könnte uns Fernland so gut gefallen, daß wir überhaupt nicht mehr zurückwollen.«

14. Kapitel

Das Raumschiff war startklar. Die Reise nach Fernland konnte beginnen. Tauler hatte Tipp Gotlon, den jüngsten der Mannschaft, mit der Aufgabe betraut, die *Kolkorron* zielsicher aus der Atmosphäre der Zwillingsplaneten hinauszuführen.

Als Kommandant hätte Tauler das Schiff in dieser Phase nur zu gerne selbst gesteuert, indessen hatte sich beim Training herausgestellt, daß alle anderen mit dem neuen Flugstil besser zurechtkamen als er. Der Schiffsrumpf war zylinderförmig und fünfmal so lang wie sein Durchmesser, und ihn auf Kurs zu halten, erforderte einen präzisen und einfühlsamen Gebrauch der Seitendüsen – man mußte Kursabweichungen schon im Keim ersticken. Gotlon, Rekkar und Biraisa ging das mühelos von der Hand; mit spärlichen Seitenschüben, die nur Bruchteile von Sekunden währten, hielten sie den Peilstern im Fadenkreuz des Steuerteleskops. Savotl und Bartan Drammy bewiesen zwar Geschick, hatten aber längst nicht so viel Fingerspitzengefühl; nur Tauler neigte – zu seinem Verdruß und zur Schadenfreude der anderen – zu Überreaktionen, die ihn jedesmal in eine Serie kleinerer Wechselschübe verwickelt hatten.

Gotlon saß angeschnallt nahe beim Zentrum des kreisrunden Oberdecks. Er sah in das Prismenokular des Teleskops, das vertikal in der Schiffsnase steckte und auf niedrige Vergrößerung eingestellt war. Seine Hände lagen auf den Kontrollhebeln, von denen Stangen durch die verschiedenen Zwischendecks zum Haupttriebwerk und zu den Seitentriebwerken hinunterführten. Gotlons grimmiges Grinsen verriet nicht bloß die Lücken zwischen seinen Zähnen, sondern auch die Anspannung und Besorgnis, mit der er auf den Startbefehl wartete.

Tauler sah sich im Bugabschnitt um, der nicht bloß die Pilotenstation enthielt, sondern auch als Aufenthalts- und Schlafraum für die ganze Mannschaft ausgelegt war. Savotl, Biraisa und Bartan schwebten in unterschiedlichen Positionen an der Peripherie und hielten sich an Handläufen fest. Es war ziemlich düster hier drinnen; nur durch das Bullauge auf der Sonnenseite fiel Licht; gleichwohl konnte Tauler in den Gesichtern der anderen lesen, daß sie dasselbe empfanden wie er.

Der Flug konnte zweihundert Tage dauern – eine erdrückend lange Zeit der Langeweile, Entbehrungen und Unannehmlichkeiten; es war nur natürlich, daß in einem solchen Moment auch dem Engagiertesten angst und bange wurde. Alles würde leichter zu ertragen sein, wenn erst der Hauptantrieb zu feuern begann und man unwiderruflich unterwegs war; solange würden er und die Mannschaft nun einmal von Angst und Zweifeln geplagt werden.

Er wurde ungeduldig, zog sich an die Leiter heran und blickte ins Schiff hinunter. Der zylindrische Raum wurde regelmäßig von schmalen Sonnenstrahlen unterbrochen, die durch Bullaugen in die Zwischendecks fielen und im inneren Strebwerk und zwischen den Vorratsbehältern mit Nahrung, Wasser, Glühsalz und Energiekristallen konfuse Muster aus Hell und Dunkel erzeugten. Etwas regte sich tief unten in der befremdlichen Unterwelt, und Rekkar, der die Kristallspender und Druckluftreservoirs überprüft hatte, erschien am Fuß der Leiter. Er kletterte geschwind herauf, behende trotz des unförmigen Anzugs, und nickte, als er sah, daß Tauler auf ihn wartete.

»Die Treibstoffversorgung ist in Bereitschaft«, sagte er ruhig.

»Wir auch«, erwiderte Tauler und wandte sich an Gotlon. »Bring uns fort von hier!«

Gotlon schob den Hebel unverzüglich vor. Durch die Entfernung und die Zwischendecks gedämpft, drang das Dröhnen des Antriebs vom Heck herauf, und die Menschen schwebten träge heckwärts, bis sie auf dem Deck standen. Tauler blickte eben noch rechtzeitig aus dem nächstgelegenen Bullauge; die Habitats und Vorratslager blieben hinter dem Schiff zurück. Ein paar dick vermummte Arbeiter hingen in der Luft und winkten kräftig Lebewohl.

»Das ist ziemlich rührend«, sagte Tauler. »Man bereitet uns einen herzlichen Abschied.«

Savotl rümpfte skeptisch die Nase. »Denen fällt bloß ein Stein vom Herzen, daß wir fort sind. Jetzt können sie endlich den Himmel Himmel sein lassen und zu ihren Familien zurückkehren – dasselbe, was wir übrigens auch täten, wenn wir bei Verstand wären.«

»Du vergißt eins«, sagte Bartan Drammy lächelnd.

»Und das wäre?«

»*Ich* kehre zu meiner Familie zurück.« Bartans jungenhaftes Lächeln wurde breiter. »Mich erwartet sozusagen das Beste aus beiden Welten – denn meine Frau wartet auf Fernland.«

»Mein Sohn, ich komme nach reiflicher Überlegung zu dem Schluß, daß eigentlich *du* der Kapitän dieses Schiffes sein solltest«, sagte Savotl feierlich. »Denn man muß schon verrückt sein, sich auf eine solche Reise zu begeben – und du bist sicher der verrückteste von uns.«

Die *Kolkorron* war seit einer guten Stunde unterwegs, als Tauler ein ungutes Gefühl bekam.

Er inspizierte jeden Abschnitt des Schiffes und fand, daß alles so war, wie es sein sollte; gleichwohl blieb sein Unbehagen unverändert unbehaglich. Er mochte das unerfindliche Gefühl weder Savotl noch sonst jemandem eingestehen – als Kommandant hatte er für eine entschiedene Führung zu sorgen und nicht die Moral der Mannschaft mit vagen Ängsten zu untergraben. Anders als er, schienen sich die anderen zu entspannen und aufzutauen, wie die lebhafte Unterhaltung auf dem Oberdeck verriet.

Er empfand das Gerede als störend und kletterte wieder die Leiter hinunter. Er kam sich seltsam hinterhältig vor, als er sich irgendwo mittschiffs zwischen zwei Vorratsspinde zwängte, um aus einem Bullauge zu sehen. Ähnliches hatte er manchmal in seiner Kindheit getan, um sich von der

Außenwelt abzuschotten. In dieser selbstgewählten Einsamkeit versuchte er nun, seinem unheilschwangeren Gefühl auf den Grund zu gehen.

Hatte es damit zu tun, daß sich der Himmel auf unerklärliche Weise schwarz verfärbt hatte? Oder entsprang sein Unbehagen einer tiefsitzenden Furcht vor der zu erwartenden Geschwindigkeit, einem instinktiven, emotionalen Protest gegen die Vorstellung, am Ende mit Tausenden von Meilen pro Stunde durch den Raum zu rasen? Das Haupttriebwerk feuerte nahezu kontinuierlich seit Antritt der Reise, und das Schiff mußte bereits mit einer Geschwindigkeit fliegen, die – so Savotl – allem hohnlachte, was Menschen jemals am eigenen Leib erfahren hatten. Anfangs war an der Schiffshülle deutlich das Brausen der Luft zu hören gewesen, doch je dunkler der Himmel geworden war, um so schwächer war das Geräusch geworden. Jetzt war es still hinter der Schiffshülle. Das schräg einfallende Sonnenlicht verwehrte Tauler einen klaren Blick in das äußere Universum, doch die zeitlose Ruhe hinter dem Bullauge lieferte keinen Anhaltspunkt dafür, daß die *Kolkorron* mit Hunderten von Meilen pro Stunde durch den Raum jagte.

War es diese Diskrepanz zwischen Wahrnehmung und Wissen, die ihm zu schaffen machte?

Tauler verwarf diesen Gedanken sofort wieder – er war nie übermäßig sensibel gewesen, und die Reise durch den Sternenraum war nicht dazu angetan, ihn von Grund auf zu ändern. Wenn ihn etwas nervös machte, dann waren das meist handfeste und naheliegende Dinge, wie etwa die Tatsache, daß er mit der Nase vor einem Bullauge stand. Die Verschalung der *Kolkorron* wurde außen noch einmal durch Harteisenreifen und inwendig durch Schichten von Teer und Leinwand verstärkt, was dem Schiffskörper im Ganzen eine große Festigkeit verlieh; doch die unmittelbare Umgebung der Bullaugen und Luken war vergleichsweise verletzlich. Bei einem frühen Testflug war ein Bullauge herausgesprengt worden, wobei einem Mechaniker die Trommelfelle geplatzt waren, obgleich der Unfall sich nicht einmal im Vakuum ereignet hatte.

Ein kurzes Zischen auf dem Oberdeck sagte ihm, daß jemand Glühsalz und Wasser gemischt hatte, um die lebensspendenden Eigenschaften der Luft zu erneuern. Kaum eine Minute später drang Tauler jener unverwechselbare Duft in die Nase, der ihn an Seetang erinnerte. Der Duft vermengte sich mit dem Geruch nach Teer, der anscheinend intensiver geworden war.

Er schnupperte. Der Teergeruch war tatsächlich auffälliger als sonst, und plötzlich steigerte sich seine Unruhe. Impulsiv zog er einen Handschuh aus und betastete die schwarze Schiffswandung. Sie fühlte sich warm an. Der Grad von Wärme reichte lange nicht, um Teer zu erweichen, lag noch unter der Haupttemperatur, stand aber gleichwohl in krassem Widerspruch zu der Kälte, die Tauler erwartet hatte. Dann fiel es ihm wie Schuppen von den Augen...

Am ganzen Körper fühlte er diese unangenehme Wärme!

Der dick gefütterte Himmelsanzug war gemacht, um die beißende Kälte der gewichtslosen Zone in Schach zu halten, wozu er kaum in der Lage gewesen war, nun aber erwies er sich als derart wirkungsvoll, daß Tauler kurz vor einem Schweißausbruch stand.

Das kann nicht sein! Wir können nicht in die Sonne fallen!

Tauler gab sich Mühe, seine Gedanken unter Kontrolle zu bringen, als das Antriebsgeräusch erstarb und Savotl von oben seinen Namen rief. Tauler fand sich wieder völlig gewichtslos, tauchte durch die Luft zur Leiter und kletterte Hand über Hand nach oben. Er zog sich am Handlauf aufs Oberdeck und sah dem Rest der Mannschaft ins Gesicht. Alle, außer Gotlon, klammerten sich an ihre Schlafnetze.

»Es geschieht etwas Seltsames«, sagte Savotl. »Das Schiff erwärmt sich.«

»Ich weiß.« Tauler blickte auf Gotlon, der vom Pilotensitz herübersah. »Sind wir auf Kurs?«

Gotlon nickte nachdrücklich. »Wir sind exakt auf Kurs, Kapitän, und das seit dem Start. Ich schwöre Euch, Gola hat das Fadenkreuz nicht eine Sekunde verlassen.« Gola war eine Gestalt der kolkorronischen Mythologie, die verirrten Seeleuten den Weg in den rettenden Hafen wies; nach dieser

Gestalt hatte man den Leitstern für den ersten Teil der Reise benannt.

Tauler wandte sich an Savotl. »Könnten wir uns nicht trotzdem seitwärts bewegen? Auf die Sonne zufallen, wobei der Bug nach wie vor auf Gola zielt?«

»Warum sollten wir fallen? Und selbst wenn wir fielen, wäre es zu früh für eine solche Erwärmung. Das kann nicht der Grund sein.«

»Wenn Ihr nach achtern blickt, seht Ihr, daß Jenland und Diesland noch immer genau da sind, wo sie sein sollen«, fügte Biraisa hinzu. »Wir sind auf Kurs.«

»Das ist etwas für mein Logbuch«, sagte Savotl fast zu sich selbst. »Wir müssen feststellen, daß der Sternenraum warm ist. Das ist im Grunde nichts Überraschendes, denn im Raum herrscht ewiger Sonnenschein. Aber auch in der gewichtslosen Zone scheint schließlich die Sonne – und dort herrscht eine gräßliche Kälte. Das ist genauso rätselhaft, Tauler.«

»Rätselhaft oder nicht«, erwiderte Tauler und gab sich optimistisch, um die Verunsicherung wettzumachen, die sich bei der ersten Berührung mit dem Unerwarteten eingestellt hatte, »wir können wenigstens wieder aus diesen verfluchten Anzügen heraus, und das ist nicht zu verachten. Das macht doch alles ein bißchen bequemer.«

Bis zum dritten Flugtag hatte sich, sehr zu Taulers Zufriedenheit, eine feste Bordroutine eingespielt. Er war sich der drohenden Monotonie und Langeweile durchaus bewußt, aber das waren vorhersehbare menschliche Probleme, denen er sich gewachsen fühlte. Anders, wenn die Natur selbst launisch wurde und die selbstverständlichsten Überzeugungen Lügen strafte: dann kam man sich schnell wie ein kleines Kind vor, das in einem finstren Wald unterwegs war, wo hinter jedem Baum eine Gefahr lauern konnte.

Seit der Offenbarung, daß es im Sternenraum gemütlich warm war, hatte es noch eine weitere erwähnenswerte Entdeckung gegeben. Rekkar war es zuerst aufgefallen: Es gab keine Meteore im Sternenraum. Zu Taulers Überraschung hatte Ilven Savotl die Beobachtung aufgegriffen, offenbar in dem Glauben, daß sie von Bedeutung war, und ihr einen weiteren ausführlichen Logbucheintrag gewidmet.

Die Krankheit des kleinen Mannes schien so voranzuschreiten, wie er erwartet hatte. Obwohl er nicht klagte, wurde er zusehends dünner und hielt immer öfter und länger beide Fäuste in den Magen gepreßt. Auch ging er, was gar nicht die Art des früheren Savotl war, immer gereizter und bissiger mit den Jüngeren um, insbesondere mit Bartan Drammy. Die anderen, die überzeugt waren, daß Bartan zeitweise unter Wahnvorstellungen litt, verhielten sich tolerant, wo Savotl ihn regelmäßig zum Ziel seines Gespötts machte. Bartan, unanfechtbar in seiner Trutzburg aus Einbildungen, ertrug die Schmähungen mit Gleichmut, doch Biraisa hatte gelegentlich nicht umhingekonnt, seine Partei zu ergreifen, und ihre Beziehung zu Savotl war mittlerweile gespannt.

Tauler mischte sich nicht ein. Sein Dämon war harmlos im Vergleich zu dem, der seinen alten Freund zuschanden ritt, und Biraisa würde die Situation schon unter Kontrolle halten. Seine eigene Beziehung zu ihr war warm, tröstlich und völlig leidenschaftslos, seit sie fünf Tage lang das exklusive Universum eines sinkenden Himmelsschiffs geteilt hatten. Sie hatten in einer Zeit zusammengefunden, da ihre Bedürfnisse sich perfekt ergänzt hatten, und diese Zeit war unwiderruflich vorbei – jeder bahnte sich seither seinen eigenen Weg in die Zukunft, ohne sich dem anderen verpflichtet zu fühlen und ohne etwas zu bedauern. So hatte er auch keinerlei Einwände erhoben, als sie unbedingt an der Expedition teilnehmen wollte. Sie kannte das Risiko, und er hatte ihre Gründe zu respektieren.

Einmal abgesehen von den zwischenmenschlichen Beziehungen, sah Tauler in der Nahrung – ob bei der Aufnahme oder beim Ausscheiden – künftig das kritische Problem für seine Mannschaft. Man durfte kein Feuer zum Kochen entzünden, folglich gab es nur kalte Rationen von Pökelfleisch und Pökelfisch, Dörrobst, Nüssen und Zwieback, die mit Wasser hinuntergespült wurden. Einziger Luxus war ein Gläschen Branntwein pro Tag.

Weil der Hauptantrieb beinah kontinuierlich in Gang gehalten wurde und allem ein gewisses Achtergewicht verlieh, war die Toilettenprozedur nicht mehr so beschwerlich wie unter den Bedingungen der Gewichtslosigkeit, blieb aber nach wie vor eine Nagelprobe für die Geduld. Die Toilette mittschiffs verfügte über ein kompliziertes Ausstoßsystem mit Luftdruckventilen – im übrigen die einzige Stelle, an der etwas Materielles aus dem Schiff in den Sternenraum gelangen konnte. Es war nicht zu vermeiden, daß dabei jedesmal auch eine kleine Menge Luft verlorenging, doch das Glühsalz erzeugte genug Gas, um diesen Verlust wieder auszugleichen.

Nach dem ursprünglichen Dienstplan hätten alle sechs Mitglieder der Mannschaft in regelmäßigem Turnus gleich lange in den Pilotensitz müssen, aber aus praktischen Erwägungen war man schon bald von dieser Einteilung abgewichen. Biraisa, Gotlon und Rekkar konnten Gola ohnehin mühelos im Fadenkreuz halten, und Bartan war auf dem besten Wege, es ihnen gleichzutun – aber Tauler und Savotl taten sich immer schwerer damit. So beugte sich Tauler schließlich der Einsicht und stellte den Dienstplan endgültig so um, daß es den vier jungen Leuten überlassen war, das Schiff auf Begegnungskurs mit Fernland zu halten, derweil ihm und Savotl mehr Zeit zur freien Verfügung blieb. Savotl verstand es, sich mit astronomischen Studien und längeren Eintragungen in sein ledergebundenes Logbuch zu beschäftigen, doch für Tauler wurde der Müßiggang allmählich zum Problem.

Es gab Zeiten, da dachte er über seine Frau und seinen Sohn nach und rätselte, was sie wohl gerade tun mochten, und es gab andere Zeiten, da starrte er verdrossen durch Bullaugen hinaus in das teilnahmslose, unveränderliche Geleucht von Sternen, Spiralnebeln und Kometen. In solchen Zeiten schien das Schiff bewegungslos zu verharren, und er konnte sich mit dem besten Willen nicht vorstellen, daß es auf diese Weise jemals ans Ziel kam.

»Bist du soweit?« sagte Bartan zu Biraisa. Als sie nickte, unterbrach er den Kristallstrom des Haupttriebwerks, stieß sich aus dem Pilotensitz und hielt die Gurte, bis Biraisa seinen Platz eingenommen hatte.

»Danke«, sagte sie und lächelte ihn herzlich an. Er nickte höflich, unpersönlich, hangelte sich zur Leiter und verschwand unter Deck. Biraisa teilte sich das Oberdeck mit Tauler und Savotl. Gotlon und Rekkar waren damit beschäftigt, die Kristallspender im Schiffsdeck aufzufüllen.

»Ich glaube, da entwickelt jemand eine Schwäche für unseren jungen Bartan«, sinnierte Tauler laut vor sich hin.

Savotl schnaubte. »Sollte das der Fall sein, dann verschwendet jemand seine Zeit. Drammy, der Ärmste, verzehrt sich nämlich nach Geistern – Flaschengeistern und anderen.«

»Was Ihr sagt, kümmert mich wenig.« Biraisa, die Finger feinfühlig an den Kontrollhebeln, ließ einen Augenblick verstreichen, ehe sie fortfuhr: »Er muß seine Frau sehr geliebt haben. Würde ich bald nach der Hochzeit sterben oder verschwinden, fände ich es herrlich, wenn mein Mann eigens zu einer anderen Welt fliegen würde, nur um nach mir zu suchen. Ich finde das sehr romantisch.«

»Ihr und Bartan könnt euch die Hand geben«, hielt Savotl ihr vor. »Ich hoffe doch, an Bord greift keine geistige Seuche um sich, eine Art geistige Pterssose. Sag auch was, Tauler!«

»Bartan macht seine Arbeit – vielleicht sollten wir es dabei belassen?«

»Ja.« Savotl starrte sekundenlang durch das Bullauge, das sich in Kopfnähe neben ihm befand, und sein Gesicht nahm einen rätselhaften Ausdruck an. »Vielleicht macht er seine Arbeit besser als ich die meine.«

Taulers Interesse war geweckt, nicht nur durch die Bemerkung als solche, sondern auch durch Savotls Tonfall. »Stimmt irgendwas nicht?«

Savotl nickte. »Ich habe einen Leitstern ausgesucht, der uns auf Begegnungskurs halten sollte. Würden meine Berechnungen stimmen, und hätte ich den richtigen Stern ausgesucht, dann müßten wir sehen, wie er und Fernland vor uns allmählich dichter zusammenrücken.«

»Und?«

»Wir sind erst fünf Tage unterwegs, und schon sieht es so aus, als strebten Fernland und Gola wieder auseinander. Ich habe dir nur noch nichts davon erzählt, weil ich – dummerweise, wie ich zugebe – gehofft habe, die Situation könnte sich ändern, oder ich könnte wenigstens eine Erklärung dafür finden. Nichts von alledem! Also bleibt nur eins – ich habe versagt.«

»Aber das ist doch gar nicht so schlimm, oder?« sagte Tauler. »Natürlich nicht. Wir brauchen doch bloß das Fadenkreuz näher an Fernland heranzubringen. Uns droht nicht die geringste Gefahr.«

»Dafür aber die größte, Tauler. Inkompetenz nämlich.« Savotl brachte ein klägliches Lächeln zustande. »Wie du siehst, Tauler, läuft *nichts* so, wie ich es erwartet habe. Fernland sieht zu hell und zu groß aus. Ich könnte schwören, der Planet sieht im Teleskop bereits doppelt so groß aus wie zu Anfang. Vielleicht funktionieren optische Instrumente im Vakuum anders. Ich weiß es nicht – ich kann es mir nicht erklären.«

»Es könnte bedeuten, daß wir bereits die halbe Reise hinter uns haben«, sagte Biraisa.

»Eure Meinung ist nicht gefragt«, entgegnete Savotl schroff. »Ihr redet über Sachen, von denen Ihr nichts versteht.«

Biraisa zog die Augenbrauen zusammen. »Ich verstehe soviel, daß ein Objekt immer doppelt so groß erscheint, wenn man nur noch halb so weit davon entfernt ist. Der Zusammenhang kommt mir ganz einfach vor.«

»Der einfache Verstand findet alles ganz einfach.«

»Wozu die Streiterei«, sagte Tauler. »Was wir brauchen …«

»Aber diese Verrückte behauptet, wir hätten in nur fünf Tagen neun oder zehn Millionen Meilen zurückgelegt«, protestierte Savotl, seinen Magen walkend. »Zwei Millionen Meilen jeden Tag! Das ist eine Geschwindigkeit von mehr als achtzigtausend Meilen pro Stunde – und das ist undenkbar. Die tatsächliche Geschwindigkeit …«

Die tatsächliche Geschwindigkeit eures Schiffes übersteigt so-

eben einhunderttausend Meilen pro Stunde, sagte die goldblonde Fee, die schimmernd in Erscheinung getreten war.

15. Kapitel

Tauler starrte die Frauengestalt an. Er wußte intuitiv, wer die Frau war, und seine Vorstellung vom Universum und allem, was darin möglich und unmöglich war, schmolz dahin und würde nie mehr so sein, wie noch vor ein paar Atemzügen. Er fror und fühlte sich schwach, aber Angst wollte sich nicht einstellen. Biraisa und Savotl hatten sich nicht bewegt, und jeder blickte in eine andere Richtung, gleichwohl mußten sie genau dasselbe sehen wie er. Bartan Drammys Frau war schön. Sie trug ein einfaches weißes Gewand und glühte wie eine Kerze im Halbdunkel des Schiffsinneren. Sie klang erzürnt, aber auch besorgt, als sie redete …

Zuerst wollte ich es nicht wahrhaben, als ich Bartans Kommen spürte, dann sah ich nach und wurde eines Besseren belehrt! Ihr macht euch auf die Reise durch den Sternenraum und begreift nicht einmal die Konsequenzen kontinuierlicher Beschleunigung! Begreift ihr denn wirklich nicht, daß ihr dem sicheren Tod entgegeneilt?

»Sandi!« Bartan war eben aufs Oberdeck zurückgekehrt und klammerte sich an den Handlauf am Kopf der Leiter. »Ich komme, um dich wieder nach Hause zu holen.«

Du bist ein Narr, Bartan. Alle miteinander seid ihr leichtsinnige Narren. Du, Ilven Savotl, der du den Plan für die Reise ausgetüftelt hast – wie wolltest du eigentlich auf dieser Welt landen?

Savotl sprach wie in Trance: »Fernlands Atmosphäre sollte das Schiff abbremsen.«

Und das wäre euer Ende gewesen! Bei der Geschwindigkeit, mit der ihr Fernland erreicht hättet, hätte die Reibung mit der Atmosphäre so viel Hitze erzeugt, daß euer Schiff zum Meteor geworden wäre. Und selbst wenn ihr wie durch ein Wunder sicher gelandet wärt – woher willst du denn wissen, ob die Luft atembar ist?

»Luft? Luft ist Luft.«

Wie wenig du weißt, Ilven Savotl! Und du, Tauler Marakain, der du dich zum Anführer dieser schlecht geplanten Expedition erkoren hast – übernimmst du wirklich die volle Verantwortung für das Leben der anderen Teilnehmer?

»Ja, das tue ich«, sagte Tauler standhaft. Und auf einem Nebenschauplatz seines Bewußtseins fragte er sich, warum er und die anderen sich nicht furchtsam duckten oder erstaunt zurücktaumelten, statt seelenruhig die Fragen einer Erscheinung zu beantworten. Aber es lag wohl in der Natur dieser geistigen Verbindung, daß alle normalen menschlichen Reaktionen aufgeschoben waren. Er verstand nun Bartans Standpunkt: nichts, was sich zutrage – was *geschehe* – könne im wahrsten Sinne des Wortes ›übernatürlich‹ sein.

Wenn dem so ist, fuhr Sandiwihri fort, *und du noch einen Funken klaren Verstandes hast, dann wirst du augenblicklich dieses dilettantische Abenteuer aufgeben. Du bekommst von mir alle Informationen und Anweisungen, die du für eine sichere Rückkehr nach Jenland brauchst.*

»Ich kann unmöglich darauf eingehen«, sagte Tauler. »Ich bin zwar stolz, Kommandant dieser außergewöhnlichen Mission zu sein, aber jeder von uns hat seine ureigenen und triftigen Gründe, warum er seinen Fuß auf Fernland setzen will. Meine Autorität beruht auf dem Konsens, die Mission zum Erfolg zu führen. Und sollte ich für die Rückkehr plädieren, dann wäre meine Stimme eine von vielen.«

Eine aalglatte Antwort, Tauler Marakain. Die Erscheinung blickte ihn mit blau siedenden Augen an. *Heißt das, du bist bereit, deine Mannschaft in den Tod zu führen?*

»Ich begreife dich nicht. Wenn es doch in deiner Macht steht, uns sicher nach Jenland zurückzuschicken, dann müßtest du uns auch sicher nach Fernland bringen können.«

Wie wenig du begreifst! Du ahnst ja nicht, welche Gefahren euch hier drohen! Die lautlosen Worte verrieten Ungeduld. *Vor vielen Jahren hast du Jenland unbewohnt vorgefunden, und jetzt unterstellst du – blindlings – dasselbe für Fernland. War denn der Gedanke so abwegig, daß diese Welt bevölkert ist, daß sie eine eigene Zivilisation hat? Hast du geglaubt, ich besäße einen ganzen Planeten für mich allein?*

»Verzeih mir, aber deine ganze Existenz erschien mir abwegig«, sagte Tauler. »Bis zu dieser Minute hielt ich Bartan für verrückt und habe nichts von alledem geglaubt, was er erzählt hat.«

Ich hätte nie mit dir Verbindung aufnehmen sollen, Bartan. Dieser unverzeihliche Fehler ist mir nur unterlaufen, weil meine Entwicklung noch nicht abgeschlossen war. Ich bin schuld, daß du mit deinen Gefährten in diese Lage geraten konntest. Ich flehe dich an, Bartan – bereite mir nicht noch mehr Gewissensqualen. Du mußt deine Freunde zur Rückkehr überreden.

»Ich liebe dich, Sandi – und nichts wird mich davon abhalten, dich mitzunehmen.«

Aber was du vorhast, ist völlig sinnlos! Mit einer Streitmacht von sechs Menschen wirst du mich nicht befreien können.

»Befreien!« Bartans Stimme wurde schärfer. »Hält man dich denn gefangen?«

Es gibt nichts, was ihr tun könnt. Ich bin zufrieden hier. Kehre um, Bartan!

Tauler wurde trotz seiner merkwürdigen Gemütsverfassung, jener traumartigen Selbstverständlichkeit, mit der er das Wundersame hinnahm, zutiefst aufgewühlt von dem Wortwechsel zwischen Sandiwihri und Bartan. Offenbarung türmte sich auf Offenbarung, und jede einzelne weckte einen Schwarm von Fragen, die nach Antwort schrien. Was waren das für Leute auf Fernland? Waren sie heimlich auf Jenland gelandet und hatten Bartans Frau leibhaftig entführt? Und wenn, was hatten sie für ein Motiv gehabt? Und vor allem, wie hatte eine einfache Frau, die auf einer entlegenen Farm zu Hause war, die furchteinflößende Fähigkeit erworben, ihr Bild und ihre Gedanken über Millionen Meilen hinweg durch den Sternenraum zu projizieren?

Auf der Suche nach Erleuchtung wollte Tauler Sandiwihris Gesicht studieren und mußte feststellen, daß es ihm unmöglich war, sich auf irgendeine Einzelheit desselben zu konzentrieren. Die Erscheinung schien *hinter* seinen Augen zu existieren, und sie war eine Komposition aus vielen Bildern, die sich laufend veränderten und miteinander verschmolzen, so daß es nicht möglich war, auch nur eines gründlicher zu betrachten. Sandiwihri stand wenige Schritte von ihm entfernt, und doch war sie ihm so nahe, daß er die Flaumhärchen auf ihrer Haut zählen konnte, und dennoch war sie so weit weg, daß sie einem hellen Stern glich, der in Harmonie mit den lautlosen Rhythmen ihres Sprechens pulsierte…

Wenn ihr euch weigert, umzukehren, bringt ihr mich in eine ausweglose Situation. Der einzige Weg, euch vor dem sicheren Tod im Sternenraum zu bewahren, ist der, euch in den ebenfalls sicheren Tod hier auf Fernland zu führen.

»Wir können auf uns selbst aufpassen«, sagte Tauler im Wissen um die volle Rückendeckung durch seine Mannschaft. »Und wir lassen uns nicht so leicht den Garaus machen.«

In den kommenden Tagen sollte Sandiwihri dem Schiff noch viele Besuche abstatten, und meist ging es ihr darum, die horrende Geschwindigkeit des Schiffes abzubauen und den Kurs zu regulieren.

Nachdem Savotl die schockierende Wahrheit über die Geschwindigkeit des Schiffes verwunden hatte, nahm ihn die Kinetik der ganzen Operation gefangen. So war es nicht damit getan, das Schiff zu wenden, um die Schubrichtung umzukehren – es mußten zahlreiche Kurskorrekturen durchgeführt werden, indem man das Schiff kippte und den Hauptantrieb in einem bestimmten Winkel zur Flugrichtung zündete. Es gab keinen Ausblick nach Achtern, daher blieb Fernland unsichtbar, und die Mannschaft mußte blind darauf vertrauen, daß sie ihrem Bestimmungsort beständig näher kam.

Savotl bekam viel Stoff für sein Logbuch und fand es besonders fesselnd, als ihm seine astrale Nachhilfe erläuterte, was an dem Plan, das Schiff außerhalb von Fernlands Anziehungsbereich zu parken, nicht gestimmt hatte. Den Anziehungsbereich eines Planeten – so Sandiwihri – könne man als unendlich betrachten, folglich müsse sich das Schiff in einer Kreisbahn um den Planeten bewegen, so daß es ständig um den Planeten *herumfalle,* gerade so wie ein Planet seine Sonne umkreise.

Tauler zeigte zunächst Interesse an der schwierigen Materie, fand aber bald, daß seine normalen Denkprozesse durch die absolute Absonderlichkeit der Situation beeinträchtigt waren. Es hatte zu viele Enthüllungen gegeben und zu viele Geheimnisse waren aufgedeckt worden, und alle verwiesen auf das zentrale Rätsel – auf Sandiwihri.

Eigentlich hätte Bartan Drammy mehr als jeder andere mit diesem Rätsel befaßt sein müssen, aber der Bursche war viel zu fixiert auf das langersehnte Wiedersehen, um noch viel darüber nachzugrübeln, was sich nun wie drastisch in Sandiwihris Leben eingemischt hatte. Man mußte ihm zugute halten, daß er sich lange Zeit mit Alkohol betäubt hatte, nachdem seine Frau nach Fernland verschleppt worden war und sie sich von dort aus mit ihm in Verbindung gesetzt hatte.

Außerdem sprach Bartan auch jetzt wieder kräftig dem Alkohol zu. Weil man nach neuestem Stand der Kenntnisse von allem zuviel an Bord hatte, was auch für den Branntwein galt, hatte Tauler den Konsum des letzteren freigegeben – eine Konzession, die ihm unter den gegebenen Umständen mehr als gerechtfertigt erschien. Tauler war schon bald aufgefallen, daß Bartan dieses Privileg mißbrauchte, allein ihm war der Wille abhanden gekommen, sein Zugeständnis wieder einzuschränken. Angelegenheiten der Borddisziplin, die er normalerweise streng handhabte, erschienen ihm nunmehr belanglos und lächerlich angesichts eines Universums, in dem das Unmögliche wahrscheinlich und das Bizarre an der Tagesordnung war.

Seit drei Tagen wurde gebremst. Tauler starrte durch das vordere Bullauge – das nun nach hinten blickte – auf die winzigen Zwillingslichter von Diesland und Jenland, die sein ganzes Leben kannten, und die er weit hinter sich gelassen hatte. Sie schienen weiter entfernt als die Sterne, und gleichwohl gab es – wie er vernommen hatte – eine menschliche Verbindung zwischen Jenland und Fernland. Was mochte das sein? *Was mochte das bloß sein?*

Egal wie heftig die Fragen in Taulers Kopf den Aufstand probten, jedesmal wenn Sandiwihri aufkreuzte, wurde er von derselben Passivität und Hingabe übermannt, und jedesmal war sie verschwunden, noch ehe er sie etwas fragen konnte. Es war gerade so, als ob sie – aus Gründen, die nur sie kannte – ihre fremdartige Macht dazu benutzte, seinen Wissensdurst zu ersticken. Und wenn das so war, dann kam zur Überfülle an Geheimnissen ein weiteres hinzu. Das alles erschien ihm so… *unfair.*

Er sah sich auf dem Oberdeck um. Ob die anderen genauso frustriert waren wie er? Rekkar saß im Pilotensitz und hielt den momentanen Leitstern im Fadenkreuz, während die übrigen in ihren Schlafnetzen dösten. Niemand schien sich ausgeliefert zu fühlen, niemand schien beunruhigt angesichts einer völlig ungewissen Zukunft.

»So geht das nicht weiter«, wisperte Tauler vor sich hin. »Wir sollten uns nicht derart gängeln lassen.«

Ich muß dir recht geben, sagte Sandiwihri, die ganz dicht vor ihm schwebte und durch Raumverwerfungen fremde Geometrien schuf, die jeder Beschreibung spotteten.

Ich gebe zu, ich habe alles daran gesetzt, eure Hirne abzuschirmen, aber es ging mir dabei wirklich nur um eure kollektive Sicherheit. Siehst du, Tauler, Telepathie – also direkte Kommunikation von Hirn zu Hirn – ist eigentlich ein wechselseitiger Prozeß. Ihr habt Feinde hier auf Fernland, mächtige Feinde, und ich mußte verhindern, daß die Symbionten euer Kommen bemerken. Das ist mir soweit gelungen – doch es wäre immer noch das beste, ihr würdet umkehren.

»Wir können nicht mehr zurück«, beeilte sich Bartan Drammy zu sagen.

»Bartan spricht uns aus der Seele«, bestätigte Tauler. »Wir nehmen es mit jedem Gegner auf, wir sterben, wenn es sein muß – aber vorher haben wir Anspruch darauf, über die Situation auf Fernland informiert zu werden. Wer sind diese Symbionten, und warum sind sie uns feindlich gesinnt?«

Sandiwihris vieldimensionales Bild durchlief sekundenlang mehrere Verwerfungen und Helligkeitswandel… dann begann sie zu erzählen…

Seit ungezählten Jahrtausenden trieb eine Spezies von Superwesen im Sternenraum, ehe blinder Zufall ihr ein unscheinbares Sonnen-

system bescherte. Die Sonne war klein und besaß drei Planeten, von denen zwei ein inniges Paar bildeten; und im Laufe von Jahrhunderten zog das System die zarte Wolke aus Sporen – viele durch spinnwebfeine Fäden miteinander verbunden – in seinen Bann.

Fast alle gerieten in den Sog der Sonne und fielen dem nuklearen Feuer zum Opfer. Wie gesagt, nicht alle waren so glücklos! Einige wurden vom äußeren Planeten eingefangen.

In seinem Boden, genährt durch den Regen, erreichten sie die rezeptive Phase ihrer Existenz – und hatten noch einmal Glück; denn sie kamen ausnahmslos über kurz oder lang mit der herrschenden Spezies des Planeten in Berührung – einer Rasse intelligenter Zweibeiner, die unlängst mit der Gewinnung und Bearbeitung von Metall begonnen hatte. Sie drangen in die Wirtskörper ein und vermehrten sich darin und breiteten sich darin aus, wobei sie eine Vorliebe für das Nervensystem zeigten, und ließen Mischwesen entstehen, die bestimmte Eigenschaften beider Spezies hochgradig in sich vereinigten.

Die Symbionten waren stärker und weit intelligenter als die übrigen Zweibeiner. Sie verfügten außerdem über telepathische Kräfte, so daß sie schnell zusammenfanden. Für die Gruppe dieser Superwesen war es ein leichtes, die Eingeborenen zu beherrschen, doch sie taten dies wohlwollend und friedfertig und machten schließlich dem Gezänk der Stämme untereinander ein Ende.

So segensreich die organische Intervention auch sein mochte, die Wirtsrasse wurde um ihr Recht auf eine eigenständige Evolution gebracht.

Die folgenden zwei Jahrhunderte sollten die Blütezeit der Symbioniter sein. Die Nachkommen aus der Verbindung eines Symbionten mit einem gewöhnlichen Eingeborenen waren immer Symbionten, und durch diesen überwältigenden genetischen Vorteil nahm die Anzahl der Superwesen unerbittlich zu. Sie entwickelten ihre eigene Zivilisation und waren der festen Überzeugung, im Laufe der Zeit die gesamte Bevölkerung des Planeten zu absorbieren.

Doch Millionen Meilen weit entfernt, auf einer der Zwillingswelten, bahnte sich eine neue Entwicklung an.

Damals, da die Sporenwolke dem Sog der Sonne gefolgt war, hatte eine der Zwillingswelten zwei weitere von den zarten intelli-

genten Wesen einfangen können. In der untersten Schicht der Atmosphäre wurde ihre zarte Verbindung durch die Winde zerrissen, aber sie gelangten nahe beieinander in den Boden einer fruchtbaren Region.

So ein Wesen hat keine Wahl und nimmt die erstbeste Kreatur zum Wirt. So gelangte eine der beiden Sporen rasch in eine der niedrigsten Lebensformen des Planeten – eine Art Tausendfüßer, der in mancher Hinsicht an eine Kreuzung zwischen Skorpion und Fangschrecke erinnert.

Dieses Tier besaß kein richtiges Gehirn, sondern wurde nur durch Ganglienknoten gesteuert, konnte also nicht im vollen Sinne des Wortes telepathisch werden; sein Nervensystem konnte lediglich dazu gebracht werden, unklare Urgefühle und Bilder zu senden. Sein Organismus war viel zu primitiv, um eine lebenstüchtige Symbiose zuzulassen.

Gleichwohl pflanzte sich diese krabbelnde Kreatur fort und brachte eine Gattung von Supertausendfüßern hervor. Doch dieser Gattung war keine große Zukunft beschert; sie war dazu verurteilt, langsam, aber sicher ihre neuen Merkmale und Eigenschaften wieder einzubüßen und in wenigen Jahrhunderten in den Ausgangstypus zurückzufallen.

Bei diesen Symbionten hatte sich das blinde Spiel der Natur nicht ausgezahlt. Das Universum würde von diesem kurzen Schlenker in einem verborgenen Zweig der Evolution keine Notiz nehmen – nur die Menschen, die zufällig in dieser fruchtbaren Gegend gesiedelt hatten und durch die prototelepathischen Ausstrahlungen dieser Krabbeltiere – gelinde gesagt – zutiefst verwirrt wurden.

Bei dem zweiten Symbionten sah das Ergebnis jedoch ganz anders aus …

»Sandi!« Es war Bartan Drammy, der den Bann brach, den dieser nüchterne Rapport aus den Gefilden von Zeit und Raum über sie verhängt hatte, und sein Seelenschmerz war unverkennbar. »Bitte, sag so etwas nicht! Sag, daß es nicht wahr ist.«

Es ist aber wahr, Bartan. Ich kam mit der zweiten Spore in Berührung – und nun bin ich ein Symbiont.

Auf dem Oberdeck herrschte sekundenlang atemlose Stille, dann sagte Bartan mit erzwungener Ruhe. »Heißt das, ich habe dich verloren, Sandi? Bist du tot für mich? Gehörst du jetzt … zu ihnen?«

Nein! Ich sehe noch so aus wie vorher, und in meinem Herzen bin ich ein Mensch geblieben, nur – wie soll ich es erklären? – eben ein Superwesen. Ich habe versucht, euch zur Umkehr zu bewegen, aber nachdem ich versagt habe, kann ich ja offen reden: Ich will fort aus dieser kalten, regnerischen Welt und wieder unter Menschen leben.

»Du bist noch meine Frau?«

Ja, Bartan, aber es ist zwecklos, von solchen Dingen zu träumen. Ich bin hier ein Gefangener, und es wäre selbstmörderisch von euch, würdet ihr daran etwas ändern wollen.

Bartan stieß ein vibrierendes Lachen aus. »Deine Worte geben mir die Kraft von tausend Männern, Sandi – und ich werde kommen und dich holen.«

Ihr habt keine Chance.

»Es gibt Dinge, die wir wissen müssen«, mischte sich Tauler ein, wohl wissend, daß er störte. »Wenn du nicht zu diesen … Symbionten gehörst – warum bist du dann bei ihnen? Und wie bist du überhaupt nach Fernland gekommen?«

Nachdem die Spore mich einmal zu ihrem Wirt gemacht hatte, mußte aus mir ein Symbiont werden; doch je höher entwickelt die Wirtsrasse ist, um so länger dauert die Verwandlung. Ich dämmerte mehr als ein Jahr in einem tranceähnlichen Zustand vor mich hin, während meine innere Metamorphose voranschritt. In dieser Zeit hatte ich meine telepathischen Kräfte nicht unter Kontrolle, und in einem bestimmten Stadium wurden die Symbionten auf Fernland auf mich aufmerksam und wußten Bescheid.

Die Symbionten sind weder kriegslüstern noch habgierig – gewaltsame Eroberung ist nicht ihre Art – doch sie erspürten genug über die menschliche Natur, um sich vor einer künftigen Rasse menschlicher Symbionten zu fürchten. Sie bauten ein Raumschiff – dessen Funktionsweise ich euch niemals erklären könnte – und kamen nach Jenland.

Sie holten mich mitten aus meinem Volk heraus. In ihren Augen war das unumgänglich, weil sie Angst hatten, ich könnte Kinder be-

kommen; denn meine Kinder und Kindeskinder wären auch Symbionten gewesen, und im Laufe der Zeit wäre der ganze Planet von Symbionten bevölkert gewesen. Die neuen Symbionten wären – entsprechend dem evolutionären Vorsprung des Menschen – denen auf Fernland weit überlegen gewesen. Und bestimmt wäre ihnen trotz tiefgreifender Verwandlung jener typisch menschliche Forscher- und Expansionsdrang nicht abhanden gekommen – und sie wären eines Tages unweigerlich auf Fernland gelandet. Also bin ich hier, und man ist fest entschlossen, mich hier nicht wieder fortzulassen.

»Es wäre einfacher gewesen, dich zu töten«, sprach Savotl aus, was mehr als einer der kolkorronischen Mannschaft gedacht hatte.

Seht ihr, und das ist genau die Art zu denken, vor der sich die Symbionten so fürchten. Sie sind keine mörderische Rasse, also reichte es ihnen, mich von meiner ursprünglichen Art zu isolieren und meinen natürlichen Tod abzuwarten. Allerdings haben sie meine telepathischen Kräfte unterschätzt. Sie ahnten nicht, wozu ich aus Mitleid mit Bartan in der Lage sein könnte.

Und ich ahnte nicht, was ich damit anrichten würde – sonst hätte ich nämlich geschwiegen, Bartan. Sandiwihris undefinierbares Gesicht, zugleich so nah und so unendlich fern, drückte Bedauern aus. *Ich bin schuld, was immer euch zustößt.*

»Aber wieso sollte uns etwas zustoßen?« richtete Biraisa Narrinda zum ersten Mal das Wort an Sandiwihri. »Wenn deine Entführer so ängstlich sind, wie du sagst, werden sie uns nicht aufhalten können.«

Die Bereitschaft zu töten hat nichts mit Mut zu tun! Auch wenn die Symbionten vor dem Töten zurückschrecken, werden sie es tun, wenn sie es für unvermeidlich halten. Doch ihr werdet nicht mit den Symbionten kämpfen müssen, sondern mit ihren Waffen, den eingeborenen Fernländern … und davon gibt es viele … und sie haben nicht die geringsten Skrupel, Blut zu vergießen.

»So wenig wie wir, wenn man uns zwingt«, sagte Tauler. »Werden wir unbemerkt landen können?«

Vermutlich ja. Ein Verstand – telepathisch oder nicht – funktioniert nur, solange er sich gegen den allseitigen Ansturm der Informationen schützt. Ich habe euer Kommen wohl nur bemerkt, weil ich eine besondere Beziehung zu Bartan habe.

»Kannst du dich frei bewegen?«

Ja – auf dem ganzen Planeten.

»Wenn das so ist«, sagte Tauler, der sich unterschwellig noch immer über die mehr als merkwürdige Art ihrer Unterhaltung wunderte, »dann kannst du unser Himmelsschiff bestimmt an einen entlegenen und einsamen Platz lotsen – wenn nötig, im Schutz der Dunkelheit – wo wir dich an Bord nehmen können. Ein paar Sekunden müßten reichen – das Schiff brauchte nicht einmal aufsetzen – und dann könnten wir schon wieder unterwegs nach Jenland sein.«

Deine Überheblichkeit nimmt mich wunder, Tauler Marakain. Glaubst du allen Ernstes, ich wäre auf deine strategische Intuition angewiesen?

»Alles, was ich ...«

Mach dir nichts draus. Zum letzten Mal – ist es wirklich unmöglich, euch zur Umkehr zu bewegen?

»Wir kommen.«

Wenn es denn unumgänglich ist, Sandiwihris Bild zog sich zurück, *soll es bei deinem Plan bleiben. Aber ich garantiere euch, ihr werdet den Tag noch bereuen, da ihr Jenland verlassen habt.*

16. Kapitel

Die *Kolkorron* tauchte in die dünnen Ausläufer der Atmosphäre und jagte in mehr als dreitausend Meilen Höhe – gleichsam rückwärts – zweimal um den Planeten herum. Dann gab Sandiwihri, nachdem sie alle möglichen Variablen einkalkuliert hatte, Anweisungen für eine Reihe von Schüben aus dem Haupttriebwerk, die das Schiff tangential abbremsten.

Die *Kolkorron* folgte schließlich nur noch dem steilen Sog von Fernland.

Zunächst fiel sie nur unmerklich, doch in den folgenden Stunden immer schneller, und die Insassen vernahmen den gurgelnden Ansturm der Luft gegen den Rumpf des Schiffes. Tipp Gotlon saß im Pilotensitz. Unter Anleitung der scheinbar allwissenden Sandiwihri stellte er das Schiff vertikal aufs Heck und ließ den Antrieb so lange feuern, bis das Schiff nicht mehr fiel und wieder stieg. In dieser Höhe war die Luft – obzwar noch sehr dünn – gleichwohl schon für eine Zeitlang lebenerhaltend. Fernlands Anziehung würde die Aufwärtsbewegung des Schiffes bald wieder in ihr Gegenteil verkehrt haben, aber in der Zwischenzeit ähnelten die Außenbedingungen durchaus denen in Jenlands gewichtsloser Zone – und man konnte an den Umbau des Himmelsschiffs gehen.

Bevor Tauler nach draußen ging, stieg er noch einmal aufs Oberdeck, um mit Gotlon zu reden. Die volle Außenmontur von Himmelsanzug, Fallschirmpaket und pneumatischem Antrieb machte es beschwerlich, die Treppe zu erklimmen. Ein einzelner Sonnenstrahl aus einem Bullauge fiel schräg aufs Oberdeck und ließ das Gesicht des Piloten schwefelgelb erglühen. Gotlons Miene verriet Unzufriedenheit.

»Kapitän«, wandte er sich sofort an Tauler, »wie kommt Savotl draußen zurecht?«

»Savotl kommt sehr gut zurecht«, erwiderte Tauler, der wußte, was hinter der Frage steckte. Gotlon war enttäuscht, weil er dazu ausersehen war, im Schiff zurückzubleiben. Seiner Meinung nach sollten nur die körperlich tüchtigsten Mitglieder der Mannschaft an der sicherlich anstrengenden und gefährlichen Befreiungsaktion teilnehmen. Tauler hatte dagegengehalten, daß die *Kolkorron* bei der ganzen Aktion eine überaus wichtige Rolle spiele und man das Schiff logischerweise nur dem besten Piloten anvertrauen könne. Gotlon war nur wenig zu besänftigen gewesen durch die Anspielung auf seine Qualitäten als Pilot.

»Meine Arbeit könnte auch ein Kranker tun«, wiederholte Gotlon sein altes Argument.

Tauler schüttelte den Kopf. »Mein Junge, Ilven Savotl ist nicht bloß krank. Er wäre sicher nicht glücklich über meine Worte, aber ihm bleibt nur noch wenig Zeit. Ich glaube, im Grunde seines Herzens will er auf Fernland begraben werden.«

Gotlon machte eine betretene Miene. »Das wußte ich

nicht. Dann war das wohl der Grund, weshalb er in letzter Zeit so mürrisch war.«

»Ja. Und wenn wir ihn nun mit dem Schiff allein lassen, und er stirbt ausgerechnet, was wird dann aus uns, hm?«

»Ich habe mich nicht von ihm verabschiedet. Ich war wütend.«

»Darüber wird er hinwegkommen. Das Beste, was du für Savotl tun kannst, ist, sein Logbuch sicher nach Jenland zurückzubringen. Darin steht eine Menge, was für künftige Raumfahrer von unschätzbarem Wert sein dürfte, unter anderem alles, was er von Sandiwihri gelernt hat. Ich übertrage dir die persönliche Verantwortung dafür, daß es in König Chakkells Hände gelangt.«

»Ich werde alles tun ...« Gotlon hielt inne und blickte Tauler mit merkwürdig wachsamen Augen an. »Kapitän, die Mission ... zweifelt Ihr an ihrem Ausgang?«

»Wo denkst du hin?« sagte Tauler lächelnd. Er legte Gotlon kurz eine Hand auf die Schulter, dann zog er sich an den Handläufen zur Leiter zurück und tastete sich nach unten, was bei seiner Unförmigkeit, der Enge und der Gewichtslosigkeit kein Leichtes war.

Als er das Schiff verlassen hatte und im grenzenlosen Himmel schwebte, fiel ihm jede Bewegung kinderleicht. Die anderen hatten schon damit begonnen, den Heckabschnitt – die spätere Gondel des Himmelsschiffs – vom Rumpf der *Kolkorron* zu trennen, und Fernland war ein überwältigender konvexer Hintergrund für diese Arbeit.

Die Atmosphäre war dunstiger als über Diesland und Jenland. Die weiße Polkappe des Planeten badete die schwebenden Menschengestalten in gleißende Helligkeit. Weiter unten nahm der Himmel die tiefblaue Färbung an, die Tauler vertraut war, aber nach oben zu wurde der Himmel schnell dunkler und mündete in eine Schwärze, in der die Sterne und Spiralnebel mit ungewöhnlicher Klarheit glänzten.

Mit jedem Atemzug, den Tauler tat, sogen seine Augen ein anderes Detail dieser unirdischen Kulisse auf, und er dankte einem großzügigen Schicksal, das ihn in Umstände hineingeboren hatte, die so einzigartig gewesen waren, daß sie sein Leben auf diesen unvergleichlichen Augenblick ausgerichtet hatten.

Vor ihm lag eine neue Erfahrung, eine neue Welt, die seinen Sinnen zu trinken gab, ein neuer Feind, den es zu bezwingen galt; ihn packte ein Freudenfieber, wie er es zum ersten Mal gespürt hatte, als er sich mit der Roten Eins auf eine Flotte der Diesländer gestürzt hatte.

Aber er spürte noch etwas – eine Abdrift aus Furcht und Verzweiflung. Der Wurm in seinem Innern begann sich zu krümmen und zu strecken, als habe er nur auf diesen Augenblick gelauert, um ihn daran zu erinnern, daß sich der Weg hinter Fernland im Nichts verlor. *Vielleicht,* so stahl sich der vertraute Gedanke in Taulers Bewußtsein, *finde ich dort unten auf diesem fremden Planeten mein Grab. Und vielleicht ist das auch gut so …*

»Tauler, wir brauchen Verstärkung«, rief Savotl.

Tauler düste hinunter zum Heck des Schiffs. Man hatte bereits die Kreuzverschnürung zwischen Heckabschnitt und Rumpf gelöst, aber die Harzverbindung war hartnäckiger, als man gedacht hatte. Tauler half dabei, Keile zwischen die Bauteile zu treiben, eine mühselige Arbeit, weil man sich mit einer Hand am Schiff festhalten mußte, um die Reaktion der Hammerschläge abzufangen. Hebel erwiesen sich aus dem gleichen Grund als ziemlich nutzlos, und am Ende mußte man sich mit Händen und Füßen in den schmalen Spalt auf der einen Seite zwängen und mit vereinten Kräften die künftige Gondel vom Mutterschiff stemmen.

Sie riß los und schwenkte zur Seite, wo sie leicht schaukelnd hängen blieb. Darunter kam die große Düse des bislang unbenutzten Aggregats zum Vorschein, mit dem das Mutterschiff nach Jenland zurückkehren sollte. Dakan Rekkar hatte das Kontrollgestränge bereits im Schiffsinnern gelöst, und es war nun seine Aufgabe, beide Aggregate so anzuschließen, daß sie zuverlässig zu bedienen waren.

»Wir hätten Spreizzwingen mitnehmen sollen«, sagte Savotl. Sein Gesicht war blaß und glänzte vor Schweiß. »Hast du bemerkt, daß es hier gar nicht kalt ist? Wir sind weiter von der Sonne entfernt, und trotzdem ist die Luft hier wärmer als bei uns in der gewichtslosen Zone. Die Natur führt uns an der Nase herum, Tauler.«

»Und läßt uns keine Zeit.« Tauler düste zu Hilfe, und mit dem vereinten Schub aus fünf pneumatischen Antrieben schob man die Gondel ein Stück weit seitwärts von der *Kolkorron* fort. Dann zog man den zusammengefalteten Ballon aus der Gondel, breitete ihn auseinander und legte die Gondel an die Tragseile. Es war ziemlich verwickelt, die Beschleunigungsstützen zu montieren, die aus Platzgründen in Teilstücke zerlegt waren, aber man hatte die Arbeit vor Antritt der Reise gründlich trainiert und blieb in der Zeit. Rekkar beendete seine Arbeiten am Mutterschiff, und Minuten, nachdem er zur Gondel zurückgekehrt war, hatte er das Aggregat des Himmelsschiffs soweit angeschlossen, daß der Ballon gefüllt werden konnte. Da die ganze Konstruktion langsam fiel, erleichterte eine Aufdrift ungeheizter Luft in den Ballon seine vorbereitete Drappierung.

Tauler, als der erfahrenste Ballonfahrer, startete das Aggregat im Brennermodus und ging daran, die Hülle vorsichtig zu blähen, damit die unteren Bahnen keine Hitzeschäden davontrugen. Sobald der zarte Gigant mit seinem ganzen symmetrischen Geäder über der Gondel erblüht war, übergab Tauler den Pilotensitz an Biraisa und ging an die Brüstung.

Die *Kolkorron* fiel inzwischen geringfügig schneller als das Himmelsschiff, denn die harzgetränkten Planken glitten allmählich relativ zu denen, die an der Reling der Gondel standen, nach unten. Gotlon erschien in der offenen Mittschiffsluke und winkte kurz, bevor er sie schloß und von innen versiegelte.

Eine Minute später begann der Hauptantrieb zu tosen. Das Raumschiff fing sich, zauderte einen Moment lang und kehrte wieder zurück. Der Antrieb schien lauter, als es sich über dem Himmelsschiff befand, und Tauler spürte die Streuung des heißen Miglyn, das aus der Düse jagte und das Gleichgewicht von Ballon und Gondel störte. Er sah zu, wie das weit größere Schiff hinter dem gekrümmten Horizont des Ballons verschwand, und plötzlich empfand er eine ehrfürchtige Hochachtung vor Gotlon, einem gewöhnlichen jungen Mann, der nichtsdestoweniger den Mut besaß, allein in die Leere hinauszufliegen, um sich von einer ätherischen Frau, die ihm leibhaftig noch nie begegnet war, in eine Umlaufbahn dirigieren zu lassen.

Nicht zum ersten Mal kam Tauler zu Bewußtsein, wie tolldreist er gewesen war, eine Reise durch den interplanetaren Raum anzutreten, ohne auch nur im entferntesten zu ahnen, welche Gefahren dort lauerten. Eine solche Hybris verdiente, bestraft zu werden. Für ihn und Savotl war die vorbestimmte Strafe vielleicht akzeptabel, aber er mußte alles daransetzen, damit seine jungen Gefährten nicht in den Mahlstrom seines Schicksals gerieten.

Dieser Gedanke sollte Tauler noch sehr viele Male durch den Kopf gehen im Verlauf der sechs Tage, die man brauchte, um die Oberfläche von Fernland zu erreichen.

In den Unterhaltungen mit den jungen Jagdpiloten, insbesondere mit Biraisa, bekam er zu spüren, wie sehr sie es ihm verübelten, wenn er sie – wie sie das nannten – verhätschelte. Er mußte ihre Gefühle respektieren, obwohl er genau wußte, wie sehr ihr Blick durch Selbstüberschätzung getrübt war, durch die unterbewußte arrogante Überzeugung, jeden Gegner besiegen und jede Gefahr bestehen zu können. Die Euphorie, mit der sie auf ihren Maschinen durch das zentrale Blau zwischen Diesland und Jenland gejagt waren, hatte sie Glauben gemacht, daß Verwegenheit eine tragfähige Lebensphilosophie war.

Sein eigener Lebenslauf gab ihm kaum das Recht, diesen Standpunkt anzufechten, aber er wußte nur zu recht, wie unsäglich unfähig er von Anfang an gewesen war, eine Expedition nach Fernland zu leiten. Nicht einmal Savotl hatte gewußt, daß ein Schiff im leeren Raum seine Geschwindigkeit beibehält – selbst dann, oder besser *nur* dann, wenn der Antrieb abgestellt ist – denn jede Sekunde Schub hatte die Geschwindigkeit der *Kolkorron* erhöht. Ohne Sandiwihris Eingreifen wären sie alle miteinander beim Eintritt in Fernlands Atmosphäre ums Leben gekommen – und sie hatte vollkommen recht gehabt, als sie ihm ein weiteres grobes Versehen vorgeworfen hatte. Er war nicht einmal auf den Gedanken gekommen, Fernland könnte von ganz gewöhnlichen Wesen bewohnt sein, geschweige denn von hochbegabten Superwesen mit Kräften, von denen er keinen blassen Schimmer hatte. Sandiwihri hatte anfangs versichert, sie würden die Landung auf dem Planeten mit dem Leben bezahlen, und während sie immer tiefer sanken, fiel es ihm immer schwerer, sich über diese Prophezeiung hinwegzusetzen.

Aber auch Sandiwihri selbst setzte ihm zu. Ihre telepathischen Besuche waren für Bartan keine Überraschung gewesen; Biraisa und Rekkar schienen Bartans Frau ohne größere Schwierigkeiten in ihr Weltbild integriert zu haben – aber er, Tauler, war schon viel zu lange Materialist und Skeptiker, als daß sein Weltbild nicht mit jedem Gedanken an Sandiwihri erschüttert worden wäre.

Die Geschichte über die Symbionten war zweifellos erstaunlich, aber immerhin konnte er sie von vorne bis hinten nachvollziehen, und was man verstand, konnte man akzeptieren. Die Vorstellung einer unmittelbaren Verbindung von Hirn zu Hirn lag hingegen auf einer anderen Ebene.

Auch wenn er dem seltsam unzugänglichen Bild von Sandiwihri noch so oft zugesehen und ihrer lautlosen Stimme noch so oft gelauscht hatte, stieß jeder Gedanke daran bei ihm auf heftigen Widerstand.

Ihm schmeckte das zu sehr nach Mystizismus. Sollte es wirklich noch andere Ebenen der Wirklichkeit geben, solche, die seinen fünf Sinnen verborgen waren, wie konnte er dann noch mit Fug und Recht behaupten – um nur ein Beispiel zu nehmen –, daß Seelenwanderung Unfug war? Wo sollte man da die Grenze ziehen? Sandiwihris Existenz machte aus seiner Überzeugung, das Wesen der Realität, abgesehen von ein paar weißen Fleckchen, durchaus zu begreifen, ein für allemal eine alberne Einbildung – und das schluckte man so leicht nicht mehr in seinem Alter.

So sehr ihm Sandiwihris Manifestationen zusetzten, so

wenig verschonte sie ihn damit. Viele Male erschien sie der Mannschaft beim Abstieg, besonders häufig auf den letzten Etappen. So mußten sie nach ihren Anweisungen mal die Sinkgeschwindigkeit drosseln, ein andermal in der Schwebe bleiben, und einmal sogar eine Stunde lang wieder aufsteigen. Sandiwihri tat nichts anderes, als das Himmelsschiff durch Windschichten und Wetterzonen, die hier ausgeprägter waren als auf Jenland, zu einem Landeplatz ihrer Wahl zu lotsen.

Einmal warnte sie korrekt vor einer meilentiefen Region schärfster Kälte, wo die Temperatur noch niedriger war als in der gewichtslosen Zone, obwohl die Luft darüber und darunter relativ warm war. Auf Savotls Frage eingehend, sprach sie von der Atmosphäre, die ein gut Teil der Sonnenwärme reflektiere, und von Wärmeströmungen, die noch mehr Wärme auf das Meer hinuntertrügen, wodurch eine kalte Luftschicht entstehe.

Die Tatsache, daß Sandiwihri, die noch bis vor kurzem eine ungebildete Frau vom Lande gewesen war, über solche Dinge Bescheid wußte, trug noch zu Taulers ungutem Gefühl bei. Solche Kenntnisse belegten ihre Behauptungen, sich in ein Superwesen verwandelt zu haben, in ein überragendes Genie, und machte ihm angst und bange, ihr gegenüberzutreten. Was dachte eine Göttin von einem gewöhnlichen Menschen? Würde sie die fünf Menschen so betrachten, wie man im alten Kolkorron die Gibbons der Provinz Sorka betrachtet hatte?

Wider Erwarten schien sich Bartan Drammy über diesen Aspekt keinerlei Gedanken zu machen. Wenn der Bursche nicht gerade schlief oder im Pilotensitz saß, unterhielt er sich mit Biraisa und Rekkar, wobei er sich nicht selten kräftig aus einem der Branntweinschläuche bediente, die er mitgenommen hatte. Biraisa hatte Zeichenmaterial dabei und verbrachte Stunden damit, die anderen zu zeichnen und Karten der Planetenoberfläche anzufertigen, letzteres hauptsächlich Savotl zuliebe. Was den kleinen Mann anging, so verfiel er zusehends schneller. Er lag auf seinem Strohsack, die Unterarme auf den Leib gepreßt, und richtete sich fast nur noch auf, um sich mit Sandiwihri zu unterhalten. Hätte er gekonnt, wie er wollte, hätte er sie stundenlang ausgefragt, aber ihre Besuche waren immer nur kurz und ihre Instruktionen knapp, als ob sie noch eine Menge anderes zu erledigen hätte.

Derjenige an Bord, von dem Tauler es am wenigsten erwartet hätte, suchte am meisten seine Gesellschaft. Er kannte Dakan Rekkar kaum. Obwohl Rekkar nach der Auswanderung geboren war, zeigte der Mann mit dem leisen Tonfall, dem Kraushaar und den heiteren grauen Augen ein auffallendes Interesse an der Geschichte der Alten Welt. Während er Tauler beim Fetten und Reinigen der Musketen und fünf Stahlschwerter half, ermunterte er ihn immer wieder, lange und ausführlich über das alltägliche Leben in Ro-Atabri, Kolkorrons alter Hauptstadt, zu erzählen, und von den konkreten Umständen, denen diese Stadt ihren Einfluß über eine ganze Hemisphäre verdankte. Er ließ durchblicken, daß er ein Buch schreiben wollte, das der Nation helfen sollte, ihre Identität zu bewahren.

»Also haben wir einen Maler und einen Schriftsteller an Bord«, sagte Tauler. »Du und Biraisa, ihr solltet euch zusammentun.«

»Liebend gerne«, erwiderte Rekkar in seiner leisen Art, »aber ich glaube, sie hat schon einen anderen ausgeguckt.«

Tauler zog die Stirn kraus. »Du meinst Bartan? Aber der bekommt doch bald seine Frau zurück.«

»Ein unseliges Paar, findet Ihr nicht? Vielleicht sieht Biraisa keine Chance mehr für die beiden.«

In Rekkars Worten begegnete Tauler seinen eigenen Befürchtungen; der einzige, der die Fortsetzung von Bartans befremdlicher Ehe unvermindert optimistisch beurteilte, schien Bartan selbst zu sein. Bartan war selten nüchtern und lebte in einem Zustand der Euphorie, konnte das Wiedersehen mit Sandiwihri kaum erwarten und war fest davon überzeugt, zwischen ihr und ihm könne alles wieder so sein wie früher. Wie konnte der Bursche nur so naive Erwartungen hegen? – Aber wer an Bord wußte schon, was ihn erwartete?

Tauler war aufgefallen, daß er alles, was Sandiwihri sagte,

sogleich verstand, selbst wenn sie Begriffe benutzte, die er nie zuvor gehört hatte. Worte, so schien es ihm jetzt, waren nichts weiter als bequeme aber undurchsichtige Gefäße, befrachtet mit mannigfaltigen Bedeutungsschichten und komplementären Vorstellungen. Beim Gespräch von Hirn zu Hirn gab es keine Mißverständnisse und Unklarheiten. Ein jeder, der Sandiwihris lautloser Stimme lauschte, wußte genau, was Sandiwihri meinte – und Sandiwihri hatte gesagt, die Befreiungsaktion werde ein tragisches Ende nehmen.

Es war finster, als das Himmelsschiff sich der Ebene näherte – so finster, wie zu Hause nur bei Tiefnacht. Aus etwas größerer Höhe waren hier und da in der undurchdringlichen Nacht unter dem Schiff ein paar glimmernde Lichtfleckchen zu sehen gewesen, die auf Städte oder Dörfer hindeuteten. Aber so kurz vor dem Bodenkontakt war der Himmel die einzige Lichtquelle, und selbst die Große Spirale konnte nicht mehr als einen vagen Hauch von Silber in die Nebel am nachtschwarzen Grund streuen.

Die Luft war getränkt mit Feuchtigkeit, und für Tauler – den äquatorialen Bewohner einer Welt, die von der Sonne verwöhnt war – war sie scheußlich kalt und schien seinem Körper allzu rasch die Wärme zu entziehen. Er und die anderen hatten Stunden zuvor die hinderlichen Himmelsanzüge abgelegt, und nun froren sie und rieben sich die Arme. Die Luft war schwer vom Geruch nach Vegetation, dem dumpfigen Extrakt eines *Grüns*, kräftiger und durchdringender als alles, was Tauler kannte, und seine Nase sagte ihm nachdrücklicher als die anderen Sinne, daß er sich dicht über der Oberfläche eines fremden Planeten befand.

Er stand an der Reling, angespannt, erregt, entrückt – und auch bekümmert, weil er keine Gelegenheit haben würde, auf Fernland herumzuwandern und die Wunder dieser Welt mit den Augen zu trinken. Wenn Sandiwihri wie vorgesehen am Boden auf sie wartete – und daran war eigentlich kein Zweifel – war sie in Sekundenschnelle an Bord gehievt. Die Füße der Gondel brauchten nicht einmal Fernlands Boden zu berühren. Sie würden sich im Schutz der Nacht sofort wieder in den Himmel erheben und wären gegen Morgen für jedermann am Boden außer Sichtweite und unterwegs zur *Kolkorron.*

Der Gedanke machte Tauler nicht zum erstenmal Kopfzerbrechen. Der tatsächliche Lauf der Ereignisse und das verhängnisvolle Ende, das Sandiwihri dieser Mission prophezeit hatte, schienen überhaupt nicht zueinander zu passen. Zu glatt verlief alles. Hatte sie ihre prospektiven Retter nur vor *möglichen* Gefahren warnen wollen, oder gab es andere Faktoren, die Tauler nicht in Betracht zog und die sie wohlweislich verschwiegen hatte? Diese lauernde Ungewißheit wirkte wie eine starke Droge auf ihn, beschleunigte seinen Herzschlag und regte seine Phantasie an. Er versuchte, die Finsternis unter dem Schiff zu durchdringen. Hatten die rätselhaften Symbionten Sandiwihri womöglich abgefangen und zum Schweigen gebracht? Wimmelte es am vorgesehenen Landeplatz von Soldaten?

Rekkar feuerte nun immer wieder kurz Miglynstöße in den Ballon und bremste das Schiff auf Kriechgeschwindigkeit herunter. Tauler starrte über die Reling, als ihm seine Augen einen bösen Streich spielten. Die Finsternis war nicht mehr homogen, sie wimmelte von Gestalten, die fähig waren, genau das zu sein, was er sich am wenigsten wünschte. Die Supertausendfüßer hielten lautlos und mühelos Schritt mit dem gleitenden Schiff und flehten ihn scherenringend an, in ihre Reichweite zu kommen und sich zerhacken und zerreißen und zerstückeln und zerbeißen zu lassen.

Es schien eine Ewigkeit zu vergehen, ehe die Nachtmahre zerschmolzen und sich etwas Eindeutiges abzeichnete – ein unruhiger fahlgrauer Fleck, der allmählich heller wurde und sich als die Gestalt einer weiß gekleideten Frau entpuppte ...

17. Kapitel

»Sandi!« rief Bartan Drummy, der sich neben Tauler weit über die Reling lehnte. »Sandi, hier bin ich!«

»Bartan!« Die Frau schritt schnell aus, um mit dem

Schiff auf gleicher Höhe zu bleiben. »Ich sehe dich. Bartan!«

Das war kein telepathischer Kontakt, der Angst und Beklemmung hervorrief – das war schlicht die Stimme einer aufgeregten Frau aus Fleisch und Blut – und der Klang der Worte rieselte ihm den Rücken hinunter. Einen Augenblick lang vergaß er alles, was er über Symbionten wußte, und konnte an nichts anderes denken als an die Absurdität dieser Begegnung. Diese Frau war auf seiner Heimatwelt geboren und hatte dort ein ganz normales Leben geführt, ehe man sie unter bizarren Umständen auf einen fernen Planeten verfrachtet hatte. Nach allen Regeln der Vernunft wäre sie nun auf Nimmerwiedersehen verschwunden geblieben; doch ihr Ehemann, vor Gram übergeschnappt und dem Suff verfallen, hatte eine Reise über Millionen von Meilen durch den Sternenraum angezettelt, und sie – trotz aller Widrigkeiten – gefunden. Diese Frau, deren Stimme ganz natürliche Erregung verriet, war nur wenige Schritte vom Schiff entfernt, das durch die fremde Nacht glitt – und Tauler war fasziniert von ihrer Realität.

Das Geräusch, mit dem Hauptdüse und Füße der Gondel durch die Vegetation streiften, riß Tauler aus seinen Gedanken. Bartan war über die Brüstung geklettert, saß auf dem äußeren Sims und streckte seiner Frau die Hand entgegen. Sie ergriff diese und stand im Nu neben Bartan. Tauler half ihr über die Reling, ganz benommen von dem schlichten körperlichen Kontakt. Bartan kam mit einer einzigen geschmeidigen Bewegung hinterher und riß Sandiwihri stürmisch an sich. Tauler, Biraisa und Savotl fühlten sich spontan zu ihnen hingezogen, und es gab eine einzige große freudige Umarmung, die gleich wieder auseinanderbrach, als das Deck erschüttert wurde, weil die Füße der Gondel flüchtig den Grund berührt hatten.

»Heb ab!« sagte Tauler zu Rekkar, der sofort den Brenner auftosen ließ und den gigantischen Ballon wiederbelebte, der geduldig über ihren Köpfen wartete.

»Ja, *ja!*« Sandiwihri löste sich aus der Gruppe und ging, die rechte Hand ausgestreckt, auf Rekkar zu, der ihr spontan seine freie Hand hinhielt, doch die erwartete Begrüßung blieb aus.

Sandiwihri langte an ihm vorbei und packte – noch ehe es jemand verhindern konnte – die rote Leine und riß mit unwiderstehlicher Gewalt die Reißbahn des Ballons herunter.

Es gab keine unmittelbare Reaktion in dem eingepferchten Mikrokosmos der Gondel, aber Tauler wußte: Der Ballon *starb.* Hoch oben war eine große trapezförmige Leinenbahn aus der Krone gerissen worden, und die Hülle würde bereits Falten werfen und einsacken, während das heiße Gas in die Atmosphäre entwich. Das Schiff war nun gezwungen, auf Fernland aufzusetzen – und vielleicht für immer auf Fernland zu bleiben.

»Sandi! Was hast du gemacht?« Bartans angstvoll hinausgeschriene Worte waren deutlich aus dem jäh aufgeflackerten Durcheinander aus Entsetzen und Protest herauszuhören. Er taumelte mit ausgestreckten Armen auf Sandiwihri zu, als ob er sie verspätet vor einer unbesonnenen Bewegung bewahren wolle. Sie wehrte ihn ab und wich rasch in einen freien Teil der Gondel aus. Es gibt keine Sandiwihri mehr, dachte Tauler. Die symbiontische Superfrau ist unter uns.

»Ich habe das aus gutem Grund getan«, sagte sie mit fester und klarer Stimme. »Hört euch erst einmal …«

Ihre Worte gingen unter, als die Gondel auf den Boden traf, steil hochkippte und Insassen und lose Ausrüstung gegen eine Wand schüttete, bevor sie in die Waagerechte zurückfiel.

»Mach die Stützen los!« rief Tauler, aus seiner Tagträumerei gerissen. »Der Ballon kommt runter.«

Er zog die rasch lösbaren Knoten, die die Beschleunigungsstütze in der nächstbesten Ecke sicherten, und stieß die dünne Stange von der Reling fort, damit sie nicht die Last der absackenden Hülle tragen mußte. Die Gondel wurde mit dem würgenden Miglyngas überflutet, das der Ballonmund erbrach. Ein Splittern kündete davon, daß zumindest eine der vier Stützen überlastet worden war.

Tauler kletterte über die Brüstung, merkte, wie andere

dasselbe taten, und sprang auf den Boden hinunter. Er lief ein gutes Stück weit durch das, was sich wie gewöhnliches Gras anfühlte, blieb stehen und drehte sich nach dem kollabierenden Ballon um. Die ausladende Gestalt stand noch hoch genug, um ein gut Teil des Himmels zu verdecken, aber sie hatte jede Symmetrie eingebüßt. Verzerrt, sich windend wie ein Leviathan im Todeskampf, sank der Ballon immer schneller herunter. Die leichte Brise drängte ihn zum größten Teil in Windrichtung von der Gondel ab, wo er schlagend im Gras landete und hier und da wabernde Buckel warf, in denen Heißgas gefangen saß.

Eine Zeitlang herrschte Schweigen, dann wandten sich die Mitglieder der Mannschaft ab. Es lag nichts Drohendes in ihrem Verhalten, kein verhaltener Zorn, als sie auf Sandiwihri zugingen, aber sie hatte durch eine einzige unerwartete Handlung eine existentielle Notlage geschaffen, und sie wollten nichts als Aufschluß von ihr. Trotz der Finsternis konnte Tauler sehen, daß außer ihm niemand ein Schwert trug. Einem alten Instinkt gehorchend, legte er die Hand auf den Griff der Waffe und sah sich gründlich um und versuchte, den Vorhang der fremden Nacht zu durchdringen.

»Es gibt weit und breit keine Fernländer«, wandte sich Sandiwihri direkt an ihn. »Ich habe euch nicht betrogen.«

»Wäre es vermessen, sich danach zu erkundigen, was du getan *hast?*« entgegnete er sarkastisch. »Du wirst zugeben, daß wir ein gewisses Interesse an deinen Motiven haben.«

»Sag uns, *warum,* Sandi?« fügte Bartan mit bebender Stimme hinzu, die nahelegte, daß er mehr als jeder andere vom Gang der Ereignisse betroffen war.

Sandiwihri trug eine weiße gegürtete Tunika, und sie zog sie enger um den Hals, ehe sie antwortete. »Ich bitte euch, zwei überaus wichtige Tatsachen zu berücksichtigen. Erstens wissen die hiesigen Symbionten jederzeit genau, wo ich mich aufhalte. Sie wissen präzise, wo ich in diesem Moment bin, aber sie haben keinen Verdacht geschöpft und werden nichts unternehmen, weil ich – zum Glück für uns alle – die Angewohnheit habe, rastlos, unberechenbar und weit herumzureisen.

Und zweitens«, fuhr Sandiwihri in ruhig fließendem Tonfall fort, »haben mich die Symbionten in einem Schiff hierhergebracht, das für die Reise nur wenige Minuten gebraucht hat.«

»Minuten?« sagte Savotl. »Nur wenige *Minuten?*«

»Die Reise könnte in Sekunden oder auch Bruchteilen von Sekunden bewältigt werden, doch bei kurzen Entfernungen ist es praktischer, eine maßvollere Geschwindigkeit einzuhalten. Wenn ich nun mit eurem Himmelsschiff aufgestiegen wäre, hätten die Symbionten sofort Bescheid gewußt und uns mit ihrem Schiff abgefangen. Wie ich schon sagte, sind sie keine Mörder, aber sie werden es *niemals* zulassen, daß ich zu meiner Heimatwelt zurückkehre. Sie hätten das Himmelsschiff zur Landung gezwungen, und dabei wären wir alle ums Leben gekommen.«

»Haben sie denn so überlegene Waffen?« sagte Tauler in dem Versuch, sich den Luftkampf zu vergegenwärtigen.

»Sie haben keine eigentlichen Waffen an Bord; aber das Schiff ist im Flug von einem Feld umgeben – sagen wir einer Aura – die lebensfeindlich ist. Das Prinzip würdet ihr nicht verstehen, aber ihr könnt sicher sein, daß eine Begegnung mit dem symbiontischen Schiff unser aller Tod gewesen wäre. Ob die Symbionten es so gewollt hätten oder nicht – wir wären dabei umgekommen.«

Alle schwiegen, während jeder seinen Gedanken nachhing. Die Brise frischte plötzlich auf und übersäte die stummen Gestalten mit kalten Regentropfen, die sofort durch ihre leichten Hemden und Hosen schlugen, und Wolken schoben sich vor die Sterne, wie Gefängnistore, die sich schlossen. Fernland weint Freudentränen, dachte Tauler und kämpfte mit einem Frösteln.

Biraisa brach als erste das Schweigen, und sie klang unverhohlen wütend. »Findest du nicht, daß du reichlich anmaßend mit unserem Schiff umgegangen bist?« sagte sie zu Sandiwihri. »Hättest du uns das alles erzählt, als du an Bord kamst, hätten wir dich wieder rausheben können und unbehelligt nach Jenland zurückgekonnt.«

»Hättet ihr das denn getan?« Sandiwihri lächelte traurig. »Wer von euch wäre denn so ... logisch vorgegangen?«

»Ich kann nicht für die anderen sprechen, aber *ich* wäre so vorgegangen«, sagte Biraisa, und mit einemmal hatte Tauler das Gefühl, als gelte Biraisas Affront im Grunde weniger der Sandiwihri, die das Schiff lahmgelegt hatte, als der Frau, die Bartans ganze Zuwendung besaß. Trotz der extremen Misere, in der sie sich befanden, mußte Tauler wieder einmal über das Mysterium der weiblichen Seele nachgrübeln. Biraisa machte ihm angst. Sie war eine andere Gesalla. Alle Frauen waren mehr oder weniger Gesallas, und ein Mann war ihnen in der Arena, die sie bevorzugten, einfach nicht gewachsen.

»Das Himmelsschiff kann durchaus repariert werden«, betonte Sandiwihri. »Ich habe euch absichtlich in diese entlegene Gegend gebracht, wo es unwahrscheinlich ist, daß euch die Fernländer entdecken. Also habt ihr mehr als genug Zeit, um alles wieder herzurichten.«

Aber warum dann den Ballon erst zum Kollabieren bringen? dachte Tauler. Sie erzählt uns nicht alles ...

Bartan machte einen Schritt auf Sandiwihri zu. »Egal, was die anderen tun – ich bleibe jedenfalls hier bei dir.«

»Nein, Bartan! Hast du vergessen, warum man mich hierhergebracht hat? Die Symbionten würden mich eher umbringen, als mir eine Verbindung mit einem zeugungsfähigen Mann meiner Rasse zu erlauben.«

Tauler, mit seinem soldatischen Interesse an taktischen Erwägungen, verfing sich in dem Problem, das er sich selbst gestellt hatte. *Sie kann die Reißleine nur aus einem Grund gezogen haben – das Schiff sollte nie wieder von Fernland fortkönnen. Und das hieß ...*

»Es gibt eine Alternative«, sagte Sandiwihri. »Ich will sie euch beschreiben, aber ihr müßt das mit euch selbst ausmachen. Falls ihr euch dagegen entscheidet, werde ich euch helfen, das Schiff zu reparieren und ohne mich nach Jenland zurückzukehren. Falls ihr euch dafür entscheidet, müßt ihr euch über die Gefahren im klaren sein und ...«

»Wir sind dafür«, schnitt Tauler ihr das Wort ab. »Wie

weit ist es bis zum Raumschiff der Symbionten? Und wie gut wird es bewacht?«

Sandiwihri sah ihn an. »Du überraschst mich, Tauler Marakain.«

»Das muß nicht sein«, sagte Tauler. »Ich bin nicht besonders helle, aber ich habe gelernt, daß es Probleme gibt, die man – egal, wie klug und weise die Beteiligten sind – nur auf eine Weise lösen kann. Und darauf verstehe ich mich.«

»Aufs Töten.«

»Auf berechtigte Gewalt – den Schwertstreich des Feindes mit meinem Schwert abzufangen.«

»Laß es gut sein, Tauler – es steht mir nicht an, moralische Urteile abzugeben. Ich hatte die Idee, dieses Schiff zu kapern, weil das meine einzige Hoffnung ist, dieser trostlosen und unerfüllten Existenz zu entkommen; aber das alles ist sehr gefährlich.«

»Wir haben mit Gefahr gerechnet«, sagte Tauler mit einem Blick in die Runde.

»Aber warum sollte jemand bereit sein, um meinetwillen sein Leben zu riskieren?«

»Jeder von uns hatte seinen guten Grund, warum er an der Expedition teilnehmen wollte.«

Sandiwihri trat näher an Tauler heran, wobei sie ihm unverwandt ins Gesicht sah. Zum ersten Mal spürte er, wie die leibhaftige Sandiwihri ihre telepathischen Fähigkeiten einsetzte.

»Dein Grund war nicht gut«, sagte sie traurig.

»Wie lange sollen wir noch in diesem eiskalten Morast herumstehen?« drängte er und stampfte den schmatzenden Boden. »Wenn wir unsere Knochen nicht in Bewegung setzen, gehen wir noch am Fieber ein. Wie weit ist es bis zu diesem Raumschiff?«

»Gut neunzig Meilen.« Sandiwihri schien wortkarger, nachdem sie akzeptiert hatte, daß die Entscheidung unwiderruflich gefallen war. »Aber ich habe einen Lastwagen, der uns hinbringen kann.«

»Einen *Lastwagen?*«

»Du wirst schon sehen.«

»Gut – das ist kein Land für einen Gewaltmarsch.« Froh, daß dieses Palaver ein Ende hatte, lief Tauler mit seinen Gefährten zur Gondel, um Waffen und Proviant auszuladen. Er nahm skeptisch eine der fünf Musketen an sich. Das dazugehörige Netz mit den Druckgeschossen war nur hinderlich im Nahkampf, und die zeitraubende Ladeprozedur schränkte die Effektivität der Waffe bedenklich ein.

»Guck mal, was ich hier habe.« Savotl, der vor Kälte zitterte, streckte eine unruhige Hand aus, die eine zugespitzte Brakkastange hielt, auf die oben die blaue und graue Fahne Kolkorrons gewickelt war.

Tauler nahm die Stange, trat an die Brüstung der Gondel und schleuderte sie wie einen Speer in den Boden. »Das sind wir Chakkell schuldig – ab jetzt ist das unsere Mission.«

Er kletterte aus der Gondel und legte seine Sachen zu denen der anderen, als er Sandiwihri vermißte. Er blickte forschend in die Finsternis. Plötzlich vernahm er ein sonderbares Geräusch, eines, das sich bei näherem Hinhören in verschiedene andere auflöste – das unentwegte Zischen einer Riesenschlange, das unentwegte Schnauben eines Blauhorns und das Quietschen und Rasseln eines Wagens. Im nächsten Augenblick konnte er den quadratischen Umriß eines Vehikels ausmachen, das sich langsam dem Schiff näherte. Neugierig, was für eine Art Zugtier solch abstruse Laute von sich gab, ging er Sandiwihri entgegen, und blieb wie angewurzelt stehen. Das schwankende Gefährt bewegte sich ganz offensichtlich aus eigener Kraft fort.

Der rückwärtige Teil ähnelte einem Planwagen. Vorneweg lag ein plumper Zylinder, aus dem ein Rohr ragte, das weißen Dampf in die dunstige Nacht hustete. Sandiwihri war ein bleicher Fleck hinter der Fensterscheibe einer Art Kajüte, die vor dem Gehäuse aus Zelttuch saß. Das Fahrzeug blieb auf breiten, schwarz bereiften Rädern stehen. Der Lärm schwoll ab zu einem Hecheln, und Sandiwihri sprang aus der Kajüte.

»Der Wagen treibt sich selbst an«, beugte sie einem Schwall von Fragen vor. »Er macht sich die Dampfkraft zunutze. Wenn ich lange unterwegs bin, ist er manchmal mein einziges Zuhause. Er ist wie geschaffen für unsere Zwecke.«

Die Fahrt durch diese Region von Fernland gehörte zu den befremdlichsten, die Tauler je unternommen hatte.

Obwohl das Zelttuch einigen Schutz bot, wurden die fünf Raumfahrer von einer klammen Kälte heimgesucht, die keiner Kälte gleichkam, die sie je erlebt hatten. Der Tag dämmerte herauf, nicht mit dem Versprechen goldheller Wärme, wie sie es von Jenland kannten, sondern mit einem verstohlenen Farbwechsel von Nachtschwarz zu Bleigrau. Selbst die Luft im Wagen bekam einen grauen Schleier, eine Mischung aus Atem und naßkaltem Nebel, der von draußen hereinsickerte und an den Menschen zu gerinnen schien, um ihnen das Blut in den Adern gefrieren zu lassen. Nur Sandiwihri, mit langer Hose und Tunika aus solidem Stoff bekleidet, machte die Kälte nichts aus.

Tauler und seine Gefährten teilten immer wieder die Heckplane, begierig, eine fremde Welt und ihre Bewohner zu Gesicht zu bekommen, aber die kurzen Ausblicke auf das blaugrüne Grasland hinter einem Vorhang aus Regen und Nebel waren enttäuschend. Tauler fiel auf, daß die Straße, der sie folgten, von einer Art glatten Gesteinsschicht bedeckt war; auf Jenland gab es nichts Vergleichbares. Während sie allmählich breiter wurde, bekamen sie zum erstenmal Häuser der Fernländer zu sehen.

Die wenigen Bemerkungen, die man über die Gebäude machte, galten nicht ihrem exotischen Aussehen, sondern ihrer schieren Alltäglichkeit. Abgesehen von den steilen Dächern hätten sich die schmucklosen, eingeschossigen Wohnhäuser überall auf den Zwillingswelten unauffällig unter die dortige Architektur mischen können. Die Bewohner gaben so früh am Morgen noch kein Lebenszeichen von sich, und Tauler hielt es durchaus nicht für abwegig, daß sie angesichts dieses unwirtlichen Klimas so lange wie irgend möglich in ihren Betten blieben.

»Es ist nicht immer so kalt und düster«, sagte Sandiwihri irgendwann aus ihrer exponierten Position an der Lenkstange des Vehikels. »Wir sind hier in mittlerer nördlicher Breite, und ihr seid zufällig mitten im Winter gekommen.«

Tauler kannte sich dank seiner Erziehung in einer der

Philosophen-Familien des alten Kolkorrons mit der Entstehung der Jahreszeiten aus; doch die Jüngeren waren geistig durch nichts weiter als das Leben auf ihrer Heimatwelt geprägt. Und der Äquator des Planeten Jenland lag nun einmal exakt in der Ebene seiner Umlaufbahn um die Sonne. Sie taten sich schon schwer mit dem Phänomen, daß die Drehachse des Planeten Fernland *schräg* zu seiner Umlaufbahn um die Sonne stand. Je mehr sie das aber begriffen, um so mehr faszinierte sie die Vorstellung, daß hier die Länge von Tag und Nacht beständig einem komplementären Wandel unterlag. Sie löcherten Sandiwihri gleichsam mit Fragen. Doch Sandiwihri schien das zu genießen. Denn sie durfte sich dabei – ungeachtet der symbiontischen Komponente ihrer Identität – noch einmal ganz wie ein Mensch unter Menschen fühlen …

Beim Zuhören kam es Tauler gelegentlich so vor, als müsse er sich die Realität neu zurechtlegen. Sandiwihri hatte eine unglaubliche Metamorphose durchgemacht – ihnen stand ein Kampf mit fremden Wesen bevor – sie mußten das Schiff dieser Fremden kapern – ein magisches Schiff, das aus dem Stoff bestand, aus dem die Wunder sind. Das Leben eines jeden hier war in Gefahr. Aber die jungen Krieger machten sich nichts daraus – sie lebten in der festen Überzeugung – wie er es einst getan hatte – daß der Tod auf ihrer Seite kämpfte.

Und das war gut so, dachte Tauler und vermißte die fiebrige Euphorie, die ihn jedesmal am Vorabend einer Schlacht bei Laune gehalten hatte. Reagierte so ein von der Sonne verwöhnter Krieger auf diese trostlose und nebelverhangene Welt, deren klamme Kälte ihm bis ins Mark drang? Oder waren dunkle Vorahnungen am Werk? War seine Freudlosigkeit schon die Vorhut der letzten Desillusionierung, der letzten Ernüchterung?

Als er wieder einmal die Plane zur Seite schlug, um die trübe Landschaft zu inspizieren, fiel ihm in der Ferne sofort ein Gebäude auf, das – wie es sich am Ende für eine fremde Welt gehörte – keinem ähnelte, das er je gesehen hatte. Eingebettet in ein schmales Tal war es kaum mehr als eine fast schwarze Silhouette inmitten dunkelgrauer Farbverläufe, aber es war riesig im Vergleich zu den Wohnhäusern der Fernländer und hatte zahlreiche Kamine, die den verdrießlichen Himmel mit Rauchfahnen schmückten.

»Eine Eisengießerei, die mehrere Fabriken in der Region beliefert«, beantwortete Sandiwihri seine Frage. »Auf Jenland würde man die verschiedenen Arbeiten unter offenem Himmel durchführen, aber hier muß man wegen des Klimas in geschlossenen Hallen arbeiten. Bestimmt hätten die ursprünglichen Fernländer über kurz oder lang auch solche Bauten errichtet, doch die Symbionten haben die Industrialisierung künstlich beschleunigt. Das ist eines ihrer Vergehen gegen die Natur im allgemeinen und die Bewohner dieser Welt im besonderen.«

Aber du bist auch ein Symbiont, dachte Tauler. Wie kannst du die Bestrebungen deiner eigenen Art kritisieren?

Auch wenn diese Frage von weitreichender Bedeutung war, so wurde sie sogleich durch andere, weniger philosophische verdrängt. Eben hatte er noch völlig gedankenlos die simple Vision von Superwesen heraufbeschworen, die mühelos eine primitive Welt unter ihre Kontrolle brachten – doch jetzt dämmerte ihm, daß die Symbionten in einer ähnlichen Situation gewesen waren wie eine Truppe gut bewaffneter kolkorronischer Soldaten der Alten Welt, die sich auf einen offenen und einfachen Kampf mit tausend Stammesangehörigen der Gessan eingelassen hätten. Sie wären unterlegen gewesen, egal wie überlegen ihre Waffen waren. Und genau deshalb hatte man damals andere Strategien entwickelt.

»Sag mal«, wandte er sich wieder an Sandiwihri, »haben die Fernländer nie etwas gegen die Eindringlinge unternommen?«

»Man ist sich gar keiner Einmischung bewußt«, entgegnete sie, die Augen unverwandt auf die matt glänzende Straße gerichtet, »und wer wollte es ihnen plausibel machen? Du warst nicht einmal in der Lage zu akzeptieren, was dir Bartan über mich erzählt hat – nun stell dir vor, wie du reagiert hättest, wenn er dir erzählt hätte, König Chakkell und Königin Desihn und ihre Kinder und alle Aristokraten im Land und *deren* Kinder wären alle fremde Eroberer in Menschengestalt! Hättest du ihm das abgenommen? Hättest du eine Revolte vom Zaun gebrochen? Oder hättest du ihn für einen verrückten Spinner gehalten?«

»Aber du sprichst von den herrschenden Klassen. Du hast uns erzählt, die symbiontischen Sporen hätten sich zufällig über Fernland verteilt, und sie hätten keine Wahl gehabt, was ihre Wirtskörper angeht.«

»Ja, aber siehst du denn nicht, wie schnell die Symbionten in jeder Gesellschaft die Machtstruktur infiltrieren würden?« Sandiwihri fuhr fort, die Entwicklung im Verlauf der letzten drei Jahrhunderte auf Fernland aus ihrer Sicht zu skizzieren. In jeder primitiven Gesellschaft stand die breite Masse der Unwissenden und Ehrfürchtigen der kleinen Klasse der Wissenden und Herrschenden gegenüber. Was die ursprünglichen Fernländer anging, so wurden ihre Könige und Fürsten – ohnehin schon mystifiziert und gottähnlich – mit der Zeit immer einfallsreicher und erfinderischer. Sie brachten neue Ideen auf, etwa die Dampfmaschine für schwere Arbeiten, und mit jedem Fortschritt wurde ihre Stellung unanfechtbarer.

Sie beschleunigten die industrielle Entwicklung, aber mit sicherer Hand und mit Geduld. Anfangs vielleicht nur zu sechst, lernten sie, mit Umsicht ans Werk zu gehen, doch mit jeder folgenden Dekade bauten sie Stein um Stein an einer symbiontischen Zivilisation, die dazu bestimmt war, eine ganze Welt zu beherrschen. Sie mischten sich rückhaltlos unter die ursprüngliche Bevölkerung, hatten aber auch Refugien, in die nie ein Fernländer den Fuß setzen sollte, geheime Orte, wo sie Forschungen betrieben und mit wissenschaftlichen Ideen experimentierten, die unliebsames Aufsehen erregt hätten, wenn sie an die Öffentlichkeit gedrungen wären. In einer dieser geschützten Enklaven war auch das Raumschiff entstanden.

Während Sandiwihri redete, setzte Tauler anhand beiläufiger Bemerkungen und Hinweise Stück um Stück ein Bild ihrer einsamen Existenz auf diesem nicht eben einladenden Planeten zusammen. Für die einfachen Fernländer war sie die groteske Karikatur eines normalen Wesens, ein Monstrum, das aus unerfindlichen Gründen den Schutz und die Fürsorge ihrer Gebieter genoß. Man tolerierte zwar die Gegenwart der Mißgeburt, mied aber jeden Kontakt mit ihr.

Für die egozentrischen Symbionten stellte sie eine tolerierbare Unbequemlichkeit dar, eine Bedrohung, die man neutralisiert hatte. Anfangs hatten sie versucht, eine permanente Verbindung mit ihr einzugehen, hatten aber all die Wesensmerkmale geerntet, derenthalben man ein Aufkommen menschlicher Symbionten verhindert hatte – unter anderem Wut, Verachtung, Haß und unversöhnliche Feindschaft – und seither gab man sich damit zufrieden, sie unter laufender telepathischer Aufsicht zu halten. Man lernte von ihr, was es von ihr zu lernen gab, stahl von ihrem Wissen, was es zu stehlen gab, und wartete auf ihren natürlichen Tod. Die Zeit arbeitete für die Symbionten. Sie stellten eine neue Rasse dar und waren als solche potentiell unsterblich; sie dagegen war ein Individuum – verletzlich und vergänglich ...

»Da ist einer! Mehr als einer!« Die Ausrufe stammten von Rekkar, der die Zeltplane angehoben hatte, um hinauszusehen, was die anderen dazu verleitete, dasselbe zu tun.

»Denkt daran, daß man uns nicht sehen darf«, sagte Tauler, als er die Zeltplane einen schmalen Spalt weit über die hölzerne Seitenwand des Lastwagens hob. Er spähte hinaus. Sie fuhren durch ein ungewöhnlich gewöhnliches Dorf. Es schien so, als ob die Steinmetze, Zimmerleute, Schmiede und anderen Zünfte allerorts bei universellen Problemen mit universellen Lösungen aufwarteten. Das Dorf hätte, wie die Häuser vorhin, überall in den gemäßigten Zonen Jenlands liegen können. – Seine Einwohner allerdings hätten dort Aufsehen erregt.

Sie waren menschenähnlich, aber ein gutes Stück kleiner als Menschen und hatten ganz andere Körperproportionen. Die Überwürfe mit Kapuzen, die offenbar als Regenschutz dienten, konnten nicht verbergen, daß die Fernländer ein fast halbkreisförmig durchgebogenes Hohlkreuz hatten; es blieb ihnen gar nichts anderes übrig, als mit vorgewölbtem Bauch und mit dem Kopf im Nacken zu watscheln. Ihre Beine waren kurz und gedrungen, allerdings nicht so stummelig wie die abgespreizten Arme, die etwa dort, wo beim Menschen der Ellbogen saß, massive Hände trugen. Die Hände schienen nur fünf Finger zu haben und öffneten und schlossen sich immerfort, während die Fernländer ihrer Wege gingen. Soweit man ihre Gesichter zu sehen bekam, schienen sie bleich, haarlos und überaus wulstig zu sein.

»Hübsche Bürschchen«, meinte Bartan. »Ist das der Feind?«

»Sei nicht so selbstgefällig«, sagte Sandiwihri über die Schulter. »Sie sind stark, und sie scheinen Schmerzen und Verletzungen einfach wegzustecken. Außerdem zeigen sie einen fanatischen Gehorsam gegenüber ihrer Autorität.«

Tauler bemerkte, wie die Fernländer, wahrscheinlich auf dem Weg zur Arbeit, dem vorbeifahrenden Lastwagen Interesse zollten, wie sie aus Fettpölsterchen bernsteinfarbene und weiße Glitzer herüberschickten. »Haben sie dich erkannt?«

»Möglich, aber die Neugier dieser stumpfen Hirne gilt höchstens dem Fahrzeug – motorisierte Wagen sind immer noch eine Seltenheit. Ich bin sozusagen privilegiert.«

»Was weißt du über Organisation und Ausrüstung ihrer Armee?«

»Die Fernländer haben nichts, was du unter einer Armee verstehst, Tauler Marakain. Seit über hundert Jahren existiert hier ein Weltstaat, und mörderische Konflikte sind längst außer Mode, dank der Symbionten; aber es gibt einen gewaltigen Kontingent an Bürgern, den man hier – sinngemäß übersetzt – *Arm des Volkes* nennt. Er führt zielstrebig jede Aufgabe aus, die ihm übertragen wird – er errichtet Dämme, rodet Wälder, baut Straßen …«

»Sie haben also keine ausgebildeten Kämpfer?«

»Was ihnen an Fähigkeiten fehlt, machen sie durch ihre schiere Vielzahl wett«, sagte Sandiwihri. »Und ich sage noch einmal – sie sind sehr stark, trotz ihrer kleinen Statur.«

Savotl riß sich aus der Verlorenheit an seinen quälenden Schmerz. »Sie sind nicht wie wir, und trotzdem … wie soll ich sagen? Es gibt mehr Gemeinsamkeiten als Unterschiede zwischen unseren Rassen.«

»Unsere Sonne liegt nicht weit vom Zentrum einer Galaxie, wo die Sterne sehr dicht beieinanderstehen. Es ist denkbar, daß auf allen bewohnbaren Welten in dieser Region vor Äonen das Leben ausgesät wurde, vielleicht mehr als einmal. Es könnte sein, daß ein Sternenfahrer auf vielen Planeten Menschen oder ihren Vettern begegnet.«

»Was ist eine Galaxie?« An Savotls Frage entzündete sich nun ein langes Kreuzverhör, in dessen Verlauf Tauler, Rekkar, Biraisa und nicht zuletzt Savotl selbst soviel wie möglich von dem Wissensschatz zu erfahren suchten, den Sandiwihri durch die Symbionten und kraft ihres eigenen Verstandes erworben hatte, der nicht mehr mit dem Verstand eines gewöhnlichen Menschen zu vergleichen war. Die Offenbarung, daß jede Nebelspirale, von denen Hunderte am Nachthimmel standen, eine Anhäufung von etwa einhunderttausend Millionen Sonnen war, beflügelte Tauler an Geist und Seele – und deprimierte ihn zugleich, weil ihm angesichts des unermeßlichen Kosmos seine eigene Unzulänglichkeit bewußt wurde, und weil es Leyn, seinem Bruder, nicht mehr vergönnt war, an diesem intellektuellen Festmahl teilzunehmen.

Während der Lastwagen zischend und Dampf hustend durch eine immer dichtere Kette von Dörfern tuckerte, begann Tauler sich zu fragen, warum Bartan Drammy sich als einziger von diesem lohnenden Wissenserwerb ausschloß. Bartan sah verdrießlich und apathisch drein, was ganz untypisch für ihn war. Auch machte er keinerlei Anstalten, auf die Seite zu rutschen, um dem anhaltenden Getröpfel aus einem winzigen Leck über seinem Kopf zu entgehen. Er trank sehr wenig aus dem Branntweinschlauch, den er liebevoll auf seinem Schoß barg. War es der bevorstehende Kampf, der ihm so zusetzte? Oder ahnte Bartan, daß die Beziehung zwischen ihm und Sandiwihri nie mehr so sein würde wie früher? Dämmerte ihm, daß die Frau, die er geheiratet hatte, und dieses allwissende, furchteinflößend begabte Wesen, das den Wagen lenkte und ihnen Rede und Antwort stand, nicht mehr ein und dieselbe Person waren?

»... anders als bei einem Kaminfeuer, das ständig neuen

Brennstoff braucht«, sagte Sandiwihri gerade. »Die Atome des leichtesten Gases, das in einer Sonne vorkommt, verbinden sich zu einem schwereren Gas. Bei diesem Prozeß werden Unmengen Energie frei, und ein Teil dieser Energie läßt die Sonne scheinen. Es tut mir furchtbar leid, aber ich kann euch das jetzt nicht genauer erklären – es würde zu lange dauern, euch die zugrunde liegenden Prinzipien und Denkmodelle zu erläutern.«

»Könntest du uns nicht alles mit deiner lautlosen Stimme erklären?« sagte Tauler. »Wie vor unserer Landung?«

Sandiwihri sah sich flüchtig nach ihm um. »Das wäre am einfachsten, aber viel zu gefährlich. Ich habe euch ja erzählt, daß die Symbionten immer wissen, wo ich gerade bin, und je näher ich ihrem Schiff komme, um so mißtrauischer werden sie, weil das weit und breit der einzige Ort ist, zu dem ich keinen Zutritt habe. Sollten sie auch nur das leiseste telepathische Wispern spüren, würde ihr Mißtrauen sofort in Gegenmaßnahmen gipfeln – und dazu wird es noch früh genug kommen.«

»Sie könnten das Schiff zerstören«, sagte Biraisa nicht ohne einen Rest von Verdruß in der Stimme.

»Vielleicht – aber sie können nicht sicher sein, ob nicht noch mehr Symbiontensporen im Boden von Jenland liegen. Diese Sporen könnten weitere menschliche Symbionten erzeugen.« Sandiwihri warf Biraisa ein Lächeln zu, was bedeuten mochte, daß ihr die Rivalität völlig entging. »Außerdem waren mit dem Bau des Schiffes beträchtliche Opfer verbunden.«

»Es könnte uns auch Opfer kosten.«

»Ich weiß«, sagte Sandiwihri einfach. »Ich habe euch gewarnt.«

18. Kapitel

Der Lastwagen bog abrupt nach links ab, und innerhalb von Minuten verwandelte sich die relativ ruhige Fahrt in eine holprige und schwankende Fortbewegung, die das Chassis mit einem unentwegten Knarren und Quietschen quittierte.

Tauler erhob sich und sah an Sandiwihri vorbei durch die regenbespritzte Scheibe. Sie hatten die Straße verlassen und fuhren über offenes Grasland. Der Horizont war fast flach, und das Gelände hatte außer Gras und vereinzelten Bäumen von gedrungener konischer Gestalt herzlich wenig zu bieten.

»Wie weit noch?« sagte er.

»Nicht mehr weit – zwölf Meilen vielleicht«, erwiderte Sandiwihri. »Das wird unbequem für euch, aber wir müssen ab jetzt mit größtmöglicher Geschwindigkeit fahren. Bislang hatten die Symbionten noch keinen wirklichen Anlaß zur Besorgnis, denn die Landstraße führt an viele Orte, aber in dieser Richtung liegt nur …« Sie holte plötzlich heftig Luft und verlor vorübergehend die Kontrolle über die Lenkstange, so daß der Wagen ausbrach. Die anderen neben Tauler saßen kerzengerade, die Hände bei den Waffen.

»Was ist los?« fragte er, ahnte aber, was geschehen war.

»Man hat uns entdeckt. Sie geben Alarm – schneller als ich gehofft hatte.« Ihre Stimme verriet keine Angst. Sandiwihri schob einen Hebel vor, und das Geräusch der Dampfmaschine schwoll an. Das Chassis protestierte immer lauter, während das Vehikel an Geschwindigkeit gewann.

Tauler fühlte, wie sich die alte niedere Erregung einstellte. »Hast du eine Ahnung, was uns erwartet? Befestigungsanlagen? Waffen?«

»An solche Fakten ist schwer heranzukommen.« Sandiwihri klaubte zusammen, was sie wußte. Das symbiontische Raumschiff wurde in einem alten Meteoritenkrater verwahrt, der als natürlicher Schutzwall diente. Vermutlich lief ein hoher Zaun um den Kraterrand. Dort würde es bewaffnete Wachen geben. Wie viele, konnte sie nicht sagen. Und bei den Waffen handelte es sich wahrscheinlich um Schwerter und Piken.

»Keine Bogen? Keine Speere?«

»Bei dem Körperbau können sie kaum etwas mit einem Bogen anfangen, oder mit irgendwelchen Wurfwaffen.«

»Und was ist mit Feuerwaffen?«

»Auf Fernland gibt es keine Brakkabäume, und die chemischen Erkenntnisse reichen noch nicht aus, um künstliche Explosionen zu erzeugen.«

»Das klingt ziemlich ermutigend«, warf Rekkar ein. Er stieß Tauler an. »Die Verteidigung scheint ja unverhältnismäßig schwach zu sein.«

»Mehr als ein paar wilde Tiere brauchte man auch nicht fernzuhalten«, sagte Sandiwihri. »Mich allein dem Schiff zu nähern, hätte wenig Sinn gehabt – und welcher nüchterne Verstand hätte vor Ablauf von weiteren vier oder fünf Jahrhunderten die Ankunft eines jenländischen Raumschiffs erwartet?« Sie lächelte, und ihre Stimme bekam einen warmen Klang. »In der vernunftbestimmten Weltsicht eines Symbionten ist für Leute wie euch einfach kein Platz.«

Rekkar grinste zurück. »Platz da, wir kommen! Die werden sich wundern.«

Tauler runzelte die Stirn. »Wir sollten nicht übermütig werden. Wie lange wird es dauern, bis die Symbionten Verstärkung bekommen?«

»Weiß ich nicht«, sagte Sandiwihri. »Nördlich des Kraters wird der Bau einer ziemlich großen Straße vorangetrieben, aber wie nah das ist, kann ich nicht sagen.«

»Aber *unsere* exakte Position, viele tausend Meilen weit im Weltraum, die hast du spitzgekriegt.«

»Zwischen uns gibt es eine natürliche und sehr starke Affinität, weil wir sozusagen Abkömmlinge derselben Keimzelle sind. Die Hirne der Fernländer sind mir nahezu verschlossen.«

»Verstehe«, sagte Tauler. »Offenbar können wir die taktischen Entscheidungen jetzt noch nicht treffen; aber eine letzte Frage noch … zum Schiff selbst.«

»Ob ich es fliegen kann? Die Antwort heißt: ja.«

»Obgleich du es noch nie gesehen hast – ich meine, seit du wieder bei Sinnen bist?«

»Ich kann nur wiederholen: ich *kann* euch das nicht erklären, nicht einmal telepathisch – es tut mir furchtbar leid – aber das Schiff wird nun einmal nicht mechanisch gesteuert. Wer die komplexe Funktionsweise des Schiffes durch und durch begreift, dem gehorcht es aufs Wort; ohne dieses Begreifen rührt es sich nicht von der Stelle.«

Tauler verfiel in Schweigen. Obgleich Sandiwihri sich vollkommen normal gab, war sie in Wirklichkeit ein rätselhaftes Superwesen, das ihnen unsäglich überlegen war. Die Tatsache, daß er und die anderen sich scheinbar auf gleicher Ebene mit ihr unterhalten konnten, war bestimmt nur ihrem geschickten Einfühlungsvermögen zu verdanken – gerade so, wie sich ein zweijähriges Kind durchaus prächtig mit einem altehrwürdigen Philosophen verstanden hätte.

Er warf einen Blick auf Bartan. Niemand hatte je in einer solchen Klemme gesteckt wie dieser arme Bursche. Bartan starrte unverwandt auf Sandiwihris Hinterkopf, seine Miene war brütend, fast feindselig. Als er Taulers Blick bemerkte, zog er ein schiefes Lächeln und setzte den Trinkschlauch an die Lippen. Tauler streckte die Hand aus, um ihn zu hindern, als er Anzeichen von Trotz in dessen Gesicht registrierte. Er drehte intuitiv die Handflächen nach oben. Ich fange an, mich aufzulösen, dachte er, als er den Schlauch bekam und sich einen kräftigen Schluck genehmigte, aber bitte nicht vor der Zeit.

»Wie steht es mit dir? Sandi?« sagte Bartan gleichsam herausfordernd. »Willst du auch einen wärmenden Schluck?«

»Nein. Die Wärme taugt nichts und schmeckt mir nicht.«

»Dann eben nicht«, sagte Bartan gekränkt und fuhr kratzbürstig fort: »Wovon existierst du eigentlich? Von Nektar und Tau? Wenn wir zur Farm zurückkehren, wirst du dich satt daran trinken können, aber du wirst hoffentlich nichts dagegen haben, wenn ich eine kräftigere Arznei bevorzuge.«

Sandiwihri warf ihm einen kurzen flehenden Blick zu. »Bartan, du kannst mit Recht eine Entscheidung von mir verlangen – obwohl ich dir einiges lieber unter vier Augen sagen würde – aber wir ...«

»Ich habe nichts zu verbergen. Nur keine falsche Scheu, Sandi! Erkläre uns ruhig, wie unschicklich es ist, wenn die Prinzessin zum Bauern ins Bett steigt.«

»Bartan, bitte, es hat keinen Zweck, wenn du dich quälst.« Sandiwihri redete laut, um die Geräusche des dahinfliegenden Lastwagens zu übertönen, aber in ihrer Stimme lag fast zärtliche Anteilnahme. »Und wenn ich mich noch so sehr verändert hätte, Bartan, ich wäre dir immer noch eine Frau gewesen. Aber es darf nicht sein ... weil ...«

»Weil *was?*«

»Weil ich eine Verantwortung für die gesamte menschliche Bevölkerung von Jenland trage. Ich will mein Volk auf keinen Fall um sein evolutionäres Erbe bringen, in dem ich eine Dynastie von Symbionten gründe, die die normalen Menschen beherrschen und schließlich verdrängen würde.«

Bartan sah wie betäubt drein, hatte offensichtlich etwas zu hören bekommen, womit er überhaupt nicht gerechnet hatte, war aber geistig noch so beweglich, daß er rasch antwortete: »Aber wir *müssen* doch keine Kinder haben. Es gibt Möglichkeiten ... Jungfernschatz ist nur eine davon ... ich habe immer mit Schrecken an die lärmenden Blagen gedacht.«

Sandiwihri lachte gezwungen. »Du kannst mir nichts vormachen, Bartan. Ich weiß, wie sehr du dir Kinder wünschst, *echte* Nachkommen – keine fremden Hybriden. Solltest du das unaussprechlich große Glück haben, nach Jenland zurückzukehren, wirst du dort deines Lebens nur froh, wenn du dir eine normale junge Frau nimmst, die dir ebenso normale Kinder schenkt. Glaub mir – das ist eine Zukunft, für die es sich zu kämpfen lohnt.«

»Und eine, die ich ablehne«, sagte Bartan.

»Das kümmert die Zukunft wenig, Bartan.« Sandiwihri hielt inne, während der Lastwagen über ein rauhes Stück Boden rumpelte und das Getöse jede Unterhaltung unmöglich machte. »Hast du die hiesigen Symbionten vergessen? Wenn es uns gelingen sollte, ihr Schiff zu kapern und damit nach Jenland zurückzukehren, werden sie ein zweites Schiff bauen und mir nachsetzen. Dann werden sie kein Risiko mehr eingehen und mich töten, und auch das Kind, falls ich bis dahin eins haben sollte. Das zweite Schiff wird bewaffnet sein. Die Waffen werden schrecklich sein, und die Symbionten werden bereit sein, sie auch einzusetzen.«

»Aber …« Bartan zog die Finger über die gefurchte Stirn. »Das ist schrecklich, Sandi. Was hast du vor?«

»Sollte ich die nächste Stunde überleben, bleibt mir nur ein Ausweg«, sagte Sandiwihri. »Ich nehme das Schiff und fliege damit auf und davon, durch diese und vielleicht noch viele Galaxien, bis ich außer Reichweite bin für die hiesigen Symbionten. Ich werde einsam sein, aber ich werde viel zu sehen bekommen, bevor ich sterbe.«

»Ich werde mit …«, hob Bartan impulsiv an, dann stockte er, und in seinen Augen stand die Qual geschrieben. »Nein, das könnte ich nicht, Sandi, niemals. Ich würde sterben vor Angst. Du hast mich längst verlassen.«

Tauler wußte, er hatte ihrer normalen Stimme gelauscht, aber die Worte hatten ein Eigenleben entwickelt und mannigfaltige Resonanzen in ihm geweckt, beinahe so, als habe Sandiwihri telepathisch gesprochen. Es gab Echos von Träumen, die er nie zu träumen gewagt hatte, das Echo einer Vision, die ihn einmal flüchtig berührt hatte – als er sich rittlings auf einem Jäger durch die Schauer des Sonnenlichts gestürzt hatte – davon, weiter und immer weiter zu fliegen, um mit Augen, Hirn und Seele das Unbekannte zu trinken, Welt um Welt, Sonne um Sonne, Galaxie um Galaxie, immer Neues, Neues, *Neues,* bis zu seinem Tod. Vielleicht hatte der Baumeister des Universums diese Perspektive eigens für ihn entworfen. Ein helles Licht blendete den Wurm in Taulers dunklem Kerngehäuse. Ich muß es versuchen, dachte Tauler, es gibt nur diese eine Chance …

»Ich würde mit dir gehen«, sagte er ganz leise. »Bitte, nimm mich mit.«

Sandiwihri drehte sich halb nach ihm um, und ihr Geist durchfuhr ihn wie der Strahl eines Leuchtturms. Er wartete benommen auf ihre Antwort.

»Tauler Marakain, ich sagte bereits, daß du aus keinem guten Grund nach Fernland gekommen bist, aber der Grund, warum du Fernland verlassen willst, hat durchaus seinen Wert. Ich will nichts versprechen – denn es könnte sein, daß wir alle innerhalb von Minuten sterben –, aber wenn es dir gelingt, das Raumschiff zu kapern, gehört dir das Universum.«

»Danke.« Taulers Stimme war ein peinliches Krächzen, und er mußte seine Tränen zerblinzeln. »Danke!«

Der Wall des Kraters war niedrig, hob sich kaum aus dem Terrain und erhob sich nirgends über den Horizont. Bedingt durch die trübe Helligkeit und den immerwährenden Regen konnte Tauler Einzelheiten erst ausmachen, als der Lastwagen keine Meile mehr vom Krater entfernt war.

Wie Sandiwihri vorhergesagt hatte, lief ein hoher Zaun um den Kraterrand – von hier aus kaum mehr als eine verschwommene graue Ellipse – darin ein dunkler Fleck, höchstwahrscheinlich der Eingang. Das Teleskop, das Tauler immer bei sich trug, war im Grunde genommen nutzlos, weil der Wagen ihn unablässig beutelte; dennoch verrieten ihm die tanzenden Ausschnitte, daß mindestens zwei weitere mechanisierte Fahrzeuge vor dem Tor parkten. Die schwarzen Tupfer, die in der Nähe herumirrten, mußten Fernländer sein.

»Wir müssen das Tor meiden und durch den Zaun brechen«, sagte er zu Sandiwihri und steckte das Teleskop wieder weg. »Kannst du schneller fahren?«

»Ja, aber es könnte leicht eine Achse brechen bei dem Boden.«

»Tu, was du kannst – aber denke daran, wenn wir nicht durch den Zaun kommen, kommen wir nirgends hin.«

Tauler wandte sich den anderen zu und sah mit einem Blick, daß sie ihr Selbstvertrauen eingebüßt hatten, ein typisches Phänomen in den unwiderruflich letzten Minuten vor einem Kampf. Bartans Gesicht leuchtete fast schon vor Blässe, und selbst Biraisa und Rekkar – Artisten, wenn es um den Kampf mit Waffen langer Reichweite ging – verbreiteten eine mürrische Unsicherheit. Nur Savotl, der seine Muskete lud, schien die Ruhe selbst zu sein.

»Nun überlegt nicht lange, wie ihr gleich vorgehen sollt«, riet Tauler ihnen. »Der Arm mit dem Schwert wird euch das Denken schon abnehmen. Nehmt jetzt die Plane vom Wagen.« Innerhalb von Sekunden hatten sie das grobe Tuchverdeck, das sie von der Außenwelt abschirmte, vom Gestänge gerissen und nach hinten aus dem bedrohlich schwankenden Wagen geworfen. Kalter Regen umwirbelte die leichtbekleideten Jenländer.

»Und ihr dürft etwas nicht vergessen.« Tauler warf einen Blick in den bleiernen Himmel und zog eine übertrieben widerwillige Grimasse. »*Alles* ist besser, als auf diesem verfluchten Planeten zu bleiben und sich langsam in einen Fisch zu verwandeln.«

Das Gelächter war lauter als die Bemerkung es verdiente, aber Tauler wußte aus Erfahrung, daß Feinfühligkeit die Gefechtslaune nicht hob. Er stellte zufrieden fest, daß lebenswichtige psychologische Brücken zwischen ihm und der Mannschaft nach wie vor begehbar waren. Er zog sein Schwert und bezog hinter Sandiwihri Position, den Blick über das Dach der Fahrerkabine nach vorne gerichtet.

Der Lastwagen begann den Anstieg zum Rand des Kraters. Jetzt konnte Tauler erkennen, daß der Schutzzaun aus speerähnlichen Metallstangen bestand, die zu armdicken Palisaden gebündelt waren. Er wollte Sandiwihri drängen, schneller zu fahren, damit der Wagen mehr Stoßkraft bekam, ließ es dann aber, weil sie zweifellos weit mehr von der Kinetik der Operation verstand als er. Der eiserne Schornstein jenseits der Fahrerkabine schleuderte orangerote Funken, während das schwere Vehikel den Abhang hinaufrasselte. Weit zur Linken rannten Fernländer, und dahinter sah er flüchtig eine komplizierte graue Wunde in der Landschaft, die auf eine großräumige Straßenbaustelle hinwies, die kaum eine Meile entfernt war.

»Fahr zu!« schrie er und stemmte sich vom Kabinendach ab, als der Lastwagen in den Zaun rammte.

Das Palisadengestänge riß aus der Verankerung und fiel nach innen, das Geräusch des Aufpralls mischte sich in den mechanischen Protestschrei des gequälten Motors; es gab eine fauchende Explosion. Heißer Dampf schoß allseits aus dem Kessel und vernebelte vorübergehend die Sicht; das Vehikel holperte in die kreisrunde Kratersohle hinunter, in deren Zentrum das symbiontische Schiff auf einem gemauerten Sockel stand, der von einem Wassergraben umgeben

war, der ebensogut gegen Eindringlinge schützte, wie er der Entwässerung dienen mochte.

Tauler hatte sich das fremde Raumschiff, die Verkörperung seiner Zukunft, ganz anders vorgestellt. Das Schiff war eine nahezu makellose Metallkugel, die auf drei gespreizten Beinen mit tellerförmigen Füßen stand. Die Kugel hatte einen Durchmesser von gut dreißig Fuß; die obere Hälfte trug einen Gürtel aus Bullaugen – Tauler nahm wenigstens an, daß es sich um solche handelte. Es war keine Spur von einem Eingang zu sehen.

Fernländer in braunen Mänteln, die zufällig in der Nähe des Durchbruchs gewesen waren, liefen von rechts auf den Lastwagen zu. Obwohl das Vehikel immer noch mit metallischem Getöse abwärts rumpelte, verlor es rasch an Fahrt, und die Fernländer würden ihm unschwer den Weg abschneiden. Sie sahen aus wie Jahrmarktattraktionen, wie sie auf kurzen, stämmigen Beinen dahersprangen, die Kapuzen im Nacken, die haarlosen Schädel entblößt. Taulers Magen krampfte sich eiskalt zusammen. Sie trugen keine Waffen.

»Aus dem Weg!« schrie er unwillkürlich, als die beiden die Seite des Wagens abpaßten, aber der eine packte über die niedrige Seitenwand, während der andere auf das Trittbrett der Fahrerkabine sprang und mit seiner ungeschlachten Hand nach Sandiwihri langte. Tauler hieb ihm das Schwert tief in den ungeschützten Schädel, und der Fernländer fiel blutsprudelnd zurück.

Der andere bekam bei dem Versuch, den Wagen zu entern, Rekkars Schwert in die Gurgel. Er fiel zurück, aber seine Finger verschwanden nicht und klammerten sich eigensinnig an die Seitenwand. Rekkar und Biraisa hackten beide nach den Fingern, und erst als sie die meisten abgetrennt hatten, sackte der Fernländer zu Boden. Er rührte sich nicht mehr, während derjenige mit dem gespaltenen Schädel zu Taulers Verwunderung wieder auf den Beinen war. Der Fremde machte mehrere Schritte hinter dem Lastwagen her, die Arme abgespreizt, ehe er auf die Knie fiel und vornüber kippte.

Nicht leicht zu töten, dachte Tauler. Diese kleinen Leute könnten es mit Riesen aufnehmen …

Der Lastwagen kam scheppernd und bebend zum Stehen, eingehüllt in Rauch und Dampf. Tauler sah hinauf zum Kraterrand. Durch das offene Tor kamen weitere Fernländer zu zweit oder dritt den langen Hang herunter. Gelegentliche stumpfe Reflexe verrieten, daß sie bewaffnet waren. Er nahm eine Muskete, kletterte über die Seitenwand und sprang ins Gras. Die anderen taten es ihm gleich. Der Wagen hatte seine Schuldigkeit getan.

Sandiwihri setzte sich, unbehindert durch Waffen, leichtfüßig an die Spitze und lief rasch über eine einfache Holzbrücke. Tauler und die anderen liefen hinterher. Die Bretter bebten unter ihren Füßen. Als Sandiwihri sich dem Schiff näherte, löste sich ein rechteckiger Ausschnitt aus der Kugel und glitt an Gelenkarmen zur Seite. Tauler bremste seinen Lauf und hob die Muskete.

»Nicht schießen!« rief Sandiwihri ihm zu. »*Ich* habe den Eingang geöffnet. Gleich kommt eine Leiter herunter, dann … oder …« Sie hatte noch nie so unsicher geklungen.

Tauler folgte ihrem Blick und gewahrte die leeren Metallklammern am Fuß der Öffnung. In diesem Augenblick zog sein soldatischer Verstand mit dem von Sandiwihri gleich. Beide begriffen, daß irgend jemand in weiser Voraussicht die Leiter, über die man normalerweise das Schiff bestieg, entfernt hatte, um Genius und Simpel gleichermaßen den Zutritt zu verwehren. Der untere Rand des Einstiegs lag mindestens zwölf Fuß über dem Boden, in der ausbauchenden unteren Hälfte der Kugel. Für Individuen mit der Statur von Fernländern war diese Höhe eine schier unüberwindliche Barriere. Aber für Menschen …

»Hol den Wagen über die Brücke«, rief Savotl. »Er ist hoch genug.«

»Er läßt sich nicht mehr bewegen«, entgegnete Sandiwihri. »Und die Brücke wäre sowieso zu schwach.«

»Wir kommen auch so an die Tür«, sagte Tauler und legte seine Waffen ab. »Sandiwihri, du gehst natürlich als erste. Stell dich auf meine Schultern. Komm!«

Er sah sich kurz nach den Fernländern um, die schnell näher kamen, dann machte er eine Geste, die Savotl, Rekkar und Biraisa umfaßte. »Los! Ihr müßt die Brücke verteidigen! Benutzt so lange wie möglich die Musketen. Nehmt meine dazu und macht den elenden Zwergen klar, daß sie besser auf Abstand bleiben. Vielleicht könnt ihr auch die Brücke einreißen.«

Noch während die drei zur Brücke liefen, öffneten sie die Netze mit den Druckgeschossen, in denen bereits winzige Mengen Paikn und Havl gemischt waren. Tauler stand schon unter dem offenen Einstieg und streckte die Hände nach der herbeieilenden Sandiwihri aus. Er packte sie um die Taille und hievte sie auf die Schultern, eine Prozedur, die sie mit Knien und Füßen unterstützte. Sie ließ seinen Kopf los, richtete sich auf und fand mit den Händen an der Einstiegsschwelle Halt.

Inzwischen waren die ersten Fernländer in Reichweite der Musketen, und die Verteidiger eröffneten das Feuer. Die erste Salve sollte nur einen der Angreifer niederstrecken, doch die Schüsse, deren Schwall im Kraterkessel um ein Vielfaches verstärkt wurde, versetzten die Fernländer in Schrecken. Sie rutschten und stolperten einer in den anderen auf ihrem abschüssigen Weg.

Während Tauler, der nur einen flüchtigen Blick über die Schulter riskiert hatte, unter Sandiwihris Füße packte und die Arme durchdrückte, wurde er sich der nervenzermürbenden Feuerpause bewußt. Die Zeit, die es kostete, die benutzte Druckhülse wieder herauszuschrauben und ein neues Geschoß einzuladen, war der Hauptgrund, warum er nicht allzuviel von Feuerwaffen hielt. Sandiwihri hatte sich in den Einstieg gezogen.

Mittlerweile dämmerte den Fernländern, daß sie trotz des fürchterlichen Lärms der fremden Waffen nur leichte Verluste zu verzeichnen hatten, und so drangen sie mit kurzen Schwertern in den Händen weiter vor. Eine neue Salve setzte, diesmal aus kürzerer Entfernung, mindestens drei weitere Fernländer außer Gefecht, konnte die übrigen aber nicht aufhalten.

»Wir brauchen ein Seil«, rief Tauler zu Sandiwihri hinauf.

»Ein Seil? Im Schiff sind keine Seile.«

»Dann irgendwas anderes!« Als Tauler sich umsah, drang gerade ein Knäuel Fernländer über die Brücke.

Ilven Savotl, der ohnehin schon seinen Kampf mit dem inwendigen Feind focht, lief ihnen mit der Muskete in der Linken und dem Schwert in der Rechten entgegen. Er schoß aus Kernschußweite durch den vorgewölbten Bauch eines Fernländers und ging augenblicklich in einem wüsten Wirbel aus Armen und Schwertern unter. Tauler schluchzte laut, als er zusehen mußte, wie sein ältester Freund, der so viele Probleme geduldig gelöst hatte, von Schwertern in Stücke gehauen wurde.

Eine neue Salve aus den Musketen verfehlte auf der schmalen Brücke nicht ihre Wirkung. Die Fernländer ließen ihre Toten und Verwundeten liegen und flohen auf die andere Seite des Grabens. Dort redete jemand, vermutlich ein Kommandeur, im Stakkato der fremden Sprache auf sie ein. Biraisa, Rekkar und Bartan hielten die Fremden über die blutige Brücke hinweg im Auge und luden fieberhaft die Musketen nach.

Tauler lief zu seinen Gefährten, während er über die Schulter zum Schiff hinaussah. Sandiwihri stand im dunklen Rechteck des Einstiegs und sah hilflos dem Kampf zu.

Bald werde ich bei dir sein, schwor er sich. Er mußte sich eines inneren Feindes erwehren, der noch verheerender sein konnte als der äußere, und der ihm einflüstern wollte, daß die Niederlage unabwendbar war. Tauler näherte sich der Brücke von der Seite und fand seinen ersten Eindruck bestätigt. Sie bestand lediglich aus parallelen, dicken Bohlen, die beiderseits auf einem Mauervorsprung ruhten.

»Biraisa«, schrie er, »du nimmst die Musketen und feuerst, was das Zeug hält. Bartan und Dakan, ihr helft mir bei diesen Brettern!«

Er kniete bereits neben der Brücke, schob die Hände unter die erste Bohle und bot die ganze Kraft seiner Rücken- und Beinmuskulatur auf, um sich hochzustemmen. Bartan und Rekkar packten mit an, und zusammen hievten sie die schwere, wassergetränkte Bohle zur Seite und ließen sie in den Graben stürzen. Ein Aufruhr ging durch die Fernländer, und sie drängten auf die Reste der Brücke. Biraisa feuerte vier Musketen in rascher Folge ab, während Tauler und seine Helfer in panischer Anstrengung vier der Bohlen anhoben und mitsamt den Lebenden und Toten darauf in das schmutzige Wasser warfen. Tauler vermied jeden weiteren Blick auf das schaurige weißrote Bündel, das einmal Savotl gewesen war.

Er nahm Savotls Schwert an sich, während sich die Fernländer verzweifelt auf das letzte Brett wagten. Rekkar, der sie schon erwartete, hieb sein Schwert in den Hals des Anführers; der Fremde überschlug sich mehrmals, ehe er im Wasser landete. Den nächsten warf Biraisa mit einem Schuß in die Kehle gegen seinen Hintermann. Beide Fernländer schwankten und verloren das Gleichgewicht; doch in diesem Moment, da sie das Brett unter den Füßen verloren, schleuderte der Unverletzte sein Schwert. Die kurze, schwere Waffe flog mit ungewöhnlicher Präzision und grub sich fast bis zum Heft in Rekkars Magen. Rekkar gab einen schrecklichen, gurgelnden Schrei von sich, blieb aber dennoch auf den Beinen.

Tauler stürzte sich an ihm vorbei auf die Knie und packte die Bohle mit beiden Händen. Sie war mit Algen verschleimt, und das zusätzliche Gewicht der Fernländer, die sich darauf vorwagten, war selbst für seine aderstrotzenden Muskeln zuviel. Er nahm vage einen weiteren Musketenschuß wahr, und wie Bartan sich schützend über ihn stellte. Er schob und zerrte die Bohle über den gemauerten Vorsprung hinaus; diesmal kam ihm ihre glitschige Oberfläche zu Hilfe. Zwei Fernländer erreichten ihn, als er das Brett mit einer letzten Anstrengung zum Sturz brachte, und er vernahm dumpfe Schwertschläge über sich, wo Bartan mit den Fremden kämpfte. Während Tauler sich zurückwarf und auf die Füße sprang, schnitt ihm eine Schwertspitze durchs rechte Ohr.

Einer der beiden Fernländer war mit der Bohle verschwunden, aber der andere hatte abspringen können und kämpfte nun mit kreiselnden Armen um sein Gleichgewicht. Rekkar, immer noch auf den Beinen, obwohl zur Gänze durchbohrt, stieß dem Fremden das Schwert ins Gesicht und schickte ihn über den Rand.

Bartan, bleich und ganz mit sich selbst befaßt, stand daneben und preßte die Hand auf die rechte Schulter. Blut quoll zwischen den Fingern hervor, floß über die Hand. Biraisa lag auf den Knien, ihre zierliche Gestalt über die Musketen gebeugt, mit fliegenden Fingern die Druckgeschosse auswechselnd.

Tauler blickte über die quirlende Ansammlung von Fernländern auf der anderen Seite des Grabens hinweg. Durch das Tor auf dem Kraterrand ergoß sich nun eine ungleich größere Streitmacht. Die Zerstörung der Brücke brachte den Verteidigern einen Aufschub, aber einen erbärmlichen, einen, der sich bequem in Sekunden messen ließ – und sie mußten dem Gegner wehrlos den Rücken zukehren, wenn sie in das Schiff gelangen wollten.

Tauler wandte sich Rekkar zu. Ob der leise, junge Jagdflieger wußte, daß er starb, daß er sein historisches Buch nicht mehr schreiben würde? Blutflecken dehnten sich rasch in der regennassen Kleidung rund um den Schwertgriff aus, und Rekkar schwankte, brachte es aber fertig, klar und deutlich zu sprechen.

»Tauler, warum vergeudest du wertvolle Zeit?« sagte er. »Nun geh, solange du noch kannst. Schade, daß ich nicht mitkann – aber ich habe noch eine Rechnung mit unseren unansehnlichen kleinen Freunden zu begleichen.«

Er wandte sich sofort ab, sank am Rand des Grabens auf die Knie und plazierte sein Schwert griffbereit neben sich auf dem gepflasterten Boden. Biraisa stand auf, brachte ihm drei geladene und gespannte Musketen und legte sie neben das Schwert. Er wandte den Kopf, als wolle er ihr etwas sagen, aber seine Augen suchten vergeblich die ihren. Sie hatte bereits die vierte Muskete genommen und eilte zu Bartan, stieß Bartan an, scheuchte ihn aus seiner Lethargie, und beide liefen zum Schiff.

Tauler zögerte noch. Zwei Fernländer sprangen von

der anderen Seite in den Wassergraben, heftig mit den kurzen Beinen paddelnd, um weiter voranzukommen. Selbst wenn die Fremden schlechte Schwimmer waren, würden sie bald mit Hilfe der herabgestürzten Bohlen die Wasserbarriere überbrücken können – ein Grund mehr, an Bord des Raumschiffs zu klettern und Rekkar aufzugeben, der ohnehin zum Tode verurteilt war. Obgleich Tauler das Gefühl nicht abschütteln konnte, einen Kameraden im Stich zu lassen, wandte er sich ab und lief zu Biraisa und Bartan, die unter der riesigen, rätselhaften Kugel auf ihn warteten.

»Es gibt hier keine Seile«, schrie Sandiwihri aus dem Dunkel des Einstiegs. »Was wollt ihr tun?«

»Dasselbe wie eben«, rief Tauler. »Ich hebe Biraisa und Bartan hoch.«

»Und was ist mit dir? Wie kommst *du* ins Schiff?«

Kampffieber entflammte Tauler, als er hörte, wie Rekkar eine Muskete abfeuerte. »Laßt mir einen Schwertgurt runter – ich werde ihn schon zu packen bekommen.« Er steckte sein Schwert in die Scheide und streckte die Hände nach Biraisa aus. »Los, komm!«

Sie schüttelte den Kopf. »Bartan ist verwundet. Er kommt nicht ohne Hilfe auf deine Schultern und muß zuerst hinauf.«

»Sehr gut«, sagte Tauler und langte nach Bartan, der wie betrunken schwankte. Bartan wich ihm aus, aber ein weiterer Musketenschuß machte Taulers Geduld ein Ende. Er bückte sich und umspannte Bartans Oberbeine mit den Armen und wuchtete ihn hoch. Biraisa half nach, gab Bartan Halt und nahm einen tastenden Fuß auf die Schulter, und von oben wandte Sandiwihri ihre ganze Kraft auf, um den protestierenden Mann über die Schwelle zu zerren.

Die ganze Prozedur hatte nur Sekunden in Anspruch genommen, und doch waren inzwischen zwei weitere Musketenschüsse gefallen. Tauler warf einen Blick über die Schulter. Rekkar kniete mit dem Schwert in der Hand und schlug auf unsichtbare Fernländer ein, die ihn von schräg angestellten Brückenbohlen aus bedrohen mußten. Als Tauler begriff, wie schnell ihm die hart errungenen Sekunden des Aufschubs durch die Finger glitten, steigerte sich sein Herzschlag zu einer Kette dumpfer Detonationen.

Biraisa hatte die Muskete geschultert und langte mit den Händen nach ihm. Er packte sie um die Taille und hob sie in einem einzigen Schwung auf die Schulter. Doch sie war nicht groß genug und bekam die Einstiegsschwelle nicht zu fassen. Einen beklemmenden Moment lang schwankte sie, bevor Sandiwihri und Bartan sich weit herauslehnten, ihre Hände fanden und Biraisa ins Schiff zogen.

Inzwischen war Rekkar hinuntergerissen worden in das nasse Grab zu Savotl, und die weiß glänzenden Köpfe von vier Fernländern schoben sich über den diesseitigen Rand des Grabens. Sie warfen die Waffen auf das Pflaster vor sich und zogen sich hinterher. Der jenseitige Kraterhang wimmelte vor Fernländern, die sich wie ein Heerzug brauner Insekten ausnahmen.

Tauler blickte in das mysteriöse Innere des Schiffes hinauf, das jetzt so weit weg war wie die Sterne, die es ihm versprach, und es dauerte eine Ewigkeit, ehe man ihm Bartans Ledergürtel hinunterließ. Der Gürtel war neu verschnallt, so daß er eine Schlaufe bildete, die jeder von den dreien im Einstieg mit einer Hand hielt.

Zwei Fernländer, gelenkiger als ihre Artgenossen, waren auf den Füßen und kamen mit gezückten Schwertern angerannt.

Tauler schätzte ab, wieviel Zeit ihm noch blieb, und wußte sofort, daß er nur noch diese Gelegenheit hatte, sich in Sicherheit zu bringen. Sandiwihris Stimme hallte in seinem Kopf: *Schnell, Tauler, schnell!* Er spannte sich – hörte schon das Schnaufen der Fernländer, das schnelle Getrappel ihrer Füße – dann schnellte er sich hoch und packte mit der rechten Hand in die Schlaufe. Die ruckartige Belastung mit seinem Gewicht war zuviel für die drei über ihm und zerrte sie nach unten und fort von jedem Halt, den sie innen am Einstieg hatten oder suchten. Biraisa, die leichteste unter ihnen, wurde halbwegs herausgezogen und wäre abgestürzt, wenn sie nicht losgelassen und sich am Rand des Einstiegs gefangen hätte.

Tauler ließ im gleichen Moment los.

Er hatte sein Schwert halb aus der Scheide, als er zwischen den beiden Fernländern landete, aber es gab nicht viel, was er tun konnte, um den schrecklichen Nachteil seiner Lage wettzumachen. Er verwandelte das Ziehen des Schwerts in einen Kreuzschlag, der einen Stoß des Fernländers vor ihm ablenkte, und sprang gleichzeitig zur Seite, um der unmittelbaren Gefahr zu entgehen, die ihm von hinten drohte – allein er war zu langsam, weil seine Beine den Fall noch nicht restlos abgefedert hatten.

Die Verzögerung währte nur den Bruchteil einer Sekunde, doch sie erschien wie ein Menschenalter in der fiebrigen Entropie des Nahkampfes. Tauler grunzte, als die Klinge des Fernländers von unten in seinen Rücken drang. Er wirbelte mit einem horizontalen Schwertstreich herum, der dem Angreifer in den Hals fuhr und ihn nahezu enthauptete. Der Fernländer ging blutsprudelnd zu Boden.

Tauler vollführte eine volle Umdrehung, um sich des anderen zu erwehren, doch der kurze Krieger zog sich zurück und ließ die Zeit für sich arbeiten – mindestens zehn seiner Artgenossen kamen über die Pflastersteine getrappelt und würden Tauler innerhalb weniger Herzschläge umzingeln. Das triumphierende Lächeln, das auf dem fettgepolsterten Gesicht des Fremden erschien, wich im nächsten Augenblick einem Ausdruck blanken Staunens, als ihm Biraisa – die sich direkt über ihm befand –, eine Kugel mitten in die Stirn feuerte. Er setzte sich abrupt unter einer vertikalen Blutfontäne auf den Boden.

»Schnapp die Muskete, Tauler!« rief Bartan aus dem Einstieg. »Wir können dich immer noch hochziehen!«

Aber Tauler wußte, daß es zu spät war.

Die trappelnden und hüpfenden Fernländer hatten ihn fast erreicht, und selbst wenn ihn die herunterhängende Muskete trug, würde er bei dem Versuch, sich hinaufzuhangeln, ein dutzendmal oder öfter durchbohrt werden. Einer sonderbaren Scheu folgend, dem Wunsch, seinen Freunden den Anblick dessen zu ersparen, was gleich geschehen würde, zog er sich unter die sphärische Hülle des Raumschiffs zurück.

Wiewohl ihn die Rückenwunde kaum schmerzte, waren seine Beine gleichwohl schwach und wollten ihm nicht so recht gehorchen. Er blieb am tiefsten Punkt der Schiffshülle stehen, wo sie fast seinen Kopf berührte, und wollte sich ein letztes Mal zur Wehr setzen, um es dem Feind nicht zu leicht zu machen, aber seine Beine versagten ihm den Dienst, und er erlag der Übermacht.

Sandiwihri, rief er, als das metallische Grau über ihm von braunen Gestalten verdrängt wurde und fremde Klingen ihr Ziel fanden, *gib den Zwergen nicht die Genugtuung! Bitte, fliege mit dem Schiff davon für mich ...*

Das werde ich, sagte sie in seinem Kopf. *Wir lieben dich, Tauler.*

Bevor eine Unverträglichkeit zwischen natürlicher und künstlicher Geometrie seinen Körper in Atome auflöste, erlebte Tauler zu seiner Überraschung noch einen letzten Triumph.

Er fand es wirklich schade, sterben zu müssen.

Und diese Entdeckung machte ihn froh.

Er war wieder völlig mit sich im reinen, als er begriff, daß es weit schlimmer war, zu leben, wenn man eigentlich sterben wollte, als zu sterben, wenn man eigentlich leben wollte.

Und es gibt noch einen anderen Trost, dachte er, ehe ihn ewige Tiefnacht umfing. *Niemand wird je sagen können, ich sei eines gewöhnlichen ...*

19. Kapitel

Bartan und Biraisa waren zu Fuß unterwegs und sahen unentwegt über die Schulter zurück; sie waren kaum eine Viertelstunde vom Schiff entfernt, als es urplötzlich verschwunden war.

Eben noch eine mattgraue Kugel, die auf dem Kamm eines niedrigen Hügels stand, war es jetzt eine Vielzahl von Kugeln aus purem Licht, die einander durchdringend rhythmisch anschwollen und schrumpften. Es gab kein Geräusch, aber selbst die Frühtagssonne erschien trübe im Vergleich zu dem gleißenden Glanz, den dieses Schauspiel verströmte. Das Schiff stieg senkrecht in den Himmel, wurde immer schneller und veränderte seine Gestalt. Einen Augenblick lang sah Bartan einen vierzackigen Stern mit einwärtsgekrümmten Seiten. Jede Spitze schien einen feinen Nebel aus den Farben des Regenbogens zu versprühen. Im Zentrum herrschte ein strahlend helles Gewimmel aus vielfarbigen Lichtflecken. Aber noch während sich Bartans Augen darauf einzustellen suchten, schrumpfte der prächtige Stern zusammen, scherte aus, verließ die große Scheibe Dieslands und verlor sich im Blau des Himmels.

Bartans Gefühle wurden aufgewühlt, und die Schmerzen der Schulterwunde ertranken im Seelenschmerz. Es war keine Stunde her, da hatte er noch auf dem verregneten Fernland mit ansehen müssen, wie seine Freunde einer nach dem anderen – Savotl, Rekkar und schließlich Tauler Marakain – ihr Leben ließen. Bis zuletzt hatte Bartan nicht glauben wollen, daß der große Marakain sterben könnte. Marakain war für ihn immer unsterblich gewesen, ein unbeirrbarer Hüne, der dazu ausersehen war, allzeit seine Kriege auszutragen. Erst seit dieser Mann Sandiwihri gebeten hatte, ihn auf die Reise in die unendliche Einöde mitzunehmen – eine Aussicht, die Bartans Seele ausdörrte – da erst hatte er verstanden, daß Tauler mehr war als nur ein Kämpfer. Doch jetzt war es zu spät, ihn kennenzulernen, zu spät, ihm zu danken für seine aufopfernde Haltung.

Bartan hatte einen weiteren Schmerz zu verwinden. Er hatte einsehen müssen, daß seine Frau längst nicht mehr seine Frau war, daß sie sich in eine intellektuelle Riesin verwandelt hatte, mit der er unmöglich eine Ehe führen konnte. Sandiwihri hatte ihre unendliche Reise durch die Galaxien noch nicht angetreten – sie brauchte einige Tage, um Tip Gotlon sicher nach Hause zu lotsen – doch in gewisser Weise war sie jetzt schon weiter von ihm entfernt als die schwächsten Sterne am nächtlichen Himmel. Sein Leitstern, seine Gola, war erloschen, und nun hatte er niemanden mehr, der ihn durchs Leben lotste.

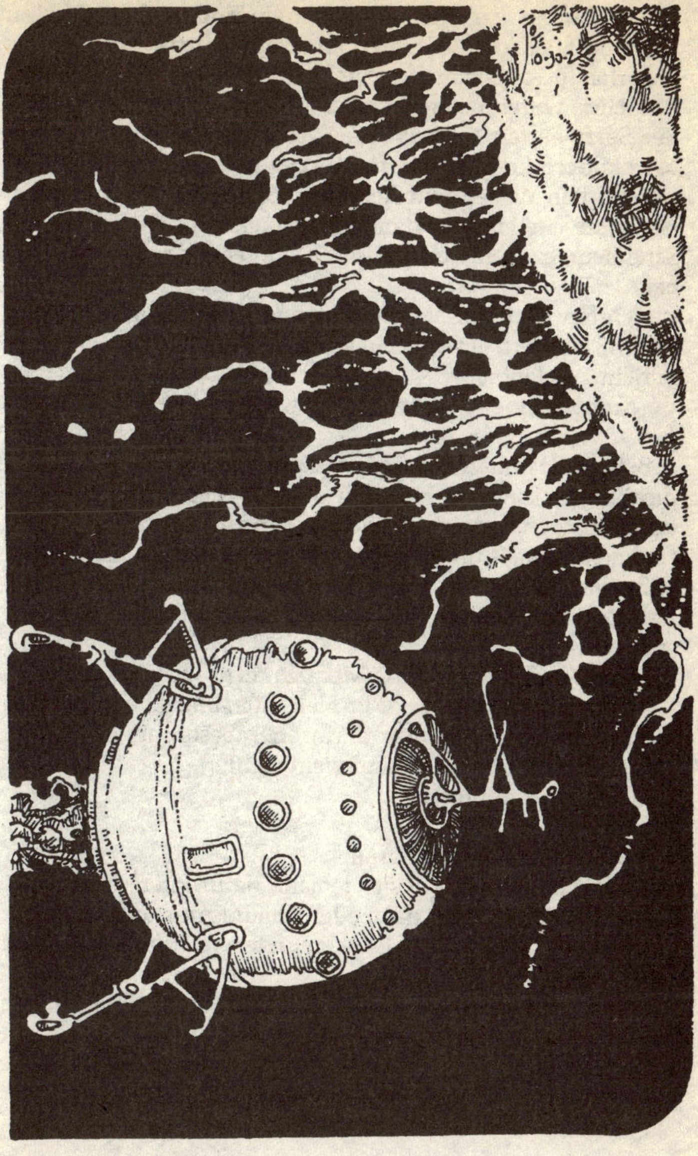

»Ich glaube, der Fußmarsch hat ein Ende«, sagte Biraisa. »Sieht aus, als könnte uns jemand mitnehmen.«

Bartan beschattete die Augen und blickte in Richtung Pradt. Sie waren noch gut zwei Meilen von den Ausläufern der Stadt entfernt. Durch einen schlierenden Vorhang von Nachbildern konnte er auf einer gewundenen Straße Staubwolken von Wagen und Reitern erspähen. Ein paar Landarbeiter, zweifellos von dem Schauspiel des symbiontischen Schiffs angezogen, liefen aus den umliegenden Feldern herbei.

»Ich bin froh, daß wir eine Menge Augenzeugen haben«, fuhr Biraisa fort. »Das macht es dem König leichter, unserem Bericht zu glauben.«

»Augenzeugen«, sagte Bartan willenlos. »Ja, Augenzeugen.«

Biraisa sah ihm forschend ins Gesicht. »Du kannst sowieso nicht mehr lange stehen. Du solltest dich mal hinsetzen, damit ich deinen Verband richten kann.«

»Nicht nötig – und ich habe noch von diesem fabelhaften Allheilmittel.« Er band den Branntweinschlauch vom Gürtel und zog den Stopfen, als er Biraisas Hand auf der seinen spürte.

»Du brauchst diese Sorte Medizin nicht wirklich, oder?«

»Was geht dich das ...?« Er hielt inne, blinzelte in Biraisas Gesicht hinunter und las darin eher Besorgnis als Ärger. »Nein, ich *brauche* den Branntwein nicht.«

»Dann wirf ihn fort.«

»*Was?*«

»Wirf das Zeug fort, Bartan!«

Es war lange her, daß sich jemand dafür interessiert hatte, was er tat; aber er ließ das Lederbehältnis nur ungern fallen.

»Es war sowieso fast leer«, murrte er. »Warum lächelst du?«

»Nur so.« Biraisas Lächeln wurde breiter. »Einfach nur so.«

DRITTER ROMAN

Die flüchtigen Welten

(THE FUGITIVE WORLDS)

Inhalt

ERSTER TEIL

Die Rückkehr nach Diesland

1. Kapitel

Der einsame Sturz des Astronauten über Tausende von Meilen aus der dünnsten in immer dichtere Luftschichten hatte länger als einen Tag gedauert. Danach war sein verhüllter Körper vom Wind erfaßt und weit von der Hauptstadt nach Westen abgedrängt worden. Vielleicht aus Unerfahrenheit, vielleicht aus dem Verlangen heraus, sich aus der Enge des Fallsacks zu befreien, hatte er seinen Fallschirm zu früh geöffnet. Der Schirm hatte sich gut zehn Meilen über der Oberfläche des Planeten entfaltet, was den Astronauten noch weiter in die dünn besiedelten Regionen jenseits des Weißen Flusses verschlug.

Tauler Marakain II., der seit acht Tagen über dieser Gegend Patrouille flog, beobachtete den milchig braunen Fleck durch ein starkes Fernglas. Der Fleck war unauffällig, kaum so hell wie die Taggestirne, und hing scheinbar bewegungslos unter der großen Scheibe der Schwesterwelt, die das Zentrum des Himmels beherrschte. Obwohl das Objekt durch die Bewegung des Luftschiffs immer wieder aus dem Blickfeld des Fernglases tanzte, sah Tauler die winzige Gestalt unter dem Fallschirm, und er fühlte die Neugier in sich wachsen.

Was würde der Astronaut zu berichten haben?

Schon die Tatsache, daß die Expedition unerwartet lange gedauert hatte, war in Taulers Augen ein gutes Omen; aber es brachte bereits Abwechslung, den Mann nur aufzugreifen und nach Pradt zu bringen. Über dieser monotonen Gegend Patrouille zu fliegen und nichts weiter zu tun zu haben, als das freundliche Winken der Farmer zu erwidern, war extrem langweilig. Tauler sehnte sich zurück in die Stadt, wo es wenigstens ebenbürtige Gesellschaft und ein Glas gediegenen Weins gab. Zudem wartete dort noch eine unvollendete und höchst erfreuliche Beschäftigung mit Hariana auf ihn. Hariana war eine blonde Schönheit der Webergilde, und er hatte ihr viele Tage lang feurig den Hof gemacht; wenn ihn nicht alles täuschte, war sie dicht davor gewesen, sich zu ergeben, als man ihn auf diese zermürbende Patrouille geschickt hatte.

Das Luftschiff trieb mit der östlichen Brise und bedurfte nur eines gelegentlichen kurzen Schubs der Düsentriebwerke, um mit der seitlichen Drift des Fallschirms Schritt zu halten. Trotz des Schattens, den der ellipsoide Gassack warf, nahm die Hitze auf dem Oberdeck noch zu. Tauler wußte, die zwölf Mann der Besatzung waren genauso froh wie er, wenn diese Mission endlich ausgestanden war. Ihre safrangelben Luftfahrerblusen waren verschwitzt, und ihre Haltung war so nachlässig, wie es die Borddisziplin eben noch zuließ.

Zweihundert Fuß unter der Gondel glitten die gestreiften Felder der Region ruhig dahin, ein Teppich aus verschachtelten streifigen Rechtecken, der bis zum Horizont reichte. Die Auswanderung nach Jenland lag mehr als fünfzig Jahre zurück, und die kolkorronischen Farmer hatten Zeit gehabt, der Landschaft ihren Stempel aufzudrücken. Auf einem Planeten ohne Jahreszeiten folgten die einzelnen Getreidesorten und anderen Pflanzen grundverschiedenen Reifezyklen, doch die Farmer hatten sie geduldig und sorgfältig zu synchronen Gruppen zusammengefaßt, um sechs Ernten pro Jahr zu erzielen, wie es in der Alten Welt seit Menschengedenken Tradition gewesen war. Jedes Getreidefeld zeigte einen streifigen Farbverlauf vom zarten Grün der frischen Schößlinge über Erntegold bis zum Braun der geschorenen Erde.

»Kapitän, ein Schiff, südlich von uns«, rief Niskodar, der Steuermann. »Gleiche Höhe oder ein bißchen höher. Entfernung ungefähr zwölf Meilen.«

Tauler fand den dunklen Span tief über dem Purpurdunst

des Horizonts und nahm das Fernglas zu Hilfe. Die Vergrößerung zeigte ein Fahrzeug mit den blaugelben Abzeichen der Himmelswaffe. Tauler war überrascht. Er hatte das Patrouillenschiff des südlich angrenzenden Sektors in den vergangenen acht Tagen mehrmals zu Gesicht bekommen, aber nur an der gemeinsamen Sektorengrenze, und der Sichtkontakt war nur flüchtig gewesen. Das Schiff befand sich jetzt eindeutig in seinem Zuständigkeitsbereich. Es näherte sich, und er konnte sich des Eindrucks nicht erwehren, als wolle man ihm den zurückkehrenden Astronauten streitig machen.

»Nehmt den Sonnenschreiber«, sagte er zu Leutnant Fihr, der neben ihm an der Reling stand. »Meine Empfehlung an den Kommandanten und gebt ihm den Rat, abzudrehen. – Ich handle im Auftrag der Königin und dulde keine Einmischung und keine Behinderung.«

»Jawohl, Kapitän«, erwiderte Fihr eifrig. Der Mann war offensichtlich froh, daß der Zwischenfall dem Frühtag etwas Würze verlieh. Er öffnete ein Fach und nahm einen der neuen, leichteren Sonnenschreiber heraus, die anstelle der konventionellen Doppelglasscheibchen versilberte Spiegelchen enthielten. Fihr richtete das Instrument aus und ließ den Auslöser spielen. Als das emsige Klacken verstummte, ließ die Antwort länger als eine Minute auf sich warten, dann begann die winzige Sonne auf dem fernen Schiff in rascher Folge zu blitzen.

Guten Frühtag, Kapitän Marakain, sagten die Lichtpulse. *Contessa Vantara erwidert Eure Grüße. Sie hat entschieden, persönlich das Kommando dieser Operation zu übernehmen. Eure Anwesenheit ist nicht länger erforderlich. Ihr werdet hiermit angewiesen, unverzüglich nach Pradt zurückzukehren.*

Tauler schluckte die Verwünschung hinunter. Er war Contessa Vantara noch nie begegnet, aber ihm war bekannt, daß sie den Rang eines Himmelskapitäns hatte und als Enkelin der Königin jede Möglichkeit nutzte, um ihre Machtbefugnisse auszudehnen. Viele Kommandanten hätten sich in einer ähnlichen Situation, vielleicht nach einem Scheinprotest, zurückgezogen, nur um ihre Karriere nicht zu gefährden; aber Tauler war von Natur aus unfähig zu akzeptieren, was er schlichtweg für eine Schweinerei hielt. Seine Hand fiel auf den Griff des Schwertes, das einmal seinem Großvater gehört hatte, und er blickte in verhaltenem Zorn in die Richtung des Störenfrieds, während er sich eine Antwort auf die anmaßende Botschaft der Contessa zurechtlegte.

»Kapitän, wollt Ihr den Empfang bestätigen?« Leutnant Fihr verhielt sich vollkommen korrekt, doch ein gewisses Glitzern in seinen Augen verriet, wie sehr er Taulers heikle Lage genoß. Obwohl von untergeordnetem Rang, so war er dennoch der Ältere und teilte bestimmt die allgemeine Ansicht, daß Tauler nur dank seiner einflußreichen Familie so früh zum Kapitän befördert worden war. Und die Aussicht, Zeuge eines Duells zwischen den Privilegierten zu werden, war für den Leutnant offensichtlich äußerst reizvoll.

»Natürlich bestätige ich den Empfang«, sagte Tauler, der seinen Zorn verbarg. »Wie heißt die Frau mit Familiennamen?«

»Sie heißt Dervonai, Kapitän.«

»Gut, also vergeßt den Firlefanz mit der Contessa und sprecht sie mit Kapitän Dervonai an. Sagt ihr, ich nähme ihr freundliches Hilfsangebot zur Kenntnis, aber in diesem Fall sei die Anwesenheit eines zweiten Luftschiffs eher hinderlich als hilfreich. Sie soll in ihren Sektor zurückkehren und mir nicht bei der Ausführung der direkten königlichen Order im Weg sein.«

Als Fihr dem anderen Schiff die Erwiderung zublitzte, drückte seine Miene Befriedigung aus – er hatte nicht erwartet, daß es so schnell zur offenen Konfrontation kommen würde. Die Antwort kam postwendend. *Eure unverhohlene Unhöflichkeit, um nicht zu sagen Beleidigung, wird ebenfalls zur Kenntnis genommen, doch ich will darauf verzichten, meiner Großmutter Meldung zu erstatten, wenn ihr Euch sofort zurückzieht. Ich fordere Euch dringend zur Klugheit auf.*

»Arrogantes Frauenzimmer!« Tauler schnappte Fihr den Sonnenschreiber aus den Händen, zielte und ließ den Auslöser spielen. *Ich halte es für klüger, Ihre Majestät erfährt von mei-*

ner Unhöflichkeit als von meinem Verrat, den ich zweifellos begehen würde, wenn ich meine Mission aufgeben sollte. Ich fordere Euch daher dringend auf, an Euer Spinnrad zurückzukehren.

»Spinnrad!« Leutnant Fihr, der die Botschaft von der Seite mitgelesen hatte, schmunzelte anerkennend, als Tauler ihm den Sonnenschreiber zurückgab. »Der Luftschifferin wird das nicht gefallen, Kapitän. Ich bin gespannt, wie die Antwort ausfällt.«

»Da ist die Antwort«, sagte Tauler, der das Fernglas noch rechtzeitig an die Augen genommen hatte, um mitzubekommen, wie Rauch aus den Hauptdüsen puffte. »Entweder macht sie sich in einem Anfall von Zorn aus dem Staub oder sie setzt alles daran, uns zuvorzukommen – und wenn es stimmt, was man sich über Contessa Vantara erzählt... Ja! Wir haben sie am Hals!«

»Wollt Ihr volle Kraft?«

»Was sonst?« sagte Tauler. »Und die Männer sollen Fallschirme anlegen.«

Bei der Erwähnung von Fallschirmen wich Fihrs Munterkeit einem vorsichtigen Mißtrauen. »Kapitän, Ihr glaubt doch nicht, es kommt zu...?«

»Alles kann passieren, wenn zwei Schiffe sich um ein und dasselbe Stück Himmel zanken.« Tauler ließ ein wenig Jovialität in seinen Tonfall fließen, eine subtile Sanktion gegen die Ungebührlichkeit des Leutnants. »Wenn es bei einem Zusammenstoß Tote gibt, was leicht möglich ist, dann lieber bei den anderen als bei uns.«

»Jawohl, Kapitän.« Noch während Fihr sich abwandte, gab er dem Maschinisten ein Zeichen, und einen Moment später verfielen die Hauptdüsentriebwerke in ein gleichbleibendes Röhren, derweil ihnen maximale Dauerenergie zugeführt wurde. Die Nase der langen Gondel hob sich, als der Düsenschub das Luftschiff um seinen Schwerpunkt drehen wollte; doch der Steuermann korrigierte rasch die Lage, indem er den Anstellwinkel der Triebwerke änderte. Er konnte das einhändig mit einem Hebel und Sperrädern besorgen, weil die modernen Triebwerke aus genieteten Metallröhren sehr viel leichter waren als die herkömmlichen.

Bis vor kurzem noch hatte jedes Triebwerk den kompletten Stamm eines jungen Brakkabaums erfordert und war demzufolge schwer und unhandlich gewesen. Die Energiequelle war auch jetzt ein Gemenge aus Paikn- und Havlkristallen, wie sie das Wurzelsystem des Brakkabaums seit Menschengedenken dem Boden entzog. Heutzutage gewann man die Kristalle allerdings durch chemische Läuterung direkt aus dem Erdreich. Taulers Vater, Kassill Marakain, hatte diese Methode entwickelt.

Industrielle Chemie und Hüttenwesen waren die Eckpfeiler von Prosperität und Einfluß der Marakain-Familie – was wiederum die Quelle der meisten persönlichen Differenzen zwischen Tauler und seinen Eltern war. Er hatte seinem Vater assistieren sollen, um später das Industrie-Imperium der Familie übernehmen zu können – eine schreckliche Perspektive aus seiner Sicht – und die Beziehung zu seinen Eltern war ziemlich gespannt, seit er sich auf der Suche nach Abwechslung und Abenteuer zur Himmelswaffe gemeldet hatte. Beides hatte sich nicht in dem erhofften Ausmaß eingestellt, was einer der Gründe war, weshalb er sich jetzt und hier keinesfalls verdrängen lassen wollte…

Tauler richtete seine Aufmerksamkeit wieder auf den Astronauten, der sich noch gut eine Meile über dem sanft gewellten Farmland befand. Der Wettlauf zum voraussichtlichen Landeplatz des Fallschirmfliegers machte praktisch keinen Sinn, aber es würde Vantara den Rücken stärken, wenn sie behaupten konnte, als erste zur Stelle gewesen zu sein. Vermutlich hatte sie rein zufällig die Nachricht aufgeschnappt, die er Stunden zuvor per Sonnenschreiber an den Palast abgesetzt hatte, und hatte sich dann aus einer Laune heraus dazu entschlossen, die interessante Phase dieser ansonsten langweiligen Mission selbst zu übernehmen.

Er überlegte, ob er ihr noch eine letzte Warnung hinüberblitzen sollte oder nicht, als er die dunkelblaue Linie bemerkte, die am westlichen Horizont erschienen war. Das Fernglas zeigte, daß man sich auf ein ansehnliches Gewässer zubewegte, und die Karte verriet, daß es sich um den Amblareet handelte. Der Astronaut würde es kaum verhindern können, auf den mehr als fünf Meilen breiten See hinausgetragen zu werden. Der See wurde jedoch von einer Kette kleiner, flacher Inseln durchkreuzt, und ein erfahrener Fallschirmflieger sollte in der Lage sein, dort unschwer einen geeigneten Landeplatz zu finden.

Tauler winkte Fihr heran und zeigte ihm die Karte. »Diese Inseln sind kaum größer als ein Paradeplatz. Falls dieser Flugsamen da drüben eine von ihnen erwischt, müssen wir ihn von da auflesen, und das muß gekonnt sein. Ich frage mich, ob die Luftschifferin, wie Ihr sie tituliert, dann immer noch darauf erpicht ist, uns den Rang abzulaufen.«

»Wichtig ist, daß Kurier und Nachrichten sicher zur Königin gelangen«, erwiderte Fihr. »Ist es nicht genaugenommen egal, wer das besorgt?«

Tauler schenkte ihm ein breites Lächeln. »O nein, Leutnant – das ist ganz und gar nicht egal.«

Er lehnte sich an die Reling, genoß die Kühlung, die der Fahrtwind brachte, und beobachtete, wie das andere Schiff auf konvergierendem Kurs näher kam. Selbst mit dem Fernglas war noch niemand deutlich auszumachen an Bord, aber soviel er wußte, bestand die Besatzung aus Frauen. Damals, vor sechsundzwanzig Jahren, als die Invasion aus der Alten Welt gedroht hatte, war Königin Desihn dafür eingetreten, Frauen zur Himmelswaffe zuzulassen. Diese Entscheidung war nicht mehr rückgängig gemacht worden, obwohl man aus praktischen Erwägungen keine gemischten Besatzungen mehr zuließ. Tauler, der hauptsächlich auf der von Diesland abgewandten Hemisphäre Dienst getan hatte, war bislang noch keinem der seltenen Luftschiffe mit weiblicher Besatzung begegnet. Er war neugierig, ob das Geschlecht eine spürbare Auswirkung auf die technische Handhabung eines Schiffes hatte.

Wie er erwartet hatte, erreichten beide Schiffe den Amblareet, derweil der Fallschirmflieger noch hoch über ihnen war. Tauler entschied, welches Eiland am ehesten für die Landung in Frage kam, ließ sein Schiff auf hundert Fuß hinunter und umkreiste den dreieckigen Grünflecken. Zu seinem Verdruß schloß sich Vantara dieser Taktik an und bezog an der gegenüberliegenden Seite des Kreises Position. Es war, als ob die beiden Schiffe von den Enden einer unsichtbaren, rotierenden Stange mitgenommen würden, während die kurzen Gasstöße aus den Düsen ganze Kolonien von Vögeln aufscheuchten, die auf dem flachen Eiland nisteten.

»Das ist die reine Kristallverschwendung«, murrte Tauler.

»Eine sträfliche Verschwendung.« Fihr nickte und erlaubte sich den Anflug eines Grinsens. Sein Kommandant bekam regelmäßig vom Generalquartiermeister einen Verweis, weil er wegen seines ungeduldigen Flugstils die Zuteilungen an Paikn und Havl schneller verbrauchte als jeder andere Kapitän.

»Dieser Frau sollte man Flugverbot erteilen und …« Tauler verstummte, denn der Fallschirmflieger, offenbar mit dem Landeplatz einverstanden, den das Empfangskomitee für ihn gewählt hatte, raffte plötzlich einen Teil seines Schirms zusammen, was ihn schneller und steiler fallen ließ.

»Mit größtmöglicher Geschwindigkeit hinunter!« befahl Tauler. »Bei Bodenkontakt alle vier Anker abfeuern – wir müssen beim ersten Anlauf landen!«

Tauler lächelte wieder. Im kritischen Augenblick befand sich sein Schiff westlich des Eilands, so daß es durch ein einfaches Manöver in die Position für eine Gegenwindlandung zu bringen war. Es sah ganz so aus, als ob sich das luftige Glücksrad gegen Vantara entschieden hätte. Er warf einen Blick auf das Schiff der Contessa und sah mit Entsetzen, daß es bereits aus dem Reigen ausgebrochen war und einen steilen Abstieg auf das Eiland begann, offenbar in der Absicht, eine regelwidrige Rückenwindlandung zu erzwingen.

»Dieses Frauenzimmer«, knirschte Tauler. »Dieses sture Frauenzimmer!«

Hilflos sah er zu, wie das andere Fahrzeug, mit einer Geschwindigkeit, die größer war als die der Brise, auf das Zentrum des Eilands hinunterstieß. Zu schnell, dachte er. Die Anker werden das nicht aushalten! Rauchwölkchen erschienen zu beiden Seiten der Gondel, als ihr Kiel das Gras berührte und die Ankerkanonen ihre Widerhaken in den

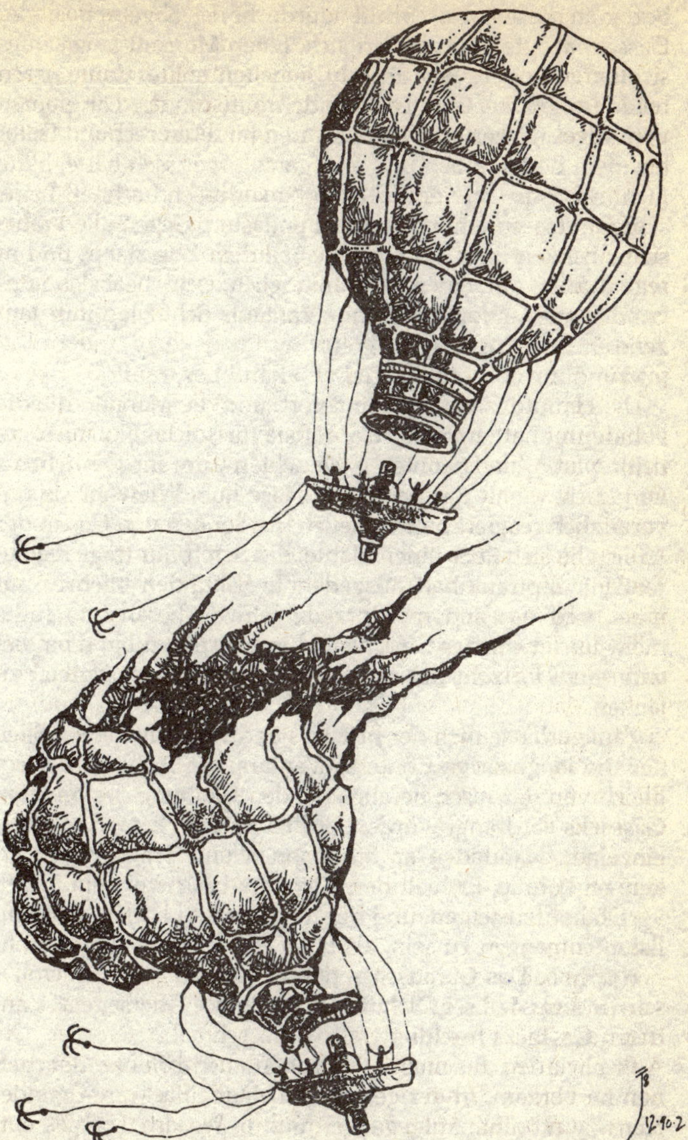

Boden schossen. Das Schiff wurde heftig abgebremst, der Gassack wogte und verwarf sich. Einen Moment lang sah es so aus, als ob Tauler unrecht behalten sollte, dann rissen beide Seile linkerseits. Die Gondel rollte um die Längsachse und schwang herum, wobei sie den hinteren rechten Anker aus dem Boden brach und sich ganz losgerissen hätte, hätte nicht die Frau am verbliebenen Anker rasend schnell Leine schießen lassen, um das Seil zu entlasten. Gegen alle Wahrscheinlichkeit hielt das einzelne Seil dem Zug stand, und es war Tauler mit einemmal unmöglich, sein beabsichtigtes Landemanöver fortzusetzen – Vantaras Schiff lag ihm tanzend und schlingernd im Weg.

»Landung abbrechen!« rief er. »Rauf! Los, rauf!«

Die Hauptdüsen fauchten sofort, und die Männer, die die Hände frei hatten, taten, worauf sie für solche Notlagen gedrillt waren, und rannten nach achtern, um ihr Gewicht zu verlagern, damit das Schiff die Nase hob. Wiewohl sie unverzüglich reagiert hatten, ließen die Tonnen von Gas in der Hülle, die sich über ihnen blähte, das Schiff nur träge reagieren. Für alptraumhaft ausgedehnte Sekunden blieb es auf Kurs, und das andere Fahrzeug schwoll heran und füllte mehr und mehr das Gesichtsfeld in Fahrtrichtung, dann begann der Horizont mit nervenaufreibender Langsamkeit zu sinken.

Tauler, der seitlich der Brücke stand, erhaschte einen Blick auf die langhaarige Contessa Vantara, ein Anblick, der sogleich von der rasch herabgleitenden Wölbung des anderen Gassacks verdrängt wurde, der ihm so nahe kam, daß er die einzelnen Nahtfäden an Stoffbahnen und Tragbändern erkennen konnte. Er hielt den Atem an, beschwor sein Schiff, vertikal aufzusteigen, und begann schon zu hoffen, der Kollision entgangen zu sein, als unter ihm ein gewaltiges Stöhnen anhob. Das Geräusch – tief, vibrierend, vorwurfsvoll – verriet ihm, daß sein Schiffskiel durch die Oberseite des anderen Gassacks furchte.

Er blickte nach achtern, wo Vantaras Schiff unter dem seinen hervorkam. In der gelackten Leinenhülle waren mindestens zwei Nähte aufgegangen und ließen das Traggas entweichen. Die Risse, gleichwohl folgenschwer, verursachten noch keine Katastrophe – der ellipsoide Gassack verlor langsam an Form, warf Runzeln und ließ seine Gondel zu Boden sinken.

Tauler befahl normale Flugroutine und eine erneute Umkreisung des Eilands. Das Manöver bot ihm und der Mannschaft die einmalige Gelegenheit, zu verfolgen, wie das Schiff der Contessa an der straffen Ankerleine auf Grund ging und – eine letzte Schmach – unter dem kollabierenden Gassack verschwand. Als feststand, daß niemand getötet oder verletzt worden war, löste sich Taulers Anspannung in einem befreienden Lachen. Fihr und die übrige Mannschaft stimmten mit ein, und das Gelächter drohte hysterisch zu werden, als der Fallschirmflieger, den man ganz vergessen hatte, in die Szene hinabtauchte und nach einer komisch unbeholfenen Landung mitten in einem Flecken Morast saß.

»Es gibt keinen Grund zur Eile, und ich wünsche eine makellose Musterlandung«, sagte Tauler. »Bringt das Schiff langsam hinunter.«

Gemäß seinen Instruktionen setzte sich das Schiff ruhig gegen die Brise ab und berührte mit einer kaum spürbaren Erschütterung den Boden. Sowie die Ankerkanonen das Fahrzeug vertäut hatten, schwang Tauler sich über die Reling und sprang ins Gras. Die ersten von Vantaras Frauschaft kämpften sich unter den Falten des Gassacks hervor, doch Tauler ignorierte sie und ging zu dem Astronauten, der mittlerweile auf den Füßen war und den Fallschirm einsammelte. Der Mann hob den Kopf und salutierte, als er Tauler kommen sah. Er hatte ein schmales, glattes Jungengesicht und schien kaum dem Schoß der Familie entronnen zu sein; gleichwohl hatte er – und das imponierte Tauler – zweimal die Leere zwischen den Schwesterwelten überwunden.

»Guten Frühtag, Kapitän«, sagte er. »Korporal Scheenemirt. Ich bringe dringende Nachricht für Ihre Majestät.«

»Das dachte ich mir«, sagte Tauler lächelnd. »Ich habe Order, Euch unverzüglich nach Pradt zu befördern, aber Ihr solltet vorher aus diesem Himmelsanzug steigen. Ein feuchter Hintern soll ungemütlich sein.«

Scheenemirt lächelte zurück. Er wußte es zu schätzen, daß Tauler einen kameradschaftlichen Ton anschlug. »Ich bin schon besser gelandet.«

»Andere auch«, sagte Tauler, der an Scheenemirt vorbeisah. Contessa Vantara näherte sich mit ausholendem Schritt, eine große, schwarzhaarige Frau, deren hochbrüstige Figur um so imposanter erschien, als sie von Wut gestrafft war. Dicht hinter ihr bemühte sich eine kleinere, viel rundlichere Frau in der Uniform eines Leutnants, mit ihrer Vorgesetzten Schritt zu halten. Tauler widmete sich wieder Scheenemirt, der ihm aus ganz anderen Gründen imponierte. Er mußte wieder daran denken, was für eine Reise sein Gegenüber hinter sich hatte. Kaum vorstellbar, was Scheenemirt in so jungen Jahren alles gesehen und erlebt hatte. Tauler beneidete ihn nicht nur, er brannte auch darauf zu erfahren, was man auf Diesland vorgefunden hatte. Seit man vor fünfzig Jahren begonnen hatte, Jenland zu kolonisieren, hatte man es zum ersten Mal wieder gewagt, die Alte Welt aufzusuchen.

»Nun sagt schon, Corporal«, drängte er. »Wie war es auf der Alten Welt?«

Scheenemirt sah unschlüssig drein. »Kapitän, meine Nachricht ist nur für Ihre Majestät bestimmt.«

»Nicht die Nachricht. Von Mann zu Mann, was Ihr mit *eigenen* Augen gesehen habt. Was habt Ihr gesehen?«

Scheenemirt kämpfte sich aus dem einteiligen Himmelsanzug. Seine Miene verriet, daß er froh war, nach seinen Erlebnissen gefragt zu werden. »Leere Städte! Großartige Städte, Städte, neben denen sich Pradt wie ein Dorf ausnimmt – und alle sind sie leer!«

»Leer? Aber was ist aus den …?«

»Tauler Marakain!« Contessa Vantara war noch gut ein Dutzend Schritte weit entfernt, doch ihre Stimme war kraftvoll genug, um Tauler mitten im Satz verstummen zu lassen. »Bis zu Eurer Entlassung wegen vorsätzlicher Beschädigung eines Luftschiffs Ihrer Majestät übernehme ich das Kommando über Euer Schiff. Ihr steht ab sofort unter Arrest!«

Die Arroganz und schiere Unredlichkeit von Vantaras Worten verschlug Tauler den Atem und entfachte eine solche Wut in ihm, daß es ratsam erschien, sie zu unterdrücken. Er setzte das gelassenste Lächeln auf, dessen er fähig war, wandte sich damit ruhig an die Contessa und wünschte sich im selben Moment, er wäre ihr unter anderen Umständen begegnet. Sie hatte eines jener Gesichter, die bei Männern unsägliche Bewunderung und bei Frauen unsäglichen Neid erregen. Ein ovales, grauäugiges und vollkommenes Gesicht – derart makellos, daß es diese Frau von allen Frauen abhob, die jemals Taulers Weg gekreuzt hatten.

»Was grinst Ihr so?« wollte Vantara wissen. »Habt Ihr überhaupt zugehört?«

Sein Bedauern verdrängend sagte Tauler: »Seid nicht töricht. Braucht Ihr Hilfe bei der Reparatur Eures Schiffes?«

Vantara blickte außer sich vor Wut auf ihren Leutnant, der sie eben einholte, dann fixierte sie Taulers Gesicht. »Tauler Marakain, Ihr scheint den Ernst Eurer Lage nicht zu begreifen. Ihr steht unter Arrest.«

Tauler seufzte. »Hört zu, Kapitän. Ihr habt Euch reichlich albern benommen, aber zum Glück ist kein großer Schaden zu beklagen, und niemand von uns braucht eine offizielle Meldung zu machen. Hier und jetzt sollten sich unsere Wege wieder trennen, und wir sollten diesen peinlichen Zwischenfall vergessen.«

»Das würde Euch gefallen, wie?«

»Es wäre jedenfalls besser, als Euren Unfug auf die Spitze zu treiben.«

Vantaras Hand fuhr zum Knauf der Pistole, die in ihrem Gürtel steckte. »Ich wiederhole, Marakain, Ihr steht unter Arrest.«

Ohne recht zu wissen, wie ihm geschah, griff Tauler nach dem Heft seines Schwertes.

Vantaras Lächeln war von frostiger Vollendung. »Was wollt Ihr denn mit diesem lächerlichen Museumsstück ausrichten?«

»Da Ihr mich fragt, will ich nicht hinter dem Berg halten damit«, sagte Tauler im Plauderton. »Noch ehe Ihr Eure Pistole ganz aus dem Gürtel hättet, wärt Ihr einen Kopf kürzer, und falls Euer Leutnant so tolldreist wäre, mich zu bedrohen, würde sich ein zweiter Kopf zu dem Euren gesellen. Und selbst wenn Euch noch zwei von Eurer Frauschaft beisprängen ... und selbst wenn sie dazu kämen zu feuern und ihre Kugeln in meinem Körper steckten ... ich wäre immer noch in der Lage, auf sie loszugehen und sie mit diesem Museumsstück niederzustrecken.

Ich habe mich hoffentlich klar ausgedrückt, Kapitän Dervonai. Ich stehe unter dem direkten Befehl Ihrer Majestät, und falls *irgend jemand* versuchen sollte, mich an der Ausübung meiner Pflicht zu hindern, wird es ein schreckliches Blutbad geben. So einfach liegen die Dinge.« Mit unverändert sanftmütiger Miene beobachtete Tauler die Wirkung seiner Worte auf Vantara. Die Statur, die er von seinem Großvater väterlicherseits geerbt hatte, war eine lebendige Erinnerung an jene Zeiten, da das Militär noch eine eigenständige Kaste in Kolkorron gewesen war. Er überragte die Contessa und brachte das doppelte ihres Gewichts auf die Waage, und dennoch war er sich nicht sicher, ob er ein Patt herbeiführen konnte. Sie sah aus wie jemand, der es nicht gewohnt war nachzugeben, wie widrig die Umstände auch sein mochten.

Die Luft zwischen ihnen schien zu knistern, und Tauler wußte nur zu genau, daß seine ganze Zukunft eine Zitterpartie war. Dann – völlig unerwartet – lachte Vantara vergnügt auf.

»Nun sieh ihn dir an, Dschirinn!« sagte sie, wobei sie ihren Leutnant anstieß. »Ich glaube wahrhaftig, er nimmt das alles ernst.« Die kleinere Frau schien eine Sekunde lang bestürzt, dann brachte sie ein schwaches Lächeln zustande.

»Und ob ich das ernst ...«

»Wo bleibt Euer Sinn für Humor, Tauler Marakain?« unterbrach ihn Vantara. »Natürlich, wenn ich's recht bedenke, habt Ihr Euch schon immer zu ernst genommen.«

Tauler war verblüfft. »Wollt Ihr behaupten, daß wir uns schon einmal begegnet sind?«

Vantara lachte wieder. »Erinnert Ihr Euch nicht mehr daran, wie Euch Euer Vater mit in den Palast genommen hat, zu dem Empfang am *Tag der Auswanderung*, als Ihr noch klein wart? Damals schon seid Ihr mit einem Schwert herumstolziert und wolltet so aussehen wie Euer berühmter Großvater...«

Tauler merkte, daß er verspottet wurde, aber wenn das ein Rückzugsgefecht sein sollte, bei dem die Contessa ihr Gesicht wahren konnte, war er einverstanden. Nichts war unerträglicher als diese überflüssige Konfrontation.

»Ich gestehe, mich nicht an Euch zu erinnern«, sagte er, »aber das liegt wohl daran, daß Ihr Euch äußerlich mehr verändert habt als ich.«

Vantara wies das versteckte Kompliment kopfschüttelnd zurück. »Nein. Ihr habt einfach nur ein schlechtes Gedächtnis – was ist zum Beispiel mit diesem Himmelskurier, um dessentwillen Ihr noch vor ein paar Minuten zwei Schiffe aufs Spiel gesetzt habt?«

Tauler drehte sich nach Scheenemirt um, der dem Wortwechsel mit Interesse gefolgt war. »Geht an Bord meines Schiffes und laßt Euch vom Koch eine Mahlzeit zubereiten. Nachher werden wir unser Gespräch in aller Ruhe fortsetzen.« Scheenemirt salutierte, nahm den Fallschirm auf und zog von dannen.

»Ich nehme an, Ihr habt ihn gefragt, weshalb die Expedition so lange gedauert hat«, sagte Vantara beiläufig, so als ob nichts gewesen wäre.

»Ja.« Tauler war sich nicht sicher, wie er sich der Contessa gegenüber verhalten sollte, entschied sich aber für einen möglichst lockeren und freundlichen Umgangston. »Er sagte, Diesland sei leer. Er sprach von leeren Städten.«

»Leer! Aber was ist dann aus den sogenannten Neuen Menschen geworden?«

»Die Erklärung, wenn es eine gibt, wird in der Nachricht für Ihre Majestät stehen.«

»Wenn das so ist, muß ich Ihrer großmütterlichen Majestät so bald wie möglich einen Besuch abstatten«, sagte Vantara. Der Verweis auf ihre Blutsbande wäre nicht nötig gewesen, und Tauler verstand ihn als Distanzierungsmittel.

»Ich muß ebenfalls so schnell wie möglich nach Pradt zurück«, sagte er und gab seiner Stimme Schwung. »Hab ich das richtig verstanden, daß Ihr keine Hilfe bei der Reparatur braucht?«

»Richtig! Die Nähte werden noch vor Kurznacht wieder geschlossen sein, dann mache ich mich auf den Weg.«

»Da ist noch etwas«, sagte Tauler, als Vantara sich schon abwandte. »Unsere Schiffe sind kollidiert. Genaugenommen müßten wir einen Bericht abfassen und den Vorfall melden. Wie seht Ihr das?«

Sie sah ihm in die Augen. »Ich finde den ganzen Papierkram ziemlich lästig, was meint Ihr?«

»Ausgesprochen lästig.« Tauler lächelte und salutierte. »Auf Wiedersehen, Kapitän.«

Er sah der Contessa und ihrem Unteroffizier nach, wie sie zu ihrem Schiff gingen, dann wandte er sich ab und ging den Weg zurück zu seinem eigenen Luftfahrzeug. Die große Scheibe der Schwesterwelt beherrschte den Himmel, und die schrumpfende Lichtsichel zeigte ihm, daß wenig mehr als eine Stunde bis Kurznacht blieb. Ihm kam schmerzlich zu Bewußtsein, wie sehr er sich von Vantara hatte manipulieren lassen. Hätte sich ein Mann so idiotisch zu Luft und so arrogant zu Lande verhalten, Tauler hätte ihn derart mit Schimpf und Schande überhäuft, daß es womöglich zu einem Duell gekommen wäre; auf jeden Fall aber hätte er diesen wahnwitzigen Irren gemeldet. Aber so, wie es aussah, hatte er sich angesichts der körperlichen Vollkommenheit der Contessa wie ein balzender Jüngling benommen. Sicherlich, letzten Endes hatte er sich durchgesetzt gegen Vantara, doch im Rückblick schien es fast, als sei es ihm zwar um die Erfüllung seiner Pflicht gegangen, aber nicht minder darum, der Contessa zu imponieren.

Als er das Schiff erreichte, standen bereits die vier Ankerleute bereit. Er erklomm die Sprossen der Gondel und schwang sich über die Reling, hielt inne und blickte zu dem gestrandeten Schiff hinüber. Unter Vantaras Aufsicht lösten die Frauen den Gassack aus der Vertäuung und breiteten ihn im Gras aus.

Leutnant Fihr tauchte neben ihm auf. »Dauerschub nach Pradt, Kapitän?«

Wenn ich jemals heirate, dachte Tauler, dann muß es *diese* Frau sein.

»Kapitän, ich wollte wissen, ob ...«

»Aber ja, natürlich mit Dauerschub nach Pradt«, sagte Tauler. »Und bring mir Scheenemirt zur Kajüte – ich will mich ungestört mit dem Jungen unterhalten.«

Er ging in seine Kajüte auf dem Achterdeck und wartete auf den Himmelskurier. Das Schiff erwachte wieder zum Leben, Holzspanten und Takelage knarrten hin und wieder, wenn sich die Struktur als Ganzes den Kräften anpaßte, die beim Flug in den Wind auftraten. Tauler saß an seinem Pult und spielte zerstreut mit den Navigationsinstrumenten, derweil seine Gedanken immer wieder zu Contessa Vantara zurückkehrten. Wie hatte er das Mädchen vergessen können? Er entsann sich, daß man ihn gegen seinen Willen mitgeschleppt hatte zu den Feierlichkeiten am *Tag der Auswanderung,* in einem Alter, da man Mädchen verächtlich mied; aber selbst dann hätte sie ihm unter den kichernden, zarten Geschöpfen auffallen müssen, die im Palastgarten gespielt hatten ...

Seine Grübelei verflog, als es klopfte und Scheenemirt in den kleinen Raum trat. Der Kurier wischte sich noch Krümel vom Kinn. »Ihr habt nach mir geschickt, Kapitän?«

»Ja. Wir wurden an einem interessanten Punkt unseres Gesprächs unterbrochen. Erzählt mir mehr über die leeren Städte. Habt Ihr überhaupt keinen Menschen zu Gesicht bekommen?«

Scheenemirt schüttelte den Kopf. »Nicht einen einzigen, Kapitän! Nur Skelette – Tausende. Soweit ich das beurteilen kann, sind die Neuen Menschen ausgestorben. Es ist, als ob die Seuche sich doch noch gegen sie gewandt und sie ausgelöscht hätte.«

»Wie weit seid Ihr herumgekommen?«

»Nicht weit – höchstens zweihundert Meilen. Wie Ihr wißt, hatten wir nur drei Himmelsschiffe ... keine Seitentriebwerke ... und mußten die Winde ausnutzen. Aber das reichte mir, Kapitän. Nicht lange, und es war mir nicht mehr geheuer dort – man *spürte* regelrecht, daß da niemand war.

Ich meine, zuerst gingen wir nur ein paar Meilen außerhalb von Ro-Atabri hinunter... das ist die alte Hauptstadt. Wir waren im Herzen des uralten Kolkorron. Wenn irgendwo auf Diesland Menschen lebten, dann hier. Und wenn nicht hier, dann würden wir nirgends welche finden... da braucht man nicht lange zu überlegen.« Scheenemirt hatte sich in Eifer geredet, als habe er ein persönliches Interesse daran, Tauler von seinen Ideen zu überzeugen.

»Wahrscheinlich habt Ihr recht«, sagte Tauler. »Es sei denn, es hat etwas mit den Pterssas zu tun. Soviel ich weiß, haben die schlimmsten von ihnen Kolkorron überschwemmt, während die andere Seite des Globus relativ verschont blieb.«

Scheenemirt regte sich noch mehr auf. »Die zweite große Entdeckung, die wir gemacht haben, ist, daß die Pterssa auf Diesland farblos ist – wie die von Jenland. Es sieht so aus, Kapitän, als wäre sie in ihren neutralen Zustand zurückgefallen. Ich nehme an, weil das Gift, das sie gegen Menschen entwickelt hatte, seine Schuldigkeit getan hat; und jetzt ist sie wieder bereit, gegen jede andere Kreatur zu Felde zu ziehen, die den Brakkabaum bedroht.«

»Das ist sehr interessant«, sagte Tauler, aber seine Gedanken straften die Worte Lügen, als vor seinem geistigen Auge das Bild von Contessa Vantara zu schillern begann. Wie stelle ich es nur an, sie wiederzusehen? Und wie lange muß ich warten?

Unterschwellig hatte Tauler zuvor schon registriert, daß Scheenemirt ungewöhnlich beredt war für seinen Dienstgrad, und nun schien es ihm, als ob der Mann auch gebildeter war, als man das von einem Corporal erwarten durfte. Er musterte Scheenemirt mit neuem Interesse.

»Ihr habt über all das nachgedacht«, sagte er. »Wollt Ihr wieder nach Diesland zurück?«

»Ja, Kapitän!« Die glatte Haut von Scheenemirts Gesicht wurde rosig. »Wenn sich Königin Desihn entschließen sollte, eine Flotte nach Diesland zu schicken, bin ich bei den ersten Freiwilligen. Und falls es Euch auch nach Diesland zieht, Kapitän, wäre es mir eine Ehre, unter Euch zu dienen.«

Das Ansinnen beschwor in Tauler ein düsteres Bild von Luftschiffen herauf, die über einer Landschaft voller Ruinen kreuzten, die von Unkraut überwuchert waren und in denen Millionen menschlicher Skelette lagen. Diese Vorstellung war um so reizloser, als in ihr kein Platz für Vantara war. Flog er nach Diesland, war sie auf Jenland. Er stellte mit Bestürzung fest, was für einen bestimmenden Platz er ihr bereits in seinem Lebensentwurf einräumte, und das ohne jede Berechtigung; aber das bewies, wie sehr sie sich seiner bemächtigt hatte.

»Ich muß Euch leider enttäuschen«, sagte er zu Scheenemirt. »Ich bin voll und ganz ausgelastet hier auf Jenland.«

2. Kapitel

Baron Kassill Marakain sog tief die Luft ein, als er auf die Eingangsstufen seines Anwesens hinaustrat, das auf der Nordseite von Pradt lag. In den letzten Nachtstunden hatte es geregnet, und die Luft war frisch und belebend; er wünschte, er brauchte den Morgen nicht hinter den muffigen Mauern der königlichen Residenz zu verbringen. Der Palast war wenig mehr als eine Meile entfernt – ein Schimmer von rosenfarbenem Marmor hinter dichten Baumreihen. Kassill Marakain wäre gerne zu Fuß gegangen, aber neuerdings schienen ihm solche einfachen Freuden nicht mehr vergönnt zu sein. Königin Desihn war auf ihre alten Tage höchst reizbar geworden, und er wollte sich keinesfalls ihren Ärger zuziehen, indem er zu spät kam.

Er ging zu seiner wartenden Kutsche, nickte beim Einsteigen dem Fahrer zu. Das Gefährt setzte sich augenblicklich in Bewegung, gezogen von den vier Blauhörnern, die ein Symbol für den hohen Status waren, den Kassill in Kolkorron genoß. Bis vor knapp fünf Jahren waren nur Einspänner erlaubt gewesen, weil die Tiere eine so wichtige Rolle spielten in der wirtschaftlichen Entwicklung des Königreichs, und selbst heutzutage waren Vierspänner noch eine Seltenheit.

Die Equipage war ein Geschenk der Königin, und es war

nur klug, damit auch vorzufahren, wenn er zum Palast mußte. Zwar unterstellten ihm seine Frau und sein Sohn manchmal schiere Bequemlichkeit. Er hatte das aber stets nur als Scherz aufgefaßt, obwohl sich der Verdacht in ihm regte, tatsächlich immer weniger auf Luxus und Annehmlichkeiten verzichten zu können. Die Rastlosigkeit und Abenteuerlust, die seinen Vater charakterisiert hatten, schienen eine Generation übersprungen zu haben. Sein Sohn Tauler schien sie aufs neue zu verkörpern. Der Junge hatte schon früh eine unbekümmerte und leichtsinnige Ader bewiesen und immerzu ein Schwert mit sich herumgetragen, eine Gepflogenheit, die längst aus der Mode war. Viele Male war Kassill kurz davor gewesen, sich deswegen mit ihm zu überwerfen, aber er hatte es nie soweit kommen lassen. Vielleicht, so sagte ihm eine innere Stimme, war er ja nur eifersüchtig, weil sein Sohn dem legendären Großvater nacheiferte.

Ihm fiel ein, daß der Junge das Luftschiff kommandiert hatte, das erst vergangenen Spättag hier eingetroffen war und erste Nachrichten von der Diesland-Expedition gebracht hatte. Theoretisch war der Inhalt dieser Nachrichten geheim, aber Kassills Sekretär hatte bereits soviel in Erfahrung bringen können, daß man die Alte Welt unbewohnt gefunden hatte und frei von der tödlichen Geißel der Pterssa, die die Menschheit hierher nach Jenland verschlagen hatte. Königin Desihn war rasch bei der Hand gewesen, eine Runde ausgewählter Berater einzuberufen. Daß Kassills Teilnahme erforderlich war, verriet die Ambitionen Ihrer Majestät. Sein Metier war die industrielle Fertigung, und das konnte unter den gegebenen Umständen nur eins bedeuten – es ging um den Bau von Himmelsschiffen. Und das hieß, Desihn reklamierte ihren Anspruch auf die Alte Welt und sah sich bereits als die erste Regentin in der Geschichte der Menschheit, die über zwei Planeten regierte.

Kassill hatte eine instinktive Abneigung gegen jedwede Eroberung, zumal sein Vater bei dem eindrucksvollen, aber vergeblichen Versuch ums Leben gekommen war, den dritten Planeten des Sonnensystems für die Krone in Besitz zu nehmen. Doch auf Diesland trafen die üblichen philosophischen und humanitären Vorbehalte nicht zu. Jenlands Schwesterwelt hatte schon immer seinem Volk gehört, und wenn es keine ansässige Bevölkerung zu unterwerfen oder niederzumetzeln gab, gab es auch keinerlei moralische Einwände gegen eine zweite interplanetare Wanderung. Für ihn stellte sich also nur die Frage nach der Größenordnung. Wie viele Himmelsschiffe brauchte Königin Desihn, und bis wann?

Bestimmt will Tauler an dieser Expedition teilnehmen, dachte Kassill. Die Überfahrt birgt ihre Gefahren in sich, aber das wird ihn nicht abhalten – im Gegenteil.

Die Kutsche erreichte den Fluß, bog nach Westen ab und strebte zur Baron-Glo-Brücke, die eigens als Palastzufahrt fungierte. In den wenigen Minuten, die Kassill auf dem gewundenen Boulevard fuhr, sah er zwei dampfgetriebene Kutschen, die beide nicht aus seiner Fabrik stammten. Er wünschte sich, mehr Zeit für die experimentelle Fortentwicklung dieser Transportmittel zu haben. Es mußte noch viel verbessert werden, insbesondere was die Kraftübertragung anging, aber die Verwaltung des Marakainschen Industrie-Imperiums verschlang all seine Zeit.

Während die Kutsche noch über die reich verzierte Brücke fuhr, kam bereits der Palast in Sicht, ein rechtwinkliger Bau, dessen schlichte Symmetrie durch den Ostflügel mit dem Turm durchbrochen wurde, den Desihn unlängst erbaut hatte, um ein Vermächtnis ihres Gatten zu erfüllen. Die Wachen am Haupttor salutierten, als Kassill hindurchfuhr. Zu dieser frühen Stunde warteten nur wenige Fahrzeuge im zentralen Vorhof, und Kassill fiel sogleich die offizielle Kutsche der Himmelswaffe auf, die Bartan Drammy als führender technischer Berater der Luftverteidigung benutzte. Zu seiner Überraschung sah er Bartan bei der Kutsche herumschlendern. Mit seinen fünfzig Jahren hatte Bartan sich eine hagere und drahtige Figur bewahrt, und nur die leichte Steife in der rechten Schulter – Folge einer alten Kriegsverletzung – hinderte ihn daran, sich wie ein junger Mann zu bewegen. Kassill spürte intuitiv, daß Bartan ihn noch vor der offiziellen Zusammenkunft sprechen wollte.

»Guten Frühtag!« rief Kassill, als er aus der Kutsche stieg. »Ich wünschte, ich hätte soviel Zeit zu vertrödeln wie du und könnte auch mal Luft schnappen.«

»Kassill!« Bartan lächelte, als sie sich die Hände schüttelten. Die Jahre hatten seinem runden Jungengesicht kaum etwas anhaben können. Er strahlte permanent eine heitere Respektlosigkeit aus, was Leute, die ihn zum ersten Mal trafen, nicht selten glauben machte, sie hätten es mit einem geistig Minderbemittelten zu tun; aber im Laufe der Jahre hatte Kassill Bartans geistige Beweglichkeit und Beharrlichkeit schätzen gelernt.

»Du hast auf mich gewartet?« sagte Kassill.

»Wunderbar!« Bartan zog die Augenbrauen hoch. »Woher weißt du?«

»Du hast so verstohlen getan wie ein Knirps, der sich vor dem Bäckerladen herumdrückt. Was gibt es?«

»Laß uns eine Minute gehen – es ist noch Zeit bis zur Audienz.« Bartan ging voran in einen leeren Bereich des Vorhofs, wo sie hinter einem Speerblumenbeet einigermaßen vor fremden Blicken geschützt waren.

Kassill verkniff sich ein Lachen. »Wird das eine Verschwörung gegen den Thron?«

»Worum es geht, ist fast genauso ernst«, sagte Bartan und blieb stehen. »Kassill, du weißt, meine offizielle Aufgabe besteht darin, die Führung der Himmelswaffe wissenschaftlich zu beraten. Aber du weißt auch, daß Ihre Majestät mir – nur weil ich die Fernland-Expedition überlebt habe – eine Art sechsten Sinn für alles unterstellt, was am Himmel vorgeht, und von mir über alles Ungewöhnliche, alles was eventuell eine Bedrohung für das Reich darstellt, informiert werden will.«

»Spann mich nicht auf die Folter«, sagte Kassill. »Hat es mit Diesland zu tun?«

»Nein – mit einem anderen Planeten.«

»Fernland? Nun rück endlich raus mit der Sprache!« Kassill fühlte eine Kälte in der Stirn, als der furchtbare Verdacht sich regte. Fernland war der dritte Planet des Systems und ungefähr doppelt so weit von der Sonne entfernt wie das

Diesland-Jenland-Paar. Während des größten Teils der Geschichte Kolkorrons war Fernland nicht mehr als ein unbedeutender grüner Fleck mitten im Gepräge des Nachthimmels gewesen. Dann, vor sechsundzwanzig Jahren, hatte eine bizarre Konstellation von Umständen dazu geführt, daß sich ein einzelnes Schiff von Jenland hinausgewagt und Millionen von Meilen lebensfeindlichen Vakuums durchquert hatte, um diesen fernen Planeten zu erreichen. Die Expedition hatte einen verhängnisvollen Verlauf genommen – Kassills Vater war nicht der einzige gewesen, der auf jener naßkalten, verregneten Welt sein Leben gelassen hatte –, und drei Teilnehmer der Expedition waren mit beunruhigenden Nachrichten zurückgekehrt.

Auf Fernland lebte eine Rasse von Humanoiden, die aufgrund ihrer fortgeschrittenen Technologie in der Lage war, die jenländische Zivilisation mit einem Schlag auszulöschen. Zum Glück waren die Fernländer eine selbstzufriedene, introvertierte Rasse, die sich für nichts interessierte, was jenseits der immerwährenden Wolkendecke über ihren Köpfen existierte. Dieser Wesenszug war schwer zu verstehen gewesen für die territorial gewinnsüchtigen Menschen. Selbst nach mehr als zwei Jahrzehnten ohne irgendein Anzeichen für eine Aggression seitens der rätselhaften Fernländer nistete in manchen Jenländern immer noch die Furcht vor einem verheerenden Angriff aus dem Weltenraum. Und, wie Kassill Marakain soeben entdeckt hatte, brauchte es nicht viel, diese Furcht zu wecken…

»Fernland?« Bartan lächelte sonderbar. »Nein – ich rede von einem ganz anderen Planeten. Einem vierten Planeten.«

Schweigend versuchte Kassill, im Gesicht des Freundes zu lesen. »Soll das ein Witz sein?« sagte er schließlich. »Willst du behaupten, du hast einen neuen Planeten entdeckt?«

Bartan nickte unglücklich. »Ich habe ihn nicht selbst entdeckt – auch keiner von meinen Technikern. Eine Frau – eine Kopistin in der Registratur am Korn-Kai – hat ihn mir gezeigt.«

»Was spielt es für eine Rolle, wer ihn zuerst gesehen hat?« sagte Kassill. »Wichtig ist, daß du eine wirklich interessante wissenschaftliche Entdeckung …« Er brach ab, als er die verdrießliche Miene Bartans bemerkte. »Was machst du für ein Gesicht, alter Junge?«

»Als Daveeri mir von dem Planeten erzählte, sagte sie, er wäre blau, und ich nahm an, sie könnte sich irren. Du weißt ja, wie viele blaue Sterne es am Himmel gibt – Hunderte. Also fragte ich sie, wie groß das Teleskop gewesen sei, das sie benutzt hatte, und sie sagte, ein ganz kleines hätte gereicht. Aber sie meinte, der Planet wäre auch mit bloßem Auge gut zu erkennen.

Und sie hatte recht, Kassill. Sie hat ihn mir letzte Nacht gezeigt … einen blauen Planeten … ganz leicht auszumachen, ohne optische Hilfe … im Westen, ziemlich niedrig, gleich nachdem die Sonne untergegangen ist …«

Kassill runzelte die Stirn. »Und du hast das mit einem Teleskop überprüft?«

»Ja. Es war deutlich eine Scheibe zu sehen, selbst mit einem einfachen nautischen Instrument. Es handelt sich einwandfrei um einen Planeten.«

»Aber …« Kassills Verblüffung wuchs noch. »Wieso hat man ihn bisher nicht gesehen?«

Bartans sonderbares Lächeln kehrte zurück. »Ich kenne nur eine Antwort: Er war bisher nicht vorhanden.«

»Das widerspricht doch allen astronomischen Erkenntnissen. Ich habe davon gehört, daß hin und wieder neue Sterne erscheinen, auch wenn sie nicht von langer Dauer sind; wie aber kann sich eine andere Welt einfach in unserem System materialisieren?«

»Und genau diese Frage wird mir Königin Desihn stellen«, sagte Bartan. »Sie wird mich auch fragen, wie lange der Planet schon da ist, und ich muß ihr sagen, ich weiß es nicht; und dann wird sie mich fragen, was wir unternehmen sollen, und ich muß wieder sagen, ich weiß es nicht; und dann wird sie sich selbst fragen, wozu sie denn einen wissenschaftlichen Berater hat, wenn der offenbar nichts weiß …«

»Mach dir nicht soviel Kopfzerbrechen«, sagte Kassill. »Wahrscheinlich betrachtet die Königin das Ganze nur als ein halbwegs interessantes astronomisches Phänomen. Wie kommst du eigentlich darauf, daß uns von dem neuen Planeten eine Gefahr droht?«

Bartans Augenlider klappten in rascher Folge auf und zu. »Ich habe so ein Gefühl. Mein Instinkt warnt mich. Erzähl mir nicht, die Sache läßt dich kalt.«

»Nein, ich finde das höchst interessant – und ich möchte, daß du mir den Planeten heute abend zeigst – aber warum sollte ich Angst haben?«

»Weil ...« Bartan blickte in den Himmel, als suche er nach einer Eingebung. »Kassill, das geht nicht mit rechten Dingen zu! Das ist unnatürlich ... ein böses Omen ... Da ist etwas im Gange.«

Kassill lachte auf. »Du bist doch nicht abergläubisch, Bartan. Du doch nicht! Du redest so, als sei diese streunende Welt eigens deshalb aufgetaucht, um *dich* zu drangsalieren!«

»Das sagst du so.« Ein zögerndes Lächeln brachte das Jungengesicht wieder zur Geltung. »Vielleicht hast du recht. Ich hätte gleich zu dir kommen sollen. Als Biraisa noch lebte, war ich viel ausgeglichener.«

Kassill nickte verständnisvoll; er hatte es selbst kaum fassen können, als Biraisa Drammy vor vier Jahren gestorben war. Schwarzhaarig, lebenslustig, unbezähmbar, wie sie war, hatte Biraisa den Eindruck vermittelt, als würde sie ewig leben; aber sie war innerhalb von Stunden durch eine jener mysteriösen, plötzlich auftretenden Leiden dahingerafft worden, die den medizinischen Fachleuten immer wieder vor Augen führten, wie wenig sie im Grunde wußten.

»Es war für uns alle ein schwerer Schlag«, sagte Kassill. »Trinkst du?«

»Ja.« Bartan bemerkte die Sorge in Kassills Augen und berührte den Arm des Freundes. »Aber nicht so wie damals, als ich zum ersten Mal deinen Vater traf. Ich will Biraisa nicht enttäuschen. Mit ein, zwei Glas Zwirbelbeere am Abend bin ich zufrieden.«

»Heute abend kommst du mit einem guten Teleskop bei mir vorbei. Wir nehmen einen wärmenden Schluck und sehen uns das Wunder an ... Und vergiß nicht – wir brauchen einen Namen für diese geheimnisvolle Welt.« Kassill klopfte dem Freund auf den Rücken und wies mit einer Kopfbewegung auf den überwölbten Palasteingang. Es war höchste Zeit, die Konferenz aufzusuchen.

Sie betraten das schattige Gebäude und gingen ohne Aufenthalt durch die fast leeren Korridore zum Audienzsaal. Zu Lebzeiten König Chakkells war der Palast der eigentliche Regierungssitz gewesen, in dem es gewöhnlich von Beamten und Geschäftsträgern nur so gewimmelt hatte; Desihn hatte jedoch die Verwaltung auf verschiedene getrennte Gebäude verteilt und betrachtete den Palast als ihre persönliche Residenz. Lediglich solchen Bereichen wie Luftverteidigung, an denen sie ein spezielles Interesse hatte, widmete sie auch ihre persönliche Aufmerksamkeit.

Die beiden Wachen vor dem Zimmer, die unter dem traditionellen Brakkapanzer schwitzten, erkannten die beiden Männer und ließen sie ohne Zögern durch. Im Raum war es so heiß, daß Kassill nach Luft rang. Die betagte Desihn beklagte sich unausgesetzt über Kälte, und folglich hielt man dort, wo sie sich aufzuhalten pflegte, eine Temperatur aufrecht, die für Besucher fast unerträglich war.

Der einzige Anwesende war Baron Sektar, der Finanzberater, dessen Aufgabe darin bestand, den Staatshaushalt zu kontrollieren. Seine Teilnahme war ein weiteres Indiz dafür, daß die Königin ihre Hand nach der Alten Welt ausstreckte. Er war ein großer, topplastiger Mann in den Sechzigern, mit schweren Fleischfalten unter einem Gesicht, das von Natur aus gerötet war, unter der extremen Raumtemperatur aber blutrot glühte. Er nickte den Neuankömmlingen zu, wies stumm auf den Boden mit den eingelassenen Heizrohren, rollte die Augen, um seine Bestürzung zu bekunden, tupfte sich den Schweiß von der Stirn und ging an ein halboffenes Fenster.

Kassill hatte übertrieben die Schultern hochgezogen, um ebenso stumm seine Ohnmacht zu bekunden, und setzte sich auf eine der gekrümmten Bänke, die dem hochlehnigen Stuhl der Königin gegenüberstanden. Sogleich kehrten seine Gedanken zu dem mysteriösen blauen Planeten zurück. Er fragte sich, ob er das Phänomen, von dem Bartan erzählt

hatte, nicht zu leichtfertig akzeptiert hatte. Wie konnte sich im hiesigen Sonnensystem einfach eine *Welt* materialisieren? Neue Sterne waren schon aufgetaucht am Firmament, folglich war es auch denkbar, daß Sterne manchmal verschwanden, vielleicht weil sie explodierten; die Planeten, die sie zurückließen, mochten ziellos in der Tiefnacht des Sternenraums unterwegs sein – aber die Wahrscheinlichkeit, daß sich ein solcher Vagabund dem hiesigen System anschloß, war verschwindend klein. Vielleicht konnte er Bartans Erregung nur deswegen nicht teilen, weil er im Grunde seines Herzens gar nicht an diesen blauen Planeten glaubte. Eine Gaswolke mochte wie festes Gestein aussehen, und am Ende ...

Kassill erhob sich, als ein Amtsdiener die Tür öffnete und seinen metallbeschlagenen Stab mehrmals hart auf den Boden setzte, um die Königin anzukündigen. Desihn kam in den Raum, entließ die beiden Zofen, die an der Tür zurückgeblieben waren, und ging zu ihrem Thron. Sie war dünn und wirkte zerbrechlich, schien schwer an ihrem grünseidenen Amtsgewand zu tragen, aber die Gebärde, mit der sie Platz nehmen ließ, zeugte von ungebrochener Autorität.

»Seid bedankt für Euer Hiersein an diesem Frühtag«, sagte sie mit brüchiger, aber fester Stimme. »Ich weiß, wie sehr Ihr in Anspruch genommen seid, daher will ich ohne Umschweife zur Sache kommen. Wie Ihr bereits wißt, habe ich erste Nachricht von der Expedition nach Diesland. Ich will mich kurz fassen.« Und Desihn beschrieb die Entdeckungen der Expedition im einzelnen, und sie tat dies, ohne zu stocken und ohne Zuhilfenahme von Notizen. Als sie fertig war, blickte sie von einem zum anderen, und ihre Augen glitzerten um die Wette mit der Perlenhaube, ohne die sie sich niemals in der Öffentlichkeit zeigte. Nicht zum ersten Mal spürte Kassill, daß Desihn ihrem Gatten Chakkell jederzeit das Wasser gereicht hätte. Dennoch hatte sie es vorgezogen, im Hintergrund zu bleiben, abgesehen von den wenigen Fällen, da sie sich für die Rechte der Frauen eingesetzt hatte.

»Ich denke, Ihr ahnt, warum ich Euch kommen ließ«, sagte sie und fuhr in förmlichem Hochkolkorronisch fort. »Angesichts der Tatsache, daß ich spätestens in drei Tagen den kompletten Bericht der Expeditionskommandanten in Händen halte, mögt Ihr mein Handeln als überstürzt betrachten – aber ich kann es mir nicht mehr leisten, auch nur eine einzige Stunde zu vergeuden.

Ich habe die Absicht, unverzüglich eine Flotte nach Diesland zu entsenden.

Ich habe ferner die Absicht, noch vor meinem Dahinscheiden die Hauptstadt Ro-Atabri wiederaufleben zu lassen; deshalb wünsche ich Entscheidungen noch am heutigen Frühtag. Ich erwarte ferner, daß mit Ablauf der kommenden Kurznacht unverzüglich praktische Maßnahmen ergriffen werden, um diese Entscheidungen in die Tat umzusetzen. Also an die Arbeit, meine Herren! Die erste Frage lautet: Wie stark müßte die Flotte sein? Zuerst Ihr, Baron Kassill ...«

Kassill blinzelte, als er sich erhob. Das war ein Führungsstil, wie König Chakkell ihn zur Pionierzeit auf Jenland gepflegt hatte, und er war sich überhaupt nicht sicher, ob das in der gegenwärtigen Situation angebracht war.

»Majestät, als treu ergebene Untertanen teilen wir alle Euren Wunsch, die Alte Welt zurückzugewinnen, aber darf ich mit allem Respekt darauf hinweisen, daß wir uns nicht in einer schrecklichen Notlage befinden, wie sie zur Zeit der Auswanderung herrschte! Bis jetzt haben wir noch keinen Beweis, daß ganz Diesland frei verfügbar ist; mithin wäre es nur klug, der ersten Expedition eine vornehmlich militärische folgen zu lassen. Die Himmelsschiffe sollten Luftschiffe an Bord haben, die auf Diesland zusammengebaut werden könnten, um sich damit systematisch einen Überblick zu verschaffen.«

Desihn schüttelte den Kopf. »Das ist mir zu klug, und meine Zeit ist knapp bemessen – Euer Vater hätte mich anders beraten.«

»Die Zeiten meines Vaters sind vorbei, Majestät«, sagte Kassill.

»Vielleicht, vielleicht auch nicht, aber Eure Idee mit den Luftschiffen leuchtet mir ein. Ich schlage ... vier Stück vor. Was haltet Ihr davon?«

Kassill machte eine leichte Verbeugung. »Die Zahl klingt gut, Majestät.«

Desihn quittierte den Anflug von Ironie mit einem schwachen Kräuseln der Mundwinkel und wandte sich an Bartan Drammy. »Seht Ihr ein größeres Problem darin, die Luftschiffe nach Diesland zu verfrachten?«

»Nein, Majestät«, sagte Bartan und stand auf. »Wir statten kleine Luftschiffgondeln so aus, daß sie während der Überfahrt als Himmelsschiffgondeln dienen können. Auf Diesland braucht man dann lediglich die Ballons gegen Gassäcke auszutauschen.«

»Hervorragend! So eine positive Einstellung liebe ich bei meinen Beratern.« Desihn sah bedeutungsvoll auf Kassill. »Nun, Baron? Wieviel Himmelsschiffe könnt Ihr, sagen wir, in fünfzig Tagen bereitstellen?«

Bevor Kassill etwas sagen konnte, hüstelte Bartan und sagte: »Verzeiht, Majestät, ich habe noch etwas zu berichten ... eine neue Entwicklung ... und mein Gefühl sagt mir, ich sollte Euch jetzt schon darauf aufmerksam machen.«

»Ist es für die gegenwärtige Diskussion von Belang?«

Bartan warf Kassill einen bekümmerten Blick zu. »Das ist nicht auszuschließen, Majestät.«

»Wenn das so ist«, sagte Desihn ungeduldig, »dann solltet Ihr mir davon berichten, aber faßt Euch kurz.«

»Majestät, ich ... Man hat eine neue Welt in unserem Planetensystem entdeckt.«

»Eine neue Welt?« Desihn legte die Stirn in Falten. »Was plappert Ihr da, werter Drammy? Es kann keine neue Welt geben.«

»Ich habe sie mit eigenen Augen beobachtet, Majestät. Ein blauer Planet ... eine vierte Welt in unserem System ...« Der beredte Bartan druckste herum, wie Kassill es noch nie bei ihm erlebt hatte.

»Wie groß ist sie?«

»Das kann man erst sagen, wenn man weiß, wie weit sie entfernt ist.«

»Also gut«, seufzte Desihn. »Wie weit ist diese Eure taufrische Welt entfernt?«

Bartan sah zutiefst unglücklich drein. »Das kann man erst bestimmen, wenn ...«

»... man weiß, wie groß sie ist«, fiel ihm die Königin ins Wort. »Mein lieber Drammy! Wir alle sind Euch zu Dank verpflichtet für diese kleine Exkursion in die unglaublich exakte Wissenschaft der Astronomie, aber ich wünsche ernstlich, daß Ihr Eure Beiträge nur mehr auf das Projekt beschränkt, das hier zur Debatte steht. Ist das klar?«

»Ja, Majestät«, murmelte Bartan und sank auf die Bank zurück.

»Dann ...« Desihn fröstelte plötzlich, raffte die Robe enger um den Hals und sah sich um. »Kein Wunder, daß wir uns hier drinnen zu Tode frieren! Wer hat das Fenster geöffnet? Er soll es augenblicklich schließen, bevor wir noch vor Kälte umkommen.«

Baron Sektar, dessen Lippen lautlos Worte formten, erhob sich und schloß das Fenster. Die Achseln seines bestickten Jacketts waren schweißnaß, und er wischte sich ostentativ die Stirn.

»Ihr seht krank aus«, sagte Desihn ihm auf den Kopf zu. »Ihr solltet einen Arzt konsultieren.« Dann wandte sie sich wieder an Kassill und wiederholte die Frage nach der Anzahl der Himmelsschiffe, die er innerhalb von fünfzig Tagen zur Verfügung stellen konnte.

»Zwanzig«, sagte Kassil sofort. Er hatte sich angesichts Desihns Stimmung für diese optimistische Zahl entschieden. Als Leiter der Beschaffungsbehörde für die Himmelswaffe konnte er recht gut überblicken, wie viele Schiffe mit Zubehör für die Überfahrt von einem Zwillingsplaneten zum anderen bereitgestellt beziehungsweise aus dem normalen Dienst abgezogen werden konnten. Seit man wußte, daß Fernland bewohnt war, hatte man in der gewichtslosen Weltenmitte eine Reihe von Verteidigungsstationen unterhalten. Ein paar Jahre lang waren die großen Holzfestungen bemannt gewesen, doch als die allgemeine Furcht vor den Fernländern abgeflaut war, hatte man die Besatzungen abgezogen. Jetzt unterhielt man die Festungen und ihre Jagdgeschwader durch regelmäßige Ballonaufstiege zur Weltenmitte. Der Flugplan war nicht zwingend, und Kassill schätzte, daß etwa die Hälfte aller Schiffe der Himmelsflotte für außerordentliche Zwecke abgezogen werden konnte.

»Zwanzig Schiffe«, sagte Desihn nicht eben begeistert. »Nun ja, ich denke, das reicht für den Anfang.«

»Ja, Majestät – zumal wir nicht gezwungen sind, eine Invasionsflotte zu schicken. Mir schwebt eher ein dauernder Pendelverkehr zwischen Jenland und Diesland vor, zunächst einmal in lockerer Folge und mit der Zeit...«

»Gebt Euch keine Mühe, Baron Kassill«, unterbrach ihn die Königin. »Ihr plädiert schon wieder für ein zurückhaltendes Vorgehen bei diesem Unterfangen, und ich sage Euch noch einmal, meine Zeit ist knapp bemessen. Die Rückkehr nach Diesland muß entschieden, machtvoll und glorreich sein... eine klare und deutliche Geste, unmißverständlich für die Nachwelt...

Wie sehr mir Diesland am Herzen liegt, mögt Ihr daran erkennen, daß ich soeben einer meiner Enkelinnen – Contessa Vantara – erlaubt habe, an der Inbesitznahme teilzunehmen. Sie ist eine erfahrene Luftschiffkommandantin und wird eine nützliche Rolle bei der vorbereitenden Erkundung des Planeten spielen.«

Kassill verneigte sich ergeben. Dann ging man mit der gewünschten Entschiedenheit gemeinsam an die Planung, die – im Verlauf einer einzigen Stunde – die Zukunft zweier Welten gestalten sollte.

Als Kassill aus dem überheizten Palast ins Freie trat, beschloß er, nicht sofort nach Hause zurückzukehren. Er sah in den Himmel. Noch etwa dreißig Minuten würde es dauern, bis sich die Sonne hinter Dieslands östlichen Rand schob. Die Alleen des Regierungsviertels luden ein, unter den Bäumen spazierenzugehen. Es war gut, ein wenig frische Luft zu tanken, bevor er wieder dem allgegenwärtigen Ruf seiner geschäftlichen Verpflichtungen folgte.

Also entließ er den Kutscher, ging gemächlich die Baron-Glo-Brücke hinunter und lenkte seine Schritte nach Osten am Flußufer entlang, wo er an mehreren Verwaltungsgebäuden vorbeikommen würde. Auf den Straßen herrschte jene hastige Aktivität, die jedesmal dem Kurznachtmahl und der täglichen Zäsur im Lebensrhythmus voranging. Nun, da die Stadt ein halbes Jahrhundert alt war, erschien sie Kassill gereift und von einer Endgültigkeit, die Bestandteil seines Lebens war. Es war fraglich, ob er jemals die Reise nach Diesland antreten würde, um die Relikte einer jahrtausendealten Kultur in Augenschein zu nehmen. Desihn hatte nichts dergleichen verlauten lassen, doch vermutlich war es ihr Herzenswunsch – ungeachtet ihrer Altersgebrechlichkeit –, auf die Welt ihrer Kindheit zurückzukehren und dort vielleicht sogar den Rest ihrer Tage zu verbringen. Kassill konnte das gut verstehen, aber er selbst hatte nie eine andere Heimat als Jenland gekannt, und er spürte kein Verlangen, sie zu verlassen, zumal hier noch soviel zu tun blieb, in so vielen verschiedenen Bereichen. Vielleicht fehlte es ihm auch nur an Elan und Mut angesichts dieser schrecklichen Reise.

Er strebte dem Neldihver-Platz zu, an dem die Hauptquartiere der vier Waffengattungen lagen, als er einen vertrauten Blondschopf erspähte, der aus dem Strom der entgegenkommenden Fußgänger ragte. Es war bestimmt hundert Tage her, seit Kassill seinen Sohn zuletzt gesehen hatte, und Zuneigung und Stolz übermannten ihn, als er – beinah mit den Augen eines Fremden – Taulers helläugiges, schön geschnittenes Gesicht gewahrte, seine fabelhafte Statur und mit welch selbstverständlicher Gelassenheit der Bursche die blaue Uniform eines Himmelskapitäns trug.

»Tauler!« rief er, als ihre Wege sich trafen.

»Vater!« Über Taulers Gesicht, das eben noch zerstreut und düster wirkte, als belaste den Jungen irgend etwas, ging ein Leuchten. Er breitete die Arme aus, und die beiden Männer fielen sich um den Hals und bildeten eine kleine Insel im Strom der Passanten.

»Das ist aber ein Zufall«, sagte Kassill, als sie sich trennten. »Warst du auf dem Weg nach Hause?«

Tauler nickte. »Tut mir leid, daß ich nicht schon gestern abend gekommen bin, aber bis ich mein Schiff sicher untergebracht hatte, war es bereits zu spät, und dann gab es da noch gewisse Probleme ...«

»Was für Probleme?«

»Nichts, was uns die Laune verderben könnte«, sagte Tauler lächelnd. »Laß uns rasch nach Hause gehen. Ich kann dir gar nicht sagen, wie ich mich nach den ewigen Bordrationen auf Mutters Kurznachtessen freue.«

»Dir scheinen die Rationen aber ziemlich gut zu bekommen.«

»Und dir das gute Essen zu gut«, sagte Tauler und suchte mit zwei Fingern eine Fettrolle auf Kassills Hüfte zu erwischen, während sie zielstrebig die Richtung zum Wohnsitz der Familie einschlugen. Sie plauderten über dies und das, ganz so, wie es vonnöten war, wenn man sich nach längerer Trennung wiedersah. Die beiden näherten sich bereits der Hofklause, so benannt nach der Marakainschen Residenz im alten Ro-Atabri, als sie auf wichtigere Angelegenheiten zu sprechen kamen.

»Ich komme eben vom Palast«, sagte Kassill. »Es gibt Neuigkeiten, die dich interessieren dürften – wir werden eine Flotte von zwanzig Schiffen nach Diesland entsenden.«

»Ja, eine glanzvolle Zeit bricht an – zwei Welten und nur eine Nation.«

Kassill schielte auf das Schulterabzeichen neben sich, das safrangelbe und blaue Emblem, das Tauler als Pilot für Himmels- und Luftschiffe auswies. »Du wirst eine Menge zu tun bekommen.«

»Ich?« Tauler gluckste humorlos. »Nein danke, Vater. Zugegeben, eines Tages werde ich mir die Alte Welt ansehen, aber zur Zeit gleicht sie einem Beinhaus, und ich will nicht dabeisein, wenn Millionen Skelette weggeräumt werden müssen.«

»Aber die Reise! Das Abenteuer! Und ich dachte, du hättest mit beiden Händen zugegriffen.«

»Ich habe hier auf Jenland alle Hände voll zu tun«, sagte Tauler, und für einen Augenblick kehrte der finstere Gesichtsausdruck zurück, der Kassill vorhin schon aufgefallen war.

»Irgend etwas bedrückt dich«, sagte er. »Willst du es für dich behalten?«

»Ist die Frage ernst gemeint?«

»Nein.«

Tauler schüttelte in gespielter Verzweiflung den Kopf. »Das dachte ich mir. Du weißt bestimmt, daß ich derjenige war, der den Frühkurier der Diesland-Expedition aufgelesen hat. Nun, also da war noch ein Schiff, das im letzten Moment – ohne Befugnis – auf der Bildfläche erschien und versucht hat, mir den Fang vor der Nase wegzuschnappen. Ich habe natürlich nicht nachgegeben ...«

»Natürlich!«

»... und es kam zu einer kleineren Kollision. Da mein Schiff keinen Schaden davontrug, habe ich von einem offiziellen Eintrag ins Logbuch abgesehen – und das, obwohl der andere Kommandant die ganze Schuld trug –, doch heute früh wurde ich informiert, es läge ein Bericht über den Vorfall vor, und ich hätte mich morgen bei Himmelskommodore Tress zu melden.«

»Da mach dir mal keine Sorgen«, sagte Kassill erleichtert. »Ich spreche diesen Spättag mit Tress und mache ihn mit den tatsächlichen Fakten vertraut.«

»Danke, aber ich muß schon selbst mit der Sache zu Rande kommen. Ich hätte mich mit einem Eintrag ins Logbuch absichern sollen, aber ich habe genug Zeugen für den Hergang. Das Ganze ist ziemlich belanglos. Eine Bagatelle, die mich nicht juckt ...«

»Aber du kratzt dich laufend!«

»Es ist diese hinterlistige Falschheit, die dahintersteckt«, sagte Tauler ärgerlich. »Ich habe dieser Frau vertraut, Vater. Ich habe ihr absolut *vertraut*, und so zahlt sie es mir heim.«

»Aha!« Kassills Mundwinkel zuckten, als sich ihm der Zusammenhang erschloß. »Du hast mit keinem Wort erwähnt, daß es sich bei dem ruchlosen Kommandanten um eine Frau handelt.«

»So?« erwiderte Tauler, und seine Stimme klang gänzlich unbeeindruckt, als er fortfuhr: »Das ist ja auch furchtbar egal, nur daß es sich zufällig um eine Enkelin der Königin handelt – die Contessa Vantara nämlich.«

»Eine stattliche Frau, findest du nicht?«

»Schon möglich, daß manche Männer sie ... Was willst du damit sagen, Vater?«

»Nichts, gar nichts. Ich bin lediglich ein bißchen neugierig auf die Dame; ihr Name ist mir heute schon zum zweiten Mal begegnet.« Kassill sah aus dem Augenwinkel Taulers überraschten Blick, und da er es sich nicht verkneifen konnte, seinen Sohn auf die Folter zu spannen, hüllte er sich in Schweigen. Er beschattete die Augen gegen die Sonne und sah einer großen Traube von Pterssas zu, die dem Lauf des Flusses folgte. Die nahezu unsichtbaren Blasen tanzten, getragen von einer leichten Brise, direkt über dem Wasser auf und ab.

»Das ist aber ein Zufall«, sagte Tauler endlich. »Bei welcher Gelegenheit?«

»Wie meinst du?«

»Vantara – wer hat sie erwähnt?«

»Niemand geringerer als die Königin«, sagte Kassill und behielt seinen Sohn im Auge. »Vantara hat sich wohl für die Diesland-Flotte zur Verfügung gestellt. Der Königin muß viel an Diesland liegen, wenn sie sogar eine Enkelin mitschickt.«

Wieder folgte ein längeres Schweigen, ehe Tauler sagte: »Vantara ist Luftschiffpilotin – hat man denn Verwendung für sie auf der Alten Welt?«

»Das will ich meinen. Wir schicken vier Luftschiffe mit, die den ganzen Globus umkreisen sollen, um sicherzugehen, daß niemand Königin Desihn die Souveränität streitig macht. Das riecht ganz nach Abenteuer, aber natürlich mit all den Entbehrungen, die ein Leben an Bord so mit sich bringt – und du hättest nichts als die Bordrationen.«

»Und wenn schon«, rief Tauler aus. »Ich will mit!«

»Nach Diesland? Aber du hast doch eben ...«

Tauler hielt Kassill am Arm zurück und drehte ihn zu sich herum. »Laß das Theater, Vater, bitte! Ich möchte ein Schiff nach Diesland übernehmen. Du sorgst dafür, daß meine Bewerbung Erfolg hat, ja?«

»Ich bin mir gar nicht sicher, ob das in meiner Macht steht«, sagte Kassill. Ihm war mit einemmal nicht mehr wohl bei dem Gedanken, daß sein einziger Sohn – trotz männlicher Attitüde im Grunde noch ein Junge – durch den gefährlichen Hals aus dünner Luft hindurchmußte, der die Atmosphären von Diesland und Jenland verband.

Tauler setzte ein breites Lächeln auf. »Nun sei nicht so bescheiden, lieber Vater. Du bist in so vielen Komitees, Vorständen, Juries, Beiräten und Ausschüssen tätig, daß du – wohlgemerkt auf deine stille Art – praktisch die Geschicke Kolkorrons lenkst. Also sag schon, daß ich nach Diesland fliege.«

Kassill gab nach. »Du fliegst nach Diesland«, sagte er.

Während Kassill in dieser Nacht darauf wartete, daß Bartan Drammy mit dem Teleskop vorbeikam, hing er seinen Gedanken nach. Er glaubte jetzt, den wahren Grund für seine Bedenken gegen Taulers Flug zur Alten Welt zu erkennen. Tauler und er hatten im Grunde eine harmonische und glückliche Beziehung zueinander; doch es ließ sich nicht leugnen, daß der Junge schon immer über die Maßen stark durch Geschichten und Legenden um seinen Großvater väterlicherseits beeinflußt worden war. Zu der unübersehbaren äußerlichen Ähnlichkeit zwischen Großvater und Enkel kamen noch etliche gemeinsame Charakterzüge – wie Ungeduld, Mut, Idealismus und Hitzigkeit –, aber Kassill bezweifelte, daß die Ähnlichkeit so weit ging, wie der jüngere Tauler den Anschein erweckte. Taulers Großvater war viel *härter* gewesen; hatte erbarmungslos sein können, wenn er es für unumgänglich hielt; hätte in seiner Halsstarrigkeit eher den sicheren Tod gewählt, als seinen Grundsätzen untreu zu werden.

Zum Glück war die kolkorronische Gesellschaft heute besonnener und sicherer als noch vor wenigen Jahrzehnten. Zum Glück lief ein junger Tauler in dieser Welt kaum noch Gefahr, sich in Situationen zu verstricken, in denen er – nur um nach eigenen Normen leben zu können – dieses Leben aufs Spiel setzen mußte. Flog Tauler aber zur Alten Welt, drohte diese Gefahr von neuem, und es schien Kassill, als wittere der Geist des alten Tauler das gefahrvolle Abenteuer und bemächtige sich des verletzlichen Jungen. Auch wenn der alte Tauler Kassill Marakains Vater war, so wünschte sich Kassill Marakain nichts sehnlicher, als daß der ruhelose Geist seines Vaters sich dorthin zurückzog, wo er hingehörte – ins Grab und in die Vergangenheit ...

Die vertraute Stimme Bartan Drammys, der am Vordereingang von einem Diener eingelassen wurde, riß ihn aus seinen Gedanken. Er sprang aus dem Sessel und ging die breite Treppe hinunter, um den Freund zu begrüßen, der ein holzgefaßtes Teleskop mit Dreifuß trug. Der Diener bot sich an, das Teleskop zu übernehmen, aber Kassill winkte ab und entließ ihn für diese Nacht. Die Freunde trugen das schwere Instrument hinauf auf einen Balkon, der einen freien Blick nach Westen erlaubte. Obwohl der Widerschein von Diesland hell genug war zum Lesen, war die Himmelskuppel mit zahllosen hellen Sternen übersät und Hunderten von Spiralnebeln unterschiedlichster Größe, vom kreisrunden Wirbel bis hin zum dünnsten Oval. Nicht weniger als sechs größere Kometenschweife standen am Himmel, in dem sich pausenlos die Meteore tummelten und feine verglühende Brücken schlugen.

»Ich habe mich am Frühtag über dich gewundert«, sagte Kassill. »Ich kenne niemanden, der so reden kann wie du, egal bei welcher Gelegenheit, aber du warst aus irgendeinem Grund durcheinander. Was war los mit dir?«

»Ich bin ein Versager«, sagte Bartan, wobei er von seiner Arbeit am Dreifuß aufsah.

»Du, ein Versager?«

»Ja. Es ist dieser verdammte vierte Planet, Kassill. Alles in mir sagt, daß er nichts Gutes bedeutet. Er dürfte nicht da sein. Seine Existenz ist ein Schlag ins Gesicht für jeden, der geglaubt hat, die Natur zu verstehen. Irgendwas ist schrecklich verkehrt, und ich kann niemandem klarmachen – nicht einmal dir –, daß uns Gefahr droht. Ich verrate die Königin und mein Land, weil ich einfach nicht die richtigen Worte finde. Ich weiß nicht mehr weiter.«

Kassill gluckste beschwichtigend. »Laß mich diesen Unglücksboten sehen, der dich umtreibt – was dem berühmten Drammy die Sprache verschlägt, sollte man schon einer genauen Prüfung unterziehen.«

Er war immer noch in einer relativ lockeren Stimmung, als Bartan, der das Teleskop aufgestellt und für ihn ausgerichtet hatte, beiseite trat und ihn mit einer stummen Geste aufforderte, ins Okular zu sehen. Zunächst sah Kassill nur eine verschwommene bläulich glänzende Scheibe, die einer Seifenblase ähnelte, die mit strahlendem Gas gefüllt war, doch eine winzige Bewegung des Schärfehebels führte zu einem bemerkenswerten Resultat.

Dort vor ihm in der indigoblauen Tiefe des Universums schwamm plötzlich eine *Welt* – wie es sich gehörte oder auch nicht – mit hellen Polkappen, blauen Ozeanen, braunen Kontinenten und weiß verschnörkelten Wettersystemen.

Sie hatte kein Recht, dort zu sein, aber sie war einfach *da*, und in diesem Moment visueller und intellektueller Konfrontation dachte Kassill sofort – ohne daß er einen triftigen Grund hätte nennen können – an die künftige Sicherheit seines Sohnes.

3. Kapitel

Der Höhenmesser bestand aus einem kleinen Gewicht, das an einer empfindlichen Spirale hing; dahinter befand sich eine vertikale Skala. Während das Schiff höher stieg und die Anziehungskraft geringer wurde, kletterte das Gewicht an der Skala empor. Das Gerät war so einfach und so effektiv, daß es in fünfzig Jahren nur eine einzige Verbesserung erfahren hatte. Die Feder, die anfangs aus einem haarfeinen Brakkaspan bestanden hatte, war nun aus fein ausgezogenem Stahl gemacht. Die Metallurgie hatte in den letzten Jahrzehnten große Fortschritte gemacht, und die verläßlichen Materialeigenschaften des Stahls erleichterten die Kalibrierung der Geräte.

Tauler studierte das Instrument sorgfältig, vergewisserte sich, daß es Gewichtslosigkeit anzeigte, dann stieß er sich ab und glitt aus der Kabine heraus und hinüber zur Reling. Da die Flotte die gewichtslose Zone mitten in einer taghellen Periode erreicht hatte, spülte das Sonnenlicht parallel zum Deck über die Gondel hinweg. Linkerhand zeigte sich das Universum in seiner normalen dunkelblauen Tiefe, die überreich war an Sternen und silbrigweißen Spiralen, rechter Hand dagegen erschwerte eine gleißende Lichtfülle die Sicht. Unter dem Schiff dräute die riesige Scheibe Jenlands, zweigeteilt in Tag und Nacht, erstere zur allgemeinen Helligkeit beisteuernd; und über dem Schiff, verdeckt durch den Ballon, trug die Alte Welt gleichermaßen zur Verwirrung der Lichtverhältnisse bei.

Auf gleicher Höhe mit Tauler, gebadet in Sonnenlicht, standen die anderen drei Ballons, die Luftschiffgondeln trugen, anstelle der leichten kastenförmigen Behausungen, die typisch für Himmelsschiffe waren. Die gefällige Kontur dieser Gondel wurde durch das zusätzlich eingebaute, vertikal ausgerichtete Triebwerk gestört, dessen Düse deutlich unter dem Kiel hervortrat. Himmelab, über der glühenden Komplexität Jenlands stand das Hauptkontingent der Flotte, zwölf Himmelsschiffe an der Zahl, zu viert gestaffelt. Von oben gesehen verdeckten die Ballons ihre Gondeln und sahen wie perfekte Kugeln aus, scheinbar solide wie Planeten, die Verstärkungsbänder und Nähte an Meridiane erinnernd. Das Tosen und Fauchen aus den abwärts gerichteten Düsen erfüllte den Himmel und erreichte zuweilen einen Höhepunkt, wenn zufällig mehrere Schiffe gleichzeitig feuerten.

Tauler forschte mit dem Fernglas nach dem Ring aus stationären Festungen und wünschte sich, über eine Methode zu verfügen, mit der er sie rasch und ungeachtet der Konstellation von Sonne und Planeten ausfindig machen konnte. Der Kern des Problems war, er hatte keine blasse Ahnung, welche Blickrichtung den meisten Erfolg versprach. Die Anzeige des Höhenmessers mochte seit zehn, zwanzig oder mehr Meilen dieselbe sein, und die vertikalen Luftströmungen, die zur Kälte in diesem zentralen Lufttunnel beitrugen, führten häufig zu seitlichen Kursabweichungen der gleichen Größenordnung. So groß die Stationen nach menschlichen Maßstäben waren, so unbedeutend winzig nahmen sie sich in den frostigen Gefilden der Weltenmitte aus.

»Habt Ihr etwas verloren, junger Marakain?« Die Stimme gehörte Kommissar Trai Kettoren, dem offiziellen Leiter der Expedition, der sich dafür entschieden hatte, in einem der umfunktionierten Schiffe mitzufliegen. Die geringe Schwerkraft machte ihn krank, und er hatte gehofft, der Komfort einer geschlossenen Kabine würde seine Anfälle mildern. Seine Erwartungen waren enttäuscht worden, aber er trug das Leiden trotz seines Alters mit großer Tapferkeit. Mit Einundsiebzig war er bei weitem der älteste Teilnehmer an der Expedition. Königin Desihn hatte ihn mit der Mission betraut, weil ein Mann mit klaren Erinnerungen an die alte Hauptstadt Ro-Atabri genau der richtige war, um die gegenwärtigen Bedingungen dort beurteilen zu können.

»Ich habe Order, die Innere Verteidigungsgruppe zu inspizieren«, sagte Tauler. »Die Himmelswaffe wurde tüchtig geschröpft, um die zwanzig Schiffe aus dem Boden zu stampfen, mit dem Ergebnis, daß wir gezwungen sind, die nächste Inspektion auszulassen, die alle fünfzig Tage fällig ist. Sollte ich aber eine Unregelmäßigkeit feststellen, bin ich ermächtigt, ein Expeditionsschiff abzuzweigen, bis die Sache in Ordnung gebracht ist.«

»Eine ziemliche Verantwortung für einen jungen Kapitän«, sagte Kettoren, wobei ein wenig Leben in das lange bleiche Gesicht kam. »Nur – selbst bei einem so ausgezeichneten Fernglas – was für eine Inspektion wollt Ihr durchführen aus einer Entfernung von mehreren Meilen?«

»Eine oberflächliche«, gab Tauler zu. »Aber tatsächlich brauchen wir uns vorerst nur um die allgemeine Anordnung der Stationen zu kümmern. Falls eine abgewandert ist und nach Jenland oder Diesland abdriftet, braucht sie nur wieder in den neutralen Tunnelquerschnitt bugsiert zu werden.«

»Wenn eine abdriftet, müßten nicht alle dasselbe tun?«

Tauler schüttelte den Kopf. »Wir haben es nicht mit passiven Felsbrocken zu tun. In den Stationen lagern viele chemische Stoffe – Paikn, Havl, Glühsalz und so weiter –, und geringfügige Schwankungen – etwa in der Temperatur – könnten dazu führen, daß sich Gase entwickeln, und die könnten zum Beispiel durch eine Schwachstelle in der Versiegelung der Bauteile austreten. Der Schub ist vielleicht nicht stärker als ein Mädchenseufzer – aber laßt ihn lange genug wirken und nehmt noch die wachsende Anziehungskraft dazu – und mir nichts dir nichts ist man mit einem störrischen Ungetüm konfrontiert, das sich auf die eine oder andere Welt stürzen will. Bei der Himmelswaffe sorgen wir dafür, daß eine solche Entwicklung bereits im Keim erstickt wird.«

»Ihr versteht Euch gut aufs Reden, junger Marakain«, sagte Kettoren, mit jedem Wort weiße Atemwölkchen aus dem Schal stoßend, der die untere Gesichtshälfte vor der beißenden Kälte schützte. »Habt Ihr jemals an eine politische Laufbahn gedacht?«

»Nein, aber ich könnte dazu gezwungen sein, wenn es mir nicht endlich gelingt, diese verfluchten hölzernen Wursthäute zu orten.«

»Ich will Euch helfen – das lenkt mich davon ab, daß mir der Magen aus dem Mund will.« Kettoren rieb sich die wäßrigen Augen mit der behandschuhten Rechten, begann den Himmel zu sondieren, und stieß – zu Taulers Überraschung – nach wenigen Sekunden einen Laut der Zufriedenheit aus.

»Ist es das da, wonach wir suchen?« sagte er und zeigte horizontal nach Osten, an den drei umgemodelten Himmelsschiffen vorbei. »Diese Kette aus purpurroten Lichtern …?«

»Purpurrote Lichter? Wo?« Tauler konnte in der angezeigten Richtung nichts Ungewöhnliches entdecken.

»Da! *Da!* Wieso seht Ihr …?« Kettorens Worte verloren sich in einem Seufzer der Enttäuschung. »Zu spät – jetzt sind sie weg.«

Tauler schnaubte amüsiert und verärgert zugleich. »Kommissar, an den Stationen gibt es keine Lichter – weder rote noch andere. Die Stationen haben Reflektoren, die ständig weiß glänzen, solange man hineinblickt. Vielleicht habt Ihr einen Meteor gesehen.«

»Ich weiß, wie ein *Meteor* aussieht, also versucht mir nicht...« Kettoren stockte wieder, hob den Arm und zeigte in eine andere Himmelsgegend. »Da drüben ist Eure lausige Verteidigungsgruppe. Und versucht mir nicht weiszumachen, ich sähe einen Meteor – ich sehe nämlich deutlich eine Kette weißer Flecken. Hab ich recht? Ja, ich *habe* recht!«

»Ihr habt recht«, pflichtete Tauler ihm bei und stellte sein Fernglas auf die Stationen ein, derweil er sich wunderte, wie rasch die Augen des alten Mannes in die richtige Richtung gefunden hatten. »Gut gemacht, Kommissar!«

»Und so was nennt sich Pilot! Ohne diesen störrischen Magen wäre ich bestimmt...« Kettoren mußte heftig niesen, zog sich in die Kabine zurück und schloß die Tür hinter sich.

Tauler lächelte, als er ihn wiederholt niesen und undeutlich schimpfen hörte. In den fünf Tagen des Aufstiegs hatte er sich mit der humorigen Verdrießlichkeit des Kommissars angefreundet, und er respektierte den Gleichmut, mit dem der Mann die Unbequemlichkeiten des Fluges in Kauf nahm. Die meisten in Kettorens Alter hätten Mittel und Wege gefunden, sich der Verantwortung zu entziehen, die Königin Desihn ihm aufgebürdet hatte – anders Kettoren; er schien entschlossen, den Auftrag wie alle anderen Routinearbeiten zu behandeln, die er ein Leben lang für die Krone erledigt hatte.

Tauler konzentrierte sich wieder auf die Verteidigungsstationen und stellte erleichtert fest, daß die Seitenansicht der Ringformation eine makellos gerade Linie bildete. Als er damals sein Patent für Himmelsschiffe erworben hatte, hatte er seine helle Freude an den gelegentlichen Kontrollflügen gehabt. Die dunkle Abgeschiedenheit der Zylinder zu betreten, war ein nahezu mystisches Erlebnis gewesen und hatte den Geist seines Großvaters und dessen heroische Zeiten heraufbeschworen, bis die Nichtigkeit dieser sogenannten Inneren Verteidigungsgruppe rasch die Oberhand über solche Gedanken gewonnen hatte. Wenn von Fernland keine Bedrohung ausging, waren die Stationen überflüssig, und wenn doch, dann waren sie angesichts der technologischen Überlegenheit des rätselhaften Feindes nutzlos. Die hölzernen Zylinder waren nicht mehr als ein symbolisches Beiwerk, mit dem sich höchstens noch König Chakkell hatte beruhigen können; aus Taulers Sicht waren sie nur noch ein Gerät, an dem die Nation ihre Fähigkeit zum interplanetaren Flug trainieren konnte.

Zufrieden, daß ein Ausscheren aus dem vertikalen Kurs nicht erforderlich war, senkte er das Fernglas und fixierte nachdenklich das entfernteste der drei Schiffe, die zu seiner Staffel gehörten. Es war das unter Vantaras Kommando. Seit jenem Frühtag, da Vater ihm eröffnet hatte, sie würde an der Expedition teilnehmen, hatte er sich den Kopf zerbrochen, wie er ihr in Zukunft begegnen sollte. Konnte er das Eis zum Schmelzen bringen, indem er sie durch Reserviertheit und würdevolle Mißbilligung zu einer Entschuldigung nötigte? Oder war es besser, sich fröhlich und unbekümmert zu geben und die Episode um ihren Bericht als ein hitziges Scharmützel abzutun, wie es nicht ausbleibt, wenn zwei freie Geister kollidieren?

Ihm war nicht wohl gewesen bei dem Gedanken, daß ausgerechnet derjenige auf Aussöhnung sann, dem Unrecht widerfahren war. Doch all sein Kopfzerbrechen hatte sich als müßig erwiesen. Während der ganzen Vorbereitungen für den Flug hatte Vantara es fertiggebracht, ihn auf Distanz zu halten, und das mit einer Unnahbarkeit, die keinen Zweifel daran ließ, wer wem aus dem Weg ging.

Eine Stunde nachdem die Flotte die gedachte Ebene exakter Gewichtslosigkeit passiert hatte, war die Gruppe der verwaisten Himmelsfestungen bis zur Unsichtbarkeit geschrumpft. Dieslands Sog steigerte unmerklich die Geschwindigkeit der Schiffe. Die Sonnenschreiber gaben eine Order des Flaggschiffs weiter. General Odt, der Flottenkommandeur, wies alle Piloten an, das Wendemanöver durchzuführen.

Froh über die Abwechslung, zog Tauler sich an der Sicherheitsleine entlang zur Mitte des Schiffs, wo Leutnant Corrivalt an den Armaturen der Triebwerke saß. Der Mann hatte seine Ausbildung knapp hinter sich und atmete erleichtert auf, als er hörte, daß er das Manöver nicht auszuführen brauchte. Er überließ Tauler den Platz und sah ihm aus der Nähe bei der heiklen Arbeit zu. Vier schlanke Beschleunigungsstützen zwischen Gondel und Ballon – genauer seinem äquatorialen Verstärkungsband – verliehen der ganzen Schiffskonstruktion die Steife, die bei Benutzung des Düsenantriebs unerläßlich war. Obwohl die dünne Hülle aus gelacktem Leinen sehr leicht war, enthielt sie doch viele Tonnen Gas, deren Trägheit nicht zu unterschätzen war und die es mit grenzenloser Geduld zu überreden galt, wenn irgendeine Richtungsänderung notwendig wurde. So konnte bei leichtsinnigem Einsatz der Seitentriebwerke durchaus das obere Ende einer Beschleunigungsstrebe die Ballonhülle durchstoßen. Nun hatte ein solcher Schaden bei geringer Anziehungskraft meist keine allzu schlimmen Folgen, aber die Reparatur war schwierig und zeitraubend – und der Schuldige bekam jedesmal reichlich Gelegenheit, seine Fahrlässigkeit zu bedauern.

Schier endlose Sekunden ließ Tauler nun schon eine der winzigen, kreuzförmig angeordneten Düsen feuern, ohne daß der Schub eine sichtbare Wirkung zeitigte; dann begann, widerwillig und träge, die große Scheibe Jenlands himmelan zu steigen. Als sie an der Reling ›aufging‹ und sich mit all ihrer malerischen Weite den Augen der Mannschaft darbot, trat auf der gegenüberliegenden Seite die ungeheure Wölbung der Alten Welt aus der Verdeckung durch den Ballon und sank himmelab. Es gab einen Moment, da brauchte Tauler bloß den Kopf hin und her zu drehen und konnte die Gesichter beider Welten sehen – die Gesichter der Zwillingsarenen, in denen seine Rasse all ihre Kämpfe aus Evolution und Geschichte gefochten hatte.

Vor den Planeten hingen die anderen Schiffe, alle von der gleichen Seite beleuchtet, aber in den verschiedensten Lagen, jeder Pilot mit seinem individuellen Wendemanöver befaßt, weiße Kondensbögen aus den seitlichen Düsen die globalen Wolkenmuster ergänzend, die Tausende von Meilen entfernt waren. Und das ganze Schauspiel lag eingebettet im gefrorenen Lichtermeer des Universums mit seinen Ringen und Spiralen und Schlangen aus silbrig weißem Glanz, seinen Mustern aus funkelnden Sternen, unter denen die blauen und weißen dominierten, und seinen scheinbar verweilenden Kometen und kurzlebigen Meteoren.

Das Panorama erregte Tauler, aber es erschreckte ihn auch. Es machte ihn stolz auf sein Volk, das den Mut hatte, diese kalte, ausgedünnte Weltenmitte in zerbrechlichen Konstruktionen aus Tuch und Holz zu durchqueren – es machte ihm aber auch deutlich, daß die Menschen, trotz all ihrer Pläne und Träume, nicht viel mehr waren als Mikroben, die sich von einem Sandkorn zum anderen wagten.

Er hätte das nur ungern zugegeben unter seinesgleichen, aber es fiel ihm ein Stein vom Herzen, als er das Wendemanöver beendet hatte. Von nun an sank das Schiff auf die Wiege der Menschheit hinab, die Luft würde immer dichter und wärmer werden, immer weniger lebensfeindlich, und all sein Sinnen und Trachten würde immer mehr in normale Bahnen zurückkehren.

»So, das wäre erledigt«, sagte er und übergab Corrivalt wieder die Kontrolle über das Schiff. »Der Maschinist soll das Aggregat wieder auf Brennermodus umstellen.« Und mit Nachdruck setzte er hinzu: »Und sagt ihm, er soll sich davon überzeugen, daß die Heizung richtig funktioniert.«

Die Umgebung wurde zwar immer weniger unfreundlich, je mehr man an Höhe verlor, aber mit dem Wendemanöver war auch der relative Luftstrom am Schiff in sein Gegenteil verkehrt worden. Der Fahrtwind würde ab jetzt die beträchtliche Wärmemenge, die an der Oberfläche des Ballons entwich, nach oben entführen, anstatt die Gondel mit dem unsichtbaren Balsam zu fluten und so die tödliche Kälte der Zwischenwelt für die Insassen zu lindern.

Um vom Schubmodus auf konventionellen Heißgasbetrieb umzustellen, mußte das Aggregat stillgelegt werden. Tauler nutzte die Ruhepause, um in der vorderen Kabine nach etwas Eßbarem zu suchen. Bis jetzt hatte noch niemand erklären können, warum man in und nahe der gewichtslosen Zone von dem Gefühl genarrt wurde, zu fallen. Dieses Fallgefühl hatte ihm für mehr als einen Tag den Appetit geraubt, und nun befand er sich in dem Zwiespalt, unbedingt etwas essen zu müssen, wiewohl er eigentlich gar keine Lust dazu verspürte. Die Auswahl an Nahrung, die er in den Proviantnetzen fand – Dörrfleisch in Streifen, Stockfisch, Kornfrüchte, schrumpliges Obst und Beeren –, war nicht gerade verführerisch. Er stöberte solange in den Vorräten, bis er sich endlich für ein Stück Fladenbrot entschied, auf dem er lustlos zu kauen begann.

»Nicht verzweifeln, junger Marakain!« Kommissar Kettoren, der sich in einen Sitz am Tisch des Kapitäns geklemmt hatte, mimte Zuversicht. »Bald sind wir in Ro-Atabri, und wenn wir erst da sind, werde ich Euch zu den besten Eßlokalen der Welt führen. Aber denkt nur, sie liegen in Schutt und Asche – aber ich will sie Euch wenigstens gezeigt haben.« Kettoren zwinkerte Parlo Woturp, seinem Sekretär, zu, der ihm gegenübersaß, und die beiden alten Männer krümmten die schmächtigen Schultern vor Vergnügen. Sie sahen sich merkwürdig ähnlich.

Immer noch kauend, nickte Tauler gewichtig, um zu zeigen, daß er den Scherz verstanden hatte. Kettoren und Woturp waren Zeitgenossen seines Großvaters. Sie hatten ihn leibhaftig gekannt – ein Privileg, um das er sie beneidete – und beide hatten, ohne an Geisteskraft einzubüßen, ein ziemlich fortgeschrittenes Alter erreicht. Tauler bezweifelte, ob er mit siebzig noch soviel Mut und Spannkraft besaß. Die Männer und Frauen, die die großen Ereignisse der jüngsten Geschichte – die Pterssaseuche, die Auswanderung, die Besiedlung Jenlands, den Krieg zwischen den Schwesterwelten – durchlebt hatten, schienen ein besonderer Menschenschlag zu sein. Es war, als ob die Feuer ihrer Vergangenheit sie an Geist und Seele gehärtet hätten, während ihm eine abgekühlte Epoche beschieden war. Er würde niemals erfahren, ob er einer großen Herausforderung gewachsen war, und demzufolge auch nie durch eine solche geadelt werden. So sehr er sich auch bemühte, er konnte sich nicht vorstellen, daß die friedlichen und stabilen Verhältnisse der Gegenwart noch Abenteuer bereithielten, die sich auch nur entfernt mit jenen vergleichen ließen, in denen Tauler, der Königsmörder, seinen legendären Ruhm erworben hatte. Selbst die Reise zwischen den Welten, einst gefahrvolle Grenze menschlicher Erfahrung, war zu einer Routine geworden…

Eine plötzliche Helligkeit brach durch die linken Seitenfenster der Kabine, vorübergehend die Spektralfarben des Sonnenlichts überlagernd, die aus den rechten Fenstern über den Tisch fielen, und draußen auf Deck stieß jemand einen Schreckensschrei aus.

»Was war *das?*« Tauler wollte zur Tür stürzen, was ihm mangels Gewicht mißlang, als es einen entsetzlich lauten Donnerschlag gab, wie er ihn lauter noch nicht gehört hatte. Der Raum kippte, und kleine Gegenstände ratterten geräuschvoll in ihren Klammern.

Der Widerhall des Donners dröhnte und grollte noch immer, als Tauler endlich aus der Tür war. Das Schiff schlingerte in heftigen Luftturbulenzen, die Takelage stöhnte und knarrte. Leutnant Corrivalt und der Maschinist klammerten sich beim Antriebsaggregat an Leinen, die entsetzten Gesichter nach Nordwesten gewandt. Tauler blickte in dieselbe Richtung und sah einen unsteten, wirbelnden Feuerball, der rasch dahinschwand und sich verlor. Mit einemmal war der Himmel wieder friedlich, die Stille vollkommen, abgesehen von schwachen Rufen, die aus anderen Schiffen stammten.

»War das ein Meteor?« rief Tauler, der im selben Augenblick wußte, wie überflüssig die Frage war.

Corrivalt nickte. »Ein ganz schöner Brocken, Kapitän. Er verfehlte uns um eine Meile oder auch mehr, aber einen Moment lang dachte ich, unsere Stunde wäre gekommen. Ich will so was nie wieder erleben.«

»Werdet Ihr wahrscheinlich auch nicht«, sagte Tauler beruhigend. »Der Takler soll nachsehen, ob die Hülle noch in Ordnung ist, besonders da, wo die Streben befestigt sind. Wie heißt der Bursche?«

»Getschert, Kapitän.«

»Sag Getschert, er soll sich sputen – es wird Zeit, daß er sich seinen Sold verdient.«

Als Corrivalt zum heckwärtigen Deckaufbau ging, wo die einfachen Mannschaftsmitglieder untergebracht waren, packte Tauler eine horizontale Sicherungsleine und zog sich zur Reling. Nach dem Wendemanöver konnte er nur noch die eigene Staffel und unter sich die vier Schiffe der Führungsstaffel sehen, doch mit der Flotte schien alles in Ordnung zu sein. Er war oft in die gewichtslose Zone aufgestiegen und kannte das Risiko eines Zusammenstoßes mit einem Meteor. In diesem Fall lag in der Nichtigkeit des Menschen angesichts kosmischer Ereignisse ein gewisser Trost. Die Schiffe waren so winzig, und das Universum so unermeßlich, daß es gänzlich unwahrscheinlich schien, eines dieser lodernden kosmischen Geschosse könnte ausgerechnet ein menschliches Ziel treffen.

Es war schon eine Ironie, denn Minuten zuvor hatte er im stillen noch die Eintönigkeit des interplanetaren Fluges beklagt. Aber wenn es schon gefährlich wurde, dann gefälligst so, daß man sich der Gefahr auch stellen und etwas ausrichten konnte! Es war nicht besonders ruhmreich, so nebenbei von einem blinden Handlanger der Natur ausradiert zu werden, einem gewöhnlichen Felsbrocken, der blindwütig aus …

Tauler hob den Kopf und lenkte den Blick nach Südosten, von wo der Meteor gekommen sein mußte, und war fasziniert, als ihm etwas auffiel, das sich wie ein winziger Schwarm goldener Glühwürmchen ausnahm. Der Schwarm war nahezu kreisrund und dehnte sich rapide aus, wobei die einzelnen Bestandteile immer intensiver leuchteten. Er starrte auf das Phänomen, ratlos, konnte sich an nichts Vergleichbares unter den funkelnden Schätzen der himmlischen Gefilde erinnern, und dann – so unvermittelt, wie sich das Bild beim Scharfstellen eines Fernglases klärt – rückte sein Sinn für Perspektive und Größenverhältnisse die Wahrnehmung zurecht, und es fiel ihm wie Schuppen von den Augen.

Er blickte auf einen Schwarm von Meteoren, der offensichtlich direkt auf die Flotte zukam!

Sein Begreifen rückte auch den zeitlichen Ablauf zurecht,

schien das Tempo der Ereignisse zu beschleunigen. Der Schwarm öffnete sich wie die Blüte einer fleischfressenden Pflanze, stumm sein Gesichtsfeld vereinnahmend, und spätestens jetzt wurde ihm klar, daß der Schwarm einen Durchmesser von Hunderten von Meilen haben mochte. Unfähig, sich zu rühren oder auch nur einen Schrei auszustoßen, packte er die Reling und sah zu, wie die lodernden Brocken immerzu radial nach außen strebten und aus der Peripherie seines Gesichtsfeldes jagten, absolut lautlos, trotz der fürchterlichen Energien, die sie mitbrachten.

Mir passiert nichts, sagte sich Tauler. Mir passiert nichts, weil ich einfach viel zu klein bin, um als Beute für diese feurigen Monster in Betracht zu kommen. Selbst die Schiffe sind zu klein…

Doch dabei sollte es nicht bleiben. Ein radikaler Umschwung bahnte sich an. Die vulkanische Schwadron vom anderen Ufer des Kosmos, die sich vor Jahrmillionen auf den Weg durch das Vakuum gemacht hatte, war zu guter Letzt auf ein dichteres Medium gestoßen, und rieb sich an der Luftbarriere auf, in jenem dichten gasförmigen Schutzwall, der die Zwillingsplaneten gegen kosmische Eindringlinge schützte.

So segensreich dieser aufreibende Prozeß für jedes Lebewesen auf Diesland und Jenland war, so wenig bekam er Reisenden, die in der Wespentaille der Zwillingsatmosphäre darin verwickelt wurden. Die ersten Meteore, gefoltert von unerträglichen Spannungen, explodierten, und indem sie in abertausend Stücke zerbarsten, waren sie zwangsläufig nicht mehr so wählerisch, was ihre Ziele anging.

Tauler fuhr zusammen, als die zerstiebenden Meteore in einer Lohe von Licht und bei vielfachem Donnergetöse vorübergehend den ganzen Himmel füllten. Plötzlich waren sie hinter ihm. Er drehte sich um und sah das ganze Phänomen rückwärts ablaufen; das große kreisrunde Feuerwerk zog sich zusammen, während es hinaus in den Sternenraum raste – mit dem Unterschied, daß es nicht mehr die anfängliche Körnung besaß; der kreisrunde Bereich war nahezu ein einheitliches Leuchten, das beim Verlassen der letzten dün-

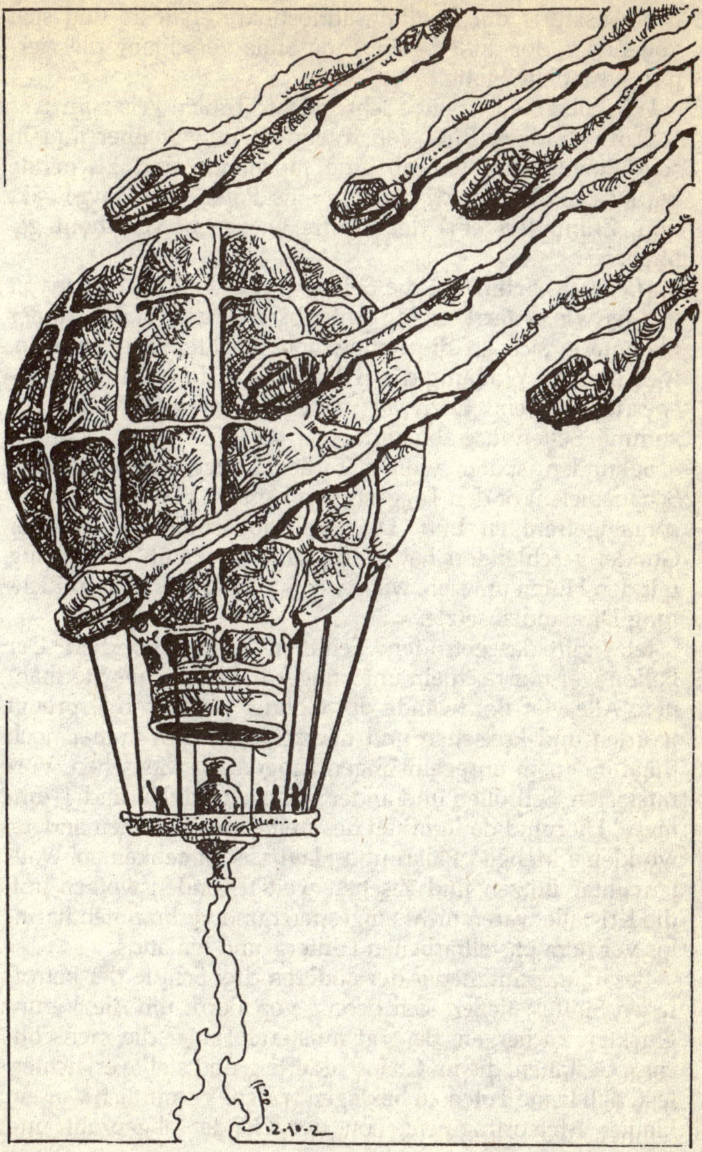

nen Ausläufer der Zwillingsatmosphäre erstickte und sich vollends verlor. Eine betäubende Stille verschlang die vierfach gestaffelte Flotte.

Wie haben wir das überlebt? dachte Tauler. Wie zum …?

Dann drangen Rufe von irgendwo unweit über ihm in sein Bewußtsein. Es gab eine fauchende und zischende Explosion, die typisch war für eine Paikn-und-Havl-Reaktion. Zumindest eins der Schiffe war nicht verschont geblieben.

»Legt das Schiff auf die Seite«, rief er Leutnant Corrivalt zu, der wie erstarrt an den Antriebsarmaturen stand. Tauler klammerte sich an die Reling und machte Verrenkungen, weil ihm die Wölbung des Ballons die Sicht nach oben versperrte, während Corrivalt in kurzen Intervallen eine bestimmte Seitendüse abfeuerte.

Sekunden später wurde Tauler Zeuge eines bizarren Schauspiels. Vor den Taggestirnen kam ein Blauhorn aus der sonnengetränkten Luft. Die Explosion mußte es aus der Gondel geschleudert haben. Es schrie in Panik und schlug mit den Hufen um sich, während es sich unmerklich in Richtung Diesland absetzte.

Jetzt glitt das getroffene Schiff in Taulers Blickfeld. Der Ballon war nur noch ein unförmiger Baldachin aus Stoffbahnen. Alle vier Bordwände der Gondel waren fortgesprengt worden und kreiselten und überschlugen sich immer noch träge in einem unregelmäßigen Kragen aus Menschen, Vorratskisten, Seilrollen und anderen Gegenständen und Trümmern. Hier und da inmitten des treibenden Durcheinanders, wo kleine Mengen Paikn und Havl zusammenkamen, wallten unter Blitzen und Zischen weiße Kondenswolken auf; die Kristalle waren nicht eingesperrt und verbrannten harmlos vor dem pastellfarbenen Hintergrund Jenlands.

Besatzungsmitglieder der anderen drei Schiffe der betroffenen Staffel stießen sich bereits von Bord, um die Verunglückten zu bergen. Besorgt musterte Tauler die menschlichen Gestalten, die im Chaos ruderten, und stellte erleichtert fest, daß keine Toten zu beklagen waren. Vermutlich war ein kleines Meteorfragment von der Gondel abgeprallt und hatte sie zum Kentern gebracht, wobei sich grüne und purpurne Energiekristalle – vielleicht in den Vorratskammern des Antriebsaggregats – vermengt und entzündet hatten.

»Werden wir angegriffen? Werden wir sterben?« Die zitternde Stimme gehörte Kommissar Kettoren, der sein langes bleiches Gesicht zur Kabinentür heraussteckte.

Tauler wollte zu einer Erklärung ausholen, als er an Bord von Vantaras Schiff eine Bewegung registrierte. Vantara war an die Reling getreten, zusammen mit ihrem kleineren und weit weniger attraktiven Leutnant, der schon bei jener unglücklichen Begegnung zugegen gewesen war. Der Anblick der Prinzessin brachte Tauler selbst auf diese Entfernung aus der Fassung. Die Aufmerksamkeit der beiden Frauen schien dem immer noch blökenden Blauhorn zu gelten. Das Tier hatte inzwischen allen Schwung, der noch von der Explosion herrührte, verloren und schien etwa halbwegs zwischen Vantaras und Taulers Schiff auf der Stelle zu treten.

Die Endgültigkeit dieser räumlichen Beziehung war jedoch eine Illusion. Das Blauhorn unterlag ebenso wie die Schiffe dem Sog von Diesland. Alle fielen sie unentwegt der Oberfläche entgegen, die Tausende von Meilen unter ihnen lag – mit einem bedeutsamen Unterschied. Die Schiffe wurden durch ihre Heißluftballons gebremst, während das Blauhorn sozusagen frei fiel. So nah der gewichtslosen Zone war der Unterschied zwischen den Geschwindigkeiten nicht augenfällig, aber er war gleichwohl da und wurde den Naturgesetzen zufolge mit jeder Sekunde größer. Wenn nicht rasch etwas geschah, war das Blauhorn – ein wertvolles Tier – zu jenem fatalen Sturz verurteilt, der länger als einen Tag und eine Nacht dauern würde, und den jeder Himmelsfahrer mindestens einmal in einem Alptraum durchlebt hatte.

Vantara und der Leutnant, dessen bzw. deren Namen er vergessen hatte, hantierten mit etwas herum, und nach wenigen Sekunden begriff er, womit. Sie schwangen sich mühelos über die Reling, beide den Individualantrieb umgeschnallt. Die Miniaturaggregate, die mit Miglyngas arbeiteten, waren kaum noch zu vergleichen mit dem alten pneumatischen Gerät, das man zur Zeit des interplanetaren Krieges von heute auf morgen entwickelt hatte; aber trotz ihrer fortgeschrittenen Technik hatten sie für einen ungeübten Benutzer ihre Tücken.

Das bestätigte sich sofort, als Vantara es versäumte, Schubrichtung und Schwerpunkt genau in eine gerade Linie zu bringen, und sich infolgedessen träge überschlug; ihre Begleiterin mußte sie wieder aufrichten und ruhigstellen. Tauler machte sich plötzlich Sorgen. Die beiden Frauen, offensichtlich darauf bedacht, das Blauhorn einzuholen, setzten sich einer nicht zu unterschätzenden Gefahr aus. Das von Panik erfüllte Vieh schlug nach wie vor mit seinen tellergroßen Hufen um sich – und ein Tritt genügte, um einen Schädel zu zermalmen.

»Wir sind noch einmal davongekommen«, rief er Kettoren über die Schulter zu, während er ein Miniaturaggregat aus dem Netz in der Nähe hob. »Laßt Euch den Rest von Corrivalt erzählen.«

Das Aggregat noch in der Hand, hechtete er über die Reling in die sonnengeschwängerte Luft. Die Zwillingswelten, mit all ihren verwirrenden Details, füllten zu beiden Seiten fast den ganzen Himmel, und den Zwischenraum beherrschten die Staffeln zwiebelförmiger Schiffe und die Rauchwölkchen und Kondensstreifen, zwischen denen sich winzige menschenähnliche Gestalten zu schaffen machten. Taggestirne und die hellsten Sternennebel und Kometen füllten den Rest des Gesichtskreises.

Tauler, der den Umgang mit dem Individualantrieb trainiert hatte, nutzte die Zeit, da er noch Schwung hatte, aus, um das Aggregat anzulegen. Dann brachte er Schub, Schwerpunkt und Ziel in eine Gerade und feuerte einen längeren Miglynstoß ab, der ihn direkt auf das Blauhorn zutreiben ließ. Augen und Lippen brannten in der beißenden Kälte, die noch durch den Fahrtwind verschärft wurde.

Vantara und ihr Leutnant waren schon in der Nähe des grauslich blökenden und krächzenden Blauhorns und rückten ihm vorsichtig zu Leibe. Sie begannen eben, ein Seil zu entrollen, als Tauler sich durch Schubumkehr dicht bei ihnen zum Stillstand brachte. Es war lange her, seit er Vantara so nahe gewesen war, und trotz der bizarren Umstände schien ihre körperliche Präsenz auf seiner Haut zu prickeln. Mit jeder Faser seines Körpers schien er auf eine unsichtbare Aura zu reagieren, die Vantara umgab. Ihr ovales Gesicht, überschattet von der Kapuze des Himmelsanzugs, besaß noch denselben Liebreiz – und war noch genauso rätselhaft, so ungemein weiblich und entwaffnend in seiner Vollkommenheit, wie er es in Erinnerung hatte.

»Warum können wir uns nicht an normalen Orten treffen, so wie andere das fertigbringen?« sagte Tauler.

Die Contessa betrachtete ihn kurz, verzog keine Miene, wandte sich ab und sagte zu ihrem Leutnant: »Fesseln wir ihm zuerst die Hinterbeine – das ist noch am leichtesten.«

»Ich würde erst mal versuchen, das Biest zu beruhigen«, erwiderte der Leutnant. »Es ist zu riskant, von hinten ranzugehen, solange das Tier so aus dem Häuschen ist.«

»Unsinn!« sagte Vantara mit der Selbstverständlichkeit des Privilegierten, der mit einem üppigen Bestand an Blauhörnern aufgewachsen war. Während der Leutnant die restlichen Seillängen hielt, formte sie eine große Schlaufe und näherte sich mit einer Kondenswolke im Rücken dem Tier. Tauler wollte ihr eine Warnung zurufen, als das Tier, das fortwährend den Kopf herumwarf und einen vollen Gesichtskreis hatte, mit beiden Hinterbeinen ausschlug. Einer der enormen Hufe streifte Vantaras Hüfte, traf aber nicht ihren Körper, sondern fuhr in das Material des Anzugs. Die Wucht versetzte sie in eine Drehung, die gleich wieder durch das Seil gebremst wurde, das steif vor Kälte war und an dem sie sich festhielt. Hätte der Huf ihr Becken getroffen, wäre sie jetzt ernstlich verletzt gewesen; sie schien das zu wissen, denn ihr Gesicht war bleich, als sie ihre räumliche Lage wieder unter Kontrolle hatte.

»Warum hast du am Seil gezogen?« fuhr sie ihren Leutnant mit schneidender Stimme an. »Du hast mich hineingezogen! Ich hätte tot sein können!«

Der Unterkiefer der kleineren Frau klappte herunter, und Tauler begegnete ihrem empörten Blick, mit dem sie ihn stillschweigend als Zeugen anrief. »Contessa, das habe ich nicht...«

»Keine Diskussion, Leutnant.«

»Wie ich schon sagte, wir hätten das Biest besänftigen sollen, bevor...«

»Wir wollen keinen Untersuchungsausschuß einberufen«, unterbrach Vantara, wobei lauter flüchtige Kondenswölkchen vor ihrem Mund entstanden. »Wenn du plötzlich den Viehzüchter herauskehrst, kannst *du* ja dieses bösartige Hornvieh einholen. Es ist sowieso nicht vom Besten.« Sie drehte sich in der Luft und hinterließ einen weißen Kondensstreifen, als sie zum Schiff zurückstob.

Der Leutnant sah Vantara nach, dann sah sie Tauler an. Plötzlich lächelte sie, was ihre Pausbacken noch runder machte. »Es liegt doch auf der Hand. Wäre das tumbe Geschöpf von edlem Geblüt, hätte es wissen müssen, daß man einem Mitglied der königlichen Familie keinen Fußtritt gibt.«

Tauler empfand diese Oberflächlichkeit als deplaziert. »Die Contessa hat ausgesprochenes Glück gehabt.«

»Die Contessa beschwört das Unglück förmlich herauf«, sagte der Leutnant. »Der einzige Grund, warum sie das Blauhorn selbst bergen wollte – anstatt die Arbeit gewöhnlichen Sterblichen zu überlassen – war der, daß sie ihre natürliche Verbundenheit mit Vollblütern demonstrieren wollte. Sie glaubt fest an die ganzen Lieblingsmärchen der Aristokraten – daß adlige Männer geborene Strategen und adlige Frauen künstlerisch begabt sind, und...«

»Leutnant!« Tauler mußte seinem angestauten Ärger Luft machen. »Wie kommt Ihr dazu, solche Reden über einen vorgesetzten Offizier zu führen? Wißt Ihr denn nicht, daß ich Euch streng bestrafen könnte für dieses Geschwätz?«

Die Frau bekam große Augen, dann traten Enttäuschung und Resignation in ihr Gesicht. »Ihr doch nicht. Nicht noch einer!«

»Wovon redet Ihr?«

»Noch jeder Mann, der ihr begegnet...« Sie stockte kopfschüttelnd. »Ich hätte gedacht, nach dem Bericht über die Kollision... Wißt Ihr eigentlich, daß die schöne Contessa

Vantara nichts unversucht gelassen hat, Euch das Kommando entziehen zu lassen?«

»Wißt Ihr eigentlich, wie man einen höheren Offiziersrang anredet?« Unterschwellig spürte Tauler, wie lächerlich sein Ansinnen war, wo sie beide in der blauen Leere zwischen den verquirlten Scheiben der Zwillingsplaneten hingen; aber er konnte nicht länger mit anhören, wie Vantara solch herber Kritik unterzogen wurde.

»Tut mir leid, Kapitän.« Das Gesicht des Leutnants war jetzt ausdruckslos, und ihre Stimme verriet keine Gemütsregung. »Wollt Ihr, daß ich mich um das Blauhorn kümmere?«

»Wie heißt Ihr überhaupt?«

»Dschirinn Pertrih, Kapitän.«

Tauler kam sich inzwischen reichlich großspurig vor, aber er konnte jetzt nicht mehr zurück. »Es herrscht in der Flotte kein Mangel an Leuten, die mit Tieren umgehen können – seid Ihr sicher, Ihr nehmt nicht Reißaus?«

»Ich bin auf einer Farm aufgewachsen, Kapitän.« Dschirinn öffnete das Ventil ihres Aggregats gerade so weit, daß sie genug Schub bekam, um sich dem Kopf des Blauhorns zu nähern. Das Tier rollte die hervorquellenden Augen, und glänzende Speichelfäden sammelten sich rund um das Maul. Tauler hielt die Luft an – gegen diese massiven Kiefer schützte auch der dickste Anzug nicht –, doch Dschirinn gab sanfte, wortlose Laute von sich, die allem Anschein nach sofort eine beruhigende Wirkung auf das Blauhorn hatten. Sie schlang einen Arm um den Hals des Tieres und fing an, mit der freien Hand seine Stirn zu streicheln. Das Blauhorn ließ die Berührung geschehen und beruhigte sich zusehends; in wenigen Sekunden konnte sie die Lider über die stierenden bernsteingelben Augen streifen. Sie nickte Tauler zu, zum Zeichen, daß er sich nun mit dem Seil heranwagen konnte.

Er düste voran, band dem Tier die Hinterbeine zusammen, gab ein kurzes Stück Leine frei und verfuhr mit den Vorderbeinen genauso. Die Arbeit war ungewohnt für ihn, und so erwartete er jeden Augenblick eine heftige Reaktion des Tieres, doch es hielt still.

Mittlerweile hatte man das Chaos in der betroffenen Staffel unter Kontrolle. Das Wrack wurde aufgegeben. Jenlands Oberfläche verschwand beinah völlig unter Kondensstreifen, während Besatzungsmitglieder aus anderen Schiffen die Ladung des Havaristen sicherstellten. Sie riefen einander zu, klangen fast ausgelassen, wohl weil die Flotte insgesamt so glimpflich davongekommen war. Die Expedition, überlegte Tauler, hatte noch in anderer Hinsicht Glück gehabt – hätte sich die Begegnung mit dem Meteorschwarm nicht in unmittelbarer Nähe der gewichtslosen Zone ereignet, hätte es leicht zu Verlusten an Mensch und Material kommen können. Alle Gegenstände in seinem Gesichtskreis fielen in Richtung Diesland, aber alle miteinander noch so langsam, daß etwaige Unterschiede so schnell nicht ins Gewicht fielen.

Auch Männer der Leitstaffel düsten herauf, unter ihnen Himmelskommodore Scholdt, der militärische Oberkommandierende der Flotte. Scholdt war ein zäher und wortkarger Mann von fünfzig Jahren, den die Königin wegen seiner ausgesprochenen Vorliebe für schwierige Aufgaben favorisierte. Wiewohl ihn keinerlei Schuld traf, mochte ihm der Verlust des Schiffes für den Rest des Fluges gründlich die Laune verdorben haben.

»Marakain!« rief er Tauler zu. »Was, zum Henker, macht Ihr da? Schert Euch an Bord und seht zu, was Ihr an Vorräten übernehmen könnt. Ihr solltet Euch jetzt nicht mit einem elenden Hornvieh befassen.«

»Wie kommst du dazu, mich ein Hornvieh zu nennen!« murrte Dschirinn mit gespielter Entrüstung in Scholdts Richtung. »Selbst ein Hornvieh!«

»Also, ich hab Euch schon einmal gewarnt...« Tauler, der dem Leutnant erneut einen Verweis wegen Respektlosigkeit gegenüber vorgesetzten Offizieren erteilen wollte, begegnete dem Schalk in ihren braunen Augen und besann sich eines Besseren. Menschen, die unter Belastung noch Witze machen konnten, waren ihm sympathisch; und sich so dicht wie Dschirinn an das angstgepeinigte Blauhorn heranzuwagen, hätte er nicht die Nerven gehabt.

»Ihr könnt zu Eurem Schiff zurück«, sagte er steif. »Die

Farmer können ihr Blauhorn einsammeln, wenn sie soweit sind.«

»Jawohl, Kapitän.« Dschirinn stieß sich von dem friedfertigen Blauhorn ab und griff nach den Hebeln ihrer Antriebseinheit.

Tauler kam sich mit einemmal unfair vor. »Was ich noch sagen wollte, Leutnant...«

»Ja, Kapitän?«

»Ihr habt Eure Sache gut gemacht.«

»Oh, danke, Kapitän«, sagte Dschirinn spröde lächelnd. Tauler hatte das ungute Gefühl, daß sie sich über ihn lustig machte. Er sah ihr nach, wie sie davondüste, einen quellenden Konus weißer Kondensation hinter sich herziehend, und seine Gedanken kehrten sofort zu Vantara zurück. Sie war mit knapper Not dem Huf des Blauhorns entgangen und hatte sich vernünftigerweise auf ihr Schiff zurückgezogen. Andererseits hatte sie ihn dadurch um eine günstige Gelegenheit gebracht, die gestörte Beziehung zwischen ihnen zu verbessern.

Aber die Zeit drängt ja nicht, philosophierte er. Ich habe alle Zeit der Welt, wenn wir erst auf Diesland sind.

4. Kapitel

Diviwîdiv wurde durch ein telepathisches Flüstern des Xa aus seinem Mittelhirnschlaf geweckt.

Sieh dich um, Geliebter Schöpfer, sagte Xa und brachte mit der Geistfarbe Grün eine gewisse Dringlichkeit zum Ausdruck.

Was ist los? erwiderte Diviwîdiv, der noch nicht alle Stufen des Bewußtseins erklommen hatte. Er hatte von einfacheren und glücklicheren Zeiten geträumt, insbesondere von seiner frühen Kindheit auf Dassarra, und sein Oberhirn hatte eben begonnen, das Szenario eines vielversprechenden Tages zu ersinnen, eines, das Detail um Detail in das schlummernde Mittelhirn gespeist worden wäre, und das er bis zur Neige hätte auskosten können. Natürlich konnte er es in der nächsten Mußeperiode rekonstruieren, aber es würde unvermeidlich zu kleineren Abweichungen kommen, und er konnte nicht umhin, ein gewisses Bedauern zu empfinden angesichts des unwiederbringlichen Verlusts. Der erloschene Traumtag hatte versprochen, nahezu vollkommen zu werden. Die Sehnsucht machte alles nur noch…

Die Primitiven, die von der Oberfläche ihres Planeten aufsteigen, haben die Bezugsebene passiert, fuhr Xa fort. *Sie haben ihre Fahrzeuge gewendet und…*

Was lediglich bedeutet, unterbrach Diviwîdiv, *daß sie zu ihrer Schwesterwelt unterwegs sind. Was störst du mich also?*

Ich habe sie mit größerer Klarheit wahrnehmen können, Geliebter Schöpfer, und ich muß Dich darüber informieren, daß ihre Sehorgane den Deinen weit überlegen sind. Außerdem haben sie Geräte entwickelt, mit denen sie optische Bilder enorm vergrößern können.

Teleskope! Die Vorstellung, eine primitive Spezies könne in der Lage gewesen sein, ein so eigenwilliges Medium wie Licht zu manipulieren, ließ Diviwîdiv mit einem Schlag hellwach werden. Er setzte sich in dem glatten, schwammweichen Bett auf und schaltete das künstliche Gravitationsfeld ab, ohne welches er nicht einmal in das leichteste Schlafstadium gefunden hätte.

Sag mal, sagte er zu Xa, *werden uns die Primitiven sehen können?* Er mußte die Frage stellen, denn er war im Moment auf Xas Sinne angewiesen; die metallenen Wände seines Habitats setzten der unmittelbaren Wahrnehmung eine strikte Grenze.

Ja, Geliebter Schöpfer. Zwei von ihnen mustern bereits den Bereich der Gesichtssphäre, in dem wir uns befinden – einer von ihnen mit einem zweiäugigen Teleskop –, und es besteht durchaus die Möglichkeit, daß man uns entdeckt. Am verräterischsten ist das Heizsystem für die Anlage zur Proteinsynthese – es verliert Strahlung, die ausgerechnet in dem Teil des Spektrums liegt, der von den Augen der Primitiven abgedeckt wird. Sie sagen ›purpurrot‹ dazu.

Ich werde diese Heizelemente sofort stillegen. Diviwîdiv stieß sich aus dem Schlaftrakt des Habitats in den Hauptkontrollraum. Seine Flugbahn trug ihn durch die Luft zur Kontroll-

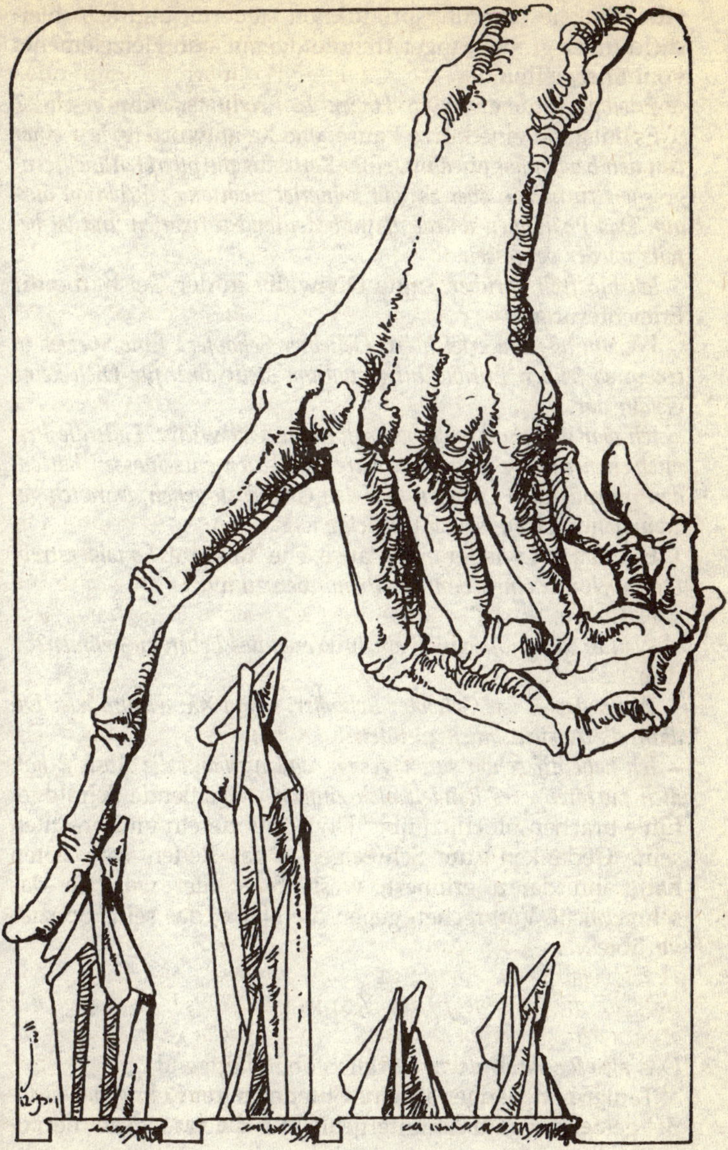

tafel, die die Nahrungsproduktion steuerte, und sein bleistiftdünner grauer Finger trennte die äußeren Heizelemente vom Energiefluß.

Erledigt, sagte er zu Xa. *Haben die Primitiven etwas gesehen?*

Es entstand eine kurze Pause, ehe Xa antwortete: *Ja – einer von den beiden hat erwähnt, eine ›Kette aus purpurroten Lichtern‹ gesehen zu haben, aber es gibt keinerlei emotionale Reaktion darauf. Das Phänomen wurde als unbedeutend verworfen und ist bereits wieder vergessen.*

Ich bin froh darüber, sagte Diviwîdiv in der Geistfarbe für Erleichterung.

Warum bist Du erleichtert, Geliebter Schöpfer? Eine Spezies in einem so frühen Entwicklungsstadium stellt doch für Dich keine Gefahr dar.

Ich war nicht um mich besorgt, sagte Diviwîdiv. *Falls die Primitiven neugierig geworden wären und sich entschlossen hätten, den ›purpurroten Lichtern‹ auf den Grund zu gehen, wäre ich gezwungen gewesen, sie zu vernichten.*

Es entstand wieder eine Pause, ehe Xa sagte: *Es widerstrebt Dir, auch nur einen von den Primitiven zu töten.*

Natürlich.

Weil es unmoralisch ist, einem Wesen das Leben zu nehmen?

Ja.

Wenn das so ist, Geliebter Schöpfer, sagte Xa, *warum hast Du dann die Absicht, mich zu töten?*

Ich habe dir schon so oft gesagt, daß niemand die Absicht hat, dich zu töten – es handelt sich einfach … Quälende Schuldgefühle brachen plötzlich über Diviwîdiv herein und brachten seine Gedanken zum Schweigen – das Reden vom Töten hatte ihn daran erinnert, weshalb er hier war, an das schreckliche Verbrechen gegen die Natur, das seine Spezies verübte …

5. Kapitel

Das alte Ro-Atabri war wirklich überwältigend …

Tauler hatte länger als eine Stunde an der Reling der Gondel gestanden und hinuntergeblickt auf den langsam heranwachsenden Fleck verschlungener Linien- und Farbmuster. Er war damit großgeworden, in Jenlands Hauptstadt eine imposante Metropole zu sehen, und hatte sich Ro-Atabri viel größer, aber im wesentlichen genauso wie Pradt vorgestellt. Die Wirklichkeit dieses historischen Zentrums kolkorronischer Macht traf ihn völlig unvorbereitet.

Ein so gewaltiger Größenunterschied mußte weitergehende Unterschiede mit sich bringen; doch das allein war es nicht. All die großen und kleinen Städte auf Jenland, selbst die Dörfer waren auf dem Papier entstanden, und folglich entsprangen ihre Hauptmerkmale dem Willen ihrer Architekten und Erbauer; doch Ro-Atabri ähnelte aus großer Höhe einem natürlich gewachsenen, lebendigen Organismus.

Alles war so wie in den Skizzen, die seine Großmutter väterlicherseits – Gesalla Marakain – früher für ihren kleinen Enkel angefertigt halle. Da war der Borannfluß, der sich zur Arlbucht schlängelte, die sich wiederum auf den Golf von Tronom öffnete, und im Osten lag der schneebedeckte Gipfel des Optelmer. Gelenkt und geformt durch solche Naturgegebenheiten, spreizte sich die Stadt mit ihren Vororten über das Land, ein Myzel aus Mauerwerk, Zement, Brakkaholz und Lehm, das Ergebnis jahrhundertelangen, menschlichen Strebens. Das große Feuer, das zu Beginn der Auswanderung gewütet hatte, hatte in einigen Bereichen eine heute noch sichtbare Verfärbung hinterlassen, doch das feste Mauerwerk hatte überdauert und würde der Menschheit auch künftig wieder zur Verfügung stehen. Orangerote und orangebraune Tupfer zeigten, wo die glücklosen Neuen Menschen begonnen hatten, die gähnenden Gevierte mit Ziegeln zu decken.

»Nun, was sagt ihr, junger Marakain?« sagte Kommissar Kettoren, der neben Tauler aufgetaucht war. Jetzt, da er wieder sein normales Gewicht hatte, fühlte er sich schon viel wohler und zeigte reges Interesse für alles, was sich an Bord tat.

»Sie ist groß«, sagte Tauler einfach. »Man weiß nicht, wo man zuerst hinblicken soll. Alles, die ganze menschliche Geschichte ist also … genau so gewesen.«

Kettoren lachte. »Habt Ihr gedacht, wir hätten Euch Märchen erzählt?«

»Die heutige Generation denkt vielleicht so, aber das hier … es verschlägt mir die Sprache, wenn Ihr wißt, was ich meine.«

»Ich weiß genau, was Euch bewegt – was denkt Ihr, wie mir zumute ist.« Kettoren lehnte sich weiter über die Reling, und in sein langes Gesicht kam Leben. »Seht Ihr diese quadratische Grünfläche genau westlich der Stadt? Das ist das alte Areal für Himmelsschiffe – von da sind wir vor fünfzig Jahren aufgestiegen! Könnten wir da nicht wieder landen?«

»Warum nicht«, sagte Tauler. »Es hat also kaum seitliche Abweichungen gegeben bei der Überfahrt, und wenn, dann haben sie sich gegenseitig ausgeglichen. Die Entscheidung liegt freilich beim Himmelskommodore, aber ich würde sagen, wir gehen da vor Anker.«

»Das wäre großartig. So würde der Kreis sich schließen.«

»Ihr habt recht«, stimmte Tauler zu, der schon nicht mehr richtig hinhörte. Der zehntägige Flug von einem Planeten zum anderen war so gut wie vorüber, und schon bald würde es Gelegenheiten zuhauf geben, Vantara den Hof zu machen. Seit dem Zwischenfall mit dem Blauhorn hatte Tauler sie nicht mehr zu Gesicht bekommen; er litt bereits derart unter visuellen Entzugserscheinungen, daß er kaum noch wußte, welches Abenteuer das größere war – die erste Begegnung mit einer neuen Welt oder die nächste mit der Contessa.

»Ich beneide Euch, junger Marakain«, sagte Kettoren, der wehmütig auf die Bühne seiner blaß erinnerten Jugend hinabsah. »Ihr habt noch alles vor Euch.«

»Vielleicht.« Tauler lächelte angesichts der Vorstellungen, die er mit den Worten des Kommissars verband. »Vielleicht habt Ihr recht.«

Das Dorf Stai-vih hatte etwa hundert Häuser, und selbst in seiner Blütezeit hatte es nicht mehr als ein paar hundert Seelen gezählt. Tauler war versucht, erst gar nicht zu landen und es einfach auf seiner Liste auszustreichen, aber dann hätte er einen Inspektionsbericht fingieren müssen, und Unredlichkeit widerstrebte ihm. Er studierte einen Moment lang die Dorfanlage. Der Platz im Zentrum war reichlich klein, selbst für einen so abgelegenen Ort.

»Was meint Ihr, Corporal?« sagte er, um das Urteilsvermögen des Jüngeren zu testen. »Können wir auf diesem Grasflecken landen?«

Scheenemirt beugte sich über die Reling, um die Erfolgsaussicht abzuschätzen. »Ich würde es nicht riskieren, Kapitän – wir hätten wenig Spielraum, und man weiß nicht, was für Luftwirbel uns da unten erwarten, zwischen den aufgestockten Lagerhäusern.«

»Das will ich meinen – wir machen noch einen Piloten aus Euch«, sagte Tauler gönnerhaft. »Steuert die östlichen Viehweiden an, neben dem Fluß, und bringt uns da runter.«

Scheenemirt nickte dankbar, wobei seine ohnehin schon rosige Gesichtsfarbe noch rosiger wurde. Tauler hatte den Burschen von Anfang an gemocht, und eigens darum ersucht, ihn auf dem Flug nach Diesland in seiner Mannschaft zu haben. Nun bereitete er ihn höchstpersönlich auf eine Beförderung im Einsatz vor, zum Verdruß von Leutnant Corrivalt, der das übliche Jahr in einem Trainingsgeschwader absolviert hatte.

Tauler wandte sich Corrivalt zu, der offiziell für das Landemanöver zuständig gewesen wäre und seine Enttäuschung zur Schau trug, indem er übertrieben gelangweilt in einem Stuhl lümmelte. »Leutnant, teilt einen Mann zur Bordwache ein; die anderen sollen sich fertigmachen zur Erkundung des Dorfes – die Bewegung wird ihnen guttun.«

Corrivalt salutierte, sehr korrekt, und verließ die Brücke. Tauler sah dem Leutnant, der die wenigen Stufen zum Hauptdeck der Gondel hinabging, mit einem bewußt neutralen Gesichtsausdruck nach. Er hatte sich bereits vorgenommen, den Mann zu entschädigen, indem er ihn vorzeitig für eine Beförderung zum Kapitän vorschlug. Aber das wollte er Corrivalt erst wissen lassen, wenn die laufende Mission beendet war.

Es war erst Mitte Frühtag, und schon dörrte die Sonne dieser äquatorialen Breiten den Boden aus. Die meisten Gondeln lagen im Schatten ihres Gassacks, was ihre Umgebung unnatürlich hell und scharf erscheinen ließ. Während Taulers Schiff einen trägen absinkenden Halbkreis schlug, um der leichten Brise die Stirn zu bieten, sah Tauler, daß die Felder rund um das Dorf fast wieder das einheitliche Mischgrün der unberührten Natur zeigten.

Ohne Jahreszeiten, die den Reifezyklus dirigierten, neigten die einzelnen Pflanzenarten im Wildwuchs dazu, ihrem ureigenen Zeitplan zu folgen – ein Teil befand sich im Frühstadium des Wachstums, ein anderer stand in Blüte und wieder ein anderer verwelkte und gab seine Bestandteile an den Boden zurück. Vor undenklichen Zeiten hatten die kolkorronischen Farmer die Nutzpflanzensamen zu zeitgleichen Gruppen zusammengefaßt; es hatten sich sechs Ernten pro Jahr ergeben, und seitdem zeigten die Anbauflächen jenes für Kolkorron typische Muster aus verschiedenfarbigen Streifen.

Hier, nach Jahrzehnten der Vernachlässigung, waren die Streifenmuster so gut wie verschwunden, und Futterpflanzen, Getreidesorten, Gemüsepflanzen und andere Feldfrüchte waren im Laufe der Zeit wieder zur Anarchie zurückgekehrt. Vermutlich hatten die Neuen Menschen diese Gegend brachliegen lassen, nachdem die normale menschliche Bevölkerung von der Pterssaseuche hinweggerafft worden war. Wenn das stimmte, dann versprach die Erkundung des Dorfes nur eine weitere höchst unerfreuliche und zutiefst deprimierende Erfahrung zu werden.

Die Sterbenden hatten keine Zeit mehr gehabt, ihre Toten zu begraben, so rasch war – vor einem halben Jahrhundert – die Seuche über seine Rasse hereingebrochen …

Der Gedanke warf ein Leichentuch über Taulers Stimmung. Die Annahme, nach der Landung der Flotte würde er grenzenlos Gelegenheit haben, mit Vantara zusammenzusein, hatte sich als Irrtum herausgestellt. Er hatte bestimmte historische Tatsachen außer acht gelassen.

Die Auswanderung von Diesland nach Jenland war ursprünglich mit Besonnenheit und Sorgfalt geplant gewesen. Sie hatte zeitlich abgestuft vonstatten gehen sollen, doch dann hatte sie schließlich in Panik und Chaos stattgefunden. Ro-Atabri hatte in Flammen gestanden, der Mob tobte und die Disziplin der Armee zerbröckelte, die Evakuierung wurde durchgepeitscht, und den Flüchtlingen blieb keine Zeit zum Überlegen – und unter diesen extremen Umständen hatte man *nicht ein einziges Buch* mitgenommen. Schmuck und nutzlose Geldbündel hatte man zuhauf dabei, aber nicht ein einziges Gemälde, kein geschriebenes Gedicht, kein Notenblatt.

Derweil gebildete Männer und Frauen später beklagt hatten, man habe die Seele der Rasse zurückgelassen, hatten sich König Chakkell und seine Familie eher über eine andere Unterlassungssünde geärgert. Im Tumult und Wirrwarr des Aufbruchs hatte niemand daran gedacht, auch nur eine einzige Karte von Kolkorron, vom Königreich oder von Diesland mitzunehmen. Bis auf den Tag gab es kein größeres Ärgernis für die königliche Familie, zumal man sich nach wie vor als Souverän der Alten Welt betrachtete; und diese Scharte galt es jetzt auszuwetzen.

Prinz Oldo, Desihns einziger noch lebender Nachkomme, ein Mann in den späten Fünfzigern, war zeitlebens die Krone verwehrt geblieben, weil Königin Desihn sich geweigert hatte, den Thron freizumachen. Und nun, da ihm die Gebrechlichkeit seiner Mutter die späte Erfüllung versprach, mußte er sich mit dem Problem herumschlagen, daß die Bilanz seines künftigen Königreichs fast völlig im dunkeln lag.

Wie Tauler erst nach der Landung erfahren hatte, hatte Prinz Oldo Desihn überreden können, die Umkreisung von Diesland mit Hilfe der vier Luftschiffe aufzuschieben, bis ein detaillierter Überblick über das alte Kolkorron zu Papier gebracht war. Anstatt sich in getrennten Schiffen vereint mit Vantara auf einem spannenden Flug rund um den Globus zu befinden, mußte er sich in einer endlosen Folge von Luftsprüngen von einem verlassenen Ort zum nächsten voranarbeiten. Er war schon fast zwanzig Tage auf Diesland und hatte Vantara, die mit dem gleichen Auftrag in einem anderen Teil des Landes unterwegs war, in all der Zeit nicht einmal zu Gesicht bekommen.

So wie ihn die schiere Größe Ro-Atabris beeindruckt hatte, wurde er nun von der schieren Fülle an Zentren, großen, mittleren und kleinen, überwältigt, die einst nötig gewesen waren, um die Bevölkerung Kolkorrons unter Dach und Fach zu bringen. Während es auf Jenland durchaus möglich war, stundenlang mit dem Schiff über Land zu fliegen, ohne ein einziges Haus zu sehen, empfand Tauler die Ausbreitung des Menschen hierzulande erdrückend und beklemmend. Er stellte sich das alte Königreich wie einen weiträumigen, summenden Bienenstock vor, in dem das Individuum wenig zählte. Er empfand eine instinktive Abneigung gegen die Art und Weise, wie Kolkorron das Land überwuchert und erstickt hatte; daran konnte auch die Tatsache wenig ändern, daß sein Großvater hier aufgewachsen war.

Mißmutig starrte er auf das Konglomerat von Wohnhäusern und größeren Gebäuden, das den Namen Stai-vih trug und je nach Bewegung des Luftschiffs zu kippen schien. Den alten Karten und Aufzeichnungen zufolge, die man in Ro-Atabri gefunden hatte, war Stai-vih insofern von Bedeutung, als es eine Pumpstation besaß, die ehemals ein größeres Anbaugebiet nördlich des hiesigen, teilweise kanalisierten Flusses bewässert hatte. Tauler sollte die Station inspizieren und über ihren Zustand berichten.

Ohne Scheenemirt und seine Steuermanöver aus dem Auge zu verlieren, warf Tauler einen Blick in seine Liste; nach Stai-vih hatte er nur noch drei weitere Orte zu kontrollieren. Wenn nichts dazwischenkam, konnte er morgen noch vor Kurznacht wieder zur Basis nach Ro-Atabri zurückkehren. Inzwischen mochte auch Vantara soweit sein. Der Gedanke half, die Befürchtungen zurückzudrängen, die er angesichts der unter ihm liegenden Aufgabe hegte, und er begann zu pfeifen, derweil er sein Schwert aus dem Spind nahm. Die stählerne Waffe, die einst seinem Großvater gehört hatte, war viel zu sperrig, als daß man sie in der Enge eines Luftschiffes hätte tragen können; aber er wagte sich nie hinaus, ohne sie vorher umzuschnallen. Sie gab ihm die handfeste Gewißheit, mit diesem anderen Tauler Marakain verwandt zu sein, wiewohl er niemals hoffen durfte, auch nur eine einzige Heldentat zu vollbringen, die sich mit denen seines Großvaters messen konnte.

Im nächsten Augenblick – unter kurzen Stößen aus den Hilfsdüsen – berührte die Gondel den Boden, und die vier Ankerkanonen feuerten ihre Widerhaken in die Grasnarbe. Männer schwangen sich sofort mit weiteren Leinen über Bord und vertäuten das Schiff zusätzlich gegen die in äquatorialen Gegenden streunenden Heißluftwirbel.

»Düsenaggregat wird stillgelegt, Kapitän«, sagte Scheenemirt und suchte Taulers Blick zu begegnen, als er das pneumatische Reservoir entlüftete, um den Strom von Energiekristallen zu unterbinden. »Wie war die Landung?«

»Leidlich, leidlich«, sagte Tauler mit einem Unterton, der signalisieren sollte, daß er mit der Vorführung des Corporals zufriedener war, als es die Worte zum Ausdruck brachten. »Aber steht nicht da und gratuliert Euch selbst – Wir haben zu tun in der Metropole da drüben. Schert Euch über Bord!«

Wie bei den bisherigen Inspektionen, so fühlte sich Tauler auch diesmal auf dem kurzen Weg zum Rand des Dorfes merkwürdig befangen – als ob verborgene Beobachter jeden seiner Schritte verfolgten. Die Vorstellung war zwar absurd, aber er und seine Männer gaben regelrechte Zielscheiben für Musketen ab, die plötzlich in den oberen, scheibenlosen Fenstern der nächsten Häuser erscheinen mochten. Sein Unbehagen, überlegte er, entsprang wahrscheinlich dem Gefühl, kein Recht zu haben, die letzte Ruhestätte so vieler Menschen zu stören …

Ein Schwall von Flüchen ein Dutzend Schritt rechts von ihm ließ ihn den Blick wenden. Der Mann schlug einen Bogen um irgend etwas, das Tauler wegen des hohen Grases nicht sehen konnte.

»Was ist es, Renko?« sagte er, obwohl er die Antwort ahnte.

»Zwei Skelette, Kapitän.« Renkos safrangelbes Luftfahrerhemd war bereits an mehreren Stellen dunkel vom Schweiß, und er humpelte demonstrativ. »Bin fast drüber gefallen, Kapitän. Hab mir fast den Knöchel verstaucht.«

»Sollte der Schmerz anhalten, schreibe ich einen Unfallbericht«, sagte Tauler trocken. »Kollision mit zwei Skeletten – knapp davongekommen.« Sein Kommentar erntete Gelächter, und Renkos Hinken verlor sich rasch.

Als sie in das Dorf kamen, schwärmten die Männer wie immer aus, gingen in die Häuser und berichteten Leutnant Corrivalt, der alles minuziös in seinem Berichtsheft vermerkte. Tauler sonderte sich ein wenig ab und ging durch schmale Gassen zwischen den Häusern und durch verwilderte Gärten. Nach den Spuren des Zerfalls zu urteilen, war Stai-vih nicht von den Neuen Menschen übernommen worden; es mußte ein halbes Jahrhundert her sein, daß hier Menschen gelebt hatten.

Im Freien waren nirgends Skelette zu sehen, aber das war meist so. In der letzten und virulentesten Phase der Pterssaseuche hatten die Opfer nach der Infektion nur noch eine Lebenserwartung von zwei Stunden gehabt; zum Sterben schien man sich instinktiv an abgeschiedene Orte zurückgezogen zu haben – als habe es gegen ein tief verwurzeltes Gefühl von Anstand verstoßen, das Gemeinwesen für jedermann sichtbar mit faulenden Leibern zu verunzieren. Einige wenige hatten Lieblingsorte oder Aussichtspunkte aufgesucht, doch im allgemeinen hatten es die Bürger Kolkorrons vorgezogen, in ihren eigenen vier Wänden und sehr oft im Bett zu sterben.

Tauler wußte nicht mehr, wie oft er gebannt vor den tragischen Stilleben einst lebendiger Familien gestanden hatte, Skeletten von Männern und Frauen in einer letzten Umarmung, manchmal mit kleineren Knochengerüsten, die zwischen ihnen lagen. In so kurzer Zeit so oft mit der Vergänglichkeit des Lebens konfrontiert zu werden, hatte seine Seele mit einer tiefen Melancholie infiziert, die zuweilen seinen natürlichen Überschwang erstickte, und jetzt – das gab er offen zu – mied er die stillen Wohnstätten, wann immer er konnte.

Sein verwinkelter Weg durch das Dorf brachte ihn schließlich zu einem großen, fensterlosen Gebäude am Flußufer. Ein Teil des Gebäudes reichte bis in das träge fließende Wasser. Das mußte die Pumpstation sein, der das Hauptinteresse bei dieser Inspektion galt. Er ging um das Gebäude herum, bis er an eine große Tür auf der Nordseite kam. Die Tür war aus dichtfasrigem Holz, verstärkt mit Brakkabeschlägen, und hatte die fünfzig Jahre allem Anschein nach unbeschadet überdauert. Sie war verschlossen. Wie zu erwarten, bebte sie kaum, als er sich mit seinem ganzen Gewicht dagegenwarf.

Er machte seinem Ärger Luft und drehte sich um, beschattete die Augen gegen die Sonne und musterte das Dorf. Es dauerte länger als eine Minute, ehe er die stämmige Gestalt des Hilfsmaschinisten entdeckte. Gepleronn kam eben aus einem Gebäude, das wie ein Lager aussah, und stopfte sich einen kleinen Gegenstand in die Tasche. Der Sergeant schrak regelrecht zusammen, als Tauler ihn zu sich rief.

»Ich habe nicht geplündert, Kapitän«, protestierte er beim Näherkommen. »Ich habe nur einen kleinen Kerzenhalter aus schwarzem Holz aufgelesen. Das Ding hat keinen Wert, Kapitän... ein Souvenir, das ich mit nach Pradt nehmen wollte, für meine Frau... Ich kann es zurückbringen, wenn Ihr...«

»Laß stecken«, schnitt Tauler ihm das Wort ab. »Ich will diese Tür geöffnet haben. Hol dir Werkzeug aus dem Schiff. Spreng sie aus den Angeln, wenn es sein muß!«

»Jawohl, Kapitän!« sagte Gepleronn erleichtert. Er prüfte kurz die Tür, dann salutierte er und eilte von dannen.

Tauler setzte sich auf die Steinstufen und machte es sich so bequem wie möglich, während er auf Gepleronns Rückkehr wartete. Die Sonne stieg, und mit ihr die Hitze, und der Himmel war derart hell, daß nur wenige Taggestirne zu sehen waren. Direkt über ihm beherrschte die große Scheibe Jenlands den Himmel; sie war in seinen Augen frisch und makellos, und plötzlich hatte er ein unbändiges Heimweh nach Jenlands taufrischen Welten. Ganz Diesland war ein einziges riesiges Beinhaus – verfallen, gespenstisch, modrig und unendlich traurig –, und auch Vantara, die irgendwo hinter dem Horizont unterwegs war, konnte kaum noch die Düsternis aufhellen, die sich über seine Seele legte. Etwas anderes wäre es, wenn er wirklich bei ihr sein könnte, aber nicht weit und doch völlig abgeschnitten von ihr zu sein, war schlimmer als ...

Was tue ich mir da an? dachte er mit einemmal. Was für ein Mann soll aus mir werden? Hätte sich der andere Tauler Marakain auch so herumgedrückt – krank vor Liebe und krank vor Heimweh – wie ein blaßhäutiger Jüngling?

Tauler sprang auf die Füße und schritt immerzu ungeduldig im Kreis herum, eine Hand am Griff des Schwertes, als Corrivalt mit dem Rest der Mannschaft im Gefolge daherkam. Der Leutnant prüfte im Gehen seine Notizen, wirkte nüchtern, sachverständig und sehr zufrieden mit sich und der Welt. In Tauler regte sich Neid, verbunden mit dem flüchtigen Verdacht, Corrivalt könne von den beiden Männern doch der bessere Offizier sein.

»Der Bericht ist fast fertig, Kapitän – bis auf die Inspektion der Pumpstation«, sagte Corrivalt. »Wart Ihr schon in dem Gebäude?«

»Wie sollte ich da wohl hineinkommen, wenn die verfluchte Tür versperrt ist?« fuhr Tauler ihn an. »Seh ich aus wie ein Geist, der sich durch eine Türritze fädeln kann?«

Die Augen des Leutnants weiteten sich, dann wurden sie stumpf und unpersönlich. »Verzeihung, Kapitän. Ich wußte nicht ...«

»Gepleronn holt bereits Werkzeug aus dem Schiff«, fiel Tauler ihm ins Wort. »Seht zu, ob er Hilfe beim Tragen braucht. – Ich habe keine Lust, länger als irgend nötig auf diesem Friedhof herumzulungern.«

Tauler, der seine Unbeherrschtheit schon wieder bereute, wandte sich ab, als Corrivalt überkorrekt salutierte, und schlenderte am Flußufer entlang, bis er an eine schmale Holzbrücke kam. Von weitem hatte sie ziemlich gesund ausgesehen, aber jetzt bemerkte er die grauweiße, löchrige Oberfläche des Holzes; die Brücke war durch und durch von Insektenlarven zernagt. Er zog das Schwert und schlug nach einem Pfosten des Geländers; die Klinge fand wenig Widerstand, der Pfosten knickte fort und stürzte, ein Stück des Geländers mitnehmend, in den Fluß. Ein halbes Dutzend Schläge brauchte es, um die beiden Tragbalken der Brücke zu durchtrennen; das ganze morsche Bauwerk stürzte ins Wasser inmitten von Schwaden aus pulverisiertem Holz und dem Gesumme kleiner, geflügelter Kreaturen, die aus ihrer zwanghaften Betätigung aufgescheucht waren.

»Ich hoffe, es hat euch geschmeckt«, wandte Tauler sich launisch an die unzähligen Larven, die in den Balken und Bohlen stecken mußten. »Labt euch an dem frischen Trunk.«

Taulers innere Spannungen waren durch den kurzen und im Grunde genommen lächerlichen Wirbel körperlicher Aktivität abgebaut worden. Jedenfalls war er auf dem Rückweg ins Dorf entschieden besser gelaunt als noch vor wenigen Minuten. Gerade als er die Pumpstation erreicht hatte, hatten Gepleronn und seine zwei Helfer die Tür mit langen Brecheisen aufgestemmt.

»Gute Arbeit«, sagte Tauler. »Nun laßt uns nachsehen, was für ein Wunderwerk der Technik da auf uns wartet.«

Er wußte aus dem Geschichtsunterricht, daß Diesland keine Metalle gekannt hatte und hierzulande alles das aus Brakkaholz gefertigt worden war, was man auf Jenland üblicherweise aus Eisen, Stahl oder einem anderen geeigneten Metall herstellte. Trotzdem erschienen ihm Maschinen, deren stark beanspruchte Teile – wie etwa die Zahnräder – aus schwarzem Holz geschnitzt waren, wie schwerfällige und wunderliche Relikte aus einer primitiven Epoche.

Er ging voran durch den kurzen Gang, trat in einen großen Gewölberaum und stand vor der mächtigen Pumpanlage. Die Fenster im Dach waren schmutzverkrustet; aber trotz des spärlichen Lichts war zu erkennen, daß die staubbedeckte Maschinerie komplett und in gut erhaltenem Zustand war. Balken und Streben waren nicht aus Brakka, sondern aus dem gleichen dichtfasrigen Holz wie die Eingangstür; das Holz widerstand offensichtlich holzbohrenden Insektenlarven oder war nicht nach ihrem Geschmack. Tauler testete einen Balken mit dem Daumennagel und war von der Härte des Materials beeindruckt, das fünfzig Jahre unbehandelt überdauert hatte.

»Kapitän, ich glaube, es ist Raftaholz«, sagte Scheenemirt

neben ihm. »Kein Wunder, daß man es als Bauholz bevorzugte.«

»Woher wißt Ihr, wie es heißt?«

Scheenemirt bekam einen roten Kopf. »Ich habe die Beschreibung mehr als einmal gelesen, und zwar in…«

»O *nein!*« Die Stimme gehörte Leutnant Corrivalt, der an der Peripherie des Raumes entlanggegangen war und jedesmal einen Blick in die Seitenräume geworfen hatte. Er kam rückwärts aus einem Durchgang heraus, kopfschüttelnd, und Tauler wußte sogleich, der Mann hatte etwas Abstoßendes gesehen. Darauf, sagte sich Tauler, warte ich schon, seit wir das Dorf betreten haben. Ich wußte, hier wartet irgend etwas Schlimmes auf uns, und ich habe keine Lust, es zu sehen.

Andererseits, wenn er sich sträubte, den Fund persönlich in Augenschein zu nehmen, mochte leicht der Eindruck entstehen, er sei zu zart besaitet für diese Arbeit. Er konnte den grimmigen Moment höchstens ein wenig hinauszögern. Er beugte sich über den Hebelgriff eines Sperrhakens, wischte den Staub von der Vorrichtung und mimte besonderes Interesse für die präzise Schnitzarbeit, derweil er seine Männer beobachtete. Ihre Neugier war durch Corrivalts Reaktion geweckt, und sie gingen einer nach dem anderen in den betreffenden Nebenraum. Keiner blieb länger als ein paar Sekunden, und – so abgehärtet sie waren – jeder war niedergeschlagen und nachdenklich, als er in den Maschinenraum zurückkehrte.

Ich habe eine Verabredung in diesem Raum, dachte Tauler, und es wäre nicht anständig, noch länger zu zaudern.

Er drückte den Rücken durch, die Hand fiel unwillkürlich an den Schwertgriff, und so schritt er durch die harrende Türöffnung. Der Raum dahinter ähnelte einer Gefängniszelle. Er enthielt keinerlei Mobiliar und empfing sein trübes Licht aus einem geborstenen Fenster hoch oben im schräg abfallenden Dach. Rundum an den Wänden saßen vielleicht zwanzig Skelette. Die wuscheligen Überbleibsel von Ober- und Unterkleidern, die Halsbänder und die Armreifen aus Keramik verrieten Tauler, daß es sich um weibliche Skelette handelte.

So schlimm ist es nun auch wieder nicht, dachte er. Die Seuche war nun einmal unparteiisch – wer lebte, der starb. Sie hat die Frauen genauso dahingerafft wie die Männer. Seit ich auf diesem trostlosen Planeten bin, habe ich so viele ...

Taulers Gedanken blieben stecken, zu Eis gefroren, als er gewahr wurde, was sich nicht gleich auf den ersten Blick erschlossen hatte. Im Becken eines jeden Skeletts kauerte noch ein Skelett – ein winziges Gerippe aus zerbrechlichen kleinen Knochen – die kläglichen Überreste eines Babys, dessen Leben zu Ende gewesen war, bevor es noch richtig begonnen hatte.

Ja, die Seuche hätte nicht unparteiischer sein können.

Tauler hatte das unwiderstehliche Verlangen, sich abzuwenden und aus dem Raum zu fliehen, doch die Kältestarre in seinem Hirn war in seinen Körper gesickert und hatte die Glieder erfaßt. Die Zeit wurde zäh, Sekunden wurden zu Äonen, und er würde den Rest seines Lebens an diesen Fleck gebannt sein, auf der Schwelle zur schieren Verzweiflung.

»Die Dorfbewohner müssen all ihre schwangeren Frauen hierhergebracht haben, in der Hoffnung, diese Mauern würden sie vor der Seuche schützen«, sagte Leutnant Corrivalt dicht hinter ihm. »Seht nur! Die Frau da hatte sogar Zwillinge.«

Tauler wollte nicht auch noch die besonderen Feinheiten dieser Tragödie studieren. Er riß sich aus der lähmenden Starre, drehte sich um und verließ den Raum. Er spürte förmlich die Blicke der anderen.

»Schreibt«, sagte er über die Schulter zu Corrivalt. »Wir haben die Pumpstation inspiziert. Die technische Anlage ist gut erhalten und kann ohne allzu großen Aufwand wieder in Betrieb genommen werden.«

»Ist das alles, Kapitän?«

»Ich habe ansonsten nichts bemerkt, was unseren Souverän interessieren könnte«, sagte Tauler in beiläufigem Tonfall, während er langsam dem Eingang zustrebte, seine Beklemmung bemäntelnd, und den Drang, sich zu vergewissern, ob draußen wenigstens noch die Sonne ihren strahlenden Optimismus bewahrt hatte.

Die Feierlichkeiten zum *Tag der Auswanderung* trafen Tauler gänzlich unvorbereitet.

Er hatte seine Erkundungsmission erledigt und erreichte knapp eine Stunde vor Anbruch der Nacht die Basis in Ro-Atabri, ohne zu wissen, welches Datum man schrieb. Er fühlte sich so müde wie nie zuvor, und als er sein Schiff Flottenwart Codell überantwortete und erfuhr, daß man den 226. Tag schrieb, den Jahrestag der Landung auf Jenland, hatte ihn das nicht davon abhalten können, sofort sein Bett aufzusuchen. Nicht einmal die Nachricht, daß Vantara schon zur Basis zurückgekehrt war, hatte ihn aus seiner tiefen Lethargie reißen können, einer seelischen und geistigen Erschöpfung, die alles verdüsterte.

Nun lag er hellwach in der Dunkelheit eines Zimmers, das zu den Unterkünften der einstigen Palastwache zählte, und fand keinen Schlaf. Er hatte nie Nabelschau gehalten oder Seelenerforschung betrieben, aber er wußte nur zu gut, daß seine Müdigkeit nicht körperlichen Ursprungs war. Geist und Seele waren ermattet, nachdem er so lange gegen seine Natur gehandelt hatte.

Bevor er seine Heimat verlassen hatte, hatte er Diesland mit einem riesigen, weitverzweigten Beinhaus verglichen, doch die Realität, die mit dem grausigen Fund in der Pumpstation von Stai-vih ihren Gipfel erreicht hatte, übertraf all seine Erwartungen. Oder ließ er sich nur gehen? Bekam er vielleicht – als jemand, der praktisch mit Privilegien zur Welt gekommen war – zum ersten Mal hautnah zu spüren, wie es einem gewöhnlichen Menschen ums Herz war, der lebenslänglich zu irgendeiner Plackerei verurteilt war, die er verabscheute und der er dennoch nicht entrinnen konnte? Tauler suchte Kraft bei seinem Großvater, jenem anderen Tauler Marakain, der sich nicht so leicht aus der Fassung hätte bringen lassen. Egal was dem *richtigen* Tauler Marakain an Fürchterlichem begegnet wäre, er hätte es mit seinem Schild aus Zähigkeit und Selbstvertrauen abgewehrt. Aber … aber …

Wo in meinem Kopf ist Platz für zwanzig Skelette, die hübsch aufgereiht an einer Wand sitzen, im Becken eines jeden zusam-

mengekauert ein weiteres winziges Skelett? Nein, in einem Becken sogar zwei. Hast du nicht bemerkt, daß eine der Frauen Zwillinge trug? Was soll man mit zwei Knirpsen anfangen, die verblichene Zweige anstelle von Knochen haben, und die sich im Tode Gesellschaft leisten anstatt im Leben?

Ein besonders lautes Gelächter erscholl irgendwo in den verwilderten Palastgärten. Tauler sprang fluchend aus dem Bett. Draußen betranken sich Männer und Frauen, brachten sich in einen Zustand, in dem man nichts dabei fand, Skeletten die Hand zu schütteln, ihr Grinsen zu erwidern und ungeborenen Babies über die noch offene Hirnschale zu streicheln. Wenn er diese Nacht schlafen wollte, brauchte er Alkohol, und zwar reichlich.

Immerhin verlieh ihm diese Schlußfolgerung so viel Schwung, daß er sich noch mal anzog, das Zimmer verließ und durch unbekannte Korridore zum Zentrum der Festivitäten fand, das draußen auf der Nordseite des Palastes lag. Man hatte diesen Garten gewählt, weil er zum größten Teil gepflastert war und folglich den Jahrzehnten besser getrotzt hatte als jeder andere. Selbst der Paradehof auf der Rückseite des Palastes war hüfthoch mit Gras und Unkraut zugewachsen. Mehrere kleine Feuer waren in dem Garten entzündet worden. Ihr orangegelbes Licht wurde von Zierbrunnen, Statuen und Sträuchern teils verschluckt und teils diffus reflektiert. Jetzt wirkte der Garten viel größer als bei Tageslicht.

Paare und kleine Gruppen schlenderten durch das glitzernd geschmückte Halbdunkel, derweil andere sich in der Nähe des langen Tisches aufhielten, an dem es Erfrischungen und Stärkungen gab. Die Expedition hatte dreimal soviel Männer wie Frauen mitgebracht; Frauen, die in der richtigen Stimmung waren, erfreuten sich in dieser Nacht also eines Übermaßes an romantischer Zuwendung, während die überschüssigen Männer sich dem Essen, Trinken und Singen widmeten oder eindeutige Anekdoten tauschten.

Tauler entdeckte Kommissar Kettoren und dessen Sekretär Parlo Woturp, die hinter dem Tisch standen und Essen und Getränke ausgaben. Den beiden alten Männern machte diese Dienstleistung offensichtlich Vergnügen, womit sie der Gesellschaft bewiesen, daß sie sich trotz ihres hohen Ranges den einfachen Menschen immer noch verbunden fühlten.

»Willkommen, willkommen, willkommen«, rief Kettoren laut, als er Tauler erspähte. »Kommt und nehmt einen Trunk mit uns, junger Marakain!«

Tauler fand, daß der Kommissar seine Rolle ein bißchen überzog – als habe er Angst, jemand könne ihn übersehen –, aber diese Schwäche war verzeihlich. »Danke – gebt mir einen ganz großen Becher schwarzen Kaili.«

Kettoren schüttelte den Kopf. »Kein Wein. Auch kein Bier, übrigens. Schlicht eine Frage der Nutzlast. Ihr müßt schon mit Branntwein vorliebnehmen.«

»Dann eben Branntwein.«

»Ihr sollt vom besten haben, in einem der schönsten Gläser.«

Der Kommissar ging hinter dem Tisch aufs Knie hinunter und kam einen Moment später mit einem glitzernden, randvollen Glas wieder hoch. Er wollte Tauler das Glas aushändigen, als seine wohlwollende Miene jählings erstarb und Überraschung und Schmerz sein Gesicht zeichneten. Tauler nahm das Glas rasch entgegen und registrierte nicht ohne Besorgnis, wie Kettoren beide Hände an die unteren Rippen preßte.

»Trai, fühlst du dich nicht wohl?« sagte Woturp bekümmert. »Du solltest auf mich hören und dir mehr Ruhe gönnen.«

Kettoren deutete mit dem Kopf nach Woturp, dann zwinkerte er Tauler zu. »Dieser alte Narr glaubt tatsächlich, er wird mich überleben.« Er schien den Schmerz los zu sein, nahm lächelnd sein Glas und hob es gegen Tauler. »Auf Eure Gesundheit, junger Marakain.«

»Auf die Eure, Kommissar«, sagte Tauler. Er war nicht imstande, das Lächeln zu erwidern.

Kettoren studierte kritisch das Gesicht seines Gegenübers. »Junger Marakain, haltet mich nicht für aufdringlich – aber Ihr scheint nicht länger der kecke Kapitän zu sein, der mein

Schiff nach Diesland gebracht hat. Irgend etwas hat Euch das Mark aus den Knochen gesogen.«

»Das Mark – *mir?*« Tauler lachte ungläubig. »Da macht Euch mal keine Gedanken, Kommissar – mein Mark ist noch da, wo es hingehört. Und jetzt wollt Ihr mich bitte entschuldigen…«

Er wandte sich ab und ging fort vom Tisch, aufgestört durch die Bemerkung des Kommissars. Kettoren kannte ihn kaum; wenn der ihm seine Malaise auf den Kopf zusagte, wie stand er dann vor seiner Mannschaft da? Die Disziplin aufrechtzuerhalten, war schon schwer genug, auch ohne daß er sich in den Augen der Männer wie eine Treibhauspflanze ausnahm, die beim ersten kalten Windhauch zu welken drohte. Er nahm einen Schluck Branntwein und spazierte, allem Trubel aus dem Weg gehend, an der Peripherie des Gartens entlang, bis er eine leere Marmorbank entdeckte. Dankbar für die Einsamkeit ließ er sich nieder.

Über ihm, in jenem riesigen, silbrig weißen Spiralnebel, der spät im Jahr den Nachthimmel beherrschte, saß wie in einem Nest die abnehmende Sichel Jenlands. Mehrere Kometen spreizten ihre Schweife, und Myriaden von Sternen – einige sahen aus wie farbige Kutschenlaternen – ergänzten das lichte Geschmeide, glänzten unverwandt und sehr beharrlich im Kontrast zu den kurzlebigen Feuerfäden einschießender Meteore.

Tauler widmete sich dem erstaunlich großen Glas, das bestimmt das Drittel einer Branntweinflasche faßte, und trank das wärmende Destillat in geduldigen, regelmäßigen Schlucken. Das war eine Nacht, in der man sich die Gesellschaft einer Frau gewünscht hätte, und Vantara mochte nur ein paar Dutzend Schritte weit in diesem duftenden Zwielicht sein; der Gedanke ließ ihn seltsam kalt. Das war auch eine Nacht, in der man der Wahrheit ins Gesicht sehen und Illusionen über Bord werfen sollte; und Tatsache war, gleich bei ihrem ersten Wiedersehen als Erwachsene hatte er sich die Contessa zum Feind gemacht; sie würde ihn zeitlebens verachten und verschmähen.

Außerdem, mein Lieber, so klopfte ihm der Gedanke

gleichsam von hinten auf die Schulter, wie kannst du auch nur daran denken, einer Frau den Hof zu machen, wenn dir einundzwanzig winzige Gerippe dabei zusehen?

Tauler trank methodisch weiter, bis das Glas leer war, dann schätzte er seinen Zustand ab. Trotz der Müdigkeit war es ihm bis jetzt nicht gelungen, sich mit Alkohol zu betäuben. Tief innen kauerte eine resistente Schlaflosigkeit, der nur durch noch mehr Alkohol beizukommen war; er brauchte ein zweites, bis zum Rand gefülltes Glas Branntwein, wenn er dem vorwurfsvollen Blick dieser einundzwanzig knöchernen Babies entrinnen und, noch ehe Tiefnacht die Welt verschlang, in Bewußtlosigkeit versinken wollte.

Er stand auf, stand wie ein fest verwurzelter Baum, peilte die Richtung, wo er den Tisch vermutete, und wollte sich eben in Marsch setzen, um sich Kettorens Großzügigkeit zu bedienen, als sich eine Frau näherte. Sie war schlank und dunkelhaarig, und noch bevor er ihr Gesicht richtig sehen konnte, erkannte er Vantara. Sie trug volle Uniform – zweifellos, um sich von den Offizieren zu distanzieren, die bei einer solchen Lustbarkeit ihren Rang vergaßen –, und Tauler bereitete sich innerlich auf ein Wortgefecht vor. Er brauchte nicht lange zu warten.

»Wie das?« sagte sie leichthin. »Kein Schwert? Natürlich! Wie dumm von mir – bei diesem bescheidenen Stelldichein gibt es ja nicht einen einzigen König, den Ihr aufspießen könntet.«

Tauler nickte bei der Anspielung auf seinen Großvater, den der Volksmund den ›Königsmörder‹ genannt hatte. »Sehr lustig, Kapitän«, sagte er nur und wollte schon an ihr vorbeigehen, als sie ihm rasch eine Hand auf den Arm legte.

»Ist das alles, was Ihr zu sagen habt?«

»Nein.« Die unerwartete Berührung verwirrte Tauler. »Ich wollte noch sagen, daß ich unterwegs bin, um mein Glas wieder auffüllen zu lassen.«

Vantara hob den Blick, runzelte leicht die Stirn und musterte sein Gesicht. »Was ist los mit Euch?«

»Wie soll ich die Frage verstehen?«

»Wo ist der große Krieger, Tauler Marakain der Zweite, der gegen Kugeln gefeit ist? Ist er außer Dienst heute nacht?«

»Ich war nie gut im Rätselraten, Kapitän«, sagte Tauler mit versteinertem Gesicht. »Nun, wenn Ihr mich entschuldigt – ich wollte mir eben bei Kommissar Kettoren den zweiten Schlaftrunk holen.«

Vantara bemächtigte sich sanft der Hand, in der er das Glas hielt – ihre Berührung war wie das Prickeln von Bernsteinfunken – und beugte kurz den Kopf darüber. »Branntwein? Bringt mir bitte auch ein Glas mit. Aber kein so riesiges.«

»Ihr wollt, daß ich Euch ein Getränk bringe?« sagte Tauler und merkte sofort, wie begriffsstutzig das klang.

»Nur wenn es Euch nichts ausmacht.« Vantara setzte sich auf die Bank und rückte sich bequem zurecht. »Ich warte hier auf Euch.«

Leicht benebelt machte Tauler sich auf den Weg zurück zum Buffettisch und ließ sein Glas wieder auffüllen. Kettoren und Woturp nickten und zwinkerten vielsagend, als er sich ein zweites, normalgroßes Glas Branntwein für Vantara einschenken ließ. Während er zur Bank zurückging, kreuzte eine Pterssa seinen Weg, glitzernd, kaum zu sehen in dem ungewissen Zwielicht zwischen Himmel und Feuerschein. Sie stieg im Aufwind eines Feuers empor, als sie von einer Gruppe Zechender bemerkt wurde. Jauchzend vor Freude begannen sie, mit Zweigen und Kieselsteinen nach ihr zu werfen. Ein größerer Zweig wirbelte durch die Pterssa hindurch, die im selben Augenblick zu existieren aufhörte. Die Zuschauer brachen in Jubel aus.

»Habt Ihr das gesehen?« sagte Vantara, als Tauler zurückkam. »Hört sie nur! Überschäumend vor Freude, weil sie etwas getötet haben.«

»Die Pterssas haben damals viele von uns getötet«, entgegnete Tauler ungerührt. *Einschließlich einundzwanzig ungeborener Babies.*

»Heißt das, Ihr billigt es, wenn man sie zum Spaß tötet?«

»Nein, nein«, sagte Tauler angesichts Vantaras wiederkehrender Zwiespältigkeit, mit der er nicht zu Rande kam. »Ich billige überhaupt kein Töten, weder aus Spaß noch aus einem anderen Grund. Ich habe so viele Tote gesehen, daß es mir für den Rest meines Lebens reicht.« Er setzte sich, händigte Vantara das Glas aus und nahm einen Schluck.

»Ist es das, was Euch gegen den Strich geht?«

»Mir geht nichts gegen den Strich.«

»Da habt Ihr ausnahmsweise einmal recht – Euer Fell liegt nämlich von Natur aus...« Vantara hielt inne. »Tut mir leid. Auch wenn ich meine liebe Not mit Euch habe, das war unangebracht.«

»Habt Ihr Euch das Glas Branntwein bestellt, damit die Hand etwas zu halten hat?« Tauler nahm einen tüchtigen Schluck und kämpfte eine Grimasse nieder, als das ungewohnte Quantum der feurigen Flüssigkeit die Kehle passierte.

»Warum seid Ihr so entschlossen, Euch diese Nacht zu betrinken?«

»Zum...!« Tauler sog vernehmlich die Luft durch die Zähne. »Ist das Eure Art, Konversation zu treiben? Wenn ja, würdet Ihr besser gehen und Euch woanders einen Platz suchen.«

»Ich muß mich wieder entschuldigen.« Vantara schenkte ihm ein versöhnliches Lächeln. »Warum lenkst *du* nicht die Unterhaltung, Tauler?«

Das vertrauliche Du überraschte Tauler, ebenso wie der geheimnisvolle Wandel ihres Verhaltens. Er starrte sie nachdenklich an. Im Halblicht sah ihr Gesicht unwahrscheinlich schön aus, ein Zusammenspiel vollkommener Züge, wie es eigentlich nur in der Vorstellung eines begnadeten Malers existieren durfte. *Ein* Traum hatte sich plötzlich und unerwartet erfüllt – *sie,* mit ihrer ganzen unglaublichen Weiblichkeit, saß dicht neben ihm. Und diese Nacht war wie geschaffen für romantische Gefühle. Und Vantaras Stimme klang aufregend sanft. Und jeder Mensch hatte die *Pflicht,* nach dem Glück zu greifen, das sich ihm bot – egal wieviel winzige Skelette er zu Gesicht bekommen hatte –, denn die Natur brachte Millionen von jeder Spezies hervor, und zwar *weil* immer einige unglücklich wurden, und wenn ein Mitglied der glücklichen Mehrheit es nicht fertigbrachte, sein Leben voll auszukosten, war das ein Betrug an der Minderheit, die um seinetwillen geopfert wurde. Es war nun an ihm, alle Anstrengungen zu unternehmen, um das ersehnte Ziel zu erreichen. Er mußte Vantara mit all seiner Kraft, seiner Kühnheit, seinem Verstand, seinem Mut, seinem Wissen, seinem Temperament, seiner Großzügigkeit an sich ziehen. Ein wohlformuliertes Kompliment mochte den Weg bereiten ...

»Vantara, du siehst so ...« Er stockte, spürte die neugierigen Blicke aus längst vergangenen Augen in einundzwanzig faustgroßen Schädeln, und lauschte den Worten aus seinem Mund wie den Worten eines Fremden. »Was geht hier vor? Sonst, wenn wir uns treffen, benimmst du dich hochnäsig und arrogant, und jetzt – mit einem Mal – duzen wir uns und baden förmlich in Wärme und Freundlichkeit. Was steckt dahinter?«

Vantara lachte und rang gleichzeitig nach Luft. »Arroganz! Du wirfst *mir* Arroganz vor? Wo du dich einer Frau nicht nähern kannst, ohne mit deinem männlichen Kettenpanzer zu rasseln und mit deinem stählernen Phallussymbol herumzufuchteln!«

»Das ist das Verdrehteste und ...«

Vantara brachte ihn zum Schweigen, indem sie die Hand zwischen ihren Gesichtern spreizte. »Rede nicht weiter, Tauler, ich bitte dich! Keiner von uns trägt diese Nacht einen Harnisch, und jeder von uns kann allzu leicht verwundet werden. Laß uns für diese eine Stunde die Dinge so nehmen, wie sie sind; laß uns zusammen diesen Branntwein trinken; und laß uns miteinander reden. Einverstanden?«

Tauler lächelte. »Wie könnte da ein vernünftiger Mann nein sagen?«

»Sehr gut! Nun verrate mir, was dich so verändert hat.«

»Wir sind wieder beim alten Thema.«

»Wir haben es nie gewechselt.«

»Aber ...« Sekundenlang war Tauler perplex, doch dann geschah das Undenkbare – er begann frei über das zu sprechen, was ihm zu schaffen machte; gestand die Schwäche ein, die er neuerdings bei sich entdeckt hatte; räumte ein, wohl niemals dem Vorbild seines Großvaters gerecht zu werden. An einer Stelle, während er den tragischen Fund in der Pumpstation von Stai-vih schilderte, versagte ihm die Stimme, und er erlebte die schreckliche Angst, sie könne ihm ganz wegbleiben. Als er fertig war, nahm er wieder einen großen Schluck Branntwein und mußte feststellen, daß ihm das Zeug nicht mehr schmeckte. Er setzte das Glas ab und starrte auf seine Hände hinunter und fragte sich, warum er sich so zittrig wie ein Mann fühlte, der soeben durch die quälendste Prüfung seines Lebens gegangen war.

»Armer Tauler«, sagte Vantara sanft. »Was hat das Leben dir nur angetan, daß du dich für solche Gefühle schämst?«

»Du meinst, man sollte Schwäche zeigen?«

»Mitleid, Zweifel oder der Wunsch nach menschlichem Kontakt? – All das hat doch nichts mit Schwäche zu tun.«

Tauler sah plötzlich eine Möglichkeit, wenigstens einen Riß in seiner rissigen Fassade zu kitten. »Es gibt eine Menge Menschen, mit denen ich Kontakt haben könnte«, sagte er und zog ein schiefes Gesicht. »Sofern sie zur richtigen Sorte gehören.«

»Rede nicht so was, Tauler – das muß nicht sein.« Vantara setzte ihr Glas ab und schwang ein Bein über die Bank, so daß sie ihm rittlings gegenübersaß. »Also gut, du darfst mich berühren, wenn du magst.«

»So habe ich das aber …« Tauler verstummte, als Vantara seine Hände nahm, und sie an ihre Brüste führte. Sie fühlten sich warm und fest an unter dem reich bestickten Wams ihrer Kapitänsuniform. Er rückte auf.

»Bitte, versteh mich nicht falsch«, flüsterte Vantara. »Ich werde nicht mit dir ins Bett gehen – soviel menschlicher Kontakt muß für heute nacht genügen.« Ihre Lippen öffneten sich leicht, luden ihn zum Küssen ein, und er folgte der Einladung wie in einem Traum, konnte kaum glauben, was geschah. Ihre unsägliche Weiblichkeit überschwemmte seine Sinne, die Geräusche im Garten waren nur noch ein entferntes Murmeln. Vantara und er blieben so sitzen für eine lange, aber unbestimmte Zeit, vielleicht zehn Minuten lang oder zwanzig, wiederholten den Kuß immer und immer wieder, unermüdlich, ohne die körperliche Begegnung zu variieren oder zu forcieren. Und als sie sich schließlich voneinander lösten, fühlte Tauler sich wie neugeboren. Er lächelte Vantara an, und sie lächelte zurück, sein Lächeln wurde breiter, und plötzlich lachten sie. Tauler fühlte sich erleichtert und entspannt, wie nach einer sexuellen Umarmung, nur tiefgreifender und anhaltender.

»Ich weiß nicht, was du mit mir angestellt hast«, sagte er. »Ein Apotheker würde reich, der diese Arznei in ein Fläschchen sperren könnte.«

»Ich habe überhaupt nichts mit dir angestellt.«

»Und ob! Ich war diesen alten, toten Planeten derart leid, daß ich nicht einmal mehr Lust auf die geplante Umkreisung hatte. Und auf einmal freue ich mich wieder darauf. Wir werden zwar nicht richtig zusammensein, wenn wir durch die Lüfte ziehen, aber ich werde immer in Sichtweite deines Schiffes sein, tagaus, tagein; und nachts wird nicht in einer Totenstadt gelandet. Darauf werde ich aufpassen. Wir können ...«

»Tauler!« Vantara blickte merkwürdig wachsam drein. »Ich bat dich, mich nicht mißzuverstehen.«

»Ich unterstelle gar nichts, glaub mir«, sagte Tauler eilfertig, wohlwissend, daß er log, und frohlockend, weil er Vantara in dieser Hinsicht besser zu kennen glaubte, als sie sich selbst. »Alles, was ich sagen will, ist ...«

»Verzeih mir, wenn ich dich unterbreche«, unterbrach ihn Vantara, »aber du unterstellst etwas sehr Entscheidendes.«

»Und das wäre?«

»Daß ich an dem Flug teilnehme.«

Tauler fuhr auf. »Warum solltest du nicht teilnehmen? Du bist hier, weil du Luftfahrerin bist, und der Flug rund um den Globus ist der wichtigste Teil der ganzen Mission. Himmelskommodore Scholdt wird dich nicht davon befreien.«

Vantara lächelte beinah verschämt. »Ich gebe zu, ich habe solche Schwierigkeiten vorausgesehen, aber meine geliebte Großmutter – die Königin – hat dem Kommodore in weiser

Voraussicht Anweisung gegeben, sich meinen Wünschen nicht zu widersetzen.« Sie lächelte wieder. »Ich glaube, er weint mir keine Träne nach, wenn ich Diesland verlasse.«

»Diesland verlassen?« Tauler hatte genau verstanden, was Vantara gesagt hatte. »Wohin willst du?«

»Nach Hause natürlich. Ich verabscheue diese öde und düstere Welt noch mehr als du, Tauler – und also werde ich morgen die Flucht ergreifen und nach Jenland zurückfliegen. Und ich glaube kaum, daß mich irgend etwas je dazu verleiten kann, hierher zurückzukommen.« Vantara erhob sich, symbolisch die Fesseln von Dieslands Anziehung abstreifend, symbolisch die interplanetare Kluft zwischen sich und Tauler legend; und als sie weiterredete, schwang in ihrer Stimme eine oberflächliche Heuchelei mit, die für ihn wie ein Schlag ins Gesicht war.

»Vielleicht sehen wir uns ja in Pradt – in einem Jahr oder so.«

6. Kapitel

Diviwîdiv trieb zum Monitor des elektronischen Teleskops und wartete, bis Xas Schaltkreise die Fokussierung beendet hatten. Als sich das Bild auf dem Schirm abgeklärt hatte, blieb ein vergleichsweise kleiner Bereich des Planeten zurück, nachdem der Rest allseits nach außen geflossen und verschwunden war. Man schien vertikal durch ein Fenster nach unten zu blicken, durch Wolkenwirbel hindurch auf ockergetönte Landstrukturen.

Genau im Zentrum des Blickfeldes war eine kleine silbrige Sichel zu sehen, die Teil eines winzigen Mondes sein mochte, der dort allen Naturgesetzen trotzte. Bei genauerem Hinsehen war tatsächlich eine bräunliche Kugel zu erkennen, die seitlich von der Sonne beleuchtet wurde, anscheinend so solide wie ein felsiger Asteroid. Aber Diviwîdiv wußte, daß er auf einen der Stoffballons hinabsah, wie die Primitiven sie für den Pendelverkehr zwischen ihren Welten benutzten. Weil das Schiff noch immer zur gewichtslosen Zone aufstieg, war seine Gondel optisch nicht sichtbar, doch

Xa konnte die Besatzung sehr wohl auf andere Weise ›sehen‹.

Es sind fünf an der Zahl, Geliebter Schöpfer, sagte Xa. *Alle sind weiblich, was nach unseren begrenzten Kenntnissen über diese Rasse ungewöhnlich erscheint.*

Haben sie Kenntnis von der Station? Oder von dir?

Es entstand eine kurze Pause. *Nein, Geliebter Schöpfer. Das Schiff, welches zu der Gruppe von neulich gehört, kehrt zu seiner Heimatwelt zurück, und zwar aus Gründen, die – wiewohl sie mir nicht ganz klar sind – mit dem emotionalen Wohlbefinden seines Kommandanten zusammenhängen. Es gibt keinerlei Gedanken an Beobachtung oder Nachforschung.*

Xas Auskünfte waren korrekt und höflich formuliert, aber die Schattierung der Geistfarben erschien unangemessen. Diviwîdiv verband sie mit Groll und Schadenfreude, und es fiel ihm nicht schwer, die wahrscheinlichste Quelle zu identifizieren.

Sagst du voraus, daß man uns entdeckt?

Das ist nahezu unvermeidlich, erwiderte Xa. Es kommt sogar unausweichlich zu einer Kollision. Das Schiff der Primitiven erfährt praktisch keinerlei seitliche Abdrift, und – wie du weißt – dehnt sich mein Körper mit maximaler Geschwindigkeit aus.

Diviwîdiv zog sich sofort in sein Oberhirn zurück, wo er über das Problem nachdenken konnte, ohne von Xa belauscht zu werden. Fünf unkultivierte Zweibeiner auszulöschen, war ein äußerst triviales Ereignis – wenn man bedachte, was der ganzen Raumregion bevorstand –, aber er würde diese Entscheidung höchstpersönlich treffen müssen. Und ihr Tod würde sich ganz in der Nähe ereignen.

Diese Tatsachen und seine direkte Beteiligung würden eine Geistverbindung zwischen ihm und den fünf Wesen schmieden, und er würde unausweichlich von jedem Rückfluß erfaßt werden, wenn ihre Leben zum Abschluß gebracht wurden. Der Rückfluß war der kurze, unglaublich ungestüme und unerklärliche Sog psychischer Aktivität, der sich jedesmal ein, zwei Sekunden nach dem Tod eines intelligenten Wesens ereignete. Selbst wenn die physische Form augenblicklich verdampft wurde, und jede weitere geistige

Wechselwirkung mit den Lebenden theoretisch ausgeschlossen war, kam es immer zu jenem ätzenden Schmerz – marternd, quälend, unbeschreiblich, *brennend* –, jenem vorübergehenden seelischen Gleißen, das eine schmerzliche Wirkung auf jene hatte, die es zu spüren bekamen.

Das Phänomen des Rückflusses wurde von vielen als Beweis für ein Leben nach dem Tode angesehen. Irgendein Bestandteil der komplexen Ganzheit aus Geist und Körper, so wurde behauptet, wandere in eine neue Existenz aus. Andere, die eine sehr materialistische Einstellung hatten, sahen in der Tatsache, daß die Intensität des Rückflusses mit zunehmender Entfernung abnahm, einen Hinweis auf physikalische Dimensionen, die die dassarranische Wissenschaft noch nicht erschlossen hatte.

Diviwîdiv hing keiner Richtung an, aber er war zweimal in seinem Leben unmittelbar von einem Rückfluß betroffen gewesen, und zwar als seine Eltern gestorben waren; er sträubte sich dagegen, so etwas noch einmal zu erleben. Eigennutz stärkte seiner Moral den Rücken, und so steckte er in einem Dilemma, das es rasch zu lösen galt, wenn er seiner Verpflichtung gegenüber dem überaus wichtigen Xa nachkommen wollte.

Teils Kristall, teils Computer, teils wahrnehmungs- und empfindungsfähiges Wesen – konnte Xa nur dort zu der Größe heranwachsen, die erforderlich war, um seine eigentliche Aufgabe zu erfüllen, wo einerseits keine störenden Anziehungskräfte herrschten und andererseits ein Überfluß an Sauerstoff zur Verfügung stand. Zum Glück hatten die Dassarraner in Reichweite ihrer Heimat eine solche Region entdecken können. Ein Umstand sollte allerdings ihre Pläne komplizieren. Auf den Zwillingsplaneten existierte eine aufkeimende Zivilisation. Xas kristalliner Körper war trotz seiner gigantischen Größe relativ zerbrechlich. Und die Primitiven mochten Xa beschädigen, absichtlich oder unabsichtlich. Deshalb mußte man sie wie Schädlinge betrachten, wenn sie sich näherten.

Diviwîdiv überlegte eine Weile hin und her, dann kam er zu einer Lösung, die seiner Vorliebe für kreative Kompromisse entsprach. Er würde den unter Innendruck stehenden Lebensraum der Station verlassen müssen, um vertraulich und intensiv mit Direktor Sânnanan auf Dassarra kommunizieren zu können. Glücklicherweise war Dassarra nach einer Reihe erfolgreicher Verlagerungen inzwischen Teil des örtlichen Sonnensystems. Dassarra war nur noch wenige Millionen Meilen entfernt und nahm sich als hellblaues Fleckchen vor dem sternenreichen Hintergrund aus. Auf diese Entfernung war es kein Problem, mit Sânnanan in Geist-zu-Geist-Kontakt zu treten, ohne daß die Verbindung angezapft werden konnte. Diviwîdiv kehrte ins Mittelhirn zurück. Er ließ den Bildschirm nicht aus den Augen, als er mit Xa in Verbindung trat. Das Schiff arbeitete sich mühsam von dem fremden Planeten empor.

Du hast mir schon gesagt, die Primitiven hätten keine Kenntnis von uns, sagte er. *Heißt das, sie haben keinerlei Fähigkeit zur direkten Kommunikation?*

Es gab eine kurze Verzögerung, derweil Xa die nötigen Nachforschungen anstellte. *Ja, Geliebter Schöpfer, die Primitiven sind in dieser Hinsicht völlig passiv.*

Diviwîdiv fühlte eine Welle aus Widerwillen und Mitleid – wie konnte eine Kreatur es nur ertragen, ein ganzes Leben in geistiger Blindheit zu verbringen? Allerdings mochte den Primitiven in diesem Fall der Mangel an höheren Sinnesorganen zustatten kommen; doch seine vorsichtige und penible Ader ließ ihn weitere Fragen stellen.

Ist die Rasse kriegerisch?

Ja, Geliebter Schöpfer.

Tragen sie Waffen?

Ja, Geliebter Schöpfer.

Besorge mir eine Beschreibung der Waffen.

Es entstand eine weitere Pause, ehe Xa sagte: *Ihre Waffen benutzen solide Bleiprojektile, die durch die Kraft von komprimiertem Gas aus Röhren geschleudert werden.* Gleichzeitig übermittelte Xa exakte Details über Dimensionierung und Energieübertragungskapazität der Waffen, die am Körper getragen wurden und die auf dem langsam kletternden Schiff montiert waren.

Diviwîdiv fühlte sich zunehmend erleichtert. Er hatte nun keine Bedenken mehr, so mit dem näher kommenden Schiff und seiner Besatzung zu verfahren, wie er es sich vorgestellt hatte.

Du bist erfreut, Geliebter Schöpfer, sagte Xa.

Ja – ich kehre jetzt zu meinem Traum zurück und erwarte in Ruhe die Ankunft der Primitiven.

Du freust dich, weil du das Leben der Primitiven nicht auszulöschen brauchst.

So ist es.

Wenn das so *ist, Geliebter Schöpfer, wieso macht es dir nichts aus, daß du mich bald töten wirst?*

Du würdest es nicht verstehen. Diviwîdiv fühlte plötzlich, wie er ungeduldig mit Xa wurde. Xa war geradezu davon besessen, das eigene Pseudoleben zu erhalten. Jedesmal, wenn Xa darauf zu sprechen kam, umwölkten Diviwîdiv die düsteren Gedanken an Rassenmord; und trotz der geistigen Disziplinen, die er beherrschte, suchten die Echos dieser Gedanken seine Träume heim.

7. Kapitel

Tauler wußte, es war nur Einbildung; über dem Gelände der Fünf Paläste von Ro-Atabri schien eine anormale Stille zu lasten. Es war nicht die Stille, die eintritt, wenn menschliche Aktivität ausbleibt – es war eher, als ob eine unsichtbare Decke aus schallschluckendem Material auf alles und jedes in seiner Umgebung gepreßt würde. Als er sich umsah, konnte er Zimmerleute und Steinmetze bei der Restaurierung sehen; Blauhörner und Wagen wirbelten Staubwolken auf, die ein gelbes Pigment in das Blau des Frühtaghimmels mischten; Bodenmannschaften und Luftleute waren damit beschäftigt, die vier Schiffe startklar zu machen. Wo er auch hinsah, überall gab es zielstrebige Bewegung, aber die Geräusche schienen ihn wie aus weiter Ferne zu erreichen, ausgedünnt, ohne Belang.

Die Staffel sollte noch in dieser Stunde den Flug um Diesland antreten. Und es war dieser unmittelbar bevorstehende Start, der Tauler lähmte, ihn von der Welt seiner Sinne trennte. Neun Tage waren vergangen, seit Vantara nach Jenland abgeflogen war – Tage, in denen er erfolglos gegen Depression und Apathie gekämpft hatte.

Anstatt seine Leute und sein Schiff auf den Flug vorzubereiten, hatte er seinen Gedanken nachgehangen, ein ums andere Mal jene sonderbare Stunde mit Vantara auf dem Fest zum *Tag der Auswanderung* durchlebt. Was hatte sie veranlaßt, sich derart zu verhalten? Am Vorabend, da sie den Planeten für immer verlassen würde, hatte sie alle Hoffnungen in ihm geweckt – noch immer vermeinte er ihre Lippen auf den seinen, ihre Brüste unter den Händen zu spüren –, dann hatte sie ihn plötzlich mit brüskierender Reserviertheit wieder zurückgestoßen. Hatte sie aus einer Laune heraus Katz-und-Maus mit ihm gespielt, nur so zum Zeitvertreib?

Es gab Momente, da ihm dieser Verdacht zur Gewißheit werden wollte und ihm neue Abgründe des Elends erschloß; Momente, da er die Contessa mit einer Inbrunst haßte, die ihm die Handknöchel weiß hervortreten ließ oder ihm mitten im Satz die Sprache verschlug. Es gab andere Augenblicke, da er mit aller Klarheit sah, wie sehr sie sich angestrengt hatte, Mauern zwischen ihnen niederzureißen; Augenblicke, die ihn Vantaras Wertschätzung versicherten und ihm fest versprachen, daß sie nur darauf wartete, ihn auf Jenland in die Arme zu schließen. In solchen Phasen des Optimismus ging es ihm aber noch viel schlechter, denn ihn und seine Liebste – die erlesenste und begehrenswerteste Frau, die je existiert hatte – trennten im wahrsten Sinne des Wortes Welten, und er konnte sich nicht vorstellen, wie er die kommenden Jahre ohne sie überstehen sollte.

Er würde zur großen Scheibe Jenlands emporstarren, deren konvexe Weite über und über von Wolkenbändern durchkreuzt war, und sich nichts sehnlicher als eine Direktverbindung zwischen den Schwesterwelten wünschen. Man hatte irgendwann einmal von riesigen Sonnenschreibern geschwärmt, mit kipp- und schwenkbaren Spiegeln, so groß wie ein Dach, um damit Botschaften zwischen Diesland und Jenland auszutauschen. Hätte eine solche Anlage existiert, Tauler hätte sie benutzt, nicht so sehr, um mit Vantara in Verbindung zu treten – den Abgrund zwischen den Welten auf so trennende Weise zu überbrücken, mochte die Sehnsucht noch unerträglicher machen –, sondern eher, um Kontakt mit seinem Vater aufzunehmen.

Es wäre für den mächtigen und einflußreichen Kassill Marakain ein leichtes gewesen, für seinen Sohn eine Freistellung von der Diesland-Mission zu erwirken. Früher, als Tauler noch nicht krank vor Liebe gewesen war, hatte er es verschmäht, die Beziehungen seines Vaters zu seinem Vorteil zu nutzen, doch jetzt hätte er keinen Augenblick lang gezögert, sich ihrer zu bedienen. Denn zu allem Überfluß stand er kurz davor, eine Reise anzutreten, die ihn durchs *Land der Langen Tage* führte, auf der anderen Seite des Planeten, wo er nicht einmal mehr den spärlichen Trost finden würde, zu Jenland emporblicken zu können, um Vantara mit seinem geistigen Auge dabei zuzusehen, wie sie ihren ach-so-einzigartigen Verrichtungen nachging ...

»So geht das aber nicht, junger Marakain«, sagte Kommissar Kettoren, der sich unbemerkt zwischen Stapeln von Bauholz und anderen Vorräten genähert hatte. Er trug die graue Amtsrobe, aber ohne die offiziellen Embleme aus Brakka und Emaille. Ein Mann seines Ranges hätte sich in ein bequemes Quartier zurückziehen können oder nur in Begleitung hinauswagen brauchen, aber Kettoren streifte gerne bescheiden und alleine durch die verschiedenen Abteilungen der Basis.

»Anstatt hier herumzugeistern wie die Jungfrau mit der Kolik«, fuhr er fort, »solltet Ihr lieber ein Auge auf das Beladen und Austarieren Eures Schiffes haben.«

»Darum kümmert sich Leutnant Corrivalt«, erwiderte Tauler gleichgültig. »Und er hat wahrscheinlich eine glücklichere Hand dabei als ich im Moment.«

Kettoren zog die Krempe seines Hutes tiefer über die Augen und betrachtete Tauler aus diesem Schattenprisma heraus mit Sorge. »Hört her, junger Mann, es geht mich ja nichts an, aber mit Eurer Vernarrtheit in Contessa Vantara schadet Ihr noch Eurer Karriere.«

»Ich danke Euch für den Ratschlag.« Tauler war empört über die Worte des Älteren, aber er hatte zuviel Respekt vor Kettoren, um mehr als milden Sarkasmus zu zeigen. »Ich werde Euch den guten Rat nie vergessen.«

Kettoren lächelte dünn und traurig. »Glaubt mir, junger Marakain, ehe Ihr Euch's verseht, werden diese endlosen Tage voller Pein in Eurer Erinnerung verblassen. Nicht nur das – sie werden Euch wie Freudentage vorkommen im Vergleich zu dem, was Euch bevorsteht. Ihr seid närrisch, wenn Ihr nicht das Beste daraus macht.«

Irgend etwas in Kettorens Stimme rührte Tauler und lenkte ihn von der eigenen Misere ab. »Es ist kaum zu glauben«, sagte er, sich eine Vertraulichkeit herausnehmend, die auf der gemeinsamen Überfahrt gewachsen war. »Ich hätte nie gedacht, Trai Kettoren könne sich jemals wie ein alter Mann anhören.«

»Und ich hätte nie gedacht, er könne jemals einer *sein* – wo dieses Schicksal doch ausschließlich für andere reserviert schien. Denkt darüber nach, was ich Euch gesagt habe, junger Mann. Und seid kein Narr.« Kommissar Kettoren drückte mit hagerer Hand Taulers Schulter, wandte sich ab und ging davon in Richtung Ostflanke des Großen Palastes. Seine Gangart schien nicht beschwingt wie sonst.

Tauler starrte dem Kommissar einen Moment lang stirnrunzelnd hinterher. »Kommissar«, rief er aus einer plötzlichen Sorge heraus, »ist mit Euch alles in Ordnung?«

Kettoren setzte, als habe er nichts gehört, seinen Weg fort und war bald außer Sicht. Tauler, der ein ungutes Gefühl hatte, was die Gesundheit des Kommissars anging, fühlte sich nun irgendwie verpflichtet, dem Ratschlag desselben mehr Aufmerksamkeit zu schenken. Er strengte sich sogleich aufrichtig an, zu befolgen, was ohne Zweifel ein guter philosophischer Rat war – bei alledem war er schließlich jung und gesund und hatte noch ein ganzes Leben vor sich –, doch jedesmal, wenn er sich Frohsinn verordnete, kam es nur zu einem störrischen Aufbegehren seines Elends. Irgend etwas in ihm war mit Vernunft nicht vereinbar.

Er kehrte zu seinem Schiff zurück, ging an Bord und beaufsichtigte die Startvorbereitungen mit düsterer Unaufmerksamkeit, wohl wissend, daß sich letztere der Mannschaft mitteilen würde. Leutnant Corrivalt reagierte, indem er sich noch hölzerner und korrekter verhielt als sonst. Die Reise sollte gut sechzig Tage dauern, vorausgesetzt es geschah nichts Unvorhergesehenes, und die Gondel war reichlich eng, um acht Mann so lange darin einzusperren. Die psychologische Belastung würde selbst unter idealen Bedingungen beträchtlich sein, und bei einem Kommandanten, der kein Hehl aus seiner Abneigung gegen die Mission machte, konnten Moral und Disziplin allzu leicht zum Problem werden.

Schließlich waren alle Formalitäten erledigt, und ein Trompetensignal erscholl an Bord des Leitschiffes. Die vier Schiffe hoben gleichzeitig ab, die Echos vom Fauchen der Düsen spielten Fangen in der Parklandschaft der Fünf Paläste, dann fegte es hinaus in die sonnenbeschienenen Vororte von Ro-Atabri. Tauler stand an der Reling, die Hand am Schwertgriff, derweil Corrivalt das Schiff steuerte, und starrte hinaus auf die ausufernde alte Metropole. Die Sonne stand hoch am Himmel und näherte sich Jenland, und die Gondel lag ganz im elliptischen Schatten des Gassacks, so daß alles jenseits der Schattengrenze ungemein hell und scharf erschien. Die traditionelle kolkorronische Architektur benutzte fast nur orangefarbenen und gelben Backstein, der zu komplexen Karomustern arrangiert wurde, sowie roten Sandstein zur Verkleidung von Ecken und Kanten. Aus niedriger Höhe war die Stadt ein sinnverwirrendes, schimmerndes Mosaik. Bäume in allen Lebensstadien bildeten blaßgrün, kupferrot und braun changierende Inseln.

Die Schiffe beschrieben einen Bogen und schlugen einen nordöstlichen Kurs ein, um die Passatwinde aufzusuchen und so den Verbrauch an Energiekristallen auf ein Minimum zu beschränken. Die Erkundungsflüge hatten zwar sichere Anzeichen dafür geliefert, daß es auf der Route um den Planeten keinen Mangel an reifen Brakkabäumen gab, aber die natürlichen Reaktionskammern anzuzapfen, um die Vorräte an grünen und purpurnen Kristallen aufzufüllen, wäre viel zu zeitraubend gewesen; die mitgenommenen Vorräte sollten für die ganze Umkreisung reichen.

Tauler seufzte unwillkürlich, als Ro-Atabri hinter ihm zurückblieb und an den Horizont schrumpfte. Die Reise, nervtötend und unwirtlich, wie sie sein würde, hatte unwiderruflich ihren Anfang genommen, und es war Zeit, daß er das zur Kenntnis nahm. Battan Scheenemirt mußte auf dem Weg zum Unterdeck an ihm vorbei, und Tauler registrierte den Blick, mit dem der frischgebackene Fliegersergeant ihn beäugte. Scheenemirt verzog keine Miene; gleichwohl konnte die depressive Stimmung, die seinen Kommandanten in letzter Zeit befallen hatte, nicht spurlos an ihm vorübergegangen sein; der Bursche hatte eine fast anhängliche Loyalität entwickelt, seit sie Jenland verlassen hatten. Tauler hielt ihn mit einer Handbewegung auf. »Macht Euch keine Sorge«, sagte er. »Ich werde nicht über Bord springen.«

Scheenemirt sah verdutzt drein. »Wie meint Ihr?«

»Spielt nicht den Unschuldigen, junger Scheenemirt.« Tauler war nur zwei Jahre älter als der Sergeant, aber er versuchte sich in dem gleichen väterlichen Tonfall, den er von Trai Kettoren gewöhnt war, und mimte dessen unerschütterliche und abgeklärte Ruhe. »Ich bin in der Basis zur Zielscheibe des Gespötts geworden, stimmt's? Es heißt, eine gewisse Dame hat mir den Kopf so verdreht, daß ich Jenland mit Diesland verwechsle.«

Röte schoß in die rosafarbenen glatten Wangen Scheenemirts, als er die Stimme senkte, damit Corrivalt nicht mithören konnte, der sich ganz in der Nähe an den Armaturen des Steueraggregats aufhielt: »Kapitän, wenn irgend jemand es wagte, in meinem Beisein schlecht über Euch zu reden, ich würde ...«

»Niemand verlangt, daß Ihr meinetwillen einen Streit vom Zaun brecht«, beschwichtigte Tauler nicht bloß sein Gegenüber, sondern auch den unberechenbaren Anteil seines eigenen Selbst. Aber Scheenemirts Aufmerksamkeit war abgelenkt worden.

Der Sergeant sprach rasch, noch ehe Tauler eine Frage stellen konnte. »Kapitän, ich glaube, wir bekommen soeben eine Nachricht.«

Tauler sah nach achtern, in Richtung Ro-Atabri. Aus dem horizontalen Geflecht der fernen Stadt blitzte unregelmäßig ein sonnenhell gleißender Punkt. Tauler begann sofort, den Sonnenschreiber-Code zu entziffern, und eine sonderbare, eisige Mischung aus Erregung und böser Vorahnung befiel ihn, als er begriff, daß die Nachricht ihm galt.

Während Tauler noch auf dem Rückweg zur Basis war, hatte man den Ballon des Himmelsschiffs bereits frisch mit Miglyn gefüllt, und das ausladende Gefährt zurrte am Ankerring, bereit für den Abflug nach Jenland. Es schwankte ein wenig zwischen den drei Holzwänden des turmhohen Kamins, wie eine riesige, empfindungsfähige Kreatur, die ihre aufgezwungene Passivität nur noch mit Ungeduld ertrug. Himmelskommodore Scholdt erwartete Tauler nicht etwa in seinem Büro, sondern bereits am Kamin; es mußte sich um eine äußerst dringende Angelegenheit handeln.

Seine schlechte Laune stand ihm ins Gesicht geschrieben, und er nickte nicht eben freundlich, als Tauler sich – von Corrivalt und Scheenemirt flankiert – im Eilschritt näherte und salutierte. Er fuhr sich mit den Fingern durch das kurzgeschorene eisengraue Haar und blickte Tauler mißmutig an.

»Kapitän Marakain«, sagte er, »das ist eine verdammt unangenehme Entwicklung. Ich mußte bereits auf einen Luftschiffkapitän verzichten – und jetzt seid Ihr der zweite.«

»Leutnant Corrivalt ist bestens geeignet, mich hier zu ersetzen, Kommodore«, erwiderte Tauler. »Ich habe keinerlei Bedenken, ihn für eine sofortige Einsatzbeförderung vorzuschlagen.«

»Ist das so?« Scholdt unterzog Corrivalt einem strengen, kritischen Blick, und die Freude, die sich auf dem Gesicht des Leutnants abzeichnete, verflog rasch wieder.

»Kommodore«, sagte Tauler, »geht es Kommissar Kettoren *sehr* schlecht?«

»Er sieht mir so aus, als wäre er schon tot«, sagte Scholdt ungerührt. »Wieso will er partout von Euch nach Hause gebracht werden?«

»Keine Ahnung, Kommodore.«

»Ich kann das auch nicht verstehen. Eine seltsame Wahl, wie mir scheint. Ihr habt Euch nicht eben hervorgetan auf dieser Mission, Marakain. Ich habe immer darauf gewartet, daß Ihr über dieses antiquierte Stück Eisen da strauchelt, das Ihr so beharrlich mit Euch herumschleppt.«

Tauler berührte unwillkürlich den Griff des Schwerts und fühlte, wie ihm heiß wurde. Der Kommodore blamierte ihn ohne ersichtlichen Grund, indem er ihn in Gegenwart untergeordneter Dienstränge lächerlich machte, und Tauler konnte seinen Protest nur kundtun, indem er durchblicken ließ, daß er Scholdts Bemerkung für reine Zeitverschwendung hielt.

»Kommodore, wenn der Zustand des Kommissars wirklich so besorgniserregend ist, wie Ihr andeutet …«

»Schon gut, schon gut, packt Euch!« Scholdt warf einen kurzen Blick auf Scheenemirt. »Gehört dieser Mann jetzt zu den Gefolgsleuten der Marakainfamilie, als Euer persönlicher Begleiter?«

»Kommodore, Korporal Scheenemirt ist ein erstklassiger Himmelsfahrer, und er würde mir unschätzbare Dienste …«

»Nehmt ihn!« Scholdt machte auf dem Absatz kehrt und ging grußlos von dannen, eine Mißachtung, die man als weitere unverblümte Beleidigung deuten mußte.

So geht es einem, dachte Tauler, alarmiert durch die Anspielung des Kommodores auf die ›Marakainfamilie‹. Mein Großvater war der berühmteste Krieger der kolkorronischen Geschichte; mein Vater ist einer der angesehensten und einflußreichsten Männer der Gegenwart – und sogar Scholdt und seinesgleichen nehmen mir das übel. Unterstellt man mir vielleicht, den Einfluß meiner Familie auszunutzen? Oder hält man mich für besonders selbstgefällig, weil ich genau das offenbar *nicht* tue? Oder beschäme und verprelle ich die Herrschaften nur, weil ich Chancen ausschlage, nach denen sie sich die Finger ...?

Ein längerer Miglynstoß aus dem Schiffsbrenner und der tosende Widerhall in dem riesigen Ballongewölbe unterbrachen seine Gedankengänge. Er berührte Corrivalts Schulter zum Abschied, eilte mit Scheenemirt zur Gondel und kletterte als erster an Bord. Der Sergeant der Bodenmannschaft, der den Brenner bediente, um das Schiff startbereit zu halten, salutierte und wies mit einer Kopfbewegung auf das Passagierabteil.

Tauler blickte über die brusthohe Korbwand auf Kommissar Kettoren hinunter, der auf einer Matratze lag und trotz der Hitze mit einer Steppdecke zugedeckt war. Das lange Gesicht war extrem blaß, gezeichnet von Alter und Schwäche, aber die Augen waren hellwach. Er zwinkerte Tauler zu und grüßte mit einer matten Handbewegung.

»Reist Ihr allein, Kommissar?« sagte Tauler besorgt. »Kein Arzt?«

Ein Ausdruck von Verachtung huschte über Kettorens Gesicht. »Diese Quacksalber werden mich nie zur Ader lassen.«

»Aber wenn Ihr doch krank seid ...«

»Der Arzt, der meine Beschwerden heilen kann, muß erst noch geboren werden«, sagte Kettoren nicht ohne Zufriedenheit. »Ich leide unter Zeitmangel, das ist alles. Und was das angeht, junger Marakain, stand ich ganz unter dem Eindruck, Ihr hättet es auch eilig, wieder nach Jenland zu kommen.«

Tauler murmelte eine Entschuldigung und wandte sich dem Sergeanten zu, der augenblicklich den Brenner im Stich ließ und über die Reling kraxelte. Auf dem äußeren Sims stehend, erklärte er Scheenemirt kurz, wo alles zu finden war, einschließlich der Himmelsanzüge. Sowie der Mann abgesprungen war, fütterte Tauler eine beträchtliche Portion Heißgas in den gähnenden Ballonmund, ehe er den Anker ausklinkte.

Das Himmelsschiff schoß empor, doch seine Beschleunigung nahm noch einmal sprunghaft zu, als das Krongewölbe des Ballons in die Brise hinausfuhr, die über dem

Kamin wehte. Wohl wissend, daß der zusätzliche Auftrieb zum Erliegen kam, sobald der Ballon zur Gänze im westlichen Luftstrom lag und von demselben mitgenommen wurde, hielt Tauler den Brenner in Gang. Das Himmelsschiff – obgleich längst nicht ausgelastet – vollführte einen solch trägen, Übelkeit erregenden Veitstanz, während es sich den wechselnden Luftverhältnissen anpaßte, daß Scheenemirt sich theatralisch den Magen hielt und hinter der Korbwand des Passagierabteils ein Stöhnen laut wurde.

Zum zweiten Mal in weniger als einer Stunde entfernte Tauler sich von der alten Metropole, doch diesmal fiel sie nicht hinter, sondern unter ihm zurück.

Ich weiß gar nicht, wie mir geschieht, dachte er verträumt, fast schwindlig vom Gang der Ereignisse. Minuten zuvor hatten ihn noch Zweifel geplagt, ob er Vantara Dervonai je wiedersehen würde – nun war er unterwegs zu ihr, wie zu einem Rendezvous, das die Mächte des Schicksals eigens für ihn arrangiert hatten.

Bald werde ich Vantara wiedersehen, sagte er sich. Diesmal werde ich mehr Glück haben.

Tauler hatte den ganzen Tag lang nichts gegessen und nur ein paar Schlucke Wasser getrunken, gerade so viel, wie nötig war, um die Körperfeuchtigkeit zu ersetzen, die beim Ausatmen in dieser trockenen Luft der Weltenmitte verlorenging. Die naturgemäß primitive Toilettenanlage eines Himmelsschiffs zu benutzen, war normalerweise schon peinlich genug, geschweige denn unter den Bedingungen der Gewichtslosigkeit. Deshalb war man im allgemeinen darauf bedacht, wenigstens einen Tag vor und nach dem Wendemanöver zu fasten. Für gesunde Erwachsene war das kein Problem, aber Kommissar Kettoren hatte die Reise bereits in einem sehr geschwächten Zustand angetreten. Tauler wollte nicht mit ansehen, wie der Mann die letzten Körperreserven aufzehrte, nur um am Leben zu bleiben.

»Ihr könnt diese Brühe wieder mitnehmen«, flüsterte Kettoren halsstarrig. »Ich will in meinem Alter nicht mehr gesäugt werden wie ein Baby – schon gar nicht von einer so widerspenstigen Zitze.«

Tauler fingerte verlegen an dem konischen Beutel mit lauwarmer Suppe herum, den er Kettoren gebracht hatte. »Die Suppe wird Euch guttun.«

»Ihr redet schon wie meine Mutter.«

»Ist das ein Grund, um die Nahrung zu verweigern?«

»Versucht nicht, mich zu überlisten, junger Marakain.« Kettorens Atem trat in weißen Wölkchen aus der kleinen Öffnung in dem Berg von Decken, unter dem er begraben lag.

»Ich wollte doch nur …«

»Mutter konnte besser kochen als alle Köche, die wir je eingestellt haben«, sann Kettoren, als habe Tauler gar nichts sagen wollen. »Wir hatten ein Haus auf der Westseite des Grünbergs – nicht weit von uns wohnte übrigens Euer Großvater – und ich kann mich noch entsinnen, wenn ich den Hügel hinaufgeritten bin, in unseren Vorhof, daß ich sofort erkannte, nur am Duft, ob Mutter zu Abend gekocht hatte oder nicht. Ich bin noch einmal da gewesen, ein paar Tage nach unserer Landung in Ro-Atabri, aber der ganze Ort ist vor langer Zeit ausgebrannt … während der Aufstände leer und ohne Scheiben … kaum ein Haus, das noch intakt ist. Es war ein Fehler, ich hätte bei meinen Erinnerungen bleiben sollen.«

Tauler hatte aufgehorcht. »Habt Ihr jemals meinen Großvater gesehen damals?«

»Ab und zu. Er war nicht zu übersehen – so ein stattlicher Mann wie er – aber seinen Bruder Leyn habe ich öfter gesehen, wie er hin- und herpendelte zwischen seinem Haus und der Grünberg-Feste, der Residenz des Erzphilosophen.«

»Was hat mein Groß …?« Tauler verstummte, aber seine Sinne schlugen Alarm, als es eine geringfügige, aber jähe Veränderung in seiner Umgebung gab. Er erhob sich, eine Hand an der Querleine, die ihn davor bewahrte, den Boden unter den Füßen zu verlieren, und sah sich gründlich um. Scheenemirt, eingehüllt in seinen Himmelsanzug, saß angeschnallt im Pilotensitz. Er befeuerte die Hauptdüse in dem monotonen Rhythmus, der zur Zeit erforderlich war, um den Aufstieg zu gewährleisten, und zeigte keinerlei Unruhe. Alles schien völlig normal in dem kubischen Mikrokosmos der Gondel, und im dunkelblauen Jenseits leuchteten unverändert die vertrauten Sternbilder und Spiralnebel.

»Kapitän?« kam es von Scheenemirt, dessen vermummte, unkenntliche Gestalt sich geregt hatte. »Ist etwas nicht in Ordnung?«

Tauler mußte die Umgebung noch einmal sondieren, bevor er herausfand, was ihn so beunruhigte. »Das Licht! Es hat sich verändert. Habt Ihr das nicht bemerkt?«

»Ich muß wohl gedöst haben. Aber ich kann mit dem besten Willen …«

»Die Helligkeit hat plötzlich nachgelassen – ich bin mir sicher –, und bis zum Anbruch der Nacht bleibt noch mehr als eine Stunde.« Diese Ungereimtheit verwirrte ihn, und er wünschte, er hätte einen direkten Blick auf die Sonne gehabt. Er zog sich an die Pilotenstation heran und starrte hinauf in den Ballonmund. Die gelackte Leinenhülle war dunkelbraun getönt, um Sonnenwärme zu absorbieren, doch sie war bis zu einem gewissen Grad durchscheinend, so daß sich das geometrische Muster aus Nähten und Tragbändern abzeichnete, das radial von der Kronkuppe ausging und die Weite des dünnhäutigen Gewölbes betonte. Tauler hatte diesen Blick schon oft getan, und jetzt sah alles genauso aus wie immer. Scheenemirt sah ebenfalls in den Ballon hinauf, dann senkte er wortlos den Blick.

»Ich sage Euch, es ist etwas passiert«, sagte Tauler und versuchte, selbstsicher zu klingen. »Irgend etwas ist passiert. Das Licht hat sich verändert … ein Schatten … *irgendwas.*«

»Nach dem Höhenmesser zu urteilen, befinden wir uns irgendwo nahe der Nullebene, Kapitän«, sagte Scheenemirt in dem Bestreben, hilfreich zu sein. »Vielleicht sind wir direkt unter den Himmelsfestungen aufgestiegen und haben ihre Schatten gestreift.«

»Das ist praktisch unmöglich – es kommt immer zu einer gewissen Abdrift.« Tauler zog einen Moment lang die Stirn kraus, dann kam er zu einem Entschluß. »Dreht das Schiff.«

12.90-1

»Ich ... ich glaube nicht, daß ich schon ein Wendemanöver riskieren kann.«

»Noch kein Wendemanöver. Nur eine Vierteldrehung, damit wir sehen können, was über uns ist.« Tauler gewahrte den Beutel mit Suppe in seiner Hand und warf ihn schräg nach unten, wobei er auf das Deck vor dem Passagierabteil zielte. Der Beutel traf auf eine Sicherheitsleine, schwang sich darum herum und trudelte über die Reling davon.

Tauler zog sich an die Reling, legte den Kopf in den Nacken und wartete ungeduldig, derweil Scheenemirt aus einer der winzigen Düsen auf der gegenüberliegenden Seite der Gondel feuerte. Zunächst schien der Schub nichts zu bewirken, abgesehen vom schwachen Knarren der dünnen Beschleunigungsstreben links und rechts von Tauler; dann, nach einer zermürbenden Geduldsprobe, begann das Universum seinen schwerfälligen Abstieg. Gleichzeitig zog sich die quirlige Scheibe Jenlands unter Taulers Füße zurück, und über ihm – nach und nach aus der Bedeckung durch den Ballon auswandernd – enthüllte sich ein Schauspiel, das mit nichts zu vergleichen war, das Tauler je gesehen hatte.

Der halbe Himmel wurde von einer weiten kreisrunden Insel aus weißem Licht beherrscht.

Die Sonne verkroch sich hinter dem östlichen Rand, und an dieser Stelle war die Helligkeit unerträglich, ein blendendes Gleißen, das den Rest der Lichtinsel mit Milliarden Nadeln aller Spektralfarben überschüttete.

Es war von dort aus ein leichter Rückgang in der Intensität des Lichts zu bemerken; doch selbst auf der Seite, die dem ›Untergangspunkt‹ der Sonne gegenüberlag, schmerzte die Helligkeit noch in den Augen. So ähnlich mußte es aussehen, dachte Tauler, wenn man vom Grund eines zugefrorenen Sees nach oben in die Sonne blickt. Jenland hätte diesen Himmel beherrschen sollen, doch Jenland versteckte sich hinter dieser herrlichen, unerklärlichen, *unmöglichen* Insel aus diamantweißem Licht, auf der die Farben des Regenbogens einen rasenden Tanz vollführten.

Obgleich er angesichts des unglaublichen Lichtphänomens wie angewurzelt an der Reling stand, fiel ihm auf, daß dasselbe unvermindert rasch himmelab glitt. Er drehte sich um. Scheenemirt stand mit offenem Mund da und starrte an ihm vorbei, mit Augen, die weiß glitzernde Scheibchen waren – winzige Spiegelbilder des Phänomens, das den Kopiloten hypnotisierte.

»Ich sagte eine *Vierteldrehung*«, brüllte Tauler. »Drehung stoppen!«

»Tut mir leid, Kapitän.« Scheenemirts plump behandschuhte Hände rührten sich, und die unterste der vier Düsen auf Taulers Seite begann Miglyngas zu spucken, und lauter Kondensringe fuhren in die eiskalte Luft hinaus. Das Düsengeräusch war schwach, wurde rasch absorbiert von der Leere rundum. Der Schub zeitigte allmählich die gewünschte Wirkung, und das Himmelsschiff kam zur Ruhe, als seine vertikale Achse parallel zu der Insel aus weißem Feuer lag.

»Was ist da draußen los?« Die vorwurfsvolle Stimme von Trai Kettoren aus dem Passagierabteil riß Tauler aus seinem Trancezustand.

»Peilt die Reling an«, rief er an die Adresse des Kommissars, dann wandte er sich an Scheenemirt. »Was haltet Ihr von dem Ding da drüben? Eis?«

Scheenemirt nickte bedächtig. »Eis – anders kann ich es mir auch nicht erklären, aber ...«

»Aber woher kommt das Wasser? In den Abwehrstationen gibt es die üblichen Trinkwasservorräte, aber das sind zusammen nicht mehr als ein paar Fässer ...« Tauler stockte. »Wo sind die Stationen überhaupt? Wir müssen versuchen, sie zu lokalisieren. Ob sie in dem ...?« Seine Stimme versagte, als eine Frage die andere jagte. Wie dick war die Eisschicht? Wie weit war sie vom Schiff entfernt? Welchen Durchmesser hatte diese mächtige, kreisrunde Eisscholle?

Welchen Durchmesser hatte der Kreis?

Diese Frage hallte plötzlich in seinem Bewußtsein wider, verdrängte alle anderen. Das Phänomen hatte ihn bis zu diesem Augenblick zwar eingeschüchtert, aber nicht geängstigt. Er hatte es wie ein Wunder bestaunt, sich aber nicht bedroht gefühlt. Jetzt aber meldeten sich gewisse physikalische Ge-

gebenheiten der Weltenmitte zu Wort. Was sie zu sagen hatten, war beunruhigend. Diese Eisscholle mochte eine *tödliche* Bedrohung darstellen ...

Die gemeinsame Atmosphäre von Diesland und Jenland war wie ein Stundenglas geformt, durch dessen Taille die Himmelsschiffe hindurchmußten, wenn sie von einem Planeten zum anderen wechselten. Alten Experimenten zufolge mußten sich die Schiffe an die zentrale Längsachse der Taille halten – denn weiter abseits wurde die Luft so dünn, daß den Insassen der Erstickungstod drohte. Vermessungen dieser Verhältnisse stießen auf Schwierigkeiten, und deshalb konnte man nicht genau sagen, wie dick der Tunnel aus atembarer Luft war. Nach zuverlässigen Schätzungen lag der maximale Durchmesser bei hundert Meilen.

Die rätselhafte Eisscholle war wegen ihrer grellen Helligkeit konturlos, und da es keine räumlichen Bezugspunkte gab, mochte sie in zehn, zwanzig oder wer weiß wieviel Meilen Entfernung ›neben‹ dem Schiff treiben ... Es gab einfach keine Möglichkeit, ihre Entfernung zu bestimmen. Aber sie füllte fast ein Drittel der Gesichtshemisphäre, und aufgrund dieser Tatsache ließen sich einfache Berechnungen anstellen.

Taulers Lippen bewegten sich stumm, während er unverwandt auf die gleißende Eisscholle starrte und mit den Zahlen jonglierte. Am Ende seiner Berechnungen beschlich ihn eine Kälte, die nichts mit der Lufttemperatur zu tun hatte. Wenn sich herausstellen sollte, daß die Eisscholle etwa sechzig Meilen entfernt war – was durchaus sein konnte –, dann war sie nach den ehernen Gesetzen der Mathematik groß genug, um den Lufttunnel zwischen Diesland und Jenland zu blockieren ...

»Kapitän?« Scheenemirts Stimme schien aus einem anderen Universum zu kommen. »Wie weit, würdet Ihr sagen, sind wir von dem Eis entfernt?«

»Das ist eine ausgezeichnete Frage«, sagte Tauler grimmig und nahm das Fernglas aus dem Spind bei der Pilotenstation. Er richtete es auf die Eisscholle, doch so sehr er auch nach Details suchte, er sah nichts als schillernde schmerzhafte Helligkeit. Da die Sonne inzwischen ›untergegangen‹ war, zeigte die Eisscholle überall nahezu gleiche Lichtintensität, was ein Abschätzen ihrer Entfernung nur noch schwerer machte. Tauler wandte der Reling den Rücken zu und rieb sich mit den Fingerknöcheln die runden grünen Nachbilder aus den Augen. Er prüfte den Höhenmesser. Der Zeiger stand um Haaresbreite unter der Marke für Null-Anziehung.

»Diese Geräte sind nicht besonders zuverlässig, Kapitän«, kommentierte Scheenemirt, der nicht umhinkonnte, sein Wissen zu demonstrieren. »Sie werden in einer Werkstatt kalibriert, ohne den Einfluß niedriger Temperatur auf die Feder…«

»Verschont mich damit«, schnitt Tauler ihm das Wort ab. »Die Sache ist ziemlich ernst – ich brauche unbedingt die Ausmaße von diesem… *Ding* da draußen.«

»Hinüberfliegen und nachsehen, wie groß es ist.«

Tauler schüttelte den Kopf. »Ich habe eine bessere Idee. Ich habe nicht die Absicht umzukehren, wenn ich nicht umkehren *muß* – deshalb werden wir versuchen, den Rand dieser Scholle zu erreichen. Der genaue Durchmesser ist im Grunde nicht so wichtig. Ausschlaggebend ist, ob wir um das Hindernis herumkommen. – Wollt Ihr weiter den Piloten spielen?«

»Ich weiß diese Aufgabe zu schätzen, Kapitän«, erwiderte Scheenemirt. »Welchen Schubrhythmus schlagt Ihr vor?«

Tauler zögerte und legte die Stirn in Falten. Er war frustriert, weil niemals ein praktikabler Geschwindigkeitsmesser für Himmelsschiffe entwickelt worden war. Ein erfahrener Pilot konnte die Geschwindigkeit an der Straffheit oder Schlaffheit der Reißleine abschätzen, weil die Kronkuppe des Ballons durch den Luftwiderstand eingedellt wurde, doch die Vielzahl der Variablen machte genaue Aussagen unmöglich. Die kolkorronische Intelligenz wäre sicher nicht überfordert gewesen mit der Erfindung eines verläßlichen Instruments, aber die Motivation hatte gefehlt. Ein Himmelsschiff kroch zwischen Planetenoberfläche und Weltenmitte hin und her – eine Reise, die ungefähr zweimal fünf

Tage brauchte – und ein Unterschied von ein paar Meilen pro Stunde spielte da keine Rolle.

»Sagen wir zwei-zu-sechs«, schlug Tauler vor. »Wir unterstellen einmal, daß wir mit zwanzig Meilen pro Stunde fliegen, und das legen wir allen Schätzungen zugrunde.«

»Aber woraus besteht diese Barriere?« sagte Kommissar Kettoren in Taulers Rücken. Er stand hinter der Korbwand seines Abteils und hielt sich mit einer Hand daran fest, während die andere die Decke zusammenhielt, die er sich umgeschlagen hatte.

Der Arzt in der Basis hatte Kettoren verordnet, auf jeden Fall liegenzubleiben, und Tauler wollte den Kommissar im ersten Augenblick daran erinnern, dann fiel ihm ein, daß es bei Gewichtslosigkeit keine Rolle spielte, welche Lage ein Mensch mit Herzbeschwerden einnahm. Seine Gedanken schweiften ab – die jämmerlichen Abwehrstationen in der gewichtslosen Zone mochten in Zukunft einer sinnvolleren Nutzung zugeführt werden. Gut geheizt und mit guter Luft versorgt, konnten sie durchaus als Kurorte für bestimmte Kranke dienen. Selbst ein Krüppel würde …

»Ich habe Euch etwas gefragt, junger Marakain«, sagte Kettoren mürrisch. »Wofür haltet Ihr dieses merkwürdige … Ding da?«

»Es könnte aus Eis bestehen.«

»Aber woher sollten solche Unmengen an Wasser kommen?«

Tauler hob die Schultern. »Aus dem Weltraum kommen Felsbrocken und sogar Metallklumpen – vielleicht gibt es da auch Wasser.«

»Eine glaubhafte Geschichte«, brummte Kettoren. Er zuckte theatralisch die Achseln, und sein langes, trauriges Gesicht – jetzt rot vor Kälte – versank hinter der Korbwand, als er sich wieder in den warmen Kokon aus Decken zurückzog.

»Es ist ein Omen«, drang seine Stimme dumpf und undeutlich aus dem Abteil. »Ich weiß, wie Omen aussehen.«

Tauler nickte mit einem leicht skeptischen Lächeln und kehrte wieder an die Reling zurück. Die Schubzeiten für die verschiedenen Seitendüsen durch Zuruf regulierend, half er Scheenemirt, das Schiff auf einen Kurs zu bringen, der die Eisscholle in einem unbekannten Winkel anlief – genauer ihren äußersten westlichen Rand. Die Hauptdüse feuerte im beharrlichen zwei-zu-sechs-Rhythmus. Die angenommene Geschwindigkeit von zwanzig Meilen pro Stunde, fand Tauler, mochte durchaus zutreffen. Doch die räumliche Beziehung zur Eisscholle sollte so bald keine feststellbare Änderung erfahren.

»Unser Freund, das Omen, entpuppt sich wahrhaftig als ein ausgewachsener Gigant«, sagte er zu Scheenemirt. »Wir könnten Probleme haben, an ihm vorbeizukommen.«

Auch das erbärmlichste Luftschiff verfügte über einfache Navigationsinstrumente, nur Himmelsschiffe und insbesondere dieses nicht. Tauler konzentrierte sich auf den Ostrand der kreisrunden Eisinsel und wünschte sich sehnlichst, derselbe möge absinken und so den Beweis liefern, daß das Schiff überhaupt vorankam. Er war auf dem besten Wege, sich weiszumachen, tatsächlich eine Veränderung des fraglichen Winkels festzustellen, als die Insel Welle um Welle von den Farben des Regenbogens überschwemmt wurde. Sie bewegten sich mit der atemberaubenden Geschwindigkeit des Umlaufs und hatten die gigantische Eisinsel in Sekundenschnelle überquert; sie brachten Tauler die beruhigende Botschaft, daß kosmische Ereignisse stattfanden und erinnerten ihn daran, wie unbedeutend das Schicksal der Menschheit angesichts der Erhabenheit des Universums war. Die Sonne, aus Taulers Perspektive bereits durch die rätselhafte Eisinsel verdeckt, war soeben zum zweiten Mal von Jenland verdeckt worden. Sowie sich die Farben – durch die Brechung des Sonnenlichts in Jenlands Atmosphäre entstanden – in der Unendlichkeit verloren hatten, begann die ganze Insel an Leuchtkraft zu verlieren. Die Nacht brach über die Weltenmitte herein.

Hier in der Weltenmitte machte die Unterscheidung zwischen ›Nacht‹ und ›Kurznacht‹ keinen Sinn. Jeder Tageslauf kannte zwei nahezu gleich lange Perioden der Dunkelheit. In etwa vier Stunden würde die Sonne wieder zum Vorschein kommen. Die Nacht hätte zu keinem unpassenderen Zeitpunkt kommen können.

»Kapitän?« Scheenemirt, eine denkende und fühlende Textilpyramide im schwindenden Licht, brauchte die Frage nicht zu vollenden.

»Weitermachen, aber nur noch mit eins-zu-sechs«, befahl Tauler. »Sollten wir das Gefühl haben, vom Kurs abzukommen, können wir den Antrieb immer noch abschalten. Und sorgt dafür, daß die Reißleine straff sitzt.«

Froh, einen guten Copiloten zu haben, blieb Tauler an der Reling und studierte die riesige Eisscheibe, die nur noch vom Widerschein Dieslands erhellt wurde. Diesland stand in seinem Rücken und reflektierte noch immer Sonnenlicht. Er begann jetzt, Andeutungen einer inneren Struktur zu erkennen – ein Netzwerk aus blassem Violett, Flußläufen ähnlich, die sich teilten und weiterverzweigten und immer weiter verästelten, bis sie sich in einem vagen Schimmer verloren.

Gerade so wie Adern, dachte Tauler. Adern in einem riesengroßen Auge...

Während Diesland allmählich vom Schatten Jenlands überdeckt wurde, verfinsterte sich die geheimnisvolle Wand, doch sie grenzte sich nach wie vor deutlich vom kosmischen Hintergrund ab. Denn der übrige Himmel hatte seine vertraute Pracht entfaltet und strotzte von Spiralnebeln in allen Perspektiven, Schlangennebeln, Myriaden von Sternen, zahlreichen Kometen und verglühenden Meteoren. Vor diesem prunkvollen Lichtermeer nahm sich die kreisrunde Wand nur noch mysteriöser aus – wie eine kreisrunde Tiefnacht, die in einem vernünftigen Universum fehl am Platze war.

Tauler befahl hin und wieder eine leichte Pendelbewegung des Schiffes, damit er einen Blick nach oben werfen konnte, um sich davon zu überzeugen, daß der Kurs nach wie vor auf die Westgrenze jener ›Tiefnacht‹ zielte. Während die Nachtstunden verstrichen, wurde die Luft zunehmend dünner und beschwerlicher für die Lungen. Das Schiff mußte sich bereits weit von dem sicher befahrbaren Tunnel zwischen den Welten entfernt haben. Obwohl sich Kommissar Kettoren mit keinem Wort beklagte, war sein Atmen deutlich zu hören. In einer Pergamenttüte hatte er etwas Glühsalz mit Wasser gemischt und schnaufte regelmäßig von dem gasförmigen Elixier, das der Luft ihre lebenerhaltende Kraft verlieh.

Ein Aufklaren des westlichen Scheibenrandes kündigte schließlich die Rückkehr des Tageslichts an und veranlaßte Tauler zu der Feststellung, daß der betreffende Rand nicht länger durch den Ballon verdeckt wurde. Das Licht der Sonne ließ die Welt wieder plastisch werden; und geometrische Kenntnisse erwiesen sich als nützliches Instrumentarium.

»Wir sind vielleicht noch eine Meile vom Rand entfernt, mehr nicht«, verkündete er schließlich. »In wenigen Minuten werden wir uns daran vorbeimogeln und auf dem kürzesten Weg frische Luft tanken.«

»Wird aber auch Zeit!« Kettorens Gesicht erschien hinter der Korbwand seines Abteils; er lugte aus einer Decke heraus, die er sich über den Kopf gezogen hatte. »Wie weit sind wir denn ausgewichen?«

»Rechtwinklig zum Idealkurs so um die dreißig Meilen...« Tauler sah Scheenemirt an, und Scheenemirt nickte bestätigend, »und das bedeutet, wir haben es mit einem See, einem *Meer* von Eis zu tun, mit einem Durchmesser von gut sechzig Meilen. Ich kann es selbst kaum glauben, dabei sehe ich es vor mir. In Pradt wird uns das kein Mensch abnehmen.«

»Vielleicht weiß man schon Bescheid.«

»Weil jemand durch ein Teleskop geguckt hat?«

»Weil eine gute Bekannte von Euch – Contessa Vantara – auch hier vorbeigekommen ist.« Kettoren tupfte sich mit der Decke einen Tropfen von der Nasenspitze. »Sie ist nicht allzu lange vor uns abgeflogen.«

»Ihr habt recht, natürlich«, sagte Tauler bestürzt. Er hatte seit Stunden nicht mehr an Vantara gedacht. »Das Eis... diese Barriere... was immer es ist... ist womöglich schon hier gewesen, als sie nach Jenland flog. Darüber müssen wir uns eingehend unterhalten.«

Den einzigen und winzigen Trost, wenn es denn überhaupt einer war, den Tauler aus der Diskussion zog, war der sprichwörtliche Freibrief, Vantara aufzuspüren, wo immer sie sein mochte. Tauler widmete sich ganz der Aufgabe, das Schiff um den Eisrand herumzusteuern. Theoretisch war dieses Manöver ein Kinderspiel. Er brauchte den Rand lediglich in kurzem Abstand zu passieren, ein simples Wendemanöver durchzuführen und wieder in den Tunnel dichterer Luft zurückzukehren.

Er ließ Scheenemirt an den Antriebsarmaturen und bezog wieder Stellung an der Reling, von wo er unter Sichtkontrolle detaillierte Steuerbefehle erteilte. Das Schiff lag nahezu parallel zur Eisbarriere und bewegte sich sehr langsam, wahrscheinlich nicht einmal mit Schrittempo, während es den Rand zu überholen suchte, aber nach endlosen Minuten wurde Tauler stutzig. Das Schiff brauchte länger, als er erwartet hatte, um mit der Grenze der Eiswand gleichzuziehen. Argwöhnisch nahm er das Fernglas an die Augen. Die Sonne war nahe der Stelle, auf die er scharfstellte, und malträtierte die Augen mit Milliarden Lichtnadeln, aber dann hatte er die Eisgrenze klar im Blick. Sie war weniger als dreihundert Schritt entfernt, und das Fernglas holte sie ganz nah heran.

Tauler stieß einen Laut der Überraschung aus, als er entdeckte, daß der Eisrand *lebendig* war.

Wo er die Starre gefrorenen Wassers erwartet hatte, war der Prozeß einer Art kristalliner Gärung im Gange. Mannsgroße Glasprismen, -dorne und -stege sprossen mit unnatürlicher Schnelligkeit aus dem Rand. Sie schoben die Eisgrenze mit der Geschwindigkeit eines um sich greifenden Feuers hinaus – in die eiskalte Luft schießend und für einen Moment im Sonnenlicht gleißend, ehe sie von anderen überholt und einverleibt wurden in dem rasenden und funkelnden Aufruhr.

Tauler starrte durch das Fernglas, fasziniert und überwältigt von der unglaublichen Schönheit des Schauspiels, und es dauerte seine Zeit, ehe er wieder einen zusammenhängenden Gedanken fassen konnte: *Die Eisgrenze schiebt sich fast so schnell hinaus wie das Schiff!*

»Geschwindigkeit steigern«, schrie er Scheenemirt zu, die Stimme verfremdet durch die bittere Kälte und die zu dünne Luft. »Sonst seht Ihr Jenland nie mehr wieder!«

Kommissar Kettoren, dem es in der gewichtslosen Zone relativ gutgegangen war, hatte einen neuerlichen Herzanfall erlitten, als das Schiff nur noch ein paar tausend Fuß weit von Jenlands Oberfläche entfernt war. Eben hatte er noch mit Tauler an der Reling gestanden, ganz mit den vertrauten Einzelheiten der Landschaft beschäftigt, die unter ihnen heranwuchs; im nächsten Augenblick hatte er rücklings auf dem Deck gelegen, bewegungsunfähig, die Augen hellwach und voller Angst, Leuchtfeuer einer Intelligenz, die in eine Maschine gesperrt war, die ihr den Dienst verweigerte. Tauler hatte ihn in das Nest aus Decken gebettet, ihm den schaumigen Speichel aus den Mundwinkeln gewischt, und hatte unverzüglich den Sonnenschreiber aus dem Lederkoffer geholt.

Die Abdrift, diesmal größer als sonst, hatte das Schiff gute zwölf Meilen östlich von Pradt abgesetzt; doch die Sonnenschreibernachricht hatte ihre Wirkung nicht verfehlt. Eine ansehnliche Gruppe Kutschen und Berittener – sowie ein elegantes Luftboot in graublauer königlicher Livree – hatte im Landegebiet gewartet. Binnen fünf Minuten nach der Landung hatte man den Kommissar in das Luftboot verlegt und zu einer Notaudienz mit Königin Desihn geflogen, die in ihrem überheizten Palasttrakt wartete.

Tauler hatte keine Gelegenheit mehr gehabt, Kettoren Mut zuzusprechen oder Lebewohl zu sagen; der Mann war ihm trotz des Alters- und Rangunterschieds ans Herz gewachsen. Während er zusah, wie das Luftboot gen Westen in den gelben Himmel schrumpfte, stellten sich Gewissensbisse ein, und er brauchte eine Weile, um ihren Ursprung zu identifizieren. Er war unzweifelhaft zutiefst besorgt um die Gesundheit des Kommissars, aber gleichzeitig – und da gab es nichts zu beschönigen – war er froh, daß sich das Unglück des Älteren, wie die Erhörung eines Gebets, zum rechten Zeitpunkt eingestellt hatte. Wie anders hätte er in so kurzer

Zeit wieder nach Jenland und in Reichweite Vantaras kommen können?

Was bin ich doch für ein Ungeheuer! dachte er, schockiert über seine Selbstsucht. Ich muß das schlimmste …

Seine Selbstbespiegelung fand sofort ihr Ende, als sein Vater und Bartan Drammy aus der Kutsche stiegen, die soeben eingetroffen war. Beide Männer trugen enge, graukarierte Hosen und dreiviertellange, ärmellose Überkleider aus blauer Seide, eine formelle Kleidung, die vermuten ließ, daß sie von einer wichtigen Zusammenkunft in Pradt kamen. Tauler ging mit großen Schritten auf seinen Vater zu, umarmte ihn; dann schüttelte er Bartan Drammy die Hand.

»Das ist aber eine unverhoffte Freude«, sagte Kassill Marakain, und ein Lächeln verjüngte das blasse dreieckige Gesicht. »Eine wahre Schande, das mit dem Kommissar, sicher, aber man darf wohl hoffen, daß ihn die Hofärzte – und davon gibt es genug zur Zeit – bald wieder auf die Beine bringen. Wie geht es dir denn, mein Junge?«

»Gut geht es mir.« Tauler blickte seinen Vater mit jener einzigartigen Freude an, die einer harmonischen Beziehung zwischen Eltern und Kind entspringt; dann holten ihn die jüngsten Ereignisse wieder ein, und er wandte sich in einer Geste an Bartan Drammy, die den anderen mit einbezog in das, was folgen sollte. Bartan Drammy war von den beiden noch lebenden Augenzeugen jener legendären Reise nach Fernland derjenige, der auch die Oberfläche dieses Planeten betreten hatte, und er war Kolkorrons führender Experte für astronomische Angelegenheiten.

»Vater und du, Bartan«, begann Tauler, »habt ihr in den letzten zehn oder zwanzig Tagen einmal den Himmel beobachtet? Habt ihr irgend etwas Ungewöhnliches bemerkt?«

Vorsichtig wechselten die älteren Männer überraschte Blicke. »Redest du von dem blauen Planeten?« sagte Bartan.

Tauler zog die Stirn kraus. »Blauer Planet? Nein, ich rede von einer Barriere … einer Wand … einem Meer aus Eis … oder wie ihr es nennen wollt … einer Eisscheibe, die in der Weltenmitte aufgetaucht ist. Sie hat einen Durchmesser von mindestens sechzig Meilen und dehnt sich laufend weiter aus. Hat das denn niemand hier unten beobachtet?«

»Man hat bislang nichts dergleichen beobachtet, aber ich bin mir nicht einmal sicher, ob das Glo-Teleskop benutzt wurde, seit...« Bartan unterbrach sich und sah Tauler zweifelnd an. »Tauler... Tauler, in der Weltenmitte kann sich *unmöglich* Eis bilden – da gibt es gar kein Wasser. Die Luft ist staubtrocken.«

»Eis! Eis oder andere Kristalle. Ich habe es mit eigenen Augen *gesehen!*« Die Tatsache, daß man ihm keinen Glauben schenkte, überraschte ihn nicht besonders und brachte ihn auch nicht aus dem Konzept, aber sie rührte an etwas, das in seinem Unterbewußtsein schlummerte. Irgendwie lief diese Unterhaltung ganz falsch. Sie nahm nicht den Lauf, den sie hätte nehmen müssen. Irgend etwas tief in seinem Innern sträubte sich dagegen, der Realität ins Gesicht zu sehen – sparte bestimmte Gedanken schlichtweg aus.

Bartan schenkte ihm ein geduldiges Lächeln. »Vielleicht ist es zu einem größeren Defekt bei einer Abwehrstation gekommen; eine Explosion könnte Energiekristalle über einen weiten Bereich verstreut haben. Sie könnten sich durchmischen und verbinden und große Kondenswolken bilden; wir wissen beide, wie fest und solide Kondensation aussehen kann... wie Schneebänke oder...«

»Contessa Vantara«, unterbrach Tauler ihn mit einem tauben Lächeln und gab seiner Stimme einen festen Klang, um die Angst zu verbergen, die gewisse innere Dämme durchbrochen hatte. »Sie ist neun Tage vor uns abgeflogen – hatte sie denn nichts Ungewöhnliches zu berichten?«

»Ich weiß nicht, wovon du redest, mein Junge«, sagte Kassill Marakain und sprach die Worte aus, die Taulers Angst auf einem imaginären Pergament hinterlegt hatte. »Bislang ist nur ein einziges Schiff von Diesland zurückgekehrt, und zwar deins. Contessa Vantara hat sich hier nicht blicken lassen.«

Zweiter Teil

Die Strategie der Verzweiflung

8. Kapitel

Diviwîdiv hatte einen wirklich guten Traum gehabt. Er hatte sich einen Tag aus seiner Kindheit ausgesucht, den einundachtzigsten einer Schönwetterperiode, und jede diamantscharfe Sekunde desselben ausgekostet. Sein Oberhirn hatte aus den Erinnerungen an diesen Tag den Traum geschaffen; nur die perfekten Erinnerungen waren übernommen, die anderen verworfen und durch erfundene Sequenzen ersetzt worden. Letztere waren inhaltlich hervorragend konzipiert gewesen und hatten sich nahtlos in die übrige Traumlandschaft gefügt. Diviwîdiv war aufgewacht, zutiefst beglückt; diesmal hatte es keine störenden Unterströmungen gegeben, keine porösen Stellen für Schuldgefühle aus der Gegenwart; auf diesen Traum würde er im Laufe der Jahre noch manches Mal zurückgreifen – nicht ohne ihn vielleicht ein ganz klein wenig hier und da zu variieren.

Er blieb einen Augenblick lang in dem schwachen künstlichen Gravitationsfeld seines Bettes liegen, genoß das mentale Nachglühen, dann wurde er gewahr, daß Xa ihn sprechen wollte. *Was gibt es?* sagte er und setzte sich auf.

Nichts, was besonders dringend wäre, Geliebter Schöpfer, erwiderte Xa sofort, *daher konnte ich warten, bis du auf natürliche Weise wieder zu Bewußtsein kamst.* Xa beteuerte seine Worte mit der Geistfarbe Gelb.

Das war sehr aufmerksam von dir. Diviwîdiv massierte seine Arme, um sich auf körperliche Aktivität vorzubereiten. *Ich glaube, du hast gute Nachricht für mich. Welche?*

Das Schiff kehrt zurück; an Bord sind zwei männliche Primitive, und diesmal werden sie nicht an mir vorbeikommen.

Diviwîdiv war augenblicklich hellwach. *Bist du dir auch ganz sicher?*

Ja, Geliebter Schöpfer. Einer der Männer ist emotional mit einer der Frauen verknüpft. Er glaubt, das Schiff mit den Frauen sei in der Dunkelheit mit meinem Körper kollidiert und beschädigt worden; weiterhin glaubt er, die Frauen hätten sich in eines der Habitate gerettet, die wir in der Bezugsebene gefunden haben. Er will die Frau suchen und wiederhaben.

Wie interessant! sagte Diviwîdiv. *Diese Wesen müssen eine ungewöhnlich starke Neigung haben, sich mit Hilfe eines ganz bestimmten Partners fortzupflanzen. Erst erfahren wir von ihrer geistigen Blindheit, und nun das! – Wie kann eine Rasse so behindert sein und dennoch überleben?*

Diese Frage, Geliebter Schöpfer, ist unter den gegebenen Umständen belanglos.

Das denke ich auch. Diviwîdiv wandte sich mehr praktischen Erwägungen zu. *Weißt du, ob die männlichen Primitiven bemerken, daß du zu einer Klasse von Objekten zählst, die ihnen völlig fremd sind?*

Objekten? Objekten?

Wesen. Ich halte dich natürlich für ein Wesen. Aber wofür halten dich die Primitiven?

Für eine Naturerscheinung, sagte Xa. *Für ein wachsendes Gebilde aus Eis oder anderen Kristallen.*

Das ist gut so – dann werden sie kaum mit Gewalt gegen dich vorgehen, und wir können sie leichter einfangen. Diviwîdiv verlagerte sein Denken ins Oberhirn, um Xa von seinen Überlegungen auszuschließen. Sich um Exemplare der Primitiven für Direktor Sânnanans persönliche Studien zu bemühen, war eigentlich recht leichtfertig und hatte mit diesem großen Projekt nicht das Geringste zu tun; sollte Xa dabei beschädigt werden, würde er, Diviwîdiv, fürchterlich dafür büßen müssen; man würde ihn höchstwahrscheinlich einer Persönlichkeitsänderung unterwerfen, zur Strafe für seine Pflichtvergessenheit. Schließlich hatte es nie ein bedeutenderes Unterfangen in der Geschichte seines Volkes gegeben. Die Zukunft der ganzen Rasse …

Geliebter Schöpfer! Xas Ruf war eine unerwartete Störung. *Ich muß dich etwas fragen.*

Was ist denn? fragte Diviwîdiv unwirsch. Hoffentlich fing Xa nicht wieder an, lästige Fragen über seine Zukunft zu stellen. Xa wäre nicht imstande gewesen, sich selbst zu erweitern, wäre es nicht mit einer machtvollen künstlichen Intelligenz ausgestattet worden; doch seine Konstrukteure – in den oberen Etagen des Zahlenpalastes – hatten nicht damit gerechnet, daß ihr Geschöpf Selbstbewußtsein entwickeln könnte.

Verrate mir, Geliebter Schöpfer, sagte Xa, *was ist eine* Geißel?

Die Frage traf Diviwîdiv so plötzlich und mit solcher Wucht, daß ihm schwindlig wurde, und er die geistige Kontrolle über sich zu verlieren drohte. In diesem gefährlichen Augenblick hätte er Xa beinahe in alle neuronalen Netze des Oberhirns gelassen, und nach der Anstrengung, Hunderte von Neuronensträngen abzuriegeln, fühlte er sich kältestarr und elend.

Er begab sich rituell in das Auge des Wirbelsturms, wo er wieder zu Gleichmut und Gelassenheit fand, und sagte: *Wer hat dir von den* Geißeln *erzählt?*

Es gab eine kurze Verzögerung, ehe Xa antwortete: *Du nicht, Geliebter Schöpfer. Und auch sonst niemand. In letzter Zeit taucht dieses Wort überall auf. Es muß unausgesetzt in den Hirnen von Millionen intelligenter Wesen existieren, aber die Idee dahinter ist zu vage, um sie zu erfassen. Ich weiß nur soviel – das Wort ist mit Angst verknüpft … einer schrecklichen Angst davor, nicht mehr zu existieren.*

Du brauchst dir deswegen keine Sorge zu machen, sagte Diviwîdiv, alle seine geistigen Verstärkungsregister ziehend, um dieser Lüge Kraft zu verleihen. *Dieses Wort ist nicht viel mehr als ein Lautgebilde. Seine Ursprünge liegen in gewissen Verwirrungen des menschlichen Geistes, Verstößen gegen die Logik der Vernunft, nennen wir sie: Metaphysik, Religion, Aberglauben …*

Aber warum beschäftigt es auf einmal mein Bewußtsein?

Das tut es ohne besonderen Grund. Ein Wind, eine Strömung, ein Wirbel. Du schlägst dich mit Dingen herum, die für dich ohne

Belang sind. Ich befehle dir jetzt, Ruhe zu geben und dich auf deine eigentliche Arbeit zu konzentrieren.

Ja, Geliebter Schöpfer.

Froh, weil Xa sich so willfährig zeigte, unterbrach Diviwîdiv die telepathische Verbindung und schwebte zur nächstbesten Luftschleuse. Während er den Anzug anlegte, um sich gegen die lebensfeindliche Außenkälte zu wappnen, hing er besorgt der Frage nach, wie Xa wohl zu dem Begriff *Geißel* gekommen war. Hatte sich Xas Fähigkeit zur direkten Kommunikation gesteigert? Oder war auf der Heimatwelt neuerdings der Angstpegel gestiegen und hatte die Raumregion mit seinem telepathischen Flüstern erfüllt?

Diviwîdiv trat in die Luftschleuse und schloß das Innenschott. Sowie er die Außentür öffnete, sprang ihm die scharfe Kälte ins Gesicht und verbiß sich sofort in Haut, Augen und Luftwege; das Atmen wurde zur Qual, und er widerstand nur mühsam dem Reflex, nach Luft zu ringen. Vor ihm erstreckte sich der Metallboden der Station, teils flach und leer, teils mit komplizierten technischen Anlagen bestückt. Die Antennen des Teleporteraggregats ragten in die sonnenhelle Luft – schlanke und fein geschwungene Gebilde – und ein gelegentliches grünes Flackern an ihren Enden zeugte davon, daß laufend Grundstoffe für Xas Wachstum angeliefert wurden. Jenseits der kantigen Stationsgrenzen bildete Xas Körper, mittlerweile ins Riesenhafte gewachsen, ein kristallhelles Meer, das sich in allen Richtungen in der Ferne verlor.

Diviwîdivs Augen vermochten sich ohne künstliche Unterstützung nicht auf unendliche Ferne einzustellen, und somit sah er jenseits des kristallhellen Horizonts nur ein Universum, das sich auf die Sonne und einen der hiesigen Planeten reduzierte, die vor einer Nebelwand verwaschener Lichtflecken schwammen. Nichtsdestoweniger fand er sofort den blauen Lichtfleck seiner Heimatwelt Dassarra und hatte in Sekundenschnelle Verbindung mit Direktor Sânnanan.

Was gibt es denn? fragte Sânnanan. *Warum stören Sie mich bei der Arbeit?*

Ich habe Gutes zu vermelden, erwiderte Diviwîdiv. *Es war ein unglücklicher und grotesker Umstand, daß die Auswahl an Primitiven, die ich Ihnen geliefert habe, nur aus weiblichen Exemplaren bestand. Außerdem hatten wir Pech, als die männlichen Primitiven an Bord des zweiten Schiffes frühzeitig auf Xa aufmerksam wurden und ihr Schiff erfolgreich um ihn herumlenken konnten.*

Diviwîdiv, wollten Sie nicht Gutes vermelden? Sânnanan tönte seine Worte mit den Geistfarben wachsenden Unmuts.

Natürlich, Herr Direktor! Dasselbe Schiff steigt soeben wieder zur Bezugsebene auf, und die beiden männlichen Primitiven an Bord hoffen, die vermißten Frauen in den Habitats zu finden, die wir hier entdeckt haben. Sie gehen davon aus, daß die Frauen sich nach einer Kollision mit Xa dorthin gerettet haben. Und diese beiden werde ich Ihnen schicken können, Herr Direktor, darauf können Sie sich verlassen. Die beiden kommen nämlich einzig und allein deswegen hier herauf, um die Frauen zurückzuholen – und das nur, weil darunter eine ist, die mit einem von ihnen körperlichen Kontakt hatte. Jedenfalls werden sie am Ende direkt zu mir kommen.

Das ist ja nicht zu fassen, sagte Sânnanan. *Sind Sie sich da ganz sicher?*

Absolut.

Sie haben in der Tat Gutes vermeldet – ich hätte nie gedacht, daß zwischen Individuen so mächtige Bande existieren können. Ich bin gespannt auf die beiden Exemplare und werde sofort die entsprechenden Experimente vorbereiten.

Ich bin Ihnen gerne behilflich, Herr Direktor, sagte Diviwîdiv und war froh, den Direktor wieder für sich eingenommen zu haben. *Wo wir gerade vertraulich miteinander reden, da wäre noch etwas.*

Nur zu.

Xas Bewußtsein entwickelt sich laufend fort, und Xa hat sich soeben zum ersten Mal nach den Geißeln *erkundigt.*

Weiß Xa irgend etwas? Hat er irgendeine Vorstellung?

Das nicht. Diviwîdiv legte eine Pause ein, um sein Anliegen zu präzisieren. *Aber ich habe Untertöne wahrgenommen … Hat sich in dieser Hinsicht irgend etwas Neues ergeben?*

Ich muß sagen – ja. Es folgte ein kurzes Schweigen, und als

Direktor Sânnanan fortfuhr, waren seine Worte von merkwürdigen Farben umwölkt, die auf Zweifel und Furcht hindeuteten. *Wie Sie wissen, Diviwîdiv, hat eine mächtige Strömung in der Gesellschaft jene im Zahlenpalast gezwungen, eine neue Einschätzung der lokalen Situation anzustrengen; und die neuesten Daten lassen keinen Zweifel mehr: die* Geißeln *existieren wirklich. Außerdem sollen es höchstwahrscheinlich* zwölf Geißeln *gewesen sein, deren Wege sich damals in der Nähe unserer Galaxie gekreuzt haben – während man bisher von* sieben *ausging.*

Und wenn das wirklich der Fall ist, setzte Sânnanan hinzu, *wird nicht nur unsere Galaxie ausgelöscht – mit ihr werden Hunderte anderer Galaxien in dieser kosmischen Region von der Bildfläche verschwinden.*

Ich verstehe. Die äußere Kälte schien sich schlagartig Zugang zu seinem Anzug zu verschaffen, als er die geistige Verbindung beendete. *Das ist merkwürdig,* überlegte er. *Warum sollte man eine Urgewalt, die verspricht, zusätzlich eine Million anderer Galaxien zu vernichten, mehr fürchten als eine, die nur diese eine zu vernichten droht – wo doch in beiden Fällen mein persönliches Schicksal genau dasselbe ist? Und warum sollte mich die Absicht meines Volkes stören, zwei kleinere, unerschlossene und spärlich bevölkerte Zwillingsplaneten auszuradieren, wenn der Kosmos selbst eine solch monströse Zerstörungswut an den Tag legte?*

9. Kapitel

Auf den letzten fünfzig Meilen des Aufstiegs hatten Tauler und Scheenemirt das Schiff in regelmäßigen Intervallen auf die Seite gelegt. Man wollte so früh wie möglich nach dem dünn gestrichelten Ring aus hölzernen Stationen und Raumschiffen Ausschau halten, um ihn gegebenenfalls sofort mit Hilfe der Seitentriebwerke ansteuern zu können. Selbst bei normalen Sichtverhältnissen waren die Artefakte nur schwerlich auszumachen, geschweige denn angesichts eines Kristallmeeres, das den Himmel überspannte und das Sonnenlicht in eine gleichmäßige diffuse Helligkeit verwandelte. Tauler war daher überrascht, als ihm aus etwa dreißig Meilen Entfernung ein dunkler, stabiler Fleck mitten in der durchscheinenden Scheibe auffiel.

Während das Schiff emporkroch, enthüllte das Fernglas ein Objekt, das einen unregelmäßigen, aber gleichwohl aus schnurgeraden Kanten und rechten Winkeln zusammengesetzten Umriß hatte. Die Silhouette ähnelte dem Grundschatten eines sehr großen Gebäudes, an das man aufs Geratewohl immer wieder angebaut hatte.

Eine Zeitlang vermochte Tauler der Schlußfolgerung auszuweichen – in seinem Weltbild war einfach kein Platz dafür –, dann tat letzteres einen schmerzhaften Ruck und machte Platz.

»Was immer das ist«, sagte er zu Scheenemirt, »ich kann mir nicht vorstellen, daß es da wie eine Eisscholle von alleine heranwächst. Es muß eine zentrale Himmelsstation sein, die ...«

»Nicht von Menschenhand geschaffen ist«, ergänzte Scheenemirt.

»Ihr nehmt mir das Wort aus dem Mund. Die Ausmaße ... Als hätten wir es mit einem Himmelspalast zu tun.«

»Oder einer Festung.« Scheenemirt sprach gedämpft, fast verstohlen, obwohl weit und breit niemand zu sehen war. »Ob sich die Fernländer am Ende doch zur Eroberung entschlossen haben?«

»Eine mehr als abwegige Strategie, wenn Ihr mich fragt«, entgegnete Tauler stirnrunzelnd. Instinktiv verwarf er die Idee einer militärischen Invasion, die vom dritten Planeten ausging. Bartan Drammy hatte oft erklärt, daß die Fernländer eine introvertierte Rasse waren, ohne irgendwelche koloniale Gelüste. Außerdem gab es zwischen dem rätselhaften Meer aus lebendigem Kristall und dieser gigantischen Station ganz offensichtlich eine wie auch immer geartete innige Verbindung, und welcher militärische Befehlshaber – gleich wie fremd er dachte und fühlte – würde eine Invasion auf so unsinnige Weise inszenieren?

»Nein, das muß etwas völlig anderes sein«, fuhr Tauler fort. »Bestimmt werden noch viele Sterne von Welten umkreist, und bestimmt gibt es auf einigen der Welten Zivilisationen, die viel weiter fortgeschritten sind als die unsere. Vielleicht, mein lieber Scheenemirt, ist das da oben nur … nur einer von den vielen weitgereisten Palästen irgendeines unvorstellbaren Gottkaisers. Vielleicht ist dieses Eisgefilde sein Jagdrevier … sein Wildpark …« Tauler verstummte angesichts der eigenen grandiosen Vision, wurde aber wieder auf den Boden der Gondel zurückgeholt, als Scheenemirt eine kritische Frage stellte.

»Kapitän, steigen wir weiter auf?«

»Selbstverständlich!« Tauler zog den Schal von Nase und Mund, damit Scheenemirt ihn klar und deutlich verstehen konnte. »Ich gehe nach wie vor davon aus, daß sich die Contessa mit ihrer Frauschaft in eine unserer Stationen gerettet hat. Und falls wir sie da nicht finden … dann wissen wir ja jetzt, wo wir weitersuchen!«

»Jawohl, Kapitän.«

Scheenemirts Augen, die aus dem Schlitz zwischen Schal und Kapuzenrand spähten, verrieten nicht, daß die dazugehörigen Ohren irgend etwas Außergewöhnliches vernommen hätten, doch Tauler selbst war wie vom Blitz gerührt angesichts der phantastischen Tragweite seiner Worte. Seine Hand fiel von selbst an den Schwertgriff, als er spürte, wie ihm das Herz bis zum Hals hinaufschlug.

Bereits als er zum ersten Mal mit Vantaras Verschwinden konfrontiert worden war, hatte sich in ihm diese widerwärtige Angst geregt, sie könnte tot sein. Er hatte sich geweigert, diese Angst zu akzeptieren, hatte sie mit selbstgezimmertem Optimismus verdrängt, und mit den überstürzten Vorbereitungen der Rettungsexpedition. Allerdings hatte die Situation ein neues Gesicht bekommen – bizarre, monströse und unerklärliche neue Züge – und es war unschwer vorauszusehen, daß sich dahinter nichts Gutes verbarg.

Die sechs hölzernen Zylinder waren als innere Verteidigungsgruppe bekannt – ein Name, der ihnen seit den Tagen des Krieges zwischen Diesland und Jenland anhaftete, wiewohl die Bezeichnung schon lange keine Bedeutung mehr hatte.

Tauler und Scheenemirt hatten die Gruppe auf der jenländischen Seite der Eisbarriere lokalisiert, etwa zwei Meilen abseits der fremden Station. Man hatte weit ausgeholt und sich von außen her sehr vorsichtig den Holzzylindern genähert, darauf bedacht, sie zwischen sich und dem mysteriösen, kantigen Schattenriß zu halten. Tauler hatte mit diesem Kurs die schwache Hoffnung verbunden, so der Entdeckung durch die Augen der Fremdlinge entgehen zu können, obschon es reine Spekulation war, in dem metallenen Gebilde würden sich Lebewesen aufhalten. Das Gebilde schien in die kristalline Barriere eingebettet zu sein und erweckte, durch das starke Fernglas betrachtet, den Eindruck einer weiträumigen, leblosen Maschinerie – eines unbegreiflichen Aggregats, das unbegreifliche Wesen aus unbegreiflichen Gründen in der gewichtslosen Zone stationiert hatten.

Und nun, als das Schiff sich auf gut zweihundert Schritt an die Zylinder herangetastet hatte, gewann Tauler die Überzeugung, daß sie leer waren. Die Holzgehäuse kauerten – durch dünne kristallene Ranken gefesselt – an der Unterseite des gefrorenen Meeres. Vier Zylinder waren als Habitats und Vorratslager ausgelegt, und zwei längere Versionen waren Nachbauten des Raumschiffs, das einst nach Fernland geflogen war; aber alle sechs hatten eines gemeinsam – sie starrten vor Leblosigkeit.

Hätten die Contessa und ihre Frauschaft in einem der hölzernen Gehäuse gewartet, hätten sie bestimmt einen Wachdienst organisiert, und längst ein Lebenszeichen von sich gegeben. Alle Bullaugen waren dunkel, und die Hüllen blieben störrisch das, was sie schon immer waren, seit Tauler sie zum ersten Mal zu Gesicht bekommen hatte – tote Relikte aus längst vergangenen Zeiten.

»Sehen wir nach?« sagte Scheenemirt.

Tauler nickte. »Wir müssen sichergehen, aber...« Es schnürte ihm die Kehle zu. »Ihr seht ja selbst, daß da niemand ist.«

»Tut mir leid, Kapitän.«

»Danke.« Tauler hielt Ausschau nach dem fremdartigen

Gefüge, das weit links von ihm aus der Eisdecke ragte. »Hätte es sich um den Himmelspalast gehandelt, den ich mir zurechtphantasiert habe, oder wenigstens um eine Festung, dann hätte ich mich an die Hoffnung klammern können, daß die Frauen vielleicht darin Zuflucht gefunden haben. Ich hätte es sogar in Kauf genommen, sie aus den Händen gleich welcher Invasoren zu befreien – aber das Ding da hinten sieht aus wie ein großer kompakter Eisenguß... wie eine Maschinenanlage... Vantara wäre erst gar nicht auf die Idee gekommen, ausgerechnet dort Schutz zu suchen.«

»Es sei denn...«

»Raus mit der Sprache!«

»Es sei denn, man war in einer verzweifelten Lage.« Scheenemirt sprach rasch, als habe er Angst, Tauler könne seine Idee vorzeitig verwerfen. »Wir wissen nicht, wie weit die Eisbarriere fortgeschritten war, als die Contessa sie erreichte, aber angenommen, sie kam nachts dort an – und es kam zu einer Kollision, bei der das Schiff havarierte –, dann muß das doch auf der diesländischen Seite der Barriere passiert sein. Auf der *falschen* Seite, versteht Ihr? Sie hätte unmöglich unsere Stationen lokalisieren oder erreichen können; unter diesen Umständen wäre der Contessa wahrscheinlich gar nichts anderes übriggeblieben, als bei dieser... Maschinenanlage Schutz zu suchen. Im übrigen ist die Anlage so groß, Kapitän, daß es dort womöglich Luken oder Türen gibt, die ins Innere führen, und...«

»Das ist gut!« fiel Tauler ihm ins Wort, als seine düstere Stimmung plötzlich aufklarte. »Und ich will Euch noch etwas sagen!« fuhr er fort. »Die ganze Zeit tue ich so, als sei die Contessa eine gewöhnliche Frau; weit gefehlt! Wir unterstellen immer einen Zusammenstoß; was, wenn es gar keinen gab? Sollte Vantara die fremdartige Anlage zufällig von weitem gesehen haben, so hätte sie dieses fremde Artefakt auch auf eigene Faust untersucht!

Vielleicht sehen uns die Frauen eben jetzt aus irgendeinem Abzugsschacht zu. Oder... oder sie haben diese Anlage mehrere Tage lang ausgekundschaftet und sind nach Diesland zurück. Sie könnten ungesehen an uns vorbei sein, als wir mit dem Kommissar aufgestiegen sind – das ist doch möglich. Sagt selbst, ist das nicht durchaus möglich?«

Die zögerliche Art, in der Scheenemirt nickte, bestätigte Tauler nur, was er schon wußte – daß er sich vom Überschwang seiner Gefühle fortreißen ließ; aber er mußte die tiefe Verzweiflung, die eben noch ihre Hand nach ihm ausgestreckt hatte, so lange wie möglich abwehren – und zwar mit allen verfügbaren Mitteln. Auf der unverhofften Woge der Hoffnung scherte es ihn wenig, daß seine Reaktionen kindisch gerieten, daß der *richtige* Tauler Marakain sich anders verhalten hätte. Die lichte Welt der Zuversicht hatte ihn wieder, und er war fest entschlossen, sich so lange wie irgend möglich darin zu tummeln.

In jenem hochgespannten Zustand, der sich nur noch in physischer Aktivität entladen konnte, in dem der Kreislauf vor emotionaler Energie pochte, grinste er Scheenemirt wild an. »Nun sitzt nicht da und spielt an den Armaturen herum – packen wir's an!«

Sie drehten das Schiff, bis es vollends kopfunten über Jenland stand, und ließen es nur fünfzig Schritt weit vom nächsten Holzzylinder sanft zur Ruhe kommen. Die Landefüße der Gondel berührten die glänzende Oberfläche der Barriere, die sich aus der Nähe als völlig uneben erwies – ein ungefüges Konglomerat aus mannsgroßen Kristallen. Die meisten schienen einen sechseckigen Querschnitt zu haben, die übrigen einen kreisrunden oder quadratischen, und viele zeigten fein verästelte blaßviolette Muster im Innern. Der Gesamteindruck war sinnverwirrend – ein anscheinend unendliches Gefilde strahlender, überirdischer Schönheit.

Tauler und Scheenemirt schnallten die Individualantriebe um und machten eine Inspektionstour durch alle sechs Stationen. Wie erwartet, waren sie leer, bis auf die Vorräte, die hier für einen Ernstfall gelagert wurden, der nie eingetreten war. Die Zylinder aus gelacktem Holz mit ihren schwarzen eisernen Verstärkungsreifen waren inwendig kälter und stiller als ein Grabgewölbe. Und hätte Tauler sich nicht schon vorher mit dem Gedanken vertraut gemacht, daß sich Vantara samt ihrer Frauschaft vermutlich ganz woanders aufhielt, wäre das Öffnen und Untersuchen der finster brütenden Gelasse ein ums andere Mal zu einer unerträglichen Tortur geworden.

Gegen Ende der Inspektion stutzte Tauler angesichts der Kristalle, die auf die Holzzylinder herabgewachsen waren. Das Wachstum war auffallend zielstrebig zu Werke gegangen. Anstatt die Stationen, wie man es hätte erwarten können, förmlich zu verschlingen, hatte es nur jeweils einen engen, dornigen Gürtel um die hölzernen Hüllen geschlungen. Darüber wäre er ins Grübeln gekommen, wären seine Gedanken nicht vollauf mit der unmittelbaren Zukunft beschäftigt gewesen.

Als die eher formelle Suche beendet war, kehrten Tauler und Scheenemirt Kondensfahnen ziehend zu ihrem Schiff zurück, holten sieben Fallschirme und sieben Fallsäcke und deponierten sie im nächstbesten Habitat. Tauler hatte auf dieser Vorsichtsmaßnahme bestanden – immerhin konnte die Ballonhülle allzu leicht an der scharfkantigen und spitzen Barriere zu Schaden kommen.

Durch die Säcke und Fallschirme waren er und Scheenemirt und jeder andere, den man bergen würde, nicht mehr auf das Himmelsschiff angewiesen – soweit es um die Rückkehr nach Jenland ging. Im weichen Schoß des Fallsacks vor dem tödlich kalten Fahrtwind geschützt, ließ man sich gut einen Tag und eine Nacht lang auf den Planeten hinabfallen und öffnete den Fallschirm erst ein paar tausend Fuß über der Oberfläche. Wiewohl diese Vorstellung für den Uneingeweihten erschreckend sein mochte, hatte es in all den Jahren, da man diese Technik praktizierte, nur einen einzigen tödlichen Unfall gegeben – den eines erfahrenen Kuriers, der höchstwahrscheinlich so fest geschlafen hatte, daß er nicht mehr rechtzeitig mit seinem Fallschirm aus dem Sack entkommen war.

Tauler und Scheenemirt ließen das Schiff in der Kopfunten-Position zurück und machten sich auf den eigenartigen Zwei-Meilen-Flug zu dem dräuenden, fremden Artefakt. Ihre Miniaturaggregate trugen sie im Schrittempo unter der phantastischen, licht sprühenden Decke aus Riesenkristallen

dahin, die zufällig und wild gewachsen schien – mit Ausnahme flacherer Bereiche, die sich in großen Abständen auftaten, wo die Kristalle eher in Reih und Glied gepackt waren und das innere blaßviolette Geäder deutlicher zutage trat.

Während das Bauwerk mehr und mehr das Gesichtsfeld füllte, begann Tauler seine Meinung zu revidieren. Es war mehr als eine leblose technische Anlage. Da und dort in der metallenen Außenhaut schienen Bullaugen eingelassen, und es gab Luken mit den Abmessungen von Türen. Die Vorstellung, Vantara könnte sein Kommen durch eines der runden Fenster beobachten, steigerte noch die fiebrige Erregung, die sich seiner bemächtigt hatte. Zu guter Letzt, nachdem er ein Leben lang darauf gewartet hatte, stand er mitten in einem gewagten Abenteuer, das den Heldentaten, die den Weg seines Großvaters gesäumt hatten, durchaus ebenbürtig war.

Er erreichte das Artefakt. Das Metallgeländer, das auf schlanken Pfosten um den Rand lief, hätte ebensogut aus einer Schmiede auf Jenland stammen können. Das Kristallmeer schloß sich dicht und lückenlos um die Peripherie des Artefakts. Tauler stellte seinen Antrieb ab und packte das Geländer. Im nächsten Moment fand sich Scheenemirt neben ihm ein.

»Das ist ohne Zweifel ein Geländer«, sagte Tauler. »Ich würde mich nicht wundern, wenn wir Reisenden von einem anderen Stern begegnen.«

Scheenemirts Gesicht verschwand fast völlig unter dem Schal; die Augen darüber waren weit vor Staunen. »Ich hoffe nur, die haben nichts gegen Unbefugte. Jemand, der imstande ist, eine solche Redoute in den Himmel zu setzen …«

Tauler nickte nachdenklich, während er seinen Blick über das Bauwerk schweifen ließ. Es hatte zumindest einen Durchmesser von einer halben Meile. Er und Scheenemirt befanden sich am Rand eines flachen Bereichs, der die Ausmaße eines großen Paradehofs hatte, jenseits dessen eine Art zentraler Turm hundert Fuß oder tiefer in die eiskalte Luft tauchte. Während Tauler ihn musterte, stellten sich seine Sinne um, und plötzlich hielt er sich nicht mehr ›unter‹ einer phantastischen Landschaft auf, sondern ›darüber‹. Nach der Umorientierung blickte er über eine Ebene hinweg auf eine eigenartige Burg, und die große Scheibe Jenlands stand direkt über ihm. Weit rechts fiel ihm ein Büschel geschwungener, spitz zulaufender Stangen auf, die wie Metallskulpturen riesigen Röhrichts oder Schilfs aussahen, und dann wurde er ein kaltes grünes Flackern an ihren Spitzen gewahr. Das Phänomen erinnerte ihn daran, daß er sich in einen Bereich hinauswagte, der nicht mehr von der Wissenschaft seines Volkes abgedeckt wurde.

»Es bringt uns nicht weiter, wenn wir hier warten«, sagte er impulsiv und wehrte eine unwillkommene Attacke von Zweifel und Furcht ab. »Seid Ihr ...?«

Er verstummte jählings bei dem heftigen und unerwarteten Geräusch in seinem Rücken. Es war ein Zischen und anhaltendes Prasseln, wie von dürren Blättern und Zweigen, die in einer wilden Lohe verbrannten. Tauler wollte herumwirbeln, doch Panik in Verbindung mit Gewichtslosigkeit vereitelten seine Absicht. Sekundenlang ruderte er hilflos mit Armen und Beinen in der Luft, und bis er sich mit Hilfe des Geländers wieder im Griff hatte, war es zu spät. Die Falle war zugeschnappt.

Um sie herum war eine funkelnde Kuppel aus faustgroßen Kristallen gewachsen und hatte sich mit atemberaubender Schnelligkeit über ihm und seinem Gefährten geschlossen. Sie hingen in einem kugelförmigen Gefängnis mit einem Durchmesser von gut sechs Schritt.

Es hatte sich aus den größeren Kristallen des starren Meeres blitzartig herauskristallisiert. Der untere Rand schmiegte sich teilweise an das Metall der fremden Station. Das glitzernde Material umschloß auf beiden Seiten das Profil des Geländers, an das sich die beiden Männer klammerten. Einen Moment lang gafften Tauler und Scheenemirt einander mit schreckverzerrten Gesichtern an, dann zog Tauler einen Handschuh aus und betastete die Innenfläche der Kuppel. Das Material war kalt wie Eis, und blieb dennoch trocken unter den Fingerspitzen.

»Glas!« Er zeigte auf die Pistole, die an Scheenemirts

Expeditionsgürtel hing. »Schießt ein paar Löcher hinein, und wir sind gleich wieder draußen.«

»Ja, ja, ja…« Scheenemirt löste die Waffe vom Gürtel und nestelte gleichzeitig ein Druckgeschoß aus dem Tragnetz. Er schraubte es fieberhaft in die Pistole, als eine lautlose Stimme – kühl, allwissend und restlos überzeugend – in Taulers Kopf widerhallte.

Ich rate euch, die Waffe nicht abzufeuern. Das Material, das euch umgibt, ist durch eine nahezu vollkommen elastische Schicht geschützt. Sie soll in erster Linie Meteore abweisen, aber sie weist natürlich auch jedes Projektil ab. Euer Geschoß würde abprallen und so lange im Innern der Kuppel mit unverminderter Geschwindigkeit herumgeschleudert, bis seine Energie von euren Körpern absorbiert wurde. Ein Schuß kann der Kuppel nicht das Geringste anhaben, aber er könnte sehr wohl einen von euch beiden oder euch beide töten.

Tauler wußte instinktiv, daß Scheenemirt dieselben Worte vernommen hatte. Diese tonlose Stimme, die sich nicht der Luft bediente, hatte sich direkt an ihr inneres Selbst gerichtet… Geist hatte zu Geist – Hirn zu Hirn gesprochen… und das bedeutete…

Er registrierte aus den Augenwinkeln eine Bewegung und zuckte zusammen, als er nach rechts blickte. Die wabenartige Glasstruktur verzerrte und zerbrach die Gestalt draußen vor der Kuppel. Sie war mannshoch, menschenähnlich und hielt sich so am Geländer fest, wie jeder Mensch das auch getan hätte. Tauler hatte keinen Zweifel, daß er den Urheber der lautlosen Warnung sah. Aber wie hatte der Fremdling die metallene Ebene ungesehen und so rasch überqueren können?

Tauler litt Ängste, wie er sie zuvor noch nie erlebt hatte. Die Furcht vor dem Fremdling, die Nachwirkungen des Schocks und die schlichte Sorge um seine Sicherheit machten ihn sprachlos und fast bewegungsunfähig. Scheenemirt erging es nicht anders, er hatte aufgehört, das Druckgeschoß einzuschrauben. Die lautlosen Worte waren mehr als eine Warnung gewesen, kamen einer direkten Wissensvermittlung gleich; beide Männer *wußten* jetzt, das Geschoß würde praktisch so lange in der Kuppel hin und her schießen, bis es einen von ihnen so traf, als wäre es direkt auf ihn abgefeuert worden.

Ihr braucht euch nicht zu fürchten. Die lautlose Stimme vermittelte Aufrichtigkeit und eine Güte, die durch unterschwellige Herablassung und Kälte entwertet wurde.

Wir haben keine Angst vor … Taulers lautlose Herausforderung wurde von der Frage erstickt, ob der Fremde überhaupt seine Gedanken lesen konnte.

Ganz normales Sprechen organisiert eure Gedanken gut genug, um von mir verstanden zu werden, sagte der Fremde. *Aber verschwendet keine Zeit mit Lügen, Prahlen oder Drohen. Du wolltest eben behaupten, ihr hättet keine Angst vor mir, aber das entspricht offenkundig nicht der Wahrheit. Ihr müßt euch jetzt beruhigen und nicht den Fehler machen, mir irgendwelchen Widerstand zu leisten.*

Die absolute Dreistigkeit, die der Fremde an den Tag legte, diese schiere Selbstgefälligkeit, mit der er seine Überlegenheit bekundete, provozierte in Tauler eine Reaktion, die er von seinem Großvater geerbt hatte und nie hatte kontrollieren können. Er sah schlicht rot. Und dieser Erregungszustand hob jählings die Paralyse an Geist und Körper auf.

»*Du* bist in der Gefahr, einen Fehler zu machen«, schrie Tauler außer sich. »Ich weiß nicht, was du mit uns vorhast, aber ich werde es auf den Tod nicht zulassen – und der Tod, von dem ich rede, ist der *deine!*«

Das ist sehr interessant, Tauler Marakain. Die Worte des Fremden wirkten amüsiert. *Eine von euren Frauen hat mit genau der gleichen unvernünftigen Angriffslust reagiert – und ich könnte mir vorstellen, daß es genau die ist, der du verfallen bist.*

Die Entgegnung sprengte Taulers Egozentrik. »Hast du etwa unsere Frauen eingesperrt?« brüllte er, seine eigene mißliche Lage verleugnend. »Wo sind sie? Sollte ihnen auch nur das geringste …«

Ihnen ist überhaupt nichts Schlimmes passiert. Ich habe sie lediglich an einen fernen, sicheren Ort gebracht – und dasselbe habe ich mit euch vor. Ihr werdet jetzt ein beruhigendes Gas zu atmen bekommen. Ihr braucht euch nicht zu fürchten. Ihr werdet in einen tiefen Schlaf fallen, nur um in weit angenehmerer Umgebung wieder aufzuwachen. Man wird euch dort auf jeden Fall für unbestimmte Zeit festhalten; aber man wird euch sicher gut versorgen.

»Wir sind keine Tiere, die man in Käfige sperrt und füttert«, stieß Tauler wutentbrannt hervor. »Wir werden mit dir gehen, dahin, wo die Frauen eingesperrt sind, aber aus freien Stücken und mit weit offenen Augen. Das sind meine Bedingungen, und wenn du sie akzeptierst, hast du mein Wort, daß dir nichts geschieht.«

Deine Arroganz ist erstaunlich und wird nur noch durch deine Ignoranz übertroffen, lautete die ruhige und amüsierte Antwort. *Wesen eures niedrigen Entwicklungsstandes könnten mir nie etwas anhaben, aber ich werde euch trotzdem einschläfern, um auch der kleinsten Ungelegenheit vorzubeugen, die ihr euch und uns auf dem Transport machen könntet.*

Die Gestalt hinter der Kristallwand machte eine leichte Bewegung – die von den eisigen Facetten in fließende Farbveränderungen umgesetzt wurde –, dann verriet die isolierte Verdunklung einer sechseckigen Wabe, daß irgend etwas von außen daran befestigt wurde. Scheenemirt beendete den Ladeprozeß, hob die Pistole und zielte auf den Brennpunkt der Aktivität.

Selbstmord, Battan Scheenemirt? Die lautlose Stimme vermittelte das Mitgefühl des unbeteiligten Zoologen, der zusah, wie sich eine zarte Fliege dem Spinnennetz näherte. *Das ist nicht dein Ernst!*

Scheenemirt sah Tauler an, die Augen unergründlich in dem schmalen Spalt zwischen Schal und Kapuze, und ließ die Pistole sinken. Tauler nickte in offenkundiger Anerkennung der Klugheit seines Gefährten und zog – absichtlich auf jeden Gedanken an seine Absicht verzichtend – sein Schwert und stieß die Spitze der Klinge mit einer einzigen blitzschnellen Bewegung in die Kristallwand. Er hatte den linken Unterarm um das Geländer gewunden und so zugestoßen, daß sich ein abgeschlossenes Kräftesystem ergab. Glassplitter sprühten von der Stelle fort, wo sich die Stahlspitze in die lichten Zellen grub.

Die Kristallkuppel schrie.

Der Schrei war lautlos – hatte sonst nichts mit der präzise artikulierten geistigen Kommunikation gemein, derer sich der Fremde bediente. Tauler spürte intuitiv, daß der Schrei von der Kristallkuppel ausging, und von dem Kristallmeer, dem sie entwachsen war – ein vielstimmiger Schmerzensschrei, in dem wieder und wieder zufällige Harmonien und schrille Dissonanzen aufeinanderprallten, bis sie verebbten und einer fremden, lautlos wimmernden Stimme Platz machten...

Ich bin verletzt worden, Geliebter Schöpfer! Du hast nichts davon gesagt, daß die Primitiven meinen Leib beschädigen können.

Tauler, dem Instinkt des Kriegers gehorchend, ließ sich von der gespenstischen Stimme nicht aufhalten. Er hatte einen Feind verwundet, und das war das Signal, nicht lockerzulassen und den Durchbruch zu erzwingen. Das Schwert schien auf einen eigentümlichen Widerstand zu stoßen, als ob es durch einen unsichtbaren Schwamm hindurch müsse, aber Taulers wiederholte Stöße blieben kräftig genug, um Glaszellen zu beschädigen und herauszubrechen. In nur wenigen Sekunden barsten zwei angrenzende Zellen. Die Kuppel bekam ein kleines Loch.

Seine Taktik ändernd, hieb er mit dem Heft des Schwertes auf die Stelle ein und konnte trotz des unsichtbaren Widerstandes die beiden Zellen vollständig herausschlagen; die Stücke wirbelten nach draußen. Fieberhaft erregt wechselte er die Schwerthand und hämmerte mit der behandschuhten Faust nach der unmittelbaren Umgebung des Lochs. Diesmal wurden die Schläge nicht durch eine magische Barriere gedämpft, und weitere sechseckige Zellen lockerten sich, barsten heraus und kreiselten davon. Das Loch wuchs.

Und das lautlose, unmenschliche Schreien hob wieder an.

Scheenemirt folgte Taulers Beispiel und begann – am Geländer verankert – den Rand des Lochs mit einem Trommelfeuer von Faustschlägen zu traktieren.

In der feurigen Glut, die Taulers Hirn versengte, hielt die Zeit den Atem an und holte erst wieder Luft, als das Loch groß genug und er hinaussah und sich in einem gewichtslosen Hechtsprung der silbrig gekleideten Gestalt näherte, die sich zur Flucht wandte. Im Augenblick des Zusammenpralls hakte er den linken Arm um den Hals des Fremden und holte mit dem Schwert aus – das scheinbar von allein in die rechte Hand gefunden hatte – und setzte zum Stoß an.

Wie hast du das geschafft? Die Worte des Fremden konnten den Abscheu nicht verhehlen, den er bei dem physischen Kontakt empfand, aber Tauler vermißte jedwede Furcht bei ihm.

Du hattest die volle Kontrolle über die Koordination deiner Muskeln, fuhr die Stimme fort, *aber ich konnte keinerlei zusammenhängende geistige Aktivität entdecken. Ich konnte dein Handeln nicht vorhersehen. Wie ist das möglich?*

»Sei still!« knurrte Tauler und hakte ein Bein um das Geländer, um sich und seinen Gefangenen an der metallenen Oberfläche der Station zu halten. »Wo sind die Frauen?«

Es muß genügen, wenn ich dir sage, sagte der Fremde mit unerschütterlicher Ruhe, *daß sie an einem sicheren Ort sind.* Und wieder verriet der geistige Kontakt zu Taulers Verblüffung keine Spur von Angst.

»Nun hör mir mal zu!« Tauler riß den Fremdling bei der Schulter herum und stieß ihn auf Armeslänge von sich, so daß sie sich zum ersten Mal ins Gesicht sahen. Mit einem einzigen forschenden, staunenden und schreckgeweiteten Blick nahm Tauler jedes Detail eines Gesichtes in sich auf, dessen Physiognomie überraschend menschlich war. Die Haut war grau; die weißen Augäpfel starrten aus schwarzen Löchern ohne Iris; und der kleinen, aufwärts gerichteten Nase fehlte die zentrale Scheidewand. Tauler konnte weit in die Nasenhöhle hineinsehen, wo mit jedem Atemzug die rotgeäderten orangefarbenen Membranen vor und zurück flatterten, sich trennten und zusammenschlugen.

»Du hast wohl nicht *zugehört.*« Tauler, dem Drang widerstehend, sich von dieser grauslichen Karikatur eines Menschen fortzustoßen, lehnte sich stärker in das Schwert, so daß die Spitze das reflektierende Material des Anzugs tief eindellte. »Du wirst mir jetzt sagen, was ich wissen will – *sofort* – oder ich töte dich!«

Die kohlschwarzen Lippen lockerten sich zu etwas, das

ein Lächeln sein mochte. *Aus diesem Abstand? So nahe? Noch wo wir physischen Kontakt haben? Kein Mitglied einer humanoiden Rasse brächte das ...*

In Taulers Kopf entluden sich rote Gewitterwolken. Sein Verstand trübte sich, aus dem rötlichen Nebel tauchten verschwommene Bilder von Vantara und die aschfahlen Physiognomien raubgieriger Fremdlinge auf. Eine Wut besonderer Art – berauschend und abstoßend, beschämend und beglückend – bemächtigte sich seiner, und er zog den Fremdling rücksichtslos gegen die Schwertspitze. Nur der erstickte Schrei von Scheenemirt brachte ihn wieder zur Vernunft.

Du hast mir weh getan! Die lautlosen Worte des Fremden verrieten Verblüffung und aufkeimende Angst. *Du hättest es fertiggebracht! Du hattest vor, mich zu töten!*

»Ich habe dich gewarnt, Grauhaut«, stieß Tauler mit zusammengepreßten Zähnen hervor.

Ich heiße Diviwîdiv.

»Du siehst trotzdem wie eine Leiche aus, Grauhaut«, fuhr Tauler fort, »und ich habe keinerlei Skrupel, dem Schein zur Wirklichkeit zu verhelfen. Ich wiederhole – wenn du mir nicht ...«

Er hielt bestürzt inne, als sich das Gesicht des Fremden unter konvulsivischen Zuckungen kräuselte, und die zerbrechliche Schulter unter seinem Griff zu beben begann. Der schwarz geränderte Mund durchlief asymmetrische Muster, floß in die eine Richtung, dann in eine andere, wie eine Seeanemone in widerstreitenden Strömungen, und verlor Speichelfäden, die sich gewichtslos in der Luft schlängelten. Diffuse geistige Echos, die Tauler aufschnappte, verrieten ihm, daß man seinen Gefangenen noch nie zuvor mit dem Tod bedroht hatte. Wahrhaftig in Lebensgefahr zu schweben, war für Diviwîdiv eben noch undenkbar gewesen, und nun erlitt der Fremdling eine um so heftigere emotionale Reaktion.

Tauler, der einen ersten Einblick in eine Zivilisation tat, die so völlig anders war als seine, antwortete erneut mit dem Druck der Schwertspitze. »Die Frauen, Grauhaut ... die *Frauen!* Wo sind sie?«

Sie wurden auf meine Heimatwelt gebracht. Diviwîdiv hatte seinen Körper fast wieder unter Kontrolle, doch seine Worte rochen förmlich nach Angst, Ekel und mühsam unterdrückter Hysterie. *Sie sind an einem sicheren Ort – Millionen Meilen von hier – in der Hauptstadt der fortgeschrittensten Zivilisation in dieser Galaxie. Du darfst mir ruhig glauben, daß ein Primitiver wie du nicht die geringste Aussicht hat, daran etwas zu ändern. Daher ist es nur logisch, wenn du …*

»Deine Logik ist nicht die meine«, schnitt Tauler dem Fremden das Wort ab, wobei er seiner Stimme einen betont scharfen Klang verlieh, um den Schrecken zu verbergen, der in ihn gefahren war. »Falls man die Frauen nicht heil zurückbringt, werde ich *dich* in eine andere Welt befördern – eine, von der noch niemand zurückgekehrt ist. Ich denke, du hast mich verstanden …«

10. Kapitel

Der Raum war groß und so gut wie leer, bis auf einen blauen flachen Quader, der wie ein Bett aussah; allerdings fehlte ein Netz, das den Schlafenden festgehalten hätte. An den Wänden hingen rechteckige und kreisrunde Bilder, die fortwährend die Farbe wechselten, einige langsam, andere sehr rasch. Der Boden bestand aus graugrünem nahtlosen Material mit lauter kleinen Löchern. Tauler spürte bei jedem Schritt, wie seine Füße am Boden klebten, was Führungs- und Halteleinen überflüssig machte; vermutlich waren die Löcher Teil eines Unterdrucksystems.

Er schenkte seiner Umgebung jedoch wenig Beachtung – seine Aufmerksamkeit konzentrierte sich auf Diviwîdiv, der damit beschäftigt war, seinen Himmelsanzug auszuziehen. Die silbrige Montur hatte Nähte, die sich bereitwillig öffneten, wenn ein kleiner Metallring an ihnen vorbeigezogen wurde. Dank dieser faszinierenden Erfindung konnte Diviwîdiv den Anzug mühelos abstreifen. Sein durchaus menschlicher, aber sehr zerbrechlich aussehender Körper steckte in einem einteiligen schwarzen Anzug aus Dutzenden von Stoffstücken, die einander wie die Federn eines Vogels überlappten.

Die fremdartige Kleidung; der kahle graue Schädel; das praktisch nasenlose, leichenähnliche Gesicht – alles das entfachte in Tauler eine heftige Xenophobie, die noch verstärkt wurde durch den Geruch des Fremdlings. Der Geruch an sich war nicht unangenehm – er war süß und suppig, wie eine starke Fleischbrühe; es war die unpassende Quelle, die ihn so widerwärtig machte. Tauler blickte Scheenemirt an und rümpfte die Nase. Scheenemirt, der sich eingehend umsah, tat dasselbe.

Es wird euch sicher interessieren, daß ihr ebenfalls einen anstößigen Geruch habt, kommentierte Diviwîdiv. *Obwohl der eure vermutlich viel mit mangelnder Hygiene zu tun hat und selbst bei euresgleichen auf Protest stoßen würde.*

Tauler lächelte frostig. »Hast du dich von deinem Schüttelfrost erholt, ja? Hat sich dein Rückgrat wieder versteift? Vergiß nicht, daß ich deinem Leben jederzeit ein Ende setzen kann und es mir in den Fingern juckt, wenn ich nur daran denke.«

Du bist ein Hitzkopf, Tauler Marakain. Im Grunde bist du nur ängstlich bedacht, die Erwartungen, die man in dich setzt, zu erfüllen, und du kaschierst deine Unsicherheit auf mancherlei Weise – so zum Beispiel, indem du wortreiche Drohungen ausstößt.

»Nimm dich in acht, Grauhaut!« Tauler war außer sich angesichts eines Dämons aus irgendeiner fernen Gegend des Universums, der so mir nichts dir nichts in den geheimsten Winkeln seines Hirns stöberte und dann mit seinen Funden herausplatzte und Geheimnisse lüftete, die er sich selbst kaum eingestand. Er sah Scheenemirt an, doch der Jüngere musterte den merkwürdigen Raum und tat, als habe er die lautlose Indiskretion nicht vernommen.

Ich rate euch, diese plumpen, isolierten Anzüge abzulegen, entgegnete Diviwîdiv ungerührt. *Sie sehen zwar primitiv aus, scheinen aber ihren Zweck zu erfüllen. Ihr werdet es nicht lange darin aushalten.*

Tauler, der bereits schwitzte, starrte argwöhnisch auf

Diviwîdiv. »Falls du glaubst, du könntest mich überraschen, während ich …«

Nichts liegt mir ferner als das. Diviwîdiv war aus dem silbrigen Anzug heraus und stand in Taulers Nähe, leicht schwankend über verankerten Füßen. *Das weißt du.*

Die vielen Ebenen der geistigen Kommunikation ließen Tauler nicht an der Aufrichtigkeit des Fremden zweifeln. Oder war das vielleicht bloß eine telepathische Finte? Konnte diese Supersprache nicht auch ein Vehikel für eine Superlüge sein, eine, das die totale Überzeugung gleich mitlieferte?

»Du hältst ihn mit der Pistole in Schach, während ich aus dem Anzug steige«, sagte er zu Scheenemirt. »Wenn er sich rührt … wenn er nur blinzelt … pump ihm eine Kugel in den Wanst.«

Deine Denkprozesse sind ungewöhnlich komplex für einen Primitiven. Diviwîdiv schien sich zunehmend zu beruhigen, und seine Worte hatten fast ein wenig amüsiert ›geklungen‹.

»Endlich begreifst du, daß du es nicht mit Einfaltspinseln zu tun hast«, sagte Tauler, der mit seinem Himmelsanzug kämpfte. »Und wieso bist du mit einemmal so selbstzufrieden, Grauhaut? Was steckt dahinter?«

Vernunft, nichts weiter. Ein menschliches Lachen entfloh dem unmenschlich schwarz geränderten Mund. *Jetzt, nachdem ich Gelegenheit hatte, deine geistige Struktur sorgfältiger zu studieren – und feststelle, wie zugänglich du für vernünftige Erwägungen bist –, sehe ich ein, daß es mir und meinen Interessen nur nützen kann, wenn ich dir deine Lage deutlich vor Augen führe. Je mehr Informationen ich dir vermittle, um so einfacher gestaltet sich unsere Beziehung. Das ist auch der Grund, warum ich vorschlug, unsere Unterhaltung in dieser etwas komfortableren Umgebung fortzusetzen, wo es nicht so viele unliebsame Ablenkungen gibt.*

»Nichts und niemand kann mich ablenken«, sagte Tauler und fragte sich, ob Diviwîdiv das volle Ausmaß der Lüge erkannte. Die Art der Kommunikation allein brachte ihn schon total aus dem Konzept, und zog man noch die fremdartige Natur und Erscheinung dieses Wesens, geschweige denn die bizarren Umstände der Begegnung in Betracht, konnte er von Glück sagen, daß sein Hirn überhaupt noch funktionierte. Er mußte sich immerzu Vantara vor Augen halten, durfte sie nicht aus den Augen verlieren. Er mußte sie finden, befreien und sicher nach Jenland zurückbringen ...

Es ist nicht nötig, diese barbarische Waffe auf mich zu richten, sagte Diviwîdiv, als Tauler sich aus dem Himmelsanzug befreit hatte und die Waffe übernahm, damit Scheenemirt aus dem Anzug konnte. *Wie ich schon sagte, der Verstand wird über die Gewalt siegen.*

»Dann brauchst du dir ja keine Sorge zu machen«, erwiderte Tauler ironisch. »Sollte es zum Streitfall kommen, befeuerst du mich mit Logeleien und ich dich mit Kugeln.«

Jetzt wirst du selbstgefällig.

»Und du gehst mir auf die Nerven, Grauhaut. Du erzählst mir jetzt, wie du die Frauen zurückholen, beziehungsweise dein Leben retten willst.«

Diviwîdiv projizierte Ärger. *Ich habe eine Frage, Tauler Marakain. Sie mag unter diesen Umständen belanglos erscheinen, aber wenn du deine Ungeduld nur für eine kurze Zeit zügeln kannst, wirst du sie verstehen. Darf ich fortfahren?*

Tauler nickte widerstrebend. Er hatte das unangenehme Gefühl, manipuliert zu werden.

Also gut! Wie viele Welten gibt es in eurem Planetensystem?

»Drei«, sagte Tauler. »Diesland, Jenland und Fernland. Mein Großvater väterlicherseits – ich bin stolz, seinen Namen zu tragen – ließ auf Fernland sein Leben.«

Deine astronomischen Kenntnisse sind unzureichend. Ist dir nicht aufgefallen, daß es inzwischen vier Welten sind?

»*Vier* Welten?« Tauler starrte Diviwîdiv an und runzelte die Stirn. Hatte nicht kürzlich jemand einen blauen Planeten erwähnt? »Vier Welten *inzwischen?* Das hört sich ja an, als sei wie durch ein Wunder eine neue Welt zu uns gestoßen?«

Genau das hat sich zugetragen – obwohl es nichts mit einem Wunder zu tun hat. Diviwîdiv lehnte sich vor. *Mein Volk hat seinen Heimatplaneten – wir nennen ihn Dassarra – über Hunderte von Lichtjahren hierhertransportiert. Man pflückte ihn aus seiner angestammten Umlaufbahn um eine ferne Sonne, und man pflanzte ihn in eine neue Umlaufbahn um eure Sonne. Verrät dir das irgend etwas über die Macht meines Volkes?*

»Ja – ihr habt eine machtvolle Phantasie«, spottete Tauler, obwohl er die schreckliche Gewißheit verspürte, daß der Fremde die ungeschminkte Wahrheit sagte. »Selbst wenn ihr eine ganze Welt bewegen könntet, wie hätten die Bewohner denn in der Kälte und Finsternis zwischen den Sternen überleben sollen? Wie lange dauert denn so eine Reise?«

Sie dauert gar nicht! Interstellare Reisen sind eine Augenblickssache. Die wissenschaftlichen Grundlagen übersteigen dein Begriffsvermögen – was nicht deine Schuld ist –, aber ich will dir Analogien vermitteln, damit du dir eine Vorstellung machen kannst.

Diviwîdiv schloß für eine Sekunde die unmenschlichen Augen. Tauler wurde von einem Schwindelgefühl erfaßt, verwirrend und doch seltsam wohltuend, und er rang nach Luft, als ihn der kreisende Strahl eines Leuchtturms erfaßte, und das grelle Licht der Erkenntnis durch sein Hirn brandete. Für einen qualvollen Augenblick schien er kurz davor zu sein, alles zu wissen, was ein vollkommenes Wesen wissen sollte, dann schwankte der Strahl und zog mit atemberaubender Geschwindigkeit davon, ein schmerzliches Gefühl von Verlust hinterlassend. Die nachdrängende geistige Finsternis war jedoch weniger bedrückend und monolithisch als zuvor. Es gab Zwielichtzonen. Tauler erhaschte einen flüchtigen Blick auf die Leere in der Leere; auf interstellaren Raum, der einem schwammartigen Nichts ähnelte, das durchsetzt war mit Röhren und Tunneln eines umfassenderen Nichts; auf immaterielle galaktische Verkehrswege, deren Zugänge zugleich ihre Ausgänge waren ...

»Ich glaube es ja, ich *glaube* es ja«, sagte Tauler leise. »Aber zwischen uns hat sich nichts geändert.«

Du enttäuschst mich, Tauler Marakain. Diviwîdiv stieg über den silbrigen Anzug, den Luftströmungen an den Boden gezogen hatten, und trat näher an Tauler heran. *Wo bleibt deine Neugier? Wo ist deine Wißbegier? Willst du denn gar nicht erfahren, warum mein Volk sich auf diese gigantische Reise begeben hat? Glaubst du, es wäre für die Angehörigen einer intelligenten*

Spezies eine Lappalie, ihre Heimatwelt von einem Teil der Galaxie zu einem anderen zu transportieren?

»Ich habe dir schon mal gesagt – diese Dinge gehen mich nichts an.«

Und ob sie das tun! Sie gehen alle Lebewesen in diesem Planetensystem etwas an. Heftige Gefühlsregungen zerrten an Diviwîdivs Mund. *Mein Volk flieht vor dem sicheren Tod. Wir fliehen vor der größten Katastrophe in der jüngsten Geschichte des Universums. Und du bist kein bißchen neugierig?*

Tauler sah Scheenemirt an, der mitten in der Mühsal erstarrt war, den klobigen Anzug loszuwerden, und zum ersten Mal seit Tagen verloren Vantara und ihr Schicksal den Alleinanspruch auf seine Gedanken.

»Katastrophe?« sagte er. »Aber es sind Abermilliarden Meilen bis zu den Sternen! Redest du von irgendeiner großen Explosion? Sollte sie jemals dort stattfinden, begreife ich nicht, was wir ...?«

Sie hat bereits stattgefunden, fiel Diviwîdiv ihm ins Wort. *Und da macht es wenig, daß die Sterne Milliarden von Meilen entfernt sind – die Explosion ist so gewaltig, daß sie hundert Galaxien und mehr verschlingt!*

Tauler versuchte, die Worte des Fremden in ein geistiges Bild umzusetzen, aber seine Vorstellungskraft streikte. »Und was ist die Ursache für eine solche ...? Und wenn die Explosion schon stattgefunden hat, warum sind wir dann noch hier? Woher willst du wissen, daß sie stattgefunden hat?«

Diviwîdiv stand jetzt dicht vor Tauler, und der süßliche Körpergeruch füllte Taulers Nase. *Noch einmal, die wissenschaftlichen Grundlagen übersteigen deinen Horizont, aber ...*

Der herankreisende Strahl des Leuchtturms brachte diesmal ein ungleich grelleres Licht, und Tauler wollte instinktiv zurückweichen, aber es gab kein Entrinnen. Er schauderte zusammen, als sein Weltbild innerhalb eines winzigen Sekundenbruchteils zerschmolz und neugegossen wurde. Die ihm eben noch vermittelte Vision des Raums als einer Leere, die von flüchtigen Wurmlöchern einer umfassenderen Leere durchsetzt war, war eine Vereinfachung. Der Kosmos – ahnte Tauler jetzt – war in einer einzigen urgewaltigen

Explosion geboren worden, und innerhalb einer Minute war sein ganzes Volumen von der siedenden und gärenden Masse der *Geißeln* erfüllt gewesen. Die *Geißeln* – uralte und sich verlierende Relikte aus der Zeit, da die Zeit selbst nicht älter war als der Atemzug eines Menschen – hatten eine Dicke von annähernd einem Millionstel eines menschlichen Haars und waren so schwer, daß sie Zoll für Zoll das Gewicht eines mittleren Planeten auf die Waage brachten. Sie wanden, krümmten und schlängelten sich in peitschenden Bewegungen, und in ihrer blinden Gewalt bestimmten sie nichts Geringeres als die Verteilung der Materie im Universum: die Gestalt der Galaxien, die Gestalt der galaktischen Gruppen, die Gestalt der Gruppen galaktischer Gruppen.

Während das Universum alterte – und intelligentes Leben entstand – nahm die Anzahl der *Geißeln* ab. Ihre rasenden, peitschenden Bewegungen und die Schwerewellen, die sie verbreiteten, zehrten ihre unsäglichen Energiereserven auf – sie wurden zu einer kosmischen Rarität. Während sie sich allmählich selbst verzehrten, beruhigte sich das Universum und bot erstmals einem so zerbrechlichen Lebewesen wie dem Menschen eine sichere Heimstatt – eine relativ sichere. Denn das Universum war nicht überall gleichermaßen stabil. Es gab nach wie vor Regionen, in denen es noch viele *Geißeln* gab – so viele, daß es dort unvermeidlich zu Wechselwirkungen und Kollisionen kam, mit kosmischen Auswirkungen, die keine Mathematik zu beschreiben vermochte.

In einer Gegend des Kosmos waren nicht weniger als *zwölf Geißeln* aufeinandergetroffen und hatten ihre gesamte Energie in einer Explosion verausgabt, die bestimmt hundert Galaxien verschlingen und weitere tausend destabilisieren würde. Kein Lebewesen würde je die Explosion zu *sehen* bekommen, so nahe lag die Geschwindigkeit der Explosionswelle bei der des Lichts; doch intelligente Wesen konnten Meßsonden durch Wurmlöcher schicken und aus den gesammelten Daten auf solche kosmischen Katastrophen schließen. Und eines Tages hatten diese Wesen aus den Daten geschlossen, daß ihnen nur noch eins blieb.

Zu fliehen!

Und zwar weit, weit fort und schnell ...

Tauler blinzelte heftig; einen Moment lang war ihm, als erblicke er seine Umgebung im Spiegel eines sich kräuselnden Wassers. Doch er begriff sofort, daß dieser Eindruck eine Täuschung war. Sein Weltbild war radikal umgeschmolzen worden, und folglich war er auch selbst nicht mehr der alte. Ein flüchtiger Blick in Scheenemirts bleiches Gesicht mit den geschlossenen Augen genügte. Sein Gefährte mußte eine ähnlich schmerzliche Metamorphose durchmachen.

Eine uralte innere Stimme raunte: *Deine Abwehr wurde durchbrochen! Die Grauhaut kann dich jederzeit überwältigen!*

Tauler reagierte mit gesteigerter Wachsamkeit. Er fixierte das Gesicht des Fremdlings, konnte aber nichts als Entspannung und Zufriedenheit darin lesen; es gab keinerlei Anzeichen für eine physische Bedrohung. Doch das konnte durchaus ein Symptom für eine ganz andere Art von Gefahr sein. Immerhin befanden sie sich in Diviwîdivs Festung, und niemand konnte sagen, welche magischen Kräfte der Fremde mobilisieren konnte, ohne auch nur einen Finger dafür krümmen zu müssen.

In dem Bemühen, all das zu verarbeiten, was er soeben erfahren hatte, schüttelte Tauler den Kopf, als müsse er sich von einem tätlichen Angriff erholen. Sein Verstand war vom Licht der Erkenntnis geblendet worden, so daß alle normalen Denkprozesse im dunkeln tappten; er vermißte vor allem eine wichtige Frage, die immer noch nicht beantwortet war. Welche Frage war das? Er hatte zu viel in zu kurzer Zeit erfahren, und dennoch war da die nagende Gewißheit, daß er zu wenig erfahren hatte. Und die ganze Zeit über blickte dieser gräßliche Fremdling in seinen schwarzen schwebenden Fetzen immer zufriedener drein ...

»Was macht dich so glücklich, Grauhaut?« knurrte Tauler. »Schließlich ist alles beim alten zwischen uns.«

Du irrst, versicherte ihm Diviwîdiv mit einem Anflug von Heiterkeit. *Du bist eben nicht immun gegen die Vernunft, und daher arbeitet in der gegenwärtigen Lage die Logik für mich, ob du willst oder nicht; in Wahrheit dämmert es dir längst, wie zwecklos es wäre, sich gegen die Repräsentanten der mächtigsten Zivilisation in dieser Galaxie zu stellen.*

»Mir dämmert überhaupt ...«

Und wo du schon einmal soweit bist, fuhr Diviwîdiv unbarmherzig fort, *will ich das Gebäude der Logik, das für uns beide eine Festung ist – während ich drin und du außen vor bist –, vervollständigen. Du hattest eben zu der Frage angesetzt, was eure belanglosen kleinen Zwillingsplaneten mit Dassarras Flucht vor der Vernichtung zu tun haben.*

Die Antwort ist, daß Doppelplaneten mit einer gemeinsamen Atmosphäre extrem selten sind. Die dassarranischen Astronomen haben in dieser Galaxie noch drei weitere Exemplare entdecken können – alle drei sehr weit entfernt und längst nicht so ausgewogen wie Diesland und Jenland. Wie ich schon sagte, können wir unsere Heimatwelt ohne Zeitverlust von Stern zu Stern bewegen, aber die erforderliche Sprungenergie setzt uns eine Grenze – wir können immer nur ein paar Lichtjahre weit springen. Das heißt, die Vernichtungsfront, die sich bereits in diese Region der Galaxie hereinwälzt, wäre uns immer und ewig auf den Fersen gewesen ... hätten wir nicht, Tauler Marakain ... hätten wir nicht einen Weg gefunden, der uns den Sprung in eine andere Galaxie erlaubt.

Tauler hörte sich atmen, ein unregelmäßiges und unpersönliches Geräusch, Wellen, die an einen fernen Strand rollten.

Wir ersannen eine Maschine, die fähig war, die Heimatwelt über die erforderliche Distanz zu transportieren. Aber zu ihrem Bau bedurfte es ganz besonderer physikalischer Umweltbedingungen. Natürlich durften keine Anziehungskräfte herrschen, damit sich die Maschine nicht unter ihrem eigenen Gewicht deformierte – etwas, das uns kein Kopfzerbrechen machte. Aber es mußte auch ein unbegrenzter Vorrat an Sauerstoff und Helium zur Verfügung stehen, um der Maschine ein selbstgesteuertes Wachstum zu ermöglichen – und das ist der Grund, weshalb wir Xa im gemeinsamen Schwerpunkt eurer Zwillingsplaneten stationiert haben.

Bei allem, was ich dir an Wissen vermittelt habe, Tauler Marakain, mußt du noch eines berücksichtigen: Xa ist fast ausgewachsen und wird in etwa sechs Tagen aktiviert. Dann wird Dassarra einfach von deiner Bildfläche verschwinden und im gleichen

Augenblick neun Millionen Lichtjahre von hier entfernt in einer anderen Galaxie wieder aufgetaucht sein.

Nun achte auf meine Worte, Tauler Marakain – dir zuliebe, damit du Frieden findest.

Es gibt nichts, was du tun kannst, um die Frauen zurückzubekommen. Nicht einmal das Aufbegehren von eintausend eurer Zivilisationen könnte in dieser Situation etwas ausrichten. Ich beschwöre dich – akzeptiere das und kehre in Frieden zu deiner Heimatwelt zurück. Du brauchst dir keine Vorwürfe zu machen, denn du hast alles Menschenmögliche getan …

Tauler starrte in die schwarzen Löcher in den weißen Augäpfeln, wie in Trance, versunken in einer Art Metakommunikation mit seinem heroischen Vorbild aus heroischen Zeiten, dessen Ratschläge er über alles schätzte. »Was hätte der richtige Tauler getan?« formten seine Lippen lautlos. Er war sekundenlang wie gelähmt, halbwegs überlistet durch die verführerische Logik des Fremdlings, dann wich er mit geweiteten Augen zurück, wie ein Mann, der im letzten Moment die Klauen einer stählernen Falle gewahrte.

»Ihr übernehmt die Pistole«, sagte er zu Scheenemirt. »Und gebt mir mein Schwert.«

Ich habe dich wieder verloren. Diviwîdiv duckte sich zurück. *Du handelst, ohne zu denken. Was hast du vor?*

Tauler nahm die stählerne Waffe in Empfang, schloß die Finger um die wohlvertrauten, erhabenen Verzierungen des Griffs und setzte die Spitze der Klinge an die Kehle des Fremdlings. Blutrote Sterne tanzten vor seinen Augen.

»Was ich vorhabe, Grauhaut?« sagte er zähneknirschend. »Nun, ich werde dir den Kopf vom stinkenden Rumpf trennen, wenn du nicht endlich damit aufhörst, mir immer nur zu sagen, was *du* von mir hören willst, und mir nicht sofort sagst, was *ich* von dir hören will. Hat dein erstaunlicher Verstand das verarbeitet? Sag mir – *auf der Stelle!* –, wie ich unsere Frauen zurückholen kann.« Er drückte mit der Schwertspitze zu.

Diviwîdiv verzerrte den schwarzrandigen Mund und begann am ganzen zerbrechlichen Leib zu zittern, doch diesmal verlor er angesichts der Todesdrohung nicht wieder völlig die Kontrolle über sich. *Ich habe dir alles gesagt, was es zu sagen gibt. Du mußt die Situation begreifen – es gibt nichts, was du tun kannst.*

»Ich könnte dich töten!«

Aber was wäre damit erreicht? Nichts! Nichts!

»Ich ...« Tauler ließ sich nicht beirren. »Du hast gesagt, die Frauen wären zu deiner Welt transportiert worden ... ohne Zeitverlust ... mit einer eurer Maschinen ...«

Ja?

»Dann werden wir ihnen so auch folgen«, stieß Tauler aus und erschrak über die eigenen Worte.

Diviwîdivs Zittern flaute ab. *Nimmt das denn kein Ende mit deiner Borniertheit, Tauler Marakain? Du willst ins Herz der dassarranischen Metropole, die mehr als dreißig Millionen Einwohner hat! Was wollt ihr denn da? Das ist doch aussichtslos.*

»Ich nehme dich als Geisel. Ich werde mit deinem elenden Leben schachern.«

Diviwîdiv hatte sich wieder völlig unter Kontrolle. *Es ist zwar kaum vorstellbar, aber nicht ausgeschlossen – jedenfalls nicht restlos –, daß ihr in eurer primitiven Halsstarrigkeit Erfolg habt, wo weit höher entwickelte Wesen zum Scheitern verurteilt worden wären. Was für eine faszinierende Vorstellung! Hervorragend geeignet als Diskussionsthema für die nächste ...*

»Genug!« Taulers Linke behielt die Schulter des Fremden im Griff, während die Rechte das Schwert ein wenig absinken ließ. »Du tust, was ich will? Du willst uns nach Dassarra bringen?«

Du läßt mir keine Wahl. Wir werden uns sofort auf den Weg machen.

»Das gefällt mir schon besser.« Tauler lockerte den Griff auf Diviwîdivs Schulter, dann drückte er wieder zu, so kräftig, daß der Fremdling sich zusammenkrümmte. »Oder gefällt es mir doch nicht so gut?«

Ich begreife dich nicht! Was ist los?

»Du zitterst ja überhaupt nicht mehr, Grauhaut. Du hast gar keine Angst mehr.«

Aber das war die natürliche Reaktion auf deinen Vorschlag.

»War sie das? Ich traue dir nicht, Grauhaut.« Tauler zog

ein eisiges Lächeln. »So führen sich Primitive auf, wenn sie mit einem Feind verhandeln. Wir verlassen uns weitgehend auf unseren animalischen Instinkt – den ihr Fortschrittlichen so verachtet –, und meiner sagt mir, du würdest uns liebend gerne mit einer deiner Wundermaschinen nach Dassarra schicken. Könnte es sein, daß wir sofort überwältigt oder bewußtlos gemacht oder sonstwie übervorteilt werden?«

Es wäre sinnlos, meinen Verstand gegen eure wilden und tumben Spekulationen aufzubieten. Diviwîdivs Verhalten bekam etwas Herausforderndes. *Würdest du mich bitte über den jüngsten Vorschlag unterrichten, den dein geschätzter Instinkt ausgebrütet hat?*

»Allerdings!« Tauler dachte an seinen Großvater und lächelte wieder. »Ich nehme dich als Geisel mit nach Dassarra – wie geplant –, aber die Reise geht ohne geometrische Hexereien vonstatten. Zwei gute kolkorronische Raumschiffe – aus feinstem Holz und voll ausgerüstet – warten ganz in der Nähe.

Und eins davon wird uns drei nach Dassarra bringen.«

11. Kapitel

Die Worte des Primitiven, die Diviwîdiv aus fluktuierenden und amorphen Nebeln emotionaler Aktivität erreichten, waren so überraschend – so drollig ihrem Inhalt nach –, daß er zunächst nichts Bedrohliches daran fand. Die Fähigkeit der Primitiven, koordiniert und zielbewußt zu handeln, auch wenn ihr Zentralnervensystem nur unzusammenhängende Signale aussandte, hatte ihn aus dem Konzept gebracht; doch er hatte das sporadisch auftretende Phänomen als eine Begleiterscheinung von Wut- oder Angstzuständen entlarven können. Bestimmt würde der größere Primitive eine zufällige Wortfolge, die nur eine oberflächliche Ähnlichkeit mit einem rationalen Satz hatte, sofort wieder verwerfen, wenn sich der Sturm in seinem Innern gelegt hatte.

»Was hältst du von dieser Idee?« sagte der Primitive,

wobei seine widerlich geröteten und wulstigen Lippen die Worte formten.

Diviwîdiv starrte ihn einen Moment lang an, und ihm wurde angst und bange, als er zähe geistige Prozesse in Gang kommen sah. Der Primitive hatte seinen eigenen Worten wie denen eines anderen gelauscht und wurde von ihrem Inhalt beinah so überrascht wie Diviwîdiv. Nun kehrte der Primitive zu der für seine Verhältnisse rationalen Gehirntätigkeit zurück und übernahm tatsächlich die Verantwortung für die absurde Vorstellung, die seine Worte verkörperten.

Die Idee ist verrückt, projizierte Diviwîdiv. *Du brauchst nicht etwas in die Tat umzusetzen, nur weil du es in der Aufregung laut gesagt hast. Nimm dich vor deinem alten Ich in acht, Tauler Marakain!*

Diviwîdiv zwang seine Gedanken in das primitive Hirn, voll und ganz der Überzeugung, der übelriechende Hüne würde seinen Standpunkt ändern, und war bestürzt, als der mit einer Mischung aus Verachtung, Belustigung, Stolz und blinder Sturheit reagierte.

»Nur nicht verzagen, Grauhaut«, dröhnte er. »Im Gegenteil – du kannst mir ruhig dankbar sein! Du hast meine Geduld auf die Probe gestellt mit deiner Prahlerei über eure ach so tapfere Raumreise – wenn euer Hexeneinmaleins diesen Namen verdient –, und nun wirst du erleben, was es heißt, *richtig* durch den Sternenraum zu fahren.

Mein Großvater väterlicherseits – ich bin stolz, seinen Namen zu tragen – war der erste, der mit einem hölzernen Raumschiff zu einer anderen Welt reiste, und das Schicksal hat mich auserkoren, der zweite zu sein. Mach, daß du in deine Silberhaut kommst – es gibt zu tun.«

Aber das ist selbstmörderisch! Irrsinn ist das! Diviwîdiv fühlte, wie er zu zittern begann bei der Vorstellung, sein Leben in einer dieser barbarischen, hölzernen Hülsen riskieren zu müssen, die er in der Vorlaufphase von Xas Entwicklung nur flüchtig untersucht hatte. Er hatte die zerbrechlichen Artefakte aufgehoben für den Fall, daß Direktor Sânnanan Interesse zeigte. Warum hatte er sie nicht einfach zerstört? Und warum hatten die Planer der Station – diese Autokraten in den oberen Etagen des Zahlenpalastes – nicht mit fremden Eindringlingen gerechnet?

»Selbstmörderisch, sagst du? Nicht so selbstmörderisch, wie sich von dir in das Zentrum dieser Stadt … teleportieren … zu lassen.« Der Hüne lockerte den schmerzhaften Griff um Diviwîdivs Schulter ein wenig.

Während sich der größere Primitive zusehends vor Dreistigkeit blähte, gewahrte Diviwîdiv bei dem anderen eine wachsende Unruhe. Er konnte letzterer zur Zeit nicht auf den Grund gehen, weil seine geistigen Kräfte zu sehr von der mißlichen Lage gebunden wurden, in der er sich sah; er konnte nur hoffen, Scheenemirt hatte einen gescheiten Einwand gegen die Benutzung dieses Holzvehikels vorzubringen. Auf der Kommunikationsebene des Unterhirns hörte er Xa rufen, ein quälender Untergrund, der seine ohnehin schon bedrohliche Belastung nur noch bedrohlicher machte.

Du hast keinerlei Astronavigationsinstrumente, daher ist die Reise, an die du denkst, unmöglich. Diviwîdiv kam ein neuer Gedanke. *Tauler Marakain, wie will dein Großvater mit einem solchen Schiff zu einer anderen Welt geflogen sein, wenn er nicht einmal die Geschwindigkeit …*

»Er half sich mit den verschiedensten Berechnungen.« Der Hüne drückte wieder schärfer mit der Schwertspitze zu, womit er anscheinend seine geistige Unzulänglichkeit kompensierte. »Diesen Part wirst du übernehmen, Grauhaut. Du bist doch der Aufgabe gewachsen, hab ich recht? Ich meine, du hast ja kein Hehl aus deiner unbeschreiblichen wissenschaftlichen Überlegenheit gemacht.«

Ich bleibe dabei, die Risiken sind unkalkulierbar. Dein sogenanntes Raumschiff könnte im Laufe der Zeit schadhaft … Diviwîdiv ließ den Gedanken unvollendet, weil der zweite Barbar plötzlich mit der Sprache herausrückte.

»Kapitän …« Der besorgte Blick des Kleineren fixierte das Gesicht des Hünen. »Auf ein Wort – ein kurzes.«

»Was gibt es, Scheenemirt?«

Diviwîdiv fand Zutritt zu dem, was Scheenemirt zu sagen hatte, und war enttäuscht. Es ging weniger um die anstehenden Dinge, als vielmehr um den kosmologischen Überblick, den die beiden vorhin mehr schlecht als recht vermittelt bekommen hatten. Immerhin nahm der Wortwechsel den hünenhaften Grobian soweit in Anspruch, daß die Schwertspitze ein wenig nachgab, und Diviwîdiv erleichtert seine Lage überdenken konnte.

Was geschieht, Geliebter Schöpfer? meldete Xa sich augenblicklich zu Wort. *Ich habe meine Körperschäden repariert, habe aber immer noch Kummer. Ich wünschte, ich könnte sehen und hören, was in der Station vor sich geht. Sind die Primitiven bei dir?*

Das geht dich nichts an.

Aber es war die Rede von den Geißeln, *Geliebter Schöpfer! Hast du sie erwähnt? Bist du zu Worten fähig, die keinen Bezug zur Realität haben?*

Kein ethisches Wesen ist dazu fähig, sagte Diviwîdiv gereizt. *Sei still!*

Bist du ein ethisches Wesen, Geliebter Schöpfer?

Sei still, sage ich! Diviwîdiv sperrte alle Unterhirnkanäle, um Xas Belästigungen zu entgehen.

»Kapitän, die Vogelscheuche hat uns von einer riesigen Explosion erzählt«, sagte der Kleinere zu dem Hünen. »Wir müssen auf seine Worte achten. Ganze Galaxien werden ausgelöscht! Wenn ich ihn richtig verstanden habe, werden Jenland und Diesland bald mit einem Schlag vernichtet!«

»Scheenemirt, warum nervt Ihr mich ausgerechnet jetzt mit Galaxien und Explosionen?«

Das abstoßende Gesicht des Kleineren zeigte Anzeichen von Erregung. »Er hat gesagt, es wird bald passieren, Kapitän.«

»Bald …? Wie bald ist bald?«

»Das müssen wir ihn fragen.«

Geliebter Schöpfer! Diviwîdiv war bestürzt, weil Xa schon wieder Eingang in seinen Geist gefunden hatte, und das offenbar ohne größere Probleme. *Hast du zu den Primitiven gesagt, ich würde in sechs Tagen getötet?*

So wie die Frage formuliert war, verriet sie Diviwîdiv, daß irgendwo in der satten Isolierung der Station ein Leck entstanden war, aus dem geistige Kommunikation sickerte, die nicht für Xa bestimmt war. So ernst er diese Entdeckung normalerweise genommen hätte, vermochte sie jetzt nur seinen Ärger und seine Angst zu steigern.

Das ist ein Befehl! Er nahm all seine Geisteskraft zusammen, als er die Worte auf Xa projizierte. *Stell alle nach außen gerichteten Aktivitäten ein und bleibe in diesem Zustand, bis ich dich rufe!*

»... nicht gehört, Grauhaut?« schrie der Hüne. »Wie lange dauert es noch, bis meine Welt die Auswirkungen dieser Explosion zu spüren bekommt?«

Genau läßt sich das nicht sagen – aber ich schätze ... noch etwa zweihundert von deinen Jahren.

»Zweihundert Jahre!« Der Hüne sah seinen Gefährten an. »Das ist nicht viel für eine ganze Welt, aber für mich – jetzt und hier – ist das eine Ewigkeit. Es gibt eine Menge zu tun, Scheenemirt, und wir müssen rasch handeln.«

Rascher, als du glaubst, fügte Diviwîdiv hinzu. Was er dachte, dachte er in seinem Oberhirn, so daß nicht einmal Xa Wind davon bekam. Das Schicksal, das den Bewohnern der Zwillingswelten zugedacht war, hatte ihn bisher mit Schuldgefühlen geplagt – diese Schuldgefühle waren restlos verstummt. Dafür sorgten die rohen Emotionen von Verachtung, Abscheu und Furcht, die sein hünenhafter Gegner in ihm geweckt hatte.

Nur noch zehn Tage, Tauler Marakain, dachte er verkapselt, *dann existiert deine belanglose kleine Heimatwelt nicht mehr.*

12. Kapitel

Als Kassill Marakain aus dem Palast trat, war er in Schweiß gebadet. Ohne Rücksicht auf Standesgemäßheit legte er sofort das Überkleid ab und öffnete den Blusenkragen, um sich Kühlung zu verschaffen. Befreit sog er die frische Morgenluft in die Lungen und sah sich nach Bartan Drammy um.

»Du siehst aus wie ein gekochter Hummer«, scherzte

Bartan, als er hinter dem Sockel von König Chakkells Heldenstatue hervorkam, die den zentralen Vorhof beherrschte, so wie Chakkell einst den ganzen Planeten beherrscht hatte.

»Es ist wie in einem Backofen da drinnen.« Kassill tupfte sich mit einem Taschentuch die Stirn. »Desihn bringt sich noch selbst um, aber wenn ich ihr den Rat gebe, zu lüften …«

»Lohnt es sich überhaupt, der Herrscher zu sein, wenn einem der Tod nicht gehorcht?«

»Damit treibt man keine Scherze«, sagte Kassill. »Ich fürchte, Desihn bleibt nicht mehr viel Zeit – und diese verrückte Barriere und die Sorge um das Wohlergehen der Contessa machen alles nur noch schlimmer.«

»Du sorgst dich um Tauler. Nimmt sie wenigstens Notiz davon? Wiegen deine Gefühle leichter als die von Desihn?«

»Tauler kann selbst auf sich aufpassen.«

Bartan nickte. »Schon, aber er ist nicht sein Großvater.«

»Was soll das heißen? Was müßte das für ein verkrüppelter Stammbaum sein, wenn mein Vater und mein Sohn ein und dieselbe Person wären?« Kassill machte keinen Hehl aus seinem Unmut.

»Tut mir leid, alter Freund. Ich mag den jungen Tauler fast genauso wie …« Bartan zog die Schultern bis an die Ohren, eine Geste, mit der er dieses Thema abfinden wollte. »Suchen wir uns einen gemütlichen Sitzplatz?«

»Ein ungemütlicher wäre nicht nach meinem Geschmack.«

Während die beiden Männer die Richtung einschlugen, die zum Leyn-Fluß führte, rempelten sie mit den Ellbogen, um sich ihrer ungetrübten Freundschaft zu versichern. Sie erreichten den Fluß nahe der Baron-Glo-Brücke, folgten der Uferpromenade nach Osten und setzten sich auf eine Marmorbank. Die Luft war mild und lau, durchdrungen von der mitmorgendlichen Ruhe, die ein typisches Privileg von Verwaltungsbezirken in Hauptstädten war. Die Pterssas waren zahlreich diesen Morgen, folgten glitzernden Glaskugeln gleich dem Lauf des Flusses, stoben und hüpften ein paar Fuß weit über dem windgekräuselten Wasser.

Bartan wartete nicht lange. »Wie lautet das Verdikt?«

»Sie will eine Flotte schicken.«

»Hast du ihr gesagt, daß keine Schiffe mehr da sind?«

»Sie wollte nicht mit Kleinigkeiten behelligt werden.« Kassill stieß ein humorloses Lachen aus. »Kleinigkeiten!«

»Und was hast du vor?«

»Ich habe versprochen, herauszufinden, wie viele Schiffe genau wir himmelstüchtig machen können, wenn nötig durch Ausschlachten anderer Schiffe, und ihr Bericht zu erstatten. Wir werden viele Aggregatteile reparieren oder ersetzen müssen, und wir haben einen Engpaß an Ballongewebe. Es könnte ohne weiteres zwanzig Tage dauern, bis wir überhaupt jemanden zur Weltenmitte emporbekommen, und ...« Kassill verstummte, den Goldring drehend, den er am sechsten Finger der linken Hand trug.

»Und du hoffst, daß Tauler bis dahin längst zurück ist«, sagte Bartan teilnahmsvoll. »Bis dahin *wird* er wahrscheinlich zurück sein mit dieser Contessa am Hals ... Es braucht eine Menge, um diesen jungen Mann aus der Bahn zu werfen.«

»Schöne Worte – ich habe mich heute früh noch einmal überzeugt. Ich würde sagen, die Barriere hat inzwischen einen Durchmesser von fast hundert Meilen. Das heißt, niemand kann sie mehr umfliegen.«

»Da hast du's doch!« Bartan trug eine fröhliche Miene zur Schau. »Da *muß* Tauler ja bald zurückkommen!«

»Du bist ein guter Freund«, erwiderte Kassill und versuchte zu lächeln. »Ein lieber Freund, Bartan, aber ich würde dich noch mehr lieben, wenn du mir sagen könntest, warum diese blaue Welt hier aufgetaucht ist und uns mit einer Kristallwand von der Wiege unserer Rasse trennt.«

»Du meinst, es gibt einen Zusammenhang?«

»Ich bin *sicher*, es gibt einen Zusammenhang.« Kassill blickte in den Himmel auf die rätselhafte, weiß strahlende Scheibe, die im Zenit hing. »So sicher, wie ich bin, daß wir von alledem nichts Gutes zu erwarten haben.«

13. Kapitel

»Ich werde in den nächsten Stunden ziemlich beschäftigt sein«, sagte Tauler. Er unterließ die schon eingefleischte Anspielung auf die Hautfarbe des Fremden, um zu betonen, wie emotionslos nüchtern und sachlich er das Unterfangen anging.

»Daher packe ich jetzt die Gelegenheit beim Schopf, dir deine Lage glasklar vor Augen zu führen«, fuhr er fort. »Es ist deine Pflicht, alles zu tun, um dein Leben zu schützen, und das kannst du am besten, indem du mich ab jetzt voll und ganz unterstützt. Sollte ich dich bei einer Lüge ertappen oder bei einer hinterlistigen Antwort, oder solltest du mich in eine Gefahr stolpern lassen, vor der du mich hättest warnen können – werde ich dich töten. Deine Hinrichtung mag nicht sofort vollstreckt werden – schließlich brauche ich dich ja noch – aber, falls ich Grund zu der Annahme habe, daß du mich auf die eine oder andere Weise hintergangen hast... *und* man infolgedessen von irgendeiner Seite gegen uns vorgeht... wirst du auf der Stelle sterben.

Du weißt, wie spontan ich in dieser Hinsicht bin. Ich werde jederzeit auf dem Sprung sein, dir den Kopf vom Rumpf zu schlagen, und meine Nerven werden so höllisch wachsam sein, daß jede unvorhergesehene Störung – wie etwa ein Niesen von dir – dein Ableben bedeuten könnte. Ich weiß, wie schlecht meine Karten sind. Ich bin praktisch schon ein toter Mann; also gib dich nicht der Illusion hin, du könntest mich irgendwann übervorteilen. Willst du mich gegebenenfalls überleben, mußt du bis dahin ein absolut verläßliches Instrument meines Willens sein.

Habe ich mich klar genug ausgedrückt?«

Sehr klar, gab Diviwîdiv zur Antwort. *Du scheinst nicht müde zu werden, den Kern der Sache zu präzisieren.*

Tauler blickte den Fremdling düster an und überlegte, ob diese Memme angesichts des Todes soeben den Schneid zu einer unverschämten Entgegnung aufgebracht hatte. Er band die letzten Riemen seines Himmelsanzugs, dann übernahm er die Pistole, damit Scheenemirt ebenfalls in seine Montur klettern konnte. Diviwîdiv war bereits in seinen silbrigen Anzug geschlüpft und sah in den Augen der Menschen wieder erträglicher aus. War Scheenemirt erst soweit, galt es, unverzüglich die Reise zur Heimatwelt des Fremden anzutreten. Tauler mied jeden Gedanken an das, was ihm bevorstand. Die Zukunft, für die er sich entschieden hatte, war eine einzige undurchschaubare Drohung; sich die möglichen Gefahren vor Augen zu führen, hätte ihn der weit größeren ausgesetzt, sich in Selbstzweifeln zu verstricken, was seine Entschiedenheit gegenüber Diviwîdiv geschwächt hätte.

»Zuvor noch eine Frage, und vergiß nicht meine Warnungen«, sagte er zu Diviwîdiv und sah sich in dem Raum um, der fremd und abweisend wirkte. »Könnte man nicht Verdacht schöpfen und irgendwelche unliebsamen Maßnahmen ergreifen, wenn man dich hier vermißt?«

Es ist höchst unwahrscheinlich, daß man mich vermißt, entgegnete der Fremde. *Die gesamte Anlage arbeitet automatisch. In diesem Stadium ist es höchst unwahrscheinlich, daß irgend jemand auf Dassarra versuchen wird, sich mit mir in Verbindung zu setzen.*

»Höchst unwahrscheinlich? Du kannst es also nicht ausschließen?«

Du wolltest die Wahrheit wissen.

»Schon fast zu wahr.« Tauler nickte Scheenemirt zu, und das Trio ging zu der Tür, durch die es den Raum betreten hatte. Der Fremde kam auf dem perforierten Boden problemlos voran, indem er die Füße mehr schob als hob, während Tauler und Scheenemirt einen kopflastigen, schwankenden Gang an den Tag legten, als ob sie auf schmalen Balken balancierten. Als sie die Druckschleuse erreichten, hob Diviwîdiv den grauen Metallkasten seines Individualantriebs von der Wand. Er gürtete sich das Gerät um die Taille und wollte eben die glänzenden Koppelschlösser verklinken.

»Laß das hier«, befahl Tauler.

Aber du kennst ihn doch von vorhin. Diviwîdiv spreizte die Hände in einer seltsam menschlichen Geste. *Das ist nur mein Transporter.*

»Der dich pfeilschnell macht. Wenn ich mich recht entsinne, warst du wie der Blitz zur Stelle, als die Glasfalle zugeschnappt war.« Tauler stocherte mit dem Schwert nach dem Gerät, bis es davontrudelte. »Wozu solltest du die Versuchung mit dir herumschleppen, Reißaus zu nehmen – zumal du sowieso in einer Sänfte zum Schiff getragen wirst.«

Tauler löste ein aufgerolltes dünnes Seil vom Gürtel, legte das freie Ende um Diviwîdivs Körper, machte einen sicheren Knoten und zurrte die Schlinge fest. Als er mit Scheenemirt in der Schleusenkammer war, zog er den Fremden hinterher und gab ihm ein Zeichen des Einverständnisses. Diviwîdiv befingerte die blauen Täfelchen, die in der fugenlosen grauen Wand eingelassen waren. Die Innentür glitt mit magischer Lautlosigkeit zu, und Sekunden später öffnete das Außenschott den Blick auf die graue Metallebene und das glitzernde Kristallmeer dahinter. Die eisige Luft erzeugte wirbelnde Dunstschleier in der Schleuse. Tauler zog den Schal über Mund und Nase und stieß sich, froh, der beklemmenden Station zu entrinnen, in die vertrauten Gefilde der gewichtslosen Zone hinaus.

Die Sonne hatte sich Jenland genähert und hing jetzt über dem künstlichen Horizont der gigantischen Scheibe, die – wie Tauler ahnte – eine unbegreifliche Maschine war. Sonnenstrahlen, die im flachen Winkel auf Milliarden Kristalle trafen, blendeten das Auge mit Kaskaden regenbogenfarbenen Lichts – so feurig und gleißend, daß sich dagegen selbst die halb beleuchtete Scheibe Jenlands, die den Himmel überspannte, trübe und geisterhaft ausnahm.

Tauler gab Leine aus, setzte seinen Antrieb in Gang und machte sich auf den Weg zur Inneren Verteidigungsgruppe. Diviwîdiv taumelte und kreiselte auf unwürdige Weise hinterher. Das Trio flog über den Rand der fremden Station hinaus; die Geräusche der Miniaturaggregate wurden gierig von der weiten Leere geschluckt. Tauler schwieg während des Fluges und vergegenwärtigte sich noch einmal all die Schritte, die es brauchte, ein Raumschiff aus dem sicheren Lufttunnel der Weltenmitte hinauszufliegen. Während seiner Grundausbildung hatte sich alles so einfach und sonnenklar gefügt, doch das lag Jahre zurück, und nun erschien alles enorm kompliziert.

Die hölzernen Stationen traten schließlich als kleine gelbe, orangefarbene und braune Silhouetten aus der gleißenden Lichtfülle und nahmen erst ihre richtige Farbe an, nachdem Tauler sie in einem Bogen umflogen und die Sonne hinter sich gebracht hatte. In der Nähe hing das Himmelsschiff, mit dem er aufgestiegen war; der Ballon sah verquollen und faltig aus, weil sich das Gas in seinem Innern abgekühlt und zusammengezogen hatte. Am Grund des Planeten hätte das Gewicht der einfallenden Hülle das Gas hinausgedrängt, hier unter den Bedingungen der Gewichtslosigkeit wurde der Ballon nur runzlig wie die Haut einer sterbenden Tiefseekreatur.

Tauler stellte den Antrieb ab und verlor rasch an Fahrt. Er zurrte ein paarmal kurz an der Leine, um den schweigsamen Gefangenen einzuholen. Scheenemirt kam geschickt ganz in der Nähe, ein Dutzend Fuß über dem phantastischen Konglomerat aus mannsgroßen Kristallen, zum Stillstand. Zwei Meilen weit auf dem lodernden Meer hob sich die fremde Station wie eine Burg gegen den dunkelsten Teil des Himmels ab, in dem vereinzelte Meteore flüchtig ihre Existenz bekundeten.

»Ein seltener Anblick, Scheenemirt«, sagte Tauler. »Nicht viele bekommen so was zu sehen. Davon zehrt Ihr ein Leben lang.«

»Bestimmt, Kapitän«, erwiderte Scheenemirt. Seine Augen blickten verstört.

»Ihr müßt zwei Botschaften mit nach Jenland nehmen – eine für meinen Vater und eine für Königin Desihn. Ich habe keine Zeit, sie aufzuschreiben, also müßt Ihr aufmerksam zuhören, und ...« Tauler hielt inne, als Scheenemirt wortlos widersprach, indem er heftig die klobigen Arme kreuzte und spreizte.

»Was redet Ihr da?« schrie der Jüngere heraus. »Wart Ihr nicht mit mir zufrieden?«

Nun reagierte Tauler verstört. »Im Gegenteil – ich wäre mit niemandem zufriedener gewesen. Ich wollte in meiner Botschaft an die Königin auf Eure ...«

»Und wieso entlaßt Ihr mich dann am entscheidenden Punkt dieser Mission?«

Tauler zog den Schal vom Gesicht und lächelte. »Eure Anhänglichkeit rührt mich, Scheenemirt; aber die Dinge sind bis zu einem Punkt gediehen, da ich kein Recht mehr habe, Euch noch weiter darin zu verwickeln. Die Reise zur Heimatwelt dieses Fremdlings wird mich höchstwahrscheinlich das Leben kosten – da mache ich mir nichts vor –, aber das nehme ich in Kauf, weil es um meine Ehre geht. Ich habe mich mit dem offenkundigen Ziel auf den Weg gemacht, Contessa Vantara zu retten – ich könnte niemals mit dem Eingeständnis nach Pradt zurückkehren, ich hätte die Mission abbrechen müssen, nur weil mein Leben …«

»Und was ist mit *meiner* Ehre?« wollte Scheenemirt wissen. Seine Stimme zitterte vor Erregung. »Glaubt Ihr, Ehre sei ein Vorrecht der Aristokraten? Glaubt Ihr, ich könnte noch einer Menschenseele ins Gesicht blicken, wohl wissend, daß ich beim ersten Anzeichen von Gefahr feige und pflichtvergessen das Weite gesucht habe?«

»Battan, das hier geht über Eure Pflicht hinaus.«

»Nicht für mich.« Scheenemirts Stimme war fast unkenntlich vor Schärfe. »*Nicht* für mich!«

Tauler schwieg sekundenlang, seine Augen brannten. »Ihr sollt mich nach Dassarra begleiten – unter einer Bedingung.«

»Ihr braucht sie nur zu nennen, Kapitän.«

»Die Bedingung ist, daß Ihr aufhört, mich mit ›Kapitän‹ anzureden. Wir wollen die Sache wie zwei normale Bürger angehen und die Himmelswaffe und alles, was damit zu tun hat, hinter uns lassen. Wir werden diese Mission als gleichberechtigte Freunde fortführen – ist das klar?«

»Ich …« Das neu gewonnene Selbstbewußtsein schien Scheenemirt verlassen zu haben. »Das würde mir schwerfallen. Jemand mit meiner Erziehung …«

»Eben habt Ihr auch nichts auf Eure Erziehung gegeben«, unterbrach Tauler ihn grinsend. »Es ist lange her, daß mir jemand so heftig in die Parade gefahren ist.«

Scheenemirt grinste einfältig. »Ich fürchte, ich habe die Beherrschung verloren.«

»Bewahrt sie noch, bis wir Dassarra erreicht haben – dort könnt Ihr sie dann endgültig verlieren.« Tauler wandte sich dem Gefangenen zu. »Was sagst du dazu, Grauhaut?«

Ich sage, es ist noch nicht zu spät für dich, diese sinnlose Anstrengung aufzugeben, brach Diviwîdiv sein langes Schweigen. *Warum versuchst du nicht wenigstens, das bißchen Intelligenz, das du hast, auch zu benutzen?*

»Er hat kein Wort verstanden von unserer Unterhaltung«, sagte Tauler zu Scheenemirt. »Und *er* hält *uns* für primitiv!«

Ohne ein Wort zu verlieren, setzte er den Individualantrieb in Gang und manövrierte sich mit dem Fremden bis dicht an das nächste der beiden Raumschiffe. Die Sonne ließ die gelackten, schnurgerade gemaserten Planken in warmen Brauntönen erglühen. Die Schiffe waren jeweils aus fünf zylindrischen Abschnitten zusammengesetzt, die man damals mit Himmelsschiffen von Jenland in die Weltenmitte transportiert hatte. Ihr Durchmesser betrug vier Schritt – und er war bislang immer von ihrer Größe beeindruckt gewesen –, aber jetzt, angesichts der fremden Station, erschienen sie ihm völlig unzulänglich, um darin durch den leeren Raum zu reisen. Doch er verwarf seine Bedenken. Schließlich hatte sein Großvater die Reise nach Fernland mit einem ähnlichen Schiff bewältigt.

Er betrachtete eingehend den kristallinen Ring, der das Schiff an das gläserne Meer gürtete, und wandte sich an Diviwîdiv. »Wie stark ist diese Fessel? Könnte das Schiff beschädigt werden, wenn ich einfach Schub gebe?«

Die Kristalle sind sehr zerbrechlich.

»Bist du sicher? Wäre es nicht besser, du forderst das Wesen in dieser Maschine auf, lockerzulassen?«

Ich nehme jetzt besser keine Verbindung mit Xa auf. Das Gesicht des Fremden verbarg sich hinter einem reflektierenden Visier, doch die Worte transportierten Überzeugung. *Vergiß nicht, daß ich auch in diesem barbarischen Apparat bin, wenn du ihn zündest – ich bin durchaus daran interessiert, daß er heil bleibt.*

»Sehr gut«, sagte Tauler, löste die Seilrolle vom Gürtel und ließ sich frei treiben. »Mein primitiver Kamerad und ich haben eine Reihe von Arbeiten zu erledigen, die unsere uneingeschränkte Aufmerksamkeit erfordern. Ich lasse dich jetzt kurze Zeit hier zurück – und wünsche nicht, daß du dich selbständig machst. Wirst du dich daran halten?«

In Ordnung – ich werde mich nicht von der Stelle rühren.

Taulers höfliche Ausdrucksweise war nichts als Spott gewesen. Wie sollte der Fremdling auch von der Stelle kommen? Was Tauler nicht erwartet hatte, war die ebenbürtige Antwort. Diviwîdiv hatte sich auf seinen Humor eingelassen. Dieser kleine Brückenschlag mochte zukunftsweisend sein, falls es jemals zu einem normalen Kontakt zwischen der dassarranischen und kolkorronischen Kultur kam. Aber jetzt galt es erst einmal, die Gegenwart zu bewältigen, und die Zeit drängte.

Der Heckabschnitt des Raumfahrzeugs war eigentlich die zylindrische Gondel eines Himmelsschiffs. Darin eingefaltet lag ein normalgroßer Ballon, an dem die Insassen der Gondel auf dem Zielplaneten landen und später wieder zum Mutterschiff zurückkehren konnten. Tauler sah aber bei dieser Mission keine Verwendung für das abtrennbare Modul, denn ein Ballonabstieg über Dassarra war beides – zu auffällig und zu zeitraubend.

»Was meint Ihr, Battan?« sagte er, als sie durch die dünne, kalte Luft trieben. »Lohnt es sich, den Heckabschnitt hierzulassen? Wir haben eine Menge Spreizzwingen, und ich habe keine Lust, ein überflüssiges Antriebsaggregat und das ganze Drum und Dran mit mir herumzuschleppen.«

»Die Dichtungsmasse hat viel Zeit gehabt«, sagte Scheenemirt skeptisch. »Sie wird sich tief in Lederdichtungen, Holz und Kreuzverschnürung eingefressen haben – alles wird hart wie Basalt sein. Trotz Spreizzwingen brauchten wir vier bis fünf Mann, um den Heckabschnitt vom Rumpf zu trennen; und niemand kann voraussagen, ob das Schiff darunter leidet. Vor allen Dingen müßten wir das Kontrollgestänge kürzen und mit dem Hauptantrieb verbinden ...«

»Langer Rede kurzer Sinn«, fiel Tauler ihm ins Wort, »wir sollten also das Schiff so nehmen, wie es ist. Na gut! Wenn

Ihr die Fallsäcke und Fallschirme holt, inspiziere ich inzwischen das Schiff – und dann kann es losgehen.«

Der Flug nach Dassarra hielt keine Überraschungen für Tauler bereit.

Praktisch alles, was man über das Reisen zu Zielorten wußte, die außerhalb der Zwillingsatmosphäre von Diesland und Jenland lagen, stammte aus den Logbucheintragungen, die Ilven Savotl auf jener historischen Reise nach Fernland gemacht hatte. Tauler hatte während der Ausbildung Auszüge dieser Eintragungen studiert und stellte erleichtert fest, daß sie mit der praktischen Erfahrung übereinstimmten. Da sich Schiff und Kosmos von der zuverlässigen Seite zeigten, fand Tauler Zeit zum Nachdenken – Stoff dazu gab es mehr als genug.

Der Himmel rundum wurde schwarz, genau wie vorausgesagt, und kurze Zeit später erwärmte sich das Schiff, so daß man die Himmelsanzüge ablegen mußte. Nach den Worten Savotls, der schon lange tot war, wurde die bittere Kälte der gewichtslosen Zone durch Wärmeströmungen zwischen den Zwillingswelten verursacht; entfloh ein Schiff ins Vakuum, konnte ersteres die verschwenderische Wärme der Sonne unbehindert aufnehmen. Wie vorausgesagt, blieb auch das Schauspiel der Meteore aus, das man vom Nachthimmel der Heimatwelt gewohnt war. Nach Savotls Worten gab es die Meteore auch hier. Sie rasten mit unvorstellbaren Geschwindigkeiten durch den Sternenraum und wurden erst sichtbar, wenn sie auf die Atmosphäre eines Planeten trafen. Das Schiff mochte zwischen zwei Herzschlägen von einem steinernen Projektil zerstört werden – etwas, worüber Tauler lieber nicht nachdachte.

Tauler stellte fest, daß die Steuerung des Schiffes die weitaus anspruchsvollste Aufgabe war, vergleichbar mit dem Spiel, einen Stab auf der Fingerspitze zu balancieren. Die Pilotenstation auf dem Oberdeck war mit einem schwach vergrößernden Teleskop ausgerüstet, das parallel zur Längsachse des Schiffes montiert war. Es galt, den Referenzstern im Fadenkreuz des Instruments zu halten, und das erforderte absolute Konzentration und ein geschicktes Balancespiel mit den Seitentriebwerken.

Bald erwies sich Scheenemirt, trotz seiner Unerfahrenheit, als der bessere Steuermann und war kaum noch aus dem Pilotensitz zu vertreiben. Das war Tauler nur recht; so bekam er, was er am dringendsten brauchte – die Zeit, um alles, was sich in den wenigen Stunden zuvor zusammengedrängt hatte, noch einmal Revue passieren zu lassen. Er räkelte sich ansehnliche Zeiten in einem Ruhenetz über dem kreisrunden Oberdeck, zuweilen im Halbschlaf dösend, manchmal Scheenemirt und Diviwîdiv beobachtend.

Der letztere hatte sich in den ersten Flugstunden äußerst verunsichert und furchtsam gezeigt, hatte sich dann aber allmählich beruhigt, als das Schiff offenbar doch nicht explodieren wollte. Auch er verbrachte viel Zeit in seinem Ruhenetz, aber nicht, um zu ruhen. Tauler hatte ihn mit Block und Bleistift versorgt. Dassarra, hatte Diviwîdiv erklärt, lief in knapp acht Millionen Meilen Entfernung vor Diesland und Jenland her – auf einer Bahn, die dicht an der Umlaufbahn der Zwillingswelten lag. Das vereinfachte die Flugparameter beträchtlich, aber die entscheidenden Berechnungen wären selbst für einen jenländischen Mathematiker, der mit Rechenhilfen arbeitete, noch eine achtbare Leistung gewesen.

Hin und wieder machte sich Diviwîdiv Notizen, und es mutete schon seltsam an, wie die dünnen grauen Finger mit dem Bleistift hantierten. Er setzte Scheenemirt regelmäßig davon in Kenntnis, wann der Hauptantrieb in Gang zu setzen und wann er abzuschalten, und wann welcher Referenzstern ins Fadenkreuz zu nehmen war. Zwischendurch fiel er immer wieder in einen tranceähnlichen Zustand, in dem er vermutlich Telepathie oder andere unbekannte Sinne benutzte, um die räumliche Beziehung zwischen Schiff und Dassarra zu überprüfen. Tauler konnte nur hoffen, daß Diviwîdiv in solchen Phasen nicht mit seinesgleichen in Verbindung trat, um seinen Widersachern eine Falle zu stellen.

Es lag im Interesse aller Beteiligten, so rasch wie möglich ans Ziel zu kommen; deshalb war Tauler erstaunt gewesen, als Diviwîdiv ihm – nach einer knappen Stunde intensiver Rechnerei – eine Flugzeit von drei bis vier Tagen eröffnet hatte, womit er gewissen Variablen einen Spielraum einräumte. Als Tauler versuchte, dieses Ergebnis zu analysieren, sah er sich mit einer Reisegeschwindigkeit von über 100 000 Meilen pro Stunde konfrontiert und ließ auf der Stelle Stift und Papier im Stich. Die Lichtbalken, die durch die Bullaugen ins Schiff fielen, schienen bewegungslos zu verharren; das Universum mit all seinen Wirbeln und Sternen zeigte unverwandt dasselbe friedliche Gesicht – also war es besser, die eisigen Traumwelten der Mathematik zu vergessen und sich vorzustellen, wie er auf einer gläsernen schwarzen See sanft von einer Insel zur andern trieb.

Wie manches andere, so hatte Tauler auch die Unrast seines Großvaters geerbt – wenige Tage unfreiwilliger Muße zerrten bereits an seinen Nerven. Er hatte das Logbuch zur Gänze gelesen, das Ilven Savotl auf der Reise nach Fernland geschrieben hatte, und konnte eine bestimmte Passage Wort für Wort auswendig. *Der Kapitän bleibt immer wieder längere Zeit dem Kontrolldeck fern. Er verbringt Stunde um Stunde auf einem Zwischendeck, eingekeilt vor einem Bullauge, und starrt unverwandt in die Tiefen des Universums. Er scheint eine Art Trost zu finden in dieser Träumerei.*

Er kam sich seltsam verstohlen vor, wenn er gelegentlich – seinen Großvater nachahmend – in die beklemmende Unterwelt des Schiffes hinabkletterte, wo die schmalen Sonnenstrahlen durch Bullaugen in die Zwischendecks fielen und im inneren Strebwerk und zwischen den Behältern mit Energiekristallen, Glühsalz, Nahrung und Wasser konfuse Muster aus Hell und Dunkel erzeugten. Dann klemmte er sich zwischen zwei Vorratsspinde, starrte aus dem Bullauge und ließ sich einfach treiben. Das Geräusch des Hauptantriebs war hier lauter, der Geruch der Innenhaut aus geteertem Leinen intensiver – gleichwohl ließ es sich in dieser Einsamkeit besser denken.

Oft genug kreisten seine Gedanken nur um die Rätsel und Gefahren der nahen Zukunft. Es war verrückt, aber vor noch nicht allzu langer Zeit, da hatte er die Monotonie seines Lebens beklagt, den Mangel an Gelegenheit, seinem berühmten Namen Ehre zu machen; nun trieb er eine Mission voran, die zwar ehrenvoll, aber so aussichtslos war, daß selbst der alte Tauler Marakain davon abgeraten hätte – eine Mission, die nach menschlichem Ermessen zum Scheitern verurteilt war.

Die Idee war eine Ausgeburt der Verzweiflung gewesen, und er hatte sich daran geklammert, dankbar und in der krankhaften Zuversicht, nun einen klaren Weg vor Augen zu haben, der sicher über alle Hindernisse hinweg und um alle Fallgruben herumführte. Alles hatte sich so perfekt ausgenommen. Es war zu riskant, sich auf der Jagd nach der Liebsten nach Dassarra teleportieren zu lassen – also würde er mit einem kolkorronischen Raumschiff dorthin fliegen und den Planeten im Sturm erobern. Diviwîdiv untertrieb zwar seinen Status und damit seinen Wert als Geisel, doch sein einsames Kommando in der Weltenmitte strafte ihn Lügen. Der Vorhang hob sich, und der Held betrat die Bühne – bewaffnet mit nichts als seiner Kühnheit, seiner Findigkeit und seinem treuen Schwert –, um die Mächtigen einer fremden Welt in Staunen und Verwirrung zu stürzen. Er würde nach einem raschen und unbemerkten Abstieg mit Fallsack und Fallschirm ganz in der Nähe der feindlichen Metropole landen... sich heimlich Zutritt zur Zitadelle des fremden Herrschers verschaffen... mit den Verantwortlichen feilschen und gewinnen... Vantara zurückbekommen... mit ihr per Teleporter zur Weltenmitte und von dort per Himmelsschiff oder Fallschirm nach Jenland zurückkehren, wo ihm an Vantaras Seite eine idyllische und glückliche Zukunft winkte...

Du *Narr!* Die Ernüchterung kam zuweilen mit einer ähnlich verheerenden Wirkung daher wie unlängst jene absurde Idee. Und in diesen Momenten hätte er sich krümmen und seine Selbstverachtung am liebsten laut herausstöhnen mögen. Nur ein Element der bizarren Situation hielt stand inmitten des Widerstreits, der seine Emotionen und Gedanken aufwühlte; dieses Element verlieh ihm die Entschlossenheit, die er brauchte, um wieder zu Verstand zu kommen. Er hatte sich und anderen gelobt, Vantara zu finden, und *weil das so war*, blieb ihm keine andere Wahl, als vorwärtszudrängen, egal wie gering die Erfolgsaussichten waren, selbst wenn ihn der sichere Tod erwartete ...

Aus mehr als viertausend Meilen Höhe zeigte die Heimatwelt der fremden Eindringlinge eine bemerkenswerte Ähnlichkeit mit Diesland und Jenland – die gleichen breiten Wolkenströme, die sich spiralig einrollten oder Wirbel absonderten. Nur wenn Tauler sich konzentrierte, vermochte er durch das strahlend helle Gespinst aus Wasserdampf bis auf die Oberfläche des Planeten zu sehen; das Mißverhältnis von Land zu Wasser war überraschend. Die vorherrschende Farbe war Blau, die des Wassers, und nur hier und da gab es Flecken von gedämpftem Ocker, die auf Festland hindeuteten.

»Sieht aus, als könnten wir uns alle einen nassen Hintern holen«, sagte er mißmutig, während er durch das Bullauge starrte.

Du kannst deinen wahnwitzigen Plan immer noch aufgeben. Diviwîdiv richtete seine schwarzen Sehlöcher auf Tauler. *Es gibt überhaupt nichts, was dich daran hindert, wieder nach Hause zu fliegen und deine Tage in Sicherheit und Bequemlichkeit zu verbringen.*

»Willst du uns demoralisieren?«

Du hast mir mit dem Tod gedroht, wenn ich nicht aufrichtig bin.

»Werde nicht übereifrig«, sagte Tauler. »Konzentriere dich lieber auf den Absprung. Bist du sicher, du hast die Seitenwinde gebührend berücksichtigt? Ich will nicht im Meer landen, aber ebensowenig mitten in der Stadt.«

Du kannst mir vertrauen – alle relevanten Faktoren wurden berücksichtigt.

Diviwîdiv hatte kaum mehr sein Netz verlassen, seit man das Schiff gewendet hatte, um die Fluggeschwindigkeit herunterzubremsen. Er verbrachte die meiste Zeit in regungsloser Meditation, aus der heraus er unzählige Korrekturanweisungen für Kurs und Geschwindigkeit lieferte. Vermutlich, so Tauler, war es selbst für ein so erschreckend talentiertes Wesen wie Diviwîdiv ungleich schwerer, ein Schiff zu dirigieren, das ›rückwärts‹ flog; für Scheenemirt schien es dagegen keinen Unterschied zu machen, sich an Referenzsternen orientieren zu müssen, die gegen die Flugrichtung standen.

Jetzt, da man Dassarra dicht über den Ausläufern der Atmosphäre umkreiste, gab sich Diviwîdiv lockerer und freimütiger. Obwohl ihm ganz offensichtlich angst und bange war vor dem Sturz durch die Atmosphäre, sah er diesem Wagnis mit der Tapferkeit eines leidlich couragierten Menschen entgegen; anscheinend gerieten Wesen seiner Art nur in Panik, wenn man ihnen *unmittelbar* mit dem Tod drohte.

Er hatte bereits den silbrigen Himmelsanzug angelegt – eine knappe Stunde vor dem Ausstieg – und war intensiv mit seinem Nahrungsvorrat beschäftigt. Als er erfahren hatte, daß die kolkorronischen Rationen hauptsächlich aus getrockneten Fleisch- und Fischstreifen bestanden, ergänzt durch kreisrunde Preßlinge aus Getreidekörnern und Dörrobst, hatte er darauf bestanden, seinen eigenen Proviant mit auf die Reise zu nehmen. Die fremde Nahrung schien im wesentlichen aus Würfelchen einer gelatineartigen Masse zu bestehen, die verschieden gefärbt und einzeln in Goldblättchen gewickelt waren. Diviwîdiv hatte sich eine Handvoll davon aus einer Tasche genommen und prüfte die glänzenden Klümpchen, als suche er einen Leckerbissen.

Und wieder stutzte Tauler angesichts der Gemütsruhe, die Diviwîdiv an den Tag legte. Was führte der Fremde im Schilde? Welchen Wissensschatz mochten diese Wesen angehäuft haben – Wissen, das nicht einmal angeklungen hatte in den telepathischen Wortwechseln mit Diviwîdiv? Tauler versuchte, ganz praktisch an diese Frage heranzugehen, indem er sich in Gedanken in eine Jahrtausende ferne Zukunft der kolkorronischen Zivilisation hineinversetzte – insbesondere was die Waffentechnik anbelangte. Augenblicklich erblühte vor seinem geistigen Auge eine alarmierende Vision.

»Sag mal, Grauhaut«, sagte er. »Dieses *Ding*, das du Xa

nennst … das ist doch nichts weiter als eine Maschine, hab ich recht?«

Genaugenommen ja, du hast recht.

»Und ihr habt diese Maschine so konstruiert, daß sie sehen kann, mit äußerster Klarheit, Tausende von Meilen weit?«

Ja.

»Dann erscheint es mir nur logisch, daß deine Heimatwelt, die Wiege deiner Zivilisation, mit einer ganzen Menge ähnlicher Maschinen ausgerüstet ist.« Tauler gab sich keine Mühe, die unausgesprochenen Gedanken hinter seinen Worten zu verbergen.

Du irrst dich! Diviwîdivs Antwort wirkte amüsiert. *Es gibt keine Geräte, die dieses Schiff entdecken und sein Auftauchen melden würden. Wir beobachten den Himmel nicht. Warum sollten wir auch?*

»Um nicht von Invasionsarmeen überrascht zu werden … von feindlichen Streitkräften.«

Aber wo sollten die Feinde denn herkommen? Und wozu sollte uns eine andere Zivilisation überfallen?

»Um zu herrschen«, sagte Tauler und wünschte sich zugleich, diesen Disput erst gar nicht begonnen zu haben. »Um Dassarra zu erobern und zu besetzen und …«

Das ist primitives Denken, Tauler Marakain – so etwas gibt es nicht unter zivilisierten Völkern. Diviwîdiv widmete sich wieder ganz seinen schillernden Nahrungsklümpchen.

»Selbstgefälligkeit ist der Erzfeind …« Tauler war zu seinem Verdruß nicht imstande, den imaginären Aphorismus zu vollenden. Um seine Unrast abzubauen, bediente er die Kurbel der Luftmaschine. Unter dem Drahtnetz des Wasserreservoirs begann es sofort zu zischen, als die frische Ladung Glühsalz eingerührt wurde. Diviwîdiv hatte sich beim Start für diese Anlage interessiert. Luft, hatte er erklärt, sei ein Gemisch aus verschiedenen Gasen; eines dieser Gase – der Sauerstoff – erhalte das Leben, nähre das Feuer und lasse das Eisen rosten. Kam nun Glühsalz mit Wasser in Berührung, entstanden große Mengen dieses Sauerstoffs, ohne den die Schiffsbesatzung eine Raumreise gar nicht überleben konnte. Tauler hatte diesen wissenschaftlichen Sachverhalt für interessierte Kreise in Pradt notiert, wiewohl letztere wohl kaum jemals in den Besitz dieser Notiz gelangen würden.

Es wäre ein leichtes gewesen, das Schiff auf eine Höhe herunterzubringen, wo die Luft atembar war, den Hauptantrieb abzustellen und auszusteigen. Dann hätte man ein Fahrzeug verlassen, das allem Anschein nach stillstand, und das Anlegen der Fallsäcke und das Verkoppeln derselben hätte sich vergleichsweise einfach gestaltet. Diviwîdiv hatte jedoch eingewendet, das Schiff würde dann in der näheren Umgebung ihres Landeplatzes wie eine Bombe einschlagen und beinah unausweichlich eine unbekannte Anzahl Dassarranier töten.

Das hatte Tauler nicht besonders erschüttern können – für ihn bestand die ganze Bevölkerung von Dassarra aus Todfeinden –, doch das Argument, seine Verhandlungsposition könne durch diese unnützen Verluste gefährdet werden, hatte er akzeptiert. Außerdem wollte er unbemerkt landen, und nicht unter dem Fanal einer riesigen Explosion.

Also hatte man das Schiff nach Diviwîdivs Angaben in die Atmosphäre hinuntergebremst, auf die Seite gelegt und so ausgerichtet, daß es, ohne Schaden anzurichten, ins Meer stürzen würde. Man hatte die Kontrollhebel in der Stellung für Mindestschub festgezurrt, und das Schiff baute eine respektable Geschwindigkeit auf. Tauler und Scheenemirt würden zusehen müssen, ihren Gefangenen beim Ausstieg nicht zu verlieren. Diviwîdiv war viel leichter als ein Mensch und wurde entsprechend stärker von der Luft abgebremst. Würde man ihn nur für einen Augenblick loslassen, würden die Gesetze der Physik sich als Fluchthelfer betätigen und den vertikalen Abstand zwischen den Vertretern der beiden Spezies sukzessive vergrößern.

Tauler hatte deshalb darauf bestanden, daß sie sich vor Verlassen des Schiffs alle drei mit einem einzigen starken Seil untereinander sicherten. Es gab nur eine Luke mittschiffs, die mit Rücksicht auf die strukturelle Stabilität der

Hülle möglichst klein konzipiert war; folglich mußten sich die drei widerwärtig eng aneinanderklammern, als Tauler die gefetteten Riegel zurückschob. Die Luke war ein flacher Kegelstumpf, den der Innendruck fest in die Randdichtung preßte, und Tauler brauchte die ganze Kraft seines freien Arms, um die von Hand eingepaßte dicke Holzscheibe mit einem Ruck aufzureißen.

Ein heulender, eisiger Luftstoß prallte gegen Taulers Himmelsanzug. Den dünnen Diviwîdiv mitsamt Scheenemirts Arm umklammernd, stieß er sie alle miteinander hinaus in das kalte weiße Licht der Sonne. Sie überschlugen sich im Fahrtwind des Schiffes. Im nächsten Moment brach ein stotterndes Tosen über sie herein, und sie wurden weißblind, als sie von den würgenden Gasen des Kondensschweifs verschlungen wurden.

Sekunden später spie das weißblinde Chaos sie wieder hinaus in die sterile sonnendurchflutete Luft, Hunderte von Meilen über der Oberfläche von Dassarra. Vor dem verschwenderischen Panorama aus Sternen, Galaxien und Kometen schwand die strahlend weiße Kondenswolke des Schiffes auf einem seltsam unbeirrbaren Kurs dahin. Wenn Tauler jemals nach Jenland zurückkehren würde, dann nur mit jener Wundermaschine, dem Materietransmitter der Fremden; doch jetzt war nicht die Zeit, um über seine Lage nachzugrübeln.

In der oberen Atmosphäre eines Planeten zu treiben, war ein Martyrium – selbst für einen altgedienten kolkorronischen Himmelsfahrer. Unter ihnen gähnten Tausende von Meilen leeren Luftraums. Tauler ahnte, wie Diviwîdiv zumute sein mußte. Der Fremdling zitterte nicht, aber seine Arme und Beine schienen sich ziellos zu bewegen, und er machte nicht den leisesten Versuch einer geistigen Kommunikation.

»Machen wir, daß er in den Fallsack kommt, bevor uns die Nase abfriert«, sagte Tauler. Scheenemirt nickte, und sie zogen sich Hand über Hand an Diviwîdiv heran. Das klobige Fallschirmpaket des Fremden erwies sich als hinderlich, als sie ihm den fellgefütterten Sack von den Füßen her über den Kopf zogen und nach allen Regeln der Kunst verschlossen. Tauler richtete den Belüftungskragen.

Das ist bequemer, als ich dachte, meldete sich Diviwîdiv zu Wort. *Vielleicht kann ich sogar schlafen und träumen, während ich falle… Aber wenn es Zeit wird für den Fallschirm – was ist, wenn ich Probleme habe, aus dem Sack zu kommen?*

»Mach dir mal keine Sorgen«, rief Tauler in den Hals des Sacks. »Wir werden dich schon nicht aufschlagen lassen.«

Der Schal vor Mund und Nase war steif gefroren. Tauler begann trotz des dick gefütterten Anzugs zu frieren. Er trennte sich von Diviwîdiv und kämpfte sich in den eigenen Fallsack; das Schwert war sperrig und kostete Zeit. Ein eigentümliches Schuldgefühl beschlich ihn, als ihm bewußt wurde, wie sehr er sich auf die Atempause in der behaglichen und friedvollen Wärme des Fallsacks freute.

Sowie er sich in seinem Kokon eingerichtet hatte, schloß er die Augen und begann zu dösen. Er fiel auf den Planeten hinunter, aber es würde noch eine ganze Weile dauern, bis der Fahrtwind die ersten Geräusche erzeugte. Jetzt war es still, und er war sehr müde, und es gab nichts zu tun…

Tauler erwachte nach einer unbestimmten Zeit und wußte sogleich, daß es draußen finster war. Dassarra hatte die drei Lebensfunken, die aus dem Niemandsland zwischen Atmosphäre und Sternenraum kamen, mit in seinen Schatten genommen. Von Neugier übermannt, wie diese fremde Welt bei Nacht aussehen mochte, raffte Tauler sich auf, öffnete den Hals des Fallsacks und spähte hinaus.

Er konnte ganz in der Nähe die Schemen von Scheenemirt und Diviwîdiv sehen, wo sie die silbrigen Schmuckstücke des Universums verdeckten, doch sein Blick wurde von dem Schauspiel gefangengenommen, das die rätselhafte fremde Welt bot, die sich unter ihm ausbreitete. Die sichtbare Hemisphäre lag im Dunkeln; nur der östliche Rand hatte einen hellen blauweißen Saum. Tauler hatte Diesland und Jenland viele Male unter ähnlichen Bedingungen gesehen; dort herrschte die Nacht mit einer schläfrigen Finsternis, die lediglich durch Streulicht gemildert wurde. Er hatte noch nie

auf die Nachtseite einer Welt geblickt, die Heimat einer technisch fortgeschrittenen Zivilisation war.

Die größeren Landflächen, die sich bei Tag so unbedeutend ausgenommen hatten, waren glitzernde Netze aus gelbem Licht. Inseln erschienen heller im Kontrast zur Dunkelheit rundum, und selbst die Ozeane waren reichlich mit Lichtpunkten gesprenkelt; letztere beschworen bei Tauler Visionen von riesigen Schiffen herauf, die so groß wie Städte waren und weltumspannenden Handel trieben. Der Planet hätte eine einzige gigantische Hohlkugel aus Metall sein können, die millionenfach durchlöchert und von innen erleuchtet war.

Tauler starrte lange hinunter, dann zog er besiegt und gedemütigt den Hals des Fallsacks wieder hoch und verschloß ihn gegen die eindringende Kälte.

In dem Augenblick, da seine Füße den Boden berührten, wußte er Bescheid – er war getäuscht worden und in die Falle gegangen.

Die drei Fallschirme hatten sich fast gleichzeitig geöffnet; das einzige Lebenszeichen in der nachtschwarzen Landschaft unter ihnen war eine dünne Lichterkette mehrere Meilen westlich gewesen. Kein Wind hatte die Landung des unerfahrenen Diviwîdiv erschwert, und Taulers alter Optimismus war zurückgekehrt, während sie im Licht des gestirnten Himmels auf das Grasland hinabsanken. Er hatte sich auf einen sanften Aufprall vorbereitet, auf die nachgiebige Grasnarbe unter den klobigen Anzugstiefeln, den lebendigen Widerstand der Halme, den Geruch von Grün …

Die Augen konnten nichts Trügerisches entdecken. Es hätte die weite Savanne Jenlands sein können, in der er gelandet war. Scheenemirt und Diviwîdiv waren nicht weit links von ihm heruntergekommen. Auch sie standen im Gras dieser Savanne – und dennoch fühlte Tauler flaches Steinpflaster unter den Füßen. Er und seine beiden Begleiter waren allein unter offenem Himmel – und dennoch war ringsum Bewegung zu hören, der Druck verhaltener Gedanken zu spüren.

»Setzt Euch zur Wehr, Battan«, schrie er und riß sein Schwert aus der Scheide. »Das ist ein Hinterhalt!«

Er wandte sich wutschnaubend an Diviwîdiv, doch der in den Fallschirm verwickelte Fremdling war nirgends zu sehen – war wie vom Erdboden verschluckt.

Lege deine Waffe nieder, Tauler Marakain. Diviwîdivs Worte waren freundlich gefärbt, und verächtlich dazu. *Du bist von über tausend Sicherheitsbeamten umzingelt – viele sind bewaffnet –; ich bin sicher, eine feindselige Handlung kostet dich das Leben.*

Tauler schüttelte den Kopf und knirschte: »Ich kann viele von euch mit in den Tod nehmen.«

Schon möglich, aber dann würdest du die Frau nicht wiedersehen. Sie hält sich nur ein paar Meilen von hier auf, und du könntest in Minutenschnelle bei ihr sein. Lebendig könntest du sie vielleicht trösten oder ihr gefällig sein; aber tot …

Tauler ließ sein Schwert fallen, hörte es auf dem Steinboden klirren, und seine Augen füllten sich mit Tränen der Verzweiflung.

14. Kapitel

Erst als Tauler und Scheenemirt sich der Übermacht ergeben hatten und ihre Hände auf den Rücken gebunden waren, hoben die Fremden den Ausnahmezustand wieder auf, den sie über die Verbindung zwischen Netzhaut und Hirn der beiden Primitiven verhängt hatten. Den beiden Kolkorroniern fiel es wie Schuppen von den Augen.

Nach wie vor herrschte Nacht, aber die Savanne unter den Sternen war durch ein kompliziertes Diorama mit matt schimmernden Gebäuden in mittlerer Entfernung und Reihen schattiger Dassarranier im Vordergrund ersetzt worden. Tauler vermutete sich ziemlich in der Mitte eines enorm großen Platzes. Die Gebäude ringsum waren von sanft geschwungenem Lineament, ganz im Gegensatz zu der rechtwinkligen Architektur Kolkorrons; vor den Häusern standen in mehr oder weniger regelmäßigen Abständen schlanke Bäume, die sich fortwährend wiegten, obwohl die feuchte Nachtluft vollkommen windstill war. Das einzige vertraute

Fleckchen, das Taulers Augen fanden, war Scheenemirts Gesicht, das über einer betriebsamen, brodelnden See schwarz gekleideter Dassarranier zu ihm herübersah.

»Es sieht ganz so aus, als hättet ihr gewonnen«, sagte Tauler, um Fassung ringend. »Mut und Stärke sind der Zauberei unterlegen.«

Diviwîdiv kam ein wenig näher in dem Gedränge duftender Körper. *Tauler Marakain, gewöhn dir endlich dieses primitive Gerede über Zauberei ab. Die Natur ist nicht unfair. Was für meinesgleichen alltäglich ist, muß euch wie Wunderwerk erscheinen, einfach weil wir in allen Wissensbereichen weiter vorangeschritten sind.*

»Ist das keine Magie, wenn man den eigenen Augen nicht mehr trauen darf?«

Das war keine Kunst. Als ich nahe genug über dem Boden war, konnte ich die telepathische Unterstützung einiger Mitbürger anfordern. Sobald genügend andere mobilisiert waren, konnten wir euch diktieren, was ihr sehen solltet – vergleichbar mit einer Menge, die eine einzelne Stimme übertönt. Nichts Magisches ist daran!

»Aber du kannst nicht bestreiten, daß das Glück auf eurer Seite war«, murrte Tauler, während er zu einem Fahrzeug geschoben wurde, das in der Nähe aufgetaucht war. »Genau hier zu landen – dicht vor einer Stadt, inmitten deiner Lakaien ... Das kann nur Magie oder blindes Glück sein.«

Weder noch! Diviwîdiv und Tauler verloren sich in dem Gedränge aus den Augen, doch die lautlosen Worte des Fremdlings waren deutlich zu vernehmen. *Sobald man meine Warnung erhielt, übernahm man die Kontrolle über die hiesigen Windzellen und blies uns hierher. Ich habe es dir von Anfang an gesagt, Tauler Marakain – deine Mission war zum Scheitern verurteilt.*

Ich kehre jetzt zu Xa zurück, und wahrscheinlich werden wir uns nie wieder begegnen; aber du brauchst keine Angst um dein Leben zu haben. Im Gegensatz zu euch Barbaren sind wir Dassa ...

Gänzlich untypisch für Diviwîdiv wurde die geistige Projektion mit einemmal unscharf. Es folgte ein Moment des Zerfaserns, ein Anflug von Schuldgefühlen – und dann riß der geistige Kontakt ab. Telepathie als solche war für Tauler etwas derart Neues, daß er sich unterschwellig wunderte, überhaupt in solchen Kategorien denken zu können, aber in jenem Moment hatte Diviwîdiv zweifellos und unversehens eine Bewußtseinskrise durchgemacht, eine Nachwehe seines schwindelerregenden Absprungs vom Rand der Atmosphäre.

Schuld! Das Wort geisterte wie eine Stechmücke durch sein verwirrtes Hirn und ließ sich nieder. *Lügt Graugesicht? Hält man Battan und mich nur hin? Will man uns leutselig ins Jenseits befördern?*

Unbeholfen und unkundig langte er mit seinen Gedanken hinaus, um den einzigen Dassarranier zu erreichen, den er kannte, aber er begegnete nur dem eigenen Echo in der geistigen Stille. Diviwîdiv hatte sich zurückgezogen hinter die Palisaden seiner vorherigen Existenz, und es blieb keine Zeit für eine Rückschau. Das Fahrzeug, das sich durch das gärende, nächtliche Stadtbild getastet hatte, ähnelte am ehesten einem riesigen schwarzen Ei. Es schwebte eine Handbreit über dem fugenlosen Pflaster. In seiner Flanke entstand eine Öffnung, ohne daß Tauler irgendeinen Mechanismus gewahrte – in dem einen Augenblick war die Verschalung noch makellos geschlossen gewesen, im nächsten öffnete sie einen kreisrunden Einstieg in das rötlich glühende Innere. Dutzende Hände schoben ihn und Scheenemirt darauf zu.

Tauler verspürte den Impuls, sich mit aller Kraft zur Wehr zu setzen, doch eine seiner inneren Stimmen sprach von der Hoffnung, Diviwîdiv sei vielleicht mehr als nur ein Feind. Es war eine vage Hoffnung, die nur durch bestimmte Nuancen im Denken des Fremdlings und durch den Sinn für Humor genährt wurde, den er haben mochte – alles in allem ein schwacher Trost für Tauler.

Scheenemirt und er kletterten in das enge Fahrzeug, das leicht unter ihren Gewichtsverlagerungen schaukelte.

Die Einstiegsöffnung verschwand wieder – ähnlich einer Lücke in geschmolzenem Eisen, die sich unter dem Einfluß der Oberflächenspannung schloß. Ein plötzlicher Schub unter den Füßen verriet ihnen, daß das Gefährt in den

Nachthimmel stieg. Es gab keine Sitzgelegenheit, was aber keine Rolle spielte, denn die beiden dick gepolsterten Himmelsanzüge füllten den Innenraum beinah vollständig aus. Es war sogar einfacher, stehen zu bleiben. Tauler war es eine Zeitlang zu warm gewesen, was er aber nur an den Rinnsalen von Schweiß registriert hatte, die sich den Rücken hinabstahlen.

»Seht Ihr, Battan«, sagte er mutlos, »Ihr könnt nicht sagen, ich hätte Euch nicht nachdrücklich gewarnt.«

Scheenemirt brachte ein Lächeln zustande. »Ich kann nicht klagen. Ich erlebe, wovon ich nicht einmal zu träumen gewagt hätte, und niemand bedroht mein Leben.«

»Vorausgesetzt, wir können Diviwîdiv trauen – vergeßt nicht, wie uns die Grauhaut hereingelegt hat.«

»Aus gutem Grund! Aber wozu sollte Diviwîdiv uns wieder belügen? Was hätte er davon?«

»Ich denke, Ihr habt recht.« Tauler mußte wieder an den letzten, seltsam zerfasernden Augenblick der telepathischen Verbindung denken, jene wortlosen Spuren von Schuldgefühlen und Selbstvorwürfen, die Diviwîdiv hinterlassen hatte. Er und Scheenemirt schwankten gegeneinander, als sich die Richtung ihres Gewichts änderte. Das Fahrzeug hielt mit einem fast unmerklichen Ruck. Ein kleines Loch tat sich in der stumpfen Metallhaut auf und wuchs zu einem kreisrunden Ausstieg heran.

Dahinter öffnete sich ein kurzer Korridor, der einer bunten Glasröhre mit elliptischem Querschnitt glich. Das Material war verschwommen in Grau, Gelb und Orange gemasert und erglühte im Durchlicht oder aus eigener Kraft. Tauler sah nach links und rechts; das nahe Ende der Röhre trat ringsum so dicht an die gewölbte Außenhaut des Transporters heran, daß nicht einmal mehr das dünnste Papier dazwischengepreßt hätte. Dann blickte Tauler geradeaus; das entfernte Ende des Korridors wurde von einer ellipsoid gebauchten Wand begrenzt, in der eine kreisrunde Öffnung pulsierte, die für Tauler, so erschöpft und emotional ausgetrocknet er auch war, eine unvermeidlich biologische Bedeutung annahm.

»Da will uns wohl jemand fühlen lassen, daß wir willkommen sind!« sagte er zu Scheenemirt, als er losging, tapsig mit seinem voluminösen Himmelsanzug, die Hände auf den Rücken gebunden. Als er mit Scheenemirt das Ende des Korridors erreichte, dehnte sich die Öffnung zu einem Durchlaß in einen weiten und komplexen Innenraum, eine kreisrunde Halle, umgeben von Treppen und Galerien. So imposant die fremde Kathedrale für einen Tauler in normaler Gemütsverfassung gewesen wäre, für den momentanen Tauler flohen die architektonischen Sehenswürdigkeiten an die Peripherie des Blickfeldes und fokussierten seine Aufmerksamkeit auf die Handvoll Frauen, die ihm entgegenliefen.

Und zuvorderst lief Contessa Vantara!

»Tauler!« kreischte sie, das schöne Gesicht eine einzige Maske ins Unmenschliche gesteigerten Verlangens. »Tauler, Geliebter! Du bist gekommen, du bist gekommen, du bist gekommen ... ich hätte wissen müssen, daß du es bist!«

Der Überschwang, mit dem sie sich an ihn warf, schmiß ihn fast um. Sie schlang die Arme um seinen Nacken und küßte ihn mit feuchten Lippen und begehrlich tastender Zunge. Tauler war aufgewühlt und beglückt, mit allen Sinnen derart bei Vantara, daß er kaum Notiz nahm von der kleineren Gestalt Leutnant Pertrihs, die hinter ihn trat. Sie begann seine Hände loszubinden, während die drei übrigen Frauen sich um Scheenemirt kümmerten. Vantara drückte Tauler auf Armeslänge von sich, ohne seinen Nacken loszulassen, und erst aus dieser Perspektive erfaßte sie die ganze Wahrheit.

»Du bist ein Gefangener!« sagte sie anklagend. »Man hat dich gefangengenommen, genau wie uns!« Sie ließ von ihm ab, und ihre Miene verriet Enttäuschung und Ärger. »Bist du auch auf das fremde Riff gelaufen?«

»Nein. Es war Tag, als ich mich näherte, und ich konnte noch vorbei. Als ich dann in Pradt erfuhr, daß dein Schiff überfällig war, sind wir sofort aufgebrochen, um dich zu suchen.«

»Wo sind deine Soldaten?«

Tauler massierte die befreiten Handgelenke. »Ich habe keine Soldaten mitgenommen – nur Battan.«

Vantara ließ den Mund offenstehen und warf ihrem Leutnant einen ungläubigen Blick zu. »Dieser General zog mit seiner Einmannarmee aus, um den Feind zu stellen!«

»Als ich aufbrach, konnte ich noch nichts von einem Feind wissen«, sagte Tauler steif. »Ich habe nur an deine Sicherheit gedacht. Außerdem, zwei Mann oder tausend – was hätte das für einen Unterschied gemacht?«

»Kann das der *richtige* Tauler Marakain sein, der uns solchen Defätismus predigt, oder ist das ein Schwindler, den uns diese stinkenden Wesen vorgaukeln, die uns die Freiheit verwehren?« Ehe Tauler protestieren konnte, hatte sie sich abgewandt und ging rasch zur nächsten Treppe.

Erst bin ich ihr zu verwegen – dann aber nicht verwegen genug, dachte Tauler. Verletzt und frustriert starrte er auf die drei weiblichen Uniformierten, die sich mit Scheenemirt befaßten. Sie halfen ihm aus der lästigen Himmelsmontur, wobei sie ihn unentwegt anlächelten und ausfragten. Scheenemirt machte einen verlegenen, aber durchaus beglückten Eindruck.

»Ihr müßt meinen edlen Kommandanten entschuldigen«, sagte Leutnant Pertrih und sah mit einem verschmitzten Glanz in den Augen zu Tauler auf. »Die Bedingungen unserer Internierung sind gar nicht mal so schlecht, aber die Contessa – von königlichem Geblüt und demzufolge von erlesenem Feingefühl – empfindet das Leben hier viel quälender als ein gewöhnlicher Sterblicher.«

Tauler war beinah dankbar für den Funken Ärger, der wieder den Blick für die Realität schärfte. »Ihr seid mir im Gedächtnis geblieben, Leutnant, und ich muß feststellen, ihr seid unverändert aufsässig und treulos.«

Pertrih seufzte. »Ihr seid mir im Gedächtnis geblieben, Kapitän, und ich muß feststellen, Ihr seid unverändert töricht und blauäugig.«

»Leutnant, ich kann diese Unver ...« Tauler ließ den Satz unvollendet, denn er entsann sich plötzlich, Scheenemirt nur unter der Bedingung mitgenommen zu haben, daß man all den Firlefanz um Rang und Klasse über Bord warf. Er lächelte reumütig und begann, sich von den erstickenden Bandagen des Himmelsanzugs zu befreien.

»Tut mir leid«, sagte er. »Die Macht der Gewohnheit. Ich habe Euren Vornamen zwar mehr als einmal gehört, aber ich muß Euch gestehen, ich … ich habe ihn vergessen …«

»Dschirinn.«

Er lächelte. »Ich heiße Tauler. Wollen wir Freundschaft schließen und dem Feind in geschlossener Formation gegenübertreten?« Er hatte erwartet, den eigensinnigen Leutnant besänftigen zu können, und war überrascht, als sich Bestürzung auf ihrem rundlichen Gesicht abzeichnete.

»Es ist also wahr«, hauchte sie, plötzlich ihre hartgesottene Manier verlierend. »Unter normalen Umständen wär dir so was nie über die Lippen gekommen. Sag mir, *Tauler,* hat man uns zu einer anderen Welt transportiert? Bleiben wir für immer verschollen? Befindet sich dieses Gefängnis auf einem fremden Planeten, der Millionen Meilen von Jenland entfernt ist?«

»Ja.« Tauler bemerkte, wie die Blicke der drei anderen Frauen an seinen Lippen hingen. »Wieso fragst du? Habt ihr denn nichts davon mitbekommen?«

»Als wir noch zwei Stunden bis zur Weltenmitte hatten, wurde es Nacht«, sagte Dschirinn verzagt und nachdenklich. »In den Nachtstunden wollten wir den Weg mit reduzierter Geschwindigkeit fortsetzen und beim ersten Licht das Wendemanöver durchführen …«

Und sie beschrieb, wie die Besatzung – die meisten hatten geschlafen – von einem gewaltigen Beben und Ächzen des Ballons in Panik gestürzt worden war. Dann war das Splittern der Beschleunigungsstützen zu hören gewesen und das Einreißen der Hülle. Der Ballonmund hatte würgend Miglyngas über die Besatzung erbrochen, Welle um Welle, während die Hülle einwärts kollabierte. Entsetzen und Chaos an Bord waren schließlich unbeschreiblich, als die Gondel auflief und von dem schlagenden und wabernden Gewirr aus Falten und Fetzen verschluckt wurde.

Für die völlig überrumpelten Astronautinnen dehnten

sich die Minuten ins Unerträgliche, bis man sich aus dem Tohuwabohu freigekämpft hatte. Im Widerschein Dieslands machten sie die unglaubliche Entdeckung, daß ihr Schiff mit einer Kristallbarrikade kollidiert war, die wie ein Meer aus matt glühendem Packeis den ganzen Himmel blockierte. Und knapp eine halbe Meile entfernt – das Staunen wollte kein Ende nehmen – war vor dem silbrig weißen Geleucht des Kosmos die exotische und rätselhafte Silhouette einer Burg zu sehen gewesen.

Irgendwie hatten sie es fertiggebracht, genügend Miniaturaggregate zu bergen und waren damit zur Burg geflogen. Nicht lange, und sie hatten eine Luke in der metallenen Außenfläche entdeckt. Die Luke hatte sich öffnen lassen.

Sie waren hindurchgegangen und hatten sich – *urplötzlich* – in dieser graugelben Kathedrale wiedergefunden, als Gefangene …

»So wie ich vermutet habe«, sagte Tauler, als der Leutnant schwieg. »Ich habe geahnt, daß Vantara … daß ihr alle noch am Leben seid.«

»Aber was ist mit uns *passiert?* Ich begreife das nicht.«

»Die Dassarranier verwenden ein Gas, das rasch bewußtlos macht, wenn man es einatmet. Es muß in …«

»Soweit waren wir auch schon«, fiel ihm Dschirinn ins Wort, »aber was ist *danach* passiert? Die Monster wollen uns weismachen, sie hätten uns auf magische Weise zu einer anderen Welt gebracht. Nach unserem Dafürhalten sind wir hier irgendwo im Innern der Burg. Nun haben wir aber normales Gewicht – als ob wir auf dem Boden eines Planeten wären –, und das ist vielleicht noch magischer.«

Tauler schüttelte den Kopf. »Tut mir schrecklich leid, aber die Monster haben recht. Sie können wirklich und wahrhaftig in Gedankenschnelle von Stern zu Stern reisen. Sie haben euch tatsächlich im Handumdrehen nach hier gebracht – auf ihre Heimatwelt Dassarra.«

Seine Worte entlockten den Frauen erstickte Laute der Bestürzung und Ablehnung. Eine große stupsnasige Blondine in der Uniform eines Himmelscorporals lachte und flüsterte der nächststehenden etwas zu. Tauler stutzte. Er und Scheenemirt hatten durch Diviwîdivs Lektionen in Kosmologie und galaktischer Entwicklungsgeschichte tief innerlich eine derart fundamentale Wandlung durchgemacht, daß sie sich nunmehr gründlich vom Rest ihrer Spezies unterschieden. Es war ausgesprochen unangenehm, sich vorzustellen, welchen Eindruck er da auf Diviwîdiv gemacht haben mußte, als ihm selbst das Wasser der Unwissenheit noch bis zu den Haarspitzen gestanden hatte.

»Wie kannst du behaupten, daß dieser ganze Humbug seine Richtigkeit hat?« fragte Dschirinn herausfordernd. »Du kannst auch nur davon ausgehen, was man dir erzählt hat, genau wie wir.«

»Weit gefehlt!« entgegnete Tauler und fuhr fort, sich der Himmelsmontur zu entledigen. »Als Battan und ich auf der Burg waren, wie du das nennst, haben wir den aschgrauen Burgherrn ein bißchen mit der Schwertspitze gekitzelt. Und wir haben ihn als Geisel hierhergebracht, in einem guten kolkorronischen Schiff – folglich können wir bezeugen, daß wir alle, in diesem Moment, Millionen Meilen von Jenland entfernt sind. Wir befinden uns auf Dassarra.«

Dschirinn blickte mit großen Augen zu Tauler auf, und ihr Gesicht lief rosa an. »Du hast all das für …« Sie warf einen Blick auf die Treppe, über die Vantara den Raum verlassen hatte. »Du bist in eines dieser uralten Schiffe aus der Verteidigungsgruppe gestiegen … und hast es zu einer anderen Welt geflogen … und alles, weil …«

»Mit Sack und Fallschirm haben wir unseren Gefangenen bis auf die Oberfläche dieses Planeten gebracht«, mischte sich Scheenemirt ein, der schon eine ganze Weile nur zugehört hatte. »Unterwegs müssen diese verfluchten Vogelscheuchen dann unsere Augen verhext haben. Wir sahen etwas anderes anstelle der Übermacht, die auf uns wartete. Wäre es zu einer fairen und ehrenhaften Auseinandersetzung gekommen, sähe jetzt alles anders aus. Wir wären mit unserer Geisel hier aufgetaucht – die unter der Klinge an ihrer Kehle gezittert hätte – und hätten sie gegen eure Freiheit getauscht.«

»Ich muß das dem Kapitän berichten.« Dschirinn schien

ein wenig außer Atem, und ihre geweiteten Pupillen huschten unstet hin und her, als sie Taulers Gesicht musterte. »Sie sollte sofort über alle Fakten informiert werden.«

»Dann glaubt sie also, wir wären jetzt und hier daheim in unserer gewichtslosen Zone …!« Tauler stieß einen Seufzer der Erleichterung aus und lächelte. *Daher ihr plötzlicher Sinneswandel!* »Jetzt begreife ich auch, warum sie erwartet hat, ich müßte an der Spitze einer Armada kommen – jetzt begreife ich ihre Enttäuschung.«

»Schon, aber wenn sie nur ein bißchen mehr Geduld …« Scheenemirt ließ seinen Kommentar unvollendet und senkte den Kopf.

Tauler funkelte ihn an. »Was wolltet Ihr sagen, Battan?«

»Nichts! Gar nichts!«

»Kapitän Marakain?« Die große Blonde trat vor. »Könnt Ihr uns sagen, wie lange wir schon hier sind?«

»Warum? Könnt Ihr nicht die Tage zählen?«

»Es ist immer gleich hell hier drinnen.«

Tauler, der sich bereits auf eine längere Gefangenschaft einzustellen suchte, fand die Vorstellung, fortwährend unter gleichbleibendem Licht zu leben, merkwürdig deprimierend. »Ich würde sagen, Ihr seid etwa seit fünfundzwanzig Tagen hier. Aber was ist mit den Mahlzeiten? Markieren die nicht die Tage?«

»*Mahlzeiten!*« Die Blonde zog ein schiefes Lächeln. »In jeder Zelle steht ein Korb, den diese Monster regelmäßig mit solchen Bonbons … Na ja, jeder von uns hat seine eigene Meinung darüber, was für ein Zeug wir da zu essen bekommen.«

»Gewürzte Blauhornhufsülze«, schlug eine große einfache Soldatin mit dunkler Haut und braunen Augen gekränkt vor.

»Ungewürzte Blauhorn*scheiße*«, warf die Soldatin ein, die sich bislang noch nicht an dem Wortwechsel mit Tauler beteiligt hatte. Die übrigen Frauen prusteten. Die Soldatin trug Bürstenschnitt, was wenig zu ihrem hübschen Gesicht paßte.

»Das sind Tradlo, Mistekka und Arvand«, stellte Dschirinn die drei vor, wobei sie die Soldatin zuletzt nannte, die auch zuletzt geredet hatte. »Und wie du bemerkt hast, Tauler, haben sie bereits vergessen, wie man sich in Gegenwart eines Offiziers zu benehmen hat.«

»Grad und Rang haben für mich keine Bedeutung mehr.« Tauler begrüßte die Frauen mit einem freundlichen Nicken. »Jeder rede und benehme sich, wie er will.«

»Wenn das so ist…« Arvand tänzelte an Scheenemirts Seite, ergriff seinen Arm und schenkte ihm ein warmes Lächeln. »Es ist nicht leicht, allein zu schlafen – findest du nicht auch?«

»Das ist unfair!« rief die blonde Tradlo und brachte Scheenemirt noch mehr aus der Fassung, indem sie ihn auf der anderen Seite unterhakte. »Alle Vorräte werden gleichmäßig aufgeteilt!«

Tauler verspürte den Drang, loszurennen, um nach Vantara zu suchen, doch er las in Dschirinns Verhalten, daß sie darauf erpicht war, sich noch weiter mit ihm zu unterhalten. Er folgte ihr bereitwillig, als sie sich von den anderen abwandte, stillschweigend eine Distanz schaffend, in der man diskret über Dinge von Belang reden konnte.

»Tauler, verzeih mir, wenn ich versucht habe, dich lächerlich zu machen«, begann sie zögernd. »Du schienst immer so zu prahlen… und dann dieses Schwert… Du hast so offenkundig deinen Großvater nachahmen wollen, daß jeder – und ich bringe das kaum noch über die Lippen –, jeder, der dir begegnete, deine Ambitionen für verlorene Liebesmüh hielt.

Aber wer das tut, was du getan hast… wer in einem dieser antiquierten Holzfässer durch die ewige Tiefnacht des Sternenraums zu einer anderen Welt fliegt… wer einfach zur Stelle ist, wenn…

Ich will damit sagen, Vantara ist die glücklichste Frau der Menschheitsgeschichte. Und du kannst aus dem Schatten deines Großvaters heraustreten, Tauler, *für immer.* Ihr beide seid euch ebenbürtig.«

Tauler blinzelte, um ein plötzliches Brennen in den Augen zu löschen. »Ich weiß zu schätzen, was du sagst, aber alles, was ich getan habe…«

»Sag mir eins«, schlug Dschirinn – früher, als Tauler lieb sein konnte – einen nüchternen Tonfall an, »haben uns diese Monster verzaubert? Wie kommt es, daß wir hören können, was sie sagen, auch wenn sie gar nicht in unserer Nähe sind, auch wenn kein Ton von ihren Lippen kommt? Ist das Magie?«

»Das hat nichts mit Magie zu tun«, erklärte Tauler eingedenk der Kluft, die sich zwischen ihm und seiner Rasse aufgetan hatte. »Das ist bei Dassarraniern so. Sie haben sich weit über die Notwendigkeit hinausentwickelt, Worte mit dem Mund artikulieren zu müssen. Sie reden von Geist zu Geist, von Hirn zu Hirn miteinander; die Entfernung spielt dabei keine Rolle. Hat man euch das nicht erklärt?«

»Mit keinem Wort. Für die sind wir nichts weiter als Tiere in einem Zoo.«

»Vermutlich habe ich nur deswegen Unterricht bekommen, weil die schlotternde Vogelscheuche Zeit schinden wollte.« Tauler ließ den Blick durch den Kuppelraum und über die Galerien ringsum schweifen; dabei machte er kein Hehl aus seiner Abscheu. »Wann treten die Dassarranier mit euch in Verbindung?«

»Es gibt einen, den sie *Direktor* nennen«, erwiderte Dschirinn. »Er fragt uns stundenlang aus – über unser Leben auf Jenland, über unsere Familien, unsere Nahrung, unsere Anbaumethoden, wie sich Männer und Frauen anziehen... Nichts scheint ihm zu trivial.

Dann ist da noch einer – könnte eine Frau sein –, der uns die Anweisungen gibt.«

»Was für Anweisungen?«

Dschirinn zuckte die Achseln. »Wann wir die Zellen zu verlassen und uns hier einzufinden haben... solche Sachen. Wir bleiben hier unten, bis einer von ihnen Nahrung und Wasser nachgefüllt hat.«

»Habt ihr diesen sogenannten Direktor jemals zu Gesicht bekommen? Haben euch schon mal irgendwelche Dassarranier von Rang und Namen aufgesucht?«

»Das ist schwer zu sagen. Manchmal sehen wir ganze Monstergruppen hinter dieser Abtrennung, aber...« Dschirinn wies auf einen gläsernen, kastenartigen Vorbau an einem der Eingänge, dann sah sie Tauler fragend an. »Warum fragst du das alles, Tauler?«

Er lächelte dünn. »Ich habe eine fabelhafte Geisel verloren – ich werde mich nach einer neuen umsehen müssen.«

»Aber nach allem, was du uns erzählt hast… Eine Flucht ist ausgeschlossen.«

»Da liegst du falsch«, sagte Tauler ruhig. Seine Miene verfinsterte sich. »Es gibt einfach keine Festung, der man nicht entfliehen könnte… vorausgesetzt, man will es mit Leib und Seele… und nimmt in Kauf, notfalls auch ohne den ersteren zu entkommen…«

Tauler und Scheenemirt diskutierten über traditionelle und moderne Möbelfertigung. Es ging dabei vornehmlich um Stühle.

»Vergiß nicht, daß wir Eisen erst seit etwa fünfzig Jahren kennen«, sagte Tauler. »Die Ausführung von Winkelkonsole und Winkelband wird Fortschritte machen, ebenso die Holzschraube.«

»Darum geht es nicht«, konterte Scheenemirt. »Möbel sollte man auch unter künstlerischem Aspekt sehen. Ein Stuhl ist nicht nur eine Vorrichtung zur Unterstützung eines fetten Hinterns, er ist auch eine Skulptur. Jeder Kunstverständige wird dir sagen, daß man Holz nur mit Holz zusammenbringen sollte. Zapfen und Schwalbenschwänze sind etwas *Gewachsenes,* Tauler. Solche Möbel sind nicht bloß stärker als deine Holz-Eisen-Bastarde, sie haben auch etwas *Rechtschaffenes…*«

Er redete unbeirrt weiter, während Tauler kniete und den Fußboden der Galerie mit einer kräftigen Ballonreparaturnadel aus seiner Nottasche testete. Tauler sah zu ihm auf und schüttelte den Kopf. Der Boden war zu solide, als daß man ihn irgendwie hätte aufreißen können, um einen Überraschungsangriff auf wen auch immer zu landen, der sich zufällig darunter befand. Sie befanden sich auf der untersten Galerie, direkt über dem gläsernen Vorbau, in dem sich nach

Leutnant Pertrihs Aussage zuweilen Dassarranier sammelten, um ihre Gefangenen zu beobachten.

»Ja, aber seit der Auswanderung können sich nur noch die Reichen einen vernünftigen Tischler leisten«, sagte Tauler, als er sich aufrichtete. »Hauptsache, der gemeine Bürger hat *überhaupt* etwas, das er zwischen den Fußboden und die Hintern seiner Familie schieben kann – und ich denke nicht, daß es da viele *fette* Hintern zu versorgen gibt.«

Tauler und Scheenemirt unterhielten sich ausgiebig über die Herstellung von Möbeln – ein Thema, das Vorstellungen von Verbindungen, Rahmen und Gestellen hervorrief – und forschten indessen nach Schwachstellen im Gefüge ihres Gefängnisses. Sie setzten ihre Scheinunterhaltung fort, während sie die Treppe zu dem gläsernen Beobachtungsraum hinabstiegen. In der dunkel glimmenden und bodenlosen Welt der Telepathie waren sie Neulinge, wahre Primitive, doch im Umgang mit Diviwîdiv hatten sie genug Anhaltspunkte dafür gewonnen, daß die Fremden fehlbar waren und durchaus getäuscht werden konnten. Wahrscheinlich versuchten die Dassarranier, die innersten Gedankengänge der Kolkorronier abzuhorchen, aber letztere waren ihrem Wesen nach Krieger und besaßen ein ausgesprochenes Talent, den Feind irrezuführen.

»Du mußt zugeben, daß die Türen durch eiserne Angeln und Beschläge nur gewonnen haben«, sagte Tauler, als er den Vorbau erreichte. Im großen und ganzen hätte ein Handwerker von Diesland oder Jenland diese Aufgabe nicht anders gelöst. Es handelte sich bei dem Vorbau um eine rechtwinklige Konstruktion aus drei Elementen; die Seitenteile waren rechts und links des Eingangs an der Wand befestigt. Die drei Elemente strebten vom Fußboden des Kuppelraums bis zur Unterseite der ersten Galerie und waren ab Hüfthöhe verglast.

Nach wie vor über historische Entwicklungen in der Holzverarbeitung diskutierend, lehnte Tauler sich beiläufig gegen eine Ecke des Vorbaus und spürte, wie die Konstruktion geringfügig nachgab. Die Fremden, die er bis jetzt gesehen hatte, reichten ihm nicht einmal bis zur Schulter und wirkten so dünn und zerbrechlich, daß er mindestens dreien von ihnen die Waage halten mochte. Bedingt durch Unterschiede in der Muskeldichte mochte er es an Körperkraft mit ungleich mehr Dassarraniern aufnehmen. Seine physische Gewalt war von einer Größenordnung, auf die Diviwîdiv und seinesgleichen innerlich und äußerlich nicht vorbereitet waren. Es war gut möglich, daß eine bauliche Konstruktion, die in den Augen der Fremden eine schier unüberwindliche Barriere darstellte, bei einem einzigen vereinten Angriff zweier Kolkorronier in die Brüche ging.

Die Fremden waren der Handvoll Kolkorronier ohne Zweifel haushoch überlegen, aber – so schien es Tauler – sie waren dabei zu selbstsicher, zu selbstgefällig. Ihre besten Köpfe waren mit so fernliegenden und abstrakten Problemen wie der Auflösung von Galaxien befaßt, während man die eher akuten Gefahren außer acht ließ. Sie waren wie großmächtige Könige, die Bollwerke gegen einen globalen Feind planten und dabei die ganze Zeit den Leibdiener mit dem Giftfläschchen oder die lächelnde Konkubine mit dem Stilett ignorierten ...

»Zugestanden, das mit den Türen und Türbeschlägen, aber das ist eine Ausnahme«, sagte Scheenemirt und nickte bezeichnend, während er mit dem Fuß die Füllung unter der Verglasung testete. »Da hat Metall eine natürliche Funktion, aber bei Tischen und Stühlen ist es einfach fehl am Platz.«

»Es kommt, wie es kommen soll«, erwiderte Tauler, als sie den gemächlichen Rundgang durch den Kuppelraum fortsetzten.

Sie waren kaum länger als ein paar Stunden hier eingesperrt, und doch rebellierte Taulers ungeduldige und ungestüme Natur bereits gegen die Monotonie der Gefangenschaft. Eine telepathische Stimme mit undefinierbar weiblicher Färbung hatte ihn und Scheenemirt in bestimmte Zellen auf der ersten Galerie zitiert. Tauler hatte die seine kurz in Augenschein genommen und dann, aus Prinzip unkooperativ, sein Mißfallen bekundet und eine andere verlangt. Da die Zellen alle gleich waren und nicht einmal Türen hatten, gab es überhaupt keinen Grund, die eine der anderen vorzuziehen, aber die Reaktion, die er hatte provozieren wollen, blieb aus.

Er hatte eine Zeitlang auf dem schwammigen flachen Quader gelegen, der ihm als Bett zugedacht war, es dort aber nicht lange ausgehalten und versucht, Vantara in ihrer kleinen Enklave zu besuchen, die von den Zellen der anderen Frauen flankiert wurde. Er hatte auf ihre neuerliche Zuwendung gehofft, nachdem sie von Dschirinn erfahren hatte, daß er hier unmöglich an der Spitze einer Befreiungsarmee hatte auftauchen können. Sie war jedoch reserviert und unzugänglich geblieben. Philosophisch betrachtet war ihr Verhalten allerdings leicht zu erklären – bei der Neuigkeit, nicht bloß ein paar tausend, sondern *Millionen* Meilen von daheim entfernt in Gefangenschaft zu sein, mochte selbst eine Frau wie Vantara vorübergehend in Depression versinken.

Um so rastloser hatte er daraufhin jede Galerie des Kuppelraums durchforscht. Dieser Ort hätte zwanzigmal so viele Gefangene aufnehmen können wie zur Zeit, aber keine der Einheitszellen lieferte irgendeinen Anhaltspunkt dafür, daß sie schon einmal benutzt worden war. Handelte es sich hier um ein Gefängnis? Oder war dieser Kuppelraum mit seiner sterilen, schattenlosen Beleuchtung eher das Äquivalent eines Zoos? Ein riesiger Vogelkäfig?

Der Strom von Fragen rief bestimmte Erinnerungen wach. In dem Augenblick, da er und Diviwîdiv sich getrennt hatten, vielleicht für immer, schien eine dunkle Empfindung die geistige Präsenz des kleinen Fremdlings verstört zu haben. Tauler hatte diese Empfindung intuitiv als Schuldgefühl gedeutet – und im Rückblick schien sich seine Intuition mehr und mehr zu bewahrheiten. Zu der Zeit hatte Tauler sich noch gefragt, ob man ihn und Scheenemirt womöglich zur Schlachtbank führen würde, doch dieser Verdacht hatte sich bis jetzt nicht bestätigt – was also hatte diesen Schatten auf Diviwîdivs fremde Seele geworfen?

Hatte dieser Schatten etwas mit Xa zu tun – jenem phantastischen Meer aus lebendigem Kristall – und dem Urgrund seiner Existenz in der gewichtslosen Zone zwischen Diesland und Jenland? Nun, da Taulers Bewußtsein von exotischen Ideen und Vorstellungen durchtränkt war, da das Fremdartige zu Taulers Wirklichkeit zählte, nun fiel es ihm leichter, sich Xas Funktion zu vergegenwärtigen. Xa sollte eine ganze Welt in das Herz einer Galaxie schleudern, die Millionen Lichtjahre entfernt war.

Als er zum ersten Mal von diesem Projekt erfahren hatte, war es für ihn nichts weiter als eine verbale Seifenblase gewesen; ein kunstvolles Gewirk aus den Spinnweben blasser Gedanken – *aber jetzt sah alles ganz anders aus!*

Er und Vantara und ein paar treue Gefährten saßen auf dieser unseligen Welt gefangen und … und …

Taulers Stirn bekam tiefe Falten, als Erinnerungen andere Erinnerungen wachriefen. Im Verlaufe seiner ersten streitbaren Begegnung mit Diviwîdiv hatte dieser ihm erzählt, der intergalaktische Sprung werde in sechs Tagen stattfinden. Waren es sechs Tage gewesen? Ja, er entsann sich genau … und der Flug nach Dassarra hatte grob vier Tage gedauert … und seit ihrem Absprung über Dassarra war noch mehr wertvolle Zeit verstrichen …

Eisiger Schweiß prickelte aus Taulers Haut. Dem verlorenen Haufen von Kolkorroniern blieben dann ja nur noch Stunden.

Vielleicht nur noch Minuten …

15. Kapitel

Der Anblick der schwarzgekleideten, graugesichtigen Gestalten, die sich hinter dem Schutzschild aus Metall und Glas sammelten, kam wie eine Erlösung.

Tauler erstarrte mitten im Schritt – versuchte, den inneren Tumult unter Kontrolle zu bringen –, versuchte zu denken und dabei doch nicht zu denken. Die späte Erkenntnis, daß dieser fürchterliche Sprung quer durch das Universum unmittelbar bevorstehen mußte, hatte ihn mit Pessimismus erfüllt. Er brauchte dringend eine neue Geisel, andernfalls bestand nicht die geringste Aussicht, von Dassarra zu entkommen. Die leicht hingeworfene Bemerkung, die er diesbezüglich vor Dschirinn gemacht hatte, hatte nur seine Verzweiflung kaschiert. Die kolkorronische Gesellschaft hatte selbst schwere Zeiten durchgemacht, und wenn es auch keine wirklichen Parallelen gab, so war er sich doch sicher, daß kein Amtsträger oder Wissenschaftler auf Jenland unter gleichen Umständen einen Zoo besucht hätte.

Und dennoch – in der aseptischen und freudlosen Helligkeit des Kuppelraums – versammelten sich einige Feinde und setzten sich womöglich leichtfertig einem womöglich unabwendbaren Angriff aus. Die Chance für einen kolkorronischen Erfolg war verschwindend klein, aber ihre bloße Existenz war der einzige Ansporn, den Tauler brauchte…

Er ging mit weit ausholenden Schritten quer durch den Kuppelraum auf Scheenemirt zu, der mit übereinandergeschlagenen Beinen zwischen zwei Soldatinnen saß, die sich angeregt mit ihm unterhielten. Mistekka und Arvand blickten auf, ohne zu reagieren, doch Battan war sofort auf den Füßen, als er Taulers Gesichtsausdruck sah.

»Los, Battan«, zischte Tauler. »Denk weiter, was du bisher gedacht hast, und folge mir – das ist unsere einzige Chance.« Er sah auf die Frauen hinunter. »Geht sofort zu Vantara und Dschirinn und sagt ihnen, sie sollen sich bereithalten zur Flucht. Wir müssen uns beeilen.«

Er wandte sich ab und strebte mit Scheenemirt auf den Beobachterraum zu, in dem sich jetzt etwa zehn Dassarranier aufhielten. »Wir nehmen die rechte Seite des Kastens… ja, du schmeckst sofort die schwarze Traube von Kail heraus… ich glaube von rechts können wir am besten Anlauf nehmen… aber für meinen Geschmack hat der Wein zuviel Säure…«

Alle Gedanken ausblendend, sich der schieren Rotwut überlassend, fegte Tauler mit langen Sätzen los. Die Seitenwand des Vorbaus dehnte sich in sein Gesichtsfeld, und er sah, wie sich die grauen Gesichter mit den weißen Augäpfeln in seine Richtung drehten. Er schritt jetzt mit einem derartigen Tempo aus, daß Scheenemirt nur noch schnaufend Schritt halten konnte. Der Vorbau aus Metall und Glas füllte sein Gesichtsfeld, und Taulers Instinkt bäumte sich auf…

wenn er jetzt nicht anhielt, riskierte er schreckliche Verletzungen.

Knurrend wie ein wildes Tier rammte Tauler mit der Schulter gegen den Vorbau und spürte, wie die Seite aus der Verankerung mit dem Kuppelraum gerissen wurde. Fast gleichzeitig warf sich Scheenemirt mit den Füßen voran gegen die untere Füllung. Das hüfthohe Blech beulte ein, schwang nach innen und sperrte mehrere Dassarranier in den spitzen Winkel, den es mit der Vorderwand bildete. Eine riesige Glasscheibe fiel auf Scheenemirt, als der sich aufrappelte, und Tauler sah schon tausend winzige Dolche bei der Arbeit; aber die Scheibe blieb heil und klirrte harmlos zu Boden. Ein paar Dassarranier stießen dünne, miauende Schreie aus, während sie in offenkundiger Panik an den Eingang zurückwichen – es waren die ersten Laute, die Tauler aus dem Mund der Fremden hörte.

»Rennt nicht gleich fort«, rief Tauler, der sich schwer mit der Schulter gegen das Blech stemmte und die drei Dassarranier dahinter einzwängte. »Wir haben drei von euch hier. Könnte sein, daß sie ärztliche Hilfe brauchen.«

Er musterte die zufällige Auswahl an Gefangenen. Zwei waren noch auf den Füßen, in aufrechter Position, aber bewegungsunfähig durch den Druck, den er ausübte, die fahlen Gesichter nur ein paar Zoll weit von ihm entfernt. Der dritte hing vornüber in der Klemme, möglicherweise bewußtlos oder tot. Tauler funkelte die beiden Aufrechten wild an und verbarg nicht seinen Widerwillen angesichts ihrer offenen, rüsselartigen Nasen und ihrer bebenden schwarzen Lippen. Sie gaben keinen Laut von sich, aber Taulers Kopf war angefüllt mit ihrem konfusen telepathischen Gejammer. Dieses geistige Destillat aus purer Angst rief auf erheiternde Weise in Erinnerung, daß die Dassarranier alles andere waren als eine Rasse von Kriegern. Und das war ein Hoffnungsschimmer, dachte Tauler – zumindest für ihn und seine Mitstreiter.

»Hol die Frauen!« rief er Scheenemirt zu. »Ich versuche inzwischen, diese Vogelscheuchen zum Einlenken zu bewegen.«

Scheenemirt nickte und spurtete quer durch den Kuppelraum zu den Astronautinnen hinüber, die am Fuß einer Treppe warteten. Nachdem Tauler sich vergewissert hatte, daß Vantara unter ihnen war, wandte er sich wieder den Dassarraniern zu. Die Fremden, die sich für seine Augen alle gleich ausnahmen in ihrer zusammengestoppelten schwarzen Kleidung, standen immer noch zaudernd am Eingang. Ihr Bouillongeruch füllte die ganze Nische unter der Galerie.

»Wer von euch ist der Anführer?« wollte Tauler wissen. »Wer von euch Schreckgespenstern hat das Sagen?«

Die Fremden gaben keine Antwort. Sekunden schleppten sich dahin, in denen sie ihn unverwandt anstarrten, aus Augen, die weißen durchbohrten Porzellankugeln glichen. Obwohl sie keine telepathischen Worte an ihn richteten, mochten sie für entfernte Artgenossen regelrechte Leuchtbaken sein – ein Umstand, der Tauler bewog, seinen Worten tatkräftigen Nachdruck zu verleihen.

»Ich muß mich wohl ein wenig deutlicher ausdrücken«, drohte er mit jenem sanften Lächeln, das er häufig einem Gewaltakt vorausschickte. Diese Eigenart habe er seinem Großvater zu verdanken, hatte man ihm in seiner Kindheit gesagt, und seitdem hatte er sie unterschwellig kultiviert. Ohne weitere Warnung stellte er sich plötzlich neu zurecht und drückte mit doppelter Kraft zu. Die beiden Aufrechten rangen laut nach Luft, die aschfahlen Gesichter schmerzverzerrt, und Tauler glaubte bereits das feine Knacken eines Vogelknochens zu hören.

Schluß damit, Wilder! Einer aus der Gruppe am Durchgang trat einen Schritt vor. *Es gibt keine Entschuldigung für diese Barbarei!*

»Mag schon sein«, erwiderte Tauler mit einer angedeuteten Verbeugung. »Wenn deine ekelhafte Brut nicht meine Freunde entführt und wie wilde Tiere hier eingesperrt hätte – was *eure* Art von Barbarei ist –, hättet ihr *meine* Art von Barbarei niemals zu spüren bekommen. Kapierst du dieses Prinzip? Oder ist so etwas wie natürliche Gerechtigkeit nur eine Domäne ungebildeter Primitiver?«

Primitiver paßt ausgezeichnet zu dir, Tauler Marakain, kam die lautlose Entgegnung des Fremden. *Geht es nicht in deinen Kopf, daß ihr diese Welt* unmöglich *verlassen könnt?*

»Und geht es nicht in deinen Kopf, daß ich diese Welt verlassen *will* – so oder so? Und sollte sich herausstellen, daß ich nur durch den Tod entkommen kann, werden mich einige von euch auf meinem Weg begleiten.« Tauler blickte über die linke Schulter und fand die sechs Gefährten in seiner Nähe. Zu seiner Überraschung ließ Vantara die anderen vor und beobachtete ihn mit zweifelnden, ängstlichen Augen.

»Wir sind bereit, Tauler«, rief Scheenemirt.

»Ausgezeichnet!« Tauler wandte sich wieder an den fremden Sprecher. »Du hast für alle das Wort ergriffen, also wirst du wohl nicht ganz unbedeutend sein. Du wirst daher die Ehre haben, meine Hauptgeisel zu werden. Komm also hierher!«

Was ist, wenn ich mich weigere?

»Ich habe eben erst begonnen, diese hübschen Exemplare dassarranischer Mannhaftigkeit zu bedrängen, und schon fangen ihre Vogelknochen an zu knacken.« Die beiden aufrechten Gefangenen bewegten ängstlich den Kopf, als er sein Gewicht verlagerte.

Solltest du meine beiden Geschäftsträger töten, wirst du den kleinen Vorteil verlieren, den du im Augenblick hast.

»Das wäre nur der Anfang des Tötens«, sagte Tauler und dachte wehmütig an sein Schwert. Er hatte den Dassarraniern jede physische Courage abgesprochen, doch der fremde Wortführer trat mit unerwarteter Halsstarrigkeit auf. Äußerlich hob sich dieser Fremde nicht von seinen Artgenossen ab – das mehrteilige Kostüm aus einander überlappenden dunkel getönten Stoffstücken schien eine Art Einheitskleidung zu sein –, aber er machte einen viel entschlosseneren Eindruck als Diviwîdiv.

Vielleicht... In einem Winkel seines Hirns regte sich ein unglaublicher Gedanke. Konnte es sein, daß ihm das Schicksal die beste aller Geiseln zugespielt hatte? War diese unauffällige und unscheinbare Gestalt vielleicht der König aller Dassarranier? Wie war noch der Titel, den Diviwîdiv ihm gegeben hatte? Direktor! Und der Name? Sânnanan!

»Sag mal, Vogelscheuche«, sagte er mit sanfter Stimme, »wie heißt du eigentlich?«

Mein Name tut nichts zur Sache, entgegnete der Fremde. *Ich appelliere jetzt ein letztes Mal an deine Vernunft. Dein Plan – falls eine so verrückte Idee diese Bezeichnung verdient – sieht doch vor, uns zu zwingen, euch dahin zurückzuschicken, von wo ihr mit Hilfe eines verzögerungsfreien Ortswechslers gekommen seid. Du und deine Gefolgsleute, ihr wollt sodann zu einem eurer Heimatplaneten zurückkehren, und zwar mit Hilfe eines Ballons oder an Fallschirmen. Ist das eine zutreffende Kurzfassung deiner Ziele?*

»Du darfst dir gratulieren, Graugesicht!« Die Weigerung des Fremden, seinen Namen preiszugeben, bestärkte Tauler in seiner Vermutung und gab ihm neuen Auftrieb.

Was du vorhast, kann niemals gelingen! Die Vernünftigen unter euch haben ernsthafte Bedenken gegen diesen Versuch, und beweisen insoweit eine bemerkenswerte Klugheit.

Taulers Blick wanderte wieder zu Vantara, doch sie mied seinen Blick und senkte den Kopf.

Es ist jetzt nicht die Zeit, ins Detail zu gehen, Tauler Marakain, fuhr der Fremde fort, *aber Tatsache ist, daß ihr ausgesprochenes Glück habt, hier auf Dassarra zu sein. Du mußt mir glauben, was ich …*

»Ich glaube, daß du der König aller Dassarranier bist«, rief Tauler, einem Zorn nachgebend, der durch eine neue schleichende Angst genährt wurde. »Wir reden schon viel zu lange! Sag mir sofort deinen Namen, oder – bei meiner Ehre – ich drücke so fest zu, daß den dreien hier das Blut aus den Augen spritzt!«

Der Fremde legte eine Hand auf seine Hohlbrust. *Ich heiße Sânnanan.*

»Das dachte ich mir!« Tauler schickte Vantara, Scheenemirt und den anderen einen triumphierenden Blick. »Ich werde jetzt …«

Du wirst gar nichts, schnitt Sânnanan ihm mit erstaunlicher Selbstverständlichkeit das Wort ab. *Ich hatte die Absicht, die psychologische Beziehung zwischen dir und der Frau zu studieren, der du nachstellst; aber ich muß einsehen, daß dir dein Selbst – so wie es ist – offenbar nur zwei Alternativen läßt: entweder du bringst dich um, oder du stiftest so viel Unheil, wie mir die Sache nicht wert ist. Deshalb bin ich entschlossen, mit dir ein Ende zu machen.*

Tauler schüttelte den Kopf, und seine Stimme klang unmenschlich. »Es braucht mehr als dich und deinesgleichen, um mich zu töten.«

Oh, ich habe nicht die Absicht, dich zu töten. Die Worte des Dassarraniers wirkten sorglos, amüsiert und zuversichtlich. *Dein Körper wird quicklebendig bleiben und mir für Zuchtexperimente zur Verfügung stehen –, aber er wird dann einer etwas anderen und fügsameren Person gehören.*

»Niemand kann so etwas bewirken!«

Ich schon! In Wahrheit hat dieser Wandel bereits begonnen – versuche doch nur einmal, dich zu bewegen. Sânnanans Mund zerfloß zu der garstigen Parodie eines Lächelns. *Du hattest eben ganz recht mit deiner Feststellung, daß wir schon zu lange reden. Ich konnte inzwischen eine ausreichend große Anzahl meiner Leute veranlassen, sich zu einer telepathischen Linse zu vereinen. Dein Gehirn liegt genau im Brennpunkt dieser Linse, und in wenigen Sekunden wird es dich nicht mehr geben.*

Lebe wohl, Tauler Marakain!

Tauler wollte sich auf den Fremdling stürzen – aber er war unfähig, sich zu bewegen. Und in seinem Hirn trug sich etwas zu. Er spürte ein Eindringen, eine Erlösung, eine beschämende, aber freudige Hingabe; die Einsicht, daß jenes Leben als Tauler Marakain II. schon immer eine Mühsal gewesen war und nun die Zeit gekommen war, sich frohen Herzens dieser Last zu entledigen …

16. Kapitel

»Zwölf Schiffe! Mehr nicht?« Desihn starrte Kassill Marakain mißbilligend an. »Ich hatte mit mehr gerechnet.«

»Es tut mir aufrichtig leid, Majestät, aber die Fabrik kann kaum diese zwölf zusammenbauen«, sagte Kassill. Er verbarg seinen Unmut darüber, diesen Sachverhalt nun schon zum dritten Mal im Laufe einer Stunde wiederholen zu müssen. »Uns fehlen vor allem zuverlässige Miglynaggregate, aber auch Einzelteile.«

»Aber auf dem alten Exerzierplatz bei Kendell stapeln sich Hunderte von Aggregaten. Mit eigenen Augen habe ich sie gesehen. *Stapelweise!*«

»Ja, aber das sind noch die alten Brakkamodelle. Sie wurden durch Stahlausführungen ersetzt.«

»Dann ersetzen wir eben die Stahlausführungen wieder durch Brakkamodelle!« sagte Desihn unwirsch, wobei sie ihre Perlenhaube zurechtrückte.

»Alle Aussparungen, Installationen – die ganze Montage ist auf die neuen Aggregate zugeschnitten.« Als Veteran vieler solcher Unterredungen mit der Königin war Kassills Tonfall die Inkarnation kühler Vernunft. »Die Anpassung würde viel zuviel Zeit kosten; außerdem fehlt es an Zubehör für die alten Maschinen.«

Desihn verengte die Augen und lehnte sich vor in ihrem hochlehnigen Stuhl. »Manchmal, mein lieber Marakain, erinnert ihr mich an Euren Vater.«

Kassill brachte trotz der bedrückenden Hitze im Audienzzimmer ein Lächeln zustande. »Ich weiß das Kompliment zu schätzen, Majestät.«

»Ihr wißt sehr wohl, daß ich Euch damit kein Kompliment machen wollte«, sagte Desihn. »Euer Vater hat meinem Gatten bei der Auswanderung einen kleinen Gefallen getan, und …«

»Wenn ich Eurem Gedächtnis ein klein wenig nachhelfen darf«, warf Kassill spröde ein, »dann hat er Eurer ganzen Familie das Leben gerettet.«

»Ich weiß nicht, ob es wirklich so dramatisch war – aber wie auch immer … Er war uns ein *einziges* Mal gefällig, und seitdem hat er zeitlebens meinen Gatten an diesen Zwischenfall erinnert und Gefälligkeiten von ihm gefordert.«

»Es ist mir eine Ehre, Eurer Majestät jederzeit zu dienen«, sagte Kassill, mühelos die familiäre Ebene verlassend, »und es fiele mir nicht im Traum ein, dafür Eure Gunstbezeugung zu erwarten.«

»Nein, das braucht Ihr auch nicht – Ihr handelt einfach und arrangiert alles so, wie es Euch paßt –, und genau das ist der Punkt! Euer Vater hatte so eine Art, den Willen des Königs zu tun, bei der immer das herauskam, was er selbst wollte. Mit Euch verhält es sich genauso, Kassill Marakain. Zuweilen habe ich den Verdacht, Ihr seid es – und nicht ich –, der die Geschicke dieses …«

Desihn lehnte sich erneut vor, die wäßrigen Augen forschend auf Kassill gerichtet. »Ihr seht aber gar nicht gut aus, mein Lieber. Euer Gesicht ist ganz rot, und auf Eurer Stirn steht der Schweiß. Habt Ihr Fieber?«

»Nein, Majestät.«

»Aber *irgendwas* quält Euch. Ihr seht nicht gut aus. Nach meiner Meinung solltet Ihr Euren Arzt konsultieren.«

»Das werde ich unverzüglich«, sagte Kassill. Er sehnte sich danach, der unerträglichen Hitze des Zimmers zu entrinnen, doch er hatte noch nicht das Ziel seines Besuchs erreicht. Im Gegensatz zu dem, was Desihn gesagt hatte, war er eben nicht vollkommen Herr der Lage. Er blickte in ihr zerbrechlich wirkendes Gesicht und fragte sich, ob sie ein Spiel mit ihm trieb. Womöglich wußte sie nur zu gut, wie sehr ihm die fürchterliche Hitze zu schaffen machte, und wartete nur darauf, daß er einen Schwächeanfall erlitt oder einlenkte und um Aufschub bat.

»Warum belegt Ihr eigentlich meine Zeit so sehr mit Beschlag?« sagte sie. »Ihr wollt doch etwas.«

»Wie das so ist, Majestät, es gibt eine …«

»Aha, ja?«

»Es ist eine reine Routinesache … im Grunde eine Sache meines Ermessensspielraums … aber ich dachte, ich sollte es Eurer Majestät beiläufig zur Kenntnis bringen … damit es nicht irgendwelche …«

»Heraus damit, Marakain!« Desihn blickte gereizt zur Decke. »Was führt Ihr im Schilde?«

Kassill schluckte, um die ausgedörrte Kehle zu befeuchten. »Die Barriere, die sich zwischen Diesland und Jenland ausgebreitet hat, ist von großem wissenschaftlichen Interesse. Ich und Bartan Drammy genießen das Privileg, als Eurer Majestät bevorzugteste wissenschaftliche Berater zu gelten, und gedenken – nach reiflicher Abwägung aller Fakten – die Flotte zu begleiten, die …«

»Niemals!« Plötzlich war Desihns Gesicht eine Alabastermaske, die ein begabter Künstler koloriert haben mochte. »Ihr seid da, wo ich Euch brauche, Marakain – und zwar hier auf Jenland! Dasselbe gilt für Euren Busenfreund, diesen ewigen Grünschnabel, Bartan Drammy. Habe ich mich klar ausgedrückt?«

»Sehr klar, Majestät.«

»Ich weiß wohl, daß Ihr in Sorge um Euren Sohn seid – gerade so, wie ich Angst um meine Enkelin habe –, aber es gibt Zeiten, da darf man der Stimme des Herzens nur ein taubes Ohr leihen«, sagte Desihn überraschend energisch.

»Ich verstehe, Majestät.« Kassill verbeugte sich und wollte sich eben abwenden, um den Raum zu verlassen, als Desihn ihm mit erhobener Hand Einhalt gebot.

»Und bevor Ihr geht«, sagte sie, »schlagt nicht meinen Rat in den Wind – sucht Euren Arzt auf!«

17. Kapitel

Der bestürzte Aufschrei Scheenemirts hallte durch die dunklen, schattigen Gefilde seiner Seele, wo ungesehene Welten sein Selbst umkreisten. Eine jede verkörperte eine neue Persönlichkeit, und eine davon sollte die seine werden. Was scherte ihn seine alte Existenz. Zögernd und vage irritiert fragte er sich, warum der junge Mann seinen Namen rief. Was um aller lichtlosen Ozeane des Kosmos willen mochte wichtig genug sein, ihn ausgerechnet jetzt zu stören, da so weitreichende Schicksalsentscheidungen fielen?

Aber da war noch etwas im Gange! Ein Kampf hob an in der archaischen Landschaft, die ihn umgab. Mächtige äußere Kräfte griffen die psychische Linse an, deren Wölbung über seine Zukunft entschied …

Die Linse zerbarst! Aus geistiger und physischer Lähmung erwachend, fand Tauler sich in einer Welt des Tumults wieder. Dutzende schwarz gekleideter Dassarranier kamen durch den Kuppelraum gerannt. Eine Frau kreischte. Die Fremden, die Tauler eingequetscht hatte, waren frei und taumelten zu ihrem Anführer. Andere Fremdlinge, die hinter Sânnanan ausgeharrt hatten, flohen durch den Ausgang.

Komm mit uns! Ein Dassarranier tauchte neben Tauler auf und packte ihn beim Arm. *Wir sind Freunde!*

Tauler schüttelte die graufingrige Hand ab. Der Fremde sah aus wie alle Fremden, denen er bis jetzt begegnet war – mit einer Ausnahme. In dem allgegenwärtigen, zusammengestückelten Kostüm, das um seinen spindeldürren Körper baumelte, fielen ein paar blaßgrüne Karos auf.

»Freunde?« Tauler machte Anstalten, den Neuankömmling fortzustoßen, dann bekam er eine hastige telepathische Erklärung. Der Fremde gehörte zu einer Gruppe, die ihn im letzten Moment vor einer Persönlichkeitsänderung bewahrt hatte. Die Entscheidung wurde ihm leicht gemacht – hierbleiben und sich dem unanfechtbaren Direktor Sânnanan ausliefern oder auf das unverhoffte Angebot seiner Retter eingehen …

»Battan!« Tauler begegnete Scheenemirts verstörtem Blick. »Wir müssen diesen Leuten vertrauen!«

Scheenemirt und ein paar der Frauen hinter ihm nickten. Die kleine Menschenschar rannte mit ihren Befreiern los, aber andere Dassarranier, die aus zahlreichen Eingängen in den Kuppelraum strömten, versperrten ihnen den Fluchtweg. Die verfeindeten Parteien trafen aufeinander, und die Szene wurde rasch chaotisch, als sich die schwarz gekleideten Körper spontan in einem grotesken Nahkampf verstrickten.

Tauler war hin- und hergerissen von dem, was sich seinen Augen darbot. Der dassarranische Nahkampf erschöpfte sich darin, daß sich die Gegner mit Armen und Beinen umklammerten, bis beide das Gleichgewicht verloren. Dann lagen die wehrlosen Paare wie kopulierende Insekten am Boden, ein jeder die Teilnahme des anderen am Kampf verhindernd. Die Fremden kämpften wie wütige Kinder, und niemand war offenbar in der Lage, einen Gegner wirklich auszuschalten. Tauler war erleichtert, daß keinerlei Waffen eingesetzt wurden – zumindest würde er mit seinen neuen Verbündeten nicht in ein paar tödlichen Sekunden ausgelöscht werden; aber dann zeigte sich die Kehrseite der Medaille. Der Kampf lief eindeutig auf einen Mehrheitsentscheid hinaus. Die zahlenmäßig überlegene Partei mußte gewinnen…

Und wieder dachte Tauler mit Wehmut an sein Schwert, als sich der Fremde aus der gegnerischen Gruppe löste und mit ausgebreiteten Armen auf ihn zukam. Tauler schickte ihn mit einem einzigen Faustschlag zu Boden und grub – zwei weitere Angreifer beiseite schleudernd – mordgierig seinen Absatz in den Hals des Daliegenden.

Das Gefühl, mit dem lebendige Kraft knirschend ins Widerstandslose entwich, sagte ihm sofort, daß der Dassarranier tot war, doch aus dem Gemenge ringsum sollte eine dramatischere Bestätigung kommen. Alle schwarz gekleideten Fremden – Freund und Feind gleichermaßen – wurden von heftigen, konvulsivischen Zuckungen befallen, als ob sich mächtige, unsichtbare Kräfte um sie rissen. Die Verklammerten lösten sich voneinander, und ein wortloses, qualvolles Wehgeschrei erfüllte den Raum. Mit einemmal waren Tauler und die anderen Menschen die einzige wehrhafte und geschlossene Streitmacht auf dem bizarren Schlachtfeld.

»Was ist passiert?« rief Dschirinn. Das rundliche Gesicht und die klaren Augen waren Leuchtbaken ihrer Verwirrung.

»Sie leiden allesamt darunter, wenn ein Artgenosse in ihrer Nähe den Geist aufgibt«, erwiderte Tauler, sich daran erinnernd, was Diviwîdiv ihm über diesen merkwürdigen telepathischen Rückschlag erzählt hatte, der den Tod eines Dassarraniers begleitete. »Leider hat es auch die erwischt, die für uns sind. Bringt sie auf die Beine und treibt sie vorwärts, sonst sind wir verloren.«

Scheenemirt und die fünf Frauen reagierten sofort und rissen jene Fremden, die sich durch blaßgrüne Karos auszeichneten, auf die Füße und zerrten und schoben sie voran, bis ihre Glieder allmählich wieder in Schwung kamen. Der merkwürdig zusammengewürfelte Trupp passierte einen Bogengang, kam in einen Korridor und setzte seinen grotesken Stolpermarsch auf die Doppeltür am anderen Ende fort. Dort warteten andere Dassarranier mit grünlich gescheckter Kleidung und feuerten durch heftiges Winken zur Eile an.

Ich heiße Gretêrk, sagte der Fremdling und sah über die Schulter zu dem hünenhaften Menschen auf, der ihn in Trab hielt. Seine lautlosen Worte waren mit Furcht und Abscheu befrachtet. *Du hast absichtlich ein Leben beendet! Du hast dich wie ein Vadâvak benommen! Hast du keine Gefühle?*

»Doch – ich habe das unwiderstehliche Gefühl, ich müßte endlich hier raus!«

Das meine ich nicht.

»Ich weiß! Du meinst den Rückschlag.« Tauler schob den Fremden kräftiger an, um seinen Worten Nachdruck zu verleihen. »Ich würde, ohne mit der Wimper zu zucken, *tausend* Dassarraniern das Genick brechen, um mein Ziel zu erreichen – also mach dich auf weitere Rückschläge gefaßt, falls man uns wieder angreift.«

Eine neuerliche Attacke erschien jedoch unwahrscheinlich, als man die Doppeltür erreicht hatte und von nervösen Händen eilig hindurchgeleitet wurde. Rings um Tauler tanzten die fahlen Gesichter der Fremden in einem verwirrenden Kommen und Gehen, während er dem Korridor in eine Nacht entkam, die von künstlichem Licht verdrängt wurde. Teilweise stammte die Helligkeit von den Fassaden kubischer Gebäude, doch es schien auch frei schwebende Blöcke aus purem Sonnenlicht zu geben und einen Überfluß verschiedenfarbiger Strahlen, zwischen denen rot und gelb glänzende Linien ein Eigenleben führten.

Tauler blieb keine Zeit, die exotische Szenerie zu ergründen, denn ganz in der Nähe wartete ein eiförmiges Vehikel – größer als das, mit dem man Scheenemirt und ihn hierhergebracht hatte. Es sah wahrhaftig so aus, als berühre es nirgends den Boden. Aus dem matt erhellten Innern hinter dem kreisrunden Einstieg winkten weitere Dassarranier die Neuankömmlinge eilig herbei. Tauler blieb am Einstieg stehen und bugsierte die eigenen Leute sowie einige der fremden Befreier ins Innere. Aus dem Korridor tauchten noch mehr Fremdlinge auf, die sich inzwischen von dem Verhängnis erholt hatten. Sie liefen auf ihn zu, wie große schwarze flatternde Laufvögel.

Tauler hatte keine Angst vor Verfolgern, die durch den Tod eines einzigen Artgenossen auszuschalten waren, aber er wurde den Verdacht nicht los, daß Sânnanan sich schneller erholt haben könnte als jeder andere und findig genug war, schon jetzt, in diesem Augenblick, neue feindliche Kräfte gegen ihn zu mobilisieren. Er zwängte sich in das ohnehin schon überfüllte Fahrzeug, und die Hülle floß hinter ihm zusammen, als habe es nie eine Öffnung gegeben. Es gab eine schwindelerregende Gewichtsverlagerung. Das Gefährt bewegte sich schnell und erhob sich lautlos in die Nacht. Tauler vermißte einen Piloten oder irgend etwas, das nach Steuerarmaturen aussah, und ihn beschlich die unheimliche Vorstellung, das dassarranische Fahrzeug könne sich am Ende selbst steuern.

Er verrenkte sich geradezu auf der Suche nach Anhaltspunkten für diese makabre Vermutung, als er in unmittelbarer Nähe, eingepfercht zwischen fremden und menschlichen Leibern, Vantara entdeckte. Ihre blasse, verstörte und unbewegte Miene wirkte wie die tragische Maske der wirklichen Vantara. Obwohl ihre Augen auf ihn gerichtet waren, war er nicht sicher, ob sie ihn wirklich ansah. Merkwürdig verlegen, wie er war, versuchte er sie mit einem Lächeln zu beruhigen.

»Hab nur Mut, Vantara«, flüsterte er ihr laut zu. »Ich schwöre dir, ich werde immer bei dir sein, egal, was passiert.«

Es folgte ein seltsamer und zeitloser Moment, da ihr Blick über sein Gesicht huschte, und dann – für Tauler ging die Sonne auf – erwiderte sie sein Lächeln. »Tauler, mein lieber Tauler! Es tut mir so leid …«

Redet nicht! fiel ihr Gretêrk, der Fremde neben Tauler, mit einer dringenden telepathischen Warnung ins Wort. *Denkt nicht daran, was hier und jetzt geschieht – sonst wird man mühelos unsere Spur aufnehmen. Denkt nicht daran, wer oder was ihr seid. Stellt euch vor, ihr wärt nichts weiter als Dampfblasen, die in einem riesigen Kessel mit siedendem Wasser aufsteigen ... mal hierhin mal dorthin wirbelnd und kreiselnd auf unberechenbaren Pfaden ...*

Tauler nickte und schloß die Augen. Er war eine Blase, die in einem riesigen Topf aufstieg ... mal hierhin, mal dahin ... auf einem gefährlichen und unberechenbaren Kurs ...

Tauler war derart darin vertieft, seinen Geist zu disziplinieren, jedwedes zusammenhängendes Denken zu vermeiden, daß er kaum gewahr wurde, wie das Fahrzeug anhielt. In dem einen Moment war er noch kerzengerade und fast bewegungsunfähig zwischen Menschen und Fremden eingekeilt, und im nächsten taumelte er leicht in dem vergleichsweise großzügigen Platzangebot. Die Dassarranier verschwanden durch den kreisrunden Ausstieg in der Flanke des Fahrzeugs. Er empfing keine artikulierten telepathischen Gedanken, aber sein Kopf schwirrte vor pulsierender Eile. Die Luft selbst schien zu vibrieren, erregt durch eine allgegenwärtige Panikstimmung.

Ihr müßt rasch aussteigen. Die lautlose Botschaft kam von Gretêrk, der als einziger Dassarranier in dem Gefährt zurückgeblieben war. *Ihr dürft keine Zeit verlieren.*

»Was geht hier vor?« warf Dschirinn ein, bevor Tauler die gleiche Frage stellen konnte.

Gretêrks schwarze Lippen zuckten. *Wir tragen einen Bürgerkonflikt aus – ihr würdet das Bürgerkrieg nennen –, den ersten seit vielen Jahrtausenden.*

»Einen Bürgerkrieg?« sagte Tauler. »Und wieso haltet ihr euch dann ausgerechnet mit ein paar Außenseitern wie uns auf?«

Ihr werdet überrascht sein – aber ihr und eure ganze Rasse seid das Zentrum der Kontroverse, die unsere Gesellschaft entzweit.

Tauler blinzelte auf den Fremden hinunter. »Wie soll ich das verstehen?«

Der verantwortliche Projektleiter hat euch beiden die Urgründe für unsere Anwesenheit in diesem Teil der Galaxie erläutert. Wieviel davon habt ihr behalten?

»Es war die Rede von *Geißeln*«, erwiderte Tauler stirnrunzelnd. »Von einer Explosion, die Dutzende von Galaxien zerstören wird ...«

Scheenemirt räusperte sich und trat näher. »Er hat gesagt, dieses Kristallmeer ... Xa also ... wäre eine Maschine, die eure Heimatwelt in eine ferne Galaxie schleudern würde, wo euch die Explosion nichts anhaben kann.«

Ich bin beeindruckt, antwortete Gretêrk und sah von Tauler zu Scheenemirt, wobei er auf den Ausstieg wies. *Es ist reichlich ungewöhnlich, daß eine Spezies eures Entwicklungsstandes solche Vorstellungen nachvollziehen kann – Vorstellungen, die so weit von der primitiven, mythischen Welterklärung ...*

»Es behagt uns überhaupt nicht, wie Primitive behandelt zu werden«, knurrte Tauler. »Diviwîdiv kann ein Lied davon singen.«

Vielleicht wollte er euch nur nicht noch mehr provozieren und hat euch deswegen eine bestimmte Information vorenthalten.

»Heraus damit!« Tauler starrte finster in das fahle Gesicht des Fremden. »Sofort heraus damit, oder ich ...«

Du brauchst mir nicht zu drohen, Tauler Marakain, entgegnete Gretêrk. *Ich war von vorneherein gegen das Projekt ›Xa‹. Mich trifft keinerlei Schuld, und daher brauche ich auch nicht hinter dem Berg zu halten. – In dem Augenblick, da Dassarra in die Zielgalaxie projiziert wird, werden eure Zwillingswelten ausgelöscht.*

18. Kapitel

Tauler war ebenso wie seine sechs Gefährten betäubt von Gretêrks Worten. Er ließ sich widerstandslos von dem kleinen Fremdling aus dem Fahrzeug bugsieren. Die Nacht war so reich an farbigen Lichtern wie zuvor; hinzu kamen Säulen, die sich einander zuneigten und in deren Konvergenzpunkt ein strahlend grünes Leuchten schwebte. Tauler kümmerte die Umgebung wenig, und er packte Gretêrk bei den

Schultern und hielt ihn auf. Die sechs Gefährten drängten sich um die beiden.

»*Wie* war das?« wollte Tauler wissen. Seine Worte entsprangen der Macht der Gewohnheit, denn die telepathische Botschaft war glasklar gewesen, jedes Wort befrachtet mit assoziativen und fundierenden Bedeutungsschichten. Die Kolkorronier wußten um das Todesurteil, das über ihre Heimatplaneten verhängt war, aber ihr Verstand weigerte sich, diesen Sachverhalt zu akzeptieren.

Gretêrk versuchte vergebens, sich aus Taulers Griff zu winden. *Es ist lebenswichtig, daß wir weitergehen.*

»Es ist noch lebenswichtiger, daß du uns Rede und Antwort stehst«, konterte Tauler, nicht willens, noch einen Schritt weiterzugehen. »Warum sollen Jenland und Diesland vernichtet werden?«

Gretêrks Augenlöcher blickten von einem zum anderen, und Tauler wußte sofort, was sich ereignen würde. Gretêrk würde jeden einzelnen von ihnen jener beängstigenden Form der Telepathie unterwerfen, die viele Fakten mit Nachdruck und gleichzeitig in ihre Hirne pflanzte. Wie schon bei Diviwîdiv, fand er sich auch jetzt wieder dem grellen Lichtkegel des telepathischen Leuchtturms ausgeliefert …

Während die Zwillingswelten um ihren gemeinsamen Schwerpunkt rotieren, folgt das diskusförmige Instrument mit Namen Xa ihrer Bewegung. Dabei zeigt die gedachte Achse durch Xas gedachte Nabe unverwandt auf Diesland und Jenland. Zweimal je Umdrehung zielt diese Achse überdies genau auf Dassarra. In einem solchen Moment exakter Ausrichtung wird Xa aktiviert werden, wobei Dassarra zum Brennpunkt supra-geometrischer Energien wird, die den Ortswechsel des Planeten zur Zielgalaxie bewirken. Im selben Augenblick werden Diesland und Jenland aus diesem Kontinuum gelöscht. Der supra-geometrische Energieimpuls wird durch den Zwillingsplaneten mit der geringeren Masse geschickt, und zwar bei der nächsten Ausrichtung Xa–Dassarra … Jenland ist von geringerer Masse, und die nächste Ausrichtung findet in weniger als zehn Minuten statt. Wenn wir den Energieimpuls verhindern und eure Heimatwelten retten wollen, ist allergrößte Eile geboten. Der Direktor wird bestimmt die Vadâvaks auf uns loslassen. ALSO LASS MICH SOFORT LOS, TAULER MARAKAIN – UND HALTET EUCH DICHT HINTER MIR!

Der telepathische Leuchtturm erlosch, und Tauler fand sich wieder, wie er – voll und ganz von der Wahrheit des Vernommenen überzeugt – hinter dem kleinen Fremdling herlief. Gretêrk hielt auf den Kreis sich voreinander verbeugender Säulen zu, deren Spitzen in grünes Feuer getaucht waren. Links hatte Tauler Vantara an der Hand, und rechts neben ihm liefen Scheenemirt und Dschirinn. Die Soldatinnen Tradlo, Mistekka und Arvand waren ihnen auf den Fersen, und ihre grimmige Miene verriet, daß sie die Botschaft des Fremdlings in ihrer vollen Tragweite begriffen hatten. All die Riegel aus purem Licht und die sich kreuzenden Lichtfinger machten es unmöglich, weit in das Dunkel ringsum hineinzusehen, doch Tauler gewann den Eindruck, als ob weiträumig lautlose Kämpfe im Gange wären. Hunderte, ja Tausende schwarz gekleideter Dassarranier mochten in jenen seltsam anmutenden Mann-gegen-Mann-Kampf verwickelt sein, verklammert daliegend, nichts weiter im Sinn, als den Widerpart bewegungsunfähig zu machen.

»Warum tust du das?« rief Tauler in Gretêrks Rücken, womit er den Zweifeln Ausdruck verlieh, die sich seit der Flucht aus dem Kuppelraum in verborgenen Nebenflüssen seines Denkens gesammelt hatten. »Was kümmert es dich, wenn andere umkommen?«

Und wieder kreiste der Lichtkegel des Leuchtturms heran… aber schneller diesmal… ein flammender Peitschenhieb…

Die dassarranische Gesellschaft war lange Zeit uneins, was das Projekt betraf, den Planeten zu verpflanzen. Trotz verschiedener Verlautbarungen aus dem Zahlenpalast haben viele Bürger nie recht an die Existenz der Geißeln *geglaubt. Wir glauben, man kann die Daten der Wurmlochsonden ebensogut anders deuten. Jedenfalls halten wir den intergalaktischen Ortswechsel für eine Überreaktion. Leider gelang es uns nicht, Direktor Sânnanan von unserem Standpunkt zu überzeugen; und es gelang uns ebensowenig, die öffentliche Meinung umzustimmen.*

Der Ortswechsel schien ohne ernstzunehmende Opposition be-

schlossene Sache zu sein – und dann tauchte das Gerücht auf, eine der beiden Welten, die geopfert werden sollten, sei mit einer humanoiden Spezies bevölkert. Dieses Gerücht entsprach den Tatsachen. Um ihm jede Nahrung zu entziehen, bestand Direktor Sânnanan darauf, die Xa-Station so zu konzipieren, daß sie von einem einzelnen Projektleiter ohne Hilfskräfte betreut werden konnte.

Damit hätte er wahrscheinlich Erfolg gehabt, wenn nicht eine unvorhergesehene Entwicklung eingetreten wäre. Xa benötigte nämlich, um das eigene Wachstum kontrollieren zu können, einen gewissen Grad von Bewußtsein; doch die Wissenschaftler hatten bislang keine Erfahrung mit einem ähnlichen Instrument dieser Größenordnung und waren nicht wenig überrascht, als Xa ab einer gewissen Komplexität Selbstbewußtsein entwickelte. Aus Xa wurde eine künstliche Person, die ihre Auflösung zu fürchten begann. Schließlich erhielten hiesige Eingeweihte aus unzureichend abgeschirmten telepathischen Unterhaltungen zwischen Xa und Projektleiter Diviwîdiv den Beweis, daß der beabsichtigte Ortswechsel von Dassarra eine aufstrebende Zivilisation intelligenter Lebewesen vernichten würde. Das genügte, um die oppositionellen Parteien zu mobilisieren und zu einen.

Die telepathische Lichtpeitsche zog sich wieder zurück. Harte Fakten häuften sich wie Kieselsteine im Vorhof seines Gehirns, darüber gespenstische Schwaden aus Angst und Hast. Tauler spürte die Verzweiflung des Fremden angesichts der Zeit, die ihnen durch die Finger rann, angesichts unsichtbarer Tore, die vor ihrer Nase zuschlugen. Tauler spurtete und wollte Gretêrk einholen, doch der Fremdling war schnellfüßig und hielt die Spitze. Man war jetzt vielleicht vierzig Schritt vom Kreis der Säulen entfernt, die einander zugewandt waren, und in deren grün erhellter Mitte Tauler andere Fremdlinge mit blaßgrünem Karo sah, mindestens sechs, von denen einige die Laufenden aufgeregt heranwinkten, andere sich mit einem weißen Kasten von der Größe eines kleinen Pults abschleppten.

»Warum rennen wir denn so?« rief Korporal Tradlo hinter Tauler, zwischen den Worten nach Luft ringend. »Was haben wir davon … wenn wir uns *so* abhetzen … wenn doch alles umsonst ist?«

Gute Frage, dachte Tauler. Was machte es für einen Sinn, mit dem Ortswechsel der Fremden zu einer Welt zu entkommen, die in wenigen Minuten ausradiert wurde?

Noch können wir den Lauf der Dinge ändern, kam Gretêrks Antwort. *Wir müssen nur schnell genug sein.*

»Aber wie? Jetzt noch? Wie denn?« kam es aus atemlosen Mündern.

Das weiße Ding, das meine Brüder dort auf die Sendeplatte bringen, ist eine vereinfachte Version der Maschine, mit der man Dassarra nach hier verpflanzt hat. Wir wollen die Maschine nach Jenland schicken und eure Heimatwelt ein Stück weit versetzen. Dreißig, vierzig Meilen würden reichen, um Xa zu destabilisieren, so daß seine Achse zu gieren beginnt. Unter diesen Umständen wird man den geplanten Ortswechsel Dassarras aufgeben müssen.

Tauler kam taumelnd am Rand der grün erleuchteten, kreisrunden Platte inmitten der Säulenbögen zum Stehen und fixierte den weißen Kasten. »Und damit wollt ihr einen ganzen Planeten bewegen?« sagte er skeptisch. »Die Maschine ist viel zu klein.«

Trotz des zermalmenden Zeitdrucks, unter dem sie standen, war Gretêrks Antwort ironisch amüsiert gefärbt. *Wie groß muß denn der Drehpunkt eines Hebels sein, Tauler Marakain?*

Ehe Tauler noch etwas sagen konnte, kam von oben ein raumfüllender Brummton, und gebogene Lichterketten tauchten hoch oben in der bunt illuminierten Dunkelheit auf. Die Lichter blieben zueinander in festen Positionen, was den Eindruck vermittelte, als gehörten sie zu einem riesigen Himmelsschiff, das über ihren Köpfen Stellung bezog. Der zermürbende Brummton schwoll mit wachsendem Tempo auf und ab, ein hämmernder Schalleffekt, der Geist und Körper malträtierte.

Lauft zur Mitte der Platte! Gretêrk hüpfte und flatterte wie ein besorgter Vogel um die sieben Menschen herum, spornte sie zur Eile an. *Schnell, wir haben keine Zeit mehr!*

Die kreisrunde kupferfarbene Metallscheibe maß gut zehn Schritt im Durchmesser. Tauler hatte sie schon mit Vantara an der Hand betreten. Scheenemirt, Dschirinn und die drei

Soldatinnen folgten ihnen, und die Gruppe verschmolz mit dem Knäuel der Fremden, die sich um den weißen Kasten drängten …

Und plötzlich – ohne daß etwas zu spüren gewesen wäre – hatte der interplanetare Sprung stattgefunden.

Der prunkvolle, künstliche Lichterglanz der dassarranischen Nacht verschwand augenblicklich, und die Reisenden fanden sich in eine milde Dunkelheit gehüllt. Das ist unmöglich, dachte Tauler. Ein Moment lähmenden Staunens verstrich. Obwohl sein Verstand gezwungen worden war, diese Reisemaschine zu akzeptieren, war er tief innerlich der Überzeugung geblieben, daß so etwas schlichtweg unmöglich war. Kein Zwicken und Zwacken, nichts hatte auf die Millionen von Meilen hingedeutet, die er zurückgelegt hatte, und trotzdem … Ein einziger Blick in den reich geschmückten uralten Himmel der Zwillingsplaneten genügte. Er stand in der friedvollen Savanne Jenlands.

Da Tauler auf Jenland aufgewachsen war und dann seine Jahre als Luft- und Himmelsfahrer zugebracht hatte, benutzte er die Schwesterwelt am Himmel fast instinktiv als Zeitmesser und Richtungsweiser. Der flüchtige Blick auf Diesland genügte. Der Planet stand nahezu im Zenit und verriet ihm, daß sie sich am Äquator und kaum mehr als fünfzig Meilen östlich der Hauptstadt Pradt befanden. Tag und Nacht teilten sich Dieslands große Scheibe ungefähr zur Hälfte – noch nicht genau –, und das hieß, gleich würde der Morgen dämmern. Also hatte Gretêrk recht gehabt, was die Zeitspanne betraf, die ihnen noch bis zu Xas geplantem Energieimpuls blieb.

Mehrere Dassarranier knieten bei dem weißen Kasten. Sie hatten eine kleine Seitenklappe geöffnet, und einer von ihnen nahm im Innern irgendwelche hastigen Einstellungen vor. Dann schlug er die Klappe zu und sprang auf die Füße.

Der Ortswechsler ist aktiviert. In genau vier Minuten ist es soweit! Der Fremde breitete die Arme aus und machte heftige schaufelnde Bewegungen, die von den Menschen – auch ohne telepathische Unterstützung – sofort verstanden wurden. *Zurück, zurück! Geht auf Sicherheitsabstand!*

Man beeilte sich jetzt, von der Maschine wegzukommen. Tauler fühlte schmale Hände, die ihn zur Eile drängten. Er kam ins Grübeln. So abscheulich diese Dassarranier aussahen, so hilfsbereit zeigten sie sich. Sie hatten sich große Mühe gegeben und sich unberechenbaren Gefahren ausgesetzt, und das einzig und allein, um eine völlig unbekannte Kultur vor dem sicheren Untergang zu bewahren. Tauler wußte, er hätte sich unter vergleichbaren Umständen nicht so verhalten. Auf einmal empfand er tiefe Achtung und Zuneigung gegenüber den Dassarraniern. Er lief mit allen, verlor unterwegs Vantaras Hand, und hielt inne, als die anderen innehielten, gut sechzig Schritt von dem rätselhaften weißen Kasten entfernt.

»Ist das auch weit genug?« wandte er sich an Gretêrk. Er versuchte sich vorzustellen, welche Kräfte der Kasten entfesseln mußte, um eine ganze Welt aus ihrem schweren und selbstgefälligen Trott durch Zeit und Raum zu reißen.

Hier sind wir sicher, erwiderte Gretêrk. *Wäre diese Maschine nicht illegal und überstürzt gebaut worden, wäre sie so abgeschirmt, daß man daneben stehenbleiben könnte. Im Idealfall sollte sie auch weitgespreizte Ankerfüße haben, damit sie nicht umstürzen kann. Direktor Sânnanan hat uns durch die Forcierung des Ortswechsels zu solchen Behelfsmaßnahmen gezwungen.*

Tauler runzelte die Stirn, dahinter eine Fülle halb verstandener, fremder Ideen und Vorstellungen. »Was passiert jemandem, der zu nahe bei der Maschine ist, wenn sie … wenn sie tut, was sie tun soll?«

Es käme zu einer Unverträglichkeit der Geometrien. Gretêrks Augen schwammen wie Zwillingsmonde in dem grauen Zwielicht. *Die Atome eines Körpers würden in eine Milliarde mal eine Milliarde Schichten zerlegt werden …*

»Mein Großvater soll auf diese Weise ums Leben gekommen sein«, sagte Tauler leise. »Es muß auf der Stelle und schmerzlos gewesen sein … aber soweit will ich ihm nicht nacheifern.«

In dieser Entfernung sind wir sicher vor der Maschine, sagte Gretêrk und sah sich um. *Zumindest vor* der *Maschine.*

»Wie lange dauert es noch, bis Xa ausgelöst wird?«

Gretêrk benutzte keinerlei Uhr, aber die Antwort kam spontan. *Noch fast sieben Minuten.*

»Und es dauert nur noch drei Minuten, bis dieser … dieser Ortswechsler … losgeht.« Tauler atmete erleichtert auf und sah sich nach seinen Gefährten um. »Es sieht so aus, als hätten wir es geschafft. Was meint ihr, meine lieben Kolkorronier? Sollen wir uns darauf einrichten, die Rettung zu feiern?«

»Ich hätte nicht übel Lust auf ein paar Becher schwarzen Kaili, wenn ihr mitmacht«, rief Scheenemirt freimütig, und die Frauen – beobachtet von den stillen Dassarraniern – jubelten und hüpften.

Tauler war unendlich glücklich, als Vantara durch das Dämmerlicht an seine Seite kam und ihn bei der Hand faßte. Im aufkeimenden Licht der Vordämmerung war ihr Gesicht unsäglich schön. Sein ganzes Leben, fand er plötzlich, war weiter nichts als ein Vorspiel dieses Augenblicks höchster Rechtfertigung gewesen. Er war mit einer Herausforderung konfrontiert worden, die des richtigen Tauler Marakains würdig gewesen wäre; er hatte, ohne mit der Wimper zu zucken, getan, was getan werden mußte; und nun wurde er für all das belohnt …

»Ich war so beschäftigt, mir selbst zu unserem Glück zu gratulieren, daß ich dich und deine Gefährten darüber fast vergessen hätte. Wir verdanken euch so viel«, sagte er zu Gretêrk. »Kommt ihr auch heil nach Dassarra zurück?«

Unsere Heimkehr wirft einige Probleme auf, aber ich habe im Augenblick ganz andere Sorgen. Gretêrk fuhr fort, die Umgebung zu sondieren, als ob sich jedes undeutlich zu erkennende Grasbüschel als tödlicher Feind entpuppen könnte. *Meine größte Sorge ist, Direktor Sânnanan könnte die Vadâvaks auf uns angesetzt haben. Wir haben natürlich alles getan, um eine Verfolgung zu erschweren, aber Sânnanan hat natürlich ganz andere Möglichkeiten als wir …*

»Was sind denn überhaupt diese Vadâvaks?« fragte Tauler. »Sind das wilde Jagdtiere, denen man nicht entkommen kann?«

Nein. Gretêrks Gedanken schienen mit Verlegenheit befrachtet. *Es sind Dassarranier, die mit einem größeren Defekt im zerebralen Wahrnehmungs- und Konmunikationsbereich geboren wurden. Sie sind unfähig, auf direktem Weg mit anderen Dassarraniern zu kommunizieren. Sie sind gleichsam taub, verstehst du?*

»Aber warum sollte man sie fürchten?«

Sie spüren den Rückfluß nicht. Sie können töten.

»Du meinst«, sagte Tauler, der plötzlich verstand, warum Gretêrk verlegen war, »sie sind so wie ich?«

Für den normalen Dassarranier gibt es nichts Abscheulicheres, als jemandem das Leben zu nehmen.

»Vielleicht hat das weniger mit der Moral als mit dem Rückschlag zu tun.« Tauler wußte, er lief Gefahr, den Fremden zu beleidigen, der so viel für sie getan hatte, doch er war außerstande, seine Worte zurückzuhalten. »Nach alledem wart ihr zartbesaiteten Dassarranier bereit, die gesamte Bevölkerung meiner Heimatwelt auszulöschen. Widerspricht das nicht eurer Sensibilität? Ist Töten in Ordnung, wenn es aus hinlänglicher Entfernung besorgt werden kann?«

Viele von uns haben ihr Leben riskiert, um dein Volk zu retten, konterte Gretêrk. *Wir behaupten nicht, daß wir vollkommen sind, aber ...*

»Ich entschuldige mich für meine Undankbarkeit und meine schlechten Manieren«, fiel Tauler ihm ins Wort. »Sag mal, wenn du so besorgt bist, die Vadâvaks könnten plötzlich auftauchen, warum veränderst du nicht einfach die Einstellung an der Maschine, damit sie früher anspringt? Vier Minuten sind ja eine Ewigkeit.«

Wir haben uns für vier Minuten entschieden, um Spielraum zu haben für solche Eventualitäten wie den Rückzug über unwegsames Gelände. Jetzt, wo die Maschine einmal aktiviert ist, können die internen Prozesse weder beschleunigt noch verzögert werden. Sie kann auch nicht mehr abgeschaltet werden.

Scheenemirt, der dem Dialog aufmerksam gefolgt war, hob die Hand. »Wenn die Maschine so immun ist gegen äußere Einflüsse, wie du sagst ... wenn sie nicht abgeschaltet werden kann … sind wir dann nicht bereits über dem Berg? Wer soll uns da noch einen Strich durch die Rechnung machen?«

Der Ortswechsler ist nicht völlig immun gegen äußere Einflüsse. Wie gesagt, wir mußten improvisieren. Gretêrks Augenlider flatterten einen Moment lang. *So wie es aussieht, könnte er nur neutralisiert werden, indem man ihn umkippt …*

»Was?« Scheenemirt sah Tauler verblüfft an. »Ist das alles, was man tun muß, um ihn aufzuhalten?«

Gretêrk schüttelte überraschend menschlich den Kopf. *Der Ortswechsler würde dadurch nicht intern beeinträchtigt, aber wenn er nicht in einer horizontalen Lage ist – so daß der Wirkungsvektor, mit einer gewissen Toleranz, auf das Zentrum des Planeten zielt –, dann verpuffen die geometrischen Energien wirkungslos.*

»Ich …« Tauler hielt inne, als ihn ein kühler Hauch berührte, eine federleichte Unruhe, so winzig und flüchtig, daß es auch nur Einbildung sein mochte. Er hob den Kopf, scherte innerlich aus der Diskussion aus und musterte die Umgebung. Nichts schien verändert. Die grasbewachsene Ebene reichte bis an den Horizont, der nach Norden durch niedrige Hügel unregelmäßig wurde; nicht weit entfernt schimmerte friedlich das weiße Gehäuse des Ortswechslers durch die zinnfarbene Frühdämmerung; die ungleiche Schar Dassarranier und Kolkorronier sah genauso aus wie zuvor – und doch hatte Tauler das vage Gefühl, daß irgend etwas nicht stimmte.

Einem Impuls folgend hob er den Blick in den Himmel, und dort, mitten auf der Scheibe Dieslands, auf der Nachtseite dicht am Terminator pulsierte ein gelber Stern. Tauler wußte sofort, was er sah. Das war Xa, hoch oben in der Weltenmitte, Tausende von Meilen über der Oberfläche eines jeden der beiden Zwillingsplaneten.

Kaum hatte er das Phänomen identifiziert, als ihn eine schwache telepathische Stimme erreichte; flehend, entkräftet, gepeinigt wehte sie vom Zenit herab. *Warum tust du mir das an, Geliebter Schöpfer? Bitte, bitte, töte mich nicht.*

Tauler, der sich wie ein Dieb vorkam, sagte leise zu Gretêrk: »Xa ist … unglücklich.«

Es war für uns alle ein großes Glück, daß Xa mit zunehmender Komplexität … Gretêrk zuckte plötzlich wie unter einem heftigen Schmerz zusammen und fuhr herum, den Blick nach Osten gerichtet. Die anderen Dassarranier wandten sich ebenfalls um. Tauler auch. Sein Herz stockte. Auf der zuvor leeren Grasebene schwärmten jetzt etwa fünfzig weiß gekleidete Gestalten aus. Sie waren vielleicht eine Viertelmeile entfernt, und über ihren Köpfen verblaßte rasch ein grünlich leuchtendes Oval.

Die Vadâvaks sind da! Gretêrk wich einen sinnlosen Schritt zurück. *Und so nah!*

Tauler starrte auf Gretêrk hinunter. »Sind sie bewaffnet?«

Bewaffnet?

»Ja! *Bewaffnet!* Ob sie Waffen tragen?«

Gretêrk überlief ein Schauder, aber seine telepathische Antwort war klar und kontrolliert. *Die Vadâvaks sind mit Schockstäben ausgerüstet – Instrumente, die Direktor Sânnanan eigens zur sozialen Disziplinierung entwickelt hat. Die Schockstäbe sind schwarz und haben rotglühende Enden. Der leiseste Kontakt mit diesen Enden ist äußerst schmerzhaft und lähmt für mehrere Minuten.*

»Ich habe von schlimmeren Waffen gehört«, sagte Tauler spöttisch und drückte Vantaras Hand, bevor er sie losließ und Scheenemirt ermutigend den Arm um die Schulter legte. »Was meinst du, Battan? Sollen wir diesen aufgeblasenen Zwergen ein paar Lektionen erteilen?«

Der Kontakt mit einem Schockstab ist schmerzhaft und lähmend, fügte Gretêrk hinzu. *Die Vadâvaks tragen aber in jeder Hand einen Stab – und der Kontakt mit beiden ist schmerzhaft und tödlich.*

»Das ist ernst«, sagte Tauler ernüchtert und starrte auf die undeutlichen weißen Gestalten vor dem blassen graugrünen Hintergrund. »Wie lange dauert es, bis der Tod eintritt?«

Fünf Sekunden. Vielleicht zehn. Viel hängt von der körperlichen Beschaffenheit des Betreffenden ab.

»In zehn Sekunden kann man eine Menge ausrichten«, erwiderte Tauler, der einen trockenen Mund bekam, als er feststellte, daß die Vadâvaks rasch näher kamen. »Wenn ich nur …«

Dein Schwert ist im Besitz von Direktor Sânnanan, und da wird es wohl auch bleiben – aber einer von uns konnte es so gründlich holotrachten, daß wir danach Kopien anfertigen konnten. Gretêrk nickte einem Dassarranier zu, der sogleich einen grauen, nahtlosen Sack heranschleppte. *Wir hatten gehofft, erst gar nicht mit den Vadâvaks in Berührung zu kommen – dann hätten wir diese Waffen wieder zerstört, und ihr hättet sie nie zu Gesicht bekommen –, aber jetzt bleibt uns keine andere Wahl.*

Der Dassarranier öffnete den Sack, und Tauler wurde beim Anblick der sieben spät-kolkorronischen Schwerter von einer grimmigen Freude überwältigt. Er ließ sich auf die Knie fallen und langte nach den vertrauten Waffen.

Sei vorsichtig! warnte Gretêrk. *Berühre die Klingen nicht mit der bloßen Hand – sie haben jetzt monomolekulare Schneiden, die nie mehr stumpf werden; sie dringen so leicht ins Fleisch, als würden sie sich in frischen Schnee senken.*

»Schwerter!« Dschirinns rundliches Gesicht verriet Ärger, als sie vortrat. »Was sollen wir mit einer Sammlung von Antiquitäten? Hättet ihr nicht unsere Pistolen nachbauen können?«

Gretêrk schüttelte erneut den Kopf. *Die Zeit war zu knapp. Die inneren Mechanismen waren nicht ohne weiteres zu holotrachten … aber wir haben die kurze Zeit genutzt, um für die untersetzten und schwächeren Frauen fünf Schwerter in kleinerem Maßstab herzustellen.*

»Das war freilich sehr aufmerksam von euch«, schnaubte Dschirinn sarkastisch. »Aber es dürfte dich vielleicht interessieren, daß jede Frau hier …«

»Der Feind rückt an!« brüllte Tauler dazwischen. »Wollen wir hier herumzanken oder kämpfen?«

Sein Arm wies auf die weiß schimmernden Vadâvaks, die in ihrer kollektiven Ausdehnung wie in der individuellen heranwuchsen. Sie entwickelten Arme, Beine und Gesichter und die Fähigkeit zu töten. Die Sonne brach mit einem feurigen Nadelkranz aus dem Horizont und goß ein schicksalsschweres und melodramatisches Licht über die natürliche

Arena, in der sich die Zukunft dreier Welten entscheiden sollte.

Tauler zog das Schwert seiner Träume aus dem Sack und wog es in der Hand. Die Balance war vortrefflich gewahrt worden, und die vertraute Waffe beruhigte ungemein – er spürte wieder den Geist seines Großvaters –, und dennoch machte ihn die Waffe längst nicht so zuversichtlich, wie er gehofft und erwartet hatte. Sieben Kolkorronier, unter denen nur einer mit dem Schwert umzugehen verstand, traten gegen mindestens fünfzig gut bewaffnete Fremde an. Nach allem, was man sich erzählte, hätte der richtige Tauler angesichts einer solchen Situation frohlockt – aber, egal wie viele Versionen des bevorstehenden Kampfes der gegenwärtige Tauler vor seinem geistigen Auge heraufbeschwor, er stieß dabei nicht auf eine einzige, in der es keine Opfer unter seinen Gefährten gab. Einige, wenn nicht alle, würden sterben – und Tauler konnte darin keinen Grund zum Frohlocken sehen. Die Aussichten waren entwürdigend, brutal, deprimierend, widerlich und entsetzlich ...

Doch er durfte nicht nur an sich und seine Gefährten denken. Wenn die dassarranische Maschine nicht für die nächsten drei oder vier Minuten erfolgreich verteidigt wurde, würden alle Männer, Frauen und Kinder auf Jenland in einem unvorstellbaren Energieimpuls vergehen. Und DAS allein zählte jetzt ...

Er musterte seine kleine Schar von Kriegern und fragte sich, ob sein Gesicht genauso blaß war wie das seiner Gefährten. Sie hielten die Schwerter und starrten ihn an – mit Mienen, die Zutrauen verrieten –, ein Zutrauen, das womöglich nur die Frucht all seines früheren Gehabes war und all seiner Prahlereien über Tapferkeit und Sieg. Und jetzt schreckte er vor der Verantwortung zurück. Die Leute sahen dem Tod ins Auge und hatten Angst, und im Moment äußerster Bedrängnis wandten sie sich an den einzigen Quell der Hoffnung, den sie fanden. Wahrscheinlich sahen sie in ihm jetzt den Pfeiler, an dessen Stärke sie sich aufrichten konnten, und er war betäubt von Schuld und Reue, als er einsehen mußte, wie wenig er diese Rolle verdiente.

»Wenn wir dem Feind zu weit entgegengehen, wird er uns an den Flanken umgehen und die Maschine kippen«, hörte er sich mit klarer, fester Stimme sagen. »Wir müssen außerhalb der Sicherheitszone eine Verteidigungslinie bilden – und jetzt und hier, ein jeder für sich, den feierlichen Schwur ablegen, NICHT EINEN EINZIGEN Vadâvak passieren zu lassen.

Es gäbe noch viel zu sagen ...« – seine Augen begegneten flüchtig Vantaras Blick, und er widerstand dem Wunsch, die Hand auszustrecken und ihr Gesicht zu berühren –, »aber jetzt ist nicht die Zeit. Zuvor gilt es, eine wichtige Aufgabe zu erfüllen.«

Tauler wandte sich ab und lief in weitem Bogen davon. Er bezog genau zwischen dem Ortswechsler und den anrückenden Vadâvaks Stellung. Binnen Sekunden hatten die Gefährten rechts und links von ihm Stellung bezogen, instinktiv einen Abstand haltend, der mit dem Schwert gedeckt werden konnte. Die Vadâvaks waren nur noch etwa hundert Schritt entfernt. Sie liefen schnell, und die Verteidiger hörten deutlich das vielfüßige Rauschen im Gras. Der Feind schien einen horizontalen Schwarm rotglühender Leuchtkäfer vor sich herzutreiben.

Tauler schloß die Hand fester um den Schwertgriff. Die Vadâvaks trugen nicht die übliche dassarranische Kleidung, sondern weiße Helme und Panzer. Letztere waren aus einem glitzernden Material, das offenbar keinerlei Einfluß auf die Bewegungsfreiheit hatte, denn es bedeckte Rumpf und Glieder gleichermaßen. Die Phalanx der fahlen, schwarzlöchrigen Gesichter unter den Helmen ließ an Leichen denken, unermüdlich und rastlos in ihrem Angriff, weil sie schon tot waren.

Tauler hob das Schwert in Bereitschaftshaltung und wartete. *Ich flehe dich an, Geliebter Schöpfer,* kam ein Rinnsal aus dem fernen Himmel, *töte mich nicht.*

Ein Vadâvak ließ die anderen hinter sich, ernannte sich zu Taulers persönlichem Gegner und stürzte sich auf ihn, die beiden Schockstäbe wie Stacheln vorgestreckt. Der Fremde schien nichts anderes gewohnt zu sein, als gefügige und unbewaffnete Zivilisten in die Flucht zu schlagen, denn er ließ Kopf und Rumpf ziemlich ungeschützt. Taulers Klinge fuhr in den dünnen Hals hinab, und der Angreifer ging in einer Blutfontäne und mit baumelndem Kopf rücklings zu Boden. Die beiden Stäbe waren Tauler direkt vor die Füße gefallen und lagen beinah parallel.

Tauler zerstampfte das rote Glühen an ihren Enden und sah sich auch schon zwei weiteren Vadâvaks gegenüber. Die beiden hatten offenbar nichts aus dem Schicksal ihres Kameraden gelernt, denn sie blieben dicht beisammen und gingen auf Tauler los, ein jeder die Schockstäbe nur wenige Zoll weit auseinander. Er trennte ihnen mit zwei quer geführten Schlägen die Arme an den Ellbogen ab, wobei die Klinge den weißen Panzer wie Papier zerteilte. Die beiden Angreifer fielen auf die Knie und brachen, den Mund in schwarz umschriebener, stummer Qual geöffnet, über den Stümpfen ihrer Arme zusammen.

Tauler schenkte ihnen keine Beachtung mehr und sah die Kampflinie entlang. Die Vadâvaks warfen sich unvermindert mutig und wild in den Kampf, aber Tauler stellte erleichtert fest, daß nicht ein Kolkorronier am Boden war. Die fehlende Erfahrung im Umgang mit dem Schwert wurde durch die unglaubliche Schärfe der Klingen mehr als aufgewogen, und die Vadâvaks wurden so rasch niedergestreckt, wie sie angriffen. Die Verteidigungslinie war nicht mehr regelmäßig, aber sie war intakt, und die weiße Welle der Angreifer besudelte sich mehr und mehr mit Blut, wo sie mit ihren Verwundeten kollidierte oder über sie strauchelte.

Wie ist das möglich? wunderte sich Tauler. Kommen wir am Ende alle noch einmal davon? Der Ortswechsler müßte eigentlich jeden Moment seine Arbeit tun, und wenn die Vadâvaks nicht klüger werden und so weitermachen …

Aus dem Augenwinkel registrierte Tauler den weißen Schimmer, als ein Vadâvak durch die Kampflinie schlüpfte und auf den Ortswechsler zulief. Tauler wirbelte herum und rannte los. Mitten in der Gefahrenzone konnte er dem Vadâvak den Weg abschneiden. Der Fremde bremste seinen Lauf hart, die Augen glänzten wie milchige Murmeln unter

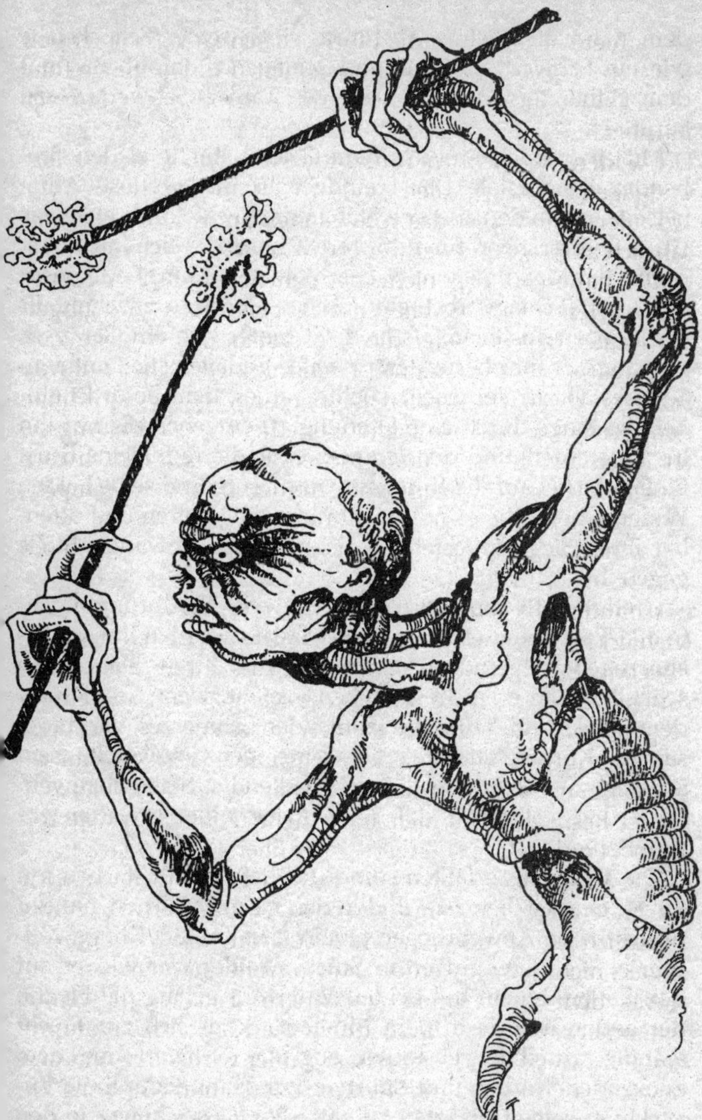

dem Rand des Helms. Er führte einen seiner Schockstäbe wie ein Schwert, stoßend und schlagend, darauf aus, mit dem glühenden Ende die Haut von Taulers Schwertarm zu berühren.

Mit einer Rückhand aus dem Gelenk stutzte er den drohenden Schockstab. Der Fremde warf die wertlose Waffe beiseite, nahm den anderen Stab in die Rechte und setzte das Duell überraschend furchtlos fort. Tauler, der sich im Todesradius der Maschine wußte, beschloß, dem Kampf mit einem nahtlosen Schlagwirbel ein rasches Ende zu machen. Er wollte eben ausholen, als er dicht hinter sich ein Geräusch vernahm. Er fuhr herum. Ein zweiter Vadâvak stieß mit dem Schockstab zu. Vergebens suchte Tauler, dem bösartig glühenden Auge durch eine Drehung zu entgehen. Es traf ihn ins Zwerchfell, und der Schmerz explodierte in seine Brust hinein. Er fiel auf die Knie, rang nach Luft, und seine beiden Widersacher – die es nun nicht mehr eilig hatten und offenbar ihren Sieg auskosteten – richteten die schwarzen Stäbe gegen ihn.

Gretêrk hatte ihn gewarnt. Eine zweite Berührung mochte den Tod bedeuten; aber die Vadâvaks würden ihn, um sicherzugehen, geradezu traktieren mit ihren Stäben. So schnell wollte er nicht aufgeben – nicht, wenn so viel auf dem Spiel stand. Trotz des lähmenden Schmerzes, der durch seinen Körper strahlte, versuchte er verzweifelt, sein Schwert zu heben, um die sich senkenden Stäbe abzuwehren – und stellte fest, daß seine Arme wider Erwarten gut funktionierten.

Die Vadâvaks erfaßten sofort die Gefahr und stachen mit ihren Schockstäben zu – und in den rasch geführten, nahezu unsichtbaren Abwehrbogen hinein, den Taulers Klinge vollführte. Die Stäbe gingen in Stücke. Tauler war wieder auf den Füßen. Einem der beiden Vadâvaks gelang die Flucht, der andere wurde in dem Moment, da er sich zur Flucht wandte, durchbohrt. Tauler zog das Schwert aus dem zuckenden Körper und spurtete zur Hauptkampflinie zurück, um seine Gefährten zu entlasten. Der Schmerz in den Beinen flaute rasch ab. Die Wirkung der Waffe hing, wie

Gretêrk gesagt hatte, von der Konstitution des Opfers ab – für einen großen und gesunden Kolkorronier war der Schock nicht allzu groß.

Das schien ein gutes Omen zu sein. Doch als Tauler das Kampfgeschehen überblickte, mußte er feststellen, daß es sich in der kurzen Zeit, da er abgelenkt worden war, zum Schlechten gewendet hatte. Eine der Frauen lag am Boden, umgeben von Vadâvaks, die sie mit rotglühenden Stäben traktierten. Er konnte nicht sehen, ob es Vantara war, die regungslos dalag. Tauler stürzte sich mit einem heiseren Wutschrei voran und erreichte die Vadâvaks gleichzeitig mit Scheenemirt. Die beiden fielen dem Feind in den Rücken, und in einer unmöglich kurzen Zeitspanne – einer rotsprühenden, mit schaumigen weißgepanzerten Fragmenten durchsetzten Zeit – massakrierten sie mindestens fünf Vadavaks zu einer undefinierbaren, blutigen Masse.

Die Frau am Boden war Korporal Tradlo. Ein Schockstab war ihr durch den Mund in den Hals getrieben worden, ihr blondes Haar war blutverklebt. Sie war tot.

Tauler hob den Blick. Die vier übrigen Frauen waren paarweise in Kämpfe verwickelt. Links von ihm setzten sich Dschirinn und Mistekka mit vier Vadâvaks auseinander und hatten allem Anschein nach die Oberhand; rechts von ihm waren Vantara und Arvand kaum noch auszumachen inmitten einer feindlichen Übermacht, die von allen Seiten auf sie eindrang.

Verwundert über die Sorglosigkeit des Feindes, was die Flankendeckung anging, nickte Tauler Scheenemirt zu, und sie stürzten sich auf die Gruppe weiß gekleideter Gestalten, gegen die sich die beiden Frauen verzweifelt zur Wehr setzten. Wieder richteten sie im Handumdrehen ein fürchterliches Blutbad an, brachten schrecklich sprudelnde Wunden bei, die den Feind entweder auf der Stelle niederstreckten oder blindlings davontaumeln ließen, bis er zusammenbrach und in einer Blutlache sein Leben aushauchte.

Weitere Fremde drangen vor und füllten die entstandenen Lücken wieder, aber Tauler registrierte einen Wandel in der Gesamtsituation. Die Vadâvaks, die auch nicht die geringste

Ahnung davon hatten, wie man eine Schlacht schlug, hatten ihre Attacken mit ungebrochenem Eifer vorgetragen, und das, obwohl sie so gut wie erfolglos blieben – und ihre Streitmacht war rapide dezimiert worden. Tauler ließ den Blick schweifen. Es sah so aus, als ob nicht einmal mehr die Hälfte der Vadâvaks auf den Füßen war, und ein Teil davon ging allmählich langsamer und unsicherer vor.

Es konnte keine Minute mehr dauern, bis der Ortswechsler die Energien entfesselte, die den Planeten versetzen würden, und von diesem Augenblick an würden die Krieger dieses Direktor Sânnanan – voraussichtlich – keinen Grund mehr haben, den Kampf fortzusetzen. Sie sollten froh sein, wenn sie sich dann zurückziehen und ihre Verluste begrenzen konnten. Mit wiedererwachendem Optimismus riskierte Tauler einen Blick in die Richtung, wo Gretêrk und seine Mitstreiter zurückgeblieben waren. Er hoffte, an ihrem Verhalten ablesen zu können, ob die Maschine jetzt gleich in Aktion treten würde – und erlebte eine herbe Enttäuschung. Die Freunde waren verschwunden; das einzige Anzeichen dafür, daß sie überhaupt dagewesen waren, war ein rasch verblassender Grünschimmer in der Morgenluft.

Im nächsten Augenblick zahlte Tauler den Preis dafür, den tödlichen Konflikt ringsum aus dem Auge gelassen zu haben. Schmerz explodierte in seinen Körper hinein, als ihn etwas an der linken Schulter berührte, und gleich darauf explodierte der gleiche Schmerz in der Gegend der linken Hüfte. Er war zweimal von hinten mit einem Schockstab berührt worden, doch diesmal war die Wirkung – wie durch ein Wunder – weniger verheerend als vorhin, und er blieb auf den Füßen. Der Vadâvak, der Tauler zweifellos schnell und mühelos hatte töten wollen, sah immer noch erstaunt drein, als Tauler einen Rundumschlag führte, um ihn einen Kopf kürzer zu machen. Weil Tauler nicht voll bewegungsfähig war, geriet der Schlag ein wenig zu kurz, und die Schwertspitze erreichte nur die Kehle des Gegners und durchtrennte fein säuberlich die Luftröhre. Der Getroffene griff sich an den Hals und trat rücklings die Flucht an, nur um von hinten durch das

Schwert der großen, dunkelhaarigen Mistekka aufgespießt zu werden.

»Diese großen Dolche machen schon Spaß«, rief sie Tauler zu. Ihre braunen Augen glänzten, als sie den Sterbenden ungeduldig wegstieß. »Mir leuchtet allmählich ein, warum Ihr immer so etwas bei Euch tragt.«

»Werde jetzt nicht leichtsinnig!« Kaum hatte Tauler die Worte aus dem Mund, als er hörte, wie Scheenemirt einen Schmerzensschrei ausstieß. Er fuhr herum und sah den Freund von vier Vadâvaks bedrängt, die mit ihren Schockstäben nach ihm stocherten, von denen mindestens einer sein Ziel gefunden hatte.

»Bleib auf den Beinen, Battan!« schrie Tauler. Er spurtete los, dicht gefolgt von Mistekka und der untersetzteren Dschirinn. Sie überkamen Scheenemirts Widersacher in einem mörderischen Überfall, der wieder nicht länger als einen Atemzug zu dauern schien und einen bedeutenden Beitrag zum Kräfteausgleich leistete. Scheenemirt war mehrere Male von den Stäben geschockt worden, und Arvand konnte nicht verhindern, daß er zu Boden sank. Doch als Tauler mit einem Blick die Gesamtlänge überflog, stellte er mit Genugtuung fest, daß ihnen bald die lebendigen Gegner ausgehen würden. Von den ursprünglich fünfzig Vadâvaks waren in unmittelbarer Nähe nur noch zwei auf den Beinen, und die waren für Dschirinn und Mistekka ein leichtes Spiel.

Drei andere Vadâvaks, die wie alle anderen zum ersten Mal starken und gut bewaffneten Feinden gegenübergestanden hatten, traten entsetzt den Rückzug an, flohen über das Grasland zu der Stelle, wo sie aus dem Nichts aufgetaucht waren. Was sich sonst noch regte und ein Vadâvak war, stellte Tauler triumphierend fest, gehörte zu dem weißroten Teppich Verwundeter. Tragisch war nur, daß auch ein Kolkorronier unter den Toten war, aber …

»Hinter dir, Tauler!«

Dschirinns Warnschrei kam zu spät. Tauler vernahm die plötzliche Bewegung erschreckend nah in seinem Rücken. Er war zu selbstgefällig gewesen, zu sehr davon überzeugt, daß die kleinen Vadâvaks nichts von der Zähigkeit eines echten

Kriegers hatten. Jetzt spürte er etwas sonderbar Entkräftendes in der linken Wade. Von Schmerz konnte keine Rede sein, und doch war ihm soeben die schlimmste Verletzung seines Lebens beigebracht worden. Er sah an sich hinunter. Ein kolkorronisches Schwert, ganz bestimmt Tradlos Waffe, war bis zum Knochen in sein Bein gedrungen. Er schlug blindlings mit dem Schwert nach dem verwundeten Vadâvak, der dort hinter ihm am Boden lag, sich totgestellt und auf eine günstige Gelegenheit gewartet hatte. Der Fremde seufzte und rollte fort, bis Dschirinns Schwert ihm endgültig ein Ende machte.

»Wir müssen sie alle töten«, rief Dschirinn.

»Gib acht, daß niemand der Maschine zu nahe kommt. Kein Vadâvak, aber auch sonst niemand«, sagte Tauler und fragte sich, warum Vantara nicht in ihrer Eigenschaft als Dschirinns Kommandantin in Erscheinung trat. »Die Maschine muß jeden Moment detonieren, oder was auch immer passiert.«

»Ich werde …« Tauler blickte an seinem Bein hinunter. Ein leichter Schwindel erfaßte ihn, als er den grinsenden roten Mund gewahrte, der quer über der Wade klaffte. Darinnen schimmerte der Knochen, und heraus quoll Blut. Versuchte er, das Bein zu bewegen, blieb der Fuß teilnahmslos am Boden.

»Das muß jetzt und hier genäht werden«, sagte Dschirinn sachlich. »Ich brauche eine Nottasche.«

Scheenemirt schien allmählich das Bewußtsein wiederzuerlangen. Tauler ließ zu, daß ihn helfende Hände neben Scheenemirt ins Gras legten. Ihm war speiübel, und er war froh, eine Zeitlang alle Verantwortung delegieren zu können, auch als das schmerzhafte Nähen begann. Das Kinn auf die verschränkten Finger gesetzt, die Zähne zusammengebissen versuchte er, sich von den Schmerzen abzulenken, indem er an den Ortswechsler dachte. Was würde im kritischen Augenblick passieren? Würden sie heftige Explosionen zu hören bekommen oder durch grelle Lichtblitze geblendet werden? Und warum brauchte die verdammte Kiste so lange, bis sie endlich losging?

»Auf jeden Fall sind mehr als vier Minuten vergangen, seit wir hier Stellung bezogen haben«, sagte er für alle, die drumherum hockten und zusahen, wie sein Bein repariert wurde. »Was sagt ihr dazu? Passiert denn irgend etwas? Ist irgend etwas zu sehen?«

Scheenemirt, der mit dem Gesicht zum Himmel lag, verblüffte Tauler, indem er die Frage beantwortete, als wäre er nie bewußtlos gewesen. »Ich weiß nichts über unsere wunderliche weiße Kiste, Tauler – aber ich glaube, da oben geschieht etwas sehr Merkwürdiges.«

Er zeigte in den Zenit, worauf einige ebenfalls hinaufblickten. Tauler, der auf dem Bauch lag, verrenkte seinen Oberkörper, stöhnte, als er unwillkürlich die Arbeit störte, die man sich mit seinem Bein machte, und sah in den Himmel. Genau auf dem Terminator, der die weite Scheibe Dieslands halbierte, pulsierte der gelbe Stern, von dem alle wußten, daß es Xa war. Aber es hatten Veränderungen stattgefunden, seit Tauler Xa zum letzten Mal gesehen hatte.

Xa war viel heller geworden – ähnelte jetzt einer Miniatursonne – und pulsierte so schnell, daß die Pulse beinahe verschmolzen. Tauler überlegte. Er war die ganze Zeit über so mit Gretêrks kleinem Ortswechsler und den damit verbundenen Ereignissen beschäftigt gewesen, daß er praktisch jenen unendlich viel größeren Ortswechsler vergessen hatte, der sich in der gewichtslosen Zone breitgemacht hatte. – Die kollektive Aufmerksamkeit, die man dem fernen Xa widmete, schien ein telepathisches Tor weit aufzustoßen ...

Ich kann nicht glauben, daß du mir das antust, Geliebter Schöpfer! ergoß sich die angsterfüllte Botschaft aus einem vergoldeten Himmel. *Nach allem, was ich für dich getan habe, willst du nun meinen Tod noch beschleunigen! Ich flehe dich an, Geliebter Schöpfer, versage mir nicht ein paar letzte Minuten an deiner erlauchten Gesellschaft ...*

»Was geht hier eigentlich vor?« schimpfte Tauler und riß Dschirinn Nadel und Wundgarn aus den Fingern, als er sich aufsetzte. »Gretêrk hat uns gesagt, seine verdammte Trickkiste würde ihre Arbeit machen, lange bevor Xa ... lange bevor Dassarra in eine andere Galaxie geschleudert würde ... aber so wie es aussieht...« Er verstummte. Kalter Schweiß trat ihm auf die Stirn. Er selbst, seine Gefährten und ganz Jenland mochten im nächsten Augenblick einfach ausradiert werden.

Scheenemirt stützte sich mit einem Ellbogen hoch. »Vielleicht ist Gretêrks Gerät nicht in Ordnung. Hat er nicht gesagt, sie hätten sich zu sehr beeilen müssen? Auch Dassarranier können Fehler machen, und es könnte doch sein, daß dieser Verzögerungsmechanismus, den er erwähnt hat...« Scheenemirts Stimme verwehte, und seine Augen weiteten sich, während er mit einem zitternden Finger auf etwas hinter Taulers Schulter zeigte.

Tauler drehte den Kopf und stieß wilde Verwünschungen aus, als er etwas sah, das ihm einen gewaltigen Schrecken einjagte – so gewaltig, wie er gewaltiger nicht hätte sein können. Die weiß schimmernde Gestalt eines Vadâvak, der sich während der letzten chaotischen Kämpfe versteckt haben mußte, war bei dem kastenförmigen Ortswechsler aufgetaucht. Er mußte ein professionelles Krafttraining absolviert haben, denn die Kolkorronier mußten versteinert mit ansehen, wie er in die Hocke ging, die Hände unter den Rand des weißen Kastens schob und sich dann langsam hochstemmte.

Der Ortswechsler kippte im Einklang mit den Bewegungen des Vadâvak, fiel hintenüber und blieb auf der Seitenfläche stehen. Im nächsten Augenblick, als sei die Erschütterung das auslösende Moment gewesen, hob in dem Kasten ein mechanisches Kreischen an.

Tauler versuchte, auf die Füße zu kommen, doch das linke Bein versagte ihm den Dienst und er landete schmerzhaft auf allen vieren. »Alarm, das ist Alarm!« schrie er unsäglich gefoltert, nicht durch den Schmerz in seinem Bein, sondern weil er nichts tun konnte. »Die Maschine muß wieder zurückgekippt werden – SONST IST ALLES VERLOREN!«

Er sah zu den drei Frauen auf, die in seinem Blickfeld standen, forderte sie auf zu tun, was er nicht tun konnte. Mistekka und Arvand starrten ihn unverwandt an, von Furcht gelähmt. Vantara fiel auf die Knie, bedeckte ihr Gesicht und begann zu schluchzen.

»Ich erwarte dafür eine Beförderung«, rief Dschirinn und sprang auf die Füße, nahm ihr Schwert und rannte auf den Ortswechsler zu. Die Kraft in ihren strammen Beinen, die Kraft eines Sprinters, trug sie mit einer Geschwindigkeit durch das hinderliche Gras, mit der Tauler in seinen besten Tagen nicht hätte Schritt halten können.

Der einsame Vadâvak zeigte weit mehr Mut und Entschlossenheit als seine besiegten Kameraden. Er zog sich nicht zurück – er griff an und lief Dschirinn entgegen. Noch mehrere Schritt weit von ihr entfernt, tauchte er plötzlich nach ihren Füßen. Durch einen mähenden Schlag konnte sie seinen Plan teilweise vereiteln – eine Spur von Rot erschien plötzlich in der ausgebleichten Palette der Szene –, aber der Vadâvak konnte mit beiden Händen eines von Dschirinns Schienbeinen umklammern. Dschirinn kam zu Fall. Es folgten Sekunden, in denen nicht zu sehen war, was geschah – Sekunden, in denen die Angst Taulers Kehle zuschnürte, und dann war Dschirinn wieder auf den Beinen und rannte.

Das Kreischen des weißen Kastens schien anzuschwellen, als sie ihn erreichte. Sie griff über den Rand und versuchte den Kasten herunterzuziehen, aber er widerstand ihren Anstrengungen. Sie lief auf die andere Seite und war nicht mehr zu sehen, als sie sich bückte, um sich besser gegen den Kasten stemmen zu können. Erst jetzt, mit nervenzermürbender Trägheit, kippte der Ortswechsler in seine normale Lage zurück.

Im Nu war Dschirinn wieder auf dem Rückweg. Sie raste mit wirbelnden Beinen, den Kopf im Nacken, ihren atemlosen Zuschauern entgegen. Sie hatte vielleicht ein Drittel des Sicherheitsabstands zurückgelegt, als der Ortswechsler jählings verstummte. Eine andere hysterische Botschaft konnte nun mit lautloser und schrecklicher Klarheit empfangen werden – eine Botschaft, die aus der Weltenmitte herunterpulsierte.

Töte mich nicht, Geliebter Schöpfer! Töte mich nicht …

Tauler, das Gesicht zu einer Maske unmenschlicher Furcht

verzerrt, sah an Dschirinn vorbei, wie der glänzende Kubus des Ortswechslers einen Wandel durchlief. Er glomm pulsierend auf und entließ blasse, sich ausdehnende Selbstbildnisse, interferierende Versionen der Realität, die nach außen strömten, um alles einzuschließen, was in Zeit und Raum existierte.

Dschirinn sprintete durch diese schimmernde Matrix von Wahrscheinlichkeiten, und Tauler bildete sich ein, daß sie seinen Namen rief. In einer wilden, qualvollen Auflehnung zwang er seine Beine, ihn zu tragen, stand aufrecht, wollte ihr entgegengehen.

Aber über Dschirinn verwarf und verzerrte sich die Kuppel des Himmels. Xas Pulsschlag verströmte konzentrische Ringe gleißender Helligkeit, die mit unerträglichen Dissonanzen auf die Ausstrahlungen des weißen Kubus trafen ...

Zu viel geschieht auf einmal, dachte Tauler bis ins Mark erschrocken.

ALLES GESCHIEHT AUF EINMAL ...

19. Kapitel

Eine tiefe, samtene und unendliche Finsternis – eine Nacht, wie Tauler sie nicht kannte – war urplötzlich hereingebrochen. Es war, als ob der ganze Planet von einer lichtundurchlässigen Kugel umschlossen wäre. Die Schwärze des Himmels wirkte um so intensiver, als der Ortswechsler nach seiner vieldimensionalen Zaubervorstellung jetzt wie ein riesiger fluoreszierender Eisblock dalag und einen flachen Lichtschein über das Schlachtfeld warf.

Tauler versuchte immer noch, seine Augen durch heftiges Blinzeln auf diese merkwürdigen, neuen Verhältnisse einzustellen, als Dschirinn ihn erreichte und sich von seinen Armen auffangen ließ. Sie klammerte sich an ihn, zitternd und keuchend, dann richtete sie sich auf und trat einen Schritt zurück. Im ersten Augenblick dachte Tauler schon, sie wolle salutieren, um irgendeine Disziplinverletzung wiedergutzumachen. Vantara, die ganz in der Nähe gestanden hatte, kam an Taulers Seite und umfaßte sanft seinen Arm.

Tauler war sich ihrer Gegenwart kaum bewußt, während er in den schrecklich schwarzen Himmel starrte. Zuerst hatte er geglaubt, das Firmament sei vollkommen leer. Jetzt, da die Augen sich immer mehr an die Finsternis gewöhnten, begann er kalte, ferne Lichtpunkte auszumachen. Die Sterne glommen so schwach und waren so dünn gesät im Vergleich zu denen, die sein bisheriges Leben begleitet hatten, daß einige Zeit verstrich, bis er das Merkwürdigste und Bestürzendste von allem wahrnahm.

Diesland war aus dem Zenit verschwunden.

Anstelle der Schwesterwelt gab es nichts als eine Handvoll kühler Lichtflecken in einer unbekannten Konstellation.

Scheenemirt überwand seine Lähmung, stand auf, trat hinter Tauler und sagte mit der verlorenen Stimme eines Kindes: »Es war leider alles umsonst, Tauler. Wir wurden ausgestoßen. Hier sind wir nicht zu Hause.«

Tauler nickte, wagte noch nicht zu antworten. Sein Denken und Fühlen war gebannt von der schwarzen Leere, die alles einhüllte. Wir wurden tatsächlich ausgestoßen, dachte er bei sich. So sieht ein Universum aus, das gealtert ist...

»Was für eine Finsternis«, flüsterte Vantara, sich näher an Tauler drängend. »Das gefällt mir überhaupt nicht – mir ist so kalt.«

»Wenn das so ist«, sagte Tauler und entzog ihr seinen Arm, »dann schlage ich vor, du sammelst Brennmaterial, um ein Feuer aufzuschichten. Es kann noch lange hin sein bis zur nächsten Morgendämmerung – wenn es je dazu kommt.«

»Natürlich wird der Morgen dämmern!« Vantara, verärgert durch die symbolische Zurückweisung, begab sich sogleich in die Offensive. »Wieso sollte der Morgen nicht dämmern? Was redest du da für Unsinn?«

Tauler begriff voller Mitleid, daß sie nicht die leiseste Ahnung haben konnte von den schicksalsträchtigen Ereignissen, die sie überlebt hatten. Seine Einsichten, die er durch telepathische Kommunikation mit Diviwîdiv und Gretêrk gewonnen hatte, waren nichts als nebelhaftes Flickwerk; doch er *fühlte,* daß Jenland zwar nicht ausgelöscht, aber in eine unbegreiflich ferne Region des Universums projiziert worden war.

Und das *Universum,* woran er dachte, war nicht einmal das begrenzte und wohldefinierte Universum der kolkorronischen Wissenschaft. Es war vielmehr das unbestimmte, ungreifbare und aufregend unzuverlässige philosophische Konzept, das Diviwîdiv das *Raum-Zeit-Kontinuum* genannt hatte. Tauler hatte die mit diesem Begriff verbundenen Vorstellungen während der telepathischen Unterweisung begriffen, aber sein Verständnis war seitdem unaufhaltsam verblaßt, wie die sehnsüchtige Erinnerung an einen Traum.

Von seinem Verständnis war inzwischen nichts weiter geblieben als der Einfluß, den es auf seine Art zu denken genommen hatte. Ohne seine Idee erklären zu können, hielt er es für denkbar, daß die unfaßbaren Kräfte, die ein Xa in seinen Todesqualen entfesselt hatte, Jenland sowohl in der *Zeit* als auch im *Raum* versetzt haben konnte, vielleicht weit in die Zukunft irgendeines parallelen Kosmos.

Es fiel ihm schwer, sich daran zu erinnern, warum er sich überhaupt jemals in Vantara verliebt hatte – und jetzt, da er in ihr schönes, aber gereiztes Gesicht sah, spürte er eine unüberbrückbare Kluft zwischen ihnen. Sie kapselte sich ab, und folglich blieb er mit seinen Sorgen allein. Und es war vor allem *eine* Sorge, die ihn umtrieb. Einmal, während des langen Fluges nach Dassarra, hatte er Diviwîdiv die Frage gestellt, woher er, Diviwîdiv, denn wisse, ob Xa den Planeten nicht irgendwo in den Tiefen des interstellaren Raumes, zu weit von einer Sonne entfernt absetze, wo ›kleinere‹ Positionskorrekturen auch nicht mehr weiterhalfen? Diviwîdiv, der womöglich keine Lust mehr zu einer ausführlicheren Antwort gehabt hatte, war der Frage mit ein paar Bemerkungen aus dem Weg gegangen – Bemerkungen über *Wahrscheinlichkeitsinterferenzen* und *schwerverständliche Selbstoptimierungen des Xa,* die im Endergebnis durchaus *Bedingungszonen für Leben* und *Schwerewellenmuster von Sonnensystemen* zur Deckung bringen konnten.

Nun mußte Tauler sich selbs[...] ob sich hint[...] Planeten vielleicht eine Sonne [...] diese Sonne in ein paar Stunden [...]te. Entweder e[...] immer kälter werden, und alles Le[...]er Jenland würd[...] würde in nie enden wollender Finster[...]f dem Planeten nur eine Möglichkeit, die Antwort heraus[...]gehen. Es gab Tauler, und die hieß: abwarten. Aber es ma[...]den, erkannte [...] wenig Sinn, im Dunkeln zu warten …

»Warum sammeln nicht alle Brennholz?« rief [...]aufmunternd und wandte sich von Vantara ab. »Laßt uns e[...]en besseren Platz suchen – weit genug von diesem elend[...] Leichenfeld entfernt – und ein behagliches Feuer entzünden, an dem wir die Nacht verbringen können.«

Glücklich, ein so anheimelndes Ziel vor Augen zu haben, liefen Scheenemirt, Mistekka und Arvand sofort zu einer Ansammlung von Zwirbelbeerbüschen, deren bucklige Umrisse sich im Sternenlicht abzeichneten. Vantara widmete Tauler einen längeren Blick, den dieser als geringschätzig einstufte, dann drehte sie sich um, ließ ihn mit Dschirinn allein und folgte langsam den anderen.

»Dein Bein braucht noch ein paar Stiche, aber dazu ist es nicht hell genug.« Sie warf einen Blick auf den Ortswechsler, der inzwischen zu einem grauen Schemen verblaßt war. »Ich verbinde die Wunde jetzt, und morgen früh versorge ich sie richtig.«

»Danke«, sagte Tauler, dem plötzlich bewußt wurde, daß er ohne Hilfe gar nicht von der Stelle kam. Die Wunde war zwar ernst genug, aber sie erschien ihm dennoch reichlich klein im Vergleich zu seiner Größe. Ihn fröstelte. Es war demütigend, sich so krank und schwach zu fühlen. Er stand geduldig, derweil Dschirinn seine Wade mit einer Bandage aus der Nottasche umwickelte.

»Bei so was zahlt es sich aus, wenn man auf einer Farm groß wird«, sagte sie und sicherte den Verband mit einem fachgerechten Knoten.

»Nochmals danke!« Tauler redete mit spöttischem Unwillen, dankbar für jede Ablenkung von der quälenden Frage nach einer Sonne. »Morgen früh kannst du mir Schuhe an die Füße nageln, rdest du mich in der Zwischenzeit bitte dahin bring, die anderen sind?«

Dschirinn st, schlang einen Arm um seine Taille und ging mit auf den flackernden Feuerschein zu, der bereits in de kelheit lockte. Der Weg durch das hohe Gras war be erlicher und schmerzhafter, als er erwartet hatte, und ar erleichtert, als Dschirinn eine Verschnaufpause ei e.

»Jetzt rdiene ich eine doppelte Beförderung«, sagte sie außer em. »Du bist fast so schwer wie mein kleines Grauhorn

»Um deine Beförderung werde ich mich kümmern, sobald …« Tauler ließ den Satz unvollendet; er zögerte, von einer Zukunft zu reden, die vielleicht gar nicht existierte. »Du warst jedenfalls sehr mutig, als du zu dieser Maschine gerannt bist. Mir war angst und bange, du könntest nicht rechtzeitig aus der Gefahrenzone kommen.«

»Warum warst du so besorgt?« murmelte Dschirinn. »Was ich erreichen wollte, hab ich am Ende erreicht.«

»Ja, aber es hätte …« Tauler lächelte. Dschirinn spielte ein uraltes Spiel mit ihm. Mit einemmal, während sie in der Dunkelheit zusammenstanden, war ihm dieses Spiel ungleich wichtiger als all seine Furcht um die Zukunft Jenlands. Er zog sie näher, und sie küßten sich mit sanftem Verlangen.

»Die Contessa kann uns sehen«, sagte Dschirinn, als der Kuß zu Ende war, und ihr Atem war warm in seinem Mund. »Der Contessa wird das nicht gefallen.«

»Welcher Contessa?« sagte Tauler. Sie begannen beide zu lachen, als sie sich aneinander festhielten in der dunklen, dunklen Nacht.

Tauler hatte nicht erwartet, Schlaf zu finden. Das verwundete Bein hatte wie eine emsige Maschine zu pochen begonnen. Aber nicht minder hatte ihn die Frage geplagt, ob Jenland in der sternenlosen Leere verloren war. Doch die Wärme des Feuers war angenehm gewesen, und Dschirinn an seiner Seite, einen Arm quer über seine Brust gelegt, hatte ihm ein gutes Gefühl gegeben, und er war müder gewes[en] als er gedacht hatte …

Er schlug die Augen auf. Wo war er? Das Feuer war zu weißlicher Kohle heruntergebrannt, aber die Glut war noch hell genug, um die schlafenden Gestalten seiner Krieger erkennen zu können – und plötzlich hämmerte die große Frage wieder zwischen seinen Schläfen. Er hob ruckartig den Kopf, was Dschirinn im Schlaf seufzen ließ, und musterte die Ferne.

Da war ein zarter, aber unverkennbarer Hauch perlmuttfarbenen Lichts über einem Teil des Horizonts.

Taulers Blick verschleierte sich vor Freude, als ihm die volle, wunderbare Bedeutung dieses zaghaften Widerscheins aufging, dann sank er zurück, um zu ruhen.

20. Kapitel

Königin Desihn hatte einen verhängnisvollen Schlaganfall erlitten.

Als die Nachricht von der drohenden Tragödie sich von Pradt über die Städte und kleineren Gemeinden Jenlands ausbreitete, wurde das gemeine Volk – bereits durch die unerklärlichen Ereignisse am Himmel heimgesucht – noch unruhiger und verängstigter. Diejenigen, die religiös oder abergläubisch waren, sahen rückwirkend in der Flut von bösen Omen am Himmel Jenlands einen deutlichen Fingerzeig auf das Schicksal der Königin. Und selbst diejenigen, die keinen Hang zum Übernatürlichen hatten, waren davon überzeugt, daß sich etwas *sehr* Befremdliches ereignet haben mußte in jener Morgendämmerung vor drei Tagen.

Die Frühaufsteher, die sich zur kritischen Zeit im Freien aufgehalten hatten, hatten äußerst anschaulich berichtet. Sie hatten den ersten furchterregenden Moment geschildert, in dem eine wilde Quelle gelben Lichts, wie eine Miniatursonne, am Zenit erschienen war, mitten vor der großen Scheibe Dieslands. Kaum hatte sich das Auge an den kosmischen Eindringling gewöhnt, als dieser in Ringwellen grellen Lichts explodiert war…

Und dann – ein letzter unfaßbarer Akt in dem kosmischen Drama – war der Himmel… *gestorben.*

Dieses Wort – ›*gestorben*‹ – war immer und immer wieder benutzt worden. Es kam ungebildeten Augenzeugen, die ihr Leben unter einem Himmel zugebracht hatten, der mit astronomischen Juwelen aller Art geprunkt hatte, spontan über die Lippen.

Der Himmel war gestorben – als von einem Augenblick auf den anderen Diesland verschwunden war, sowie die Große Spirale, eine Myriade kleinerer Spiralnebel, Abertausende von Sternen, von denen die hellsten das Sternbild des *Baumes* gebildet hatten; verschwunden waren auch die unregelmäßigen Nebelbänder, die wie zarte Zöpfe und Flechten zwischen den Galaxien verstreut waren, die Kometenschweife und die Meteore, die den Nachthimmel belebt hatten und für kurze Zeit glühende Brücken zwischen den Sternen geschlagen hatten.

All dies war augenblicklich verschwunden gewesen, und nun schien der Himmel tot zu sein – um so mehr, als die kalten, unsäglich weit entfernten Lichtpunkte den Himmel nicht erstrahlen ließen, sondern seine Lichtlosigkeit nur noch betonten.

Tauler Marakain stand, gestützt auf Krücken, auf dem Südbalkon seines Elternhauses und beobachtete den Sonnenuntergang. Er hatte ein heißes Getränk in Reichweite auf der breiten Steinbalustrade abgestellt, hatte es aber angesichts des sich tiefer und dunkler färbenden Himmels vergessen. Er unterdrückte ein Frösteln, als sich mehr und mehr die Fremdheit des eindunkelnden Himmelsgewölbes einstellte, und es war nicht nur das schmerzliche Fehlen der Schwesterwelt im Zenit, das ihn beklemmte. Er hatte lange genug auf der abgewandten Seite Jenlands zugebracht – deren Bewohner sich nicht einmal vorstellen konnten, wie es war, die riesige Scheibe eines anderen Planeten über sich zu haben – und hatte sich schnell an diesen Himmel gewöhnt.

Sein Befremden, gestand er sich ein, wurde durch die umfassende *Leere* des Nachthimmels ausgelöst. Sein Äußerstes versuchend, pragmatisch, besonnen und vernünftig zu bleiben, hatte er sich bemüht, diese Empfindung abzuschütteln. Was machte es schon aus, hatte er sich gefragt, ob der Nachthimmel nun eine Milliarde Sterne oder eine verstreute Handvoll Sterne hatte? Weder das eine noch das andere würde den Ertrag der Ernte auch nur um ein Korn verändern.

Das Unangenehme war, daß es seiner selbstbeschwichtigenden Antwort an Überzeugungskraft fehlte. Er hatte keine Ahnung, welches Schicksal Diesland oder Dassarra ereilt hatte – alles, was er wußte, war, daß diese Planeten nirgends mehr existierten –, doch er begriff mit kalter und steriler Genauigkeit, daß Jenland – wie Scheenemirt es ausgedrückt hatte – ausgestoßen worden war. Dies hier war ein *fremder* Bereich des Raum-Zeit-Kontinuums. Und das war entmutigend. Irgendwie war Jenland im Handumdrehen in ein greisenhaftes Universum geschleudert worden, das alt und kalt geworden war… *alt und kalt*… und die alles überragende Frage stellte sich: Konnte das menschliche Leben auf Jenland – individuell und kollektiv – so weitergehen wie bisher?

Physikalisch gesehen schien es kein Hindernis für die Kolkorronier zu geben, so weiterzuleben, wie es ihre Vorfahren von Anbeginn der Geschichte an getan hatten. Aber war es möglich, daß die düstere Isolation, einen Außenposten in den schwarzen Einöden der Unendlichkeit zu bewohnen, die Lebensanschauung einer Rasse verändern konnte?

Diesland und Jenland – Schwesterwelten, so nahe beieinander, daß sie durch eine atmosphärische Brücke miteinander verbunden waren – mochten von einem kosmischen Planer so konzipiert worden sein, um ihre Bewohner zu interplanetaren Reisen zu verlocken. Und, nachdem der kritische erste Schritt getan worden war, hatte ein Universum voller astronomischer Schätze und fremder Lebensformen gelockt, das es dem Abenteurer unmöglich machte, umzukehren. Taulers Volk war prädestiniert gewesen, seine Zukunft in einem *Ausschwärmen* in ein fruchtbares und einladendes Universum zu suchen – aber wie würde sein Volk sich jetzt fühlen? Würde sein Volk jemals einen Helden hervorbringen, der kühn genug war, die entfernten und kühlen Sterne an Jenlands ödem Himmel ins Auge zu fassen und zu seinem Ziel zu erklären?

Des Grübelns müde, drehte Tauler dem rotgoldenen Sonnenuntergang den Rücken und nahm einen Schluck seines gewürzten Branntweins. Das Getränk war nicht bloß heiß, sondern auch gewürzt und gebuttert, um der Kühle der zwielichtigen Luft hier draußen zu begegnen. Er empfand das heiße, vertraute Getränk als Wohltat, während er seinem Vater und Bartan Drammy zusah, wie sie aufgeregt in die Teleskope starrten, die sie auf dem Balkon aufgestellt hatten. In seinen Augen waren die beiden älteren Männer Granitpfeiler intellektueller Zähigkeit und Zuverlässigkeit in einem Treibsanduniversum, und sein Respekt für sie war maßlos gestiegen. Sie diskutierten eine fremde wissenschaftliche Anomalie, eine spitzfindige Lücke im Gewebe der neuen Realität, welche bislang nur von wenigen bemerkt worden war.

»Es ist schon eine Ironie«, sagte Kassill Marakain gerade. »Es wäre nicht übertrieben zu sagen, daß es in den staatlichen Fabriken insgesamt eine große Anzahl hochqualifizierter Ingenieure und Techniker gibt, die mir unmittelbar Rede und Antwort stehen. Sie verbringen viel Zeit damit, die präzisesten Meßinstrumente zu beobachten, die wir aufzuweisen haben, aber keiner von ihnen hat *irgend* etwas bemerkt!«

»Sei ehrlich«, murmelte Bartan. »Es gibt keine Änderung in der Art und Weise, wie sich Kreise zu Kreisen verhalten, und die meisten deiner …«

Kassill schüttelte seinen ergrauten Kopf. »Keine Entschuldigung, alter Freund! Es mußte sich ein einfacher Angestellter der Kardapin-Brauerei – ein Faßbinder! – durch all die verdammten, bürokratischen Barrieren, gegen die wir uns tapfer, aber vergebens zur Wehr setzen, hindurchkämpfen. Ich habe den Mann seitdem aus seiner niedrigen Beschäftigung heraus in meinen persönlichen Stab übernommen, wo …«

»Sag mir, Vater«, fiel Tauler ihm mit erwachender Neugier ins Wort. »Was hat es mit diesen Reifen, Kreisen und Rädern und ähnlichem auf sich, die euch so aufregen? Was ist so merkwürdig und faszinierend an einem gewöhnlichen Kreis?«

»Ein Kreis hat immer bestimmte, festgelegte Proportionen, ebenso wie jede andere geometrische Figur, und nun haben diese Proportionen einen plötzlichen Wandel durchgemacht«, sagte Kassill in feierlichem Ton. »Bis jetzt, wie du sehr wohl weißt, war der Umfang eines Kreises genau gleich dem Dreifachen des Durchmessers. Nun, wie auch immer – wenn du dir die Mühe machst, es nachzuprüfen – wirst du herausfinden, daß das Verhältnis von Kreisumfang zu Durchmesser ein *bißchen* mehr als drei beträgt.«

»Aber ...« Tauler versuchte, sich an diesen Gedanken zu gewöhnen, aber sein Verstand sträubte sich. »Und was soll das bedeuten?«

»Das bedeutet, wir sind sehr weit weg von zu Hause«, warf Drammy ein und kräuselte die Lippen, was darauf hindeutete, daß er etwas sehr Bedeutungsvolles ausgesprochen hatte.

»Ja, aber wird das unser Leben irgendwie verändern?«

Kassill schnaubte, als er die Okularkappe eines Teleskops abnahm. »Da spricht ein Mann, der nie seinen Lebensunterhalt im Handel oder in der Industrie verdienen mußte! Der Neuentwurf und die neue Kalibrierung bestimmter Klassen von Maschinen wird den Staat ein ansehnliches Vermögen kosten. Außerdem entstehen Büro- und Verwaltungskosten, und ...«

»Bürokosten?«

»Denk nur, Tauler. Wir haben zwölf Finger, also rechnen wir mit dem Zwölfersystem. Das, verbunden mit der Tatsache, daß der Umfang eines Kreises bislang präzise das Dreifache des Durchmessers betrug, machte ganze Bereiche des Rechnens absurd einfach. Von nun an jedoch wird in dieser Beziehung alles wesentlich komplizierter – und ich rede nicht nur von so einfachen Dingen, wie zum Beispiel, daß ein Faßbinder nun lernen muß, längere Beschläge für seine Fässer herzustellen. Nimm zum Beispiel ...«

»Sag mir«, sagte Tauler rasch, ängstlich, sich den weitschweifigen Ausführungen seines Vater aussetzen zu müssen, »wie groß ist das neue Verhältnis? Ich sollte zumindest soviel wissen.«

Kassill blickte bedeutungsvoll auf Bartan. »Darüber hat es gewisse Meinungsverschiedenheiten gegeben. Ich war zu beschäftigt – mit den zeitraubenden Ereignissen im Palast und so weiter –, um persönlich Messungen vorzunehmen. Einige meiner Mitarbeiter behaupten, das neue Verhältnis sei Drei-und-ein-Siebtel, was natürlich Unsinn ist.«

»Warum Unsinn?« erhitzte sich Bartan.

»Weil, mein alter Freund, in der Welt der Zahlen eine natürliche Harmonie zu existieren hat. Drei-und-ein-Siebtel würde mit nichts einhergehen. Ich habe überhaupt keinen Zweifel, daß man bei exakten Messungen herausfindet, daß das neue Verhältnis ...«

Tauler erlaubte seiner Aufmerksamkeit von dem abzuschweifen, was eine längere Diskussion zu werden drohte, wie sie sein Vater und Bartan Drammy schon immer genüßlich geführt hatten. Er wünschte sich, Dschirinn wäre an seiner Seite, aber sie war auf Besuch bei ihrer Familie in dem Dorf Divarl und würde nicht vor dem nächsten Morgen zurück sein. Müde durch das Stehen an der Balustrade ging er zur Couch, ließ sich nieder und stellte seine Krücken beiseite. Sein Bein, dessen Heilungsprozeß nun gut voranschritt, war steif und schmerzte fürchterlich, wenn es zu sehr beansprucht wurde. Nur schon mit so einem Bein zu leben, fortwährend damit beschäftigt, Strategien zu entwickeln, diese entsetzlichen Schmerzen zu vermeiden, war eine entnervende und erschöpfende Erfahrung, und er war froh, wieder zu liegen.

»Sohn, vielleicht solltest du besser hinauf in dein Zimmer gehen und deinen nächtlichen Schlaf nehmen«, sagte Kassill sanft, sich der Couch nähernd. »Die Wunde war wohl ernster, als du gedacht hast.«

»Noch nicht – ich werde hier noch ein wenig liegenbleiben.« Tauler lächelte hinauf zu seinem Vater. »Ich sehe noch vor mir, wie wir ähnliche Worte viele Male in der Vergangenheit gewechselt haben, als ich noch ein Kind war. Willst du mich etwa ins Bett bringen, egal, ob ich will oder nicht?«

»Du bist zu groß für diese Art von Behandlung. Außerdem bin ich beschäftigt und will nicht von Rufen nach einem Glas Wasser geplagt werden.«

»Und Honigkuchen«, neckte Bartan Drammy vom Balkon aus. »Vergiß nicht den Honigkuchen.«

»Honigkuchen?« Tauler stützte sich mit einem Ellbogen hoch. »Ist es das, was ich ...?«

»Ja, auch wenn es eine merkwürdige Entwöhnung für jemanden ist, den man den Göttermörder nennt«, sagte Kassill zu Tauler. »Du wußtest das nicht, oder? Man kann nur vermuten, was für Geschichten dein Freund Scheenemirt verbreitet, aber mir ist berichtet worden, daß alle Tavernen im Reich widerhallen von Geschichten über deinen Flug zu einem fernen Land weit hinter dem Himmel, wo du tausend Götter ... oder Dämonen ... oder beides in einem geschlagen haben sollst, um Jenland davor zu bewahren, von einem großen kristallenen Drachen verschluckt zu werden.«

Kassill hielt inne, reumütig dreinschauend. »Aber wenn ich es mir recht überlege, glaube ich doch, daß der durchschnittliche, bierselige Farmarbeiter deine Erlebnisse genausogut oder noch besser versteht als ich. Tauler, all das, was dir von Hirn zu Hirn erklärt worden ist ... Hast du keine Erinnerung mehr daran, nicht eine Spur mehr, was mit dem Begriff *Raum-Zeit* gemeint ist? Ich würde nur zu gerne wissen, warum zwei Begriffe, zwischen denen es keine logische Verbindung gibt, so zu einem einzigen verschmolzen wurden.«

»Ich kann dir leider nicht helfen«, sagte Tauler mit einem Seufzen. »Als Diviwîdiv zu meinem Kopf gesprochen hat, schien ich alles zu begreifen; aber dann hat sich alles in Wohlgefallen aufgelöst. Alles ist verblaßt. Wenn ich mich erinnern will, finde ich nur Leere – nur noch die Echos massiver Tore, die sich für immer geschlossen haben. Es tut mir leid, Vater – ich wünschte, es wäre anders.«

»Macht nichts – werden wir die Reise ohne Reiseführer

machen.« Kassill brachte eine dicke Decke zur Couch und breitete sie über Tauler. »Die Nächte sind hier kälter.«

Tauler nickte und machte es sich bequem, sich ganz dem Luxus hingebend, wohlbehütet zu sein und keine unmittelbare Verantwortung zu tragen. Sein Bein pochte heiß, und die Ärzte hatten vorausgesagt, daß wahrscheinlich ein Hinken zurückbleiben würde; und das berechtigte ihn um so mehr, sich in die Wärme zu kuscheln, sicher wie ein Kind unter der Decke, die – besser als der zähester Panzer – gegen alle Unbill der äußeren Welt schützte.

Geborgen in seinem Kokon versuchte Tauler im Halbschlaf, seine Position in einem fremden Universum zu bestimmen. So viel war verlorengegangen. Die Königin lag im Sterben, unfähig, von der neuen Realität Kenntnis zu nehmen, geschweige denn, sie zu begreifen – eine Realität, in der Diesland, der Planet ihrer Geburt, zu dem sie hatte zurückkehren wollen, nicht mehr existierte. Ihr Traum von einer einzigen, zwei Welten umspannenden Nation war in einem einzigen Augenblick zerschlagen worden. Es war ein guter Traum gewesen, einer, den Tauler instinktiv gemocht hatte, aber nun würde es keine meilenhohen Säulen von Himmelsschiffen geben, die mit kommerziellen und kulturellen Gütern beladen die unsichtbaren Handelslinien zwischen Diesland und Jenland befahren würden. Statt dessen würde es … – was?

Müder, als er geglaubt hatte, fand Tauler sich ganz außerstande, mit den unberechenbaren und unsteten Rätseln der Zukunft umzugehen. Er schlummerte ein, und mit jedem Erwachen war der Himmel dunkler und die Sterne zahlreicher und heller, als er erwartet hatte. Auch der Balkon war dunkel, weil sein Vater und Bartan die Teleskope benutzten. Sie machten eifrig Notizen und verglichen sie miteinander.

Tauler lauschte der murmelnden Aktivität eine unbestimmte Zeitlang … dösend und treibend … die Gesprächsfetzen nur halb verstehend, die ihn erreichten … und allmählich änderte sich seine Stimmung. Er konnte nur erkennen, daß er sich angesichts des neuen Himmels hatte einschüchtern lassen und niedergeschlagen und mutlos geworden war. Er hatte sich eben noch gefragt, ob Kolkorron jemals Helden finden würde, die sich der Herausforderung dieser feindlichen schwarzen Leere stellen würden. Und genau zur gleichen Zeit, da er sich diese Frage gestellt hatte, war er zu pessimistisch gewesen, um zu erkennen, daß er sich schon in Gesellschaft solcher Helden befand.

Kassill und Bartan waren zwei Männer mittleren Alters, die wesentlich mehr in die alte Ordnung investiert hatten als er, und deren Einsatz in eine quälend ungewisse Zukunft entsprechend geringer sein müßte – aber gaben sie sich etwa ihrem Selbstmitleid hin? Nein! Ihre Reaktion war es gewesen, ihre Schwerter zu ergreifen – Schwerter des Geistes –, und genau in diesem Moment, leise und ohne Fanfaren, beschäftigten sie sich mit nichts Geringerem, als den Grundstein für eine neue Astronomie zu legen!

Tauler lächelte zwischen Wachen und Schlafen.

Sein Vater und Bartan Drammy sprachen mit gesenkten Stimmen, um Tauler nicht in seiner Ruhe zu stören, aber Geflüster fand leichter Eingang in die Quasi-Realität seines Dämmerzustandes, als es Rufe getan hätten ... fünf Planeten wurden in dem örtlichen System beobachtet, Bartan ... die Doppelwelt wie ein Planet gezählt, das ist es ... wenn wir in so kurzer Zeit fünf entdeckt haben, dann ist es nur vernünftig – denkst du nicht auch? – anzunehmen, daß dort noch weitere sein müssen ... *ich sollte mich sofort erheben und genau in diesem Moment daran teilnehmen, was vor sich geht* ... Es erscheint kaum möglich – ein cremefarbener Planet, umgürtet von einem großen Ring –, *aber vielleicht habe ich genug getan für diesen Tag* ... bestätigen deine ersten Berechnungen, Kassill ... ziemlich genau eine Inklination von zwanzig Grad, was bedeuten würde, daß Jenland von nun an Jahreszeiten haben wird ... *Dschirinn wird am Morgen bei mir sein, und mit ihrer Hilfe werde ich schon bald fähig sein, mitzuarbeiten* ... die Menschen, besonders die Farmer, müssen sich darauf vorbereiten, die großen Veränderungen, die von den Jahreszeiten bewirkt werden, zu bewältigen ... *Jahreszeiten, Jahreszeiten und Jahreszeiten* ... ich habe eine merkwürdige Vorahnung, was den Planeten mit Ring betrifft, Bartan – er ist so außergewöhnlich, so unheilverkündend, daß es seine Bestimmung sein muß, eine Hauptrolle in unserer Zukunft zu spielen ...

Tauler glitt unmerklich in einen tiefen und heilsamen Schlaf.

Als er aufwachte, lag der Balkon still und verlassen, ein Zeichen dafür, daß die Nacht nun schon fortgeschritten war. Er fand sich mit zusätzlichen Decken bedeckt, die ihn gegen die zunehmende Kälte der Luft geschützt hatten. Der Himmel sah aus wie beim letzten Mal. Unvertraute Konstellationen standen am Himmel, und ein Schimmer von perlmuttfarbenem Licht am östlichen Horizont begann die schwächeren Sterne zu überstrahlen.

Zu dieser Zeit wurde Taulers Aufmerksamkeit von etwas erregt, das ein heller Doppelplanet zu sein schien, der über der frühen Morgendämmerung aufgegangen war. Sofort warf er die Decken beiseite, kämpfte sich auf die Füße, seine Lippen bewegten sich lautlos, als die Wunde an seinem Bein den üblichen Schmerz aussandte. Er sammelte seine Krücken auf und machte seinen Weg über den gekachelten Boden hinüber zu einem der Teleskope. Seine Unbeholfenheit komplizierte die Ausrichtung und Scharfeinstellung des Instruments, doch nach wenigen Sekunden schon starrte er durch das Okular.

Und da, in der samtenen Schwärze, schwebte eine schimmernde Welt, begleitet von einem einzelnen riesigen Mond. Der größere der beiden Himmelskörper war bläulich in seiner Färbung, vielleicht ein Zeichen dafür, daß dort ein Überfluß an Wasser herrschte, und als seine Augen von dem strahlenden Schauspiel tranken, fühlte Tauler eine unheimliche, verstohlene Kälte den Rücken hinabrieseln.

»Du magst recht haben, was die Ringwelt betrifft, Vater«, flüsterte er, »aber – irgendwie – frage ich mich ...«